DIANA GABALDON

Feuer und Stein

D0951820

Buch

Man schreibt das Jahr 1945. Claire Beauchamp Randall, die während des Krieges als Krankenschwester an der Front gearbeitet hat, verbringt die zweiten Flitterwochen mit ihrem Mann Frank in Schottland. Schon bald zieht ein alter magischer Steinkreis in der Nähe ihrer Pension Claire in seinen Bann – eigentlich ganz untypisch für die patente und sehr rational eingestellte junge Frau. Als sie eines Tages nichtsahnend einen der Steine berührt, verliert sie das Bewußtsein – und erwacht mitten im Schlachtgetümmel schottischer Rebellen, im Jahr des Herrn 1743. Zu dieser Zeit ist das Leben in den Highlands geprägt von Rebellion und Verrat, von beginnender Aufklärung und finsterem Aberglauben. Und dank ihres seltsamen Auftretens sowie ihrer beeindruckenden Kenntnisse gerät die unfreiwillige Gesandte aus dem 20. Jahrhundert bald in den Ruf, eine leibhaftige Hexe zu sein. Glücklicherweise findet sich ein Beschützer für Claire: Jamie Fraser, der aufständische Clanführer, ein prächtiger Bursche mit breiten Schultern, feuerrotem Haar und einer Leidenschaft, vor der Claire nur zu gern kapituliert. Bis sie sich entscheiden muß – zwischen der Zukunft, in die sie gehört, und der Vergangenheit, in der sie lebt ...

Autorin

Diana Gabaldon, von Beruf Honorarprofessorin für Tiefseebiologie und Zoologie an der Universität von Arizona, hat als Schriftstellerin bereits mit ihrem Debütroman *Feuer und Stein* einen überwältigenden Erfolg errungen. Inzwischen ist bereits der vierte Band ihrer großen Highland-Saga um Claire Randall und Jamie Fraser erschienen; der fünfte und sechste Band sind in Vorbereitung.

Die Romane aus der Highland-Saga von Diana Gabaldon:
Die geliehene Zeit (Bd. 2, 35024)
Ferne Ufer (Bd. 3, 35095)
Der Ruf der Trommel (Bd. 4, 35272)

Der magische Steinkreis.
Das große Kompendium
zur Highland-Saga
(geb. Ausgabe, Blanvalet Verlag, 0102)

Diana Gabaldon

Feuer und Stein

Roman

Aus dem Amerikanischen
von Elfriede Fuchs
und Gabriele Kuby

GOLDMANN

Die amerikanische Originalausgabe erschien unter dem Titel
»Outlander« bei Delacorte Press, Bantam Doubleday Dell
Publishing Group, Inc., New York.

Der Goldmann Verlag
ist ein Unternehmen der Verlagsgruppe Bertelsmann

Ungekürzte Taschenbuchausgabe 1997
© der Originalausgabe 1991 by Diana Gabaldon
© der deutschsprachigen Ausgabe 1995 by
Blanvalet Verlag, München, in der Verlagsgruppe Bertelsmann GmbH
Umschlaggestaltung: Design Team München
Umschlagillustration: Ferenc Regös
Druck: Presse-Druck Augsburg
Verlagsnummer: 43772
Lektorat: Silvia Kuttny
Herstellung: Heidrun Nawrot
Made in Germany
ISBN 3-442-43772-5
www.goldmann-verlag.de

17 19 20 18

Zum Gedenken an meine Mutter
Jacqueline Sykes Gabaldon,
die mich lesen gelehrt hat

Menschen verschwinden ständig. Fragen Sie die Polizei. Besser noch, fragen Sie einen Journalisten. Daß Menschen vermißt werden, ist für Journalisten so etwas wie das tägliche Brot.

Junge Mädchen reißen von zu Hause aus. Kleine Kinder laufen ihren Eltern weg und werden nie mehr gesehen. Hausfrauen sind plötzlich mit ihrer Geduld am Ende und nehmen das Haushaltsgeld und ein Taxi zum Bahnhof. Internationale Finanziers ändern ihren Namen und lösen sich im Rauch einer Havanna auf.

Viele Vermißte werden schließlich gefunden – lebendig oder tot. Für ihr Verschwinden gibt es im allgemeinen eine Erklärung.

Meistens jedenfalls.

ERSTER TEIL

Inverness, 1945

I

Ein neuer Anfang

Der Ort sah, zumindest auf den ersten Blick, nicht so aus, als würden dort viele Menschen verschwinden. Mrs. Bairds Frühstückspension war ein Haus wie tausend andere im schottischen Hochland anno 1945; sauber und ruhig, mit verblaßten Blümchentapeten, gewienerten Böden und einem Durchlauferhitzer im Bad, in den man Münzen einwerfen mußte. Mrs. Baird war mollig und gelassen und hatte nichts dagegen, daß Frank all seine Bücher und Papiere, die ihn auf jeder Reise begleiteten, in ihrem kleinen, mit Rosenmuster verzierten Wohnzimmer deponierte.

Ich begegnete Mrs. Baird in der Diele, als ich auf dem Weg nach draußen war. Sie hielt mich auf, legte ihre etwas feiste Hand auf meinen Arm und zupfte an meinen Haaren herum.

»Ach du liebe Güte, Mrs. Randall, so können Sie doch nicht aus dem Haus gehen! Darf ich's mal ein bißchen festdrücken? So. Jetzt ist es schon viel besser. Meine Cousine hat mir von einer neuen Dauerwelle erzählt. Die wird wunderschön und hält traumhaft gut; vielleicht sollten Sie's das nächste Mal auch damit versuchen.«

Ich brachte es nicht übers Herz, Mrs. Baird zu sagen, daß die Widerspenstigkeit meiner hellbraunen Locken allein auf eine Laune der Natur und nicht auf Versäumnisse von seiten des Friseurgewerbes zurückzuführen war. Ihre steifgelockten Wellen zeichneten sich jedenfalls nicht durch derlei Eigensinn aus.

»Das werde ich tun, Mrs. Baird«, log ich. »Ich gehe nur schnell ins Dorf runter und treffe mich mit Frank. Wir sind zum Tee wieder da.« Ich verschwand, bevor sie weitere Mängel an meiner Erscheinung entdecken konnte. Ich war vier Jahre Krankenschwester bei der Royal Army gewesen und genoß es nun, statt der Uniform leichte, buntbedruckte Kattunkleider zu tragen, die für stramme Märsche durch die Heide jedoch völlig ungeeignet waren.

Nicht, daß ich ursprünglich geplant hätte, dies oft zu tun; ich hatte mir eher vorgestellt, morgens auszuschlafen und mit Frank lange faule Nachmittage im Bett zu verbringen. Es war jedoch schwierig, eine angemessen romantische Stimmung zu schaffen, wenn Mrs. Baird vor unserer Tür emsig staubsaugte.

»Das muß der schmutzigste Teppich von ganz Schottland sein«, hatte Frank heute vormittag bemerkt, als wir im Bett lagen und dem wilden Röhren des Staubsaugers auf dem Flur lauschten.

»Fast so schmutzig wie die Fantasie unserer Wirtin«, bestätigte ich. »Vielleicht hätten wir doch nach Brighton gehen sollen.«

Wir hatten uns entschlossen, daß wir, bevor Frank seiner Berufung als Geschichtsprofessor nach Oxford folgte, in den Highlands Urlaub machen wollten, weil die Schrecken des Krieges Schottland etwas weniger heimgesucht hatten als den Rest von Großbritannien und weil es nicht so anfällig war für die hektische Nachkriegsmunterkeit, die in populäreren Feriengegenden grassierte.

Und ohne es besprochen zu haben, glaubten wir wohl beide, es sei ein nachgerade symbolischer Ort zur Neubelebung unserer Ehe; kurz vor Ausbruch des Krieges – sieben Jahre war es her – hatten wir in den Highlands geheiratet und dort unsere zweitägigen Flitterwochen verbracht. Ein friedliches Refugium, in dem wir einander wiederentdecken konnten, so meinten wir, ohne zu bedenken, daß Golf und Angeln zwar Schottlands beliebteste Sportarten im Freien sind, Klatsch aber der beliebteste Zeitvertreib in geschlossenen Räumen. Und wenn es so ausgiebig regnet wie in Schottland, halten sich die Menschen oft in geschlossenen Räumen auf.

»Wohin gehst du?« fragte ich, als Frank seine Beine aus dem Bett schwang.

»Ich könnte es nicht ertragen, wenn die gute Frau enttäuscht von uns wäre«, antwortete er. Er setzte sich auf die Kante des hochbetagten Bettes und wippte behutsam auf und ab, was ein durchdringend rhythmisches Quietschen hervorrief. Das Staubsaugen auf dem Flur wurde eingestellt. Nach ungefähr zwei Minuten gab Frank ein lautes, theatralisches Stöhnen von sich und fiel hintüber, wogegen die Sprungfedern schnarrend protestierten. Ich kicherte in mein Kissen, um die atemlose Stille vor der Tür nicht zu entweihen.

Frank zog die Augenbrauen hoch. »Du sollst nicht kichern, sondern verzückt stöhnen«, ermahnte er mich flüsternd. »Sie wird noch denken, ich sei kein guter Liebhaber.«

»Wenn du verzücktes Stöhnen erwartest, mußt du schon länger durchhalten«, erwiderte ich. »Mit zwei Minuten verdienst du nicht mehr als Gekicher.«

»Unverschämtes Frauenzimmer. Ich bin hierhergekommen, um mich auszuruhen, hast du das vergessen?«

»Faulpelz. Wenn du nicht ein bißchen mehr Fleiß an den Tag legst, wirst du es nie bis zum nächsten Ast an deinem Stammbaum bringen.«

Franks Leidenschaft für Ahnenforschung war ein weiterer Grund dafür, daß wir uns die schottischen Highlands ausgesucht hatten. Einem der dreckigen Zettel zufolge, die er mit sich herumschleppte, hatte irgendein leidiger Vorfahr von ihm Mitte des siebzehnten oder achtzehnten Jahrhunderts irgend etwas in dieser Gegend zu schaffen gehabt.

»Wenn ich an meinem Stammbaum als kinderloser Knorren ende, ist es zweifellos die Schuld unserer unermüdlichen Wirtin da draußen. Schließlich sind wir seit fast acht Jahren verheiratet, und Frank junior wird ehelich genug sein. Jedenfalls brauchen wir keine Zeugen, wenn du ihn empfängst.«

»Falls überhaupt«, sagte ich pessimistisch. In der Woche vor unserem Aufbruch in die Highlands waren wir wieder enttäuscht worden.

»Wie sollen wir es *nicht* schaffen bei all der frischen Luft und gesunden Ernährung?« Zum Abendessen hatte es gestern Brathering gegeben. Zum Mittagessen Salzhering. Und der penetrante Geruch, der nun die Treppe heraufwehte, deutete stark darauf hin, daß es zum Frühstück Räucherhering geben würde.

»Wenn du nicht vorhast, zur Erbauung von Mrs. Baird eine Zugabe zu geben, dann solltest du dich jetzt anziehen«, sagte ich. »Wolltest du dich nicht um zehn mit dem Pfarrer treffen?« Reverend Dr. Reginald Wakefield, Pastor der hiesigen Gemeinde, würde Frank ein paar ungemein faszinierende Taufregister vorlegen; ganz zu schweigen von der verlockenden Möglichkeit, daß er vielleicht einige schimmelige Kriegsberichte ausgegraben hatte, in denen der berühmt-berüchtigte Vorfahr erwähnt wurde.

»Wie hieß dieser Ur-Ur-Ur-Ur-Urgroßvater von dir noch mal?« fragte ich. »Der hier bei einem Aufstand mitgemischt hat? Willy oder Walter? Ich weiß es nicht mehr.«

»Jonathan.« Frank nahm mein Desinteresse an der Familiengeschichte gelassen hin, blieb aber immer wachsam, um beim geringsten Ausdruck von Wißbegier meinerseits die Gelegenheit zu ergreifen und mir alle bisher bekannten Fakten über die Randalls und ihre Verbindungen aufzuzählen. Während er sein Hemd zuknöpfte, blitzte die Leidenschaft des fanatischen Dozenten aus seinen Augen.

»Jonathan Wolverton Randall – Wolverton hieß er nach dem Onkel seiner Mutter, einem Ritter aus Sussex. Er war jedoch unter dem schneidigen Beinamen ›Black Jack‹ bekannt, den er sich beim Heer erwarb, vermutlich während der Zeit seiner Stationierung in Schottland.« Ich ließ mich aufs Bett fallen und tat so, als schnarchte ich. Frank fuhr ungerührt mit seinen gelehrten Darlegungen fort.

»Mitte der dreißiger Jahre – des achtzehnten Jahrhunderts – kaufte er sein Offizierspatent und diente als Hauptmann bei den Dragonern. Den alten Briefen zufolge, die mir meine Cousine May geschickt hat, kam er beim Heer nicht übel zurecht. Eine gute Wahl für den zweitältesten Sohn, mußt du wissen; sein jüngerer Bruder hielt sich ebenfalls an die Tradition und wurde Geistlicher, aber ich habe noch nicht viel über ihn herausgefunden. Wie auch immer, der Herzog von Sandringham belobigte Jack Randall wegen seiner Aktivitäten vor und während des Aufstands 1746 – des zweiten jakobitischen Aufstands«, erläuterte Frank den Unwissenden unter seinen Zuhörern, nämlich mir. »Du weißt schon, Bonnie Prince Charles und diese Leute.«

»Ich bin nicht sicher, ob den Schotten klar ist, daß sie damals verloren haben«, warf ich ein, während ich mich aufsetzte und meine Haare zu bändigen versuchte. »Gestern abend im Pub habe ich deutlich gehört, wie uns der Mann hinterm Tresen als *Sassenachs* bezeichnet hat.«

»Nun, warum nicht?« sagte Frank gleichmütig. »Das bedeutet schließlich nur ›Engländer‹ oder schlimmstenfalls ›Fremde‹, und wir sind doch wohl beides.«

»Ich weiß, was es bedeutet. Mir hat sein Ton nicht gefallen.«

Frank suchte in der Kommodenschublade nach einem Gürtel. »Er hat sich bloß geärgert, weil ich ihm gesagt habe, sein Bier sei dünn. Ich habe ihm erklärt, daß man bei einem echten Hochlandgebräu dem Faß einen alten Stiefel beigeben und das Endprodukt durch alte Unterwäsche abseihen müßte.«

»Aha, das erklärt die Höhe der Rechnung.«

»Na ja, ich habe es etwas taktvoller formuliert, aber nur, weil es im Gälischen kein Wort für Unterhose gibt.«

Neugierig geworden, griff ich zu einer von meinen. »Warum nicht? Haben die alten Kelten keine Unterwäsche getragen?«

Frank grinste anzüglich. »Hast du nie das Lied gehört, in dem es darum geht, was ein Schotte unter seinem Kilt trägt?«

»Vermutlich keine lange Unterhose«, sagte ich trocken. »Während du dich mit Pfarrern vergnügst, mache ich mich vielleicht auf die Suche nach einem hiesigen Kiltträger und frage ihn.«

»Dann sieh zu, daß du nicht verhaftet wirst, Claire. Das würde dem Dekan des St. Giles College gar nicht gefallen.«

Letzten Endes schlenderten keine Kiltträger auf dem Dorfplatz herum und besuchten auch nicht die umliegenden Geschäfte. Es waren jedoch etliche andere Leute da, meistenteils Hausfrauen vom Typ Mrs. Baird, die ihre täglichen Besorgungen erledigten. Sie waren aus auf Klatsch und Tratsch und erfüllten, stramm und in bedruckte Kleider gehüllt, die Läden mit gemütlicher Wärme – eine Bastion gegen den kalten Morgendunst draußen.

Da ich bis jetzt noch keinen eigenen Haushalt hatte, gab es für mich nur wenig zu kaufen. Ich amüsierte mich damit, mir die frischgefüllten Regale anzuschauen, aus reiner Freude, vieles wieder angeboten zu sehen. Lange Zeit war alles streng rationiert gewesen, wir mußten ohne einfache Dinge wie Seife und Eier auskommen und noch länger ohne die kleinen Luxusartikel wie L'Heure Bleue, mein Eau de Cologne.

Mein Blick verweilte auf einer Auslage mit Haushaltswaren – bestickten Geschirrtüchern und Teewärmern, Krügen und Gläsern, einem Stapel recht heimeliger Plätzchendosen und einer Garnitur von drei Blumenvasen.

Ich hatte in meinem ganzen Leben noch keine Vase besessen. Während des Krieges hatte ich natürlich in den für Schwestern bestimmten Unterkünften gewohnt; erst im Pembroke Hospital, dann im Lazarett in Frankreich. Doch auch vorher hatten wir nirgendwo lange genug gelebt, um den Kauf eines solchen Gegenstands zu rechtfertigen. Hätte ich so etwas mein eigen genannt, dann hätte Onkel Lamb es bereits mit Topfscherben gefüllt, noch bevor ich mich ihm mit einem Strauß Gänseblümchen hätte nähern können.

Quentin Lambert Beauchamp. »Q« für seine Archäologiestudenten und Freunde. »Dr. Beauchamp« für die Gelehrtenkreise, in denen er sich bewegte. Aber für mich immer Onkel Lamb.

Als meine Eltern bei einem Autounfall ums Leben kamen, wurde ich ihm, dem einzigen Bruder meines Vaters und meinem einzigen noch lebenden Verwandten, aufgebürdet. Auf dem Sprung zu einer Reise in den Mittleren Osten hatte er seine Vorbereitungen so lange unterbrochen, bis er sich um das Begräbnis gekümmert, die Nachlaßangelegenheiten meiner Eltern geregelt und mich – ich war damals sechs – in einem standesgemäßen Mädcheninternat angemeldet hatte, das zu besuchen ich mich schlichtweg weigerte.

Mit der Notwendigkeit konfrontiert, meine dicken Finger vom Türgriff des Wagens zu lösen und mich die Treppe zur Schule hinaufzuschleifen, seufzte mein konfliktscheuer Onkel Lamb verzweifelt auf, zuckte schließlich die Achseln und warf sein Urteilsvermögen mitsamt meinem neuerworbenen Strohhut über Bord.

»Verdammter Deckel«, murmelte er, als er ihn im Rückspiegel davonrollen sah, während wir im dritten Gang die Auffahrt entlangbrausten. »Aber an Frauen habe ich Hüte sowieso noch nie leiden können.« Er musterte mich mit einem wilden Blick.

»Damit eines klar ist«, sagte er in ehrfurchtgebietendem Ton. »Du darfst auf gar keinen Fall mit meinen persischen Grabfigurinen Puppen spielen. Alles, nur das nicht. Verstanden?«

Ich nickte zufrieden. Und war mit ihm in den Mittleren Osten, nach Südamerika und zu Dutzenden von archäologischen Stätten auf der ganzen Welt gereist. Hatte anhand von Entwürfen zu Zeitschriftenartikeln lesen und schreiben gelernt, auch Latrinen graben und Wasser abkochen und eine Reihe von anderen Dingen, die sich für eine junge Dame aus gutem Haus nicht schicken – bis ich dem hübschen, dunkelhaarigen Historiker begegnete, der zu Onkel Lamb kam, um ihn über ein Problem der französischen Philosophie zu befragen, das im Zusammenhang mit der ägyptischen Religion stand.

Auch nach der Hochzeit führten Frank und ich das Nomadenleben angehender Dozenten, pendelten hin und her zwischen Konferenzen auf dem Kontinent und provisorischen Wohnungen, bis es ihn durch den Krieg an die Offiziersschule und danach zum Geheimdienst verschlug und ich eine Ausbildung als Krankenschwester machte. Obwohl wir seit fast acht Jahren verheiratet waren, würde das neue Haus in Oxford unser erstes richtiges Heim sein.

Ich klemmte meine Handtasche entschlossen unter den Arm, marschierte in den Laden und kaufte die Blumenvasen.

An der Kreuzung von High Street und Gereside Road traf ich Frank, und wir bogen gemeinsam in die letztere ein. Als er meine Neuerwerbungen sah, hob er die Augenbrauen.

»Vasen?« Er lächelte. »Wunderbar. Vielleicht hörst du jetzt damit auf, Blumen in meine Bücher zu legen.«

»Das sind keine Blumen, das sind Exemplare. Und es war dein Vorschlag, daß ich mich mit Botanik beschäftige. Damit ich etwas zu tun habe, nachdem ich jetzt keine Kranken mehr zu pflegen habe«, sagte ich.

Frank nickte gutgelaunt. »Stimmt. Mir war nur nicht klar, daß mir jedesmal, wenn ich ein Nachschlagewerk aufklappe, Grünzeug in den Schoß fallen würde. Was war dieses gräßliche bröckelige, braune Kraut, das du in den *Tuscum and Banks* getan hast?«

»Arnika. Ist gut bei Hämorrhoiden.«

»Du triffst Vorbereitungen, weil ich alt werde, ja? Wie aufmerksam von dir, Claire!«

Wir traten lachend durch die Pforte, und Frank trat zurück, um mich zuerst die schmale Treppe hinaufsteigen zu lassen.

Plötzlich faßte er meinen Arm. »Achtung! Da wirst du doch nicht reintreten wollen.«

Vorsichtig hob ich den Fuß über einen großen, rotbraunen Fleck auf der obersten Stufe.

»Seltsam«, sagtc ich. »Mrs. Baird putzt jeden Morgen die Treppe; ich habe sie dabei beobachtet. Was, meinst du, kann das sein?«

Frank beugte sich über die Stufe und schnupperte.

»Aus dem Stand würde ich sagen, das ist Blut.«

»Blut!« Ich trat einen Schritt zurück. »Wessen Blut?« Ich schaute nervös ins Haus. »Glaubst du, Mrs. Baird ist etwas zugestoßen?« Ich konnte mir nicht vorstellen, daß unsere untadelige Wirtin Blut auf ihrer Schwelle trocknen ließ, es sei denn, eine größere Katastrophe hätte sich ereignet. Ich fragte mich einen Moment, ob sich im Wohnzimmer ein geisteskranker Mörder verbarg, der sich mit markerschütterndem Schrei sowie einer Axt auf uns stürzen würde.

Frank schüttelte den Kopf. Er stand auf Zehenspitzen und spähte über die Hecke in den Garten nebenan.

»Das glaube ich kaum. Bei den Collins ist auch so ein Fleck auf der Schwelle.«

»Tatsächlich?« Ich rückte näher an Frank heran, sowohl um über die Hecke zu lugen als auch der moralischen Unterstützung wegen. Das schottische Hochland schien mir nicht der rechte Ort für einen Massenmörder zu sein; allerdings bezweifelte ich, daß sich solche Personen bei der Auswahl ihrer Wirkungsstätten an logische Kriterien hielten. »Das ist ziemlich ... unangenehm«, bemerkte ich. Aus dem Nachbarhaus drang kein Lebenszeichen. »Was, meinst du, ist passiert?«

Frank runzelte die Stirn, dachte nach und schlug sich dann in plötzlicher Eingebung auf sein Hosenbein.

»Ich weiß es, glaube ich. Warte einen Augenblick.« Damit überließ er mich meinem Schicksal, schoß durch die Pforte und trabte die Straße hinunter.

Wenig später war er, strahlend vor Gewißheit, zurück.

»Ja, das ist es. Muß es sein. Jedes Haus in dieser Reihe hatte es.«

»Hatte was? Besuch von einem gemeingefährlichen Irren?« Ich sprach in einem etwas scharfen Ton, weil ich mit nichts als einem großen Blutfleck zur Gesellschaft stehengelassen worden war.

Frank lachte. »Nein, ein rituelles Opfer. Faszinierend!« Er war jetzt auf allen vieren im Gras und betrachtete interessiert den Fleck.

Das schien mir kaum besser als ein gemeingefährlicher Irrer. Ich hockte mich neben ihn und rümpfte die Nase. Es war noch zu früh für Fliegen, aber ein paar von den großen, langsamen Hochlandmücken zogen über dem Fleck bereits ihre Kreise.

»Rituelles Opfer? Was soll das heißen?« fragte ich. »Mrs. Baird geht treu und brav zur Kirche wie alle anderen. Das ist doch kein Druidenhügel hier!«

Frank erhob sich und bürstete Gras von seiner Hose. »Hast du eine Ahnung, Mädchen«, sagte er. »Es gibt keinen Ort auf Erden, wo der alte Aberglaube und die alte Magie lebendiger sind als in den Highlands. Ob Mrs. Baird zur Kirche geht oder nicht, sie glaubt ans Hügelvolk, und ihre Nachbarn ebenso.« Er deutete mit seiner säuberlich polierten Schuhspitze auf den Fleck. »Das Blut eines schwarzen Hahnes«, erklärte er und wirkte durchaus zufrieden. »Die Häuser sind neu, das siehst du wohl. Fertigbauweise.«

Ich betrachtete Frank kühl. »Wenn du den Eindruck hast, das erkläre alles, dann täuschst du dich. Welchen Unterschied macht es, wie alt die Häuser sind? Und wo, um Himmels willen, sind die ganzen Leute?«

»Im Pub, nehme ich an. Schauen wir nach, ja?« Frank nahm meinen Arm und führte mich durch die Pforte und die Gereside Road hinunter.

»Früher«, berichtete er im Gehen, »und das ist noch gar nicht so lange her, war es üblich, etwas zu töten, wenn ein Haus gebaut wurde, und es unterm Fundament zu begraben – das sollte die Erdgeister besänftigen. ›Er wird die Grundfesten in seinem Erstgeborenen errichten, und in seinem jüngsten Sohn wird er die Tore bauen.‹ So alt wie die Berge.«

Ich schauderte bei dem Zitat. »Dann ist es wohl sehr modern und aufgeklärt, daß die Leute statt dessen Hähne nehmen. Du meinst also, da die Häuser ziemlich neu sind, ist nichts unter ihnen begraben worden, und dem helfen die Bewohner jetzt ab?«

»Genau.« Frank tätschelte mir wohlwollend den Rücken. »Nach Auskunft des Pfarrers denken viele Leute hier, zum Krieg sei es unter anderem deshalb gekommen, weil die Menschen ihre Wurzeln vergessen und es versäumt hätten, geeignete Sicherheitsmaßnahmen zu treffen, das heißt, ein Opfer unterm Fundament zu vergraben oder Fischgräten im Herdfeuer zu verbrennen – außer Schellfischgräten natürlich«, fügte Frank in seliger Weitschweifigkeit hinzu. »Schellfischgräten verbrennt man grundsätzlich nicht – wußtest du das? –, sonst fängt man nie wieder einen. Schellfischgräten muß man vergraben.«

»Ich werde es mir merken«, antwortete ich. »Sag mir, was ich machen muß, um nie wieder einen Hering zu sehen, und ich werde es umgehend tun.«

Frank schüttelte den Kopf, da er auf einem seiner geistigen Höhenflüge war, jenen kurzen Phasen gelehrter Verzückung, in denen er den Kontakt zu seiner unmittelbaren Umgebung verlor und sich ganz darauf konzentrierte, aus allen erreichbaren Quellen Wissen zu schöpfen.

»Hering? Keine Ahnung«, sagte er zerstreut. »Aber gegen Mäuse hängst du Zittergras auf – ›Hast du Zittergras im Haus, siehst du nie mehr eine Maus.‹ Aber Leichen unterm Fundament – daher kommen viele von den Gespenstern hier. Du kennst Mountgerald, das große Haus am Ende der High Street? Dort treibt ein Gespenst sein Unwesen, ein Maurer, der beim Bau mitgearbeitet hat und als Opfer für die Erdgeister getötet wurde. Irgendwann im achtzehnten Jahrhundert; das ist wirklich noch nicht lange her«, fügte Frank nachdenklich hinzu.

»Es heißt, auf Weisung des Bauherrn sei zunächst eine Mauer hochgezogen worden. Dann habe man von deren Krone einen Steinblock auf einen der Maurer fallen lassen – vermutlich wurde ein unangenehmer Kerl ausgewählt –, und anschließend sei er im Keller begraben und der Rest des Hauses über ihm errichtet worden. Er geht im Keller um, wo er getötet wurde, außer an den vier alten Jahreszeitenfesten.«

»Den vier alten Jahreszeitenfesten?«

»Ja, die alten Feste«, erklärte Frank. »Imbolc, das ist der keltische Frühlingsanfang am ersten Februar; Beltene, das Maifest; Lugnosa am ersten August führt den Herbst ein; und Samhain, der erste November – das spätere Allerheiligen. Druiden, Glockenbecherkultur, Pikten, sie alle feierten, soviel wir wissen, die Sonnen- und Feuerfeste. Wie auch immer, an diesen Tagen sind die Geister frei, können umherwandern und Gutes oder Böses tun, wie es ihnen beliebt.« Frank rieb sich versonnen das Kinn. »Die Frühlingstag- undnachtgleiche haben wir hinter uns, wir nähern uns Beltene. Paß also lieber auf, wenn du das nächste Mal am Friedhof vorbeikommst.« Er zwinkerte, und ich merkte, daß er aus seiner Trance erwacht war.

Ich lachte. »Gibt es hier viele berühmte Gespenster?«

Frank zuckte die Achseln. »Das weiß ich nicht. Wir werden den Pfarrer fragen, wenn wir ihn sehen, ja?«

Tatsächlich trafen wir den Pfarrer weitaus eher als vermutet. Er saß, zusammen mit den meisten anderen Dorfbewohnern, im Pub und trank anläßlich der Häuserweihe ein Helles.

Zwar schien er ziemlich verlegen, weil er dabei ertappt worden war, heidnische Bräuche zu dulden, aber er tat es beiläufig als bloße lokal-historische Gepflogenheit ab.

»Obwohl es durchaus faszinierend ist«, vertraute er uns an, und ich erkannte, innerlich seufzend, das Lied des Gelehrten. Frank lauschte dem Ruf einer verwandten Seele, begann sofort mit dem akademischen Balztanz, und binnen kurzem waren sie bis über beide Ohren in Archetypen und die Parallelen zwischen Aberglauben und Religion vertieft. Ich zuckte die Achseln und bahnte mir durch die Menge einen Weg zum Tresen und zurück, in jeder Hand einen großen Brandy mit Soda.

Da ich aus Erfahrung wußte, wie schwer es war, unter solchen Umständen Franks Aufmerksamkeit zu erregen, nahm ich einfach seine Hand, schloß seine Finger um das Glas und überließ ihn sich selbst.

Ich sah Mrs. Baird auf einer Bank in der Nähe des Fensters. Sie trank ein Glas halbdunkles Bier mit einem alten Herrn, den sie mir als Mr. Crook vorstellte.

»Das ist der Mann, von dem ich Ihnen erzählt habe, Mrs. Randall«, sagte sie mit hellen Augen, belebt durch den Alkohol und die Gesellschaft. »Der sich so gut mit Pflanzen auskennt.«

Und dann erklärte sie ihrem Gefährten, der seinen Kopf in einer Mischung aus Höflichkeit und Schwerhörigkeit neigte: »Mrs. Randall interessiert sich sehr für Pflanzen. Preßt sie in Büchern und so.«

»Wirklich?« fragte Mr. Crook, eine buschige weiße Augenbraue hochziehend. »Ich habe ein paar Pflanzenpressen – die richtigen, wohlgemerkt. Habe sie von meinem Neffen gekriegt, als er in den Ferien hier war. Er geht zur Universität. Hat sie extra für mich mitgebracht, und ich konnte ihm nicht sagen, daß ich keine Verwendung dafür habe. Kräuter hängt man einfach auf, oder man trocknet sie auf einem Rahmen und tut sie in Leinenbeutel oder in Gläser, aber warum man die kleinen Dinger plattdrückt, das weiß ich nicht.«

»Um sie anzuschauen vielleicht«, warf Mrs. Baird freundlich ein. »Mrs. Randall hat so hübsche Sachen aus Malvenblüten und Veilchen gemacht, die könnte man ohne weiteres einrahmen und an die Wand hängen.«

»Mmmpf.« Von Mr. Crooks zerfurchtem Gesicht war abzulesen, daß er dies, wenn auch nur unter gewissen Vorbehalten, für möglich hielt. »Also, wenn Sie die Pressen brauchen können, Missus, dann können Sie sie gerne haben. Ich will sie nicht wegwerfen, aber ich muß sagen, daß ich keine Verwendung dafür habe.«

Ich versicherte Mr. Crook, daß ich begeistert wäre, wenn er mir seine Pflanzenpressen gäbe, und noch begeisterter, wenn er mir zeigte, wo die selteneren Pflanzen der Region zu finden seien. Er beäugte mich einen Moment mit scharfem Blick, den Kopf zur Seite gelegt wie ein alter Turmfalke, aber dann schien er zu dem Schluß zu kommen, daß mein Interesse echt war, und wir verabredeten für den nächsten Morgen eine Exkursion ins hiesige Buschwerk. Frank hatte vor, den ganzen Tag in Inverness zu verbringen, wo er im Rathaus irgendwelche Urkunden einsehen wollte, und es freute mich, daß ich eine gute Ausrede hatte, um ihn nicht begleiten zu müssen. Für meine Begriffe glichen sich solche Dokumente wie ein Ei dem anderen.

Bald darauf riß sich Frank vom Pfarrer los, und wir gingen gemeinsam mit Mrs. Baird nach Hause. Ich scheute mich, das Hahnenblut auf der Treppe zu erwähnen, aber Frank war nicht so schüchtern und fragte unsere Wirtin eifrig nach den Hintergründen dieses Brauches aus.

»Er ist sehr alt, nicht wahr?« erkundigte er sich, wobei er einen abgebrochenen Zweig durch die Gewächse am Straßenrand sausen ließ. Weißer Gänsefuß und Fingerkraut blühten bereits, und am Besenginster schwollen die Knospen – noch eine Woche, und sie würden platzen.

»Ja.« Mrs. Baird watschelte flotten Schrittes dahin. »Älter als die Erinnerung. Den gab's schon vor den Riesen.«

»Riesen?« fragte ich.

»Ja. Fionn und seine Männer.«

»Gälische Volkssagen«, bemerkte Frank. »Helden, weißt du. Wahrscheinlich nordländische Wurzeln. Es gibt hier etliche alt-nordische Einflüsse, die ganze Küste hinauf und bis nach Westen. Manche Ortsnamen sind nicht etwa keltisch, sondern altnordisch.«

Ich befürchtete eine weitere Eruption gelehrten Wissens und rollte die Augen, aber Mrs. Baird lächelte freundlich und ermutigte Frank, sagte, das sei wahr und sie sei selbst einmal im Norden gewesen und habe den Zwei-Brüder-Stein gesehen und der sei auch altnordisch, nicht wahr?

»Die Nordländer sind zwischen 500 und 1300 nach Christus Hunderte von Malen an dieser Küste gelandet«, fuhr Frank fort und blickte verträumt zum Horizont, wo er wohl in den windzerzausten Wolken Drachenschiffe sah. »Wikinger. Und sie brachten viele ihrer Mythen mit. Dies ist ein gutes Land für Mythen. Die Dinge scheinen hier Wurzeln zu schlagen.«

Das glaubte ich Frank aufs Wort. Die Dämmerung brach herein, und ein Gewitter zog auf. Im unheimlichen Licht wirkten selbst die modernen Häuser an der Straße so uralt und düster wie der piktische Stein dreißig Meter weiter, der seit tausend Jahren die Kreuzung bewachte. Ein guter Abend für geschlossene Räume und fest verriegelte Fensterläden.

Doch statt gemütlich in Mrs. Bairds Wohnzimmer zu bleiben, entschied sich Frank dafür, seine Verabredung mit Mr. Bainbridge einzuhalten, einem Rechtsanwalt, der sich für historische Dokumente aus der Gegend interessierte. Ich dachte an meine frühere Begegnung mit Mr. Bainbridge und beschloß, zu Hause zu bleiben.

»Komm möglichst zurück, bevor das Unwetter losbricht«, sagte ich zu Frank und gab ihm einen Abschiedskuß. »Und grüße Mr. Bainbridge von mir.«

»Äh – ja. Ja, natürlich.« Sorgsam darauf bedacht, mir nicht in die Augen zu blicken, nahm Frank seinen Regenschirm und ging.

Ich schloß die Tür, klinkte sie aber nur ein, damit Frank wieder hereinkommen konnte. Ich wanderte ins Wohnzimmer und dachte mir, er werde zweifellos so tun, als hätte er keine Frau – und Mr. Bainbridge würde sich ihm darin anschließen. Nicht, daß ich ihm das besonders verdenken könnte.

Zunächst war alles gutgegangen während unseres Besuches bei Mr. Bainbridge am Nachmittag zuvor. Ich war bescheiden gewesen, zurückhaltend intelligent, gepflegt und dezent gekleidet, wie man es von der Gattin eines Hochschullehrers erwartet. Bis der Tee serviert wurde.

Ich drehte die rechte Hand um und inspizierte bekümmert die großen Brandblasen. Schließlich war es nicht meine Schuld gewesen, daß sich der verwitwete Mr. Bainbridge mit einer billigen Blechkanne begnügte, statt eine richtige aus Steingut zu besitzen. Auch nicht, daß er mich, um Höflichkeit bemüht, gebeten hatte einzuschenken. Auch nicht, daß der Topflappen, den er bereitgelegt hatte, an einer Stelle durchgescheuert war, so daß meine Hand schmerzhaft Bekanntschaft mit dem rotglühenden Henkel schloß, als ich die Kanne hochhob.

Nein, sagte ich mir. Die Teekanne fallen zu lassen, war eine völlig normale Reaktion. Sie in Mr. Bainbridges Schoß fallen zu lassen, war bloß ein dummes Versehen; irgendwo mußte sie ja landen. Erst mein Ausruf »Gottverdammte Scheiße!« hatte bewirkt, daß mich Frank über die Teekuchen hinweg anfunkelte.

Nachdem sich Mr. Bainbridge von seinem Schock erholt hatte, war er durchaus ritterlich, machte viel Aufhebens um meine Hand und ignorierte Franks Versuche, meine Sprache damit zu entschuldigen, daß ich fast zwei Jahre im Lazarett stationiert gewesen war. »Meine Frau hat bei den Amis leider einige, äh, farbige Wendungen aufgeschnappt«, sagte er mit nervösem Lächeln.

»Das stimmt«, bestätigte ich und schlang mit zusammengebissenen Zähnen eine nasse Serviette um meine Hand. »Männer neigen zu farbigen Wendungen, wenn man ihnen Schrapnellsplit aus dem Leib pult.«

Mr. Bainbridge versuchte nun taktvoll, das Gespräch in neutrale historische Bahnen zu lenken, indem er sagte, er habe sich immer für die Wandlungen dessen interessiert, was zu verschiedenen Zeiten als lästerliche Sprache gegolten habe. Da gebe es zum Beispiel *Gorblimey*, eine neuere Verballhornung des Fluches *God blind me* – »Gott soll mich mit Blindheit schlagen«.

Frank akzeptierte die Ablenkung erleichtert. »Ja, natürlich«, sagte er. »Nein danke, Claire, mir keinen Zucker. Und wie steht es mit *Gadzooks*? Das *Gad* scheint mir klar zu sein, ›Gott‹, nur diesmal als Ausruf, aber *zook*...«

»Nun«, warf der Anwalt ein, »darüber habe ich auch schon nachgedacht. Vielleicht ist es eine Verballhornung des alten schottischen Wortes *yeuk*, was ›jucken‹ bedeutet. Das ergäbe doch einen Sinn, nicht wahr?«

Frank nickte, ließ eine ungelehrte Haarsträhne in die Stirn fallen und strich sie automatisch zurück. »Interessant«, sagte er, »die ganze Entwicklung der Vulgärsprache.«

»Ja, und sie schreitet ständig fort«, sagte ich, indem ich behutsam ein Stück Würfelzucker mit der dafür bestimmten Zange aufnahm.

»Ach?« fragte Mr. Bainbridge höflich. »Sind Sie während Ihrer, äh, Kriegszeit auf solche interessanten Wandlungen gestoßen?«

»Allerdings«, antwortete ich. »Meine Lieblingswendung habe ich bei einem Yankee aufgeschnappt. Er hieß Williamson und kam, glaube ich, aus New York. Er sagte es jedesmal, wenn ich seinen Verband wechselte.«

»Und was war das?«

»*Jesus H. Roosevelt Christ*«, sagte ich und ließ den Würfelzucker säuberlich in Franks Tee gleiten.

Nach einem friedlichen und nicht unangenehmen Plausch mit Mrs. Baird stieg ich die Treppe hinauf, um mich bettfertig zu machen, bevor Frank nach Hause kam. Ich wußte, seine Grenze bei Sherry waren zwei Gläser, und so erwartete ich ihn bald zurück.

Der Wind frischte auf, und selbst im Schlafzimmer war die Luft elektrisch aufgeladen. Ich zog die Bürste durch meine Haare, und prompt knisterten meine Locken und verhedderten sich wüst miteinander. Sie müssen heute abend ohne ihre hundert Bürstenstriche auskommen, dachte ich. Bei diesem Wetter würde ich mich damit begnügen, mir die Zähne zu putzen. Haarsträhnen klebten an meinen Wangen und blieben störrisch an Ort und Stelle, als ich versuchte, sie zu entfernen.

Kein Wasser im Waschkrug; Frank hatte es verbraucht, als er sich frischmachte, bevor er zu seinem Treffen mit Mr. Bainbridge aufbrach, und ich hatte den Krug nicht wiederaufgefüllt. Ich nahm die L'Heure-Bleue-Flasche und schüttete eine Pfütze in meine Hand. Bevor sich der Duft verflüchtigen konnte, rieb ich meine Hände aneinander und fuhr mir mit ihnen durch die Haare. Ich kippte eine weitere Portion auf meine Haarbürste und fegte mir damit die Locken hinter die Ohren.

Das ist sehr viel besser, dachte ich, als ich meinen Kopf von einer Seite zur anderen drehte, um das Ergebnis in dem fleckigen Spiegel zu überprüfen. Die Haare umrahmten mein Gesicht in schweren, schimmernden Wellen. Der verdunstende Alkohol hatte einen sehr angenehmen Duft zurückgelassen. Das wird Frank gefallen, dachte ich. L'Heure Bleue ist sein liebstes Eau de Cologne.

Plötzlich zuckte in unmittelbarer Nähe ein Blitz, ein Donnerschlag folgte, und sämtliche Lichter gingen aus. Leise fluchend, kramte ich in mehreren Schubladen herum.

Irgendwo hatte ich Kerzen und Streichhölzer gesehen; Stromausfälle kamen in den Highlands so häufig vor, daß Kerzen ein unentbehrliches Requisit aller Fremdenzimmer waren. Selbst in den vornehmsten Hotels hatte ich welche gesehen – dort waren sie allerdings parfümiert und präsentierten sich in eleganten Mattglashaltern.

Mrs. Bairds Kerzen waren da weitaus gewöhnlicher, schlichte weiße Haushaltskerzen, aber es waren etliche, und drei Heftchen Streichhölzer lagen dabei. In einem solchen Moment wollte ich, was Stilfragen betraf, nicht allzu pingelig sein.

Beim Licht des nächsten Blitzes steckte ich eine Kerze in den blauen Keramikhalter auf der Frisierkommode, dann zündete ich weitere an, bis der ganze Raum von einem sanften, flackernden Schein erfüllt war. Sehr romantisch, dachte ich und drückte geistesgegenwärtig den Lichtschalter nach unten, damit der Strom, wenn er zu einem ungelegenen Zeitpunkt zurückkommen sollte, nicht die Stimmung verderben würde.

Die Kerzen waren erst einen Zentimeter heruntergebrannt, als es Frank hereinwehte. Buchstäblich, denn die Zugluft, die ihm die Treppe hinauf folgte, löschte drei von den Kerzen aus.

Die Tür schloß sich mit einem Knall, der noch einmal zwei auspustete, und Frank blinzelte im plötzlichen Dämmerlicht und fuhr sich mit der Hand durch die zerzausten Haare. Ich stand auf und zündete die Kerzen wieder an, wobei ich einige Bemerkungen fallenließ, die seine jähe Art, Zimmer zu betreten, betrafen. Erst als ich fertig war und mich umdrehte, um ihn zu fragen, ob er etwas trinken wolle, merkte ich, daß er blaß und ziemlich verstört aussah.

»Was ist?« fragte ich. »Bist du einem Gespenst begegnet?«

»Na ja«, sagte er langsam, »ich bin nicht sicher.« Zerstreut griff er nach meiner Haarbürste, um seine Mähne zu ordnen. Als ihm ein Hauch L'Heure Bleue in die Nüstern stach, rümpfte er die Nase, legte die Bürste aus der Hand und gab sich statt dessen mit seinem Taschenkamm zufrieden.

Ich warf einen Blick aus dem Fenster; draußen schwankten die Ulmen wild hin und her. Irgendwo auf der anderen Seite des Hauses schlug ein Fensterladen gegen die Mauer, und mir kam der Gedanke, daß wir unsere vielleicht schließen sollten, obwohl es draußen recht spannend war.

»Ein bißchen stürmisch für Gespenster, würde ich meinen«, sagte ich, »ziehen sie nicht stille Nebelabende auf Friedhöfen vor?«

Frank lachte ein wenig verlegen. »Na ja, wahrscheinlich liegt es ja nur an Bainbridges Geschichten und daran, daß ich etwas mehr von seinem Sherry getrunken habe, als ich ursprünglich wollte. Vermutlich war es gar nichts.«

Jetzt war meine Neugier geweckt. »Was genau hast du gesehen?« fragte ich und ließ mich auf dem Hocker vor der Frisierkommode nieder. Ich deutete mit dem Kopf auf die Whiskyflasche, und Frank machte sich sofort auf, zwei Drinks einzugießen.

Einen Fingerbreit für sich, zwei für mich. »Eigentlich nur einen Mann«, sagte er. »Er stand draußen auf der Straße.«

»Was, vor dem Haus?« Ich lachte. »Dann muß es ein Gespenst

gewesen sein; ich kann mir nicht vorstellen, daß ein Mensch aus Fleisch und Blut an einem solchen Abend draußen herumsteht.«

Frank wollte sich Wasser aus dem Waschkrug einschenken und betrachtete mich vorwurfsvoll, als er sah, daß er leer war.

»Schau mich nicht so an«, sagte ich. »Du hast das ganze Wasser verbraucht. Ich nehme den Whisky aber auch pur.« Um dies zu beweisen, trank ich einen kleinen Schluck.

Frank blickte drein, als wäre er versucht, auf die Toilette zu flitzen und Wasser zu holen, nahm jedoch Abstand davon und fuhr mit seiner Geschichte fort, wobei er so vorsichtig an seinem Glas nippte, als enthielte es nicht feinsten Glenfiddich, sondern Vitriol.

»Ja, er war unten am Gartenzaun. Ich dachte mir...« Frank zögerte und schaute in sein Glas, »ich dachte mir, daß er zu deinem Fenster hinaufstarrt.«

»Zu meinem Fenster? Wie eigenartig!« Ich konnte mich eines leichten Schauderns nicht erwehren und trat ans Fenster, um die Läden zu schließen, obwohl es ein bißchen spät dafür schien. Frank folgte mir, immer noch redend, durchs Zimmer.

»Ja, ich habe dich auch von unten gesehen. Du hast dir die Haare gebürstet und ein wenig geflucht, weil sie zu Berge standen.«

»Dann hat der Bursche wohl herzlich gelacht«, vermutete ich. Frank schüttelte den Kopf und strich mir über die Haare.

»Nein, er hat nicht gelacht. Er machte einen furchtbar unglücklichen Eindruck. Nicht, daß ich sein Gesicht gesehen hätte, es lag an der Art, wie er dastand. Ich trat hinter ihn, und da er sich nicht rührte, fragte ich höflich, ob ich ihm irgendwie helfen könnte. Zuerst dachte ich, er hätte mich nicht gehört, der Wind heulte so laut. Also wiederholte ich meine Frage und streckte meine Hand aus, um ihm auf die Schulter zu klopfen, ihn auf mich aufmerksam zu machen. Aber bevor ich ihn berühren konnte, wirbelte er plötzlich herum, schob sich an mir vorbei und ging davon, die Straße hinunter.«

»Das war zwar unhöflich, aber nicht sehr gespenstisch«, bemerkte ich und leerte mein Glas. »Wie sah er aus?«

Frank runzelte die Stirn. »Groß und kräftig«, sagte er, »ein Schotte in Hochlandtracht, alles komplett bis zur Felltasche und einer wunderschönen Brosche am Plaid. Ich wollte ihn fragen, woher er sie hat, aber da war er schon fort.« Ich ging zur Kommode und goß mir noch einen Drink ein. »Das ist doch nicht ganz ungewöhnlich hier, oder? Ich habe dann und wann Männer im Dorf gesehen, die so gekleidet waren.«

»Sicher ...« Frank hörte sich unschlüssig an. »Das Seltsame war nicht seine Aufmachung. Nur, als er sich an mir vorbeischob – ich hätte schwören können, er war nahe genug, daß ich hätte spüren müssen, wie er meinen Ärmel streifte, aber ich habe nichts gespürt. Und ich war so fasziniert, daß ich mich umdrehte und beobachtete, wie er fortging. Er lief die Gereside Road hinunter, und als er fast bei der Ecke war ... verschwand er einfach. Und da begann mich ein wenig zu frösteln.«

»Vielleicht warst du einen Moment abgelenkt, und er ist in den Schatten getreten«, sagte ich. »An der Ecke gibt es viele Bäume.«

»Ich könnte schwören, daß ich meinen Blick keine Sekunde von ihm abgewandt hatte«, murmelte Frank. Plötzlich sah er auf. »Jetzt weiß ich's wieder! Ich erinnere mich, warum ich ihn so seltsam fand, obwohl mir das in dem Moment gar nicht bewußt wurde.«

»Ja?« Ich war des Gespenstes schon ein bißchen müde und wollte zu interessanteren Dingen übergehen, dem Bett zum Beispiel.

»Der Wind wehte mordsmäßig, aber seine Gewänder bewegten sich nicht im mindesten.«

Wir starrten uns an. »Das«, sagte ich schließlich, »ist nicht ganz geheuer.«

Frank lächelte plötzlich und tat es achselzuckend ab. »Wenigstens habe ich jetzt dem Pfarrer etwas zu erzählen, wenn ich ihn das nächste Mal sehe. Vielleicht handelt es sich um ein bekanntes Ortsgespenst, und er kann mir alles über seine grausige Geschichte sagen.« Frank warf einen Blick auf seine Uhr. »Aber jetzt ist es Zeit, ins Bett zu gehen, würde ich sagen.«

»Allerdings«, murmelte ich.

Ich beobachtete im Spiegel, wie Frank sein Hemd auszog und seine Hand nach einem Kleiderbügel ausstreckte. Plötzlich hielt er inne.

»Hast du viele Schotten gepflegt, Claire?« fragte er unvermittelt.

»Natürlich«, antwortete ich etwas verwirrt. »Die meisten waren nette Jungen. Im großen und ganzen sehr tapfer, aber furchtbar feige, wenn es um Spritzen ging.« Ich lächelte, weil ich mich an jemand Bestimmtes erinnerte.

»Wir hatten einen ziemlich barschen Dudelsackpfeifer, der ertrug es nicht, gepiekt zu werden, besonders im Hüftbereich. Er litt stundenlang, bevor er jemanden mit einer Spritze an sich heranließ, und selbst dann versuchte er, uns dazu zu kriegen, daß wir ihm die Injektion in den Arm gaben.« Ich lachte bei dem Gedanken an Korporal Chisholm. »Er sagte mir einmal: ›Wenn ich mit nacktem Hintern auf dem Gesicht liege, will ich das Mädel *unter* mir haben, nicht hinter mir mit 'ner Nadel in der Hand!‹«

Frank lächelte, wirkte aber, wie immer, wenn ich mit meinen deftigeren Kriegsgeschichten aufwartete, etwas betreten. »Du kannst unbesorgt sein«, versicherte ich ihm, als ich seinen Gesichtsausdruck sah, »das werde ich nicht beim Tee im Gemeinschaftsraum der Dozenten erzählen.«

Franks Lächeln wurde heller, er trat einen Schritt näher und küßte mich auf den Scheitel.

»Keine Bange«, sagte er. »Alle im Gemeinschaftsraum werden von dir begeistert sein, egal, welche Geschichten du erzählst. Mmmm. Deine Haare riechen gut.«

»Du magst es also?« Statt einer Antwort strichen seine Hände über meine Schultern und schlossen sich sacht um meine Brüste. Ich sah im Spiegel seinen Kopf über meinem, sein Kinn, das auf meinem Scheitel ruhte.

»Ich mag alles an dir«, sagte er mit rauher Stimme. »Du bist wunderschön bei Kerzenlicht, weißt du das? Deine Augen sind wie Sherry in Kristallgläsern, und deine Haut schimmert wie Elfenbein. Doch, Kerzenlicht verzaubert dich. Vielleicht sollte ich die Lampen immer ausschalten.«

»Das macht es schwierig, im Bett zu lesen«, sagte ich, und mein Herz begann rascher zu schlagen.

»Im Bett wüßte ich mir etwas Besseres«, murmelte Frank.

»Ach, wirklich?« fragte ich, stand auf, drehte mich um und legte meine Arme um seinen Hals. »Was zum Beispiel?«

Einige Zeit später, wir lagen eng aneinandergekuschelt hinter verriegelten Fensterläden, hob ich den Kopf von Franks Schulter und sagte: »Warum hast du mich das vorhin gefragt? Ob ich mit Schotten zu tun hatte, meine ich – du mußt doch gewußt haben, daß das der Fall war. Im Lazarett liegen alle möglichen Männer, also auch Schotten.«

Frank regte sich und fuhr mit seiner Hand zärtlich über meinen Rücken.

»Mmm. Oh, eigentlich aus keinem speziellen Grund. Als ich den Mann draußen sah, habe ich mir nur gedacht, das könnte jemand sein...« – Frank zögerte, griff ein wenig fester zu –, »äh, ja, das könnte jemand sein, den du gepflegt hast... und vielleicht hat er erfahren, daß du hier bist, und wollte vorbeischauen... irgend etwas in dieser Richtung.«

»Warum«, sagte ich ganz praktisch, »ist er dann nicht hereingekommen und hat gefragt, ob er mich sprechen kann?«

»Na ja«, Franks Stimme klang sehr beiläufig, »vielleicht wollte er mir lieber nicht begegnen.«

Ich stützte mich auf einen Ellenbogen und starrte Frank an. Wir hatten eine Kerze brennen lassen, und ich konnte ihn deutlich genug erkennen. Er hatte den Kopf weggedreht und blickte lässig zu der Farblithographie von Bonnie Prince Charles, mit der Mrs. Baird unsere Wand geschmückt hatte.

Ich faßte Franks Kinn, damit er mich ansah. Er riß in gespielter Verwunderung die Augen auf.

»Willst du damit andeuten«, fragte ich, »der Mann, den du draußen gesehen hast, sei eine... eine...« Ich geriet ins Stocken, suchte nach der richtigen Formulierung.

»Liaison?« schlug Frank beflissen vor.

Ich brachte meinen Satz zu Ende. »Flamme von mir?«

»Nein, nein, natürlich nicht«, antwortete Frank wenig überzeugend. Er nahm meine Hände von seinem Gesicht und versuchte mich zu küssen, doch nun war es an mir, den Kopf wegzudrehen. Frank begnügte sich damit, mich zurückzudrücken, so daß ich wieder neben ihm lag.

»Es ist nur so...«, fuhr er fort. »Immerhin waren es sechs Jahre, Claire. Und wir haben uns in dieser Zeit bloß dreimal gesehen, und beim drittenmal nur einen Tag. Es wäre nicht ungewöhnlich, wenn... jeder weiß doch, daß Ärzte und Krankenschwestern entsetzlich unter Druck stehen, und ich... ich meine ja nur... ich könnte verstehen, wenn sich etwas, äh, ganz spontan...«

Ich kürzte das Gefasel ab, indem ich aus dem Bett sprang.

»Glaubst du, ich sei dir untreu gewesen?« fragte ich. »Wenn ja, dann verlaß dieses Zimmer! Verlaß dieses Haus! Wie kommst du darauf, mir so etwas zu unterstellen?« Ich kochte vor Wut, und Frank setzte sich auf, streckte die Hand aus und versuchte, mich zu beschwichtigen.

»Faß mich nicht an!« fauchte ich. »Sag mir nur, ob du wirklich glaubst, daß ich ein Verhältnis mit einem Patienten hatte, nur weil ein fremder Mann zufällig zu meinem Fenster hinaufschaut?«

Frank erhob sich und schlang seine Arme um mich. Ich erstarrte zur Salzsäule, aber er ließ sich nicht davon beeindrucken und liebkoste meine Haare und meine Schultern so, wie ich es mochte.

»Nein, das glaube ich nicht«, sagte er mit großer Entschiedenheit. Er zog mich näher an sich, und ich beruhigte mich ein wenig, wenn auch nicht so sehr, daß ich meine Arme um ihn legte.

Nach langer Zeit murmelte er in meine Haare: »Ich weiß doch, so etwas tätest du nie. Ich wollte nur sagen, selbst wenn . . . es würde keinen Unterschied für mich machen, Claire. Ich liebe dich. Und was du auch tust, ich würde nie aufhören, dich zu lieben.« Er nahm mein Gesicht in beide Hände – da er nur zehn Zentimeter größer war als ich, konnte er mir ohne Schwierigkeiten in die Augen sehen – und fragte leise: »Verzeihst du mir?« Sein Atem, der schwach nach Whisky roch, hauchte mir warm ins Gesicht, und sein Mund, voll und sinnlich, war verwirrend nah.

Ein weiterer Blitz verkündete, daß draußen das Unwetter losbrach, und gleich darauf prasselte ein ohrenbetäubender Regen auf die Schieferplatten des Daches.

Langsam legte ich meine Hände um Franks Taille.

»›Der Gnade Maß ist noch nicht voll‹«, zitierte ich. »›Sie träuft vom Himmel wie der milde Tau . . .‹«

Frank lachte und blickte nach oben; die Flecken an der Zimmerdecke verhießen nichts Gutes, was unsere Aussichten betraf, die Nacht im Trockenen zu verbringen.

»Wenn das eine Kostprobe deiner Gnade ist«, sagte er, »dann möchte ich nie in Ungnade fallen.« Zur Antwort donnerte es laut wie Artilleriefeuer, und wir lachten beide, wieder versöhnt.

Erst später, während ich auf Franks gleichmäßigen tiefen Atem lauschte, begann ich mir Gedanken zu machen. Er hatte keinerlei Grund, mich der Untreue zu verdächtigen. Was aber war mit ihm? Wie er selbst gesagt hatte: Sechs Jahre waren eine lange Zeit.

2

Der Steinkreis

Mr. Crook holte mich, wie vereinbart, am nächsten Morgen um sieben ab.

»Damit wir noch den Tau auf den Butterblumen sehen, was, Mädchen?« sagte er, und seine Augen glitzerten vor Altherrencharme. Er hatte ein Motorrad dabei, annähernd sein Jahrgang, das uns in die Umgebung bringen sollte. Die Pflanzenpressen waren säuberlich mit Gurten an der ungeheuren Maschine befestigt – wie ausgediente Autoreifen an einem Schleppkahn. Wir fuhren geruhsam über das stille Land, das im Vergeich zum donnermäßigen Röhren von Mr. Crooks Motorrad nur noch stiller wirkte. Der alte Herr verstand, wie ich bald entdeckte, tatsächlich viel von den Pflanzen hier. Er wußte nicht nur, wo sie zu finden waren, sondern kannte auch ihre Heilkraft und die Art, wie man sie zubereitete. Ich wünschte, ich hätte ein Notizbuch mitgenommen, um alles aufzuschreiben, statt dessen lauschte ich aufmerksam seiner brüchigen Greisenstimme und tat mein Bestes, mir die Informationen einzuprägen, während ich unsere Exemplare in die schweren Pflanzenpressen legte.

Unweit eines Berges mit seltsam flacher Kuppe machten wir halt und nahmen einen Imbiß aus dem Picknickkorb zu uns. Grün wie die meisten seiner Nachbarn und mit den gleichen Felsvorsprüngen, wies dieser Berg eine Besonderheit auf: Ein ziemlich ausgetretener Pfad führte die eine Flanke hinauf und verschwand plötzlich hinter einer unbewachsenen Felsnase.

Ich deutete mit einem Schinkensandwich und fragte: »Was ist da oben?«

»Ah.« Mr. Crook warf einen flüchtigen Blick auf den Berg. »Das ist der Craigh na Dun, Mädchen. Den wollte ich Ihnen nach dem Essen zeigen.«

»Wirklich? Gibt es da etwas Besonderes?«

»Aye«, antwortete Mr. Crook, wollte dies aber nicht näher ausführen und sagte nur, ich würde es nachher selbst sehen.

Ich hatte befürchtet, daß er einen so steilen Weg nicht hinaufkommen würde, doch meine Sorgen verflüchtigten sich, als ich dann hinter ihm herkeuchte. Schließlich streckte Mr. Crook seine knotige Hand aus und zog mich über die letzte Steigung nach oben.

»Da.« Er machte eine ausladende, besitzerstolze Gebärde.

»Ein Steinkreis!« sagte ich entzückt. »Ein kleiner Steinkreis!«

Wegen des Krieges war es mehrere Jahre her, daß ich die Ebene von Salisbury besucht hatte, aber Frank und ich hatten Stonehenge kurz nach unserer Hochzeit besichtigt. Wie die anderen Touristen, die ehrfürchtig zwischen den großen Steinen umherwanderten, hatten wir offenen Mundes den Altarstein angestarrt (»Wo die alten Druiden ihre furchtbaren Menschenopfer darbrachten«, verkündete der Fremdenführer, der eine Busladung italienischer Touristen begleitete, mit sonorer Stimme, und alle machten pflichtschuldigst Fotos von dem recht gewöhnlich aussehenden Felsblock.)

Dieselbe Leidenschaft für Genauigkeit, die Frank dazu brachte, seine Krawatten so auf Kleiderbügeln zu arrangieren, daß die Enden exakt senkrecht herunterbaumelten, ließ uns das ganze Monument durchwandern, die Entfernungen zwischen den Y- und Z-Löchern messen und die waagrecht liegenden Steine im äußersten Kreis zählen.

Drei Stunden später wußten wir, wie viele Y- und Z-Löcher es gibt (neunundfünfzig, wenn Sie's wissen wollen; ich wollte nicht), hatten aber nicht mehr Aufschluß über Sinn und Zweck des Bauwerks gewonnen als die vielen Amateur- und Berufsarchäologen, die Stonehenge in den letzten fünfhundert Jahren heimgesucht hatten.

Natürlich mangelte es nicht an Hypothesen. Mein Leben unter Akademikern hatte mich gelehrt, daß eine wohlformulierte Hypothese im allgemeinen förderlicher ist als eine unzulänglich ausgedrückte Tatsache, zumindest im Hinblick auf das berufliche Fortkommen.

Ein Tempel. Eine Begräbnisstätte. Ein Observatorium. Ein Richtplatz (daher der so ungeschickt benannte »Metzelstein«, der am Eingang liegt, halb in seine Grube eingesunken). Ein Freiluftmarkt. Diese Theorie gefiel mir. Ich stellte mir megalithische Hausfrauen vor, die mit ihren Körben zwischen den Blöcken umherspazierten, kritisch die Glasur auf der neuesten Lieferung von Tonbechern betrachteten und skeptisch den Behauptungen von steinzeitlichen Bäckern und Verkäufern von Hirschhornschaufeln und Bernsteinperlen lauschten.

Das einzige, was aus meiner Sicht gegen diese Hypothese sprach, waren die Leichen unterm Altarstein und die Spuren von menschlicher Asche in den Z-Löchern. Mir schien es – es sei denn, das waren die Überreste von glücklosen Krämern, die ihre Kunden betrogen hatten – doch ein bißchen unhygienisch, Leute auf dem Marktplatz zu begraben.

Bei dem kleinen Steinkreis auf dem Berg deutete nichts auf Bestattungen hin. Mit »klein« meine ich lediglich, daß er kleiner war als Stonehenge; trotzdem war jeder Stein doppelt so groß wie ich und von gewaltigen Proportionen.

Von einem anderen Fremdenführer in Stonehenge hatte ich erfahren, daß es solche Kreise in ganz Britannien und Europa gibt – einige besser erhalten als andere, einige leicht abgewandelt in Form oder Ausrichtung, aber alle unbekannter Herkunft oder Bestimmung.

Mr. Crook stand gütig lächelnd da, während ich zwischen den Steinen herumging und dann und wann anhielt, um einen zu berühren, als könnte das Eindruck auf die enormen Blöcke machen.

Einige waren matt gestreift, andere mit Glimmer durchsetzt, der den heiteren Schimmer der Sonne einfing. Und alle unterschieden sich erheblich von den Brocken lokalen Gesteins, die ringsumher aus dem Farn aufragten. Wer immer die Kreise errichtet haben mochte, hatte es für wichtig gehalten, spezielle Blöcke abbauen, bearbeiten und transportieren zu lassen. Wie waren sie bearbeitet worden? Und wie transportiert, über welche unvorstellbaren Entfernungen hinweg?

Ich dankte Mr. Crook dafür, daß er mir die Pflanzen und diesen Ort gezeigt hatte. »Mein Mann wäre sicher fasziniert«, sagte ich. »Ich werde ihn später hierherführen.« Der alte Herr trug mir am Anfang des Weges ritterlich seinen Arm an. Ich nahm ihn, denn ich kam nach einem Blick den Steilhang hinunter zu dem Schluß, daß Mr. Crook trotz seines Alters fester auf den Beinen stand als ich.

Am Nachmittag lief ich die Straße ins Dorf hinunter, um Frank vom Pfarrhaus abzuholen. Glücklich atmete ich den berauschenden Duft der Highlands ein, eine Mischung aus Heidekraut, Salbei und Ginster, hier und dort gewürzt mit Rauch und Bratheringdünsten aus den verstreut liegenden Häuschen. Das Dorf schmiegte sich in eine kleine Senke am Fuße eines jener Berge, die so steil aus dem Moor des Hochlands aufragen. Die Häuschen nahe der Straße waren ausgesprochen hübsch. Die Blüte der Nachkriegszeit hatte sich in neuen Anstrichen niedergeschlagen, und auch das Pfarrhaus, das mindestens hundert Jahre alt war, prunkte mit hellgelbem Putz um die verzogenen Fensterrahmen.

Die Haushälterin des Pfarrers, hochaufgeschossen und dürr, mit drei Reihen Zuchtperlen um den Hals, öffnete die Tür. Als sie hörte, wer ich war, bat sie mich herein und führte mich durch einen langen, schmalen Flur, in dem Sepiadrucke von Menschen hingen, die berühmte historische Persönlichkeiten oder Verwandte des Pfarrers darstellen mochten, genausogut aber auch die königliche Familie – besser konnte ich die Gesichtszüge in der Düsternis nicht erkennen.

Das Arbeitszimmer des Pfarrers war im Gegensatz dazu gleißend hell. Das Licht fiel durch hohe Fenster, die an einer Wand fast von der Decke bis zum Boden reichten. Eine Staffelei neben dem Kamin, auf der ein halbfertiges Ölbild stand – schwarze Felsen vor einem Abendhimmel –, gab Aufschluß darüber, warum die Fenster, sicher lange nach Errichtung des Hauses, eingebaut worden waren.

Frank und ein kleiner, wohlgenährter Mann mit dem hohen steifen Kragen des Geistlichen beugten sich behaglich über einen Haufen zerfledderter Papiere auf dem Schreibtisch an der Wand. Frank blickte kaum auf, um mich zu begrüßen, doch der Pfarrer ließ höflich von seinen Erläuterungen ab, eilte herüber und faßte meine Hand; sein rundes Gesicht strahlte vor Freude.

»Mrs. Randall!« sagte er und riß mir vor Herzlichkeit fast die Rechte aus. »Wie schön, Sie wiederzusehen! Und Sie sind gerade rechtzeitig gekommen, um das Allerneueste zu hören!«

»Das Allerneueste?« Ich warf einen Blick auf den Schreibtisch und datierte dieses Allerneueste anhand von Schmutz und Typographie auf etwa 1750.

»Ja. Wir sind den Spuren von Jack Randall, dem Vorfahren Ihres Mannes, in den damaligen Kriegsberichten gefolgt.« Der Pfarrer beugte sich vor und sprach aus dem Mundwinkel wie ein amerikanischer Filmgangster. »Ich habe die Originale aus dem Archiv der hiesigen Historischen Gesellschaft, äh, ›entliehen‹. Sie werden das, bitte sehr, niemandem verraten?«

Amüsiert versprach ich, das hochbrisante Geheimnis für mich zu behalten, und sah mich nach einem Sitzmöbel um, in dem ich die jüngsten Offenbarungen aus dem achtzehnten Jahrhundert entgegennehmen konnte. Der Ohrensessel am Fenster wirkte geeignet, aber als ich die Hand ausstreckte, um ihn zum Schreibtisch zu drehen, stellte ich fest, daß er schon belegt war. Der Bewohner, ein kleiner Junge mit glänzenden schwarzen Haaren, hatte sich in den Tiefen des Möbels zusammengerollt und schlief fest.

»Roger!« Der Pfarrer war genauso überrascht wie ich. Der Junge schrak aus dem Schlaf auf, setzte sich kerzengerade hin und blickte uns mit großen, moosgrünen Augen an.

»Was willst du denn hier, du kleiner Frechdachs?« schalt der Pfarrer liebevoll. »Oh, mal wieder beim Heftchenlesen eingeschlafen?« Er hob die bunten Seiten auf und reichte sie dem Jungen. »Jetzt geh schön, ich habe mit den Randalls zu reden. Nein, warte noch einen Moment, ich habe vergessen, dich vorzustellen – Mrs. Randall, das ist mein Sohn Roger.«

Ich war ein wenig verwundert, denn ich hatte Reverend Wakefield für einen eingefleischten Junggesellen gehalten. Trotzdem ergriff ich die mir artig dargereichte Pfote und schüttelte sie freundlich, wonach ich dem Drang widerstand, mir die nunmehr recht klebrigen Finger am Rock abzuwischen.

Der Junge zog in Richtung Küche ab, und Reverend Wakefield schaute ihm liebevoll nach.

»Eigentlich der Sohn meiner Nichte«, vertraute er mir an. »Aber der Vater ist über dem Kanal abgeschossen worden und die Mutter bei einem Luftangriff auf London gestorben, also habe ich ihn aufgenommen.«

»Wie nett von Ihnen«, murmelte ich und dachte an Onkel Lamb. Auch er war bei einem Luftangriff auf London gestorben, und zwar durch einen Volltreffer auf das Auditorium des British Museum, wo er gerade einen Vortrag hielt. Da ich ihn kannte, dachte ich mir, er hätte vor allem Dankbarkeit dafür empfunden, daß der Flügel mit den persischen Altertümern verschont geblieben war.

»Ach was.« Der Pfarrer machte eine verlegen flatternde Handbewegung. »Es ist hübsch, ein bißchen junges Leben im Haus zu haben. Und nun setzen Sie sich doch bitte.«

Frank begann zu reden, bevor ich meine Handtasche abgestellt hatte. »Ein verblüffender Glücksfall, Claire«, schwärmte er und blätterte in den eselsohrigen Papieren. »Der Pfarrer hat eine ganze Serie von Kriegsberichten gefunden, in denen Jonathan Randall erwähnt wird.«

»Nun, ein guter Teil seines Ruhms scheint Hauptmann Randalls eigener Verdienst gewesen zu sein«, bemerkte der Pfarrer und nahm Frank ein paar Blätter aus der Hand. »Er befehligte etwa vier Jahre lang die Garnison von Fort William und verbrachte offenbar einen guten Teil dieser Zeit damit, die schottischen Grenzgebiete im Auftrag der Krone zu schikanieren. Dies...« – er sonderte behutsam einen Stapel Papiere aus und legte sie neben die anderen –, »dies sind Berichte von Beschwerden, die mehrere Familien und Gutsbesitzer gegen den Hauptmann einlegten. Vorgebracht wurde alles mögliche, von der Belästigung des weiblichen Personals durch Soldaten bis hin zum Pferdediebstahl, ganz zu schweigen von diversen Fällen nicht näher erläuterter ›Beleidigungen‹.«

Das amüsierte mich. »Dann hast du also einen klassischen Schurken unter deinen Ahnen?« sagte ich zu Frank.

Er zuckte ungerührt die Achseln. »So war er nun einmal, und ich kann nichts mehr daran ändern. Ich möchte es nur herausfinden. Solche Beschwerden sind für die Zeit nicht allzu ungewöhnlich; die Engländer im allgemeinen und das Heer im besonderen waren im schottischen Hochland recht unbeliebt. Ungewöhnlich ist nur, daß die Beschwerden anscheinend nie zu etwas geführt haben.«

Der Pfarrer, unfähig, lange still zu bleiben, schaltete sich ein. »Das ist richtig. Nicht, daß die Offiziere damals an die uns heute geläufigen Normen gebunden waren; sie konnten in kleineren Angelegenheiten so ziemlich tun, was sie wollten. Aber es ist seltsam, daß man die Beschwerden nicht verfolgte und dann abwies; sie werden einfach nicht mehr erwähnt. Wissen Sie, was ich vermute, Randall? Daß Ihr Ahnherr einen Gönner hatte. Jemanden, der ihn vor seinen Vorgesetzten in Schutz nahm.«

Frank kratzte sich am Kopf und schielte nach den Berichten. »Da mögen Sie recht haben. Muß aber jemand ziemlich Mächtiges gewesen sein. Weit oben in der militärischen Hierarchie, vielleicht auch ein Mitglied des Hochadels.«

»Ja. Und es könnte sein –« Der Pfarrer wurde unterbrochen, als seine Haushälterin, Mrs. Graham, eintrat.

»Ich bringe Ihnen eine kleine Stärkung, meine Herren«, verkündete sie und stellte das Teebrett resolut in die Mitte des Schreibtischs, von wo der Pfarrer seine kostbaren Berichte gerade noch rechtzeitig zu retten vermochte. Mrs. Graham betrachtete mich prüfend und wußte das Zucken in meinen Gliedern und die gelinde Verglasung meiner Augen völlig richtig zu deuten.

»Ich habe nur zwei Tassen gebracht, weil ich mir dachte, daß sich Mrs. Randall vielleicht zu mir in die Küche setzen möchte. Ich habe ein wenig –« Ich wartete nicht auf den Schluß der Einladung, sondern sprang eilfertig auf. Als wir durch die Schwingtür traten, die in die Pfarrhausküche führte, hörte ich, wie die Herren erneut in Theorien ausbrachen.

Der Tee war grün, heiß und wohlriechend, und in der Flüssigkeit wirbelten Bruchstücke von Teeblättern.

»Mmm«, sagte ich, als ich die Tasse absetzte. »Es ist lange her, daß ich Oolong getrunken habe.«

Mrs. Graham nickte und strahlte über meine Freude an ihrem Imbiß. Sie hatte sich einige Mühe gemacht, handgefertigte Spitzendeckchen unter die Tassen aus Eierschalenporzellan gelegt und dicke Schlagsahne zum Gebäck gestellt.

»Aye, im Krieg konnte ich keinen bekommen. Dabei ist er am besten fürs Lesen. Mit dem Earl Grey war es ganz furchtbar. Die Blätter fallen so schnell auseinander, daß man kaum was erkennen kann.«

»Ach, Sie lesen aus dem Teesatz?« fragte ich leicht amüsiert. Nichts konnte der volkstümlichen Vorstellung von der wahrsagenden Zigeunerin ferner sein als Mrs. Graham mit ihrer kurzen eisengrauen Dauerwelle und ihrer dreireihigen Halskette. Ein Schluck Tee rann ihr durch die lange, sehnige Kehle und verschwand zwischen den matt schimmernden Perlen.

»Aber sicher, mein Kind. Ich habe es von meiner Großmutter gelernt, und die hatte es von ihrer Großmutter. Trinken Sie aus, und ich werde sehen, was wir da haben.«

Mrs. Graham schwieg lange, drehte nur dann und wann die Tasse ins Licht oder rollte sie langsam zwischen ihren schmalen Händen, um sie aus einem anderen Blickwinkel zu betrachten.

Sie stellte die Tasse so behutsam ab, als müßte sie befürchten, daß sie ihr ins Gesicht explodierte. Die Falten zu beiden Seiten ihres Mundes waren tiefer geworden, und sie hatte die Augenbrauen verwirrt zusammengezogen.

»Also«, sagte sie schließlich. »Das ist schon merkwürdig.«

»Ach ja?« Ich war immer noch amüsiert, fing aber auch an, neugierig zu werden. »Begegne ich demnächst einem großen dunklen Fremden, oder reise ich übers Meer?«

»Kann sein.« Mein ironischer Ton entging Mrs. Graham nicht, und sie übernahm ihn leise lächelnd. »Oder auch nicht. Genau das ist das Merkwürdige an Ihrer Tasse. Alles ist widersprüchlich. Wir haben das gekrümmte Blatt, das für Reisen steht, aber auch das geknickte, das Seßhaftigkeit bedeutet. Und Fremde gibt es ebenfalls, sogar mehrere. Und wenn ich den Satz richtig lese, ist einer von denen Ihr Mann.«

Meine Erheiterung verflüchtigte sich ein wenig. Nach sechs Jahren Trennung und sechs Monaten erneuten Zusammenlebens war mein Mann tatsächlich noch so etwas wie ein Fremder. Wenn mir auch nicht einleuchtete, woher Teeblätter das wissen sollten.

Mrs. Grahams Stirn war immer noch gerunzelt. »Zeigen Sie mir mal Ihre Hand, mein Kind«, sagte sie.

Die Finger, mit denen sie meine Hand hielt, waren knochig, aber erstaunlich warm. Von ihrem ordentlich frisierten und gebeugten Graukopf stieg leichter Lavendelduft auf. Sie starrte meine Hand ziemlich lange an und zog dann und wann eine Linie mit dem Finger nach, als hätte sie eine Landkarte vor sich, auf der sich alle Straßen im Nichts verloren.

»Nun, was ist?« fragte ich, um einen lockeren Gesprächston bemüht. »Oder ist mein Schicksal so furchtbar, daß Sie es mir nicht offenbaren mögen?«

Mrs. Graham hob die Augen und betrachtete nachdenklich mein Gesicht, behielt meine Hand jedoch in ihrer. Sie schürzte die Lippen und schüttelte den Kopf.

»Nein, nein, mein Kind. Ihr Schicksal steht nicht in Ihrer Hand geschrieben. Nur die Anlage dazu.« Der vogelähnliche Kopf neigte sich sinnend zur Seite. »Handlinien wandeln sich. Zu einer anderen Zeit Ihres Lebens können sie ganz anders aussehen als jetzt.«

»Das wußte ich nicht. Ich dachte, man kommt mit fertigen Linien auf die Welt, und dabei bleibt es.« Ich unterdrückte den Drang, Mrs. Graham die Hand zu entziehen. »Welchen Sinn hat die Handleserei dann?« Ich wollte nicht unhöflich klingen, aber ich fand diese Inspektion, vor allem nach der Teesatzdeuterei, ein bißchen beunruhigend. Mrs. Graham lächelte unerwartet und faltete meine Finger über meine Handfläche.

»Die Handlinien zeigen, wer Sie sind. Deshalb verändern sie sich – oder sollten es zumindest. Bei manchen Leuten tun sie's nicht – bei den wenigen, die das Pech haben, sich nie zu ändern.« Mrs. Graham tätschelte mir die Hand. »Ich bezweifle, daß Sie zu ihnen gehören. Ihre Hand zeigt bereits erhebliche Veränderungen für jemanden, der so jung ist. Liegt wohl am Krieg«, sagte sie wie im Selbstgespräch.

Ich war wieder neugierig geworden und öffnete die Hand.

»Wer bin ich denn, meiner Hand zufolge?«

Mrs. Graham zog die Stirn kraus, nahm meine Hand jedoch nicht wieder in die ihre.

»Das kann ich nicht sagen. Was merkwürdig genug ist, denn die meisten Hände sind sich ähnlich. Ich will nicht behaupten, daß eine aussieht wie die andere, aber es ist oft so – es gibt bestimmte Muster.« Mrs. Graham lächelte plötzlich. Es war ein seltsam gewinnendes Lächeln, bei dem sie sehr weiße und offenkundig falsche Zähne zeigte.

»Auf dieser Grundlage arbeitet eine Wahrsagerin. Ich tu's jedes Jahr beim Kirchenfest, das heißt, ich habe es vor dem Krieg getan und werde jetzt wohl wieder damit anfangen. Also, ein Mädchen kommt ins Zelt, und da sitze ich mit meinem Turban und einer Pfauenfeder, die ich mir von Mr. Donaldson geliehen habe, und ›in Gewändern von orientalischem Glanz‹ – ich meine, im Morgenrock des Pfarrers, der ist gelb wie die Sonne, und es sind überall Pfauen drauf –, und ich schaue mir das Mädchen an, während ich so tue, als läse ich ihr aus der Hand, und ich sehe, ihre Bluse ist bis zum Nabel ausgeschnitten, und sie trägt Ohrringe, die ihr bis zu den Schultern reichen, außerdem riecht sie nach billigem Parfüm. Da brauche ich keine Kristallkugel, um ihr zu prophezeien, daß sie noch vor dem Kirchenfest im nächsten Jahr ein Kind bekommen wird.« Mrs. Graham hielt inne, und in ihren grauen Augen blitzte der Schalk. »Wenn die Hand, die man hält, bloß ist, sollte man dem Mädchen allerdings erst mal sagen, daß sie bald heiraten wird – das ist taktvoller.«

Ich lachte, und Mrs. Graham auch. »Sie schauen also gar nicht auf die Hände?« fragte ich. »Außer um festzustellen, ob ein Ring dran ist?«

Mrs. Graham blickte verwundert drein. »Natürlich schaue ich auf die Hand. Es ist nur so, daß man im voraus weiß, was man sehen wird. Meistens jedenfalls.« Mrs. Graham deutete mit einer Kopfbewegung auf meine offene Hand. »Aber dieses Muster habe ich noch nie gesehen. Der große Daumen...« – sie beugte sich vor und berührte ihn leicht –, »das ist nicht so ungewöhnlich. Es bedeutet, daß Sie willensstark sind und sich so leicht nichts gefallen lassen.« Mrs. Graham zwinkerte mir zu. »Aber das hätte Ihnen auch Ihr Mann sagen können. Das hier auch.« Sie zeigte auf meinen fleischigen Daumenballen.

»Was ist das?«

»Der sogenannte Venushügel.« Mrs. Graham schürzte ein wenig spröde die dünnen Lippen, obwohl sich ihre Mundwinkel hoben. »Bei einem Mann hieße es, daß er den Mädels nachläuft. Bei einer Frau verhält es sich etwas anders. Um höflich zu bleiben, werde ich eine kleine Prophezeiung für Sie machen und sagen, daß sich Ihr Mann nie sehr weit von Ihrem Bett entfernen wird.« Mrs. Graham lachte überraschend tief, ja anzüglich, und ich errötete ein bißchen.

Dann betrachtete sie wieder meine Hand, deutete hie und da mit dem Zeigefinger, um zu erklären, was sie meinte.

»Klar ausgeprägte Lebenslinie; mit anderen Worten, Sie sind bei guter Gesundheit und werden es wahrscheinlich bleiben. Die Lebenslinie ist unterbrochen, das heißt, Ihr Leben hat sich merklich verändert – das gilt freilich für uns alle, nicht wahr? Aber Ihre ist stärker zerfasert als üblich, lauter Bruchstücke. Und Ihre Herzlinie...« Mrs. Graham schüttelte erneut den Kopf. »Ihre Herzlinie ist geteilt. Das ist nicht ungewöhnlich, bedeutet zwei Ehen...«

Worauf ich doch reagierte, wenn ich es auch unterdrückte, aber Mrs. Graham hatte das leichte Zucken wahrgenommen und blickte auf. Sie schüttelte beruhigend den grauen Kopf.

»Nein, nein, mein Kind. Das heißt nicht, daß Ihrem Mann etwas zustößt. Nur *wenn*«, sie betonte das »Wenn«, indem sie meine Hand ein wenig drückte, »dann wären Sie nicht die Frau, die vor Kummer vergehen und den Rest ihres Lebens mit Trauern vergeuden würde. Sie sind eine von denen, die wieder lieben können, wenn sie ihre erste Liebe verloren haben.«

Mrs. Graham kniff die Augen zusammen und fuhr mit einem kurzgeschnittenen Nagel behutsam die Herzlinie entlang. »Aber geteilte Linien sind meistens unterbrochen – Ihre gabelt sich.« Sie blickte schelmisch lächelnd auf. »Sie sind doch nicht etwa eine heimliche Bigamistin, oder?«

Ich schüttelte lachend den Kopf. »Nein. Wann sollte ich auch die Zeit dafür haben?« Dann zeigte ich Mrs. Graham meine Handkante.

»Ich habe gehört, kleine Kerben hier zeigen, wie viele Kinder man bekommen wird.« Mein Ton war beiläufig, hoffte ich. Und meine Handkante war enttäuschend glatt.

Mrs. Graham winkte verächtlich ab.

»Pah! Wenn Sie ein, zwei Kinder haben, können Sie da Falten kriegen. Aber meistens kriegen Sie die im Gesicht. Im voraus beweist das gar nichts.«

»Nein?« Ich war geradezu närrisch erleichtert, das zu hören. Ich wollte noch fragen, ob die tiefen Linien, die über dem Ansatz meines Handgelenks verliefen, etwas bedeuteten (Selbstmordgefährdung?), aber an diesem Punkt wurden wir von Reverend Wakefield gestört, der mit leeren Teetassen in die Küche kam. Er stellte sie auf die Abtropffläche und begann laut und ungeschickt im Schrank zu kramen, offenbar in der Hoffnung, daß ihm jemand zu Hilfe eilen würde.

Mrs. Graham sprang auf, um ihre Küche zu verteidigen, schob den Pfarrer fort und ging daran, Teezutaten auf ein Tablett zu stellen. Reverend Wakefield nahm mich beiseite, damit wir ihr nicht im Weg wären.

»Kommen Sie doch mit ins Arbeitszimmer und trinken Sie noch eine Tasse Tee mit Ihrem Mann und mir, Mrs. Randall. Wir haben eine wirklich aufregende Entdeckung gemacht.«

Ich sah, daß der Pfarrer, wenn auch äußerlich gefaßt, kaum an sich halten konnte vor Freude – wie ein kleiner Junge mit einem Frosch in der Tasche. Ich würde ihn begleiten und Hauptmann Jonathan Randalls Wäscherechnungen, Quittungen für Stiefelreparaturen oder ähnlich faszinierende Dokumente lesen müssen.

Frank war so versunken in die zerfledderten Papiere, daß er kaum aufblickte, als ich das Arbeitszimmer betrat. Widerwillig gab er sie in die feisten Hände des Pfarrers und lief um den Schreibtisch herum, stellte sich hinter Reverend Wakefield und schaute ihm über die Schulter, als könnte er es nicht ertragen, die Papiere auch nur einen Moment aus den Augen zu lassen.

Ich befingerte die schmuddeligen Dokumente und sagte höflich: »Ja? Mhm – sehr interessant.« Tatsächlich war die krakelige Handschrift so verschnörkelt und verblaßt, daß es kaum der Mühe wert schien, sie zu entziffern. Auf dem oberen Rand eines Bogens, der besser erhalten war als die anderen, befand sich ein Wappen.

Ich starrte auf den verblichenen Panther und die Druckbuchstaben darunter, die lesbarer waren als die Schreibschrift. »Der Herzog von … Sandringham, ja?« fragte ich.

»In der Tat«, bestätigte der Pfarrer noch strahlender. »Ein inzwischen erloschener Titel, wie Sie sicher wissen.«

Ich wußte es nicht, nickte jedoch verständnisvoll, da mir Historiker im Entdeckungsrausch durchaus nicht fremd waren. Man mußte selten mehr tun, als sporadisch zu nicken und in passenden Abständen »Ach, wirklich?« oder »Wie ungeheuer faszinierend!« zu sagen.

Nach einigem Hin und Her zwischen Frank und dem Pfarrer wurde letzterem die Ehre zuteil, mir von ihrer gemeinsamen Entdeckung zu berichten. Offenbar legte all dieser Plunder die Vermutung nahe, daß Franks Vorfahr, der berühmt-berüchtigte Black Jack Randall, nicht nur ein tapferer Soldat der Krone, sondern auch ein bewährter – und geheimer – Agent des Herzogs von Sandringham gewesen war.

»Fast ein Lockspitzel, meinen Sie nicht auch, Dr. Randall?« Der Pfarrer spielte Frank großmütig den Ball zu, und Frank ließ sich nicht zweimal bitten.

»Doch. Alles ist natürlich äußerst zurückhaltend formuliert …« Frank drehte die Seiten behutsam um.

»Ach, wirklich?« sagte ich.

»Aber es möchte scheinen, daß Jonathan Randall mit der Aufgabe betraut war, bei den maßgeblichen schottischen Familien in der hiesigen Region jakobitische Gefühle zu schüren, wenn es denn solche gab. Wobei der springende Punkt war, Baronets und Clan-Oberhäupter, die derartige Sympathien hegen mochten, zu entlarven. Das ist allerdings seltsam. Stand Sandringham nicht selbst im Verdacht, Jakobit zu sein?« Frank wandte sich dem Pfarrer zu, die Stirn fragend gerunzelt. Reverend Wakefield wiegte den glatten, kahlen Kopf, und in sein Gesicht trat ein ähnlicher Ausdruck.

»Ja, ich glaube, Sie haben recht. Aber schauen wir sicherheitshalber im Cameron nach...« – der Pfarrer eilte zum Regal, das mit kalbsledernen Folianten vollgestopft war –, »da wird Sandringham bestimmt erwähnt.«

»Wirklich faszinierend«, murmelte ich und gestattete mir, meine Aufmerksamkeit auf die Korktafel zu lenken, die eine ganze Wand des Arbeitszimmers einnahm.

Sie war mit einem erstaunlichen Allerlei von Dingen bespickt, hauptsächlich Papieren der einen oder anderen Art – Gasrechnungen, Briefe, Benachrichtigungen vom Diözesanrat, lose Blätter aus Romanen, Notizen von der Hand des Pfarrers –, aber auch Gegenständen wie Schlüsseln, Flaschenverschlüssen und, so schien es, kleinen Wagenteilen, mit Bindfaden und Reißzwecken befestigt.

Ich betrachtete müßig diese Sammlung und lauschte mit halbem Ohr dem Disput, der hinter mir geführt wurde. (Die Herren kamen zu dem Schluß, wahrscheinlich sei der Herzog von Sandringham in der Tat Jakobit gewesen.) Mein Blick fiel auf einen Stammbaum, mit besonderer Sorgfalt sowie vier Reißzwecken an einem Ehrenplatz aufgehängt. Die oberste Reihe enthielt Namen, die auf das frühe siebzehnte Jahrhundert datiert waren. Doch ins Auge gesprungen war mir der Name ganz unten: »Roger W. (MacKenzie) Wakefield« stand dort.

»Verzeihung«, sagte ich in ein letztes Nachgeplänkel des Disputs hinein (ob der Panther auf dem Wappen des Herzogs nun eine Lilie oder einen Krokus in der Pranke halte), »ist das der Stammbaum Ihres Sohnes?«

»Wie? Oh – ja. Ja, das ist der Stammbaum meines Sohnes.« Abgelenkt und wieder strahlend eilte der Pfarrer zu mir herüber. Er nahm das Blatt zärtlich von der Wand und legte es vor mir auf den Schreibtisch.

»Ich wollte nicht, daß Roger seine Familie vergißt«, erklärte er. »Es ist ein ziemlich altes Geschlecht, reicht bis ins siebzehnte Jahrhundert zurück.« Ein Wurstfinger fuhr den Stammbaum beinahe ehrfürchtig nach.

»Ich habe ihm, da er bei mir lebt, meinen Namen gegeben, das schien mir passender. Darüber soll er aber nicht vergessen, woher er stammt.« Reverend Wakefield verzog abbittend das Gesicht. »Meine Familie macht, genealogisch gesehen, leider nicht viel her. Pfarrer und Vikare, dann und wann ein Buchhändler, damit es nicht gar zu eintönig wird, und nachweisbar nur ab 1762. Ziemlich schlechte Dokumentation«, sagte er und schüttelte bedauernd den Kopf über die Faulheit seiner Vorfahren.

Es war spät, als wir das Pfarrhaus verließen. Reverend Wakefield hatte noch versprochen, die Briefe gleich morgen zum Kopieren in die Stadt mitzunehmen, und Frank plapperte den größten Teil unseres Heimwegs glückselig von Spitzeln und Jakobiten. Dann fiel ihm auf, daß ich sehr still war.

»Was ist, Liebste?« fragte er und faßte fürsorglich meinen Arm. »Fühlst du dich nicht wohl?« Es klang halb besorgt, halb hoffnungsvoll.

»Nein, es geht mir gut. Ich habe nur ...« – ich zögerte, weil wir über dieses Thema schon einige Male gesprochen hatten, – »ich habe nur an Roger gedacht.«

»An Roger?«

Ich seufzte ungeduldig. »Wirklich, Frank! Du kannst so ... unaufmerksam sein! Roger, der Sohn von Reverend Wakefield.«

»Ach so. Ja, natürlich«, sagte Frank vage. »Nettes Kind. Was ist mit ihm?«

»Nun ... es gibt viele Kinder wie ihn. Waisenkinder, du verstehst schon.«

Frank betrachtete mich mit scharfem Blick und schüttelte den Kopf.

»Nein, Claire. Ich habe dir bereits gesagt, wie ich zu einer Adoption stehe. Ich ... ich könnte so einem Kind gegenüber keine richtigen Gefühle entwickeln, einem Kind, das ... nun, das nicht mein eigenes Fleisch und Blut ist. Was zweifellos lächerlich und egoistisch ist, aber so ist es nun mal. Vielleicht überlege ich mir das irgendwann noch anders, aber im Moment ...« Wir gingen ein paar Schritte in angespanntem Schweigen. Plötzlich blieb Frank stehen, wandte sich mir zu und faßte meine Hände.

»Claire«, sagte er mit belegter Stimme, »ich möchte, daß *wir* ein Kind haben. Du bist für mich das Wichtigste auf der Welt. Ich möchte vor allem, daß du glücklich bist, aber ich möchte auch ... nun, ich möchte dich auch für mich behalten. Ich fürchte, ein Kind von außen, ein Kind, mit dem wir nicht richtig verwandt sind, käme mir wie ein Eindringling vor, und ich würde es ablehnen. Aber wenn ich dir ein Kind geben, es in dir wachsen sehen, miterleben könnte, wie es geboren wird ... dann hätte ich vielleicht das Gefühl, es sei eine . . . Erweiterung von dir. Und mir. Ein wirklicher Teil der Familie.« Franks Augen waren groß und flehend.

»Ja, gut. Ich verstehe.« Ich war bereit, das Thema fallenzulassen – einstweilen. Ich wandte mich ab, wollte weitergehen, aber Frank streckte die Hand aus und nahm mich in seine Arme.

»Claire. Ich liebe dich.« In seiner Stimme war eine ungeheure Zärtlichkeit, und ich legte den Kopf an seine Jacke, spürte seine Wärme und die Kraft seiner Arme.

»Ich liebe dich auch.« Wir standen einen Moment aneinandergeschmiegt da und schwankten leicht im Wind, der die Straße entlangfegte. Plötzlich löste sich Frank von mir und lächelte mich an.

»Außerdem«, sagte er leise und strich mir die zerzausten Haare aus dem Gesicht, »außerdem haben wir doch noch nicht aufgegeben, oder?«

Ich erwiderte sein Lächeln. »Nein.«

Er nahm meine Hand und schob sie unter seinen Ellenbogen. Wir machten uns auf zu unserem Quartier.

»Bist du zu einem weiteren Versuch bereit?«

»Ja. Warum nicht?« Wir spazierten Hand in Hand zur Gereside Road. Erst der Baragh Mhor, der piktische Stein an der Straßenecke, erinnerte mich an Altertümer.

»Ich habe es ganz vergessen!« rief ich. »Ich muß dir etwas Spannendes zeigen.« Frank blickte auf mich herunter und zog mich näher an sich, drückte meine Hand.

»Ich dir auch«, sagte er lächelnd. »Du kannst mir das deine morgen zeigen.«

Doch am nächsten Tag hatten wir etwas anderes zu tun. Ich hatte vergessen, daß eine Tour zum Great Glen und Loch Ness auf dem Programm stand.

Die Fahrt durch das Glen war lang, daher brachen wir früh am Morgen auf, vor Sonnenaufgang. Nachdem wir durch die kalte Dämmerung zum wartenden Auto gehastet waren, fand ich es gemütlich, mich unter einer Wolldecke zu entspannen und zu spüren, wie die Wärme in meine Hände und Füße zurückkehrte. Damit verbunden war eine wohlige Mattigkeit, und ich schlummerte zufrieden an Franks Schulter ein – mein letzter Blick fiel auf den Kopf des Fahrers, eine rotgeränderte Silhouette vor dem heller werdenden Himmel.

Es war nach neun, als wir ankamen, und der Fremdenführer, den Frank bestellt hatte, wartete am Ufer des Sees mit einem kleinen Segelboot auf uns.

»Wenn's Ihnen recht ist, Sir, ich habe mir gedacht, wir machen eine Fahrt über den Loch zum Urquhart Castle. Vielleicht essen wir da einen Bissen, bevor es weitergeht.« Der Fremdenführer, der ein abgetragenes Baumwollhemd und eine Köperhose trug, war klein und wirkte mürrisch. Er verstaute den Picknickkorb ordentlich unter dem Sitz und half mir mit schwieliger Hand ins Boot.

Der Tag war schön, und das sprießende Grün an den steilen Ufern spiegelte sich verschwommen auf der gekräuselten Oberfläche des Sees. Unser Fremdenführer war, unbeschadet seines mürrischen Aussehens, wohlinformiert und gesprächig und wies uns auf die Burgen und Ruinen hin, die den langen, schmalen Loch säumten.

»Da drüben ist Urquhart.« Er deutete auf eine Wand aus Stein, die kaum zu sehen war hinter den Bäumen. »Oder das, was davon übrig geblieben ist. Die Hexen vom Glen haben die Burg verflucht, und seither gab's dort ein Unglück nach dem andern.«

Dann erzählte uns der Fremdenführer die Geschichte von Mary Grant, der Tochter des Burgherrn von Urquhart, und ihrem Geliebten Donald Donn, Dichter und Sohn des MacDonald von Bohuntin. Obwohl Marys Vater seiner Tochter verboten hatte, Donald wiederzusehen, da er dessen Gewohnheit mißbilligte, alles Vieh zu stehlen, das ihm über den Weg lief (ein altes und durchaus ehrbares Gewerbe im schottischen Hochland, wie uns der Fremdenführer versicherte), trafen sich die beiden weiterhin. Marys Vater bekam Wind davon, und Donald wurde zu einem vorgetäuschten Rendezvous gelockt und gefangengenommen. Zum Tode verurteilt, ersuchte er darum, nicht wie ein Verbrecher gehenkt, sondern wie ein Mann von Stand geköpft zu werden. Diese Bitte wurde ihm gewährt, und als man Donald zum Richtblock führte, sagte er immer wieder: »Der Teufel soll den Herrn von Grant holen, und Donald Donn wird nicht aufgeknüpft.« Die Sage weiß zu vermelden, daß sein abgeschlagenes Haupt sprach, als es vom Richtblock rollte. Es sagte: »Mary, heb du meinen Kopf auf.«

Ich schauderte, und Frank legte den Arm um mich. »Ein Fragment von einem der Gedichte Donald Donns ist erhalten geblieben«, sagte er ruhig. »Es lautet:

Morgen bin ich auf einem Berg, ohne Haupt.
Habt ihr kein Erbarmen mit meinem bekümmerten Mädchen,
Mit meiner Mary, so schön und so sanften Auges?«

Ich nahm Franks Hand und drückte sie leicht.

Geschichte folgte auf Geschichte, und da eine jede von Verrat, Mord und Gewalt handelte, schien es, als hätte sich Loch Ness seinen finsteren Ruf vollauf verdient.

Ich starrte über die Bootswand in die trüben Tiefen. »Und das Ungeheuer?« fragte ich. Es paßte in diese Umgebung.

Der Fremdenführer zog die Schultern hoch und spuckte ins Wasser.

»Der Loch ist seltsam, das steht fest. Es gibt auch Geschichten von einem uralten und bösen Ding, das einst in den Tiefen gehaust hat. Die Leute haben ihm Opfer gebracht, Kühe, und manchmal sogar kleine Kinder.« Der Fremdenführer spuckte wieder aus. »Manche behaupten, der Loch wäre bodenlos, hat einen Schacht in der Mitte, der tiefer ist als alles sonst in Schottland. Andererseits...« – um die Augen des Fremdenführers zogen noch ein paar mehr Runzeln auf –, »war vor ein paar Jahren eine Familie aus Lancashire hier, und die rannten in Invermoriston zur Polizei und schrien, sie hätten gesehen, wie das Ungeheuer aus dem Wasser gekommen wäre und sich im Farn versteckt hätte. Ein schreckliches Geschöpf, sagten sie, mit roten Haaren und fürchterlichen Hörnern, und es hätte was gekaut, und das Blut wäre ihm nur so vom Maul getropft.« Der Fremdenführer hob die Hand und gebot meinem entsetzten Aufschrei Einhalt.

»Sie schickten einen Polizisten, und als der wiederkam, sagte der, außer dem tropfenden Blut wäre es die genaue Beschreibung von einem...« – der Fremdenführer machte eine Kunstpause –, »schönen Hochlandrind gewesen, das im Farn sein Futter wiederkäut.«

Wir segelten den halben See ab, bevor wir an Land gingen und ein spätes Mittagessen zu uns nahmen. Dann wurden wir vom Auto abgeholt und fuhren durch das Glen zurück, wobei wir nichts Unheimlicheres sahen als einen Fuchs auf der Straße, der, während wir um eine Kurve bogen, erschrocken aufblickte, irgendein kleines, formloses Tier zwischen den Fängen. Er sprang zur Seite und sauste flink wie ein Schatten den Hang hinauf.

Es war sehr spät, als wir schließlich Mrs. Bairds Gartenweg

entlangtaumelten, aber wir hielten uns auf der Schwelle umschlungen, während Frank den Schlüssel suchte, und lachten immer noch über die Ereignisse des Tages.

Erst als wir uns auszogen, dachte ich daran, Frank von dem kleinen Steinkreis auf dem Craigh na Dun zu berichten. Seine Müdigkeit verschwand schlagartig.

»Wirklich? Und du weißt genau, wo er ist? Phantastisch, Claire!« Frank strahlte und begann seinen Koffer zu durchwühlen.

»Was suchst du?«

»Den Wecker«, antwortete Frank.

»Wozu?« fragte ich verwundert.

»Ich möchte rechtzeitig auf sein und sie sehen.«

»Wen?«

»Die Hexen.«

»Die Hexen? Wer hat dir gesagt, daß es hier Hexen gibt?«

»Der Pfarrer«, erwiderte Frank, der diesen Witz offenkundig genoß. »Seine Haushälterin ist auch eine.«

Ich dachte an die würdevolle Mrs. Graham und schnaubte verächtlich. »Das ist doch lachhaft!«

»Nun, ›Hexen‹ ist vielleicht nicht das richtige Wort. Es hat zwar in Schottland jahrhundertelang Hexen gegeben – und man hat sie bis tief ins achtzehnte hinein verbrannt –, aber diese Damen verstehen sich als Druidinnen oder irgend etwas in der Richtung. Ich glaube nicht, daß es sich um einen Teufelskult oder andere finstere Dinge handelt. Aber der Pfarrer hat gesagt, hier gebe es eine Gruppe, die an den alten Sonnenfesten noch die alten Rituale praktiziert. Er kann es sich wegen seiner Position natürlich nicht leisten, ein allzugroßes Interesse an den Tag zu legen, aber er ist viel zu neugierig, um sie völlig zu ignorieren. Er wußte nicht, wo die Zeremonie stattfindet, aber wenn es in der Nähe einen Steinkreis gibt, dann wohl dort.« Frank rieb sich in freudiger Erwartung die Hände. »Welch ein Glück!«

Einmal im Dunkeln aufzustehen, um auf Abenteuer auszugehen, ist ein Jux. Es zweimal hintereinander zu tun, riecht nach Masochismus.

Bei dieser Gelegenheit gab es auch kein warmes Auto und Thermosflaschen mit heißen Getränken. Verschlafen stolperte ich hinter Frank den Berg hinauf, fiel fast über Wurzeln und stieß mir die

Zehen an. Es war kalt und trübe, und ich vergrub meine Hände tiefer in den Taschen meiner Wolljacke.

Eine letzte Anstrengung, und wir waren oben und hatten den Kreis vor uns; die Steine waren im düsteren Licht der Dämmerung kaum zu erkennen. Frank stand reglos und bewunderte sie, während ich mich keuchend auf einen geeigneten Felsblock sinken ließ.

»Schön«, murmelte Frank. Leise ging er zum äußeren Rand des Kreises, und seine schattenhafte Gestalt verschwand im tieferen Schatten der Steine. Ja, sie waren schön – und gottverdammt unheimlich. Wenn die Menschen, die dieses Bauwerk errichtet hatten, damit hatten Eindruck machen wollen, dann war es ihnen gelungen.

Frank war im Nu zurück. »Noch niemand da«, flüsterte er plötzlich hinter mir, und ich fuhr zusammen. »Komm mit, ich habe ein Plätzchen gefunden, wo wir alles gut beobachten können.«

Es dämmerte jetzt im Osten; nur ein Hauch von bleichem Grau am Horizont, aber immerhin so viel Licht, daß es mich davor bewahrte zu stolpern, als Frank mich durch eine Lücke führte, die er zwischen den Erlen am oberen Ende des Weges entdeckt hatte. Mitten im Gestrüpp war eine Art Lichtung, gerade so groß, daß wir Seite an Seite stehen konnten. Der Weg war in der Tat deutlich zu erkennen, ebenso das Innere des Steinkreises, der keine sieben Meter entfernt war. Nicht zum ersten Mal fragte ich mich, was genau Frank während des Krieges getan hatte. Jedenfalls schien er eine Menge davon zu verstehen, wie man sich lautlos im Dunkeln bewegt.

Dösig, wie ich war, wünschte ich mir nichts sehnlicher, als mich unter einer Erle zusammenzurollen und weiterzuschlafen. Doch dafür reichte der Platz nicht, und so blieb ich stehen und spähte den steilen Weg hinunter, ob sich schon Druidinnen näherten. Ich bekam einen steifen Rücken, und die Füße taten mir weh, aber es konnte nicht mehr lange dauern; der Lichtstreifen im Osten war rosig geworden, und ich vermutete, daß es weniger als eine halbe Stunde bis Tagesanbruch war.

Die erste bewegte sich fast so leise wie Frank. Es gab ein kaum hörbares Knirschen, als sie nahe der Bergkuppe einen Kiesel lostrat, und dann tauchte langsam ein wohlfrisierter Graukopf auf. Mrs. Graham. Es stimmte also. Die Haushälterin des Pfarrers trug – durchaus vernünftig – Tweedrock und Wollmantel; unter dem Arm hatte sie ein weißes Bündel. Gespenstergleich verschwand sie hinter einem der großen Steine.

Danach kamen sie in rascher Folge, allein und zu zweit und zu dritt, unter Flüstern und mit gedämpftem Kichern, das verstummte, sobald sie in Sichtweite des Kreises waren.

Einige kannte ich. Mrs. Buchanan zum Beispiel, die Postmeisterin des Dorfes, mit frisch gelockten blonden Haaren, die stark nach »Evening in Paris« dufteten. Ich mußte mir das Lachen verkneifen. So also sah heutzutage eine Druidin aus!

Es waren insgesamt fünfzehn Frauen, Frauen aller Altersstufen, von Mrs. Grahams sechzig-und-noch-ein-paar Jahren bis zu einer jungen Dame Anfang zwanzig, die ich vor zwei Tagen mit einem Kinderwagen beim Einkaufen gesehen hatte. Alle waren für einen strammen Marsch gekleidet und trugen ein Bündel unter dem Arm. Mit einem Minimum an Geplauder verschwanden sie hinter Steinen oder Büschen und tauchten mit leeren Händen und bloßen Armen, ganz in Weiß, wieder auf. Ich roch Waschmittel, als eine dicht an unserem Gestrüpp vorbeikam, und identifizierte die Gewänder als Bettlaken, die sie um den Leib geschlungen und an der Schulter verknotet hatten.

Die Frauen versammelten sich außerhalb des Kreises, in einer Reihe von der ältesten zur jüngsten, standen schweigend da und warteten. Das Licht im Osten wurde stärker.

Als sich die Sonne allmählich über den Horizont schob, begann sich die Reihe der Frauen zu rühren; langsam traten sie zwischen zwei Steine. Die Leiterin führte sie in den Kreis und rundherum, nach wie vor gemessen schreitend, würdevoll wie dahinziehende Schwäne.

Plötzlich blieb die Leiterin stehen, hob die Arme und trat in die Mitte des Kreises. Sie wandte ihr Gesicht zu den beiden östlichsten Steinen und fing an, mit hoher Stimme zu rufen. Nicht laut, aber klar genug, daß es im ganzen Kreis zu hören war. Im Dunst hallten ihre Worte wider, als kämen sie aus der Runde, von den Steinen selbst.

Was immer der Ruf bedeuten mochte, die Tänzerinnen – denn das waren sie mittlerweile geworden – nahmen ihn auf. Die Arme ausgestreckt, ohne sich dabei zu berühren, wiegten sie sich im Reigen. Plötzlich teilte sich der Kreis. Sieben Tänzerinnen bewegten sich im Uhrzeigersinn, sieben in Gegenrichtung. Die beiden Halbkreise passierten einander mit zunehmender Geschwindigkeit; manchmal schlossen sie sich zum Vollkreis, manchmal bildeten sie eine Doppelreihe. Und in der Mitte stand reglos die Leiterin und stieß dann und wann ihren trauervollen Ruf in einer längst ausgestorbenen Sprache aus.

Sie hätten lächerlich wirken müssen, und vielleicht waren sie es auch. Eine bunt zusammengewürfelte Gruppe von Frauen in Bettlaken, etliche von ihnen füllig und durchaus nicht grazil, die auf einer Bergkuppe im Kreis herummarschierten. Doch bei ihrem Ruf stellten sich mir die Nackenhaare auf.

Dann hielten sie inne und wandten sich der aufgehenden Sonne zu, standen in zwei Halbkreisen, dazwischen ein Pfad, der den Kreis teilte. Als die Sonne über dem Horizont aufstieg, strahlte ihr Licht zwischen den östlichen Steinen und den beiden Kreishälften hindurch und traf den großen gespaltenen Stein auf der gegenüberliegenden Seite.

Die Tänzerinnen standen einen Moment wie erstarrt im Schatten links und rechts des Lichtstrahls. Dann sagte Mrs. Graham etwas in der seltsamen Sprache. Sie machte kehrt und lief hochaufgerichtet den Sonnenpfad entlang; ihre eisengrauen Haare schimmerten im Licht. Wortlos schlossen sich die Tänzerinnen an. Eine nach der anderen gingen sie durch den Spalt im Hauptstein und verschwanden stumm.

Frank und ich kauerten in den Erlen, bis die Frauen, die jetzt ganz normal lachten und plauderten, ihre Kleider wieder angezogen hatten und sich auf den Weg bergab machten.

»Meine Güte!« Ich streckte mich, um die Steifheit in meinem Rücken und die Krämpfe in meinen Beinen loszuwerden. »Das war ein Spektakel, was?«

»Wunderbar!« schwärmte Frank. »Ich hätte es um nichts in der Welt versäumen mögen.« Er wand sich aus dem Gestrüpp wie eine Schlange und überließ es mir, mich selbst zu befreien, während er das Innere des Kreises absuchte, die Nase am Boden wie ein Bluthund.

»Wonach suchst du?« fragte ich. Ein wenig zögernd betrat ich den Kreis, doch nun war heller Tag, und die Steine hatten, obwohl immer noch beeindruckend, einen guten Teil ihrer finsteren Bedrohlichkeit verloren.

»Nach Markierungen«, antwortete Frank, während er auf allen

vieren herumkroch, den Blick aufs niedrige Gras gerichtet. »Woher wußten sie, wo sie anfangen und aufhören sollten?«

»Gute Frage. Ich sehe nichts.« Doch als auch ich meinen Blick über den Boden schweifen ließ, entdeckte ich am Fuße eines der großen Steine eine interessante Pflanze. Ein Vergißmeinnicht? Wohl kaum; inmitten der dunkelblauen Blütenblätter leuchtete es orangefarben. Fasziniert wollte ich darauf zugehen, aber Frank, mit besserem Gehör gesegnet als ich, sprang auf und zog mich schleunigst aus dem Kreis – einen Moment, bevor eine der Tänzerinnen von der anderen Seite her in ihn hineintrat.

Es war Miß Grant, die mollige kleine Dame, die, passend zu ihrer Figur, den Konditorladen in der High Street betrieb. Sie linste kurzsichtig in die Runde, kramte dann in ihrer Tasche und holte ihre Brille heraus. Die setzte sie sich energisch auf, spazierte im Kreis herum und fand schließlich die verlorene Haarspange wieder, deretwegen sie zurückgekommen war. Sie steckte sie in ihren dichten, schimmernden Locken fest und schien es überhaupt nicht eilig zu haben, in ihren Laden zurückzugehen. Statt dessen nahm sie auf einem Felsblock Platz, lehnte sich geradezu kameradschaftlich gegen einen der steinernen Riesen und zündete sich in aller Ruhe eine Zigarette an.

Frank stieß einen leisen Seufzer der Verzweiflung aus. »Wir gehen besser«, meinte er resigniert. »So wie die aussieht, bleibt sie womöglich den ganzen Vormittag hier sitzen. Und ich habe ohnehin nirgendwo auffällige Markierungen bemerkt.«

»Vielleicht können wir später noch mal herkommen«, schlug ich vor, immer noch neugierig wegen der Pflanze mit den blauen Blütenblättern.

»In Ordnung«, antwortete Frank, aber er hatte sichtlich das Interesse an dem Steinkreis verloren; jetzt beschäftigten ihn die Details der Zeremonie. Auf dem Weg bergab fragte er mich unablässig aus, setzte mir zu, mich möglichst genau an die Rufe und die Abfolge des Tanzes zu erinnern.

»Altnordisch«, sagte er schließlich zufrieden. »Die Wortwurzeln sind altnordisch, da bin ich mir fast sicher. Aber der Tanz...« Er schüttelte sinnend den Kopf. »Nein, der Tanz ist wesentlich älter. Nicht, daß es bei den Wikingern keinen Reigen gab«, fuhr er fort und zog die Augenbrauen so tadelnd hoch, als hätte ich das Gegenteil behauptet. »Aber dieser Wechsel zwischen Kreis und Doppelreihe, das ... hm, das ist wie ... auf manchen Keramiken der Glokkenbecherkultur findet sich ein recht ähnliches Muster. Andererseits ... hm.«

Frank tauchte in einen seiner gelehrten Trancezustände ab und murmelte von Zeit zu Zeit vor sich hin. Der Bann wurde erst gebrochen, als er am Fuße des Berges unerwartet über etwas stolperte. Mit einem erschrockenen Ausruf warf er die Arme hoch, rollte die letzten Meter des Wegs hinunter und landete in einem Büschel Wiesenkerbel.

Ich hastete bergab, ihm nach, aber als ich ihn erreichte, saß er bereits zwischen den bebenden Stengeln.

»Alles in Ordnung?« fragte ich, obwohl ich selbst sah, daß dies der Fall war.

»Ich glaube ja.« Frank fuhr sich benommen über die Stirn und strich die dunklen Haare zurück. »Worüber bin ich gestolpert?«

»Darüber.« Ich hielt eine Sardinenbüchse hoch, die ein Vorgänger von uns weggeworfen hatte. »Eine der Plagen der Zivilisation.«

»Ah.« Frank nahm mir die Büchse aus der Hand, schaute hinein und schleuderte sie von sich. »Schade, daß sie leer ist. Ich habe einen ziemlichen Hunger nach dieser Exkursion. Wollen wir sehen, was uns Mrs. Baird als spätes Frühstück bietet?«

»Das können wir tun«, sagte ich und glättete noch ein paar von Franks Haarsträhnen. »Wir könnten aber auch frühzeitig zu Mittag essen.« Unsere Blicke begegneten sich.

»Ah«, sagte Frank, diesmal in einem völlig anderen Ton. Seine Hand strich langsam über meinen Arm und dann über meinen Hals; sein Daumen kitzelte mich behutsam am Ohrläppchen. »Ja, das könnten wir.«

»Wenn du keinen allzugroßen Hunger hast«, sagte ich. Seine andere Hand lag jetzt auf meinem Rücken. Er öffnete den Mund und hauchte sacht in den Ausschnitt meines Kleides; sein warmer Atem kitzelte meine Brustspitzen.

Frank bettete mich behutsam ins Gras, und die fedrigen Kerbelblüten schienen seinen Kopf zu umschweben. Er beugte sich vor und küßte mich sanft, während er mein Kleid aufknöpfte. Schließlich stand mein Kleid vom Kragen bis zur Taille offen.

»Ah«, sagte Frank erneut und wieder in einem anderen Ton. »Wie weißer Samt.« Er sprach mit rauher Stimme, und die Haare waren ihm von neuem in die Stirn gefallen, aber diesmal versuchte er nicht, sie zurückzustreichen.

Mit einem Schnipsen seines Daumens öffnete er die Schließe meines Büstenhalters und neigte sich herab, um meinen Brüsten gekonnt zu huldigen. Dann nahm er den Kopf zurück, schloß die Hände um meine Brüste, strich langsam abwärts, wieder empor und herab und rundum, bis ich stöhnte und mich Frank zuwandte. Er senkte die Lippen über meine und drückte mich an sich. Schließlich lagen unsere Hüften eng aneinander, und er beugte den Kopf und knabberte behutsam an meinem Ohr.

Die Hand, die meinen Rücken streichelte, bewegte sich immer tiefer und verharrte plötzlich – überrascht, wie es schien. Sie tastete noch einmal, und dann hob Frank den Kopf und sah mich lächelnd an.

»Was haben wir denn da?« fragte er, einen Dorfpolizisten nachahmend. »Oder vielmehr, was haben wir da *nicht*?«

»Nur für den Fall des Falles«, antwortete ich spröde. »Krankenschwestern lernen, sich auf alle Eventualitäten vorzubereiten.«

»Wirklich, Claire«, murmelte Frank und fuhr mit seiner Hand unter meinen Rock und den Schenkel hinauf zu der weichen, ungeschützten Wärme zwischen meinen Beinen, »du bist der mit Abstand praktischste Mensch, den ich kenne.«

Als ich an diesem Abend im Wohnzimmersessel saß, ein großes Buch auf dem Schoß, trat Frank hinter mich.

Er legte mir die Hände sacht auf die Schultern und fragte: »Was machst du?«

»Ich suche diese Pflanze«, antwortete ich und schob einen Finger zwischen die Seiten, um die Stelle wiederzufinden. »Die ich im Steinkreis gesehen habe. Schau...« Ich klappte das Buch auf. »Sie könnte aus der Familie der Campanulaceae stammen, oder der Gentianaceae, der Polemoniaceae oder der Boraginaceae – das ist am wahrscheinlichsten. Vielleicht ist es aber auch eine Variante der *Anemona patens*.« Ich deutete auf eine vierfarbige Illustration, die eine Küchenschelle zeigte. »Ich glaube kaum, daß es ein Enzian war; die Blütenblätter waren nicht richtig abgerundet, aber –«

»Geh doch hin und hol sie dir«, schlug Frank vor. »Vielleicht stellt dir Mr. Crook sein altes Zweirad zur Verfügung oder – nein, ich habe eine bessere Idee. Leih dir Mrs. Bairds Auto, das ist sicherer. Von der Straße bis zum Fuß des Berges ist es nur ein kurzer Weg.«

»Und dann noch ungefähr neunhundert Meter steil bergauf«, sagte ich. »Warum interessierst du dich so sehr für diese Pflanze?« Ich drehte mich um und blickte zu Frank auf. Die Lampe umgab seinen Kopf mit einem schmalen goldenen Schein – es erinnerte an mittelalterliche Stiche von Heiligen.

»Die Pflanze interessiert mich nicht besonders. Aber wenn du ohnehin den Berg hinaufgehst, würde ich dich bitten, dich außerhalb des Kreises umzuschauen.«

»Gut«, sagte ich entgegenkommend. »Und wonach soll ich mich umschauen?«

»Nach Spuren von einem Feuer«, antwortete Frank. »In der Literatur über das Maifest wird im Zusammenhang mit den Ritualen immer Feuer erwähnt, aber die Frauen, die wir heute gesehen haben, haben keines angezündet. Ich habe mich gefragt, ob sie vielleicht am Vorabend Feuer gemacht haben und am Morgen zum Tanzen wiedergekommen sind. Obwohl der Überlieferung nach Kuhhirten das Beltene-Feuer anzünden. Im Kreis selbst war keine Spur von Feuer«, fügte Frank hinzu. »Und wir sind gegangen, bevor ich daran gedacht habe, außerhalb des Kreises nachzusehen.«

»Gut«, wiederholte ich gähnend. Das frühe Aufstehen an zwei aufeinanderfolgenden Tagen forderte seinen Tribut. Ich klappte das Buch zu und erhob mich. »Vorausgesetzt, ich muß morgen nicht vor neun aus dem Bett.«

Tatsächlich war es kurz vor elf, als ich zu dem Steinkreis kam. Es nieselte, und ich war naß bis auf die Haut, weil ich vergessen hatte, einen Regenmantel mitzunehmen. Ich überprüfte die Außenseite des Kreises, aber wenn dort je ein Feuer gebrannt hatte, dann hatte sich jemand Mühe gegeben, alle Spuren zu beseitigen.

Die Pflanze war leichter zu finden. Sie wuchs in der Nähe des größten Steins – genauso, wie ich es in Erinnerung hatte. Ich nahm mehrere Exemplare mit und schlug sie provisorisch in mein Taschentuch ein. Ich würde mich darum kümmern, wenn ich zu Mrs. Bairds kleinem Auto zurückkehrte, wo ich die schweren Pflanzenpressen verstaut hatte.

Der größte Stein des Kreises war geborsten; ein senkrechter Spalt teilte ihn in zwei Hälften. Seltsamerweise waren sie irgendwie auseinandergezogen worden. Man konnte zwar sehen, daß sie genau zusammenpaßten, aber dazwischen klaffte eine sechzig bis neunzig Zentimeter breite Lücke.

Von irgendwo, nicht weit entfernt, kam ein tiefes summendes Geräusch. Ich dachte mir, vielleicht hätten sich Bienen in einer Felsenritze einen Stock gebaut, und legte eine Hand auf den Stein, um mich in die Lücke zu beugen.

Der Stein schrie.

Ich wich zurück, bewegte mich so rasch, daß ich stolperte und in das kurze Gras fiel. Schwitzend starrte ich den Stein an.

Noch nie hatte ich einen solchen Laut von einem Lebewesen gehört. Es läßt sich nicht beschreiben; ich kann nur sagen, daß es die Art Schrei war, die man von einem Stein erwarten würde. Es war entsetzlich.

Auch die anderen Steine begannen zu schreien. Schlachtenlärm tönte, Sterbende klagten, und verirrte Pferde wieherten.

Ich schüttelte heftig den Kopf, um Klarheit hineinzubekommen, aber der Lärm hielt an. Ich stand schwankend auf und taumelte auf den Rand des Kreises zu. Rings um mich waren Geräusche, die bei mir Zahnschmerzen und Schwindelgefühle hervorriefen. Alles verschwamm vor meinen Augen.

Ich weiß nicht, ob ich zielbewußt auf den Spalt im Hauptstein zuging oder ob ich blindlings durch den Nebel des Lärmes tappte.

Einmal, als ich nachts unterwegs war, schlief ich auf dem Beifahrersitz eines Autos ein, von den Geräuschen und der Bewegung in die Illusion heiterer Schwerelosigkeit gewiegt. Der Fahrer nahm eine Brücke zu schnell und verlor die Herrschaft über den Wagen, und ich wurde aus meinem schwebenden Traum herausgeschleudert in die Wirklichkeit gleißender Autoscheinwerfer und verspürte das übelkeitserregende Gefühl, das ein Fall bei hohem Tempo hervorruft. Dieser abrupte Umschwung reichte am ehesten an das heran, was ich jetzt empfand, doch ich bleibe mit meiner Beschreibung immer noch weit hinter der Realität zurück.

Ich könnte sagen, daß sich mein Blickfeld auf einen einzigen dunklen Punkt verengte und dann völlig schwand, aber keine Finsternis hinterließ, sondern eine helle Leere. Ich könnte sagen, es war, als trudelte ich oder als würde mir das Innerste nach außen gekehrt. All das stimmt, und doch vermittelt es nicht das Gefühl vollkommener Zerrissenheit, das ich empfand; das Gefühl, gegen etwas geschmettert zu werden, das nicht da war.

Tatsächlich bewegte sich nichts, veränderte sich nichts, schien nichts zu *geschehen*, und dennoch ergriff mich eine so elementare Panik, daß ich jeden Sinn dafür verlor, wer, was und wo ich war. Ich befand mich im Herzen des Chaos, und keine geistige oder körperliche Kraft konnte mir helfen.

Ich kann nicht behaupten, daß ich direkt ohnmächtig wurde, aber ich war mir gewiß einige Zeit meiner selbst nicht bewußt. Ich »erwachte«, wenn dies das richtige Wort ist, als ich über einen Stein am Fuße des Berges stolperte. Ich rutschte die paar Meter, die bis unten blieben, abwärts und landete im dichten, buschigen Gras.

Mir war übel und schwindelig. Ich kroch zu einer Gruppe junger Eichen und lehnte mich gegen eine, um mich wieder ins Gleichgewicht zu bringen. In meiner Nähe erklangen wirre Rufe, die mich an die Geräusche erinnerten, die ich im Steinkreis gehört hatte. Es fehlte ihnen jedoch deren unmenschliche Gewalt, dies war gewöhnlicher Kampfeslärm, und ich wandte mich in die Richtung, aus der er kam.

3

Der Mann im Wald

Die Männer waren ein gutes Stück entfernt. Zwei oder drei, in Kilts gekleidet, rannten wie die Hasen über eine kleine Lichtung. Von fern hörte ich knatternde Geräusche, die ich ziemlich benommen als Gewehrschüsse erkannte.

Ich war sicher, daß ich immer noch phantasierte, als gleich darauf fünf, sechs Männer auftauchten, die rote Waffenröcke und Kniehosen trugen und Musketen schwangen. Ich blinzelte. Ich hielt mir die Hand vor das Gesicht und hob zwei Finger. Ich sah ganz richtig zwei Finger. Nichts verschwamm mir vor den Augen. Ich schnupperte neugierig. Es roch nach blühenden Bäumen und Klee. Mein Geruchssinn war in Ordnung.

Ich befühlte meinen Kopf. Kein Schmerz. Also kaum eine Gehirnerschütterung. Puls ein bißchen beschleunigt, aber regelmäßig.

Das ferne Geschrei veränderte sich abrupt. Hufschlag dröhnte, und mehrere Pferde kamen in meine Richtung galoppiert, auf ihnen Schotten im Kilt, die gälische Worte brüllten. Ich wich ihnen mit einer Behendigkeit aus, die zu beweisen schien, daß ich, in welch seelischer Verfassung ich auch sein mochte, körperlich unversehrt war.

Und dann dämmerte es mir plötzlich, als einer der Rotröcke, den ein fliehender Schotte über den Haufen gerannt hatte, theatralisch die Faust ballte und den Pferden hinterherdrohte. Natürlich. Ein Film! Ich schüttelte den Kopf über meine Begriffsstutzigkeit. Die Leute drehten einen historischen Schinken, Bonnie Prince Charlie im Wald und auf der Heide, etwas in der Art, kein Zweifel.

Nun denn. Ob ihr Streifen künstlerisch wertvoll war oder nicht, die Filmcrew würde es mir nicht danken, wenn ich eine anachronistische Note ins Spiel brachte. Ich kehrte in den Wald zurück, wollte einen weiten Bogen um die Lichtung schlagen und bei der

Straße herauskommen, wo ich das Auto geparkt hatte. Nur ging es schwieriger voran, als ich dachte. Der Wald war jung und voll dichtem Unterholz, in dem sich meine Kleider immer wieder verfingen. Ich mußte behutsam laufen und meine Röcke ständig von Dornenzweigen lösen.

Wäre er eine Schlange gewesen, ich wäre auf ihn getreten. Er stand so reglos zwischen den Bäumen, als gehörte er dazu, und ich sah ihn nicht, bis eine Hand vorschoß und mich am Arm packte.

Die andere hielt mir den Mund zu, während ich, panisch um mich schlagend, in den Eichenhain geschleift wurde. Der Mann schien nicht viel größer zu sein als ich, aber er hatte eine bemerkenswerte Kraft in den Armen. Ich roch einen schwach blumigen Duft, der mich an Lavendelwasser erinnerte, daneben noch etwas Würzigeres, vermischt mit dem scharfen Gestank von Männerschweiß. Während die Zweige, die wir auf unserem Weg beiseite drückten, zurückschnellten, erkannte ich etwas Vertrautes an der Hand und dem Unterarm, der um meine Taille geschlungen war.

Ich schüttelte den Kopf, bis ich meinen Mund freibekam.

»Frank!« rief ich. »Was soll das denn, um Himmels willen!« Ich war hin- und hergerissen zwischen Erleichterung, ihn hier zu finden, und Verärgerung über diesen groben Unfug. Ich war von meinem Erlebnis im Steinkreis noch ziemlich mitgenommen und nicht in der richtigen Stimmung für solche Späße.

Der Mann ließ mich los, doch als ich mich zu ihm umdrehte, spürte ich bereits, daß etwas nicht in Ordnung war. Es lag nicht nur an dem mir fremden Rasierwasser, es war subtiler. Ich stand stocksteif da und merkte, wie sich mir die Nackenhaare sträubten.

»Sie sind ja gar nicht Frank«, flüsterte ich.

»Nein«, sagte der Mann, während er mich überaus interessiert betrachtete. »Obwohl ich einen Cousin dieses Namens habe. Ich möchte aber bezweifeln, daß Sie mich mit ihm verwechselt haben, Madam. Wir ähneln einander kaum.«

Wie immer der Cousin des Mannes aussehen mochte, er selbst hätte Franks Bruder sein können. Der gleiche geschmeidige, feinknochige Körperbau; die gleichen zart gemeißelten Gesichtszüge; die ziemlich geraden Brauen und großen, haselnußbraunen Augen; die gleichen dunklen, über der Stirn leicht gewellten Haare.

Doch die Haare dieses Mannes waren lang, aus dem Gesicht gekämmt und hinten mit einem Lederriemchen zusammengebunden. Und die Haut wies das tiefe, fast ledrige Braun auf, das sich nach Monaten, nein, Jahren in Wind und Wetter einstellt, nicht den zarten Goldton, den Franks Haut während unseres Urlaubs in Schottland angenommen hatte.

»Und wer sind Sie?« fragte ich voller Unbehagen. Frank hatte zwar viele Verwandte, aber ich glaubte, daß ich den britischen Zweig der Familie kannte. Unter ihnen gab es niemanden, der so aussah wie dieser Mann. Und Frank hätte einen nahen Verwandten, der im schottischen Hochland wohnte, doch sicher erwähnt. Und ihn nicht nur erwähnt, sondern darauf bestanden, ihn zu besuchen, bewaffnet mit Stammbäumen und Notizbüchern, begierig, auch noch das kleinste Detail der Familiengeschichte über den berühmten Black Jack Randall aufzustöbern.

Der Fremde zog die Augenbrauen hoch.

»Wer ich bin? Dasselbe könnte ich Sie fragen, Madam, und dies mit weitaus größerer Berechtigung.« Er musterte mich langsam von Kopf bis Fuß. Sein Blick wanderte mit dreister Anerkennung über das dünne, mit Päonien bedruckte Kleid, das ich trug, und verweilte merkwürdig amüsiert auf meinen Beinen. Ich verstand diesen Blick nicht, aber er machte mich äußerst nervös, und ich trat ein, zwei Schritte zurück, bis ich abrupt von einem Baum aufgehalten wurde.

Schließlich wandte der Mann den Blick ab und drehte sich zur Seite. Es war, als hätte er mir eine Fessel abgenommen, und ich atmete erleichtert aus.

Der Mann hatte sich weggedreht, um seinen Rock vom untersten Ast einer jungen Eiche zu nehmen. Er entfernte einige Blätter und zog ihn an.

Ich mußte nach Luft geschnappt haben, denn er blickte auf. Der Rock war scharlachrot, hatte lange Schöße, kein Revers und war mit einem Schnürverschluß versehen. Die Aufschläge waren gut fünfzehn Zentimeter breit und braungelb gefüttert, und an einer Epaulette blinkte eine goldene Tresse. Es war ein Dragonerrock, ein Offiziersrock. Dann dämmerte es mir – natürlich, das war ein Schauspieler von der Truppe, die ich auf der anderen Seite des Waldes gesehen hatte. Obwohl mir der Säbel, den er sich jetzt umband, sehr viel realistischer schien als alle Requisiten, die mir je zu Augen gekommen waren.

Ich drückte mich gegen die Rinde des Baumes hinter mir und fand sie beruhigend fest. Ich verschränkte zum Schutz meine Arme.

»Wer sind Sie, verdammt noch mal?« fragte ich erneut. Diesmal war es ein Krächzen, das selbst in meinen Ohren erschrocken klang.

Der Mann ignorierte meine Frage, als hätte er mich nicht gehört. Er ließ sich reichlich Zeit, seinen Rock zu schnüren. Erst als er damit fertig war, wandte er mir seine Aufmerksamkeit zu. Er verbeugte sich ironisch, die Hand auf dem Herzen.

»Madam, ich bin Jonathan Randall, Hauptmann des Achten Dragonerregiments Seiner Majestät, und Ihnen stets zu Diensten.«

Ich rannte los. Keuchend brach ich durch die grüne Wand aus Eichen und Erlen, achtete nicht auf Dornen und Nesseln, Steine, abgebrochene Zweige und alles, was mir im Weg lag. Ich hörte einen Ruf, doch ich war viel zu aufgelöst, um zu ergründen, aus welcher Richtung er kam.

Ich floh blindlings. Zweige zerschrammten mir Gesicht und Arme, und ich knickte mehrmals um, als ich in Löcher trat und über Steine stolperte. Ich dachte nicht nach, ich wollte nur noch weg von diesem Mann.

Dann traf mich etwas Schweres im Rücken, und ich stürzte und landete mit einem dumpfen Aufprall, der mir den Atem raubte, auf dem Boden. Grobe Hände drehten mich um, und über mir kniete Hauptmann Jonathan Randall. Er atmete schwer und hatte bei der Verfolgungsjagd seinen Säbel verloren. Er war zerzaust und beschmutzt und gründlich verärgert.

»Was, zum Teufel, haben Sie sich dabei gedacht, so einfach wegzulaufen?« fragte er herrisch. Eine dunkle Locke hing ihm in die Stirn, wodurch er Frank beunruhigenderweise noch ähnlicher sah.

Er beugte sich herab und packte mich bei den Armen. Immer noch nach Atem ringend, versuchte ich ihn abzuschütteln, aber es gelang mir nur, ihn über mich zu ziehen.

Er verlor das Gleichgewicht und fiel der Länge nach auf mich. Doch sein Ärger schien überraschenderweise zu verfliegen.

»Oh, aus *der* Richtung weht also der Wind?« sagte er leise lachend. »Nun, ich wäre dir nur zu gerne gefällig, Liebchen, bloß fügt es sich leider so, daß du eine recht ungünstige Zeit gewählt hast.« Mit seinem Gewicht drückte er meine Hüften zu Boden, und ein spitzer Stein bohrte sich schmerzhaft in mein Kreuz. Ich wand mich. Der Mann preßte seinen Unterleib gegen meinen, und seine Hände drückten meine Schultern nach unten. Ich öffnete entrüstet den Mund.

»Was fällt Ihnen …«, begann ich, doch er senkte den Kopf und küßte mich, meinen Protest erstickend. Seine Zunge drang in meinen Mund ein, erkundete mich mit frecher Vertraulichkeit, wanderte umher, stieß, zog sich zurück und unternahm einen neuen Ausfall. Dann ließ er so plötzlich von mir ab, wie er begonnen hatte.

Er tätschelte mir die Wange. »Sauber, Liebchen, sauber. Später vielleicht, wenn ich die Muße habe, mich dir richtig zu widmen.«

Inzwischen konnte ich wieder atmen, und ich nutzte die Gelegenheit, Randall ins Ohr zu schreien. Er zuckte zusammen, als hätte ich einen weißglühenden Draht durch sein Trommelfell gebohrt. Dann hob ich das Knie und stieß es in seine ungeschützte Flanke, was ihn, alle viere von sich gestreckt, ins Laub beförderte.

Ich rappelte mich unbeholfen auf. Er rollte sich flink vom Boden ab und kam neben mir zu stehen. Ich blickte wild in die Runde, suchte einen Ausweg, aber wir waren am Fuße eines jener hohen Granitfelsen, die in den Highlands so oft abrupt aus der Erde ragen. Randall hatte mich an einem Punkt festgenagelt, wo das Gestein eine Art Gelaß bildete. Mit ausgebreiteten Armen stand er in der Lücke und versperrte mir den Weg zum Hang. Auf seinem hübschen, dunklen Gesicht lag ein Ausdruck, der von Zorn und Neugier sprach.

»Mit wem warst du zusammen?« herrschte er mich an. »Mit diesem Frank? Ich habe keinen Mann jenes Namens in meiner Kompanie. Oder ist das einer, der irgendwo in der Nähe wohnt?« Er lächelte spöttisch. »Du riechst nicht nach Dung, also hast du wohl bei keinem Kätner gelegen. Überdies siehst du teurer aus, als es sich die hiesigen Bauern leisten können.«

Ich ballte die Fäuste und knirschte mit den Zähnen. Was immer dieser Scherzbold im Sinn hatte, ich würde es nicht dulden.

»Ich habe nicht die leiseste Ahnung, wovon Sie sprechen, und ich wäre Ihnen dankbar, wenn Sie mich jetzt vorbeiließen!« sagte ich in meinem schärfsten Stationsschwesternton. Dies wirkte im allgemeinen recht gut bei widerborstigen Pflegern und jungen Medizinalassistenten, Hauptmann Randall aber schien es lediglich zu amüsieren. Ich unterdrückte die Angst, die unter meinen Rippen flatterte wie ein aufgescheuchter Vogel.

Randall schüttelte den Kopf und musterte mich erneut.

»Jetzt noch nicht, Liebchen«, sagte er im leichten Plauderton. »Ich frage mich nur, warum eine Hure, die im Hemd unterwegs ist,

Schuhe trägt? Und recht feine obendrein«, fügte er mit einem Blick auf meine schlichten braunen Halbschuhe hinzu.

»Eine was?!« rief ich.

Er ignorierte das, trat plötzlich vor und faßte mein Kinn. Ich packte sein Handgelenk und zerrte daran.

»Lassen Sie mich los!« Er hatte Finger wie Stahl. Ohne meine Anstrengungen zu beachten, drehte er mein Gesicht im verblassenden Licht des Spätnachmittags hin und her.

»Wahrhaftig, die Haut einer Dame!« murmelte er. Er beugte sich vor und schnupperte. »Und ein französisches Duftwasser in den Haaren.« Er ließ mich los, und ich rieb mir empört das Kinn, als wollte ich die Berührung ungeschehen machen.

»Den Rest könntest du mit dem Geld deines Gönners zuwege gebracht haben«, sagte er sinnend, »aber du sprichst auch wie eine Dame.«

»Vielen herzlichen Dank!« fauchte ich. »Und jetzt gehen Sie mir aus dem Weg. Mein Mann wartet auf mich; wenn ich nicht in zehn Minuten zurück bin, wird er mich suchen.«

»Oh, dein Mann?« Der höhnisch-bewundernde Ausdruck verflüchtigte sich etwas, verschwand aber nicht ganz. »Und wie lautet, bitte sehr, der Name deines Mannes? Wo ist er? Und warum erlaubt er seiner Frau, allein und en déshabillé durch menschenleere Wälder zu streifen?«

Ich hatte den Teil meines Gehirns ignoriert, der sich schier zermarterte bei dem Versuch, Sinn in die letzten Stunden zu bringen. Doch nun konnte er sich lange genug durchsetzen, um mir zu sagen, daß es wohl nur zu weiteren Verwicklungen führen würde, wenn ich diesem Fremden Franks Namen nannte. Und so verschmähte ich es, ihm zu antworten, und wollte mich an ihm vorbeischieben. Mit einem Arm versperrte er mir den Weg, mit der anderen griff er nach mir.

Von oben kam plötzlich ein Rauschen, gefolgt von einem verschwommenen Schatten. Ich hörte einen dumpfen Aufprall. Hauptmann Randall lag mir zu Füßen unter einem wogenden Haufen, der wie ein Bündel alter Decken aussah. Eine braune, felsähnliche Faust hob sich aus dem Gewirr, sauste mit großer Wucht hernieder und traf auf etwas Knochiges, wie man aus dem Knacken schließen konnte. Die zappelnden Beine des Hauptmanns, die mit glänzend polierten Stiefeln angetan waren, erschlafften plötzlich.

Und ich starrte in scharfe, schwarze Augen. Die sehnige Hand, die den unwillkommenen Aufmerksamkeiten des Hauptmanns ein Ende bereitet hatte, hing wie eine Klette an meinem Unterarm.

»Und wer, verdammt noch mal, sind *Sie*?« fragte ich erstaunt. Mein Retter, wenn ich ihn denn so bezeichnen wollte, war ein paar Zentimeter kleiner als ich und von schlankem Wuchs, doch die bloßen Arme, die aus dem zerlumpten Hemd schauten, waren äußerst muskulös. Seine ganze Gestalt erweckte den Eindruck, als wäre sie so unverwüstlich wie Sprungfedern. Eine Schönheit war er freilich nicht; er hatte Pockennarben, eine niedrige Stirn und ein allzu kleines Kinn.

»Dorthin.« Er riß an meinem Arm, und ich, ganz betäubt von den sich überstürzenden Ereignissen, folgte ihm gehorsam.

Mein neuer Gefährte bahnte sich rasch einen Weg durch das dürftige Erlengehölz, machte abrupt einen Bogen um einen großen Findling, und plötzlich waren wir auf einem Pfad. Er war mit Stechginster und Heide überwuchert und verlief im Zickzack, so daß man nie mehr als drei Meter von ihm sehen konnte, aber es war dennoch unverkennbar ein Pfad, der steil nach oben führte, einem Bergkamm entgegen.

Erst als wir auf der anderen Seite behutsam abwärts stiegen, war ich wieder genug bei Atem und Verstand, um zu fragen, wohin es ging. Da mir mein Gefährte keine Antwort gab, wiederholte ich, lauter diesmal: »Wohin gehen wir, um alles in der Welt?«

Zu meiner erheblichen Verwunderung fuhr er mit verzerrtem Gesicht zu mir herum und stieß mich vom Pfad. Als ich den Mund öffnete, um zu protestieren, hielt er ihn mir zu, drückte mich auf die Erde und warf sich auf mich.

Nicht schon wieder! dachte ich und versuchte verzweifelt, den Mann abzuschütteln. Dann hörte ich, was er gehört hatte, und lag still. Stimmen riefen hin und wider, begleitet von Geplatsche und Getrampel. Englische Stimmen, kein Zweifel. Ich kämpfte erbittert, um freizukommen. Ich schlug meine Zähne in die Hand des Mannes und hatte noch Zeit festzustellen, daß er Salzhering mit den Fingern gegessen hatte; dann traf mich etwas am Hinterkopf, und mir wurde schwarz vor Augen.

Die gemauerte Kate ragte plötzlich aus dem Abendnebel auf. Die Fensterläden waren fest verriegelt, und man sah nicht mehr als einen dünnen Streifen Licht. Da ich keine Ahnung hatte, wie lange ich ohnmächtig gewesen war, wußte ich auch nicht, wie weit dieser Ort vom Craigh na Dun und von Inverness entfernt war. Wir saßen zu Pferd, ich vor meinem Häscher, und meine Hände waren an den Sattelknauf gebunden. Da es keine Straße gab, kamen wir nur langsam vorwärts.

Ich nahm an, daß ich nur kurz weggetreten war; außer einer kleinen Beule hatte der Schlag auf den Schädel keine nachteiligen Wirkungen gezeigt. Mein Häscher, ein wortkarger Bursche, hatte auf all meine Fragen, Forderungen und beißenden Kommentare mit einem schottischen Allzwecklaut geantwortet, der sich phonetisch am besten mit »Mmmpf« wiedergeben läßt. Hätte ich Zweifel an seiner Nationalität gehabt, dieser Laut hätte genügt, sie zu zerstreuen.

Meine Augen hatten sich, während das Pferd durchs steinige Gelände stolperte, allmählich an das Zwielicht gewöhnt, und so war es ein Schock, plötzlich in einen Raum zu treten, der von gleißender Helligkeit erfüllt schien. Der Schein trügte jedoch – der Raum wurde tatsächlich nur von einem Kaminfeuer, mehreren Kerzen und einer gefährlich altmodischen Öllampe erleuchtet.

»Was hast du da, Murtagh?«

Der Mann mit dem Frettchengesicht faßte meinen Arm und drängte mich in den Feuerschein.

»Ein englisches Frauenzimmer; wenn man danach geht, wie sie redet, Dougal.« Es waren mehrere Männer im Raum, und alle starrten mich an, einige neugierig, andere unverkennbar lüstern. Mein Kleid war im Laufe des Nachmittags an einigen Stellen aufgerissen, und ich überprüfte hastig den Schaden. Als ich an mir hinabschaute, sah ich durch einen Riß ganz deutlich die Rundung einer Brust, und ich war mir sicher, daß die Männer es auch sahen. Wenn ich versuchte, die zerfransten Ecken zusammenzuraffen, würde ich nur noch mehr Aufmerksamkeit darauf lenken; und so schnitt ich einem der Männer aufs Geratewohl eine Grimasse und hoffte, dadurch entweder ihn oder mich auf andere Gedanken zu bringen.

»Ob Engländerin oder nicht, hübsch ist sie«, sagte der Mann, der am Feuer saß, einer von der dicken, schmierigen Sorte. Er hielt ein großes Stück Brot in der Hand und legte es nicht weg, als er sich erhob und zu mir herüberkam. Er drückte mein Kinn hoch und wischte mir die Haare aus dem Gesicht. Ein paar Brotkrumen fielen in meinen Ausschnitt. Die anderen Männer drängten sich um mich, eine formlose Masse aus Plaids und Bärten, die streng nach Schweiß und Alkohol roch. Erst jetzt fiel mir auf, daß sie alle Kilts trugen – merkwürdig selbst für diesen Teil der Highlands. Handelte es sich hier um das Jahrestreffen eines Clans oder um eine Wiedersehensfeier alter Kameraden?

»Komm her, Mädel.« Ein hochgewachsener Mann mit dunklem Bart, der an dem Tisch beim Fenster saß, winkte mich herbei. Seinem herrschaftlichen Gebaren nach zu schließen, schien er der Anführer dieser Horde zu sein. Die anderen machten widerwillig den Weg frei, als Murtagh mich vorwärtszog.

Der dunkle Mann betrachtete mich gründlich und mit ausdrucksloser Miene. Er sah gut und nicht unfreundlich aus. Doch zwischen seinen Brauen waren Falten der Anspannung eingegraben, und er wirkte wie jemand, dem man besser nicht in die Quere kam.

»Wie heißen Sie, Mädel?« Die Stimme war ziemlich hell für einen Mann seiner Größe, nicht der tiefe Baß, den ich angesichts seiner breiten Brust erwartet hätte.

»Claire«, sagte ich und entschied mich dafür, meinen Mädchennamen zu gebrauchen. »Claire Beauchamp.« Wenn die Burschen auf Lösegeld aus waren, wollte ich ihnen nicht behilflich sein, indem ich einen Namen nannte, der sie zu Frank führen konnte. Auch wollte ich nicht, daß diese rauhen Gesellen erfuhren, wer ich war, bevor ich wußte, wer sie waren. »Und was berechtigt Sie Ihrer Meinung nach –« Der dunkle Mann ignorierte mich und begründete damit eine Gewohnheit, deren ich sehr bald müde werden sollte.

»Beauchamp?« Die buschigen Brauen hoben sich, und ein verwundertes Raunen ging durch die ganze Versammlung. »Das ist ein französischer Name, nicht wahr?« Tatsächlich hatte er den Namen in korrektem Französisch ausgesprochen, obwohl ich die übliche englische Aussprache – »Beecham« – verwendet hatte.

»Ja, das ist richtig«, sagte ich etwas erstaunt.

Dougal drehte sich zu Murtagh um, der aus einer ledernen Feldflasche trank. »Wo hast du das Mädel gefunden?« fragte er.

Der kleine Mann mit dem Frettchengesicht zuckte die Achseln. »Am Craigh na Dun. Sie hat sich mit einem Dragonerhauptmann gezankt, den ich zufällig kenne«, fügte er hinzu und zog vielsagend die Augenbrauen hoch. »Sie konnten sich nicht einigen, ob die Dame eine Hure ist oder nicht.«

Dougal betrachtete mich wieder gründlich, schien jedes Detail meines Baumwollkleides und meiner Halbschuhe wahrzunehmen. »Aha. Und welchen Standpunkt hat die Dame bei diesem Disput vertreten?« fragte er, wobei er das Wort »Dame« zu meinem Mißfallen sarkastisch betonte. Mir fiel auf, daß sein schottischer Akzent zwar ausgeprägt, aber nicht so breit wie der von Murtagh war.

Murtagh amüsierte sich offenbar; zumindest wies einer der Winkel seines schmallippigen Mundes nach oben. »Sie hat gesagt, sie wäre keine. Der Hauptmann war sich selber nicht so ganz im klaren, aber geneigt, es darauf ankommen zu lassen...«

»Das könnten wir auch.« Der dicke Mann mit dem schwarzen Bart ging grinsend auf mich zu, die Hände bereits an seinem Gürtel. Ich trat hastig zurück.

»Das reicht, Rupert.« Dougal betrachtete mich immer noch finster, aber seine Stimme klang autoritär, und Rupert ließ von seinen Annäherungsversuchen ab und verzog enttäuscht das Gesicht.

»Ich halte nichts davon, Frauen zu schänden; und wir haben ohnehin keine Zeit dafür.« Ich vernahm diese Grundsatzerklärung mit einer gewissen Zufriedenheit, auch wenn ihr moralischer Unterbau etwas fragwürdig schien. Angesichts der unverhohlen lüsternen Miene einiger der Männer war ich jedoch immer noch nervös. Zwar hatte ich keine Ahnung, wer sie waren und was sie wollten, aber sie schienen mir verdammt gefährlich. Ich unterdrückte eine Reihe mehr oder weniger unkluger Bemerkungen, die mir auf der Zunge lagen.

»Was sagst du nun, Murtagh?« fragte Dougal meinen Häscher. »Rupert scheint ihr nicht zu gefallen.«

»Das ist kein Beweis«, widersprach ein kurzwüchsiger Mann mit schütteren Haaren. »Er hat ihr kein Silber geboten. Man kann nicht erwarten, daß eine Frau jemand wie Rupert ohne gutes Geld auf sich nimmt – im voraus natürlich«, fügte er zur großen Erheiterung seiner Kumpane hinzu. Dougal machte dem Krawall mit knapper Gebärde ein Ende und wies mit dem Kopf nach der Tür. Der Mann mit den schütteren Haaren verschwand, immer noch grinsend, im Dunkeln.

Murtagh, der nicht in das Gelächter eingestimmt hatte, musterte mich finster. Er schüttelte den Kopf, daß die strähnigen Fransen über seiner Stirn nur so flogen.

»Nein«, sagte er schließlich. »Ich weiß nicht, was sie ist, aber ich wette mein bestes Hemd, daß sie keine Hure ist.« Ich hoffte, sein bestes Hemd wäre nicht das, was er am Leib trug, denn das sah schwerlich so aus, als lohnte es eine Wette.

»Wenn du's sagst, Murtagh, du kennst dich ja aus«, spöttelte Rupert, wurde jedoch von Dougal zum Schweigen gebracht.

»Wir klären das später«, sagte er barsch. »Wir müssen heute noch ein gutes Stück Wegs hinter uns bringen, und zuerst müssen wir etwas für Jamie tun; er kann so nicht reiten.«

Ich wich in den Schatten zurück und hoffte, nicht aufzufallen. Murtagh hatte meine Hände von den Fesseln befreit, bevor er mich in die Kate führte. Vielleicht konnte ich mich davonstehlen, während die Männer anderweitig beschäftigt waren. Sie hatten sich jetzt einem jungen Mann zugewandt, der zusammengekauert auf einem Hocker in der Ecke saß. Er hatte, als ich befragt wurde, kaum aufgeblickt, sondern den Kopf gesenkt, mit der linken Hand seine rechte Schulter umklammert und sich, wohl vor Schmerz, hin und her gewiegt.

Dougal schob die Hand des jungen Mannes behutsam fort. Ein anderer zog dessen Plaid beiseite; darunter kam ein dreckverschmiertes, blutbeflecktes Leinenhemd zum Vorschein. Ein kleiner Bursche mit buschigem Schnurrbart trat mit einem Messer hinter den Jungen, faßte den Kragen des Hemdes und schlitzte Brust und Ärmel auf, so daß es von der Schulter herabsank.

Ich keuchte, wie mehrere Männer auch. Die Schulter war verletzt; eine tiefe, schartige Schramme verlief oben, und Blut rann in stetigem Strom über die Brust des jungen Mannes. Noch schockierender wirkte das Schultergelenk. Hier erhob sich ein furchtbarer Höcker, und der Arm hing in unmöglichem Winkel herunter.

»Mmmpf«, knurrte Dougal. »Ausgerenkt. Armer Kerl.« Der junge Mann blickte zum ersten Mal auf. Er hatte ein markantes, freundliches Gesicht, so schmerzverzerrt und stoppelig es im Moment auch war.

»Als mich die Musketenkugel aus dem Sattel gehoben hat, bin ich mit ausgestreckter Hand gefallen«, sagte er. »Bin mit meinem ganzen Gewicht drauf gelandet, und da hat's gekracht, und der Arm war draußen.«

»Ja, da hat es in der Tat gekracht.« Der Bursche mit dem Schnurrbart, ein Schotte und, dem Akzent nach zu urteilen, gebildet, betastete die Schulter, woraufhin der Junge gepeinigt das Gesicht verzog. »Die Wunde macht keine Schwierigkeit. Ein glatter Durchschuß, und sie ist sauber – blutet auch genug.« Der Mann nahm ein schmutziges Tuch und tupfte das Blut damit ab. »Ich weiß nur nicht, was wir mit dem ausgekugelten Arm machen sollen. Wir brauchen einen Wundarzt, um ihn wieder einzurenken. So kannst du nicht reiten, oder, Jamie?«

Musketenkugel? dachte ich verständnislos. *Wundarzt?*

Der junge Mann schüttelte den Kopf. Sein Gesicht war kalkweiß. »Tut schon furchtbar weh, wenn ich stillsitze. Nein, reiten kann ich wirklich nicht.« Er schloß die Augen und grub die Zähne in die Unterlippe.

Murtagh meldete sich ungeduldig zu Wort. »Zurücklassen können wir ihn nicht, hab ich recht? Die Rotröcke sind keine Meister, wenn es darum geht, im Dunkeln nach Spuren zu suchen, aber sie werden die Kate früher oder später finden. Und Jamie kann sich mit diesem Riesenloch in der Schulter kaum als unschuldiger Kätner ausgeben.«

»Keine Bange«, sagte Dougal knapp. »Ich habe nicht vor, ihn zurückzulassen.«

Der Mann mit dem Schnurrbart seufzte. »Dann hilft alles nichts – wir müssen versuchen, den Arm wieder einzurenken. Murtagh und Rupert, ihr haltet ihn fest, und ich probiere es.«

Mitfühlend beobachtete ich, wie er den Arm des jungen Mannes beim Handgelenk und beim Ellenbogen faßte und ihn aufwärts zu schieben begann. Der Winkel war völlig falsch; es mußte ihm rasende Schmerzen bereiten. Schweiß strömte dem jungen Mann übers Gesicht, aber außer einem leisen Stöhnen gab er keinen Laut von sich. Plötzlich sank er vornüber, und nur der eiserne Griff, mit dem die Männer ihn hielten, verhinderte, daß er zu Boden fiel.

Einer nahm den Stöpsel aus einer ledernen Feldflasche und drückte sie ihm an die Lippen. Der Dunst des hochprozentigen Alkohols zog bis zu mir herüber. Der junge Mann hustete und würgte, schluckte aber trotzdem; die bernsteingelbe Flüssigkeit tropfte auf die Überreste seines Hemdes.

»Bereit für einen zweiten Versuch, Junge?« fragte der Mann mit den schütteren Haaren. »Vielleicht sollte Rupert es jetzt probieren«, schlug er vor und wandte sich dem dicken Grobian mit dem schwarzen Bart zu.

Rupert rieb sich geschäftig die Hände, dann packte er den Arm des jungen Mannes, offenbar in der Absicht, ihn mit Brachialgewalt einzurenken; es war klar, daß dabei Knochen splittern würden wie morsches Holz.

»Lassen Sie das!« Vergessen war jeder Gedanke an Flucht, verdrängt von der Empörung der Heilkundigen; ich trat vor, ohne die verdutzten Blicke der Männer ringsum zu beachten.

»Was soll das heißen?« blaffte der Bursche mit den schütteren Haaren, deutlich verärgert über meine Einmischung.

»Das soll heißen, daß Sie ihm den Arm brechen, wenn Sie es so machen«, blaffte ich zurück. »Gehen Sie bitte beiseite.« Ich stieß Rupert fort und griff nach dem Arm des Patienten. Er schien so überrascht wie die anderen, leistete jedoch keinen Widerstand.

»Sie müssen den Oberarmknochen in den richtigen Winkel bringen, sonst gleitet er nicht ins Schultergelenk zurück«, sagte ich keuchend, während ich das Handgelenk hinauf und den Ellbogen einwärts zog. Der junge Mann war kräftig gebaut; sein Arm war bleischwer.

»Jetzt kommt das Schlimmste«, warnte ich ihn. Ich schloß meine Hand um den Ellbogen, bereit, ihn nach oben zu schieben.

Die Mundwinkel des jungen Mannes zuckten; beinahe hätte er gelächelt. »Viel ärger als jetzt kann's nicht weh tun. Nur zu.« Inzwischen lief auch mir der Schweiß übers Gesicht. Einen Arm wieder einzurenken, ist selbst unter günstigsten Umständen harte Arbeit. Und bei diesem großen und breiten Mann, dessen Arm schon seit Stunden ausgekugelt war, kostete es mich alle Kraft, die ich hatte.

Plötzlich gab die Schulter ein leises Knirschen von sich, und der Arm war wieder eingerenkt. Der Patient blickte verdattert drein. Ungläubig hob er die Hand, um seine Schulter zu betasten.

»Es tut nicht mehr weh!« Ein Grinsen des Entzückens und der Erleichterung breitete sich über sein Gesicht, und die Männer spendeten Applaus.

»Das kommt noch.« Ich schwitzte vor Anstrengung, war jedoch mit dem Ergebnis zufrieden. »Das Gelenk wird noch eine Weile sehr empfindlich sein. Sie dürfen es zwei, drei Tage überhaupt nicht belasten; und wenn Sie es wieder tun, dann sehr vorsichtig. Hören

Sie sofort damit auf, wenn Sie Schmerzen bekommen, und machen Sie jeden Tag warme Umschläge.«

Der Patient lauschte respektvoll meinem Rat; die anderen Männer dagegen musterten mich mit Blicken, die erstaunt bis argwöhnisch waren.

»Ich bin Schwester«, erklärte ich, weil ich irgendwie das Gefühl hatte, mich rechtfertigen zu müssen.

Dougal und Rupert beäugten mich verständnislos. Dann sahen sie einander an. Schließlich blickte mir Dougal wieder ins Gesicht und zog die Augenbrauen hoch.

»Wie dem auch sei«, sagte er. »Ob Bet- oder Bettschwester, Sie scheinen einiges Geschick im Heilen zu haben. Ist es Ihnen möglich, die Wunde des Jungen so zu versorgen, daß er zu Pferd sitzen kann?«

»Ich kann die Wunde verbinden, ja«, erwiderte ich schroff. »Vorausgesetzt, Sie haben Verbandsmaterial. Aber was soll das mit der Bet- oder Bettschwester? Und wie kommen Sie auf die Idee, ich könnte Ihnen helfen wollen?«

Man ignorierte mich wieder einmal; Dougal drehte sich einfach um und sprach in einer Sprache, die ich für Gälisch hielt, zu einer Frau, die in der Ecke kauerte. Da ständig Männer um mich herumstanden, hatte ich sie vorher nicht bemerkt. Sie war, fand ich, seltsam angezogen, trug einen zerlumpten Rock und eine Bluse mit langen Ärmeln, halb bedeckt von einer Art Leibchen. Alles, einschließlich ihres Gesichts, wirkte ein wenig schmuddelig. Doch als ich in die Runde blickte, stellte ich fest, daß es in der Kate nicht nur keinen Strom, sondern auch kein fließendes Wasser gab; das könnte den Dreck entschuldigen.

Die Frau sprang hastig auf, machte einen Knicks, trippelte an Rupert und Murtagh vorbei, wühlte in einer bemalten Truhe beim Feuer herum und förderte schließlich einen Stapel verlotterter Stofffetzen zutage.

Ich berührte die Sachen mit spitzen Fingern. »Nein, das geht nicht«, sagte ich. »Die Wunde muß erst desinfiziert und dann mit sauberem Stoff verbunden werden, wenn es hier schon keinen sterilen Mull gibt.«

Ringsum hoben sich Brauen. »Desinfiziert?« fragte der Mann mit den schütteren Haaren. Er sprach es sehr sorgfältig aus.

»Allerdings«, antwortete ich mit fester Stimme; ich hielt ihn trotz seiner gebildeten Sprache für etwas einfältig. »Jeder Schmutz muß aus der Wunde entfernt werden. Und sie muß mit einer Lösung behandelt werden – das tötet Keime ab und fördert den Heilungsprozeß.«

»Mit was für einer Lösung?«

»Zum Beispiel mit Jod.« Da die Gesichter, die ich vor mir hatte, immer noch verständnislos dreinblickten, versuchte ich es noch einmal. »Ein anderes Antiseptikum geht auch. Karbolverdünnung meinetwegen«, schlug ich vor. »Oder sogar Alkohol.« Erleichterte Blicke. Endlich hatte ich ein Wort gefunden, das die Männer zu kennen schienen. Ich seufzte vor Ungeduld. Ich wußte, daß das Hochland primitiv war, aber das hier war fast unglaublich.

»Hören Sie«, sagte ich so ruhig, wie ich nur konnte. »Warum bringen Sie ihn nicht einfach in die Stadt? Es kann nicht weit sein, und ich bin sicher, daß es da einen Arzt gibt, der sich um ihn kümmert.«

Die Frau gaffte mich an. »Welche Stadt?«

Dougal ignorierte mich erneut und ging leise zur Tür. Die Männer verstummten, als er in der Nacht verschwand.

Kurz darauf war er wieder da. Er brachte den Mann mit den schütteren Haaren und dem kalten, durchdringenden Duft von Kiefern mit. Als er die fragenden Blicke seiner Leute sah, schüttelte er den Kopf.

»Nein, nichts in der Nähe. Wir brechen sofort auf. Noch droht keine Gefahr.«

Er schaute mich an, hielt einen Moment inne und dachte nach. Dann nickte er mir zu – er hatte seine Entscheidung getroffen.

»Sie kommt mit«, sagte er. Er durchwühlte den Haufen auf dem Tisch und zog einen zerfledderten Fetzen aus dem Stapel; es sah aus wie ein Halstuch, das schon bessere Tage erlebt hatte.

Der Mann mit dem Schnurrbart wollte mich offenbar nicht dabeihaben.

»Warum bleibt sie nicht einfach hier?«

Dougal warf ihm einen ungehaltenen Blick zu, überließ die Erklärung jedoch Murtagh. »Wo immer die Rotröcke jetzt sein mögen, bei Tagesanbruch werden sie hier sein, und bis dahin ist es nicht mehr weit. Wenn die Frau für die Engländer spioniert, können wir es nicht wagen, sie dazulassen; dann verrät sie ihnen, in welche Richtung wir geritten sind. Und wenn sie nicht auf gutem Fuß mit ihnen steht...« – Murtagh betrachtete mich zweifelnd –, »dann können wir sie gewiß nicht allein und im Hemd zurücklassen.« Seine Miene hellte sich etwas auf, als er den Stoff meines Rockes befingerte. »Außerdem ist sie vielleicht einiges an Lösegeld wert. So wenig sie am Leibe hat – es ist feines Tuch.«

»Und sie kann uns unterwegs nützlich sein«, fügte Dougal hinzu. »Sie scheint sich aufs Heilen zu verstehen. Aber dafür haben wir jetzt nicht viel Zeit. Ich fürchte, du mußt aufbrechen, ohne ›desinfiziert‹ worden zu sein, Jamie«, sagte er und klopfte dem jungen Mann auf die gesunde Schulter. »Kannst du einhändig reiten?«

»Aye.«

»Gut so. Hier«, sagte Dougal und warf mir den schmierigen Fetzen zu. »Verbinden Sie seine Wunde. Schnell. Wir müssen uns auf den Weg machen. Ihr zwei holt die Pferde«, befahl er dem Mann mit dem Frettchengesicht und dem dicken Rupert.

Ich drehte den Fetzen angewidert um.

»Den kann ich nicht nehmen«, sagte ich. »Er starrt vor Dreck.«

Ich sah nicht, wie er sich bewegte, aber plötzlich hatte Dougal meine Schulter gepackt, und seine dunklen Augen waren nur ein paar Zentimeter von meinen entfernt. »An die Arbeit«, knurrte er.

Er gab mich mit einem leichten Stoß frei, schritt zur Tür und verschwand hinter seinen beiden Kumpanen. Mehr als nur ein bißchen mitgenommen, ging ich daran, die Schußwunde so gut wie möglich zu verbinden. Das schmierige Halstuch konnte ich nicht verwenden; das verbot mir meine medizinische Ausbildung. Ich verdrängte meine Verwirrung und mein Entsetzen, indem ich mich bemühte, etwas Geeigneteres zu finden, und nach einer raschen und vergeblichen Suche im Stoffhaufen begnügte ich mich schließlich mit einigen Streifen Kunstseide, die ich vom Saum meines Unterrocks abriß. Es war zwar nicht steril, aber das bei weitem sauberste Material, das mir zur Verfügung stand.

Das Leinenhemd meines Patienten war alt und abgetragen, aber immer noch erstaunlich fest. Mit einiger Mühe riß ich den Ärmel ganz auf und improvisierte daraus eine Schlinge. Ich trat zurück, um das Resultat zu betrachten, und stieß mit Dougal zusammen, der leise eingetreten war, um mir zuzusehen.

Er warf einen anerkennenden Blick auf mein Werk. »Gute Arbeit, Mädel. Konmt, wir sind fertig.«

Dougal gab der Frau eine Münze und drängte mich aus der Kate, gefolgt von Jamie, der immer noch ein wenig blaß war. Nun, da er sich von dem niedrigen Hocker erhoben hatte, erwies sich mein Patient als ziemlich hochgewachsen; er überragte Dougal, der selbst nicht klein war, um einige Zentimeter.

Rupert und Murtagh standen draußen mit sechs Pferden und murmelten ihnen gälische Koseworte zu. Die Nacht war mondlos, aber die metallenen Teile der Geschirre blinkten wie Silber. Ich schaute auf und hielt vor Staunen fast den Atem an; der Himmel war so wunderbar mit Sternen übersät, wie ich es noch nie gesehen hatte. Als ich auf die umliegenden Wälder blickte, erkannte ich den Grund dafür. Da keine Stadt in der Nähe lag, die den Himmel mit Licht verschleierte, waren die Sterne die unumschränkten Regenten der Nacht.

Und dann blieb ich stehen, und mir wurde kalt. Keine Lichter. »Welche Stadt?« hatte die Frau in der Kate gefragt. Aus den Kriegsjahren war ich Verdunkelung und Luftangriffe gewohnt, und so hatte es mich zunächst nicht beunruhigt, daß keinerlei Lichter zu sehen waren. Doch nun hatten wir Frieden, und die Lichter von Inverness hätten kilometerweit strahlen müssen.

Die Männer waren fast formlose Gestalten im Dunkeln. Ich spielte mit dem Gedanken, zwischen den Bäumen zu verschwinden, aber Dougal, der dies offenbar ahnte, packte mich am Ellbogen und zog mich zu den Pferden.

»Steig auf, Jamie!« rief er. »Das Mädel reitet mit dir.« Er drückte meinen Ellbogen. »Sie halten die Zügel, wenn Jamie nicht zurechtkommt, und sehen Sie zu, daß Sie immer in unserer Nähe bleiben. Wenn Sie etwas anderes versuchen, schneide ich Ihnen die Kehle durch. Verstanden?«

Ich nickte; ich hatte einen so trockenen Mund, daß ich nicht antworten konnte. Dougals Stimme hatte nicht allzu bedrohlich geklungen, doch ich glaubte ihm aufs Wort. Ich war um so weniger geneigt, etwas »zu versuchen«, als ich keine Ahnung hatte, was. Ich wußte nicht, wo ich mich befand, wer die Männer waren, warum und wohin wir so eilig aufbrachen, aber ich hatte keine andere Wahl, als mitzukommen. Ich machte mir Sorgen wegen Frank – er mußte mich schon seit einiger Zeit suchen –, doch dies schien nicht der richtige Zeitpunkt, ihn zu erwähnen.

Dougal hatte wohl geahnt, daß ich nickte, denn er ließ meinen Arm los und bückte sich plötzlich. Ich starrte töricht auf ihn herab, bis er zischte: »Den Fuß, Mädel! Geben Sie mir Ihren Fuß! Nein, den *linken*«, fügte er fast angewidert hinzu. Rasch nahm ich meinen rechten Fuß aus seiner Hand und stieg mit dem linken auf. Dougal hob mich vor Jamie in den Sattel, und Jamie hielt mich mit seinem gesunden Arm fest und zog mich an sich.

Trotz der Mißlichkeit meiner Lage war ich dankbar für die Wärme des jungen Schotten. Er roch nach Holzrauch, Blut und ungewaschenem Mann, aber die Nachtkälte drang unangenehm durch mein dünnes Kleid, und ich lehnte mich zufrieden gegen ihn.

Die Geschirre klirrten leise, und wir ritten in die sternhelle Nacht hinein. Die Männer redeten nicht miteinander; es herrschte nur eine allgemeine Vorsicht und Wachsamkeit. Als wir auf der Straße waren, begannen die Pferde zu traben, und ich wurde so ungemüt-lich durchgeschüttelt, daß ich gar nicht sprechen wollte, selbst wenn jemand bereit gewesen wäre, mir zu lauschen.

Mein Gefährte hatte, wie es schien, wenig Schwierigkeiten, ob-wohl er seine Rechte nicht gebrauchen konnte. Ich spürte seine Schenkel hinter mir; gelegentlich bewegten sie sich, um das Pferd zu lenken. Ich klammerte mich am Sattel fest; ich hatte zwar schon zu Pferd gesessen, konnte aber längst nicht so gut reiten wie Jamie.

Nach einer Weile kamen wir zu einer Kreuzung, wo wir einen Moment haltmachten, während sich Dougal und der Mann mit den schütteren Haaren flüsternd berieten. Jamie ließ die Zügel seines Pferdes locker, und es wanderte an den Straßenrand, um Gras zu rupfen. Der junge Mann begann unterdessen, sich hinter mir hin und her zu winden.

»Vorsichtig!« sagte ich. »Bewegen Sie sich nicht so heftig, sonst löst sich Ihr Verband! Was soll das denn?«

»Ich will mein Plaid über dich decken«, sagte er. »Du zitterst. Aber mit einer Hand kann ich's nicht. Öffnest du mal den Ver-schluß meiner Brosche?«

Nach einigem unbeholfenen Gezerre bekamen wir das Plaid locker. Jamie warf es mit verblüffender Geschicklichkeit aus und ließ es wie einen Schal um seine Schultern sinken. Dann legte er die Enden über meine Schultern und steckte sie unterm Sattel fest, so daß wir beide warm eingepackt waren.

»Na also«, sagte er. »Wir wollen nicht, daß du uns erfrierst, bevor wir da sind.«

»Danke«, sagte ich. »Aber wohin reiten wir?«

Ich konnte Jamies Gesicht nicht erkennen. Wie auch immer, er legte eine kleine Pause ein, bevor er antwortete.

Schließich lachte er. »Um dir die Wahrheit zu sagen, Mädel, ich weiß es selber nicht. Aber wenn wir da sind, werden wir's wissen, oder?«

Irgend etwas schien mir vertraut an der Gegend, durch die wir kamen. Kannte ich nicht dieses große Felsgebilde, das vor uns aufragte und die Form eines Hahnenschweifs hatte?

»Der Cocknammon Rock!« rief ich.

»Aye«, bestätigte mein Gefährte unbeeindruckt.

»Haben den die Engländer nicht für Hinterhalte benutzt?« fragte ich und versuchte, mich auf die ermüdenden Einzelheiten der lokalen Geschichte zu besinnen, mit denen mich Frank in der letzten Woche stundenlang verwöhnt hatte. »Wenn eine englische Patrouille in der Nähe ist…« Ich zögerte. Wenn eine englische Patrouille in der Nähe war, tat ich vielleicht nicht gut daran, die Aufmerksamkeit darauf zu lenken. Andererseits wäre ich, wenn uns aufgelauert wurde, von meinem Gefährten nicht zu unterscheiden, da wir ja gemeinsam in ein Plaid gehüllt waren. Ich dachte an Hauptmann Jonathan Randall und schauderte unwillkürlich. Alles, was ich gesehen hatte, seit ich durch den gespaltenen Stein getreten war, legte den völlig irrationalen Schluß nahe, daß der Mann, dem ich im Wald begegnet war, tatsächlich Franks Ahnherr war. Ich wehrte mich verbissen dagegen, konnte jedoch zu keinem anderen Schluß kommen, der den Fakten gerecht wurde.

Erst hatte ich gedacht, daß ich nur lebhafter träumte als sonst, aber Randalls Kuß, plumpvertraulich und grob, hatte diesen Eindruck zerstreut. Auch bildete ich mir nicht ein, daß ich geträumt hatte, von Murtagh auf den Kopf geschlagen worden zu sein; die schmerzhafte Beule an meinem Schädel wurde ergänzt von einer wundgescheuerten Stelle an meinem Schenkel, die ebenfalls wenig traumhaft wirkte. Und das Blut – nein, es war mir nicht fremd, ich hatte zuvor schon von Blut geträumt. Aber im Traum hatte es nie nach Blut gerochen, diesem warmen, kupferigen Geruch, den der Mann hinter mir immer noch ausströmte.

Er schnalzte mit der Zunge und lenkte sein Pferd neben das von Dougal, zog den massigen Schatten in ein leises Gespräch auf gälisch. Die Pferde verlangsamten ihre Gangart, liefen im Schritt.

Auf ein Zeichen von Dougal blieben Jamie, Murtagh und der kurzwüchsige Mann mit den schütteren Haaren zurück, während die beiden anderen ihren Tieren die Sporen gaben und auf den knapp fünfhundert Meter rechts von uns gelegenen Felsen zugaloppierten. Der Halbmond war aufgegangen, und sein Licht war so hell, daß man die Blätter der Malvengewächse am Straßenrand erkennen konnte; doch in den Schatten zwischen den Felsspalten konnte sich alles mögliche verbergen.

Gerade als die Reiter den Cocknammon Rock passierten, flammte in einer Höhlung Musketenfeuer auf. Unmittelbar hinter mir ertönte ein grauenerregendes Geheul, und das Pferd schoß vorwärts wie von einem Stachelstock angetrieben. Plötzlich rasten wir über die Heide auf den Felsen zu, Murtagh und den Mann mit den schütteren Haaren neben uns. Markerschütterndes Geschrei zerriß die Nachtluft.

Ich klammerte mich am Sattelknauf fest und bangte um mein Leben. Jamie hielt plötzlich neben einem großen Ginsterbusch an, faßte mich um die Taille und ließ mich ohne viel Federlesens hineinfallen. Das Pferd warf sich herum und galoppierte weiter, umrundete den Felsen, um auf dessen Südseite zu gelangen. Als das Pferd im Schatten verschwand, sah ich den Reiter geduckt im Sattel. Als es wieder auftauchte, immer noch galoppierend, war der Sattel leer.

Die Oberfläche des Cocknammon Rock war schattengefleckt; ich hörte Rufe und gelegentlich Musketenschüsse, konnte aber nicht sagen, ob die Bewegungen, die ich sah, von Menschen herrührten oder ob es sich nur um die Schatten der verkümmerten Eichen handelte, die aus den Spalten im Fels sprossen.

Ich befreite mich mit einiger Mühe aus dem Gebüsch und zupfte mir den stachligen Ginster vom Rock und aus den Haaren. Ich leckte einen Kratzer an meiner Hand und fragte mich, was ich jetzt tun sollte. Ich konnte warten, bis der Kampf entschieden war. Wenn die Schotten siegten oder zumindest überlebten, würden sie vermutlich zurückkommen und mich suchen. Wenn nicht, konnte ich mich an die Engländer wenden, die höchstwahrscheinlich annehmen würden, daß ich mit den Schotten im Bunde war, da ich in ihrer Gesellschaft reiste.

Vielleicht war es das beste, bei diesem Konflikt beide Parteien zu meiden. Schließlich hatte ich, nun, da ich wußte, wo ich war, eine gewisse Chance, eine Stadt oder eine Siedlung zu erreichen, die ich kannte, selbst wenn ich den ganzen Weg zu Fuß gehen mußte. Ich brach entschlossen in Richtung Straße auf, stolperte über zahllose Granitbrocken, die illegitimen Kinder des Cocknammon Rock.

Im Mondschein herumzulaufen, war ein trügerisches Unterfangen; zwar sah ich den Boden in allen Einzelheiten, aber alles wirkte seltsam flach – niedrige Pflanzen und scharfkantige Steine wirkten gleich groß, und so hob ich über eingebildete Hindernisse die Füße absurd hoch und stieß mir an Felsbrocken die Zehen an. Ich ging, so schnell ich konnte, und lauschte auf Geräusche, die anzeigten, daß man mich verfolgte.

Das Kampfgetöse verhallte, als ich mich der Straße näherte. Ich merkte, daß man mich dort viel zu schnell erblicken würde, aber ich mußte ihr folgen, wenn ich eine Stadt finden wollte. Ich hatte im Dunkeln keinerlei Orientierungssinn, und ich hatte mir von Frank nie erklären lassen, wie man sich mit Hilfe der Sterne zurechtfindet. Beim Gedanken an Frank hätte ich am liebsten geweint, und so versuchte ich mich abzulenken, indem ich mich bemühte, Sinn in die Ereignisse des Nachmittags zu bringen.

Es schien unvorstellbar, aber alles deutete darauf hin, daß ich an einem Ort war, wo immer noch die Sitten, Bräuche und politischen Verhältnisse des achtzehnten Jahrhunderts herrschten. Ich hätte vermutet, das Ganze sei irgendeine Veranstaltung mit Kostümen, wären da nicht die Verletzungen des jungen Mannes gewesen, den die anderen Jamie nannten. Die Wunde an der Schulter war tatsächlich durch eine Musketenkugel oder dergleichen verursacht worden, soweit ich sehen konnte. Auch das Verhalten der Männer in der Kate paßte nicht zu einem Theaterspiel. Es waren ernsthafte Leute, und ihre Dolche und Degen waren echt.

Ich schaute zum Felsen zurück, um festzustellen, wo genau ich war, und blickte dann zum Horizont. Dort sah ich nichts außer fedrigen Kiefernnadeln, die undurchdringlich schwarz vor dem Sternenzelt aufragten. Wo waren die Lichter von Inverness? Wenn das hinter mir der Cocknammon Rock war – und er war es –, dann war Inverness keine drei Meilen entfernt. Ich hätte die Lichter der Stadt sehen müssen. Wenn sie denn da war.

Schaudernd drückte ich die Arme an den Körper, damit ich nicht so fror. Selbst wenn ich einen Moment die völlig unwahrscheinliche Vorstellung, daß ich mich in einer anderen Zeit befand, gelten ließ – Inverness existierte seit sechshundert Jahren. Mit anderen Worten, es lag vor mir. Unbeleuchtet. Das legte die Vermutung nahe, daß es noch kein elektrisches Licht gab. Ein weiterer Beweis, falls es not tat. Aber was genau bewies es?

Ein Schatten trat aus der Dunkelheit – so dicht vor mir, daß ich fast mit ihm zusammenstieß. Ich unterdrückte einen Schrei und wollte davonrennen, doch eine große Hand packte meinen Arm und vereitelte die Flucht.

»Keine Angst, Mädchen. Ich bin's.«

»Genau das habe ich ja befürchtet«, sagte ich verdrossen, obwohl ich tatsächlich erleichtert war, daß es Jamie war. Vor ihm hatte ich nicht so viel Angst wie vor den anderen Männern. Zwar sah er genauso gefährlich aus, doch er war noch jung, vermutlich sogar jünger als ich. Und es fiel mir schwer, vor jemandem Angst zu haben, den ich gerade verarztet hatte.

»Ich hoffe, Sie haben die Schulter nicht übermäßig belastet«, sagte ich mit der rügenden Stimme einer Mutter Oberin. Wenn ich einen ausreichend gebieterischen Ton anschlug, konnte ich ihn vielleicht dazu bewegen, daß er mich gehen ließ.

Jamie massierte die verletzte Schulter mit seiner freien Hand. »Das kleine Scharmützel hat ihr nicht gutgetan«, gab er zu.

Im selben Moment trat er ins helle Mondlicht, und ich sah den riesigen Blutflecken auf seiner Brust. Arterielle Blutung, dachte ich sofort, aber warum steht er dann noch aufrecht?

»Sie sind verletzt!« rief ich. »Ist die Wunde an Ihrer Schulter wieder aufgebrochen, oder ist das neu? Setzten Sie sich und lassen Sie mich nachsehen!« Ich schob ihn auf einen Haufen Felsblöcke zu und ging im Geiste rasch die Erste-Hilfe-Maßnahmen in einem solchen Fall durch. Kein Verbandmaterial zur Hand außer dem, was ich am Leibe trug. Ich griff nach den Resten meines Unterrocks und wollte die Blutung damit stillen, als Jamie lachte.

»Kümmere dich nicht drum, Mädel. Das ist nicht *mein* Blut. Jedenfalls nicht viel davon«, fügte er hinzu und zupfte den durchweichten Stoff von seinem Körper ab.

Ich schluckte, weil mir ein wenig übel war. »Oh«, sagte ich matt.

»Dougal und die anderen warten sicher an der Straße. Gehen wir.« Jamie nahm meinen Arm, weniger eine galante Geste als ein Mittel, mich zum Mitkommen zu zwingen. Ich stemmte die Fersen in den Boden.

»Nein! Ich komme nicht mit!«

Jamie blieb verwundert stehen. »Doch. Du kommst mit.« Meine Weigerung erboste ihn offenbar nicht; es schien ihn eher zu amüsieren, daß ich etwas dagegen hatte, erneut entführt zu werden.

»Und wenn ich es nicht tue? Schneiden Sie mir dann die Kehle durch?« fragte ich. Er sann darüber nach und antwortete gelassen: »Nein. Du siehst nicht so aus, als wärst du schwer. Wenn du nicht freiwillig mitkommst, werfe ich dich einfach über die Schulter. Soll ich?« Er machte einen Schritt auf mich zu, und ich wich hastig zurück. Ich hatte nicht den geringsten Zweifel, daß er es tun würde.

»Nein! Das dürfen Sie nicht, sonst verletzen Sie sich wieder.«

Seine Gesichtszüge waren nicht deutlich zu erkennen, aber ich sah, wie seine Zähne im Mondlicht aufleuchteten – er grinste.

»Wenn du nicht willst, daß ich mir weh tue, dann wirst du wohl freiwillig mitkommen müssen.« Ich suchte nach Worten, fand aber keine. Wieder nahm er meinen Arm, und wir liefen auf die Straße zu.

Die anderen Männer warteten, nicht allzuweit entfernt, mit den Pferden; anscheinend hatte es keine Verluste gegeben, denn sie waren vollzählig. Ich stieg ungeschickt aufs Pferd und plumpste erneut in den Sattel. Dabei stieß ich aus Versehen mit dem Kopf gegen Jamies verletzte Schulter, und er zog den Atem zischend durch die Zähne ein.

Ich versuchte, meinen Groll über die erneute Gefangennahme und mein Bedauern, daß ich ihm weh getan hatte, mit einer strengen Ermahnung zu überspielen.

»Das geschieht Ihnen recht. Ich habe Ihnen gesagt, Sie sollen die Schulter nicht bewegen; und jetzt haben Sie wahrscheinlich nicht nur blaue Flecke, sondern auch zerrissene Muskeln.«

Meine Standpauke schien Jamie zu erheitern. »Ich hatte keine andere Wahl. Wenn ich meine Schulter nicht bewegt hätte, hätte ich bald überhaupt nichts mehr bewegen können. Mit einem Rotrock werde ich zwar einhändig fertig, vielleicht sogar mit zweien«, sagte er ein bißchen prahlerisch, »aber nicht mit dreien. Außerdem«, fuhr er fort und zog mich an sein blutverkrustetes Hemd, »kannst du's wieder richten, wenn wir da sind, wo wir hinwollen.«

»Das meinen Sie«, erwiderte ich frostig und entwand mich dem Kontakt mit dem klebrigen Stoff. Jamie schnalzte seinem Pferd mit der Zunge zu, und wir brachen auf. Die Männer waren nach dem Kampf bester Laune; sie lachten und scherzten. Mein kleiner Beitrag zur Vereitelung des Hinterhalts wurde hoch gelobt, und die Männer tranken mehrmals auf mein Wohl.

Sie boten auch mir ihre Feldflaschen an, aber ich lehnte zunächst ab, weil ich es schon nüchtern schwierig genug fand, im Sattel zu bleiben. Dem allgemeinen Gespräch entnahm ich, daß es sich um eine Patrouille von zehn mit Musketen und Säbeln bewaffneten englischen Soldaten gehandelt hatte.

Jemand reichte Jamie seine Feldflasche, und als er trank, roch ich den scharfen Branntwein. Ich war nicht durstig, aber der schwache Duft nach Honig erinnerte mich daran, daß ich Hunger hatte, und das schon seit geraumer Zeit. Mein Magen protestierte gegen diese Vernachlässigung und knurrte peinlich laut.

Rupert verkannte die Lärmquelle. »He, Jamie!« rief er. »Bist du hungrig? Oder hast du einen Dudelsack bei dir?«

Jamie nahm ritterlich die Schuld auf sich. »Hungrig genug, um einen Dudelsack zu essen!« rief er zurück. Einen Moment später schwebte seine Hand mit der Feldflasche vor meinem Gesicht.

»Trink einen Schluck«, flüsterte er. »Das füllt dir zwar nicht den Bauch, aber du vergißt deinen Hunger.«

Und ein paar andere Dinge, hoffte ich. Ich setzte die Feldflasche an die Lippen und trank.

Mein Gefährte hatte recht; der Whisky zündete ein kleines, warmes Feuer an, das behaglich in meinem Magen brannte und den quälenden Hunger linderte. Wir brachten mehrere Kilometer ohne Zwischenfälle hinter uns, wechselten uns damit ab, die Zügel zu führen und Whisky zu trinken. Doch in der Nähe einer verfallenen Kate begann Jamies Atem zu rasseln. Unser ohnehin recht mühsam aufrechterhaltenes Gleichgewicht geriet nun ernsthaft in Gefahr. Das verwirrte mich; wenn ich schon nicht betrunken war, schien es unwahrscheinlich, daß er einen Rausch hatte.

»Halt! Hilfe!« schrie ich. »Er fällt gleich!«

Dunkle Gestalten scharten sich um uns; Stimmengemurmel ertönte. Jamie rutschte mit dem Kopf voran wie ein Mehlsack aus dem Sattel und wurde zum Glück aufgefangen. Die anderen Männer waren abgesessen und hatten ihn, als ich zu Boden kletterte, bereits auf einen Acker gebettet.

»Atmen tut er«, sagte einer.

»Das hilft uns jetzt aber weiter«, fauchte ich und tastete im

Dunkeln hektisch nach Jamies Puls. Schließlich fand ich ihn – beschleunigt, aber recht kräftig. Ich legte Jamie die Hand auf die Brust und hielt das Ohr an seinen Mund. Er atmete jetzt regelmäßiger, keuchte nicht mehr so stark. Ich richtete mich auf.

»Ich glaube, er ist nur ohnmächtig geworden«, sagte ich. »Legen Sie ihm eine Satteltasche unter die Beine und bringen Sie mir Wasser, wenn welches da ist.« Ich stellte mit Überraschung fest, daß meinen Befehlen prompt Folge geleistet wurde. Anscheinend war der junge Mann seinen Kumpanen wichtig. Er ächzte und schlug die Augen auf; im Sternenlicht wirkten sie wie schwarze Höhlungen.

»Mir geht's schon wieder gut«, sagte er und versuchte, sich aufzusetzen. »Nur ein bißchen schwindelig, das ist alles.« Ich drückte ihn wieder zu Boden.

»Liegen Sie still«, befahl ich. Ich untersuchte ihn rasch, kniete mich dann hin und wandte mich einer Gestalt zu, die, der Größe nach zu urteilen, Dougal, der Anführer, sein mußte.

»Die Schußwunde hat wieder geblutet, und eine Stichverletzung hat der Idiot auch noch. Ich glaube zwar nicht, daß es schlimm ist, aber er hat ziemlich viel Blut verloren. Er braucht Ruhe; wir sollten mindestens bis zum Morgen hierbleiben.« Die Gestalt machte eine abwehrende Bewegung.

»Nein. Wir sind zwar so weit, daß sich die Garnison nicht mehr traut, uns zu folgen, aber man muß auch die Wache bedenken. Wir müssen noch gut fünfzehn Meilen hinter uns bringen.« Dougal legte den Kopf zurück und betrachtete den Stand der Sterne.

»Mindestens fünf Stunden. Eher sieben. Wir können so lange bleiben, bis Sie die Blutung gestillt und die Wunde verbunden haben, aber länger nicht.«

Ich machte mich grummelnd an die Arbeit, während Dougal leise einen der Schatten dazu abkommandierte, ein Auge auf die Pferde zu haben. Die anderen Männer entspannten sich, tranken aus ihren Feldflaschen und plauderten. Murtagh half mir, riß Leinen in Streifen, holte Wasser, hob den Patienten vom Boden auf, damit ich den Verband neu anlegen konnte, denn Jamie durfte sich auf keinen Fall bewegen, obwohl er murrte und behauptete, es gehe ihm schon wieder ausgezeichnet.

Ich machte meiner Angst und Verärgerung Luft. »Es geht Ihnen alles andere als ausgezeichnet«, fauchte ich, »und das wundert mich nicht. Welcher Schwachkopf läßt sich denn ein Messer in den

Leib rennen, ohne anzuhalten und sich darum zu kümmern? Haben Sie denn nicht gemerkt, wie schlimm Sie bluten? Sie können von Glück sagen, daß Sie nicht tot sind ... jetzt rühren Sie sich gefälligst nicht, Sie verfluchter Narr!« Die Streifen aus Kunstseide und Leinen waren im Dunkeln irritierend schwer zu fassen. Sie glitten mir durch die Finger, entzogen sich meinem Griff wie Fische, die in die Tiefe schießen und dabei ihre weißen Bäuche spöttisch aufblitzen lassen. Trotz der Kälte brach mir der Schweiß aus. Zu guter Letzt hatte ich ein Ende befestigt und faßte nach dem anderen, das immer wieder hinter den Rücken des Patienten witschte. »Komm her, du ... Sie gottverdammter Idiot!« Jamie hatte sich bewegt, und das erste Ende war wieder aufgegangen.

Ein Moment entsetzten Schweigens trat ein. »Barmherziger!« sagte der dicke Rupert. »Mein Lebtag habe ich noch keine Frau so fluchen gehört.«

»Dann kennst du meine Tante Grisel nicht«, erwiderte eine andere Stimme, woraufhin allgemeines Gelächter folgte.

»Ihr Mann sollte Ihnen das Fell gerben, Frau«, sagte eine dritte Stimme streng aus dem Dunkel unter einem Baum heraus. »Der Apostel Paulus spricht: ›Lasset die Frauen schweigen in der Gemeinde –‹«

»Kümmern Sie sich um Ihren eigenen Dreck«, zischte ich, während mir der Schweiß herunterlief, »und der Apostel Paulus gefälligst auch.« Ich wischte mir die Stirn mit meinem Ärmel ab. »Drehen Sie ihn nach links«, sagte ich zu Murtagh. »Und wenn Sie«, fuhr ich, an meinen Patienten gewandt, fort, »auch nur einen einzigen Muskel rühren, während ich den Verband festmache, dann erwürge ich Sie.«

»Aye«, sagte Jamie lammfromm.

Ich zog zu heftig an dem letzten Leinenstreifen, und der ganze Verband löste sich wieder.

»Soll doch der Teufel den ganzen Scheißdreck holen!« schrie ich und schlug frustriert mit der flachen Hand auf den Boden. Die Männer schwiegen schockiert, und als ich dann im Dunkeln nach den losen Enden des Verbandes tastete, ließen sie sich wieder über meine wenig damenhafte Sprache aus.

»Vielleicht sollten wir sie nach Ste. Anne schicken, Dougal«, meinte eine der am Straßenrand kauernden Gestalten. »Seit wir von der Küste weg sind, habe ich Jamie kein einziges Mal fluchen hören, und er hatte ein Mundwerk, das einen Seemann beschämen würde. Die vier Monate im Kloster müssen etwas bewirkt haben. Du führst den Namen des Herrn nicht mehr unnütz, oder, Jamie?«

»Das würdest du auch nicht, wenn du dafür so büßen müßtest wie ich, wenn du im Februar mitten in der Nacht drei Stunden lang auf dem Steinfußboden einer Kirche liegen müßtest, mit nichts am Leib als deinem Hemd«, erwiderte mein Patient.

Die Männer lachten, und er fuhr fort: »Die Buße hat zwar nur zwei Stunden gedauert, aber ich habe danach noch eine gebraucht, um vom Boden hochzukommen; ich dachte, mein ... äh, ich wäre an den Fliesen festgefroren, aber es hat sich herausgestellt, daß ich nur steif vor Kälte war.«

Anscheinend ging es Jamie wirklich besser. Ich lächelte gegen meinen Willen, sprach aber trotzdem mit großer Entschiedenheit. »Seien Sie ruhig«, sagte ich, »sonst tue ich Ihnen noch weh.« Er berührte vorsichtig seinen Verband, und ich schlug ihm auf die Finger, bis er sie wegnahm.

»Ach, eine Drohung war das?« fragte er dreist. »Und das, nachdem ich meinen Whisky mit dir geteilt habe!«

Die Feldflasche machte die Runde. Als sie bei Dougal angekommen war, kniete er sich neben mich und hielt sie dem Patienten behutsam an die Lippen. Ich legte gebieterisch die Hand auf die Flasche.

»Keinen Alkohol mehr«, sagte ich. »Er braucht Tee, allenfalls Wasser. Aber keinen Alkohol.«

Dougal ignorierte mich, entriß mir die Flasche und goß einen großen Schluck Whisky in den Schlund meines Patienten, der daraufhin husten mußte. Dougal wartete nur so lange, bis Jamie sich wieder gefangen hatte, dann setzte er ihm erneut die Flasche an die Lippen.

»Lassen Sie das!« Ich griff nach dem Whisky. »Wollen Sie ihn so betrunken machen, daß er nicht mehr stehen kann?«

Ich wurde rüde mit dem Ellbogen beiseite gestoßen.

»Ein vorlautes Luder, wie?« fragte mein Patient, und es klang amüsiert.

»Mischen Sie sich nicht ein, Frau«, befahl Dougal. »Wir haben heute nacht noch eine gute Strecke zurückzulegen, und er braucht alle Kraft, die ihm der Trank geben kann.«

Der Verband war kaum angelegt, da versuchte der Patient, sich aufzurichten. Ich drückte ihn zu Boden und setzte ihm ein Knie auf die Brust, damit er blieb, wo er war. »Sie sollen sich doch nicht bewegen«, sagte ich erbost. Ich packte den Saum von Dougals Kilt und riß derb daran, damit er sich wieder neben mich kniete.

»Sehen Sie sich das an«, befahl ich in meinem besten Krankenschwesternton. Ich drückte Dougal das blutdurchtränkte Hemd in die Finger. Er ließ es angewidert fallen.

Ich nahm seine Hand und legte sie auf die Schulter des Patienten. »Und das auch. Irgendeine Stichwaffe ist geradewegs durch den Kappenmuskel gegangen.«

»Ein Bajonett«, warf der Patient hilfreich ein.

»Ein Bajonett!« rief ich. »Warum haben Sie mir das nicht gesagt?«

Jamie wollte die Achseln zucken, ließ es jedoch mit einem leisen Schmerzenslaut bleiben. »Ich habe gespürt, wie es ins Fleisch ging, aber ich wußte nicht, ob es schlimm ist; es hat nicht sonderlich weh getan.«

»Tut es jetzt weh?«

»Ja«, sagte Jamie knapp.

»Gut«, erwiderte ich, aufs äußerste gereizt. »Sie haben es wirklich nicht besser verdient. Vielleicht ist Ihnen das eine Lehre, daß Sie nicht mehr durch die Gegend sausen, Frauen entführen, Menschen umbringen und...« Ich war lächerlicherweise den Tränen nahe und rang um Selbstbeherrschung.

Jetzt verlor Dougal die Geduld. »Kannst du deine Füße links und rechts von einem Pferd halten, Junge?«

»Er kann nirgendwohin!« wandte ich entrüstet ein. »Im Grunde müßte er ins Krankenhaus. Und er kann mit Sicherheit nicht −«

Mein Protest wurde wie immer ignoriert.

»Kannst du reiten?« wiederholte Dougal.

»Aye, wenn du das Mädel von meiner Brust nimmst und mir ein reines Hemd gibst.«

4

Ankunft auf Burg Leoch

Der Rest der Reise verlief ereignislos, wenn man es denn für ereignislos halten wollte, bei Nacht an die fünfundzwanzig Kilometer über Land zu reiten, oft nicht einmal auf Straßen, begleitet von Männern, die bis an die Zähne bewaffnet waren, und hinter sich im Sattel einen Verwundeten. Wenigstens wurden wir nicht von Strauchdieben überfallen, trafen wir auf keine wilden Tiere, und es regnete auch nicht. Für die Verhältnisse, an die ich mich zu gewöhnen begann, war es nachgerade langweilig.

Dann dämmerte es über dem nebelverhangenen Moor, und vor uns ragte im grauen Licht eine gewaltige Masse dunklen Steins auf.

Um uns herum war es nicht mehr still und verlassen. Ein paar primitiv gekleidete Menschen waren unterwegs zur Burg. Sie traten an den Rand der schmalen Straße, damit die Pferde vorbeitraben konnten, und begafften mein Gewand, das sie offenbar für äußerst fremdartig hielten.

Es war sehr dunstig, doch hell genug, um die Steinbrücke zu sehen, die sich über ein Flüßchen wölbte, das an der Vorderseite der Burg vorbeiplätscherte und auf einen matt schimmernden, vielleicht fünfhundert Meter entfernten See zueilte.

Die Burg selbst war schmucklos und fest gebaut. Keine dekorativen Türmchen und Zinnen. Mit ihren dicken Mauern und den hohen, schartenartigen Fenstern glich sie eher einem großen, wehrhaften Haus. Über den glatten Dachziegeln trugen rauchende Schornsteine zur allgemeinen Düsternis bei.

Das Burgtor war so breit, daß zwei Fuhrwerke nebeneinander Platz hatten. Ich sage dies guten Gewissens, denn es fuhren gerade zwei durch, als wir über die Brücke ritten. Der eine Ochsenkarren war mit Fässern beladen, der andere mit Heu. Unsere kleine Kavalkade drängte sich zusammen und wartete ungeduldig darauf, daß die Fuhrwerke das Tor passierten.

Als sich die Pferde über die schlüpfrigen Steine des nassen Burghofs bewegten, riskierte ich eine Frage. Seit ich meinem Gefährten am Straßenrand die Schulter neu verbunden hatte, hatte ich kein Wort mehr mit ihm gewechselt. Auch er hatte geschwiegen, abgesehen von gelegentlichen Lauten des Unbehagens, wenn er durch einen Fehltritt des Pferdes schmerzhaft gerüttelt wurde.

»Wo sind wir?« krächzte ich, heiser vor Kälte.

»Auf Burg Leoch«, antwortete er knapp.

Burg Leoch. Nun, wenigstens wußte ich jetzt, wo ich war. Ich hatte Leoch als pittoreske Ruine, knapp dreißig Meilen nördlich von Bargrennan, in Erinnerung. Jetzt war es noch sehr viel pittoresker dank der Schweine, die unterhalb der Mauern herumwühlten, und des penetranten Abwassergeruchs. Ich begann die unmögliche Vorstellung zu akzeptieren, daß ich mich im achtzehnten Jahrhundert befand.

Gewiß hatte es 1945 in ganz Schottland kein solches Chaos und keinen solchen Dreck gegeben. Und wir waren eindeutig in Schottland; der Akzent der Menschen auf dem Burghof ließ keinen Zweifel daran aufkommen.

»Dougal!« rief ein zerlumpter Stallknecht, der herbeieilte, um das Halfter des Leitpferds zu ergreifen. »Ihr seid früh zurück; wir hätten nicht gedacht, euch vor der Versammlung zu sehen!«

Dougal saß ab und überließ dem schmuddeligen jungen Mann die Zügel.

»Aye. Wir hatten Glück. Und Pech. Rufst du Mrs. FitzGibbons, damit sie den Männern zu essen gibt? Sie werden ein Frühstück brauchen und ein Bett.«

Dougal winkte Murtagh und Rupert zu sich, und die drei verschwanden unter einem spitzen Torbogen.

Wir übrigen stiegen vom Pferd und warteten zehn Minuten auf dem nassen Hof, bis Mrs. FitzGibbons, wer immer das sein mochte, so gütig war, sich blicken zu lassen. Eine Traube neugieriger Kinder scharte sich um uns und stellte Vermutungen darüber an, woher ich kam und was ich hier zu suchen hatte. Die frecheren begannen gerade, soviel Mut aufzubringen, an meinem Rock herumzuzupfen, als eine stattliche und stämmige Dame in dunkelbraunem Leinen und Tweed eilig aus dem Gebäude trat und sie verscheuchte.

»Willy, mein Lieber!« rief sie. »Wie schön, dich zu sehen! Und Neddie!« Sie gab dem kleinen Mann mit den schütteren Haaren einen herzlichen Begrüßungskuß, der ihn fast umwarf. »Ihr braucht sicher ein Frühstück. In der Küche gibt es genug, geht und bedient euch.« Als sie sich Jamie und mir zuwandte, fuhr sie zurück wie von einer Schlange gebissen. Sie starrte mich offenen Mundes an; dann blickte sie Jamie fragend an, damit er ihr diese Erscheinung erklärte.

Er nickte in meine Richtung. »Claire«, sagte er. »Und Mistress FitzGibbons«, fügte er mit einem Nicken in die andere Richtung hinzu. »Murtagh hat Claire gestern gefunden, und Dougal hat gesagt, wir müßten sie mitnehmen«, erläuterte er und stellte damit klar, daß sie gar nicht erst zu versuchen brauchte, ihm die Schuld zuzuschieben.

Mistress FitzGibbons machte den Mund zu und musterte mich scharf. Anscheinend kam sie zu dem Schluß, daß ich trotz meines seltsamen und skandalösen Aufzugs harmlos aussah, denn sie lächelte – durchaus freundlich, obwohl ihr mehrere Zähne fehlten – und faßte mich am Arm.

»Nun gut, Claire. Willkommen. Kommen Sie, wir suchen Ihnen etwas heraus, das ein bißchen... hmm.« Kopfschüttelnd betrachtete sie meinen kurzen Rock und meine leichten Schuhe.

Sie führte mich bereits resolut davon, als ich mich auf meinen Patienten besann.

»Oh, warten Sie bitte einen Moment! Ich habe Jamie vergessen!«

Mistress FitzGibbons war überrascht. »Jamie? Der kann für sich selber sorgen. Er weiß, wo es was zu essen gibt, und irgend jemand wird ihm schon ein Bett zuweisen.«

»Aber er ist verletzt. Er hat sich gestern eine Schuß- und eine Stichwunde zugezogen. Ich habe sie verbunden, damit er reiten konnte. Aber ich hatte keine Zeit, sie richtig zu versorgen. Ich muß mich jetzt darum kümmern, damit es zu keiner Infektion kommt.«

»Infektion?«

»Ja, also, ich meine eine Entzündung – Eiter und Fieber, verstehen Sie?«

»Aye. Aber soll das bedeuten, daß Sie wissen, was dagegen zu tun ist? Sind Sie eine Zauberin? Eine Beaton?«

»So etwas Ähnliches.« Ich hatte keine Ahnung, was eine Beaton sein sollte, und auch keine Lust, im kalten Sprühregen herumzustehen und meine medizinischen Qualifikationen darzulegen. Mistress FitzGibbons schien es nicht viel anders zu gehen, denn sie rief Jamie zurück, der sich bereits in die entgegengesetzte Richtung aufgemacht hatte, faßte auch seinen Arm und zog uns beide in die Burg.

Geraume Zeit marschierten wir durch kalte, schmale, matt erhellte Flure, bis wir in einen ziemlich großen Raum kamen, der mit einem Bett und ein paar Hockern ausgestattet war – und einem Kamin, in dem ein Feuer brannte.

Ich vernachlässigte meinen Patienten eine Weile, um mich aufzuwärmen. Mistress FitzGibbons, der die Kälte vermutlich nichts ausmachte, setzte Jamie auf einen Hocker beim Kamin, entfernte behutsam die Reste seines zerrissenen Hemdes und wickelte ihn in eine mollige Decke. Sie schnalzte mit der Zunge, als sie die verfärbte und geschwollene Schulter sah, und fingerte an meinem Notverband herum.

Ich wandte mich vom Feuer ab. »Der muß weg, und dann muß die Wunde mit einer Lösung gereinigt werden, damit keine ... kein Fieber auftritt.«

Mistress FitzGibbons hätte eine bewundernswerte Krankenschwester abgegeben. »Was brauchen Sie?« fragte sie schlicht.

Ich dachte angestrengt nach. Womit, in Gottes Namen, hatten die Menschen Infektionen verhindert, bevor es Antibiotika gab? Und welches dieser begrenzt wirksamen Mittel würde mir auf einer primitiven schottischen Burg zur Verfügung stehen?

»Knoblauch!« sagte ich triumphierend. »Knoblauch und Zaubernuß, wenn Sie welche haben. Außerdem brauche ich ein paar saubere Lappen und einen Kessel, um Wasser abzukochen.«

»Ich glaube, das können wir besorgen; vielleicht auch ein wenig Schwarzwurz. Wie wär's mit Wasserdost- oder Kamillentee? Der Junge sieht so aus, als hätte er eine lange Nacht hinter sich.«

Tatsächlich schwankte Jamie vor Erschöpfung. Er war zu müde, um dagegen zu protestieren, daß wir von ihm sprachen, als wäre er ein seelenloser Gegenstand.

Mrs. FitzGibbons war bald mit einer Schürze voll Knoblauchknollen, Kräutersäckchen und Leinenstreifen zurück. Über ihrem fleischigen Arm hing ein kleiner schwarzer Kessel aus Eisen, und sie hielt eine große Korbflasche mit Wasser in der Hand, als wäre sie federleicht.

»Was soll ich jetzt tun?« fragte sie heiter. Ich ließ sie Wasser

n und Knoblauchzehen schälen, während ich die Kräuter-
n inspizierte. Da war die Zaubernuß, um die ich gebeten
, auch Schwarzwurz und Wasserdost und noch etwas, was ich
r Kirschbaumrinde hielt.

»Ein schmerzstillendes Mittel«, murmelte ich glücklich und erinnerte mich an Mr. Crooks Ausführungen zu den Borken und Kräutern, die wir gefunden hatten. Gut, das konnten wir brauchen.

Ich warf mehrere geschälte Knoblauchzehen ins kochende Wasser, dazu Zaubernuß, und fügte dann die Leinenstreifen hinzu.
Wasserdost, Schwarzwurz und Kirschbaumrinde zogen unterdessen in einem kleinen Topf mit heißem Wasser beim Feuer. Die
Vorbereitungen hatten mich ein bißchen beruhigt. Wenn ich schon
nicht genau wußte, wo ich war und warum, so wußte ich zumindest, was ich in der nächsten Viertelstunde zu tun hatte.

»Danke, Mrs. FitzGibbons«, sagte ich respektvoll. »Wenn Sie
anderweitig zu tun haben – ich komme jetzt alleine zurecht.« Die
kolossale Dame lachte.

»Ach, Mädel! Freilich hab ich anderweitig zu tun! Ich lasse Ihnen
ein wenig Brühe bringen. Sagen Sie Bescheid, wenn Sie noch etwas
brauchen.« Sie watschelte überraschend schnell zur Tür und verschwand.

Ich entfernte den Verband so vorsichtig, wie ich nur konnte. Trotzdem kam beim Ablösen der Kunstseide, die an die Wunde hinge-
trocknet war, etwas Schorf mit. Frische Blutstropfen quollen hervor, und ich entschuldigte mich bei Jamie dafür, daß ich ihm weh
getan hatte, obwohl er sich weder bewegte noch einen Ton von sich
gab.

Er lächelte mit einer Andeutung von Koketterie. »Keine Bange,
Mädel. Mir ist schon übler mitgespielt worden, und das von weit
weniger hübschen Leuten.« Er beugte sich vor, damit ich die
Wunde mit dem Knoblauchsud auswaschen konnte, und die Bettdecke glitt von seiner Schulter.

Ich sah sofort, daß seine Bemerkung, ob sie nun als Kompliment
gemeint war oder nicht, der Wahrheit entsprach; man hatte ihm
wirklich schon viel übler mitgespielt. Über den oberen Teil seines
Rückens zogen sich kreuz und quer verblaßte weiße Linien. Er war
grausam ausgepeitscht worden, und das öfter als einmal. Wo sich
die Striemen kreuzten, sah man silbriges Narbengewebe, und wo

mehrere Hiebe dieselbe Stelle getroffen, Haut weggerissen und den Muskel darunter freigelegt hatten, waren ungleichmäßige Flecke.

Im Lazarett war ich natürlich mit allen möglichen Verletzungen konfrontiert worden, aber diese Narben wirkten schockierend brutal. Ich mußte nach Luft geschnappt haben, denn Jamie wandte den Kopf und ertappte mich dabei, wie ich seinen Rücken anstarrte. Er zog die gesunde Schulter hoch.

»Das waren die Rotröcke. Haben mich zweimal innerhalb einer Woche ausgepeitscht, und sie hätten es wohl auch zweimal am selben Tag getan, wenn sie nicht befürchtet hätten, mich damit umzubringen. Macht keinen Spaß, eine Leiche auszupeitschen.«

Ich versuchte, mit ruhiger Stimme zu sprechen, während ich die Wunde auswusch. »Ich kann mir nicht vorstellen, daß das jemandem Spaß macht.«

»Nein? Dann hättest du ihn mal sehen sollen.«

»Wen?«

»Den Hauptmann, der mir die Haut vom Rücken gefetzt hat. Und wenn es ihm schon keinen Spaß gemacht hat, so war er doch sehr zufrieden mit sich. Mehr als ich«, fügte Jamie ironisch hinzu. »Randall hieß er.«

»Randall!« Ich konnte das Entsetzen nicht aus meiner Stimme verbannen. Kalte blaue Augen fixierten mich.

»Du kennst ihn?« Jamie hörte sich plötzlich mißtrauisch an.

»Nein, nein. Ich habe eine Familie dieses Namens gekannt, aber das ist, äh, lange her.« In meiner Nervosität ließ ich den Waschlappen fallen.

»Verflixt, den muß ich jetzt wieder auskochen.« Ich hob den Lappen auf und eilte zum Kamin, versuchte, meine Verwirrung durch Geschäftigkeit zu vertuschen. Konnte dieser Hauptmann Randall tatsächlich Franks Vorfahr sein, jener ruhmreiche Soldat, der sich so tapfer geschlagen hatte und von Herzögen belobigt worden war? Und falls ja, konnte jemand, der mit meinem freundlichen, sanften Frank verwandt war, einem jungen Mann so schreckliche Wunden schlagen?

Ich machte mich am Feuer zu schaffen, warf noch eine Handvoll Knoblauch und Zaubernuß in den Topf, weichte noch mehr Lappen ein. Als ich glaubte, meine Stimme und meinen Gesichtsausdruck wieder unter Kontrolle zu haben, kehrte ich zu Jamie zurück, einen sauberen Lappen in der Hand.

»Warum bist du ausgepeitscht worden?« fragte ich. Da er mich ständig duzte, sah ich nicht ein, wieso ich beim »Sie« bleiben sollte.

Meine Frage war nicht eben taktvoll, aber ich wollte es unbedingt wissen und war zu müde, es zurückhaltender zu formulieren.

Er seufzte und bewegte seine Schulter unbehaglich unter meiner Hand. Auch er war müde, und ich tat ihm zweifellos weh, sosehr ich versuchte, behutsam zu sein.

»Das erste Mal wegen Fluchtversuch, und das zweite Mal wegen Diebstahl – zumindest stand das auf dem Anklageblatt.«

»Wovor bist du geflohen?«

Er zog ironisch die Augenbrauen hoch. »Vor den Engländern«, sagte er. »Und falls du wissen willst, von wo – von Fort William.«

»Ich habe mir schon gedacht, daß es die Engländer waren«, sagte ich in ebenso trockenem Ton wie er. »Und weshalb warst du in Fort William?«

Er rieb sich mit der freien Hand über die Stirn. »Ich glaube, wegen Obstruktion.«

»Obstruktion, Flucht und Diebstahl. Das klingt, als wärst du ein gefährlicher Bursche«, sagte ich beiläufig und hoffte, Jamie von dem, was ich tat, ablenken zu können.

Es klappte, zumindest ein bißchen; der eine Winkel seines großen Mundes hob sich, und ein dunkelblaues Auge blitzte mich über die Schulter hinweg an.

»Oh, ich bin gefährlich«, sagte Jamie. »Ein Wunder, daß du als Engländerin keine Angst vor mir hast.«

»Im Moment siehst du recht harmlos aus.« Was ganz und gar nicht stimmte; wie er da so dasaß, narbenübersät und blutverschmiert, mit unrasierten Wangen und geröteten Lidern, wirkte er durch und durch verrufen. Er mochte zwar müde sein, aber zu weiteren Umtrieben schien er durchaus imstande, sollte sich die Notwendigkeit ergeben.

Er lachte; ein überraschend tiefer, ansteckender Laut.

»So harmlos wie ein Täubchen«, bestätigte er. »Ich bin zu hungrig, um irgend etwas außer dem Frühstück gefährlich zu werden. Wenn aber ein herrenloser Hafermehlkuchen in meine Nähe kommt, kann ich für nichts mehr garantieren. Aua!«

»Entschuldigung«, murmelte ich. »Die Stichwunde geht tief, und sie ist verdreckt.«

»Schon gut.« Doch unter seinen kupferroten Bartstoppeln war

Jamie blaß geworden. Ich versuchte, ihn wieder ins Gespräch zu ziehen.

»Was genau ist Obstruktion?« fragte ich. »Ich muß sagen, nach einem Schwerverbrechen hört es sich nicht an.«

Jamie holte tief Luft und betrachtete angelegentlich den Bettpfosten, während ich fortfuhr, seine Wunde zu reinigen.

»Das legen die Engländer nach Lust und Laune fest. In meinem Fall bedeutete es, daß ich meine Familie und mein Eigentum verteidigt und fast dabei draufgegangen bin.« Jamie preßte die Lippen zusammen, als wollte er nicht mehr sagen, aber einen Moment später fuhr er fort, vielleicht, um sich von seiner Schulter abzulenken.

»Es ist fast vier Jahre her. Die Höfe in der Nähe von Fort William wurden mit einer Abgabe belegt – Proviant für die Garnison, Packpferde und dergleichen. Die Leute waren davon zwar nicht begeistert, aber die meisten traten ab, was sie abtreten mußten. Jeweils ein paar Soldaten und ein Offizier machten mit ein, zwei Karren die Runde und sammelten alles ein. Eines Tages – es war im Oktober – kam Hauptmann Randall nach L...« Jamie unterbrach sich hastig und schaute mich an. »Ich meine, zu uns.«

Ich nickte ermunternd, den Blick auf meine Arbeit gerichtet.

»Wir hatten gedacht, so weit würden sie nicht kommen; es ist ein gutes Stück vom Fort entfernt und nicht leicht zu erreichen. Aber sie kamen.«

Jamie schloß die Augen. »Mein Vater war nicht da – war bei einer Beerdigung auf dem Nachbarhof. Und ich war mit den meisten Männern auf dem Feld, denn die Ernte nahte, und es gab viel zu tun. Meine Schwester war mit zwei, drei Mägden allein im Haus, und sie eilten nach oben, um sich unterm Bett zu verstecken, als sie die Rotröcke sahen. Dachten, die hätte der Teufel geschickt – und damit hatten sie gar nicht so unrecht.«

Ich legte den Waschlappen aus der Hand. Das Unangenehmste war erledigt; jetzt brauchten wir nur noch eine Breipackung – da mir weder Jod noch Penizillin zur Verfügung standen, war es das Beste, was ich gegen eine Infektion tun konnte – und einen straffen Verband. Der junge Mann hatte die Augen immer noch geschlossen und schien nichts von alledem zu bemerken.

»Ich kam von hinten zum Haus, wollte ein Stück Pferdegeschirr aus der Scheune holen und hörte meine Schwester drinnen schreien.«

»Ja?« Ich bemühte mich, meine Stimme so ruhig und unaufdringlich klingen zu lassen wie nur möglich. Ich wollte mehr über Hauptmann Randall erfahren; bislang bot die Geschichte wenig Anlaß, meinen ersten Eindruck von ihm zu revidieren.

»Ich trat durch die Küche ins Haus und traf zwei Soldaten dabei an, wie sie die Speisekammer plünderten. Dem einen habe ich eins auf den Schädel gegeben, den anderen aus dem Fenster geworfen. Dann ging ich in die Wohnstube, wo ich zwei weitere Rotröcke bei meiner Schwester Jenny fand. Ihr Kleid war ein wenig zerrissen, und einer von den beiden hatte ein zerkratzes Gesicht.«

Jamie öffnete die Augen und lächelte grimmig. »Ich habe mich nicht damit aufgehalten, Fragen zu stellen. Es ging gleich ziemlich hoch her, und dafür, daß es zwei waren, habe ich mich nicht schlecht geschlagen. Bis Randall kam.«

Randall hatte die Prügelei damit beendet, daß er Jenny eine Pistole an die Schläfe hielt. Jamie war von den beiden Soldaten gepackt und gefesselt worden. Randall hatte seinen Gefangenen charmant angelächelt und gesagt: »Ja, was haben wir denn da für hitzige Wildkatzen? Ich denke, ein wenig Zwangsarbeit wird dich von deinem Jähzorn kurieren, und wenn nicht, dann wirst du eine andere Katze kennenlernen, eine neunschwänzige. Für andere Katzen dagegen gibt es andere Mittel, nicht wahr, mein Liebchen?«

Jamie unterbrach sich einen Moment; er knirschte mit den Zähnen. »Er hatte Jenny den Arm auf den Rücken gedreht, aber nun ließ er los und langte ihr in den Ausschnitt.« Jamie lächelte plötzlich. »Und Jenny«, fuhr er fort, »stampfte auf seinen Fuß und rammte ihm den Ellbogen in den Bauch. Und als er sich würgend bückte, wirbelte sie herum und stieß ihm das Knie ins Gemächte.« Jamie schnaubte erheitert.

»Da ließ Randall die Pistole fallen, und Jenny wollte zugreifen, aber einer der Dragoner, die mich festhielten, kam ihr zuvor.«

Ich war fertig mit dem Verband und stand still hinter Jamie, eine Hand auf seiner gesunden Schulter.

»Als er wieder soweit bei Atem war, daß er sprechen konnte, befahl Randall seinen Leuten, uns aus dem Haus zu schleifen. Sie zogen mir das Hemd aus, banden mich an die Deichsel ihres Karrens, und Randall schlug mir mit der flachen Seite seines Säbels auf den Rücken. Er war rasend vor Zorn, aber etwas geschwächt, könnte man sagen. Es hat ein bißchen gebrannt, nur hielt er's nicht lange durch.«

Seine Heiterkeit hatte sich verflüchtigt, und die Schulter unter meiner Hand war hart vor Anspannung. »Als er aufgehört hatte, wandte er sich Jenny zu – einer der Dragoner hatte sie gepackt – und fragte sie, ob sie noch mehr sehen oder lieber mit ihm ins Haus gehen und ihm bessere Unterhaltung bieten wollte.« Die Schulter zuckte nervös.

»Ich konnte mich kaum bewegen, aber ich rief ihr zu, ich sei unverletzt und sie sollte nicht mit ihm gehen, auch wenn sie mir vor ihren Augen die Kehle durchschnitten.

Sie hielten sie hinter mir fest, so daß ich nichts sah, aber dem Geräusch nach zu schließen, spie sie Randall ins Gesicht. Ja, das muß sie getan haben, denn gleich darauf packte er mich bei den Haaren, zog meinen Kopf zurück und setzte mir seinen Dolch an die Kehle.«

»Ich hätte nicht übel Lust, deinem Vorschlag zu folgen«, hatte Randall mit zusammengebissenen Zähnen gesagt und mit der Dolchspitze die Haut geritzt – gerade so tief, daß Blut kam.

»Ich sah den Dolch vor meinem Gesicht«, fuhr Jamie fort, »und ich sah meine Blutstropfen im Staub unter dem Karren.« Sein Ton war fast träumerisch, und ich merkte, daß er vor Müdigkeit in eine Art Trance geraten war.

»Ich wollte rufen, wollte meiner Schwester sagen, ich würde lieber sterben, als daß sie sich von solchem Abschaum entehren ließe. Aber Randall nahm den Dolch von meiner Kehle und schob mir die Klinge zwischen die Zähne, so daß ich nicht rufen konnte.« Jamie fuhr sich über den Mund, als ob er noch immer den bitteren Stahl schmeckte. Er verstummte und starrte geradeaus.

»Und was geschah dann?« Ich hätte vielleicht nichts sagen sollen, aber ich mußte es einfach wissen.

Er schüttelte sich wie jemand, der aus dem Schlaf hochschreckt, und rieb sich mit seiner großen Hand das Genick.

»Jenny ging mit ihm«, sagte er unvermittelt. »Sie glaubte, daß er mich sonst töten würde, und vielleicht hatte sie recht. Was dann geschah, weiß ich nicht. Einer der Dragoner schlug mir den Schaft seiner Muskete über den Schädel. Als ich wieder zu mir kam, saß ich gefesselt auf dem Karren bei den Hühnern und holperte die Straße entlang, auf Fort William zu.«

»Ich verstehe«, sagte ich ruhig. »Es tut mir leid. Das muß schrecklich für dich gewesen sein.«

Jamie lächelte plötzlich; seine Müdigkeit hatte sich verflüchtigt. »O ja. Hühner sind eine erbärmliche Gesellschaft, besonders auf einer so langen Fahrt.« Da er merkte, daß ich mit dem Verband fertig war, zog er versuchsweise die Schulter hoch und zuckte zusammen.

»Laß das!« sagte ich besorgt. »Du darfst die Schulter wirklich nicht bewegen.« Ich schaute auf den Tisch, um mich zu vergewissern, ob noch ein paar trockene Leinenstreifen übrig waren. »Ich werde den Arm an deiner Seite festbinden. Halt still.«

Er sagte nichts mehr, aber er entspannte sich ein wenig, als er merkte, daß es nicht weh tun würde. Ich empfand eine seltsame Vertrautheit mit diesem jungen Fremden, was teils an der furchtbaren Geschichte lag, die er mir gerade erzählt hatte, und teils an unserem langen gemeinsamen Ritt durch die Dunkelheit. Ich habe, außer mit Frank, nur mit wenigen Männern geschlafen, aber ich hatte schon früher die Erfahrung gemacht, daß ein Gefühl tiefer Vertrautheit entsteht, wenn man mit jemandem schläft, tatsächlich nur *schläft* – es ist, als strömten die Träume aus einem heraus und mischten sich mit denen des anderen und hüllten einen in eine Decke heimlicher Verbundenheit. Eine Art Atavismus, dachte ich. In älteren, primitiveren Zeiten (*Wie dieser?* fragte ein Teil meiner selbst) war es ein Vertrauensbeweis gewesen, in Gegenwart eines anderen Menschen zu schlafen. Wenn das Vertrauen auf Gegenseitigkeit beruhte, konnte der Schlaf größere Nähe hervorrufen als die Vereinigung der Körper.

Nachdem ich den Arm festgebunden hatte, half ich Jamie in das grobe Leinenhemd. Er stand auf, um es in seinen Kilt zu stecken, und lächelte auf mich herab.

»Ich danke dir, Claire. Du hast heilende Hände.« Er streckte die Hand aus, als wollte er mein Gesicht berühren, aber dann schien er es sich anders zu überlegen; er zögerte und ließ die Hand sinken. Offenbar hatte auch er diese seltsame Vertrautheit gespürt. Ich schaute hastig weg und tat das Ganze leichthin mit einem Fingerschnippen ab.

Mein Blick wanderte durch den Raum, nahm den rauchgeschwärzten Kamin, die schmalen, unverglasten Fenster und die schweren Eichenmöbel wahr. Keine Stromkabel. Kein Teppich.

Es sah tatsächlich aus wie in einer Burg im achtzehnten Jahrhundert. Und wie stand es mit Frank?

Wenn ich im achtzehnten Jahrhundert gelandet war, wo war dann er? Was würde er tun, wenn ich nicht zu Mrs. Baird zurückkam? Würde ich ihn je wiedersehen? Der Gedanke an Frank machte alles vollends unerträglich. Seit ich durch den gespaltenen Stein getreten war und das normale Leben hinter mir gelassen hatte, war ich belästigt, bedroht, entführt und grob behandelt worden. Ich hatte die letzten vierundzwanzig Stunden weder richtig gegessen noch richtig geschlafen. Ich versuchte, mich zu beherrschen, doch meine Unterlippe bebte, und meine Augen füllten sich mit Tränen.

Ich drehte mich zum Feuer, damit Jamie mein Gesicht nicht sah, aber es war zu spät. Er nahm meine Hand und fragte mit freundlicher Stimme, was los sei. Der Feuerschein ließ meinen goldenen Ehering aufblinken, und ich begann zu schniefen.

»Oh, ich ... es geht mir gleich wieder gut, es ist schon in Ordnung, nur ... mein Mann ... ich –«

»Ach, Mädel, dann bist du verwitwet?« Jamies Stimme war so voller Sorge und Mitgefühl, daß ich die Selbstbeherrschung verlor.

»Nein ... doch ... ich meine, ich weiß nicht ... ja, ich glaube schon!« Von Müdigkeit und Kummer überwältigt, sank ich schluchzend gegen Jamie.

Er war sehr nett. Statt nach Hilfe zu rufen oder sich verwirrt zurückzuziehen, setzte er sich hin, nahm mich auf den Schoß und wiegte mich sanft, flüsterte mir leise gälische Worte ins Ohr und strich mir mit der freien Hand über die Haare. Ich weinte bitterlich, überließ mich eine Weile meiner Angst und Verzweiflung, aber während Jamie mir den Nacken und den Rücken streichelte und mir den Trost seiner breiten warmen Brust bot, begann ich mich zu beruhigen. Das Schluchzen ließ nach, mir wurde leichter ums Herz, und ich lehnte mich müde gegen seine Schulter. Kein Wunder, daß er so gut mit Pferden zurechtkam, dachte ich trübselig, während ich spürte, wie er mich behutsam hinter den Ohren rieb. Wenn ich ein Pferd wäre, ließe ich ihn überallhin mit mir reiten.

Dieser absurde Gedanke fiel leider mit der Erkenntnis zusammen, daß der junge Mann doch nicht völlig erschöpft war. Es wurde uns beiden peinlich bewußt. Ich hustete und räusperte mich und wischte mir mit dem Ärmel über die Augen. Dann glitt ich von seinem Schoß.

»Es tut mir leid ... das heißt, ich meine, danke für ... aber ich ...«, plapperte ich und wich mit flammendem Gesicht zurück.

Auch er war ein wenig errötet, aber nicht verlegen. Er griff nach meiner Hand. Sorgsam darauf bedacht, mich ansonsten nicht zu berühren, legte er mir die Hand unter das Kinn und hob es empor, so daß ich ihm in die Augen schauen mußte.

»Brauchst keine Angst vor mir zu haben«, sagte er sanft. »Vor niemandem, solange ich bei dir bin.« Er ließ mich los und wandte sich dem Feuer zu.

»Du mußt etwas essen, Mädel«, fuhr er sachlich fort. »Das wird mehr helfen als alles andere.« Ich lachte über seinen Versuch, einhändig Brühe einzugießen, und tat es an seiner Stelle. Er hatte recht; das Essen half. In freundlichem Schweigen tranken wir Brühe und kauten Brot und genossen das behagliche Gefühl, es warm zu haben und satt zu werden.

Schließlich stand Jamie auf und hob die Decke vom Boden, die ihm von den Schultern gerutscht war. Er legte sie wieder aufs Bett und winkte mir. »Schlaf eine Weile, Claire. Du bist müde, und wahrscheinlich wird bald jemand mit dir reden wollen.«

Das rief mir meine unangenehme Situation ins Gedächtnis, aber ich war so müde, daß ich mir deswegen nicht allzu viele Sorgen machte. Ich protestierte nur der Form halber dagegen, das Bett zu nehmen; noch nie hatte ich etwas so Verlockendes gesehen. Jamie versicherte mir, er könne auch anderswo ein Lager finden. Ich fiel kopfüber auf die Decken und war eingeschlafen, bevor er den Raum verlassen hatte.

5

Der MacKenzie

Ich erwachte in einem Zustand gänzlicher Verwirrung. Ich besann mich vage darauf, daß etwas nicht stimmte, wußte aber nicht mehr, was. Tatsächlich hatte ich so tief geschlafen, daß ich mich einen Moment nicht daran erinnern konnte, wer ich war. Im Raum herrschte klirrende Kälte. Ich wollte mich wieder in meine Decken verkriechen, aber die Stimme, die mich geweckt hatte, wollte immer noch etwas von mir.

»Kommen Sie, Mädchen! Sie müssen jetzt aufstehen!« Es war eine tiefe und leutselig kommandierende Stimme, dem Bellen eines Schäferhunds nicht unähnlich. Ich öffnete widerwillig ein Auge – gerade weit genug, um den Berg aus braunem Wollstoff zu sehen.

Mistress FitzGibbons! Bei ihrem Anblick gewann ich schockiert das Bewußtsein wieder. Es war also immer noch wahr.

Zum Schutz vor Kälte wickelte ich mich in eine Decke, erhob mich taumelnd aus dem Bett und steuerte so rasch wie möglich auf das Feuer zu. Mistress FitzGibbons hatte eine Tasse heißer Brühe für mich hingestellt; ich trank sie langsam aus und fühlte mich wie die Überlebende eines schweren Luftangriffs. Derweil legte sie einen kleinen Stapel Kleider aufs Bett: ein langes gelbliches Leinenhemd, mit Spitze gesäumt, einen Unterrock aus feiner Baumwolle, zwei Röcke in Brauntönen und ein zitronengelbes Leibchen. Braungestreifte Wollstrümpfe und ein Paar gelbe Pantoffel vervollständigten das Ensemble.

Energisch scheuchte mich die Dame aus meinen alten Sachen und überwachte, wie ich die neuen anzog. Schließlich trat sie zurück und betrachtete zufrieden ihr Werk.

»Gelb steht Ihnen, Mädchen; das habe ich mir gedacht. Paßt gut zu Ihren braunen Haaren und hebt das Gold in Ihren Augen hervor. Moment, wir brauchen noch ein paar Bänder.« Sie stülpte eine ihrer

Taschen um wie einen Jutesack und förderte eine Handvoll blaßgelber Bänder und etwas Schmuck zutage.

Zu erstaunt, um Widerstand zu leisten, duldete ich, daß sie mir die Haare frisierte. Sie band die seitlichen Locken nach hinten und schüttelte den Kopf über meinen unweiblichen Pagenkopf.

»Meine Güte, was haben Sie sich dabei gedacht, die Haare so kurz zu schneiden? Haben Sie sich verkleidet? Ich habe von Mädels gehört, die sich wie Männer anziehen, wenn sie unterwegs sind, um vor den verwünschten Rotröcken sicher zu sein. Das sind ja schöne Zeiten, sage ich immer, wenn eine Dame nicht gefahrlos reisen kann!« Sie machte weiter, tätschelte mich, steckte hier eine Locke fest und glättete da eine Falte meines Gewands. Schließlich war ich zu ihrer Zufriedenheit herausgeputzt.

»Jetzt gefallen Sie mir. Wir haben gerade noch Zeit, um einen Bissen zu essen, dann muß ich Sie zu ihm bringen.«

»Zu wem?« fragte ich. Die Aussicht behagte mir nicht. Wer immer »er« auch sein mochte, er würde mir wahrscheinlich knifflige Fragen stellen.

»Zum MacKenzie natürlich. Zu wem sonst?«

Ja, zu wem sonst? Burg Leoch, daran erinnerte ich mich verschwommen, lag inmitten der Ländereien des MacKenzie-Clans. Und dessen Oberhaupt war der MacKenzie. Ich verstand allmählich, warum unser kleiner Trupp durch die Nacht geritten war, um die Burg zu erreichen; sie war für Männer, die von Leuten der Krone verfolgt wurden, eine sichere Zuflucht. Kein englischer Offizier, der auch nur einen Funken Verstand hatte, würde mit seinen Soldaten so tief ins Gebiet des Clans vordringen. Wenn er es tat, riskierte er damit sein Leben. Beim ersten Gehölz würde man ihn aus dem Hinterhalt überfallen. Nur ein stattliches Heer würde bis vor das Burgtor gelangen. Ich versuchte mich daran zu erinnern, ob die Engländer je so weit gekommen waren, als mir plötzlich aufging, daß meine unmittelbare Zukunft sehr viel wichtiger war als das, was die Vorsehung für die Burg bereithalten mochte.

Ich hatte keinen Appetit auf die Hafermehlkuchen und die Grütze, die mir Mrs. FitzGibbons zum Frühstück gebracht hatte, zerkrümelte aber ein bißchen davon und tat so, als würde ich essen, um Zeit zum Nachdenken zu gewinnen. Als Mrs. FitzGibbons wiederkam und mich zum MacKenzie führen wollte, hatte ich mir einen provisorischen Plan zurechtgelegt.

Der Burgherr empfing mich in einem Raum, zu dem man über eine steinerne Treppe gelangte. Es war ein rundes Turmzimmer, das reich mit Gemälden und Gobelins geschmückt war. Während der Rest der Burg einigermaßen behaglich, wenn auch ziemlich kahl zu sein schien, herrschte in diesem Raum luxuriöse Fülle; er war mit Möbeln vollgestopft, mit Ornamenten überladen und von einem Feuer und Kerzen erhellt, die sich warm abhoben von dem Nieselregen draußen. Die Außenmauern der Burg wiesen nur Schießscharten auf, aber hier war die Innenwand vor kurzem mit Flügelfenstern versehen worden, die das spärliche Tageslicht hereinließen.

Beim Eintreten fiel mein Blick sofort auf einen riesigen Metallkäfig, der geschickt in die Mauer eingebaut war und Dutzenden von Finken, Ammern, Meisen und Waldsängern Platz gewährte. Als ich mich näherte, sah ich wohlgenährte, glatte, kleine Körper mit perlenhellen Augen; wie Edelsteine prangten sie vor einem samtig grünen Hintergrund, und pfeilschnell schossen sie zwischen den sorgfältig gehegten Eichen, Ulmen und Kastanien hin und her, die in Kübeln auf dem Boden des Käfigs standen. Das muntere Zwitschern war von Flügelschwirren und Blätterrascheln durchsetzt, so eifrig flatterten und hopsten sie herum.

»Geschäftige kleine Gesellen, nicht wahr?« fragte eine tiefe, angenehme Stimme hinter mir, und ich drehte mich mit einem Lächeln um, das im Nu gefror.

Colum MacKenzie hatte die gleiche hohe Stirn wie sein Bruder Dougal, wenn auch die Kraft, die Dougal etwas Einschüchterndes verlieh, bei ihm, obwohl nicht weniger vital, milder und freundlicher wirkte. Er war dunkler als Dougal und hatte taubengraue statt haselnußbraune Augen. Er rief jedoch denselben Eindruck von Intensität hervor – als stünde er näher bei einem, als einem lieb war. Im Moment rührte mein Unbehagen allerdings vor etwas anderem her: Der wohlgeformte Kopf und der lange Oberkörper wurden von erschreckend krummen und kurzen Beinen getragen. Der Mann, der mindestens einen Meter achtzig hätte messen müssen, reichte mir kaum bis zur Schulter.

Er betrachtete die Vögel und gewährte mir taktvoll den Moment, den ich dringend brauchte, um die Kontrolle über meine Gesichtszüge wiederzugewinnen. Gewiß war er die Reaktion von Menschen gewohnt, die ihn zum ersten Mal sahen. Während ich mich im Raum umschaute, fragte ich mich, wie oft er neuen Leuten begegnete. Dieses Zimmer war offenkundig ein Refugium, das selbstgeschaffene Reich eines Mannes, für den die Außenwelt unangenehm oder unerreichbar war.

»Ich begrüße Sie, Mistress«, sagte er mit einer leichten Verbeugung. »Mein Name ist Colum ban Campbell MacKenzie, und ich bin der Herr dieser Burg. Mein Bruder berichtet mir, daß er Ihnen in einiger Entfernung von hier, äh, begegnet ist.«

»Er hat mich entführt, wenn Sie's genau wissen wollen«, sagte ich. Ich hätte das Gespräch gern höflich gehalten, aber noch dringender wünschte ich mir, diese Burg zu verlassen und auf den Berg mit dem Steinkreis zurückzukehren. Was immer mit mir geschehen war – wenn es eine Antwort gab, dann war sie dort zu finden.

Die dichten Brauen des Burgherrn hoben sich, und ein Lächeln kräuselte seine feingeschnittenen Lippen.

»Vielleicht«, sagte er. »Dougal ist manchmal ein bißchen... ungestüm.«

»Nun gut.« Ich winkte ab und gab damit huldvoll zu verstehen, daß ich bereit war, die Angelegenheit zu vergessen. »Ich will wohl glauben, daß es möglicherweise zu einem Mißverständnis gekommen ist. Trotzdem wäre ich sehr dankbar, wenn ich zu dem Ort zurückgebracht werden könnte, an dem er mich... aufgefunden hat.«

»Hm.« Die Brauen immer noch hochgezogen, deutete Colum auf einen Sessel. Ich setzte mich widerwillig, und Colum nickte einem der Bedienten zu, der durch die Tür verschwand.

»Ich lasse eine kleine Stärkung bringen, Mistress... Beauchamp, nicht wahr? Wie ich höre, haben mein Bruder und seine Leute Sie in... äh, Nöten angetroffen.« Colum schien ein Lächeln zu verbergen, und ich fragte mich, was man ihm über meinen vermeintlich kaum bekleideten Zustand erzählt hatte.

Ich holte tief Atem. Es wurde Zeit für die Erklärung, die ich mir ausgedacht hatte. Ich hatte mich daran erinnert, daß Frank mir während seiner Ausbildung zum Offizier von einem Kurs berichtet hatte, bei dem es darum ging, wie man einem Verhör standhielt. Das Grundprinzip war, so nahe wie möglich bei der Wahrheit zu bleiben und nur diejenigen Einzelheiten zu ändern, die nicht verraten werden durften. Dann, so Franks Ausbilder, sei die Gefahr nicht so groß, sich bei den unbedeutenderen Aspekten der Geschichte in

Widersprüche zu verwickeln. Nun, wir würden sehen, wie wirkungsvoll das war.

»Richtig. Ich bin angegriffen worden.«

Colum nickte lebhaft. »Aye? Von wem?«

Sag die Wahrheit. »Von englischen Soldaten. Insbesondere von einem gewissen Randall.«

Bei diesem Namen verzog Colum sein aristokratisches Gesicht. Offensichtlich war ihm der Name bekannt. Das Oberhaupt der MacKenzies lehnte sich ein wenig zurück, legte die Finger aneinander und betrachtete mich eindringlich.

»Ach?« sagte er. »Erzählen Sie weiter.«

Und so, Gott steh mir bei, erzählte ich weiter. Ich berichtete in aller Ausführlichkeit von dem Kampf zwischen den Schotten und Randalls Leuten, denn dies würde Colum durch Rückfrage bei Dougal überprüfen können. Ich berichtete das Wichtigste von meinem Gespräch mit Randall, da ich nicht wußte, wieviel Murtagh mitgehört hatte.

Colum achtete auf jedes Wort.

»Aber wie«, fragte er, »sind Sie an diesen Ort geraten? Er liegt weit ab von der Straße nach Inverness, wo Sie sich einschiffen wollten, vermute ich.« Ich nickte und holte tief Luft.

Jetzt betraten wir notgedrungen das Reich der Phantasie. Ich wünschte mir, ich hätte Franks Ausführungen über Straßenräuber aufmerksamer gelauscht; nun würde ich eben auch so mein Bestes tun müssen. Ich stammte aus Oxfordshire, sagte ich, sei verwitwet (was gewissermaßen der Wahrheit entsprach) und mit einem Diener auf dem Weg zu entfernten Verwandten in Frankreich gewesen (das schien mir entlegen genug, um sicher zu sein). Räuber hätten uns überfallen, und mein Diener sei getötet worden oder geflohen. Ich sei auf meinem Pferd in den Wald gesprengt, doch in einiger Entfernung von der Straße gestellt worden. Zwar sei es mir gelungen, den Räubern zu entkommen, aber ich hätte wohl oder übel mein Pferd samt aller Habe zurücklassen müssen. Und während ich durch den Wald geirrt sei, sei ich an Hauptmann Randall und dessen Leute geraten.

Ich lehnte mich ein wenig zurück, recht zufrieden mit meiner Geschichte. Einfach, stimmig, in allen überprüfbaren Einzelheiten wahr. Colums Miene drückte nicht mehr als höfliches Interesse aus. Er öffnete den Mund, um mir eine Frage zu stellen, als ein leises

Geräusch von der Tür kam. Ein Mann – ich hatte ihn schon bei unserer Ankunft auf dem Burghof gesehen – stand dort, mit einem Lederkästchen in der Hand.

Das Oberhaupt des MacKenzie-Clans entschuldigte sich formvollendet, versicherte mir, er werde bald zurück sein, um unser fesselndes Gespräch fortzusetzen, und überließ mich der Betrachtung der Vögel.

Kaum hatte sich die Tür hinter ihm geschlossen, als ich auch schon beim Regal war und mit den Fingern über die Lederrücken der Bücher fuhr. Hier standen vielleicht zwei Dutzend; an der Wand gegenüber waren es mehr. In fliegender Hast schlug ich die Titelseite eines jeden Bandes auf. In manchen fand sich keine Jahreszahl; die anderen waren zwischen 1720 und 1742 veröffentlicht worden. Colum MacKenzie schien zwar Wert auf Luxus zu legen, doch der Rest des Zimmers lieferte keinen Hinweis darauf, daß er Antiquitäten sammelte. Die Bucheinbände waren neu, und die Seiten hatten weder Risse noch Stockflecken.

Ich vergaß meine Skrupel, durchwühlte schamlos den Schreibtisch aus Ölbaumholz und spitzte die Ohren, damit ich ihn zurückkommen hörte.

Ich fand das, wonach ich wohl gesucht hatte, schließlich in der mittleren Schublade. Einen halbvollendeten Brief, mit flüssiger Schrift geschrieben, die durch die exzentrische Orthographie und das beinahe vollständige Fehlen von Satzzeichen nicht unbedingt leserlicher wurde. Das Papier war frisch und rein, die Tinte tiefschwarz. Das Datum am oberen Rand der Seite sprang mich an wie eine Flammenschrift: 20ster April 1743.

Als Colum ein paar Minuten später zurückkehrte, saß ich am Fenster und hatte die Hände züchtig gefaltet und in den Schoß gelegt. Ich saß, weil mich meine Füße nicht mehr trugen. Und ich hatte die Hände gefaltet, um das Zittern zu verbergen, das es mir schwierig gemacht hatte, den Brief an seinen Platz zurückzulegen.

Colum hatte die kleine Stärkung selbst mitgebracht: ein Tablett mit zwei Krügen Bier und mit Honig bestrichenen Haferbrötchen. Ich knabberte nur maßvoll an ihnen; mir hatte es den Appetit gründlich verdorben.

Nachdem er sich kurz für seine Abwesenheit entschuldigt hatte, äußerte Colum sein Bedauern über mein trauriges Mißgeschick. Dann lehnte er sich zurück, betrachtete mich sinnend und fragte:

»Aber weshalb, Mistress Beauchamp, haben die Männer meines Bruders Sie im Hemd angetroffen? Räuber würden sich scheuen, Ihnen zu nahe zu treten, da sie im allgemeinen eher nach Lösegeld trachten. Und selbst wenn man sich einiges über Hauptmann Randall erzählt, so würde es mich doch wundern, wenn ein Offizier des englischen Heeres die Gewohnheit hätte, verirrte Damen zu schänden.«

»Ach ja?« entgegnete ich barsch. »Nun, was immer Sie von ihm gehört haben – ich versichere Ihnen, daß er dazu imstande ist.« Ich hatte, als ich mir die Geschichte ausdachte, meine Kleidung vergessen und fragte mich, an welchem Punkt unseres Zusammentreffens Murtagh den Hauptmann und mich entdeckt hatte.

»Gut«, sagte Cólum. »Möglich wäre es. Der Mann hat gewiß einen schlechten Ruf.«

»Möglich?« fragte ich. »Warum nur möglich? Glauben Sie mir nicht?« Denn in der Miene des Oberhaupts der MacKenzies spiegelte sich eine leise, aber unverkennbare Skepsis.

»Ich habe nicht gesagt, daß ich Ihnen nicht glaube, Mistress«, antwortete er gelassen. »Doch ich stehe seit über zwanzig Jahren einem großen Clan vor, und ich habe gelernt, nicht alles, was man mir erzählt, für bare Münze zu nehmen.«

»Wenn Sie nicht glauben, daß ich bin, wer ich zu sein behaupte, für wen halten Sie mich dann, verdammt?« fragte ich herrisch.

Colum verzog das Gesicht, bestürzt über meine Sprache. Dann festigten sich die scharfgeschnittenen Züge wieder.

»Das bleibt abzuwarten«, sagte er. »Unterdessen, Mistress, sind Sie auf Leoch ein gerngesehener Gast.« Er hob die Hand, womit ich in Gnaden entlassen war.

Colum sprach die Worte nicht aus, aber er hätte es durchaus tun können. Jedenfalls hingen sie, als ich ging, klar und deutlich in der Luft:

Bis ich herausgefunden habe, wer Sie wirklich sind.

ZWEITER TEIL

Burg Leoch

6

Colums Gericht

Der kleine Junge, den Mrs. FitzGibbons als »jungen Alec« bezeichnet hatte, holte mich zum Abendessen ab. Es fand in einem großen, schmalen Raum statt, in dem ringsum an den Wänden Tische standen. Unablässig gingen Dienstboten durch die Spitzbögen an beiden Enden des Saales ein und aus, beladen mit Tabletts und Humpen. Die Strahlen der späten Frühlingssonne fielen durch die hohen Schießscharten; Halter mit Fackeln, die angezündet werden würden, wenn die Dämmerung herabsank, säumten die Wände.

Zwischen den Fenstern hingen Fahnen und Tartans; Plaids und Wappen aller Art sorgten für lebhafte Farbflecke. Im Gegensatz dazu waren die meisten Menschen, die sich zum Essen versammelt hatten, in Grau und Braun gekleidet oder in Jagdkilts von unauffälligem Grün.

Als mich der junge Alec zum Ende des Raumes geleitete, spürte ich neugierige Blicke im Rücken; die Mehrheit der Esser hatte jedoch die Augen höflich niedergeschlagen. Es schien recht unzeremoniell zuzugehen; die Leute schmausten, wie es ihnen gefiel, bedienten sich vom Tablett oder gingen mit ihren Holztellern zu dem gewaltigen Kamin, wo zwei Jungen einen Hammel am Spieß drehten. Etwa vierzig Menschen saßen an den Tischen; etwa zehn bedienten. Es war laut, da alle wild durcheinanderredeten, meist auf gälisch.

Colum hatte sich bereits an einem Tisch am Ende des Raumes niedergelassen, die verkümmerten Beine unter der eichenen Platte verborgen. Er nickte huldvoll, als ich erschien, und winkte mich an einen Platz zu seiner Linken, neben einer molligen und hübschen Rothaarigen, die er mir als seine Frau Letitia vorstellte.

»Und das ist mein Sohn Hamish«, fuhr er fort und legte einem schönen rothaarigen Knaben von sieben oder acht Jahren die Hand auf die Schulter. Der sah gerade lange genug vom Teller auf, um meine Gegenwart zur Kenntnis zu nehmen.

Ich schaute mir den Jungen voll Interesse an. Er sah genauso aus wie die anderen MacKenzie-Männer, denen ich bisher begegnet war – dieselben breiten Backenknochen und tiefliegenden Augen. Tatsächlich hätte er, abgesehen von der anderen Haarfarbe, eine kleinere Ausgabe seines Onkels Dougal sein können, der neben ihm saß. Die beiden halbwüchsigen, kichernden Mädchen, die neben Dougal saßen, wurden mir als seine Töchter Margaret und Eleanor vorgestellt.

Dougal lächelte mich flüchtig, aber freundlich an, ehe er den Mädchen, die schon zugreifen wollten, eine Platte wegnahm und sie mir zuschob.

»Habt ihr keine Manieren, Mädels?« schalt er. »Die Gäste zuerst!«

Etwas zögernd griff ich mir den großen Hornlöffel, der an meinem Platz lag. Ich hatte nicht gewußt, was man mir hier servieren würde, und stellte beinahe erleichtert fest, daß auf der Platte eine Reihe von schlichten und mir durchaus vertrauten Räucherheringen lag.

Ich hatte noch nie versucht, Hering mit dem Löffel zu essen, sah aber nichts, was einer Gabel gleichkam, und besann mich darauf, daß sie erst in einigen Jahren allgemein in Gebrauch kommen sollten.

Nach dem Verhalten der anderen zu schließen, nahm man, wenn sich der Löffel als unbrauchbar erwies, den stets griffbereiten Dolch zu Hilfe, beispielsweise, um Knochen zu entfernen. Da ich keinen Dolch hatte, beschloß ich, vorsichtig zu kauen. Ich beugte mich vor, um mir einen Hering aufzutun, und merkte, daß die dunkelblauen Augen des kleinen Hamish anklagend auf mich gerichtet waren.

»Sie haben noch kein Tischgebet gesprochen«, sagte er streng. Offenbar hielt er mich für eine gewissenlose Heidin.

»Äh – vielleicht wärst du so nett, es für mich zu sprechen?« schlug ich vor.

Er riß überrascht die Augen auf, doch nach kurzem Nachdenken nickte er und faltete die Hände. Er schaute finster im Kreis herum, um sich zu vergewissern, daß alle eine gebührend ehrfürchtige Haltung eingenommen hatten, bevor er selbst seinen Kopf senkte. Und nun sprach er:

>>Mancher hat Braten und kann ihn nicht essen,
Mancher kann essen und hat keinen Braten,
Wir brauchen beiderleis nicht zu entraten,
Dies sei Dir, Gott, nie und nimmer vergessen.
Amen.<<

Ich sah von meinen gefalteten Händen auf und begegnete Colums Blick. Mit einem Lächeln würdigte ich die Kaltblütigkeit seines Sprößlings. Colum unterdrückte sein Lächeln und nickte seinem Sohn ernst zu.

>>Gut gemacht, Junge. Reichst du uns das Brot?<<

Als alle mit Hingabe zu essen begannen, verstummte das Tischgespräch größtenteils. Ich stellte fest, daß ich kaum Appetit hatte, was teils an der schockierenden Situation lag, in der ich mich befand, und teils daran, daß ich Hering einfach nicht mochte. Aber der Hammel war recht gut, und das Brot schmeckte köstlich. Es war frisch und knusprig, und es gab reichlich frische, ungesalzene Butter dazu.

>>Ich hoffe, daß es Mr. MacTavish bessergeht<<, sagte ich während einer Pause. >>Beim Hereinkommen habe ich ihn nicht gesehen.<<

>>MacTavish?<< Letitia hob die schön geschwungenen Brauen über ihren runden blauen Augen, und Dougal blickte auf.

>>Jamie<<, erklärte er knapp, bevor er sich wieder mit dem Hammelknochen beschäftigte, den er in den Händen hielt.

>>Jamie? Was hat er denn?<< Sorgenfalten zeigten sich in Letitias pausbäckigem Gesicht.

>>Nichts weiter, Liebes. Nur ein Kratzer<<, sagte Colum beschwichtigend. Dann schaute er zu seinem Bruder. >>Aber wo ist er, Dougal?<< Vielleicht bildete ich mir nur ein, daß in Colums dunklem Blick eine Spur von Mißtrauen lag.

Dougal zuckte die Achseln, die Augen nach wie vor auf seinen Teller gerichtet. >>Ich habe ihn in den Stall geschickt, damit er dem alten Alec bei den Pferden zur Hand geht. Das schien mir der beste Platz für ihn zu sein.<< Dougal schaute auf. >>Oder hattest du etwas anderes mit ihm vor?<<

Colum sah ihn zweifelnd an. >>In den Stall? Nun ja ... vertraust du ihm so sehr?<<

Dougal wischte sich mit dem Handrücken lässig über den Mund

und griff nach einem Laib Brot. »Wenn du meine Anordnungen mißbilligst, mußt du es nur sagen, Colum.«

Der Burgherr preßte die Lippen zusammen, doch er antwortete lediglich: »Nein, ich denke, daß er dort recht gut hinpaßt.« Dann widmete er sich wieder dem Essen.

Auch ich hatte Zweifel, ob ein Stall der rechte Ort für einen Patienten mit einer Schußwunde wäre, aber in dieser Gesellschaft widerstrebte es mir, meine Meinung zu äußern. Ich würde den jungen Mann morgen aufsuchen und mich vergewissern, daß angemessen für ihn gesorgt wurde.

Den Nachtisch lehnte ich dankend ab; sagte, ich sei zu müde, was keineswegs eine Ausrede war. Ich war so erschöpft, daß ich kaum achtgab, als Colum sagte: »Dann wünsche ich Ihnen eine gute Nacht, Mistress Beauchamp. Ich werde morgen jemanden schicken, der Sie in die Halle führt.«

Eine Magd, die sah, wie ich mich den Flur entlangtastete, leuchtete mir freundlicherweise zu meiner Kammer. Sie zündete die Kerze auf meinem Tisch mit der ihren an, und ein warmes Licht huschte über die dicken Mauern. Einen Moment lang kam es mir so vor, als wäre ich lebendig begraben. Doch als die Magd gegangen war, zog ich den bestickten Vorhang auf, und die Beklemmung verflog mit der kühlen Luft, die durchs Fenster in den Raum strömte. Ich versuchte, über meine Erlebnisse nachzudenken, aber mein Verstand weigerte sich, etwas anderes als Schlaf in Betracht zu ziehen. Ich schlüpfte unter die Decke, blies die Kerze aus und schlummerte, noch während ich den aufgehenden Mond betrachtete, ein.

Am nächsten Morgen weckte mich wieder die kolossale Mrs. Fitz-Gibbons. Sie brachte alles an Toilettenartikeln mit, was einer wohlgeborenen schottischen Dame zur Verfügung stehen sollte. Bleikämme, um Brauen und Wimpern zu schwärzen; Tiegel mit pulverisierter Veilchenwurzel und Reismehl; sogar etwas Antimonpulver, wie ich annahm, obwohl ich noch nie welches gesehen hatte; und ein mit vergoldeten Schwänen verziertes Porzellantöpfchen, das französisches Rouge enthielt.

Mrs. FitzGibbons hatte auch einen gestreiften grünen Rock, ein seidenes Mieder und gelbe Florstrümpfe für mich dabei – Abwechslung und Kontrast zu dem Wollstoff, den sie mir tags zuvor gebracht hatte. Ich hatte zwar keine Ahnung, was in der »Halle« geschehen würde, aber ganz offensichtlich handelte es sich um eine wichtige Angelegenheit. Ich war in Versuchung, darauf zu bestehen, in meinen eigenen Sachen daran teilzunehmen, einfach aus Widerspruchsgeist, aber die Erinnerung an die Reaktion des dicken Rupert auf mein »Hemd« hielt mich dann doch davon ab.

Außerdem mochte ich Colum, obwohl er anscheinend die Absicht hatte, mich weiß Gott wie lange hierzubehalten. Nun, wir werden sehen, dachte ich, während ich mir größte Mühe mit dem Rouge gab. Dougal hatte gesagt, der junge Mann, den ich verarztet hatte, sei im Stall, nicht wahr? Und dort befanden sich vermutlich Pferde, auf denen man davonreiten konnte. Ich beschloß, sobald die Sache in der Halle vorbei war, auf die Suche nach Jamie MacTavish zu gehen.

Die »Halle« war der Speisesaal, in dem wir gestern zu Abend gegessen hatten. Man hatte Tische, Bänke und Stühle an die Wand gerückt, den Tisch am Ende des Raumes entfernt und durch einen massiven geschnitzten Sessel aus dunklem Holz ersetzt, der – zumindest vermutete ich das – mit dem MacKenzie-Tartan bedeckt war, einem Plaid in Dunkelgrün und Schwarz mit feinem rotweißem Karomuster. Ilexzweige schmückten die Wände, und die steinernen Fliesen waren mit frischen Binsen bestreut.

Hinter dem leeren Sessel blies ein junger Pfeifer einen kleinen Dudelsack auf, daß es nur so seufzte und keuchte. In der Nähe des Pfeifers waren Leute, die ich für Mitglieder von Colums engstem Stab hielt: ein schmalgesichtiger Mann mit karierter Hose und Kittelhemd, der lässig an der Wand lehnte; ein Männlein mit schütteren Haaren und einem Rock aus feinem Brokat, offenbar ein Schreiber, da er, mit Tintenfaß, Federkielen und Papier bewaffnet, an einem kleinen Tisch saß; zwei muskulöse Burschen im Kilt, die wie Wachen aussahen, und auf der Seite einer der größten Männer, die ich je gesehen hatte.

Ich starrte den Riesen mit einer gewissen Scheu an. Dicke schwarze Haare wucherten ihm bis tief in die Stirn und trafen fast mit den buschigen Augenbrauen zusammen. Wahre Matten bedeckten seine ungeheuren Unterarme, die sich dem Blick darboten, weil er sein Hemd aufgekrempelt hatte. Im Gegensatz zu den meisten Männern hier schien er unbewaffnet bis auf ein sehr kleines Messer, das er im Strumpf trug. Um seine kräftige Taille spannte sich ein breiter Ledergürtel. Trotz seiner Größe hatte der Koloß eine freundliche Miene; er schien mit dem schmalgesichtigen Mann zu scherzen, der im Vergleich zu seinem Gesprächspartner wie ein Püppchen wirkte.

Der Pfeifer begann plötzlich zu spielen: Eine Art einleitendes Aufstoßen wurde von ohrenbetäubendem Kreischen abgelöst, das schließlich in etwas Melodieähnliches überging.

Es waren dreißig bis vierzig Menschen im Saal, alle, so schien es, besser gekleidet und gepflegter als die Esser am Abend zuvor. Sämtliche Köpfe drehten sich zum unteren Ende des Saales, wo jetzt Colum eintrat, gefolgt von seinem Bruder Dougal.

Die MacKenzies waren dem feierlichen Anlaß entsprechend gekleidet; beide trugen einen dunkelgrünen Kilt und gutgeschnittene Röcke, lindgrün der von Colum, rostbraun der von Dougal, über der Brust ein Plaid, der an der Schulter mit einer großen, edelsteingeschmückten Brosche befestigt war. Colums Haare wallten heute bis auf die Schultern und waren sorgsam geölt und gelockt. Dougal hatte die seinen, die im Ton fast genau der Farbe seines Rocks entsprachen, zum Zopf gebunden.

Colum schritt gemessen durch den ganzen Saal und lächelte und nickte den Leuten zu. Nahe der Stelle, an der sein Sessel stand, sah ich einen zweiten Eingang. Natürlich hätte Colum den Saal auch durch diese Tür betreten können. Also war die Zurschaustellung seiner krummen Beine und seines unbeholfenen Gewatschels auf dem langen Weg zu seinem Sessel volle Absicht. Beabsichtigt war auch der Gegensatz zu seinem hochaufgeschossenen, kerzengerade gewachsenen jüngeren Bruder, der weder nach rechts noch nach links schaute, sondern mit Colum zu dem Sessel ging und sich unmittelbar dahinter hinstellte.

Colum setzte sich und wartete einen Moment; dann hob er die Hand. Das Wehklagen des Dudelsacks erstarb mit einem letzten jämmerlichen Gewinsel, und die Veranstaltung begann.

Offenbar war dies der Tag, an dem der Burgherr von Leoch für seine Freisassen und Pächter Recht sprach, Fälle anhörte und Streitigkeiten schlichtete. Es gab auch eine Tagesordnung – der Schreiber mit den schütteren Haaren verlas die Namen, und die Parteien traten nacheinander vor.

Einige Fälle wurden auf englisch verhandelt, die meisten jedoch auf gälisch. Ich hatte schon bemerkt, daß diese Sprache mit viel

Augenrollen und Fußgestampfe verbunden war, so daß man anhand des Auftretens der Beteiligten kaum beurteilen konnte, wie gravierend eine Sache war.

Gerade als ich zu dem Schluß kam, daß ein ziemlich vermottetes Exemplar von Mann mit einer ungeheuren Felltasche, die aus einem ganzen Dachs gefertigt war, seinem Nachbarn nicht weniger als Mord, Brandstiftung und den Diebstahl seiner Frau zur Last legte, zog Colum die Brauen hoch und sagte rasch etwas auf gälisch, bei dem sich Kläger und Beklagter vor Lachen die Seiten hielten. Zu guter Letzt nickte der Kläger, wischte sich die Augen und reichte seinem Widersacher die Hand, während der Schreiber emsig Protokoll führte; sein Gänsekiel scharrte so eilig übers Papier wie Mäusefüßchen.

Ich kam als fünfte an die Reihe. Eine wohlüberlegte Plazierung, dachte ich mir, die der versammelten Menge andeuten sollte, wie wichtig meine Anwesenheit auf der Burg war.

Mir zuliebe wurde jetzt englisch gesprochen.

»Mistress Beauchamp, würden Sie bitte vortreten?« rief der Schreiber.

Unnötigerweise von Mrs. FitzGibbons feister Hand gestoßen, stolperte ich in den freien Raum vor Colums Sessel und versank, so wie ich es bei anderen Frauen gesehen hatte, in einen – freilich recht unbeholfenen – Knicks. Die Schuhe, die man mir gegeben hatte, waren ziemlich formlos, was anmutige Bewegungen erschwerte. Ein Raunen lief durch die Menge, als Colum mir die Ehre erwies, sich von seinem Sessel zu erheben. Er reichte mir die Hand, und ich nahm sie, um nicht platt auf die Nase zu fallen.

Ich wand mich aus dem Knicks auf, wobei ich innerlich meine Schuhe verwünschte, und merkte, daß ich Dougals breite Brust anstarrte. Er hatte mich angeschleppt, und so war es offenbar an ihm, formell darum zu ersuchen, daß ich hier aufgenommen oder festgehalten wurde. Ich wartete gespannt darauf, wie die Brüder meine Anwesenheit erklären wollten.

»Sir«, begann Dougal und verneigte sich vor Colum, »wir bitten um Milde und Nachsicht gegenüber einer Dame, die des Beistands und einer sicheren Zuflucht bedarf. Mistress Claire Beauchamp, eine Engländerin aus Oxford, ist, nachdem Räuber sie überfallen und ihren Diener arglistig getötet hatten, in die Wälder der MacKenzies geflohen, wo sie von meinen Männern und mir entdeckt und gerettet wurde. Wir ersuchen darum, daß Burg Leoch dieser Dame ein Obdach gewährt, bis –«, Dougal legte eine kleine Pause ein, und ein zynisches Lächeln kräuselte seine Lippen, »bis ihre *englischen* Bekannten und Verwandten über ihren Verbleib in Kenntnis gesetzt und Vorkehrungen für eine sichere Weiterreise getroffen werden können.«

Die Betonung auf »englisch« entging mir nicht, und den anderen im Saal gewiß ebensowenig. Also hatte man vor, mich zu dulden, aber mißtrauisch im Auge zu behalten. Hätte Dougal »ihre französischen Bekannten« gesagt, hätte man mich als Freundin betrachtet oder schlimmstenfalls als eine Art neutrale Störung. Es könnte schwieriger werden, aus der Burg zu entkommen, als ich gedacht hatte.

Colum verneigte sich huldvoll vor mir und bot mir die unbegrenzte Gastfreundschaft seines bescheidenen Heimes an – so oder ähnlich lauteten seine Worte. Ich knickste erneut, mit etwas besserem Erfolg, und trat zurück, von neugierigen, aber mehr oder weniger wohlwollenden Blicken begleitet.

Bis dahin schienen die Fälle hauptsächlich für die betroffenen Parteien von Interesse gewesen zu sein. Die Zuschauer hatten leise miteinander geschwatzt und darauf gewartet, daß sie an die Reihe kamen. Bei meinem Auftritt hatte es Gemurmel gegeben – Mutmaßungen und, wie ich glaubte, Einverständnis.

Doch nun kam es zu einem kleinen Aufruhr. Ein kräftiger Mann trat vor und zog ein junges Mädchen mit sich. Sie war ungefähr sechzehn, hatte ein hübsches, schmollendes Gesicht und lange, mit einem blauen Band zurückgebundene strohblonde Haare. Sie stolperte in den freien Raum vor Colums Sessel und stand alleine da, während sich der Mann hinter ihr auf gälisch äußerte, mit den Armen herumfuchtelte und gelegentlich erklärend oder anklagend auf das Mädchen wies. Die Menge raunte unterdessen immer wieder.

Mrs. FitzGibbons reckte gespannt ihren Hals. Ich beugte mich zu ihr und flüsterte: »Was hat das Mädchen getan?«

Die kolossale Dame antwortete, ohne den Blick vom Geschehen abzuwenden. »Ihr Vater bezichtigt sie liederlichen Betragens; sie soll sich mit jungen Männern herumgetrieben haben, obwohl er ihr das verboten hatte. Er möchte, daß sie der MacKenzie wegen Ungehorsams bestraft.«

»Bestraft? Und wie?« wisperte ich.

»Psst.«

Die allgemeine Aufmerksamkeit richtete sich nun auf Colum, der das Mädchen und ihren Vater betrachtete. Er blickte von ihr zu ihm und begann zu sprechen. Stirnrunzelnd klopfte er auf die Armlehne seines Sessels, und ein Schauder durchlief die Menge.

»Er hat entschieden«, flüsterte Mrs. FitzGibbons. Was er entschieden hatte, war klar; der Riese regte sich zum ersten Mal und schnallte geruhsam seinen Gürtel auf. Die beiden Wachen faßten das entsetzte Mädchen bei den Armen und drehten sie so, daß sie Colum und ihrem Vater den Rücken zuwandte. Sie begann zu weinen, erhob jedoch keinerlei Einspruch. Die Menge sah mit jener intensiven Erregung zu, die bei öffentlichen Hinrichtungen und Verkehrsunfällen gang und gäbe ist. Plötzlich erhob sich eine gälische Stimme. Sie kam vom hinteren Ende des Saales.

Neugierig wandten die Leute den Kopf. Mrs. FitzGibbons verrenkte sich schier den Hals, stellte sich sogar auf die Zehenspitzen, damit sie besser sehen konnte. Ich wußte nicht, was gesagt worden war, meinte jedoch, die tiefe, sanfte Stimme zu kennen.

Die Leute traten beiseite, und Jamie MacTavish trat hervor. Er neigte den Kopf respektvoll vor dem MacKenzie und sprach dann weiter. Was immer er sagte, es schien eine Kontroverse zu verursachen. Colum, Dougal, der Schreiber und der Vater des Mädchens trugen alle ihr Scherflein dazu bei.

»Worum geht es?« flüsterte ich Mrs. FitzGibbons zu. Mein Patient sah schon wesentlich besser aus, wenn er auch noch ein wenig blaß wirkte. Er hatte irgendwo ein sauberes Hemd gefunden; der leere rechte Ärmel war gefaltet und stak im Bund seines Kilts.

Mrs. FitzGibbons beobachtete alles mit großem Interesse. »Der Junge bietet an, die Strafe des Mädchens auf sich zu nehmen«, sagte sie geistesabwesend.

»Was? Aber er ist verletzt! Das läßt man doch sicher nicht zu!«

Mrs. FitzGibbons schüttelte den Kopf. »Ich weiß es nicht, Mädel. Sie disputieren gerade darüber. Zwar kann sich ein Mann aus ihrem Clan für sie opfern, aber der Junge ist kein MacKenzie.«

»Nein?« Ich war überrascht, denn ich hatte ganz naiv vermutet, alle Männer der Gruppe, die mich gefangen hatte, kämen von Burg Leoch.

»Natürlich nicht«, erwiderte Mrs. FitzGibbons ungeduldig. »Können Sie seinen Tartan nicht sehen?«

Doch, ich sah ihn, nachdem sie mich darauf hingewiesen hatte. Zwar trug auch Jamie einen grün-braunen Jagdtartan, aber die Farbtöne waren etwas anders als bei den übrigen Männern im Raum. Das Braun war dunkler, fast wie Baumrinde, und hatte blaßblaue Streifen.

Anscheinend gaben Dougals Argumente den Ausschlag. Das Häuflein der Ratgeber zerstreute sich, und die Menge verstummte, wich zurück, wartete. Die beiden Wachen ließen das Mädchen los, und sie reihte sich schnell zwischen den anderen ein, während Jamie vortrat, um ihren Platz einzunehmen. Ich beobachtete entsetzt, wie die Wachen Anstalten machten, seine Arme zu packen, aber er sagte auf gälisch etwas zu dem Mann mit dem Gürtel, und die Wachen zogen sich zurück. Überraschenderweise erhellte ein breites, freches Grinsen Jamies Gesicht. Und seltsamer noch, der Riese erwiderte das Lächeln.

»Was hat er gesagt?« erkundigte ich mich bei meiner Dolmetscherin.

»Er hat die Fäuste statt des Gürtels gewählt. Ein Mann darf das, eine Frau nicht.«

»Die Fäuste?« Ich hatte keine Zeit weiterzufragen. Der Vollstrecker holte aus und stieß seine schinkengroße Faust in Jamies Bauch; der junge Mann krümmte sich, und aller Atem entwich aus ihm. Der Riese wartete, bis er sich wieder aufgerichtet hatte, dann kam er näher und versetzte ihm ein paar scharfe Hiebe gegen Rippen und Arme. Jamie unternahm nichts zu seiner Verteidigung; er verlagerte nur dann und wann sein Gewicht, um dem Hagel standzuhalten.

Der nächste Schlag traf ihn ins Gesicht. Ich zuckte zusammen und schloß unwillkürlich die Augen, als es Jamies Kopf nach hinten riß. Der Vollstrecker ließ sich Zeit; er achtete sorgfältig darauf, daß sein Opfer nicht zu Boden ging. Es war sozusagen eine wissenschaftliche Tracht Prügel, die mit äußerstem Geschick darauf abzielte, Schmerzen zu bereiten, aber weder zu versehren noch zu entstellen. Gewiß, eines von Jamies Augen schwoll zu, und er keuchte, doch ansonsten schien es ihm nicht allzu schlecht zu gehen.

Trotzdem war ich in höchster Sorge; schließlich konnte einer der

Schläge die verletzte Schulter in Mitleidenschaft ziehen. Noch hielt mein Verband, aber lange würde er eine solche Behandlung nicht überstehen. Wie lange sollte das denn noch dauern? Im Saal war es still bis auf das dumpfe Klatschen der Schläge.

»Sobald Blut fließt, hört Angus auf«, flüsterte Mrs. FitzGibbons, als hätte sie meine stumme Frage erraten. »Gewöhnlich, wenn die Nase gebrochen ist.«

»Das ist barbarisch«, zischte ich wild. Einige Leute schauten mich rügend an.

Der Vollstrecker kam jetzt anscheinend zu dem Schluß, daß die Bestrafung lange genug gewährt hatte. Er holte aus und ließ einen letzten gewaltigen Fausthieb los; Jamie taumelte und fiel auf die Knie. Die beiden Wachen eilten hinzu, um ihn auf die Beine zu ziehen, und als er den Kopf hob, sah ich, daß aus seinem Mund Blut rann. Die Menge summte erleichtert; der Vollstrecker trat zurück, offenbar zufrieden, daß er seine Pflicht erfüllt hatte.

Eine Wache hielt Jamie beim Arm und stützte ihn, während er den Kopf schüttelte, um Klarheit hineinzubekommen. Das Mädchen war verschwunden. Jamie blickte auf und schaute dem Vollstrecker in die Augen. Erstaunlicherweise lächelte er wieder. Seine blutigen Lippen bewegten sich.

»Danke«, sagte er mit einiger Mühe und verneigte sich höflich vor dem Riesen, ehe er sich zum Gehen wandte. Die Aufmerksamkeit der Menge richtete sich wieder auf den MacKenzie und den nächsten Fall.

Ich sah, wie Jamie den Raum durch die Tür am hinteren Ende verließ. Da er mir jetzt wichtiger war als das Geschehen im Saal, verabschiedete ich mich rasch von Mrs. FitzGibbons und drängte mich durch die Menge, um Jamie zu folgen.

Ich fand ihn auf einem kleinen Nebenhof, wo er an einem Ziehbrunnen lehnte und sich den Mund mit dem Hemdzipfel abtupfte.

»Hier, nimm das«, sagte ich und reichte ihm ein Tuch.

»Mhm.« Er nahm es mit einem Laut entgegen, den ich als Danksagung deutete. Eine blasse, wäßrige Sonne war inzwischen durch die Wolken gedrungen, und ich betrachtete den jungen Mann in ihrem Licht. Die Unterlippe war aufgeplatzt, ein Auge zugeschwollen – das schienen die Hauptverletzungen zu sein, obwohl es außerdem an Kiefer und Hals ein paar Stellen gab, aus denen sich bald blaue Flecke entwickeln würden.

»Bist du im Mund auch verletzt?«

»Mhm.« Jamie bückte sich, und ich stülpte behutsam die Lippe um und untersuchte die Mundhöhle. Im schimmernden Fleisch der Wange klaffte eine Wunde, und die rosige Innenseite der Lippe war ein bißchen verletzt. Blut und Speichel tropften ihm aus dem Mund.

»Wasser«, sagte Jamie mit einiger Mühe und tupfte das blutige Rinnsal an seinem Kinn ab.

»Sofort.« Zum Glück standen auf dem Rand des Brunnens ein Eimer und ein Becher. Jamie spülte sich den Mund aus und spritzte sich dann Wasser ins Gesicht.

»Warum hast du das getan?« fragte ich neugierig.

»Was?« sagte er, während er sich aufrichtete und sich das Gesicht am Ärmel abwischte.

»Warum hast du dich anstelle des Mädchens bestrafen lassen? Kennst du sie?« Ich fragte es mit einer gewissen Scheu, aber ich wollte wirklich erfahren, was hinter dieser ritterlichen Geste steckte.

»Ich weiß, wer sie ist. Hab aber nie mit ihr gesprochen.«

»Warum hast du es dann getan?«

Jamie zog die Schultern hoch, eine Bewegung, die ihn zusammenzucken ließ.

»Es hätte Schande über das Mädel gebracht, beim Gericht geschlagen zu werden. Für mich war's leichter.«

»Leichter?« wiederholte ich ungläubig. Jamie befühlte mit der freien Hand behutsam seine Rippen. Dann schaute er auf und grinste, wenn auch ziemlich schief.

»Aye. Sie ist noch sehr jung. Sie wäre vor allen Leuten beschämt worden, und es hätte lange gedauert, bis sie das überwunden hätte. Ich habe ein paar blaue Flecken davongetragen, ansonsten hat es mir nicht allzusehr geschadet, und in ein paar Tagen bin ich darüber hinweg.«

»Aber warum du?« erkundigte ich mich. Ich hatte den Eindruck, daß Jamie das für eine sonderbare Frage hielt.

»Warum nicht?« erwiderte er.

»Nun, man könnte meinen, ein Durchschuß durch den Kappenmuskel spräche dagegen«, versetzte ich trocken.

Jamie betrachtete mich amüsiert und fingerte an der fraglichen Stelle herum.

»Kappenmuskel heißt das, ja? Wußte ich nicht.«

»Ach, hier bist du, Junge! Wie ich sehe, hast du schon eine Heilerin gefunden; vielleicht werde ich gar nicht mehr gebraucht.« Mrs. FitzGibbons kam auf den Hof gewatschelt. Sie brachte ein Tablett mit mehreren Gefäßen, einer großen Schale und einem sauberen Leinentuch.

»Ich habe nur Wasser aus dem Brunnen geholt«, sagte ich. »Er ist nicht schlimm verletzt, glaube ich, und ich weiß nicht genau, was wir tun können, außer ihm das Gesicht zu waschen.«

»Oh, man kann immer etwas tun«, erwiderte Mrs. FitzGibbons ruhig. »Das Auge, Junge – zeig mal her.« Jamie setzte sich gehorsam auf den Brunnenrand und wandte ihr das Gesicht zu. Ihre Wurstfinger drückten behutsam gegen die violett verfärbte Schwellung und hinterließen weiße Dellen, die rasch verschwanden.

»Unter der Haut blutet's noch. Da werden Egel helfen.« Mrs. FitzGibbons hob den Deckel von der Schale und zeigte uns ein paar kleine, dunkle, nacktschneckenartige Gebilde, die drei bis fünf Zentimeter lang und mit einer ekelhaften Flüssigkeit überzogen waren. Sie nahm zwei Blutegel heraus und setzte einen an der Braue und den anderen genau unter dem Auge an.

»Wenn die Wunde nicht mehr geschwollen ist, nützen Egel nichts«, erklärte sie. »Aber wenn die Schwellung frisch ist, dann heißt das, daß unter der Haut noch Blut fließt, und das können die Egel herausziehen.«

Ich sah ebenso fasziniert wie angewidert zu. »Tut das nicht weh?« fragte ich Jamie. Er schüttelte den Kopf, und die Egel schlenkerten obszön hin und her.

»Nein. Fühlt sich ein bißchen kalt an. Das ist alles.« Mrs. Fitz-Gibbons klapperte geschäftig mit ihren Gefäßen.

»Viele Menschen verwenden Egel falsch«, fuhr sie fort. »Sie sind manchmal sehr hilfreich, aber man muß genau Bescheid wissen. Wenn man sie an eine alte Wunde setzt, nehmen sie gesundes Blut weg, und das tut nicht gut. Man muß auch darauf achten, daß man nicht zu viele auf einmal nimmt; wenn jemand sehr krank ist oder schon Blut verloren hat, schwächen sie ihn.«

Ich lauschte respektvoll und prägte mir alles gut ein, obwohl ich dringend hoffte, daß ich nie genötigt sein würde, davon Gebrauch zu machen.

»Und jetzt spülst du dir den Mund mit dieser Flüssigkeit aus, Junge; das wird die Wunden reinigen und deine Schmerzen lindern.

Tee aus Weidenrinde«, erklärte mir Mrs. FitzGibbons, »und ein bißchen gemahlene Veilchenwurzel.« Ich nickte, da ich mich vage erinnerte, in einer längst vergangenen Botanikstunde gehört zu haben, daß Weidenrinde Acetylsalicylsäure enthält, den Wirkstoff von Aspirin.

»Erhöht die Weidenrinde nicht die Blutungsneigung?« fragte ich. Mrs. FitzGibbons nickte.

»Doch. Manchmal. Deshalb geben wir hinterher in Essig eingeweichtes Johanniskraut; das stillt die Blutung.« Jamie spülte sich den Mund mit der adstringierenden Lösung aus; dabei tränten ihm die Augen, weil der Essig brannte.

Die Blutegel waren unterdessen auf das Vierfache ihrer normalen Größe geschwollen. Ihre dunkle, schrumpelige Haut hatte sich gestrafft und schimmerte; sie sahen beinahe wie runde, polierte Steine aus. Einer löste sich plötzlich und fiel zu Boden. Mrs. Fitz-Gibbons hob ihn flink auf und legte ihn in die Schale zurück. Vorsichtig zog sie am anderen Egel.

»Nie fest daran reißen, Mädel«, sagte sie. »Manchmal platzen die Egel nämlich.« Bei der Vorstellung schauderte ich unwillkürlich. »Aber wenn sie fast voll sind, gehen sie leicht ab. Anderenfalls läßt man sie einfach, wo sie sind, bis sie von selber abfallen.« Der Egel löste sich leicht von der Haut und hinterließ an der Stelle, wo er sich festgesaugt hatte, ein paar Tropfen Blut. Ich tupfte die kleine Wunde mit dem Zipfel eines Tuches ab, das ich in die Essiglösung getunkt hatte. Zu meiner Überraschung hatten die Egel geholfen, die Schwellung war deutlich zurückgegangen und das Auge wenigstens teilweise offen, obwohl das Lid noch etwas verquollen wirkte. Mrs. FitzGibbons untersuchte es kritisch und entschied, daß sie keinen Egel mehr ansetzen wollte.

»Morgen wirst du fürchterlich aussehen, Junge«, sagte sie kopfschüttelnd, »aber immerhin wirst du wieder aus diesem Auge schauen können. Und jetzt sollst du dir ein Stück rohes Fleisch drauflegen und dich mit einem Schluck Bier stärken. Komm mit in die Küche.« Mrs. FitzGibbons griff nach ihrem Tablett und hielt einen Moment inne.

»Was du getan hast, war sehr freundlich, Junge. Laoghaire ist meine Enkelin, weißt du, ich danke dir in ihrem Namen. Obwohl sie dir, wenn sie Manieren hat, selbst danken sollte.« Mrs. FitzGibbons tätschelte Jamies Wange und stampfte davon.

»Wie geht es dir?« fragte ich.

»Gut.« Ich muß skeptisch ausgesehen haben, denn Jamie lächelte. »Sind nur Schrammen. Aber ich muß mich, glaube ich, schon wieder bei dir bedanken; jetzt hast du mich zum dritten Mal innerhalb von drei Tagen verarztet. Du wirst meinen, daß ich ein rechter Tolpatsch bin.«

Ich berührte einen blauen Flecken an Jamies Kiefer. »Das nicht. Nur ein bißchen leichtsinnig.« Aus dem Augenwinkel sah ich, daß sich am Hofeingang etwas Blaues und Blondes regte. Das Mädchen Laoghaire verharrte scheu im Hintergrund, als sie mich sah.

»Ich glaube, da möchte jemand unter vier Augen mit dir sprechen«, sagte ich. »Ich gehe jetzt. Morgen können wir den Verband an deiner Schulter entfernen. Ich werde dich schon irgendwie finden.«

»Gut. Ich danke dir noch einmal.« Jamie drückte mir zum Abschied die Hand. Ich ging und betrachtete voll Neugier das Mädchen, als ich an ihr vorbeikam. Aus der Nähe war sie noch hübscher – sanfte blaue Augen und rosige Haut. Sie errötete, als sie Jamie ansah. Ich verließ den Hof und fragte mich, ob seine ritterliche Geste tatsächlich so selbstlos gewesen war, wie ich gedacht hatte.

Am nächsten Morgen wurde ich bei Tagesanbruch vom Lärmen der Vögel draußen und der Menschen drinnen geweckt. Ich zog mich an und wanderte durch die zugigen Flure zum Saal. Er diente nun wieder als Speiseraum, und aus gewaltigen Kesseln wurde Haferbrei verteilt, dazu im Kamin gebackene und mit Sirup bestrichene Haferkuchen. Der Geruch des dampfenden Essens war fast so kräftig, daß man sich dagegenlehnen konnte. Ich war immer noch ziemlich durcheinander, aber das warme Frühstück munterte mich auf, und ich beschloß, ein bißchen auf Erkundung auszugehen.

Ich sagte Mrs. FitzGibbons, deren Arme bis zu den Ellbogen in Teig staken, daß ich Jamie suchen wollte, um seinen Verband zu entfernen und zu sehen, wie seine Schußwunde heilte. Mit ihrer großen, klebrigen Hand winkte sie einen ihrer kleinen Diener zu sich.

»Alec, lauf los und such Jamie, den neuen Zureiter. Sag ihm, er soll mit dir kommen und nach seiner Schulter schauen lassen. Wir sind im Kräutergarten.« Ein scharfes Fingerschnippen, und der junge Alec sauste aus dem Saal, um meinen Patienten zu holen.

Mrs. FitzGibbons überließ ihren Teig einer Magd, reinigte sich die Hände und wandte sich mir zu.

»Es wird eine Weile dauern, bis sie da sind. Möchten Sie unterdessen einen Blick in den Kräutergarten werfen? Sie scheinen etwas von Pflanzen zu verstehen, und wenn Sie Lust haben, können Sie dort in Ihrer freien Zeit ein wenig aushelfen.«

Der Kräutergarten mit seinen Heil- und Gewürzkräutern lag in einem Innenhof, der groß genug war, daß die Sonne hereinschien, aber windgeschützt und mit eigenem Ziehbrunnen. Im Westen säumten ihn Rosmarinbüsche, im Süden Kamille, und Amarant markierte die nördliche Grenze. Im Osten wurde er von der Burgmauer eingeschlossen. Ich sah die grünen Spitzen von spätblühendem Krokus und die weichen Blätter von Sauerampfer, der aus der fetten Erde sproß. Mrs. FitzGibbons zeigte mir Fingerhut, Portulak, Zehrkraut und noch ein paar Gewächse, die ich nicht kannte.

Ende Frühling war die Zeit zum Pflanzen. In dem Korb, der über Mrs. FitzGibbons' Arm hing, lagen Knoblauchzehen, die Keime der sommerlichen Ernte. Die runde Dame reichte mir den Korb samt einem Setzholz. Anscheinend hatte ich jetzt genug gefaulenzt; bis Colum Verwendung für mich hatte, würde Mrs. FitzGibbons immer Arbeit für mich finden.

»Hier, meine Liebe. Den Knoblauch setzten Sie an der Südseite, zwischen Thymian und Fingerhut.« Sie zeigte mir, wie man die Zehen in die Erde pflanzte. Es war ganz einfach, man mußte sie nur mit dem stumpfen Ende nach unten etwa vier Zentimeter tief in den Boden stecken. Mrs. FitzGibbons erhob sich und klopfte sich den Staub von den wallenden Röcken.

»Sparen Sie ein paar Zehen auf«, sagte sie, »und pflanzen Sie sie einzeln im Garten. Knoblauch hält das Ungeziefer von den anderen Pflanzen fern. Und kneifen Sie die vertrockneten Köpfe von den Ringelblumen ab, aber werfen Sie sie nicht weg; die brauchen wir noch.«

In diesem Moment trat der Junge ein, den Mrs. FitzGibbons geschickt hatte, damit er Jamie holte, außer Atem vom schnellen Lauf. Er berichtete, der Patient weigerte sich, seine Arbeit zu unterbrechen.

»Er hat gesagt«, keuchte Alec, »es tut nicht so weh, daß er jemand braucht, aber er bedankt sich.« Mrs. FitzGibbons zuckte die Achseln.

»Nun gut, wenn er nicht kommen mag, dann soll er es eben bleibenlassen. Sie können gegen Mittag zur Koppel gehen, Mädchen. Auch wenn er keine Zeit hat, sich verarzten zu lassen – zum Essen hat er bestimmt Zeit, falls ich etwas von jungen Männern verstehe. Alec holt Sie nachher ab und bringt Sie hin.« Mrs. Fitz-Gibbons ließ mich allein und zog von dannen wie eine Galeone, den Knaben Alec im Kielwasser.

Ich arbeitete den ganzen Vormittag, pflanzte Knoblauch, entfernte vertrocknete Blumenköpfe, jätete Unkraut, führte den nicht enden wollenden Kampf der Gärtnerin gegen Schnecken und sonstige Schädlinge. Ich war so in meine Arbeit vertieft, daß ich Alecs erneutes Erscheinen nicht bemerkte, bis er höflich hustete, um meine Aufmerksamkeit auf sich zu lenken. Er war kein Freund müßiger Worte und wartete gerade lange genug, daß ich mich erheben und mir den Staub von den Röcken klopfen konnte, ehe er durchs Hoftor verschwand.

Die Koppel, zu der er mich führte, lag ein gutes Stück vom Stall entfernt. Auf einer Wiese tollten munter drei junge Pferde herum. Eine schön gestriegelte braune Stute war an den Zaun der Koppel gebunden und hatte eine leichte Decke auf dem Rücken.

Jamie näherte sich ihr behutsam von der Seite, ein Manöver, das sie ziemlich argwöhnisch beobachtete. Er legte ihr eine Hand auf den Rücken, sprach leise auf sie ein und war offenbar zu einem sofortigen Rückzug bereit, wenn sie sich wehrte. Sie rollte die Augen und schnaubte, rührte sich aber nicht. Jamie beugte sich über die Decke, immer noch leise mit der Stute redend, und verlagerte langsam sein Gewicht auf ihren Rücken. Sie bäumte sich ein wenig auf und scharrte mit den Hufen, doch er ließ nicht locker.

In diesem Moment drehte die Stute ihren Kopf und sah den Jungen und mich. Sie witterte eine Bedrohung, warf sich wiehernd herum und drückte Jamie dabei gegen den Zaun der Koppel. Schnaubend und bockend bäumte sie sich auf und riß an dem Strick, mit dem sie festgebunden war. Jamie rollte unter dem Zaun durch, um sich vor den ausschlagenden Hufen in Sicherheit zu bringen. Er erhob sich ächzend, fluchte auf gälisch und drehte sich um, um zu ergründen, was diesen Aufstand bewirkt hatte.

Bei unserem Anblick glättete sich sein zorniger Gesichtsausdruck und nahm etwas Höflich-Begrüßendes an, obwohl ich merkte, daß wir ihm nicht so gelegen kamen, wie man sich hätte wünschen können. Doch der Imbiß, den Mrs. FitzGibbons wohlüberlegt zusammengestellt hatte, trug dazu bei, daß er seine gute Laune wiederfand.

»Ach, jetzt gib Ruhe, du verwünschter Gaul«, herrschte er die Stute an, die nach wie vor schnaubte und an ihrem Strick zog. Er entließ den jungen Alec mit einem freundschaftlichen Klaps, hob die zu Boden gefallene Decke auf, schüttelte sie aus und breitete sie ritterlich ins Gras, damit ich mich draufsetzen konnte.

Ich vermied es taktvoll, auf das Mißgeschick mit der Stute anzuspielen, goß Jamie Bier ein und breitete Brot und Käse vor ihm aus.

Er aß mit einer unbeirrbaren Konzentration, die mich daran erinnerte, daß er die beiden vorigen Abende nicht im Speisesaal gewesen war.

»Hab's verschlafen«, sagte er, als ich ihn fragte, wo er gewesen war. »Hab mich gleich hingelegt, nachdem ich dich auf der Burg zurückgelassen hatte, und bin bis gestern früh nicht wieder aufgewacht. Nach dem Gericht habe ich gearbeitet und mich dann auf ein Bündel Heu gesetzt, um vor dem Nachtmahl noch ein wenig zu verschnaufen.« Er lachte. »Als ich heute morgen aufgewacht bin, saß ich immer noch da, und ein Pferd hat an meinem Ohr geknabbert.«

Ich fand, daß ihm der Schlaf gutgetan hatte; seine blauen Flecken schillerten zwar dunkel, doch ansonsten hatte seine Haut eine gesunde Farbe, und sein Appetit ließ ganz sicher nichts zu wünschen übrig.

Ich beobachtete, wie er den Rest des Mahls verdrückte. Dann entfernte er mit angefeuchteter Fingerspitze die Krümel von seinem Hemd und schob sie sich in den Mund.

»Du hast einen gesegneten Appetit!« lachte ich. »Ich glaube, wenn sonst nichts da wäre, würdest du auch Gras essen.«

»Das habe ich schon getan«, sagte Jamie ganz ernsthaft. »Es schmeckt nicht schlecht, aber es macht nicht besonders satt.«

Ich war verblüfft; dann dachte ich, er wollte mich aufziehen. »Wann?« fragte ich.

»Vorletzten Winter. Ich habe unter freiem Himmel gelebt – im Wald, meine ich –, zusammen mit ... ein paar Leuten. Wir haben Überfälle jenseits der Grenze gemacht. Hatten über eine Woche nichts als Pech gehabt und kaum noch was zu beißen. Dann und wann bekamen wir Haferbrei von einem Kätner, aber die Leute sind selber so arm, daß sie nur selten etwas übrig haben. Trotzdem finden sie für Fremde immer eine Kleinigkeit, nur sind zwanzig Fremde auf einmal ein bißchen viel, sogar für einen gastfreundlichen Hochländer.«

Jamie griff nach einem langhalmigen Gras, zog es heraus und rollte es bedächtig zwischen den Handflächen.

»Der Winter damals kam spät und war mild – ein Glück, denn sonst hätten wir nicht durchgehalten. Gewöhnlich konnten wir ein paar Kaninchen fangen, aßen sie manchmal roh, wenn es zu gefährlich war, Feuer zu machen, und dann und wann erwischten wir ein Reh, aber zu der Zeit, von der ich spreche, hatten wir eine Weile kein Wild mehr gesehen.«

Er biß mit seinen ebenmäßigen weißen Zähnen auf den Grasstengel. Ich pflückte mir selbst einen und knabberte daran. Es schmeckte süß, aber kaum drei Zentimeter des Halmes waren zart genug, um genießbar zu sein.

Jamie warf den halbgegessenen Stengel weg, pflückte einen neuen und fuhr mit seiner Geschichte fort.

»Ein paar Tage zuvor war Schnee gefallen; unter den Bäumen lag nicht mehr als eine dünne Schicht, und sonst war überall Matsch. Ich suchte Pilze, die großen orangefarbenen Knollen, die manchmal ganz unten am Baum wachsen. Ich steckte den Fuß durch den verharschten Schnee und stieß auf einen Flecken Gras, das an einer freien Stelle zwischen den Bäumen wuchs. Gewöhnlich finden die Rehe diese Flecken. Sie scharren den Schnee fort und fressen das Gras bis auf die Wurzeln ab. Ich dachte mir, wenn die Rehe damit den Winter überstehen, warum dann nicht auch ich? Ich war so hungrig, daß ich meine Stiefel gesotten und gegessen hätte, wenn ich sie nicht zum Gehen gebraucht hätte, und so habe ich halt das Gras gefuttert – bis auf die Wurzeln.«

»Wie lange hattest du da nichts mehr gegessen?« fragte ich in fasziniertem Entsetzen.

»Drei Tage lang gar nichts, und eine Woche nicht viel mehr als ein bißchen Haferbrei. Aye«, fuhr Jamie fort und betrachtete, in Erinnerungen versunken, den Stengel in seiner Hand, »Wintergras ist hart, und es ist sauer – anders als das hier –, aber darauf habe ich kaum geachtet.« Er grinste mich plötzlich an.

»Ich habe auch nicht bedacht, daß ein Reh vier Mägen hat und ich bloß einen. Ich bekam entsetzliche Krämpfe und hatte tagelang

Blähungen. Einer von den älteren Männern sagte mir später, daß man Gras erst kocht, wenn man welches essen muß, aber das wußte ich damals nicht. Hätte auch nichts geändert; ich war zu hungrig, um zu warten.« Jamie erhob sich und half mir auf die Beine.

»Dann werde ich wieder an die Arbeit gehen. Ich danke dir für das Essen, Mädel.« Er reichte mir den Korb und steuerte auf den Stall zu; die Sonne schimmerte in seinen Haaren wie auf Gold- und Kupfermünzen.

Ich lief ohne Eile zur Burg zurück. Erst als ich wieder im Hof war, fiel mir ein, daß ich vergessen hatte, nach Jamies Schulter zu sehen.

7

Davie Beatons Kammer

Zu meiner Überraschung wurde ich, als ich auf die Burg zurückkehrte, in der Nähe des Tores von einem von Colums kilttragenden Kriegern erwartet. Der MacKenzie, so sagte er, wäre mir sehr verbunden, wenn ich ihn in seinem Gemach aufsuchen wollte.

Die hohen Flügelfenster im Allerheiligsten des Burgherrn standen offen, und der Wind strich rauschend durch die Zweige der Bäume in den Pflanzkübeln, so daß man meinen konnte, man sei im Freien.

Colum saß an seinem Tisch und schrieb, hielt aber sofort inne und erhob sich, um mich zu begrüßen. Nachdem er sich nach meinem Wohlergehen erkundigt hatte, führte er mich zum Käfig an der Wand, wo wir die Vögel bewunderten.

»Dougal und Mrs. FitzGibbons berichten, Sie seien eine recht geschickte Heilerin«, bemerkte Colum im Plauderton, während er einen Finger durch das Käfiggitter steckte. Offenbar waren die Vögel daran gewöhnt, denn eine kleine Ammer segelte herab und landete säuberlich auf seinem Finger, umfaßte ihn mit ihren kleinen Zehen und spreizte die Flügel, um das Gleichgewicht zu halten. Colum strich der Ammer mit dem schwieligen Zeigefinger seiner anderen Hand behutsam über den Kopf. Ich sah die verhornte Haut um den Nagel und wunderte mich; es kam mir unwahrscheinlich vor, daß Colum viel körperliche Arbeit verrichtete.

Ich zuckte die Achseln. »Man muß nicht besonders geschickt sein, um eine oberflächliche Wunde zu verbinden.«

Colum lächelte. »Vielleicht. Aber es verlangt einiges an Geschick, dies im Dunkeln zu tun, oder? Und Mrs. FitzGibbons sagt, Sie hätten bei einem ihrer kleinen Jungen einen gebrochenen Finger gerichtet und heute früh den verbrühten Arm einer Küchenhilfe versorgt.«

»Auch das ist nicht allzu schwierig«, erwiderte ich und fragte mich, worauf Colum hinauswollte. Er winkte einem Bedienten, der aus einer Schublade des Sekretärs rasch eine Schale holte. Colum nahm den Deckel ab und begann Körner durchs Käfigfenster zu streuen. Die Vögel stürzten sich von ihren Ästen, und auch die Ammer flatterte zu Boden, um sich ihren Gefährten anzuschließen.

»Sie sind nicht zufällig mit dem Beaton-Clan verwandt?« erkundigte sich Colum. Ich erinnerte mich, daß Mrs. FitzGibbons bei unserer ersten Begegnung gefragt hatte, ob ich eine Zauberin, eine Beaton sei.

»Nein. Was hat der Beaton-Clan mit ärztlicher Behandlung zu tun?«

Colum betrachtete mich erstaunt. »Sie haben noch nie von den Beatons gehört? Die Heiler dieses Clans sind überall in den Highlands berühmt. Viele von ihnen fahren im Land umher. Einen solchen Heiler hatten wir eine Weile bei uns.«

»Ach ja? Und was ist mit ihm geschehen?« fragte ich.

»Er hat das Zeitliche gesegnet«, antwortete Colum gelassen. »Ein Fieber hat ihn binnen einer Woche dahingerafft. Seitdem haben wir keinen Heiler mehr – außer Mrs. FitzGibbons.«

»Sie scheint sehr tüchtig zu sein«, sagte ich und dachte daran, wie effizient sie Jamies Verletzungen behandelt hatte.

Colum nickte, nach wie vor mit seinen Vögeln beschäftigt. Er verteilte den Rest der Körner, bevorzugte mit der letzten Handvoll einen blaugrauen Waldsänger, der als Nachzügler kam.

»O ja. Sie versteht sich auf diese Dinge, aber sie hat schon mehr als genug zu tun. Sie führt die Wirtschaft auf der Burg und befehligt alle – einschließlich meiner selbst«, sagte Colum und lächelte plötzlich.

Ich erwiderte das Lächeln, und er schlug seinen Vorteil daraus. »Gegenwärtig ist Ihre Zeit wohl nicht besonders ausgefüllt«, fuhr er fort. »Möchten Sie also einen Blick auf Davie Beatons Hinterlassenschaft werfen? Vielleicht wissen Sie mit seinen Arzneien etwas anzufangen.«

»Nun... warum nicht?« Tatsächlich begann mich die Runde zwischen Garten, Vorratskammer und Küche bereits zu langweilen. Ich war neugierig auf das Handwerkszeug des seligen Mr. Beaton.

»Angus oder ich – wir könnten die Dame hinunterführen, Sir«, schlug der Bediente ehrerbietig vor.

»Bemüht euch nicht, John«, sagte Colum. »Ich werde es Mistress Beauchamp selbst zeigen.«

Als er dann die Treppe hinunterstieg, geschah es langsam und offenkundig unter Schmerzen. Doch ebenso offenkundig wollte er keine Hilfe, also bot ich ihm auch keine an.

Das Sprechzimmer des verstorbenen Beaton befand sich in einem abgelegenen Winkel der Burg, hinter der Küche. In unmittelbarer Nähe war nichts als der Friedhof, auf dem der ehemalige Bewohner des Raumes nun ruhte. Der kleine, schmale Raum war in die Außenmauer der Burg gebaut und hatte folglich nur eine Schießscharte als Fenster, die hoch oben lag, so daß der dünne Sonnenstrahl schräg hereinfiel und die Düsternis zwischen der gewölbten Decke und dem Boden durchschnitt.

Ich spähte in die schummrigen Ecken des Zimmers und erkannte einen hohen Apothekenschrank mit Dutzenden von winzigen Schubladen. Gefäße, Kästchen und Gläser standen säuberlich geordnet auf Borden über einer Art Tresen, auf dem Davie Beaton anscheinend Arzneien zubereitet hatte, zumindest nach den vielen Flecken und einem verkrusteten Stößel zu urteilen, der dort lag.

Colum trat vor mir in den Raum, stand einen Moment reglos da, bis sich seine Augen an die Dunkelheit gewöhnt hatten, und ging dann, nach rechts und links blickend, langsam voran. Vielleicht war er zum ersten Mal in diesem Zimmer.

Ich beobachtete seine unsicheren Bewegungen und sagte: »Massage könnte ein wenig helfen. Gegen die Schmerzen, meine ich.« In den grauen Augen blitzte es drohend auf, und ich wünschte mir, ich hätte geschwiegen, aber der Funke verschwand, und an seine Stelle trat der gewohnte Ausdruck höflicher Aufmerksamkeit.

»Kräftige Massage«, fuhr ich fort. »Besonders am Ende des Rückgrats.«

»Ich weiß«, sagte Colum. »Angus Mhor tut das jeden Abend für mich.« Er hielt inne und betastete eines der Gläser. »Scheinbar verstehen Sie wirklich etwas von der Heilkunst.«

»Ein bißchen.« Ich war auf der Hut, hoffte, er würde mich nicht auf die Probe stellen und fragen, wofür die diversen Arzneien waren. Auf dem Etikett des Glases, das er in der Hand hielt, stand PURLES OVIS. Weiß der Himmel, was das war. Glücklicherweise stellte er das Glas zurück und fuhr mit spitzen Fingern über den Staub auf der großen Truhe nahe der Wand.

»Es ist eine Weile her, daß jemand hier war«, sagte Colum. »Ich werde Mrs. FitzGibbons bitten, zwei ihrer Mädchen zu schicken, damit sie ein wenig saubermachen, ja?«

Ich öffnete eine Schranktür und hustete, weil es so staubte. »Das wird wohl das beste sein«, stimmte ich zu. Im unteren Schrankfach lag ein Buch, ein dicker Foliant, in blaues Leder gebunden. Ich holte es heraus und entdeckte darunter ein kleineres Buch mit billigem schwarzem Leinenumschlag, das ziemlich zerfleddert war.

Es erwies sich sozusagen als Beatons Kartei; dort hatte er peinlich genau die Namen seiner Patienten, ihre Gebrechen und den Behandlungsverlauf aufgeschrieben. Ein Eintrag lautete: »2ter Februar 1741. Sarah Graham MacKenzie, Verletzung am Daumen, welcher sich am Dorne eines Spinnrads verfangen. Gekochtes Flohkraut appliziert, hernach einen Breiumschlag aus je einem Teil Johanniskraut, gemahlenem Oniscus und Mauseohr, vermischt mit feiner Tonerde.« Mauseohr? Zweifellos eine Arzneipflanze, die ich nicht kannte.

»Ist Sarah MacKenzies Daumen gut verheilt?« fragte ich, während ich das Buch zuschlug.

»Sarahs Daumen?« erwiderte Colum nachdenklich. »Nein, wohl nicht.«

»Tatsächlich? Was ist passiert?« fragte ich weiter. »Vielleicht kann ich ihn mir später anschauen –«

Colum schüttelte den Kopf, und ich bildete mir ein, daß sein voller, schöngeschwungener Mund sich in grimmiger Erheiterung verzog.

»Warum nicht?« erkundigte ich mich. »Hat sie die Burg verlassen?«

»So könnte man es auch ausdrücken«, antwortete Colum. Seine Erheiterung war jetzt nicht mehr zu übersehen. »Sie ist tot.«

Ich starrte ihn an, während er langsam zur Tür ging.

»Es steht zu hoffen, Mrs. Beauchamp, daß Sie sich in der Heilkunst besser bewähren als Davie Beaton«, sagte Colum. Er drehte sich um, blieb einen Moment in der Tür stehen und betrachtete mich sarkastisch. Der Sonnenstrahl beleuchtete ihn wie ein Bühnenscheinwerfer.

»Schlechter können Sie es schwerlich machen«, meinte Colum und verschwand.

Ich wanderte in dem kleinen Raum hin und her und sah mich um. Wahrscheinlich war das meiste Plunder, aber es mochte auch ein paar nützliche Dinge geben, die es verdienten, gerettet zu werden. Ich zog eine Schublade des Apothekenschranks auf, woraufhin eine kleine Wolke Kampfer aufstieg. Nun, der war durchaus nützlich. Ich machte die Schublade wieder zu und wischte die staubigen Finger an meinem Rock ab. Vielleicht wartete ich mit meiner Bestandsaufnahme lieber, bis Mrs. Fitz' Mädchen geputzt hatten.

Ich lugte auf den Flur hinaus. Leer. Und keine Geräusche. Doch ich war nicht so naiv zu glauben, daß niemand in der Nähe war. Die Leute waren sehr unaufdringlich, sei es auf Befehl oder sei es aus Taktgefühl, aber ich wußte, daß ich beobachtet wurde. Wenn ich in den Garten ging, kam jemand mit. Wenn ich die Treppe zu meinem Zimmer hinaufstieg, merkte ich, wie jemand wie zufällig nach oben schaute, um festzustellen, welchen Weg ich einschlug. Nein, man würde mich nicht einfach ziehen lassen, geschweige denn mich mit Transport- und sonstigen Mitteln versehen, damit ich abreisen konnte.

Ich hatte schon mehrmals versucht, über all die Dinge nachzudenken, die geschehen waren, seit ich durch den gespaltenen Stein gekommen war. Aber die Ereignisse überstürzten sich dermaßen, daß ich kaum einen Moment für mich hatte.

Jetzt hatte ich anscheinend einen. Ich zog die staubige Truhe ein wenig vor und setzte mich darauf. Ich drückte die Handflächen gegen die massiven Mauern und dachte über den Steinkreis nach. Ich versuchte, mich auf jede Einzelheit zu besinnen.

Die schreienden Steine waren das letzte, an das ich mich wirklich erinnerte. Und selbst da hatte ich meine Zweifel. Das Geschrei hatte die ganze Zeit angedauert. Es war möglich, dachte ich, daß es gar nicht von den Steinen selbst kam, sondern von dem, in das ich eingetreten war, was auch immer das sein mochte. Waren die Steine also eine Art Tür? Und wohin öffnete sie sich? Es gab keine Worte dafür. Es war ein Riß in der Zeit, nahm ich an, denn ich hatte damals existiert und ich existierte jetzt, und die Steine waren die einzige Verbindung.

Und die Geräusche. Sie waren ohrenbetäubend gewesen, aber rückblickend dachte ich, sie hatten wie Schlachtenlärm geklungen. Das Lazarett, in dem ich gearbeitet hatte, war dreimal angegriffen worden. Obwohl alle Ärzte, Schwestern und Sanitäter wußten, daß die dünnen Wände unserer provisorischen Bauten keinen Schutz bieten würden, waren sie beim ersten Alarm nach drinnen gerannt und hatten sich aneinandergedrängt, um Mut zu fassen. Mut ist Mangelware, wenn ringsumher Granaten einschlagen und Bomben explodieren. Und die Panik, die mich damals ergriffen hatte, kam dem, was ich in dem Stein empfunden hatte, noch am nächsten.

Ich merkte, daß ich mich tatsächlich an einiges im Zusammenhang mit der Reise durch den Stein erinnerte. Kleine Dinge. An das Gefühl, gegen etwas anzukämpfen, als wäre ich in einer Strömung gefangen. Ja, ich hatte mich gewehrt. In der Strömung gab es auch Bilder. Keine Erscheinungen, eher unvollständige Gedanken. Einige waren entsetzlich, und ich hatte mich von ihnen gewaltsam befreit, als ich . . . »hinüberging«. Hatte ich mich auf andere Gedanken zubewegt? Doch, mir war, als hätte ich mich zu irgendeiner Oberfläche durchgekämpft. Hatte ich mich dafür *entschieden*, gerade in diese Zeit zu gelangen, weil sie Zuflucht vor der wirbelnden Strömung bot?

Ich schüttelte den Kopf. Auch wenn ich noch so angestrengt nachdachte – ich fand keine Antwort. Nichts war klar außer der Tatsache, daß ich zu dem Steinkreis zurückkehren mußte.

»Mistress?« Eine weiche, schottische Stimme ertönte von der Tür, und ich blickte auf. Zwei Mädchen, sechzehn oder siebzehn Jahre alt, warteten schüchtern auf dem Flur. Sie hatten Holzpantinen an den Füßen und handgewebte Kopftücher umgebunden. Die eine trug eine Wurzelbürste und mehrere zusammengefaltete Lappen, ihre Gefährtin hielt einen dampfenden Eimer in der Hand.

»Wir stören Sie doch nicht, Mistress?« fragte die eine bang.

»Nein, nein«, versicherte ich. »Ich wollte ohnehin gerade gehen.«

»Sie waren nicht beim Mittagessen«, sagte die andere. »Aber Mrs. FitzGibbons läßt Ihnen ausrichten, daß noch genug für Sie da ist, wenn Sie in die Küche kommen.«

Ich blickte durch das Fenster am Ende des Flures. Die Sonne hatte den Zenit überschritten, und ich merkte, daß mir schwach vor Hunger war. Ich lächelte die Mädchen an.

»Ja, das werde ich tun. Vielen Dank.«

Ich brachte das Mittagessen wieder auf die Weide, weil ich befürchtete, Jamie werde sonst bis zum Abend nichts in den Magen bekommen. Ich saß im Gras, beobachtete ihn beim Schmausen und fragte, warum er unter freiem Himmel gelebt und jenseits der Grenze Überfälle gemacht hatte. Inzwischen hatte ich genug von den Leuten aus dem nahe gelegenen Dorf und den Burgbewohnern gesehen, um sagen zu können, daß Jamie sowohl höher geboren als auch wesentlich gebildeter war als die meisten. Aufgrund der kurzen Beschreibung, die er mir von seinem Hof gegeben hatte, schloß ich, daß er aus einer recht wohlhabenden Familie kam. Warum war er so weit fort von zu Hause?

»Weil ich ein Geächteter bin«, sagte Jamie, als überraschte es ihn, daß ich das nicht wußte. »Die Engländer haben eine Belohnung von zehn Pfund Sterling auf meinen Kopf ausgesetzt.«

»Nur für Obstruktion?« fragte ich ungläubig. Zehn Pfund Sterling entsprachen dem halben Jahreseinkommen eines kleinen bäuerlichen Anwesens; ich konnte mir nicht vorstellen, daß ein relativ harmloser Gesetzesbrecher der englischen Krone soviel wert war.

»Nein. Hier geht es um Mord.« Ich verschluckte mich. Jamie klopfte mir auf den Rücken, bis ich wieder sprechen konnte.

Mit tränenden Augen fragte ich: »W-wen hast du um-umgebracht?«

Jamie zuckte die Achseln. »Das ist ein bißchen sonderbar. Ich habe den Mord, für den ich nun geächtet bin, gar nicht begangen. Aber ich habe ein paar anderen Rotröcken das Lebenslicht ausgeblasen, und so ist die Sache wohl nicht ganz ungerecht.«

Jamie legte eine Pause ein und bewegte die Schultern, als riebe er sich an einer unsichtbaren Mauer.

»Es war in Fort William. Ich konnte mich, nachdem ich zum zweiten Mal ausgepeitscht worden war, zwei Tage kaum bewegen, und dann hatte ich Wundfieber. Doch als ich wieder aufrecht stehen konnte, haben mich . . . Freunde aus dem Fort geholt – auf die Mittel gehe ich lieber nicht ausführlich ein. Wie auch immer, es war mit Krawall verbunden, und ein englischer Unteroffizier wurde erschossen; zufällig war es der Mann, der mich das erste Mal ausgepeitscht hatte. Ich selbst hätte ihn nicht getötet; ich hatte nichts gegen ihn persönlich, und ich war ohnehin zu schwach, um mehr zu tun, als mich an meinem Pferd festzuhalten.« Jamies breiter Mund wurde schmaler. »Wäre es freilich Hauptmann Randall gewesen . . .« Jamie zuckte die Achseln.

»Jedenfalls bin ich geächtet. Das ist einer der Gründe dafür, daß ich mich allein nie weit von der Burg entferne. Die englische Patrouille würde sich zwar kaum so weit in die Highlands wagen, aber sie kommen recht häufig über die Grenze. Und dann gibt es noch die Wache, obwohl sie der Burg fernbleibt. Colum benötigt ihre Dienste nicht, er hat seine eigenen Leute.« Jamie fuhr sich schmunzelnd über die kurzen Haare, bis sie zu Berge standen wie die Stacheln eines Igels.

»Ich bin nicht gerade unauffällig. Zwar bezweifle ich, daß auf der Burg selbst Spitzel sind, aber auf dem Land mag es welche geben, die sich nur zu gern etwas Geld verdienen würden. Sie würden den Engländern gleich verraten, wo ich mich aufhalte, wenn sie nur wüßten, daß ich gesucht werde.« Jamie lächelte mich an. »Du wirst bereits zu dem Schluß gekommen sein, daß ich nicht MacTavish heiße –«

»Weiß das der Burgherr?«

»Daß ich geächtet bin? Aye, das ist Colum bekannt. Die meisten Menschen in diesem Teil der Highlands wissen es vermutlich; was in Fort William geschah, hat einiges Aufsehen erregt, und Nachrichten verbreiten sich hier sehr schnell. Aber die Leute wissen nicht, daß Jamie MacTavish der Mann ist, der gesucht wird – vorausgesetzt, es sieht mich niemand, der mich unter meinem wahren Namen kennt.« Jamies Haare standen ihm immer noch vom Kopf ab. Ich hatte plötzlich das Bedürfnis, sie zu glätten, widerstand dem jedoch.

»Warum hast du so kurze Haare?« fragte ich unvermittelt und errötete. »Entschuldigung, das geht mich nichts an. Ich hab's mir nur überlegt, weil die meisten Männer ihre Haare lang tragen ...«

Jamie drückte seine Stacheln nieder und schaute ein bißchen verlegen drein.

»Ich habe meine auch lang getragen. Jetzt sind sie so kurz, weil mir die Mönche den Schädel rasieren mußten und die Haare bisher nur ein paar Monate Zeit zum Nachwachsen hatten.« Jamie beugte sich vor und forderte mich auf, seinen Hinterkopf zu inspizieren.

»Siehst du's? Verläuft quer.« Ich konnte es spüren, und um es auch zu sehen, wühlte ich die dichten Haare auseinander: eine fünfzehn Zentimeter lange Narbe, noch rosig und ein wenig erhaben. Ich drückte behutsam dagegen. Sauber verheilt. Wer immer die Wunde genäht hatte, die erheblich geklafft und geblutet haben mußte, hatte gute Arbeit geleistet.

»Hast du Kopfschmerzen?« fragte ich sachlich. Jamie setzte sich auf, strich die Haare über der Narbe glatt und nickte.

»Manchmal, aber nicht mehr so schlimm wie noch vor einiger Zeit. Ich war, nachdem es geschah, ungefähr einen Monat lang blind, und der Kopf tat mir dauernd höllisch weh. Als mein Augenlicht zurückkehrte, verschwanden die Schmerzen.« Jamie blinzelte, wie um seine Sehkraft zu erproben.

»Wenn ich sehr müde bin, kann ich manchmal nicht mehr gut sehen«, erklärte er. »Dann verschwimmt alles ein bißchen.«

»Es ist ein Wunder, daß du das überlebt hast«, sagte ich. »Du mußt stabile Knochen haben.«

»Ja. Einen rechten Dickschädel, findet meine Schwester.« Wir lachten.

»Wie ist es passiert?« erkundigte ich mich. Jamie runzelte die Stirn und wirkte plötzlich unsicher.

»Das ist die Frage«, erwiderte er langsam. »Ich kann mich nämlich an nichts erinnern. War in der Nähe des Carryarick-Passes mit ein paar Leuten vom Loch Laggan. Das letzte, was ich weiß, ist, daß ich durch ein Wäldchen bergauf stieg. Ich riß mir die Hand an einem Ilexstrauch auf und dachte mir, die Blutstropfen sähen genauso aus wie die Beeren. Und das nächste, an das ich mich erinnere, ist, daß ich in Frankreich erwachte, in der Abtei Sainte Anne de Beaupré. Mein Kopf dröhnte wie verrückt, und jemand reichte mir einen kühlen Trank.«

Jamie rieb sich den Hinterkopf, als hätte er noch Schmerzen.

»Manchmal meine ich, daß ich mich auf Kleinigkeiten besinnen kann – eine Lampe, die über mir hin und her schwingt, ein süßer öliger Geschmack auf meinen Lippen, Menschen, die zu mir sprechen –, aber ich weiß nicht, ob irgend etwas davon wirklich passiert ist. Ich weiß nur, daß die Mönche mir Opium gegeben haben, und ich habe fast die ganze Zeit geträumt.« Jamie drückte sich die Finger gegen die Schläfen.

»Einen Traum hatte ich immer wieder. Lauter Wurzeln wuchsen in meinem Kopf, große, knorrige Wurzeln. Sie gruben sich tief in meinen Schlund, um mich zu ersticken. Schließlich waren die Wurzeln so mächtig, daß sie meinen Schädel sprengten, und ich wachte auf und hörte Knochen bersten.« Jamie verzog das Gesicht. »Es war ein schmatzendes, knallendes Geräusch, wie Kanonenschüsse unter Wasser.«

»O Gott.«

Ein Schatten fiel plötzlich über uns, und ein fester Stiefel schob sich vor und stupste Jamie zwischen die Rippen.

»Faulpelz«, sagte der Neuankömmling fast gemütlich, »schlägst dir den Bauch voll, während die Pferde verrückt spielen. Wann hast du die kleine Stute endlich zugeritten, Junge?«

»Geht sicher nicht schneller, wenn ich verhungere, Alec«, erwiderte Jamie. »Greif zu; es ist genug da.« Er reichte ein Stück Käse zu der arthritischen Hand hinauf. Die krallenartig verkrümmten Finger schlossen sich langsam um den Käse, während sich ihr Besitzer im Gras niederließ.

Jamie stellte den Mann formvollendet als Alec MacMahon MacKenzie, Oberstallmeister von Burg Leoch, vor.

Die gedrungene Gestalt in lederner Kniehose und Arbeitskittel strahlte genug Autorität aus, um jeden widerspenstigsten Hengst zu bändigen. »Ein Aug' wie Mars, zu drohen oder zu befehlen« – dieses Zitat kam mir prompt in den Sinn. Es handelte sich in der Tat nur um ein Auge; das andere wurde von einer schwarzen Klappe bedeckt. Wie um den Verlust auszugleichen, sprossen die Brauen überreichlich, und einige lange graue Haare ragten wie Insektenfühler aus den dichten braunen Büscheln.

Nachdem er einmal genickt und mich damit zur Kenntnis genommen hatte, ignorierte mich der alte Alec (denn so nannte ihn Jamie – um ihn vom jungen Alec, der mich wieder hierhergeführt hatte, zu unterscheiden) und widmete seine Aufmerksamkeit statt dessen dem Mahl und den drei jungen Pferden auf der Wiese. Ich wiederum konnte mich für die nun folgende angeregte Diskussion über die Abstammung mehrerer sicherlich hervorragender Wallache und etliche Jahre umspannende Details aus den Zuchtbüchern des Stalles samt den dazugehörigen hippologischen Informationen über Sprunggelenke, Widerriste, Schultern und andere Punkte der Anatomie nicht recht erwärmen. Da das einzige, was mir an einem Pferd auffiel, Nase, Schweif und Ohren waren, entgingen mir die Feinheiten ganz und gar.

Ich lehnte mich, auf die Ellbogen gestützt, zurück und genoß die warme Frühlingssonne. Der Tag war seltsam friedlich; alle Dinge schienen ruhig ihren Gang zu gehen, ungeachtet aller menschlichen Aufregungen. Vielleicht lag es an der Arbeit im Garten, der stillen Freude, die man empfand, wenn man Pflanzen beim Wachsen und

Gedeihen half. Vielleicht lag es auch an meiner Erleichterung darüber, daß ich endlich eine Tätigkeit gefunden hatte, statt durch die Burg zu irren und mich fehl am Platz zu fühlen, so auffällig wie ein Tintenklecks auf Pergament.

Hier kam ich mir nicht so vor, obwohl ich an dem Gespräch über Pferde nicht teilnahm. Der alte Alec behandelte mich, als wäre ich ein Teil der Landschaft, und Jamie der anfangs noch ab und zu einen Blick in meine Richtung geworfen hatte, ignorierte mich dann auch, während die Rede in die gleitenden Rhythmen des Gälischen überging – ein zuverlässiges Zeichen dafür, daß ein Schotte Gefallen an seinem Thema fand. Da ich keinen Ton verstand, wirkte die Unterhaltung so beruhigend wie Bienengesumm zwischen Heideblüten. Merkwürdig zufrieden und schläfrig, schob ich alle Gedanken an Colums Argwohn, meine mißliche Lage und andere Probleme beiseite. »Leise zieht durch mein Gemüt liebliches Geläute«, dachte ich noch – weiß der Himmel, aus welchem Winkel meines Gedächtnisses ich das kramte.

Was mich einige Zeit später weckte, mochte ein Wolkenschatten gewesen sein oder der neue Ton, den die Männer angeschlagen hatten. Das Gespräch war ins Englische zurückgeschwenkt, und es klang jetzt ernst, nicht mehr so behaglich wie zuvor, als es um Pferde ging.

»Bis zur Versammlung haben wir nur noch eine Woche, Junge«, sagte Alec. »Weißt du schon, was du tun willst?«

Jamie stieß einen langen Seufzer aus. »Nein, Alec. Ich muß zugeben, es ist gut, hier mit den Pferden zu arbeiten und mit dir.« In der Stimme des jungen Mannes schien ein Lächeln zu liegen, das sich verlor, als er fortfuhr. »Aber das Eisen küssen und den Namen MacKenzie annehmen und allem abschwören, wozu ich geboren wurde? Nein, dafür kann ich mich nicht erwärmen.«

»Du bist so halsstarrig wie dein Vater«, bemerkte Alec, doch die Worte hatten einen Unterton widerwilliger Bewunderung.

»Du hast ihn gekannt, ja?« Jamies Frage klang interessiert.

»Ein bißchen. Und ich habe viel über ihn gehört. Ich war schon auf Leoch, bevor deine Eltern geheiratet haben. Und wenn man Dougal und Colum von Black Brian reden hörte, konnte man meinen, er wär' der Teufel höchstpersönlich gewesen. Und deine Mutter die Jungfrau Maria, vom Gottseibeiuns in die Hölle geholt.«

Jamie lachte. »Und ich bin wie er?«

»Aye, mein Junge. Ich verstehe, warum es dir nicht schmeckt, Colums Mann zu sein. Aber es gibt auch noch andere Überlegungen, oder? Sagen wir, es kommt zum Kampf für die Stuarts, und Dougal setzt seinen Willen durch. Wenn du da auf der richtigen Seite stehst, Junge, hast du deine Ländereien wieder, egal, was Colum tut.«

Jamie erwiderte mit einem »schottischen Geräusch«, wie ich jenen unbestimmten Laut, der tief in der Kehle erzeugt wird und fast alles bedeuten kann, inzwischen nannte. In diesem Fall schien er von erheblichen Zweifeln zu künden.

»Und wenn Dougal seinen Willen nicht durchsetzt?« fragte Jamie. »Oder wenn die Stuarts den Kampf verlieren?«

Nun war es an Alec, ein Geräusch von sich zu geben. »Dann bleibst du hier, Junge. Wirst Oberstallmeister an meiner Statt; ich werde es nicht mehr lange machen, und ich kenne niemanden, der mit Pferden besser umgehen kann.«

Jamies verhaltenes Grunzen ließ Dankbarkeit für das Kompliment vermuten.

Der ältere Mann fuhr fort, ohne auf ihn zu achten. »Die MacKenzies sind außerdem mit dir verwandt; also schwörst du deinem Blut nicht ab. Und es gibt, wie gesagt, auch noch andere Überlegungen.« Alecs Stimme nahm einen foppenden Beiklang an. »Mistress Laoghaire vielleicht...«

Diesmal reagierte Jamie mit einem schottischen Geräusch, das auf Verlegenheit und Ablehnung hindeutete.

»Na, na, ein junger Bursche wie du läßt sich doch nicht für ein Mädchen schlagen, das ihn in keiner Weise kümmert. Und du weißt, ihr Vater wird sie nicht außerhalb des Clans heiraten lassen.«

»Sie ist sehr jung, Alec, und sie hat mir leid getan«, sagte Jamie. »Mehr war da nicht dabei.« Nun machte Alec das schottische Geräusch, ein Schnauben voll ungläubigen Spottes.

»Das kannst du deiner Großmutter erzählen, Junge. Nun gut, auch wenn es nicht Laoghaire ist – und du könntest eine weitaus schlechtere Wahl treffen, glaub mir das –, wärst du mit einem bißchen Geld und Zukunftsaussichten eine bessere Partie; und beides hättest du, wenn du der nächste Oberstallmeister würdest. Du könntest dir die Mädels aussuchen, außer, ein Mädel kommt dir zuvor und wirft auf dich ein Auge!« Alec prustete mit der gehemmten Heiterkeit eines Menschen, der selten lacht. »Motten, die das Licht umschwärmen, wären nichts dagegen, Junge! Noch hast du kein Geld und keinen Namen, aber die Mädchen schmachten dir trotzdem nach – ich hab's selber gesehen!« Alec prustete erneut. »Sogar diese Engländerin sucht deine Nähe, dabei ist sie eine junge Witwe!«

Ich befürchtete eine Reihe von zunehmend geschmacklosen Bemerkungen über meine Person und kam zu dem Schluß, daß es an der Zeit sei, offiziell zu erwachen. Gähnend setzte ich mich auf, streckte mich und rieb mir ostentativ die Augen.

»Mmmm. Ich bin wohl eingeschlafen«, sagte ich blinzelnd. Jamie hatte ziemlich rote Ohren und beschäftigte sich übertrieben eifrig damit, die Reste des Essens zusammenzupacken. Der alte Alec starrte mich an und schien mich erst jetzt wieder zu bemerken.

»Interessieren Sie sich für Pferde, Mädchen?« fragte er. In Anbetracht der Umstände konnte ich schwerlich nein sagen. Nachdem ich also bestätigt hatte, daß ich diese Tiere höchst aufregend fand, wurde ich mit einem detaillierten Vortrag über das Füllen in der Koppel verwöhnt, das nun dösig dastand und gelegentlich mit dem Schweif zuckte, um die Fliegen zu verscheuchen.

»Sie können jederzeit kommen und zuschauen, solange Sie die Pferde nicht ablenken, Mädel«, sagte Alec zu guter Letzt. »Die müssen arbeiten, verstehen Sie?« Das war ein deutliches Schlußwort, aber ich hielt die Stellung und besann mich auf den eigentlichen Grund meines Besuches.

»Ja, nächstes Mal werde ich aufpassen«, versprach ich. »Aber bevor ich auf die Burg zurückkehre, möchte ich mir noch Jamies Schulter ansehen.«

Alec nickte bedächtig, doch zu meiner Verwunderung lehnte Jamie ab.

»Das muß noch eine Weile warten, Mädel«, sagte er, wobei er meinem Blick auswich. »Gibt viel zu tun heute; später vielleicht, nach dem Abendessen, ja?« Das schien mir sehr seltsam; Jamie hatte es zuvor nicht eilig gehabt, sich wieder an die Arbeit zu machen. Doch ich konnte ihn nicht zwingen, sich von mir umsorgen zu lassen. Achselzuckend erklärte ich mich bereit, mich nach dem Abendessen mit ihm zu treffen, und wandte mich bergauf, zurück zur Burg.

Unterwegs dachte ich über die Narbe an Jamies Hinterkopf nach. Es war keine gerade Linie, wie sie von einem englischen Breitschwert herrühren würde. Die Narbe verlief gebogen, als käme sie von einer krummen Klinge. Von einem Axtblatt vielleicht, einem Lochaber-Beil? Aber meines Wissens hatten nur die schottischen Clans diese mörderische Waffe geführt – nein, *führten* sie, berichtigte ich mich. Erst als ich fast bei der Burg war, dämmerte es mir. Für einen jungen Mann auf der Flucht, der viele Feinde hatte, war Jamie mir gegenüber, einer Fremden, bemerkenswert vertrauensselig gewesen.

Ich ließ den Korb in der Küche und ging ins Sprechzimmer des verstorbenen Beaton, das jetzt, nach dem Wirken von Mrs. FitzGibbons' energischen Helferinnen, tadellos sauber war. Selbst die vielen Gläser im Schrank blinkten und blitzten im matten Licht.

Ich begann mit dem Schrank, denn da stand mir bereits ein Verzeichnis der Heilkräuter und Arzneien zur Verfügung. Am Abend zuvor hatte ich, bevor mich der Schlaf übermannte, in dem blauen Folianten geblättert, den ich aus dem Sprechzimmer mitgenommen hatte. Es war *Des Arztes Handbuch*, eine Sammlung von Rezepten zur Behandlung von diversen Krankheiten, und die Zutaten dafür waren offenbar im Schrank zu finden.

Das Werk gliederte sich in mehrere Kapitel: »Bitterlinge, Latwergen und Brechmittel«, »Pastillen und Pulver«, »Pflaster und die Wirkungen derselben«, »Absude und Gegengifte« sowie »Abführmittel«.

Ich las mir einige Rezepte durch und erkannte, warum Davie Beaton bei seinen Patienten keine allzu großen Erfolge hatte verzeichnen können. »Gegen Kopfschmerzen nehme man einen Pferdeapfel, trockne ihn sorgfältig, zermahle ihn zu Pulver und trinke dieses, in warmes Bier eingerührt«, stand da zum Beispiel. »Gegen Schüttelkrämpfe bei Kindern appliziere man fünf Blutegel hinter dem Ohr.« Und ein paar Seiten weiter: »Bei Gelbsucht leistet ein Absud aus Schöllkrautwurzel, Gelbwurz und dem Safte von Oniscus treffliche Dienste.« Ich klappte das Buch zu und staunte über die stattliche Zahl von Patienten, die, den peniblen Aufzeichnungen des verstorbenen Heilers zufolge, nicht nur die Behandlung überlebt hatten, die er ihnen angedeihen ließ, sondern tatsächlich von ihren Leiden genesen waren.

In der ersten Reihe stand ein großes braunes Glas, das mehrere verdächtig aussehende kugelförmige Gebilde enthielt, und in Anbetracht von Beatons Rezepten hatte ich eine recht genaue Vorstellung davon, was dies sein mochte. Ich drehte das Glas um und las triumphierend das Etikett: PFERDEDUNG. Da eine solche Substanz durch längere Lagerung nicht unbedingt besser wurde, stellte ich das Glas ungeöffnet beiseite.

Weitere Recherchen ergaben, daß PURLES OVIS der latinisierte Begriff für ein ähnliches Produkt war, nur diesmal von Schafen. Auch MAUSEOHR erwies sich als tierischer, nicht pflanzlicher Herkunft; ich schob leise schaudernd das Glas mit den winzigen getrockneten Öhrchen von mir.

Ich hatte mich gefragt, was wohl Oniscus wäre, das bei vielen Rezepten eine wichtige Rolle spielte, und freute mich, als ich ein verkorktes Glas fand, auf dessen Etikett dieser Name zu lesen war. Das Glas schien halbvoll mit kleinen grauen Tabletten. Sie hatten nicht mehr als einen halben Zentimeter Durchmesser und waren so vollkommen rund, daß ich über Beatons Geschick beim Pillendrehen staunte. Ich hielt mir das Glas vor das Gesicht und wunderte mich darüber, wie leicht es war. Dann sah ich die feinen Kerben auf jeder »Tablette« und die mikroskopisch kleinen Beinchen. Ich stellte das Glas hastig fort, wischte mir die Hand an der Schürze ab und prägte mir eine weitere Erkenntnis ein. Für »Oniscus« lies Bohr-, Kugel- oder Kellerassel.

In Beatons restlichen Gläsern waren mehr oder minder harmlose Substanzen; manche enthielten getrocknete Kräuter oder Extrakte, die tatsächlich hilfreich sein mochten. Ich entdeckte Veilchenwurzel und Essig, mit denen Mrs. FitzGibbons Jamies Verletzungen behandelt hatte. Ebenso Angelika, Wermut, Rosmarin und ein Glas, das irreführend mit ASA FOETIDA beschriftet war. Ich öffnete es vorsichtig, aber es enthielt nichts weiter als die zarten Spitzen von Tannenzweigen. Sie verströmten einen angenehmen Duft. Ich stellte das entkorkte Glas auf den Tisch, damit der kleine dunkle Raum von dem Wohlgeruch erfüllt wurde, während ich mit meiner Bestandsaufnahme fortfuhr.

Als unbrauchbar rangierte ich ein Gefäß mit getrockneten Schnecken aus; ebenso REGENWURMÖL – was genau das zu sein schien; VINUM MILLIPEDATUM – zerstoßene Tausendfüßler in Wein; MUMIENPULVER – ein undefinierbarer Staub, der wohl eher von einem Flußufer stammte als aus einem Pharaonengrab;

TAUBENBLUT, Ameiseneier, in Moos eingepackte getrocknete Kröten und MENSCHLICHER SCHÄDEL, PULVERISIERT.

Es dauerte den größten Teil des Nachmittags, all die Borde und den Apothekenschrank mit den vielen Schubladen zu inspizieren. Als ich fertig war, hatte ich eine Unzahl von Gläsern, Gefäßen und Kästchen zum Wegwerfen vor die Tür gestellt und eine wesentlich kleinere Kollektion von möglicherweise nützlichen Dingen wieder auf den Borden verstaut.

Nachdenklich rieb ich mir die Hände an der Schürze ab. Ich hatte mir jetzt fast alles angesehen – außer der Truhe an der Wand. Ich klappte den Deckel auf und prallte vor dem Gestank zurück, der ihr entstieg.

Die Truhe beherbergte die chirurgische Abteilung. Sie enthielt eine Fülle von ominös aussehenden Sägen, Messern, Meißeln und anderem Gerät, das für einen Bauplatz geeigneter schien als für empfindliches menschliches Gewebe. Der Gestank rührte daher, daß Davie Beaton es für wenig sinnvoll gehalten hatte, seine Instrumente nach Gebrauch zu säubern. Angewidert verzog ich beim Anblick der dunklen Flecke auf einigen Sägeblättern und Klingen das Gesicht; dann schlug ich den Deckel der Truhe zu.

Ich schleifte sie zur Tür, da ich Mrs. FitzGibbons sagen wollte, daß die Instrumente ausgekocht und an den Zimmermann der Burg weitergereicht werden sollten.

Eine Bewegung hinter mir warnte mich gerade noch rechtzeitig, bevor ich mit den Menschen zusammenstieß, die eintreten wollten. Ich drehte mich um und sah zwei junge Männer; einer stützte den anderen, der auf einem Bein hopste. Sein lahmer Fuß war unordentlich in einen blutigen Fetzen gewickelt.

Ich blickte in die Runde und deutete auf die Truhe, weil es sonst keine Sitzgelegenheit gab. »Nehmen Sie Platz«, sagte ich. Anscheinend war die neue Heilerin von Burg Leoch jetzt im Dienst.

8

Eine Abendunterhaltung

Ich legte mich völlig erschöpft ins Bett. Seltsamerweise hatte es mir Spaß gemacht, die Hinterlassenschaft des verstorbenen Beaton zu durchwühlen; und die Behandlung meiner paar Patienten hatte mir wieder das Gefühl gegeben, fest im Leben zu stehen und mich nützlich machen zu können. Fleisch und Knochen unter meinen Fingern zu spüren, den Puls zu fühlen, Zungen und Augäpfel zu inspizieren – all diese vertrauten Tätigkeiten hatten die Panik, die mich begleitete, seit ich durch den gespaltenen Stein getreten war, ein wenig gedämpft. Wie seltsam die Umstände sein mochten und wie deplaziert ich mir auch vorkam, es war sehr tröstlich zu merken, daß ich wirklich mit Menschen zu tun hatte. Mit warmem, behaartem Fleisch und Herzen, deren Schlag man spüren konnte. Einige waren durchaus übelriechend, verlaust und schmutzig, doch das war für mich nichts Neues. Die Bedingungen waren gewiß nicht schlimmer als im Lazarett, und die Verletzungen waren bisher beruhigend geringfügig. Es war ungeheuer befriedigend, daß ich wieder Schmerzen lindern, ausgekugelte Glieder einrenken und Schäden beheben konnte. Da ich nun die Verantwortung für das Wohl anderer Menschen trug, kam ich mir nicht mehr so sehr wie das Opfer jenes launischen Schicksals vor, das mich hierhergeführt hatte, und ich war Colum dankbar für seinen Vorschlag, als Heilerin zu wirken.

Colum MacKenzie. Ein seltsamer Mann. Kultiviert, fast übertrieben höflich, auch aufmerksam und von einer Zurückhaltung, die den stählernen Kern seines Wesens beinahe verbarg. Die Härte trat bei seinem Bruder Dougal weitaus deutlicher zutage. Dougal war der geborene Krieger. Und doch gab es, wenn man sie zusammen sah, keinen Zweifel daran, wer der Stärkere war. Colum war trotz seiner verkrüppelten Beine der wahre Herrscher.

Toulouse-Lautrec-Syndrom. Ich hatte nie zuvor einen Fall gesehen, aber davon gelesen. Man hatte diese degenerative Knochen- und Bindegewebserkrankung nach dem berühmtesten seiner Opfer (das, ich führte es mir vor Augen, noch gar nicht geboren war) benannt. Die Leute, die daran leiden, wirken oft bis übers zehnte Lebensjahr hinaus normal, wenn auch etwas schwächlich; dann werden die langen Knochen der Beine allmählich porös und brüchig.

Typisch ist die schlechte Durchblutung, die sich in Blässe und vorzeitiger Faltenbildung äußert. Ein weiteres Symptom ist jene ausgeprägte Schwielenbildung an Fingern und Zehen, die ich bereits bemerkt hatte. Da sich die Beine verdrehen und krümmen, wird das Rückgrat in Mitleidenschaft gezogen; oft entwickelt sich auch hier eine Verkrümmung, was den Kranken enormes Unbehagen bereitet. Ich dachte an die Darstellung im Lehrbuch. Zuwenig Leukozyten, erhöhte Anfälligkeit für Infektionen, Neigung zu Arthritis. Wegen der schlechten Durchblutung und der Degeneration des Bindegewebes sind die Kranken stets unfruchtbar, häufig auch impotent.

Ich hielt plötzlich inne, dachte an Hamish. *Mein Sohn*, hatte Colum stolz gesagt, als er mir den Jungen vorstellte. Hmm, dachte ich. Vielleicht war er doch nicht unfruchtbar. Oder? Jedenfalls hatte Letitia Glück, daß die männlichen Vertreter des MacKenzie-Clans einander so stark ähnelten.

Ein Klopfen an der Tür störte mich bei diesen interessanten Überlegungen. Einer der kleinen Jungen, die überall waren, brachte mir eine Einladung von Colum persönlich. Im Saal werde nachher gesungen, sagte er, und wenn ich kommen wollte, werde sich der MacKenzie sehr geehrt fühlen.

Ich war gespannt darauf, Colum im Lichte meiner Spekulationen zu betrachten. Und so schloß ich nach einem raschen Blick in den Spiegel und einem vergeblichen Versuch, meine Haare zu glätten, die Tür hinter mir und folgte meinem Begleiter durch die kalten Flure.

Der Saal war abends wie verwandelt, regelrecht festlich, mit Kiefernfackeln an der Wand, die gelegentlich knisterten und blau aufflammten, wenn Terpentinöl austrat. Die abendliche Hektik am großen Kamin war vorüber, jetzt brannte nur noch ein Feuer darin, und die Bratenspieße waren irgendwo in seinen höhlenartigen Tiefen verschwunden.

Die Tische und Bänke waren zurückgeschoben, damit sich vor dem Kamin ein freier Raum bildete. Offenbar sollte dies der Mittelpunkt der Unterhaltung sein, denn auch Colums großer geschnitzter Sessel stand hier. Darin saß der Burgherr, eine warme Decke über den Knien und einen kleinen Tisch mit einer Karaffe und mehreren Pokalen neben sich.

Als er mich am Eingang zögern sah, winkte er mich freundlich zu einer Bank in seiner Nähe.

»Es freut mich, daß Sie gekommen sind, Mistress Claire«, sagte er angenehm unförmlich. »Gwyllyn wird eine neue Zuhörerin zu schätzen wissen, obwohl wir immer bereit sind, seinen Gesängen zu lauschen.«

Ich murmelte etwas Unverbindliches und schaute mich um. Menschen begannen in den Saal zu strömen, standen in kleinen Gruppen zusammen und plauderten, nahmen ihre Plätze auf den Bänken an der Wand ein.

»Wie bitte?« Ich drehte mich um, weil ich Colum in dem wachsenden Lärm nicht verstanden hatte, und stellte fest, daß er mir einen Schluck aus seiner Karaffe anbot, einem schönen glockenförmigen Gefäß aus blaßgrünem Kristall. Die Flüssigkeit darin wirkte durch das Glas türkis, doch beim Ausschenken zeigte sich, daß der Wein einen warmen Goldton hatte und ein überaus köstliches Bukett. Der Geschmack hielt, was die Farbe verhieß, und ich schloß glückselig die Augen und kostete das Aroma genüßlich aus, bevor ich den Schluck bedauernd die Kehle hinunterrinnen ließ.

»Gut, nicht wahr?« Die tiefe Stimme klang amüsiert, und als ich die Augen öffnete, sah ich, daß Colum mich wohlgefällig anlächelte.

Ich wollte etwas erwidern und entdeckte, daß der zarte Geschmack trügerisch war – der Wein war stark genug, um eine leichte Stimmbandlähmung zu bewirken.

»Wunder ... wunderbar«, sagte ich schließlich mit einiger Mühe.

Colum nickte. »Ja. Es ist Rheinwein. Sie kennen ihn nicht?« Ich schüttelte den Kopf, während er meinen Pokal erneut füllte. Er hielt seinen eigenen beim Stiel, drehte ihn vor seinen Augen, so daß das Licht der Flammen den Wein erglühen ließ.

»Trotzdem wissen Sie, was ein guter Tropfen ist«, sagte Colum und neigte sein Glas, um den vollen, fruchtigen Duft zu genießen. »Aber das liegt wohl nahe, wenn man französischer Herkunft ist. Oder halbfranzösischer, genauer gesagt«, berichtigte er sich lächelnd. »Aus welchem Teil Frankreichs kommt Ihre Familie?«

Ich zögerte einen Moment, dachte dann: »Bleib bei der Wahrheit«, und antwortete: »Es ist eine alte und eher entfernte Verbindung, die Verwandten, die ich dort habe, kommen aus dem Norden, aus der Nähe von Compiègne.« Da ging mir auf, daß meine Verwandten zur Zeit tatsächlich in der Nähe von Compiègne waren.

»Aha. Aber Sie selbst sind nie dort gewesen?«

Ich hob mein Glas und schüttelte den Kopf. »Nein«, sagte ich. »Ich bin noch nie einem meiner französischen Verwandten begegnet.« Ich stellte fest, daß Colum mich genau beobachtete. »Das habe ich Ihnen bereits gesagt.«

Colum nickte, nicht im mindesten aus der Fassung gebracht. »Ja.« Seine Augen waren von einem schönen, samtigen Grau, und er hatte dichte schwarze Wimpern. Ein sehr attraktiver Mann, dieser Colum MacKenzie, wenigstens bis zur Taille. Mein Blick wanderte an ihm vorbei zu der Gruppe, die dem Kamin am nächsten saß. Ich sah Colums Frau Letitia inmitten mehrerer Damen, die alle in ein angeregtes Gespräch mit Dougal MacKenzie vertieft waren. Ebenfalls ein sehr attraktiver Mann – und kerngesund.

Ich konzentrierte mich wieder auf Colum und entdeckte, daß er geistesabwesend einen der Bildteppiche an der Wand betrachtete.

Ich riß ihn abrupt aus seiner momentanen Unaufmerksamkeit heraus und fuhr fort: »Und ich habe Ihnen bereits gesagt, daß ich gerne so bald wie möglich nach Frankreich weiterreisen würde.«

»Ja«, bestätigte Colum freundlich und griff zur Karaffe. Ich hielt meinen Pokal fest und deutete mit einer Geste an, daß ich nur einen kleinen Schluck wollte, aber Colum füllte ihn wieder fast bis zum Rand.

»Nun, Mistress Beauchamp, und *ich* habe Ihnen bereits gesagt«, begann er, »daß Sie zufrieden sein müssen, ein wenig bei uns zu verweilen, bis geeignete Vorkehrungen für Ihre Weiterreise getroffen werden können. Es besteht kein Grund zur Eile. Wir haben Frühling, und es sind noch Monate bis zu den Herbststürmen, die die Fahrt über den Kanal gefährlich machen.« Colum musterte mich schlau.

»Aber wenn Sie mir die Namen Ihrer französischen Verwandten nennen, könnte ich ihnen eine Nachricht übermitteln lassen, so daß sie auf Ihr Kommen vorbereitet sind.«

Damit war mir der Wind aus den Segeln genommen, und ich

hatte kaum eine andere Wahl, als »Gut, vielleicht später« zu murmeln und mich mit der Begründung zu entschuldigen, vor Beginn der Darbietung müsse ich noch ein stilles Örtchen aufsuchen. Der Satz ging an Colum, wenn auch nicht die ganze Partie.

Meine Begründung war kein reiner Vorwand gewesen, und einige Zeit wanderte ich suchend durch die dunklen Flure der Burg. Als ich mich zurücktastete, den Pokal immer noch in der Hand, entdeckte ich den beleuchteten Durchgang zum Saal, merkte jedoch, daß ich am anderen Ende des Raumes gelandet war. Unter den derzeitigen Umständen war mir das gar nicht so unrecht, und ich schlenderte unauffällig herum, mischte mich unter die Menschen, während ich auf eine der Bänke an der Wand zusteuerte.

Als ich einen Blick zum oberen Ende des Saales warf, sah ich einen schmächtigen Mann. Nach der kleinen Harfe zu urteilen, die er in der Hand hielt, mußte dies Gwyllyn, der Barde, sein. Auf ein Zeichen von Colum eilte ein Bediensteter herbei, um dem Barden einen Stuhl zu bringen. Der setzte sich und ging nun daran, seine Harfe zu stimmen. Colum goß ein Glas Wein ein und schickte es Gwyllyn durch den Bediensteten.

»Gehm Se dem Mann am Klavier noch 'n Bier, noch 'n Bier«, sang ich despektierlich, aber leise, und fing einen sonderbaren Blick von Laoghaire auf. Das Mädchen saß unter einem Bildteppich, der sechs schielende Jagdhunde zeigte, die einen einzigen Hasen verfolgten.

»Bißchen übertrieben, wie?« sagte ich flott und deutete auf den Teppich, während ich mich neben Laoghaire auf die Bank sinken ließ.

»Oh. Ah ... aye«, erwiderte das Mädchen vorsichtig und rückte ein kleines Stück von mir ab. Ich versuchte, sie ins Gespräch zu ziehen, aber sie antwortete überwiegend einsilbig, errötete und fuhr zusammen, wenn ich sie anredete, und so gab ich es bald auf und richtete meine Aufmerksamkeit auf die Szene am anderen Ende des Raumes.

Als die Harfe zu seiner Zufriedenheit gestimmt war, zog Gwyllyn drei Flöten von verschiedener Größe aus seinem Umhang und legte sie griffbereit auf einen kleinen Tisch.

Mir fiel plötzlich auf, daß Laoghaire mein Interesse an dem Barden und seinen Instrumenten nicht teilte. Sie wirkte etwas starr und spähte über meine Schulter hinweg zum unteren Eingang;

gleichzeitig lehnte sie sich in den Schatten unter dem Bildteppich, um nicht entdeckt zu werden.

Ich folgte ihrem Blick und sah die hochgewachsene Gestalt von Jamie MacTavish, der soeben den Saal betrat.

»Ah! Der ritterliche Held! Er hat's dir angetan, nicht wahr?« fragte ich das Mädchen an meiner Seite. Sie schüttelte herftig den Kopf, doch die Röte, die ihre Wangen überzog, war Antwort genug.

»Dann wollen wir mal sehen, was sich machen läßt, ja?« sagte ich und fand mich sehr großzügig. Ich erhob mich und winkte.

Der junge Mann sah mich und bahnte sich lächelnd einen Weg durch die Menge. Ich wußte nicht, was zwischen ihm und Laoghaire auf dem Hof vorgefallen war, aber ich fand, daß er das Mädchen recht herzlich begrüßte, wenn auch etwas förmlich. Vor mir verneigte er sich etwas lockerer; nach all den notgedrungenen Vertraulichkeiten konnte er mich schwerlich wie eine Fremde behandeln.

Ein paar Töne vom oberen Ende des Saales verkündeten, daß die Darbietung gleich beginnen würde, und wir nahmen eilig unsere Plätze ein. Jamie setzte sich zwischen Laoghaire und mich.

Gwyllyn war wie gesagt schmächtig, er war unscheinbar und hatte mausgraue Haare, doch sobald er zu singen anfing, nahm man das nicht mehr wahr. Der Barde diente jetzt nur noch als eine Art Fixpunkt für die Augen während des nun folgenden Ohrenschmauses. Zuerst sang er ein schlichtes gälisches Lied, sehr sacht begleitet, so daß jede angerissene Saite mit ihrem Nachschwingen das Echo der Worte von Zeile zu Zeile zu tragen schien. Auch seine Stimme war trügerisch schlicht. Zunächst meinte man, es sei nicht viel dabei – ganz nett, aber ohne große Kraft. Und dann entdeckte man, daß ihr Klang geradewegs durch einen hindurchging; jede Silbe war kristallkar und hallte ergreifend in einem nach.

Das Lied wurde mit freundlichem Beifall aufgenommen, und der Barde ließ ein neues folgen, diesmal, glaubte ich, ein walisisches. Für mich klang es wie ein melodiöses Gurgeln, doch die anderen konnten ihm offenbar folgen; zweifellos hatten sie es bereits öfter gehört.

Während einer kurzen Pause, in der Gwyllyn sein Instrument stimmte, fragte ich Jamie leise: »Ist der Barde schon lange hier?«

Dann erinnerte ich mich und sagte: »Aber das kannst du ja nicht wissen, oder? Ich hatte vergessen, daß du selbst neu auf der Burg bist.«

»Ich war schon einmal hier«, antwortete Jamie. »Als ich sechzehn war, habe ich ein Jahr auf Leoch verbracht, und da war Gwyllyn auch hier. Colum mag seine Musik. Er bezahlt Gwyllyn gut, damit er bleibt. Muß er auch, denn der Waliser wäre jedem Burgherrn willkommen.«

»Ich kann mich noch an dich erinnern.« Laoghaire meldete sich zu Wort, zwar errötend, aber fest entschlossen, sich am Gespräch zu beteiligen. Jamie drehte ihr seinen Kopf zu, um sie mit einzubeziehen, und lächelte ein wenig.

»Ach ja? Da kannst du nicht älter als sieben oder acht gewesen sein. Ich glaube, ich habe damals nicht viel hergemacht, daß man sich jetzt an mich erinnern würde.« Jamie wandte sich wieder mir zu und fragte: »Kannst du Walisisch?«

»Aber ich entsinne mich ganz genau«, fuhr Laoghaire unbeirrt fort. »Du warst, äh ... ich meine ... du kannst dich nicht an mich erinnern?« Das Mädchen spielte nervös an den Falten ihres Rockes herum.

Jamies Aufmerksamkeit schien durch eine Gruppe auf der anderen Seite des Raumes abgelenkt, die auf gälisch über irgend etwas debattierte.

»Wie bitte?« fragte er. »Nein, ich glaube nicht. Und es wäre auch unwahrscheinlich«, fügte er lächelnd hinzu, Laoghaire plötzlich wieder seine Aufmerksamkeit widmend. »Ein junger Bursche von sechzehn Jahren ist zu sehr von sich eingenommen, um auf etwas zu achten, was er für einen Haufen rotznasiger Kinder hält.«

Ich hatte den Eindruck, daß dieser Tadel ihm selbst gelten sollte, und nicht seiner Zuhörerin, doch er hatte nicht die Wirkung, die er sich erhofft haben mochte. Da ich annahm, Laoghaire brauche eine kurze Pause, um die Fassung zurückzugewinnen, schaltete ich mich hastig ein: »Nein, ich kann kein Walisisch. Verstehst du, was er singt?«

»Aye.« Und nun gab Jamie den Liedtext so flüssig auf englisch wieder, als läse er ihn von einem Blatt Papier ab. Es handelte sich um eine alte Ballade von einem jungen Mann, der, wie nicht anders zu erwarten, ein junges Mädchen liebte, aber sich ihrer nicht würdig fühlte, weil er arm war, und von dannen zog, um auf dem Ozean sein Glück zu machen. Er erlitt Schiffbruch, traf auf Seeschlangen, die ihn bedrohten, und Meerjungfrauen, die ihn betörten, bestand Abenteuer, entdeckte einen Schatz und kehrte schließlich nach Hause zurück. Da hatte seine Angebetete aber schon seinen besten Freund geheiratet, der, wenn auch ärmer, so doch vernünftiger gewesen war als er.

»Was würdest du tun?« erkundigte ich mich bei Jamie, um ihn ein bißchen zu foppen. »Würdest du das Mädchen nicht heiraten, wenn du arm wärst, oder würdest du sie nehmen und auf das Geld pfeifen?« Die Frage schien auch Laoghaire zu interessieren; sie legte ihren Kopf schief, um die Antwort zu hören, und tat dabei so, als lauschte sie hingerissen Gwyllyns Flötenspiel.

»Ich?« Jamie wirkte belustigt. »Nun, da ich kein Geld habe und herzlich wenig Aussichten, je an welches zu kommen, würde ich mich wohl glücklich schätzen, wenn ich ein Mädel fände, das mich auch so zum Mann nähme.« Er schüttelte grinsend den Kopf. »Nach Seeschlangen steht mir der Sinn nun wirklich nicht.«

Er wollte noch mehr sagen, wurde aber von Laoghaire zum Schweigen gebracht, die schüchtern ihre Hand auf seinen Arm legte, tief errötete und die Hand wieder wegzog, als hätte sie weißglühendes Metall berührt.

»Psst«, sagte sie. »Ich meine... er erzählt jetzt Geschichten. Möchtest du nicht zuhören?«

»Doch, doch.« Jamie beugte sich erwartungsvoll vor, merkte dann, daß er mir die Sicht versperrte, und bestand darauf, daß ich mich an seine andere Seite setzen sollte, zwischen ihn und Laoghaire. Das Mädchen war mit diesem Arrangement ganz und gar nicht einverstanden, und ich versuchte ihn davon zu überzeugen, daß ich mit meinem Platz vollauf zufrieden war, doch Jamie blieb unnachgiebig.

»Nein, auf der anderen Seite siehst und hörst du besser. Und wenn Gwyllyn gälisch spricht, kann ich dir ins Ohr flüstern, was er sagt.«

Jede Darbietung des Barden war mit herzlichem Beifall aufgenommen worden, obwohl die Zuhörer leise miteinander geplaudert hatten, während er spielte. Aber nun senkte sich gespanntes Schweigen über den Raum. Gwyllyns Sprechstimme war so klar wie sein Gesang; jedes Wort drang mühelos bis zum anderen Ende des langen Saales.

»Es ist wohl zweihundert Jahre her...« Er sprach englisch, und ich hatte plötzlich ein Déjà-vu-Erlebnis. Genauso hatte unser Fremdenführer vom Loch Ness geredet, als er Sagen vom Great Glen erzählte.

Gwyllyns Geschichte handelte jedoch nicht von Gespenstern, sondern von Feen, den Kleinen Leuten.

»Es ist wohl zweihundert Jahre her, da lebte ein Clan der Kleinen Leute in der Nähe von Dundreggan«, begann er. »Und der Berg dort heißt nach dem Drachen, der in ihm hauste und den Fionn tötete und begrub, wo er fiel. So bekam der Berg seinen Namen. Und nach dem Hinscheiden von Fionn und seinen Mannen wollten die Kleinen Leute, die nun in dem Berg wohnten, daß Menschenmütter die Ammen ihrer Feenkinder wurden, denn die Menschen haben etwas, das Feen nicht haben, und die Kleinen Leute meinten, ihre Kinder könnten es mit der Muttermilch aufsaugen.

Nun war Ewan MacDonald von Dundreggan draußen und hütete des Nachts seine Tiere, während seine Frau ihren ersten Sohn gebar. Ein Windstoß wehte an ihm vorbei, und im Atem des Windes hörte er das Seufzen seiner Frau. Sie seufzte, wie sie's getan hatte, ehe sie das Kind gebar, und als er sie hörte, drehte Ewan MacDonald sich um und warf im Namen der Heiligen Dreifaltigkeit sein Messer in den Wind. Und seine Frau wurde gerettet und fiel neben ihm auf die Erde.«

Am Ende der Geschichte gab es ein kollektives »Ah«, und ihr folgten weitere über die Schlauheit und Findigkeit der Kleinen Leute und das, was sie mit der Menschenwelt zu schaffen hatten. Einige erzählte er auf gälisch, andere auf englisch, offenbar je nachdem, welche Sprache am besten zum Rhythmus der Worte paßte, denn alle wiesen über den Inhalt hinaus formale Schönheiten auf. Jamie hielt sein Versprechen und übersetzte mir die gälischen Geschichten.

Eine fiel mir besonders auf. Sie handelte von einem Mann, der sich spätabends auf einem Feenhügel aufhielt und die Stimme einer Frau vernahm, die traurig und klagend aus den Felsen drang. Er lauschte aufmerksamer und hörte die folgenden Worte:

»Ich bin des Herrn von Balnain Weib,
Und die Kleinen Leute stahlen meinen Leib.«

Und so eilte der Mann nach Balnain und stellte fest, daß der Herr des Hauses fort war; die Frau und der kleine Sohn waren spurlos verschwunden. Der Mann suchte eilends einen Priester auf und ging mit ihm zum Feenhügel. Der Priester segnete die Felsen und besprengte sie mit Weihwasser. Plötzlich wurde es noch dunkler, und es tat einen lauten Schlag – wie Donnergrollen. Dann kam der Mond hinter einer Wolke hervor und beschien die Frau des Herrn von Balnain, die erschöpft im Gras lag, ihr Kind in den Armen. Sie war so müde, als hätte sie eine lange Reise hinter sich, wußte aber weder, wo sie gewesen, noch, wie sie dorthin gelangt war.

Andere im Raum hatten ebenfalls Geschichten zu erzählen, und Gwyllyn ruhte sich aus und trank Wein, während die Leute vor dem Kamin ihr Garn spannen und den ganzen Saal in ihren Bann zogen.

Ich nahm meine Umgebung kaum wahr. Auch ich war in Bann gezogen, freilich von meinen eigenen Gedanken, die unter dem Einfluß von Wein, Musik und Märchen wild durcheinanderpurzelten.

»Es ist wohl zweihundert Jahre her...«

In den Hochlandgeschichten ist es immer zweihundert Jahre her, erklang Reverend Wakefields Stimme in meinem Kopf. *Dasselbe wie* »*Es war einmal*«.

Frauen, die in den Felsen von Feenhügeln gefangen waren, die eine weite Reise hinter sich hatten und erschöpft waren, die weder wußten, wo sie gewesen, noch, wie sie dorthin gelangt waren...

Die Härchen auf meinen Unterarmen richteten sich auf, und ich strich unbehaglich darüber. Zweihundert Jahre. 1945 und 1743 – beinahe. Und Frauen, die durch Felsen reisten. Waren es eigentlich immer Frauen? fragte ich mich.

Dann ging mir etwas auf. Die Frauen kamen zurück. Unterstützt von Weihwasser oder einem Messer, *kamen sie zurück*. Also war es vielleicht möglich. Eine hauchdünne Chance. Wie auch immer, ich mußte zum Steinkreis auf dem Craigh na Dun. Vor Aufregung wurde mir übel, und ich griff zum Weinpokal, um mich zu beruhigen.

»Vorsicht!« Meine Finger tasteten am Rand des beinahe vollen Pokals entlang, den ich achtlos neben mir auf der Bank abgestellt hatte. Jamies langer Arm schnellte vor und rettete ihn mit knapper Not vor der Zerstörung. Er hob den Pokal und bewegte ihn behutsam unter seiner Nase hin und her. Er gab ihn mir mit hochgezogenen Augenbrauen zurück.

»Rheinwein«, erklärte ich.

»Ich weiß«, sagte Jamie und schaute mich immer noch fragend an. »Von Colum?«

»Ja. Möchtest du kosten? Er ist sehr gut.« Ich hielt Jamie ein bißchen unsicher den Pokal entgegen. Nach kurzem Zögern nahm er ihn und probierte.

»Der ist wirklich gut«, bestätigte Jamie und gab mir den Pokal zurück. »Und äußerst stark. Colum trinkt ihn am Abend, weil ihn die Beine schmerzen. Wieviel hattest du davon?«

»Zwei, drei Gläser«, erwiderte ich würdevoll. »Willst du damit andeuten, daß ich bezecht bin?«

»Nein«, sagte Jamie mit hochgezogenen Augenbrauen, »das bist du nicht, und das beeindruckt mich. Die meisten Leute, die mit Colum trinken, liegen nach dem zweiten Glas unter dem Tisch.« Jamie streckte die Hand aus und nahm mir den Pokal wieder ab.

»Trotzdem«, fügte er mit fester Stimme hinzu, »solltest du jetzt aufhören, sonst kommst du die Treppe nicht mehr hinauf.« Jamie leerte den Pokal; dann reichte er ihn Laoghaire, ohne sie anzusehen.

»Bring den bitte zurück, Mädel«, sagte er. »Es ist spät geworden, und ich führe Mistress Beauchamp jetzt in ihre Kammer.« Er legte mir eine Hand unter den Ellbogen, dirigierte mich zum Eingang und ließ Laoghaire sprachlos zurück. Sie starrte uns nach, und ich war erleichtert, daß Blicke wirklich nicht töten können.

Jamie folgte mir zu meiner Kammer und trat, was mich ein wenig überraschte, hinter mir ein. Meine Überraschung legte sich, als er die Tür schloß und das Hemd auszog. Ich hatte den Verband vergessen, den ich schon seit zwei Tagen abnehmen wollte.

»Ich bin froh, wenn er fort ist«, sagte Jamie und zerrte an dem Gebilde aus Leinen und Kunstseide. »Er scheuert ekelhaft.«

»Dann wundert es mich, daß du ihn nicht selbst abgenommen hast«, sagte ich und zog den ersten Knoten auf.

»Ich hab' mich nicht getraut. Du hast mich doch so ausgescholten, als du mir den ersten Verband angelegt hast«, sagte Jamie. Er grinste dreist auf mich herunter. »Dachte mir, ich bekomme den Hintern versohlt, wenn ich den Verband auch nur anfasse.«

»Du kriegst ihn jetzt versohlt, wenn du dich nicht setzt und stillhältst«, erwiderte ich mit gespielter Strenge. Ich legte beide Hände auf Jamies gesunde Schulter und drückte ihn auf den Hocker vor dem Kamin.

Dann streifte ich den Verband ab und fühlte vorsichtig die Schulter. Sie war noch ein wenig geschwollen, aber ich fand glücklicherweise nichts, was auf Muskelfaserrisse hindeutete.

»Warum hast du dir den Verband nicht schon gestern nachmittag von mir abnehmen lassen?« Jamies Verhalten bei der Koppel war mir ein Rätsel gewesen, und nun, da ich die Rötungen sah, wo die Leinenstreifen die Haut fast wundgescheuert hatten, schien es mir noch unbegreiflicher.

Jamie blickte mich von der Seite an und schlug dann ein wenig verlegen die Augen nieder. »Nun, das – es lag nur daran, daß ich mir vor Alec das Hemd nicht ausziehen mochte.«

»Bist du so schamhaft?« erkundigte ich mich ironisch. Jamie lächelte über meine Frage.

»Wenn ich schamhaft wäre, säße ich schwerlich halbnackt in deiner Kammer, oder? Nein, es liegt an den Narben auf meinem Rücken.« Jamie sah meine fragende Miene und fuhr fort: »Alec weiß, wer ich bin – ich meine, man hat ihm erzählt, daß ich ausgepeitscht wurde, aber er hat es nicht gesehen. Und es ist ein großer Unterschied, ob man so etwas nur weiß oder ob man es mit eigenen Augen gesehen hat.« Jamie befühlte behutsam seine Schulter. »Es – vielleicht verstehst du nicht, was ich meine. Wenn man gehört hat, daß jemand eine Züchtigung über sich hat ergehen lassen müssen, dann ist das nur eine von vielen Sachen, die man von ihm weiß, und es ändert nicht viel daran, wie man ihn sieht. Alec weiß, daß ich ausgepeitscht worden bin, genauso wie er weiß, daß ich rote Haare habe, und es wirkt sich nicht auf unser Verhältnis aus.« Jamie blickte auf, um zu sehen, ob ich ihn verstand.

»Aber wenn man es mit eigenen Augen sieht...« – er zögerte, offenbar um Worte verlegen –, »ist es ein bißchen... persönlich, das meine ich wohl. Ich glaube... ja, wenn er die Narben sähe, könnte er *mich* nicht mehr anschauen, ohne an meinen Rücken zu denken. Ich wiederum sähe, wie er daran denkt, und das würde mich daran erinnern, und...« Jamie brach achselzuckend ab.

»Nun, das ist eine jämmerliche Erklärung, nicht wahr? Ich selbst bin jedenfalls nicht zimperlich deswegen. Schließlich kann ich's nicht sehen, und vielleicht ist es gar nicht so schlimm, wie ich meine.« Ich hatte oft miterlebt, wie Verwundete auf Krücken die Straße entlanghumpelten und Leute mit abgewandtem Blick an ihnen vorübergingen, und fand Jamies Erklärung nicht schlecht.

»Es stört dich nicht, wenn ich deinen Rücken sehe?«

»Nein.« Das klang verwundert, und Jamie hielt einen Moment inne, um darüber nachzudenken. »Ich vermute ... wahrscheinlich, weil du mir zu verstehen gibst, daß du es bedauerst, ohne daß ich mich deswegen erbärmlich fühle.«

Er saß geduldig da und rührte sich nicht, während ich seinen Rücken inspizierte. Ich wußte nicht, für wie arg er es hielt, doch es war ziemlich schlimm. Trotz des Kerzenlichts und obwohl ich es schon einmal gesehen hatte, war ich entsetzt. Zuvor hatte ich nur die eine Schulter gesehen. Die Narben bedeckten seinen ganzen Rücken, von den Schultern bis zur Taille. Ich dachte voll Bedauern, daß dies früher einmal ein recht schöner Rücken gewesen sein mußte. Die Haut war hell und von gesunder Farbe, die Knochen waren fest und elegant geformt, die Schultern gerade und breit. Das Rückgrat zog sich wie eine gerade, glatte Furche durch die gerundeten Muskelstränge, die sich links und rechts davon erhoben.

Und Jamie hatte recht. Als ich den Schaden betrachtete, mußte ich unweigerlich an den Vorgang denken, der ihn verursacht hatte. Ich bemühte mich, mir nicht vorzustellen, wie sich Stricke in die Gelenke einschnitten, wie sich der kupferrote Schopf gequält gegen den Pfahl preßte, aber die Narben beschworen nur zu schnell solche Bilder herauf. Hatte er geschrien? Ich verbannte derartige Gedanken.

Unwillkürlich streckte ich die Hand aus, als könnte ich Jamie durch meine Berührung heilen und die Spuren der Mißhandlung auslöschen. Er seufzte, rührte sich aber nicht, während ich die tiefen Narben nachzog, wie um ihm das Ausmaß des Schadens zu zeigen, den er selbst nicht überblicken konnte. Am Ende ließ ich die Finger schweigend auf seinen Schultern ruhen.

Jamie legte seine Rechte auf meine und drückte sie.

»Anderen ist Schlimmeres zugestoßen, Mädel«, sagte er leise. Dann gab er meine Hand frei, und der Bann war gebrochen.

»Fühlt sich so an, als heilte es gut«, fuhr er fort und versuchte, seine verletzte Schulter zu betrachten. »Es tut nicht mehr besonders weh.«

Ich räusperte mich und sagte: »Es heilt wirklich gut; es hat sich Schorf gebildet, und es näßt nicht. Halt die Wunde sauber und schone den Arm noch zwei, drei Tage.« Ich klopfte Jamie auf die gesunde Schulter und bedeutete ihm damit, daß wir fertig waren. Er zog sein Hemd ohne Hilfe wieder an.

Es gab einen etwas peinlichen Moment, als er vor der Tür stehenblieb und sich überlegte, was er mir zum Abschied sagen sollte. Schließlich lud er mich ein, am nächsten Tag in den Stall zu kommen und das neugeborene Fohlen anzusehen. Ich nahm die Einladung an, und wir wünschten uns beide gleichzeitig eine gute Nacht. Wir lachten und nickten einander albern zu, bevor ich die Tür schloß. Ich ging sofort zu Bett und schlummerte weinselig ein.

Nachdem ich den Vormittag über neue Patienten behandelt, den Vorratsraum nach nützlichen Kräutern durchstöbert und sämtliche Einzelheiten mit einigem Zeremoniell in Davie Beatons schwarzes Buch eingetragen hatte, verließ ich mein beengtes Sprechzimmer, um mir etwas Bewegung an der frischen Luft zu verschaffen.

Im Moment war niemand in der Nähe, und ich nutzte die Gelegenheit, um die oberen Stockwerke der Burg zu erkunden, spitzte in leere Kammern, schaute Wendeltreppen hinauf und hinunter und legte im Geist einen Grundriß an. Das Ganze war, um es milde zu formulieren, recht unregelmäßig. Da und dort waren im Lauf der Jahre Ergänzungen hinzugefügt worden, bis sich kaum noch sagen ließ, ob es überhaupt je einen Bauplan gegeben hatte. Im Saal hatte man zum Beispiel in die Wand bei der Treppe einen Alkoven eingebaut, der offenbar keinem anderen Zweck diente, als eine Lücke zu füllen, die für einen richtigen Raum zu klein war.

Der Alkoven wurde größtenteils durch einen Vorhang aus gestreiftem Leinen abgeschirmt; ich wäre einfach daran vorbeigegangen, hätte nicht ein plötzliches Aufleuchten von etwas Weißem meine Aufmerksamkeit erregt. Ich blieb stehen und spähte hinein. Es war Jamies weißgekleideter Arm, der sich um den Rücken eines Mädchens legte, das auf seinem Schoß saß. Die Sonne fiel auf strohblonde Haare, die das Licht zurückwarfen wie ein Forellenbach an einem strahlenden Morgen.

Ich verharrte unschlüssig. Ich wollte den beiden nicht nachspionieren, fürchtete jedoch, das Geräusch meiner Schritte auf den Steinplatten des Flures könnte ihre Aufmerksamkeit erregen. Während ich noch zögerte, löste sich Jamie aus der Umarmung und schaute auf. Einen Moment sah er erschrocken drein, aber dann hatte er mich erkannt. Mit hochgezogenen Augenbrauen und ironischem Achselzucken drückte er das Mädchen fester auf seine Knie und beugte sich herab, um fortzusetzen, was er begonnen hatte.

Auch ich zuckte die Achseln und entfernte mich auf Zehenspitzen. Was ging es mich an! Zweifellos würden Colum und der Vater des Mädchens diesen »Umgang« als höchst ungehörig betrachten. Die nächste Tracht Prügel könnte durchaus selbstverschuldet sein, wenn er bei der Auswahl des Treffpunkts nicht vorsichtiger wäre.

Als ich ihn beim Abendessen in Alecs Gesellschaft sah, setzte ich mich den beiden Männern gegenüber. Jamie begrüßte mich freundlich, wenn auch mich einem wachsamen Flackern in den Augen. Der alte Alec sprach sein gewohntes »Mmmpf«. Frauen, das hatte er mir an der Koppel erklärt, wissen Pferde nicht zu schätzen, und darum ist es schwierig, mit ihnen zu reden.

»Wie geht es voran mit dem Zureiten?« fragte ich, um das emsige Kauen auf der anderen Seite des Tisches zu unterbrechen.

»Leidlich«, antwortete Jamie vorsichtig.

Ich spähte über eine Platte mit gekochten Rüben zu ihm hinüber. »Deine Lippen sehen geschwollen aus, Jamie. Hat dich ein Pferd getreten?«

Er kniff die Augen zusammen und antwortete: »Aye. Hat den Kopf herumgeworfen, als ich gerade nicht hingeschaut habe.« Jamie sprach durchaus gleichmütig, doch ich spürte, wie sich unter dem Tisch ein großer Fuß über meinen senkte. Im Moment lag er nur leicht auf; die Drohung freilich war unverkennbar.

»Zu dumm. Diese jungen Stuten können gefährlich sein«, erwiderte ich unschuldig.

Der Fuß stieß heftig zu, als Alec sagte: »Junge Stuten? Im Augenblick arbeitest du doch mit keinem Stutfohlen, oder, Junge?« Ich benutzte meinen freien Fuß als Hebel, und da dies fehlschlug, trat ich gegen Jamies Knöchel. Er zuckte zusammen.

»Was ist?« wollte Alec wissen.

»Hab' mir auf die Zunge gebissen«, nuschelte Jamie und funkelte mich über die Hand hinweg an, mit der er sich geistesgegenwärtig an den Mund gefaßt hatte.

»Du Tölpel. Aber was will man erwarten von einem Burschen, der sich nicht von einem Pferd fernhalten kann, wenn ...« Alec fuhr mehrere Minuten in diesem Sinn fort, bezichtigte seinen Gehilfen der Ungeschicktheit, Faulheit, Dummheit und Unfähigkeit. Jamie, möglicherweise der am wenigsten ungeschickte Mensch, dem ich in meinem ganzen Leben begegnet war, hielt den Kopf gesenkt und aß während dieser Schmährede beharrlich weiter, wenn auch mit hochroten Wangen. Ich wiederum schlug für den Rest der Mahlzeit spröde die Augen nieder.

Jamie nahm sich keine zweite Portion Eintopf, sondern verließ abrupt den Tisch und machte damit Alecs Tirade ein Ende. Der alte Oberstallmeister und ich kauten ein paar Minuten schweigend vor uns hin. Schließlich wischte Alec seinen Teller mit dem letzten Bissen Brot aus, schob ihn in den Mund, lehnte sich zurück und musterte mich sarkastisch aus seinen blauen Augen.

»Sie sollten den Jungen nicht piesacken«, sagte er beiläufig. »Wenn ihr Vater oder Colum davon erfährt, könnte Jamie mehr abkriegen als eine blutige Nase.«

»Eine Frau zum Beispiel?« fragte ich und sah Alec scharf an. Er nickte bedächtig.

»Vielleicht. Und das ist nicht die Frau, die er braucht.«

»Nein?« Nachdem ich Alecs Bemerkung an der Koppel mitgehört hatte, war ich ein bißchen verwundert über diese Worte.

»Nein. Er braucht eine richtige Frau, kein kleines Mädchen. Und Laoghaire wird noch ein kleines Mädchen sein, wenn sie fünfzig ist.« Alecs grimmiger Mund verzog sich zu etwas wie einem Lächeln. »Sie denken wohl, ich hätte mein ganzes Leben im Stall verbracht, aber ich war mit einer Frau verheiratet, die eine richtige Frau war, und ich kenne den Unterschied sehr genau.« Sein Auge blitzte, als er sich erhob. »Sie doch auch.«

Ich streckte die Hand aus, um den alten Oberstallmeister zurückzuhalten. »Woher wissen Sie . . .«, begann ich. Alec schnaubte verächtlich.

»Ich mag nur ein Auge haben, aber das heißt nicht, daß ich blind bin.« Und damit ging er, immer noch schnaubend.

Ich stieg zu meiner Kammer hinauf und überlegte mir, was der Oberstallmeister mit seiner letzten Bemerkung gemeint hatte.

9

Die Versammlung

Mein Leben schien Gestalt anzunehmen, wenn sich auch noch
keine Routine einstellte. Bei Tagesanbruch stand ich mit den übrigen Burgbewohnern auf, frühstückte im großen Saal und ging
dann, wenn Mrs. FitzGibbons keine Patienten für mich hatte, zur
Arbeit in den weitläufigen Burggarten. Mehrere Frauen waren dort
regelmäßig beschäftigt, unterstützt von einer Schar kleiner Jungen,
die Abfälle, Geräte und Mist schleppten. Gewöhnlich blieb ich den
ganzen Tag im Garten. Manchmal half ich in der Küche beim
Kochen oder Einmachen von frisch geerntetem Obst und Gemüse,
es sei denn, ein medizinischer Notfall rief mich ins Schreckenskabi-
nett des verstorbenen Beaton.

Dann und wann folgte ich Alecs Einladung und besuchte den
Stall oder die Koppel, wo ich mich am Anblick der Pferde freute, die
ihr zottiges Winterfell verloren und stark und schön wurden vom
Frühlingsgras.

An manchen Abenden war ich völlig erschöpft und ging gleich
nach dem Essen zu Bett. Wenn ich die Augen offenhalten konnte,
schloß ich mich dem Publikum im großen Saal an, um den Geschichten und der Musik zu lauschen. Ich konnte Gwyllyn, dem
walisischen Barden, stundenlang wie verzaubert zuhören, obwohl
ich meistens kein Wort verstand.

Allmählich gewöhnten sich die Burgbewohner an mich und ich
mich an sie, und einige Frauen begannen, mir schüchtern Freund-
schaftsanträge zu machen. Sie waren sehr neugierig, aber ich beantwortete ihre Fragen nur mit Variationen der Geschichte, die ich
Colum erzählt hatte, und nach einer Weile fanden sie sich damit ab,
daß dies vermutlich alles war, was sie je von mir erfahren würden.
Als sie entdeckten, daß ich so manches vom Heilen verstand, interessierten sie sich noch mehr für mich und fragten mich um Rat,

wenn ihre Kinder, Männer oder Tiere krank waren, wobei sie zwischen den beiden letzteren meist wenig Unterschied machten.

Neben dem üblichen Klatsch wurde viel von der bevorstehenden Versammlung gesprochen, die der alte Alec in der Koppel erwähnt hatte. Daraus schloß ich, daß dies ein Anlaß von einiger Bedeutung war, worin mich das Ausmaß der Vorbereitungen bestärkte. Die Nahrungsmittel strömten nur so in die Küche, und im Schlachthaus hingen mehr als zwanzig gehäutete Tiere im duftenden Rauch, der die Fliegen fernhielt. Riesige Fässer voll Ale wurden herangekarrt und in den Kellergewölben eingelagert, feines Mehl kam säckeweise aus der Mühle im Dorf, und Tag für Tag wurden körbeweise Kirschen und Aprikosen aus den Obstgärten außerhalb der Burg geholt.

Man lud mich ein, mit mehreren jungen Frauen auf einen jener Ernteausflüge zu gehen, und ich nahm bereitwillig an, nur zu begierig, den düsteren Mauern zu entkommen.

Es war schön im Obstgarten, und es machte mir große Freude, durch den kühlen Dunst des schottischen Morgens zu wandern, zwischen feuchten Blättern nach leuchtenden Kirschen und glatten, prallen Aprikosen zu greifen und sie behutsam zu drücken, um zu sehen, ob sie reif waren. Wir pflückten nur die besten und legten sie in unsere Körbe. Dabei aßen wir so viele, wie wir konnten, und den Rest trugen wir auf die Burg, wo er zu Kuchen und Törtchen verarbeitet wurde. Die gewaltigen Regale des Vorratsraums bogen sich inzwischen vor Gebäck, Fruchtsaft, Schinken und anderen Delikatessen.

»Wie viele Leute kommen gewöhnlich zu so einer Versammlung?« fragte ich Magdalen, eines der Mädchen, mit denen ich mich angefreundet hatte.

Magdalen zog nachdenklich die sommersprossige Stupsnase kraus. »Ich weiß es nicht genau. Die letzte Versammlung auf Leoch hat vor zwanzig Jahren stattgefunden, und damals waren an die zweihundert Männer da – ich meine, als der alte Jacob gestorben ist und Colum Burgherr wurde. Könnten mehr werden dieses Jahr; die Ernte war gut bis jetzt, und die Leute werden ein bißchen Geld beseite gelegt haben, also bringen sicher viele ihre Frauen und Kinder mit.«

Obwohl ich gehört hatte, daß die offiziellen Teile der Versammlung – Vereidigung, Jagd und Spiele – erst in einigen Tagen stattfinden würden, trafen bereits die ersten Besucher ein. Die Vornehmen unter Colums Pächtern kamen auf der Burg unter, während die ärmeren Krieger und Kätner auf einem brachliegenden Feld jenseits des Flusses ihr Lager aufschlugen. Kesselflicker, Zigeuner und fliegende Händler hatten unweit der Brücke eine Art Jahrmarkt improvisiert. Die Burgbewohner und die Leute aus dem Dorf besuchten ihn am Abend, wenn die Arbeit getan war, um Werkzeug und kleine Schmuckgegenstände zu kaufen und den Gauklern zuzusehen.

Ich beobachtete das Kommen und Gehen genau und machte es mir zur Gewohnheit, im Stall und in der Koppel vorbeizuschauen. Dort standen jetzt massenhaft Pferde, da die der Besucher im Burgstall untergebracht waren. Im Trubel und Durcheinander der Versammlung, so dachte ich, würde es nicht schwierig sein zu fliehen.

Bei einem der Ausflüge in den Obstgarten begegnete ich Geillis Duncan. Ich hatte neben den Wurzeln einer Erle ein paar Fliegenpilze gefunden und wollte noch mehr suchen. Die roten Kappen wuchsen in kleinen Gruppen, immer nur vier, fünf auf einmal, aber in diesem Teil des Gartens waren mehrere solcher Gruppen im hohen Gras versteckt. Ich entfernte mich immer weiter von den obstpflückenden Frauen und näherte mich dem Rand des Gartens, während ich mich bückte oder auf die Knie ging, um die Fliegenpilze einzusammeln.

»Die sind giftig«, sagte eine Stimme hinter mir. Ich richtete mich auf und stieß mir den Kopf an einem Kiefernast.

Als ich wieder klar sehen konnte, stellte ich fest, daß das Gelächter, das nun erschallte, von einer hochgewachsenen jungen Frau kam, die ein paar Jahre älter als ich war. Sie hatte blonde Haare, eine helle Haut und wunderschöne grüne Augen.

»Entschuldigen Sie, daß ich über Sie lache«, sagte sie, als sie zu mir trat. »Ich konnte es mir nicht verkneifen.«

»Wahrscheinlich sah es recht komisch aus«, antwortete ich schroff und befühlte die Beule an meinem Kopf. »Und besten Dank für die Warnung, aber ich weiß, daß die Pilze giftig sind.«

»Ach ja? Wen wollen Sie denn damit beseitigen? Ihren Gatten vielleicht? Sagen Sie mir, wie es gegangen ist, und ich werde es gleich bei meinem versuchen.« Ihr Lächeln war ansteckend, und ich stellte fest, daß ich es erwiderte.

Ich erklärte, roh seien die Pilze in der Tat giftig, doch wenn man sie trocknete, könne man aus ihnen ein Pulver gewinnen, das bei lokaler Anwendung Blutungen stillen würde. Wenigstens behauptete das Mrs. FitzGibbons.

»Man denke nur!« sagte die junge Frau, immer noch lächelnd. »Wissen Sie auch, daß diese . . .« – sie bückte sich und richtete sich mit einer Handvoll kleiner blauer Blumen mit herzförmigen Blättern auf – »Blutungen *bewirken*?«

»Nein«, antwortete ich verwirrt. »Warum sollte jemand Blutungen bewirken wollen?«

Die junge Frau betrachtete mich, als stelle ich ihre Geduld gewaltig auf die Probe. »Zum Beispiel, um ein unerwünschtes Kind loszuwerden. Es führt den Monatsfluß herbei, aber nur, wenn man es frühzeitig nimmt. Wenn man zu spät dran ist, kann es außer dem Kind auch einen selbst töten.«

»Sie scheinen viel von solchen Dingen zu verstehen«, bemerkte ich.

»Ein bißchen. Die Mädchen aus dem Dorf kommen hin und wieder wegen solcher Dinge zu mir; gelegentlich auch verheiratete Frauen. Die Leute behaupten, ich sei eine Hexe«, sagte die junge Frau, riß mit gespieltem Erstaunen die grünen Augen auf und grinste. »Aber mein Mann ist Prokurator in diesem Bezirk, und so behaupten sie's nicht zu laut.«

»Wegen des jungen Mannes, den Sie mitgebracht haben«, fuhr sie anerkennend fort, »sind etliche Liebestränke bestellt worden. Ist das Ihrer?«

»Meiner? Wer? Äh – Jamie?« Ich war völlig durcheinander.

Die junge Frau blickte amüsiert drein. Sie setzte sich auf einen umgestürzten Baumstamm und wickelte sich eine blonde Locke um den Zeigefinger.

»Ja. Viele hätten nur zu gern einen Burschen mit solchen Augen und Haaren, gleichgültig, welche Belohnung auf seinen Kopf ausgesetzt ist und wie wenig Geld er hat. Die Väter dagegen – nun, die denken vielleicht anders.«

In die Ferne blickend, fuhr die junge Frau fort: »Ich selbst bin da eher praktisch veranlagt. Ich habe einen Mann geheiratet, der ein schönes Haus, Geld und einen guten Posten hat. Was die Haare angeht, so hat er keine, und auf die Augen habe ich nie geachtet, aber er plagt mich nicht oft.« Sie hielt mir den Korb, den sie bei sich trug, entgegen. Vier knollige Gebilde lagen darin.

»Malvenwurzeln«, erklärte die junge Frau. »Mein Mann leidet an Magenkatarrh. Furzt wie ein Ochse.«

Ich hielt es für klug, dieses Thema nicht weiterzuverfolgen. Ich streckte die Hand aus, um der jungen Frau vom Baumstamm aufzuhelfen, und sagte: »Ich habe mich noch nicht vorgestellt. Ich heiße Claire. Claire Beauchamp.«

Die Hand, die meine faßte, war schmal, mit langen, weißen Fingern, deren Spitzen fleckig waren, vermutlich vom Saft der Pflanzen und Beeren, die neben den Malvenwurzeln im Korb lagen.

»Ich weiß, wer Sie sind«, sagte die junge Frau. »Seit Ihrer Ankunft redet man im ganzen Dorf über Sie. Mein Name ist Geillis, Geillis Duncan.« Sie spähte in meinen Korb. »Wenn Sie Fliegenpilze suchen, kann ich Ihnen zeigen, wo die besten wachsen.«

Ich nahm das Angebot an, und wir wanderten einige Zeit durch die kleinen Senken in der Nähe des Obstgartens, stocherten unter verrottetem Holz und gingen um schimmernde Tümpel herum. Dort gab es Pilze in Hülle und Fülle. Geillis verstand eine Menge von Pflanzen und ihrer Heilkraft, obwohl sie ein paar Anwendungen vorschlug, die ich, gelinde gesagt, fragwürdig fand. So hielt ich es für sehr unwahrscheinlich, daß man vermittels Tausendgüldenkraut auf der Nase einer Rivalin Warzen wachsen lassen konnte, und ich bezweifelte auch, daß Zehrkraut bei der Verwandlung von Kröten in Tauben hilfreich war. Geillis gab diese Erklärungen mit schelmischem Blick ab, was die Vermutung nahelegte, daß sie mein Wissen auf die Probe stellte.

Trotz ihrer gelegentlichen Foppereien war sie eine angenehme Gefährtin; aufgeweckt, schlagfertig und mit einer heiteren, wenn auch zynischen Weltsicht. Sie schien über alles und jeden im Dorf, auf der Burg und in der Umgebung Bescheid zu wissen, und während unserer Suche legten wir mehrmals eine Ruhepause ein, in der sie mich mit Klagen über das Magenleiden ihres Mannes und amüsantem, wenn auch etwas boshaftem Klatsch unterhielt.

»Es heißt, Hamish sei nicht der Sohn seines Vaters«, sagte sie über Colums einziges Kind.

Dieses Gerücht überraschte mich kaum, nachdem ich in der Angelegenheit bereits meine eigenen Schlüsse gezogen hatte. Es wunderte mich lediglich, daß es nicht mehr Kinder gab, deren Erzeuger strittig war. Mußte man da nicht vermuten, daß Letitia entweder Glück gehabt hatte oder so schlau gewesen war, rechtzeitig jemanden wie Geillis aufzusuchen? Unklugerweise sagte ich dies.

Geillis warf die langen blonden Haare zurück und lachte. »Aber nein. Die schöne Letitita braucht in solchen Dingen keine Hilfe, glauben Sie mir. Wenn die Leute in dieser Gegend nach einer Hexe suchen, sollten sie das besser auf der Burg tun als im Dorf.«

Da ich über etwas Unverfängliches sprechen wollte, äußerte ich das erste, was mir in den Sinn kam.

»Wenn Hamish nicht Colums Sohn ist – wer ist denn dann der Vater?« fragte ich.

»Der junge Mann natürlich.« Geillis wandte sich um und blickte mich an. Ihr kleiner Mund war spöttisch verzogen, und in ihren Augen lag ein schalkhafter Ausdruck. »Jamie.«

Als ich in den Obstgarten zurückkehrte, traf ich auf Magdalen, die sichtlich besorgt war.

»Da bist du ja«, sagte sie und stieß vor Erleichterung einen tiefen Seufzer aus. »Wir waren schon fast auf der Burg, als ich dich vermißt habe.«

»Es war nett von dir, meinetwegen zurückzukommen«, sagte ich und hob den Korb voller Kirschen auf, den ich im Gras hatte stehenlassen. »Aber ich kenne den Weg.«

Magdalen schüttelte den Kopf. »Du solltest vorsichtig sein und nicht alleine durch den Wald gehen. Es kommt soviel fahrendes Volk zur Versammlung, und Colum hat befohlen –« Magdalen verstummte abrupt.

»Daß ihr ein Auge auf mich haben sollt?« ergänzte ich freundlich. Magdalen nickte widerwillig; sie befürchtete offenbar, ich könnte gekränkt sein. Ich zuckte die Achseln und versuchte, sie beruhigend anzulächeln.

»Das liegt wohl nahe«, sagte ich. »Schließlich hat Colum nur mein Wort, daß ich das bin, was ich zu sein behaupte.« Meine Neugier siegte über meine Vernunft. »Für wen hält er mich?« fragte ich. Doch Magdalen schüttelte wieder den Kopf.

»Du bist eine Engländerin«, war alles, was sie sagte.

Am nächsten Tag ging ich nicht in den Obstgarten. Nicht weil man mir befohlen hätte, auf der Burg zu bleiben, sondern weil bei etlichen Burgbewohnern plötzlich eine Nahrungsmittelvergiftung auftrat, um die ich mich kümmern mußte. Nachdem ich für die

Patienten getan hatte, was ich konnte, machte ich mich daran, das Problem zu seinem Ursprung zurückzuverfolgen.

Wie sich herausstellte, lag es an einer verdorbenen Rinderhälfte aus dem Schlachtraum. Am nächsten Tag ging ich hin und sagte dem Oberräucher gerade die Meinung, als sich die Tür hinter mir öffnete und ich in eine erstickende Rauchwolke gehüllt wurde.

Ich drehte mich mit tränenden Augen um und sah die hochgewachsene Gestalt von Dougal MacKenzie.

»Überwachen Sie jetzt neben der Quacksalberei auch noch das Schlachten?« fragte er ironisch. »Bald werden Sie die ganze Burg unter der Fuchtel haben, und Mrs. FitzGibbons kann sich anderswo Arbeit suchen.«

»Ich möchte durchaus nichts mit Ihrer schmutzigen Burg zu schaffen haben«, erwiderte ich barsch, wischte mir die Augen und entdeckte, daß mein Taschentuch rußverschmiert war. »Ich möchte so schnell wie möglich von hier fort.«

Dougal neigte, immer noch grinsend, den Kopf. »Nun, ich bin vielleicht imstande, Ihnen diesen Wunsch zu erfüllen«, sagte er. »Zumindest zeitweise.«

Ich ließ das Taschentuch sinken und starrte Dougal an. »Wie meinen Sie das?«

Er hustete und wedelte mit der Hand, um den Rauch zu verscheuchen, der nun in seine Richtung zog. Er führte mich aus dem Schlachthaus, und wir gingen zum Stall.

»Sie haben Colum gestern gesagt, daß Sie Kräuter brauchen?«

»Ja, um Arzneien für die Leute zu bereiten, die sich den Magen verdorben haben. Na und?« fragte ich mißtrauisch.

Dougal zuckte gutmütig die Achseln. »Ich reite jetzt zum Dorfschmied und nehme drei Pferde zum Beschlagen mit. Die Frau des Prokurators ist eine Art Kräuterweib und hat genug Vorräte zur Hand. Bestimmt hat sie die Heilpflanzen, die Sie suchen. Sie dürfen mich gern begleiten.«

»Die Frau des Prokurators? Mrs. Duncan?« Ich war sofort glücklicher. Die Aussicht, der Burg zu entrinnen, und sei es auch nur für kurze Zeit, war unwiderstehlich.

Ich wischte mir hastig das Gesicht ab und steckte das beschmutzte Taschentuch in den Gürtel.

»Gehen wir«, sagte ich.

Obwohl der Tag dunkel und der Himmel bedeckt war, genoß ich den kurzen Ritt ins Dorf – es hieß Cranesmuir. Dougal war bester Laune und plauderte und scherzte unterwegs leutselig.

Zunächst machten wir beim Schmied halt, wo Dougal die drei Pferde abgab. Für den Rest des Weges saß ich hinter ihm auf. Das Haus der Duncans war ein beeindruckender, fast hochherrschaftlicher Fachwerkbau mit vier Stockwerken. Die beiden unteren Geschosse hatten elegante Bleiglasfenster mit rautenförmigen Glasscheiben in wäßrigen Purpur- und Grüntönen.

Geillis begrüßte uns entzückt. »Wie herrlich!« rief sie. »Ich habe schon nach einer Ausrede gesucht, um in den Vorratsraum gehen und einiges heraussuchen zu können. Anne!«

Eine kleine Aufwärterin mit einem Gesicht wie ein Winterapfel trat aus der Tür, die ich nicht bemerkt hatte, weil sie vom Kamin verdeckt wurde.

»Bring Mistress Claire in den Vorratsraum«, befahl Geillis, »und hol uns dann einen Eimer Wasser. Von der Quelle, wohlgemerkt, nicht vom Brunnen auf dem Platz!« Sie wandte sich Dougal zu. »Ich habe das Tonikum bereitet, das ich Ihrem Bruder versprochen habe. Würden Sie bitte einen Augenblick mit mir in die Küche kommen?«

Ich folgte dem kürbisförmigen Hinterteil der Aufwärterin über eine schmale Holztreppe nach oben. Unvermutet gelangten wir in einen langen, luftigen Dachboden. Im Gegensatz zum Rest des Hauses hatte dieser Raum Flügelfenster, die wegen der Feuchtigkeit draußen zwar geschlossen waren, aber immer noch sehr viel mehr Licht hereinließen als die Scheiben in der schummrigen Wohnstube.

Geillis verstand sich offensichtlich auf ihr Geschäft als Kräutersammlerin. Der Raum verfügte über große, mit Gaze bespannte Trockengestelle; über dem kleinen Kamin befanden sich Haken zum Dörren und an den Wänden offene Regale, in die Löcher gebohrt waren, damit die Luft besser zirkulieren konnte. Es duftete nach Basilikum, Rosmarin und Lavendel. Ein überraschend moderner Tresen stand an einer der Wände, auf dem ein bemerkenswertes Sortiment von Mörsern, Stößeln, Mischgefäßen und Löffeln lag, alles makellos sauber.

Es dauerte eine Weile, bis Geillis erschien, ganz erhitzt vom Treppensteigen und voller Vorfreude auf einen Nachmittag mit Kräutern und Klatsch.

Es begann zu nieseln; die Tropfen liefen über die langen Fensterscheiben, aber im Kamin brannte ein Feuer, und es war sehr gemütlich. Ich genoß Geillis' Gesellschaft sehr; sie war ein erfrischender Gegensatz zu den lieben, schüchternen Mädchen von der Burg und für eine Frau vom Land sehr gebildet.

Außerdem wußte sie Bescheid über jeden Skandal, der sich in den vergangenen zehn Jahren im Dorf oder auf der Burg ereignet hatte, und sie erzählte mir viele amüsante Geschichten. Seltsamerweise stellte sie wenig Fragen zu meiner Person. Ich nahm an, daß das nicht ihre Art war; vielleicht würde sie das, was sie über mich wissen wollte, über andere Leute herausfinden.

Seit einer Weile hatte ich von draußen Geräusche gehört, sie jedoch Dörflern zugeschrieben, die von der Messe kamen; die Kirche lag am Ende der Straße beim Brunnen, und die High Street führte von dort zum Dorfplatz, wo sie sich in Gassen und Wege auffächerte.

Auf dem Ritt zur Schmiede hatte ich mich damit amüsiert, mir das Dorf aus der Vogelschau vorzustellen, das von oben wie der Unterarm und die Hand eines Skeletts aussehen würde. Die High Street mit ihren Läden und Werkstätten und den Wohnhäusern der wohlhabenden Leute war die Speiche. Die St. Margarth's Lane, eine schmalere Straße, die parallel zur High Street verlief und in der die Schmiede, die Gerberei und die weniger vornehmen Werkstätten und Geschäfte lagen, war die Elle. Der Dorfplatz entsprach Handwurzel und Mittelhand, und die Gassen mit den Katen stellten die Fingerglieder dar.

Das Haus der Duncans befand sich am Platz, wie es sich für den Prokurator gebührte. Dabei handelte es sich nicht nur um eine Statusfrage, es war auch zweckmäßig: Der Platz bot genug Raum für solche Rechtsangelegenheiten, die aufgrund öffentlichen Interesses oder juristischer Notwendigkeit nicht in Arthur Duncans engem Arbeitszimmer verhandelt werden konnten. Und es war praktisch, weil auch der Pranger dort stand, ein schlichtes hölzernes Ding auf einem kleinen Steinsockel, gleich neben einem Pfahl, der je nach Bedarf – welch sparsame Vielfalt! – als Schandpfahl, Maibaum, Fahnenmast und Stange zum Anbinden von Pferden diente.

Der Lärm hatte unterdessen zugenommen und war ungehöriger, als es für Menschen, die gesittet von der Kirche zurückkehrten, passend schien. Geillis stellte ihre Schalen mit dem Ausruf der

Ungeduld beiseite und riß das Fenster auf, um festzustellen, was den Tumult verursachte.

Ich trat zu ihr und sah eine Menge Leute, angeführt vom stämmigen Vater Bain, dem im Dorf und auf der Burg die Seelsorge oblag. In seinem Gewahrsam befand sich ein Junge, vielleicht zwölf Jahre alt, dessen zerlumpte Hose und stinkendes Hemd ihn als Gerberkind auswiesen. Der Priester hatte den Knaben beim Kragen gepackt, was ihm recht schwerfiel, da der Gefangene ein Stück größer war als sein kurzwüchsiger Wärter. Die Menge folgte dem Paar dichtauf, und ihre mißbilligenden Äußerungen klangen wie leises Donnergrollen.

Während wir vom Dachboden aus zuschauten, verschwanden Vater Bain und der Junge im Haus. Die Menge blieb raunend und drängelnd draußen. Ein paar kühne Seelen machten Klimmzüge an den Fenstersimsen und versuchten, nach drinnen zu lugen.

Geillis schloß das Fenster.

»Wahrscheinlich hat er etwas gestohlen«, sagte sie lakonisch und kehrte zum Tresen zurück. »Das tun Gerberjungen oft.«

»Was geschieht nun mit ihm?« fragte ich neugierig. Geillis zuckte die Achseln und zerbröselte getrockneten Rosmarin zwischen den Fingern.

»Ich denke, das hängt davon ab, ob Arthur heute Verdauungsstörungen hat. Wenn er das Frühstück gut vertragen hat, kommt der Junge vielleicht mit einer Tracht Prügel davon. Aber wenn er unter Verstopfung oder Blähungen leidet ...« – Geillis verzog angewidert das Gesicht –, »dann wird der Knabe wohl ein Ohr oder eine Hand verlieren.«

Ich war entsetzt, scheute mich aber, direkt einzugreifen. Schließlich war ich fremd hier und eine Engländerin obendrein. Zwar würde man mich als Burgbewohnerin wohl mit einigem Respekt behandeln, aber ich hatte gesehen, daß viele Dörfler, wenn sie mich sahen, heimlich ein Zeichen machten, das das Böse abwenden sollte. Wenn ich mich einmischte, könnte das durchaus böse Folgen für den Jungen haben.

»Wollen wir uns nicht duzen?« fragte ich.

»Aber gerne«, sagte Geillis munter.

»Also – kannst du nicht irgend etwas tun?« erkundigte ich mich. »Mit deinem Mann sprechen, meine mich, ihn bitten, daß er, äh, Milde walten läßt?«

Geillis blickte überrascht von ihrer Arbeit auf. Es war ihr offensichtlich noch nie eingefallen, sich in die Angelegenheiten ihres Mannes zu mischen.

»Warum kümmert es dich, was mit ihm geschieht?« fragte sie.

»Er ist doch noch ein Kind«, antwortete ich. »Und was er auch getan haben mag – er verdient es nicht, verstümmelt zu werden!«

Geillis zog die blassen Brauen empor; meine Argumente überzeugten sie nicht. Trotzdem zuckte sie die Achseln und übergab mir Reibschale und Stößel.

»Was macht man nicht alles für eine Freundin!« sagte sie und verdrehte die Augen. Sie ließ den Blick über ihre Regale schweifen und nahm eine Flasche mit grünlichem Inhalt, auf deren Etikett in feingeschwungener Kursivschrift PFEFFERMINZ-EXTRAKT stand.

»Ich verabreiche Arthur jetzt seine Medizin, und während ich dabei bin, werde ich sehen, ob ich etwas für den Jungen tun kann. Aber ich muß dich warnen: Es ist vielleicht schon zu spät. Und wenn dieser schäbige Priester die Hand im Spiel hat, wird er für eine möglichst harte Strafe plädieren. Trotzdem werde ich es versuchen. Du zerstößt unterdessen den Rosmarin, das dauert immer ewig.«

Als Geillis gegangen war, nahm ich den Mörser zur Hand und zerkleinerte und mahlte automatisch, ohne das Resultat zu beachten. Das geschlossene Fenster dämpfte die Geräusche von draußen; der Regen und das Geraune der Menge vermischten sich und drangen als eine Art bedrohliches Plätschern zu mir. Wie fast alle Schulkinder hatte ich Dickens gelesen. Und ältere Autoren mit ihren Beschreibungen der mitleidlosen »Gerechtigkeit« jener Tage, die allen Missetätern ohne Rücksicht auf ihr Alter zuteil wurde. Doch es war etwas anderes, aus einem gemütlichen Abstand von ein- oder zweihundert Jahren vom Vollzug der Todesstrafe an Kindern oder Verstümmelungen im Namen der Justiz zu lesen, als ruhig dazusitzen und Kräuter zu pulverisieren, während sich nebenan etwas Derartiges ereignete.

Würde ich mich dazu entschließen, einzugreifen, wenn das Urteil gegen den Jungen ging? Ich trat ans Fenster und spähte hinaus. Die Menge wurde immer größer; Krämer und Hausfrauen wanderten die High Street hinunter, um zu sehen, was los war. Neuankömmlinge beugten sich vor, während ihnen die Leute, die schon eine Weile dastanden, erregt alles erzählten; dann mischten sich die

Neuankömmlinge unter die anderen, und noch mehr Gesichter wandten sich erwartungsvoll zur Tür des Hauses.

Ich blickte auf die Versammlung hinunter, die geduldig im Nieselregen auf das Urteil wartete, plötzlich wurde mir etwas klar. Wie so viele hatte auch ich entsetzt den Schilderungen gelauscht, die nach dem Krieg aus Deutschland kamen: Geschichten von Deportationen und Massenmord, von Konzentrationslagern und Verbrennungen. Und wie so viele hatte ich mich gefragt: »Warum haben die Menschen das zugelassen? Sie müssen es gewußt haben, sie haben doch sicher die Lastwagen gesehen, die Zäune und den Rauch. Wie konnten sie nur tatenlos daneben stehen?« Jetzt wußte ich es.

Und hier ging es nicht einmal um Leben oder Tod. Ich stand unter Colums Schutz; wahrscheinlich würde mich niemand körperlich angreifen. Trotzdem wurden meine Hände feucht bei dem Gedanken, allein und hilflos hinauszutreten, um mich dieser Schar von tugendhaften Bürgern entgegenzustellen, die, um die tägliche Langeweile zu lindern, erregt nach Strafe und Blut gierten.

Es schien eine Ewigkeit zu dauern, bis sich die Tür öffnete und Geillis zurückkam, kühl und gelassen mit einem kleinen Stück Holzkohle in der Hand.

»Wenn es gekocht ist, werden wir's durchseihen müssen«, bemerkte sie, als führte sie unser Gespräch von vorhin fort. »Ich glaube, dazu nehmen wir Musselin und Holzkohle; das ist das beste.«

»Geillis«, sagte ich ungeduldig, »spann mich nicht auf die Folter. Was ist mit dem Gerberjungen?«

»Ach, der –« Sie zog wegwerfend die Schulter hoch, aber ihre Mundwinkel umspielte ein schelmisches Schmunzeln. Dann gab sie ihre Verstellung auf und lachte.

»Du hättest mich sehen sollen!« sagte sie kichernd. »Ich war wirklich gut, auch wenn ich selbst das sage. Ganz die besorgte Gattin, mit einem Gran mütterlichen Mitgefühls. ›O Arthur!‹ so habe ich begonnen. ›Wäre unsere Ehe mit einem Kind gesegnet gewesen!‹ – da kann er lang drauf warten, schließlich hab ich ein Wörtchen mitzureden –«, fuhr Geillis weniger seelenvoll und mit einer Kopfbewegung zu ihren Kräuterregalen fort, »was würdest du empfinden, Liebster, wenn dein eigener Sohn so vor dir stünde? Zweifellos hat nur der Hunger den Burschen zum Diebstahl getrieben. O Arthur, der du die Gerechtigkeit selbst bist – vermagst du es nicht, barmherzig zu sein?« Geillis ließ sich lachend auf einen Hocker sinken und schlug sich mit der flachen Hand auf das Bein. »Welch ein Jammer, daß man hier nirgendwo richtig Theater spielen kann!«

Der Lärm der Menge draußen klang jetzt anders, und ich ignorierte Geillis' Eigenlob und trat ans Fenster, um zu sehen, was nun geschah.

Die Leute machten den Weg frei, um den Gerberjungen in Begleitung von Priester und Prokurator hindurchzulassen. Arthur Duncan war regelrecht aufgeblasen vor Güte; er verbeugte sich gemessen vor den wichtigeren Mitgliedern der Versammlung und nickte ihnen zu. Vater Bain dagegen ähnelte einer mürrischen Kartoffel.

Die kleine Prozession zog zur Mitte des Platzes, wo sich der Dorfbüttel, ein gewisser John MacRae, aus der Menge löste, um sie zu empfangen. Er war, wie es seinem Amt geziemte, ebenso nüchtern wie elegant in dunkle Kniehosen, einen ebensolchen Rock und einen grauen Samthut gekleidet. John MacRae versah die Pflichten eines Polizisten, Zollinspektors und Scharfrichters.

All dies hatte er mir selbst erzählt. Er war vor ein paar Tagen auf der Burg gewesen, um zu sehen, ob ich ein hartnäckiges Nagelbettgeschwür an seinem Daumen behandeln könnte. Ich hatte es mit einer sterilen Nadel geöffnet und mit einer Salbe aus Pappelknospen bestrichen. Bei der Gelegenheit hatte ich herausgefunden, daß MacRae ein schüchterner, sanfter Mann mit einem netten Lächeln war.

Jetzt allerdings lächelte er nicht; MacRaes Miene war, dem Anlaß entsprechend, streng. Sehr vernünftig, dachte ich; niemand legte Wert auf einen grinsenden Scharfrichter.

Der Missetäter wurde vorgeführt und mußte sich auf den Sockel in der Mitte des Platzes stellen. Der Junge sah blaß und erschrocken aus, rührte sich jedoch nicht, als Arthur Duncan seinen wohlgerundeten Körper würdevoll aufrichtete und sich darauf vorbereitete, das Urteil zu sprechen.

»Der Dummkopf hatte bereits gestanden, als ich auftauchte«, sagte eine Stimme neben mir. Geillis spähte interessiert über meine Schulter. »Darum konnte ich keinen Freispruch erwirken. Aber er kommt so glimpflich wie nur möglich davon; bloß eine Stunde am Pranger mit angenageltem Ohr.«

»Mit angenageltem Ohr? Wo angenagelt?«

»Am Pranger natürlich.« Geillis warf mir einen seltsamen Blick zu, wandte sich dann jedoch wieder zum Fenster, um zu beobachten, wie das milde Urteil, das ihrer gnädigen Fürsorge zu verdanken war, vollstreckt wurde.

Am Pranger herrschte ein solches Gedränge, daß man kaum etwas von dem Missetäter sah, aber die Menge zog sich ein wenig zurück, damit der Büttel genug Platz hatte, um das Ohr anzunageln. Der Junge stand kalkweiß und klein in der hölzernen Zange des Prangers, hatte beide Augen geschlossen und zitterte vor Angst. Als der Nagel durch den Knorpel getrieben wurde, stieß er einen hohen, dünnen Schrei aus, der durch die geschlossenen Fenster zu hören war, und auch mich schauderte.

Wie die meisten Zuschauer auf dem Platz gingen wir wieder an die Arbeit, aber ich mußte ab und zu aufstehen und nach dem Pranger sehen. Müßiggänger machten halt, um das Opfer zu verhöhnen und mit Dreck zu bewerfen, und dann und wann kam ein sittlich gefestigter Bürger und nahm sich ein paar Minuten Zeit, um mit wohlgesetzten Worten zur moralischen Besserung des Delinquenten beizutragen.

Wir tranken gerade Tee in der Wohnstube unten, als ein Klopfen an der Tür einen Besucher anmeldete. Der Tag war so trübe, daß sich kaum sagen ließ, wie hoch die Sonne stand. Doch die Duncans nannten voll Stolz eine Uhr ihr eigen, ein prächtiges Ding aus Nußbaum mit Messingpendel und einem Zifferblatt, das ein Engelschor schmückte, und dieses Chronometer verkündete, daß es halb sieben war.

Die Küchenmagd öffnete die Tür zur Wohnstube und sagte zwanglos: »Hier rein.« Jamie MacTavish duckte sich automatisch beim Eintreten; die roten Haare waren vor Nässe dunkel wie alte Bronze. Er trug einen recht betagten und unansehnlichen Mantel zum Schutz vor dem Regen und hatte einen zusammengelegten Reitumhang aus schwerem grünem Samt unter dem Arm.

Als ich mich erhob und ihn Geillis vorstellte, nickte Jamie und sagte: »Guten Abend, die Damen.« Er deutete zum Fenster. »Wie ich sehe, hat sich heute nachmittag da draußen einiges getan.«

»Ist er noch da?« fragte ich. »Er muß tropfnaß sein.«

»Allerdings.« Jamie breitete den Umhang aus und hielt ihn mir entgegen. »Und du könntest es auch werden, hat sich Colum gedacht. Ich hatte etwas im Dorf zu erledigen, darum hat er mich samt dem Umhang hierhergeschickt. Du sollst mit mir zurückreiten.«

»Das ist sehr freundlich von ihm.« Ich sprach geistesabwesend, denn in Gedanken war ich immer noch bei dem Gerberjungen.

»Wie lange muß er dort bleiben?« fragte ich Geillis. »Der Junge am Pranger«, fügte ich ungeduldig hinzu, als ich ihren verständnislosen Blick sah.

»Ach, der«, erwiderte sie und runzelte die Stirn, weil ich ein so unwichtiges Thema zur Sprache brachte. »Eine Stunde, habe ich das nicht gesagt? Der Büttel müßte ihn inzwischen losgemacht haben.«

»So ist es«, bestätigte Jamie. »Ich habe ihn gesehen, als ich über den Anger gekommen bin. Der Junge hat nur noch nicht den Mut aufgebracht, sich loszureißen.«

Ich sperrte den Mund auf. »Soll das heißen, der Nagel wird ihm nicht aus dem Ohr genommen? Er muß sich *losreißen*?«

»Ja«, antwortete Jamie leichthin. »Ihm ist noch ein bißchen bang, aber ich glaube, er wird sich bald daran machen. Es ist naß draußen, und es wird dunkel. Wir müssen selber gehen, sonst bekommen wir nichts als Reste zum Abendessen.« Jamie verneigte sich vor Geillis und wandte sich zum Gehen.

»Warte einen Augenblick«, sagte Geillis zu mir. »Da du von einem großen starken Mann nach Hause gebracht wirst – ich habe hier eine Kiste mit Kräutern, die ich Mrs. FitzGibbons versprochen habe. Vielleicht wäre Mr. MacTavish so freundlich?«

Jamie erklärte sich einverstanden, und so ließ Geillis die Kiste von einem Bedienten aus ihrem Arbeitszimmer holen und gab dem Mann zu diesem Zweck einen riesengroßen gußeisernen Schlüssel. Während der Bediente fort war, machte sie sich an einem kleinen Sekretär in der Ecke zu schaffen. Als die Kiste – ein recht stattliches Ding aus Holz mit Messingbeschlägen – hereingebracht wurde, hatte sie ihr Schreiben fertig. Sie bestreute es hastig mit Sand, faltete es zusammen, siegelte es mit einem Klecks Kerzenwachs und drückte es mir in die Hand.

»Das ist die Rechnung«, sagte sie. »Reichst du sie in meinem Namen an Dougal weiter? Er kümmert sich um Zahlungen und dergleichen. Gib sie niemand anderem, sonst sehe ich wochenlang kein Geld.«

»In Ordnung.«

Geillis umarmte mich herzlich und brachte uns zur Tür.

Ich suchte Schutz unter dem Dachvorsprung des Hauses, während Jamie die Kiste am Sattel seines Pferdes festband. Es regnete jetzt heftiger, und von der Traufe plätscherte das Wasser nur so herab.

Ich betrachtete Jamies breiten Rücken und seine muskulösen Unterarme, als er mühelos die schwere Kiste hob. Dann warf ich einen Blick zum Pranger, wo der Gerberjunge trotz der Ermutigungen seitens der Menge, die sich wieder versammelt hatte, immer noch an seinem Nagel hing. Gewiß, dies war kein bezauberndes strohblondes Mädchen, doch aufgrund von Jamies Verhalten bei Colums Gericht, glaube ich, daß ihn die Not des Knaben nicht völlig kalt lassen würde.

»Jamie?«

»Aye?« sagte er.

»Du bist ziemlich, äh, stark, nicht wahr?« fragte ich. Die Andeutung eines Lächelns umspielte seine Lippen, und er nickte. »Für die meisten Dinge reicht es«, antwortete er.

Ich sah mich ermutigt und rückte dichter an ihn heran, damit uns niemand belauschen konnte.

»In den Fingern hast du auch leidlich Kraft?« fuhr ich fort.

Er ballte die Hand zur Faust, und sein Lächeln wurde breiter. »Ja. Soll ich Kastanien für dich knacken?« Er schaute lächelnd auf mich herunter, ein verschmitztes Glitzern in den Augen.

»Eher welche aus dem Feuer holen.« Ich sah auf und begegnete Jamies fragendem blauem Blick. »Schaffst du das?«

Er betrachtete mich einen Moment, immer noch lächelnd; dann zuckte er die Achseln. »Wenn der Nagel so lang ist, daß man ihn fassen kann... Lenkst du unterdessen die Leute ab? Sie haben es nicht gerne, wenn sich jemand einmischt.«

Ich hatte nicht bedacht, daß meine Bitte Jamie in Gefahr bringen könnte, und zögerte nun, doch er schien bereit, einen Versuch zu riskieren.

»Wenn wir beide hinübergingen, um es uns genauer anzuschauen, und ich bei dem Anblick ohnmächtig würde – glaubst du, das...«

»Weil du kein Blut sehen kannst?« Jamie zog sarkastisch eine Augenbraue hoch und grinste. »Ja, das müßte gehen. Wenn du's so einrichten könntest, daß du vom Sockel fällst, wäre es noch besser.«

Ich hatte, was das Hinschauen betraf, tatsächlich ein wenig Bedenken, doch es war nicht so schrecklich, wie ich befürchtete. Der Nagel war ganz oben durch die Muschel getrieben worden und stand etwa fünf Zentimeter vor. Man sah fast kein Blut, und die Miene des Jungen zeigte, daß er zwar Angst hatte und sich unbehaglich fühlte, aber keine großen Schmerzen litt. Vielleicht hatte Geillis in Anbetracht der Gepflogenheiten, die die schottische Jurisprudenz auszeichneten, sogar recht mit ihrer Auffassung, daß dies eine milde Strafe war. Ich fand das Ganze trotzdem barbarisch.

Jamie näherte sich zwanglos dem Pranger. Er betrachtete den Knaben und schüttelte rügend den Kopf.

»Na, Junge«, sagte er, »sitzt schön in der Klemme, wie?« Er legte seine Rechte unter dem Vorwand auf den Pranger, sich das Ohr genau anzuschauen. »Ach«, sagte er abschätzig, »deswegen brauchst du dich doch nicht so anzustellen. Ein kleiner Ruck mit dem Kopf, und es ist vorbei. Soll ich dir helfen?« Jamie streckte die Hand aus, als wollte er den Jungen bei den Haaren packen und vom Pranger losreißen. Der Knabe wimmerte vor Angst.

Ich hatte mein Stichwort erkannt, tat einen Schritt zurück und trat der Frau hinter mir vehement auf die Zehen. Sie kreischte.

»Verzeihung«, keuchte ich. »Mir ... mir ist so schwindelig. Bitte ...« Ich wandte mich vom Pranger ab, machte zwei, drei Schritte, taumelte raffiniert und faßte nach den Ärmeln der Umstehenden. Der Rand des Sockels war keine fünfzehn Zentimeter entfernt; ich klammerte mich an ein zart gebautes Mädchen, das ich mir für diesen Zweck ausgesucht hatte, stürzte mit dem Kopf voran und riß sie mit. Wir rollten in einem Gewirr von Rücken ins nasse Gras. Spitze Schreie gellten. Schließlich ließ ich die Bluse des Mädchen los und streckte dramatisch alle viere von mir; der Regen platschte mir ins Gesicht.

Ich war tatsächlich ein wenig atemlos – das Mädchen war auf mich gefallen –, und ich schnappte nach Luft, während ich dem besorgten Stimmengewirr rings um mich lauschte. Spekulationen, Vorschläge und entsetzte Ausrufe prasselten auf mich nieder, dichter als die Tropfen vom Himmel, doch es waren zwei vertraute Arme, die mich aufhoben, und zwei besorgte blaue Augen, in die ich blickte, als ich die meinen aufschlug. Ein Zucken der Lider verriet mir, daß das Werk vollbracht war, und ich sah denn auch, wie sich der Gerberjunge, ein Taschentuch gegen das Ohr gedrückt, schleu-

nigst verdrückte. Keiner beachtete ihn, da sich die Menge abgewandt hatte, um ihre Aufmerksamkeit der neuen Sensation zu
widmen.

Die Dörfler, die vor kurzem noch nach dem Blut des Knaben
geschrien hatten, waren mir gegenüber die Freundlichkeit selbst.
Ich wurde behutsam von der Erde aufgehoben und ins Haus der
Duncans zurückgebracht, wo man mich mit Branntwein, Tee, warmen Decken und Mitgefühl versorgte. Gehen durfte ich überhaupt
nur, weil Jamie kategorisch festellte, wir müßten uns sputen, mich
dann vom Diwan lüpfte und, ohne auf die Proteste unserer Gastgeber zu achten, auf die Tür zusteuerte.

Wieder einmal saß ich vor ihm im Sattel – mein Pferd lief am
Zügel hinterher –, und ich versuchte, ihm für seine Hilfe zu danken.

»Nicht der Rede wert, Mädel«, sagte er abwehrend.

Aber ich ließ nicht locker. »Es war ein Risiko für dich«, erwiderte
ich. »Mir war nicht klar, daß du dich in Gefahr begeben würdest.«

»Ach was«, sagte er. Und einen Moment später mit einem Anflug
von Erheiterung: »Du wirst doch nicht meinen, daß ich weniger
Mut habe als eine kleine Engländerin, oder?«

Jamie brachte die Pferde auf Trab, während die Dämmerung
herabsank. Wir sprachen nicht viel auf dem restlichen Heimritt.
Und als wir die Burg erreichten, ließ er mich mit einem sanft
ironischen »Gute Nacht, Engländerin, Fremde – kurz, Mistress
Sassenach« am Tor zurück. Doch ich hatte das Gefühl, als wäre dies
der Anfang einer Freundschaft, die mehr bedeutete als den Austausch von Klatsch unter Apfelbäumen.

10

Der Eid

An den nächsten beiden Tagen herrschte ein gewaltiger Aufruhr, alles eilte und hastete herum und traf alle möglichen Vorbereitungen. Ich hatte in meiner Praxis nur wenig zu tun, die Leute mit der Nahrungsmittelvergiftung waren genesen, und die anderen schienen viel zu beschäftigt, um krank zu werden. Zwar rissen sich die Knaben, die das Feuerholz heranschleppten, vermehrt Splitter ein, und unter den emsigen Küchenhilfen stieg die Zahl der Verbrühungen, aber sonst gab es keinerlei Unfälle.

Auch ich war aufgeregt. Heute abend würde ich es wagen. Mrs. FitzGibbons hatte berichtet, daß sämtliche Krieger des MacKenzie-Clans im großen Saal sein würden, um Colum ihre Treue zu schwören. Bei einer so wichtigen Zeremonie würde sicher niemand die Stallungen bewachen.

Während ich in der Küche und im Obstgarten geholfen hatte, war es mir gelungen, so viele Nahrungsmittel beiseite zu schaffen, daß ich mehrere Tage versorgt war; zumindest glaubte ich das. Eine Feldflasche besaß ich nicht, aber ich hatte in einem der stabileren Glasgefäße aus dem Sprechzimmer Ersatz gefunden. Ich hatte feste Stiefel und – Colum sei Dank – einen warmen Umhang. Ich würde über ein gutes Pferd verfügen; bei meinem nachmittäglichen Besuch im Stall hatte ich mir eines ausgesucht. Ich hatte kein Geld, aber meine Patienten hatten mir Schmuckstücke gegeben, auch Bänder, kleine Schnitzereien und Gemmen, die ich gegen das, was ich benötigte, tauschen konnte.

Ich hatte ein schlechtes Gewissen, weil ich Colums Gastfreundschaft und das Wohlwollen der Burgbewohner mißbrauchte, indem ich ohne ein Wort und ohne Abschiedsbrief ging. Doch was sollte ich sagen? Ich hatte einige Zeit über das Problem nachgedacht und letzten Endes beschlossen, einfach zu verschwinden.

Eine Stunde nach Einbruch der Dunkelheit näherte ich mich vorsichtig dem Stall, die Ohren gespitzt für den Fall, daß sich Menschen in der Nähe aufhielten, aber sie schienen alle oben im Saal zu sein und sich für die Zeremonie zu rüsten. Die Stalltür klemmte, aber als ich ihr einen leichten Stoß gab, schwang sie an ihren Lederangeln lautlos nach innen auf.

Die Luft war warm und erfüllt von den leisen Geräuschen der Pferde. Auch war sie so schwarz wie ein Leichenbestatterzylinder von innen, wie Onkel Lamb zu sagen pflegte. Die paar Belüftungsschlitze, die es gab, waren zu klein, um das matte Sternenlicht hereinzulassen. Mit ausgestreckten Händen bewegte ich mich langsam zum Hauptteil des Stalles.

Ich tastete behutsam, suchte die Kante einer Box als Anhaltspunkt. Meine Hände griffen ins Leere, aber mit dem Schienbein stieß ich gegen ein Hindernis, das auf dem Boden lag, und plumpste mit einem Schrei des Entsetzens vornüber.

Das Hindernis rollte fluchend um die eigene Achse und packte meine Arme. Ich wurde gegen einen stattlichen Männerkörper gedrückt, und jemandes Atem kitzelte mein Ohr.

Ich zuckte zurück. »Wer sind Sie?« keuchte ich. »Und was machen Sie hier?« Als er meine Stimme hörte, lockerte der Angreifer den Griff.

»Das könnte ich dich auch fragen, Sassenach«, sagte die tiefe, sanfte Stimme von Jamie MacTavish, und ich war so erleichtert, daß ich mich etwas entspannte. Im Stroh bewegte es sich, und Jamie setzte sich auf.

»Obwohl ich es ahne«, fügte er trocken hinzu. »Was meinst du, wie weit du in einer dunklen Nacht und mit einem fremden Pferd kämest, Mädel? Am Morgen wär der halbe MacKenzie-Clan hinter dir her.«

Ich war in mehr als einer Hinsicht verärgert.

»Sie wären nicht hinter mir her. Sie sind alle oben im Saal, und es würde mich sehr wundern, wenn am Morgen auch nur ein Fünftel von ihnen nüchtern genug wäre, um gerade zu stehen, geschweige denn, sich aufs Pferd zu schwingen.«

Jamie erhob sich lachend und reichte mir die Hand, um mir aufzuhelfen.

»Das ist sehr vernünftig gedacht, Sassenach«, sagte er, offenbar leicht erstaunt darüber, daß ich auch vernünftig sein konnte. »Oder wäre es«, fuhr er fort, »wenn Colum nicht um die Burg herum und bis in den Wald hinein Wachen aufgestellt hätte. Er ließe Leoch mit den Kriegern des ganzen Clans darin schwerlich ungeschützt. Du hättest also kaum eine schlechtere Nacht für einen Fluchtversuch wählen können«, fügte Jamie hinzu. Es schien ihn überhaupt nicht zu kümmern, *daß* ich fliehen wollte; ihn interessierten offenbar nur die Gründe, aus denen es nicht klappen würde, was mir doch ein wenig seltsam vorkam. »Außer den Wachen und der Tatsache, daß alle guten Reiter aus der ganzen Umgebung hier sind, ist der Weg zur Burg voll von Leuten, die zum *Tynchal* und zu den Spielen kommen.«

»Zum *Tynchal?*«

»Zur Jagd. Gewöhnlich auf Hirsche, diesmal vielleicht auf einen Keiler; ein Stallbursche hat dem alten Alec erzählt, im östlichen Wald gäbe es einen großen.« Jamie legte mir die Hand auf den Rücken und schob mich zur offenen Tür.

»Komm«, sagte er. »Ich bringe dich zurück.«

Ich entzog mich ihm. »Spar dir die Mühe«, sagte ich schroff. »Ich finde den Weg auch selbst.«

Jamie faßte mich am Ellbogen. »Das bezweifle ich nicht. Aber du wirst doch keiner von Colums Wachen begegnen wollen –«

»Warum nicht?« fauchte ich. »Ich tue nichts Böses. Oder ist es verboten, außerhalb der Burg spazierenzugehen?«

»Nein. Die Leute werden dir wohl auch kein Haar krümmen«, sagte Jamie, nachdenklich in den Schatten spähend. »Aber es ist nicht eben ungewöhnlich, daß ein Mann, wenn er Wache steht, seine Feldflasche zur Gesellschaft bei sich hat. Und der Rausch mag ein lustiger Bruder sein, aber er ist kein sehr guter Ratgeber, was schickliches Benehmen angeht, wenn ein liebes kleines Mädel ganz allein aus der Dunkelheit auf einen zukommt.«

»Auf dich bin ich auch ganz allein aus der Dunkelheit zugekommen«, sagte ich. »Und ich bin weder besonders klein noch besonders lieb.«

»Ich war nicht betrunken, sondern ich habe geschlafen«, erwiderte Jamie. »Über dein Wesen wollen wir jetzt nicht streiten, aber du bist ein gutes Stück kleiner als die meisten von Colums Wachen.«

Ich betrachtete die Diskussion als unergiebig und versuchte es mit einem anderen Thema. »Warum hast du im Stall geschlafen?«

fragte ich. »Hast du nicht irgendwo ein Bett?« Wir waren jetzt im äußeren Bereich des Burggartens, und ich konnte Jamies Gesicht im matten Licht sehen. Konzentriert ließ er den Blick über die Gewölbegänge schweifen, aber bei diesen Worten schaute er beiseite.

»Doch«, sagte er und schritt weiter, nach wie vor meinen Ellbogen umfassend, aber einen Moment später fuhr er fort: »Ich dachte mir, es ist besser, wenn ich aus dem Weg bin.«

»Weil du Colum MacKenzie nicht die Treue schwören willst?« vermutete ich. »Und keinen Ärger deswegen möchtest?«

Jamie betrachtete mich amüsiert. »So ähnlich«, gab er zu.

Eines der Seitentore stand einladend offen, und eine Laterne auf dem Mauervorsprung daneben warf einen warmen gelben Schein. Wir hatten dieses Leuchtfeuer fast erreicht, als sich plötzlich von hinten eine Hand über meinen Mund legte und ich den Boden unter den Füßen verlor.

Ich wehrte mich und biß zu, doch mein Häscher trug dicke Handschuhe und war, wie Jamie gesagt hatte, ein gutes Stück größer als ich.

Jamie schien selbst gewisse Schwierigkeiten zu haben. Das Ächzen und gedämpfte Fluchen endete mit einem dumpfen Aufprall und einem vollmundigen gälischen Kraftausdruck.

Der Kampf im Dunkeln hörte auf, und jemand, den ich nicht kannte, lachte schallend.

»Heiliger Gott, ist das nicht Colums Neffe? Kommst ein bißchen spät zum Eid, was, Junge? Und wen hast du da dabei?«

»Ein Mädel«, antwortete der Mann, der mich festhielt. »Und ein süßes, dralles, so wie es sich anfühlt.« Die Hand entfernte sich von meinem Mund und griff an anderer Stelle herzhaft zu. Ich schrie empört auf, bekam die Nase des Mannes zu fassen und riß daran. Er setzte mich mit einer Verwünschung ab. Ich wich zurück vor den Whiskydünsten und empfand plötzlich Dankbarkeit für Jamies Gegenwart. Vielleicht war es doch klug, daß er mich begleitet hatte.

Er schien anderer Meinung zu sein, als er einen vergeblichen Versuch unternahm, sich dem Zugriff der beiden Krieger, die sich an ihn gehängt hatten, zu entziehen. Ihre Aktion war nicht feindselig, aber äußerst entschlossen. Sie bewegten sich zielbewußt auf das offene Tor zu, ihren Gefangenen hinter sich herzerrend.

»Jetzt laßt mich los, ich muß mich umziehen«, protestierte Jamie. »So kann ich nicht zum Eid gehen – wie sehe ich denn aus.«

Jamies Bemühungen, sich zu drücken, wurden von Ruperts Erscheinen zunichte gemacht, der, feist und prächtig in gerüschtem Hemd und goldbetreßtem Rock, aus dem schmalen Tor herausflutschte wie ein Korken aus der Flasche.

»Deswegen mußt du dir nicht den Kopf zerbrechen, Junge«, sagte Rupert und musterte Jamie mit blitzenden Augen. »Wir werden dich anständig herrichten – drinnen.« Er deutete auf das Tor, und Jamie blieb nichts anderes übrig, als hineinzugehen. Eine fleischige Hand packte mich am Ellbogen, und ich folgte Jamie.

Rupert schien strahlender Laune, ebenso die anderen Männer, die ich auf dem Hof in der Nähe des Eingangs herumlaufen sah. Es waren sechzig bis siebzig, alle im Sonntagsstaat, mit Dolchen, Schwertern, Pistolen und Felltaschen behängt. Rupert wies auf eine Pforte in der Mauer, und die Wachen drängten Jamie in ein kleines beleuchtetes Zimmer. Es wurde offenbar als Lagerraum verwendet; die Tische und Borde waren mit jedem erdenklichen Krimskrams übersät.

Rupert betrachtete Jamie kritisch, inspizierte das Stroh in seinen Haaren und die Flecken auf seinem Hemd. Ich sah, wie sein Blick zu dem Stroh in meinen Haaren wanderte. Ein sarkastisches Grinsen war die Folge.

»Kein Wunder, daß du so spät dran bist, Junge«, sagte Rupert und versetzte Jamie einen Rippenstoß. »Kann's dir auch nicht verdenken.«

Nun wandte sich Rupert an einen der Männer draußen. »Willie!« rief er. »Wir brauchen Kleider. Etwas Passendes für den Neffen des Burgherrn. Kümmere dich darum – und spute dich!«

Jamie schaute dünnlippig auf die Männer, die ihn umringten – sechs Clanmitglieder, die alle in Hochstimmung wegen des bevorstehenden Treueeids waren und vor Stolz schier platzen wollten. Die gute Laune war nicht zuletzt auf das große Bierfaß zurückzuführen, das ich auf dem Hof gesehen hatte und aus dem man sich reichlich bedient hatte. Jamies Blick ruhte nun auf mir; seine Miene war nach wie vor grimmig. Das ist *dein* Werk, schien sie zu sagen.

Natürlich hätte Jamie verkünden können, er habe nicht vor, Colum Treue zu schwören, und anschließend zu seinem warmen Lager im Stall zurückkehren. Vorausgesetzt, er war scharf auf eine Tracht Prügel. Er hob eine Augenbraue, zuckte die Achseln und fügte sich würdig dem Mann Willie, der mit einem Stapel schneeweißen Linnens und einer Haarbürste herbeigeeilt kam. Obenauf lag eine flache blaue Samtmütze, geschmückt mit einer Plakette aus Metall, in der ein Ilexzweig steckte. Ich nahm die Mütze, um sie zu betrachten, während Jamie in ein sauberes Hemd schlüpfte und sich mit mühsam unterdrückter Wildheit die Haare bürstete.

Die Plakette war rund, ihre Gravur erstaunlich fein. Sie zeigte fünf Vulkane, die höchst naturgetreue Flammen spien. Um den Rand stand das Motto *Luceo non uro*.

»Ich leuchte, doch ich brenne nicht«, übersetzte ich laut.

Willie nickte anerkennend. »Aye, Mädel, das ist der Wahlspruch der MacKenzies«, sagte er. Dann riß er mir die Mütze aus der Hand und gab sie Jamie, ehe er davonstürzte, um noch mehr Kleidung zu suchen.

Ich nutzte Willies Abwesenheit, um mich Jamie zu nähern. »Äh . . . es tut mit leid«, sagte ich leise. »Ich wollte wirklich nicht –«

Jamie, der die Plakette an der Mütze mißfällig beäugt hatte, blickte auf mich nieder, und seine verbissenen Züge entspannten sich.

»Oh, mach dir keine Gedanken deswegen, Sassenach. Früher oder später wäre es ohnehin dazu gekommen.« Er drehte die Plakette von der Mütze ab, lächelte säuerlich und wog sie grüblerisch in der Hand.

»Kennst du meinen Wahlspruch, Mädel?« fragte er. »Ich meine, den meines Clans?«

»Nein«, antwortete ich überrascht. »Wie lautet er?«

Jamie warf die Plakette in die Luft, fing sie auf und steckte sie in seine Felltasche. Er blickte ziemlich trübselig zu der offenen Tür, hinter der die MacKenzies in nicht allzu geordneten Reihen Aufstellung nahmen.

»*Je suis prest*«, sagte Jamie in erstaunlich gutem Französisch. Er schaute wieder zur Tür und sah, wie Rupert und ein anderer hochgewachsener MacKenzie, den ich nicht kannte, mit großer Entschlossenheit nahten. Rupert hatte einen MacKenzie-Tartan über dem Arm.

Ohne lange zu fackeln, griff der andere Mann nach der Schnalle von Jamies Kilt.

»Du gehst jetzt am besten, Sassenach«, rief Jamie. »Das ist kein Ort für Frauen.«

»Das sehe ich«, erwiderte ich trocken und wurde mit einem

ironischen Lächeln belohnt, während man Jamies Hüften in den neuen Kilt wickelte und den alten flink darunter wegriß. Rupert und dessen Freund nahmen Jamie fest bei den Armen und führten ihn zur Tür.

Ich machte mich auf den Weg zur Spielmannsempore, wobei ich dem Blick eines jeden Clanmitglieds auswich, an dem ich vorüberkam. Hinter der nächsten Ecke hielt ich inne und drückte mich gegen die Wand, um nicht gesehen zu werden. Ich wartete einen Moment, bis der Flur leer war, sauste dann durch die Tür zur Empore und zog sie rasch hinter mir zu. Von oben fiel ein matter Schein auf die Treppe. Ich stieg dem Lärm und dem Licht entgegen und dachte an jenen letzten kurzen Wortwechsel.

»Je suis prest.« *Ich bin bereit.* Ich konnte nur hoffen, daß es stimmte.

Die Empore wurde von Kiefernfackeln erleuchtet, die kerzengerade in ihren Haltern standen. Mehrere Gesichter wandten sich um und betrachteten mich blinzelnd, als ich zwischen den Wandteppichen auf der Rückseite der Empore heraustrat; offenbar hatten sich alle Frauen der Burg hier versammelt. Ich sah Laoghaire, Magdalen und einige andere Mädchen, die ich aus der Küche kannte, und natürlich – auf einem Ehrenplatz nahe der Balustrade – die füllige Gestalt von Mrs. FitzGibbons.

Als sie mich bemerkte, winkte sie freundlich, und die anderen Frauen drückten sich aneinander, um mich durchzulassen. Von der vordersten Reihe aus konnte ich den ganzen Saal überblicken.

Die Wände waren mit Myrthenzweigen, Eibe und Ilex geschmückt, und der Duft der immergrünen Pflanzen stieg zur Empore auf, vermischt mit dem Rauch der Feuer und dem Geruch nach Männern. Es waren Dutzende, die kamen und gingen, in kleinen Gruppen zusammenstanden und miteinander redeten. Alle waren sie in die eine oder andere Variante des Clan-Tartans gekleidet, sei es ein Plaid, sei es nur eine Mütze, die zum gewöhnlichen Arbeitskittel und einer zerlumpten Kniehose getragen wurde. Die Muster unterschieden sich erheblich voneinander, aber die Farben waren überwiegend dieselben – dunkle Grüntöne und Weiß.

Die meisten waren wie Jamie vollständig ausstaffiert – mit Kilt, Plaid, Mütze und Plakette. Ich sah ihn in der Nähe der Wand stehen, immer noch mit grimmiger Miene. Rupert war im Gewühl verschwunden, aber zwei kräftige MacKenzies, offenbar Wachen, rahmten Jamie ein.

Das Durcheinander ordnete sich allmählich, als sich die Burgbewohner freie Bahn schufen und die Neuankömmlinge zu ihren Plätzen am unteren Ende des Saales führten.

Der heutige Abend war eindeutig etwas Besonderes; der junge Mann, der beim Gericht den Dudelsack gespielt hatte, hatte Verstärkung von zwei weiteren bekommen, darunter einem, dessen Auftreten ihn als Meister seines Instruments auswies. Er nickte den beiden anderen zu, und bald war der Saal vom wilden Gebrumm der Dudelsäcke erfüllt.

Die Melodienpfeifen legten Triller über die Grundtöne, die einem in die Beine fuhren. Die Frauen in meiner Umgebung zuckten anerkennend, und es gab so manches bewundernde Gemurmel, als sie sich übers Geländer beugten und auf den einen oder anderen Mann zeigten, der, mit seinen schönsten Kleidern geschmückt, durch den Saal stolzierte. Ein Mädchen entdeckte Jamie und machte ihre Freundinnen auf ihn aufmerksam. Über sein Erscheinen wurde viel getuschelt und geraunt.

Zum Teil bestaunten sie sein gutes Aussehen, aber mehr noch rätselten sie über seine Gegenwart beim Eid. Ich bemerkte, daß insbesondere Laoghaire glühte wie die Morgensonne, als sie Jamie beobachtete, und mir fiel ein, was der alte Alec in der Koppel gesagt hatte – *Du weißt, ihr Vater wird sie nicht außerhalb des Clans heiraten lassen.* Er war doch Colums Neffe, oder? Der junge Mann würde ein guter Fang sein. Abgesehen von der unbedeutenden Tatsache, daß er geächtet war.

Die Musik strebte einem leidenschaftlichen Höhepunkt entgegen und verstummte dann jäh. In der Totenstille, die darauf folgte, trat Colum MacKenzie aus dem oberen Eingang und schritt zielbewußt zu einem kleinen Podium, das am Ende des Saales errichtet worden war. Zwar gab er sich keine Mühe, seine Behinderung zu verbergen, aber er stellte sie auch nicht zur Schau. Er war prächtig gekleidet, trug einen himmelblauen Rock mit schweren Goldlitzen, silbernen Knöpfen und seidenen, rosenrot gefütterten Aufschlägen, die fast bis zum Ellbogen reichten. Ein Kilt aus feinster Wolle bedeckte seine Knie und den größten Teil seiner Beine mit den karierten Strümpfen.

Seine Mütze war blau, und in der Silberplakette steckte kein

Ilexzweig, sondern ein Federbusch. Der ganze Saal hielt den Atem an, als er das Podium betrat. An Colum MacKenzie war eindeutig ein Showstar verlorengegangen.

Er wandte sich den versammelten Clanmitgliedern zu, hob die Arme und begrüßte alle mit dem schallenden Ruf:

»Tulach Ard!«

»Tulach Ard!« röhrten die Männer. Die Frau neben mir erschauerte.

Dann folgte eine kurze gälische Rede. Sie wurde immer wieder von Beifallsbekundungen unterbrochen, und daran schloß sich der eigentliche Treueid an.

Dougal MacKenzie war der erste, der vor Colums Podium trat. Es verlieh Colum soviel Größe, daß sich die beiden Brüder Auge in Auge gegenüberstanden. Dougal war schön, aber schlicht in kastanienbraunen Samt ohne Goldtressen gekleidet, um die Aufmerksamkeit nicht von Colums Glanz abzulenken.

Schwungvoll zückte Dougal den Dolch und beugte ein Knie, während er die Waffe an der Klinge empor hielt. Seine Stimme war nicht so kräftig wie die von Colum, aber laut genug, daß jedes Wort noch in den hintersten Winkel des Saales drang.

»Ich schwöre beim Kreuz unseres Herrn und Heilands Jesus Christus und bei dem heiligen Eisen, das ich halte, Euch Gefolgschaft zu leisten, und gelobe Euch und dem Namen des Clans MacKenzie Treue. Erhebe ich je meine Hand wider Euch, so soll dieses heilige Eisen mein Herz durchbohren.«

Dougal senkte den Dolch, küßte ihn und steckte ihn in die Scheide zurück. Immer noch kniend, hielt er Colum beide Hände entgegen, der sie zwischen die seinen nahm und zur Anerkennung des Eides an seine Lippen hob. Dann zog er Dougal auf die Beine.

Colum drehte sich um und holte einen silbernen Becher mit zwei Henkeln von dem mit einem Tartan bedecken Tisch hinter sich. Er hob ihn mit beiden Händen empor, trank daraus und reichte ihn Dougal. Dougal nahm einen herzhaften Schluck und gab den Becher zurück. Dann trat er mit einer abschließenden Verbeugung vor dem Oberhaupt des MacKenzie-Clans beiseite und machte Raum für den nächsten Mann in der Reihe.

Dieser Vorgang wiederholte sich unablässig, vom Gelöbnis bis zum zeremoniellen Trank. Als ich die Zahl der wartenden Männer sah, war ich wieder einmal beeindruckt von Colums Trinkfestigkeit. Ich wollte gerade berechnen, wieviel Alkohol er am Ende des Abends konsumiert haben würde, als ich sah, daß Jamie sich der Spitze der Reihe näherte.

Dougal war, nachdem er seinen Schwur getan hatte, hinter Colum getreten. Er sah Jamie früher als sein Bruder, der mit einem anderen Mann beschäftigt war, und fuhr überrascht zusammen. Dann trat er näher an Colum heran und murmelte etwas. Colum hielt den Blick weiterhin auf den Mann vor sich gerichtet, doch er erstarrte ein wenig. Auch er war überrascht – und nicht unbedingt erfreut.

Die Erregung im Saal hatte sich im Verlauf des Abends gesteigert. Wenn Jamie jetzt den Eid verweigerte, dachte ich, könnte er von den überreizten Clanmitgliedern in Stücke gerissen werden. Ich hatte Schuldgefühle, weil ich ihn in diese prekäre Lage gebracht hatte.

Er schien gefaßt. Es war heiß im Saal, aber er schwitzte nicht. Er wartete geduldig, und man sah ihm nicht an, ob er sich der hundert bis an die Zähne bewaffneten Männer bewußt war, die ihn umgaben und an jeder Beleidigung Anstoß nehmen würden. *Je suis prest*, in der Tat. Oder hatte Jamie beschlossen, sich an Alecs Rat zu halten?

Als er an die Reihe kam, gruben sich meine Fingernägel tief in meine Handflächen.

Jamie beugte elegant das Knie vor Colum und verneigte sich. Doch statt seinen Dolch für den Eid zu zücken, erhob er sich wieder und schaute Colum ins Gesicht. Aufgerichtet war er größer als die meisten Männer im Raum, und er überragte Colum auf seinem Podium um mehrere Zentimeter. Ich blickte flüchtig auf Laoghaire. Sie war blaß geworden, und ich sah, daß sie die Fäuste geballt hatte.

Alle Augen ruhten nun auf Jamie, doch er sprach, als richte er das Wort einzig an Colum. Seine Stimme war so tief wie die des MacKenzies, und jedes Wort war deutlich zu hören.

»Colum MacKenzie, ich komme zu Euch als Verwandter und Bundesgenosse. Ich lege kein Gelöbnis ab, denn ich habe meinen Treueid auf den Namen geschworen, den ich trage.« Die Menge murrte leise und unheilverkündend. Jamie ignorierte es und fuhr fort: »Aber ich verspreche Euch alles, was ich sonst habe: meine Hilfe und meinen guten Willen, wann immer Ihr sie braucht. Ich sage Euch meinen Gehorsam als Verwandtem und Burgherrn zu, und Euer Wort sei mir Befehl, solange ich meinen Fuß auf das Land des MacKenzie-Clans setze.«

Jamie verstummte; groß und aufrecht stand er da, seine Hände hingen locker herunter. Jetzt ist der Ball in Colums Hälfte, dachte ich. Ein Wort von ihm, ein Zeichen, und am nächsten Morgen würde man das Blut des jungen Mannes vom Steinboden aufwischen.

Colum blieb einen Moment reglos; dann lächelte er und streckte die Arme aus. Nach kurzem Zögern legte Jamie seine Hände in die von Colum.

»Dein Versprechen der Freundschaft und des guten Willens ehrt uns«, sagte Colum. »Wir wissen deinen Gehorsam zu schätzen und vertrauen dir als Bundesgenossen des MacKenzie-Clans.«

Die Spannung im Saal ließ nach, und auf der Empore gab es einen fast hörbaren Seufzer der Erleichterung, als Colum aus dem Becher trank und ihn Jamie reichte. Der junge Mann nahm ihn lächelnd entgegen. Er hob das fast volle Gefäß behutsam an die Lippen und trank. Und trank. Von den Zuschauern kam ein Laut, der teils von Respekt und teils von Erheiterung kündete, während sich die mächtigen Muskeln an Jamies Hals bewegten. Er muß doch bald atmen, dachte ich, aber nein. Jamie leerte den Becher bis zum letzten Tropfen, setzte ihn, nach Luft schnappend, ab und gab ihn Colum wieder.

»Und mir ist es eine Ehre«, sagte Jamie, ein wenig heiser, »mit einem Clan im Bunde zu sein, der, was Whisky betrifft, einen so guten Geschmack hat.«

Daraufhin brach ein Tumult aus, und Jamie schritt zum Ausgang zurück, des öfteren aufgehalten von Leuten, die ihm die Hand schüttelten oder ihm auf die Schulter klopften. Anscheinend war Colum MacKenzie nicht das einzige Showtalent der Familie.

Auf der Empore herrschte drückende Hitze, und ich bekam Kopfschmerzen von dem aufsteigenden Rauch, ehe die Eidesleistung schließlich mit einigen bewegenden Worten von Colum zu Ende ging. Unbeeinträchtigt von all dem Whisky hallte die kräftige Stimme durch den Saal. Wenigstens werden Colum trotz des langen Stehens heute abend die Beine nicht weh tun, dachte ich.

Unten ertönte Dudelsackmusik, und dann löste sich die feierliche Szene in wildem Gebrüll auf. Mit einem gewaltigen Schrei wurden die Bier- und Whiskyfässer begrüßt, die nun hereingerollt wurden, begleitet von Platten mit dampfenden Hafermehlkuchen, Schafsmagen und Braten. Mrs. FitzGibbons, die diesen Teil der Veranstaltung organisiert haben mußte, lehnte sich gefährlich weit über die Balustrade und hatte ein scharfes Auge auf die Servierer, hauptsächlich Burschen, die noch zu jung waren, um den Treueid zu schwören.

»Wo bleiben die Fasanen?« murmelte sie. »Und die gefüllten Aale? Oh, dieser verwünschte Munro Grant! Ich werde ihm den Kopf abreißen, wenn er die Aale hat anbrennen lassen!« Entschlossen drehte sie sich um und bahnte sich ihren Weg zur Rückseite der Empore, sichtlich unwillig, etwas so Entscheidendes wie das Festmahl in Mungo Grants unerprobte Hände zu geben.

Ich nutzte die Gelegenheit, um hinter Mrs. FitzGibbons herzudrängen. Andere schlossen sich uns an.

Mrs. FitzGibbons drehte sich am Fuße der Treppe um, sah die Frauenschar und runzelte die Stirn.

»Ihr huscht jetzt sofort auf eure Kammern«, befahl sie. »Aber haltet euch nicht lange auf den Fluren auf und spitzt nicht um die Ecken. Es gibt hier keinen Mann, der nicht schon angetrunken ist, und in einer Stunde werden sie alle bezecht sein. Dies ist heute abend kein Ort für Frauen.«

Mrs. FitzGibbons stieß die Tür auf und spähte vorsichtig in den Flur. Es schien, als wäre die Luft rein, und so scheuchte sie die Mädchen fort zu ihren Schlafquartieren in den oberen Stockwerken.

»Brauchen Sie Hilfe?« fragte ich, als ich neben Mrs. FitzGibbons stand. »In der Küche, meine ich?«

Sie schüttelte den Kopf, lächelte jedoch dankbar. »Nein, das tut nicht not, Mädchen. Gehen Sie jetzt, für Sie ist es hier auch nicht sicher.« Und mit einem freundlichen Schubs beförderte sie mich auf den trüb erleuchteten Flur.

Nach der Begegnung mit den Wachen draußen war ich geneigt, Mrs. Fitz' Rat zu folgen. Die Männer im Saal lärmten, tanzten, tranken und dachten nicht daran, sich zurückzuhalten. Kein Ort für Frauen, dem stimmte ich zu.

Den Weg zu meinem Zimmer zu finden, stand freilich auf einem anderen Blatt. Ich war in einem Teil der Burg, den ich wenig kannte. Ich wußte zwar, daß es im nächsten Stockwerk einen überdachten Laufgang zu dem Flur gab, der zu meinem Zimmer führte, aber ich fand nichts, was einer Treppe glich.

Ich bog um eine Ecke und stieß auf eine Gruppe von Clanmitgliedern. Es handelte sich um Männer, die ich nicht kannte, Männer von den abgelegeneren MacKenzie-Ländereien, die an feine Manieren nicht gewöhnt waren. Zumindest nahm ich das an, als einer die Suche nach den Latrinen aufgab und sich im Flur erleichterte.

Ich wirbelte sofort herum und wollte denselben Weg zurückgehen, den ich gekommen war. Doch da schossen gleich mehrere Hände vor, um mich aufzuhalten, und ich fand mich gegen eine Mauer gedrückt und von bärtigen Hochländern umringt, die aus allen Poren Schnaps ausdünsteten und Vergewaltigung im Sinn hatten.

Der Mann vor mir erachtete Präliminarien für überflüssig, packte mit der einen Hand meine Taille und stieß die andere grob in mein Mieder. Er beugte sich über mich und rieb seine haarige Wange an meinem Ohr. »Wie wär's jetzt mit einem süßen Kuß für die tapferen Krieger des MacKenzie-Clans? *Tulach Ard!*«

»Pack dich!« sagte ich rüde und gab dem Mann, der sowieso schon betrunken schwankte, einen kräftigen Schubs. Er stolperte rückwärts gegen einen seiner Gefährten. Ich wich zur Seite und floh.

Eine andere Gestalt ragte vor mir auf, und ich zögerte. Es schien jedoch nur einer zu sein, und hinter mir waren mindestens zehn, die trotz ihres alkoholisierten Zustands aufholten. Und so rannte ich weiter. Ich wollte um den Mann einen Haken schlagen, aber er versperrte mir den Weg derart abrupt, daß ich die Hände gegen seine Brust stemmen mußte, um nicht mit ihm zusammenzuprallen. Es war Dougal MacKenzie.

»Was, bei allen Teufeln –«, begann er. Dann sah er die Männer, die mich verfolgten. Er zog mich hinter sich und bellte den anderen etwas auf gälisch entgegen. Sie protestierten, doch nach kurzem Wortwechsel, der dem Knurren von Wölfen glich, gaben sie klein bei und trollten sich.

»Danke«, sagte ich ein wenig benommen. »Ich . . . Ich werde jetzt gehen. Ich sollte gar nicht hier unten sein.« Dougal blickte auf mich nieder und zog mich näher, damit ich ihn ansähe. Seine Haare waren zerzaust, seine Kleider unordentlich; offenbar hatte auch er getrunken.

»Ganz recht, Mädel«, sagte er. »Sie sollten nicht hier sein. Da Sie's aber doch sind, werden Sie dafür büßen müssen.« Seine Augen funkelten im Dämmerlicht. Und plötzlich riß er mich an sich und küßte mich. Brutal genug, um meine Lippen auseinanderzuzwingen. Seine Zunge stieß gegen meine; er schmeckte scharf nach Whisky. Seine Hände schlossen sich um meine Hinterbacken und drückten mich an ihn; durch meine Röcke spürte ich die steife Härte unter seinem Kilt.

Er gab mich so plötzlich frei, wie er mich gepackt hatte, nickte und deutete leise keuchend den Flur hinunter. Eine Locke rotbraunen Haares hing ihm in die Stirn, und er strich sie zurück.

»Gehen Sie jetzt, Mädchen«, sagte er. »Bevor Sie einen höheren Preis zahlen müssen.«

Und so ging ich.

Eigentlich hatte ich erwartet, daß die meisten Leute nach diesem Gelage lange in den Federn bleiben und allenfalls, wenn die Sonne hoch am Himmel stand, nach unten stolpern würden, um zur Stärkung einen Krug Bier zu trinken. Doch die MacKenzies waren ein zäher Menschenschlag, denn auf der Burg ging es schon lange vor Tagesanbruch zu wie ein einem Bienenhaus; laute Stimmen brüllten in den Fluren herum, und während sich die Männer zur Jagd rüsteten, gab es ein gewaltiges Waffengerassel und Stiefelgeknalle.

Es war kalt und neblig, aber Rupert, den ich auf dem Weg zum Saal traf, versicherte mir, dies sei das beste Wetter für die Keilerhatz.

»Die Kälte macht den Wildschweinen nichts aus«, erklärte er. Und sie fühlen sich sicher bei so dichtem Nebel – können die Mäner nicht sehen, die hinter ihnen her sind.«

Ich versagte mir den Hinweis, daß die Jäger den Keiler ebenfalls nicht sehen würden, bis sie vor ihm standen.

Als die Sonne rotgold im Nebel auftauchte, versammelte sich die Gesellschaft im vordersten Hof, mit Tautropfen benetzt und mit strahlenden Augen. Zum Glück wurde von den Frauen nicht erwartet, daß sie an der Jagd teilnahmen; sie begnügten sich damit, den scheidenden Helden Haferkuchen und Bier anzubieten. Als ich die vielen Männer sah, die sich zum östlichen Wald aufmachten, bis an die Zähne mit Saufedern, Äxten und Dolchen bewaffnet, tat mir der Keiler ein bißchen leid.

Diese Haltung wich eine Stunde später fast ehrfürchtigem Respekt – ich wurde eilig an den Waldrand gerufen, damit ich einen verletzten Mann versorgte, der, wie ich vermutet hatte, im Nebel über den Keiler gestolpert war.

»O verdammt!« sagte ich, als ich die klaffende Wunde untersuchte, die vom Knie bis zum Knöchel reichte. »Das war ein *Tier*? Hat das denn Zähne aus rostfreiem Edelstahl?«

»Wie?« Das Opfer war kalkweiß vor Schreck und zu durcheinander, um mir zu antworten, aber einer der Burschen, die ihm aus dem Wald geholfen hatten, schaute mich seltsam an.

»Schon gut«, sagte ich und zog den Druckverband straff, den ich dem Verletzten angelegt hatte. »Bringt ihn auf die Burg. Mrs. FitzGibbons soll ihm ein paar Decken und Brühe geben. Die Wunde muß genäht werden, und ich habe hier nicht die Instrumente dafür.«

Die rhythmischen Rufe der Treiber hallten im Nebel. Plötzlich ertönte ein durchdringender Schrei, und ein Fasan flog mit rauschenden Flügeln aus seinem Versteck auf.

»Heiliger Gott, was nun?« Ich nahm einen Armvoll Verbände, überließ meinen Patienten den Leuten, die sich bisher um ihn gekümmert hatten, und rannte, so schnell ich konnte, in den Wald.

Unter den Zweigen war der Nebel dichter, und ich konnte kaum ein paar Meter weit sehen, doch das aufgeregte Geschrei und der Krach im Unterholz wiesen mir die Richtung.

Es kam von hinten und streifte mich. Ich hatte mich auf das Geschrei konzentriert und hörte und sah es nicht, bis es vorbei war, eine dunkle Masse, die sich mit unglaublicher Geschwindigkeit bewegte. Die absurd kleinen Hufe machten fast kein Geräusch auf den nassen Blättern.

Ich war so verblüfft über diese plötzliche Erscheinung, daß es mir zunächst gar nicht einfiel, erschrocken zu sein. Ich starrte nur in den Nebel, wohin das schwarze Borstentier verschwunden war. Dann hob ich die Hand, um die Locken zurückzustreichen, die sich feucht um mein Gesicht ringelten, und sah den roten Streifen. Ich blickte nieder und entdeckte einen ähnlichen Streifen an meinem Rock. Das Tier mußte verwundet sein. War der Schrei vielleicht von ihm gekommen?

Ich glaubte es nicht; es hatte wie ein Todesschrei geklungen. Und der Keiler hatte sich kraftvoll bewegt. Ich holte tief Luft und ging, auf der Suche nach einem verwundeten Mann, weiter in den Nebel hinein.

Ich fand ihn am Fuße eines kleinen Abhangs, umgeben von Jägern. Sie hatten ihre Plaids über ihn gebreitet, damit er nicht fror, aber das Tuch, das seine Beine bedeckte, war unheilverkündend dunkel vor Nässe. Eine breite Spur im schwarzen Dreck zeigte, wo er den Abhang hinuntergetaumelt war, und ein Durcheinander aus verschlammten Blättern und aufgewirbelter Erde markierte den Punkt, wo er auf den Keiler getroffen war. Ich sank neben dem Mann auf die Knie, schlug die Decke zurück und machte mich an die Arbeit.

Ich hatte kaum begonnen, da schrien die Jäger, und ich drehte mich um und sah die alptraumhafte Gestalt wieder lautlos zwischen den Bäumen auftauchen.

Diesmal hatte ich Zeit, den Dolchgriff wahrzunehmen, der aus der Flanke des Keilers ragte – vielleicht das Werk des Mannes auf dem Boden vor mir.

Die Jäger, die so überrascht waren wie ich, griffen zu den Waffen. Ein hochgewachsener Mann riß einem Gefährten, der wie versteinert war, die Saufeder aus der Hand und trat auf die Lichtung.

Es war Dougal MacKenzie. Lässig kam er daher, mit gesenkter Waffe, als wäre er im Begriff, einen Spatenvoll Erde zu heben. Er konzentrierte sich auf das Tier und sprach mit gedämpfter Stimme zu ihm, als wollte er es aus dem Schutz des Baumes locken, neben dem es stand.

Der erste Angriff kam wie eine Explosion. Das Tier brauste an Dougal vorbei, so dicht, daß sein brauner Tartan im Luftzug flappte. Es wirbelte sofort herum und kam wutschnaubend zurück. Dougal sprang beiseite wie ein Torero und zielte mit der Saufeder auf das Tier. Vorbei, zurück, und das Ganze von vorn. Es war eher ein Tanz als ein Kampf, in dem die kraftstrotzenden Widersacher über dem Boden zu schweben schienen.

Und es dauerte nur eine Minute, obwohl es weit länger schien. Das Ende nahte, als Dougal, den scharfen Hauern ausweichend, die Spitze des kurzen Speeres hob und sie dem Tier geradewegs zwischen die Schultern trieb. Es gab ein Quieken, bei dem sich mir die Härchen auf den Unterarmen aufstellten. Die kleinen Schweinsaugen schossen hin und her, und die zierlichen Hufe sanken in den Schlamm ein, während der Keiler torkelte und taumelte. Das Quieken wurde unmenschlich schrill, als der schwere Körper stürzte. Die Hufe wühlten im Dreck, daß die feuchte Erde aufspritzte.

Dann hörte das Quieken plötzlich auf. Einen Moment lang herrschte Stille. Noch ein Grunzen, und die massige Gestalt lag reglos.

Dougal hatte nicht gewartet, um sich zu vergewissern, daß er den Keiler zur Strecke gebracht hatte, sondern hatte einen Bogen um das zuckende Tier geschlagen und war zu dem Verletzten zurückgekehrt. Er sank auf die Knie und schob seinen Arm unter die Schultern des Opfers. Wangen und Haare waren blutverschmiert.

»So, Geordie«, sagte Dougal, und die rauhe Stimme war plötzlich sanft. »Ich hab' ihn. Jetzt ist es gut.«

»Dougal? Bist du's?« Der Verletzte drehte den Kopf in Dougals Richtung und bemühte sich, die Augen zu öffnen.

Ich war überrascht, während ich zuhörte und dem Mann den Puls fühlte. Dougal der Jähzornige, Dougal der Harte redete leise auf den Verletzten ein, sprach Worte des Trostes, drückte ihn an sich und strich ihm über die zerzausten Haare.

Ich setzte mich auf die Hacken und griff erneut nach den Verbänden neben mir. Eine tiefe, mindestens zwanzig Zentimeter lange, stark blutende Wunde verlief von der Leiste über den Oberschenkel. Es spritzte jedoch nicht, also war die Oberschenkelarterie nicht verletzt, und die Aussichten, die Blutung zu stillen, waren gut.

Was man dagegen nicht aufhalten konnte, war das Tröpfeln aus dem Bauch des Mannes, wo die Hauer alles aufgerissen hatten: Haut, Muskeln, Eingeweide. Der Darm war perforiert; ich sah es deutlich durch den ausgefransten Spalt im Fleisch. Solche Unterleibsverletzungen waren oft tödlich, selbst wenn ein moderner Operationssaal und Antibiotika zur Verfügung standen. Und hier, wo ich nichts zur Behandlung hatte als Knoblauch und Schafgarbe...

Mein Blick begegnete dem von Dougal, der ebenfalls die gräßliche Verletzung betrachtete. Seine Lippen bewegten sich, fragten lautlos: »Kann er das überleben?«

Ich schüttelte stumm den Kopf. Dougal zögerte einen Moment, dann beugte er sich vor und löste die Aderpresse, die ich am Schenkel des Mannes angelegt hatte. Er sah mich an, schien auf Widerspruch zu warten, doch ich nickte nur. Ich konnte die Blutung stillen und den Mann auf die Burg schaffen lassen. Dort würde er im Bett liegen, während die Unterleibsverletzung eiterte, bis sich die Fäulnis weit genug ausgebreitet hatte, um ihn zu töten – möglicherweise quälte er sich noch tagelang in entsetzlichen Schmerzen.

Was Dougal ihm zugedacht hatte, war wohl ein angenehmerer Tod: unter freiem Himmel, und sein Blut netzte die Blätter, die schon vom Blut des Tieres getränkt waren, das ihn so schwer verwundet hatte. Ich kroch zu Geordie und hielt ihm den Kopf.

»Gleich ist es besser«, sagte ich mit fester Stimme, wie ich es gelernt hatte. »Der Schmerz wird bald nachlassen.«

»Aye. Es ... ist schon besser. Ich spüre meine Beine nicht mehr ... die Hände auch nicht ... Dougal ... bist du noch da? Bist du bei mir?« Der Mann tastete mit den Händen in der Luft herum. Dougal nahm sie fest in seine und beugte sich über den Verletzten und flüsterte ihm ins Ohr.

Geordie bäumte sich auf, und seine Fersen gruben sich tief in den schlammigen Boden; sein Leib wehrte sich gegen das, was sein Verstand bereits zu akzeptieren begonnen hatte. Von Zeit zu Zeit rang er nach Atem.

Es war sehr ruhig im Wald. Kein Vogel sang im Nebel, und die Jäger, die geduldig im Schatten der Bäume warteten, waren so still wie die Bäume selbst. Dougal und ich beugten uns über den Körper im Todeskampf und teilten uns die herzzereißende und notwendige Aufgabe, einem Menschen beim Sterben zu helfen.

Den Rückweg zur Burg legten wir in Schweigen zurück. Ich ging hinter dem Toten, der auf einer improvisierten Bahre aus Kiefernzweigen getragen wurde. Hinter uns, auf die gleiche Weise befördert, kam der Kadaver seines Widersachers. Dougal schritt alleine voran.

Als wir durch das Tor zum Haupthof traten, sah ich die rundliche Gestalt von Vater Bain, dem Priester des Dorfes, der verspätet zu seinem gefallenen Schäflein eilte.

Dougal blieb stehen und streckte die Hand aus, um mich aufzuhalten, als ich mich der Treppe zuwandte, die zu meinem Sprechzimmer führte. Die Träger mit Geordies Leichnam zogen vorbei, der Kapelle entgegen, und ließen uns allein auf dem Flur zurück. Dougal faßte mich am Handgelenk und betrachtete mich mit durchdringendem Blick.

»Sie haben schon öfter Männer eines gewaltsamen Todes sterben sehen«, sagte er ausdruckslos. Es war fast ein Vorwurf.

»Ja«, antwortete ich ebenso ausdruckslos. »Viele.« Ich riß mich los und ging, um mich meines lebenden Patienten anzunehmen.

Geordies Tod, so schauderhaft er war, setzte den Feierlichkeiten nur kurzfristig einen Dämpfer auf. Am Nachmittag wurde in der Burgkapelle eine prächtige Totenmesse gelesen, und am nächsten Morgen begannen die Spiele.

Ich sah wenig davon, da ich vollauf damit beschäftigt war, die Teilnehmer zu verarzten. Alles, was ich mit Gewißheit von den Spielen sagen konnte, war, daß sie mit großem Einsatz ausgetragen wurden. Ich verband einen Stümper, der sich bei dem Versuch, zwischen Schwertern zu tanzen, fast selbst entleibt hatte; ich richtete das gebrochene Bein eines Unglücksraben ein, der in die Flugbahn eines achtlos geworfenen Hammers geraten war; und ich teilte Rizinusöl und Saft von Kapuzinerkresse an zahllose Kinder aus, die zuviel genascht hatten. Am frühen Abend war ich der Erschöpfung nahe.

Ich stieg auf den Behandlungstisch, um den Kopf aus dem kleinen Fenster zu stecken und ein wenig frische Luft zu schnappen. Das Geschrei und Gelächter und die Musik von der Wiese, auf der die Spiele stattfanden, hatten aufgehört. Gut. Keine weiteren Patienten also, zumindest nicht bis morgen. Was, hatte Rupert gesagt, stand als nächstes auf dem Programm? Bogenschießen? Hmm. Ich überprüfte meinen Vorrat an Verbänden und schloß müde die Sprechzimmertür hinter mir.

Dann verließ ich die Burg und schlenderte bergab zum Stall. Mir stand der Sinn nach etwas menschlicher, nicht plappernder und nicht blutender Gesellschaft. Vielleicht würde ich Jamie treffen; dann könnte ich nochmals versuchen, mich dafür zu entschuldigen, daß ich ihn indirekt zur Eidesleistung genötigt hatte. Gewiß, er hatte sich blendend aus der Affäre gezogen, aber wenn es nach ihm gegangen wäre, hätte er sich überhaupt nicht eingefunden. Was den Klatsch betraf, den Rupert jetzt über unsere vermeintliche Liebelei verbreiten mochte, so zog ich es vor, nicht daran zu denken.

Das galt auch für meine mißliche Lage, nur würde ich mich früher oder später damit auseinandersetzen müssen. Nachdem es mir nicht gelungen war, am Anfang der Versammlung zu fliehen, fragte ich mich, ob die Chancen am Ende besser standen. Die meisten Pferde würden mitsamt den Besuchern verschwinden. Doch es würde immer noch eine Reihe von Tieren verfügbar bleiben. Und mit etwas Glück würde man, wenn ich eines davon entwendete, den Dieb unter dem zwielichtigen Volk vermuten, das sich auf dem Jahrmarkt und bei den Spielen herumtrieb. Und im Durcheinander des Abschieds konnte es eine Weile dauern, bis jemand entdeckte, daß ich fort war.

Ich schlenderte am Zaun der Koppel entlang und sann über Fluchtrouten nach. Die Schwierigkeit war, daß ich nur eine sehr vage Vorstellung davon hatte, wo ich war, und da mich nun so ziemlich jeder MacKenzie zwischen Leoch und der Grenze kannte, weil ich bei den Spielen als Heilerin gewirkt hatte, würde ich mich nirgends nach dem Weg erkundigen können.

Ich fragte mich plötzlich, ob Jamie Colum oder Dougal von meinem gescheiterten Fluchtversuch berichtet hatte. Keiner von beiden hatte es mir gegenüber erwähnt, also hatte Jamie vielleicht den Mund gehalten.

Es waren keine Pferde in der Koppel. Ich stieß die Stalltür auf, und mein Herz setzte einen Schlag aus, als ich sah, daß Jamie und Dougal Seite an Seite auf einem Ballen Heu saßen. Mein Anblick schien sie ebenso zu verwirren wie mich der ihre, doch sie standen höflich auf und baten mich, Platz zu nehmen.

»Schon gut«, sagte ich, den Rückzug antretend. »Ich wollte nicht stören.«

»Das tun Sie auch nicht, Mädchen«, erwiderte Dougal. »Was ich Jamie gerade gesagt habe, betrifft Sie ebenfalls.«

Ich blickte Jamie an, der mit einem leichtem Kopfschütteln reagierte. Also hatte er mich tatsächlich nicht verraten.

Ich setzte mich mißtrauisch, denn ich dachte an die kleine Szene auf dem Flur am Abend des Eides.

»Ich breche in zwei Tagen auf«, sagte Dougal unvermittelt. »Und euch zwei nehme ich mit.«

»Wohin?« fragte ich verblüfft. Mein Herz begann rascher zu klopfen.

»Kreuz und quer über die MacKenzie-Ländereien. Colum reist nicht, und so fällt es an mich, die Pächter zu besuchen, die nicht zur Versammlung kommen konnten. Da und dort muß ich mich auch um Geschäfte kümmern...« Dougal machte eine wegwerfende Handbewegung, wie um anzudeuten, daß dies belanglos sei.

»Aber warum ich? Ich meine – warum wir?« fragte ich.

Dougal überlegte einen Moment, bevor er antwortete. »Weil Jamie eine glückliche Hand mit Pferden hat. Und was Sie angeht, Mädel, so glaubt Colum, es sei das beste, wenn wir Sie nach Fort

William bringen. Der dortige Kommandant... kann Ihnen vielleicht dabei helfen, Ihre Familie in Frankreich zu finden.« Oder dir dabei helfen festzustellen, wer ich wirklich bin, dachte ich. Und was erzählst du mir sonst noch alles nicht? Dougal starrte mich an und fragte sich offenbar, wie ich die Neuigkeit aufnahm.

»In Ordnung«, sagte ich gelassen. »Das scheint mir eine gute Idee zu sein.« So ruhig ich äußerlich blieb, innerlich jubelte ich. Welch ein Glück! Nun brauchte ich nicht mehr von der Burg zu fliehen. Dougal würde mich den größten Teil des Weges führen. Und von Fort William aus würde ich den Rest der Strecke wohl selber finden. Zum Craigh na Dun. Zum Steinkreis. Und mit etwas Glück nach Hause.

DRITTER TEIL

Unterwegs

II

Gespräche mit einem Advokaten

Zwei Tage später, kurz vor Sonnenaufgang, ritten wir durchs Tor
von Burg Leoch. In Zweier-, Dreier- und Vierergruppen überquerten die Pferde die steinerne Brücke. Ich schaute dann und wann
zurück, bis die Burg schließlich hinter einem Vorhang aus schim-
merndem Nebel verschwand. Bei dem Gedanken, daß ich dieses
düstere Gemäuer und seine Bewohner nie wiedersehen würde, empfand ich ein seltsames Bedauern.

Der Hufschlag der Pferde klang gedämpft. Die Stimmen trugen in
der feuchten Luft eigenartig weit, so daß man Rufe vom einen Ende
des Zuges ohne weiteres am anderen hörte, während sich die Laute
von nahen Gesprächen in abgerissenem Gemurmel verloren.

Ich ritt in der Mitte der Kavalkade, auf der einen Seite begleitet
von einem Bewaffneten, dessen Namen ich nicht kannte, auf der
anderen von Ned Gowan, dem Schreiber, den ich an Colums Gerichtstag bei der Arbeit gesehen hatte. Wir kamen miteinander ins
Gespräch, und ich entdeckte, daß er mehr als ein Schreiber war.

Nämlich Advokat. Er war in Edinburgh geboren und aufgewachsen, und dort hatte er auch seine Ausbildung bekommen. Er war
klein, stand im höheren Lebensalter und hatte sehr korrekte Manieren. Er trug einen Rock aus feinem schwarzen Tuch, wollene
Strümpfe, ein Leinenhemd mit einem bescheidenen Spitzenkragen
und eine Reithose aus einem Stoff, der einen wohlüberlegten Kompromiß zwischen den Mühsalen der Reise und dem Status des
Rechtsgelehrten schloß. Eine Goldrandbrille, ein schmuckes Haar-
band und ein blauer Filzhut rundeten das Bild ab. Er sah ganz und
gar so aus, wie man sich einen Advokaten vorstellt.

Ned Gowan ritt neben mir auf einer Stute, an deren Sattel zwei
ungeheure Taschen aus abgewetztem Leder hingen. Die eine enthielt sein Handwerkszeug: Tintenfaß, Gänsekiele und Papier.

»Und wofür ist die andere?« fragte ich. Während die erste Satteltasche prall war, schien die zweite fast leer.

Der Advokat klopfte gegen das schlaffe Leder. »Die ist für den Pachtzins, der dem Burgherrn zusteht«, antwortete er.

»Dann muß er eine Menge Geld erwarten«, sagte ich. Mr. Gowan zuckte freundlich die Achseln.

»Nicht gar so viel. Aber das meiste wird in Pennys und anderer kleiner Münze entrichtet. Und die nehmen leider mehr Platz ein als größere Währungseinheiten.« Er lächelte dünn. »Gleichwohl lassen sich Kupfer und Silber leichter befördern als der Großteil der Einkünfte des Burgherrn.«

Mr. Gowan wandte sich um und deutete auf die beiden großen, von Mauleseln gezogenen Fuhrwerke, die die Gruppe begleiteten.

»Getreidesäcke und Rübenhaufen haben immerhin den Vorteil, daß sie sich nicht rühren. Auch gegen Geflügel ist nichts einzuwenden, wenn es sich in Käfigen befindet. Ebensowenig gegen Ziegen, obwohl sie aufgrund ihrer Gewohnheit, sich von gemischter Kost zu ernähren, lästig fallen können; eine hat voriges Jahr wahrhaftig ein Schnupftuch von mir verzehrt, wobei ich allerdings zugeben muß, daß der Fehler auf meiner Seite lag, ließ ich den Stoff doch unbedacht aus meiner Rocktasche lugen.« Mr. Gowans Lippen wurden noch dünner. »Freilich habe ich dieses Jahr unmißverständlich Weisung gegeben, daß wir keine lebenden Schweine annehmen werden.«

Die Notwendigkeit, Mr. Gowans Satteltaschen und die beiden Fuhrwerke zu schützen, erklärte wohl die Gegenwart der zwanzig bewaffneten Männer, die den Rest der Gruppe bildeten. Eine Reihe von Lasttieren schleppten den Proviant für die ganze Gesellschaft. Mrs. FitzGibbons hatte mir mitgeteilt, daß wir keine oder nur primitive Quartiere finden würden; mithin müßten wir so manche Nacht unter freiem Himmel lagern.

Ich wollte erfahren, was einen Mann von Mr. Gowans Bildung dazu bewogen hatte, einen Posten im schottischen Hochland anzutreten, fern von den Annehmlichkeiten des städtischen Lebens, die er doch gewohnt sein mußte.

»Nun«, sagte er, »als junger Mensch hatte ich eine kleine Kanzlei in Edinburgh. Aber ich war es bald leid, Testamente aufzusetzen und Auflassungsurkunden abzufassen und auf der Straße Tag für Tag dieselben Gesichter zu sehen. Und so bin ich denn gegangen.«

Er hatte ein Pferd gekauft und sich auf den Weg gemacht, obwohl er nicht genau wußte, wohin er wollte und was er anfangen sollte.

»Ich muß gestehen«, fuhr er fort, während er sich die Nase mit einem Taschentuch betupfte, in das seine Initialen eingestickt waren, »daß ich immer schon eine Neigung . . . je nun, zum Abenteuer hatte. Doch befähigten mich weder meine Statur noch meine Herkunft zum Leben eines Straßenräubers oder Seemanns, was die abenteuerlichsten Berufe waren, die ich mir damals vorstellen konnte. Dann gelangte ich zum dem Schluß, daß ich die besten Möglichkeiten im Hochland hätte. Ich dachte mir, zu gegebener Zeit könnte ich vielleicht ein Clan-Oberhaupt zu der Erlaubnis bewegen, ihm auf irgendeine Weise zu dienen.«

Und im Laufe seiner Reisen war der Advokat tatsächlich einem solchen Clan-Oberhaupt begegnet.

»Jacob McKenzie«, sagte er und lächelte bei der Erinnerung. »War ein rechter Halunke und Heißsporn mit roten Haaren.« Mr. Gowan deutete mit dem Kopf zur Spitze der Kolonne, wo Jamie MacTavishs Schopf im Nebel leuchtete. »Sein Enkel ist ihm sehr ähnlich. Nun, Jacob und ich, wir sind einander zunächst mit vorgehaltener Pistole begegnet – will heißen, er raubte mich aus. Ich gab mein Pferd und meine Satteltaschen bereitwillig her, blieb mir doch keine andere Wahl. Aber er war, glaube ich, ein wenig erstaunt, als ich darauf bestand, ihn zu begleiten, nötigenfalls auch zu Fuß.«

»Jacob McKenzie. Das ist Colums und Dougals Vater?« fragte ich.

Der Advokat nickte. »Ja. Freilich war er damals noch nicht Burgherr. Das wurde er erst einige Jahre später . . . mit einem kleinen bißchen Hilfe meinerseits«, fügte Mr. Gowan bescheiden hinzu. »Es herrschten damals weniger . . . äh, gesittete Zustände als heute«, schloß er nostalgisch.

»Ach ja?« sagte ich höflich. »Und Colum hat Sie gewissermaßen geerbt?«

»In etwa«, bestätigte der Advokat. »Es gab ein wenig Verwirrung, als Jacob starb. Gewiß, Colum war der Erbe von Leoch, aber er . . .« Mr. Gowan legte eine Pause ein, blickte vor und hinter sich, um sicherzugehen, daß ihn niemand hören konnte. Zum Glück war der Bewaffnete vorangeritten und plauderte jetzt mit einem Kameraden, und der Fuhrmann war gut vier Pferdelängen hinter uns.

»Colum war gesund bis zu seinem achtzehnten Jahr«, berichtete

Mr. Gowan weiter, »und er versprach, ein treffliches Clan-Oberhaupt zu werden. Er nahm Letitia zur Frau, als Teil eines Bündnisses mit den Camerons – ich habe den Ehevertrag ausgearbeitet«, fügte der Advokat, gleichsam als Fußnote, hinzu, »aber kurz nach der Vermählung stürzte er garstig während eines Überfalls. Brach sich das Bein, und es verheilte schlecht.«

Ich nickte.

»Und dann«, fuhr Mr. Gowan seufzend fort, »erhob er sich zu früh vom Krankenlager und fiel die Treppe hinunter, wobei er sich das andere Bein brach. Er lag fast ein Jahr zu Bett, doch es war bald klar, daß der Schaden von Dauer sein würde. Und da starb Jacob. Unseligerweise.«

Der Advokat verstummte, um seine Gedanken zu ordnen. Er blickte erneut zur Spitze der Kolonne, als suchte er jemanden.

»Das war ungefähr zu der Zeit, wo es auch viel Verdruß wegen der Hochzeit von Colums Schwester gab«, sagte Mr. Gowan. »Und Dougal... nun, Dougal machte keine gute Figur bei dieser Affäre. Sonst wäre er vielleicht Clan-Oberhaupt geworden, aber man gelangte zu dem Schluß, dafür fehle es ihm noch an Urteilsvermögen.« Der Advokat schüttelte den Kopf. »Es gab einen großen Aufruhr deswegen. Cousins und Onkel und sonstige Verwandte sowie eine Versammlung waren nötig, um die Angelegenheit zu regeln.«

»Aber letzten Endes wurde Colum gewählt, nicht wahr?« fragte ich und staunte wieder über die starke Persönlichkeit dieses Mannes. Und während ich ein Auge auf den verdorrten kleinen Rechtsgelehrten warf, der an meiner Seite ritt, dachte ich mir, Colum habe auch Glück bei der Auswahl seiner Bundesgenossen gehabt.

»Ja«, antwortete Mr. Gowan, »aber nur, weil die Brüder zusammenhielten. An Colums Mut und Verstand gab es gewiß keinen Zweifel – nur an seinen körperlichen Fähigkeiten. Es lag auf der Hand, daß er seine Leute nie mehr in den Kampf würde führen können. Doch da war Dougal, kerngesund, wenn auch ein bißchen leichtsinnig und unbeherrscht. Und er stand hinter seinem Bruder und gelobte, ihm zu gehorchen und ihn im Felde zu vertreten. Und so wurde der Vorschlag gemacht, daß Colum Burgherr und Clan-Oberhaupt werden sollte, wie es ohnehin der Fall gewesen wäre, Dougal dagegen Kriegsherr und Führer des Clans in Zeiten des Kampfes. Es hatte da schon Präzedenzfälle gegeben«, fügte der Advokat spröde hinzu.

An der Bescheidenheit, mit der er »Und so wurde der Vorschlag gemacht« sagte, erkannte ich, von wem der Vorschlag stammte.

»Und wessen Mann sind Sie?« fragte ich. »Colums oder Dougals?«

»Mein Interesse gilt dem MacKenzie-Clan insgesamt«, antwortete Mr. Gowan umsichtig. »Doch formal habe ich Colum meinen Treueid geschworen.«

»Er findet gewiß, daß Sie ihm eine große Hilfe sind«, sagte ich diplomatisch.

»Oh, in geringfügigen Angelegenheiten tue ich wirklich von Zeit zu Zeit etwas für ihn«, erwiderte Mr. Gowan. »Wie für andere auch. Sollten Sie je eines Rates bedürfen«, fuhr er wohlwollend fort, »so wenden Sie sich getrost an mich. Auf meine Verschwiegenheit ist Verlaß, das kann ich Ihnen versichern.« Er verbeugte sich drollig im Sattel.

Ich hob die Brauen und fragte: »Im selben Maße wie auf Ihre Treue zu Colum MacKenzie?« Der Advokat sah mich mit seinen kleinen braunen Augen an, und ich bemerkte sowohl die Schlauheit als auch den Humor, die in ihren Tiefen schlummerte.

»Nun«, sagte er gelassen, »ein Versuch würde es wohl erweisen.«

»Vermutlich«, erwiderte ich, eher amüsiert als verärgert. »Aber ich kann *Ihnen* versichern, Mr. Gowan, daß ich keinen Bedarf an Ihrer Verschwiegenheit habe, zumindest gegenwärtig nicht.« Ich dachte: Es ist ansteckend. Ich höre mich schon genauso an wie er.

»Ich bin eine englische Dame, nichts weiter«, fügte ich mit großer Entschiedenheit hinzu. »Colum verschwendet seine – und Ihre – Zeit, wenn er versucht, mir Geheimnisse zu entlocken, die es nicht gibt.« Oder die nicht vermittelbar sind, dachte ich. Mr. Gowans Verschwiegenheit mochte grenzenlos sein, nicht aber seine Gutgläubigkeit.

»Er hat Sie nicht etwa mitgeschickt, damit Sie mir ruinöse Geständnisse entlocken?« fragte ich. Die Idee war mir plötzlich gekommen.

»Nein.« Der Advokat lachte. »Ich erfülle eine wichtige Aufgabe, indem ich für Dougal die Aufzeichnungen führe, in seinem Namen Quittungen ausstelle und mich der juristischen Angelegenheiten annehme, die Clanmitglieder in abgelegeneren Gebieten an mich herantragen mögen. Die Zeiten sind jetzt sehr viel sicherer als früher...« – Mr. Gowan stieß einen Seufzer aus, der von tiefem

Bedauern zu künden schien –, »aber es besteht immer noch die Möglichkeit von Raubüberfällen.«

Der Advokat klopfte gegen die zweite Satteltasche. »Sie ist nicht völlig leer, müssen Sie wissen.« Er schlug die Klappe zurück, so daß ich die ziselierten Griffe zweier Pistolen sah, die in Schlaufen steckten, damit man sie rasch greifen konnte.

Mr. Gowan betrachtete mich mit einem Blick, der jede Einzelheit meines Äußeren registrierte.

»Sie sollten auch bewaffnet sein«, sagte er milde tadelnd. »Zwar vermute ich, Dougal hat es nicht für passend gehalten... aber trotzdem. Ich werde mit ihm reden.«

Der Rest des Tages verflog mit angenehmem Geplauder über die herrlichen, wenn auch leider vergangenen Zeiten, da die Männer noch richtige Männer gewesen waren und das verderbliche Unkraut der Kultur noch nicht so viele Wurzeln im schönen wilden Hochland geschlagen hatte.

Als die Dunkelheit hereinbrach, schlugen wir unser Lager auf einer Lichtung nahe der Straße auf. Ich bereitete mich darauf vor, meine erste Nacht in Freiheit, außerhalb der Burg, zu verbringen. Doch als ich das Feuer verließ und mich zurückzog, war ich mir der Blicke bewußt, die mir folgten. Selbst unterm offenen Himmel, schien es, hatte die Freiheit ihre Grenzen.

Wir erreichten unsere erste Station am zweiten Tag, gegen zwölf. Es war nicht mehr als eine Ansammlung von drei, vier Hütten am Anfang einer kleinen Schlucht. Für Dougal wurde aus einer der Katen ein Hocker geholt und über zwei weitere eine Planke gelegt, die Mr. Gowan als Schreibfläche diente.

Er zog aus seiner Rocktasche ein gewaltiges gestärktes Leinentuch und breitete es säuberlich über einen Baumstumpf. Dann setzte er sich und legte sein Schreibzeug, sein Hauptbuch und seine Quittungen vor sich aus, so würdig und gelassen, als wäre er in seiner Kanzlei in Edinburgh.

Nach und nach erschienen die Männer aus den kleinen Bauernhöfen der Umgebung, um ihre Jahresabrechnung mit dem Vertreter des Burgherrn durchzuführen. Dies war eine recht geruhsame Sache, die weitaus weniger förmlich gehandhabt wurde als die Angelegenheiten im Saal von Burg Leoch. Jeder Mann kam frisch vom Feld oder aus der Scheune und zog sich einen Hocker heran, nahm neben Dougal Platz, erklärte oder beklagte sich, und ab und zu schwatzte er nur.

Manche wurden von ein, zwei stämmigen Söhnen begleitet, die Säcke voll Getreide oder Wolle schleppten. Am Ende eines jeden Gesprächs stellte der unermüdliche Mr. Gowan eine Quittung über den Erhalt der Jahrespacht aus, verzeichnete die Transaktion in seinem Hauptbuch und machte einem der Viehtreiber ein Zeichen, woraufhin die Bezahlung auf ein Fuhrwerk gehievt wurde. Seltener verschwand ein Häuflein Münzen klimpernd in den Tiefen von Mr. Gowans Satteltasche.

Variationen dieser Szene wiederholten sich an den folgenden Tagen. Dann und wann wurde ich zu Apfelwein oder Milch in eine Kate gebeten, und sämtliche Frauen drängten sich in dem einzigen Raum, um mit mir zu reden. Manchmal war eine Siedlung so groß, daß sie eine Schenke oder gar einen Gasthof aufwies, der Dougal als Hauptquartier für den Tag diente.

Ab und zu gehörte ein Pferd, ein Schaf oder anderes Vieh zur Pacht. Dies wurde meist sofort gegen etwas getauscht, das sich leichter transportieren ließ. Pferde, die Jamie für geeignet hielt, wurden unserer Koppel zugeschlagen.

Es wunderte mich, daß er dabei war. Jamie verstand zwar etwas von Pferden, aber das galt auch für die meisten Männer der Gruppe. Außerdem wurde selten mit Pferden bezahlt, und so fragte ich mich, warum man es für nötig gehalten hatte, einen Experten mitzunehmen. Erst eine Woche später fand ich den wahren Grund heraus.

Wir hatten ein Dorf erreicht, das groß genug war, um eine Schenke mit zwei, drei Tischen und mehreren wackeligen Stühlen sein eigen zu nennen. Hier hörte Dougal die Leute an und kassierte die Pacht. Und nach einem ziemlich unverdaulichen Mittagessen, bestehend aus gepökeltem Rindfleisch und Steckrüben, hielt er hof und gab den Pächtern und Kätnern und ein paar Dörflern ein Bier aus.

Ich saß still auf einer Bank in der Ecke, vor mir einen Humpen, und erholte mich vom Reiten. Dougals Worten schenkte ich wenig Aufmerksamkeit; er sprach teils gälisch, teils englisch, und das Ganze reichte von Klatsch und Fachsimpelei über Ackerbau und Viehzucht bis zu dem, was sich nach vulgären Späßen und weitschweifigen Geschichten anhörte.

Ich fragte mich, wie lange es bei diesem Tempo dauern würde, bis wir Fort William erreichten. Und wie ich es anstellen sollte, mich dort von den Schotten zu trennen, ohne gleich darauf der englischen Garnison in die Hände zu fallen. Ganz in Gedanken verloren, hatte ich nicht gemerkt, daß Dougal eine Weile allein gesprochen hatte, als hielte er eine Rede. Die Leute im Raum lauschten ihm gebannt. Ich stellte fest, daß Dougal sein Publikum zu irgend etwas aufstachelte. Die Erregung strebte ihrem Höhepunkt entgegen.

Ich schaute in die Runde. Der dicke Rupert und Ned Gowan saßen hinter Dougal an die Wand gelehnt, die Humpen vergessen neben sich auf der Bank. Jamie hatte die Ellbogen auf dem Tisch und beugte sich stirnrunzelnd vor. Was immer Dougal sagen mochte, es schien ihm nicht zu behagen.

Dann sprang Dougal unvermittelt auf, packte Jamies Kragen und zog daran. Das Hemd zerriß. Jamie erstarrte, völlig überrascht. Er kniff die Augen zusammen und schob das Kinn vor, doch er wehrte sich nicht, als Dougal den zerfetzten Stoff auseinanderbreitete, um dem Publikum den Rücken des jungen Mannes zu zeigen.

Alle keuchten beim Anblick der Narben entsetzt auf; dann wurde Empörung laut. Ich öffnete den Mund, hörte ein unfreundliches »Sassenach« und schloß ihn wieder.

Jamie erhob sich mit versteinertem Gesicht. Er zog die Überreste seines Hemds aus und knüllte sie zusammen. Eine alte Frau, die ihm ungefähr bis zum Ellbogen reichte, schüttelte den Kopf und tätschelte ihm zaghaft den Rücken und sprach, wie ich annahm, tröstende Worte. Doch wenn dem so war, dann hatten sie nicht die erwünschte Wirkung.

Jamie antwortete knapp auf einige Fragen der anwesenden Männer. Die zwei, drei jungen Mädchen, die gekommen waren, um Bier für ihre Familie zu holen, drückten sich an der Wand gegenüber aneinander und tuschelten, wobei sie mit großen Augen zum anderen Ende des Raumes schauten.

Mit einem Blick zu Dougal, der dem Älteren eigentlich das Blut in den Adern hätte gefrieren lassen müssen, warf Jamie sein Hemd in den Kamin und verließ die Gaststube mit drei langen Schritten, das mitfühlende Gemurmel der Menge gleichsam von sich abschüttelnd.

Nun, da das Spektakel vorbei war, wandten die Leute ihre Aufmerksamkeit wieder Dougal zu. Ich verstand die meisten Kommentare nicht, doch was ich begriff, schien mir höchst engländerfeindlich. Ich fühlte mich hin- und hergerissen zwischen dem Drang, Jamie zu folgen, und dem Wunsch zu bleiben, wo ich war. Ich bezweifelte, daß er Gesellschaft wollte, und so zog ich mich in eine Ecke zurück, senkte den Kopf und betrachtete mein verschwommenes, blasses Spiegelbild in meinem Humpen.

Beim Klimpern von Metall blickte ich auf. Einer der Männer, ein kräftiger Kleinbauer mit Lederhose, hatte vor Dougal ein paar Münzen auf den Tisch geworfen und hielt nun offenbar eine kurze Rede. Er trat zurück, die Daumen in den Gürtel gehakt, als fordere er die anderen zu irgend etwas auf. Nach einer unschlüssigen Pause folgten ein, zwei kühne Seelen seinem Beispiel, und dann kramten noch ein paar Männer Kupfermünzen aus ihren Geldbeuteln und Felltaschen. Dougal dankte ihnen herzlich und winkte dem Wirt: eine weitere Runde Bier. Ich bemerkte, daß Ned Gowan diese Beträge in eine andere Tasche als die für die Pachtgelder steckte, und ich erkannte, welchen Zweck Dougals Darbietung hatte.

Aufstände erfordern einiges an Kapital. Das Ausheben und die Versorgung von Truppen kosten Geld, ebenso der Unterhalt für die Heerführer. Ich erinnerte mich vage, daß ein Teil der Unterstützung für Bonnie Prince Charlie aus Frankreich gekommen war, und auch die Menschen, die er zu regieren gedachte, hatten seinen erfolglosen Aufstand mitfinanziert. Und so waren Colum oder Dougal oder beide Jakobiten, Anhänger des jungen Prätendenten und Gegner von George II., dem rechtmäßigen Herrscher auf dem englischen Thron.

Schließlich gingen die letzten Kätner und Pächter, und Dougal stand auf und rekelte sich. Er wirkte halbwegs zufrieden – wie ein Kater, der, wenn schon nicht Sahne, so doch wenigstens Milch genascht hat. Er wog die kleinere Geldbörse in seiner Hand und warf sie wieder Ned Gowan zu.

»Nicht übel«, bemerkte er. »Viel kann man nicht erwarten in einem so kleinen Ort. Aber wenn wir oft genug dieselbe Summe bekommen, haben wir am Ende einen respektablen Betrag.«

»Respektabel ist nicht das Wort, das ich gebrauchen würde«, widersprach ich und erhob mich steif.

Dougal drehte sich um, als nähme er mich zum ersten Mal wahr.

»Nein?« fragte er amüsiert. »Und warum nicht? Haben Sie etwas dagegen einzuwenden, daß treue Untertanen ihr Scherflein zur Unterstützung ihres Herrschers beitragen?«

Ich hielt Dougals Blick stand und sagte: »Gewiß nicht. Egal, welcher Herrscher es ist. Aber ich nehme Anstoß an Ihrer Art, Geld zu sammeln.«

Dougal musterte mich, als könnten ihm meine Gesichtszüge etwas verraten. »Gleichgültig, welcher Herrscher es ist?« wiederholte er leise. »Ich dachte, Sie sprechen kein Gälisch?«

»Das tue ich auch nicht«, antwortete ich. »Aber ich bin als verständiger Mensch geboren, habe zwei Ohren und kann recht gut hören. Und was immer ›Auf König Georges Wohl‹ auf gälisch heißen mag – ich bezweifle sehr, daß es wie *Bragh Stuart* klingt.«

Dougal warf den Kopf zurück und lachte. »Das stimmt«, bestätigte er. »Ich würde Ihnen ja das richtige gälische Wort für Ihren König sagen, nur ist es keines, das sich für eine Dame schickt.«

Dougal bückte sich, holte das zusammengeknüllte Hemd aus dem Kamin und schüttelte einen Teil der Asche davon ab.

Dann drückte er es mir in die Hand. »Da Ihnen meine Methoden nicht gefallen, möchten Sie sie vielleicht verbessern«, sagte er. »Also holen Sie sich eine Nadel von der Dame des Hauses und flicken Sie das Hemd.«

»Flicken Sie's selbst!« Ich gab Dougal das Hemd zurück und wandte mich zum Gehen.

»Wie Sie wollen«, sagte er leutselig. »Jamie kann sein Hemd auch selber flicken, wenn Sie nicht bereit sind, uns zu helfen.«

Ich drehte mich widerwillig um und streckte den Arm aus.

»In Ordnung«, begann ich, doch ich wurde unterbrochen: Eine große Hand griff über meine Schulter und entriß Dougal das Hemd. Mit einem undurchsichtigen Blick zu ihm und mir klemmte Jamie sich die Fetzen unter den Arm und verließ den Raum so leise, wie er gekommen war.

In der Kate eines Kleinbauern fanden wir Unterkunft für die Nacht. Oder vielmehr, *ich* fand sie. Die Männer schliefen draußen, auf mehrere Heumieten, Karren und Farnbüschel verteilt. Weil ich eine Frau oder eine Art Gefangene war, wurden mir ein Strohsack und ein Platz auf dem Boden in der Nähe des Kamins zur Verfügung gestellt.

Zwar schien mir der Strohsack weit besser als das Bett, in dem die gesamte sechsköpfige Familie schlummerte, aber ich beneidete die Männer glühend darum, daß sie im Freien nächtigen konnten. Das

Feuer wurde nicht gelöscht, man ließ es niedrig brennen, und die Luft in der Kate war erstickend heiß. Dazu kamen die Geräusche und Gerüche der sich hin und her werfenden, ächzenden, schnarchenden, schwitzenden und furzenden Bewohner.

Nach einer Weile gab ich es auf, in dieser drückenden Atmosphäre schlafen zu wollen. Ich stand auf und stahl mich mit meiner Decke leise nach draußen. Die Luft war im Vergleich zu dem Mief in der Kate so frisch, daß ich mich gegen die Mauer lehnte und tief durchatmete.

Ein Wachposten saß unter einem Baum am Weg, doch er blickte nur flüchtig in meine Richtung. Offenbar gelangte er zu dem Schluß, daß ich in Unterkleidung nicht weit kommen würde, und so schnitzte er weiter an dem kleinen Gegenstand, den er zwischen den Fingern hielt. Das helle Mondlicht ließ die Waffe des Mannes aufblinken.

Ich ging um die Kate herum und stieg den Hügel hinauf. Dabei hielt ich sorgfältig Ausschau nach schlummernden Gestalten im Gras. Ich fand eine angenehm einsame Stelle zwischen zwei großen Steinblöcken und baute mir aus meiner Decke und dem Heu, das dort lag, ein richtiges Nest. Dann legte ich mich hin und beobachtete den Vollmond bei seiner langsamen Reise über den Himmel.

Genauso hatte ich dem Mond in einer der ersten Nächte auf Burg Leoch zugesehen. Also war ein Monat seit meinem folgenschweren Eintritt in den Steinkreis vergangen. Zumindest glaubte ich jetzt zu wissen, warum er errichtet worden war.

An sich hatten die Steine wohl keine besondere Bedeutung, sie waren eher ein Zeichen. Wie ein Schild an einem Steilhang vor Steinschlag warnt, so sollten sie vor Gefahr warnen. Vor einer Stelle, an der ... ja, was? An der die Kruste der Zeit sehr dünn war? Wo eine Tür nur angelehnt stand? Sicher wußten die Leute, die den Kreis errichtet hatten, selbst nicht genau, was sie da markierten. Für sie war es vermutlich ein magischer Ort; ein Fleck, an dem Menschen plötzlich verschwanden. Oder aus dünner Luft erschienen.

Das war auch eine Überlegung. Was wäre geschehen, fragte ich mich, wenn sich jemand auf dem Craigh na Dun aufgehalten hätte, als ich abrupt auftauchte? Das hing wohl von der Zeit ab, in die man eintrat. Wäre mir damals ein Kätner begegnet, so hätte er mich zweifellos für eine Hexe oder eine Fee gehalten.

Ich streckte einen Fuß unter der Decke hervor und wackelte mit den langen Zehen. Sehr unfeenmäßig, befand ich kritisch. Ich war einsfünfundsechzig, also ziemlich hochgewachsen für eine Frau im achtzehnten Jahrhundert, so groß wie viele Männer. Da ich somit schwerlich zu den Kleinen Leuten gerechnet werden konnte, hätte ich vermutlich doch als Hexe gegolten. Da man damals mit derartigen Phänomenen nicht gerade zimperlich verfuhr, war ich dankbar dafür, daß mich niemand erscheinen gesehen hatte.

Ich fragte mich, was geschehen wäre, wenn es sich andersherum abgespielt hätte. Wenn jemand aus dieser Zeit verschwunden und in meiner wiederaufgetaucht wäre. Schließlich hatte ich genau das vor, wenn es irgend möglich war. Wie würde eine Schottin des zwanzigsten Jahrhunderts, beispielsweise Mrs. Buchanan, die Postamtsvorsteherin, reagieren, wenn jemand wie Murtagh plötzlich neben ihr aus dem Boden schösse?

Wahrscheinlich würde sie davonrennen, um die Polizei zu verständigen. Vielleicht würde sie auch nichts weiter tun, als ihren Freundinnen und Nachbarn von dem ungewöhnlichen Ereignis zu berichten...

Und der Besuch? Nun, wenn er vorsichtig war und ein bißchen Glück hatte, brachte er es vielleicht fertig, sich dem neuen Jahrhundert anzupassen, ohne allzu große Aufmerksamkeit zu erregen. Schließlich war es auch mir gelungen, als normale Zeitgenossin zu gelten, obwohl meine Kleidung und meine Sprache weiß Gott genug Argwohn geweckt hatten.

Was aber, wenn ein Mensch aus einem anderen Jahrhundert *zu* anders war oder lauthals verkündete, was ihm passiert war? Trat er in primitive Zeiten ein, so wurde er wohl ohne viel Federlesens getötet. In einer aufgeklärten Ära würde man ihn wahrscheinlich für verrückt halten und in die Psychiatrie stecken.

Ich war so tief in Gedanken, daß ich das schwache Gemurmel und die leisen Schritte im Gras nicht bemerkt hatte, und so war ich ziemlich erschrocken, als ich nur ein paar Meter weiter eine Stimme hörte.

»Soll dich doch der Teufel holen, Dougal MacKenzie«, sagte sie. »Ob wir nun verwandt sind oder nicht – *das* bin ich dir nicht schuldig.« Die Stimme war leise, aber sie bebte vor Zorn.

»Nein?« fragte eine zweite, milde erheitert. »Ich glaube, mich an einen Eid zu erinnern, mit dem du Gehorsam gelobt hast. ›Solange ich meinen Fuß auf das Land des MacKenzie-Clans setze‹, lautete er wohl.« Es gab einen leisen, dumpfen Ton, als stampfte jemand auf festgedrückte Erde. »Und dies *ist* Mac-Kenzie-Land, mein Junge.«

»Ich habe Colum mein Wort gegeben, nicht dir.« Also sprach das Jamie MacTavish, und ich brauchte nicht dreimal zu raten, worüber er sich aufregte.

»Das ist ein und dasselbe, und du weißt es genau. Dein Gehorsam gilt dem Oberhaupt des Clans, und außerhalb von Leoch bin ich Colums Stellvertreter, seine rechte Hand.«

»Eher seine linke: Ich habe noch nie ein besseres Beispiel dafür gesehen, daß die rechte Hand nicht weiß, was die linke tut«, erwiderte Jamie. »Was, meinst du, wird die rechte dazu sagen, daß die linke Geld für die Stuarts sammelt?«

Eine kurze Pause trat ein, ehe Dougal antwortete: »Die Mac-Kenzies und MacBeolains und MacVinichs sind freie Männer. Niemand kann sie zwingen, gegen ihren Willen etwas zu spenden; niemand kann sie am Spenden hindern. Und wer weiß? Vielleicht gibt Colum am Ende mehr für Prinz Charles Edward als alle anderen zusammen.«

»Vielleicht«, bestätigte die tiefere Stimme. »Vielleicht regnet es auch morgen von der Erde zum Himmel. Das heißt aber nicht, daß ich mit umgestülptem Eimer am Treppenabsatz stehe.«

»Nein? Du hast mehr von einem schottischen Thron zu gewinnen als ich, mein Junge. Und vom englischen nichts als die Schlinge des Henkers. Aber wenn dich dein eigener Hals nicht kümmert –«

»Mein Hals ist meine Sache«, warf Jamie hitzig ein. »Und ebenso mein Rücken.«

»Nicht, solange du mit mir reist«, erwiderte Dougals spöttische Stimme. »Wenn du hören willst, was Horrocks zu berichten hat, dann tust du, was man dir sagt.«

Dann waren leise Schritte im Gras zu hören, aber nur von einem, dachte ich. Ich setzte mich so lautlos auf, wie ich konnte, und spähte vorsichtig um einen der Felsen herum.

Jamie war immer noch da; er saß in ein paar Metern Entfernung auf einem Stein, die Ellbogen auf die Knie gestützt, das Kinn in beiden Händen. Er hatte mir den Rücken zugekehrt. Ich machte Anstalten, wieder hinter meinem Felsen zu verschwinden, weil ich ihn nicht stören wollte, als er plötzlich sprach.

»Ich weiß, daß du da bist«, sagte er. »Komm heraus, wenn du

magst.« Ich stand auf und wollte vortreten, als mir bewußt wurde, daß ich nur mein Unterkleid trug. Jamie hat genug Sorgen, dachte ich, er braucht meinetwegen nicht auch noch zu erröten, und so wickelte ich mich taktvoll in meine Decke, bevor ich auftauchte.

Ich setzte mich in die Nähe des jungen Mannes, lehnte mich gegen einen anderen Stein und beobachtete ihn ein wenig zaghaft. Abgesehen von einem kurzen Nicken zur Begrüßung ignorierte er mich, völlig in Gedanken von nicht allzu erfreulicher Art versunken, wenn mich seine finstere Miene nicht trog. Mit einem Fuß klopfte er unruhig gegen den Stein, auf dem er saß. Er faltete die Hände und drückte die Finger dann mit solcher Kraft durch, daß die Knöchel knackten.

Dieses Geräusch erinnerte mich an Hauptmann Manson, den Versorgungsoffizier des Lazaretts, in dem ich gearbeitet hatte. Hauptmann Manson empfand Engpässe beim Nachschub, verspätete Lieferungen und die Idioten der Militärbürokratie unweigerlich als persönliche Niederlage. Er war ein sanfter und leiser Mann, aber wenn die Frustration zu groß wurde, zog er sich in sein Büro zurück und schlug mit aller Kraft gegen die Wand hinter der Tür. Besucher beobachteten oft fasziniert, wie das dünne Sperrholz unter der Wucht seiner Hiebe bebte. Ein paar Momente später tauchte Hauptmann Manson wieder auf, mit zerschrammten Händen, aber wiedergewonnener Gemütsruhe, und befaßte sich weiter mit der derzeitigen Krise. Als er zu einer anderen Einheit versetzt wurde, wies die Wand hinter seiner Tür Dutzende von faustgroßen Löchern auf.

Jamie erinnerte mich im Moment lebhaft an den Hauptmann.

»Du mußt auf etwas einschlagen«, sagte ich.

»Wie?« Jamie blickte überrascht auf; anscheinend hatte er vergessen, daß ich da war.

»Schlag gegen irgend etwas«, riet ich. »Danach wirst du dich besser fühlen.«

Jamies Mund zuckte, als wollte er etwas sagen, aber statt dessen erhob er sich, steuerte entschlossen auf einen Kirschbaum zu und versetzte ihm einen wilden Schlag. Da er dies offenbar erleichternd fand, drosch er noch einige Male auf den zitternden Stamm ein, was einen phantastischen Regen von blaßrosa Blüten auslöste, der auf seinen Kopf niederging.

An einem aufgeschürften Knöchel saugend, kam Jamie zurück.

»Danke«, sagte er und lächelte ironisch. »Vielleicht kann ich heute nacht doch noch schlafen.«

»Hast du dir weh getan?« Ich stand auf, um Jamies Hand zu untersuchen, aber er schüttelte den Kopf.

»Nein, es ist nichts.«

Wir verharrten einen Moment in verlegenem Schweigen. Ich wollte die Szene nicht ansprechen, die ich belauscht hatte, auch nicht die anderen Ereignisse des Tages. Schließlich brach ich das Schweigen und sagte: »Ich wußte nicht, daß du Linkshänder bist.«

»Oh, das war ich schon immer. Der Schulmeister pflegte mir die Linke auf den Rücken zu binden, damit ich mit der Rechten schrieb.«

»Und kannst du das? Mit der Rechten schreiben, meine ich?«

Jamie nickte und führte seine verletzte Hand wieder zum Mund. »Ja. Aber ich bekomme Kopfschmerzen davon.«

»Kämpfst du auch linkshändig?« fragte ich, denn ich wollte ihn ablenken. »Mit dem Degen zum Beispiel?« Jamie war im Moment nur mit seinem Dolch bewehrt; tagsüber hatte er noch, wie die meisten Männer der Gruppe, einen Degen und Pistolen bei sich.

»Nein, Stichwaffen führe ich gewöhnlich mit der Rechten. Mit einem Degen ist der linkshändige Fechter im Nachteil, denn wenn er kämpft, wendet er dem Gegner die linke Seite zu, und auf der ist das Herz.«

Jamie hatte begonnen, über die grasbewachsene Lichtung zu schreiten und Ausfälle mit einer imaginären Stichwaffe zu machen. »Bei einem Breitschwert ist es egal«, sagte er. Er holte mit beiden Armen, die Hände dicht beieinander, aus und führte sie in flachem, elegantem Bogen durch die Luft. »Da nimmt man gewöhnlich beide Hände«, erklärte er.

»Und wenn man nahe genug ist, um nur eine Hand zu gebrauchen, spielt es auch keine große Rolle, welche man nimmt, denn da kommt man von oben und spaltet dem Gegner die Schulter. Nicht den Kopf«, fügte er belehrend hinzu. »Von dem rutscht die Klinge leicht ab. Aber wenn man den Mann sauber in der Beuge trifft« – Jamie ließ die Handkante auf die Verbindung zwischen Hals und Schulter niedergehen –, »ist er tot. Und auch wenn man ihn nicht sauber trifft, wird er an diesem Tag nicht mehr kämpfen. Meist nie mehr.«

Jamie ließ die Linke sinken und zückte seinen Dolch.

»Wenn man nun mit Degen und Dolch zugleich ficht«, fuhr er fort, »und keinen Schild hat, um die Hand mit dem Dolch zu schützen, dann zieht man die rechte Seite vor, führt den Degen mit der Rechten und kommt beim Nahkampf von unten mit dem Dolch. Wenn aber die Hand mit dem Dolch gut geschützt ist, so kann man von beiden Seiten kommen und sich drehen . . .« – Jamie duckte sich, bewegte sich hin und her –, »um die Klinge des Gegners fernzuhalten. Dann steht es einem auch frei, den Dolch nur dann zu benutzen, wenn man den Degen verliert oder die Hand, mit der man ihn führt, nicht mehr gebrauchen kann.«

Jamie beugte den Oberkörper vor und riß den Dolch mit einem raschen, mörderischen Stoß hoch, den er keine drei Zentimeter vor meiner Brust abbremste. Ich schrak unwillkürlich zurück, und Jamie richtete sich auf und steckte den Dolch mit abbittendem Lächeln fort.

»Verzeih. Ich wollte dich nicht ängstigen.«

»Du bist ausnehmend gut«, sagte ich, und es war mir ernst. »Wer hat dich das Kämpfen gelehrt? Sicher ein anderer Linkshänder.«

»So ist es. Und es war der beste Fechter, den ich kenne.« Jamie lächelte unfroh. »Dougal MacKenzie.«

Die meisten Kirschblüten waren inzwischen von Jamies Kopf heruntergefallen, nur ein paar lagen noch auf seinen Schultern, und ich streckte die Hand aus, um sie zu entfernen. Jamies Hemd war säuberlich, wenn auch kunstlos geflickt.

Ich konnte mich nicht zurückhalten. »Er wird es wieder tun?« fragte ich unvermittelt.

Jamie legte eine Pause ein, ehe er antwortete, doch er gab nicht vor, mich nicht zu verstehen.

»Ja«, sagte er und nickte. »Dadurch bekommt er schließlich, was er will.«

»Und du läßt es zu? Läßt dich so von ihm benutzen?«

Jamie blickte an mir vorbei. Sein Gesicht war so ausdruckslos wie eine Wand.

»Einstweilen«, sagte er.

Wir setzten unsere Reise fort, wobei wir nicht mehr als einige Meilen am Tag zurücklegten und oft haltmachten, damit Dougal seine Geschäfte an einer Kreuzung oder in einer Kate abwickeln konnte.

Wenn wir in einen Weiler oder ein Dorf kamen, das groß genug war, um eine Schenke oder einen Gasthof zu besitzen, spielte Dougal wieder seinen Part, bezahlte Bier, erzählte Geschichten, hielt Reden und zwang schließlich Jamie auf die Beine, damit er seine Narben zeigte. Und ein paar weitere Münzen wanderten in die Geldtasche, die für den Prätendenten bestimmt war.

Ich war immer bemüht, den Schauplatz vor dem Höhepunkt zu verlassen, da öffentliche Darbietungen dieser Art noch nie nach meinem Geschmack gewesen waren. Die erste Reaktion auf den Anblick von Jamies Rücken bestand aus entsetztem Mitleid, dann folgten wüste Schmähreden auf das englische Heer und den König, aber nicht selten regte sich auch eine leise Verachtung, die selbst mir nicht entging. Bei einer Gelegenheit hörte ich, wie ein Mann zu seinem Freund auf englisch sagte: »Furchtbar, was? Heiliger Gott, ich würde lieber sterben, als mich so von einem Rotrock zurichten lassen.«

Jamie war von Anfang an unglücklich und gereizt gewesen, aber nun wurde er von Tag zu Tag deprimierter. So bald wie möglich streifte er das Hemd wieder über, ging Fragen und Anteilnahme aus dem Weg und suchte einen Vorwand, die Versammlung zu verlassen. Danach mied er alle, bis wir am nächsten Morgen wieder die Pferde bestiegen.

Knapp eine Woche später, in einem kleinen Dorf namens Tunnaig, war das Maß dann voll. Dougal redete noch, eine Hand auf Jamies bloßer Schulter, als einer der Zuhörer, ein junger Flegel mit langen, schmutzigen braunen Haaren, Jamie beleidigte. Ich wußte nicht, was er sagte, doch es zeitigte unverzüglich Wirkung. Jamie entwand sich Dougals Griff und schlug dem Burschen in den Magen. Der ging zu Boden.

Ich lernte allmählich ein paar gälische Vokabeln, obwohl sich in keiner Weise behaupten ließ, daß ich die Sprache bereits beherrschte. Ich konnte jedoch aus den Gesten erraten, worum es ging. »Steh auf und sag das noch mal«, sieht auf jedem Schulhof, in jeder Kaschemme und auf jeder Gasse der Welt gleich aus.

Jamie verschwand unter einer Lawine dreckiger Arbeitskleidung, als der Tisch mit lautem Getöse unter dem Gewicht von Braunhaar und zweier seiner Freunde umkippte. Unbeteiligte Beobachter traten an die Wand zurück und bereiteten sich darauf vor, das Schauspiel zu genießen. Ich flüchtete mich zu Ned und Murtagh, wobei ich voll Unbehagen die wogende Masse von Armen und Beinen beäugte. Dann und wann leuchteten Jamies rote Haare auf.

»Wollt ihr ihm nicht helfen?« murmelte ich Murtagh zu. Er wirkte erstaunt.

»Nein, warum?«

»Er wird um Hilfe rufen, wenn er ihrer bedarf«, sagte Ned Gowan.

Ich gab, wenn auch zweifelnd, nach. »Wie Sie meinen.«

Ich war durchaus nicht sicher, ob Jamie um Hilfe rufen könnte, wenn er welche brauchte; im Moment wurde er nämlich von einem stämmigen Kerl in Grün gewürgt. Meiner Ansicht nach würde Dougal bald ein erstklassiges Demonstrationsobjekt verlieren, aber das kümmerte ihn offenbar nicht. Tatsächlich schien das Chaos zu unseren Füßen niemanden sonderlich aufzuregen. Einige Wetten wurden abgeschlossen, doch insgesamt herrschte eine Atmosphäre stillen Vergnügens.

Ich war schon froh, als ich merkte, wie Rupert ein paar Männern in die Quere kam, die offenbar mit dem Gedanken spielten, sich am Kampf zu beteiligen. Während sie sich der Rauferei näherten, stolperte er scheinbar zerstreut dazwischen, die Hand am Griff seines Dolches. Die Männer wichen zurück und beschlossen, es gut sein zu lassen.

Allgemein meinte man wohl, drei gegen einen sei ein angemessenes Verhältnis. Und da dieser eine hochgewachsen, kräftig, ein vollendeter Kämpfer und von einer wahren Berserkerwut besessen war, mochte es sogar stimmen.

Der Kampf wurde ausgeglichener, als der Kerl in Grün sich zurückzog, da ihm infolge eines gut plazierten Ellbogens Blut aus der Nase tropfte. Der Ausgang wurde immer offensichtlicher, als ein zweiter Streithahn fiel und, stöhnend und nach seiner Leistengegend fassend, unter einen Tisch rollte. Jamie und sein erster Widersacher prügelten sich immer noch verbissen, doch die Jamie-Anhänger unter den Zuschauern sammelten bereits ihre Gewinne ein. Ein gegen die Kehle gedrückter Unterarm, begleitet von einem schmerzhaften Nierenschlag, überzeugten Braunhaar schließlich davon, daß Vorsicht die Mutter der Porzellankiste ist.

Jamie richtete sich unter dem Jubel der Menge auf und stolperte zu einer der wenigen Bänke, die noch standen. Er ließ sich, schweiß- und blutüberströmt, darauf niedersinken, um vom Wirt einen

Humpen Bier entgegenzunehmen. Diesmal hatte er es nicht eilig, sein Hemd wieder anzuziehen; trotz der Kühle im Gastzimmer blieb er halbnackt und ging erst, als es Zeit war, unser Nachtquartier aufzusuchen. Er wurde respektvoll verabschiedet und wirkte trotz seiner vielen Blessuren so entspannt wie schon seit Tagen nicht mehr.

»Ein zerkratztes Schienbein, eine aufgerissene Augenbraue, eine geplatzte Lippe, eine blutige Nase, sechs geprellte Knöchel, ein verstauchter Daumen und zwei lockere Zähne. Und mehr blaue Flecke, als ich zählen kann.« Seufzend schloß ich meine Bestandsaufnahme ab. »Wie geht es dir?« Wir waren allein in dem kleinen Schuppen hinter dem Gasthof, in den ich Jamie geführt hatte, um Erste Hilfe zu leisten.

»Ich kann nicht klagen«, sagte er grinsend. Er machte Anstalten aufzustehen, erstarrte aber auf halbem Weg und verzog das Gesicht. »Das heißt, vielleicht tun mir die Rippen ein bißchen weh.«

»Natürlich tun sie weh. Warum machst du so etwas? Woraus, in Gottes Namen, glaubst du, daß du bestehst? Aus Eisen?« fragte ich gereizt.

Jamie lächelte reumütig und berührte seine geschwollene Nase. »Nein. Ich wollte, es wäre so.«

Ich seufzte erneut und tastete behutsam Jamies Rippen ab.

»Ich glaube nicht, daß sie gebrochen sind; nur geprellt. Ich werde sie aber für alle Fälle bandagieren. Stell dich gerade hin, heb dein Hemd hoch und breite die Arme aus.« Ich begann ein altes Tuch, das ich von der Frau des Wirtes hatte, in Streifen zu reißen. Leise grummelnd, weil ich Heftpflaster und andere Annehmlichkeiten vermißte, improvisierte ich eine Bandage, zog sie straff und befestigte sie mit der Brosche von Jamies Plaid.

»Ich kann kaum atmen«, beschwerte er sich.

»Wenn du atmest, tut es weh. Rühr dich nicht. Wo hast du gelernt, dich so zu schlagen? Auch bei Dougal?«

»Nein.« Jamie zuckte zusammen, denn ich betupfte seine Augenbraue gerade mit Essig. »Das hat mir mein Vater beigebracht.«

»Wirklich? Was war dein Vater von Beruf? Preisboxer?«

»Preisboxer? Was ist das? Nein, er war Bauer. Hat auch Pferde gezüchtet.« Jamie schnappte nach Luft, während ich seine Verletzungen weiter mit Essig benetzte.

»Als ich neun oder zehn war, sagte er, ich würde vermutlich so groß wie meine Verwandten mütterlicherseits, und darum müßte ich das Raufen lernen.« Jamie atmete jetzt leichter und streckte die Hand aus, damit ich Ringelblumensalbe auf die Knöchel auftragen konnte.

»Er sagte: ›Wenn du stattlich bist, wird die eine Hälfte der Männer, auf die du triffst, dich fürchten, und die andere wird dich auf die Probe stellen wollen. Du brauchst bloß einen niederzuschlagen‹, sagte er, ›dann werden dich die übrigen in Ruhe lassen. Lerne nur, es rasch und sauber zu tun, sonst mußt du dein ganzes Leben lang kämpfen.‹ Und so nahm er mich mit in die Scheune und streckte mich aufs Stroh nieder, bis ich lernte zurückzuschlagen. Aua! Das brennt!«

»Fingernägel verursachen ekelhafte Verletzungen«, sagte ich und betupfte geschäftig Jamies Hals. »Besonders wenn sich dein Gegner nicht regelmäßig wäscht. Und ich möchte bezweifeln, daß der Bursche mit den fettigen Haaren auch nur einmal im Jahr badet. Was du heute abend getan hast, würde ich zwar nicht als ›rasch und sauber‹ bezeichnen, aber es war sicher eindrucksvoll. Dein Vater wäre stolz auf dich.«

Ich hatte mit einer gewissen Ironie gesprochen und stellte überrascht fest, daß sich Jamies Gesicht umwölkte.

»Mein Vater ist tot«, sagte er dumpf.

»Das tut mir leid.« Ich wurde mit der Essigbehandlung fertig und fuhr leise fort: »Ich habe es ernst gemeint. Er wäre wirklich stolz auf dich.«

Jamie gab keine Antwort, sondern ließ nur die Andeutung eines Lächelns sehen. Er wirkte plötzlich sehr jung, und ich fragte mich, wie alt er war. Ich wollte mich gerade danach erkundigen, als ein rauhes Husten hinter uns verriet, daß wir Besuch hatten.

Es war Murtagh. Er betrachtete Jamies bandgagierte Rippen mit leiser Erheiterung und warf ihm einen kleinen Lederbeutel zu. Es gab ein klimperndes Geräusch.

»Was ist das?« fragte Jamie.

Murtagh zog eine Braue hoch. »Dein Anteil an der Wette, was sonst?«

Jamie schüttelte den Kopf und machte Anstalten, den Beutel zurückzuwerfen.

»Ich habe nicht gewettet.«

Murtagh hob abwehrend die Hand. »Du hast die ganze Arbeit getan. Im Augenblick bist du sehr beliebt, zumindest bei den Leuten, die auf dich gesetzt haben.«

Ich schaltete mich ein. »Bei Dougal allerdings weniger, nehme ich an.«

Murtagh gehörte zu den Männern, die immer ein bißchen verwirrt sind, wenn sie entdecken müssen, daß Frauen nicht stumm sind, doch er nickte höflich.

»Ja, das ist wahr. Aber das braucht dich nicht zu kümmern«, sagte er, zu Jamie gewandt.

»Nein?« Die beiden Männer tauschten einen Blick, den ich nicht verstand. Jamie pfiff leise durch die Zähne.

»Wann?« fragte er.

»In einer Woche. Oder in zehn Tagen. Bei einem Ort namens Lag Cruime. Du kennst ihn?«

Jamie nickte. Er machte einen sehr zufriedenen Eindruck. »Ich kenne ihn.«

Ich schaute von einem zum andern; beide wirkten verschlossen und verschwörerisch. Also hatte Murtagh etwas herausgefunden. Hatte es vielleicht mit dem mysteriösen »Horrocks« zu tun? Ich zuckte die Achseln. Was immer der Grund sein mochte, es schien, als wären Jamies Tage als Demonstrationsobjekt gezählt.

»Dougal kann statt dessen wohl immer noch einen Steptanz hinlegen«, sagte ich.

»Wie?« Die verschwörerischen Blicke der Männer wandelten sich zu einem Ausdruck der Verwirrung.

»Egal. Schlaft gut.« Ich nahm das Kästchen mit den medizinischen Gerätschaften an mich und ging, um mich selbst zur Ruhe zu legen.

12

Der Garnisonskommandant

Wir näherten uns Fort William, und ich begann ernstlich darüber nachzudenken, wie ich mich verhalten sollte, wenn wir dort angelangt waren.

Ich kam zu dem Schluß, daß es letztendlich vom Garnisonskommandaten abhing. Wenn er glaubte, daß ich eine Dame in Nöten war, würde er mir vielleicht bis zur Küste und meiner vermeintlichen Einschiffung Geleitschutz geben.

Möglicherweise begegnete er mir aber wie die MacKenzies mit Mißtrauen. Ganz offensichtlich war ich keine Schottin; er würde mich doch sicher nicht – wiederum wie die MacKenzies – für eine Spionin halten? Wobei ich mich fragte, was ich nach Meinung dieser Herren wohl ausspionierte. Unpatriotische Aktivitäten vermutlich; und Geld für Prinz Charles Edward Stuart zu sammeln, fiel gewiß in diese Kategorie.

Aber warum hatte Dougal es dann zugelassen, daß ich ihn dabei beobachtete? Er hätte mich durchaus vor jenem Teil der Veranstaltung aus dem Raum schicken können. Vielleicht hatte er das nicht für nötig gehalten, da sie auf gälisch abgehalten worden war.

Vielleicht war das der entscheidende Punkt. Ich erinnerte mich an den seltsamen Glanz in Dougals Augen und an seine Frage: »Ich dachte, Sie sprechen kein Gälisch?« Möglicherweise wollte er mich auf die Probe stellen, wollte sehen, ob ich die Sprache wirklich nicht beherrschte. Denn man würde schwerlich eine englische Spionin ins schottische Hochland schicken, die nicht in der Lage war, mit mehr als der Hälfte der dortigen Bevölkerung zu reden.

Aber nein, das Gespräch zwischen Jamie und Dougal, das ich mitgehört hatte, schien mir darauf hinzudeuten, daß Dougal tatsächlich Jakobit war, Colum hingegen nicht – oder noch nicht.

Mir schwirrte der Kopf vor lauter Vermutungen, und ich war

froh, als ich sah, daß wir uns einem ziemlich großen Dorf näherten. Wahrscheinlich gab es dort einen guten Gasthof und auch ein schmackhaftes Essen.

Der Gasthof war einigermaßen geräumig. Wenn das Bett auch anscheinend für Zwerge geschreinert und von Flöhen bewohnt war, so stand es doch immerhin in einer eigenen Kammer. In etlichen kleineren Wirtshäusern hatte ich auf Ruhebänken in der Gaststube geschlafen, umgeben von schnarchenden Männern.

Gewöhnlich schlummerte ich vor Erschöpfung sofort ein, egal, wie ich untergebracht war. In meiner ersten Wirtshausnacht hatte ich freilich eine gute halbe Stunde wachgelegen, fasziniert von der bemerkenswerten Vielfalt an Geräuschen, die männliche Atmungsorgane hervorzubringen vermögen. Ein ganzer Schlafsaal voll Lernschwestern war beinahe nichts dagegen.

Während ich dem Chor lauschte, fiel mir auf, daß Männer im Krankenhaus oder im Lazarett selten schnarchen. Vielleicht liegt das daran, daß Kranke oder Verwundete nicht tief genug schlafen, um sich ausreichend für die Erzeugung eines solches Krachs zu entspannen. Wenn dem so war, dann hatten sich meine Gefährten in der Gaststube bester Gesundheit erfreut. Seltsam getröstet durch diesen selbstvergessenen Lärm, hatte ich mir den Umhang um die Schultern gezogen und war eingeschlummert.

Jetzt dagegen fühlte ich mich ziemlich allein im einsamen Glanz meiner winzigen, übelriechenden Dachkammer. Obwohl ich das Bettlaken abgezogen und die Matratze ausgeklopft hatte, konnte ich nicht einschlafen, so still und dunkel erschien mir der Raum, als ich die Kerze ausgeblasen hatte.

Aus der Schankstube zwei Stockwerke tiefer drangen Geräusche zu mir herauf, doch dies betonte nur meine Isolation. Seit meiner Ankunft auf Burg Leoch wurde ich nun zum ersten Mal völlig in Ruhe gelassen, und ich war mir durchaus nicht sicher, ob es mir gefiel.

Ich schwebte unbehaglich am Rande des Schlummers, als ich draußen auf dem Flur ein ominöses Knarren und verstohlene Schritte hörte. Ich setzte mich auf und tastete nach der Kerze an meinem Bett.

Meine blindlings suchende Hand streifte das Zunderkästchen und warf es zu Boden, wo es mit dumpfem Aufprall landete. Ich erstarrte, und der Mensch draußen blieb stehen.

Es kratzte leise an der Tür, als suche jemand nach dem Riegel. Die Tür war nicht verschlossen; zwar hatte sie Winkel für einen Riegel, doch der Riegel selbst fehlte. Ich packte den Kerzenhalter, riß den Kerzenstumpf heraus und stieg, den schweren Steingutleuchter umklammernd, so leise wie möglich aus dem Bett.

Die Tür knarrte sacht in den Angeln, als sie aufging. Die Läden des einzigen Fensters im Raum waren zu; trotzdem erkannte ich verschwommen die Umrisse der Tür. Sie wurden größer, dann schrumpften sie wieder und verschwanden: Die Tür wurde wieder geschlossen. Erneut herrschte Stille.

Ich drückte mich gegen die Wand und bemühte mich, über den Lärm meines wild pochenden Herzens hinweg etwas zu hören. Schließlich schlich ich vorsichtig zur Tür. Bei jedem Schritt ließ ich den einen Fuß sinken, verlagerte allmählich das Gewicht, hielt dann inne und tastete mit bloßen Zehen nach der nächsten Ritze zwischen den Brettern, ehe ich den anderen Fuß auf den Boden setzte.

Als ich bei der Tür war, blieb ich stehen, das Ohr gegen die dünne Füllung gelegt. Ich meinte leise Geräusche zu hören, war aber nicht sicher. Kam es von unten, oder atmete da jemand auf der anderen Seite der Tür?

Schließlich hatte ich genug von diesem Unfug, packte den Kerzenhalter fester, riß die Tür auf und stürzte auf den Flur.

Ich stürzte im wahrsten Sinn des Wortes – nach zwei Schritten stolperte ich über etwas, fiel mit dem Gesicht voran zu Boden und schlug mir den Kopf an etwas ziemlich Hartem an.

Ich setzte mich auf, preßte beide Hände an die Schläfen und kümmerte mich nicht darum, daß ich jeden Moment ermordet werden konnte.

Die Person, über die ich gefallen war, fluchte gedämpft. Durch den Nebel von Schmerz wurde mir bewußt, daß der Mann (für einen solchen hielt ich ihn aufgrund seiner Größe und seines Schweißgeruchs) aufgestanden war und nach den Riegeln des nächsten Fensterladens tastete.

Plötzlich wehte ein Schwall frischer Luft herein. Ich zuckte zusammen und schloß die Augen. Als ich sie wieder öffnete, konnte ich den Störenfried im Licht der Sterne sehen.

»Was machst *du* denn hier?« fragte ich anklagend.

Gleichzeitig erkundigte sich Jamie, ähnlich anklagend: »Wieviel wiegst du, Sassenach?«

Immer noch ein bißchen benebelt, antwortete ich »Hundertzwanzig Pfund«, bevor ich daran dachte, »Warum?« zu fragen.

»Du hast mir fast die Leber zerquetscht«, antwortete Jamie, zaghaft das betroffene Gebiet befühlend.

»Außerdem hast du mich höllisch erschreckt.« Er reichte mir die Hand und zog mich auf die Beine. »Bist du in Ordnung?«

»Nein, ich habe mir den Kopf angestoßen.« Ich rieb mir die fragliche Stelle und schaute mich benommen auf dem leeren Flur um. »Aber woran wohl?«

»An *meinem* Kopf«, erwiderte Jamie brummig.

»Geschieht dir recht«, sagte ich boshaft. »Was schleichst du auch vor meiner Tür herum?«

Jamie betrachtete mich unwirsch.

»Von Herumschleichen kann keine Rede sein. Ich habe geschlafen – oder es wenigstens versucht.« Er rieb an dem, was eine Beule an seiner Schläfe zu werden versprach.

»Du hast hier geschlafen?« Ich blickte verblüfft den kahlen Flur entlang. »Du suchst dir wirklich die merkwürdigsten Plätze für die Nacht aus. Erst einen Stall und jetzt das...«

»Vielleicht interessiert es dich, daß sich in der Schankstube eine kleine Gruppe von englischen Dragonern aufhält«, sagte Jamie kühl. »Sie haben etwas zuviel getrunken und vergnügen sich ein bißchen grob mit Frauen aus dem Ort. Da es nur zwei sind, die Männer aber zu fünft, schienen einige geneigt, sich nach oben zu begeben und weitere... äh, Gespielinnen zu suchen. Ich nahm an, daß du auf solche Aufmerksamkeiten gerne verzichten würdest.« Jamie wandte sich in Richtung Treppe.

»Wenn ich mich getäuscht habe, so bitte ich dich um Verzeihung. Ich hatte nicht die Absicht, dich zu stören. Gute Nacht.«

»Warte einen Moment.« Jamie blieb stehen, wandte sich jedoch nicht um, so daß ich um ihn herumlaufen mußte. Er blickte höflich, aber distanziert auf mich herab.

»Danke«, sagte ich. »Das war sehr freundlich von dir. Es tut mir leid, daß ich auf dich getreten bin.«

Da lächelte Jamie, und in sein Gesicht trat wieder der gewohnte Ausdruck guter Laune.

»Es ist kein Schaden entstanden, Sassenach«, sagte er. »Wenn die Kopfschmerzen verschwunden und die gebrochenen Rippen verheilt sind, werde ich wieder ganz der alte sein.«

Er drehte sich um und stieß die Tür zu meiner Kammer auf, die durch meinen überhasteten Abgang zugefallen war, weil der Baumeister des Gasthofes anscheinend ohne Senkblei gearbeitet hatte. Es gab in dem ganzen Gebäude keinen einzigen rechten Winkel.

»Leg dich wieder ins Bett«, schlug Jamie vor. »Ich bleibe hier.«

Ich schaute mir den Boden an. Die Eichendielen waren nicht nur hart und kalt, sondern auch übersät mit Flecken, die von Verschüttetem und sonstigem Unrat, über den ich nicht einmal nachdenken mochte, herrührten. Geputzt hatte man hier lange nicht mehr.

»Draußen kannst du nicht schlafen«, sagte ich. »Komm herein; hier schaut der Boden nicht gar so schlimm aus.«

Jamie erstarrte.

»Ich soll in deiner Kammer schlafen?« Es klang wirklich schockiert. »Das kann ich nicht tun! Dann wäre dein guter Ruf dahin!«

Er meinte es ernst. Ich begann zu lachen, wandelte es jedoch taktvoll in einen Hustenanfall um. Aufgrund der Strapazen, der überfüllten Gasthöfe und der Primitivität der sanitären Einrichtungen war ich derart vertraut mit diesen Männern, Jamie eingeschlossen, daß ich diese Prüderie nur noch komisch fand.

Als ich mich ein wenig erholt hatte, sagte ich: »Du hast schon mit mir im selben Raum geschlafen. Du und noch zwanzig andere Männer.«

Jamie geriet ins Stottern. »Das... das ist etwas anderes! Es war eine Gaststube, und...« Er hielt inne; ein furchtbarer Gedanke schien ihm gekommen zu sein. »Du hast doch hoffentlich nicht gedacht, ich glaube, daß du etwas Ungehöriges vorschlägst?« fragte er besorgt. »Ich versichere dir, ich—«

»Nein, nein. Überhaupt nicht.« Ich beeilte mich, Jamie klarzumachen, daß ich nicht gekränkt war.

Da er sich nicht überreden lassen wollte, bestand ich darauf, daß er wenigstens die Decken von meinem Bett nehmen müsse, um sie unter sich zu breiten. Dem stimmte er widerwillig zu; freilich erst, als ich ihm versichert hatte, ich würde sie auf keinen Fall selbst benutzen, sondern hätte wie üblich die Absicht, unter meinem Reiseumhang zu schlafen.

Bevor ich in meine Kammer zurückkehrte, bedankte ich mich nochmals bei ihm, aber er winkte großmütig ab.

»Es ist nicht nur selbstlose Freundlichkeit«, bemerkte er. »Auch ich möchte keine Aufmerksamkeit auf mich lenken.«

Ich hatte vergessen, daß Jamie ebenfalls Gründe hatte, englischen Soldaten aus dem Weg zu gehen. Das hätte er allerdings sehr viel besser und weitaus bequemer erreichen können, wenn er statt vor meiner Tür im warmen Stall geschlafen hätte.

»Aber wenn jemand heraufkommt, wird er dich finden«, gab ich zu bedenken.

Jamie streckte seinen langen Arm aus und zog den Fensterladen zu. Auf dem Flur wurde es stockdunkel.

»Sie werden mein Gesicht nicht sehen«, widersprach er. »Und in der Verfassung, in der sie sind, bedeutet ihnen auch mein Name nichts, selbst wenn ich ihnen den richtigen nennen würde – was ich natürlich nicht vorhabe.«

»Sicher«, sagte ich. »Aber werden sie sich nicht fragen, was du hier oben im Dunkeln tust?« Ich konnte Jamies Gesicht nicht erkennen, doch der Ton seiner Stimme verriet mir, daß er lächelte.

»Nein, Sassenach. Sie werden nur denken, daß ich warte, bis ich an der Reihe bin.«

Ich ging lachend in meine Kammer. Dann legte ich mich hin und wunderte mich über diesen Menschen, der so zotige Scherze machte, während er gleichzeitig vor dem bloßen Gedanken zurückschreckte, mit mir im selben Raum zu schlafen.

Als ich erwachte, war Jamie fort. Ich ging zum Frühstück nach unten und traf am Fuß der Treppe auf Dougal, der mich bereits erwartete.

»Essen Sie schnell, Mädchen«, sagte er. »Wir reiten nach Brockton, Sie und ich.«

Mehr wollte er nicht sagen, aber er wirkte ein bißchen nervös. Ich frühstückte rasch, und bald darauf trabten wir durch den dunstigen Morgen. Vögel hüpften geschäftig im Gesträuch herum, und in der Luft lag die Verheißung eines warmen Sommertags.

»Wohin reiten wir?« fragte ich. »Sie können es mir ruhig sagen, denn wenn ich es nicht weiß, werde ich überrascht sein, und wenn ich es doch weiß, bin ich immer noch intelligent genug, um überrascht zu tun.«

Dougal schaute mich nachdenklich an, kam jedoch zu dem Schluß, daß dieses Argument stichhaltig war.

»Zum Garnisonskommandanten von Fort William«, sagte er.

Ich war schockiert. Darauf war ich nicht vorbereitet gewesen. Ich hatte gedacht, uns blieben noch drei Tage, bis wir das Fort erreichten.

»Aber wir sind doch nicht einmal in der Nähe von Fort William!« rief ich.

»Mmmpf.«

Dieser Kommandant war offenbar ein energiegeladener Bursche. Nicht zufrieden damit, an seinem Standort zu bleiben und sich um seine Garnison zu kümmern, inspizierte er das Land mit einem Dragonertrupp. Die Soldaten, die am Abend zuvor in unserem Gasthof eingekehrt waren, gehörten zu diesem Trupp und hatten Dougal erzählt, ihr Kommandant habe sein Quartier in Brockton aufgeschlagen.

Dies warf ein Problem auf, und ich schwieg für den Rest des Rittes und sann darüber nach. Fort William war nicht mehr als eine Tagesreise vom Craigh na Dun entfernt. Ich hatte weder Proviant noch andere Mittel bei mir, dachte jedoch, eine solche Strecke allein bewältigen zu können. Und was dann geschah – nun, das ließ sich erst beantworten, wenn ich den Steinkreis erreicht hatte.

Aber die neue Entwicklung durchkreuzte meine Pläne. Wenn ich mich jetzt schon von Dougal trennte, war ich vier Tagesreisen vom Chraigh na Dun entfernt. Und ich vertraute meinem Orientierungssinn und meiner Ausdauer nicht genug, um es allein und zu Fuß in unebenem und moorigem Terrain zu riskieren. Die letzten Wochen hatten mir gehörig Respekt vor den zerklüfteten Felsen und tosenden Bächen des schottischen Hochlands eingeflößt, ganz zu schweigen von den wilden Tieren, die gelegentlich auftauchten.

Wir kamen noch vor Mittag in Brockton an. Der Nebel hatte sich gelichtet, und der Tag war so sonnig, daß ich optimistisch gestimmt wurde. Vielleicht ließ sich der Garnisionskommandant dazu überreden, mir eine kleine Eskorte mitzugeben, die mich zum Craigh na Dun brachte.

Ich sah sofort, warum der Mann gerade Brockton als Hauptquartier gewählt hatte. Das Dorf war groß genug, um sich zweier Gasthöfe rühmen zu können; der eine war ein imposantes dreigeschossiges Gebäude mit großem Stall. Hier machten wir halt und vertrauten unsere Pferde einem Stallknecht an, der sich so langsam bewegte, daß er verknöchert zu sein schien. Er hatte mit Müh und Not die Stalltür erreicht, als wir schon im Gasthof waren und Dougal beim Wirt eine Stärkung bestellte.

Ich blieb unten und betrachtete einen Teller mit ziemlich altbakken wirkenden Haferkuchen, während Dougal die Treppe zum Allerheiligsten des Kommandanten hinaufstieg. Es war seltsam, ihn verschwinden zu sehen. Im Schankraum saßen drei oder vier englische Soldaten, die mich fragend beäugten und leise miteinander schwatzten. Nachdem ich einen Monat in Gesellschaft der Mac-Kenzies verbracht hatte, machte mich die Gegenwart englischer Dragoner auf unerklärliche Weise nervös. Ich sagte mir, das sei albern. Schließlich waren es Landsleute, ob sie nun meiner Zeit angehörten oder nicht.

Trotzdem stellte ich fest, daß mir die angenehmen Plaudereien mit Mr. Gowan und die erfreuliche Vertrautheit mit Jamie fehlten. Ich bedauerte gerade, daß ich keine Gelegenheit gehabt hatte, mich zu verabschieden, als ich Dougal von der Treppe her rufen hörte. Er stand auf dem obersten Absatz und winkte mich hinauf.

Er wirkte grimmiger denn je, dachte ich, als er wortlos beiseite trat und mich mit knapper Gebärde in ein Zimmer wies. Der Garnisonskommandant stand am offenen Fenster; seine schlanke, kerzengerade Gestalt zeichnete sich dunkel vor dem Licht ab. Er lachte, als er mich sah.

»Ja, das habe ich mir bereits gedacht. MacKenzies Beschreibung zufolge mußten Sie es sein.« Die Tür schloß sich hinter mir, und ich war allein mit Hauptmann Jonathan Randall vom Achten Dragonerregiment Seiner Majestät.

Er trug eine sehr saubere rotbraune Uniform mit spitzenbesetzter Halsbinde und eine gelockte und gepuderte Perücke. Doch das Gesicht war dasselbe – Franks Gesicht. Mir stockte der Atem. Diesmal bemerkte ich den Zug von Rücksichtslosigkeit um seinen Mund und die Andeutung von Arroganz in seiner Haltung. Trotzdem lächelte er recht liebenswürdig und bat mich, Platz zu nehmen.

Der Raum war karg möbliert: ein Sekretär mit Stuhl, ein langer Tannenholztisch und mehrere Hocker. Hauptmann Randall gab dem jungen Korporal, der neben der Tür stand, ein Zeichen, und ein Krug Bier wurde eingegossen und vor mich hingestellt.

Der Hauptmann winkte den Korporal an seinen Platz zurück, schenkte sich selbst Bier ein und ließ sich dann elegant auf einen Hocker am Tisch sinken.

»Nun denn«, begann er leutselig. »Warum sagen Sie mir nicht, wer Sie sind und wie Sie hierhergeraten sind?«

Da ich kaum eine andere Wahl hatte, erzählte ich ihm dieselbe Geschichte wie Colum und ließ nur die weniger taktvolle Anspielung auf sein eigenes Verhalten aus. Ich wußte nicht, wieviel Dougal ihm erzählt hatte, und wollte es nicht riskieren, mich in Widersprüche zu verwickeln.

Randall blieb während meines gesamten Vortrages höflich, aber skeptisch. Er gab sich weniger Mühe als Colum, das zu verbergen. Nachdenklich lehnte er sich zurück.

»Oxfordshire, sagen Sie? In Oxfordshire gibt es keine Beauchamps.«

»Woher wollen Sie das wissen?« erwiderte ich ungehalten. »Sie sind doch aus Sussex.«

Randall riß überrascht die Augen auf. Ich hätte mir am liebsten die Zunge abgebissen.

»Und darf ich fragen, woher *Sie* das wissen wollen?« erkundigte er sich.

»Äh – Ihre Stimme. Ja, Ihr Akzent«, sagte ich hastig. »Eindeutig aus Sussex.«

Randalls schöngeschwungene dunkle Brauen berührten nun fast die Locken seiner Perücke.

»Weder meine Hauslehrer noch meine Eltern wären sonderlich entzückt zu hören, daß meine Sprache meinen Geburtsort verrät, Madam«, sagte er trocken. »Aber da Sie sich so gut auf unsere Dialekte verstehen . . .« – Randall wandte sich dem Mann zu, der an der Wand lehnte –, »können Sie zweifellos auch ergründen, woher mein Korporal stammt. Korporal Hawkins, wären Sie so freundlich, etwas zu rezitieren? Ganz nach Ihrem Belieben«, fügte er hinzu, da er die Verwirrung in der Miene seines Untergebenen sah. »Ein paar volkstümliche Verse vielleicht?«

Der Korporal, ein junger Mann mit einem dummen, fleischigen Gesicht und breiten Schultern, blickte auf der Suche nach einer Eingebung wild im Raum herum. Dann richtete er sich auf und hub an:

»*Die dralle Meg, sie wusch meine Kleider*
Und stiebitzte sie leider.
Als ich lange gewartet mit bloßen Füßen,
Mußte sie's büßen.«

»Äh, das genügt, Korporal. Ich danke Ihnen.« Randall entließ den Korporal mit einem Winken, woraufhin dieser sich schwitzend gegen die Wand sinken ließ.

»Nun?« Randall wandte sich mir fragend zu.

»Äh – Cheshire«, riet ich.

»Fast. Lancashire.« Randall betrachtete mich scharf. Er trat ans Fenster und spähte hinaus. Wollte er sehen, ob Dougal seine Meute mitgebracht hatte?

Plötzlich wirbelte er herum und herrschte mich an: »*Parlez-vous français?*«

»*Très bien*«, antwortete ich prompt. »Warum?«

Randall legte den Kopf schief und musterte mich.

»Ich will verwünscht sein, wenn ich glaube, daß Sie Französin sind«, sagte er. »Die Französin, die Engländer nach ihren Dialekten auseinanderhalten kann, muß erst noch geboren werden.«

Randalls vollendet manikürte Finger trommelten auf die Tischplatte. »Wie lautet Ihr Mädchenname, Mrs. Beauchamp?«

»Hören Sie, Hauptmann«, sagte ich und lächelte so charmant, wie ich nur konnte, »unser Frage- und Antwortspiel ist sicher unterhaltsam, aber ich würde es doch gerne abschließen und Vorkehrungen für die Fortsetzung meiner Reise treffen. Ich bin schon längere Zeit aufgehalten worden und –«

»Mit Ihrer Leichtfertigkeit erweisen Sie Ihrer Sache keinen guten Dienst, Madam«, unterbrach mich Randall mit zusammengekniffenen Augen. Ich hatte das oft bei Frank beobachtet, wenn er über etwas verstimmt war, und meine Knie wurden ein bißchen weich. Ich legte, um mich zu wappnen, die Hände energisch auf die Schenkel.

»Es gibt keine Sache, der ich einen Dienst erweisen müßte«, sagte ich dreist. »Ich stelle keine Forderungen an Sie, die Garnison oder die MacKenzies. Ich möchte lediglich in Frieden meine Reise fortsetzen. Und ich sehe keinen Grund, warum Sie etwas dagegen haben sollten.«

Randall funkelte mich an. »Nein? Bedenken Sie einen Augenblick meine Position, Madam, dann werden Ihnen meine Einwände vielleicht ein wenig klarer. Vor einem Monat setzte ich mit meinen Leuten einer Bande unbekannter schottischer Diebe nach, die mit einer kleinen Rinderherde von einem Gut nahe der Grenze das Weite suchten, als –«

»*Das* haben Sie also getan!« rief ich. »Ich habe mich bereits gefragt, worum es ging.«

Hauptmann Randall atmete schwer; dann entschied er sich offenbar dafür, nicht zu sagen, was ihm auf der Zunge lag, und fuhr mit seiner Geschichte fort:

»Im Laufe dieser Verfolgungsjagd begegne ich einer halbbekleideten Engländerin – an einem Ort, wo sich kein Frauenzimmer aufhalten sollte, nicht einmal in Begleitung –, die sich gegen meine Fragen sträubt, mich angreift...«

»Erst haben Sie *mich* angegriffen!« sagte ich hitzig.

»...und dann flieht, gewiß nicht ohne Beihilfe, nachdem ihr Komplize mich hinterhältig bewußtlos geschlagen hat. Meine Leute und ich haben das Gebiet aufs gründlichste durchsucht, Madam, und ich versichere Ihnen, es fand sich keine Spur von Ihrem ermordeten Diener, Ihrem geplünderten Gepäck und Ihrem abgelegten Gewand – kurz, es gab kein Zeichen dafür, daß an Ihrer Geschichte auch nur ein Körnchen Wahrheit ist!«

»Ach?« sagte ich matt.

»Ja. Ferner sind in diesem Gebiet innerhalb der letzten vier Monate keine Straßenräuber gesichtet worden. Und *jetzt*, Madam, erscheinen Sie in Gesellschaft des, sagen wir, Kriegsministers der MacKenzies, und teilten mir mit, sein Bruder Colum sei überzeugt davon, daß Sie spionierten, vermutlich für mich!«

»Was ich aber nicht tue«, sagte ich nüchtern. »Wie Sie wissen.«

»Richtig, das weiß ich«, erwiderte Randall. »Ich weiß nur nicht, wer, bei allen Teufeln, Sie sind! Aber ich habe die Absicht, es herauszufinden, Madam, hegen Sie nur keinen Zweifel daran. Als Garnisonskommandant bin ich ermächtigt, Maßnahmen zur Sicherung dieses Gebietes zu treffen und gegen Verräter, Spione und andere Personen, deren Betragen mir verdächtig erscheint, vorzugehen. Und ich bin durchaus gewillt, es zu tun, Madam.«

»Welche Maßnahmen denn?« erkundigte ich mich. Ich wollte es wirklich wissen; der Ton meiner Frage muß allerdings ziemlich provokant gewesen sein.

Randall stand auf, schaute einen Moment sinnend auf mich herab, ging dann um den Tisch herum, streckte die Hand aus und zog mich auf die Beine.

»Korporal Hawkins«, sagte er, »ich werde einen Augenblick Ihre Hilfe benötigen.«

Der junge Mann an der Wand schien sich äußerst unbehaglich zu fühlen, aber er kam zu uns herüber.

»Stellen Sie sich bitte hinter die Dame, Korporal«, sagte Randall. Es hörte sich gelangweilt an. »Halten Sie ihre Ellenbogen fest.«

Der Hauptmann holte aus und versetzte mir einen Schlag in die Magengrube.

Ich gab keinen Ton von mir, weil ich keine Luft bekam. Ich saß vornübergebeugt auf dem Boden und rang nach Atem. Ich war schockiert, was weit über den durch den Schlag verursachten Schmerz, der sich mitsamt einer Welle von Schwindel und Übelkeit bemerkbar zu machen begann, hinausging. Im Verlauf meines bisher recht ereignisreichen Lebens hatte noch niemand die Hand gegen mich erhoben.

Der Hauptmann ging vor mir in die Hocke. Seine Perücke war ein wenig verrutscht, und seine Augen glitzerten, doch ansonsten hatte sich an seiner kontrollierten Eleganz nichts geändert.

»Ich hoffe, daß Sie nicht guter Hoffnung sind, Madam«, sagte er im Plauderton, »denn wenn dies der Fall ist, so werden Sie es nicht mehr lange sein.«

Nun begann Sauerstoff in meine Lungen zu strömen, und ich machte ein seltsam pfeifendes Geräusch. Ich ging auf die Knie und tastete matt nach der Tischkante. Nach einem nervösen Blick zu seinem Vorgestzten half mir der Korporal auf.

Schwärze schien sich im Raum auszubreiten. Ich sank auf einen Hocker und schloß die Augen.

»Sehen Sie mich an.« Die Stimme klang so leicht und gelassen, als böte mir der Hauptmann eine Tasse Tee an. Ich öffnete die Augen und blickte durch einen tiefen Nebel zu ihm auf. Er hatte die Hände in die Hüften gestemmt.

»Vielleicht haben Sie mir jetzt etwas zu sagen, Madam?« fragte er herrisch.

»Ihre Perücke sitzt schief«, antwortete ich und schloß die Augen.

13

Eine Hochzeit wird angekündigt

Ich saß an einem Tisch in der Schankstube, starrte in einen Becher Milch und kämpfte gegen die immer wieder aufsteigende Übelkeit.

Dougal hatte mir nur einmal ins Gesicht gesehen, als ich, gestützt von dem Korporal, nach unten kam, und war die Treppe zu Randalls Zimmer hinaufgestiegen. Der Gasthof war massiv gebaut, doch ich konnte die erhobenen Stimmen im ersten Stock hören.

Ich führte den Becher Milch an meine Lippen, aber mir zitterten die Hände immer noch so stark, daß ich nicht zu trinken vermochte.

Ich erholte mich allmählich von den körperlichen Auswirkungen des Schlages, doch nicht von dem Schock. Ich *wußte*, der Kerl war nicht mein Mann, aber die Ähnlichkeit war so groß, daß ich fast geneigt gewesen war, ihm zu vertrauen, und von ihm Höflichkeit, wenn nicht gar Sympathie erwartet hatte. Diese Gefühle durch seine bösartige Attacke ins Gegenteil verkehrt zu sehen, verursachte mir Übelkeit.

Und Angst. Ich hatte ihm, als er neben mir auf dem Boden kauerte, in die Augen geblickt. Irgend etwas hatte sich in ihren Tiefen gerührt, nur einen Moment, doch ich wollte es nicht noch einmal sehen.

Oben wurde eine Tür geöffnet. Schwere Schritte kamen die Treppe herab, und Dougal erschien, unmittelbar gefolgt von Hauptmann Randall.

Dougal warf Randall einen drohenden Blick zu, trat an meinen Tisch, warf eine kleine Münze für die Milch darauf, und zog mich auf die Beine. Er drängte mich aus der Tür. Ich sah gerade noch den seltsam gierigen Ausdruck im Gesicht des Offiziers.

Wir saßen auf und ritten davon, ehe ich meine wallenden Röcke festgesteckt hatte; der Stoff blähte sich um mich wie ein zu Boden sinkender Fallschirm. Dougal schwieg, doch die Pferde schienen die

Dringlichkeit zu spüren; als wir die Hauptstraße erreichten, galoppierten wir beinahe.

In der Nähe eines Kreuzwegs, an dem ein Piktenstein stand, zügelte Dougal die Pferde. Er stieg ab, faßte die Zügel und band sie locker an einen jungen Baum. Dann half er mir aus dem Sattel und verschwand im Gebüsch, wobei er mir bedeutete, ihm zu folgen.

Ich ging hinter ihm bergan, duckte mich, als die Zweige, die er aus dem Weg schob, zurückschnellten. Der Hang war dicht mit Eichen und Kiefern bewachsen. In dem Wäldchen zur Linken hörte ich Meisen und weiter entfernt keckernde Eichelhäher. Das Gras war von saftigem Frühsommergrün.

Der intensive Duft verursachte mir fast Halsschmerzen. Natürlich war mir der Geruch des Frühlings nicht neu. Aber damals war das Aroma von Kiefern und Gras abgeschwächt durch die Abgase von der Straße, und statt Eichelhähern hatten Tagesausflügler gerufen; statt Malvenblüten und Veilchen hatten Butterbrotpapier und Zigarettenkippen den Boden übersät. Butterbrotpapier – das schien mir ein reeller Preis für die Segnungen der Zivilisation, doch im Moment war ich bereit, mich mit Veilchen zu begnügen. Ich brauchte dringend ein bißchen Frieden, und hier konnte ich ihn finden.

Knapp unterhalb der Kuppe des Berges wandte sich Dougal plötzlich zur Seite und verschwand in einem Ginsterdickicht. Ich zwängte mich hinterher. Als ich Dougal erreichte, saß er auf der flachen steinernen Einfassung eines kleinen Teiches. Ein verwitterter Steinblock, in dessen Oberfläche eine menschliche Gestalt geritzt war, ragte schief hinter ihm auf. Dies mußte eine Stätte der Heiligenverehrung sein. Solche Schreine waren über das ganze Hochland verstreut, und sie lagen oft an abgeschiedenen Orten. Aber selbst hier oben sah ich Überbleibsel der Votivgaben von Besuchern, die um Gesundheit oder eine sichere Reise gebeten haben mochten.

Dougal nickte, als ich auftauchte. Er bekreuzigte sich und schöpfte etwas Wasser aus dem Teich. Das Wasser hatte eine merkwürdig dunkle Farbe und einen üblen Geruch – wahrscheinlich handelte es sich um eine Schwefelquelle. Ich hatte Durst, und so folgte ich Dougals Beispiel. Das Wasser schmeckte ein wenig bitter, aber es war angenehm kühl und durchaus nicht ungenießbar. Ich trank davon und besprengte mir dann das Gesicht. Die Straße war staubig gewesen.

Ich blickte auf und stellte fest, daß Dougal mich mit einem

seltsamen Ausdruck musterte. Irgend etwas zwischen Neugier und Berechnung, dachte ich.

»Ziemlich weiter Aufstieg für einen Schluck Wasser, wie?« fragte ich leichthin. Wir hatten Feldflaschen am Sattel, und ich bezweifelte, daß Dougal vom Schutzheiligen der Quelle unsere wohlbehaltene Rückkehr erflehen wollte. Er schien mehr an weltlichere Methoden zu glauben.

»Wie gut kennen Sie den Hauptmann?« fragte er abrupt.

»Nicht so gut wie Sie«, antwortete ich barsch. »Außer heute bin ihm nur einmal begegnet, und das rein zufällig. Wir sind nicht gerade prächtig miteinander ausgekommen.«

Überraschenderweise hellte sich Dougals strenge Miene ein bißchen auf.

»Ich kann auch nicht behaupten, daß ich den Mann sonderlich schätze«, sagte er, während er mit den Fingern auf die Einfassung der Quelle trommelte. »Manche halten jedoch große Stücke auf ihn«, fuhr er fort. »Nach allem, was man dort hört, soll er ein tapferer Soldat und guter Kämpfer sein.«

Ich zog die Augenbrauen hoch. »Da ich kein englischer General bin, beeindruckt mich das wenig.« Dougal lachte. Das Geräusch störte drei Krähen auf, und sie flatterten protestierend davon.

»Spionieren Sie für die Engländer oder für die Franzosen?« fragte Dougal, erneut das Thema wechselnd. Immerhin war er zur Abwechslung einmal direkt.

»Natürlich nicht«, sagte ich ungehalten. Ich tauchte mein Taschentuch ins Wasser und wischte mir den Hals ab. Kleine erfrischende Rinnsale rannen mir unter dem grauen Serge meines Reisegewands den Rücken hinunter.

Dougal schwieg mehrere Minuten.

»Sie haben Jamies Rücken gesehen«, sagte er plötzlich.

»Das ließ sich kaum vermeiden«, erwiderte ich frostig. Ich hatte es aufgegeben, mir zu überlegen, was Dougal mit diesen zusammemhanglosen Fragen bezweckte. Vermutlich würde er es mir zu gegebener Zeit selbst verraten. »Sie meinen wohl, ob ich wußte, daß es Randall war? Sie wußten das ja sicher schon.«

»Richtig«, antwortete Dougal und betrachtete mich gelassen, »aber daß *Sie* es wußten, ist mir neu.«

Ich zuckte die Achseln, und das sollte heißen, daß es Dougal herzlich wenig anging, was ich wußte und was nicht.

»Ich war dabei«, sagte er beiläufig.

»Wo?«

»In Fort William. Ich hatte in der Garnison zu tun. Der Schreiber dort wußte, daß Jamie mit mir verwandt ist, und benachrichtigte mich, als er in Gewahrsam genommen wurde. Und so ging ich hin, um zu sehen, was ich für ihn tun konnte.«

»Offenbar hatten Sie keinen großen Erfolg«, sagte ich sarkastisch.

Dougal zuckte die Achseln. »Nein, leider nicht. Randall war damals gerade zum Kommandanten ernannt worden. Er kannte mich nicht und war nicht sehr geneigt, auf mich zu hören. Ich dachte mir, er wollte ein Exempel an Jamie statuieren, um allen von Anfang an zu zeigen, daß von ihm keine Milde zu erwarten sei. Das ist ein durchaus vernünftiger Grundsatz, wenn du Männer zu befehligen hast. Verschaffe dir Respekt. Und wenn du das nicht zuwege bringst, dann lehre sie das Fürchten.«

Ich erinnerte mich an den Gesichtsausdruck von Randalls Korporal und glaubte zu wissen, welche Methode der Hauptmann gewählt hatte.

Dougals tiefliegende Augen waren interessiert auf mich gerichtet.

»Sie wußten also, daß es Randall war. Hat Ihnen Jamie davon erzählt?«

»Ein bißchen«, antwortete ich vorsichtig.

»Er muß eine hohe Meinung von Ihnen haben«, sagte Dougal versonnen. »Im allgemeinen spricht er mit niemandem darüber.«

»Ich habe keine Ahnung, warum nicht«, erwiderte ich gereizt. Ich hielt immer noch jedesmal den Atem an, wenn wir in einen neuen Gasthof kamen, bis feststand, daß außer Trinken und Reden nichts auf dem Programm stand. Dougal grinste zynisch – er ahnte wohl, was ich dachte.

»Nun, es war ja nicht nötig, es mir zu erzählen, oder? Ich wußte es ja bereits.« Dougal zog die Hand lässig durch das dunkle Wasser. »Im allgemeinen erspart man den Damen den Anblick von Auspeitschungen. Haben Sie jemals eine gesehen?«

»Nein, und ich möchte es auch nicht«, erwiderte ich schroff. »Ich kann mir durchaus vorstellen, welche Gewalt nötig ist, um solche Spuren zu hinterlassen, wie sie Jamie auf dem Rücken trägt.«

Dougal schüttelte den Kopf und bespritzte einen neugierigen Eichelhäher, der sich in die Nähe gewagt hatte, mit Wasser aus dem Teich.

»Da irren Sie sich, Mädchen, Ihre Vorstellungskraft in Ehren, aber der Anblick eines Mannes, dem die Haut vom Rücken gefetzt wird, ist doch noch etwas anderes. Eine äußerst garstige Sache – es soll den Betroffenen innerlich brechen, und meistens gelingt es.«

»Bei Jamie nicht.« Ich sagte das in schärferem Ton, als ich vorgehabt hatte. Jamie war mein Patient und bis zu einem gewissen Grad auch mein Freund. Ich wollte seine Biographie nicht mit Dougal erörtern, obwohl ich eine gewisse makabre Neugier empfand. Noch nie war ich jemandem begegnet, der offener und gleichzeitig geheimnisvoller war als der junge MacTavish.

Dougal lachte und fuhr sich mit der nassen Hand durch die Haare.

»Nun, Jamie ist so dickköpfig wie der Rest seiner Familie – die sind alle störrisch wie die Maulesel, und er ist der schlimmste.«

In Dougals Stimme lag widerwilliger Respekt. »Hat Jamie Ihnen erzählt, daß er ausgepeitscht wurde, weil er versucht hat zu fliehen?«

»Ja.«

»Er ist über die Mauer des Forts geklettert, kurz nach Einbruch der Dunkelheit. Das kam ziemlich häufig vor; die Gefängniszellen waren nicht so sicher, wie die Engländer es gerne gehabt hätten, und so ließen sie jeden Abend nahe der Mauer Soldaten patrouillieren. Der Schreiber der Garnison sagte, Jamie habe sich wacker geschlagen, aber es waren sechs gegen einen, und die Soldaten hatten Musketen, darum dauerte es nicht lange. Jamie verbrachte die Nacht in Ketten und kam am nächsten Morgen sofort an die Staupsäule.« Dougal unterbrach sich und blickte mich prüfend an, wahrscheinlich, um festzustellen, ob ich gleich in Ohnmacht fallen würde.

»Auspeitschungen erfolgten unmittelbar nach dem Appell. An diesem Tag traf es drei, und Jamie war der letzte.«

»Sie haben es *gesehen*?«

Dougal nickte. »Jamie sah ziemlich furchtbar aus, aber er zuckte mit keiner Wimper, lauschte sogar den Schreien und sonstigen Geräuschen – wußten Sie, daß man *hören* kann, wie es Haut und Fleisch zerreißt?«

»Um Gottes willen!«

»Das habe ich mir auch gedacht, Mädel«, sagte Dougal und verzog das Gesicht. »Vom Blut und den Striemen ganz zu schweigen. Pfui Teufel!« Er spuckte aus.

»Dann war Jamie an der Reihe, ging zur Staupsäule – manche Leute muß man hinschleifen, ihn nicht – und streckte die Hände aus, damit der Korporal seine Ketten aufschließen konnte. Der Korporal wollte ihn an seinen Platz zerren, aber Jamie schüttelte ihn ab und trat einen Schritt zurück. Ich dachte fast, er wollte fliehen, doch er zog sich nur das Hemd aus. Es war zerrissen und schmutzig, aber er legte es so sorgfältig zusammen, als wär's sein Sonntagsgewand, und tat es auf den Boden. Dann trat er aufrecht wie ein guter Soldat vor die Staupsäule und hob die Hände, um sie binden zu lassen.«

Dougal schüttelte, immer noch staunend, den Kopf. Das Sonnenlicht, das durch die Blätter der Eberesche fiel, sprenkelte ihn mit Schatten, die Klöppelspitze glichen. Es wirkte fast so, als betrachtete man ihn durch ein Deckchen. Ich lächelte, und Dougal nickte mir zu, weil er dachte, meine Reaktion bezog sich auf seine Geschichte.

»Ja, Mädel, solcher Mut ist selten. Mut im Kampf ist nicht ungewöhnlich bei einem Schotten, aber der Furcht kaltblütig entgegenzutreten – das ist bei jedem Mann rar. Er war erst neunzehn damals«, fügte Dougal ihnzu.

»Muß schauerlich anzusehen gewesen sein«, bemerkte ich ironisch. »Mich wundert, daß Ihnen nicht schlecht geworden ist.«

Die Ironie entging Dougal keineswegs, doch er reagierte nicht darauf. »Mir *ist* fast schlecht geworden, Mädel«, sagte er und hob die dunklen Augenbrauen. »Schon beim ersten Hieb spritzte das Blut, und binnen einer Minute war der Rücken des Jungen rot und blau. Er schrie aber nicht, flehte auch nicht um Gnade. Er drückte die Stirn fest gegen die Säule und blieb stehen. Natürlich zuckte er, wenn die Peitsche ihn traf, aber das war alles. Ich bezweifle, daß ich dazu in der Lage wäre«, bekannte Dougal. »Gibt auch nicht viele, die es könnten. Mittendrin schwanden Jamie die Sinne, und die Engländer brachten ihn mit kaltem Wasser wieder zu Bewußtsein und führten es zu Ende.«

»Abscheulich, wirklich abscheulich«, bemerkte ich. »Warum erzählen Sie mir das?«

»Ich bin noch nicht fertig.« Dougal zog seinen Dolch aus dem Gürtel und begann, sich die Fingernägel zu säubern.

»Jamie war in seinen Stricken zusammengesunken; Blut rann herab und befleckte seinen Kilt. Und genau in diesem Augenblick trat Hauptmann Randall auf den Hof. Ich weiß nicht, warum er nicht von Anfang an dabei war; vielleicht hatte er anderweitig zu tun. Jedenfalls sah Jamie ihn kommen und besaß noch die Geistesgegenwart, die Augen zu schließen und den Kopf hängen zu lassen, als wäre er bewußtlos.«

Dougal runzelte die Stirn, konzentrierte sich auf einen widerspenstigen Fingernagel.

»Der Hauptmann war äußerst ungehalten, weil man Jamie bereits ausgepeitscht hatte; anscheinend hatte er sich darauf gefreut, es selber zu tun. Trotzdem war im Augenblick nichts zu machen. Doch dann fiel ihm ein zu fragen, wie Jamie hatte fliehen können.«

Dougal hielt seinen Dolch hoch und begann, ihn an dem Stein, auf dem er saß, zu wetzen.

»Mehrere Soldaten zitterten bei Randalls Rede wie Espenlaub – der Mann versteht sich auf Worte, das muß ihm der Neid lassen.«

»O ja«, bestätigte ich trocken.

»Nun, im Laufe der Befragung kam ans Licht, daß Jamie, als sie ihn faßten, einen Kanten Brot und ein Stück Käse bei sich hatte – hatte beides mitgenommen, ehe er über die Mauer stieg. Worauf der Hauptmann eine Weile nachdachte und schließlich ekelhaft lächelte. Er erklärte, da Diebstahl ein schweres Vergehen sei, müsse die Strafe dementsprechend ausfallen, und verurteilte Jamie auf der Stelle zu weiteren hundert Peitschenhieben.«

Ich zuckte unwillkürlich zusammen. »Das wäre doch sein sicherer Tod gewesen!«

Dougal nickte. »Aye, das hat der Garnisonsarzt auch gesagt. Er hat gesagt, das könne er nicht verantworten, der Gefangene müsse sich eine Woche auskurieren, ehe er zum zweiten Mal ausgepeitscht würde.«

»Wie human!« sagte ich sarkastisch. »Und was hielt Hauptmann Randall davon?«

»Zunächst war er nicht entzückt, doch am Ende fand er sich damit ab. Dann band man Jamie los. Der Junge stolperte ein bißchen, aber er blieb auf den Beinen, und ein paar Soldaten ließen ihn hochleben, was dem Hauptmann ebenfalls kein Vergnügen bereitete. Es gefiel ihm auch nicht, daß ein Unteroffizier Jamies Hemd aufhob und es dem Jungen reichte, obwohl diese Geste bei den Männern durchaus Anklang fand.«

Dougal drehte seinen Dolch hin und her, betrachtete ihn prüfend. Dann legte er ihn auf sein Knie und sah mir in die Augen.

»Sie wissen sicher, Mädchen, daß es recht einfach ist, tapfer zu sein, wenn man in der warmen Schenke bei einem Krug Bier sitzt. Es ist nicht so einfach, wenn man auf einem kalten Acker hockt und Musketenkugeln an einem vorbeischwirren. Und es ist erst recht nicht einfach, wenn man seinem Feind von Angesicht zu Angesicht gegenübersteht und einem das eigene Blut die Beine hinunterläuft.«

»Ja, ich weiß«, sagte ich. Trotzdem fühlte ich mich ein wenig schwach.

»Später in der Woche habe ich Randall noch einmal aufgesucht«, fuhr Dougal fort, als hätte er das Bedürfnis, sich zu rechtfertigen. »Wir haben lange miteinander geredet, ich habe sogar eine Entschädigung angeboten —«

»Ich bin beeindruckt«, murmelte ich. Dougal warf mir einen wütenden Blick zu. »Doch, ich meine es ernst. Es war freundlich von Ihnen. Aber Randall hat Ihr Angebot vermutlich abgelehnt.«

»Ja. Und ich weiß immer noch nicht, warum, denn die englischen Offiziere haben im allgemeinen keine großen Skrupel, wenn es um ihren Geldbeutel geht, und Kleider wie die des Hauptmannes kommen teuer.«

»Vielleicht hat er... andere Einnahmequellen«, sagte ich.

»Die hat er in der Tat«, bestätigte Dougal, wobei er mich argwöhnisch musterte. »Trotzdem...« Er zögerte; schließlich sprach er langsamer weiter:

»Ich bin dann noch einmal hineingegangen, um für Jamie dazusein, wenn er das zweite Mal dran war, obwohl ich nicht viel tun konnte für den armen Jungen.«

Beim zweiten Mal war Jamie der einzige Gefangene gewesen, der ausgepeitscht wurde. Die Wachen hatten ihm das Hemd ausgezogen, bevor sie ihn kurz nach Sonnenaufgang ins Freie brachten. Es war ein kalter Oktobermorgen.

»Ich merkte, daß sich der Junge schier zu Tode ängstigte«, sagte Dougal, »obwohl er alleine ging und es nicht zuließ, daß ihn die Wachen berührten. Ich sah, wie er zitterte vor Kälte und vor

Furcht, sah auch die Gänsehaut an seinen Armen und an seiner Brust, und gleichzeitig stand ihm der Schweiß auf der Stirn.«

Ein paar Minuten später trat Randall auf den Hof, die Peitsche unter dem Arm, und die Bleikügelchen am Ende der Schnüre klickten im Rhythmus seiner Schritte leise aneinander. Er musterte Jamie kalt und bedeutete dem Unteroffizier, den Gefangenen umzudrehen und ihm dessen Rücken zu zeigen.

Dougal verzog das Gesicht. »Es war ein jämmerlicher Anblick – alles noch wund, die Striemen fast schwarz und der Rest grün und blau. Der bloße Gedanke daran, daß eine Peitsche auf diesen Rükken niedergehen sollte, war genug, um uns erbleichen zu lassen.«

Dann wandte sich Randall dem Unteroffizier zu und sagte: »Saubere Arbeit, Sergeant Wilkes. Ich muß sehen, ob ich es ebensogut vermag.« Mit pedantischer Förmlichkeit ließ der Hauptmann den Garnisonsarzt rufen und sich offiziell bestätigen, daß Jamie wohlauf genug sei, um erneut ausgepeitscht zu werden.

»Haben Sie einmal gesehen, wie die Katze mit der Maus spielt?« fragte Dougal. »So war es. Randall ging um den Jungen herum und machte unangenehme Bemerkungen. Und Jamie stand da wie eine Eiche, sagte nichts und starrte die Staupsäule an. Ich sah, daß der Junge mit beiden Händen seine Ellenbogen umfaßte, damit er nicht zitterte, und Randall sah das natürlich auch.

Der Hauptmann sagte dann: ›Ich glaube, dies ist der junge Mann, der vor einer Woche verkündet hat, er fürchte den Tod nicht. Gewiß hat ein Mann, der den Tod nicht fürchtet, keine Angst vor ein paar Hieben?‹ Und er versetzte Jamie mit dem Peitschenstiel einen Stoß in den Bauch.

Worauf Jamie dem Hauptmann in die Augen schaute und erwiderte: ›Nein, ich fürchte nur, daß ich vor Kälte erstarre, ehe Sie mit dem Reden fertig sind.‹«

Dougal seufzte. »Das war eine wackere Replik, und verdammt leichtsinnig obendrein. Es ist immer ein häßliches Geschäft, jemanden auszupeitschen, aber man kann es noch schlimmer machen, als es unbedingt sein muß, seitwärts schlagen zum Beispiel, damit die Peitsche tief genug einschneidet, oder harte Streiche auf die Nieren.« Dougal schüttelte den Kopf. »Sehr garstig.«

Er runzelte die Stirn, wählte seine Worte mit Wohlbedacht.

»Randalls Gesicht war ... konzentriert und gleichzeitig strahlend, wie wenn ein Mann ein Mädchen betrachtet, in das er vergafft ist. Beim fünfzehnten Hieb rann dem Jungen das Blut die Beine hinunter, und sein Gesicht war von Schweiß und Tränen überströmt.«

Ich schwankte ein wenig und legte eine Hand auf die steinerne Einfassung der Quelle.

Dougal sah es und fuhr fort: »Ich will nicht mehr sagen, als daß er's überlebt hat. Als der Korporal seine Hände losband, stürzte Jamie beinahe, aber der Korporal und der Unteroffizier stützten ihn, bis er sich alleine auf den Beinen halten konnte. Er zitterte schlimmer denn je, doch er hielt den Kopf aufrecht, und in seinen Augen brannte ein Feuer – ich sah es auf zwanzig Fuß Entfernung. Er hatte seinen Blick starr auf Randall gerichtet, es war, als sei das das einzige, was ihn auf den Beinen hielt. Randalls Gesicht war fast so bleich wie das von Jamie, und er hatte seine Augen ebenso starr auf den Jungen geheftet – als würden sie beide fallen, wenn einer den Blick abwandte.«

Es war still an dem kleinen Teich. Außer dem leisen Rauschen des Windes in den Blättern der Eberesche war nichts zu hören.

»Warum?« fragte ich schließlich. »Warum haben Sie mir das erzählt?«

Dougal beobachtete mich. Ich tauchte eine Hand in die Quelle und kühlte mir die Schläfen.

»Ich dachte, es könnte als Charakterbild dienen«, antwortete Dougal.

»Von Randall?« Ich stieß ein kurzes, freudloses Lachen aus. »Danke, aber da brauche ich keine Hinweise mehr.«

»*Auch* von Randall«, bestätigte Dougal. »Aber in der Hauptsache von Jamie.«

Ich schaute Dougal an, plötzlich beunruhigt.

»Der gute Hauptmann hat mir eine *Order* gegeben.« Dougal betonte das Wort sarkastisch.

»Welche Order?« fragte ich, und meine Nervosität nahm zu.

»Am Montag, dem 18. Juni, habe ich eine englische Untertanin namens Claire Beauchamp zum Verhör nach Fort William zu bringen.«

Ich muß besorgniserregend ausgesehen haben, denn Dougal sprang auf und eilte zu mir.

»Stecken Sie den Kopf zwischen die Knie, bis das Schwächegefühl nachläßt«, sagte er.

»Ich weiß selbst, was ich machen muß«, erwiderte ich gereizt, tat es aber gleichwohl. Ich schloß die Augen und spürte, wie das zurückströmende Blut in meinen Schläfen zu pulsieren begann. Das klamme Gefühl in meinem Gesicht verschwand, obwohl meine Hände nach wie vor eiskalt waren.

Schließlich richtete ich mich auf und fühlte mich wieder mehr oder minder im Vollbesitz meiner Kräfte. Dougal beobachtete mich geduldig, um sicherzugehen, daß ich nicht ins Wasser fiel.

»Es gibt einen Ausweg«, sagte er abrupt. »Aber nur einen.«

»Dann zeigen Sie ihn mir«, sagte ich mit einem mißglückten Lächeln.

»Nun denn.« Dougal beugte sich vor. »Randall hat das Recht, Sie zu verhören, weil Sie Untertanin der englischen Krone sind. Und das müssen wir ändern.«

Ich starrte Dougal verständnislos an. »Was soll das heißen? Sie sind doch auch Untertan der Krone, oder? Wie wollen Sie das ändern?«

»Schottisches und englisches Recht sind einander sehr ähnlich«, sagte Dougal, »aber nicht völlig gleich. Ein englischer Offizier kann einen Schotten nicht zwingen, vor ihm zu erscheinen, es sei denn, er hat Beweise oder begründeten Verdacht, daß dieser ein Verbrechen verübt hat. Auf einen bloßen Verdacht hin kann er einen Schotten nicht ohne Erlaubnis des betreffenden Burgherrn vom Land seines Clans entfernen.«

»Sie haben mit Ned Gowan geredet«, sagte ich, und mir begann wieder ein bißchen schwindlig zu werden.

Dougal nickte. »Aye. Ich habe befürchtet, daß es soweit kommen könnte. Die einzige Möglichkeit, Randall Ihre Auslieferung zu verweigern, ist die, daß wir eine Schottin aus Ihnen machen.«

»Eine Schottin?« fragte ich. An die Stelle meiner Benommenheit trat ein furchtbarer Verdacht.

Er wurde durch Dougals nächste Worte bestätigt.

»Richtig«, antwortete er. »Sie müssen einen Schotten heiraten. Jamie.«

»Das kann ich nicht!«

Dougal legte die Stirn in Falten und dachte nach. »Nun«, sagte er schließlich, »dann nehmen Sie eben Rupert. Er ist Witwer und hat einen kleinen Hof zur Pacht. Allerdings ist er einige Jahre älter als Sie und –«

»Ich will auch Rupert nicht heiraten! Das... das ist die absurdeste...« Mir fehlten die Worte. Erregt sprang ich auf und ging in der kleinen Lichtung auf und ab.

»Jamie ist ein prächtiger Junge«, sagte Dougal. »Gewiß, er hat im Augenblick kein nennenswertes Vermögen, aber er hat ein gutes Herz. Er wäre nicht grausam gegen Sie. Und er ist ein vorzüglicher Kämpfer, der jeden Grund hat, Randall zu hassen. Wenn Sie ihn heiraten, wird er bis zum letzten Atemzug fechten, um Sie zu schützen.«

»Aber... aber ich *kann* niemanden heiraten!« wandte ich ein.

Dougal betrachtete mich scharf. »Warum nicht, Mädchen? Haben Sie doch noch einen Mann, der am Leben ist?«

»Nein. Es ist nur... es ist einfach lachhaft! Völlig unmöglich!«

Dougal hatte sich entspannt, als ich »Nein« sagte. Jetzt blickte er zur Sonne auf und erhob sich.

»Kommen Sie. Wir müssen uns um etliches kümmern. Wir brauchen eine Sondergenehmigung. Aber das wird Ned schon machen.«

Dougal nahm meinen Arm.

Ich riß mich los.

»Ich heirate niemanden«, verkündete ich mit großer Entschiedenheit.

Dougal schien unbeeindruckt; er zog nur die Augenbrauen hoch.

»Sie wollen also, daß ich Sie zu Randall bringe?«

»Nein!« Und nun kam mir plötzlich ein Gedanke. »Also glauben Sie mir wenigstens jetzt, daß ich keine englische Spionin bin?«

»*Jetzt* ja«, antwortete Dougal pointiert.

»Warum erst jetzt? Warum nicht zuvor?«

Dougal deutete mit seinem Kopf auf die Quelle und die in den Fels geritzte Gestalt. Sie mußte Hunderte von Jahren alt sein.

»Das ist die Quelle des heiligen Ninian. Sie haben von ihrem Wasser getrunken, ehe ich Sie gefragt habe.«

Die Auskunft verwirrte mich.

»Was soll das heißen?«

Dougal blickte überrascht drein; dann kräuselten sich seine Lippen zu einem Lächeln. »Wußten Sie das nicht? Sie heißt auch Lügenquelle. Ihr Wasser riecht nach den Dämpfen der Hölle. Wer davon trinkt und die Unwahrheit sagt, dem verbrennt es die Gedärme.«

»Aha«, erwiderte ich mit zusammengebissenen Zähnen. »Nun,

meine Gedärme sind durchaus unverbrannt. Sie können mir also glauben, wenn ich sage, daß ich nicht spioniere. Und noch etwas können Sie mir glauben, Dougal MacKenzie. Ich heirate niemanden!«

Er hörte mir nicht zu. Tatsächlich hatte er sich bereits seinen Weg durchs Gesträuch gebahnt, das die Quelle säumte. Nur ein zitternder Eichenzweig zeigte, wo er gegangen war. Vor Wut kochend, folgte ich ihm.

Auf dem Ritt zum Gasthof protestierte ich weiter. Dougal riet mir schließlich, ich sollte ein wenig Luft zurückbehalten, um auf mein Essen blasen zu können, und den Rest der Strecke legten wir schweigend zurück.

Als wir beim Gasthof angelangt waren, warf ich die Zügel auf den Boden und floh nach oben, in meine Kammer.

Die Idee war ungeheuerlich. Ich lief auf und ab in dem kleinen Raum, fühlte mich immer mehr wie ein gefangenes Tier. Warum, zum Teufel, hatte ich nicht den Mut aufgebracht, mich schon früher von den Schotten zu trennen?

Ich setzte mich auf das Bett und versuchte, leidenschaftslos über alles nachzudenken. Von Dougals Standpunkt aus betrachtet, hatte die Idee durchaus einiges für sich. Wenn er sich weigerte, mich an Randall auszuliefern, würde der Hauptmann vielleicht versuchen, meiner mit Gewalt habhaft zu werden. Und Dougal wollte sich verständlicherweise nicht meinetwegen ein Gefecht mit einer Übermacht von englischen Dragonern liefern.

Kaltblütig betrachtet, hatte das Ganze auch für mich seine Vorteile. Wenn ich mit einem Schotten verheiratet war, würde ich vermutlich nicht mehr beobachtet und überwacht werden. Und so würde es leichter sein, eines Tages das Weite zu suchen. Und Jamie – nun, er mochte mich. Und kannte die Highlands so gut wie seine Westentasche. Vielleicht würde er mich zum Craigh na Dun bringen. Ja, wahrscheinlich war diese Heirat der beste Weg, mein Ziel zu erreichen.

Wenn ich es kaltblütig betrachtete. Mein Blut jedoch war alles andere als kalt. Mir war heiß vor Zorn und Erregung, und ich suchte verzweifelt einen Ausweg. Nach einer Stunde war mein Gesicht hochrot, und ich hatte rasende Kopfschmerzen. Ich riß die Fensterläden auf und hielt den Kopf in die kühlende Brise.

Hinter mir klopfte es gebieterisch an die Tür. Dougal trat ein. Er trug ein Bündel Papiere und wurde von Rupert und dem untadeligen Ned Gowan begleitet.

»Kommen Sie nur herein«, sagte ich höflich.

Dougal ignorierte mich wie üblich und breitete die Papiere mit großem Zeremoniell auf dem grobgezimmerten Eichentisch aus.

»Alles vorbereitet«, sagte er mit dem Stolz eines Mannes, der ein schwieriges Projekt zum erfolgreichen Abschluß geführt hat. »Ned hat die nötigen Papiere aufgesetzt; nichts geht über einen Advokaten, solange er auf deiner Seite steht – wie, Ned?«

Die Männer, offenbar bester Laune, lachten.

»War nicht weiter schwierig«, sagte Ned bescheiden. »Es ist ein recht simpler Vertrag.« Er blätterte die Seiten mit einem gewissen Wohlgefallen durch; dann hielt er inne und furchte nachdenklich die Stirn.

»Sie haben keine Vermögenswerte in Frankreich, oder?« fragte er und blickte mich besorgt über den Kneifer hinweg an.

Ich schüttelte den Kopf, und er atmete hörbar auf. »Dann müssen Sie nur noch hier unten unterschreiben. Anschließend leisten Dougal und Rupert ihre Unterschrift als Zeugen.«

Der Advokat stellte das Tintenfaß auf den Tisch, das er mitgebracht hatte, zog den Gänsekiel aus seiner Tasche und hielt ihn mir feierlich entgegen.

»Was soll das?« erkundigte ich mich. Es war eine rein rhetorische Frage, denn auf der ersten Seite stand in Schönschrift klar und deutlich: EHEVERTRAG.

Dougal unterdrückte einen ungeduldigen Seufzer.

»Sie wissen recht gut, was das soll«, sagte er knapp. »Und wenn Sie keine andere Idee haben, wie Sie Randall entkommen können, dann werden Sie unterschreiben. Wir haben nicht viel Zeit.«

An Ideen mangelte es mir sehr, obwohl ich mir eine Stunde lang den Kopf zermartert hatte. Es schien, als sei diese Posse meine einzige Wahl.

»Aber ich *möchte* nicht heiraten!« sagte ich störrisch. »Und Jamie vielleicht auch nicht! Wie ist es damit?«

Dougal tat dies als unwichtig ab.

»Jamie ist Soldat«, sagte er, »er wird tun, was ich ihm befehle. Und Sie ebenso, es sei denn, ein englischer Kerker ist Ihnen lieber.«

Ich funkelte Dougal an.

»Ich möchte mit ihm reden«, sagte ich. Dougal hob die Augenbrauen.

»Mit Jamie? Warum?«

»*Warum?* Weil Sie mich zwingen, ihn zu heiraten – und soweit ich das überblicken kann, haben Sie es ihm noch nicht einmal gesagt!«

Für Dougal war das offenbar unerheblich, doch er gab schließlich nach und ging, begleitet von Ned Gowan und Rupert, um Jamie aus dem Schankraum zu holen.

Kurz darauf erschien Jamie. Allein. Er machte verständlicherweise einen verwirrten Eindruck.

»Dougal möchte, daß wir heiraten. Hast du das gewußt?« fragte ich.

Jamies Gesicht hellte sich auf. »Aye. Das habe ich gewußt.«

»Aber«, fuhr ich fort, »ein junger Mann wie du wird doch sicher – äh, ich meine, gibt es keine andere, für die du dich interessierst?« Jamie stutzte einen Moment, dann schien er zu begreifen.

»Oh, du meinst, ob ich jemandem versprochen bin? Nein, ich habe einem Mädchen nicht viel zu bieten.« Er beeilte sich weiterzusprechen, als hätte er das Gefühl, seine Worte klängen verletzend. »Das heißt, ich habe kein nennenswertes Vermögen und zum Leben nicht mehr als den Sold eines Soldaten.«

Jamie rieb sich das Kinn und betrachtete mich zweifelnd. »Und dann ist da noch die Sache mit dem Kopfgeld. Kein Vater möchte, daß seine Tochter einen Mann heiratet, der jederzeit festgenommen und gehenkt werden kann. Hast du daran gedacht?«

Ich winkte verächtlich ab, um Jamie zu zeigen, daß ich dies im Vergleich zu der ganzen monströsen Idee für eine Bagatelle hielt. Ein letzter Versuch blieb mir.

»Stört es dich, daß ich nicht mehr – äh, unschuldig bin?« Jamie zögerte einen Moment, ehe er antwortete.

»Nein«, sagte er bedächtig. »Wenn es dich nicht stört, daß ich es noch bin...« Er grinste über meinen Gesichtsausdruck – der Mund stand mir weit offen – und machte sich auf den Weg zur Tür.

»Ich denke, einer von uns sollte wissen, was wir tun«, meinte er. Die Tür schloß sich leise hinter ihm; damit war die Brautwerbung wohl beendet.

Als die Papiere unterzeichnet waren, stieg ich behutsam die

steile Treppe zur Wirtsstube hinunter und ging geradewegs zum Schanktisch.

»Whisky«, sagte ich zu dem faltigen Alten dahinter. Er schaute mich mit seinen wäßrigen Augen strafend an, doch ein Nicken von Dougal bewog ihn dazu, mir eine Flasche und ein Glas zu geben.

Das Zeug brannte in der Kehle, aber bald empfand ich eine gewisse, wenn auch unechte Gelassenheit. Meine Umgebung begann mir gleichgültig zu werden, gleichzeitig nahm ich jedes Detail mit besonderer Intensität wahr; das kleine bunte Glasfenster über dem Tresen, durch das das Licht farbige Schatten auf den rüpelhaften Wirt warf; den Griff eines Schöpflöffels aus Kupfer, der neben mir an der Wand hing; die grünschillernde Fliege, die sich am Rande einer klebrigen Pfütze auf dem Tisch abmühte. Mitfühlend schob ich sie aus der Gefahrenzone.

Dann gewahrte ich die erhobenen Stimmen hinter der verschlossenen Tür auf der anderen Seite des Raumes. Dougal war dort verschwunden, vermutlich, um sich mit der zweiten Vertragspartei abzusprechen. Es freute mich zu hören, daß mein zukünftiger Mann jetzt Radau schlug, obwohl er es zuvor an Widerstand hatte mangeln lassen. Vielleicht hatte er mich bloß nicht kränken wollen.

»Weiter so, Junge«, murmelte ich und trank wieder einen herzhaften Schluck.

Einige Zeit später bog eine Hand meine Finger auf, um mir das Glas wegzunehmen. Eine andere hielt mich unterm Ellbogen fest.

»Heiliger Gott, was ist die bezecht!« sagte eine Stimme. Sie klang so unerfreulich rauh, als hätte ihr Eigentümer Schmirgelpapier gegessen. Bei dieser Vorstellung mußte ich kichern.

»Sei still, Weib!« sagte die Stimme. Sie wurde schwächer, als sich ihr Eigentümer abwandte, um mit jemand anderem zu reden. »Betrunken wie ein Sauhirt und schrill wie ein Papagei – aber was will man erwarten –«

Eine andere Stimme schaltete sich ein, doch ich verstand nicht, was sie sagte; die Worte schienen verzerrt und undeutlich. Immerhin klang sie erfreulicher als die erste, tief und irgendwie beruhigend. Sie kam näher, und ich begriff ein paar Worte. Ich unternahm einen Versuch, mich zu konzentrieren, aber meine Gedanken waren schon wieder abgeschweift.

Die Fliege war zur Pfütze zurückgekehrt und zappelte jetzt in deren Mitte. Durch das bunte Glasfenster fiel Licht auf sie und ließ sie noch mehr schillern. Mein Blick heftete sich auf den winzigen grünen Funken, der zu pulsieren schien, während die Fliege zuckte und kämpfte.

»Du hast keine Chance, Schwester«, sagte ich, und der Funke verglomm.

14

Eine Hochzeit findet statt

Als ich erwachte, war ein dicker Bettüberwurf säuberlich bis unter mein Kinn gezogen. Anscheinend trug ich nur mein Unterkleid. Ich wollte mich aufsetzen, um nach meinen Sachen zu sehen, besann mich jedoch recht eilig eines anderen. Sehr vorsichtig legte ich mich zurück, schloß die Augen und hielt meinen Kopf fest, damit er nicht vom Kissen rollte und zu Boden fiel.

Eine Weile später erwachte ich wieder, weil sich die Tür zum Zimmer öffnete. Behutsam hob ich ein Lid. Die schwankende Kontur verfestigte sich zur mürrischen Gestalt Murtaghs, der vom Fußende meines Bettes aus mißbilligend auf mich herabstarrte. Ich klappte mein Auge zu. Dann hörte ich ein gedämpftes schottisches Geräusch, das vermutlich Abscheu und Widerwillen ausdrücken sollte, aber als ich schaute, war Murtagh fort.

Ich sank gerade wieder dankbar in meine Bewußtlosigkeit zurück, als sich die Tür erneut öffnete und eine Frau in mittleren Jahren erschien, vermutlich die Wirtin, die einen Waschkrug und eine Schale trug. Sie kam munter in den Raum geeilt und riß die Fensterläden auf, daß es nur so schepperte. Die Frau entwand mir den Überwurf und schmiß ihn beiseite.

»Kommen Sie, mein Schatz«, sagte sie. »Wir müssen Sie herrichten.« Sie legte einen kräftigen Unterarm hinter meine Schultern und brachte mich in eine sitzende Position. Ich faßte mit der einen Hand nach meinem Kopf und mit der anderen nach meinem Magen.

»Herrichten?« fragte ich, und mir war, als sei mein Mund voll von verrottetem Moos.

Die Frau begann mir hurtig das Gesicht zu waschen. »Aye«, bestätigte sie. »Gewiß möchten Sie Ihre Hochzeit nicht versäumen.«

»Doch«, sagte ich, aber die Frau achtete nicht darauf. Sie streifte mir ohne langes Federlesen das Hemd ab und schob mich zwecks weiterer Waschungen in die Mitte des Raumes.

Ein wenig später saß ich auf dem Bett, angezogen und benommen, doch dank eines Glases Portwein, das mir die Wirtin gebracht hatte, wenigstens halbwegs funktionstüchtig. Als die Frau einen Kamm durch das Dickicht meiner Haare zog, trank ich vorsichtig und mit kleinen Schlucken ein zweites Glas.

Da flog die Tür wieder knallend auf, und ich fuhr zusammen und verschüttete den Wein. Was denn nun schon wieder, dachte ich böse. Diesmal war es eine zweifache Heimsuchung, Murtagh und Ned Gowan, und beide sahen mißbilligend drein, Ned und ich starrten einander zornig an, während Murtagh ins Zimmer trat, langsam um das Bett herumging und mich von oben bis unten betrachtete. Er kehrte zu Ned zurück und murmelte etwas – so leise, daß ich es wieder nicht verstand. Er blickte ein letztes Mal verzweifelt in meine Richtung, dann zog er die Tür hinter sich und Ned zu.

Schließlich war die Frau mit meiner Frisur zufrieden: Die Haare waren straff zurückgekämmt und auf dem Wirbel zu einem Knoten gesteckt. Einzelne Lockensträhnen fielen mir auf die Schultern und ringelten sich vor den Ohren. Es fühlte sich so an, als würde meine Kopfhaut reißen, doch die Wirkung war unbestreitbar vorteilhaft. Ich begann mich allmählich wieder wie ein Mensch zu fühlen und überwand mich sogar dazu, der Frau für ihre Mühe zu danken. Im Gehen sagte sie noch, es sei ein rechtes Glück, daß ich im Sommer Hochzeit hätte, denn da gäbe es eine Menge Blumen als Schmuck für meine Haare.

»Und das uns, die wir dem Tod geweiht sind«, sagte ich, einen Salut andeutend, zu meinem Spiegelbild. Ich ließ mich aufs Bett fallen, legte mir ein nasses Tuch über das Gesicht und schlief weiter.

Ich träumte recht angenehm von Wiesen und Wildblumen, als ich erkannte, daß das, was ich für eine verspielte Brise gehalten hatte, die an meinen Ärmeln zupfte, zwei nicht allzu sanfte Hände waren. Ich setzte mich auf und schlug blindlings um mich.

Als ich die Augen endlich ganz geöffnet hatte, sah ich, daß es in meiner kleinen Kammer zuging wie in einer U-Bahn-Station – überall standen Leute herum: Ned Gowan, Murtagh, der Wirt und seine Frau, ein schlaksiger junger Mann, der sich als Sohn der Wirtsleute entpuppte und beide Arme voller Blumen hatte, was die Düfte in meinem Traum erklärte. Auch eine junge Frau mit Weidekorb hatte sich eingefunden, lächelte mich freundlich an und zeigte ihre Zahnlücken.

Diese Frau war die Näherin des Dorfes, und sie sollte die Mängel meiner Garderobe beheben, indem sie ein Kleid für mich abänderte, das man kurzfristig von jemandem aus dem Ort beschafft hatte, der mit den Wirtsleuten bekannt oder verwandt war. Ned trug das fragliche Kleid bei sich; wie ein totes Tier hing es schlaff in seiner Hand. Als es auf dem Bett ausgebreitet lag, erwies sich als tief ausgeschnittene Robe aus schwerem cremefarbenen Satin mit dazu passendem Mieder, das Dutzende von kleinen, mit Soff bezogenen Knöpfen hatte, deren jeder mit einer goldenen Lilie bestickt war. Der Kragen und die glockenförmigen Ärmel waren verschwenderisch mit gerüschten Spitzen besetzt, wie auch der Rock aus schokoladenfarbenem Samt. Der Wirt wurde unter all den Unterröcken, die er trug, schier begraben.

Ich betrachtete den Portweinfleck auf meinem grauen Sergekleid, und die Eitelkeit trug den Sieg davon. Wenn ich denn wirklich heiraten mußte, dann wollte ich nicht wie ein Aschenputtel aussehen.

Nach kurzer, hektischer Aktivität – ich stand im Raum wie eine Schneiderpuppe, und alle anderen sausten um mich herum, holten dies und jenes, übten Kritik und stolperten übereinander – war ich fertig, samt weißen Astern und gelben Rosen im Haar und einem Herzen, das unter dem spitzenbesetzten Mieder wie wild klopfte. Das Kleid saß nicht ganz richtig, und es roch ziemlich stark nach der Vorbesitzerin, doch der Satin bauschte sich über den Schichten der Unterröcke recht faszinierend um meine Füße. Ich fühlte mich durchaus hoheitsvoll und kam mir recht hübsch vor.

»Ihr könnt mich nicht zwingen, das ist euch hoffentlich klar«, zischte ich dem Rücken von Murtagh drohend zu, als ich ihm nach unten folgte, aber er wußte genausogut wie ich, daß das leeres Gerede war. Wenn ich je die Charakterstärke besessen hätte, Dougal zu trotzen, dann hatte sie sich mit dem Whisky verflüchtigt.

Dougal, Ned und die anderen saßen im Schankraum am Fuße der Treppe und tranken und tauschten Artigkeiten mit ein paar Dörflern aus, die anscheinend mit ihrer Zeit nichts Besseres anzufangen wußten, als herumzulungern und sich zu bezechen.

Dougal sah mich, wie ich die Treppe herabstieg, und hörte abrupt zu reden auf. Auch die anderen verstummten, und ich schwebte in einer höchst angenehmen Wolke ehrerbietiger Bewunderung nach unten. Dougal musterte mich von Kopf bis Fuß und schaute mir dann mit einem äußerst anerkennenden Nicken ins Gesicht.

Es war eine Weile her, daß mich ein Mann so angesehen hatte, und ich erwiderte das Nicken geradezu huldvoll.

Nach dem ersten Schweigen machten sich die übrigen ihrer Begeisterung lauthals Luft, und selbst Murtagh gestattete sich ein verhaltenes Lächeln angesichts des Ergebnisses seiner Bemühungen. *Und wer hat dich zum Moderedakteur bestellt?* dachte ich widerborstig. Doch ich mußte zugeben, es war sein Verdienst, daß ich nicht in grauem Serge heiratete.

Heiratete. Ach, du lieber Gott. Beflügelt von Portwein und cremefarbener Spitze, war es mir gelungen, die Bedeutung der Ereignisse vorübergehend zu vergessen. Nun klammerte ich mich am Geländer fest, als mich die erneute Erkenntnis wie ein Schlag in die Magengrube traf.

Über die Menge hinwegblickend, bemerkte ich jedoch, daß in ihrer Mitte eine eklatante Lücke klaffte. Mein Bräutigam war nirgendwo in Sicht. Vielleicht war es ihm ja gelungen, sich aus dem Staub zu machen. Ermutigt nahm ich ein Glas Wein vom Wirt entgegen, bevor ich Dougal ins Freie folgte.

Ned und Rupert gingen die Pferde holen. Murtagh war verschwunden, wohl um Jamie zu suchen.

Dougal hielt mich am Arm, vorgeblich, um mich zu stützten, damit ich mit meinen Satinpantöffelchen nicht ausrutschte, in Wirklichkeit, um Fluchtversuche in letzter Minute zu vereiteln.

Es war ein warmer schottischer Tag, will heißen, der Nebel war nicht dicht genug, um als Sprühregen zu gelten, aber auch nicht allzuweit davon entfernt. Plötzlich öffnete sich die Tür des Gasthofs, und heraus kam die Sonne in Gestalt von Jamie. Ich mochte eine strahlende Braut sein, doch der Bräutigam stellte mich in den Schatten. Staunend sperrte ich den Mund auf.

Ein Hochlandschotte in großer Gala ist immer ein eindrucksvoller Anblick – *jeder* Hochlandschotte, und sei er noch so alt, häßlich oder mürrisch. Ein stattlicher, gutgelaunter und durchaus nicht häßlicher junger Hochlandschotte aber ist einfach atemberaubend. Man hatte Jamie die dichten, rotgoldenen Haare gebürstet, bis sie glänzten. Er trug ein schönes Batisthemd mit gefältelter Brust und spitzenbesetzten Manschetten, die zu dem üppigen, gestärkten Jabot an seinem Hals paßten, das mit einer Rubinnadel geschmückt war. Sein Tartan, dunkelrot und schwarz, hob sich flammend von dem gedämpfteren Weiß und Grün der MacKenzies ab. Das Plaid war mit einer runden silbernen Brosche befestigt und fiel in elegantem Faltenwurf von seiner rechten Schulter. Es reichte über die wohlgeformten Waden bis zu den schwarzen Lederstiefeln mit den silbernen Schnallen. Um die Mitte wurde er von einem silberbesetzten Schwertgehenk zusammen gehalten. Schwert, Dolch und eine Tasche aus Dachsfell vervollständigten das Bild.

Ein himmelweiter Unterschied zu dem schmuddeligen Zureiter, den ich kannte – und Jamie wußte es. Mit einem formvollendeten höfischen Kratzfuß murmelte er »Euer Diener, Madam«, wobei es schalkhaft in seinen Augen blitzte.

»Oh«, sagte ich schwach.

Ich hatte Dougal selten um Worte verlegen gesehen. Er schien ebenso erstaunt über diese Erscheinung wie ich.

»Bist du von Sinnen, Mann?« fragte er schließlich. »Was ist, wenn dich jemand sieht?«

Jamie zog ironisch eine Augenbraue hoch. »Aber Onkel«, sagte er. »Beleidigungen an meinem Hochzeitstag? Du möchtest doch gewiß nicht, daß ich meiner Frau Schande bereite, oder? Außerdem«, fügte er boshaft hinzu, »außerdem glaube ich kaum, daß die Eheschließung rechtens wäre, wenn sie nicht unter meinem wahren Namen erfolgt. Und rechtens soll sie doch sein, nicht wahr?«

Dougal gewann mit sichtlicher Mühe seine Selbstbeherrschung wieder. »Wenn du fertig bist, dann laß uns aufbrechen«, sagte er.

Aber Jamie war offenbar noch nicht fertig. Er ignorierte Dougals Zorn und zog eine Perlenkette aus seiner Felltasche. Er trat vor und legte mir die Kette um den Hals. Als ich niederblickte, merkte ich, daß es kleine Barockperlen waren, jene unregelmäßig geformten Produkte von Süßwassermuscheln, dazwischen winzige durchbohrte Goldplättchen, an denen noch kleinere Perlen hingen.

»Die sind bloß aus Schottland«, sagte Jamie abbittend, »aber sie sehen sehr schön an dir aus.«

»Das waren die Perlen deiner Mutter!« knurrte Dougal mit finsterer Miene.

»Ja«, erwiderte Jamie gelassen, »und jetzt gehören sie meiner Frau. Wollen wir aufbrechen?«

Wohin wir auch unterwegs waren, es lag in einiger Entfernung vom Dorf. Wir stellten eine ziemlich mißmutige Hochzeitsgesellschaft dar, Braut und Bräutigam von den anderen eingekreist wie Sträflinge, die zu einem neuen Gefängnis eskortiert werden. Stumm ritten wir dahin, die einzige Bemerkung machte Jamie, der sich leise dafür entschuldigte, daß er so spät gekommen war. Er erklärte, es habe einige Schwierigkeiten damit gegeben, ein sauberes Hemd zu finden und einen Rock, der groß genug für ihn gewesen sei.

»Ich glaube, das gehört dem Sohn des hiesigen Gutsherrn«, sagte er, gegen das Spitzenjabot schnippend. »Scheint ein rechter Geck zu sein.«

Am Fuße eines kleinen Hügels saßen wir ab und ließen die Pferde zurück. Ein Pfad führte durchs Heidekraut bergan.

»Du hast alle Vorkehrungen getroffen?« hörte ich Dougal mit gedämpfter Stimme zu Rupert sagen, als sie die Pferde anbanden.

»Ja. War ein bißchen schwer, den Kaplan zu überreden, aber wir haben ihm die Sondergenehmigung gezeigt ...« Rupert klopfte gegen seine Felltasche, und es klimperte melodisch, was mir Aufschluß über das Wesen dieser Genehmigung gab.

Durch den Dunst sah ich das Kirchlein aus der Heide aufragen. Völlig ungläubig nahm ich das Kuppeldach und die seltsamen kleinen Bleiglasfenster wahr, die ich zum letzten Mal an dem sonnigen Morgen erblickt hatte – als ich Frank Randall heiratete.

»Nein!« rief ich. »Nicht hier! Das kann ich nicht!«

»Sachte, sachte, Mädel.« Dougal legte mir seine große Hand auf die Schulter und gab beruhigende schottische Geräusche von sich, als wäre ich ein nervöses Pferd. »Es ist ganz natürlich, ein bißchen aufgeregt zu sein«, sagte er zu uns allen. Feste Finger preßten sich in mein Kreuz und drängten mich den Pfad hinauf. Meine Schuhe sanken tief in den Morast ein.

Jamie und Dougal gingen links und rechts von mir und verhinderten, daß ich floh. Ihre Nähe war entnervend, und ich wurde fast hysterisch. In zweihundert Jahren hatte ich in dieser Kirche geheiratet, und zwar bezaubert davon, wie alt und malerisch sie war. Jetzt war sie geradezu brandneu, keineswegs malerisch, und ich war im Begriff, einen dreiundzwanzigjährigen, jungfräulichen schottischen Katholiken zu heiraten, auf den ein Kopfgeld ausgesetzt war und –

Ich wandte mich Jamie in jäher Panik zu. »Ich kann dich nicht heiraten! Ich weiß nicht einmal, wie du mit Familiennamen heißt!«

Jamie blickte auf mich nieder und hob eine rötliche Augenbraue. »Oh. Das stimmt. Also: Ich heiße Fraser. James Alexander Malcolm MacKenzie Fraser.«

Völlig konfus sagte ich »Claire Elisabeth Beauchamp« und streckte Jamie töricht die Hand entgegen. Offenbar faßte er dies als Bitte, mich zu stützen, auf, und so nahm er meine Hand und legte sie fest in die Beuge seines Ellbogens. Auf diese Weise festgenagelt, brachte ich die letzten Meter zu meiner Trauung hinter mich.

Rupert und Murtagh warteten bereits in der Kirche und bewachten den Geistlichen, einen dürren jungen Priester mit roter Nase und erschrockenem Gesichtsausdruck. Rupert entrindete gemächlich eine Weidenrute mit einem großen Messer. Zwar hatte er seine Pistolen beim Eintritt in die Kirche abgelegt, aber sie blieben, auf dem Rand des Taufsteins deponiert, in bequemer Reichweite.

Die anderen Männer entledigten sich ebenfalls ihrer Waffen, wie es sich in einem Gotteshaus gehörte, und hinterließen auf der letzten Kirchenbank ein beachtliches Arsenal. Nur Jamie behielt seinen Degen und seinen Dolch, wohl als festliche Zutaten zu seinem Gewand.

Wir knieten vor dem hölzernen Altar nieder, Murtagh und Dougal nahmen ihre Plätze als Trauzeugen ein, und die Zeremonie begann.

Die Form der katholischen Trauung hat sich im Lauf der Jahrhunderte nicht allzusehr verändert, und die Worte, die mich mit dem rothaarigen Fremden an meiner Seite verbinden sollten, waren so ziemlich dieselben wie bei meiner Hochzeit mit Frank. Ich fühlte mich wie eine leere Muschel. Das Gestammel des jungen Priesters hallte irgendwo in meiner Magengrube wider.

Ich erhob mich automatisch, als die Zeit für das Eheversprechen gekommen war, und beobachtete mit einer Art betäubter Faszination, wie meine Finger im zupackenden Griff meines künftigen Mannes verschwanden. Seine Hände waren so kalt wie meine, und mir ging auf, daß er trotz seiner äußerlichen Gelassenheit genauso nervös war wie ich.

Ich hatte es bisher vermieden, ihn anzuschauen, doch nun sah ich auf und entdeckte, daß er auf mich niederblickte. Sein Gesicht war blaß und bemüht ausdruckslos; er sah so aus wie damals, als ich ihm die Wunde verbunden hatte. Ich versuchte, ihn anzulächeln, aber meine Lippen bebten gefährlich. Der Druck seiner Finger verstärkte sich. Mir schien, daß wir uns gegenseitig festhielten; wenn einer den anderen losließ, würden wir beide umfallen. Seltsamerweise war dies ein recht beruhigendes Gefühl. Was immer uns bevorstehen mochte, wenigstens waren wir zu zweit.

»Ich nehme dich, Claire, zur Frau...« Jamies Stimme zitterte nicht, nur seine Hand. Jetzt verstärkte ich meinen Griff. Unsere steifen Finger waren aneinandergepreßt wie Bretter in einem Schraubstock. »...dich zu lieben, zu ehren und zu beschützen...in Freud und Leid...« Die Worte kamen wie von ferne. Alles Blut entwich aus meinem Kopf. Das Mieder war höllisch eng, und obwohl ich fror, rann mir der Schweiß in Bächen hinunter. Ich hoffte nur, daß ich nicht in Ohnmacht fallen würde.

Nun war ich an der Reihe. Zu meiner Verärgerung stotterte ich leicht. »Ich...ich...nehme dich, James...« Ich drückte das Kreuz durch. James hatte seinen Part gut bewältigt; ich konnte zumindest versuchen, es ebenfalls zu schaffen. »...da wo du hingehst, will auch ich...« Meine Stimme klang jetzt kräftiger.

»...bis daß der Tod uns scheidet.« Die Worte schallten mit verblüffender Endgültigkeit durch das Kirchlein. Alles war so still, als hielte es den Atem an. Dann fragte der Priester nach dem Ring.

Plötzlich kam Erregung auf, und ich sah flüchtig Murtaghs verstörtes Gesicht – offenbar hatte man den Ring vergessen. Jamie ließ meine Hand los und zog einen von seinem Finger.

An meiner Linken trug ich nach wie vor Franks Ring. Meine Rechte sah wie erfroren aus, als der viel zu große metallene Reif über meinen Ringfinger glitt. Er wäre heruntergefallen, hätte Jamie nicht meine Finger gebogen und seine Faust um sie geschlossen.

Der Priester murmelte etwas, und Jamie beugte sich herab, um mich zu küssen. Es war klar, daß er nur eine kurze und zeremonielle Berührung unserer Lippen beabsichtigte, doch sein Mund war weich und warm, und ich kam ihm instinktiv entgegen. Am Rande nahm ich die begeisterten und ermunternden Zurufe wahr, richtig bewußt wurde mir nur der Kuß. Eine Zuflucht.

Wir lösten uns voneinander und lächelten nervös. Ich sah, wie Dougal Jamies Dolch aus der Scheide zog, und fragte mich, warum. Den Blick immer noch auf mich gerichtet, streckte Jamie die rechte Hand aus. Ich rang nach Atem, als die Spitze des Dolches sein Handgelenk ritzte und eine dunkelrote Linie hinterließ. Bevor ich noch zurückzucken konnte, wurde bereits meine Hand gepackt, und ich spürte ein Brennen. Rasch drückte Dougal mein Gelenk gegen das von Jamie und band unsere Unterarme mit einem weißen Leinenstreifen zusammen.

Ich mußte ein wenig ins Schwanken geraten sein, denn Jamie faßte mit seiner Linken nach meinem Ellenbogen.

»Kopf hoch, Mädel«, flüsterte er. »Es dauert nicht mehr lange. Sprich mir jetzt die Worte nach, die ich sage.« Es handelte sich um zwei, drei gälische Sätze. Die Worte hatten keine Bedeutung für mich, aber ich wiederholte sie gehorsam. Der Leinenstreifen wurde gelöst, die Wunden wurden abgetupft, und damit waren Jamie und ich verheiratet.

Auf dem Rückweg bergab herrschte allgemeine Erleichterung. Jetzt waren wir eine vergnügte kleine Hochzeitsgesellschaft, die, abgesehen von der Braut, ausschließlich aus Männern bestand.

Wir waren fast am Fuße des Hügels angelangt, als mich der Hunger, die Nachwirkungen meines Katers und die Belastungen des Tages einholten. Dann lag ich plötzlich auf nassen Blättern, den Kopf im Schoß meines frischangetrauten Mannes. Er legte das Tuch aus der Hand, mit dem er mir das Gesicht abgewischt hatte.

»War es so schlimm?« Er lächelte, doch in seinen Augen lag ein rührend unsicherer Ausdruck. Ich erwiderte sein Lächeln.

»Es liegt nicht an dir«, versicherte ich ihm. »Ist nur so ... ich glaube, daß ich seit dem Frühstück gestern nichts mehr gegessen habe – bloß eine Menge getrunken.«

Jamies Mundwinkel zuckten. »Ich hab's gehört. Nun, da können wir Abhilfe schaffen. Viel habe ich einer Frau nicht zu bieten, das habe ich dir bereits gesagt, aber eines verspreche ich dir: Ich werde dafür sorgen, daß du zu essen hast.« Er lächelte und strich mir schüchtern eine verirrte Locke aus der Stirn.

Ich machte Anstalten, mich aufzusetzen, und verzog das Gesicht, weil ich ein Kribbeln am Handgelenk spürte. Ich hatte den letzten Teil der Zeremonie vergessen. Die Wunde hatte, zweifellos durch meinen Sturz, wieder zu bluten begonnen. Ich nahm Jamie das Tuch aus der Hand und wickelte es mir unbeholfen um das Gelenk. Er beobachtete mich und sagte: »Vielleicht bist du deswegen ohnmächtig geworden. Ich hätte daran denken sollen, dich vorzuwarnen; ich habe nicht gewußt, daß du nicht damit gerechnet hast.«

»Was war das genau?« fragte ich und versuchte, die Zipfel des Tuches festzustecken.

»Es ist ein bißchen heidnisch, aber es ist hier der Brauch, daß man neben dem Eheversprechen einen Eid schwört, den man mit seinem Blut besiegelt. Manche Priester dulden das nicht, unserer freilich hätte wohl gegen nichts etwas eingewandt. Er sah beinahe so erschrocken aus, wie ich es selber war«, sagte Jamie lächelnd.

»Ein Eid, den man mit seinem Blut besiegelt? Und was bedeuten die Worte?«

Jamie nahm meine Rechte und steckte behutsam das letzte Ende des provisorischen Verbandes fest.

»Ich übersetze es dir:

Du bist Blut von meinem Blute und Fleisch von meinem Fleische.
Ich schenke dir meinen Leib, auf daß wir eins sein mögen.
Ich schenke dir meine Seele, bis wir unser Leben aushauchen.«

Jamie zuckte die Achseln. »Ungefähr dasselbe wie das kirchliche Versprechen, nur ein bißchen... äh, urtümlicher.«

Ich blickte auf mein verbundenes Handgelenk nieder. »Ja, so könnte man es nennen.«

Dann schaute ich in die Runde; wir waren allein unter einer Espe. Die Blätter auf dem Boden schimmerten in der Feuchtigkeit wie rostige Münzen. Es war sehr still bis auf das gelegentliche Platschen kleiner Wassertropfen, die von den Bäumen fielen.

»Wo sind die anderen? Sind sie zum Gasthof zurückgeritten?«

Jamie verzog das Gesicht. »Nein. Ich habe ihnen gesagt, sie sollten gehen, damit ich mich um dich kümmern kann, aber sie warten da hinten auf uns.« Er deutete mit dem Kopf. »Sie werden uns nicht vertrauen, ehe alles... äh, rechtens ist.«

»Ist es das nicht schon?« fragte ich verständnislos. »Wir sind doch verheiratet, oder?«

Jamie schien verlegen; er wandte sich ab und entfernte umständlich Blätter von seinem Kilt.

»Mmmpf. Aye, wir sind verheiratet. Aber es ist noch nicht bindend, solange die Ehe nicht auch vollzogen ist.« Eine tiefe Röte stieg von Jamies Spitzenjabot langsam aufwärts.

»Mmmpf«, sagte ich. »Dann laß uns gehen und etwas essen.«

15

Offenbarungen im Brautgemach

Im Gasthof erwartete uns ein bescheidenes Hochzeitsbankett mit Wein, frischem Brot und Rinderbraten.

Als ich zur Treppe lief, um mich vor dem Mahl frisch zu machen, faßte Dougal mich am Arm.

»Ich möchte, daß diese Ehe vollzogen wird«, befahl er mit fester Stimme. »Es darf keinen Zweifel daran geben, daß es eine gesetzliche Bindung ist; es darf nicht möglich sein, sie zu annullieren, sonst riskieren wir Kopf und Kragen.«

»Mir scheint, das tun wir bereits«, erwiderte ich verdrossen. »Ich allerdings sehr viel mehr als Sie.«

Dougal tätschelte mein Hinterteil. »Wir wollen jetzt alle du zueinander sagen«, meinte er. »Und ansonsten mach dir keine Gedanken; tu nur das, was ich dir aufgetragen habe.« Er musterte mich kritisch, als wollte er einschätzen, ob ich fähig sei, meine Rolle zu spielen.

»Ich habe Jamies Vater gekannt. Wenn der Junge nach ihm geraten ist, wirst du keinen Verdruß haben. Jamie!« Dougal eilte zu der Tür, durch die Jamie soeben getreten war, nachdem er die Pferde in den Stall gebracht hatte. Nach Jamies Gesichtsausdruck zu schließen, erhielt auch er Befehle.

Wie, in Gottes Namen, ist das passiert? fragte ich mich eine Weile später. Vor sechs Wochen hatte ich in aller Unschuld Wildblumen auf einem schottischen Berg gepflückt, um sie nach Hause zu meinem Mann zu bringen, und nun wartete ich in der Kammer eines ländlichen Gasthofs auf einen anderen Mann, den ich kaum kannte, und mußte, wenn ich mein Leben und meine Freiheit nicht aufs Spiel setzten wollte, eine Ehe vollziehen, die durch Zwang zustande gekommen war.

Steif und erschrocken saß ich in meinem geborgten Kleid auf dem

Bett. Es gab ein leises Geräusch; die schwere Tür öffnete und schloß sich.

Jamie lehnte sich dagegen und beobachtete mich. Die Verlegenheit zwischen uns nahm zu. Jamie brach schließlich das Schweigen.

»Du brauchst keine Angst vor mir zu haben«, sagte er sanft. »Ich werde dich schon nicht anspringen.«

Ich mußte lachen. »Das habe ich auch nicht geglaubt«, antwortete ich. Tatsächlich meinte ich, er werde mich nicht einmal berühren, es sei denn, ich forderte ihn auf; das Problem war nur, daß ich ihn möglichst bald zu erheblich mehr auffordern mußte.

Ich betrachtete Jamie. Es wäre wohl schwieriger gewesen, wenn ich ihn unattraktiv gefunden hätte; doch das Gegenteil war der Fall. Dennoch, seit mehr als acht Jahren hatte ich mit keinem anderen als Frank geschlafen. Nicht nur das. Jamie war nach eigener Aussage völlig unerfahren, und ich hatte noch nie eine männliche Jungfrau defloriert. Selbst wenn ich meine Bedenken gegen das ganze Arrangement in den Wind schlug und die Sache von einem rein praktischen Standpunkt aus betrachtete – wie, um alles in der Welt, sollten wir beginnen? Bei diesem Tempo würden wir noch in drei bis vier Tagen herumstehen und einander anstarren.

Ich räusperte mich und klopfte leicht auf das Bett.

»Äh – möchtest du dich setzen?«

»Ja.« Wie eine große Katze kam er näher. Doch statt sich neben mich zu setzen, holte er einen Hocker und ließ sich darauf nieder. Etwas zögernd ergriff er meine Hände. Seine Hände waren groß, mit kräftigen Fingern, sehr warm und rötlich behaart. Ich empfand einen gelinden Schock, als er mich berührte, und dachte an eine Stelle aus dem Alten Testament: »Denn Jakob war glatt, und sein Bruder Esau war rauh.« Franks Hände waren lang und schmal, fast haarlos und von aristokratischem Aussehen. Ich hatte es immer geliebt, sie zu betrachten, wenn er Vorlesungen hielt.

»Erzähl mir von deinem Mann«, sagte Jamie, als hätte er meine Gedanken erraten. Ich entzog ihm vor Schreck fast die Hände.

»Wie bitte?«

»Schau, Mädel, wir haben jetzt drei bis vier Tage Zeit füreinander. Ich tue zwar nicht so, als wüßte ich alles, aber ich habe einen guten Teil meines Lebens auf dem Bauernhof verbracht, und was wir vorhaben, wird nicht allzulange dauern – es sei denn, die

Menschen sind sehr viel anders als die Tiere. Wir haben ein bißchen Zeit zu reden und darüber hinwegzukommen, daß wir uns voreinander fürchten.« Diese offenherzige Einschätzung unserer Lage trug ein wenig dazu bei, daß ich mich entspannte.

»Du fürchtest dich?« Jamie wirkte nicht so. Doch vielleicht war er trotzdem nervös. Obwohl er kein scheuer Sechzehnjähriger war – dies *war* das erste Mal. Er sah mir in die Augen und lächelte.

»Ja. Mehr als du, denke ich. Deswegen halte ich auch deine Hände – damit meine nicht zittern.« Ich glaubte es zwar nicht, doch ich drückte Jamie die Hände.

»Das ist eine gute Idee. Es fällt ein bißchen leichter zu reden, wenn wir uns berühren. Aber warum hast du dich nach meinem Mann erkundigt?«

»Nun, ich weiß, daß du an ihn denkst. Das mußt du ja fast, unter diesen Umständen. Ich möchte nicht, daß du das Gefühl hast, du könntest mit mir nicht über ihn reden. Obwohl ich jetzt dein Mann bin, wäre es nicht recht, wenn du ihn vergessen oder es auch nur versuchen würdest. Wenn du ihn geliebt hast, muß er ein guter Mann gewesen sein.«

»Ja, das ... war er.« Meine Stimme zitterte, und Jamie strich mir mit den Daumen über meine Hände.

»Dann werde ich mich bemühen, sein Andenken zu ehren, indem ich seiner Frau zu Diensten bin.« Jamie hob meine Hände an die Lippen und küßte sie.

Ich räusperte mich. »Das waren sehr ritterliche Worte, Jamie.«

Er grinste plötzlich. »Aye. Die habe ich mir zurechtgelegt, als Dougal mit seinen Trinksprüchen beschäftigt war.«

Ich holte tief Atem. »Ich habe einige Fragen«, sagte ich.

Jamie blickte, ein Lächeln verbergend, auf mich herab. »Das war zu erwarten«, antwortete er. »Du hast wohl auch das Recht, ein bißchen neugierig zu sein. Was möchtest du denn wissen?« Er schaute plötzlich auf, die blauen Augen schelmisch hell im Kerzenlicht. »Warum ich noch unschuldig bin?«

»Ich würde sagen, das ist deine Sache«, murmelte ich. Es schien plötzlich sehr warm in der Kammer zu werden, und ich entzog Jamie eine Hand, um nach meinem Taschentuch zu suchen. Dabei stieß ich mit den Fingern gegen etwas Hartes.

»Oh, fast hätte ich's vergessen! Ich habe deinen Ring noch.« Ich zog ihn heraus und gab ihn Jamie. Der Ring war aus Gold und mit einem Rubin geschmückt. Statt ihn sich an den Finger zu stecken, verstaute Jamie ihn in seiner Felltasche.

»Das ist der Ehering meines Vaters«, erklärte er. »Ich trage ihn gewöhnlich nicht, aber ich ... nun, ich wollte dir heute Ehre machen und möglichst gut aussehen.« Jamie errötete und beschäftigte sich angelegentlich damit, seine Felltasche wieder zu verschließen.

»Du hast mir sehr viel Ehre gemacht«, sagte ich lächelnd. Dem blendenden Glanz seiner großen Gala einen Rubin hinzuzufügen, war zwar so, als trüge man Eulen nach Athen, aber der fürsorgliche Gedanke dahinter rührte mich.

»Sobald ich kann, besorge ich einen Ring, der dir paßt«, versprach Jamie.

»Das ist nicht so wichtig«, entgegnete ich, wobei mir etwas unbehaglich zumute war. Schließlich hatte ich vor, bald zu gehen.

Ich nahm das ursprüngliche Thema wieder auf. »Eine Hauptfrage«, sagte ich. »Warum hast du dich damit einverstanden erklärt, mich zu heiraten?«

»Ach so.« Jamie ließ meine Hände los und setzte sich ein wenig zurück. Er zögerte einen Moment mit der Antwort und strich das wollene Tuch über seinen Schenkeln glatt.

»Zum Beispiel, weil ich so gern mit dir plaudere«, sagte Jamie lächelnd.

Ich ließ nicht locker. »Ich meine es ernst«, betonte ich. »Also warum?«

Nun wurde auch Jamie ernst. »Ehe ich's dir sage, bitte ich dich um eines, Claire«, erwiderte er langsam.

»Worum?«

»Um Ehrlichkeit.«

Ich muß unbehaglich zusammengezuckt sein, denn er beugte sich noch ernster vor.

»Ich weiß, es gibt Dinge, die du mir nicht sagen willst, Claire. Die du mir vielleicht nicht sagen *kannst*.«

Du ahnst nicht, wie recht du hast, dachte ich.

»Ich werde dich nie bedrängen oder darauf bestehen, daß du mir etwas erzählst, was allein deine Sache ist«, fuhr Jamie beinahe feierlich fort. Er blickte auf seine Hände nieder, die er nun aneinandergepreßt hatte.

»Es gibt so manches, was ich *dir* nicht sagen kann, wenigstens jetzt noch nicht. Ich werde nichts von dir verlangen, das du mir nicht geben kannst. Ich bitte dich nur um eines – wenn du mir etwas sagst, dann laß es die Wahrheit sein. Und ich verspreche dir dasselbe. Zwischen uns ist jetzt nichts mehr als ... Respekt vielleicht. Und ich glaube, Respekt kann Geheimnisse vertragen, aber keine Lügen. Stimmst du mir zu?« Jamie breitete mit einladender Gebärde die Hände aus. Ich sah die dunkle Linie des Bluteids an seinem Gelenk. Ich legte meine Hände leicht auf die seinen.

»Ja, ich stimme dir zu. Ich werde ehrlich sein.« Jamies Finger schlossen sich um meine.

»Ich werde es auch sein. Nun ...« – er holte tief Luft – »du hast mich gefragt, warum ich dich geheiratet habe.«

»Richtig, das möchte ich doch gerne wissen«, antwortete ich.

Jamie lächelte. »Das kann ich dir nicht verdenken. Ich hatte mehrere Gründe. Und es gibt einen, vielleicht auch zwei, die ich dir noch nicht verraten kann. Aber ich werde es tun, wenn die Zeit dafür gekommen ist. Der Hauptgrund ist wohl derselbe, aus dem du mich geheiratet hast: um dich vor Randall in Sicherheit zu bringen.«

Mich schauderte bei der Erinnerung an den Hauptmann, und Jamies Hände schlossen sich fester um meine.

»Du *bist* in Sicherheit«, sagte er mit großer Überzeugungskraft. »Du trägst meinen Namen und gehörst zu meiner Familie, meinem Clan. Ich werde dich schützen, falls nötig mit dem bloßen Körper. Der Mann, wird, solange ich lebe, nicht wieder Hand an dich legen.«

»Ich danke dir«, sagte ich. Ich blickte in dieses starke, junge, entschlossene Gesicht mit den breiten Backenknochen und dem energischen Kinn und hatte zum erstenmal das Gefühl, daß Dougals scheinbar absurder Plan vielleicht doch vernüftig war.

Mit dem bloßen Körper. Die Wendung prägte sich mir besonders ein. Ich betrachtete Jamies kräftige Schultern und dachte an die elegante Wildheit, mit der er mir im Mondlicht seine Fechtkunst vorgeführt hatte. Er meinte es ernst; und so jung er war, er wußte, was er sagte – er trug die Narben am Leib, die es bewiesen. Er war nicht älter als viele der Piloten und Infanteristen, die ich gepflegt hatte, und er wußte so gut wie sie, daß es einen teuer zu stehen kommen kann, wenn man sich für etwas engagiert. Hier ging es nicht um ein romantisches Gelöbnis, sondern um das schmucklose Versprechen, meine Sicherheit auf Kosten der seinen zu gewährleisten. Ich hoffte nur, daß ich ihm etwas dafür bieten konnte.

»Das ist sehr ritterlich von dir«, sagte ich. »Aber ist das eine Ehe wert?«

Jamie nickte. »Ja.« Er lächelte wieder, ein bißchen brummig diesmal. »Ich kenne den Mann, das weißt du. Ich würde nicht einmal einen Hund in seine Obhut geben, geschweige denn eine hilflose Frau.«

»Wie schmeichelhaft«, bemerkte ich ironisch, und Jamie lachte. Er stand auf und ging zum Tisch in der Nähe des Fensters. Irgend jemand – vielleicht die Wirtin – hatte einen Blumenstrauß dorthin gestellt. Dahinter stand eine Flasche und zwei Weingläser.

Jamie schenkte uns ein und reichte mir ein Glas. Dann setzte er sich wieder.

»Nicht ganz so gut wie der von Colum«, meinte er lächelnd, »aber auch nicht übel.« Er hob sein Glas. »Auf Mrs. Fraser«, fügte er leise hinzu, und ich empfand erneut Panik. Ich kämpfte sie nieder und hob mein Glas.

»Auf die Ehrlichkeit«, sagte ich, und wir tranken.

»Das war *ein* Grund«, fuhr ich fort und setzte das Glas ab. »Kannst du mir auch noch andere verraten?«

Jamie betrachtete sein Glas. »Vielleicht möchte ich nur bei dir liegen.« Er blickte abrupt auf. »Ist dir der Gedanke schon gekommen?«

Wenn er mich aus der Fassung hatte bringen wollen, dann war es ihm gelungen, doch ich beschloß, es mir nicht anmerken zu lassen.

»Und, möchtest du?« fragte ich.

»Wenn ich ehrlich bin – ja.« Die blauen Augen sahen mich über den Rand des Glases hinweg unverwandt an.

»Dafür hättest du mich nicht unbedingt heiraten müssen«, gab ich zu bedenken.

Jamie schien schockiert. »Du meinst doch wohl nicht, daß ich dich ... nehmen würde, ohne dir die Ehe anzutragen?«

»Das würden viele Männer tun«, erwiderte ich, amüsiert über Jamies Unschuld.

Er war einen Moment um Worte verlegen. Dann sagte er würdevoll: »Vielleicht ist das anmaßend, aber ich denke doch, daß ich nicht ›viele Männer‹ bin und mich in meinem Betragen nicht nach dem Durchschnitt richte.«

Recht ergriffen von dieser kleinen Rede, versicherte ich Jamie, ich fände sein bisheriges Betragen sehr nobel, und entschuldigte mich für den Fall, daß es ihm so vorgekommen sei, als zweifelte ich an seinen Motiven.

Nach dieser diplomatischen Bemerkung legten wir eine Pause ein, und Jamie schenkte uns nach.

Eine Weile tranken wir schweigend, beide ein bißchen scheu nach diesen offenen Worten. Also gab es anscheinend wirklich etwas, was ich ihm bieten konnte. Ich wollte nicht behaupten, ich hätte nicht schon daran gedacht, bevor die absurde Situation eingetreten war, in der wir uns jetzt befanden. Jamie war ein sehr gewinnender junger Mann. Und da war dieser Moment, gleich nach meiner Ankunft auf Burg Leoch, als er mich auf seinen Schoß genommen hatte und...

Ich leerte mein Glas und klopfte wieder leicht aufs Bett.

»Setz dich zu mir«, sagte ich. »Und erzähl mir...« – ich suchte nach einem neutralen Gesprächsthema, das uns über die Peinlichkeit großer räumlicher Nähe hinweghelfen konnte –, »ja, erzähl mir von deiner Familie. Wo bist du aufgewachsen?«

Das Bett sank unter Jamies Gewicht. Er saß so dicht bei mir, daß der Ärmel seines Hemdes meinen Arm streifte. Ich ließ meine Hand locker auf meinem Schenkel liegen. Jamie ergriff sie wie selbstverständlich, und wir lehnten uns gegen die Wand. Wir blickten nicht nach unten, waren uns jedoch beide des Bandes bewußt, als seien wir zusammengeschmiedet.

»Wo soll ich anfangen?« Jamie legte seine ziemlich großen Füße auf den Hocker und kreuzte sie in Höhe der Knöchel. Mit einer gewissen Erheiterung erkannte ich in ihm den typischen Schotten, der sich zur gemütlichen Zergliederung jenes Wirrwarrs von Familien- und Clanbeziehungen anschickt, der im Hintergrund von fast allen bedeutenden Ereignissen im Hochland steht. Frank und ich hatten einmal einen Abend im Dorfpub verbracht und fasziniert einem Gespräch zwischen zwei alten Käuzen gelauscht, bei dem die Ursache für die kürzlich erfolgte Zerstörung einer Scheune durch die Verwicklungen einer örtlichen Fehde bis zum Jahr 1790 zurückverfolgt wurde. Mit der Art von gelindem Schock, an die ich mich zu gewöhnen begann, wurde mir bewußt, daß jede Fehde, deren Anfänge sich damals für mich im Nebel der Zeiten verloren, noch gar nicht begonnen hatte. Ich unterdrückte den inneren Aufruhr, den diese Erkenntnis hervorrief, und zwang mich zum Zuhören.

»Mein Vater war natürlich ein Fraser, ein Sohn des derzeitigen Herrn von Lovat. Meine Mutter war eine MacKenzie. Du weißt, daß Dougal und Colum meine Onkel sind?« Ich nickte. Die Ähnlichkeit war trotz der unterschiedlichen Haarfarbe unverkennbar. Die breiten Backenknochen und die lange, gerade, scharfgeschnittene Nase hatte er offenkundig von den MacKenzies geerbt.

»Meine Mutter war also die Schwester von Dougal und Colum, und außer ihr gab es noch zwei Schwestern. Meine Tante Janet ist tot wie meine Mutter, aber meine Tante Jocaste hat einen Cousin von Rupert geheiratet und lebt in der Nähe von Loch Eilean. Tante Janet hatte sechs Kinder, vier Jungen und zwei Mädchen; Tante Jocasta hatte drei, alles Mädchen; Dougal hat vier Töchter; Colum hat nur den kleinen Hamish; und meine Eltern hatten mich und meine Schwester – sie ist nach meiner Tante Janet getauft, aber wir haben sie immer Jenny genannt.«

»Rupert ist auch ein MacKenzie?« fragte ich, die bereits darum kämpfen mußte, alle auseinanderzuhalten.

»Aye. Er – « Jamie unterbrach sich einen Moment und dachte nach, »er ist ein Cousin von Dougal, Colum und Jocaste und damit mein Onkel zweiten Grades. Ruperts Vater und mein Großvater Jacob waren Brüder, und – «

»Einen Augenblick. Laß uns nicht weiter zurückgehen, als wir unbedingt müssen, sonst gerate ich hoffnungslos durcheinander. Wir sind noch nicht einmal bei den Frasers, und ich habe bereits den Überblick verloren.«

Jamie rieb sich sinnend das Kinn. »Hmm. Nun, auf fraserscher Seite ist alles ein bißchen verwickelter, weil mein Großvater Simon dreimal verheiratet war; mein Vater hatte also etliche Halbbrüder und Halbschwestern. Belassen wir es einstweilen dabei, daß ich sechs Fraser-Onkel und drei Fraser-Tanten habe, die noch am Leben sind.«

»Ja, belassen wir es dabei.« Ich schenkte uns nach.

Die Ländereien der MacKenzies und der Frasers, berichtete Jamie weiter, grenzten aneinander, von der Küste bis zum unteren Ende von Loch Ness. Nahe dieser gemeinsamen Grenze, im südlichen Teil der Fraser-Ländereien, lag das Gut Broch Tuarach, Eigentum von Jamies Vater Brian Fraser.

»Es hat fruchtbaren Boden, und es gibt dort gute Fischgründe und ein schönes Stück Wald für die Jagd. Sechzig kleine Pachtgrundstücke und ein Dorf – es heißt Broch Mordha – gehören dazu. Es gibt ein neues Gutshaus«, sagte Jamie mit einigem Stolz, »und einen alten Steinturm, der jetzt als Stall und Getreidespeicher dient.

Dougal und Colum waren nicht sehr erbaut darüber, daß ihre Schwester einen Fraser heiraten wollte, und sie bestanden darauf, daß ihr das frasersche Land, das sie bewirtschafteten, auch gehören sollte. Und so wurde Lallybroch – so nennen es die Leute, die dort leben – auf meinen Vater übertragen; aber eine Klausel in der Übertragungsurkunde besagte, daß der Grund und Boden ausschließlich an die leiblichen Nachkommen meiner Mutter Ellen gehen sollte. Wenn sie kinderlos starb, würde er nach dem Tod meines Vaters, auch wenn er mit einer anderen Frau Kinder hatte, an den Herrn von Lovat zurückfallen. Doch mein Vater heiratete nicht wieder, und ich bin der leibliche Sohn meiner Mutter. Das heißt, Lallybroch gehört rechtmäßig mir.«

»Hast du nicht gestern behauptet, du hättest kein Eigentum?« Ich fand den Wein recht gut; je mehr ich davon trank, desto besser schien er mir. Ich dachte, daß ich bald damit aufhören sollte.

Jamie wiegte den Kopf. »Nun, Lallybroch gehört zwar mir, nur habe ich nicht viel davon, denn ich kann nicht hin.« Er blickte mich abbittend an. »Wegen dem Kopfgeld, das auf mich ausgesetzt ist.«

Nachdem er Fort William entronnen war, hatte man Jamie zu Dougal nach Hause gebracht, nach Beannachd (was »gesegnet« bedeutet), damit er von seinen Verletzungen und dem Wundfieber genas. Von dort war er nach Frankreich gegangen und hatte zwei Jahre mit dem französischen Heer in der Nähe der spanischen Grenze gekämpft.

»Du hast zwei Jahre bei den Franzosen gedient und bist noch Jungfrau?«

Jamies Mundwinkel zuckten, und er schaute mich von der Seite her an.

»Wenn du die Huren gesehen hättest, die das französische Heer begleiten, Sassenach, würdest du dich wundern, daß ich überhaupt noch den Mut habe, eine Frau zu berühren.«

Ich verschluckte mich und hustete, bis mir Jamie auf den Rücken klopfen mußte. Dann, außer Atem und mit rotem Gesicht, bat ich ihn, mit seiner Geschichte fortzufahren.

Er war vor ungefähr einem Jahr nach Schottland zurückgekehrt und hatte sechs Monate allein oder mit einer Gruppe »gebrochener Männer« – Leuten ohne Clanbindung – verbracht, im Wald von der Hand in den Mund gelebt oder im Grenzgebiet Vieh gestohlen.

»Und dann hat mir jemand mit einer Axt über den Schädel gehauen«, berichtete Jamie achselzuckend. »Für das, was in den nächsten zwei Monaten geschehen ist, muß ich mich auf Dougals Wort verlassen, denn ich habe von alledem nicht viel mitbekommen.«

Dougal war damals auf einem Gut in der Nähe gewesen. Von Jamies Freunden gerufen, hatte er es geschafft, seinen Neffen nach Frankreich zu bringen.

»Warum?« fragte ich. »Es war doch sicher ein enormes Risiko, dich so weit zu transportieren.«

»Es wäre gefährlicher gewesen, mich dort zu lassen, wo ich war. In dem Gebiet wimmelte es von englischen Patrouillen – die Jungs und ich waren nicht müßig gewesen –, und ich nehme an, Dougal wollte nicht, daß sie mich bewußtlos unter dem Dach eines Kätners fanden.«

»Oder in seinem eigenen Haus?« fragte ich ein wenig sarkastisch.

»Ich denke, er hätte mich dorthin gebracht, wenn nicht zweierlei dagegen gesprochen hätte«, erwiderte Jamie. »Zum einen hatte er Besuch von einem Engländer. Zum andern meinte er, so, wie ich aussähe, würde ich ohnehin sterben, und darum schickte er mich in die Abtei.«

Die Abtei Sainte Anne de Beaupré, an der französischen Küste gelegen, war die Domäne des vormaligen Alexander Fraser, der nunmehr der Abt jenes Hortes der Gelehrsamkeit und Frömmigkeit war. Alexander war einer von Jamies sechs Fraser-Onkeln.

»Dougal und er vertragen sich nicht sonderlich gut«, erklärte Jamie, »aber Dougal sah, daß in Schottland nur wenig für mich getan werden konnte; wenn mir irgend etwas helfen könnte, war es vielleicht dort zu finden.«

Und so verhielt es sich in der Tat. Dank des medizinischen Wissens der Mönche und seiner kräftigen Konstitution hatte Jamie überlebt und sich in der Obhut der Benediktiner allmählich erholt.

»Als ich wieder gesund war, bin ich zurückgekehrt«, fuhr er fort. »Dougal und seine Leute haben mich an der Küste abgeholt, und wir waren gerade unterwegs zu den MacKenzie-Ländereien, als wir, äh, dir begegnet sind.«

»Hauptmann Randall behauptet, ihr hättet Vieh gestohlen«, sagte ich.

Jamie lächelte. »Nun, Dougal ist kein Mann, der sich eine Gelegenheit entgehen läßt, etwas einzuheimsen«, bemerkte er. »Wir stießen auf eine hübsche kleine Herde, die auf einer Wiese graste, und niemand war in der Nähe. Also...« Jamie zuckte fatalistisch die Achseln.

Offenbar war ich gegen Ende der Auseinandersetzung zwischen Dougals Leuten und Randalls Dragonern aufgetaucht. Als Dougal feststellte, daß die Engländer gegen sie vorrückten, schickte er die Hälfte seiner Leute mit dem Vieh um ein Dickicht herum, während sich die übrigen Schotten zwischen jungen Bäumen versteckten, um die Engländer aus dem Hinterhalt zu überfallen.

»Ging auch sehr gut«, sagte Jamie anerkennend. »Wir griffen sie an und ritten brüllend durch ihre Reihen. Sie setzten uns natürlich nach, und wir führten sie über Bäche, Felsen und dergleichen; unterdessen empfahl sich der Rest von uns heimlich mit dem Vieh und überquerte die Grenze. Dann schüttelten wir die Rotröcke ab und versteckten uns in der Kate, wo ich dich zum ersten Mal gesehen habe – wir warteten darauf, im Schutz der Dunkelheit entwischen zu können.«

»Ich verstehe«, sagte ich. »Aber warum bist du nach Schottland zurückgekommen? Wärst du in Frankreich nicht sicherer gewesen?«

Jamie öffnete den Mund, um zu antworten; dann besann er sich anders und trank einen Schluck Wein.

»Das ist eine lange Geschichte, Sassenach«, sagte er ausweichend. »Ich werde sie dir später einmal erzählen, aber jetzt zu dir. Berichtest du mir von deiner Familie? Natürlich nur, wenn du meinst, daß du's kannst«, fügte er hastig hinzu.

Ich überlegte einen Moment, doch es schien mir wirklich kein großes Risiko, Jamie von meinen Eltern und von Onkel Lamb zu erzählen. Schließlich hatte Onkel Lambs Beruf mindestens einen Vorteil: Ein Altertumskundler macht im achtzehnten Jahrhundert genausoviel – oder genausowenig – Sinn wie im zwanzigsten.

Und so berichtete ich Jamie fast alles, ließ nur Kleinigkeiten wie Autos und Flugzeuge aus – und den Weltkrieg natürlich. Er lauschte aufmerksam, stellte ab und zu Fragen, bekundete sein Beileid zum Tod meiner Eltern und Interesse an Onkel Lambs Entdeckungen.

»Und dann lernte ich Frank kennen«, fuhr ich fort und verstummte plötzlich. Ich war mir nicht schlüssig, wieviel mehr ich sagen konnte, ohne mich auf gefährliches Terrain zu begeben. Glücklicherweise nahm mir Jamie die Entscheidung ab.

»Und du möchtest im Augenblick lieber nicht von ihm sprechen«, meinte er verständnisvoll. Ich nickte schweigend. Mit einem Mal sah ich ein bißchen verschwommen. Jamie ließ die Hand los, die er gehalten hatte, legte den Arm um mich und zog meinen Kopf zärtlich an seine Schulter.

»Ist ja gut«, sagte er und strich mir sanft über die Haare. »Bist du müde, Mädel? Soll ich dich schlafen lassen?«

Ich war einen Moment in Versuchung, ja zu sagen, doch ich fand, das wäre sowohl feige als auch unfair gewesen. Ich räusperte mich, setzte mich auf und schüttelte den Kopf.

»Nein«, sagte ich, tief Atem holend. Jamie roch schwach nach Seife und Wein. »Ich bin nicht müde. Erzähl mir – erzähl mir, welche Spiele du als kleiner Junge gespielt hast.«

In der Kammer stand eine dicke Zwölfstundenkerze; Ringe aus dunklem Wachs bezeichneten die Stunden. Wir redeten, und drei Ringe brannten herunter, während wir uns nur losließen, um Wein einzuschenken oder zum Nachtstuhl hinter dem Vorhang in der Ecke zu gehen. Von einem solchen Abstecher zurückkehrend, gähnte Jamie und streckte sich.

Ich erhob mich. »Es ist furchtbar spät«, sagte ich. »Vielleicht sollten wir zu Bett gehen.«

»Gut«, sagte Jamie und massierte sich den Nacken. »Wollen wir beieinander liegen? Oder schlafen?« Er hob fragend eine Augenbraue.

Tatsächlich hatte ich mich mit Jamie so wohl gefühlt, daß ich fast vergessen hatte, warum wir hier waren. Bei seinen Worten empfand ich eine jähe Panik. »Nun –«, sagte ich matt.

»So oder so, du wirst dein Kleid gewiß nicht anbehalten wollen, oder?« fragte er, praktisch wie immer.

»Nein, ich glaube nicht.« Die Ereignisse hatten sich derart überstürzt, daß ich keine Zeit gehabt hatte, an ein Nachthemd zu denken. Ich besaß sowieso keines. Ich hatte, je nachdem, wie das Wetter war, im Unterkleid oder ohne alles geschlafen.

Jamie hatte nur die Sachen, die er am Leibe trug; er würde also im Hemd schlafen oder nackt – und dieser Umstand würde vermutlich rasch eine Entscheidung herbeiführen.

»Dann komm zu mir, und ich helfe dir beim Auskleiden.« Seine Hände zitterten, als er damit begann. Er verlor jedoch einen Teil seiner Befangenheit, während er mit der Unzahl von Häkchen kämpfte, die mein Mieder zusammenhielten.

»Ha!« triumphierte er, als sich das letzte öffnete, und wir lachten gemeinsam.

»Jetzt helfe ich dir«, sagte ich, denn ich war zu dem Schluß gekommen, daß es keinen Sinn hatte, es weiter hinauszuzögern. Ich knöpfte Jamies Hemd auf und fuhr ihm mit den Fingern über die Schultern. Ich zog die Handflächen langsam über seine Brust, spürte seine Haare und die weichen Erhebungen um seine Brustwarzen herum. Er stand still und atmete kaum, als ich niederkniete, um seinen Gürtel zu öffnen.

Ich ließ meine Hände über seine harten, schlanken Oberschenkel aufwärts wandern. Obwohl ich inzwischen wußte, was die meisten Schotten unter dem Kilt tragen, nämlich nichts, war es ein leichter Schock, dort nichts außer Jamie zu finden.

Dann zog er mich auf die Beine, neigte den Kopf und küßte mich lange, während seine Hände abwärts wanderten und den Verschluß meines Unterrocks öffneten. Er fiel wie eine Wolke gestärkter Rüschen zu Boden, und ich stand im Hemd da.

»Wo hast du gelernt, so zu küssen?« fragte ich ein wenig atemlos. Jamie schmunzelte und zog mich wieder an sich.

»Ich habe gesagt, daß ich unerfahren bin«, antwortete er, »aber ein Mönch bin ich nicht.« Er küßte mich wieder. »Wenn ich Rat brauche, werde ich dich darum bitten.«

Er drückte mich fest an sich, und ich spürte, daß er mehr als willens war, die Sache in Angriff zu nehmen. Überrascht stellte ich fest, daß auch ich bereit war. Mehr noch, ich begehrte diesen Mann, egal, ob es nun an der späten Stunde, am Wein, an Jamies Attraktivität oder schlichtweg an Entbehrung lag.

Ich zog ihm das Hemd aus dem Bund und fuhr mit den Händen

über seine Brust, wobei ich die Brustwarzen umkreiste. Sie wurden im Nu hart, und er preßte mich plötzlich an sich.

»Puh«, sagte ich, nach Atem ringend. Jamie ließ mich los und entschuldigte sich.

»Nein, so war es nicht gemeint. Küß mich noch einmal.« Er tat es und streifte mir währenddessen die Träger meines Unterkleides über die Schultern. Dann lehnte er sich ein wenig zurück, schloß die Hände um meine Brüste und strich mir über die Brustwarzen, wie ich das gerade bei ihm getan hatte. Ich kämpfte mit der Spange, die seinen Kilt verschloß; seine Finger führten meine, und die Spange sprang auf.

Plötzlich hob mich Jamie hoch, setzte sich aufs Bett und nahm mich auf seinen Schoß. Er sprach ein bißchen heiser.

»Wenn ich zu grob bin, dann sag mir's; und wenn du willst, daß ich aufhöre, dann sag mir's auch – solange wir noch nicht vereint sind; sind wir's, so glaube ich nicht, daß ich aufhören kann.«

Statt einer Antwort umarmte ich ihn und zog ihn über mich. Ich geleitete ihn zu dem feuchten Tal zwischen meinen Schenkeln.

»Heiliger Gott«, sagte James Fraser, der den Namen seines Herrn nie mißbrauchte.

»Hör jetzt nicht auf«, flüsterte ich.

Als wir uns danach ausruhten, schien es ganz natürlich, daß er meinen Kopf auf seine Brust bettete. Wir paßten gut zusammen, und unsere ursprüngliche Befangenheit war zum größten Teil verschwunden, hatte sich in der gemeinsamen Erregung und der Freude, einander zu erkunden, verloren. »War es so, wie du es dir vorgestellt hast?« fragte ich. Jamie lachte leise; es klang wie ein tiefes Grollen in meinem Ohr.

»Fast. Ich hatte gedacht – ach nein, lieber nicht.«

»Sag's mir. Was hast du gedacht?«

»Nein, ich sag's dir nicht. Sonst lachst du mich aus.«

»Ich verspreche dir, nicht zu lachen. Sag's mir.« Jamie liebkoste meine Haare, strich mir dabei die Locken zurück.

»Nun denn. Ich wußte nicht, daß man sich dabei anschaut. Ich dachte, man kommt von hinten – wie die Pferde, weißt du.«

Es war mühsam, das Versprechen zu halten, aber ich lachte wirklich nicht.

»Ich weiß, das klingt töricht«, sagte Jamie. »Es ist nur so ... du kennst das sicher: Wenn man sich in jungen Jahren eine Vorstellung macht, dann bleibt sie einem –«

»Du hast nie gesehen, wie sich *Menschen* lieben?« Das erstaunte mich, nachdem ich die Behausungen der Kätner gesehen hatte, wo sich die ganze Familie einen einzigen Raum teilte. Zugegeben, Jamie kam aus keiner Kätnerfamilie, doch es gab gewiß kaum ein schottisches Kind, das nicht einmal aufgewacht war, um Zeuge der Liebesvereinigung seiner Eltern zu werden.

»Natürlich habe ich's gesehen, aber meistens nur unter der Bettdecke. Ich konnte nichts weiter sagen, als daß der Mann oben war. *Soviel* wußte ich.«

»Mhm. Ich hab's gemerkt.«

»Habe ich dich zerquetscht?« fragte Jamie besorgt.

»Nicht sehr. Aber wirklich – *das* hast du gedacht?« Jamie wurde ein bißchen rot um die Ohren.

»Ja. Einmal habe ich genauer gesehen, wie ein Mann eine Frau genommen hat, im Freien. Aber das . . . er hat sie geschändet, und er kam von hinten. Die Vorstellung hat sich bei mir festgesetzt. – Ich wollte dich etwas fragen«, sagte er und strich mir über den Rücken.

»Ja?«

»Hat es dir gefallen?« Das hörte sich schüchtern an.

»Ja«, sagte ich ehrlich.

»Das habe ich mir schon gedacht, obwohl mir Murtagh gesagt hat, Frauen würden es nicht sonderlich mögen, also sollte ich so schnell wie möglich machen –«

»Was weiß Murtagh denn davon?« erwiderte ich indigniert. »Bei den meisten Frauen gilt: Je langsamer, desto schöner.« Jamie lachte.

»Nun, du wirst es besser wissen als Murtagh. Mir sind gestern abend viele gute Ratschläge angeboten worden – von Murtagh und Rupert und Ned. Das meiste davon klang sehr unwahrscheinlich, und da habe ich gedacht, daß ich mich am besten auf mein eigenes Urteil verlasse.«

»Es hat dich bis jetzt nicht getrogen«, sagte ich. »Was für weise Ratschläge haben sie dir denn sonst noch gegeben?«

»Das kann ich gar nicht wiederholen. Aber wie gesagt, ich glaube, daß es ohnehin falsch ist. Ich habe viele Tiere bei der Paarung gesehen, und die meisten schienen ohne Ratschläge auszukommen. Ich würde meinen, das können die Menschen auch.«

Insgeheim belustigte mich die Vorstellung, daß jemand seine Anregungen auf dem Bauernhof holte statt in Umkleideräumen und aus schmuddeligen Magazinen.

»Welche Tiere hast du denn bei der Paarung beobachtet?«

»Oh, so ziemlich alle. Unser Gut liegt in der Nähe des Waldes, und ich habe dort viel Zeit auf der Jagd verbracht und auf der Suche nach Kühen, die ausgerissen waren. Ich habe Pferde und Rinder gesehen, Schweine, Hühner, Tauben, Hunde, Katzen, Rehe, Eichhörnchen, Kaninchen, Wildschweine und einmal sogar Schlangen.«

»Schlangen?«

»Ja. Hast du gewußt, daß Schlangen zwei Glieder haben? Männliche Schlangen, meine ich.«

»Nein. Bist du sicher?«

»Ja, und die sind beide gegabelt. So.« Jamie spreizte zur Verdeutlichung seinen Zeige- und Mittelfinger.

»Das hört sich so an, als sei es furchtbar unangenehm für die weibliche Schlange«, sagte ich kichernd.

»Es sah so aus, als hätte sie ihre Freude daran«, erwiderte Jamie. »Soweit sich das überhaupt sagen läßt; Schlangen haben keine sehr ausdrucksvolle Miene.«

Prustend vergrub ich mein Gesicht an Jamies Brust. Sein angenehmer Moschusduft vermischte sich mit dem Geruch von Leinen.

»Zieh dein Hemd aus«, sagte ich, setzte mich auf und zerrte daran.

»Warum?« fragte Jamie, doch er tat mir den Gefallen. Ich kniete vor ihm und bewunderte seinen nackten Körper.

»Weil ich dich anschauen möchte«, antwortete ich. Er war schön gebaut – seine langen Knochen und flachen Muskeln verliefen in fließenden Linien von den Rundungen des Brustkorbs und der Schultern zu den leichten Wölbungen des Bauches und der Schenkel. Jamie räusperte sich.

»Was dem einen recht ist, ist dem anderen billig. Du mußt dich auch ausziehen.« Er half mir, mich aus dem zerknitterten Unterkleid zu winden. Als es abgelegt war, hielt er meine Taille umfaßt und betrachtete mich. Ich errötete fast unter seinem Blick.

»Hast du noch nie eine nackte Frau gesehen?« fragte ich.

»Doch, aber nicht aus solcher Nähe.« Jamie lächelte plötzlich. »Und keine, die mir gehört.« Er streichelte meine Hüften. »Die sind schön breit; du bist sicher eine gute Gebärerin.«

»Wie bitte?!« Ich löste mich entrüstet von ihm, aber er zog mich an sich, und wir fielen aufs Bett zurück, ich über ihm. Er hielt mich fest, bis ich aufhörte, zu strampeln, dann hob er mich so weit an, daß sich unsere Lippen wieder begegnen konnten.

»Ich weiß, einmal ist genug, um es rechtens zu machen, aber . . .« Jamie verstummte.

»Du möchtest es noch mal tun?«

»Würde es dich sehr stören?«

Ich lachte auch jetzt nicht.

»Nein«, sagte ich ernst. »Es würde mich nicht stören.«

»Hast du Hunger?« fragte ich später.

»Und wie.« Jamie neigte den Kopf, biß mich behutsam in die Brust und blickte dann grinsend auf. »In der Küche sind noch kalter Braten und Brot. Wein wohl auch. Ich hole uns was.«

»Nein, bleib liegen. Ich hole es.« Ich sprang aus dem Bett und steuerte auf die Tür zu. Weil es auf dem Flur so kühl war, legte ich mir ein Umhängetuch über mein Unterkleid.

»Warte, Claire!« rief Jamie. »Laß mich lieber –«, doch da hatte ich die Tür schon geöffnet.

Mein Erscheinen wurde mit einem rauhen Hurra von etwa fünfzehn Männern begrüßt, die es sich unten am Kamin des Hauptraums bequem gemacht hatten, aßen, tranken und Würfel spielten. Ich stand einen Moment verdutzt auf der Balustrade, während mich fünfzehn lüsterne Gesichter musterten.

»He, Mädel!« rief Rupert. »Du kannst ja noch laufen! Hat Jamie seine Pflicht nicht erfüllt?«

Diese Worte wurden mit stürmischem Gelächter quittiert. Danach folgte eine Reihe von noch rüderen Bemerkungen über Jamies Potenz.

»Wenn du ihn schon erschöpft hast, dann vertrete ich ihn gern!« bot ein kleiner, dunkelhaariger junger Mann an.

»Nein, Mädel, der taugt nichts! Nimm mich!« rief ein anderer.

»Sie wird keinen von euch nehmen, Leute!« brüllte Murtagh sturzbetrunken. »Nach Jamie wird sie so etwas zur Befriedigung brauchen!« Er schwenkte einen großen Hammelknochen, worauf vor Gewieher die Wände wackelten.

Ich wirbelte herum, ging in die Kammer zurück, schlug die Tür zu und funkelte Jamie an, der nackt auf dem Bett lag und sich schier ausschütten wollte vor Lachen.

»Ich habe versucht, dich zu warnen«, sagte er, nach Luft schnappend. »Du solltest dein Gesicht sehen!«

»Was tun all die Männer da draußen?« zischte ich.

Jamie erhob sich und begann den Kleiderhaufen auf dem Boden zu durchwühlen. »Das sind Zeugen«, antwortete er. »Dougal will nicht Gefahr laufen, daß die Ehe für ungültig erklärt wird.« Jamie richtete sich auf, den Kilt in der Hand, und grinste mich an, während er ihn sich um die Lenden schlang. »Ich fürchte, dein Ruf ist ruiniert, Sassenach.«

Ohne Hemd lief er auf die Tür zu. »Geh nicht raus!« sagte ich in Panik. Er drehte sich um und lächelte mich beruhigend an. »Keine Sorge, Mädel. Wenn sie Zeugen sind, wollen sie auch etwas zu sehen bekommen. Außerdem will ich nicht die nächsten drei Tage hungern müssen, weil ich mich vor ein paar Foppereien fürchte.«

Jamie trat aus dem Raum und wurde mit derbem Beifall empfangen. Ich hörte, wie er zur Küche lief, begleitet von Glückwünschen und zotigen Fragen.

»Nun, wie war das erste Mal, Jamie? Hast du geblutet?« rief Rupert.

»Nein, aber du wirst es tun, wenn du nicht den Rand hältst, du alter Halunke«, erwiderte Jamie. Seine Replik wurde mit Freudengeheul aufgenommen; dann hagelte es auf seinem Weg in die Küche und zurück zur Treppe wieder Spott.

Ich stieß die Tür einen Spaltbreit auf, um Jamie einzulassen. Sein Gesicht war so rot wie das Feuer im Kamin, und er war beladen mit Speisen und Getränken. Er schob sich in die Kammer, gefolgt von einem letzten Heiterkeitsausbruch von unten. Ich machte dem ein Ende, indem ich die Tür zuschmetterte und den Riegel vorschob.

»Ich habe soviel mitgebracht, daß wir nicht wieder nach draußen müssen«, sagte Jamie, als er den Tisch deckte. »Möchtest du einen Happen?«

Ich griff nach der Weinflasche. »Noch nicht. Erst brauche ich etwas zu trinken.«

Jamie war von einem machtvollen Drang erfüllt, so daß er mich trotz seiner Unbeholfenheit erregte. Ich wollte ihm keine Vorträge halten, und so ließ ich ihn tun, was er wollte, bot nur ab und zu einen Vorschlag an wie den, daß er sein Gewicht auf seine Ellbogen verlagern sollte statt auf meine Brust.

Bis jetzt war er noch zu ausgehungert und zu ungeübt, um zärtlich zu sein, aber er liebte mich mit einer Art unerschöpflicher Freude, die mich denken ließ, daß die männliche Jungfräulichkeit stark unterschätzt wird.

Irgendwann bei unserer dritten Begegnung schmiegte ich mich an ihn und schrie. Er zog sich sofort zurück, entsetzt und voll Bedauern.

»Verzeihung«, sagte er. »Ich wollte dir nicht weh tun.«

»Du hast mir nicht weh getan.« Ich rekelte mich wohlig.

»Bist du sicher?« fragte er. Plötzlich dämmerte mir, daß Rupert und Murtagh während ihrer hastigen Unterrichtsstunde vielleicht ein paar Feinheiten vergessen hatten.

»Geschieht das jedesmal?« erkundigte sich Jamie fasziniert, als ich ihn aufgeklärt hatte. Ich kam mir beinahe wie eine Geisha vor. Ich hätte mir nie träumen lassen, eines Tages Lehrerin der Liebeskunst zu sein, doch ich mußte zugeben, daß die Rolle ihre Reize hatte.

»Jedesmal nicht«, antwortete ich erheitert. »Nur wenn der Mann ein guter Liebhaber ist.«

»Oh.« Jamies Ohren färbten sich ein wenig rot.

»Sagst du mir nächstes Mal, was ich tun soll?« fragte er.

»Du brauchst nichts Besonderes zu tun«, versicherte ich. »Laß dir Zeit und sei aufmerksam. Und warum warten? Du bist doch bereit.«

Jamie war überrascht. »Du mußt nicht warten? Ich kann nicht gleich wieder, wenn —«

»Frauen sind anders.«

»Aye, das habe ich gemerkt«, murmelte Jamie. »Es ist nur ... du bist so klein; ich fürchte, daß ich dir weh tue.«

»Du tust mir nicht weh«, sagte ich ungeduldig. »Und wenn, dann wäre es mir egal.« Als ich den verständnislosen Blick sah, beschloß ich, ihm zu zeigen, was ich meinte.

»Was machst du da?« fragte er schockiert.

»Das siehst du doch. Halt still.« Nach ein paar Momenten begann ich meine Zähne zu gebrauchen, kniff ihn immer fester, bis er mit einem scharfen Zischen den Atem einsog. Und nun hörte ich auf.

»Habe ich dir weh getan?« fragte ich.

»Ja. Ein bißchen.« Es klang halb erstickt.

»Soll ich's lassen?«

»Nein!«

Und so machte ich weiter, absichtlich grob, bis ihn plötzlich ein Zucken überlief und ein Stöhnen aus seiner Kehle drang, das sich so anhörte, als hätte ich ihm das Herz aus dem Leib gerissen. Er legte sich zurück, zitternd und schwer atmend. Mit geschlossenen Augen murmelte er etwas auf gälisch.

»Was hast du gesagt?«

Er schlug die Augen auf und antwortete: »Ich habe gesagt, daß ich dachte, mein Herz platzt.«

Ich lächelte zufrieden. »Oh, davon haben dir Murtagh und die anderen auch nichts erzählt?«

»Doch. Aber das war eine von den Sachen, die ich ihnen nicht geglaubt habe.«

Ich lachte. »Dann solltest du mir vielleicht lieber nicht verraten, was sie sonst noch gesagt haben. Aber verstehst du jetzt, was ich damit meinte, daß es mir nichts ausmacht, wenn du ein bißchen grob bist?«

»Aye.« Jamie holte tief Luft und atmete langsam aus. »Wenn ich das bei dir täte – würde es sich genauso anfühlen?«

»Nun«, antwortete ich, »das weiß ich nicht.« Ich hatte mein Bestes getan, um nicht an Frank zu denken, denn ich fand, es sollten nicht mehr als zwei Menschen im Brautbett liegen, egal, wie sie dorthin gelangt waren. Jamie war ganz anders als Frank, in körperlicher wie in geistiger Hinsicht, doch es gibt tatsächlich nur eine begrenzte Anzahl von Möglichkeiten, auf die zwei Körper sich vereinigen können. Wir hatten jene Intimität noch nicht erreicht, wo der Liebesakt eine unendliche Vielfalt annimmt. Es blieben noch ein paar unerforschte Gebiete.

Jamie hatte die Brauen mit einem Ausdruck freundlichen Spotts gehoben. »Oh, es gibt also etwas, das du nicht weißt? Dann werden wir es herausfinden, ja? Sobald ich wieder die Kraft dazu habe.« Er schloß die Augen. »Irgendwann in der nächsten Woche.«

Ehe der Morgen dämmerte, wachte ich auf, frierend und starr vor Entsetzen. Ich erinnerte mich nicht an den Traum, der mich geweckt hatte, doch der abrupte Sturz in die Wirklichkeit war gleichermaßen erschreckend. Am Abend zuvor hatte ich, versunken in die Freuden einer neuentdeckten Intimität, meine Situation eine

Weile vergessen können. Jetzt lag ich allein neben einem schlafenden Fremden, mit dem ich unentrinnbar verbunden war.

Ich muß irgendeinen Verzweiflungslaut von mir gegeben haben, denn neben mir rührte sich plötzlich etwas: Der Fremde sprang – so jäh, daß mir schier das Herz stehenblieb – aus dem Bett. Dann verharrte er geduckt bei der Tür, kaum sichtbar im matten Licht.

Er lauschte, inspizierte rasch die Kammer, schlich lautlos von der Tür zum Fenster und vom Fenster wieder zum Bett. Sein Arm war so angewinkelt, daß ich eine Waffe in seiner Hand vermutete, obwohl ich im Halbdunkel nicht sah, was es war. Nachdem er sich vergewissert hatte, daß keine Gefahr drohte, setzte er sich neben mich und legte die Waffe in ihr Versteck über dem Kopfteil des Bettes zurück.

»Geht es dir gut?« flüsterte er. Mit den Fingern strich er mir über die feuchte Wange.

»Ja. Es tut mir leid, daß ich dich geweckt habe. Ich hatte einen Alptraum. Was, um alles in der Welt –« Ich wollte ihn fragen, warum er so plötzlich aus dem Bett gesprungen war.

Doch eine große, warme Hand fuhr mir über den bloßen Arm und ließ mich nicht dazu kommen. »Kein Wunder, du bist ja ganz kalt.« Die Hand schob mich unter den Deckenstapel und an den warmen Platz, den Jamie vorhin geräumt hatte. »Meine Schuld«, murmelte er. »Ich habe alle Decken genommen. Bin es, fürchte ich, noch nicht gewohnt, mit jemandem das Bett zu teilen.« Er schlug uns behaglich in die Decken ein und legte sich zurück. Einen Moment später streckte er erneut die Hand aus, um mich zu berühren.

»Liegt es an mir?« fragte er. »Kannst du mich nicht leiden?«

Ich lachte kurz, nicht ganz ein Schluchzen. »Nein, es liegt nicht an dir.« Ich tastete im Dunkeln nach einer Hand, die ich drücken konnte. Meine Finger begegneten Decken und warmem Fleisch, aber schließlich hatte ich die Hand gefunden, die ich suchte. Wir lagen Seite an Seite und blickten zu der niedrigen Balkendecke auf.

»Und was wäre, wenn ich sagen würde, daß ich dich nicht leiden kann?« fragte ich unvermittelt. »Was könntest du da tun?« Das Bett knarrte, als Jamie die Achseln zuckte.

»Dougal sagt, daß du die Ehe für ungültig erklären lassen willst, weil sie nicht vollzogen wurde.«

Diesmal lachte ich richtig. »Nicht vollzogen! Angesichts all der Zeugen?«

In der Kammer war es jetzt hell genug, daß ich das Lächeln auf Jamies Gesicht sehen konnte. »Ob Zeugen oder nicht, mit Sicherheit sagen können das nur du und ich. Und ich wäre lieber verlegen als mit jemandem verheiratet, der mich haßt.«

Ich drehte mich zu Jamie. »Ich hasse dich nicht.«

»Ich dich auch nicht. Und es gibt viele gute Ehen, die mit weniger begonnen haben.« Behutsam rollte Jamie mich auf die Seite und schmiegte sich an meinen Rücken. Seine Hand schloß sich um meine Brust; nicht bittend oder fordernd, sondern weil sie dorthin zu gehören schien.

»Fürchte dich nicht«, flüsterte er. »Wir sind jetzt zu zweit.« Mir war warm, ich empfand eine große innere Ruhe und fühlte mich zum ersten Mal seit Wochen geborgen. Erst als ich einschlummerte, erinnerte ich mich an das Messer über meinem Kopf und fragte mich wieder, warum ein Mann bewaffnet im Brautgemach schlief.

16

Ein schöner Tag

Die in der Nacht mühsam gewonnene Vertrautheit war, so schien
es, mit dem Tau verflogen, und am Morgen waren wir beide sehr
befangen. Nach dem Frühstück, das wir fast schweigend eingenommen hatten, stiegen wir den Hügel hinter dem Gasthof hinauf,
wobei wir dann und wann ziemlich gezwungene Artigkeiten austauschten.

Oben ließ ich mich auf einem Baumstamm nieder; Jamie setzte
sich ein, zwei Meter weiter auf die Erde. In dem Busch neben mir
rührte sich ein Vogel – ein Zeisig, vermutete ich, oder eine Drossel.
Ich lauschte dem Geraschel, beobachtete die kleinen flaumigen
Wolken am Himmel und sann darüber nach, was sich in einer
solchen Situation am ehesten schickte.

Als das Schweigen wirklich unerträglich wurde, sagte Jamie
plötzlich: »Ich hoffe –«, dann unterbrach er sich und errötete.

»Ja?« fragte ich so ermutigend wie möglich.

Jamie schüttelte den Kopf. »Es ist nicht wichtig.«

»Sprich weiter.« Ich streckte einen Fuß aus und stupste zögernd
Jamies Bein an. »Ehrlichkeit, du erinnerst dich?« Das war unfair,
aber ich hielt sein nervöses Räuspern und seinen abgewandten Blick
nicht mehr aus.

Jamie schloß die gefalteten Hände fester um die Knie und lehnte
sich ein wenig nach hinten, doch er sah mich an.

»Ich wollte sagen«, fuhr er leise fort, »ich hoffe, daß der Mann,
der die Ehre hatte, als erster bei dir zu liegen, so großzügig war wie
du zu mir.« Jamie lächelte scheu. »Aber wenn ich's mir recht
überlege, klingt das falsch. Ich meine . . . nun, ich wollte im Grunde
nur sagen, daß ich dir danke.«

»Das hatte doch nichts mit Großzügigkeit zu tun!« entgegnete
ich, schlug die Augen nieder und rieb energisch an einem nicht

vorhandenen Fleck auf meinem Kleid. Ein Stiefel schob sich in mein verengtes Gesichtsfeld und berührte meinen Knöchel.

»Wie war das mit der Ehrlichkeit?« fragte Jamie, und ich schaute auf und sah zwei spöttisch gewölbte Brauen und einen breit grinsenden Mund.

»Nun ja«, sagte ich abwehrend, »jedenfalls nicht nach dem ersten Mal.« Jamie lachte, und ich entdeckte zu meiner Bestürzung, wie tief ich erröten konnte.

Ein kühler Schatten fiel auf mein flammendes Gesicht, und ein großes Paar Hände ergriff die meinen und zog mich auf die Beine. Jamie nahm meinen Platz auf dem Baumstamm ein und klopfte einladend auf sein Knie.

»Setz dich«, sagte er.

Ich tat es zögernd. Jamie drückte mich an die Brust und schlang mir die Arme um die Taille. Ich spürte das beständige Pochen seines Herzens an meinem Rücken.

»Nun denn«, fuhr er fort. »Wenn wir noch nicht mühelos miteinander reden können, ohne uns zu berühren, dann müssen wir uns eben berühren. Sag mir, wenn du dich wieder an mich gewöhnt hast.« Er lehnte sich zurück und hielt mich fest, ohne zu sprechen. Er atmete ruhig, und ich spürte das Auf und Ab seiner Brust und den leichten Wind seines Atems in meinen Haaren.

»Jetzt«, sagte ich einen Moment später.

»Gut.« Jamie lockerte seinen Griff und drehte mich um, damit ich ihn anschaute. Aus der Nähe konnte ich die rostroten Bartstoppeln auf seinen Wangen und an seinem Kinn sehen. Ich fuhr mit den Fingerspitzen darüber; es fühlte sich an wie der Plüsch eines altmodischen Sofas, weich und zugleich borstig.

»Verzeihung«, sagte Jamie. »Ich konnte mich heute morgen nicht rasieren. Dougal hat mir gestern, vor der Hochzeit, ein Rasiermesser gegeben, es mir aber wieder weggenommen – wahrscheinlich, damit ich mir nach der Hochzeitsnacht nicht die Kehle durchschneiden konnte.« Jamie grinste, und ich erwiderte sein Lächeln.

Als er Dougals Namen erwähnte, erinnerte ich mich an unser Gespräch am Abend zuvor.

»Ich frage mich eines«, sagte ich. »Gestern hast du erzählt, Dougal und seine Leute hätten dich bei deiner Rückkehr aus Frankreich an der Küste abgeholt. Warum bist du mit ihm gekommen, statt nach Hause zu gehen? Ich meine, so wie Dougal dich behandelt hat...« Ich zögerte, verstummte.

»Oh«, sagte Jamie. Ich konnte fast hören, wie er nachdachte. Er wurde sich ziemlich rasch schlüssig.

»Nun, das solltest du, glaube ich, erfahren.« Jamie runzelte die Stirn. »Ich habe dir erzählt, warum ich geächtet bin. Als ich das Fort verlassen hatte, habe ich mich eine Weile um fast nichts gekümmert. Mein Vater starb, und meine Schwester...« Jamie legte eine Pause ein, und ich spürte, wie er mit sich kämpfte. Ich drehte mich um und schaute ihn an. Sein meist heiteres Gesicht war umwölkt.

»Dougal hat mir gesagt«, fuhr er langsam fort, »meine Schwester – meine Schwester sei schwanger. Von Randall.«

»O Gott.«

Jamie betrachtete mich flüchtig und sah dann weg. Seine Augen waren so hell wie Saphire, und er blinzelte einige Male.

»Ich... ich konnte mich nicht überwinden zurückzugehen«, sagte er mit gedämpfter Stimme. »Sie wiederzusehen, nach allem, was geschehen war. Und Dougal –« Jamie seufzte, und sein Mund wurde schmal, »Dougal hat mir auch gesagt, als sie das Kind geboren hatte, hätte sie sich... na ja, sie konnte ja nicht anders, sie war allein – verflucht, ich habe sie allein gelassen! Dougal sagte also, sie hätte sich mit einem anderen englischen Soldaten zusammengetan, jemandem von der Garnison; er wüßte nicht genau, mit wem.«

Jamie schluckte; dann sprach er entschlossener weiter. »Ich habe ihr natürlich soviel Geld geschickt, wie ich entbehren konnte, aber... aber ich konnte mich nicht überwinden, ihr zu schreiben. Was sollte ich sagen?« Er zuckte hilflos die Achseln.

»Wie auch immer, nach einer Weile wurde ich des Soldatenlebens in Frankreich überdrüssig. Und ich erfuhr durch meinen Onkel Alex, er habe Kunde von einem englischen Deserteur namens Horrocks. Der Mann hatte das Heer verlassen und war in die Dienste von Francis MacLean o'Dunweary getreten. Eines Tages war er recht bezecht und hat verraten, daß er zur Garnison von Fort William gehört hatte, als ich geflohen war. Und er hätte den Mann gesehen, der damals den Unteroffizier totgeschossen habe.«

»Er könnte also beweisen, daß du es nicht warst!« Das klang vielversprechend. Jamie nickte.

»Ja. Obwohl das Wort eines Deserteurs gewiß nicht viel zählen würde. Aber es wäre ein Anfang. Wenigstens würde ich dann selber erfahren, wer es war. Und ich ... nun, ich sehe keine Möglichkeit, nach Lallybroch zurückzukehren; aber immerhin wäre es angenehm, wenn ich mich wieder frei auf schottischem Boden bewegen könnte, ohne Gefahr zu laufen, aufgeknüpft zu werden.«

»Das scheint mir eine gute Idee zu sein«, sagte ich trocken. »Aber wo kommen die MacKenzies ins Spiel?«

Es folgte eine ziemlich umfangreiche und komplizierte Analyse von Familienbeziehungen und Clanbündnissen, doch als sich der Nebel lichtete, stellte sich heraus, daß Francis MacLean mit den MacKenzies in Verbindung stand und Colum über Horrocks unterrichtet hatte; Colum wiederum hatte Dougal ausgeschickt, um Jamie zu treffen.

»So kam es, daß er in der Nähe war, als ich verwundet wurde«, erklärte Jamie. Er unterbrach sich und blinzelte in die Sonne. »Später habe ich mir überlegt, ob er es vielleicht getan hat.«

»Dich mit der Axt umgemäht? Dein eigener Onkel? Aber warum, um alles in der Welt?«

Jamie zog die Stirn kraus, als überlegte er, was er mir verraten dürfe; dann zuckte er die Achseln.

»Ich habe keine Ahnung, wieviel du über den MacKenzie-Clan weißt«, sagte er, »aber sicher kann man nicht tagelang Seite an Seite mit dem alten Ned Gowan reiten, ohne etwas darüber zu erfahren. Auf dieses Thema kommt er immer zu sprechen, er kann gar nicht anders.«

Ich lächelte statt einer Antwort, und Jamie nickte. »Nun, du hast Colum mit eigenen Augen gesehen. Jedem Menschen ist klar, daß er nicht alt werden wird. Und Hamish zählt kaum acht Jahre; er wird frühestens mit achtzehn in der Lage sein, einen Clan zu führen. Was also geschieht, wenn Colum stirbt, ehe Hamish soweit ist?« Jamie schaute mich fragend an.

»Dann wird Dougal wohl Burgherr«, sagte ich langsam. »Zumindest, bis Hamish alt genug ist.«

»Aye.« Jamie nickte erneut. »Aber Dougal ist nicht aus demselben Holz geschnitzt wie Colum, und es gibt so manchen im Clan, der ihm die Gefolgschaft verweigern würde, wenn es eine andere Möglichkeit gäbe.«

»Ich verstehe«, sagte ich. »Und diese andere Möglichkeit bist du.«

Ich betrachtete Jamie und mußte zugeben, daß er wirklich eine Alternative darstellte. Er war der Enkel des alten Jacob; in seinen Adern floß, wenn auch nur von mütterlicher Seite, MacKenzie-Blut. Ein großer, gutaussehender und wohlgeformter junger Mann, der intelligent war und das familieneigene Geschick im Umgang mit Menschen geerbt hatte. Er hatte in Frankreich gekämpft und seine Fähigkeit bewiesen, Leute im Gefecht zu führen; ein wichtiger Gesichtspunkt. Selbst das auf ihn ausgesetzte Kopfgeld brauchte kein unüberwindliches Hindernis zu sein – wenn er Burgherr war.

Die Engländer hatten schon genug Probleme in den Highlands: ständige Unruhen, Raubzüge im Grenzland, miteinander verfeindete Clans. Sie würden schwerlich einen großen Aufstand risikieren wollen, indem sie das Oberhaupt eines bedeutenden Clans eines Mordes bezichtigten, den die Clanangehörigen nicht einmal für einen Mord halten würden.

Irgendeinen obskuren Fraser aufzuhängen, ging ja noch an, Burg Leoch zu stürmen und das Oberhaupt des MacKenzie-Clans mitzuschleifen, um ihn der englischen Justiz auszuliefern – das war undenkbar.

»Willst du denn Burgherr werden, wenn Colum stirbt?« fragte ich. Das war schließlich ein Ausweg für Jamie, obwohl ich argwöhnte, daß dieser Weg seine eigenen, nicht unbeträchtlichen Hindernisse barg.

Jamie lächelte. »Nein. Selbst wenn ich mich dazu berechtigt fühlte – was ich nicht tue –, würde es den Clan spalten und Dougals Leute gegen die aufbringen, die mir Gefolgschaft leisten wollen. Ich bin nicht versessen auf Macht, wenn dafür Blut vergossen werden muß. Nur können Dougal und Colum das nicht mit Sicherheit wissen, oder? Und so könnten sie es vorziehen, mich zu töten, als diese Gefahr auf sich zu nehmen.«

Stirnrunzelnd dachte ich darüber nach. »Aber du könntest Dougal und Colum doch sagen, daß du nicht die Absicht hast . . . oh.« Ich blickte voll Respekt zu Jamie auf. »Das hast du ja bereits getan. Beim Eid.«

Ich hatte damals schon gedacht, wie gut er eine gefährliche Situation meisterte; jetzt erkannte ich erst, *wie* gefährlich sie gewesen war. Die Clanangehörigen hatten sicher gewollt, daß er seinen Eid leistete, und Colum hatte es ebenso sicher nicht gewollt. Mit diesem Eid erklärte Jamie sich zum Mitglied des MacKenzie-Clans und damit auch zu einem potentiellen Anwärter auf die Rolle des Burgherrn. Weigerte er sich, so riskierte er Gewalttätigkeiten oder den Tod; fügte er sich, so riskierte er, wenn auch nicht so augenfällig, dasselbe.

Da er die Gefahr erkannte, hatte er sich klugerweise dafür entschieden, der Zeremonie fernzubleiben. Und als ich ihn mit meinem gescheiterten Fluchtversuch an den Rand des Abgrunds zurückholte, hatte er seinen Fuß entschlossen auf ein sehr schmales Seil gesetzt und war hinübergegangen. *Je suis prest*, in der Tat.

Jamie nickte. »Ja. Hätte ich an diesem Abend meinen Eid geschworen, dann hätte ich den Morgen wohl nicht mehr erlebt.«

Mir wurde schwach bei dieser Vorstellung, und bei dem Wissen, daß ich Jamie nichtsahnend in eine solche Gefahr gebracht hatte. Das Messer über dem Bett schien mir plötzlich eine vernünftige Vorsichtsmaßnahme. Ich fragte mich, wie viele Nächte er auf Burg Leoch bewaffnet geschlafen haben mochte.

»Ich schlafe immer bewaffnet, Sassenach«, erklärte Jamie, obwohl ich kein Wort gesagt hatte. »Von der Zeit im Kloster einmal abgesehen, war die vergangene Nacht die erste seit Monaten, wo ich nicht mit dem Dolch in der Hand geschlafen habe.« Er grinste; offenbar erinnerte er sich daran, was er statt dessen in der Hand gehabt hatte.

»Woher weißt du, was ich denke, verdammt?« fragte ich, Jamies Grinsen ignorierend. Er schüttelte gutmütig den Kopf.

»Du wärst eine sehr schlechte Spionin, Sassenach. Alles, was du denkst, zeigt sich deutlich in deinem Gesicht. Du hast meinen Dolch angeschaut, und dann bist du errötet.« Jamie betrachtete mich prüfend. »Ich habe dich gestern um Ehrlichkeit gebeten, aber es war eigentlich nicht nötig; du kannst gar nicht lügen.«

»Da bin ich aber froh«, bemerkte ich ein wenig indigniert. »Darf ich daraus schließen, daß wenigstens *du* mich für keine Spionin hältst?«

Jamie gab keine Antwort. Er spähte über meine Schulter hinweg zum Gasthof, sein Körper war plötzlich so straff wie eine Bogensehne. Ich war einen Moment lang verwirrt, doch dann hörte ich die Geräusche, die Jamies Aufmerksamkeit erregt hatten, Hufschlag und das Klimpern von Geschirr: Eine große Gruppe Berittener näherte sich dem Gasthof.

Jamie kroch vorsichtig hinter ein Gebüsch; von dort aus hatte er einen guten Ausblick auf die Straße. Ich raffte die Röcke und folgte ihm so leise, wie ich nur konnte.

Die Straße machte eine scharfe Biegung um eine Felsnase und führte dann in sanfteren Kurven zu der Senke, in der der Gasthof lag. Der Morgenwind wehte die Geräusche der Reiter in unsere Richtung, aber es dauerte ein, zwei Minuten, bis das erste Pferd in Sicht kam.

Die Gruppe bestand aus zwanzig bis dreißig Männern, von denen die meisten Lederhosen und die verschiedensten Tartans trugen. Alle waren gut bewaffnet. An den Sattel eines jeden Pferdes war mindestens eine Muskete geschnallt, und man sah reichlich Pistolen, Dolche und Degen; darüber hinaus mochten auch noch Waffen in den großen Satteltaschen der vier Packpferde verborgen sein. Sechs Männer führten weitere Pferde mit, ungesattelt und ohne Last.

Trotz ihrer kriegerischen Ausrüstung wirkten die Leute entspannt; sie plauderten und lachten, obwohl sich dann und wann ein Kopf hob und wachsam in die Umgebung spähte. Ich kämpfte den Drang nieder, mich zu ducken, als der Blick eines Mannes über die Stelle wanderte, an der wir uns versteckt hatten; es schien, daß er den Glanz der Sonne auf Jamies Haaren sehen mußte.

Ich schaute auf und entdeckte, daß auch Jamie darauf gekommen war.; er hatte sein Plaid über Kopf und Schultern gezogen. Unter dem unauffälligen Jagdmuster wirkte er nun wie ein Teil des Gesträuchs. Als der letzte Mann auf den Hof vor dem Gasthaus geritten war, zog Jamie das Plaid fort und kehrte auf den Weg zurück, der bergan führte.

»Weißt du, was das für Leute sind?« keuchte ich, während ich Jamie durchs Heidekraut nachstapfte.

»O ja.« Jamie nahm den steilen Pfad wie eine Bergziege. Er blickte zurück, merkte, wie mühsam ich vorankam und streckte die Hand aus, um mir zu helfen.

»Das ist die Wache«, sagte er. »Wir haben nichts zu befürchten, aber wir sollten uns lieber ein Stück von ihr absetzen.«

Ich hatte schon von der berühmten Schwarzen Wache gehört, jener inoffiziellen Polizeitruppe, die im schottischen Hochland Ordnung hielt, hatte auch gehört, daß es noch mehr Wachen gab – jede patrouillierte auf ihrem eigenen Gebiet und sammelte für den Schutz von Herden und Ländereien »Beiträge« ein. Klienten, die im

Rückstand waren, konnten durchaus eines Morgens aufwachen und feststellen, daß ihr Vieh über Nacht verschwunden war, und niemand wußte, wo es geblieben war – jedenfalls nicht die Männer der Wache. Plötzlich ergriff mich eine irrationale Panik.

»Die suchen doch nicht dich, oder?«

Jamie blickte verwirrt zurück, als erwartete er, Leute den Berg hinaufklettern zu sehen, doch da war kein Mensch, und er sah mich wieder an, lächelte erleichtert und legte mir den Arm um die Taille.

»Kaum. Zehn Pfund Sterling sind nicht genug, um eine solche Schar auf den Weg zu bringen. Und wenn sie wüßten, daß ich im Gasthof bin, wären sie nicht alle zusammen bis vor die Tür geritten.« Jamie schüttelte mit großer Entschiedenheit den Kopf. »Nein, wenn sie jemanden verfolgten, würden sie die Hinterseite des Hauses und die Fenster von ein paar Leuten bewachen lassen, ehe sie eintreten. Wahrscheinlich haben sie hier nur haltgemacht, um sich zu stärken.«

Wir stiegen weiter, bis sich der Pfad zwischen Ginsterbüschen und Heide verlor. Schließlich erreichten wir den Gipfel eines kleinen Berges. Ringsum fielen die felsigen Hänge atemberaubend steil ab. Die meisten Orte im Hochland vermittelten mir das Gefühl, eingeschlossen zu sein, doch hier wehte unbehindert der Wind und schien die Sonne, die durch die Wolken gekommen war, wie um unsere unkonventionelle Hochzeit zu feiern.

Ich kam mir berauschend frei vor – Dougal und der beengenden Gesellschaft seiner Leute entronnen! Ich war in Versuchung, Jamie zum Durchbrennen zu überreden, aber mein gesunder Menschenverstand siegte. Wir hatten kein Geld und keinen Proviant außer dem kleinen Imbiß, den Jamie in seiner Felltasche bei sich trug. Wenn wir bis Sonnenuntergang nicht in den Gasthof zurückkehrten, würde man uns sicher verfolgen. Und Jamie konnte zwar den ganzen Tag klettern, ohne daß ihm der Schweiß ausbrach, doch ich war nicht so gut in Form. Als er mein rotes Gesicht bemerkte, führte er mich zu einem Felsblock und setzte sich neben mich. Er blickte zufrieden über die Berge, während er darauf wartete, daß ich wieder zu Atem kam.

Ich dachte noch einmal an die Wache und legte impulsiv die Hand auf Jamies Arm.

»Ich bin froh, daß du nicht sehr viel wert bist«, sagte ich.

Er betrachtete mich einen Moment und rieb sich die Nase, die rot zu werden begann.

»Das ließe sich auf mancherlei Weise auffassen, Sassenach«, erwiderte er, »aber unter den gegebenen Umständen danke ich dir.«

»Ich muß *dir* danken«, sagte ich, »weil du mich geheiratet hast. Ich bin wirklich lieber hier als in Fort William.«

»Besten Dank für das Kompliment, edle Dame«, antwortete Jamie mit einer leichten Verbeugung. »Mir geht es ebenso. Und da wir schon dabei sind, einander zu danken«, fügte er hinzu, »möchte auch ich dir dafür danken, daß du *mich* geheiratet hast.«

»Äh . . .« Ich errötete wieder.

»Und nicht nur dafür, Sassenach«, fuhr Jamie fort, während sein Grinsen noch breiter wurde. »Ich bin der Ansicht, daß du mir – wenigstens, was die MacKenzies angeht – das Leben gerettet hast.«

»Wie meinst du das?«

»Ein halber MacKenzie zu sein, ist eine Sache«, erklärte Jamie. »Ein halber MacKenzie mit einer englischen Frau – das ist etwas völlig anderes. Es ist nicht sehr wahrscheinlich, daß eine Engländerin jemals Herrin von Leoch wird, gleichgültig, was die Clanmitglieder von mir halten mögen. Und aus diesem Grund hat Dougal beschlossen, mich mit dir zu verheiraten.«

Jamie hob eine Augenbraue. »Ich hoffe, du hättest nicht doch lieber Rupert geheiratet?«

»O nein«, antwortete ich mit Nachdruck.

Jamie lachte und stand auf und bürstete die Kiefernnadeln von seinem Kilt.

»Nun, meine Mutter hat mir gesagt, eines schönen Tages würde die Wahl eines Mädchens auf mich fallen.« Er streckte die Hand aus, um mir aufzuhelfen.

»Ich habe gesagt«, fuhr er fort, »daß ich denke, es sei Sache des Mannes, die Wahl zu treffen.«

»Und was hat deine Mutter dazu gesagt?« erkundigte ich mich.

»Sie hat die Augen ein wenig verdreht und gemeint: ›Du wirst schon sehen, mein stolzer Knabe, du wirst schon sehen.‹« Jamie lachte. »Und so war es.«

Er blickte zu den Kiefern auf, durch die goldgelber Sonnenschein fiel.

»Und schön ist der Tag auch. Komm, Sassenach. Wir gehen zum Fischen.«

Wir stiegen weiter in die Berge hinauf. Diesmal wandte sich Jamie nach Norden. Über eine Geröllhalde und durch eine Klamm kamen wir in ein schmales Tal mit Felswänden und Laubbäumen. Es war erfüllt vom Gurgeln eines Baches, dessen Wasser über ein Dutzend kleiner Fälle zwischen Steinblöcken schäumte, sich verzweigte und in zahlreiche Tümpel strömte.

Wir ließen die Beine im Wasser baumeln, sprachen über dies und jenes und über nichts sehr viel, waren uns beide der geringsten Bewegung des anderen bewußt, waren beide zufrieden damit zu warten, bis uns der Zufall einen Moment schenkte, da ein Blick länger verweilen und eine Berührung mehr bedeuten würde.

An einem der Tümpel zeigte mir Jamie, wie man Forellen anlockt. Er ging in die Hocke, um den tiefhängenden Ästen auszuweichen, und schob sich an einen überragenden Felsvorsprung heran. Auf halbem Weg drehte er sich um und bedeutete mir, ihm zu folgen.

Ich hatte bereits die Röcke gerafft und kam nach. Wir streckten uns Kopf an Kopf auf dem kühlen Stein aus und spähten ins Wasser, während Weidenzweige unseren Rücken streiften.

»Man muß sich nur eine gute Stelle aussuchen und warten«, erklärte Jamie. Ohne zu plätschern, tauchte er eine Hand in den Tümpel und ließ sie auf dem sandigen Grund liegen, ein wenig außerhalb des Schattens, den der Felsvorsprung warf. Seine Finger krümmten sich leicht, verzerrt vom Wasser schien die Hand hin und her zu wogen wie eine Schlingpflanze; an den unbewegten Muskeln von Jamies Unterarm sah ich allerdings, daß er sie völlig still hielt. An der Oberfläche wirkte sein Arm abrupt geknickt, schien so ausgekugelt wie vor einem Monat, als ich Jamie zum ersten Mal gesehen hatte – mein Gott, lag das erst einen Monat zurück?

Einen Monat kannten wir uns, und einen Tag waren wir verheiratet. Miteinander verbunden durch das Eheversprechen und einen mit Blut besiegelten Eid. Und durch Freundschaft. Ich hoffte, daß ich Jamie, wenn es Zeit war zu gehen, nicht allzusehr verletzen würde. Glücklicherweise brauchte ich im Moment nicht darüber nachzudenken; wir waren weit vom Craigh na Dun entfernt, und ich hatte nicht die geringste Chance zu entkommen.

»Da ist eine.« Jamie sprach mit leiser Stimme, hauchte es fast; er hatte mir erzählt, daß Forellen gut hören können.

Ich nahm von dem Fisch kaum mehr als eine Bewegung im Sand

wahr. Tief im Schatten des Felsvorsprungs konnten die Schuppen nicht verräterisch aufblinken. Die gefleckte Forelle regte sich auf dem gefleckten Sand, angetrieben vom Gefächel durchscheinender Flossen, die fast unsichtbar blieben. Die Elritzen, die näher gekommen waren, um neugierig an den Haaren auf Jamies Handgelenk zu zupfen, flohen in die Helligkeit des Tümpels.

Ein Finger bog sich langsam; so langsam, daß es schwierig war, die Bewegung zu erkennen. Ein zweiter Finger bog sich. Und nach einem langen, langen Moment der dritte.

Ich wagte kaum zu atmen. Gemächlich streckten sich Jamies Finger wieder, einer nach dem anderen, lagen schließlich flach, und die hypnotische Welle begann von vorn.

Interessiert schob sich die Forelle vor. Der größte Teil ihres Leibes hatte sich jetzt vom Felsvorsprung entfernt und hing schwerelos im Wasser. Ich sah ein Auge, das mit leerem, richtungslosem Blick hin und her zuckte.

Noch ein paar Zentimeter, und die zuckenden Kiemendeckel würden unmittelbar über Jamies lockenden Fingern sein. Ich hatte den Felsen mit beiden Händen gepackt und drückte die Wange gegen den harten Granit, als könnte ich mich noch unauffälliger machen.

Dann ging es plötzlich wild durcheinander. Wasser schäumte auf und spritzte ein paar Zentimeter von meinem Gesicht entfernt auf den Stein, ein Stück Plaid sauste vorbei – das war Jamie, der über den Granit rollte –, und es gab ein lautes Klatschen, als die Forelle durch die Luft segelte und am gegenüberliegenden Ufer aufschlug.

Jamie sprang vom Felsvorsprung in den seichten Tümpel und watete hinüber, um seine Beute zu packen, ehe der benommene Fisch ins Wasser zurückzappeln konnte. Jamie faßte ihn beim Schwanz, tötete ihn auf der Stelle und kam dann wieder, um ihn mir zu zeigen.

»Ein guter Fang«, sagte er stolz, als er mir die fast vierzig Zentimeter lange Forelle entgegenhielt. »Fürs Frühstück reicht es allemal.« Er grinste mich an, naß bis zu den Oberschenkeln. Die Haare hingen ihm wirr in der Stirn, und am Hemd klebten Blätter. »Ich habe dir ja versprochen, daß ich dich nicht hungern lasse.«

Er schlug die Forelle in Blätter und kühlen Schlamm ein. Dann reinigte er sich die Finger im Bach, kletterte auf den Felsvorsprung und reichte mir das Paket.

»Vielleicht ein seltsames Hochzeitsgeschenk« – Jamie deutete mit dem Kopf auf die Forelle –, »aber es gibt da Präzedenzfälle, wie Ned Gowan sagen würde.«

»Präzedenzfälle dafür, daß ein Mann seiner eben angetrauten Frau einen Fisch schenkt?« fragte ich erheitert.

Jamie zog die Strümpfe aus und legte sie zum Trocknen in die Sonne. Er bewegte die langen bloßen Zehen genüßlich in der Wärme.

»Es ist ein altes schottisches Liebeslied. Möchtest du es hören?«

»Natürlich. Aber auf englisch, wenn es geht«, fügte ich hinzu.

»Aye. Ich kann nicht singen, doch ich trage dir die Worte vor.« Jamie strich sich die Haare aus der Stirn und begann:

> *Du Tochter des Königs hellerleuchteter Burgen,*
> *An dem Abend, da unsre Hochzeit naht,*
> *Werd' ich, so ich lebe, in Duntulm sein*
> *Und zu dir eilen, mit Geschenken beladen.*
> *Hundert Dachse sollst du haben, Bewohner der Wälle,*
> *Hundert braune Ottern, heimisch in Flüssen,*
> *Hundert silbrige Forellen, ihren Bächen entstiegen . . .«*

Und so ging es weiter, quer durch die schottische Flora und Fauna. Während ich Jamie beim Rezitieren beobachtete, hatte ich Muße, darüber nachzusinnen, wie seltsam es war, daß ich an einem schottischen Tümpel saß, gälischen Liebesliedern lauschte und einen großen toten Fisch auf dem Schoß hatte. Und noch seltsamer war, wie sehr ich es genoß.

Als Jamie ausgeredet hatte, klatschte ich Beifall.

»Oh, das gefällt mir! Besonders dies ›Ich werde zu dir eilen, mit Geschenken beladen‹. Das hört sich nach einem sehr begeisterten Liebhaber an.«

Jamie lachte. »Ich glaube, daß ich noch eine Zeile anfügen könnte: ›Ich werd' in Tümpel springen um deinetwillen.‹«

Wir lachten beide und schwiegen dann eine Weile und ließen uns von der Frühsommersonne bescheinen. Es war sehr friedlich; außer dem Rauschen des Wassers jenseits unseres Tümpels war nichts zu hören. Ich spürte, wie uns erneut Schüchternheit und Befangenheit überkamen. Ich nahm Jamies Hand in der Hoffnung, diese Berührung werde die Leichtigkeit zwischen uns wiederherstellen. Er legte mir den Arm um die Schultern, doch dadurch wurde mir nur die Härte seines Körpers unter dem dünnen Hemd bewußt. Ich löste mich von ihm unter dem Vorwand, ein Sträußchen rosa Storchschnabel pflücken zu wollen, der in einer Felsspalte wuchs.

»Die helfen gegen Kopfschmerzen«, erklärte ich, während ich mir die Blumen in den Gürtel steckte.

»Das macht dir zu schaffen«, sagte Jamie. »Nicht Kopfschmerzen, nein. Frank. Du mußt an ihn denken, und wenn ich dich berühre, so macht dir das zu schaffen, weil in deiner Seele nicht Raum für uns beide ist. Hab' ich recht?«

»Du bist sehr einfühlsam«, sagte ich erstaunt. Jamie lächelte, aber er berührte mich nicht.

»Ist nicht weiter schwierig, das zu erraten, Mädel. Als wir geheiratet haben, wußte ich, daß du oft an ihn denken wirst, ob du willst oder nicht.«

Jamie hatte recht; ich mußte oft an Frank denken, obwohl ich es im Moment nicht tat.

»Bin ich ihm sehr ähnlich?« fragte Jamie plötzlich.

»Nein.«

Tatsächlich wäre es schwierig gewesen, sich einen größeren Gegensatz vorzustellen. Frank war schlank, geschmeidig und dunkel; Jamie war groß, kräftig und hell wie ein Sonnenstrahl. Beide Männer besaßen die kompakte Eleganz eines Athleten, aber Frank hatte den Körperbau eines Tennisspielers und Jamie den eines Kriegers, gezeichnet vom alles andere als metaphorischen Kampf. Frank war nur zehn Zentimeter größer als ich. Wenn ich Jamie gegenüberstand, paßte meine Nase bequem in die kleine Kuhle in der Mitte seiner Brust, und er konnte sein Kinn auf meinen Kopf legen.

Aber die beiden Männer unterschieden sich nicht nur körperlich. Zum Beispiel waren sie altersmäßig fast fünfzehn Jahre auseinander, was vermutlich teilweise den Gegensatz zwischen Franks weltläufiger Reserviertheit und Jamies unverblümter Offenheit erklärte. Als Liebhaber war Frank vollendet, raffiniert, rücksichtsvoll und geschickt. Jamie hatte weder Erfahrung, noch tat er so, als hätte er welche; ohne Vorbehalte schenkte er sich mir ganz. Und die Intensität meiner Reaktion darauf verwirrte mich vollständig.

Jamie beobachtete nicht ohne Mitgefühl meinen inneren Kampf.

»Es möchte scheinen, als hätte ich nun zwei Möglichkeiten«, sagte er. »Ich kann dich grübeln lassen oder...«

Er beugte sich über mich und drückte behutsam seine Lippen auf meine. Ich hatte nicht wenige Männer geküßt, besonders während des Krieges, als Flirts und Romanzen die leichtfertigen Begleiter von Ungewißheit und Tod waren. Mit Jamie war es jedoch etwas anderes. Seine Sanftheit war keine Vorsicht, eher die Verheißung einer Kraft, die er kannte, aber im Zaum hielt; eine Herausforderung, die um so bemerkenswerter war, als sie keine Ansprüche stellte. Ich bin dein, schien sie zu sagen. Und wenn du mich willst ...

Ich wollte, und mein Mund öffnete sich, nahm die Verheißung und Herausforderung an. Nach einem langen Moment hob Jamie den Kopf und lächelte.

»... oder ich kann versuchen, dich abzulenken«, beschloß er seinen Satz.

Er preßte meinen Kopf an seine Schulter und streichelte meine Haare.

»Ich weiß nicht, ob es hilft«, fuhr er fort, »aber ich will dir eines sagen: Es ist ein Geschenk für mich und ein Wunder, daß ich dir zu gefallen vermag – daß mein Körper deinen entflammt.«

Ich holte tief Atem, ehe ich antwortete. »Ja«, sagte ich. »Ich glaube, es hilft.«

Wir schwiegen wieder. Es kam mir lange vor. Schließlich löste sich Jamie von mir und blickte lächelnd auf mich herab.

»Ich habe dir gesagt, daß ich weder Geld noch Besitz habe, Sassenach?«

Ich nickte und fragte mich, was er vorhatte.

»Ich hätte dich warnen sollen, daß wir wahrscheinlich in Heuhaufen schlafen müssen und keine andere Nahrung haben als Mehlbrei und Gänsewein.«

»Das stört mich nicht«, erwiderte ich.

Jamie deutete mit dem Kopf auf eine Lücke zwischen den Bäumen.

»Hier gibt es nicht einmal eine Heumiete, aber da drüben ist ein hübscher Fleck mit frischem Farn. Wenn du üben möchtest, nur damit du weißt, wie es ist ...«

Ein wenig später streichelte ich Jamies Rücken, feucht von Anstrengung und dem Saft des zerquetschten Farns.

»Wenn du dich noch einmal bedankst, ohrfeige ich dich«, sagte ich.

Statt dessen antwortete mir leises Schnarchen. Ein Farnwedel streifte Jamies Wange, und eine neugierige Ameise krabbelte über seine Hand.

Ich verscheuchte das Insekt und stützte mich auf einen Ellbogen, um Jamie zu beobachten. Seine Wimpern waren lang und dicht, jedoch seltsam gefärbt: an den Spitzen von dunklem Kastanienbraun, und an den Wurzeln sehr hell, fast strohblond.

Die festen Linien seines Mundes hatten sich im Schlummer entspannt. Die Winkel waren noch humorvoll gekräuselt, und die Unterlippe zeigte einen gelösteren, volleren Schwung, der sowohl sinnlich als auch unschuldig wirkte.

»Verdammt«, sagte ich.

Ich hatte einige Zeit dagegen angekämpft. Schon vor der Hochzeit war mir Jamies Attraktivität mehr als bewußt gewesen. So etwas geschieht wohl öfter. Eine plötzliche Empfänglichkeit für die Gegenwart, die Erscheinung eines bestimmten Mannes. Der Drang, ihm mit Blicken zu folgen, kleine »zufällige« Begegnungen herbeizuführen, ihn ohne sein Wissen zu beobachten, eine gesteigerte Aufmerksamkeit für jede Einzelheit seines Körpers – die Schulterblätter unter seinem Hemd, die starken Knochen seiner Handgelenke, die weiche Stelle unter seinem Kinn, wo sich die ersten Bartstoppeln zu zeigen beginnen...

Betörung. Kam oft vor bei Schwestern und Ärzten, bei Schwestern und Patienten, überhaupt bei Menschen, die längere Zeit in mehr oder minder erzwungener Gemeinschaft leben.

Einige gaben der Betörung nach, und kurze, intensive Affären waren häufig. Wenn die Leute Glück hatten, war die Sache binnen weniger Monate zu Ende, und es blieb nichts zurück. Wenn sie Pech hatten... Schwangerschaft, Scheidung, dann und wann Geschlechtskrankheiten. Eine gefährliche Sache, die Betörung.

Ich war mehrmals in Versuchung geraten, war aber so vernünftig gewesen, ihr nicht nachzugeben. Und wie immer war die Anziehung nach einer Weile schwächer geworden, der Mann hatte seine goldene Aura verloren und wieder seinen gewohnten Platz in meinem Leben eingenommen; ohne Schaden für ihn, mich und Frank.

Jetzt aber hatte ich der Betörung nachgeben müssen. Mochte der Himmel wissen, welcher Schaden daraus erwuchs. Aber zurück konnte ich jetzt nicht mehr.

Jamie lag entspannt auf dem Bauch, Arme und Beine von sich gestreckt. Die Sonne ließ seine rote Mähne glänzen und beleuchtete die weichen Härchen, die auf seinem Rückgrat wuchsen, bis hinunter zu dem rotgoldenen Flaum, auf seinem Gesäß und seinen Schenkeln, der sich zu dem Busch kastanienbrauner Locken verdichtete, der sich kurz zwischen seinen gespreizten Beinen zeigte.

Ich setzte mich auf, bewunderte Jamies lange Beine und die Muskelstränge, die in fließenden Linien von den Hüften über die Oberschenkel zu den Knien verliefen und dann weiter von den Knien zu den schmalen, eleganten Füßen. Die Fußsohlen waren rosig und ein wenig verhornt vom Barfußgehen.

Meine Finger schmerzten beinahe, sosehr wollte ich die Konturen von Jamies kleinen, hübschen Ohren und die kantigen Winkel seines Kinns nachfahren. Schließlich streckte ich die Hand aus und berührte ihn sacht.

Er hatte einen sehr leichten Schlaf. Mit erschreckender Plötzlichkeit warf er sich herum und stemmte sich auf die Ellbogen, als wollte er aufspringen. Als er mich sah, entspannte er sich und lächelte.

»Madam«, sagte er, »ich bin Euch gegenüber im Nachteil.«

Er machte eine sehr löbliche höfische Verbeugung für jemanden, der im Farn lag und nichts am Leibe hatte als ein paar Sonnenkringel. Ich lachte. Sein Lächeln verschwand nicht, aber es veränderte sich, als er mich ansah, die ebenso nackt war wie er. Seine Stimme klang plötzlich heiser.

»Tatsächlich, Madam, bin ich Euch auf Gedeih und Verderb ausgeliefert.«

»Ach ja?« fragte ich leise.

Jamie rührte sich nicht, als ich die Hand ausstreckte und langsam über seine Wange und seinen Hals strich, über den schimmernden Hang seiner Schultern und weiter abwärts. Er rührte sich nicht, doch er schloß die Augen.

»Bei allen Heiligen«, sagte er.

»Keine Angst«, antwortete ich. »Es *muß* nicht grob sein.«

»Wir danken Gott schon für die kleinste Gnade.«

»Halt still.«

Jamies Finger gruben sich tief in die Erde, doch er gehorchte.

»Bitte«, sagte er nach einer Weile. Ich blickte auf und merkte, daß er die Augen geöffnet hatte.

»Nein«, erwiderte ich und genoß es. Jamie schloß die Augen wieder.

»Das wirst du mir büßen«, sagte er ein wenig später. Schweiß glänzte wie feiner Tau auf seinem Nasenrücken.

»Wirklich?« fragte ich. »Was gedenkst du zu tun?«

Die Sehnen an seinen Unterarmen traten hervor, als er die Handfläche gegen den Boden drückte, und er sprach mit Mühe, wie wenn er die Zähne zusammenbeißen müßte.

»Das weiß ich noch nicht, aber ... bei unserm Erlöser und der heiligen Agnes ... ich ... ich werde mir ... etwas einfallen lassen. O Gott! Bitte!«

»In Ordnung«, sagte ich und ließ Jamie los.

Ich stieß einen kleinen Schrei aus, als er sich auf mich rollte, und mich niederhielt.

»Jetzt bist du an der Reihe«, meinte er zufrieden.

Wir kehrten bei Sonnenuntergang zum Gasthof zurück. Auf der Hügelkuppe verharrten wir, um sicherzugehen, daß die Pferde der Wache nicht mehr draußen angebunden waren.

Der Gasthof sah einladend aus; durch die kleinen Fenster fiel bereits Licht. Hinter uns flammte die letzte Glut der Sonne, so daß alles auf der Hügelkuppe einen doppelten Schatten warf.

»Dougal ist auch noch nicht zurück«, sagte ich. Der große schwarze Wallach, den er gewöhnlich ritt, stand nicht in der kleinen Koppel des Gasthofs. Auch andere Pferde fehlten, zum Beispiel das von Ned Gowan.

»Er wird mindestens noch einen Tag fort sein – vielleicht sogar zwei.« Jamie bot mir den Arm, und wir stiegen den Hügel hinunter.

»Wo ist Dougal denn?« Mitgerissen vom Strudel der jüngsten Ereignisse, hatte ich nicht daran gedacht, mich über seine Abwesenheit zu wundern.

Jamie half mir über den Zaunübertritt hinter dem Gasthof.

»Er hat mit den Kätnern in der Umgebung zu tun. Ihm bleiben nur noch ein, zwei Tage, bis er dich im Fort abliefern muß.« Jamie drückte mir beruhigend den Arm. »Hauptmann Randall wird nicht sehr erfreut sein, wenn Dougal ihm sagt, daß er dich nicht bekommt, und danach wird sich Dougal nicht mehr allzulang in dieser Gegend aufhalten wollen.«

»Sehr vernünftig«, sagte ich. »Es ist auch nett von ihm, daß er uns hiergelassen hat, damit wir, äh ... miteinander bekannt werden können.«

Jamie schnaubte. »Das ist keine Nettigkeit von ihm. Es war eine der Bedingungen, die ich gestellt habe. Ich habe gesagt, daß ich heirate, wenn ich muß, aber verdammt sein will, wenn ich die Ehe unter einem Busch vollziehe, während zwanzig Clanmitglieder zuschauen und mir gute Ratschläge geben.«

Ich blieb stehen und starrte Jamie an. Deswegen also hatten er und Dougal sich angebrüllt.

»*Eine* der Bedingungen?« fragte ich langsam. »Und was waren die anderen?«

Es war schon so dunkel, daß ich Jamies Gesicht nicht mehr deutlich erkennen konnte, doch er schien verlegen zu sein.

»Es gab nur noch zwei«, antwortete er schließlich.

»Und welche?«

»Nun«, sagte Jamie fast zaghaft, während er einen Stein aus dem Weg trat, »ich wollte, daß wir richtig heiraten, in der Kirche und mit einem Priester. Nicht nur kraft eines Vertrages. Und dann wollte ich noch, daß Dougal ein passendes Hochzeitskleid für dich auftreibt.« Jamie wich meinem Blick aus, und seine Stimme war so leise, daß ich ihn kaum verstand.

»Ich ... ich wußte, daß du nicht heiraten mochtest. Ich wollte es ... so angenehm wie möglich für dich machen. Ich dachte mir, vielleicht fühlst du dich nicht ganz so ... kurz und gut, ich wollte, daß du ein anständiges Kleid hast.«

Ich öffnete den Mund, um etwas zu sagen, aber Jamie wandte sich ab und steuerte auf den Gasthof zu.

»Komm, Sassenach«, sagte er barsch. »Ich habe Hunger.«

Wir mußten das Essen mit Geselligkeit bezahlen, das war uns sofort klar, als wir in den Schankraum traten. Rauhes Hurrageschrei schallte uns entgegen, und wir ließen uns eilends am Tisch nieder, wo man bereits mit Hingabe schmauste.

Nachdem ich diesmal besser darauf vorbereitet war, stieß ich mich nicht an den rüden Späßen und ungehobelten Bemerkungen. Ich war zufrieden, mich bescheiden in meine Ecke zu drücken und Jamie die Auseinandersetzung mit den derben Foppereien und anzüglichen Vermutungen darüber, was wir den ganzen Tag getrieben hatten, zu überlassen.

»Wir haben geschlummert«, antwortete Jamie auf eine diesbezügliche Frage. »Hab' gestern nacht kein Auge zugetan.« Das brül-

lende Gelächter, das daraufhin ertönte, steigerte sich zu ohrenbetäubendem Gewieher, als Jamie, scheinbar vertraulich, hinzufügte:
»Sie schnarcht, müßt ihr wissen.«

Ich erhob pflichtschuldigst die Hand gegen ihn, und er nahm
mich in die Arme und küßte mich, was mit großem Beifall aufgenommen wurde.

Nach dem Essen wurde getanzt; der Wirt spielte mit seiner Geige
auf. Frauen waren knapp, und so rafften die Wirtin und ich die
Röcke und drehten uns unablässig, bis ich aufhören und mich gegen
eine Bank lehnen mußte, rot im Gesicht und nach Atem ringend.

Die Männer waren wirklich unermüdlich; sie wirbelten pausen-
los herum, allein oder miteinander. Schließlich traten sie an die
Wand zurück und jubelten und klatschten Beifall, als Jamie meine
Hände nahm und mit mir etwas sehr Schnelles und Lebhaftes
tanzte, »The Cock o' the North«.

Am Fuß der Treppe drehten wir uns noch einmal im Kreis. Dann
blieben wir stehen, und Jamie hielt eine kurze Rede, teils gälisch
und teils englisch, die heftig beklatscht wurde, besonders als er in
seine Felltasche griff, dem Wirt einen kleinen Lederbeutel zuwarf
und ihn anwies, Whisky auszuschenken, solange das Geld reichte.
Ich erkannte den Beutel wieder: Jamies Anteil an den Wetten, die
auf seinen Sieg in Tunnaig abgeschlossen worden waren. Wohl alles
Bare, das er besaß, auf dieser Welt; ich dachte mir, besser könnte es
nicht angelegt werden.

Wir waren schon oben auf der Balustrade, als eine laute Stimme
Jamies Namen rief.

Ich drehte mich um und sah Ruperts breites Gesicht, röter als
sonst über dem gestrüppartigen schwarzen Bart. Er grinste zu uns
herauf.

»Sinnlos, Rupert!« rief Jamie. »Sie gehört mir.«

»Sie ist zu schade für dich, Junge«, sagte Rupert und wischte sich
die Stirn. »Binnen einer Stunde wird sie dich zu Boden zwingen.
Diese grünen Knaben haben kein Stehvermögen!« rief er mir zu.
»Wenn du einen Mann willst, der seine Zeit nicht mit Schlummern
vergeudet, dann laß es mich wissen, Mädel. Unterdessen...« Er
warf etwas auf die Balustrade.

Ein praller kleiner Beutel fiel mir vor die Füße.

»Ein Hochzeitsgeschenk«, erklärte Rupert. »Bedankt euch bei
den Leuten von der Shimi-Bogil-Wache.«

»Wie?« Jamie bückte sich, um den Beutel aufzuheben.

»Einige von uns haben nicht den ganzen Tag im Gras herumgelungert, Junge«, sagte Rupert tadelnd und verdrehte lüstern die Augen. »Das ist schwerverdientes Geld.«

»Ach«, erwiderte Jamie schmunzelnd. »Würfel oder Karten?«

»Beides.« Rupert grinste. »Wir haben sie bis aufs Hemd ausgeplündert, Junge. Bis aufs Hemd!«

Jamie öffnete den Mund, aber Rupert hielt seine breite, schwielige Hand empor.

»Nein, Junge, bedank dich nicht. Gib ihr einen Schmatz von mir, ja?«

Ich drückte die Finger an die Lippen und warf Rupert eine Kußhand zu. Er schlug die Rechte vors Gesicht, als würde ihn das umwerfen, stolperte mit einem Aufschrei rückwärts und torkelte in den Schankraum wie betrunken, was er nicht war.

Nach all der Ausgelassenheit unten schien unsere Kammer eine Zuflucht der Stille und des Friedens. Jamie streckte sich auf dem Bett aus,

Ich lockerte mein unbequemes Mieder und setzte mich, um mich zu kämmen.

Jamie beobachtete mich. »Du hast wunderschöne Haare«, sagte er.

»Wie bitte? *Die* da?« Verlegen berührte ich meine Locken, die man, wenn man höflich sein wollte, als wirr bezeichnen konnte.

Jamie lachte. »Nun, die anderen mag ich auch«, erwiderte er, ohne eine Miene zu verziehen, »aber gemeint habe ich tatsächlich die da.«

»Die sind doch so... kraus«, sagte ich, ein wenig errötend.

»Gewiß.« Jamie schaute mich verwundert an. »Auf der Burg habe ich gehört, wie eine von Dougals Töchtern zu einer Freundin gesagt hat, sie müßte ihre Haare drei Stunden mit der Brennschere bearbeiten, bis sie so sind wie deine. Sie hat gesagt, am liebsten würde sie dir die Augen auskratzen, weil du solche Haare hast und keinen Finger dafür krumm zu machen brauchst.« Jamie setzte sich auf und zog behutsam an einer meiner Locken, so daß sie, geglättet, fast bis zu meiner Brust reichte. »Meine Schwester Jenny hat auch lockige Haare, aber nicht so lockig wie du.«

»Sind sie so rot wie deine?« fragte ich und versuchte mir vorzustellen, wie die geheimnisvolle Jenny aussah.

Jamie schüttelte den Kopf. »Nein, Jenny hat schwarze Haare. So schwarz wie die Nacht. Ich habe rote wie meine Mutter, aber Jenny ist nach meinem Vater geraten. *Brian Dhu* haben sie ihn genannt, den Schwarzen Brian, wegen seiner Haare und seines Bartes.«

»Ich habe gehört, daß man Hauptmann Randall Black Jack nennt«, sagte ich. Jamie lachte freudlos.

»Ja. Aber das liegt an seiner schwarzen Seele, nicht an seinen Haaren.« Jamie musterte mich scharf.

»Du machst dir doch seinetwegen keine Sorgen, Mädchen? Das sollst du nicht.« Jamie nahm die Hände von meinen Haaren und schloß sie fast besitzergreifend um meine Schultern.

»Ich habe es ernst gemeint«, sagte er leise. »Ich werde dich beschützen. Vor ihm und vor allen anderen. Bis zum letzten Blutstropfen, *mo duinne*.«

»*Mo duinne?*« fragte ich, ein wenig verstört durch die Eindringlichkeit von Jamies Worten. Ich wollte nicht dafür verantwortlich sein, daß er irgendeinen Tropfen seines Blutes vergoß.

»Das heißt ›Meine Braune‹.« Jamie hob eine von meinen Locken an die Lippen und lächelte mit einem Ausdruck in den Augen, bei dem alle meine Blutstropfen in Wallung gerieten. »*Mo duinne*«, wiederholte er sanft. »Ich habe mich danach gesehnt, dir das zu sagen.«

»Ich habe immer gefunden, daß Braun eine ziemlich langweilige Farbe ist«, erwiderte ich nüchtern.

Jamie schüttelte, nach wie vor lächelnd, den Kopf.

»Nein, das würde ich nicht sagen, Sassenach. Es ist überhaupt nicht langweilig.« Er faßte meine Haare mit beiden Händen. »Es ist wie das Wasser in einem Bach, wenn es über Steine rinnt. Dunkel, wo es sich kräuselt, silbrig, wo Sonnenschein es trifft.«

Nervös und ein bißchen atemlos entzog ich mich Jamie, um den Kamm aufzuheben, den ich zu Boden hatte fallen lassen. Als ich mich aufrichtete, sah ich, daß Jamie mich betrachtete.

»Ich habe gesagt, ich würde dir keine Fragen stellen, die du mir nicht beantworten willst«, begann er, »und ich werde es nicht tun, aber meine Schlüsse ziehe ich trotzdem. Colum dachte, du könntest eine englische Spionin sein, obwohl er dann nicht versteht, warum du kein Gälisch sprichst. Dougal vermutet, du seist eine französische Spionin, die um Unterstützung für König James wirbt. Aber ihm ist rätselhaft, warum du allein bist.«

»Und du?« fragte ich. »Wofür hältst du mich?«

Jamie legte den Kopf schief und beäugte mich.

»Dem Äußeren nach könntest du eine Französin sein. Du hast das feine Gesicht, das manchen Damen aus Anjou eigen ist. Doch Französinnen sind gewöhnlich fahl und dein Teint erinnert an einen Opal.« Langsam zog Jamie einen Finger über mein Schlüsselbein, und ich spürte, wie meine Haut, unter seiner Berührung glühte.

Der Finger bewegte sich zu meinem Gesicht, fuhr von der Schläfe zur Wange, strich die Locken hinter meinen Ohren glatt. Reglos verharrte ich unter Jamies prüfendem Blick und versuchte, mich nicht zu bewegen, als seine Hand über meinen Hals strich und sein Daumen zart mein Ohrläppchen streichelte.

»Goldene Augen; solche habe ich bisher nur einmal gesehen – bei einem Leoparden.« Jamie schüttelte den Kopf. »Nein, Mädel. Du könntest Französin sein, aber du bist es nicht.«

»Woher willst du das wissen?«

»Ich habe viel mit dir geredet, und ich habe dir zugehört. Dougal meint, du seist Französin, weil du sehr gut Französisch sprichst.«

»Danke«, sagte ich ironisch. »Und daß ich gut Französisch spreche, ist der Beweis dafür, daß ich keine Französin bin?«

Jamie lächelte und legte mir die Hand auf den Nacken. »*Vous parlez très bien* – aber nicht so gut wie ich«, fügte er hinzu. Er ließ mich plötzlich los. »Ich habe, nachdem ich Burg Leoch verlassen hatte, ein Jahr in Frankreich verbracht und später noch einmal zwei, beim Heer. Ich höre es sofort, wenn jemandes Muttersprache Französisch ist. Und deine Muttersprache ist es nicht.« Jamie schüttelte langsam den Kopf.

»Also bist du vielleicht eine Spanierin? Kann sein, nur – warum? Spanien schert sich nicht um die Highlands. Oder eine Deutsche? Mit Sicherheit nicht.« Jamie zuckte die Achseln. »Was immer du bist, die Engländer würden es herausfinden wollen. Sie können es sich nicht leisten, da im dunkeln zu tappen – die Clans geben keine Ruhe, und in Frankreich wartet Prinz Charlie nur darauf, die Segel zu setzen. Die englischen Verhörmethoden sind nicht sehr behutsam. Davon kann ich selber ein Lied singen.«

»Und woher willst du wissen, daß ich keine *englische* Spionin bin? Colum hat mich für eine gehalten, das hast du selber gesagt.«

»Es wäre möglich, obwohl dein Englisch ziemlich sonderbar ist. Doch wenn du eine englische Spionin wärst, hättest du mich dann geheiratet, statt zu deinen Leuten zurückzukehren? Das war ein weiterer Grund für unsere Ehe – um zu sehen, ob du im letzten Augenblick fliehen würdest.«

»Ich bin aber nicht geflohen. Und was beweist das?«

Jamie lachte und legte sich zurück, einen Arm über den Augen, um sie vor dem Kerzenlicht abzuschirmen.

»Soll mich der Teufel holen, ich weiß es nicht, Sassenach. Es gibt keine vernünftige Erklärung für dich. Du könntest eine von den kleinen Feen sein...« Jamie lugte unter seinem Arm hindurch – »aber nein, wohl doch nicht. Dafür bist du zu groß.«

»Hast du keine Angst, ich könnte dich eines Nachts im Schlaf töten, wenn du nicht weißt, wer ich bin?«

Jamie antwortete nicht; er nahm den Arm von den Augen, und sein Lächeln wurde breiter. Er öffnete sein Hemd und zog den Stoff beiseite. Er zückte seinen Dolch und warf ihn mir zu. Die Waffe landete mit einem dumpfen Geräusch auf den Bohlen zu meinen Füßen.

Dann legte Jamie den Arm wieder über die Augen und bog den Kopf zurück.

»Unter dem Brustbein geradewegs nach oben«, riet er. »Rasch und sauber, wenn es auch einer gewissen Kraft bedarf. Die Kehle durchschneiden ist einfacher, aber eine ziemliche Sudelei.«

Ich bückte mich und hob den Dolch auf.

»Geschähe dir recht, wenn ich's täte«, bemerkte ich. »Alter Angeber.«

Jamies Grinsen wurde noch breiter.

»Sassenach?«

Ich hielt inne, nach wie vor den Dolch in meiner Hand.

»Ja?«

»Ich sterbe als glücklicher Mann.«

17

Wir begegnen einem Bettler

Am nächsten Morgen schliefen wir ziemlich lange, und die Sonne stand schon hoch am Himmel, als wir den Gasthof verließen, diesmal in südlicher Richtung. Die meisten Pferde waren aus der Koppel verschwunden, und keiner der Männer aus unserer Gruppe schien in der Nähe zu sein. Ich fragte mich laut, wohin sie wohl alle gegangen waren.

Jamie grinste. »Sicher bin ich mir ja nicht, aber ich könnte raten. Die Wache hat gestern jenen Weg genommen«, Jamie deutete nach Westen, »und so würde ich behaupten, Rupert und die anderen haben sich hierhin gewandt.« Jamie zeigte nach Osten.

»Vieh«, erklärte er, da er merkte, daß ich immer noch nicht begriff. »Die Gutsbesitzer bezahlen die Wache dafür, daß sie auf ihre Rinder aufpaßt. Aber wenn die Wache nach Westen reitet, in Richtung Lag Cruime, sind die Herden im Osten ungeschützt. Dort liegen die Ländereien der Grants, und Rupert ist einer der besten Viehdiebe, die ich kenne. Und da es hier keine andere Unterhaltung gibt, ist er vermutlich unruhig geworden.«

Jamie schien selbst ziemlich unruhig und schlug ein flottes Tempo an. Ein Wildpfad führte durch die Heide; es ging recht mühelos voran, und ich hielt ohne Schwierigkeiten mit Jamie Schritt. Nach einer Weile stießen wir auf ein Stück Moorland, wo wir Seite an Seite laufen konnten.

»Was ist mit Horrocks?« fragte ich plötzlich. Als Jamie die Stadt Lag Cruime genannt hatte, war mir der englische Deserteur eingefallen, der möglicherweise Neuigkeiten bringen würde. »Du solltest dich doch in Lag Cruime mit ihm treffen, nicht?«

Jamie nickte. »Ja. Aber nun, da Randall und die Wache in dieser Richtung unterwegs sind, kann ich nicht nach Lag Cruime. Zu gefährlich.«

»Könnte jemand für dich gehen? Vertraust du jemandem genug dafür?«

Jamie sah mich an und lächelte. »Am ehesten dir. Nachdem du mich letzte Nacht nicht getötet hast, glaube ich doch, daß du vertrauenswürdig bist. Aber ich fürchte, du könntest nicht alleine nach Lag Cruime. Nötigenfalls werde ich wohl Murtagh schicken.«

»Du vertraust Murtagh?« fragte ich neugierig. Ich hegte keine allzu freundlichen Gefühle für diesen abgerissenen kleinen Mann, da er mehr oder weniger für mein gegenwärtiges Dilemma verantwortlich war – er hatte mich entführt. Trotzdem bestand zwischen Jamie und ihm offenbar eine Art Freundschaft.

»Gewiß.« Jamie blickte mich überrascht an. »Murtagh kennt mich seit meiner Geburt. Er ist ein Cousin meines Vaters. Sein Vater...«

Ich fiel Jamie ins Wort. »Du meinst, er ist ein Fraser«, sagte ich. »Ich dachte, er sei ein MacKenzie. Er war bei Dougals Leuten, als ich dir begegnet bin.«

Jamie nickte. »Aye. Als ich beschlossen habe, von Frankreich überzusetzen, habe ich Murtagh eine Botschaft zukommen lassen und ihn gebeten, an der Küste mit mir zusammenzutreffen.« Jamie lächelte ironisch. »Ich wußte ja nicht, ob Dougal der Mann war, der versucht hatte, mich zu töten. Und so behagte mir die Vorstellung, alleine mehreren MacKenzies zu begegnen, nicht sonderlich. Ich wollte nicht als Leiche in der Brandung vor Skye enden.«

»Ich verstehe. Dougal ist also nicht der einzige, der gern Zeugen hat.«

Jamie nickte. »Zeugen sind etwas sehr Nützliches.«

Jenseits des Moorlands erstreckte sich felsiges Terrain, zerfressen von Löchern und Rinnen – Spuren längst verschwundener Gletscher. Regenwasser füllte die tieferen Gruben; Disteln, Rainfarn und Mädesüß umwucherten diese kleinen stillen Tümpel.

Wir setzten uns an einen dieser Tümpel, um unser aus Brot und Käse bestehendes Frühstück zu uns zu nehmen. Hier gab es Vögel; Schwalben schossen niedrig über das Wasser hin und tranken; am Ufer bohrten Regenpfeifer und Brachvögel auf der Suche nach Insekten ihre langen Schnäbel in die schlammige Erde.

Ich warf Brotkrumen in den Matsch. Ein Brachvogel beäugte mißtrauisch einen, und während er sich noch zu entschließen versuchte, schnappte ihm eine flinke Schwalbe das Brot vor dem

Schnabel weg. Der Brachvogel plusterte sich auf und grub dann eifrig weiter.

Jamie wies mich auf einen Regenpfeifer in unserer Nähe hin, der Rufe ausstieß und einen – scheinbar gebrochenen – Flügel nachzog.

»Der muß hier ein Nest haben«, sagte ich.

»Ja, da drüben.« Jamie mußte mehrmals darauf deuten, bis ich es endlich ausmachte – eine flache, fast ungeschützte Vertiefung. Die vier getüpfelten Eier ähnelten dem mit Blättern übersäten Ufer so sehr, daß ich das Nest, als ich blinzelte, wieder aus den Augen verlor.

Jamie nahm einen Stock und stocherte behutsam in dem Nest herum. Der Regenpfeifer rannte aufgeregt rufend näher. Jamie kauerte fast reglos auf dem Boden. Mit einer blitzschnellen Bewegung ergriff er den Vogel, der jäh verstummte.

Er sprach gälisch mit dem Tier, während er mit einem Finger über das weiche, gesprenkelte Gefieder strich. Der Vogel duckte sich und rührte sich nicht; selbst die Lichtreflexe in den runden schwarzen Augen schienen erstarrt.

Jamie setzte den Regenpfeifer vorsichtig auf den Boden, aber er bewegte sich nicht fort, bis Jamie noch ein paar Worte sprach und mit der Hand hin und her fuchtelte. Jetzt erst schoß der Vogel davon. Jamie beobachtete, wie er verschwand, und bekreuzigte sich.

»Warum hast du das getan?« fragte ich neugierig.

»Was?« Jamie war einen Moment völlig verwirrt; ich glaube, er hatte vergessen, daß ich da war.

»Du hast ein Kreuz geschlagen, als der Vogel fortgeflogen ist, und ich habe mir überlegt, warum.«

Jamie zuckte ein wenig verlegen die Achseln.

»Ach, das ist eine alte Geschichte. Warum Regenpfeifer so rufen, warum sie klagend um ihre Nester rennen.« Jamie deutete ans andere Ufer des Teiches, wo ein zweiter Regenpfeifer genau das tat. Er beobachtete den Vogel eine kleine Weile.

»Regenpfeifer haben die Seele von jungen Müttern, die bei der Geburt eines Kindes gestorben sind«, fuhr er fort. Er sah mich scheu an. »Es heißt, sie schreien und laufen um ihre Nester herum, weil sie nicht glauben können, daß ihre Jungen sicher ausgebrütet sind; sie trauern immer um das verlorene Kind oder schauen nach einem verwaisten.« Jamie starrte über das stille Wasser des Teiches hin.

»Ist wohl nur eine Angewohnheit«, sagte Jamie. »Ich habe es

zum ersten Mal getan, als ich sehr viel jünger war und die Geschichte zum ersten Mal hörte. Selbst damals habe ich natürlich nicht wirklich geglaubt, daß Regenpfeifer eine Seele haben, aber als kleine Zeichen der Achtung...« Jamie blickte zu mir auf und lächelte plötzlich. »Hab's jetzt so oft getan, daß es mir gar nicht mehr auffällt. Es gibt viele Regenpfeifer in Schottland.« Er erhob sich. »Gehen wir weiter; bei der Hügelkuppe dort drüben ist eine Stelle, die ich dir zeigen will.« Jamie faßte meinen Ellbogen, um mir aus der Senke zu helfen, und wir machten uns auf den Weg hangaufwärts.

Ich hatte verstanden, was er zu dem Regenpfeifer gesagt hatte. Obwohl ich nur ein paar Worte Gälisch konnte, hatte ich den alten Gruß oft genug gehört, um mit ihm vertraut zu sein: »Gott mit dir, Mutter.«

Eine junge Mutter, die bei einer Geburt gestorben war. Und ein verwaistes Kind. Ich berührte Jamies Arm, und er schaute zu mir herab.

»Wie alt warst du?« fragte ich.

Er betrachtete mich mit der Andeutung eines Lächelns. »Acht«, antwortete er. »Immerhin entwöhnt.«

Er sagte nichts mehr, sondern führte mich weiter nach oben. Die Hügel um uns waren sanft gewellt und dicht mit Heide bewachsen. Ein Stück weiter änderte sich die Landschaft abrupt; große Granitbuckel ragten aus der Erde empor, umgeben von Bergahorn und Lärchen. Wir kamen über die Hügelkuppe und ließen die Regenpfeifer, die an den Teichen riefen, hinter uns.

Die Sonne brannte vom Himmel herab, und nach einer Stunde brauchte ich eine Rast. Wir fanden ein angenehm schattiges Plätzchen am Fuße eines jener Granitbuckel. Jamie sagte mir, wir seien allein, denn ringsum sängen Vögel. Wenn jemand in die Nähe käme, verstummten die meisten; die Eichelhäher und Dohlen schlugen freilich Alarm.

»Bist du im Wald, dann versteck dich, Sassenach«, riet Jamie. »Wenn du dich nicht zu ungestüm bewegst, sagen die Vögel dir rechtzeitig, ob jemand kommt.«

Jamie hatte auf einen keckernden Eichelhäher im Baum über uns gewiesen, und als er die Augen von ihm abwandte, begegneten sich unsere Blicke. Wir saßen wie erstarrt, nicht einmal auf Armeslänge voneinander entfernt, doch wir berührten uns nicht und atmeten kaum. Nach einer Weile langweilte sich der Eichelhäher und flog davon. Es war Jamie, der zuerst fortsah, mit kaum merklichem Schaudern, als wäre ihm kalt.

Unter dem Farn spitzten Pilzkappen weißlich durch den Humusboden. Jamie schnippte eine vom Stengel und zog, während er nach Worten suchte, die Lamellen nach. Wenn er so sorgfältig sprach wie jetzt, verlor er fast seinen leichten schottischen Akzent.

»Ich möchte nicht... das heißt... ich will nicht behaupten...« Er blickte plötzlich auf und lächelte hilflos. »Ich möchte dich nicht beleidigen, auch wenn es jetzt so klingt, als glaubte ich, du hättest ungeheuer viel Erfahrung mit Männern. Aber es wäre töricht vorzugeben, daß du nicht mehr weißt von solchen Dingen als ich. Was ich fragen will... ist das üblich? Ich meine, so, wie es zwischen uns ist, wenn ich dich berühre, wenn du... bei mir liegst? Ist es immer so zwischen Mann und Frau?«

Trotz seiner Schwierigkeiten wußte ich genau, was Jamie meinte. Sein Blick war direkt, und er sah mir unverwandt in die Augen, während er auf meine Antwort wartete. Ich wollte wegschauen, doch ich konnte nicht.

»So etwas...«, begann ich und mußte innehalten und mich räuspern. »Nein. Nein, es ist nicht... üblich. Ich weiß nicht, warum, aber es ist nun einmal so. Zwischen uns... ist es anders.«

Jamie entspannte sich ein wenig, als hätte ich etwas bestätigt, was ihm wichtig war.

»Ich habe mir schon gedacht, daß es nicht üblich ist. Ich habe zuvor noch bei keiner Frau gelegen, aber ich... äh, ich habe einige berührt.« Jamie lächelte schüchtern und schüttelte den Kopf. »Es war nicht dasselbe. Ich meine, ich habe Frauen in den Armen gehalten und geküßt und... nun ja.« Er machte eine fast wegwerfende Gebärde. »Es war wirklich sehr angenehm. Ich bekam Herzklopfen und mußte rasch atmen und all das. Aber es ist ganz anders, wenn ich dich in die Arme nehme und küsse.« Seine Augen, dachte ich, haben dieselbe Farbe wie der Himmel und die Seen und sind ebenso unergründlich.

Jamie streckte die Hand aus und berührte meine Unterlippe. »Es fängt genauso an, doch dann, einen Augenblick später«, sagte er leise, »ist es plötzlich, als umarmte ich eine lodernde Flamme.« Jamie fuhr meine Lippen nach. »Und ich möchte mich nur noch in sie werfen und von ihr verzehrt werden.«

Ich dachte daran, ihm zu sagen, daß auch seine Berührung meine Haut verbrannte und meine Adern mit Feuer füllte. Aber ich glühte schon. Ich schloß die Augen und spürte, wie das Feuer zu meinen Wangen und Schläfen wanderte, zu meinen Ohren und zu meinem Hals, und ich erschauerte, als sich seine Hände um meine Taille schlossen und mich zu ihm zogen.

Jamie schien eine genaue Vorstellung davon zu haben, wohin wir gingen. Schließlich blieb er am Fuße eines sieben Meter hohen zerklüfteten Felsens stehen. Rainfarn und Geißblatt hatten in seinen Spalten Wurzeln geschlagen und wehten wie gelbe Fahnen gegen das Gestein. Jamie nahm meine Hand und deutete mit dem Kopf auf den Felsen.

»Siehst du die Stufen dort, Sassenach? Glaubst du, daß du sie bewältigen kannst?« Tatsächlich gab es im Stein schwach ausgeprägte Vorsprünge. Einige waren für Menschenfüße geeignet, andere boten nur Flechten Halt. Ich wußte nicht, ob es sich um eine natürliche Treppe handelte oder ob bei ihrer Entstehung jemand nachgeholfen hatte, doch ich dachte mir, selbst im langen Rock wäre es möglich, sie zu ersteigen.

Mit einigen Ausrutschern und Jamies Hilfe schaffte ich es auf den Felsen und verharrte, um in die Runde zu blicken. Die Aussicht war atemberaubend. Im Osten erhob sich ein dunkles Massiv, im Süden lief das Vorgebirge in einem weiten, wüsten Moor aus. Der Gipfel war eine Art Plateau, das zur Mitte hin abfiel, wie eine flache Schüssel. In der Mitte befanden sich die Überreste eines Feuers. Wir waren also nicht die ersten Besucher hier.

»Du kennst diesen Ort?« fragte ich. Jamie beobachtete mich und freute sich über meine Begeisterung. Er zuckte abwehrend die Achseln.

»Ja. Ich kenne die meisten Orte in diesem Teil des Hochlands. Komm, hier gibt es einen Platz, an dem du sitzen und auf die Straße hinunterschauen kannst.«

Wir saßen Seite an Seite, ließen die Beine baumeln und teilten uns eine Flasche Bier. Jamie hatte, als wir gingen, in weiser Voraussicht ein paar aus dem Brunnen des Gasthofs geholt.

Im Windschatten eines Felsvorsprungs in meiner Nähe blühten ein paar Gänseblümchen, und ich streckte die Hand danach aus.

Ein leises Schwirren ertönte, und ein Gänseblümchen sprang von seinem Stengel und landete auf meinem Knie. Ich starrte es begriff-stutzig an, da ich seinem bizarren Benehmen keinen Sinn abgewinnen konnte. Jamie, erheblich schneller als ich, hatte sich flach auf den Boden geworfen.

»Runter!« sagte er. Eine große Hand schloß sich um meinen Ellbogen und riß mich nieder. Als ich im weichen Moos aufkam, sah ich den Schaft des Pfeils – er zitterte noch in der Felsspalte, in der er steckengeblieben war.

Ich erstarrte, wagte es nicht, mich auch nur umzuschauen, und versuchte, mich noch flacher auf den Boden zu drücken. Jamie lag reglos neben mir; so reglos, daß er selbst ein Stein hätte sein können. Plötzlich begann er zu lachen.

Er setzte sich auf, faßte den Pfeil und drehte ihn behutsam aus der Felsspalte heraus. Der Schaft war mit den Schwanzfedern eines Spechts befiedert und mit einem blauen Band umwunden.

Jamie legte den Pfeil beiseite, schloß die Hände trichterförmig um den Mund und ahmte bemerkenswert gut den Ruf des Grünspechts nach. Dann ließ er die Hände sinken und wartete. Wenig später wurde der Ruf aus dem Wäldchen am Fuße des Felsens beantwortet, und ein breites Lächeln erhellte Jamies Gesicht.

»Ein Freund von dir?« vermutete ich. Jamie nickte, die Augen auf den schmalen Pfad gerichtet, der zum Felsen führte.

»Ja, Hugh Munro; es sei denn, jemand anderer hat sich darauf verlegt, Pfeile in seiner Art zu fertigen.«

Wir warteten noch einen Moment, aber niemand erschien auf dem Pfad.

»Aha«, sagte Jamie leise und wirbelte gerade so rechtzeitig herum, daß er einen Kopf sah, der langsam über der Kante des Felsen aufstieg.

Der Kopf grinste wie eine Kürbislaterne, und auch die Form glich einem Kürbis. Dieser Eindruck wurde noch verstärkt durch die orangebraune, ledrige Haut, die nicht nur das Gesicht überzog, sondern auch den kahlen, runden Schädel. Wenige Kürbisse jedoch konnten sich eines so üppigen Bartwuchses und eines solch hellblauen Augenpaars rühmen. Wurstfinger mit schmutzigen Nägeln schoben sich unter den Bart und hievten rasch den Rest der Laterne empor.

Der Körper paßte zum Kopf; er hatte entschieden etwas Koboldhaftes. Die Schultern waren sehr breit, aber hochgezogen und schief, wobei die eine beträchtlich höher war als die andere. Auch schien das eine Bein zu kurz geraten, was dem Mann einen hinkenden, hoppelnden Gang verlieh.

Munro, wenn er's denn wirklich war, hatte, so schien es, mehrere Schichten Fetzen am Leib; die verblaßten Farben von beerengefärbten Stoffen lugten durch die Risse eines unförmigen Gewands, das früher ein Frauenkittel gewesen sein mochte.

Er trug keine Felltasche am Gürtel – der ohnehin nichts weiter als ein zerfaserter Strick war, an dem kopfunter zwei pelzige Kadaver hingen. Statt dessen hatte er sich eine dicke Lederbörse quer über die Brust geschnallt. Am Riemen der Börse baumelte eine Sammlung von Kleinmetall; religiöse Plaketten, militärische Orden, alte Uniformknöpfe, abgegriffene Münzen und drei bis vier Rechtecke aus Blei, in die rätselhafte Zeichen eingeritzt waren.

Jamie erhob sich, als der andere hurtig näherhopste, und dann umarmten sich die beiden und schlugen einander nach Männerart auf den Rücken.

»Wie geht es dem Hause Munro?« fragte Jamie, als er zurücktrat und seinen alten Freund betrachtete.

Munro senkte den Kopf und grinste, wobei er ein merkwürdig kollerndes Geräusch von sich gab. Dann zog er die Augenbrauen hoch, nickte in meine Richtung und machte mit seinen Wurstfingern eine grazil fragende Geste.

»Meine Frau«, sagte Jamie und errötete leicht vor Stolz und Verlegenheit. »Wir sind gerade zwei Tage verheiratet.«

Munro grinste noch breiter und vollführte eine bemerkenswert perfekte und komplizierte Verbeugung, zu der eine rasche Berührung von Kopf, Herz und Lippen gehörte und die in einer halben Niederwerfung mir zu Füßen endete. Nach diesem verblüffenden Manöver sprang er mit der Anmut eines Akrobaten auf und schlug Jamie wieder auf den Rücken; diesmal war es offenbar als Glückwunsch gemeint.

Dann begann Munro mit einem spektakulären Ballett seiner Hände, deutete auf sich, zum Wald hinab, auf mich und erneut auf sich, mit einer solchen Fülle von Gesten und Bewegungen, daß ich kaum folgen konnte. Ich hatte Taubstumme schon sprechen gesehen, aber noch nie so schnell und elegant.

»Tatsächlich?« rief Jamie. Nun war es an ihm, dem anderen gratulierend auf die Schulter zu klopfen. Kein Wunder, daß manche

Männer schmerzunempfindlich werden, dachte ich. Das kommt von dieser Angewohnheit, einander ständig auf den Rücken zu hauen.

Jamie wandte sich zu mir und erklärte: »Er ist auch verheiratet. Seit einem halben Jahr, mit einer Witwe – nun gut, mit einer *dicken* Witwe«, fügte Jamie in Erwiderung einer nachdrücklichen Gebärde von Munro hinzu. »Sie hat sechs Kinder, und sie alle wohnen unten im Dorf – es heißt Dubhlairn.«

»Wie schön«, sagte ich höflich. »Es sieht zumindest so aus, als bekämen sie gut zu essen.« Ich zeigte auf die Kaninchen, die an Munros Gürtel hingen.

Munro band sofort eines los und reichte es mir mit einem solchen Ausdruck strahlenden Wohlwollens, daß ich mich verpflichtet fühlte, es anzunehmen. Ich erwiderte sein Lächeln und hoffte insgeheim, daß auf dem Tier keine Flöhe nisteten.

»Ein Hochzeitsgeschenk«, sagte Jamie. »Es ist uns hochwillkommen, Munro. Du mußt gestatten, daß wir uns erkenntlich zeigen.« Womit er eine der Bierflaschen aus dem Moos nahm und sie seinem Freund gab.

Nachdem auf diese Weise der Höflichkeit Genüge getan war, setzten wir uns, um uns die dritte Flasche zu teilen. Jamie und Munro tauschten Neuigkeiten und allerlei Klatsch aus. Ihr Plausch wurde dadurch, daß nur einer von ihnen im eigentlichen Sinne redete, nicht im mindesten beeinträchtigt.

Ich beteiligte mich kaum an dem Gespräch, da ich Munros Gesten nicht deuten konnte, obwohl Jamie sein Bestes tat, um mich einzubeziehen, indem er übersetzte.

An einem Punkt wies Jamie mit dem Daumen auf die rechteckigen Bleistücke, die den Riemen von Munros Börse zierten.

»Jetzt bist du's von Amts wegen, ja?« fragte Jamie. »Oder ist das nur für die Zeiten, wo das Wild knapp ist?« Munro nickte heftig.

»Was sind das für Bleistücke?« fragte ich interessiert.

»*Gaberlunzies.*«

»Klar«, sagte ich. »Entschuldige bitte, daß ich gefragt habe.«

»Eine *Gaberlunzie* ist eine Lizenz zum Betteln, Sassenach«, erklärte Jamie. »Sie gilt innerhalb der Grenzen einer Gemeinde und nur an dem einen Wochentag, an dem Betteln gestattet ist. Jede Gemeinde hat ihr eigenes Siegel, und so können die Bettler aus einem Ort keinen allzu großen Vorteil aus der Mildtätigkeit des Nachbarorts schlagen.«

»Mir scheint, das System ist dehnbar«, sagte ich, mit einem Blick auf Munros vier Siegel.

»Nun, Munro ist ein Sonderfall. Geriet auf See in türkische Gefangenschaft, verbrachte einige Jahre auf der Ruderbank einer Galeere, dann wurde er Sklave in Algier. Dort hat er seine Zunge verloren.«

»Man ... man hat sie ihm herausgeschnitten?« Mir schwindelte.

Die Vorstellung beunruhigte Jamie offenbar nicht weiter, aber er kannte Munro auch schon einige Zeit.

»Aye. Und das Bein hat man ihm außerdem gebrochen. Das Kreuz auch, Munro? Nein«, sagte Jamie auf etliche Zeichen von Munro hin, »das mit dem Kreuz war ein Unfall. Es geschah, als er in Alexandria von einer Mauer sprang. Aber die Füße – das war das Werk der Türken.«

Ich wollte es eigentlich nicht wissen, doch Munro und Jamie brannten sichtlich darauf, es mir zu erzählen. »Na schön«, sagte ich ergeben. »Was ist mit seinen Füßen passiert?«

Mir einer Regung, die an Stolz grenzte, zog Munro sich die ramponierten Holzpantinen und die Strümpfe aus und zeigte breite Füße, deren Haut verdickt und rauh war; weiße, schimmernde Flecke wechselten sich mit feuerroten Stellen ab.

»Siedendes Öl«, erklärte Jamie. »So zwingen sie gefangene Christen, zum muselmanischen Glauben überzutreten.«

»Sieht mir nach einem sehr wirksamen Mittel aus«, sagte ich schaudernd. »Und deshalb erlauben ihm mehrere Gemeinden das Betteln? Als Ausgleich für seine Leiden um den christlichen Glauben?«

»Richtig.« Jamie schien erfreut darüber, wie schnell ich die Lage erfaßte. Munro bekundete seine Bewunderung mit einem weiteren tiefen Salam, gefolgt von einer Reihe sehr ausdrucksvoller, wenn auch ungehöriger Handbewegungen, die mein Äußeres preisen sollten.

»Danke. Ja, ich glaube auch, daß sie mir Ehre machen wird.« Jamie wandte sich, als er meine hochgezogenen Augenbrauen sah, taktvoll Munro zu, so daß sein Rücken mir zugekehrt war und die fliegenden Finger seines Freundes dahinter verschwanden. »Jetzt sag mir noch, was sich auf den Dörfern tut.«

Die beiden Männer rückten näher zueinander und setzten ihr einseitiges Gespräch mit gesteigerter Intensität fort. Da sich Jamies Part hauptsächlich auf Knurrlaute und interessierte Ausrufe beschränkte, erfaßte ich wenig vom Inhalt und beschäftigte mich damit, die seltsamen kleinen Pflanzen zu betrachten, die ringsum aus dem Gestein sproßten.

Ich hatte eine Tasche voller Augentrost und Diptam gesammelt, als die Männer ihre Unterhaltung beendeten und Hugh Munro sich erhob, um zu gehen. Mit einer letzten Verbeugung vor mir und einem letzten Schlag auf Jamies Rücken schlurfte er zum Rande des Felsens und verschwand so rasch, wie eines der Kaninchen, die er wilderte, in seinem Bau untertauchen mochte.

»Was hast du für faszinierende Freunde«, sagte ich.

»Aye. Hugh ist ein netter Bursche. Ich war voriges Jahr mit ihm und einigen anderen auf der Jagd. Da er jetzt offiziell als Bettler anerkannt ist, ist er auf sich gestellt, doch seine Arbeit bringt es mit sich, daß er von Ort zu Ort zieht; er weiß alles, was sich zwischen Ardagh und Chesthill ereignet.«

»Horrocks' Aufenthaltsort eingeschlossen?« vermutete ich.

Jamie nickte. »Richtig. Und er wird ihm etwas von mir ausrichten – daß wir unseren Treffpunkt ändern.«

»Womit Dougal fein säuberlich hinters Licht geführt wird«, bemerkte ich. »Falls er vorhatte, ein kleines Lösegeld für Horrocks von dir zu erpressen.«

Jamie nickte erneut, und ein Lächeln kräuselte seine Mundwinkel.

»Das stimmt.«

Kurz vor dem Abendessen kehrten wir zum Gasthof zurück. Diesmal standen Dougals großer Rappen und die anderen fünf Pferde vor dem Gebäude und futterten zufrieden Heu.

Dougal selbst war drinnen und benetzte sich die staubige Kehle mit Bier. Er nickte mir zu; dann drehte er sich zur Begrüßung seines Neffen um. Statt etwas zu sagen, saß er jedoch nur mit schiefgelegtem Kopf da und beäugte Jamie fragend.

»Ich hab's«, sagte er mit zufriedenem Tonfall eines Mannes, der ein kniffliges Rätsel gelöst hatte. »Jetzt weiß ich, woran du mich erinnerst, Junge.« Er wandte sich mir zu.

»Hast du jemals einen Hirsch gegen Ende der Brunftzeit gesehen?« erkundigte er sich vertraulich. »Die armen Tiere schlafen und fressen mehrere Wochen lang nicht, weil sie keine Zeit dafür haben – sie müssen ja dauernd mit den anderen Hirschen kämpfen und die Hirschkühe bedienen. Schließlich sind sie nur noch Haut und Knochen. Ihre Augen liegen tief in den Höhlen, und das einzige an ihnen, was nicht vor Auszehrung zittert, ist ihr –«

Das letzte Wort ging in schallendem Gelächter unter, während Jamie mich die Treppe hinaufzog. Wir kamen nicht zum Essen nach unten.

Viel später, kurz vor dem Einschlummern, spürte ich Jamies Arm um meine Taille und seinen warmen Atem an meinem Hals.

»Hört das je auf? Daß ich dich begehre? Selbst wenn ich dich gerade verlassen habe, begehre ich dich so sehr, daß ich einen Druck in der Brust verspüre, weil ich mir wünsche, dich wieder zu berühren.«

Im Dunkeln nahm er mein Gesicht in beide Hände; seine Daumen strichen über meine Augenbrauen. »Wenn ich dich halte und spüre, wie du zitterst, wie du darauf wartest, daß ich dich nehme ... bei unserem Erlöser, ich möchte dir Lust bereiten, bis du unter mir aufschreist und dich mir ganz öffnest. Und wenn ich Lust von dir empfange, ist mir, als hätte ich dir nicht nur mein Glied, sondern auch meine Seele überlassen.«

Er schob sich über mich, und ich öffnete die Beine. Als er in mich eindrang, zuckte ich ein wenig zusammen. Er lachte leise. »Ja, ich bin auch ein bißchen wund. Soll ich aufhören?« Statt einer Antwort schlang ich ihm die Beine um die Hüften und zog ihn näher.

»*Würdest* du denn aufhören?« fragte ich.

»Nein. Ich kann nicht.«

Wir lachten zusammen und bewegten uns sacht auf und ab.

»Ich verstehe, warum die Kirche sagt, es sei ein Sakrament«, meinte Jamie träumerisch.

»Das?« fragte ich verwundert. »Warum?«

»Oder wenigstens heilig«, fuhr er fort. »Ich fühle mich wie Gott selber, wenn ich in dir bin.«

Ich lachte so heftig, daß Jamie fast wieder herausrutschte. Er hielt inne und faßte mich bei den Schultern.

»Was ist daran so spaßig?«

»Es fällt mir schwer, mir Gott bei dieser Tätigkeit vorzustellen.«

Jamie bewegte sich wieder. »Nun, wenn Gott den Mann nach seinem Bilde schuf, so denke ich mir, hat er ein Glied.« Jamie begann ebenfalls zu lachen und verlor erneut seinen Rhythmus. »Obwohl du mich nicht allzusehr an die Heilige Jungfrau erinnerst, Sassenach.«

Wir lachten, bis wir uns voneinander lösten und in entgegengesetzte Richtung rollten.

Jamie fing sich wieder und gab mir einen Klaps auf die Hüfte. »Knie dich hin, Sassenach.«

»Warum?«

»Wenn du mich nicht geistlich sein läßt, so mußt du eben mein niedriges Wesen erdulden. Dann werde ich zum Tier.« Er biß mich in den Nacken. »Soll ich ein Hengst sein oder ein Bär oder ein Hund?«

»Ein Igel.«

»Ein Igel? Und wie lieben sich die Igel?« fragte Jamie.

Nein, dachte ich. Ich sag's nicht. Auf keinen Fall. Aber ich tat es doch. »Äußerst vorsichtig«, antwortete ich, hilflos kichernd. Jetzt wissen wir, wie uralt dieser Witz ist, dachte ich.

Jamie kringelte sich vor Lachen. Schließlich drehte er sich um und griff nach dem Zunderkästchen auf dem Tisch. Es glühte wie rötlicher Bernstein, als der Docht Feuer fing und die Flamme emporloderte.

Dann ließ er sich wieder auf das Bett fallen und grinste mich an, während ich mich immer noch schier ausschütten wollte vor Lachen. Er rieb sich mit dem Handrücken über das Gesicht und machte eine gespielt strenge Miene.

»Nun denn, Weib. Ich sehe, die Zeit ist gekommen, da ich als dein Mann Befehlsgewalt über dich ausüben muß.«

»Ach?«

»Aye.« Jamie beugte sich vor, packte meine Schenkel und spreizte sie. Ich quiekste und versuchte, mich ihm zu entwinden.

»Nein!«

»Warum nicht?« Jamie lag zwischen meinen Beinen und schielte zu mir empor. Er hatte meine Schenkel fest im Griff, was mich daran hinderte, sie zusammenzupressen.

»Sag's mir, Sassenach. Warum möchtest du nicht, daß ich's tue?« Er rieb seine Wange an der Innenseite des einen Schenkels; sein Stoppelbart kratzte an meiner zarten Haut. »Sei ehrlich. Warum

nicht?« Er rieb die Wange am anderen Schenkel, so daß ich wie wild
trat und zappelte, um freizukommen, aber vergebens.

Ich drückte mein erhitztes Gesicht gegen das Kissen. »Nun, wenn
du's wissen mußte«, murmelte ich, »ich glaube nicht – oder vielmehr, ich habe Angst, es – ich meine, der Geruch...« Meine
Stimme verlor sich in betretenem Schweigen. Plötzlich rührte sich
etwas zwischen meinen Beinen; Jamie schob sich hoch. Er schlang
mir die Arme um die Hüften, legte die Wange auf meinen Schenkel
und lachte, bis ihm die Tränen übers Gesicht liefen.

»O Himmel, Sassenach«, sagte er schließlich prustend, »weißt du
nicht, was man als erstes tut, wenn man mit einem neuen Pferd
bekannt werden will?«

»Nein«, antwortete ich völlig verdattert.

Jamie hob den Arm und zeigte dabei ein weiches Büschel zimtfar-
bener Haare. »Man reibt seine Achselhöhle ein paarmal an der
Nase des Tieres, damit es sich an einen gewöhnt und nicht mehr
unruhig wird, wenn es einem begegnet.« Jamie stemmte sich auf die
Ellbogen.

»Das hättest du mit mir machen sollen, Sassenach. Du hättest
mein Gesicht gleich zwischen deinen Schenkeln reiben sollen. Dann
wäre ich nicht unruhig geworden.«

»Unruhig!«

Jamie neigte den Kopf und rieb sein Gesicht hin und her; dabei
schnaubte und prustete er wie ein Pferd. Ich wand mich und trat ihn
in die Rippen – mit genausoviel Wirkung, als träte ich gegen eine
Ziegelmauer. Schließlich drückte er meine Schenkel wieder herunter und blickte auf.

»Und jetzt«, sagte er in einem Ton, der keinen Widerspruch
duldete, »jetzt lieg still.«

Ich fühlte mich ausgeliefert, überfallen, hilflos – und als wäre ich
kurz davor, mich aufzulösen.

»Bitte«, sagte ich, wobei ich nicht wußte, ob ich »Bitte, hör auf«
oder »Bitte, mach weiter« meinte. Aber das blieb sich gleich – er
hatte nicht vor aufzuhören.

Meine Wahrnehmung zerfiel zu kleinen, voneinander fast unab-
hängigen Empfindungen: die Rauheit des bestickten Leinenkissens;
die ölige Ausdünstung der Lampe, vermischt mit dem schwächeren
Geruch von Braten und Bier und dem noch schwächeren Duft der
welkenden Blumen auf dem Tisch; das kühle Holz der Wand an

meinem linken Fuß; die kräftigen Hände auf meinen Hüften. Diese
Eindrücke wirbelten hinter meinen geschlossenen Augenlidern und
vereinten sich nach und nach zu einem glühenden Ball, der an-
schwoll und wieder schrumpfte und schließlich mit einem lautlosen
Knall explodierte, der mich in eine warme und pulsierende Dunkelheit entließ.

Verschwommen hörte ich, wie Jamie sich aufsetzte.

»So ist es besser«, sagte er keuchend. »Ein bißchen mühsam, dir
Gehorsam beizubringen, was?« Das Bett knarrte, weil Jamie das
Gewicht verlagerte, und ich spürte, wie meine Knie weiter ausein-
andergedrückt wurden.

»Du bist hoffentlich nicht so von Sinnen, wie du aussiehst?«
fragte Jamie mit näherkommender Stimme. Ich wölbte mich mit
einem unartikulierten Laut empor, als das äußerst empfindliche
Gewebe in einem neuen Ansturm geteilt wurde.

»O Gott«, hauchte ich. An meinem Ohr tönte ein leises Lachen.

»Ich habe nur gesagt, daß ich mich wie Gott *fühle*, Sassenach«,
murmelte Jamie. »Ich habe nicht behauptet, daß ich's *bin*.«

Und später, als der Schein der Lampe vor der aufgehenden Sonne
verblaßte, erwachte ich aus meinem leichten Schlaf, und Jamie
flüsterte wieder: »Hört es je auf, Claire? Die Sehnsucht?«

Mein Kopf fiel auf seine Schulter. »Ich weiß es nicht, Jamie. Ich
weiß es wirklich nicht.«

18

Diebe zwischen den Felsen

»Was hat Hauptmann Randall gesagt?« fragte ich.

Dougal ritt zu meiner Rechten, Jamie zu meiner Linken. Auf der schmalen Straße war kaum Platz für drei Pferde. Dann und wann mußte einer meiner Begleiter zurückbleiben oder voransprengen, damit er nicht im Unkraut steckenblieb, das den primitiven Weg zu überwuchern drohte.

Dougal blickte mich an und schaute dann wieder auf die Straße. Ein boshaftes Lächeln breitete sich über seine Züge.

»Er war nicht besonders entzückt«, sagte er. »Obwohl ich zögere, dir mitzuteilen, was er wirklich gesagt hat; wahrscheinlich hat selbst Mistress Frasers Geduld mit lästerlicher Sprache ihre Grenzen.«

Ich überhörte Dougals sarkastischen Gebrauch meines neuen Namens und ebenso die versteckte Beleidigung, wenngleich ich sah, wie Jamie in seinem Sattel erstarrte.

»Äh, er hat wohl nicht vor, irgendwelche Maßnahmen zu ergreifen?« erkundigte ich mich. Trotz Jamies Beschwichtigungen hatte ich Schreckensvisionen von rotröckigen Dragonern, die aus dem Gebüsch brachen, die Schotten niedermetzelten und mich zum Verhör in Randalls Löwengrube schleiften.

»Glaube ich nicht«, antwortete Dougal beiläufig. »Er hat anderes zu tun, als sich wegen einer entsprungenen Engländerin Sorgen zu machen, gleichgültig, wie hübsch sie ist.« Dougal hob eine Augenbraue und verbeugte sich vor mir. »Auch ist er nicht so töricht, Colum zu verdrießen, indem er dessen angeheiratete Nichte entführt«, fügte er hinzu.

Nichte. Ich spürte, wie mir trotz der Wärme ein kleiner Schauer über den Rücken lief. Die Nichte des Oberhaupts der MacKenzies. Und des Kriegsherrn dieses Clans – lässig ritt er neben mir. Außerdem war ich jetzt verwandtschaftlich mit Lord Lovat verbunden, dem Oberhaupt des Fraser-Clans, mit dem Abt eines maßgeblichen französischen Klosters und mit wer weiß wie vielen anderen Frasers. Vielleicht würde John Randall es wirklich nicht für sinnvoll halten, mich zu verfolgen. Und das war schließlich der springende Punkt bei diesem lächerlichen Arrangement gewesen.

Ich schaute verstohlen zu Jamie, der jetzt voranritt. Sein Rücken war so gerade wie der Stamm einer jungen Erle, und seine Haare schimmerten in der Sonne wie ein Helm aus poliertem Metall.

Dougal folgte meinem Blick.

»Hättest es schlimmer treffen können, nicht?« sagte er, ironisch die Braue hebend.

Zwei Tage später lagerten wir im Moorland, bei einer jener seltsamen, gletscherzerfurchten Felsnasen aus Granit. Wir hatten einen langen Ritt hinter uns, dabei nur einmal hastig im Sattel eine Mahlzeit eingenommen, und alle waren nun zufrieden, haltzumachen und etwas Warmes zu essen. Ich hatte schon vorher beim Kochen helfen wollen, doch der schweigsame MacKenzie, in dessen Zuständigkeit die Verköstigung fiel, hatte dies mehr oder weniger höflich abgelehnt.

Einer der Männer hatte am Morgen ein Reh erlegt, und das frische Fleisch, mit Rüben und Zwiebeln zubereitet, gab ein herrliches Abendessen. Satt und zufrieden streckten wir uns am Feuer aus, um Geschichten und Liedern zu lauschen. Überraschenderweise hatte der kleine Murtagh, der so selten das Wort ergriff, einen schönen klaren Tenor. Zwar war es schwierig, ihn zum Singen zu bewegen, doch es lohnte die Mühe.

Ich rückte näher an Jamie heran und versuchte, einen bequemen Platz auf dem harten Granit zu finden. Wir hatten unser Lager am Rande der Felsnase aufgeschlagen, wo ein breiter Sims eine natürliche Feuerstelle bot und die aufgetürmten Felsen dahinter ein ideales Versteck für die Pferde bildeten. Als ich fragte, warum wir nicht im Gras schliefen – dort hätten wir es doch gemütlicher –, antwortete Ned Gowan, wir seien jetzt nahe der südlichen Grenze der MacKenzie-Ländereien und damit in unmittelbarer Nachbarschaft des Gebietes der Grants und der Chisholms.

»Dougals Späher meldet, es gebe kein Zeichen dafür, daß jemand in unserer Nähe ist«, sagte Ned, der auf einem Felsblock stand, um selbst in den Sonnenuntergang zu spähen, »aber man kann nie wissen. Und lieber übervorsichtig als ein Bruder Leichtfuß.«

Als Murtagh seine Darbietung beendete, begann Rupert, Geschichten zu erzählen. Zwar ging er nicht so elegant mit Worten um wie Gwyllyn, aber er hatte einen schier unerschöpflichen Vorrat an Märchen und Sagen über Feen, böse Geister und andere Bewohner des schottischen Hochlands, wie zum Beispiel die Wasserpferde. Diese Wesen, erklärte Rupert, bewohnten fast alle Gewässer und kämen besonders häufig an Furten vor, wenn auch viele in den Tiefen der Lochs hausten.

»Es gibt eine Stelle am östlichen Ende von Loch Garve«, sagte Rupert, »die friert nie zu. Dort hat es immer schwarzes Wasser, selbst wenn der Rest des Lochs dick vereist ist, denn dort ist der Schornstein des Wasserpferds.«

Das Wasserpferd von Loch Garve hatte – wie es seiner Art entsprach – ein junges Mädchen entführt, das am Ufer schöpfte, damit es in den Tiefen des Lochs bei ihm lebte. Wehe dem Mädchen und wehe auch dem Mann, die am Ufer einem schönen Pferd begegneten und es reiten wollten, denn wenn der Reiter einmal aufgesessen war, konnte er nicht mehr herab; das Pferd würde ins Wasser traben, sich in einen Fisch verwandeln und mit dem unseligen Reiter auf dem Rücken nach Hause schwimmen.

»Nun hat ein Wasserpferd unterhalb der Wellen bloß Fischzähne«, fuhr Rupert fort, »und es ernährt sich von Schnecken und Schlingpflanzen. Sein Blut ist so kalt wie das Wasser, und es braucht kein Feuer, eine Menschenfrau aber will es ein bißchen wärmer.« Hier zwinkerte Rupert mir zum Vergnügen der Zuhörer schamlos lüstern zu.

»Und so war die Frau des Wasserpferdes traurig in ihrem neuen Zuhause unter den Wellen, auch fror sie und hatte Hunger, da sie sich nicht viel aus Schnecken und Schlingpflanzen machte. Das Wasserpferd, das von freundlichem Wesen war, begab sich nun beim Haus eines Mannes, der einen guten Ruf als Baumeister hatte, ans Ufer des Lochs. Und als der Mann ans Ufer kam und das schöne goldbraune Pferd mit dem silbernen Zaumzeug sah, konnte er dem Drang, die Zügel zu fassen und sich auf das Tier zu schwingen, nicht widerstehen.

Natürlich trug ihn das Wasserpferd geradewegs ins Wasser und hinab in die Tiefen zu seinem kalten Zuhause. Und dort sagte es dem Baumeister, wenn er wieder frei sein wolle, müsse er eine schöne Kochstelle bauen und einen Schornstein dazu, damit die Frau des Wasserpferdes ein Feuer habe, an dem sie ihre Hände wärmen und auf dem sie ihren Fisch braten könne.«

Ich hatte den Kopf an Jamies Schulter gelegt, fühlte mich angenehm schläfrig und freute mich auf mein Bett, auch wenn es nur eine über den Granit gebreitete Decke war. Plötzlich merkte ich, wie sich Jamies Körper straffte. Warnend legte er mir eine Hand auf den Nacken. Ich blickte in die Runde und nahm nichts wahr, was Anlaß zur Besorgnis gab, aber ich spürte die Spannung in der Luft, die sich von Mann zu Mann übertrug.

Ich sah, wie Rupert Dougal kaum merklich zunickte; gleichwohl fuhr er unbeirrt mit seiner Geschichte fort.

»Und so tat der Baumeister, da er keine andere Wahl hatte, wie geheißen. Das Wasserpferd aber hielt Wort und brachte ihn unweit seines Hauses ans Ufer zurück. Und die Frau des Wasserpferdes hatte es jetzt warm, und sie war glücklich und satt von dem Fisch, den sie sich briet. Und das Wasser gefriert nie am östlichen Ende von Loch Garve, weil die Hitze aus dem Schornstein des Wasserpferdes das Eis zum Schmelzen bringt.«

Rupert saß auf einem Felsblock. Während er sprach, bückte er sich, als wollte er sich am Bein kratzen. Mit fließender Bewegung faßte er das Messer, das vor seinen Füßen lag, und verbarg es in den Falten seines Kilts.

Ich schmiegte mich an Jamie und zog seinen Kopf zu mir herab, als überwältigten mich meine Gefühle. »Was ist?« flüsterte ich ihm ins Ohr.

Er nahm mein Ohrläppchen zwischen die Zähne und wisperte zurück: »Die Pferde sind unruhig. Irgend jemand ist in der Nähe.«

Ein Mann stand auf und schlenderte zum Rande des Felsens, um sich zu erleichtern. Als er zurückkam, setzte er sich an einen neuen Platz. Ein anderer Mann erhob sich, lugte in den Kochtopf und nahm sich einen Bissen Fleisch. Im ganzen Lager rührte und regte es sich verstohlen, während Rupert weitersprach.

Schließlich ging mir auf, daß sich die Männer näher zu den Stellen bewegten, an denen sie ihre Waffen abgelegt hatten. Alle schliefen mit ihren Dolchen, doch die Schwerter, Pistolen und kleinen Lederschilde, die Tartschen genannt wurden, legten sie gewöhnlich in säuberlichen Haufen am Rande des Lagers ab. Jamies zwei Pistolen und sein Schwert lagen etwa dreißig Zentimeter entfernt auf dem Boden.

Ich konnte den Feuerschein auf der Damaszenerklinge tanzen sehen. Während Jamies Pistolen ganz gewöhnliche Schußwaffen waren, stellten sein Breitschwert und sein Bidenhänder etwas Besonderes dar. Er hatte sie mir bei einem unserer Aufenthalte stolz gezeigt.

Der Bidenhänder war in eine Decke gewickelt; ich sah das große T-förmige Heft. Ich hatte ihn gehoben und fast wieder fallen lassen. Er wog an die fünfzehn Pfund, hatte Jamie gesagt.

Während der Bidenhänder düster wirkte, so war das Breitschwert einfach schön. Die zehn Pfund schwere Waffe war ein tödliches, schimmerndes Gerät, geschmückt mit islamischen Ornamenten, die sich die bläuliche Stahlklinge emporwanden bis zum Korbgriff. Ich hatte gesehen, wie Jamie das Breitschwert spielerisch führte, erst rechtshändig im Scheingefecht mit einem der Bewaffneten, dann linkshändig mit Dougal als Partner. Und Jamie war herrlich anzuschauen dabei, flink und sicher, mit einer Anmut, die durch seine Größe noch mehr beeindruckte.

Er beugte sich zu mir, küßte mich zärtlich und nahm die Gelegenheit wahr, um mich ein kleines Stück zu drehen, so daß ich zu einem der wirren Felshaufen schaute.

»Bald«, murmelte er. »Siehst du die kleine Öffnung im Stein?« Ich sah eine knapp meterhohe Spalte, die von zwei großen Platten gebildet wurde, die auseinandergesunken waren.

Jamie schmiegte sich liebevoll an mich. »Wenn ich ›Jetzt‹ sage, schlüpfst du hinein und bleibst dort. Hast du den Dolch?«

Er hatte darauf beharrt, daß ich den Dolch behielt, den er mir an jenem Abend im Gasthof zugeworfen hatte, obwohl ich einwandte, weder könnte noch wollte ich ihn verwenden. Doch wenn es ums Beharren ging, hatte Dougal recht: Jamie *war* halsstarrig.

Und so war der Dolch in einer der Taschen meines Kleides verborgen. Einen Tag lang war ich mir unbehaglich seines Gewichts bewußt gewesen, dann hatte ich ihn fast vergessen. Jamie fuhr mir mit der Hand wie zufällig über das Bein und vergewisserte sich, daß ich den Dolch bei mir hatte.

Dann hob er den Kopf. Ich sah, daß er erst zu Murtagh, dann zu mir blickte. Der kleine Mann erhob sich und rekelte sich. Als er wieder Platz nahm, war er ein Stück näher zu mir gerückt.

Hinter uns wieherte nervös ein Pferd. Als wäre dies das Signal, kamen sie brüllend über die Felsen. Keine Engländer, wie ich befürchtet hatte, auch keine Straßenräuber. Hochländer, die gespenstisch heulten. Grants, nahm ich an. Oder Campbells.

Ich floh auf allen vieren. Zwar stieß ich mir den Kopf an und schürfte mir die Knie auf, aber ich schaffte es, mich in die kleine Spalte zu zwängen. Mit rasendem Herzen tastete ich nach dem Dolch in meiner Tasche. Ich hatte keine Ahnung, was ich mit dem langen, tückischen Messer tun sollte, doch ich fühlte mich ein wenig stärker, weil ich es hatte. Sein Griff war mit einem Mondstein besetzt, und es war tröstlich, diese kleine Erhebung in meiner Handfläche zu spüren; wenigstens wußte ich, daß ich das richtige Ende gefaßt hatte.

Beim Kampf ging es dermaßen drunter und drüber, daß ich zunächst keinen Überblick hatte. Die kleine Lichtung war voller Männer, die schrien, hin und her rannten und sich auf dem Boden wälzten. Mein Zufluchtsort lag zum Glück am Rande des Geschehens, so daß ich im Moment nicht in Gefahr war. Plötzlich sah ich eine geduckte Gestalt, die sich an meinen Felsen drückte. Ich packte meinen Dolch fester, erkannte jedoch bald, daß es Murtagh war.

Das also war der Sinn von Jamies Blick gewesen. Murtagh sollte mich beschützen. Jamie selbst sah ich nirgendwo. Der größte Teil des Kampfes fand in den Felsen und in der Nähe der Fuhrwerke statt.

Natürlich, dies mußte das Ziel des Überfalls sein: die Fuhrwerke und die Pferde. Die Angreifer schienen mir ein durchorganisierter Trupp zu sein, gut bewaffnet und wohlgenährt. Wenn es Grants waren, suchten sie vielleicht Revanche für das Vieh, das Rupert vor ein paar Tagen gestohlen hatte. Dougal war über jenen Überfall ein wenig verärgert gewesen – nicht wegen des Überfalls selbst; er hatte nur befürchtet, die Rinder würden unser Fortkommen beeinträchtigen. Dann aber war es ihm gelungen, sie auf einem kleinen Markt in einem der Dörfer zu verkaufen.

Es trat bald klar zutage, daß die Angreifer kein großes Interesse daran hatten, unserer Gruppe etwas anzutun; es ging ihnen nur darum, an die Pferde und an die Fuhrwerke heranzukommen. Einem oder zweien gelang es. Ich duckte mich, als ein ungesatteltes Pferd übers Feuer sprang und mit einem brüllenden Mann, der an seiner Mähne hing, in der Dunkelheit verschwand.

Zwei oder drei andere schulterten ein paar von Colums Getreidesäcken und flüchteten zu Fuß, verfolgt von ergrimmten MacKenzies, die gälische Verwünschungen schrien. Nach den Geräuschen zu schließen, näherte sich der Überfall seinem Ende. Dann stolperte eine große Gruppe von Männern in den Feuerschein, und der Kampf begann erneut.

Dies sah nun nach einem ernsten Gefecht aus; ein Eindruck, der durch das Blinken von Klingen und die Tatsache bestätigt wurde, daß die Beteiligten ächzten und keuchten, aber nicht brüllten. Jamie und Dougal standen inmitten des Getümmels und kämpften Rücken an Rücken. Beide hielten das Breitschwert in der Linken und den Dolch in der Rechten, und beide setzten ihre ganze Kraft ein.

Vier oder fünf Männer griffen sie mit dem Florett an. Also wollten sie Dougal oder Jamie oder beide. Vorzugsweise lebend. Um Lösegeld zu erpressen, vermutete ich. Daher die Florette, die im allgemeinen nur verwundeten, statt des tödlicheren Breitschwerts oder der Pistolen.

Dougal und Jamie waren nicht so zurückhaltend und widmeten sich ihrer Sache mit grimmiger Energie. Rücken an Rücken bildeten sie einen geschlossenen gefährlichen Kreis; der eine deckte jeweils die schwächere Seite des anderen.

Das ganze brodelnde, stöhnende, fluchende Durcheinander bewegte sich in meine Richtung. Ich drückte mich in die Felsspalte, so gut es ging, aber sie war kaum sechzig Zentimeter tief. Aus den Augenwinkeln sah ich eine Bewegung. Murtagh hatte beschlossen, eine aktivere Rolle zu spielen.

Ich konnte meinen entsetzten Blick kaum von Jamie wenden, sah jedoch, daß Murtagh seine Pistole lässig in die Hand nahm. Er überprüfte sie, rieb sie an seinem Gewand, legte an und wartete.

Und wartete. Ich zitterte vor Angst um Jamie, der nun auf alle Feinheiten verzichtete und wild um sich drosch. Er schlug die beiden Männer zurück, die inzwischen auf sein Blut aus waren. Warum, zum Teufel, schießt Murtagh nicht? dachte ich wütend. Aber dann sah ich, daß Jamie und Dougal sich genau im Schußfeld befanden. Und ich vermutete, daß es Steinschloßpistolen ein wenig an Treffsicherheit mangelte.

Dies bestätigte sich kurz darauf, als einer der Widersacher Dougal mit einem unerwarteten Ausfall am Handgelenk erwischte. Die

Klinge ritzte seinen Unterarm, und Dougal sank auf die Knie. Jamie spürte, wie sein Onkel fiel, und trat zwei rasche Schritte nach hinten. Dadurch kam sein Rücken in die Nähe eines Felsblocks; neben ihm kauerte Dougal. Die Angreifer gerieten dadurch dichter an Murtaghs Waffe heran.

Aus der Nähe war der Knall der Pistole erschreckend laut. Er überrumpelte die Angreifer, besonders den, der getroffen wurde. Der Mann stand einen Moment still, schüttelte verwirrt den Kopf, setzte sich dann sehr langsam, fiel schlaff nach hinten und rollte über eine kleine Steigung in die verlöschende Glut des Feuers.

Jamie nutzte die Überraschung und schlug einem Angreifer das Florett aus der Hand. Dougal war wieder auf den Beinen, und Jamie trat beiseite, damit sein Onkel unbehindert das Schwert führen konnte. Ein Kämpfer hatte aufgegeben und rannte die Steigung hinunter, um seinen Gefährten aus der heißen Asche zu zerren. Trotzdem blieben damit noch drei Angreifer, und Dougal war verletzt. Ich sah dunkle Tropfen gegen den Fels spritzen, als er sein Schwert schwang.

Die Männer waren jetzt so nahe, daß ich Jamies Gesicht deutlich erkennen konnte – gelassen und konzentriert, und seine Augen blitzten vor Kampflust. Plötzlich rief ihm Dougal etwas zu. Jamie wandte die Augen für den Bruchteil einer Sekunde von seinem Gegner ab und blickte nach unten. Dann schaute er gerade noch rechtzeitig auf, daß er nicht durchbohrt wurde, duckte sich zur Seite und *warf* sein Schwert.

Jamies Gegner stierte die Waffe verdutzt an, die in seinem Bein stak. Er berührte zögernd die Klinge, umfaßte sie und zog sie heraus. Vermutlich ging die Wunde nicht sehr tief, aber der Mann schien ziemlich benommen und sah drein, als wollte er nach dem Sinn dieses unorthodoxen Verhaltens fragen.

Er stieß einen Schrei aus, ließ sein Florett fallen und rannte humpelnd davon. Aufgeschreckt durch den Lärm, blickten zwei weitere Angreifer herüber, drehten sich um und flohen ebenfalls, verfolgt von Jamie. Es war ihm gelungen, den großen Bidenhänder aus der Decke zu ziehen, und er schwang ihn beidhändig in mörderischem Bogen. Murtagh gab ihm Rückendeckung, schrie etwas höchst Unschmeichelhaftes auf gälisch und fuchtelte sowohl mit dem Florett als auch mit seiner Pistole herum.

Der Schauplatz war rasch von Feinden gesäubert, und eine Viertelstunde später versammelte sich die MacKenzie-Gruppe und zählte ihre Verluste.

Sie waren gering; zwei Pferde und drei Sack Getreide waren gestohlen worden. Die Fuhrleute und die Bewaffneten hatten größeren Schaden verhindert. Das Schlimmste war, daß einer der Männer vermißt wurde, der trotz gründlicher Durchsuchung des Geländes nicht wieder auftauchte.

»Sie haben ihn entführt«, meinte Dougal finster. »Verflucht, das Lösegeld wird mich die Einnahmen eines Monats kosten.«

»Hätte ärger kommen können, Dougal«, erwiderte Jamie. »Denk dir nur, was Colum sagen würde, wenn sie *dich* entführt hätten!«

»Oder dich, Junge. Ich hätte dich nicht ausgelöst, und du könntest dich fortan Grant nennen«, knurrte Dougal.

Ich holte das Kästchen mit medizinischen Gerätschaften, das ich eingepackt hatte, und nahm mir die Verwundeten vor. Nichts wirklich Bedenkliches, wie ich erleichtert feststellte. Die Wunde an Dougals Arm war bereits das Ärgste.

Ned Gowan strahlte, anscheinend viel zu überrascht vom Kampf, um zu bemerken, daß ihm durch einen schlecht gezielten Dolchstoß ein Zahn ausgeschlagen worden war. Er war jedoch geistesgegenwärtig genug gewesen, ihn sorgfältig unter der Zunge zu bergen.

»Auf gut Glück«, erklärte er und spuckte den Zahn in seine Handfläche. Die Wurzel war unbeschädigt, die Zahnhöhle blutete noch leicht, und so ließ ich es darauf ankommen und drückte den Zahn fest an seinen Ort zurück. Der Advokat erbleichte, gab aber keinen Muckser von sich.

Ich hatte Dougals Arm mit einer Aderpresse versehen und entdeckte erleichtert, daß die Blutung aufgehört hatte, als ich den Verband wieder abnahm. Es war ein glatter, aber tiefer Schnitt, der genäht werden mußte.

Die einzig verfügbare Nadel war eine Art Ahle, mit der die Fuhrleute ihr Geschirr flickten. Ich betrachtete sie zweifelnd, aber Dougal hielt mir den Arm hin und schaute weg.

»Blut stört mich sonst nicht«, erklärte er, »nur mein eigenes mag ich nicht sehen.« Während ich arbeitete, saß er auf einem Felsblock und biß die Zähne derart fest zusammen, daß die Muskeln in seinen Wangen zitterten. Die Nacht war kalt, doch auf seiner Stirn standen

Schweißperlen. Einmal bat er mich höflich, einen Moment aufzuhören, wandte sich ab und erbrach sich. Dann drehte er sich wieder um und stützte den Arm auf sein Knie.

Glücklicherweise hatte ein Wirt seine Pacht für dieses Quartal in Gestalt eines Fasses Whisky beglichen. Ich verwendete ihn zur Desinfizierung offener Wunden und duldete es dann, daß meine Patienten zur Selbstmedikation schritten. Am Ende trank ich selbst ein Gläschen. Dankbar sank ich auf meine Decke. Der Mond ging unter, und ich zitterte, halb vor Erschöpfung, halb vor Kälte. Es war ein herrliches Gefühl, als Jamie mich an seinen warmen Körper zog.

»Was meinst du – werden sie wiederkommen?« fragte ich, doch er schüttelte den Kopf.

»Nein, das waren Malcolm Grant und seine beiden Jungen. Inzwischen werden sie zu Hause sein, in ihren Betten«, antwortete Jamie. Er streichelte meine Haare und sagte sanft: »Du hast heute abend gute Arbeit geleistet, Mädel. Ich bin stolz auf dich.«

Ich legte ihm die Arme um den Hals.

»Nicht so stolz wie ich auf dich. Du warst wunderbar, Jamie. So etwas habe ich noch nie gesehen.«

Er schnaubte abwehrend, aber ich glaube, daß er zufrieden war.

»Bloß ein Überfall, Sassenach. Ich mache das schon, seit ich vierzehn bin. Ist nur Spaß; es ist etwas anderes, wenn du gegen jemanden kämpfst, der dich wirklich töten will.«

»Spaß«, wiederholte ich ein wenig schwach. »Was sonst?«

Jamies Arme schlossen sich fester um mich, und eine seiner Hände wanderte tiefer und begann meinen Rock hochzuschieben. Offenbar war die Hitze des Kampfes in eine Art von Erregung übergegangen.

Ich löste mich aus Jamies Griff und zog meinen Rock wieder herunter. »Jamie! Nicht hier!« sagte ich.

»Bist du müde, Sassenach?« fragte er besorgt. »Keine Bange, es wird nicht lange dauern.« Nun schob er mit beiden Händen den schweren Stoff meines Rockes empor.

»Nein!« zischte ich, da ich mir der zwanzig Männer in unserer Nähe sehr bewußt war. »Ich bin nicht müde, es ist nur –« Ich hielt den Atem an, als Jamies tastende Finger ihren Weg zwischen meine Beine fanden.

»Lieber Gott«, sagte er leise. »Schlüpfrig wie eine Wasserpflanze.«

»Jamie! Direkt neben uns schlafen zwanzig Mäner!« mahnte ich.

»Sie werden nicht mehr lange schlafen, wenn du so weitermachst.« Jamie rollte sich über mich. Sein Knie schob sich zwischen meine Schenkel und bewegte sich behutsam hin und her. Unwillkürlich begannen meine Beine sich zu lockern. Siebenundzwanzig Jahre Anstand waren nichts gegen hunderttausend Jahre Instinkt. Mein Verstand mochte sich dagegen sträuben, daß ich auf dem kahlen Boden neben schlafenden Soldaten genommen wurde, doch mein Leib betrachtete sich offenbar als Kriegsbeute und war beflissen, die Formalitäten der Kapitulation zu erfüllen. Jamie küßte mich lange, seine Zunge bewegte sich süß in meinem Mund.

»Jamie«, keuchte ich. Er zog seinen Kilt beiseite und drückte meine Hand gegen sich.

»Bei allen Teufeln«, sagte ich, wider Willen beeindruckt.

»Nach dem Kampf steht er wie eine Lanze. Du willst mich doch, oder?« fragte Jamie. Dies zu bestreiten schien sinnlos angesichts all der Beweise zum Gegenteil.

»Äh... ja... aber...«

Jamie packte meine Schultern mit beiden Händen.

»Sei still, Sassenach«, sagte er gebieterisch. »Es wird nicht lange dauern.«

Und es dauerte tatsächlich nicht lange. Mein Höhepunkt begann schon beim ersten machtvollen Stoß. Ich grub die Fingernägel in Jamies Rücken und biß in den Stoff seines Hemdes, um die Geräusche zu dämpfen. Nach weniger als einem Dutzend Stößen spürte ich, wie sich seine Hoden zusammenzogen, und dann strömten die warmen Fluten seines Höhepunkts. Er sank neben mich und lag zitternd da.

Das Blut rauschte mir noch in den Ohren, wie ein Echo des nachlassenden Pochens zwischen meinen Beinen. Verschwommen sah ich die Gestalt der Nachtwache; der Mann lehnte jenseits des Feuers an einem Felsblock. Er hatte uns taktvoll den Rücken gekehrt. Ich stellte gelinde schockiert fest, daß es mir nicht einmal peinlich war. Ich fragte mich noch, ob das am Morgen anders sein würde, und dann fragte ich mich gar nichts mehr.

Tags darauf betrugen sich alle wie üblich, wenn sie sich auch ein bißchen eckiger bewegten, weil sie gekämpft und auf Stein geschlafen hatten. Jedermann, die Verwundeten eingeschlossen, war guter Dinge.

Die Stimmung steigerte sich noch, als Dougal ankündigte, wir würden nicht weiter als bis zum Wäldchen reiten, das wir vom Rande unserer Felstribüne aus sehen konnten. Dort würden wir uns mit frischem Wasser versorgen, die Pferde grasen lassen und ein wenig ausruhen.

Der Himmel war bedeckt, doch es regnete nicht, und die Luft war warm. Als das neue Lager aufgeschlagen, die Pferde und die Verwundeten versorgt waren, konnten wir tun, wozu wir Lust hatten – im Gras schlafen, jagen, fischen oder auch nur die Beine ausstrekken.

Ich saß unter einem Baum und sprach mit Jamie und Ned Gowan, als einer der Bewaffneten zu uns trat und Jamie etwas in den Schoß warf. Es war der Dolch mit dem Mondstein.

»Ist das deiner?« fragte der Mann. »Ich habe ihn heute früh zwischen den Felsen gefunden.«

»Den habe ich sicher fallen lassen vor lauter Aufregung«, sagte ich. »Schadet nichts; ich habe keine Ahnung, was ich damit anfangen soll. Wahrscheinlich hätte ich mir nur weh getan, wenn ich versucht hätte, ihn zu gebrauchen.«

Ned schaute Jamie rügend an.

»Du hast ihr ein Messer gegeben und sie nicht gelehrt, wie man damit umgeht?«

»Ich hatte keine Zeit«, verteidigte sich Jamie. »Aber Ned hat recht, Sassenach. Du solltest es wirklich lernen. Man weiß nie, wer einem unterwegs begegnet, das hast du gestern ja gesehen.«

Und so wurde ich auf eine Lichtung geführt, und der Unterricht begann. Mehrere MacKenzies traten näher, um zu sehen, was es gab. Im Nu hatte ich ein halbes Dutzend Lehrer, die sich die Köpfe über technische Feinheiten heißredeten. Nach einer Weile einigten sie sich darauf, daß Rupert derjenige unter ihnen sei, der sich am besten auf den Dolch verstand, und so übernahm er es, mich zu unterweisen.

Er fand ein Stück leidlich ebenen Boden, wo er mir die Kunst des Messerkampfes demonstrieren konnte.

»Schau her, Mädel«, sagte er. Er balancierte den Dolch auf dem

Mittelfinger. »Hier am Schwerpunkt hältst du ihn fest, damit er bequem in der Hand liegt.« Ich versuchte es mit meinem Dolch. Als ich ihn richtig gefaßt hatte, zeigte mir Rupert den Unterschied zwischen einem Stoß von oben und einem Stich von unten.

»Meistens sticht man von unten zu; wenn man von oben stößt, muß man mit großer Kraft auf jemanden herunterspringen.« Rupert zog sein Hemd hoch und ließ ein pelziges Bäuchlein sehen.

»Hier«, sagte er und deutete auf den Punkt direkt unter dem Brustbein, »hier ist die Stelle, auf die du im Nahkampf zielen mußt. Stich mit aller Kraft nach oben und tief hinein. Dann triffst du das Herz und tötest deinen Gegner binnen ein, zwei Minuten. Aber paß auf, daß du nicht das Brustbein erwischst; es reicht weiter, als du denkst, und wenn dein Messer in dem weichen Stück an der Spitze steckenbleibt, schadet es deinem Gegner nicht weiter, aber du bist dann ohne Waffe, und er wird kurzen Prozeß mit dir machen. Murtagh! Du bist mager; komm her, wir zeigen dem Mädel jetzt, wie man von hinten sticht.« Rupert wirbelte den widerstrebenden kleinen Mann herum und riß dessen schmuddeliges Hemd aus dem Bund; zum Vorschein kamen ein höckriges Rückgrat und vorstehende Rippen. Er bohrte den Zeigefinger unter die rechte unterste Rippe; Murtagh quiekte vor Überraschung.

»Und das ist hinten die richtige Stelle. Wegen der Rippen ist es sehr schwer, bei einem Stich in den Rücken ein lebenswichtiges Organ zu treffen. Aber hier, unter der letzten, erreichst du die Niere. Wenn du das Messer geradewegs nach oben führst, fällt dein Gegner wie vom Blitz getroffen.«

Rupert ließ mich in verschiedenen Stellungen üben. Als ihm die Luft ausging, wechselten sich die anderen Männer darin ab, das Opfer zu spielen; anscheinend fanden sie meine Bemühungen sehr lustig. Sie legten sich ins Gras, drehten mir den Rücken zu, damit ich sie »überfiel«, sprangen mich von hinten an oder taten so, als wollten sie mich erwürgen, damit ich versuchen konnte, sie in den Bauch zu stechen.

Die Zuschauer ermunterten mich lautstark, und Rupert wies mich an, nicht im letzten Moment zurückzuweichen.

»Stich zu, als wäre es dir ernst, Mädel«, sagte er. »Im Notfall kommst du auch nicht darum herum. Und wenn einer von diesen faulen Burschen nicht rechtzeitig ausweichen kann, dann hat er verdient, was er bekommt.«

Zunächst war ich ängstlich und unbeholfen, aber Rupert war ein vorzüglicher, sehr geduldiger Lehrer.

Dougal saß unter einem Baum und gab ironische Bemerkungen ab. Doch er war es, der den Vorschlag mit der Attrappe machte.

»Gebt ihr etwas, in das sie den Dolch rammen kann«, sagte er, als ich nach und nach eine gewisse Geschicklichkeit entwickelte. »Beim ersten Mal ist es ja ein ziemlicher Schreck.«

»Das stimmt«, bestätigte Jamie. »Ruh dich ein bißchen aus, Sassenach. Ich komme gleich wieder.«

Er ging mit zwei Bewaffneten zu den Fuhrwerken, und ich sah, wie sie die Köpfe zusammensteckten und dann dies und jenes von einem Wagen zogen. Völlig außer Atem ließ ich mich neben Dougal nieder.

Er nickte lächelnd. Wie die meisten Männer hatte er sich nicht die Mühe gemacht, sich während der Reise zu rasieren, und so umrahmte ein üppiger dunkelbrauner Bart seinen Mund.

»Wie geht es denn?« fragte er, was sich nicht auf meine Gewandtheit mit Waffen beziehen sollte.

»Recht gut«, antwortete ich argwöhnisch, und auch ich dachte nicht an Dolche. Dougals Blick wanderte zu Jamie, der immer noch bei den Fuhrwerken beschäftigt war.

»Die Ehe behagt dem Jungen offenbar«, bemerkte Dougal.

»Unter den gegebenen Umständen ist sie ziemlich gesund für ihn«, stimmte ich kühl zu. Dougals Mundwinkel kräuselten sich.

»Für dich auch, Mädel. Ein gelungenes Arrangement für alle Beteiligten, wie mir scheinen möchte.«

»Besonders für dich und deinen Bruder. Und da wir gerade von Colum sprechen – was, meinst du, wird er sagen, wenn er davon erfährt?«

Dougals Lächeln wurde breiter. »Colum? Oh, ich glaube, er wird erfreut sein, eine solche Nichte im Familienkreis begrüßen zu dürfen.«

Die Attrappe war fertig, und ich fuhr mit meinen Übungen fort. Es handelte sich um einen Wollsack, etwa so groß wie ein Männeroberkörper, um den sie ein Stück Rindsleder gewickelt und mit Stricken festgezurrt hatten. Auf dieses Ding sollte ich nun einstechen. Jamie hatte verschwiegen, daß sie mehrere flache Holzstücke zwischen den Wollsack und das Leder geschoben hatten – um Knochen zu simulieren, wie er mir später erklärte.

Bei den ersten Stichen passierte nicht viel; allerdings brauchte ich mehrere Versuche, um das Leder zu durchbohren. Es war zäher, als es aussah. Genau wie die menschliche Haut, sagte man mir. Dann probierte ich es mit einem Stich von oben und traf eines der Holzstücke.

Ich dachte einen Moment, der Arm sei mir abgebrochen. Der Schock des Aufpralls bebte bis zu meiner Schulter nach, und der Dolch entfiel meinen tauben Fingern. Unterhalb des Ellbogens war alles gefühllos, doch ein ominöses Prickeln verriet mit, daß es nicht lange so bleiben würde.

»Jesus H. Roosevelt Christ!« sagte ich. Ich stand da, hielt mir den Ellbogen und lauschte dem ausgelassenen Gelächter der Männer. Schließlich nahm Jamie mich bei der Schulter und massierte meinen Arm, bis ich ihn wieder spürte.

»In Ordnung«, sagte ich durch die Zähne und ballte meine kribbelnde Rechte vorsichtig zur Faust. »Was tut man, wenn man einen Knochen trifft und sein Messer verliert? Gibt es da eine bewährte Methode?«

»Gewiß«, antwortete Rupert grinsend. »Dann zieht man die Pistole und schießt den Hundsfott tot.« Dies löste noch mehr stürmisches Gelächter aus, das ich ignorierte.

»Also gut«, sagte ich mehr oder minder gelassen. Ich deutete auf die lange Pistole, die Jamie an der linken Hüfte trug. »Zeigst du mir, wie man sie lädt und abfeuert?«

»Nein«, erwiderte Jamie entschieden.

Ich war ein bißchen zornig. »Warum nicht?«

»Weil du eine Frau bist, Sassenach.«

Ich spürte, wie ich rot anlief. »Ach ja?« sagte ich sarkastisch. »Und du meinst, Frauen seien nicht schlau genug, um zu begreifen, wie so ein Schießeisen funktioniert?«

Jamie sah mich ruhig an.

»Ich hätte große Lust, es dich versuchen zu lassen«, sagte er schließlich. »Geschähe dir recht.«

Rupert schnalzte verächtlich mit der Zunge. »Sei nicht töricht, Jamie. Und was dich betrifft, Mädel«, fuhr er, zu mir gewandt fort, »so liegt es nicht daran, daß Frauen dumm wären – obwohl es einige durchaus sind –, sondern daran, daß sie zart sind.«

»Wie bitte?« Ich starrte Rupert verblüfft an. Jamie schnaubte und zog seine Pistole aus der Schlaufe. Aus der Nähe betrachtet, war sie riesengroß; sie maß vom Griff bis zu der Mündung an die fünfundvierzig Zentimeter.

»Schau«, sagte Jamie, während er mir die Waffe hinhielt. »Du nimmst sie hier, stützt sie auf deinen Unterarm, und dort visierst du dein Ziel an. Wenn du abdrückst, schlägt sie aus wie ein Maultier. Ich bin fast einen Fuß größer als du und an die fünfzig Pfund schwerer, und ich kenne mich damit aus. Aber *ich* bekomme schon einen bösen blauen Fleck, wenn ich die Pistole abfeuere; und *dich* könnte sie glatt auf den Rücken werfen oder ins Gesicht treffen.« Jamie ließ die Waffe herumwirbeln und steckte sie zurück.

»Ich würde es dich ja selber probieren lassen«, sagte er mit erhobenen Brauen, »aber du gefällst mir besser mit Zähnen. Du hast ein hübsches Lächeln, Sassenach, auch wenn du ein bißchen dreist bist.«

Nachdenklich akzeptierte ich dann auch das Urteil der Männer, selbst das Florett sei zu schwer für mich. Den kleinen *Sgian dhu*, den im Strumpf getragenen Dolch, hielten sie dagegen für geeignet und gaben mir einen – ein übel aussehendes, nadelschwarzes Stück schwarzes Eisen, ungefähr acht Zentimeter lang und mit kurzem Griff. Ich übte wieder und wieder, ihn zu ziehen, während die Männer mich kritisch beobachteten, bis ich blitzschnell meinen Rock raffen, den Dolch herausziehen und die richtige Stellung einnehmen konnte – die Waffe gezückt, bereit, meinem Gegner von unten die Kehle aufzuschlitzen.

Am Ende ließen sie mich als Adeptin mit dem Dolch durchgehen, und ich durfte zum Essen Platz nehmen. Alle beglückwünschten mich; nur Murtagh schüttelte zweifelnd den Kopf.

»Und ich sage immer noch, die einzig gute Waffe für eine Frau ist Gift.«

»Vielleicht«, erwiderte Dougal. »Aber im Nahkampf hat es seine Schwächen.«

19

Das Wasserpferd

Am nächsten Abend schlugen wir unser Lager am Ufer von Loch Ness auf. Es war ein seltsames Gefühl, diesen Ort wiederzusehen; so wenig hatte sich geändert. Oder würde sich ändern. Die Lärchen und Erlen waren von dunklerem Grün, weil nun Mittsommer war, nicht später Frühling. Statt der zarten Maiglöckchen und Veilchen blühte nun goldgelb der Ginster. Der Himmel war von tieferem Blau, doch die Oberfläche des Lochs war dieselbe: ein stumpfes Blauschwarz, in dem sich das Ufer spiegelte.

Weit draußen sah ich sogar ein paar Segelboote. Als eines näherkam, stellte ich freilich fest, daß es ein *Coracle* war, eine Nußschale aus gegerbtem Leder über einem Holzrahmen und nicht die elegante hölzerne Form, an die ich gewöhnt war.

Nachdem ich einen bequemen Platz für Jamie und meine Decke gefunden hatte, wanderte ich zum Ufer des Loch, um mir vor dem Essen Gesicht und Hände zu waschen.

Die Böschung fiel steil ab; unten bildeten unregelmäßige Felsplatten eine Art Mole. Es war sehr friedlich dort unten, außer Sicht des Lagers, und ich setzte mich unter einen Baum, um mein Alleinsein zu genießen. Seit meiner Hochzeit wurde ich nicht mehr auf Schritt und Tritt verfolgt; soviel war immerhin erreicht.

Müßig pflückte ich ein paar Samen von einem herabhängenden Ast und warf sie in den Loch, als ich merkte, daß die kleinen Wellen, die gegen den Fels schlugen, stärker wurden, wie von einem aufkommenden Wind gepeitscht.

Ein großer, platter Kopf durchbrach, keine vier Meter von mir entfernt, die Oberfläche. Ich sah, wie das Wasser von den schuppigen Zacken sprudelte, die den gewundenen Hals krönten. Die Oberfläche des Loch war aufgewühlt, und darunter bewegte sich eine dunkle, massige Gestalt, obwohl der Kopf ziemlich reglos blieb.

Auch ich stand reglos. Seltsamerweise hatte ich keine richtige Angst. Ich empfand eine gewisse Verwandtschaft mit dieser Kreatur, die von ihrer Zeit noch weiter entfernt war als ich; ihre Augen waren so uralt wie die Meere des Eozäns. Die glatte Haut war, abgesehen von einem leuchtendgrünen Streifen unter dem Kiefer, dunkelblau. Und die seltsamen pupillenlosen Augen strahlten in dunklem Bernsteingelb. Wunderschön.

Und so völlig anders als die kleine, schlammfarbene Nachbildung, die das Diorama im vierten Stock des British Museum zierte.

Plötzlich öffneten sich die klappenartigen Nüstern und stießen zischend die Luft aus; dann erstarrte das Geschöpf und versank; ein Wasserwirbel war das einzige, was noch von seinem Erscheinen kündete.

Ich hatte mich erhoben, als es erschien. Unwillkürlich mußte ich näher getreten sein, um es zu beobachten, denn ich fand mich auf einer der Steinplatten wieder, die ins Wasser ragten. Die Wellen glätteten sich, und bald lag der Loch wieder wie ein Spiegel da.

Ich verharrte einen Moment und blickte über seine unergründlichen Tiefen. »Adieu«, sagte ich schließlich zu dem leeren Wasser. Ich schüttelte mich und ging zum Ufer zurück.

Oben auf der Böschung stand ein Mann. Erst erschrak ich, dann erkannte ich ihn: einer von den Fuhrleuten unserer Gruppe. Sein Name war Peter, und der Eimer in seiner Hand verriet mir, warum er hier war. Ich wollte ihn fragen, ob er die Kreatur gesehen hatte, doch sein Gesichtsausdruck genügte. Peter war weißer als die Gänseblümchen zu seinen Füßen, und Schweißperlen sickerten in seinen Bart. Er verdrehte die Augen wie ein Pferd in Panik, und seine Hand zitterte dermaßen, daß der Eimer gegen sein Bein schlug.

»Es ist ja in Ordnung«, sagte ich im Näherkommen. »Es ist weg.«

Doch meine Worte schienen ihn nicht zu beruhigen. Er stellte den Eimer ab, sank vor mir auf die Knie und bekreuzigte sich.

»Gnade, edle Frau, Gnade«, stammelte er. Dann warf er sich zu meiner größten Verlegenheit auf den Bauch und klammerte sich am Saum meines Kleides fest.

»Sei nicht albern«, sagte ich schroff. »Steh auf.« Ich tippte Peter mit meiner Fußspitze an, doch er zitterte nur und blieb auf dem Boden liegen wie ein flachgetretener Pilz. »Steh auf«, wiederholte ich. »Du dummer Mann, das ist doch nur...« Ich machte eine

Pause, um nachzudenken. Es würde wohl nichts helfen, wenn ich dem Burschen einen lateinischen Namen nannte.

»Das ist doch nur ein kleines Ungeheuer«, sagte ich schließlich, faßte Peters Hand und zog ihn auf die Beine. Ich mußte den Eimer füllen, da er sich weigerte, ans Wasser zu gehen. Dann folgte er mir ins Lager und stob sofort davon, um sich um seine Maultiere zu kümmern. Im Fliehen warf er über die Schulter hinweg bange Blicke nach mir.

Da er nicht geneigt schien, die Kreatur jemand anderem gegenüber zu erwähnen, dachte ich mir, daß vielleicht auch ich Stillschweigen bewahren sollte. Während Dougal, Jamie und Ned gebildete Männer waren, waren die übrigen zum größten Teil Analphabeten. Mutige und unbezähmbare Kämpfer, doch so abergläubisch wie Angehörige eines primitiven afrikanischen Stammes.

Und so nahm ich schweigend mein Abendessen ein und ging zu Bett, wobei ich mir der mißtrauischen Blicke des Fuhrmanns Peter ständig bewußt war.

20

Leere Lichtungen

Zwei Tage nach dem Überfall wandten wir uns erneut nach Norden. Das Treffen mit Horrocks rückte näher, und Jamie wirkte zerstreut; vielleicht dachte er darüber nach, ob er von dem englischen Deserteur etwas Wichtiges erfahren würde.

Ich hatte Hugh Munro nicht wiedergesehen, aber ich war in der Nacht zuvor aus dem Schlaf geschreckt, um festzustellen, daß Jamie verschwunden war. Ich wollte wach bleiben und auf seine Rückkehr warten, schlummerte jedoch ein, als der Mond unterging. Am Morgen schlief Jamie neben mir, und auf meiner Decke lag ein Päckchen, eingeschlagen in dünnes Papier, das mit der Schwanzfeder eines Spechts befestigt war. Ich faltete es behutsam auf und fand ein Stück Bernstein. Die eine Seite war geschliffen und poliert, und dahinter konnte ich die zarte Form einer kleinen Libelle sehen.

Ich strich das Papier glatt. Auf der schmutzigweißen Oberfläche stand eine Nachricht, mit kleiner und überraschend eleganter Schrift geschrieben.

»Was heißt das?« erkundigte ich mich bei Jamie. »Ich glaube, das ist Gälisch.«

Jamie stützte sich auf den Ellbogen und warf einen Blick auf das Papier.

»Nein. Das ist Latein. Munro war Schulmeister, ehe ihn die Türken gefangengenommen haben. Es ist ein Zitat von Catull«, sagte Jamie.

> *...da mi basia mille, diende centum,*
> *dein mille altera, dein secunda centum...*

Ein zartes Rot tönte Jamies Ohrläppchen, als er es mir übersetzte:

Gib der Küsse mir tausend und hundert darauf,
Hernach wieder tausend, und noch einmal hundert.

»Nun, das ist ein bißchen eleganter als ein Schlagertext«, bemerkte ich amüsiert.

»Wie?« Jamie schaute mich verdutzt an.

»Egal«, sagte ich hastig. »Hat Munro diesen Horrocks inzwischen gefunden?«

»Ja. Es ist alles abgesprochen. Ich werde mich in den Bergen mit ihm treffen, zwei Meilen oberhalb von Lag Cruime. In vier Tagen, wenn bis dahin nichts schiefgeht.«

Die Vorstellung, etwas könnte schiefgehen, machte mich nervös.

»Hältst du es für gefahrlos? Ich meine, vertraust du Horrocks?«

Jamie setzte sich auf, rieb sich den Schlaf aus den Augen und blinzelte.

»Einem englischen Deserteur? Natürlich nicht. Er würde mich, ohne zu zögern, an Randall verkaufen, nur kann er sich nicht selber an die Rotröcke wenden. Die knüpfen Deserteure auf. Nein, ich vertraue ihm nicht. Deshalb habe ich auch Dougal begleitet, statt Horrocks alleine aufzusuchen. So habe ich wenigstens Gesellschaft, wenn der Mann etwas im Schilde führt.«

»Oh.« Ich war mir nicht sicher, ob Dougals Gegenwart so beruhigend war – angesichts des Verhältnisses zwischen Jamie und seinen intriganten Onkeln.

»Wenn du meinst...«, sagte ich zweifelnd. »Zumindest würde Dougal wohl kaum die Gelegenheit nutzen, um auf dich zu schießen.«

»Dougal *hat* bereits einmal auf mich geschossen«, erwiderte Jamie munter. »Du müßtest es wissen, du hast die Wunde verbunden.«

Ich ließ den Kamm fallen, den ich in der Hand hielt.

»Dougal?! Ich dachte, das seien die Engländer gewesen!«

»Die auch«, antwortete Jamie. »Aber getroffen hat mich Dougal, oder wohl eher Rupert – er ist der beste Schütze unter Dougals Leuten. Wie auch immer, als wir vor den Rotröcken flohen, merkte ich, daß wir nahe der Grenze der Fraser-Ländereien waren, und ich bildete mir ein, ich könnte es wagen. So gab ich meinem Pferd die Sporen und brach aus, um Dougal und die anderen herum. Gewiß, es wurde heftig geschossen, aber die Kugel, die mich traf, kam von hinten. Und da waren in diesem Augenblick nur Dougal, Rupert und Murtagh. Die Engländer waren alle vor uns – tatsächlich rollte ich, als ich vom Pferd fiel, den Hügel hinunter und landete ihnen fast vor den Füßen.« Jamie beugte sich über den Eimer Wasser, den ich geholt hatte, und spritzte sich ein paar Handvoll ins Gesicht. Er schüttelte den Kopf, um das Wasser in seinen Augen loszuwerden.

»Dougal mußte erbittert kämpfen, um mich zurückzuholen. Ich lag auf dem Boden, zu nichts zu gebrauchen, und er stand über mir, zog mit der einen Hand an meinem Gürtel, um mir aufzuhelfen, und hielt in der anderen seinen Degen und focht mit einem Dragoner, der da meinte, er habe eine Kur für meine Gebrechen. Dougal tötete den Mann und setzte mich auf sein Pferd.« Jamie schüttelte erneut den Kopf. »Ich begriff gar nicht so recht, was eigentlich los war, ich konnte nur daran denken, wie hart es für das Pferd sein mußte, mit fast vier Zentnern den Berg hinaufzukommen.«

Ich lehnte mich erstaunt zurück.

»Aber Dougal ... wenn er gewollt hätte, hätte er dich doch dann töten können.«

Jamie schüttelte noch einmal den Kopf und griff zu dem Rasiermesser, das er sich von seinem Onkel geliehen hatte. Er nahm das Wasser im Eimer als Spiegel, verzog das Gesicht zu der gequälten Grimasse, die Männer schneiden, wenn sie sich den Bart schaben, und widmete sich seinen Wangen.

»Nein, nicht vor den Männern. Außerdem wollten Dougal und Colum mich nicht unbedingt umbringen – besonders Dougal nicht.«

»Aha.« Wie immer wurde mir ein bißchen schwindlig, als die Verwicklungen des schottischen Familienlebens ins Spiel kamen.

»Es liegt an Lallybroch«, erklärte Jamie, während er mit seiner freien Hand nach Barthaaren tastete, die ihm bisher entgangen waren. »Lallybroch hat nicht nur guten Boden, sondern liegt auch auf einer Paßhöhe. Auf zehn Meilen im Umkreis ist es der einzig brauchbare Paß ins Hochland. Wenn es wieder zu einem Aufstand käme, wäre das Gut sehr nützlich. Und wenn ich ledig gestorben wäre, wäre es mit ziemlicher Sicherheit an die Frasers zurückgefallen.«

Jamie strich sich über den Hals und grinste. »Ich bin eine harte Nuß für die Gebrüder MacKenzie. Einerseits wollen sie, wenn ich für die Herrschaft des kleinen Hamish eine Bedrohung bin, meinen

Tod. Bin ich's aber nicht, so möchten sie mich – und mein Eigentum – im Falle eines Krieges auf ihrer Seite haben. Deshalb sind sie auch bereit, mir in der Sache mit Horrocks zu helfen. Ich kann nicht viel anfangen mit Lallybroch, solange ich geächtet bin, obwohl das Land nach wie vor mir gehört.«

Ich rollte die Decken zusammen und schüttelte verwirrt den Kopf über die komplizierten und gefährlichen Umstände, durch die sich Jamie so lässig zu bewegen schien. Und dann dämmerte mir plötzlich, daß jetzt nicht nur er darin verwickelt war. Ich blickte auf.

»Du hast gesagt, wenn du ledig stirbst, geht das Gut wieder an die Frasers«, begann ich. »Aber inzwischen *bist* du verheiratet. Wer also –«

Jamie nickte mir mit schiefem Grinsen zu. »Das ist richtig«, sagte er. Die Morgensonne ließ seine Haare rotgolden aufflammen. »Wenn ich jetzt umkomme, Sassenach, gehört Lallybroch dir.«

Nachdem sich der Nebel gelichtet hatte, wurde der Morgen schön und sonnig. Vögel tummelten sich in der Heide, und die Straße war hier zur Abwechslung einmal breit. Staubig erstreckte sie sich unter den Hufen der Pferde.

Jamie ritt nahe an mich heran, als wir die Kuppe eines kleinen Hügels erreichten. Er nickte nach rechts.

»Siehst du die Lichtung dort unten?«

»Ja.« Sie lag in der Nähe der Straße, in einem kleinen Mischwald.

»Es gibt dort eine Quelle und einen Teich unter Bäumen und weiches Gras. Ein sehr schöner Platz.«

Ich schaute Jamie fragend an.

»Noch ein bißchen früh fürs Mittagessen, oder?«

»Daran hatte ich nicht gedacht.« Jamie, das hatte ich erst vor einigen Tagen entdeckt, hatte die Kunst, mit einem Auge zu zwinkern, nie gemeistert. Statt dessen blinzelte er würdevoll wie eine große Eule.

»Und woran *hattest* du gedacht?« erkundigte ich mich. Mißtrauisch begegnete ich seinem unschuldigen, kindlich blauen Blick.

»Ich habe mir gerade überlegt, wie du wohl aussähest... im Gras... unter Bäumen... am Wasser... mit den Röcken über den Ohren.«

»Äh – «, begann ich.

»Ich werde Dougal sagen, daß wir Wasser holen.« Jamie galoppierte zur Spitze des Zuges und kehrte im Nu mit etlichen Feldflaschen zurück. Als wir den Hang hinuntersprengten, hörte ich, wie Rupert uns etwas auf gälisch nachrief, verstand die Worte jedoch nicht.

Ich erreichte die Lichtung zuerst, glitt vom Pferd, legte mich ins Gras und entspannte mich. Einen Moment später schwang Jamie sich aus dem Sattel. Er versetzte seinem Pferd einen leichten Schlag und schickte es fort, damit es neben meinem graste, bevor er sich auf die Knie sinken ließ. Ich streckte die Hände aus und zog ihn zu mir herunter.

»Wir müssen uns beeilen«, sagte ich. »Sie werden sich fragen, warum es so lange dauert, Wasser zu holen.«

»Nein, das werden sie nicht«, erwiderte Jamie, und öffnete mit geübter Leichtigkeit mein Mieder. »Sie wissen Bescheid.«

»Wie meinst du das?«

»Hast du nicht gehört, was Rupert uns nachgerufen hat?«

»Ich habe es nicht verstanden.« Mein Gälisch hatte sich soweit verbessert, daß ich die häufigeren Wörter begriff, doch ein Gespräch überschritt meine Fähigkeiten immer noch bei weitem.

»Gut so. Es war auch nicht für die Ohren einer Dame geeignet.« Nachdem Jamie meine Brüste entblößt hatte, vergrub er sein Gesicht zwischen ihnen und saugte und knabberte behutsam daran, bis ich es nicht mehr aushielt, meine Röcke hochschlug und mich unter ihn gleiten ließ. Merkwürdig befangen nach jener wilden und primitiven Vereinigung auf dem Felsen, hatte ich mich gescheut, ihn in der Nähe des Lagers mit mir schlafen zu lassen. Wir spürten beide die leichte und nicht unangenehme Anspannung der Enthaltsamkeit, und nun, da wir neugierigen Augen und Ohren entzogen waren, kamen wir mit einem Ungestüm zusammen, daß meine Lippen und Finger zu kribbeln begannen.

Wir näherten uns dem Höhepunkt, als Jamie plötzlich erstarrte. Ich öffnete die Augen und sah sein Gesicht, das einen unbeschreiblichen Ausdruck angenommen hatte. Etwas Schwarzes war gegen seinen Kopf gepreßt. Als sich meine Augen an die gleißende Helligkeit gewöhnt hatten, merkte ich, daß es der Lauf einer Muskete war.

»Steh auf, du lüsterner Bock.« Der Lauf stieß gegen Jamies Schläfe. Sehr langsam erhob er sich. Ein Tropfen Blut quoll aus der Abschürfung.

Es waren zwei; fahnenflüchtige Rotröcke, nach den zerlumpten Überresten der Uniform zu schließen. Beide waren mit Musketen und Pistolen bewaffnet und schienen sehr erheitert darüber, was ihnen der Zufall in die Hände gespielt hatte. Jamie stand mit erhobenen Händen reglos da, die Mündung einer Muskete war gegen seine Brust gepreßt.

»Hättest ihn zum Ende kommen lassen können, Harry«, sagte der eine Mann. Er grinste breit und zeigte seine verrotteten Zähne. »Mittendrin aufhören ist schlecht für die Gesundheit.«

Sein Kumpan stieß Jamie mit der Muskete gegen die Brust.

»Dem seine Gesundheit kümmert mich nicht. Und ihn selber auch nicht mehr lange. Ich will die da haben« – er nickte in meine Richtung –, »und ich steh' nicht gern hinter jemand zurück, schon gar nicht hinter so einem schottischen Hurensohn.«

Der mit den verrotteten Zähnen lachte. »Ich bin nicht so wählerisch. Mach ihn tot, und dann rauf auf die Frau.«

Harry, ein kleiner, gedrungener, schielender Bursche, beäugte mich einen Moment lang nachdenklich. Ich saß noch auf dem Boden, die Knie angezogen und die Röcke fest um die Knöchel geschlungen. Schließlich lachte Harry und gab seinem Kumpan ein Zeichen.

»Nein, er soll zuschauen. Stell dich zu ihm, Arnold, und halt ihn mit deiner Muskete in Schach.« Arnold gehorchte grinsend. Harry legte seine Muskete auf die Erde und ließ den Pistolengurt fallen.

Während ich meine Röcke festhielt, wurde ich mir eines harten Gegenstands in meiner rechten Tasche bewußt. Der Dolch, den Jamie mir gegeben hate. Konnte ich mich dazu überwinden, von ihm Gebrauch zu machen? Durchaus, entschied ich, als ich in Harrys pickeliges, lüsternes Gesicht schaute.

Allerdings würde ich bis zum allerletzten Moment warten müssen, und ich bezweifelte, daß Jamie sich so lange beherrschen konnte; schon jetzt stand ihm die reine Mordlust im Gesicht geschrieben.

Ich wagte es nicht, allzu deutlich zu werden, daher kniff ich nur die Augen zusammen und starrte ihn beschwörend an, daß er sich nich rühren sollte. Die Adern an seinem Hals schwollen an, und sein Gesicht war stark gerötet, aber er nickte kaum wahrnehmbar.

Ich kämpfte, als Harry mich zu Boden drückte und meine Röcke hochzuziehen versuchte, um meine Hand näher an den Dolchgriff heranzubringen. Harry schlug mir ins Gesicht und befahl mir, mich nicht zu rühren. Meine Wange brannte, und meine Augen tränten, aber die Waffe war jetzt in meiner Hand, verborgen unter den Falten meines Kleides.

Ich legte mich schwer atmend zurück. Ich konzentrierte mich auf mein Vorhaben und bemühte mich, alles andere aus meinen Gedanken zu verbannen.

Seine schmutzigen Hände packten meine Oberschenkel und rissen sie auseinander. Ich erinnerte mich daran, wie sich Ruperts Wurstfinger in Murtaghs Rippen bohrten, und ich hörte seine Stimme: »Hier, unter der letzten, erreichst du die Niere. Wenn du das Messer geradewegs nach oben führst, fällt dein Gegner wie vom Blitz getroffen.«

Es wurde Zeit; Harrys stinkender Atem wehte mir ekelhaft heiß ins Gesicht, und er fingerte zwischen meinen Beinen herum.

»Schau's dir genau an, du Bock«, keuchte er, »dann weißt du, wie's gemacht wird. Deine kleine Hure wird um mehr winseln, bevor —«

Ich schlang den linken Arm um Harrys Nacken, um ihn festzuhalten, hob die Hand mit dem Dolch und stieß so fest zu, wie ich nur konnte. Der Schock des Aufpralls strahlte bis in meine Schulter aus, ich ließ beinahe die Waffe fallen. Harry stöhnte und zappelte, um zu entkommen. Ich hatte zu hoch gezielt, und der Dolch war von einer Rippe abgerutscht.

Doch ich konnte jetzt nicht klein beigeben. Glücklicherweise wurden meine Beine nicht von den lästigen Röcken behindert. Ich schlang sie um Harrys schwitzende Hüften und nahm ihn in die Zange. Ich stach erneut zu, mit der Kraft der Verzweiflung, und diesmal fand ich die richtige Stelle.

Rupert hatte recht gehabt. Harry wölbte sich in einer gräßlichen Parodie des Liebesaktes empor und brach dann lautlos über mir zusammen, während das Blut aus seiner Rückenwunde spritzte.

Arnold war durch dieses Schauspiel kurz abgelenkt worden, und dieser Moment war mehr als genug für den ergrimmten Schotten, den er in Schach halten sollte. Als ich wieder soweit bei Sinnen war, daß ich mich unter dem leblosen Harry herauswinden konnte, war auch Arnold mausetot. Jamie hatte ihm mit dem *Sgian dhu*, den er im Strumpf trug, säuberlich die Kehle durchgeschnitten.

Jamie kniete sich neben mich. Wir zitterten beide und klammerten uns wortlos aneinander. Immer noch schweigend trug Jamie mich zu einer grasbewachsenen Stelle hinter einem Schutzschirm aus Espen.

Er legte mich auf den Boden und setzte sich unbeholfen neben mich. Er sank zusammen, als hätten seine Knie plötzlich nachgegeben. Ich empfand eine frostige Einsamkeit, mir war, als zerrte ein eisiger Winterwind an meinen Kleidern. Ich streckte die Hand nach Jamie aus. Er hob den Kopf von den Knien und starrte mich an, als hätte er mich noch nie gesehen. Ich legte ihm die Hände auf die Schultern, und er zog mich mit einem Laut, der halb Ächzen, halb Schluchzen war, an seine Brust.

Dann nahmen wir einander – schweigend, aber wild und drängend, mit hektischen Bewegungen, getrieben von einem Zwang, den ich nicht verstand; ich wußte nur, daß wir ihm gehorchen mußten, sonst würden wir einander für immer verlieren. Es war keine Begegnung aus Liebe, sondern aus Not, als wäre uns klar, daß wir allein nicht bestehen konnten.

Und so lagen wir engumschlungen im Gras – zerzaust, blutbefleckt und zitternd trotz des Sonnenscheins. Jamie murmelte etwas; seine Stimme war so leise, daß ich nur das Wort »Verzeihung« verstand.

»Du kannst nichts dafür«, sagte ich und strich ihm über die Haare. »Jetzt ist alles in Ordnung, es ist wieder gut.« Alles kam mir vor wie ein Traum, als sei nichts um mich herum wirklich, und ich erkannte darin vage die Symptome eines verzögerten Schocks.

»Nein«, widersprach Jamie. »Nein. Es war wirklich *meine* Schuld... Eine solche Torheit, hier nicht aufzupassen. Und es zuzulassen, daß du... ich wollte es nicht. Ich wollte... es tut mir leid, daß ich dich benutzt habe. Dich so zu nehmen, so kurz nach... wie ein Tier. Verzeih mir, Claire... ich weiß nicht, was mich... ich konnte nicht anders, aber... mein Gott, dir ist ja ganz kalt, *mo duinne,* deine Hände fühlen sich eisig an. Komm, laß dich von mir wärmen.«

Er steht auch unter Schock, dachte ich. Seltsam, wie es manche Leute beim Reden packt. Andere zittern nur still. Ich zum Beispiel. Ich drückte Jamies Mund gegen meine Schulter, um ihn zum Schweigen zu bringen.

»Ist ja gut«, sagte ich immer wieder. »Ist ja gut.«

Plötzlich fiel ein Schatten über uns, und wir fuhren zusammen.

Dougal stand da und blickte finster auf uns herab. Höflich wandte er die Augen von mir ab, während ich mein Mieder schloß, und funkelte statt dessen Jamie an.

»Es ist ja schön und gut, Junge, dich mit deiner Frau zu vergnügen, aber wenn ihr uns länger als eine Stunde warten laßt und derart miteinander beschäftigt seid, daß ihr mich nicht einmal kommen hört – das wird dich eines Tages in Schwierigkeiten bringen, mein Junge. Es könnte sich jemand heranschleichen und dir eine Pistole an die Schläfe setzen, ehe du –«

Dougal hielt mitten im Satz inne und starrte mich ungläubig an, da ich mich wie entfesselt im Gras wälzte. Jamie führte seinen Onkel vor die Espen und klärte ihn mit gedämpfter Stimme auf. Ich fuhr fort, hemmungslos zu kichern, und stopfte mir schließlich ein Taschentuch in den Mund. Dougals Worte hatten den Anblick von Jamies Gesicht heraufbeschworen, sozusagen in flagranti ertappt, was ich in meiner Verstörung zum Schreien komisch fand. Ich lachte, bis ich Seitenstechen bekam. Schließlich setzte ich mich auf, wischte mir die Augen und sah Dougal und Jamie mit der gleichen mißbilligenden Miene vor mir stehen. Jamie zog mich auf die Beine und führte mich zu der Stelle, an der die übrigen Männer mit den Pferden warteten.

Außer der anhaltenden Neigung, aus nichtigen Gründen hysterisch zu lachen, trug ich von unserer Begegnung mit den Deserteuren keinen bleibenden Schaden davon. Allerdings wurde ich sehr vorsichtig, sobald ich das Lager verließ. Ich zuckte beim leisesten Geräusch im Wald nervös zusammen und eilte in fliegender Hast von routinemäßigen Verrichtungen wie Holz- und Wasserholen zurück, regelrecht erpicht auf den Anblick der MacKenzie-Leute. Auch ihr Schnarchen bei Nacht beruhigte mich neuerdings, und ich verlor die letzte Befangenheit wegen der diskreten Verrenkungen, die unter Jamies Decke stattfanden.

Ich fürchtete mich immer noch vor dem Alleinsein, als ein paar Tage später der Zeitpunkt für das Treffen mit Horrocks gekommen war.

Jamie sagte, ich könnte ihn nicht begleiten.

»Was?« fragte ich ungläubig. »Ich komme mit!«

»Das geht nicht«, erwiderte Jamie geduldig. »Die meisten der Männer werden mit Ned nach Lag Cruime reiten, um, wie geplant, die Pachtgelder zu kassieren. Dougal und ein paar andere begleiten mich zu dem Treffen, falls Horrocks auf Verrat sinnen sollte. Du darfst dich aber in der Nähe von Lag Cruime nicht sehen lassen; es könnte sein, daß Randalls Leute in der Gegend sind, und es wäre Randall zuzutrauen, daß er dich gewaltsam entführt. Und ich weiß nicht, was bei dem Treffen mit Horrocks geschehen mag. An der Straßenbiegung liegt ein Wäldchen. Dort wirst du es behaglich haben, bis ich wiederkomme.«

»Nein«, sagte ich störrisch, »ich begleite dich.« Mein Stolz verbot es mir, Jamie zu gestehen, daß ich mich davor fürchtete, von ihm getrennt zu sein.

»Du hast selbst gesagt, du wüßtest nicht, was bei dem Treffen mit Horrocks passieren kann«, fuhr ich fort. »Ich möchte hier nicht warten und mich den ganzen Tag fragen, was mit dir geschieht. Laß mich mitkommen«, bat ich. »Ich verspreche dir, mich während des Treffens nicht zu zeigen. Aber ich möchte nicht alleine hierbleiben und mich den ganzen Tag sorgen.«

Jamie seufzte ungehalten, widersprach mir jedoch nicht. Als wir bei dem Wäldchen waren, ergriff er den Zügel meines Pferdes und drängte mich von der Straße. Dann saß er ab und band beide Pferde an einem Busch fest. Ohne meine lautstarken Einwände zu beachten, verschwand er zwischen den Bäumen. Ich weigerte mich, abzusteigen. Er kann mich nicht zum Bleiben zwingen, dachte ich.

Schließlich kam Jamie zurück. Die anderen waren schon weggeritten, doch er dachte an unsere letzte Erfahrung mit leeren Lichtungen und brach nicht auf, ehe er das Wäldchen gründlich durchsucht, zwischen die Bäume geschaut und das hohe Gras mit Hilfe eines Stockes geteilt hatte. Nun band er die Pferde los und schwang sich in den Sattel.

»Es droht keine Gefahr«, sagte er. »Reit ins Dickicht hinein, Claire, und versteck dich und dein Pferd. Ich hole dich, sobald wir fertig sind. Ich kann dir nicht sagen, wie lange es dauern wird, aber bis Sonnenuntergang sind wir bestimmt zurück.«

»Nein! Ich begleite dich!«

Jamie streckte die Hand aus und faßte mich an den Schultern.

»Hast du nicht gelobt, mir zu gehorchen?« fragte er und schüttelte mich leicht.

»Doch...« Aber nur weil ich mußte, wollte ich sagen, doch da führte er bereits mein Pferd in Richtung Dickicht.

»Es ist sehr gefährlich, und ich nehme dich nicht mit, Claire. Ich werde zu tun haben, und sollte es zum Kampf kommen, so kann ich nicht gleichzeitig fechten und dich beschützen.« Als Jamie meinen störrischen Gesichtsausdruck sah, steckte er die Hand in die Satteltasche und begann darin herumzuwühlen.

»Was suchst du?«

»Einen Strick. Wenn du mir nicht gehorchst, binde ich dich an einen Baum.«

»Das tust du nicht!«

»Das tue ich sehr wohl!« Es war ihm offensichtlich ernst. Ich kapitulierte widerwillig und zügelte mein Pferd. Jamie küßte mich flüchtig auf die Wange.

»Gib auf dich acht, Sassenach. Hast du deinen Dolch? Gut. Ich komme wieder, sobald ich kann. Oh, noch etwas.«

»Ja?« fragte ich mürrisch.

»Wenn du dieses Wäldchen verläßt, ehe ich dich hole, werde ich dir mit meinem Schwertgehenk den Hintern versohlen. Du hättest gewiß keine Freude daran, den Weg nach Bargrennan zu Fuß zurückzulegen. Und vergiß nicht«, schloß Jamie und kniff mich in die Wange, »ich stoße keine leeren Drohungen aus.« Ich ritt langsam auf das Wäldchen zu, schaute zurück und beobachtete, wie Jamie mit flatterndem Plaid davongaloppierte.

Es war kühl unter den Bäumen; das Pferd und ich atmeten erleichtert auf, als wir in den Schatten kamen. Wir hatten einen jener seltenen heißen Tage, wo die Sonne von einem blassen Himmel brennt und der Morgendunst schon um acht verflogen ist. Das Wäldchen hallte wider vom Lärm der Vögel; mehrere Meisen schwirrten zwischen den Eichen, und in der Nähe hörte ich eine Spottdrossel.

Ich war schon immer eine begeisterte Vogelbeobachterin gewesen. Wenn ich hier schon festsaß, bis mein herrischer, borlierter Esel von Mann geruhte, sein dämliches Leben nicht mehr zu riskieren, würde ich die Zeit nutzen und sehen, was ich entdecken konnte.

Ich fesselte meinem Wallach die Vorderbeine und ließ ihn laufen, damit er am Rande des Wäldchens grasen konnte; ich wußte ja, er würde nicht weit kommen.

Das Wäldchen bestand aus Nadelbäumen und jungen Eichen, ideal, um Vögel zu beobachten. Ich kochte immer noch vor Wut, doch als ich durchs Gehölz wanderte, beruhigte ich mich allmählich. Ich lauschte dem fernen Laut eines Fliegenschnäppers und dem Dialog zweier Misteldrosseln.

Das Wäldchen hörte ziemlich plötzlich am Rande eines kleinen Steilhangs auf. Ich bahnte mir zwischen den Eichen einen Weg, und die Vogellieder wurden vom Geräusch tosenden Wassers überlagert. Ich stand am Ufer eines Baches, der sich tief in die Felsen eingeschnitten hatte, da und dort über zerklüftete Wände abwärtsstürzte und braune und silberne Tümpel speiste. Ich setzte mich ans Wasser und ließ die Beine baumeln.

Eine Krähe schoß über mir durch die Luft, verfolgt von einem Rotschwanzpaar. Der massige schwarze Vogel flog im Zickzack, um den kleinen Sturzkampfbombern auszuweichen. Ich beobachtete lächelnd, wie die wütenden Eltern die Krähe hin und her trieben, und fragte mich, ob Krähen, wenn man sie in Ruhe ließ, wirklich immer geradeaus flögen. Diese hier würde, wenn sie einen solchen Kurs nahm, direkt...

Ich hielt inne.

Ich hatte mich so auf die Diskussion mit Jamie konzentriert, daß es mir erst in diesem Moment dämmerte: Die Situation, die herbeizuführen ich mich zwei Monate lang vergeblich bemüht hatte, war jetzt endlich eingetreten. Ich war allein und wußte, wo ich mich befand.

Ich blickte über den Bach hin, und die Morgensonne, die durch die Roteschen am anderen Ufer schien, blendete mich. Also war dies Osten. Mein Herz begann rascher zu schlagen. Hinter mir lag die Stadt Lag Cruime, vier Meilen nördlich von Fort William. Und Fort William lag drei Meilen westlich vom Craigh na Dun.

Damit war ich nicht mehr als sieben Meilen von jenem blöden Berg mit seinem verwünschten Steinkreis entfernt. Sieben Meilen von zu Hause. Von Frank.

Ich wollte in das Wäldchen zurückkehren, überlegte es mir jedoch anders. Ich konnte es nicht wagen, die Straße zu nehmen. So nahe bei Fort William war das Risiko zu groß. Und dem Bachlauf konnte ich zu Pferd nicht folgen. Tatsächlich war ich keineswegs sicher, ob es zu Fuß möglich war; die Felswände waren an manchen Stellen glatt und führten direkt ins tosende Wasser; hier fand man nirgendwo Halt außer auf den Steinen, die vereinzelt aus dem Bach ragten.

Aber es war der bei weitem direkteste Weg. Ich konnte es nicht wagen, eine zu umständliche Route zu wählen; ich befürchtete, mich zu verirren oder von Jamie und Dougal eingeholt zu werden.

Es gab mir einen Stich, als ich an Jamie dachte. Mein Gott, wie konnte ich ihn ohne ein Wort der Erklärung, der Entschuldigung verlassen? Spurlos verschwinden nach allem, was er für mich getan hatte?

Also beschloß ich zu guter Letzt, das Pferd nicht mitzunehmen. Dann würde Jamie wenigstens nicht glauben, ich hätte ihn vorsätzlich verlassen; vielleicht meinte er, ich sei von wilden Tieren getötet oder von irgendwelchem Gesindel entführt worden. Und da er keine Spur von mir finden würde, würde er mich schließlich vergessen und wieder heiraten. Vielleicht die hübsche junge Laoghaire von Burg Leoch.

Absurderweise regte mich die Vorstellung, daß Jamie sein Bett mit Laoghaire teilte, nicht minder auf als die, ihn zu verlassen. Ich beschimpfte mich als Idiotin, aber ich konnte nicht anders, ich mußte an ihr bezauberndes Gesicht denken, das vor glühender Sehnsucht errötet war, und an seine großen Hände, die in ihren strohblonden Haaren wühlten...

Ich versuchte mich zu entspannen und wischte mir resolut die Tränen von den Wangen. Ich hatte keine Zeit für sinnlose Überlegungen. Ich mußte gehen, solange ich noch konnte. Jetzt. Dies mochte die beste Chance sein, die sich je bot. Ich hoffte, daß Jamie mich vergaß. Ich wußte, ich würde nie imstande sein, ihn zu vergessen. Aber einstweilen mußte ich ihn aus meinen Gedanken verbannen, sonst würde ich mich nicht auf die Aufgabe konzentrieren können, die vor mir lag und schwierig genug war.

Vorsichtig stieg ich den Steilhang hinunter, bis ich am Wasser war. An dem schlammigen, mit Kieseln übersäten Ufer kam ich nur mühsam voran. Weiter vorne würde ich ins Wasser steigen und mich vorsichtig von Stein zu Stein bewegen müssen, bis das Ufer wieder so breit wurde, um begehbar zu sein.

Vorsichtig tastete ich mich voran und schätzte, wieviel Zeit mir blieb. Jamie hatte nur gesagt, sie würden vor Sonnenuntergang wieder da sein. Drei Meilen bis Lag Cruime, doch ich wußte weder, wie die Straßen beschaffen waren, noch wie lange das Treffen mit Horrocks dauern mochte.

Beim ersten Stein im Bach glitt ich aus, platschte bis zum Knie ins eisige Wasser und durchnäßte mir den Rock. Ich watete ans Ufer zurück, schlug die Röcke hoch, zog Strümpfe und Schuhe aus und steckte sie in die Tasche, die mein geschürzter Rock jetzt bildete. Dann setzte ich den Fuß wieder auf den Stein.

Ich entdeckte, daß ich von Stein zu Stein gehen konnte, ohne auszurutschen, wenn ich mit meinen Zehen Halt suchte. Die gebauschten Röcke behinderten jedoch meine Sicht, und ich rutschte mehr als einmal aus.

Glücklicherweise wurde das Ufer nun wieder breiter, und dankbar stieg ich in den warmen, klebrigen Schlamm. Manchmal konnte ich halbwegs bequem gehen, weitaus öfter aber mußte ich mich vorsichtig inmitten rauschenden, eisigen Wassers von Stein zu Stein tasten. Zumindest war ich zu beschäftigt, um viel an Jamie zu denken.

Nach einer Weile hatte ich die Sache im Griff. Vielleicht war ich zu selbstsicher, vielleicht auch nur müde, jedenfalls wurde ich leichtsinnig und verfehlte mein Ziel. Ich rutschte ab, fuchtelte wild mit den Armen, versuchte, auf den Stein zurückzukommen, auf dem ich gestanden hatte, doch ich war schon zu sehr aus dem Gleichgewicht. Mit Röcken, Dolch und allem fiel ich ins Wasser.

Und sank und sank. Zwar war der Bach nur dreißig bis sechzig Zentimeter tief, aber da und dort, wo das Wasser brunnenartige Löcher in den Fels gegraben hatte, ging es auch weiter hinunter. Der Stein, auf dem ich ausgeglitten war, lag am Rande einer solchen tiefen Stelle.

Eisiges Wasser drang mir in Nase und Mund. Silbrige Blasen sprudelten aus meinem Mieder und blubberten an meinem Gesicht vorbei, der Oberfläche entgegen. Der Baumwollstoff war binnen Sekunden triefnaß, und die Kälte des Baches lähmte mich.

Ich kämpfte darum, nach oben zu gelangen, doch das Gewicht meiner Kleidung zog mich abwärts. Ich zerrte hektisch an den Bändern meines Mieders, aber ich konnte mir nicht alles vom Leib reißen, ehe ich ertrank. Unfreundliche Gedanken über Schneider, Damenmode und die Unsinnigkeit langer Röcke schossen mir durch den Kopf, während ich wild um mich trat, um mir die Gewänder von den Beinen zu strampeln.

Das Wasser war kristallklar. Meine Finger streiften Fels, glitten durch dunkle, schlüpfrige Wasserlinsen und Algen. Schlüpfrig wie eine Wasserpflanze, hatte Jamie gesagt, als...

Der Gedanke riß mich aus meiner Panik heraus. Plötzlich erkannte ich, daß es mich nur erschöpfen würde, wenn ich mich an die Oberfläche zu strampeln versuchte. Dieses Wasserloch war gewiß nicht tiefer als drei Meter; ich mußte mich nur entspannen, mich abwärts sinken lassen, die Füße gegen den Grund stemmen und emporspringen. Wenn ich Glück hatte, würde ich auftauchen und Atem holen können, und selbst wenn ich wieder unterging, konnte ich mich ja wieder vom Boden abstoßen, bis ich mich nahe genug ans Ufer herangearbeitet hatte, um einen Felsblock zu fassen.

Ich sank qualvoll langsam. Da ich mich nicht mehr nach oben kämpfte, bauschten sich die Röcke vor meinen Augen. Ich schlug sie fort; ich mußte das Gesicht frei haben. Meine Lungen platzten beinahe, und ich hatte schon dunkle Flecke vor Augen, als ich endlich den Grund erreichte. Ich winkelte die Knie an, drückte die Röcke abwärts und stieß mich mit aller Kraft nach oben.

Es ging fast wie gewünscht. Mein Kopf durchbrach die Oberfläche, und ich hatte gerade genug Zeit für einen lebensrettenden Atemzug; dann schlug das Wasser erneut über mir zusammen. Aber es war genug. Ich wußte, daß ich es wieder tun konnte. Ich preßte die Arme gegen meine Seite, um schneller nach unten zu kommen. Einmal noch, Claire, dachte ich. Beug die Knie, stoß dich ab, spring!

Ich hob die Arme und schoß empor. Vorhin hatte ich beim Auftauchen etwas Rötliches leuchten gesehen; eine Eberesche mußte übers Wasser hängen. Vielleicht konnte ich einen ihrer Äste packen.

Als mein Kopf die Oberfläche durchbrach, faßte etwas nach meiner Hand. Es war hart, warm und beruhigend fest. Eine andere Hand.

Hustend und spuckend tastete ich blind umher, zu glücklich über die Rettung, um die Unterbrechung meiner Flucht zu bedauern. Das Glücksgefühl hielt an, bis ich mir die Haare aus den Augen strich und in das fleischige, bange Gesicht von Korporal Hawkins blickte.

21

Eine schlimme Viertelstunde nach der anderen

Mit spitzen Fingern entfernte ich die Ranke einer Wasserpflanze von meinem Ärmel und legte sie auf den Tintenlöscher. Dann sah ich ein Tintenfaß und tunkte die Pflanze hinein, um damit interessante Muster auf das dicke Löschpapier zu malen. Ich ließ mich von der Tätigkeit mitreißen und krönte mein Meisterwerk mit einem rüden Wort, streute Sand darüber und löschte es ab. Dann lehnte ich es gegen eine Reihe von Sekretärfächern.

Ich trat zurück, um es zu bewundern; dann schaute ich mich nach anderen Dingen um, die mich von Randalls bevorstehender Ankunft ablenken könnten.

Nicht übel für das Dienstzimmer eines Hauptmanns, dachte ich, als ich die Bilder an der Wand betrachtete, das silberne Schreibtischzubehör und den edlen Teppich auf dem Boden. Ich stellte mich wieder auf den Teppich, um effektiver zu tropfen. Der Ritt nach Fort William hatte meine Oberkleider recht gut getrocknet, aber die Unterröcke waren immer noch naß.

Ich öffnete einen kleinen Schrank hinter dem Schreibtisch und entdeckte die Ersatzperücke des Hauptmanns, säuberlich über einen schmiedeeisernen Ständer drapiert. Davor lag eine fein aufeinander abgestimmte Garnitur aus Handspiegel, Bürsten und einem Schildpattkamm. Ich trug den Perückenständer zum Schreibtisch, verteilte den restlichen Inhalt der Streusanddose darüber und stellte ihn in den Schrank zurück.

Als der Hauptmann eintrat, saß ich am Schreibtisch, hatte den Kamm in der Hand und betrachtete mein Spiegelbild. Randall warf mir einen Blick zu, der mein unordentliches Äußeres, den durchwühlten Schrank und das verunzierte Löschpapier zugleich erfaßte.

Ohne mit der Wimper zu zucken, zog er einen Stuhl heran, setzte sich mir gegenüber und schlug lässig die Beine übereinander. Von seiner schmalen, aristokratischen Rechten baumelte eine Reitgerte. Ich betrachtete die geflochtene Spitze, die langsam über dem Teppich hin und her schwang.

»Die Idee hat durchaus ihre Reize«, sagte Randall, während er beobachtete, wie meine Augen der Bewegung der Gerte folgten. »Aber wenn ich ein wenig Zeit hätte, um mich zu sammeln, fiele mir wahrscheinlich etwas Besseres ein.«

»Das glaube ich auch«, bestätigte ich und strich mir eine dichte Haarsträhne aus der Stirn. »Bloß dürfen Sie Frauen nicht auspeitschen, oder?«

»Doch, aber nur unter bestimmten Bedingungen«, erwiderte Randall höflich. »Die in Ihrem Falle nicht gegeben sind – noch nicht. Wie auch immer, dies wäre eine öffentliche Angelegenheit. Und ich hatte mir gedacht, zunächst sollten wir einander privat kennenlernen.« Der Hauptmann griff nach einer Karaffe, die hinter ihm auf einem Beistelltisch stand.

Wir tranken schweigend Bordeaux und beäugten uns über den Wein hinweg.

»Ich hatte vergessen, Ihnen zu Ihrer Vermählung zu gratulieren«, sagte Randall plötzlich. »Verzeihen Sie mir diesen Fauxpas.«

»Machen Sie sich nichts draus«, erwiderte ich leutselig. »Ich bin sicher, die Familie meines Mannes wird sich Ihnen sehr zu Dank verpflichtet fühlen, weil Sie mir Ihre Gastfreundschaft gewähren.«

»Oh, das bezweifle ich«, sagte der Hauptmann mit einem liebenswürdigen Lächeln. »Schon weil ich nicht die Absicht habe, Ihren Verwandten zu verraten, daß Sie hier sind.«

»Was veranlaßt Sie zu dem Glauben, daß meine Verwandten das nicht wissen?« fragte ich. Trotz meines ursprünglichen Entschlusses, es mit Frechheit durchzustehen, fühlte ich mich allmählich etwas schwach. Ich warf rasch einen Blick zum Fenster, doch es war auf der falschen Seite des Gebäudes. Die Sonne war nicht zu sehen, aber das Licht wirkte gelb; später Nachmittag vielleicht? Wie lange würde es dauern, bis Jamie mein Pferd fand? Und meinen Spuren zum Bach folgte – um sie prompt zu verlieren? Spurlos zu verschwinden hatte seine Nachteile. Tatsächlich konnten die Schotten nicht wissen, wohin ich gegangen war, wenn Randall sie nicht über meinen Verbleib unterrichtete.

»Wüßten sie es«, sagte der Hauptmann und zog eine elegant geformte Augenbraue hoch, »so sprächen sie wohl schon bei mir vor. In Anbetracht der Beschimpfungen, mit denen mich Dougal MacKenzie bei unserer letzten Begegnung überhäuft hat, glaube ich kaum, daß er mich als passende Gesellschaft für eine Verwandte erachten würde. Der Clan MacKenzie scheint Sie überhaupt für so wertvoll zu halten, daß er Sie lieber in seinem Kreis aufnimmt, als Sie mir in die Hände fallen zu lassen. Er würde schwerlich dulden, daß Sie hier elend verschmachten.«

Randall betrachtete mich mißbilligend.

»Soll mich der Teufel holen, ich ahne nicht einmal, was die mit Ihnen wollen«, bemerkte er. »Und warum sie Sie, wenn Sie ihnen schon soviel wert sind, allein durch Wald und Flur streifen lassen. Ich dachte, selbst Barbaren kümmerten sich besser um ihre Weiber.« Plötzlich begannen Randalls Augen zu glitzern. »Oder haben Sie vielleicht beschlossen, sich von Ihren Verwandten zu trennen?« Der Hauptmann lehnte sich, fasziniert von dieser Spekulation, zurück.

»War die Hochzeitsnacht womöglich eine härtere Prüfung als angenommen?« fragte er. »Ich muß gestehen, ich war ein wenig ungehalten, als ich erfuhr, daß Sie lieber mit einem dieser haarigen, halbnackten Wilden das Lager teilen, statt weitere Gespräche mit mir zu führen. Das kündet von ausgeprägtem Pflichtgefühl, Madam, und ich muß Ihrem Dienstherrn, wer immer das sein mag, gratulieren, daß er Sie solcherart zu inspirieren vermochte.« Randall lehnte sich noch weiter zurück und balancierte den Weinpokal auf seinem Knie. »Leider muß ich darauf bestehen, daß Sie mir den Namen Ihres Dienstherrn nennen. Wenn Sie sich tatsächlich von den MacKenzies getrennt haben, liegt der Verdacht nahe, daß Sie eine französische Agentin sind. Aber wessen Agentin?«

Der Hauptmann starrte mich an wie eine Schlange, die einen Vogel zu hypnotisieren hofft. Inzwischen hatte ich mir jedoch etwas Mut angetrunken und hielt seinem Blick stand.

»Oh«, sagte ich mit ausgesuchter Höflichkeit, »ich bin an diesem Gespräch auch beteiligt? Ich dachte, Sie kämen vorzüglich allein zurecht. Bitte fahren Sie fort.«

Randalls anmutig geschwungene Lippen wurden ein wenig verkniffen, und die Falte an seinen Mundwinkeln vertiefte sich, doch er sagte nichts. Er stellte den Pokal beiseite, erhob sich, nahm die Perücke ab und verstaute sie im Schrank. Er hielt einen Moment inne, als er die Sandkörner sah, die seine andere Perücke zierten, aber sein Gesichtsausdruck wandelte sich nicht merklich.

Seine Haare waren dunkel, dicht, fein und glänzend. Und sie wirkten verstörend vertraut, obwohl sie schulterlang und mit einem blauen Seidenband zurückgebunden waren. Randall entfernte das Band, holte den Kamm vom Schreibtisch und frisierte die von der Perücke zerdrückten Haare; dann band er sie wieder zusammen. Hilfsbereit hielt ich ihm den Spiegel hin, damit er den Effekt beurteilen konnte. Randall nahm ihn mir auf pointierte Weise ab, legte ihn an seinen Platz zurück und schloß die Schranktür, ja schlug sie fast zu.

Ich wußte nicht, ob er mich mit dieser Verzögerung nervös machen wollte, oder ob er sich nicht entschließen konnte, was er als nächstes tun sollte.

Die Spannung löste sich ein wenig, als ein Bursche eintrat und ein Tablett mit Tee brachte. Nach wie vor schweigend, goß Randall ein und bot mir eine Tasse an. Wir tranken.

»Sagen Sie's nicht«, meinte ich schließlich. »Lassen Sie mich raten. Sie haben eine neue Form der Überredungskunst ersonnen – die Blasenfolter. Sie schütten mich mit Getränken voll, bis ich Ihnen verspreche, alles auszuplaudern, wenn Sie mir nur fünf Minuten auf dem Topf gewähren.«

Randall war dermaßen überrascht, daß er wahrhaftig lachte. Sein Gesicht war plötzlich wie verwandelt, und es fiel mir nicht schwer zu begreifen, warum in der linken unteren Schublade seines Schreibtisches so viele parfümierte Briefumschläge lagen. Als Randall ausgelacht hatte, starrte er mich wieder an, doch ein Schmunzeln blieb zurück.

»Was immer Sie sonst noch sein mögen, Madam, wenigstens sind Sie unterhaltsam«, bemerkte er. Dann betätigte er den Glockenzug, der bei der Tür hing, und als der Bursche wieder auftauchte, wies er ihn an, mich zum entsprechenden Ort zu führen.

»Tragen Sie nur Sorge dafür, die Dame unterwegs nicht zu verlieren, Thompson«, fügte er hinzu und öffnete mir mit einer ironischen Verbeugung die Tür.

Ich lehnte mich matt gegen die Wand des Abtritts, zu dem mich der Bursche geleitet hatte. Randalls Gegenwart entkommen zu sein, wär eine – wenn auch nur kurze – Erleichterung. Ich hatte reichlich Gelegenheit gehabt, den wahren Charakter des Hauptmanns einzuschätzen, sowohl anhand der Geschichten, die ich gehört hatte, als auch aufgrund eigener Erfahrung. Doch immer wieder zeigte sich hinter dem kalten, rücksichtslosen Äußeren diese verdammte Ähnlichkeit mit Frank. Es war ein Fehler gewesen, dachte ich, den Hauptmann zum Lachen zu bringen.

Ich setzte mich, ignorierte den Gestank und konzentrierte mich auf das Problem, mit dem ich es zu tun hatte. Eine Flucht schien unmöglich. Vor der Tür stand der aufmerksame Thompson, außerdem befand sich Randalls Dienstzimmer in einem Gebäude, das fast in der Mitte des Geländes stand. Das Fort selbst war zwar eine ziemlich windige Angelegenheit, doch die Mauern waren drei Meter hoch und die Doppeltore scharf bewacht.

Ich spielte mit dem Gedanken, Übelkeit vorzuschützen und an meinem Zufluchtsort zu bleiben, verwarf ihn aber, und das nicht nur, weil die Umgebung so unerfreulich war. Die traurige Wahrheit war, daß Verzögerungstaktiken wenig fruchteten, es sei denn, ich hätte einen Anlaß dafür, und den hatte ich nicht. Niemand wußte, wo ich war, und Randall hatte nicht vor, es jemandem zu verraten. Ich war ihm ausgeliefert, solange er sich mit mir amüsieren wollte. Wieder bedauerte ich, daß ich ihn zum Lachen gebracht hatte. Ein Sadist mit Humor war besonders gefährlich.

Während ich fieberhaft nachdachte und hoffte, mir möge etwas Nützliches über den Hauptmann einfallen, stieß ich auf einen Namen. Ich hatte damals nur mit halbem Ohr zugehört und ihn mir beiläufig eingeprägt, daher hoffte ich, daß ich ihn richtig behalten hatte. Es war eine jämmerlich bescheidene Karte, die ich da ausspielen wollte, doch ich hatte keine andere. Ich holte tief Luft, atmete hastig wieder aus und verließ den Abtritt.

Zurück im Dienstzimmer, gab ich Zucker in meinen Tee, dann Sahne, und rührte sorgfältig um. Nachdem ich die Zeremonie in die Länge gezogen hatte, so gut ich konnte, mußte ich Randall wohl oder übel anschauen. Er lehnte sich zurück – seine Lieblingspose – und hielt die Tasse graziös in der Luft, um mich über deren Rand hinweg betrachten zu können.

»Nun?« fragte ich. »Was haben Sie mit mir vor?«

Randall lächelte und nahm vorsichtig einen Schluck heißen Tee, ehe er antwortete.

»Nichts.«

»Tatsächlich?« Ich zog verwundert die Augenbrauen hoch. »Hat Ihre Phantasie Sie im Stich gelassen?«

»Das möchte ich nicht hoffen«, antwortete Randall, höflich wie immer. Sein Blick maß mich, alles andere als höflich, wieder einmal von oben bis unten.

»Nein«, sagte er, während seine Augen beim Ausschnitt meines Mieders verweilten, »so gerne ich Ihnen auch die dringend benötigte Lektion in Sachen Manieren gäbe – dieses Vergnügen muß ich leider auf unbestimmte Zeit vertagen. Ich werde Sie samt meinen nächsten Berichten nach Edinburgh schicken und möchte nicht, daß Sie dort versehrt eintreffen; meine Vorgesetzten könnten mir Nachlässigkeit vorwerfen.«

»Edinburgh?« Ich vermochte meine Überraschung nicht zu verbergen.

»Ja. Ich vermute, vom Tolbooth haben Sie schon gehört?«

Das hatte ich. Das Tolbooth war eins der gräßlichsten Gefängnisse seiner Zeit, berühmt-berüchtigt für Dreck, Verbrechen, Krankheiten und Finsternis. Etliche Häftlinge dort starben, ehe sie vor Gericht geführt werden konnten. Ich mußte schlucken.

Randall trank, sehr zufrieden mit sich, seinen Tee.

»Sie dürften sich dort recht wohl fühlen. Schließlich scheinen Sie eine Vorliebe für feuchten Schmutz zu haben.« Der Hauptmann warf einen verächtlichen Blick auf den nassen Saum meines Unterrocks, der unter meinem Kleid hervorlugte. »Das Tolbooth wird Ihnen so heimelig vorkommen wie Burg Leoch.«

Ich bezweifelte, daß die Küche im Tolbooth so gut war wie die bei Colum. Und einmal ganz abgesehen vom Komfort – ich durfte es nicht dulden, daß Randall mich nach Edinburgh schickte. Wenn ich erst im Tolbooth eingekerkert war, würde ich nie mehr zum Steinkreis zurückkommen.

Es wurde Zeit, meine Karte auszuspielen. Jetzt oder nie. Ich hob die Tasse.

»Wie Sie wollen«, sagte ich ruhig. »Doch was wird der Herzog von Sandringham dazu sagen?«

Randall warf seinen Tee um – er kleckerte auf seine rehlederne Hose – und machte einige Geräusche, die mein Herz erfreuten.

»Ts, ts, ts«, sagte ich rügend.

Der Hauptmann lehnte sich mit flammendem Blick zurück. Aus der umgestürzten Tasse lief der Tee auf den lindgrünen Teppich, aber Randall streckte die Hand nicht nach dem Glockenzug aus. Ein kleiner Muskel zuckte an seinem Hals.

Ich hatte den Stapel gestärkter Taschentücher in der linken oberen Schreibtischschublade bereits entdeckt. Nun zog ich eines heraus und reichte es dem Hauptmann.

»Hoffentlich gibt das keine Flecken«, bemerkte ich honigsüß.

Randall ignorierte das Taschentuch. »Nein«, sagte er. »Nein, das ist nicht möglich.«

»Warum nicht?« fragte ich lässig und überlegte mir, was er wohl meinte.

»Das hätte man mir gesagt. Und wenn *Sie* für Sandringham arbeiten, warum, bei allen Teufeln, sollten Sie sich dann so lächerlich benehmen?«

»Vielleicht möchte der Herzog Ihre Loyalität auf die Probe stellen«, antwortete ich aufs Geratewohl und bereitete mich darauf vor aufzuspringen. Der Hauptmann hatte nämlich die Fäuste geballt, und die Reitgerte auf dem Schreibtisch neben ihm war nur zu leicht greifbar.

Randall schnaubte verächtlich.

»Allenfalls stellen Sie meine Leichtgläubigkeit auf die Probe. Oder meine Geduld. Beide, Madam, sind äußerst schwach entwickelt.« Seine Augen verengten sich, und ich rüstete mich zur raschen Flucht.

Er unternahm einen Ausfall; ich warf mich zur Seite. Ich faßte die Teekanne und schleuderte sie nach ihm. Er duckte sich, und sie polterte gegen die Tür. Der Bursche, der praktisch auf der Schwelle gewartet haben mußte, steckte verdutzt den Kopf ins Zimmer.

Schwer atmend winkte ihn der Hauptmann herein.

»Halten Sie sie fest«, befahl er brüsk und ging zum Schreibtisch. Ich begann tief durchzuatmen.

Doch statt mich zu schlagen, zog Randall die rechte untere Schreibtischschublade auf, die zu inspizieren ich keine Zeit gehabt hatte, und holte ein langes, dünnes Seil heraus.

»Welcher Herr verwahrt denn Stricke in seinem Schreibtisch?« fragte ich indigniert.

»Ein wohlvorbereiteter, Madam«, murmelte Randall, während er mir die Hände auf den Rücken fesselte.

»Gehen Sie«, sagte er ungeduldig zu dem Burschen. »Und kommen Sie, gleichgültig, was Sie hören, nicht wieder herein.«

Das klang unheilverkündend, und meine bösen Vorahnungen wurden in reichem Maße bestätigt, als Randall erneut in die Schublade griff.

Messer haben etwas Entnervendes. Selbst furchtlose Männer weichen vor einer gezückten Klinge zurück. Auch ich wich zurück, bis ich mit den gefesselten Händen gegen die weißgetünchte Wand stieß. Die tückisch blinkende Spitze senkte sich und drückte sich zwischen meine Brüste.

»Und nun«, sagte Randall freundlich, »werden Sie mir alles erzählen, was Sie über den Herzog von Sandringham wissen.« Er setzte die Klinge fester an. »Nehmen Sie sich soviel Zeit, wie Sie wollen, Madam. Ich bin durchaus nicht in Eile.« Es gab ein kleines Geräusch, als die Spitze der Klinge den Kleiderstoff durchbohrte. Ich spürte sie über meinem Herzen.

Randall zog das Messer langsam im Halbkreis unter einer Brust durch. Der Stoff fiel auseinander, und meine Brust kam heraus. Randall schien die Luft angehalten zu haben; nun atmete er tief aus, während er mir in die Augen starrte.

Ich wich zurück, doch ich hatte nur sehr wenig Spielraum. Schließlich stand ich gegen den Schreibtisch gedrückt und hielt mit den gefesselten Händen die Kante gepackt. Wenn Randall nahe genug kommt, dachte ich, kann ich ihm vielleicht das Messer aus den Fingern treten. Ich bezweifelte, daß er mich töten würde – gewiß nicht eher, als bis er herausgefunden hatte, was ich über seine Beziehungen zum Herzog von Sandringham wußte. Aber irgendwie war das wenig tröstlich.

Der Hauptmann stürzte sich auf mich, rammte mir ein Knie zwischen die Schenkel und versetzte mir einen Stoß. Unfähig, das Gleichgewicht zu halten, fiel ich auf den Schreibtisch und schrie auf, als ich schmerzhaft auf den gefesselten Händen landete. Randall drängte sich zwischen meine Beine, tastete mit der einen Hand nach meinen Röcken, während die andere an meiner entblößten Brust herumdrückte. Er fuhr mit der Hand mein Bein hinauf und schob mir die nassen Unterröcke, den Rock und das Hemd über die Taille. Dann griff er sich an die Hose.

Inmitten einer englischen Garnison würde Schreien wohl nicht viel nutzen, aber ich füllte meine Lungen und versuchte es – mehr ein Pro-forma-Protest als alles andere. Ich erwartete Schläge dafür. Doch statt dessen schien es Randall zu gefallen.

»Nur munter geschrien, Liebchen«, murmelte er, vollauf beschäftigt mit seinem Hosenschlitz. »Wenn Sie schreien, macht es mir weitaus mehr Freude.«

Ich sah dem Hauptmann direkt ins Auge und fauchte: »Sie können mich mal!«

Eine dunkle Locke fiel Randall verwegen in die Stirn. Er sah seinem mehrfachen Urenkel so ähnlich, daß mich der furchtbare Impuls überkam, die Beine zu öffnen und mich ihm hinzugeben. Er quetschte mir brutal die Brust, und der Impuls verflog.

Ich war zornig und angewidert, fühlte mich gedemütigt und ekelte mich, aber viel Angst hatte ich seltsamerweise nicht. Ich spürte eine schwerfällige Bewegung an meinem Bein und erkannte, warum ich nicht viel Angst hatte. Der Hauptmann würde keine Freude daran haben, *außer* ich schrie – und vielleicht nicht einmal dann.

»*So* ist das also!« sagte ich und wurde auf der Stelle mit einer Ohrfeige belohnt. Grimmig schloß ich den Mund und drehte den Kopf weg, damit ich nicht in Versuchung geriet, weitere unkluge Bemerkungen zu machen. Ob er mich nun vergewaltigte oder nicht, ich erkannte, daß ich schon wegen Randalls unausgeglichener Art in erheblicher Gefahr war. Als ich von ihm wegsah, bemerkte ich eine plötzliche Bewegung am Fenster.

»Ich wäre Ihnen dankbar«, sagte eine kühle, gelassene Stimme, »wenn Sie Ihre Finger von meiner Frau nehmen würden.« Randall erstarrte, eine Hand nach wie vor auf meiner Brust. Jamie kauerte im Fensterrahmen und hatte eine große Pistole mit Messinggriff im Anschlag.

Randall stand noch eine Sekunde reglos da, als traute er seinen Ohren nicht. Während er den Kopf langsam zum Fenster wandte, nahm er die Hand, die Jamies Blick entzogen war, von meiner Brust und tastete vestohlen nach dem Messer, das er neben mir auf den Schreibtisch gelegt hatte.

»*Was* haben Sie gesagt?« fragte Randall ungläubig. Als er das Messer packte, hatte er sich weit genug gedreht, um zu sehen, wer gesprochen hatte. Er hielt einen Moment inne und begann zu lachen.

»Gott sei unserer armen Seele gnädig, es ist der junge schottische Wildkater! Ich dachte, mit dir sei ich ein für allemal fertig! Dann ist dein Rücken doch verheilt, wie? Und das ist *deine* Frau, hast du gesagt? Ein köstliches Weib, genau wie deine Schwester.« Randalls Hand, die noch immer von seinem Körper verdeckt wurde, bewegte sich aufwärts; die Klinge zeigte jetzt auf meinen Hals. Ich konnte

Jamie über die Schulter des Hauptmanns hinweg sehen; er hielt sich bereit wie ein Panther vor dem Sprung. Weder zitterte der Lauf der Pistole, noch veränderte sich Jamies Gesichtsausdruck. Ein leichtes Erröten war der einzige Hinweis auf seine Gefühle.

Fast beiläufig hob Randall das Messer, bis auch Jamie es sehen konnte. Die Spitze berührte fast meine Kehle. Der Hauptmann dreht sich halb zu Jamie herum.

»Vielleicht wirfst du deine Pistole jetzt hier herüber – es sei denn, du bist des Ehelebens müde. Wenn du es freilich vorziehst, Witwer zu sein...« Die Blicke der beiden Männer begegneten sich und ließen einander nicht los; eine Minute lang rührte sich keiner. Schließlich lockerte sich Jamies Körper ein wenig. Er stieß einen resignierten Seufzer aus und warf die Pistole in den Raum. Sie schlitterte Randall vor die Füße.

Der Hauptmann bückte sich und hob die Waffe auf. Als er das Messer von meinem Hals nahm, versuchte ich, mich aufzusetzen, aber er drückte mich wieder nach unten. Mit der einen Hand hielt er mich nieder, mit der anderen zielte er auf Jamie. Das Messer liegt irgendwo auf dem Boden, dachte ich, nicht weit von meinen Füßen entfernt. Wenn ich bloß Greifzehen hätte... Der Dolch in meiner Tasche war so unerreichbar wie der Mond.

Seit Jamies Erscheinen war das Lächeln nicht aus Randalls Zügen gewichen. Nun wurde es breiter.

»So ist es besser.« Die Hand des Hauptmanns wanderte zu seinem mittlerweile schwellenden Hosenschlitz zurück. »Ich war gerade beschäftigt, als du hier eingetroffen bist, mein Teuerster. Du wirst verzeihen, wenn ich damit fortfahre, ehe ich mich dir widme.«

Jamie war mittlerweile dunkelrot angelaufen, aber er stand reglos da. Die Pistole zeigte auf seine Brust. Als Randall mit dem Herumfingern aufhörte, stürzte sich Jamie der Mündung der Waffe entgegen. Ich wollte ihn aufhalten, schreien, doch mein Mund war trocken vor Entsetzen. Randalls Knöchel traten weiß hervor, als er abdrückte.

Der Hahn klickte, aber kein Schuß löste sich, und Jamie rammte Randall die Faust in den Bauch. Es gab ein dumpfes, knirschendes Geräusch, als er dem Hauptmann mit der anderen die Nase brach. Ein zweiter Blutregen benetzte meinen Rock. Randall verdrehte die Augen und ging zu Boden.

Jamie war hinter mir, zog mich hoch und zerrte an dem Strick um meine Hände.

»Du hast dich mit einer *ungeladenen* Pistole hier hereingemogelt?« krächzte ich.

»Wenn sie geladen gewesen wäre, hätte ich ihn ja wohl gleich totgeschossen, oder?« zischte Jamie.

Draußen auf dem Flur näherten sich Schritte. Der Strick zerriß, und Jamie zog mich ans Fenster. Bis zur Erde waren es an die drei Meter, doch die Schritte waren jetzt fast bei der Tür. Wir sprangen gemeinsam.

Ich landete mit einem Aufprall, den ich in allen Knochen spürte, und kugelte in einem Durcheinander von Röcken und Unterröcken auf dem Boden herum. Jamie riß mich auf die Beine und drückte mich gegen die Mauer des Gebäudes.

Wir schlichen bis zur Ecke am Gebäude entlang. Jetzt sah ich, wo wir waren. In knapp sieben Meter Entfernung führte eine Leiter zu dem Wehrgang, der an der inneren Seite der Mauer verlief. Jamie wies mit dem Kopf darauf; dies war unser Ziel.

Er flüsterte: »Wenn du eine Explosion hörst, dann renn wie der Teufel und steig die Leiter hinauf. Ich komme nach.«

Ich nickte. Mein Herz schlug wie ein Schmiedehammer. Als ich an mir heruntersah, merkte ich, daß die eine Brust immer noch entblößt war. Nun, dagegen ließ sich im Moment nichts machen. Ich raffte die Röcke, bereit loszurennen.

Auf der anderen Seite des Gebäudes tat es einen Riesenschlag, als wäre eine Kanone losgegangen. Jamie gab mir einen Stoß, und ich rannte, so schnell ich konnte. Ich sprang auf die Leiter und kletterte hinauf; ich spürte, wie das Holz unter Jamies Gewicht zitterte und bebte.

Als ich mich auf der obersten Sprosse umdrehte, konnte ich das Fort überblicken. Schwarze Rauchschwaden quollen aus einem kleinen Gebäude in der Nähe der hinteren Mauer, und Männer liefen aus allen Richtungen darauf zu.

Jamie tauchte neben mir auf. »Hier entlang.« Er rannte geduckt den Wehrgang entlang, und ich folgte ihm. Wir hielten bei einem Fahnenmast an, der in die Mauer eingelassen war. Die Flagge flatterte schwerfällig hin und her, die Flaggleine schlug rhythmisch gegen die Stange. Jamie äugte suchend über die Mauer.

Ich sah noch einmal auf das Fort zurück. Die Männer versammelten sich in heller Aufregung um das kleine Gebäude. An einer Seite entdecke ich ein etwa meterhohes, hölzernes Podium, zu dem ein paar Stufen hinaufführten. In der Mitte erhob sich ein massiver Pfosten mit einem Querbalken, von dem Handfesseln baumelten.

Plötzlich pfiff Jamie, ich schaute über die Mauer und sah Rupert, der auf seinem Pferd saß und Jamies am Zügel führte. Bei dem Pfiff blickte er auf und lenkte die Tiere unterhalb von uns an die Mauer heran.

Jamie schnitt die Flaggleine durch. Der schwere Fahnenstoff glitt abwärts und landete rauschend neben mir. Jamie schlang ein Ende der Leine rasch um eine Strebe und warf den Rest an der Außenseite der Mauer hinunter.

»Komm!« sagte er. »Halt dich mit beiden Händen fest und stemm die Füße gegen die Mauer! Los!« Ich tat wie geheißen, stützte mich mit den Füßen ab und ließ die Leine durch meine Hände laufen; es brannte. Ich landete neben den Pferden auf der Erde und saß eilends auf. Einen Moment später sprang Jamie hinter mir in den Sattel, und wir galoppierten davon.

Als uns nach einer Weile klar war, daß wir etwaige Verfolger abgeschüttelt hatten, verlangsamten wir die Gangart. Nach kurzer Beratung kam Dougal zu dem Schluß, daß wir uns am besten auf den Weg zu den Mackintosh-Ländereien machten; sie waren das nächste sichere Clan-Gebiet.

»Doonesbury können wir heute noch erreichen, und dort dürften wir außer Gefahr sein. Morgen wird man wohl nach uns fahnden, aber ehe das bis Doonesbury durchdringt, sind wir jenseits der Grenze.« Inzwischen war der halbe Nachmittag vorbei; wir schlugen ein gleichmäßiges Tempo an. Unser Pferd blieb mit seiner doppelten Last ein wenig hinter den anderen zurück. Mein eigenes, nahm ich an, weidete immer noch zufrieden in dem Wäldchen und wartete darauf, von jemandem nach Hause gebracht zu werden, der das Glück hatte, es zu entdecken.

»Wie hast du mich gefunden?« fragte ich. Ich begann zu zittern und schlang mir die Arme um den Leib, um es zu unterbinden. Meine Kleider waren inzwischen vollständig trocken, doch ich empfand eine Kälte, die bis ins Mark ging.

»Ich habe Bedenken bekommen, dich allein zu lassen, und einen Mann geschickt, der bei dir bleiben sollte. Er hat die englischen

Soldaten und dich beim Übergang über die Furt beobachtet.« Jamies Stimme klang frostig. Ich konnte es ihm nicht verdenken. Meine Zähne fingen zu klappern an.

»Es ... es erstaunt mich, daß du mich nicht einfach als englische Spionin abgetan und meinem Schicksal überlassen hast.«

»Dougal wollte das. Aber der Mann, der dich mit den Soldaten gesehen hat, sagte, du hättest dich gewehrt. Und so wollte ich zumindest nach Fort William reiten und selber nachschauen.« Jamie blickte auf mich herab; sein Gesichtsausdruck veränderte sich nicht.

»Es ist ein rechtes Glück für dich, Sassenach, daß ich dort gesehen habe, was ich sah. Dougal muß jetzt zugeben, daß du nicht mit den Rotröcken im Bunde bist.«

»Dougal! Und du? Was denkst du?« fragte ich.

Jamie antwortete nicht; er schnaubte nur kurz. Immerhin hatte er soviel Mitleid mit mir, daß er sein Plaid abnahm und es mir über die Schultern hängte, doch er legte weder seinen Arm um mich, noch berührte er mich mehr als unbedingt nötig. Er ritt in grimmigem Schweigen dahin und führte die Zügel im Gegensatz zu seiner gewohnten Eleganz mit zorniger Fahrigkeit.

Ich war selbst erregt und aufgewühlt und mochte mich nicht mit solchen Launen abfinden.

»Was ist?« fragte ich ungeduldig. »Jetzt schmoll doch nicht, um Himmels willen!« Ich sprach in schärferem Ton, als ich vorgehabt hatte, und ich spürte, wie sich Jamie noch mehr verhärtete. Plötzlich hielt er am Straßenrand an. Ehe ich's mich versah, war er vom Pferd gestiegen und riß auch mich aus dem Sattel. Ich landete unbeholfen und taumelte.

Dougal und die anderen verharrten, als sie uns anhalten sahen. Jamie schickte sie mit einer knappen Gebärde weiter. Dougal nickte zum Zeichen seines Einverständnisses. »Braucht nicht so lange!« rief er und ritt mit den anderen davon.

Jamie wartete, bis sie außer Hörweite waren. Dann packte er mich und drehte mich grob herum, damit ich ihm in die Augen sah. Er war wirklich wütend. Auch in mir regte sich Zorn; welches Recht hatte er, mich so zu behandeln?

»Schmollen!« fauchte er. »Schmollen! Ich bringe alle Selbstbeherrschung auf, über die ich gebiete, um dich nicht zu schütteln, daß dir die Zähne klappern, und du sagst, ich soll nicht schmollen!«

»Was ist los mir dir, in Gottes Namen?« fragte ich erbost. Ich versuchte, mich seinem Griff zu entwinden, doch seine Finger gruben sich in meine Oberarme wie die Zähne eines Fangeisens.

»Was mit mir los ist? Ich werde es dir sagen, wenn du's unbedingt wissen willst!« knurre Jamie. »Ich habe es satt, immer wieder beweisen zu müssen, daß du keine englische Spionin bist. Ich habe es satt, dich ständig im Auge zu behalten aus Angst vor der nächsten Dummheit, die du begehen wirst. Und ich habe es erst recht satt, daß ich dauernd mit ansehen soll, wie man dich schändet! Das macht mir keine Freude!«

»Glaubst du vielleicht, daß *mir* das Freude macht?« schrie ich. »Oder willst du behaupten, es sei *meine* Schuld?«

Jamie schüttelte mich. »Ja, es ist deine Schuld! Wärst du in dem Wäldchen geblieben, wie ich es dir befohlen habe, so wäre das alles nicht geschehen! Aber nein, du hörst nicht auf mich, ich bin ja nur dein Mann, warum solltest du dich nach mir richten? Du tust, was dir beliebt, und als nächstes finde ich dich auf dem Rücken, die Röcke hochgeschlagen und den ärgsten Lumpen des Landes zwischen deinen Beinen, im Begriff, dich vor meinen Augen zu nehmen!«

Jamie war zornesrot, und ich spürte, wie auch mir das Blut in die Wangen stieg.

»Es ist *deine* Schuld! Du hast mich die ganze Zeit verdächtigt! Ich habe dir gesagt, wer ich bin! Und ich habe dir gesagt, es sei keine Gefahr dabei, wenn ich dich begleite, aber wolltest du auf *mich* hören? Nein! Ich bin ja nur eine Frau, warum solltest du dich darum kümmern, was ich sage! Frauen sind bloß dazu da, daß sie gehorchen und mit demütig gefalteten Händen herumsitzen, bis die Männer zurückkommen und ihnen sagen, was sie zu tun haben!«

Jamie war nicht mehr in der Lage, sich zu zügeln, und schüttelte mich.

»Und wenn du dich daran gehalten hättest, wären wir jetzt nicht auf der Flucht vor Hunderten von Rotröcken! O Gott, Frau, ich weiß nicht, ob ich dich erwürgen oder bewußtlos schlagen soll, aber, bei unserem Erlöser, *irgend etwas* möchte ich dir antun!«

An diesem Punkt wollte ich Jamie zwischen die Beine treten, doch er wich aus und rammte sein Knie zwischen meine Schenkel, womit er jeden weiteren Versuch unterband.

»Wag das nicht noch einmal, sonst setzt es Maulschellen, daß dir die Ohren klingen«, zischte er.

»Du bist ein Vieh und ein Narr«, keuchte ich und bemühte mich, mich aus seinem Griff zu befreien. »Glaubst du, ich hätte mich *absichtlich* von den Engländern fangen lassen?«

»Ja, ich glaube, du hast dich absichtlich fangen lassen, um mir das heimzuzahlen, was auf der Lichtung geschehen ist.«

Ich sperrte den Mund auf.

»Auf der Lichtung? Mit den englischen Deserteuren?«

»Ja. Du glaubst, ich hätte dich beschützen müssen, und du hast recht. Aber ich konnte nicht; du mußtest es selber tun, und jetzt hast du versucht, es mir heimzuzahlen, indem du, *meine* Frau, dich in die Hände des Mannes gegeben hast, der mein Blut vergossen hat.«

»*Deine* Frau! *Deine* Frau! Du scherst dich doch keinen Deut um mich! Ich bin bloß dein Eigentum, und all das zählt nur für dich, weil du meinst, daß ich dir gehöre, und es nicht erträgst, daß sich jemand an dem vergreift, was dir gehört!«

»Du gehörst mir allerdings!« brüllte Jamie und grub mir die Finger wie Stacheln in die Schultern. »Und du *bist* meine Frau, ob es dir gefällt oder nicht!«

»Es gefällt mir nicht! Es gefällt mir kein bißchen. Aber das zählt auch nicht, oder? Solange ich dein Bett wärme, ist es dir egal, was ich denke und wie es mir geht! Mehr ist eine Frau nicht für dich – etwas, in das du deinen Schwanz steckst, wenn du den Drang dazu verspürst!«

Jamies Gesicht wurde weiß wie eine Wand, und er begann mich ernstlich zu schütteln. Mein Kopf flog hin und her, meine Zähne schlugen aufeinander, und ich biß mir schmerzhaft auf die Zunge.

»Laß mich los!« schrie ich. »Laß mich los, du –«, ich gebrauchte absichtlich die Worte von Harry dem Deserteur, weil ich Jamie kränken wollte, »du lüsterner Bock!« Er gab mich frei und trat mit flammenden Augen einen Schritt zurück.

»Du lästerliche Schlampe! So redest du nicht mit mir!«

»Ich rede mit dir, wie ich will! Du kannst mir nicht vorschreiben, was ich zu tun habe!«

»Das scheint mir auch so! Du tust, was du willst, gleichgültig, wen du damit verletzt, wie? Du selbstsüchtige, dickköpfige –«

»Verletzt ist bloß dein verdammter Stolz!« schrie ich. »Ich habe dich und mich vor den Deserteuren gerettet, und das verträgst du nicht, oder? Du hast einfach danebengestanden! Wenn ich keinen Dolch gehabt hätte, wären wir jetzt beide tot!«

Bis ich die Worte aussprach, hatte ich nicht geahnt, daß ich böse auf Jamie war, weil er mich nicht vor den englischen Deserteuren beschützt hatte. In einer vernünftigeren Stimmung wäre mir das nie in den Sinn gekommen. Es war nicht seine Schuld, hätte ich gesagt. Doch nun erkannte ich, daß ich – ob es fair war oder nicht, rational oder nicht – irgendwie *doch* das Gefühl hatte, er wäre für mein Wohl verantwortlich und hätte mich im Stich gelassen.

Jamie stand keuchend da und funkelte mich an. Als er wieder sprach, war seine Stimme leise, aber voller Leidenschaft.

»Du hast den Pfahl auf dem Hof des Forts gesehen?« Ich nickte.

»Nun, an diesen Pfahl hat man mich gebunden wie ein Tier, und man hat mich ausgepeitscht, bis mir das Blut über den Leib rann! Die Narben davon werde ich behalten, bis ich sterbe. Wenn ich heute nachmittag nicht unsäglich viel Glück gehabt hätte, wäre dies das wenigste gewesen, was mir geschehen wäre. Vermutlich hätten sie mich ausgepeitscht und dann aufgeknüpft.« Jamie schluckte.

»Ich wußte das und habe nicht einen Augenblick gezögert, dir an diesen Ort zu folgen, obwohl ich dachte, vielleicht hätte Dougal doch recht! Weißt du, woher ich die Pistole hatte?« Ich schüttelte wie betäubt den Kopf; mein Zorn begann zu verrauchen. »Ich habe in der Nähe der Mauer einen Wachtposten getötet. Er hat auf mich gefeuert; deshalb war die Waffe nicht geladen. Er hat mich verfehlt, und ich habe ihn mit dem Dolch erstochen. Den habe ich in seiner Brust stecken lassen, als ich dich schreien hörte. Ich hätte ein Dutzend Männer getötet, um zu dir zu kommen, Claire.« Die Stimme versagte Jamie.

»Und als du geschrien hast, bin ich zu dir geeilt, mit nichts bewaffnet als einer ungeladenen Pistole.« Jamie sprach nun ein wenig ruhiger, aber sein Blick war immer noch wild vor Schmerz und Zorn. Ich schwieg. Vor lauter Entsetzen über meinen Zusammenstoß mit Randall hatte ich es nicht gewürdigt, welch verzweifelten Mutes es bedurfte, daß Jamie mir ins Fort gefolgt war.

Er wandte sich plötzlich mit hängenden Schultern von mir ab.

»Du hast recht«, sagte er. »Ja, du hast völlig recht.« Der Zorn wär aus seiner Stimme verschwunden, und an seine Stelle war ein Ton getreten, den ich noch nie bei ihm gehört hatte.

»Ich bin in meinem Stolz gekränkt. Und mein Stolz ist so ziemlich das einzige, was ich noch habe.« Jamie stützte sich mit den

Unterarmen gegen eine Kiefer und ließ erschöpft den Kopf darauf sinken. Seine Stimme war so leise, daß ich ihn kaum verstand.

»Du reißt mir die Seele aus dem Leib, Claire.«

Mir geschah etwas Ähnliches. Zögernd trat ich hinter Jamie. Er rührte sich nicht, nicht einmal, als ich ihm die Arme um die Taille legte. Ich drückte die Wange gegen seinen gebogenen Rücken. Sein Hemd war durchgeschwitzt, und er zitterte.

»Es tut mir leid«, sagte ich schlicht. »Bitte verzeih mir.« Da drehte er sich um und zog mich an sich. Ich spürte, wie er allmählich zu zittern aufhörte.

»Ich verzeihe dir, Mädel«, murmelte er schließlich in meine Haare. Er löste sich von mir und blickte auf mich herab.

»Auch mir tut es leid«, begann er. »Ich bitte dich um Entschuldigung für das, was ich gesagt habe; ich war verärgert und habe mehr gesagt, als ich wollte. Wirst auch du mir verzeihen?« Nach diesen Worten fand ich, daß es für mich kaum etwas zu verzeihen gab, aber ich nickte und drückte Jamies Hände.

»Ich verzeihe dir.«

In gelösterem Schweigen saßen wir auf. Die Straße verlief hier über eine lange Strecke gerade, und weit vor uns sah ich eine kleine Staubwolke – das mußten Dougal und die anderen sein.

Jamie hatte sich mir wieder zugewandt; er hielt mich im Arm, während wir dahinritten, und ich fühlte mich geborgener. Allerdings waren wir beide nach wie vor verletzt und befangen. Wir hatten einander verziehen, aber unsere Worte waren noch nicht vergessen.

22

Abrechnung

Wir kamen nach Einbruch der Dunkelheit in Doonesbury an. Es war eine große Kutschenstation, glücklicherweise mit Gasthof. Dougal schloß schmerzlich die Augen, als er den Wirt bezahlte; es bedurfte einiger Münzen, sein Stillschweigen zu erkaufen.

Doch erhielten wir dafür auch ein reichhaltiges Abendessen mit viel Bier. Das Mahl war eine verbissene Angelegenheit; es wurde fast schweigend eingenommen. Ich saß in meinem ruinierten Gewand bei Tisch, notdürftig mit Jamies zweitem Hemd bedeckt, und war offenkundig in Ungnade gefallen. Die Männer verhielten sich so, als wäre ich gar nicht da, und selbst Jamie tat nicht mehr, als ab und zu Brot und Fleisch in meine Richtung zu schieben. Es war eine Erleichterung, endlich in die Kammer hinaufzusteigen, obwohl sie klein und eng war.

Ich ließ mich seufzend aufs Bett sinken, ohne auf den Zustand der Decken zu achten.

»Ich bin erledigt. Das war ein langer Tag.«

»Aye.« Jamie entfernte Kragen und Stulpen, schnallte sein Schwertgehenk auf, machte aber keine Anstalten, sich weiter zu entkleiden. Er zog den Gürtel aus der Schlaufe, legte ihn einmal zusammen und dehnte nachdenklich das Leder.

»Komm ins Bett, Jamie. Worauf wartest du?«

Er stellte sich neben das Bett und ließ den Gürtel hin- und herschwingen.

»Nun, Mädel, ich fürchte, wir müssen noch etwas erledigen, bevor wir uns hinlegen.« Ich empfand plötzlich eine Übelkeit erregende Besorgnis.

»Was denn?«

Jamie antwortete nicht sofort. Er setzte sich nicht zu mir aufs Bett, sondern zog einen Hocker heran und nahm darauf Platz.

»Ist dir klar«, fragte er ruhig, »daß wir heute nachmittag alle mit knapper Not dem Tode entronnen sind?«

Ich blickte beschämt auf die Decke nieder. »Ja, und das war meine Schuld. Es tut mir leid.«

»Also ist es dir klar«, sagte Jamie. »Weißt du, daß man einem Mann, der so etwas getan hat, die Ohren abschneiden oder ihn auspeitschen, wenn nicht gar töten würde?« Ich erbleichte.

»Nein, das wußte ich nicht.«

»Du bist eben noch nicht mit unserer Art vertraut, und das entschuldigt einiges. Trotzdem habe ich dir gesagt, du solltest in dem Wäldchen bleiben, und hättest du's getan, so wäre das alles nicht geschehen. Nun werden uns die Engländer überall suchen; wir werden uns tagsüber verstecken und bei Nacht reiten müssen.«

Jamie legte eine Pause ein. »Und was Randall betrifft... aber das ist wieder etwas anderes.«

»Du meinst, er wird besonders nach dir fahnden, nun, da er weiß, daß du in der Nähe bist?« Jamie nickte geistesabwesend und starrte ins Feuer.

»Ja. Er... das ist etwas Persönliches, verstehst du?«

»Es tut mir so leid, Jamie«, sagte ich. Er winkte ab.

»Wenn es bloß um mich ginge, würde ich kein Wort mehr darüber verlieren. Aber da wir nun schon einmal darüber reden...«, er warf mir einen scharfen Blick zu, »werde ich dir sagen, daß es mich fast umgebracht hat mitanzusehen, wie dieses Vieh Hand an dich legte.« Jamie schaute wieder mit finsterer Miene ins Feuer, als durchlebte er die Ereignisse des Nachmittags noch einmal.

Ich spielte mit dem Gedanken, ihm von Randalls... Schwierigkeiten zu berichten, fürchtete jedoch, es würde mehr schaden als nützen. Ich wünschte mir verzweifelt, Jamie in die Arme zu nehmen und ihn um Verzeihung zu bitten, aber ich wagte es nicht, ihn zu berühren. Nach langem Schweigen seufzte er und erhob sich. Er schlug mit dem Gürtel leicht gegen sein Bein.

»Nun denn«, sagte er. »Bringen wir's hinter uns. Du hast erheblichen Schaden angerichtet, weil du meine Befehle mißachtet hast, und ich werde dich dafür bestrafen, Claire. Du erinnerst dich noch daran, was ich gesagt habe, als ich dich heute vormittag verließ?« Ich erinnerte mich nur zu gut und warf mich hastig übers Bett, so daß mein Rücken gegen die Wand gepreßt war.

»Was meinst du?«

»Du weißt genau, was ich meine«, erwiderte Jamie mit fester Stimme. »Knie dich vors Bett und heb die Röcke, Mädel.«

»Nein, das tue ich nicht!« Ich packte den Bettpfosten mit beiden Händen und verkroch mich weiter in die Ecke.

Jamie beobachtete mich abwägend. Ich erkannte, daß es nichts gab, was ihn daran hindern könnte, mit mir zu verfahren, wie er wollte; er war an die dreißig Kilo schwerer als ich. Doch schließlich entschied er sich dafür, zu reden statt zu handeln, und legte den Gürtel beiseite, ehe er sich neben mich setzte.

»Claire –«, begann er.

»Ich habe gesagt, daß es mir leid tut!« erwiderte ich heftig. »Und es tut mir wirklich leid. Ich werde so etwas nie wieder machen.«

»Das ist der springende Punkt«, sagte Jamie langsam. »Vielleicht machst du's doch wieder. Und zwar, weil du die Dinge einfach nicht ernst genug nimmst. Du kommst, denke ich, aus einer Gegend, wo alles einfacher ist. Dort geht es, wenn man einen Befehl mißachtet, nicht gleich um Leben oder Tod. Schlimmstenfalls bereitest du jemandem Unbehagen oder fällst ein wenig lästig, aber es bringt niemanden um.« Ich beobachtete, wie Jamies Finger den bräunlichen Plaid seines Kilts kneteten, während er seine Gedanken ordnete.

»Die harte Wahrheit lautet aber, daß eine scheinbar geringfügige Handlung an einem Ort wie diesem und zu einer Zeit wie dieser sehr böse Folgen haben kann – besonders für einen Mann wie mich.« Jamie sah, daß ich den Tränen nahe war, und tätschelte mir die Schulter.

»Ich weiß, du würdest mich oder jemand anderen niemals absichtlich gefährden. Aber du könntest es unabsichtlich tun – so wie heute –, weil du mir nicht wirklich glaubst, wenn ich dir sage, daß einige Dinge gefährlich sind.« Jamie warf mir einen Seitenblick zu. »Ich weiß, du bist es gewohnt, selbständig zu denken, und du bist es nicht gewohnt, dir von einem Mann sagen zu lassen, was du tun sollst. Doch das mußt du, um unser aller willen, lernen.«

»In Ordnung«, sagte ich langsam. »Ich verstehe. Du hast natürlich recht. Ich werde also deinen Befehlen gehorchen, auch wenn ich nicht mit ihnen einverstanden bin.«

»Gut.« Jamie stand auf und nahm den Gürtel in die Hand. »Dann komm jetzt vom Bett herunter, und wir bringen es hinter uns.«

Mein Mund stand vor Empörung offen. »Wie bitte? Ich habe doch gesagt, daß ich dir gehorchen werde!«

Jamie seufzte entnervt und setzte sich wieder auf den Hocker. Er betrachtete mich ruhig.

»Du hast gesagt, daß du es verstehst, und ich glaube dir. Aber es ist ein Unterschied, ob man etwas mit dem Verstand begreift oder ob man es im Innersten weiß.« Ich nickte widerwillig.

»Gut. Ich *muß* dich jetzt bestrafen, und zwar aus zwei Gründen. Erstens, damit du es wirklich begreifst.« Jamie lächelte plötzlich. »Ich kann dir aus eigener Erfahrung sagen, daß du die Dinge nach einer Tracht Prügel in einem anderen Licht siehst.« Ich hielt mich noch verbissener am Bettpfosten fest.

»Der zweite Grund«, fuhr Jamie fort, »sind die anderen Männer. Du wirst bemerkt haben, wie sie sich heute abend verhalten haben?« Das hatte ich; und ich hatte es sehr ungemütlich gefunden.

»Es gibt so etwas wie Gerechtigkeit, Claire. Du hast ihnen allen geschadet, und dafür wirst du büßen müssen.« Jamie holte tief Luft. »Ich bin dein Mann; es ist meine Pflicht, mich darum zu kümmern, und ich habe vor, es zu tun.«

Was immer in dieser Lage gerecht sein mochte – und ich mußte zugeben, daß Jamies Argumente nicht ganz aus der Luft gegriffen waren –, die Vorstellung, geschlagen zu werden, egal, von wem und aus welchen Gründen, verletzte mich tief.

Ich fühlte mich verraten, weil mir der Mann, der mir Freund, Beschützer und Liebhaber war, so etwas antun wollte. Und ich war insgeheim entsetzt bei dem Gedanken, mich auf Gedeih und Verderb jemandem auszuliefern, der ein fünfzehnpfündiges Schwert so leicht führte wie eine Fliegenklatsche.

»Ich dulde es nicht, daß du mich schlägst«, sagte ich, mich an den Bettpfosten klammernd.

»Ach?« Jamie hob die Augenbrauen. »Nun, Mädel, ich möchte bezweifeln, daß du da viel mitzureden hast. Du bist meine Frau, ob es dir gefällt oder nicht. Wenn ich dir den Arm brechen oder dich auf Wasser und Brot setzen oder dich tagelang in eine Kammer sperren wollte – und du führst mich wahrlich in Versuchung, das zu tun –, dann könnte ich das; und erst recht kann ich dir den Hintern versohlen!«

»Ich werde schreien!«

»Höchstwahrscheinlich. Sie werden dich noch auf dem nächsten

Hof hören; du hast kräftige Lungen.« Jamie grinste abscheulich und streckte die Hände nach mir aus.

Mit einiger Mühe löste er meine Finger vom Bettpfosten und zog mich an die Seite des Bettes. Ich trat ihm gegen das Schienbein, bewirkte aber nichts damit, weil ich keine Schuhe trug. Keuchend drückte er mich mit dem Gesicht nach unten aufs Bett und verdrehte mir den Arm, um mich niederzuhalten.

»Es ist mir ernst, Claire! Wenn du dich fügst, sind wir nach einem Dutzend Streichen quitt.«

»Und wenn nicht?« Ich zitterte. Jamie nahm den Gürtel und schlug ihn mit einem häßlichen Klatschen gegen sein Bein.

»Dann schlage ich dich, bis ich müde werde, aber ich warne dich – du wirst weit eher ermüden als ich.«

Ich sprang aus dem Bett, wirbelte zu Jamie herum und ballte die Fäuste.

»Du Barbar! Du ... du Sadist!« zischte ich wütend. »Du tust das doch bloß zu deinem Vergnügen! Das werde ich die nie verzeihen!« Jamie drehte den Gürtel zwischen den Fingern.

Er antwortete ruhig: »Ich weiß nicht, was ein Sadist ist. Aber wenn ich dir verzeihe, dann wirst du mir, glaube ich, auch verzeihen, sobald du wieder sitzen kannst.

Und was das Vergnügen angeht ...« Seine Lippen zuckten. »Ich habe gesagt, ich würde dich bestrafen müssen. Ich habe *nicht* gesagt, daß es mir kein Vergnügen bereitet.« Er krümmte den Finger.

»Komm.«

Am nächsten Morgen mochte ich die Kammer nicht verlassen und trödelte herum, knotete Bänder, schlang sie wieder auf und bürstete mir die Haare. Ich hatte seit gestern nacht kein Wort mit Jamie gesprochen, doch er bemerkte mein Zögern und drängte mich, mit ihm zum Frühstück zu gehen.

»Du mußt dich nicht davor fürchten, den anderen zu begegnen, Claire. Wahrscheinlich foppen sie dich ein bißchen, aber es wird bestimmt nicht schlimm. Nur Mut.« Er hob mein Kinn, und ich biß ihn in die Hand.

»Oh!« Jamie riß die Finger zurück. »Paß auf, Mädel, du weißt nicht, wo die gewesen sind.« Er verließ mich leise lachend und ging frühstücken.

Du kannst leicht guter Dinge sein, dachte ich erbittert. Wenn er sich rächen wollte, dann war es ihm gelungen.

Die Nacht war äußerst unangenehm gewesen. Mein widerwilliges Einverständnis hatte genau bis zum ersten Schlag gereicht. Dem folgte ein kurzer hitziger Kampf, aus dem Jamie mit einer blutigen Nase, drei schönen Kratzern an der Wange und einem tiefen Biß im Handgelenk hervorging. Anschließend war ich, nicht weiter überrascht, fast erstickt in den schmierigen Decken und um Haaresbreite totgeprügelt worden.

Es erwies sich, daß Jamie – Fluch und Verdammnis über seine schwarze schottische Seele – recht hatte. Die Männer begrüßten mich verhalten, aber nicht unfreundlich; die Feindseligkeit und Verachtung vom Abend vorher waren verflogen.

Als ich am Beistelltisch stand und mich bediente, trat Dougal zu mir und legte mir väterlich den Arm um die Schultern. Sein Bart kitzelte mich am Ohr, während er vertraulich zu mir sprach.

»Ich hoffe nur, daß Jamie gestern nacht nicht zu hart zu dir war, Mädel. Es klang, als würdest du ermordet.«

Ich errötete tief und wandte mich ab, damit Dougal es nicht sah. Nach Jamies gemeinen Bemerkungen hatte ich beschlossen, während der ganzen Tortur den Mund zu halten. Doch selbst die Sphinx hätte wohl nicht geschwiegen, wäre ihr ein Gürtel übergezogen worden, den Jamie Fraser führte.

Dougal drehte sich um und richtete das Wort an Jamie, der bei Tisch saß und Brot und Käse aß. »He, Junge, es wäre nicht nötig gewesen, das Mädel halb umzubringen. Ein kleiner Denkzettel hätte genügt.« Dougal gab mir, um zu verdeutlichen, was er meinte, einen Klaps auf den Allerwertesten, bei dem ich zusammenzuckte. Ich funkelte ihn an.

»Ein wunder Hintern hat noch niemandem geschadet«, bemerkte Murtagh mit vollem Mund.

»In der Tat«, stimmte Ned grinsend zu. »Kommen Sie, Mädchen, setzen Sie sich.«

»Nein danke, ich stehe lieber«, erwiderte ich würdevoll, worauf sie alle brüllten vor Lachen. Jamie schnitt sich ein Stück Käse ab und wich meinem Blick aus.

Im Laufe des Tages folgten noch ein paar gemütliche Neckereien, und jeder der Männer fand einen Vorwand, um mit geheucheltem Mitgefühl meine Kehrseite zu betatschen. Insgesamt war es jedoch erträglich, und ich begann, wenn auch nur widerwillig, darüber nachzudenken, ob Jamie vielleicht recht gehabt hatte, obwohl ich ihn immer noch erwürgen wollte.

Da Sitzen völlig undenkbar war, beschäftigte ich mich den Vormittag über mit kleinen Verrichtungen wie Säumen und Knopfannähen, was ich mit der Begründung, ich brauchte dafür gutes Licht, am Fenster erledigen konnte. Nach dem Mittagessen, das ich im Stehen einnahm, gingen wir alle auf unsere Zimmer, um zu ruhen. Dougal hatte beschlossen, daß wir warten würden, bis es völlig dunkel war, ehe wir nach Bargrennan aufbrachen, der nächsten Station unserer Reise. Jamie folgte mir zu unserer Kammer, aber ich machte ihm die Tür vor der Nase zu. Sollte er doch auf dem Boden schlafen.

Er war in der Nacht recht taktvoll gewesen; als er fertig war, hatte er sich den Gürtel wieder umgeschnallt und den Raum wortlos verlassen. Eine Stunde später, nachdem ich das Licht gelöscht und mich niedergelegt hatte, war er wiedergekommen, jedoch so vernünftig gewesen, nicht zu mir ins Bett zu steigen. Er hatte in die Dunkelheit gestarrt, tief geseufzt, sich in sein Plaid gewickelt und auf dem Boden in der Nähe der Tür geschlummert.

Zu wütend, fassungslos und blessiert, um zu schlafen, hatte ich den größten Teil der Nacht wach gelegen und teils darüber nachgesonnen, was Jamie gesagt hatte, teils dem Wunsch widerstanden, mich aus dem Bett zu erheben und ihn dahin zu treten, wo es weh tat.

Wäre ich in der Stimmung gewesen, die Sache objektiv zu betrachten, hätte ich vielleicht zugegeben, daß er recht hatte, wenn er behauptete, ich nähme die Dinge nicht ernst genug. Allerdings lag das nicht daran, daß es dort, wo ich herkam, weniger gefährlich war. Tatsächlich war eher das Gegenteil der Fall.

Jamies Zeit war in mancher Hinsicht immer noch so unwirklich für mich wie ein Theater oder Historienspiel. Im Vergleich mit dem mechanisierten Massenkrieg, den ich kannte, erschienen mir die kleinen Gefechte, die ich bis jetzt gesehen hatte – ein paar Männer, mit Degen und Musketen bewaffnet –, eher malerisch als bedrohlich.

Ich hatte Probleme mit der Größenordnung. Ein von einer Musketenkugel hinweggeraffter Soldat war natürlich genauso tot wie einer, den ein Mörser getroffen hatte. Nur tötete ein Mörser unpersönlich, vernichtete Dutzende von Menschen, während die Muskete von einem einzelnen abgefeuert wurde, der die Augen des Gegners, den er erschoß, sehen konnte. Und das war für meine Begriffe nicht Krieg, sondern Mord. Und doch war dies für Dougal, Jamie, Rupert, Murtagh und Ned offenbar Krieg – oder zumindest eine ernste Sache.

Und wie stand es mit den Gründen dafür? Daß man lieber den einen König gehabt hätte als den anderen? Stuarts statt Hannoveraner? Für mich waren dies kaum mehr als Namen an einer Schultafel. Was zählten sie schon, verglichen mit einem so unermeßlichen Übel wie Hitlers Drittem Reich? Es fiel wohl ins Gewicht für diejenigen, die unter diesen Königen lebten, mochten mir die Unterschiede zwischen ihnen auch banal erscheinen. Aber durfte ich das Recht zu leben, wie man wollte, als banal abtun? War der Kampf darum, sein Geschick selbst zu bestimmen, weniger wert als die Anstrengung, einem großen Übel Einhalt zu gebieten? Ich bewegte mich gereizt und rieb mir zaghaft das wunde Hinterteil. Ich funkelte Jamie an, der sich bei der Tür zusammengerollt hatte. Er atmete gleichmäßig, aber flach: vielleicht konnte auch er nicht schlafen. Geschah ihm recht.

Erst war ich geneigt gewesen, mein ganzes Mißgeschick als Melodram zu betrachten; solche Dinge passierten einfach nicht im wirklichen Leben. Ich hatte, seit ich durch den gespaltenen Stein getreten war, so manchen Schock erlebt, doch der bisher schlimmste hatte mich an jenem Nachmittag ereilt.

Jack Randall, Frank so ähnlich und gleichzeitig so entsetzlich unähnlich. Als er meine Brüste berührte, hatte das plötzlich eine Verbindung zwischen meinem alten und meinem neuen Leben hergestellt, meine beiden Existenzen mit einem Knall zusammengebracht, der einem Donnerschlag glich. Und dann war da noch Jamie: sein Gesicht, bleich vor Furcht an Randalls Fenster, verzerrt vor Wut am Straßenrand, gezeichnet von Schmerz bei meinen Beleidigungen.

Jamie. Er war real, realer als alles andere, selbst als Frank und mein Leben im Jahre 1945. Jamie, zärtlicher Liebhaber und perfider Lump.

Vielleicht war das ein Teil des Problems. Jamie füllte mich so vollständig aus, daß mir seine Umgebung fast unwichtig schien. Doch ich konnte es mir nicht mehr leisten, diese Umgebung zu ignorieren. Durch meinen Leichtsinn hätte er beinahe den Tod gefunden, und bei diesem Gedanken drehte sich mir der Magen um. Ich setzte mich auf, wollte ihn wecken und ihm sagen, er solle zu mir ins Bett kommen. Als ich aber mit meinem vollen Gewicht auf das Ergebnis seines Werkes fiel, überlegte ich es mir anders und legte mich verärgert auf den Bauch.

Die so verbrachte Nacht – hin und her gerissen zwischen Wutanfällen und Gleichmut – hatte mich völlig erschöpft. Ich schlief den ganzen Nachmittag und stolperte, immer noch müde, nach unten zu einem leichten Abendessen, nachdem mich Rupert kurz vor Einbruch der Dunkelheit geweckt hatte.

Dougal, dem sich der Kosten wegen zweifellos die Haare sträubten, hatte ein neues Pferd für mich besorgt. Eine kräftige, wenn auch unelegant gebaute Stute mit freundlichen Augen und kurzer, stachliger Mähne; ich taufte sie sofort »Thistle«, weil sie mich an eine Distel erinnerte.

Über die Auswirkungen eines langen Ritts direkt nach einer schweren Tracht Prügel hatte ich nicht nachgedacht. Ich beäugte zweifelnd den harten Sattel und erkannte plötzlich, was mir bevorstand. Ein dicker Umhang wurde über den Sattel geworfen, und Murtagh blinzelte mir verschwörerisch zu. Ich beschloß in würdevollem Schweigen zu leiden, und biß grimmig die Zähne zusammen, als ich mich in den Sattel schwang.

Zwischen den Männern schien eine stillschweigende Übereinkunft zum Edelmut zu herrschen; sie hielten häufig an, um sich zu erleichtern, womit ich ein paar Minuten absitzen und mir verstohlen die schmerzende Kehrseite massieren konnte. Dann und wann schlug einer vor, einen Schluck zu trinken, was mir ebenfalls eine kurze Pause verschaffte, da Thistle die Wasservorräte schleppte.

Auf diese Weise brachten wir ein paar Stunden hinter uns, doch meine Schmerzen wurden ständig schlimmer, und ich rutschte unablässig im Sattel hin und her. Schließlich sagte ich mir: Zum Teufel mit dem würdevollen Leiden, ich muß eine Weile vom Pferd herunter.

»Brr!« befahl ich Thistle und saß ab. Als die anderen Pferde trappelnd anhielten, tat ich so, als untersuchte ich Thistles linke Vorderhand.

»Sie hatte leider einen Stein im Hufeisen«, log ich. »Ich habe ihn herausgekriegt, aber jetzt gehe ich besser ein Stück zu Fuß, ich will nicht, daß sie lahmt.«

»Nein, das kommt nicht in Frage«, sagte Dougal. »Oder – gut, führe sie ein Stück am Zügel, aber es muß jemand bei dir bleiben.« Jamie schwang sich sofort aus dem Sattel.

»Ich begleite sie«, sagte er ruhig.

»Einverstanden. Aber haltet euch nicht zu lange auf; wir müssen in Bargrennan sein, ehe der Morgen graut. Wir treffen uns im Red Boar.« Mit ausladender Gebärde sammelte Dougal die anderen um sich, und sie ritten in flottem Trab davon und ließen uns in ihrer Staubwolke zurück.

Mehrere Stunden im Sattel hatten meine Laune nicht verbessert. Mochte mich Jamie also begleiten. Ich würde mir lieber die Zunge abbeißen, als mit ihm sprechen, diesem sadistischen, brutalen Vieh.

Im Licht des aufsteigenden Vollmonds sah er zwar nicht besonders viehisch aus, aber ich verhärtete mein Herz gegen ihn und humpelte stumm dahin, wobei ich sorgfältig darauf achtete, ihn nicht anzuschauen.

»Morgen wirst du dich wesentlich besser fühlen«, bemerkte Jamie leichthin. »Richtig sitzen kannst du allerdings erst wieder übermorgen.«

»Und was macht dich zu einem solchen Experten?« fauchte ich. »Schlägst du so oft Menschen?«

»Nein«, sagte Jamie unbeeindruckt. »Dies ist das erste Mal, daß ich's versucht habe. Andersherum habe ich allerdings einige Erfahrung.«

»Du?« Ich starrte ihn offenen Mundes an. Es war eine völlig irrwitzige Vorstellung, daß jemand diese turmhohe Masse aus Muskeln und Sehnen mit einem Gürtel traktierte.

Jamie lachte über meinen Gesichtsausdruck. »Als ich noch ein bißchen kleiner war, Sassenach. Zwischen acht und dreizehn ist mir der Hintern öfter versohlt worden, als ich zählen kann. Dann wurde ich größer als mein Vater, und es wurde ihm zu unbequem, mich über den Zaun zu legen.«

»Dein Vater hat dich geschlagen?«

»Ja, im allgemeinen. Der Schulmeister natürlich auch, und dann und wann Dougal oder einer der anderen Onkel, je nachdem, wo ich war und was ich ausgefressen hatte.«

Trotz meiner Entschlossenheit, Jamie zu ignorieren, nahm mein Interesse zu.

»Was *hast* du denn so ausgefressen?«

Wieder ließ Jamie sein leises, aber ansteckendes Lachen hören.

»Nun, an alles kann ich mich nicht erinnern. Meistens hatte ich es verdient. Ich glaube kaum, daß mich mein Vater je zu Unrecht geschlagen hat.« Jamie schritt wortlos eine Weile dahin und dachte nach.

»Hm. Schauen wir – einmal habe ich die Hühner mit Steinen beworfen, einmal mehrere Kühe geritten und sie so aufgeregt, daß sie sich nicht mehr melken ließen, und einmal habe ich einen Kuchen aufgegessen, der für alle bestimmt war. Einmal habe ich das Dach des Taubenschlags in Brand gesetzt – ein dummer Zufall, ich habe es nicht mit Absicht getan – und meine Schulbücher verloren – das *habe* ich mit Absicht getan ...« Jamie brach achselzuckend ab, und ich lachte wider Willen.

»Das übliche eben. Meistens aber habe ich Prügel bezogen, weil ich den Mund zu weit aufgerissen habe.«

Dann fiel Jamie etwas ein, über das er vor Erheiterung prustete. »Einmal hat meine Schwester Jenny einen Krug zerbrochen. Ich hatte meinen Schabernack mit ihr getrieben und sie zornig gemacht, worauf sie den Krug nach mir warf. Als mein Vater in den Raum kam und wissen wollte, wer es gewesen war, hatte sie zuviel Angst, um etwas zu sagen; sie schaute mich nur an mit großen, bangen Augen – sie hat blaue Augen wie ich, aber schönere, mit dunklen Wimpern.« Jamie zuckte erneut die Achseln. »Und so sagte ich meinem Vater, ich sei es gewesen.«

»Das war sehr nobel von dir«, kommentierte ich ironisch. »Deine Schwester war dir sicher sehr dankbar.«

»Zunächst ja. Nur hatte mein Vater die ganze Zeit an der offenen Tür gestanden und gesehen, was wirklich passiert war. Also bekam sie Schläge, weil sie den Krug zerbrochen hatte; und ich bekam gleich zweimal Schläge: zum einen, weil ich Jenny geärgert, und zum andern, weil ich gelogen hatte.«

»Das ist ungerecht!« empörte ich mich.

»Mein Vater war nicht immer freundlich, aber er war meistens gerecht«, erwiderte Jamie unbeirrbar. »Er sagte, was wahr sei, müsse wahr bleiben, und man sollte die Verantwortung für das, was man tut, übernehmen. Beides ist richtig.« Jamie warf mir einen Seitenblick zu.

»Aber er sagte auch, es sei gutherzig von mir, die Schuld auf mich zu nehmen, und so müsse er mich zwar bestrafen, aber ich dürfte wählen: eine Tracht Prügel oder ohne Abendessen zu Bett.« Jamie schüttelte lachend den Kopf. »Vater kannte mich recht gut. Ich entschied mich natürlich für die Tracht Prügel.«

»Du bist die Gefräßigkeit in Person, Jamie«, sagte ich.

»Aye«, bestätigte er gleichmütig, »war ich schon immer. Du auch, Vielfraß«, sagte er zu seinem Pferd und zog es von den verlockenden Grasbüscheln am Straßenrand fort.

Dann sprach er weiter. »Ja, Vater war gerecht. Und rücksichtsvoll, obwohl ich das damals nicht zu schätzen wußte. Er ließ mich nie auf meine Prügel warten; wenn ich etwas ausgefressen hatte, wurde ich sofort bestraft – oder sobald er es herausfand. Er stellte immer sicher, daß ich wußte, wofür ich versohlt wurde, und wenn ich darüber disputieren wollte, so durfte ich das.«

Darauf willst du also hinaus, du raffinierter Schlawiner, dachte ich. Ich bezweifelte zwar, daß Jamie mich mit seinem Charme von der Absicht abbringen konnte, ihm bei der nächstbesten Gelegenheit den Bauch aufzuschlitzen, aber er konnte es gerne versuchen.

»Hast du dich bei einem solchen Disput je durchgesetzt?« erkundigte ich mich.

»Nein. Der Fall war meistens klar, und der Angeklagte wurde durch seine eigene Aussage überführt. Aber zweimal konnte ich eine etwas mildere Strafe erwirken.« Jamie rieb sich die Nase.

»Einmal sagte ich ihm, seinen Sohn zu schlagen sei in meinen Augen nichts als eine barbarische Methode, den eigenen Willen durchzusetzen. Worauf er erwiderte, ich hätte ungefähr soviel Verstand wie der Pfahl, neben dem ich stehe. Er sagte, die Eltern zu achten, sei einer der Grundsteine einer zivilisierten Gesellschaft, und bis ich das lernte, sollte ich mich besser daran gewöhnen, meine Zehen zu betrachten, während mir mein barbarischer Vater den Hintern versohlte.«

Diesmal lachte ich mit Jamie. Es war friedlich auf der Straße – es herrschte jene absolute Ruhe, die sich einstellt, wenn man kilometerweit von anderen Leuten entfernt ist. Die Ruhe, die zu meiner Zeit, wo Maschinen den Einfluß des Menschen vergrößerten und ein einzelner soviel Krach schlagen konnte wie eine Menge, so schwer zu finden war. Hier hörte man nur das leise Rascheln von Pflanzen, den gelegentlichen Laut eines Nachtvogels und den gedämpften Hufschlag unserer Pferde.

Das Gehen fiel mir jetzt leichter, weil sich meine verspannten Muskeln zu lockern begannen. Auch meine Gefühle entkrampften sich, während ich Jamies Geschichten lauschte.

»Natürlich gefiel es mir nicht, geschlagen zu werden, aber wenn ich die Wahl hatte, war mir mein Vater lieber als der Schulmeister. Bei dem bekamen wir meistens Tatzen. Vater sagte, wenn er mich auf die Hand schlägt, könnte ich keine Arbeit mehr verrichten; wenn er mir dagegen den Hintern versohlte, geriete ich wenigstens nicht in Versuchung, mich zu setzen und herumzufaulenzen.

Wir hatten für gewöhnlich jedes Jahr einen anderen Schulmeister; sie blieben nie lange. Schulmeister bekommen so wenig Lohn, daß sie immer hungrig und mager sind. Einmal hatte ich einen dicken und konnte kaum glauben, daß er ein richtiger Schulmeister war; er sah aus wie ein verkleideter Pfarrer.« Ich dachte an den kugelrunden kleinen Vater Bain und lächelte.

»An einen erinnere ich mich besonders gut, weil er einen im Klassenzimmer mit ausgestreckter Hand vor die anderen hintreten ließ; dann hielt er einem eine Strafpredigt, und zwischen den Schlägen wurde man wieder ausführlich belehrt. Ich stand mit ausgestreckter Hand da und betete darum, daß er aufhören möge mit dem Salbadern und endlich weitermachen sollte, ehe ich all meinen Mut verlor und zu weinen anfing.«

»Ich vermute, genau das wollte er«, sagte ich.

»Aye«, bestätigte Jamie nüchtern. »Es dauerte aber einige Zeit, bis mir das aufging. Und dann konnte ich wie üblich den Mund nicht halten.« Er seufzte.

»Was ist passiert?« Ich hatte inzwischen so ziemlich vergessen, wütend zu sein.

»Nun, eines Tages war ich wieder an der Reihe – das geschah oft, weil ich nicht richtig mit der Rechten schreiben konnte und immer wieder die Linke nahm. Der Schulmeister hatte mir drei Tatzen gegeben – und fast fünf Minuten dafür gebraucht, der Hund – und predigte und predigte, ehe er mir die nächste gab: Ich sei ein dummer, fauler, halsstarriger Flegel. Meine Hand brannte böse, weil es das zweite Mal an diesem Tag war, und ich fürchtete mich, weil ich wußte, daß ich zu Hause eine furchtbare Tracht Prügel bekommen würde – das war die Regel, wenn es in der Schule Hiebe setzte, denn mein Vater hielt die Schule für wichtig –, wie auch immer, ich verlor die Beherrschung.«

Er schaute mich an. »Ich verliere selten die Beherrschung, Sassenach, und wenn, dann bereue ich es meistens.« Eine bessere Entschuldigung würde ich wohl nicht zu hören bekommen, dachte ich.

»Hast du es damals auch bereut?«

»Nun, ich ballte die Fäuste, blickte finster zum Schulmeister auf – er war groß und hager, etwa zwanzig Jahre, obwohl er mir ziemlich alt vorkam – und sagte: ›Ich fürchte mich nicht vor Ihnen, und wie hart Sie mich auch schlagen, Sie werden mich nicht zum Weinen bringen!‹« Jamie holte tief Luft. »Ich nehme an, es war ein Fehler, das zu sagen, während er den Stock noch in der Hand hielt.«

»Du brauchst nicht weiterzuerzählen«, sagte ich. »Er hat versucht, dich zu widerlegen.«

»O ja, er hat's versucht.« Jamie nickte. Sein Kopf zeichnete sich dunkel vor dem wolkenverhangenen Himmel ab. Bei dem Wort »versucht« klang eine gewisse Genugtuung durch.

»Es ist ihm nicht gelungen?«

Jamie schüttelte den Kopf. »Nein. Er konnte mich nicht zum Weinen bringen. Aber ich habe bitter bereut, daß ich den Mund nicht gehalten habe, dafür hat er gesorgt.«

Jamie schwieg einen Moment und drehte den Kopf zu mir herum. Die Wolkendecke war aufgerissen, und der Mond schien auf die Konturen seines Gesichtes, so daß er vergoldet wirkte und wie ein Erzengel von Donatello aussah.

»Als Dougal dir meinen Charakter beschrieb, ehe wir geheiratet haben – hat er da vielleicht erwähnt, daß ich manchmal ein bißchen störrisch bin?« Jamies Augen glitzerten; mehr Luzifer als Michael.

Ich lachte. »Ja. Wenn ich mich recht erinnere, sagte er sogar, die Frasers seien so störrisch wie Esel, und du seist der Schlimmste. Tatsächlich«, fuhr ich trocken fort, »ist es mir auch schon aufgefallen.«

Jamie lächelte, während er sein Pferd um eine tiefe Pfütze auf der Straße lenkte.

»Hm. Nun, ich will nicht behaupten, daß Dougal sich irrt«, sagte Jamie. »Aber wenn ich störrisch bin –«

Jamie streckte plötzlich die Hand aus, um den Zügel meines Pferdes zu fassen, da das Tier schnaubte und sich aufbäumte. »Heda! Sachte! *Stad, mo dhu!*« Sein Pferd, weniger verängstigt, warf nur nervös den Kopf hin und her.

»Was ist?« Ich konnte nichts sehen trotz des Mondlichts, das die

Landschaft erhellte. Vor uns lag ein Kiefernwald, und die Pferde schienen nicht bereit, sich ihm zu nähern.

»Ich weiß es nicht. Bleib hier und sei leise. Steig auf dein Pferd und halt meines fest. Wenn ich rufe, dann laß den Zügel fallen und flieh.« Jamie klang beiläufig; was mich ebenso beruhigte wie die Pferde. Mit einem gedämpften »Sguir!« und einem leichten Schlag auf den Hals brachte er das Pferd dazu, sich dichter an mich zu drängen, dann verschwand er in der Heide, die Hand an seinem Dolch.

Angestrengt versuchte ich zu erkennen, was die Pferde nervös machte; sie stampften mit den Hufen, und ihre Ohren und Schweife zuckten erregt. Der Nachtwind hatte die Wolken inzwischen vertrieben, und der Mond strahlte herab. Trotz der Helligkeit sah ich weder auf der Straße noch im Wald etwas.

Die Kiefern rauschten leise, und Millionen Nadeln wisperten im Wind. Uralte Bäume, die in der Finsternis sehr unheimlich wirkten. Nacktsamer, Zapfenträger, die ihre geflügelten Samen ausstreuten, weitaus urtümlicher und strenger als die Eichen und Espen mit ihrem Laub und ihren zarten Zweigen. Ein geeignetes Zuhause für Ruperts böse Geister.

Nur du, dachte ich verärgert, kannst dich so in Gefühle hineinsteigern, daß du dich vor einem Haufen Bäume fürchtest. Aber wo war Jamie?

Plötzlich packte mich eine Hand am Oberschenkel, und ich quiekte wie eine verschreckte Fledermaus; das kam davon, wenn man schreien wollte, obwohl einem das Herz bis zum Hals schlug. Mit dem unvernünftigen Zorn eines Menschen, der Gespenster sieht, trat ich nach Jamie.

»Schleich dich nicht so an!«

»Psst«, sagte Jamie. »Komm mit.« Er zog mich ohne viel Federlesen aus dem Sattel und band hastig die Pferde fest, die uns unruhig hinterherwieherten, als er mich ins hohe Gras führte.

»Was ist?« hauchte ich, blindlings über Wurzeln und Steine stolpernd.

»Ganz still. Schau auf meine Füße. Tritt dahin, wo ich hintrete, und halt an, wenn ich dich berühre.«

Langsam und leise näherten wir uns dem Waldrand. Unter den Bäumen war es dunkel, nur hier und da fiel ein wenig Licht auf den dichten Nadelteppich. Selbst Jamie konnte hier nicht lautlos gehen;

aber das Rascheln wurde vom Rauschen der grünen Nadeln über uns übertönt.

Ein Stück weiter ragte ein Granitfelsen auf. Hier schob mich Jamie vor sich und half mir, auf den Fels hinaufzuklettern. Oben war soviel Platz, daß wir Seite an Seite auf dem Bauch liegen konnten. Jamie drückte, kaum atmend, den Mund gegen mein Ohr. »Zehn Meter zur Rechten. Auf der Lichtung. Siehst du sie?«

Nachdem ich sie einmal erspäht hatte, konnte ich sie auch hören. Wölfe, ein kleines Rudel, acht bis zehn Tiere. Kein Geheul. Die Beute lag im Schatten, ein dunkler Flecken mit hochstehendem Bein, das dürr wie ein Stock war und hin und her schlug, so heftig rissen die Wölfe an dem Kadaver. Gelegentlich, wenn ein Junges von einem ausgewachsenen Tier verjagt wurde, war ein leises Knurren und Winseln zu vernehmen, auch wohliges Schmatzen und das Knacken von Knochen.

Als sich meine Augen an das Halbdunkel gewöhnt hatten, erkannte ich mehrere zottige Gestalten, die sich satt und zufrieden unter den Bäumen ausgestreckt hatten. Ab und zu leuchtete ein Stück grauer Pelz auf, als diejenigen, die noch mit dem Kadaver beschäftigt waren, nach zarten Stücken wühlten, die bisher übersehen worden waren.

Plötzlich hob sich ein breiter Kopf mit gelben Augen und gespitzten Ohren ins Mondlicht. Die Wölfin – ich war sicher, daß es sich um ein Weibchen handelte, obwohl ich nicht sagen konnte, woher ich das wissen wollte – machte ein leises, dringliches Geräusch, das zwischen einem Jaulen und einem Knurren lag, und unter den Bäumen herrschte plötzliche Stille.

Die safrangelben Augen schienen sich in meine zu bohren. Das Tier wirkte weder verängstigt noch neugierig, nur aufmerksam. Jamie gab mir durch eine Geste zu verstehen, daß ich mich nicht bewegen sollte, obwohl ich keineswegs den Wunsch zu fliehen verspürte. Ich hätte mich vom Blick der Wölfin stundenlang festhalten lassen können, doch nun zuckte sie mit den Ohren, als entließe sie mich, und beugte sich wieder über ihre Mahlzeit.

Wir beobachteten die Wölfe noch ein paar Minuten. Schließlich berührte Jamie mich am Arm und bedeutete mir damit, daß es Zeit war zu gehen.

Er ließ die Hand auf meinem Arm, um mich zu stützen, als wir zur Straße zurückliefen. Es war das erste Mal, seit er mich aus Fort

William gerettet hatte, daß ich ihm erlaubte, mich zu berühren. Wir waren immer noch fasziniert vom Anblick der Wölfe und sprachen daher nicht viel, aber wir fühlten uns allmählich wieder wohl miteinander.

Während wir dahinschritten und ich über die Geschichten nachdachte, die mir Jamie erzählt hatte, konnte ich nicht anders, als ihn zu bewundern. Ohne ein direktes Wort der Erklärung oder Entschuldigung hatte er vermittelt, was er sagen wollte: Ich habe dir Gerechtigkeit widerfahren lassen; die Gerechtigkeit, die man mich gelehrt hat. Ich bin auch, soweit ich das vermochte, barmherzig gegen dich gewesen. Zwar konnte ich dir Schmerz und Demütigung nicht ersparen, aber ich mache dir, damit es für dich erträglicher wird, das Geschenk, dir von *meinen* Schmerzen und Demütigungen zu berichten.

»Hat es dich sehr belastet?« fragte ich abrupt. »Geschlagen zu werden, meine ich. Oder bist du leicht darüber hinweggekommen?«

Jamie drückte meine Hand, ehe er sie losließ.

»Meistens habe ich's vergessen, sobald es vorbei war. Bis auf das letzte Mal; das hat eine Weile gedauert.«

»Warum?«

»Nun, zum einen war ich sechzehn und erwachsen ... dachte ich wenigstens. Zum andern hat es höllisch weh getan.«

»Du brauchst mir nicht davon zu erzählen, wenn du nicht möchtest«, sagte ich, da er zögerte. »Ist es eine schlimme Geschichte?«

»Nicht halb so schlimm wie die Schläge«, antwortete Jamie lachend. »Ich erzähle dir die Geschichte gern. Sie ist nur lang, das ist alles.«

»Bis Bargrennan haben wir noch einen weiten Weg.«

»Stimmt. Nun denn. Ich habe dir berichtet, daß ich ein Jahr auf Burg Leoch verbracht habe, als ich sechzehn war – du erinnerst dich? Colum und mein Vater hatten das vereinbart, damit ich mit dem Clan meiner Mutter vertraut wurde. Erst war ich zwei Jahre als Pflegekind bei Dougal; dann ging ich auf die Burg, um Latein zu lernen, auch gute Manieren und dergleichen.«

»Aha. Ich habe mich schon gefragt, wie du nach Leoch gekommen bist.«

»Jetzt weißt du's. Ich war groß für mein Alter, schon damals ein guter Fechter und ein besserer Reiter als viele.«

»Und so bescheiden«, sagte ich.

»Nicht besonders. Verteufelt aufgeblasen und noch vorlauter als jetzt.«

»Nicht auszuhalten«, sagte ich erheitert.

»Mag sein, Sassenach. Ich entdeckte, daß ich Leute mit meinen Bemerkungen zum Lachen bringen konnte, und das tat ich immer öfter, ohne groß nachzudenken. Manchmal war ich grausam zu den anderen Jungen, ohne es wirklich zu wollen; ich konnte mich nur nicht zügeln, wenn mir etwas Schlaues einfiel.«

Jamie blickte zum Himmel auf, um zu schätzen, wie spät es war.

»Und eines Tages ging ich zu weit. Ich war mit ein paar Jungen unterwegs, als ich am anderen Ende des Flures Mistress FitzGibbons erblickte. Sie trug einen Korb, der fast so groß war wie sie und hin und her schwang, wenn sie sich bewegte. Du weißt, wie sie heute aussieht, und damals war sie nicht viel schmäler.« Jamie rieb sich verlegen die Nase.

»Nun, ich machte ein paar Bemerkungen über ihr Äußeres, die spaßig, aber höchst ungalant waren und meine Freunde sehr erheiterten. Ich merkte nicht, daß Mrs. FitzGibbons sie auch hörte.«

Ich erinnerte mich an die kolossale Dame von Burg Leoch. Zwar hatte ich sie nie anders als gutgelaunt erlebt, aber sie schien mir nicht die Art Mensch, die sich ungestraft beleidigen läßt.

»Und was hat sie getan?«

»Zunächst gar nichts. Ich ahnte nicht, daß sie mich gehört hatte, bis sie sich am nächsten Tag bei Colums Gericht erhob und ihm alles erzählte.«

»Ach, du lieber Himmel.« Ich wußte, wie sehr Colum seine Mrs. FitzGibbons schätzte. »Was ist passiert?«

»Dasselbe, was Laoghaire passiert ist – oder fast.« Jamie lachte leise.

»Ich war sehr keck und stand auf und sagte, ich ziehe es vor, mit Fausthieben bestraft zu werden. Ich bemühte mich, gelassen und erwachsen zu wirken, obwohl mein Herz hämmerte wie wild und mir ein wenig übel wurde, als ich Angus' Hände betrachtete; sie kamen mir wie Wackersteine vor. Ein paar von den Leuten im Saal lachten; ich war damals noch nicht so groß wie heute und wog kaum die Hälfte. Angus hätte mir mit einem Schlag den Kopf abhauen können.

Wie auch immer, Colum und Dougal schauten mich finster an,

obwohl ich glaubte, in Wirklichkeit gefiel es ihnen, daß ich den Mut hatte, um Fausthiebe zu bitten. Dann sagte Colum, nein, wenn ich mich wie ein Kind beträge, würde ich auch wie ein Kind bestraft. Er nickte, und ehe ich mich rühren konnte, legte mich Angus übers Knie, zog meinen Kilt hoch und verwamste mich mit seinem Gürtel vor allen Augen.«

»O Jamie!«

»Mmmpf. Du wirst gemerkt haben, daß Angus seine Aufgabe sehr ernst nimmt. Er gab mir fünfzehn Streiche, und ich kann dir heute noch genau sagen, wo jeder einzelne landete.« Jamie schauderte im nachhinein zusammen. »Die Striemen waren noch nach einer Woche zu sehen.«

Er streckte die Hand aus, brach einen kleinen Zweig von der nächsten Kiefer ab und rieb ihn zwischen den Fingern. Terpentingeruch stieg auf.

»Ich durfte auch nicht gehen und meine Wunden lecken. Als Angus mit mir fertig war, packte mich Dougal beim Kragen und führte mich zum anderen Ende des Saales. Dann mußte ich den ganzen Weg auf Knien zurückrutschen und vor Colums Sessel, immer noch auf Knien, Mrs. FitzGibbons um Verzeihung bitten, dann Colum und dann alle im Saal, und schließlich mußte ich Angus für die Prügel danken. Daran erstickte ich fast, aber Angus war sehr liebenswürdig; er gab mit die Hand und half mir auf. Dann mußte ich auf einem Hocker neben Colum Platz nehmen und sitzen bleiben, bis der Gerichtstag vorbei war.«

Jamie zog abwehrend die Schultern hoch. »Es war die ärgste Stunde meines Lebens. Mein Gesicht brannte und mein Hintern auch, und die Knie waren aufgeschürft. Da saß ich dann und konnte nirgendwohin schauen als auf meine Füße, doch das Schlimmste war, daß ich dringend pinkeln mußte. Ich bin fast gestorben, wäre aber lieber geplatzt, als mich auch noch vor allen naß zu machen, aber es war knapp. Ich habe mein ganzes Hemd durchgeschwitzt.«

Ich verkniff mir das Lachen. »Hättest du Colum nicht sagen können, was los war?« fragte ich.

»Er wußte es ganz genau, und die anderen im Saal wußten es auch; sie sahen ja, wie ich mich auf dem Hocker wand. Es wurden sogar Wetten darüber abgeschlossen, ob ich es schaffen würde oder nicht.« Jamie zuckte die Achseln.

»Colum hätte mich durchaus gehen lassen, wenn ich ihn darum gebeten hätte. Aber – nun, ich war eben störrisch.« Jamie grinste ein bißchen verlegen. Als Colum schließlich sagte, ich könnte gehen, kam ich gerade noch aus dem Saal, doch nur bis zur nächsten Tür. Stellte mich dahinter an die Wand und ließ wahre Gießbäche heraussprudeln; ich dachte, es würde nie wieder aufhören.«

Jamie breitete die Arme aus und ließ den Kiefernzweig fallen. »So«, sagte er, »jetzt weißt du das Schlimmste, was mir je widerfahren ist.«

Ich konnte nicht anders, ich lachte, bis ich mich an den Straßenrand setzen mußte. Jamie wartete geduldig eine Minute lang, dann sank er auf die Knie.

»Was lachst du?« fragte er. »Es war nicht lustig.« Doch er lächelte selbst.

Ich schüttelte, immer noch lachend, den Kopf. »Nein, sicher nicht. Es ist eine furchtbare Geschichte. Aber ... ich sehe dich vor mir, wie du störrisch auf deinem Hocker sitzt, mit zusammengebissenen Zähnen, und der Dampf quillt dir aus den Ohren ...«

Jamie schnaubte, doch er lachte auch ein wenig. »Aye. Es ist nicht leicht, sechzehn zu sein, wie?«

»Dann hast du Laoghaire also geholfen, weil sie dir leid tat«, sagte ich, als ich meine Fassung wiedergewonnen hatte. »Weil du wußtest, wie es ist.«

Jamie war überrascht. »Richtig, das habe ich doch schon gesagt. Es ist sehr viel leichter, sich mit dreiundzwanzig ins Gesicht schlagen zu lassen, als mit sechzehn öffentlich den Hintern versohlt zu bekommen. Gekränkter Stolz tut mehr weh als alles andere, besonders in diesem Alter.«

»Ich habe mich damals gewundert. Hatte noch nie jemanden erlebt, der grinst, bevor er einen Fausthieb ins Gesicht kriegt.«

»Danach konnte ich's schwerlich tun.«

»Mhm.« Ich nickte. »Ich habe gedacht ...«, begann ich und verstummte verlegen.

»Was hast du gedacht?« erkundigte sich Jamie. Doch er erriet es selbst. »Ach so, über Laoghaire und mich. Du hast es gedacht, und Alec und alle anderen, einschließlich Laoghaire. Nein, ich hätte das auch getan, wenn sie unansehnlich gewesen wäre.« Jamie gab mir einen leichten Rippenstoß. »Obwohl ich nicht erwarte, daß du mir das glaubst.«

»Ich habe euch doch an diesem Tag zusammen im Alkoven gesehen«, verteidigte ich mich, »und *irgend jemand* hat dich gewiß das Küssen gelehrt.«

Jamie scharrte betreten mit den Füßen im Staub und senkte scheu den Kopf. »Nun, Sassenach, ich bin nicht besser als die meisten Männer. Du kennst die Stelle beim Apostel Paulus, wo er sagt, es sei besser zu freien, als von Begierde verzehrt zu werden? Und ich war eben ziemlich begierig.«

Ich lachte wieder, so unbeschwert, als wäre ich selbst sechzehn. »Du hast mich also geheiratet, um nicht zu sündigen?« foppte ich Jamie.

»Ja. Dazu ist die Ehe da: Sie macht ein Sakrament aus Dingen, die man sonst beichten müßte.«

Ich brach fast zusammen.

»O Jamie, ich liebe dich!«

Nun begann er zu lachen. Er bückte sich und setzte sich, übersprudelnd vor Heiterkeit, an den Straßenrand. Schließlich sank er auf den Rücken und lag keuchend im langen Gras.

»Was um alles in der Welt ist mir dir los?« fragte ich und starrte Jamie an. Er setzte sich auf und wischte sich die tränennassen Augen. Keuchend schüttelte er den Kopf.

»Ich habe mein Leben für dich aufs Spiel gesetzt, Sassenach, habe Diebstahl, Brandstiftung, Körperverletzung und einen Mord begangen. Wofür du mich beschimpfst, meine Männlichkeit beleidigst, mich ins Gemächte trittst und mir das Gesicht zerkratzt. Dann schlage ich dich halb tot und erzähle dir die demütigendsten Dinge, die mir widerfahren sind, und du sagst, daß du mich liebst.« Jamie legte den Kopf auf die Knie und lachte wieder. Schließlich erhob er sich und streckte mir die eine Hand entgegen, während er sich mit der anderen die Augen wischte.

»Du bist nicht besonders vernünftig, Sassenach, aber ich mag dich gut leiden. Laß uns gehen.«

Es war schon spät – oder früh, je nachdem, wie man es betrachten wollte –, und wir mußten uns sputen, um bei Tagesanbruch in Bargrennan zu sein. Ich hatte mich inzwischen so gut erholt, daß ich das Sitzen ertragen konnte.

Wir ritten eine Weile in freundlichem Schweigen dahin. Ich sann in aller Ruhe darüber nach, was geschehen würde, wenn ich den

Weg zurück zum Steinkreis fand. Man hatte mich dazu gezwungen, Jamie zu heiraten, und notgedrungen war ich nun von ihm abhängig, aber ich hatte ihn zweifellos liebgewonnen.

Er mich auch? Erst waren es die äußeren Umstände, die uns zusammenbrachten, dann Freundschaft und schließlich eine verblüffend tiefe körperliche Leidenschaft. Dennoch hatte er mir gegenüber nie etwas über seine Gefühle gesagt. Und doch.

Er hatte sein Leben für mich riskiert. Das mochte er des Eheversprechens wegen getan haben; er hatte ja gelobt, daß er mich bis zum letzten Blutstropfen beschützen würde, und ich glaubte, daß es ihm ernst damit war.

Die Ereignisse der letzten vierundzwanzig Stunden hatten mich weitaus mehr berührt, da er mir plötzlich sein Innerstes offenbart hatte. Wenn er so viel für mich empfand, wie ich glaubte – was würde es dann für ihn bedeuten, wenn ich plötzlich verschwand? Mein körperliches Unbehagen trat in den Hintergrund, als ich mich mit diesen unerfreulichen Überlegungen befaßte.

Einige Kilometer vor Bargrennan brach Jamie plötzlich das Schweigen.

»Ich habe dir noch nicht erzählt, wie mein Vater gestorben ist«, sagte er.

»Dougal zufolge an einem Schlaganfall – an Apoplexie, meine ich«, erwiderte ich verwirrt. Ich nahm an, daß sich Jamie, ebenso in Gedanken verloren wie ich, nach unserem Gespräch an seinen Vater erinnert hatte, doch ich konnte mir nicht vorstellen, was ihn gerade auf dessen Tod gebracht hatte.

»Richtig. Aber es . . . er . . .« Jamie hielt inne, wägte seine Worte ab, zuckte dann die Achseln und ließ alle Bedenken fahren. »Du solltest darüber Bescheid wissen. Es hat . . . mit allem zu tun.« Die Straße war hier so breit, daß wir bequem nebeneinander herreiten konnten.

»Es geschah im Fort«, sagte Jamie, »wo wir gestern waren. Wohin mich Randall und seine Leute gebracht hatten. Wo sie mich ausgepeitscht haben. Zwei Tage nach dem ersten Mal holten mich zwei Soldaten aus der Zelle und führten mich in Randalls Zimmer, dasselbe, in dem ich dich gefunden habe; daher wußte ich, wohin ich gehen mußte.

Auf dem Hof trafen wir meinen Vater. Er hatte entdeckt, wohin sie mich geschafft hatten, und war gekommen, um zu sehen, ob er mich auslösen oder sich wenigstens davon überzeugen konnte, daß ich wohlauf war.«

Jamie drückte seinem Pferd die Fersen in die Flanken und trieb es mit einem leisen Schnalzen an. Noch war kein Tageslicht zu sehen; aber bis zur Dämmerung konnte es nicht mehr länger als eine Stunde dauern.

»Ehe ich ihm begegnete, hatte ich nicht erkannt, wie einsam ich war und wie sehr ich mich fürchtete. Die Soldaten ließen uns nicht alleine miteinander sprechen, doch sie duldeten es wenigstens, daß ich meinen Vater begrüßte.« Jamie schluckte.

»Ich sagte ihm, es täte mir leid – wegen Jenny und dem ganzen traurigen Durcheinander. Er aber sagte, ich sollte schweigen, und schloß mich in die Arme. Er fragte, ob ich schlimm verletzt sei – er wußte, daß sie mich ausgepeitscht hatten. Ich antwortete, es werde mir bald wieder gutgehen. Die Soldaten sagten, wir müßten nun weiter, und so drückte Vater meine Arme und mahnte, ich sollte nicht vergessen zu beten. Er sagte, er werde zu mir stehen, gleichgültig, was geschehen würde, und ich müßte den Kopf hochhalten und versuchen, mich nicht zu beunruhigen. Er küßte mich auf die Wange, und die Soldaten zerrten mich davon. Es war das letzte Mal, daß ich ihn sah.«

Jamies Stimme war belegt. Ich hatte selbst einen Kloß im Hals, und ich hätte Jamie berührt, wenn ich gekonnt hätte, aber die Straße wurde jetzt schmaler, weil sie durch eine kleine Schlucht führte, und ich mußte einen Moment hinter ihm reiten. Als ich wieder neben ihm war, hatte er sich gefangen.

»Und so«, sagte Jamie, tief Atem holend, »trat ich in Hauptmann Randalls Zimmer. Er schickte die Soldaten hinaus, so daß wir alleine waren, und ließ mich auf einem Hocker Platz nehmen. Er sagte, mein Vater habe angeboten, mich auszulösen, doch mir werde ein schweres Verbrechen zur Last gelegt und ich könnte nicht einmal gegen Sicherheit auf freien Fuß gesetzt werden ohne das schriftliche Einverständnis des Herzogs von Argyll, in dessen Gebiet wir uns hier befänden. Ich vermutete daher, mein Vater sei auf dem Weg zu Argyll.

Unterdessen, meinte Randall, müsse man sich Gedanken machen wegen der zweiten Auspeitschung.« Jamie unterbrach sich, als wüßte er nicht, wie er fortfahren sollte.

»Randall betrug sich seltsam. Sehr höflich, doch dahinter lag etwas, das ich nicht verstand. Er beobachtete mich unablässig, als erwartete er, daß ich irgend etwas unternahm. Dabei saß ich nur still da.

Er entschuldigte sich beinahe bei mir, sagte, er bedaure, daß unsere Beziehungen bis dato so schwierig gewesen seien.« Jamie schüttelte den Kopf. »Ich wußte gar nicht, wovon er sprach; zwei Tage zuvor hatte er mich doch fast totschlagen lassen. Aber als er endlich zur Sache kam, war er durchaus offen.«

»Was wollte er denn?« fragte ich. Jamie sah mich an; dann schaute er weg. Die Dunkelheit verbarg seine Züge, doch mir schien, daß er verlegen war.

»Mich«, sagte er.

Ich fuhr so heftig zusammen, daß mein Pferd den Kopf zurückwarf und vorwurfsvoll wieherte. Jamie zuckte erneut die Achseln.

»Er war völlig unverblümt. Wenn ich ihm ... äh, meinen Körper schenkte, ließe er die zweite Auspeitschung entfallen. Wenn nicht – nun, dann würde ich mir wünschen, nie geboren worden zu sein.«

Mir war ziemlich übel.

»Das wünschte ich mir beinahe schon«, sagte Jamie mit einem Anflug von Humor. »Ich hatte ein Gefühl im Bauch, als hätte ich Glasscherben geschluckt, und wenn ich nicht gesessen hätte, hätten mir die Knie geschlottert.«

»Und was ...« Meine Stimme war heiser, und ich räusperte mich. »Was hast du getan?«

Jamie seufzte. »Ich will dich nicht belügen, Sassenach. Ich habe mit dem Gedanken gespielt. Die Striemen auf meinem Rücken waren noch so wund, daß ich kaum ein Hemd tragen konnte, und wann immer ich aufstand, wurde mir schwindelig. Die Überlegung, das noch einmal durchzumachen – gebunden und hilflos auf den nächsten Schlag zu warten –« Jamie schauderte unwillkürlich.

»Ich hatte keine genaue Vorstellung«, fuhr er sarkastisch fort, »aber ich dachte, Sodomie sei wenigstens weniger schmerzhaft. Es sind schon Männer unter der Peitsche gestorben, Sassenach, und so wie Randall aussah, würde ich einer von ihnen sein, falls ich ablehnte.« Jamie seufzte noch einmal.

»Aber ... nun, ich spürte noch den Kuß meines Vaters auf der Wange und dachte daran, was er dazu sagen würde, und ... ich konnte es einfach nicht. Ich überlegte nicht, was mein Tod für meinen Vater bedeuten würde.« Jamie schnaubte, als fände er etwas amüsant. »Dann sagte ich mir, der Mann hat bereits meine Schwester geschändet, und verflucht, mich soll er nicht auch noch haben.«

Ich fand das nicht amüsant. Ich sah Jack Randall wieder vor mir – in einem neuen und abstoßenden Licht. Jamie rieb sich den Nacken; dann ließ er die Hand auf den Sattelknauf sinken.

»Ich nahm also das bißchen Mut zusammen, das ich noch hatte, lehnte ab und warf ihm all die Schimpfworte an den Kopf, die mir gerade einfielen, und das aus vollem Hals.«

Jamie verzog das Gesicht. »Ich fürchtete, wenn ich noch einmal darüber nachdachte, würde ich es mir anders überlegen; ich wollte sichergehen, daß keine Möglichkeit zur Umkehr bestand. Obwohl ich annehme«, fügte er hinzu, »daß sich ein solches Angebot nicht taktvoll ablehnen läßt.«

»Richtig«, bestätigte ich trocken. »Ich glaube, Randall wäre, egal, was du gesagt hättest, nicht zufrieden gewesen.«

»So kann man es ausdrücken. Er gab mit eine Maulschelle, damit ich ruhig war. Ich fiel um – war immer noch ein bißchen schwach –, und er stand vor mir und starrte auf mich herab. Ich war vernünftig genug, liegenzubleiben, bis er die Soldaten rief, damit sie mich abführten.« Jamie schüttelte den Kopf. »Er verzog keine Miene und sagte nur, als ich ging: ›Wir sehen uns am Freitag‹, wie wenn wir eine geschäftliche Verabredung hätten.«

Die Soldaten hatten Jamie nicht in die Zelle zurückgebracht, die er mit drei anderen Gefangenen geteilt hatte. Statt dessen wurde er in ein winziges Gelaß eingesperrt, damit er alleine und ohne jede Ablenkung auf die Abrechnung am Freitag wartete. Nur der Wundarzt der Garnison schaute täglich nach seinem Rücken.

»Er war kein besonders guter Heiler«, sagte Jamie, »aber ein freundlicher Mann. Am zweiten Tag brachte er außer Gänseschmalz und Holzkohle eine kleine Bibel mit, die einem verstorbenen Gefangenen gehört hatte. Er sagte, ihm sei zu Ohren gekommen, daß ich Papist sei, und ob ich Gottes Wort nun tröstlich fände oder nicht, wenigstens könnte ich mein Unglück mit dem von Hiob vergleichen.« Jamie lachte.

»Seltsamerweise *war* es tröstlich. Unser Herr und Heiland mußte sich auch geißeln lassen, und ich konnte mir sagen, daß man mich danach immerhin nicht ans Kreuz schlagen würde.«

Jamie hatte die kleine Bibel behalten. Nun wühlte er in seiner

Satteltasche und reichte sie mir. Es war ein abgegriffenes, in Leder gebundenes Büchlein, etwa zwölf Zentimeter lang und auf so dünnes Papier gedruckt, daß die Buchstaben der einen Seite auf der nächsten durchschienen. Auf dem Vorsatz stand: ALEXANDER WILLIAM RODERICK MACGREGOR, 1733. Die Tinte war verblaßt und verwischt, und die Deckel waren wellig, als sei das Buch öfter als einmal naß geworden.

Ich betrachtete es neugierig von allen Seiten. Es mußte Jamie einige Mühe gekostet haben, es über die Abenteuer der letzten vier Jahre hinwegzuretten.

Ich gab es ihm zurück und sagte: »Ich habe dich nie darin lesen sehen.«

»Deshalb bewahre ich es auch nicht auf«, antwortete Jamie. Er steckte die Bibel wieder fort. Dann klopfte er gegen die Satteltasche.

»Ich stehe in Alex MacGregors Schuld, und ich werde sie eines Tages begleichen.

Wie auch immer«, fuhr Jamie fort und nahm den Faden seiner Geschichte wieder auf, »schließlich kam der Freitag, und ich wußte nicht, ob ich froh oder traurig sein sollte, daß ich ihn erleben durfte. Das Warten und die Furcht waren beinahe schlimmer als die Schmerzen. Dachte ich wenigstens. Doch als es dann soweit war ...« Jamie vollführte jenes seltsame, halbe Achselzucken, das für ihn so typisch war. »Nun, du hast die Narben gesehen. Du weißt, wie es war.«

»Nur weil Dougal es mir erzählt hat. Er sagte, er sei dabeigewesen.«

Jamie nickte. »Ja, Dougal war dabei. Und mein Vater auch, obwohl ich das nicht wußte.«

»Oh«, sagte ich langsam, »und dein Vater –«

»Richtig. Da geschah es. Einige Männer erzählten mir hinterher, daß sie, als ich es zur Hälfte hinter mir hatte, gedacht hätten, ich sei tot, und mein Vater nahm das wohl auch an.« Jamie zögerte und sprach mit heiserer Stimme weiter. »Als ich zusammensackte – so berichtete mir Dougal –, gab mein Vater einen gedämpften Laut von sich und faßte mit der Hand nach seinem Kopf. Dann fiel er um. Und stand nicht wieder auf.«

Die Vögel begannen sich zu regen, sie riefen aus dem immer noch dunklen Laub der Bäume. Jamie hatte den Kopf gesenkt.

»Ich wußte nicht, daß er tot war«, flüsterte er. »Sie haben es mir erst vier Wochen später gesagt – als sie dachten, ich sei stark genug, es zu ertragen. Und so begrub ich ihn nicht, wie ich's als sein Sohn hätte tun sollen. Auch sein Grab habe ich nie gesehen.«

»Jamie«, sagte ich, »o Jamie.«

Nach langem Schweigen fuhr ich fort: »Aber dafür wirst du dich doch nicht verantwortlich fühlen – du *darfst* dich nicht dafür verantwortlich fühlen. Du hättest nichts tun können, Jamie.«

»Nein?« erwiderte er. »Vielleicht nicht, obwohl ich mich frage, ob es auch geschehen wäre, wenn ich den anderen Weg gewählt hätte. Trotzdem, mir ist, als hätte ich Vater mit meinen eigenen Händen umgebracht.«

»Jamie«, begann ich und verstummte ratlos. Er ritt eine Weile schweigend dahin, dann richtete er sich wieder auf und straffte die Schultern.

»Ich habe niemandem davon erzählt«, sagte er. »Aber ich dachte, du solltest es erfahren – das mit Randall, meine ich. Du hast ein Recht zu wissen, was zwischen ihm und mir ist.«

Was zwischen ihm und mir ist. Das Leben eines guten Mannes, die Ehre eines Mädchens und eine Lust, die in der Angst anderer Befriedigung suchte. Und jetzt, nahm ich mit einem flauen Gefühl im Magen an, gab es noch etwas, das ins Gewicht fiel. Mich. Zum ersten Mal bekam ich eine Vorstellung davon, was Jamie empfunden hatte, als er mit einer ungeladenen Pistole vor Randalls Fenster kauerte. Und ich begann ihm zu verzeihen.

Als hätte er meine Gedanken erraten, sagte Jamie, ohne mich anzuschauen: »Weißt du ... ich meine, begreifst du jetzt vielleicht, warum ich es für nötig gehalten habe, dich zu schlagen?«

Ich wartete einen Moment, bevor ich antwortete. Ich begriff es, aber damit war es noch nicht abgetan.

»Ich begreife«, sagte ich. »Und das verzeihe ich dir auch. Was ich dir nicht verzeihe, ist ...« – ich erhob, ohne es zu wollen, die Stimme –, »daß du es genossen hast!«

Jamie beugte sich vor, umklammerte den Sattelknauf und lachte. Der Himmel war inzwischen merklich heller geworden, und ich konnte Jamies Gesicht gut erkennen: Erschöpfung malte sich darin, Anspannung – und Heiterkeit.

»Genossen!« sagte er, nach Atem ringend. »O Sassenach. Du warst so ... Gott, du warst so schön. Ich war so wütend, und du hast dich so erbittert gegen mich gewehrt. Es war mir verhaßt, dir weh zu tun, und gleichzeitig wollte ich's ... bei unserem Erlöser«, Jamie unterbrach sich und wischte sich mit dem Ärmel über die Nase. »Ja. Ja, ich *habe* es genossen. Obwohl du es mir hoch anrechnen solltest, daß ich mich dabei noch zurückgehalten habe.«

Ich wurde wieder zornig. In der kühlen Morgenluft spürte ich, wie meine Wangen brannten.

»Zurückhaltung nennst du das? Du hast mich fast zum Krüppel geschlagen, du arroganter Kerl!«

»Wenn ich dich zum Krüppel geschlagen hätte, dann säßest du jetzt nicht so munter auf deinem Pferd«, erwiderte Jamie trocken. »Ich meine danach. Ich habe auf dem Boden geschlafen, wie du dich vielleicht erinnerst.«

Ich musterte ihn scharf. »Oh, dann war *das* also Zurückhaltung?«

»Nun, ich habe es nicht richtig gefunden, dich in dieser Verfassung zu nehmen, obwohl ich's wirklich sehr gern getan hätte«, fügte Jamie hinzu.

»Mich nehmen?« fragte ich, abgelenkt durch den archaischen Ausdruck.

»Unter den gegebenen Umständen würde ich es nicht ›der Liebe huldigen‹ nennen – du vielleicht?«

»Wie immer du es nennen möchtest«, sagte ich kühl, »es ist gut, daß du's nicht versucht hast, sonst würden dir jetzt einige der von dir sehr geschätzten Teile deiner Anatomie fehlen.«

»Das hat mir auch schon geschwant.«

»Und wenn du meinst, du hättest ein Lob dafür verdient, weil du großmütig davon abgesehen hast, mich auch noch zu vergewaltigen, nachdem du schon – «, ich erstickte schier an meiner Wut.

Wir ritten einen Kilometer lang schweigend. Dann stieß Jamie einen Seufzer aus. »Ich sehe schon, ich hätte dieses Gespräch nicht beginnen sollen. Dabei wollte ich dich im Grunde nur fragen, ob du gestattest, daß ich wieder das Lager mit dir teile.« Jamie legte eine scheue Pause ein. »Es ist ein bißchen kalt auf dem Boden.«

Ich ließ mir gut fünf Minuten Zeit mit meiner Antwort. Als ich mir zurechtgelegt hatte, was ich sagen wolle, zügelte ich mein Pferd und drehte es quer zur Straße, so daß auch Jamie anhalten mußte. Bargrennan war in Sicht, man konnte die Dächer im ersten Licht gerade eben erkennen.

Ich lenkte mein Pferd an das seine heran, bis ich nicht mehr als dreißig Zentimenter von Jamie entfernt war. Bevor ich etwas sagte, sah ich ihm eine Weile in die Augen.

»Wirst du mir die Ehre erweisen, das Lager mit mir zu teilen, mein Herr und Meister?« fragte ich höflich.

Jamie witterte Unheil und dachte einen Moment lang nach; dann nickte er. »Ja. Und ich danke dir.« Er hob schon die Zügel, da hielt ich ihn auf.

»Noch etwas, Meister«, sagte ich, immer noch höflich.

»Ja?«

Blitzschnell zog ich die Hand aus der Tasche meines Kleides, und das Morgenlicht funkelte auf der Klinge des Dolches, den ich Jamie auf die Brust setzte.

»Wenn du«, sagte ich mit zusammengebissenen Zähnen, »noch einmal die Hand gegen mich erhebst, James Fraser, werde ich dir das Herz aus dem Leib schneiden!«

Es folgte ein langes Schweigen, unterbrochen nur durch das Scharren von Hufen und das Klirren von Geschirr. Dann streckte Jamie die Hand aus.

»Gib ihn mir.« Als ich zögerte, sagte er ungeduldig: »Ich habe nicht vor, dir damit etwas anzutun. Gib ihn mir.«

Jamie nahm den Dolch bei der Klinge, so daß die aufgehende Sonne den Mondstein am Heft aufglühen ließ. Er hielt die Waffe wie ein Kruzifix und rezitierte etwas auf gälisch. Ich kannte es von der Feier in Colums Saal, aber Jamie übersetzte es für mich: »Ich schwöre beim Kreuz unseres Herrn und Heilands Jesus Christus und bei dem heiligen Eisen, das ich halte, dir Gefolgschaft zu leisten, und gelobe dir Treue. Erhebe ich je meine Hand wider dich, so soll dieses heilige Eisen mein Herz durchbohren.« Jamie küßte den Dolch an der Verbindung von Heft und Klinge und gab ihn mir zurück.

»Ich stoße keine leeren Drohungen aus, Sassenach«, sagte er, »und ich schwöre keine Meineide. So, können wir nun zu Bett gehen?«

23

Rückkehr nach Leoch

Dougal wartete vor dem Red Boar auf uns; ungeduldig schritt er hin und her.

»Du hast es geschafft, ja?« fragte er und beobachtete voll Anerkennung, wie ich ohne Hilfe vom Pferd stieg. »Tapferes Mädel – zehn Meilen, ohne zu klagen. Geh nun zu Bett; du hast es verdient. Jamie und ich werden die Pferde in den Stall bringen.« Dougal tätschelte sehr behutsam mein Hinterteil. Nur zu gerne folgte ich seinem Vorschlag, und ich schlummerte fast schon, bevor mein Kopf das Kissen berührte.

Ich regte mich nicht, als Jamie ins Bett stieg, erwachte jedoch plötzlich am späten Nachmittag, überzeugt, daß ich etwas Wichtiges vergessen hatte.

»Horrocks!« rief ich und setzte mich kerzengerade auf.

»Wie?« Jamie, der aus tiefstem Schlaf gerissen wurde, schoß aus dem Bett, und landete geduckt auf dem Boden, die Hand am Dolch, den er auf seinen Kleidern abgelegt hatte. »Was?« fragte er und stierte wild in die Runde. »Was ist?«

Ich unterdrückte ein Kichern bei seinem Anblick – nackt stand er auf den Dielenbrettern, die roten Haare borstig gesträubt.

»Du siehst aus wie ein verschrecktes Stachelschwein«, sagte ich.

Jamie schaute mich böse an. Er erhob sich und legte den Dolch wieder auf seine Kleider zurück.

»Hättest du nicht warten können, bis ich wach bin, um mir das zu sagen?« fragte er. »Dachtest du, es würde mich mehr beeindrukken, wenn du mich aus dem Schlummer reißt, indem du mir ›Horror!‹ ins Ohr brüllst?«

»Nicht ›Horror‹«, erklärte ich. »Horrocks. Mir ist plötzlich eingefallen, daß ich vergessen hatte, mich nach ihm zu erkundigen. Hast du ihn gefunden?«

Jamie setzte sich aufs Bett und schlug die Hände vors Gesicht. Dann massierte er es kräftig.

»Ja«, sagte er durch seine Finger hindurch. »Ja, ich habe ihn gefunden.«

Ich konnte dem Ton seiner Stimme entnehmen, daß der Deserteur keine erfreulichen Nachrichten gebracht hatte.

»Hat er dir nichts gesagt?« fragte ich mitfühlend. Das war immerhin möglich, obwohl Jamie darauf gefaßt gewesen war, sich nicht nur von seinem Geld und den Mitteln, die ihm Dougal und Colum zur Verfügung gestellt hatten, zu trennen, sondern, falls nötig, auch vom Ring seines Vaters.

Jamie legte sich neben mich und starrte zur Decke.

»Doch«, antwortete er. »Doch, er hat mir alles gesagt. Und das zu einem vernünftigen Preis.«

Ich stützte mich auf einen Ellbogen, um Jamie ins Gesicht zu schauen.

»Und?« fragte ich. »Wer hat den Unteroffizier nun wirklich erschossen?«

Jamie blickte mit grimmigem Lächeln zu mir auf.

»Randall«, sagte er und schloß die Augen.

»Randall?« fragte ich verblüfft. »Warum?«

»Das weiß ich nicht«, antwortete Jamie, die Augen nach wie vor geschlossen. »Ich kann es vielleicht erraten, aber das nützt mir nichts. Ich habe keine Möglichkeit, es zu beweisen.«

Da mußte ich Jamie recht geben. Ich sank neben ihm aufs Bett zurück und starrte zu den schwarzen Eichenbalken der niedrigen Decke hinauf.

»Was kannst du dann machen?« fragte ich. »Nach Frankreich gehen? Oder vielleicht«, hier kam mir, wie ich meinte, eine gute Idee, »nach Amerika? Wahrscheinlich fändest du dich in der Neuen Welt gut zurecht.«

»Jenseits des Ozeans?« Ein Schauder überlief Jamie. »Nein. Nein, das könnte ich nicht.«

»Was denn?« fragte ich und drehte den Kopf, um Jamie anzuschauen. Er öffnete ein Auge gerade so weit, daß er mir einen erbitterten Blick zuwerfen konnte.

»Zunächst würde ich gern noch eine Stunde schlafen«, antwortete er, »doch das soll wohl nicht sein.« Resigniert setzte er sich auf und lehnte sich gegen die Wand. Ich war zu müde gewesen, um das

Bettzeug abzuziehen, bevor ich mich hingelegt hatte, und auf der Decke, in der Nähe von Jamies Knie, war ein verdächtiger schwarzer Punkt. Ich hatte ein Auge darauf, während Jamie weitersprach.

»Du hast recht«, sagte er, »wir könnten nach Frankreich gehen. Aber dort gibt es nicht viel für mich zu gewinnen. Ich könnte zur Armee, aber das ist kein Leben für mich. Oder nach Rom, an den Hof von König James. Das ließe sich einrichten; ich habe ein paar Fraser-Onkel und -Vettern mit einem Fuß in diesem Lager, die mir helfen würden. Ich finde keinen Geschmack an der Politik, und an Fürsten noch weniger, aber es *ist* eine Möglichkeit. Zuerst möchte ich freilich versuchen, meinen Namen in Schottland reinzuwaschen. Gelänge es mir, so würde ich schlimmstenfalls als Kätner enden; bestenfalls könnte ich nach Lallybroch zurückkehren.« Jamies Miene umwölkte sich, und ich wußte, daß er an seine Schwester dachte. »Ich allein ginge dort nicht hin«, sagte er leise, »aber jetzt bin ich ja nicht mehr alleine.«

Jamie blickte auf mich herab und lächelte; dann strich er mir behutsam über die Haare. »Ich vergesse manchmal, daß es dich gibt, Sassenach«, fügte er hinzu.

Ich fühlte mich äußerst unbehaglich. Wie eine Verräterin, um genau zu sein. Hier schmiedete Jamie Pläne, die sich auf sein ganzes Leben auswirken würden, zog meine Bequemlichkeit und Sicherheit in Betracht, während ich mich bemüht hatte, ihn zu verlassen, und ihn damit in Lebensgefahr gebracht hatte. Ich hatte es nicht mit Absicht getan, doch die Tatsache blieb bestehen. Selbst jetzt dachte ich, daß ich versuchen sollte, ihm die Übersiedlung nach Frankreich auszureden, denn das würde mich weit von meinem Ziel, dem Steinkreis, entfernen.

»Gibt es irgendeine Möglichkeit, in Schottland zu bleiben?« fragte ich und sah Jamie nicht an. Ich meinte, der schwarze Punkt auf der Decke hätte sich bewegt, war mir aber nicht sicher. Angestrengt stierte ich ihn an.

Jamies Hand wanderte zu meinem Hals und liebkoste ihn.

»Vielleicht«, sagte er nachdenklich. »Deshalb hat Dougal auf mich gewartet; er hatte Neuigkeiten.«

»Wirklich? Welche?« Ich drehte den Kopf, um zu Jamie aufzuschauen; die Bewegung brachte mein Ohr in Reichweite seiner Finger, und er fing an, mich dort zu streicheln. Am liebsten hätte ich einen Katzenbuckel gemacht und geschnurrt.

»Ein Bote von Colum«, antwortete Jamie. »Er hat nicht geglaubt, uns hier zu finden, aber er ist Dougal zufällig auf der Straße begegnet. Dougal soll Ned Gowan das Eintreiben der Pacht überlassen und sofort nach Leoch zurückkehren. Dougal hat vorgeschlagen, daß wir ihn begleiten.«

»Nach Leoch zurück? Warum?«

»Weil demnächst Besuch erwartet wird; ein englischer Adliger, der schon einiges mit Colum zu schaffen hatte. Er ist mächtig, und vielleicht läßt er sich überreden, etwas für mich zu tun. Bisher hat man mir wegen des Mordes weder den Prozeß gemacht noch mich verurteilt. Vielleicht kann er dafür sorgen, daß die Anklage niedergeschlagen wird, oder es einrichten, daß ich begnadigt werde.« Jamie grinste ironisch. »Es geht einem zwar gegen den Strich, für etwas begnadigt zu werden, was man gar nicht getan hat, aber es ist immer noch besser, als zu baumeln.«

»Ja, das stimmt.« Der Punkt bewegte sich tatsächlich. Ich kniff die Augen zusammen, um ihn besser zu erkennen. »Um welchen englischen Adligen handelt es sich?«

»Um den Herzog von Sandringham.«

Ich setzte mich mit einem Schrei auf.

»Was ist, Sassenach?« fragte Jamie besorgt.

Ich deutete mit zitterndem Finger auf den schwarzen Punkt, der sich jetzt langsam, aber zielstrebig Jamies Bein hinaufbewegte.

»Was ist das?!« fragte ich.

Jamie warf einen Blick auf den Punkt und schnippte ihn beiläufig weg.

»Das? Nur eine Wanze, Sassenach. Deswegen mußt du dir –«

Jamie wurde durch meinen abrupten Abgang unterbrochen. Bei dem Wort »Wanze« war ich unter der Decke hervorgeschossen, und nun stand ich gegen die Wand gedrückt, so weit wie möglich von der Brutstätte des Ungeziefers entfernt, für das ich unser Bett nun hielt.

Jamie betrachtete mich fragend.

»Verschrecktes Stachelschwein, ja?« sagte er. Er legte den Kopf schief und musterte mich. »Mhm«, brummte er und strich sich mit den Fingern durch die Haare. »Du bist ein flusiges kleines Ding, wenn du erwachst.« Er rollte sich zu mir herüber.

»Komm, meine Seidenpflanze. Wir werden nicht vor Sonnenuntergang aufbrechen. Und wenn wir ohnehin nicht schlafen...«

Am Ende schliefen wir dann doch, friedlich auf dem Boden verknäult, in einem harten, aber wanzenfreien Bett, das aus meinem Umhang und Jamies Kilt bestand.

Es war gut, daß wir geschlummert hatten, solange sich die Gelegenheit bot. Darauf bedacht, Burg Leoch vor dem Herzog von Sandringham zu erreichen, schlug Dougal ein flottes Tempo an. Ohne die Fuhrwerke kamen wir trotz der schlechten Straßen viel schneller voran. Dougal jedoch trieb weiter zur Eile und gestattete uns nur die kürzesten Pausen.

Als wir durch das Tor von Leoch einritten, waren wir fast so verdreckt wie beim ersten Mal, und sicher ebenso müde.

Auf dem Hof glitt ich von meinem Pferd und mußte mich am Steigbügel festhalten, um nicht zu fallen. Jamie faßte meinen Ellbogen, erkannte dann, daß ich nicht stehen konnte, und nahm mich in die Arme. Er trug mich ins Hauptgebäude und überließ die Pferde den Stallknechten.

Auf dem Flur blieb er stehen. »Hast du Hunger, Sassenach?« fragte er. Die Küche lag in der einen Richtung, die Treppe zu den Schlafgemächern in der anderen. Ich ächzte, darum bemüht, die Augen offenzuhalten. Ich *hatte* Hunger, aber ich wußte, daß ich mit dem Gesicht in der Suppe enden würde, wenn ich zu essen versuchte, ehe ich eine Weile geschlafen hatte.

Neben mir regte sich etwas, und ich öffnete erschöpft die Augen und sah die kolossale Gestalt von Mrs. Fitz-Gibbons, die mich ungläubig ansah.

»Was ist mit dem armen Kind?« fragte sie Jamie. »Hatte sie einen Unfall?«

»Nein, sie hat mich nur geheiratet«, antwortete Jamie, »obwohl man das auch als Unfall bezeichnen kann, wenn man will.« Er trat zur Seite, um sich durch die größer werdende Schar von Küchenhilfen, Reitknechten, Köchinnen, Gärtnern, Kriegern und sonstigen Burgbewohnern zu drängen, die von Mrs. Fitz' lauten Fragen angelockt worden waren.

Dann wandte sich Jamie nach rechts, zur Treppe, und beantwortete die Fragen, die von allen Seiten auf ihn einprasselten, mit unzusammenhängenden Erklärungen. Ich blinzelte wie eine Eule an seiner Brust und konnte nicht mehr tun, als denen, die uns diesen Empfang bereiteten, zuzunicken.

Wir bogen um eine Ecke, und ich sah das Mädchen Laoghaire, deren Gesicht beim Klang von Jamies Stimme aufleuchtete. Doch als sie sah, wen er in seinen Armen trug, riß sie die Augen auf, und ihr Rosenmund blieb unvorteilhaft offenstehen.

Aber sie hatte nicht die Zeit, Fragen zu stellen, denn der Tumult um uns herum legte sich abrupt. Jamie hielt an. Ich hob den Kopf und sah direkt in Colums erstauntes Gesicht.

»Was —«, begann er.

»Die beiden haben geheiratet!« sagte Mrs. FitzGibbons strahlend. »Wie schön! Sie können ihnen Ihren Segen geben, Sir, ich mache derweil ein Zimmer für sie fertig.« Mrs. FitzGibbons drehte sich um und ging zur Treppe, wobei sie eine breite Lücke in der Menge hinterließ, durch die ich Loaghaires kalkweißes Gesicht sehen konnte.

Colum und Jamie sprachen miteinander; Fragen und Erklärungen schienen in der Luft aufeinanderzuprallen. Ich wachte allmählich auf.

»Nun«, sagte Colum gerade mißbilligend, »wenn ihr geheiratet habt, habt ihr eben geheiratet. Ich werde mit Dougal und Ned Gowan reden müssen – hier ist allerlei Juristisches zu berücksichtigen. Es gibt einige Dinge, auf die du kraft der Bestimmung des Wittumsvertrags deiner Mutter ein Recht hast, sobald du dich vermählst.«

Ich spürte, wie Jamie das Kreuz durchdrückte.

»Da du es selbst erwähnst«, sagte er leichthin, »ich glaube, das ist wahr. Zu den Dingen, auf die ich ein Recht habe, gehört ein Anteil an den vierteljährlichen Pachteinnahmen aus den MacKenzie-Ländereien. Dougal hat mitgebracht, was er bisher eingetrieben hat; sagst du ihm bitte, er möge meinen Anteil beiseite legen. Wenn du mich jetzt entschuldigen würdest, Onkel – meine Frau ist müde.« Jamie brachte mich in eine stabilere Lage und wandte sich zur Treppe.

Ich taumelte durch den Raum, immer noch schwach auf den Beinen, und brach dankbar auf dem großen Himmelbett zusammen, das uns als Jungvermählten offenbar zustand. Es war weich, einladend und sauber. Ich fragte mich, ob es der Mühe wert sei, aufzustehen und mir das Gesicht zu waschen, bevor ich meiner Müdigkeit nachgab.

Ich hatte soeben beschlossen, daß ich mich allenfalls beim Schall von Gabriels Posaune erheben würde, als ich merkte, daß Jamie, der sich nicht nur Gesicht und Hände gewaschen, sondern auch die Haare gekämmt hatte, auf dem Weg zur Tür war.

»Legst du dich nicht hin?« rief ich. Ich dachte, er müsse ebenso müde sein wie ich.

»Gleich, Sassenach. Ich habe noch eine Kleinigkeit zu erledigen.« Er ging aus dem Zimmer, und ich starrte die eichene Tür mit einem höchst unbehaglichen Gefühl in der Magengrube an. Ich dachte an das erwartungsvolle Strahlen in Laoghaires Gesicht, als sie um die Ecke bog und Jamies Stimme hörte, das sich in zorniges Entsetzen verwandelt hatte, als sie mich in seinen Armen sah. Ich erinnerte mich, wie Jamie bei Laoghaires Anblick zusammengezuckt war, und wünschte mir glühend, ich hätte in diesem Moment sein Gesicht sehen können. Höchstwahrscheinlich hatte er sich jetzt, müde wie er war, aber gewaschen und gekämmt, auf den Weg gemacht, um das Mädchen gewissermaßen offiziell von seiner Heirat zu unterrichten. Hätte ich sein Gesicht gesehen, hätte ich zumindest eine Vorstellung davon gehabt, was er ihr sagen wollte.

In Atem gehalten von den Ereignissen der letzten Monate, hatte ich das Mädchen fast vergessen. Zugegeben, ich hatte an sie gedacht, als wir unsere Heirat zum ersten Mal ins Auge faßten. Damals hatte Jamie nicht einmal andeutungsweise verlauten lassen, daß Laoghaire ein Hindernis für ihn war.

Andererseits, wenn ihr Vater nicht erlaubte, daß sie einen Geächteten heiratete – und Jamie eine Frau brauchte, um seinen Anteil an den Pachteinnahmen einzustreichen ... nun, dann war es ihm vielleicht egal, wen er heiratete. Ich glaubte Jamie inzwischen so gut zu kennen, daß ich sah, wie weit seine praktische Veranlagung reichte. So mußte es auch sein bei einem Mann, der viele Jahre seines Lebens auf der Flucht verbracht hatte. Gefühle oder die Anziehungskraft von rosigen Wangen und Haaren, die gesponnenem Gold glichen, würden seine Entscheidungen nicht beeinflussen. Das hieß nicht, daß die Gefühle und die Anziehungskraft nicht existierten.

Da war schließlich jene kleine Szene im Alkoven, deren Zeugin ich geworden war; immerhin hatte Jamie das Mädchen auf dem Schoß gehabt und leidenschaftlich geküßt. (*Ich habe Frauen in den Armen gehalten*, so drang seine Stimme wieder an mein Ohr, *und ich bekam Herzklopfen und mußte rascher atmen ...*) Ich stellte fest, daß ich die Fäuste unter der grünen und gelben Decke geballt hatte. Ich zog sie fort und wischte über meinen Rock. Dabei merkte ich, wie schmutzig meine Finger von der Reise waren.

Ich stand auf und ging zur Waschschüssel. Meine Müdigkeit war vergessen. Ich entdeckte zu meiner Überraschung, daß mir die Erinnerung daran, wie Jamie das Mädchen Laoghaire küßte, überhaupt nicht gefiel. Ich besann mich darauf, was er dazu gesagt hatte – *Es ist besser zu freien, als von Begierde verzehrt zu werden, und ich war eben ziemlich begierig.*

Ich spritzte mir Wasser ins Gesicht und versuchte, meine unguten Gefühle loszuwerden. Ich hatte keinerlei Anspruch auf Jamies Zuneigung. Ich hatte ihn, der Not gehorchend, zum Mann genommen. Und er hatte mich unter anderem deswegen geheiratet, weil er seine Jungfräulichkeit verlieren wollte, das hatte er ganz offen zugegeben.

Inzwischen war ich hellwach. Ich zog mir die schmutzigen Reisegewänder aus und schlüpfte in ein frisches Hemd, das mir – wie den Waschkrug und die Schüssel – Mrs. Fitz' kleine Helferinnen gebracht hatten. Wie diese es geschafft hatte, in der kurzen Zeit zwischen Jamies Auskunft, daß wir verheiratet waren, und dem Moment, da wir die Treppe hinaufgestiegen waren, eine Unterkunft für zwei Jungvermählte zu besorgen, war mir ein Rätsel. Mrs. FitzGibbons hätte ihre Sache auch recht gut gemacht, wenn sie das Waldorf-Astoria in New York oder das Ritz in London geleitet hätte.

Diese Überlegungen weckten plötzlich eine Sehnsucht nach meiner eigenen Welt, die ich viele Tage nicht mehr empfunden hatte. *Was tue ich hier?* fragte ich mich zum tausendsten Mal. An diesem fremden Ort, fern von allem Vertrauten, von zu Hause, Mann und Freunden, einsam unter Menschen, die letzten Endes Wilde waren? Ich hatte begonnen, mich während der letzten Wochen mit Jamie sicher zu fühlen; zwischendurch war ich sogar glücklich gewesen. Doch nun erkannte ich, daß dieses Glück wahrscheinlich eine Illusion war.

Ich hatte keinen Zweifel daran, daß sich Jamie an das halten würde, was er für seine Pflicht ansah, und mich auch weiterhin vor jeder Gefahr beschützen würde. Aber jetzt, wo wir aus der traumähnlichen Isolation unserer Flitterwochen in wilden Bergen und auf staubigen Straßen, in schmutzigen Gasthöfen und duftenden Heumieten, zurückgekehrt waren, spürte er sicher, genau wie ich, wie die alten Bande ihn zurückzogen. Wir waren in dem einen Monat unserer Ehe sehr vertraut miteinander geworden, doch ich hatte gefühlt, wie diese Nähe unter der Anspannung der letzten Tage gelitten hatte, und dachte, sie könnte im Alltag auf Burg Leoch ganz verlorengehen.

Ich lehnte den Kopf gegen die Ummauerung des Fensters und blickte hinaus auf den Hof. Dort sah ich Alec McMahon und zwei seiner Stallburschen, die sich um unsere Pferde kümmerten. Die Tiere, die zum ersten Mal seit zwei Tagen ausgiebig gefüttert und getränkt wurden, strahlten Zufriedenheit aus, während ihnen willige Hände die Flanken striegelten. Ein Bursche führte meine kleine, dicke Thistle fort; glücklich folgte sie ihm, der wohlverdienten Ruhe ihres Stalls entgegen.

Und, dachte ich, mit ihr ging meine Hoffnung auf ein baldiges Entkommen und die Rückkehr in meine Welt. O Frank. Ich schloß die Lider, und eine Träne rann mir herab. Dann öffnete ich die Augen weit, blinzelte, machte sie wieder zu und versuchte verzweifelt, mich an Franks Züge zu erinnern. Einen Moment lang hatte ich, als ich die Augen schloß, nicht meinen geliebten Mann gesehen, sondern Jack Randall, die vollen Lippen zu einem höhnischen Lächeln gekräuselt. Vor dieser Fratze zurückschreckend, hatte meine Phantasie sofort ein Bild von Jamie heraufbeschworen. Es wollte mir einfach nicht gelingen, mir Franks Züge vorzustellen.

Mir war plötzlich kalt vor Panik. Und wenn mir die Flucht gelungen wäre und ich den Weg zum Steinkreis gefunden hätte? Ich hatte mir Gedanken wegen Jamies Reaktion gemacht. Doch außer jenem hastigen Moment des Bedauerns am Bachufer hatte ich mich noch nicht gefragt, was der Abschied von Jamie für *mich* bedeuten würde.

Ich fingerte an dem Band herum, das den Halsausschnitt meines Hemdes zusammenhielt, band es auf und band es wieder zu. Wenn ich vorhatte zu gehen – und das hatte ich –, tat ich uns keinen Gefallen damit, daß ich die Verbindung zwischen uns noch stärker werden ließ. Ich durfte Jamie nicht erlauben, sich in mich zu verlieben.

Falls das überhaupt seine Absicht war, dachte ich, an Laoghaire und das Gespräch mit Colum denkend. Wenn Jamie mich so kaltblütig geheiratet hatte, wie es schien, waren seine Gefühle vielleicht weniger gefährdet als meine.

Vor lauter Müdigkeit, Hunger, Enttäuschung und Ungewißheit

hatte ich mich inzwischen in einen solchen Zustand verwirrten Elends hineingesteigert, daß ich weder schlafen noch stillsitzen konnte. Statt dessen tigerte ich unglücklich im Zimmer umher, nahm wahllos Gegenstände in die Hand und legte sie wieder fort.

Zugluft von der Tür kündigte Jamies Rückkehr an. Er wirkte ein wenig erhitzt und merkwürdig erregt.

»Oh, du bist wach«, sagte er überrascht.

»Ja«, erwiderte ich unfreundlich. »Hattest du gehofft, ich würde schlafen, damit du wieder zu ihr gehen kannst?«

Jamie zog die Brauen zusammen; dann hob er sie fragend. »Zu ihr? Meinst du Laoghaire?«

Ihren Namen mit dem lässigen Singsang der Hochlandschotten ausgesprochen zu hören – »Lier« –, machte mich plötzlich wütend.

»Also *warst* du mit ihr zusammen?« fauchte ich.

Jamie blickte verwirrt drein, auch ein bißchen verärgert. »Aye«, antwortete er. »Ich bin ihr, als ich aus dem Zimmer ging, bei der Treppe begegnet. Ist dir nicht wohl, Sassenach? Du siehst ein wenig aufgeregt aus.« Er betrachtete mich prüfend. Ich schaute in den Spiegel und entdeckte, daß meine Haare in alle Richtungen abstanden und ich dunkle Ringe unter den Augen hatte.

»Mit mir ist alles in Ordnung«, sagte ich, um Selbstbeherrschung bemüht. »Und wie geht es Laoghaire?« fragte ich betont beiläufig.

»Prächtig«, antwortete Jamie. Er lehnte sich mit verschränkten Armen gegen die Tür und beobachtete mich nachdenklich. »Etwas überrascht von der Neuigkeit, daß wir verheiratet sind, denke ich.«

»Prächtig«, echote ich und holte tief Atem. Ich blickte auf und stellte fest, daß Jamie mich angrinste.

»Du beunruhigst dich doch nicht wegen des Mädchens, oder, Sassenach?« fragte er. »Sie hat keine Bedeutung für dich – und für mich ebensowenig«, fügte er hinzu.

»Ach, tatsächlich? Sie wollte – oder konnte – dich nicht heiraten. Du mußtest jemanden haben, also hast du mich genommen, als sich die Chance dazu bot. Ich kann es dir nicht verdenken, aber –«

Jamie kam mit zwei großen Schritten zu mir und ergriff meine Hände. Er legte einen Finger unter mein Kinn und zwang mich, ihn anzusehen.

»Claire«, begann er ruhig, »ich werde dir zu gegebener Zeit sagen, warum ich dich geheiratet habe. Ich habe dich um Ehrlichkeit gebeten, und ich war ehrlich zu dir. Ich bin es auch jetzt. Das

Mädchen hat keinerlei Ansprüche auf mich. Aber Höflichkeit kann sie von mir erwarten.« Jamie drückte mein Kinn. »Das ist ihr gutes Recht, und ich werde sie nicht enttäuschen.« Er ließ mein Kinn los. »Hörst du mich, Sassenach?«

»O ja, ich höre dich!« Ich trat einen Schritt zurück und rieb mir grollend das Kinn. »Ich bin sicher, daß du ausgesucht höflich zu ihr sein wirst. Aber zieh nächstes Mal den Vorhang des Alkovens ganz zu – ich möchte nicht zusehen.«

Jamie hob errötend die Augenbrauen.

»Willst du damit andeuten, daß ich dir untreu war?« fragte er ungläubig. »Wir sind noch nicht einmal eine Stunde auf der Burg, ich bin verschwitzt und staubig und so müde, daß mir die Knie zittern, und du meinst, ich hätte mich auf den Weg gemacht, um ein Mädchen von sechzehn Jahren zu verführen?« Jamie schüttelte fassungslos den Kopf. »Ich weiß nicht, ob du meine Manneskraft über- oder meinen Anstand unterschätzt, Sassenach, doch mir gefällt weder das eine noch das andere. Murtagh hat mir gesagt, Frauen seien unvernüftig, aber heiliger Gott!« Jamie fuhr sich mit seiner großen Hand durch die Haare, so daß sie wirr emporstanden.

»Natürlich meine ich nicht, du hättest sie verführt«, erwiderte ich, verzweifelt um Gelassenheit bemüht. »Ich meine nur ...« Mir ging auf, daß Frank dieses Problem weitaus eleganter in Angriff genommen hatte als ich, und doch war ich damals verstimmt gewesen. Wahrscheinlich gab es keine gute Methode, seinem Partner eine solche Möglichkeit anzudeuten.

»Ich meine nur, mir ... mir ist klar, daß du deine Gründe hattest, mich zu heiraten – und diese Gründe sind deine Sache«, fügte ich hastig hinzu. »Auch ich habe keinen Anspruch auf dich. Es steht dir also völlig frei, dich so zu verhalten, wie du willst. Wenn es ... wenn du dich zu einer anderen hingezogen fühlst ... ich meine ... ich werde dir kein Hindernis in den Weg legen«, schloß ich lahm. Ich spürte, wie mir das Blut in die Wangen schoß und meine Ohren brannten.

Als ich aufblickte, entdeckte ich, daß auch Jamie rote Ohren hatte. Auch sein Hals und sein Gesicht glühten, ja sogar seine Augen.

»Keinen Anspruch auf mich!« rief er. »Und was, denkst du, ist ein Eheversprechen, Mädel? Hohles Getön in der Kirche?« Er schmetterte die Faust krachend auf den Tisch, so daß der Waschkrug aus Porzellan klirrte. »Keinen Anspruch«, murmelte er wie im Selbstgespräch. »Es steht mir frei, mich zu betragen, wie ich will. Und du wirst mir kein Hindernis in den Weg legen?!«

Jamie bückte sich, zog die Stiefel aus und warf sie, so fest er konnte, an die Wand. Ich zuckte zusammen, als sie von den Steinen abprallten und zu Boden donnerten. Er riß sich das Plaid von den Schultern und warf es achtlos hinter sich. Dann ging er mit bösem Blick auf mich los.

»Du erhebst also keinen Anspruch auf mich, Sassenach? Du stellst es mir frei, mich zu vergüngen, mit wem ich will, ja? Hast du das gemeint?« fragte er gebieterisch.

Ich trat unwillkürlich zurück. »Äh – richtig«, antwortete ich. »Das habe ich gemeint.« Jamie packte meine Arme. Seine schwieligen Handflächen waren so heiß, daß ich zusammenzuckte.

»Nun, auch wenn du keinen Anspruch auf mich erhebst, Sassenach«, sagte er, »ich erhebe Anspruch auf dich!« Er nahm mein Gesicht in seine Hände und drückte seine Lippen auf meine. Es war nichts Behutsames oder Zärtliches an diesem Kuß, und ich wehrte mich dagegen.

Er hob mich einfach auf, einen Arm unter meinen Knien. Ich hatte immer noch nicht gemerkt, wie verteufelt stark er war.

»Laß das!« sagte ich. »Was tust du da?«

»Nun, das ist doch offensichtlich, Sassenach«, zischte Jamie mit zusammengebissenen Zähnen. Er senkte den Kopf, und sein klarer Blick schien mich wie ein heißes Eisen zu durchbohren. »Aber wenn du willst, daß ich's dir sage«, fuhr er fort, »so sollst du es erfahren. Ich werde dich jetzt zu Bett bringen. Und dich dort festhalten, bis du begriffen hast, welchen Anspruch ich auf dich habe.« Er küßte mich wieder, absichtlich grob, meine Proteste erstickend.

»Ich will nicht mit dir schlafen!« sagte ich, als er schließlich seinen Mund von mir löste.

»Ich habe auch nicht vor zu schlafen, Sassenach«, erwiderte Jamie ruhig. »Noch nicht.« Jetzt war er beim Bett und setzte mich auf der Decke mit dem Rosenmuster ab.

»Verdammt, du weißt genau, was ich meine!« grollte ich und versuchte zu entwischen, wurde aber so energisch zurückgehalten, daß es mich zurückkriß und ich Jamie anschauen mußte. »Und umarmen will ich dich auch nicht!«

Aus blauen Augen blitzte es auf mich herab, und das Atmen fiel mir schwer.

»Ich habe dich nicht nach deinen Vorlieben gefragt«, antwortete Jamie mit gefährlich leiser Stimme. »Du bist meine Frau, das habe ich dir oft genug gesagt. Es mag sein, daß du mich nicht heiraten wolltest, aber du hast es getan. Und falls du es nicht gemerkt hast – zu deinem Part bei der Zeremonie gehörte das Wort ›gehorchen‹. Du bist meine Frau, und wenn ich dich will, dann bekomme ich dich!« Jamie hatte mehr und mehr die Stimme erhoben, bis er fast brüllte.

Ich kniete mich hin, ballte die Fäuste und schrie ihn an.

»Der Teufel soll mich holen, wenn ich dich gewähren lasse, du tyrannisches Schwein! Du bildest dir ein, du könntest mich ins Bett kommandieren? Mich benutzen wie ein Hure, wenn du Lust hast? Nein, das kannst du nicht, du blöder Rammler! Und wenn du's doch tust, bist du nicht besser als dein heißgeliebter Hauptmann Randall!«

Jamie sah mich einen Moment lang zornig an; dann trat er abrupt beiseite. »Geh«, sagte er und wies mit dem Kopf auf die Tür. »Wenn du das von mir denkst, dann geh! Ich werde dich nicht aufhalten.«

Ich betrachtete ihn zögernd. Er ragte vor mir auf wie der Koloß von Rhodos. Diesmal hatte er sich in der Gewalt, obwohl er so wütend war wie an der Straße nach Doonesbury. Aber es war ihm ernst. Wenn ich gehen wollte, würde er mich tatsächlich nicht aufhalten.

Ich hob das Kinn. »Nein«, sagte ich. »Nein. Ich renne vor nichts davon. Und ich habe keine Angst vor dir.«

Jamies Blick heftete sich auf meinen Hals, wo mein Puls wie rasend schlug.

»Das sehe ich«, antwortete er. Er starrte auf mich herab, und sein Gesicht entspannte sich allmählich zu einem Ausdruck unmutiger Einwilligung. Er setzte sich vorsichtig aufs Bett, und ich lehnte mich argwöhnisch zurück. Er atmete mehrere Male tief durch, bevor er sprach.

»Ich renne auch nicht davon, Sassenach«, sagte er schroff. »Und jetzt verrat mir, was ›Rammler‹ bedeutet.«

Meine Überraschung muß sich deutlich gezeigt haben, denn Jamie fuhr gereizt fort: »Wenn du mich beschimpfen mußt, ist das eine Sache. Doch ich möchte nicht mit Ausdrücken beschimpft werden, auf die ich nichts erwidern kann. So, wie du's gesagt hast, muß es ein sehr unanständiges Wort sein, aber was bedeutet es?«

Ich lachte ein bißchen zitterig. »Es ... es hat mit dem zu tun ... was du mit mir machen wolltest.«

Eine Augenbraue hob sich, und Jamie schaute säuerlich amüsiert drein. »Oh, stoßen? Dann hatte ich recht, es *ist* ein sehr unanständiges Wort. Und was ist ein Sadist? So hast du mich neulich genannt.«

Ich unterdrückte ein Kichern. »Das, äh, das ist ein Mensch, der ... der sexuelle Lust empfindet, wenn er jemandem weh tut.« Ich errötete, doch ich konnte nicht verhindern, daß sich meine Mundwinkel leicht hoben.

Jamie schnaubte kurz. »Nun, besonders schmeichelhaft ist das ja nicht«, sagte er, »aber auch nicht ganz falsch.« Er holte tief Luft, lehnte sich zurück, streckte ein paarmal die Finger, legte sich dann die Hände auf die Knie und sah mich an.

»Aber was ist mit dir los? Warum tust du das? Was soll das mit dem Mädchen? Ich habe dir die reine Wahrheit gesagt. Es geht hier nicht um Beweise, es geht darum, ob du mir glaubst oder nicht. Glaubst du mir?«

»Ja«, antwortete ich widerwillig. »Aber das ist es nicht. Oder nicht ganz«, fügte ich in einem Versuch, ehrlich zu sein, hinzu. »Es ... ich glaube, es liegt an dem, was ich herausgefunden habe. Daß du mich wegen des Geldes geheiratet hast, das du bekommen würdest.« Mit niedergeschlagenen Augen zeichnete ich das Muster der Decke mit dem Finger nach. »Ich weiß, ich habe kein Recht, mich zu beklagen. Ich habe dich ebenfalls aus egoistischen Gründen geheiratet, aber ...«, ich biß mir auf die Unterlippe und schluckte, »aber ich habe auch meinen Stolz.«

Ich blickte Jamie verstohlen an und stellte fest, daß er mich völlig entgeistert anstarrte.

»Geld?« fragte er.

»Ja, Geld!« Ich funkelte ihn an, erbost darüber, daß er so verständnislos tat. »Als wir zurückkamen, konntest du es kaum abwarten, Colum zu sagen, daß du verheiratet bist, um deinen Anteil an den Pachtgeldern einzustreichen!«

Jamie stierte mich noch eine Weile an, und sein Mund öffnete sich langsam, als wollte er etwas sagen. Statt dessen schüttelte er den Kopf, und dann begann er zu lachen. Er warf den Kopf zurück und wieherte; dann schlug er, immer noch hysterisch lachend, die Hände vors Gesicht. Ich ließ mich entrüstet in die Kissen sinken. Zu komisch, wie?

Immer noch kopfschütteld und keuchend, erhob sich Jamie und

tastete nach der Schnalle seines Gürtels. Ich zuckte unwillkürlich zusammen, und er merkte es.

Mit vor Zorn und Erheiterung gerötetem Gesicht schaute er fassungslos auf mich herab. »Nein«, sagte er trocken, »ich habe nicht vor, dich zu schlagen. Ich habe dir versprochen, es nicht wieder zu tun – obwohl ich nicht dachte, daß ich's so schnell bereuen würde.« Jamie legte den Gürtel beiseite und faßte in die Felltasche, die daran hing.

»Mein Anteil an den Pachtgeldern beläuft sich auf ungefähr zwanzig Pfund im Quartal, Sassenach«, sagte er, während er im Dachsfell kramte. »Nicht englische, sondern schottische Pfund. Etwa der Preis einer halben Kuh.«

»Das ... das ist alles?« fragte ich benommen. »Aber ...«

»Ja, das ist alles«, bestätigte Jamie. »Und mehr kriege ich nicht von den MacKenzies. Du wirst gemerkt haben, daß Dougal ein sparsamer Mann ist, und Colum knausert doppelt soviel mit dem Geld. Und selbst für eine so fürstliche Summe wie zwanzig Pfund im Quartal ist es nicht wert, daß man deswegen heiratet«, fügte Jamie sarkastisch hinzu, während er mich betrachtete.

»Ich hätte überdies nicht gleich darum gebeten«, fuhr er fort und zog dabei ein in Papier gewickeltes Päckchen aus seiner Felltasche, »aber ich wollte damit etwas kaufen. Das war es, was ich zu erledigen hatte – Laoghaire bin ich aus reinem Zufall begegnet.«

»Und was wolltest du kaufen?« fragte ich mißtrauisch.

Jamie seufzte und zögerte einen Moment; dann warf er mir das Päckchen in den Schoß.

»Einen Ehering, Sassenach«, antwortete er. »Ich habe ihn von Ewen, dem Waffenschmied; er fertigt solche Dinge nebenher.«

»Oh«, sagte ich mit dünner Stimme.

»Nur zu«, meinte Jamie. »Öffne das Päckchen. Es gehört dir.« Die Umrisse des Päckchens verschwammen mir vor den Augen. Ich blinzelte und schniefte, machte aber keine Anstalten, es zu öffnen. »Es tut mir leid«, sagte ich.

»Soll es auch, Sassenach«, erwiderte Jamie, doch seine Stimme klang nicht mehr so zornig. Er nahm mir das Päckchen vom Schoß und riß die Verpackung auf; zum Vorschein kam ein breiter Silberring mit den verschlungenen Ornamenten des Hochlands; in die Mitte einer jeden Windrichtung war eine kleine, zarte Distelblüte – das jakobitische Emblem – eingraviert.

Soviel sah ich, und dann verschwamm mir wieder alles vor den Augen.

Ein Taschentuch wurde mir in die Hand gedrückt, und ich tat mein Bestes, die Tränenflut einzudämmen. »Er... er ist schön«, sagte ich, nachdem ich mich geräuspert hatte.

»Wirst du ihn tragen, Claire?« Jamies Stimme klang jetzt sanft, und daß er meinen Vornamen gebrauchte, was meistens nur in förmlichen oder zärtlichen Momenten geschah, ließ mich fast wieder in Tränen ausbrechen.

Er betrachtete mich ernst. »Du mußt es nicht«, sagte er. »Der Ehevertrag zwischen uns ist erfüllt und rechtsgültig. Außer einem Haftbefehl hast du nichts mehr zu befürchten, und solange du dich auf Burg Leoch aufhältst, nicht einmal das. Wenn du möchtest, können wir getrennt leben – falls du mir das mit deinem unsinnigen Gerede über Laoghaire nahelegen wolltest. Du mußt so gut wie nichts mit mir zu schaffen haben, wenn das dein Wunsch ist.« Jamie saß regungslos da und wartete, den Ring an seinem Herzen.

Die Sonne sank. Ihre letzten Strahlen schienen durch eine bauchige blaue Flasche, die auf dem Tisch stand, und tauchten die Wand dahinter in leuchtendblaues Licht. Ich fühlte mich so strahlend und zerbrechlich wie ihr Glas – als würde ich bei einer unbedachten Berührung in glitzernde Scherben zerbersten.

Ich konnte nicht sprechen, doch ich hielt Jamie zitternd meine Rechte entgegen. Der Ring glitt kühl und hell über meinen Finger – er paßte wie angegossen. Jamie hielt einen Moment meine Hand, betrachtete sie und preßte sie dann plötzlich an seinen Mund. Er hob den Kopf, und ich sah seinen wilden, dringlichen Gesichtsausdruck, ehe er mich ungestüm auf den Schoß zog.

Stumm hielt er mich an sich gepreßt, und ich konnte den Puls an seinem Hals spüren, der hämmerte wie der meine. Seine Hände wanderten zu meinen bloßen Schultern, und er schob mich ein wenig zurück, so daß ich ihm ins Gesicht schaute. Mir war schwindelig.

»Ich will dich, Claire«, sagte Jamie mit erstickter Stimme. Er hielt einen Moment lang inne, als wäre er unschlüssig, wie er fortfahren sollte. »Ich will dich so sehr – ich bekomme kaum noch Luft. Willst – « Er schluckte; dann räusperte er sich. »Willst du mich?«

Ich hatte meine Stimme wiedergefunden. Sie klang quäkend und zittrig, aber sie funktionierte.

»Ja«, sagte ich. »Ja, ich will dich auch.«

»Ich glaube...«, begann Jamie und hielt inne. Er lockerte die Schnalle seines Kilts und ballte, zu mir aufblickend, die Fäuste. Er sprach mit Mühe, mußte sich so sehr zurückhalten, daß seine Hände vor Anstrengung zitterten. »Ich werde nicht... kann nicht... Claire, ich kann jetzt nicht zart sein.«

Ich konnte nur nicken. Dann bog er mich zurück, und sein Gewicht drückte mich aufs Bett.

Ich roch den Straßenstaub an seinem Hemd und schmeckte die Sonne und den Schweiß der Reise auf seiner Haut. Er hielt mich fest, meine Arme waren ausgestreckt, meine Gelenke niedergedrückt. Meine eine Hand streifte die Wand, und der Ehering scharrte gegen den Stein. Ein Ring für jede Hand, der eine aus Silber, der andere aus Gold. Und das dünne Metall wog plötzlich so schwer wie die ehelichen Bande; als wären diese Ringe schwere Fesseln, die mich ans Bett ketteten, auf ewig hingestreckt zwischen zwei Polen, festgeschmiedet wie Prometheus an seinen einsamen Felsen – und die geteilte Liebe war der Adler, der nach meiner Leber pickte.

Jamie drückte mir die Schenkel mit dem Knie auseinander und drang mit einem Stoß in mich ein, der mir den Atem raubte. Er stöhnte und packte mich fester.

»Du bist mein, *mo duinne*«, sagte er leise, während er sich in meine Tiefen preßte. »Du gehörst mir, nur mir, jetzt und immerdar, ob du willst oder nicht.« Ich sog die Luft mit einem schwachen »Ah« ein, als er sich noch tiefer in mich preßte.

»Ja, ich werde dich hart herannehmen, Sassenach«, flüsterte er. »Ich möchte dich in Besitz nehmen, deinen Leib und deine Seele.« Ich sträubte mich, und er drang noch tiefer, noch heftiger in mich ein, mit starken, unerbittlichen Stößen, deren jeder meinen Schoß erreichte. »Ich will, daß du mich ›Meister‹ nennst, Sassenach. Ich will, daß du ganz und gar mein bist.«

Ich zitterte und stöhnte jetzt; zuckend umschloß ihn mein Fleisch. Stoß folgte auf Stoß, erbarmungslos, wieder und wieder trafen sie mich und trieben mich an die Grenzen zwischen Lust und Schmerz. Ich fühlte mich wie aufgelöst, als hätte sich mein Leben auf den Teil meines Körpers reduziert, der nun gestürmt wurde, als sollte ich zur vollständigen Kapitulation gezwungen werden.

»Nein!« keuchte ich. »Bitte hör auf, du tust mir weh!« Schweißperlen rannen Jamie übers Gesicht, fielen auf das Kissen und auf meine Brüste. Unsere Leiber begegneten sich jetzt in einem Rhythmus, der zur Pein wurde. Meine Schenkel schmerzten, und meine Handgelenke fühlten sich an, als wollten sie zerbrechen, doch Jamies Griff war unnachgiebig.

»Aye, fleh nur um Gnade, Sassenach. Aber du bekommst sie nicht.« Sein Atem ging heiß und schnell, doch er zeigte keinerlei Anzeichen von Ermüdung. Ich bebte am ganzen Körper, meine Beine hoben sich, um Jamie zu umschlingen.

Ich spürte jeden Stoß tief in meinem Bauch, und ich schrak davor zurück, selbst als meine Hüften verräterisch aufstiegen und es begrüßten. Jamie merkte es und verdoppelte seine Anstrengungen.

Ich reagierte, es gab keinen Anfang und kein Ende mehr, es war ein fortgesetztes Erschauern, das mit jedem Stoß einen Gipfel erreichte; und jeder Stoß war wie eine Frage, die wieder und wieder Antwort forderte. Jamie drückte meine Beine aufs Bett und führte mich über den Schmerz hinaus in den Bereich der reinen Empfindung. Ich hatte kapituliert.

»Ja!« rief ich. »O Gott, Jamie, ja!« Er packte mich bei den Haaren und bog meinen Kopf nach hinten, damit ich ihm in die Augen sah. Sie glitzerten in stürmischem Triumph.

»Ja, Sassenach«, murmelte er. »Ich werde dich reiten!« Er schloß die Hände um meine Brüste, streichelte und drückte sie, fuhr dann meine Flanken entlang. Sein ganzes Gewicht lag auf mir, als er mich faßte und hob, um noch tiefer einzudringen. Ich schrie, und er verschloß mir den Mund mit seinem, kein Kuß, sondern ein weiterer Angriff. Er stieß härter und schneller zu, als wollte er meine Seele nötigen, wie er meinen Leib nötigte. In Leib oder Seele, irgendwo, schlug er einen Funken, und aus der Asche der Kapitulation entsprang ein Sturm aus Leidenschaft und des Begehrens. Ich wölbte mich nach oben, um Jamie zu begegnen, Schlag für Schlag. Ich biß in seine Lippen und schmeckte Blut.

Dann spürte ich seine Zähne an meinem Hals und grub die Nägel in seinen Rücken. Ich zog sie vom Genick zum Gesäß, gab ihm die Sporen, und nun bäumte *er* sich auf und schrie. Wir fielen wie verzweifelt übereinander her, bissen und kratzten uns, bis Blut floß, beide wollten wir den anderen in uns ziehen, zerrissen uns gegenseitig das Fleisch in der verzehrenden Sehnsucht, eins zu werden. Schließlich vermischte sich mein Schrei mit seinem, und wir verloren uns in diesem letzten Moment der Auflösung und Vollendung.

Es dauerte eine Weile, bis ich wieder zu mir kam; ich lag halb auf Jamies Brust, und unsere schwitzenden Körper waren noch aneinandergeschmiegt. Er atmete schwer, mit geschlossenen Augen. Ich hörte sein Herz unter meinem Ohr; es schlug mit dem langsamen und kraftvollen Rhythmus, der auf den Höhepunkt folgt.

Jamie spürte mein Erwachen und zog mich an sich, wie um das Einssein zu bewahren, das wir in den letzten Sekunden unserer Begegnung erreicht hatten. Ich legte die Arme um ihn.

Er schlug die Augen auf und seufzte; er lächelte leise, als sich unsere Blicke trafen. Ich hob die Brauen in stummer Frage.

»Ja, Sassenach«, sagte er kleinlaut, »ich bin dein Meister ... und du bist meine Meisterin. Scheint so, als könnte ich deine Seele nicht besitzen, ohne meine eigene zu verlieren.« Ein kühler Abendwind wehte durch das Fenster, und Jamie breitete eine Decke über uns. Als ich einschlief, hatte er die Arme um mich geschlossen.

Am nächsten Morgen war ich völlig erledigt, und jeder Muskel tat mir weh. Ich hinkte zum Leibstuhl und dann zur Waschschüssel. Es fühlte sich an, als wäre ich mit einem stumpfen Gegenstand geschlagen worden, und ich dachte mir, daß dies der Wahrheit sehr nahe kam. Als ich ins Bett zurückkroch, erblickte ich den fraglichen Gegenstand; er wirkte jetzt relativ harmlos. Sein Besitzer erwachte, als ich mich neben ihn setzte, und betrachtete mich mit einem Ausdruck, der nicht frei war von männlicher Selbstgefälligkeit.

»Scheint ein anstrengender Ritt gewesen zu sein, Sassenach«, sagte er und berührte vorsichtig einen blauen Fleck an meinem Oberschenkel. »Bist ein wenig wundgescheuert, nicht wahr?«

Ich kniff die Augen zusammen und fuhr mit dem Finger eine tiefe Bißwunde auf Jamies Schulter nach.

»Du wirkst selbst ein bißchen mitgenommen, Junge.«

»Gewiß«, sagte Jamie in breitem Schottisch. »Wenn du bei einer Füchsin liegst, mußt du damit rechnen, gebissen zu werden.« Er streckte die Hand aus, packte mich am Genick und zog mich zu sich herunter. »Beiß mich noch einmal.«

»Nein, laß das«, erwiderte ich, mich von ihm lösend. »Ich kann nicht, mir tut alles weh.«

Doch Jamie Fraser war kein Mann, der sich mit einem Nein zufriedengab.

»Ich werde sehr sanft sein«, schmeichelte er. Und er *war* sanft, wie es nur große und breite Männer sein können; er hielt mich in seinen Händen wie ein rohes Ei, umwarb mich mit einer demütigen Geduld, die ich als Wiedergutmachung erkannte – und als freundliche Hartnäckigkeit, die eine Fortsetzung der Lektion war, mit der er in der Nacht zuvor so brutal begonnen hatte. Sanft würde er sein, aber abweisen lassen würde er sich nicht.

Bei seinem Höhepunkt zitterte er in meinen Armen, schauderte vor Erregung, sich nicht zu heftig bewegend, um mir nicht weh zu tun.

Danach strich er über die verblassenden blauen Flecke, die er vor zwei Tagen auf meinen Schultern hinterlassen hatte.

»Tut mir leid, *mo duinne*«, sagte er, jeden zärtlich küssend. »Ich war außer mir vor Wut, aber das ist keine Rechtfertigung. Es ist schändlich, einer Frau weh zu tun, ob im Zorn oder nicht. Ich werde das nie wieder machen.«

Ich lachte ironisch. »Für *die* entschuldigst du dich? Und was ist mit den anderen? Ich bin von Kopf bis Fuß ein einziger blauer Fleck!«

»Ach?« Jamie wich ein wenig zurück, um mich kritisch zu mustern. »Nun« – er berührte meine Schulter –, »für die habe ich mich entschuldigt. *Die* hier« – er gab mir einen leichten Klaps auf den Allerwertesten –, »hast du verdient, und ich werde nicht sagen, daß es mir leid tut, denn es tut mir nicht leid.

Und was diese betrifft«, fuhr Jamie fort und streichelte meinen Oberschenkel, »so werde ich mich auch dafür nicht entschuldigen. Die hast du mir bereits vergolten.« Er verzog das Gesicht und massierte sich die Schultern. »Du hast mich an mindestens zwei Stellen so gekratzt, daß es blutete, Sassenach, und mein Rücken brennt wie das Fegefeuer.«

»Wenn du bei einer Füchsin liegst...«, sagte ich schmunzelnd. »Dafür entschuldige *ich* mich nicht.« Jamie lachte und zog mich über sich.

»Ich habe nicht gesagt, daß du dich entschuldigen sollst, oder? Wenn ich mich recht erinnere, habe ich gesagt: ›Beiß mich noch einmal.‹«

VIERTER TEIL

Pech und Schwefel

24

Ha! Mich juckt der Daumen schon

Die Aufregung über unsere plötzliche Ankunft und über die Bekanntgabe unserer Heirat wurde von einem Ereignis noch größerer Bedeutung überschattet.

Tags darauf saßen wir beim Abendessen im Saal und nahmen die Glückwünsche und Toasts entgegen, die uns zu Ehren ausgebracht wurden.

»*Buidheachas, mo caraid.*« Jamie verbeugte sich anmutig vor dem, der als letzter sein Glas erhoben hatte, und setzte sich, als der Applaus nachließ, wieder hin. Die Holzbank schwankte unter seinem Gewicht, und er schloß kurz die Augen.

»Es wird dir wohl ein bißchen zuviel?« flüsterte ich. Bei jedem Becher, der auf unser Wohl getrunken wurde, hatte er den seinen ebenfalls geleert, während ich bisher damit davongekommen war, nur am Wein zu nippen und die unverständlichen gälischen Toasts mit einem strahlenden Lächeln entgegenzunehmen.

Er öffnete die Augen und schaute mich lächelnd an.

»Du meinst, ich wäre betrunken? Nein, ich könnte dieses Zeug die ganze Nacht lang trinken.«

»Das hast du doch schon getan«, sagte ich mit einem Blick auf die Batterie leerer Weinflaschen und irdener Bierkrüge, die vor uns auf dem Tisch stand. »Es ist ziemlich spät geworden.« Die Kerzen auf Colums Tisch waren heruntergebrannt, und das herabtropfende Wachs glänzte golden. Im flackernden Licht tanzten die Schatten auf den Gesichtern der MacKenzie-Brüder, die die Köpfe zusammengesteckt hatten und leise miteinander sprachen. Sie hätten ohne weiteres in die Gesellschaft der holzgeschnitzten Gnomenköpfe gepaßt, die die Umrandung des riesigen offenen Kamins zierten, und ich fragte mich, wie viele dieser Figuren wohl Karikaturen früherer MacKenzie-Burgherren waren – vielleicht von einem

Holzschnitzer gefertigt, der viel Humor hatte... oder eine starke Bindung an die Familie.

Jamie streckte sich, und auf seinen Zügen malte sich ein leichtes Unbehagen.

»Meine Blase wird im nächsten Augenblick platzen. Ich bin gleich wieder da.« Er stützte die Hände auf die Bank, schwang sich behende darüber und verschwand im Bogengang.

Ich wandte mich Geillis Duncan zu, die zu meiner Linken saß und an einem silbernen Bierkrug nippte. Ihr Gatte Arthur saß an Colums Tisch, wie es ihm als Prokurator zukam, aber Geillis hatte darauf bestanden, neben mir zu sitzen, weil sie keine Lust habe, den ganzen Abend lang Männergesprächen zu lauschen.

Arthurs tiefliegende Augen waren vom Wein und der Müdigkeit halb geschlossen und versanken in den bläulichen Tränensäcken. Er stützte sich schwer auf die Unterarme, ließ die Backen hängen und ignorierte die Unterhaltung der MacKenzies neben sich. Während die scharfgeschnittenen Gesichtszüge des Burgherrn und seines Bruders in diesem Licht besonders hervortraten, sah Arthur Duncan nur fett und krank aus.

»Dein Mann sieht nicht sehr gut aus«, bemerkte ich. »Sind seine Magenbeschwerden schlimmer geworden?« Die Symptome waren unklar; sie ließen nicht an ein Magengeschwür oder Krebs denken – nicht, wenn jemand noch soviel Fleisch auf den Knochen hatte. Vielleicht handelte es sich wirklich um eine chronische Gastritis, wie Geillis behauptete.

Sie warf ihrem Gatten einen kurzen Blick zu und zuckte die Schultern.

»Oh, dem geht es ganz gut«, sagte sie. »Jedenfalls ist es nicht schlechter geworden. Aber was ist mit *deinem* Mann?«

»Was soll mit ihm sein?« fragte ich vorsichtig.

Sie stieß mich mit ihrem scharfen Ellbogen vertraulich in die Seite, und ich bemerkte, daß auch an ihrem Platz eine ganze Menge leere Flaschen standen.

»Na, was meinst du? Sieht er ohne Hemd genauso gut aus wie mit?«

Ich schluckte und suchte nach einer Antwort, während sie den Kopf zum Eingang drehte.

»Und du hast behauptet, du würdest dir nichts aus ihm machen! Sehr schlau. Die Hälfte der Mädchen in der Burg würde dir am liebsten die Haare ausreißen – ich würde aufpassen, was ich esse, wenn ich du wäre.«

»Was ich esse?« Ich starrte auf den Holzteller vor mir, auf dem nur noch ein paar Knochen und eine einsame gekochte Zwiebel lagen.

»Gift«, zischte sie mir dramatisch ins Ohr, wobei sie mich in Alkoholschwaden hüllte.

»Unsinn«, sagte ich kalt und rückte von ihr ab. »Niemand würde mich vergiften wollen, nur weil ich ... also weil ...« Ich kam ins Stammeln, und mir dämmerte, daß ich vielleicht doch auch ein bißchen zuviel getrunken hatte.

»Also wirklich, Geillis, diese Ehe ... Ich habe sie nicht geplant, weißt du. Ich *wollte* sie nicht!« Das war keine Lüge. »Es war einfach ... eine Art Geschäftsvereinbarung«, sagte ich und hoffte, daß mein Erröten im Kerzenlicht nicht zu sehen wäre.

»Ha«, erwiderte sie auftrumpfend, »ich weiß, wie ein Mädel aussieht, dem's im Bett gefallen hat.« Sie schaute zum Bogengang, in dem Jamie verschwunden war. »Es soll mich der Teufel holen, wenn das, was der Junge da am Hals hat, Mückenstiche sind.« Sie zog eine Augenbraue hoch. »Wenn es eine Geschäftsvereinbarung war, dann würde ich sagen, du hast einen guten Handel gemacht.«

Sie lehnte sich wieder zu mir.

»Ist es wahr«, flüsterte sie, »das mit dem Daumen?«

»Daumen? Geillis, wovon redest du eigentlich?«

Sie schaute mich rügend an und zog die Stirn in Falten. Ihre schönen grauen Augen wirkten etwas unstet, und ich hoffte, daß sie nicht unter den Tisch rutschen würde.

»Das weißt du doch bestimmt? Jeder weiß es! Am Daumen eines Mannes sieht man, wie groß sein Schwanz ist. Natürlich auch an den großen Zehen«, fügte sie fachkundig hinzu, »aber die kriegt man nicht so leicht zu sehen. Dein Füchslein«, sie wies mit dem Kopf zum Bogengang, in dem Jamie gerade wieder aufgetaucht war, »könnte einen stattlichen Kürbis in der Hand halten. Oder einen stattlichen Hintern, hm?« fügte sie hinzu und stieß mich wieder in die Seite.

»Geillis Duncan, was fällt dir ein!« zischte ich und errötete bis an die Haarwurzeln. »Es könnte dich jemand hören!«

»Oh, niemand der –«, setzte sie an, unterbrach sich aber und starrte Jamie an. Er war direkt an unserem Tisch vorbeigegangen, ohne uns zu beachten. Er war blaß und hatte die Lippen zusammengepreßt, als müßte er eine unangenehme Pflicht erledigen.

»Was ist denn mit dem los?« fragte Geillis. »Er sieht aus wie Arthur, wenn er rohe Rüben gegessen hat.«

»Ich weiß es nicht.« Ich stieß die Bank zurück und zögerte. Er ging zu Colums Tisch. Sollte ich ihm folgen? Offensichtlich war etwas geschehen.

Geillis, die ihren Blick durch den Saal wandern ließ, zog mich plötzlich am Ärmel und deutete in die Richtung, aus der Jamie gekommen war.

Ein Mann stand im Bogengang und zögerte genau wie ich. Seine Kleider waren voller Staub und Schmutz; irgendein Reisender. Ein Bote, und wie die Botschaft auch lauten mochte, er hatte sie Jamie anvertraut, der sie Colum gerade ins Ohr flüsterte.

Nein, nicht Colum, Dougal. Der rote Schopf beugte sich tief zu den beiden Dunkelhaarigen herab. Im Licht der erlöschenden Kerzen sahen sich die kräftigen Gesichtszüge der drei Männer erstaunlich ähnlich. Allerdings war dies nicht so sehr auf die gemeinsamen Erbanlagen zurückzuführen als auf den Ausdruck von Schock und Trauer, der sich auf ihren Gesichtern breitmachte.

Geillis' Finger gruben sich in meinen Unterarm.

»Schlechte Nachrichten«, sagte sie überflüssigerweise.

»Vierundzwanzig Jahre verheiratet – das ist eine lange Zeit«, sagte ich nachdenklich.

»Aye«, stimmte Jamie zu. Ein Windstoß fuhr in die Blätter des Baumes über uns und blies mir die Haare ins Gesicht. »Länger als ich lebe.«

Ich schaute ihn an, wie er da mit lässiger Anmut am Zaun der Koppel lehnte. Ich vergaß immer wieder, wie jung er war; er wirkte so selbstbewußt und kompetent.

»Ich bezweifle, daß er davon mehr als drei Jahre mit ihr zusammen war«, sagte er und schnippte einen Strohhalm auf die zerstampfte Erde hinter dem Zaun. »Meistens war er hier auf der Burg, weißt du, oder irgendwo unterwegs, um Colums Geschäfte zu betreiben.«

Dougals Frau Maura war auf ihrem Stammsitz Beannachd an einem plötzlichen Fieber gestorben. Dougal war zusammen mit Ned Gowan und dem Boten, der die Nachricht überbracht hatte, in der Morgendämmerung aufgebrochen, um das Begräbnis zu organisieren und sich um die Hinterlassenschaft seiner Frau zu kümmern.

»Also gab es nicht viel Nähe in dieser Ehe?« fragte ich neugierig.

Jamie zuckte die Schultern.

»So wie in den meisten, vermute ich mal. Sie war vollauf beschäftigt mit den Kindern und der Hauswirtschaft. Sie wird ihn nicht allzusehr vermißt haben, obwohl sie sich durchaus zu freuen schien, wenn er nach Hause kam.«

»Ach ja, du hast ja eine Weile bei ihnen gelebt, nicht wahr?« Ich wurde still und dachte darüber nach, ob das wohl Jamies Vorstellung von einer Ehe entsprach: getrennt leben und nur ab und zu zusammenkommen, um Kinder zu zeugen. Allerdings, nach dem wenigen zu schließen, was er erzählt hatte, schien die Beziehung seiner eigenen Eltern eng und liebevoll gewesen zu sein.

Als hätte er wieder einmal meine Gedanken gelesen, sagte er: »Mit meinen Leuten war es anders, weißt du. Dougals Ehe wurde von der Familie arrangiert, so wie Colums; es ging dabei mehr um Ländereien und Geschäfte als um Liebe. Aber meine Eltern – sie haben aus Liebe geheiratet, gegen den Wunsch ihrer Familie, und deswegen wurden wir... nicht direkt ausgeschlossen; aber wir waren in Lallybroch doch eher für uns. Meine Eltern sind nicht oft weggefahren, weder um Verwandte zu besuchen, noch um Geschäfte zu machen; sie waren einfach gern zusammen.«

Er legte eine Hand tief unten auf meinen Rücken und zog mich an sich. Dann beugte er sich herab und strich mit den Lippen über mein Ohr.

»Auch zwischen uns war es eine Vereinbarung«, sagte er sanft. »Und doch hoffe ich... daß vielleicht, eines Tages...« Er sprach den Satz nicht zu Ende, lächelte schief und machte eine Geste, als wollte er den Gedanken verscheuchen.

Da ich ihn in dieser Richtung nicht ermutigen wollte, lächelte ich so neutral, wie ich konnte, und drehte mich zur Koppel um. Ich spürte ihn neben mir, obwohl er mich nicht berührte; mit beiden Händen umfaßte er den obersten Holm des Zaunes. Um nicht nach seiner Hand zu greifen, hielt auch ich mich am Zaun fest. So gern hätte ich mich ihm zugewandt, ihn getröstet und ihm gesagt, daß uns mehr als eine Geschäftsvereinbarung verband. Gerade weil das der Wahrheit entsprach, hielt ich mich zurück.

Ist das üblich? hatte er gefragt. *So, wie es zwischen uns ist, wenn ich dich berühre, wenn du bei mir liegst?* Er war wirklich sonderbar. Es war auch nicht einfach Betörung, wie ich zuerst gedacht hatte. Nichts hätte weniger einfach sein können.

Die Tatsache blieb bestehen! Ich war durch Eheversprechen, Loyalität und Gesetz an einen anderen Mann gebunden. Und durch Liebe.

Ich konnte Jamie nicht sagen, was ich für ihn empfand. Ich *durfte* es nicht. Das zu tun und ihn dann zu verlassen, wäre der Gipfel der Grausamkeit. Und lügen konnte ich auch nicht.

»Claire.« Ich fühlte seinen Blick auf mir und wandte ihm das Gesicht zu, als er sich herabbeugte, um mich zu küssen. Auch auf diesem Gebiet konnte ich ihn nicht täuschen. Schließlich, dachte ich vage, hatte ich ihm ja Ehrlichkeit versprochen.

Ein lautes »Ahem!«, das hinter dem Zaun erscholl, unterbrach uns. Jamie drehte sich blitzschnell um und trat instinktiv vor mich, um mich zu decken. Als er den alten Alec MacMahon in seinen dreckigen Hosen sah, der uns mit seinem einen hellblauen Auge spöttisch betrachtete, entspannte er sich und grinste.

Der alte Mann hatte eine wenig anheimelnde Kastrationsschere in der Hand, die er ironisch zum Gruß hochhob.

»Ich wollte sie eigentlich bei Mahomet benutzen, aber vielleicht könnte sie hier besser gebraucht werden, eh?« Er klapperte einladend mit den schweren Klingen. »Dann würdest du mehr an die Arbeit und weniger an deinen Schwanz denken, Junge.«

»Mach lieber keine Witze darüber, Mann«, sagte Jamie und grinste. »Brauchst du mich?«

Alecs Augenbraue bewegte sich wie eine haarige Raupe.

»Nein, wie kommst du darauf? Ich wollte mal versuchen, einen vollblütigen Zweijährigen ganz allein zu kastrieren, nur so zum Spaß.« Er schnaubte kurz über seinen Witz und wedelte mit der Schere in Richtung Burg.

»Ab mit Ihnen, Mädel. Sie können ihn zum Abendessen zurückhaben, wenn er Ihnen dann noch was nützt.«

Jamie, den die letzte Bemerkung mißtrauisch gemacht hatte, schnappte sich mit einem schnellen Griff die Schere.

»Ich fühle mich sicherer, wenn ich sie habe«, sagte er mit einem Zwinkern zum alten Alec. »Dann geh, Sassenach. Wenn ich für den alten Alec die ganze Arbeit gemacht habe, dann suche ich dich.«

Er beugte sich herab, um mich auf die Wange zu küssen, und flüsterte mir ins Ohr: »In den Ställen, wenn die Sonne oben am Himmel steht.«

Die Ställe von Burg Leoch waren besser gebaut als viele der Katen, die ich auf unserer Reise mit Dougal gesehen hatte. Der Boden und die Wände bestanden aus Stein, und die einzigen Öffnungen waren die schmalen Fenster am einen Ende, die Tür am anderen und die Schlitze unter dem strohgedeckten Dach, die man für die Eulen ausgespart hatte, damit sie die Mäuse im Heu unter Kontrolle hielten. Sie ließen genug Luft und Licht herein, daß es nicht düster war, sondern eine angenehm gedämpfte Atmosphäre herrschte.

Oben auf dem Heuboden, direkt unter dem Dach, war das Licht noch schöner; es fiel in Streifen auf das hochgetürmte Heu, und die Sonnenstrahlen fingen die Staubkörnchen ein, so daß sie tanzten wie Goldflimmer. Ein laues Lüftchen wehte durch die Ritzen und trug den Duft von Levkojen, Bartnelken und Knoblauch aus dem Garten herauf, der sich mit dem Geruch der Pferde vermischte.

Jamie regte sich in meinen Armen und setzte sich auf; ein Sonnenstrahl fiel auf seine Haare, und es sah aus, als wäre eine Kerze angezündet worden.

»Was ist?« fragte ich schläfrig und schaute in dieselbe Richtung wie er.

»Der kleine Hamish«, sagte er leise und linste über den Rand des Heubodens in den Stall hinunter. »Wird wohl sein Pony holen.«

Ich rollte neben ihn auf den Bauch und zog aus Anstand mein Hemd herunter – eigentlich überflüssig, weil von unten doch nur mein Kopf zu sehen war.

Colums Sohn Hamish kam langsam den Gang zwischen den Boxen entlang. Manchmal zögerte er, aber er schenkte den Pferdeköpfen, die sich neugierig zwischen den Stangen herausschoben, um ihn zu inspizieren, nicht viel Beachtung. Offensichtlich suchte er etwas, und zwar nicht sein dickes braunes Pony, das in seiner Box nahe der Stalltür seelenruhig vor sich hin kaute.

»Heiliger Strohsack, er geht zu Donas!« Jamie griff nach seinem Kilt und wickelte ihn sich hastig um die Hüften. Ohne sich mit der Leiter abzugeben, hielt er sich am Rand fest und sprang dann auf den Boden. Er landete weich auf dem strohbedeckten Steinboden, und Hamish fuhr erschrocken herum.

Das kleine sommersprossige Gesicht entspannte sich etwas, als er erkannte, wer es war, aber die blauen Augen blieben mißtrauisch.

»Brauchst du ein bißchen Hilfe, Vetter?« erkundigte sich Jamie freundlich. Er ging auf Hamishs Seite hinüber und lehnte sich gegen einen Pfosten, der zwischen Hamish und der Box stand, zu der er wollte.

Hamish zögerte, gab sich dann aber einen Ruck und sagte mit vorgeschobenem Kinn in einem Ton, der entschlossen klingen sollte: »Ich werde Donas reiten.«

Donas – das hieß »Dämon«, was durchaus nicht schmeichelhaft gemeint war – stand allein in einer Box am unteren Ende des Stalles. Zur Sicherheit war neben ihm ein Platz freigelassen. Donas war ein riesengroßer, bösartiger rotbrauner Hengst, den niemand reiten konnte, und nur der alte Alec und Jamie trauten sich in seine Nähe. Ein hohes, gereiztes Wiehern kam aus seiner dunklen Box, und sein gewaltiger Kopf schoß plötzlich hervor; er fletschte die gelben Zähne und schnappte vergeblich nach der nackten Schulter, die sich ihm so verführerisch darbot.

Jamie rührte sich nicht, da er wußte, daß der Hengst ihm nichts tun konnte. Hamish sprang mit einen Schrei zurück; das plötzliche Auftauchen des furchterregenden Pferdekopfes mit den wilden, blutunterlaufenen Augen und den bebenden Nüstern hatte ihm offenbar einen gewaltigen Schreck eingejagt.

»Vielleicht lieber doch nicht«, meinte Jamie nachsichtig. Er führte seinen kleinen Vetter von dem Hengst weg, der wütend gegen die Stalltüre schlug. Hamish zitterte ebensosehr wie die Bretter der Box, wenn die Hufe dagegen donnerten.

Jamie drehte den Jungen zu sich und schaute auf ihn herunter, die Hände in die Hüften gestemmt.

»Dann laß mal hören, was du dir da in den Kopf gesetzt hast. Warum muß es denn ausgerechnet Donas sein?«

Hamish hatte die Zähne trotzig zusammengebissen, aber Jamie schaute ihn freundlich und gleichzeitig unnachgiebig an. Er versetzte ihm einen sanften Stoß und erntete ein winziges Lächeln.

»Na komm schon, *duinne*«, sagte Jamie leise. »Du weißt schon, daß ich nichts verraten werde. Hast du etwas ausgefressen?«

Eine leichte Röte überzog die helle Haut des Jungen.

»Nein. Jedenfalls … nein. Na ja, vielleicht …«

Mit etwas Zureden kam die Geschichte endlich heraus.

Am Tag zuvor war er mit seinem Pony draußen gewesen. Er war mit einigen anderen Jungen geritten, und ein paar Größere hatten gewetteifert, wer über das höchste Hindernis springen könne. In Hamish, der voller Neid zugeschaut hatte, siegte schließlich die Angeberei über die Vernunft, und er hatte versucht, sein kleines dickes Pony über eine Steinmauer zu zwingen. Dem Tier hatte es jedoch sowohl an Fähigkeit als auch an Interesse gemangelt; kurz vor der Mauer hatte es die Hufe in den Boden gerammt, so daß Hamish in hohem Bogen über die Mauer geflogen und auf der anderen Seite schmählich in einem Brennesselfeld gelandet war. Das Gejohle seiner Kameraden brannte nicht minder als die Brennnesseln, und so entschloß er sich, heute auf einem »richtigen Pferd« zu erscheinen, wie er sich ausdrückte.

»Sie würden mich jedenfalls nicht auslachen, wenn ich auf Donas daherkäme«, sagte er und stellte sich die Szene mit grimmiger Genugtuung vor.

»Nein, sie würden nicht lachen«, stimmte Jamie zu. »Sie wären voll damit beschäftigt, deine Einzelteile aufzusammeln.«

Er schaute seinen Vetter fest an und schüttelte den Kopf. »Ich will dir was sagen, Junge. Es braucht Mut und Verstand, um ein guter Reiter zu werden. Du hast den Mut, aber an Verstand fehlt es dir noch ein klein wenig.« Er legte Hamish tröstend den Arm um die Schultern und ging mit ihm ans Ende des Stalles.

»Komm, junger Mann. Hilf mir mit dem Heu, und wir machen dich mit Cobhar bekannt. Du hast recht, du solltest ein besseres Pferd haben, wenn du soweit bist, aber du brauchst dich nicht umzubringen, um das zu beweisen.«

Beim Vorbeigehen warf er einen Blick zu mir herauf und zuckte hilflos mit den Schultern. Ich lächelte und winkte ihm aufmunternd zu. Jamie holte einen Apfel aus dem Korb mit Fallobst, der neben der Tür stand, nahm die Heugabel aus der Ecke und ging mit Hamish zu einer Box in der Mitte des Stalles.

Er pfiff leise durch die Zähne, und ein kastanienbraunes Pferd mit breiter Stirn streckte leise schnaubend den Kopf heraus. Die dunklen Augen waren groß und freundlich, die Ohren nach vorn gedreht, was dem Pferd einen wohlwollenden, aufmerksamen Ausdruck gab.

»Nun, Cobhar, *ciamar a tha thu?*« Jamie tätschelte dem Braunen den schlanken Hals und kraulte ihn hinter den Ohren.

»Komm her«, sagte er und winkte seinem kleinen Vetter. »Ja, hier neben mich, so nah, daß er dich riechen kann. Pferde wollen dich riechen.«

»Das weiß ich doch.« Hamishs hohe Stimme klang verächtlich. Er reichte kaum bis zur Nase des Pferdes, aber er streckte den Arm aus und streichelte ihm den Hals. Er wich nicht zurück, als sich der große Pferdekopf senkte, interessiert an seinem Ohr herumschnupperte und ihm in die Haare schnaubte.

»Gib mir einen Apfel«, sagte er zu Jamie. Die weichen Samtlippen nahmen die Frucht behutsam aus Hamishs Hand und beförderten sie zwischen die Mahlzähne, wo sie mit saftigem Knacken verschwand. Jamie schaute anerkennend zu.

»Aye, ihr werdet gut miteinander auskommen. Nur zu, freunde dich mit ihm an. Ich füttere inzwischen die anderen, dann kannst du mit ihm ausreiten.«

»Allein?« fragte Hamish voller Eifer. Cobhar, dessen Name »Scham« bedeutete, war ein gutmütiger, aber doch lebhafter Wallach und gar nicht zu vergleichen mit dem braunen Pony.

»Zweimal um die Koppel. Ich schaue zu, und wenn du nicht runterfällst oder zu sehr an der Trense herumreißt, dann darfst du ihn allein reiten. Aber nicht springen, bis ich es erlaube.« Jamie bückte sich, nahm Heu auf die Gabel und warf es in eine der Boxen.

Er richtete sich auf und lächelte seinen Vetter an. »Bekomme ich auch einen Apfel?« Er stellte die Gabel weg und biß in den freundschaftlich überreichten Apfel. Die beiden lehnten einträchtig kauend an der Stallmauer. Als er fertig war, gab er das Kerngehäuse einem schnuppernden Rotfuchs, nahm die Gabel wieder in die Hand und verteilte weiter Heu in die Boxen. Hamish ging neben ihm her.

»Mein Vater soll ein guter Reiter gewesen sein«, sagte Hamish nach einem Weilchen zögernd, »bis – bis er nicht mehr konnte.«

Jamie warf seinem Vetter einen kurzen Blick zu, sprach aber erst, als er mit dem Rotfuchs fertig war. Er antwortete mehr auf Hamishs Gedanken als auf seine Worte.

»Ich habe ihn nie reiten sehen, aber eins kann ich dir sagen, Junge: Ich hoffe, daß ich nie so mutig sein muß, wie Colum es ist.«

Ich sah, wie Hamishs Blick neugierig auf Jamies vernarbtem Rücken ruhte, aber er sagte nichts. Nach einem zweiten Apfel kam der Junge auf ein anderes Thema, das ihm offenbar am Herzen lag.

»Rupert sagt, du hast heiraten müssen«, bemerkte er mit vollen Backen.

»Ich *wollte* heiraten«, antwortete Jamie fest und stellte die Heugabel in die Ecke zurück.

»Ach so ... na dann ...«

Hamish schien von diesem neuen Gesichtspunkt etwas verwirrt. »Ich wollte nur fragen ... macht es dir was aus?«

»Mir was ausmachen? Was denn?« Jamie merkte, daß diese Unterhaltung länger dauern würde, und setzte sich auf einen Heuballen.

Hamish hätte wahrscheinlich mit den Füßen gescharrt, wenn sie bis auf den Boden gereicht hätten. Statt dessen trommelte er mit den Fersen gegen das festgepackte Heu.

»Macht es dir was aus, verheiratet zu sein?« fragte er und starrte seinen Vetter an. »Jeden Abend mit einer Dame ins Bett zu gehen, meine ich?«

»Nein«, sagte Jamie. »Nein, durchaus nicht, es ist sehr angenehm.«

Hamish schien nicht überzeugt.

»Ich glaube, mir würde es nicht sehr gefallen. Aber all die Mädchen, die ich kenne, sind dünn wie ein Stock und riechen nach Gerstenwasser. Die Frau Claire – deine Frau«, fügte er schnell hinzu, als wollte er Verwirrung vermeiden, »sie ist, äh, sie sieht aus, als wäre es netter, mit ihr zu schlafen. Weich, meine ich.«

Jamie nickte. »Ja, das ist wahr. Riecht auch gut«, fügte er hinzu. Selbst in diesem Schummerlicht sah ich seine Mundwinkel zucken und wußte, daß er nicht wagte, zu mir hinaufzuschauen.

Eine Weile sagte niemand etwas. Dann machte Hamish einen neuen Anlauf.

»Woher weiß man es?«

»Woher weiß man was?«

»Welche die richtige Frau zum Heiraten ist.«

»Ach so.« Jamie verschränkte die Hände hinter dem Kopf und lehnte sich an die Stallwand.

»Das habe ich meinen Vater auch mal gefragt. Er sagte, man weiß es einfach. Und wenn man es nicht weiß, dann ist sie nicht die Richtige.«

»Mmmpf.« Das schien keine sehr befriedigende Antwort zu sein, nach dem Ausdruck in dem kleinen, sommersprossigen Gesicht zu urteilen. Hamish nahm die gleiche Haltung ein wie Jamie. Seine bestrumpften Füße ragten über den Rand des Heuballens hinaus. Zwar war er noch klein, aber sein kräftiger Körperbau versprach doch, daß er einmal seinem Vetter ähneln würde. Die eckigen Schultern und die klare Kopfform waren fast identisch.

»Wo hast du denn deine Schuhe gelassen?« fragte Jamie. »Hast du sie etwa wieder auf der Koppel vergessen? Deine Mutter wird dir die Ohren langziehen, wenn du sie verloren hast.«

Hamish schien diese Frage nebensächlich; er hatte offensichtlich Wichtigeres im Kopf.

»John...«, begann er und zog nachdenklich die Augenbrauen zusammen. »John sagt –«

»John der Stallbursche, John der Küchenlehrling oder John Cameron?« erkundigte sich Jamie.

»Der Stallbursche. Er sagte, äh, übers Heiraten...«

Jamie gab ein ermutigendes Geräusch von sich und vermied es taktvoll, ihn anzusehen. Er verdrehte die Augen nach oben und begegnete meinem Blick. Er mußte sich auf die Lippen beißen, um nicht loszulachen.

Hamish atmete tief ein und stieß dann die Worte hervor wie Schrot aus einer Flinte. »Er-sagte-man-muß-es-mit-einem-Mädchen-machen-wie-ein-Hengst-mit-der-Stute-und-das-hab'-ich-ihm-nicht-geglaubt-aber-stimmt-es?«

Ich biß mir fest in den Finger, um nicht loszuprusten. Jamie stemmte die Hände auf die Schenkel und wurde genauso rot im Gesicht wie Hamish. Sie sahen aus wie zwei Tomaten auf einer Landwirtschaftsausstellung.

»Äh, ah... also, sozusagen...« Es klang erstickt, aber er hatte sich bald wieder im Griff.

»Ja«, sagte er fest, »ja, das stimmt.«

Hamish warf einen etwas erschrockenen Blick in die Box gegenüber, in der der fuchsrote Wallach sich gerade entspannte und man gut dreißig Zentimeter seines Fortpflanzugswerkzeuges erkennen konnte. Dann sah er zweifelnd auf seinen Schoß. Ich stopfte mir ein Stück Stoff in den Mund.

»Es ist schon ein bißchen anders, weißt du«, fuhr Jamie fort. Die Röte schwand langsam aus seinem Gesicht, aber um seine Mundwinkel zuckte es noch bedenklich. »Auf jeden Fall ist es... sanfter.«

»Man muß sie also nicht in den Hals beißen, damit sie stillhalten?« Hamish wollte der Sache auf den Grund gehen.

»Ah . . . nein. Normalerweise jedenfalls nicht.« Unter Aufbietung seiner ganzen Willenskraft stellte Jamie sich der verantwortungsvollen Aufgabe der Aufklärung.

»Es gibt noch einen weiteren Unterschied«, sagte er und vermied es sorgsam, nach oben zu schauen. »Man kann es auch von vorne machen, von Angesicht zu Angesicht, anstatt von hinten. So, wie es die Frau haben will.«

»Die Frau?« Hamish fand das sehr merkwürdig. »Ich glaube, *ich* würde es lieber von hinten machen. Ich möchte nicht, daß mir jemand bei so was zusieht. Ist es schwer«, bohrte er weiter, »ist es schwer, nicht zu lachen?«

Als ich abends ins Bett ging, dachte ich immer noch an Jamie und Hamish. Ich schlug die dicken Decken zurück und lächelte vor mich hin. Vom Fenster zog es kalt herein, und ich freute mich darauf, unter die Decken zu kriechen und mich an Jamies warmen Körper zu schmiegen. Seine Haut war immer warm, manchmal fast heiß, als würde ihn die Berührung meiner kühlen Hand noch mehr entflammen.

Ich war noch immer eine Fremde, auch wenn viele mich inzwischen duzten, aber kein Gast mehr. Während sich die verheirateten Frauen etwas freundlicher gaben, jetzt, wo ich eine von ihnen war, schienen es mir die jüngeren Mädchen doch sehr zu verargen, daß ich einen attraktiven Junggesellen aus dem Verkehr gezogen hatte. Angesichts der kalten Blicke fragte ich mich, wie viele der Burgfräuleins wohl mit Jamie MacTavish in einem versteckten Alkoven gesessen hatten, seit er sich auf der Burg aufhielt.

Nein, natürlich nicht mehr MacTavish. Die meisten Burgbewohner hatten schon immer gewußt, wer er war, und ob ich nun eine englische Spionin war oder nicht, ich mußte es zwangsläufig auch wissen. Er wurde also in aller Öffentlichkeit zu Fraser, und ich auch. Als »Mistress Fraser« wurde ich in dem Zimmer über der Küche begrüßt, wo die verheirateten Frauen zusammensaßen, nähten, ihre Säuglinge wiegten, sich über Mutterpflichten unterhielten und meine Taille unverhohlen prüfend in Augenschein nahmen.

Da es mir trotz aller Bemühungen bisher nicht gelungen war, ein Kind zu empfangen, hatte ich mir wegen einer eventuellen Schwangerschaft keine Gedanken gemacht, als ich in die Heirat mit Jamie einwilligte, aber ich wartete doch mit einer gewissen Besorgnis auf den pünktlichen Eintritt meiner Monatsblutung. Diesmal fühlte ich ausschließlich Erleichterung, ohne die Trauer, die sonst damit einherging. Mein Leben war zur Zeit weiß Gott kompliziert genug, auch ohne Baby. Es kam mir so vor, als wäre Jamie ein bißchen traurig gewesen, aber auch er gestand, daß er erleichtert war. Ein Mann in seiner Position konnte es sich nicht leisten, Vater zu werden.

Die Tür ging auf, und Jamie kam herein. Er rubbelte sich die Haare mit einem Leinenhandtuch trocken.

»Wo bist du gewesen?« fragte ich erstaunt. Zwar war Leoch im Vergleich zu den Häusern und Katen geradezu luxuriös, aber von Badezimmern hatte man auch hier noch nie gehört; es gab nur ein Kupferschaff, das Colum benutzte, um seine Schmerzen zu lindern, und ein etwas größeres für Frauen, die allein baden wollten und die Mühe auf sich nahmen, es zu füllen. Ansonsten wusch man sich in der Schüssel oder draußen, entweder im Loch oder in einer kleinen Steinhütte hinter dem Garten, wo sich die jungen Frauen nackt auszogen und gegenseitig mit Wasser begossen.

»Im Loch«, antwortete er grimmig und hängte sein nasses Handtuch ordentlich über das Fensterbrett. »*Jemand* hat im Stall die Türen offengelassen, und so ist Cobhar in der Dämmerung ein bißchen schwimmen gegangen.«

»Ach, deswegen warst du nicht beim Abendessen. Aber Pferde schwimmen doch gar nicht gern, oder?«

Er schüttelte den Kopf, während er sich mit den Fingern durch die Haare fuhr.

»Nein, normalerweise nicht. Aber sie sind wie die Menschen: Jeder ist anders. Und Cobhar mag die jungen Wasserpflanzen. Er knabberte am Ufer herum, als ein Rudel Hunde aus dem Dorf kam und ihn ins Wasser jagte. Ich verscheuchte sie und mußte dann hinter Cobhar her. Warte nur, bis ich den kleinen Hamish in die Finger kriege. Ich werde ihm beibringen, daß man Türen nicht offenläßt.«

»Wirst du es Colum erzählen?« fragte ich in einem Anfall von Mitgefühl für den kleinen Übeltäter.

Jamie schüttelte den Kopf und zog aus seiner Felltasche ein Stück Käse und ein Brötchen, die er offenbar auf dem Weg nach oben aufgegabelt hatte.

»Nein«, sagte er. »Colum ist ziemlich streng zu dem Jungen. Wenn ihm zu Ohren käme, daß er so nachlässig war, dann würde er ihn einen Monat lang nicht reiten lassen – was er auch gar nicht könnte nach den Prügeln, die er beziehen würde. Mein Gott, habe ich Hunger.« Er biß ein gewaltiges Stück ab und ließ die Krümel herunterfallen.

»Komm mir damit nicht ins Bett!« sagte ich und schlüpfte unter die Decken. »Was hast du mit Hamish vor?«

Er steckte das letzte Stück Brot in den Mund und lächelte mich an. »Mach dir keine Sorgen. Ich werde ihn morgen, kurz vor dem Abendessen, auf den Loch hinausrudern und ihn ins Wasser schmeißen. Bis er wieder an Land ist und sich abgetrocknet hat, ist das Abendessen vorbei.« Nachdem auch der Käse mit drei Bissen verschwunden war, leckte er sich die Finger ab und fügte finster hinzu: »Er soll ruhig merken, wie es ist, naß und hungrig ins Bett zu gehen.«

Hoffnungsvoll zog er die Schublade auf, in der ich manchmal Äpfel und andere Nahrungsmittel aufbewahrte. Aber heute war sie leer, und so schob er sie mit einem Seufzer wieder zu.

»Ich werde wohl bis zum Frühstück durchhalten«, meinte er wehmütig, zog sich aus und kroch zitternd zu mir unter die Decke. Obwohl Arme und Beine vom eisigen Wasser noch kalt waren, war der Rest seines Körpers herrlich warm.

»Mm, ist das schön, mit dir zu kuscheln«, murmelte er. »Du riechst heute anders; hast du Pflanzen ausgegraben?«

»Nein«, sagte ich überrascht. »Ich dachte, du wärst es, der so riecht.« Ein scharfer Kräutergeruch war uns in die Nase getrieben, nicht unangenehm, aber fremdartig.

»Ich rieche nach Fisch und nach nassem Pferd. Nein«, meinte er und schnüffelte an mir herum, »du bist es auch nicht. Aber es ist in der Nähe.«

Er stieg aus dem Bett und schlug die Decken zurück. Unter meinem Kissen kam es zum Vorschein.

»Was um Himmels willen...?« Ich hob es hoch und ließ es sofort wieder fallen. »Au! Es hat Dornen!«

Es war ein kleines Büschel Pflanzen, das mit einem schwarzen Band zusammengehalten wurde. Die Blätter waren verwelkt, aber der Geruch war noch immer intensiv. Mitten im Strauß stak die Distel, die mich in den Daumen gestochen hatte.

Ich lutschte an dem schmerzenden Finger und untersuchte den

seltsamen Strauß mit der anderen Hand. Jamie stand stocksteif da und starrte einige Augenblicke darauf. Dann packte er ihn plötzlich, ging zum offenen Fenster und warf ihn in die Nacht hinaus. Sorgsam strich er die Erdkrümel vom Leintuch in eine Hand, warf sie hinterher und schlug das Fenster zu.

»Es ist weg«, sagte er unnötigerweise und stieg wieder ins Bett. »Komm unter die Decke, Sassenach.«

»Was war es?« fragte ich und legte mich zu ihm.

»Vermutlich ein Streich – gemein, aber doch nur ein Streich.« Er stütze sich auf einen Ellbogen und blies die Kerze aus.

»Komm her, *mo duinne*, mir ist kalt.«

Trotz des böswilligen Streiches schlief ich gut. Gegen Morgen träumte ich von einer Wiese voller Schmetterlinge. Sie tanzten wie Herbstblätter um mich herum, landeten auf Kopf und Schultern, perlten wie Regen an mir herab, kitzelten mich mit ihren winzigen Füßchen und schlugen mit ihren samtigen Flügeln im Rhythmus meines eigenen Herzens.

Langsam tauchte ich an der Oberfläche der Wirklichkeit auf und entdeckte, daß die Schmetterlingsfüßchen auf meinem Bauch die Spitzen von Jamies weichem roten Haarschopf waren, und der Schmetterling, der sich zwischen meinen Schenkeln verfangen hatte, seine Zunge.

»Mmm«, sagte ich etwas später, »mir geht's aber gut heute. Aber was ist mit dir?«

»Wenn du so weitermachst«, sagte er grinsend, »dauert es bei mir noch eine dreiviertel Minute«, und schob meine Hand zur Seite. »Aber ich bin von Natur aus langsam und behutsam und würde mir lieber Zeit lassen. Darf ich Sie für heute abend um Ihre geschätzte Gesellschaft bitten, gnädige Frau?«

»Sie dürfen«, antwortete ich, verschränkte die Hände unter dem Kopf und warf ihm aus halbgeöffneten Augen einen herausfordernden Blick zu. »Sofern du behaupten willst, du seist so altersschwach, daß du nicht öfter als einmal am Tag kannst.«

Das ließ er nicht auf sich sitzen. Er warf sich über mich und preßte mich tief ins Federbett.

»Nun«, meinte er, das Gesicht in meinen Locken vergraben, »du kannst nicht sagen, ich hätte dich nicht gewarnt.«

Zweieinhalb Minuten später stöhnte er auf und öffnete sogleich die Augen. Er rieb sich mit beiden Händen kräftig das Gesicht und den Kopf, so daß die kurzen Haare wie Stacheln hochstanden. Mit einem gemurmelten gälischen Fluch stieg er widerstrebend aus dem Bett und zog sich in der kühlen Morgenluft an.

»Könntest du Alec nicht sagen, du wärst krank und müßtest im Bett bleiben?« fragte ich hoffnungsvoll.

Er lachte und beugte sich herunter, um mich zu küssen, bevor er unter der Bettdecke nach seinen Socken suchte. »Tät's ja gerne, Sassenach. Ich fürchte aber, daß nur die Pest oder eine schlimme Verwundung als Entschuldigung durchgehen würden. Solange ich nicht verblute, wäre der alte Alec sofort hier! Er würde mich noch vom Totenbett herunterzerren, um mich zur Arbeit zu holen.«

Ich betrachtete seine wohlgeformten Waden, während er den Strumpf hochzog und ihn oben überschlug. »Schlimme Verwundung, hm? Vielleicht könnte ich mir da etwas einfallen lassen«, sagte ich finster.

Er knurrte, als er nach seinem anderen Strumpf griff. »Paß auf, wohin du deine Pfeile schießt, Sassenach. Wenn du zu hoch zielst, dann tauge ich auch für dich nichts mehr.«

Ich zog eine Augenbraue hoch und kuschelte mich wieder unter die Decken.

»Keine Sorge, nicht über dem Knie, das verspreche ich dir.«

Er tätschelte eine meiner größeren Rundungen und machte sich auf zum Stall, auf den Lippen das Lied »Oben auf der Heide«. Der Refrain schallte noch aus dem Treppenhaus zu mir herauf:

Oben auf der Heide, meine Liebste auf dem Schoß,
Stach mich eine Hummel, hoch oben überm Knie.

Er hatte recht, er war wirklich unmusikalisch.

Ich ließ mich noch einmal wohlig in die Kissen zurücksinken, stand dann aber bald auf, um zum Frühstück hinunterzugehen. Die meisten Burgbewohner hatten schon gegessen und waren an ihre Arbeit gegangen; jene, die noch da waren, grüßten mich freundlich. Niemand schaute mich verstohlen von der Seite an, als wollte er wissen, wie sein übler kleiner Scherz wohl angekommen war. Dennoch beobachtete ich die Gesichter aufmerksam.

Den Vormittag verbrachte ich allein im Garten und auf den Feldern. Einige meiner gängigsten Heilkräuter gingen zur Neige. Normalerweise suchten die Dorfleute Geillis Duncan auf, wenn sie Hilfe brauchten, aber in letzter Zeit waren einige zu mir auf die Burg gekommen. Vielleicht war Geillis Duncan zu sehr von ihrem kranken Mann in Anspruch genommen, um sich um ihre Stammkundschaft kümmern zu können.

Ich verbrachte den Spätnachmittag in meinem Sprechzimmer. Einige Patienten brauchten Hilfe: Einer litt an einem hartnäckigen Ekzem, ein anderer hatte sich den Daumen ausgerenkt, und der Küchenjunge hatte sich einen Topf heiße Suppe über das Bein gegossen. Nachdem ich Angelikasalbe aufgetragen, den Daumen geschient und Schwertlilienumschläge gemacht hatte, widmete ich mich der Aufgabe, eine Wurzel, die nicht umsonst Steinwurzel hieß, in einem Mörser des seligen Beaton zu zermahlen.

Es war eine öde Arbeit, die gut zu diesem trägen Nachmittag paßte. Das Wetter war angenehm, und wenn ich mich auf den Tisch stellte, konnte ich sehen, wie die blauen Schatten unter den Ulmen länger wurden.

Die Glasflaschen standen in Reih und Glied im Regal; daneben lagen die ordentlich gefalteten Binden und Kompressen. Der Apothekenschrank war gründlich gereinigt worden. Er enthielt Leinensäckchen mit getrockneten Blättern, Wurzeln und Pilzen. Ich sog die scharfen und würzigen Gerüche meines Heiligtums tief ein und atmete mit einem zufriedenen Seufzer aus.

Ich legte den Stößel beiseite. Die Erkenntnis übekam mich wie ein Schock: Ich war wirklich zufrieden. Trotz der vielen Unsicherheiten, die das Leben hier mit sich brachte, trotz des böswilligen Streiches, trotz des leisen, konstanten Schmerzes über die Trennung von Frank war ich in der Tat nicht unglücklich. Ganz im Gegenteil.

Sofort schämte ich mich für meine Untreue. Wie konnte ich nur glücklich sein, wenn Frank vor Sorgen wie von Sinnen sein mußte? Angenommen, die Zeit lief auch ohne mich weiter – und warum sollte sie das nicht tun? –, dann war ich schon seit über vier Monaten spurlos verschwunden. Ich stellte mir vor, wie er die ganze Gegend abgesucht und dann die Polizei alarmiert hatte, wie er auf irgendein Zeichen wartete, auf irgendein Wort von mir. Inzwischen hatte er sicherlich fast jede Hoffnung aufgegeben und wartete nur noch auf die Nachricht, daß man meine Leiche gefunden hatte.

Unruhig ging ich in dem schmalen Raum auf und ab, verspürte Trauer, Schuld und Reue. Ich hätte schon längst auf und davon sein sollen. Ich hätte alles daransetzen müssen, zurückzukehren. Aber das hatte ich ja getan. Ich hatte es wiederholt versucht, und was war dabei herausgekommen?

Ich war mit einem geächteten Schotten verheiratet, wir wurden von einem sadistischen Dragonerhauptmann gejagt, wir lebten unter einer Horde von Barbaren, die Jamie, ohne mit der Wimper zu zucken, umlegen würden, wenn sie ihn als Bedrohung ihrer hochheiligen Clan-Erbfolge empfinden würden. Und was das Schlimmste war: Ich war glücklich.

Ich setzte mich hin und starrte hilflos auf die Flaschen und Gläser. Seit unserer Rückkehr nach Leoch hatte ich in den Tag hinein gelebt und die Erinnerungen an mein früheres Leben verdrängt. Tief im Innersten wußte ich, daß ich bald eine Entscheidung würde treffen müssen, aber ich hatte es immer wieder aufgeschoben und alle Unsicherheit in der wohligen Gesellschaft von Jamie – und in seinen Armen – vergessen.

Gepolter und Flüche rissen mich aus meinen Gedanken. Ich stand hastig auf und hatte gerade die Tür erreicht, als Jamie hereinstolperte, gestützt vom alten Alec McMahon und einem schmächtigen Stallburschen. Er sank auf einen Hocker, streckte das linke Bein aus und verzog mißmutig das Gesicht. Es sah mehr ärgerlich als schmerzverzerrt aus, und so untersuchte ich den Fuß ohne übermäßige Sorge.

»Milde Verstauchung. Was ist passiert?«

»Runtergefallen«, knurrte er.

»Vom Zaun?« fragte ich stichelnd. Er schaute finster vor sich hin.

»Nein. Von Donas.«

»Du hast dieses Ungetüm *geritten*?« rief ich ungläubig aus. »Dann kannst du von Glück sagen, daß du mit einem verrenkten Fußgelenk davongekommen bist.« Ich holte eine lange Binde und wickelte sie um das Gelenk.

»So schlimm war es auch wieder nicht«, sagte der alte Alec beschwichtigend. »Eigentlich hast du dich eine Zeitlang ganz gut gehalten, Junge.«

»Weiß ich«, fauchte Jamie und biß die Zähne zusammen, als ich den Verband fest anzog. »Eine Biene hat ihn gestochen.«

Alecs buschige Brauen hoben sich. »Ach, das war es!« Und zu mir sagte er: »Das Vieh hat sich aufgeführt, als wäre es von einem Pfeil getroffen. Sprang mit allen vieren in die Luft, krachte herunter und raste dann wie verrückt kreuz und quer über die Koppel – wie eine Hummel im Glas. Ihr Kleiner hat sich recht gut gehalten«, sagte er und nickte Jamie zu, der sich als Antwort eine neue unangenehme Grimasse ausdachte, »bis das feige Biest über den Zaun sprang.«

»Über den Zaun? Wo ist er jetzt?« fragte ich, stand auf und wischte mir die Hände ab.

»Auf halbem Weg zurück in die Hölle«, meinte Jamie, der seinen Fuß aufsetzte und ihn vorsichtig belastete. »Von mir aus kann er da bleiben.« Ächzend setzte er sich wieder hin.

»Ich bezweifle, daß der Teufel mit einem halb wahnsinnigen Hengst etwas anfangen kann«, bemerkte Alec. »Kann sich schließlich selbst in ein Pferd verwandeln, wenn's nötig ist.«

»Das wird's sein. Vielleicht ist Donas gar kein Pferd«, warf ich belustigt ein.

»Könnte gut sein«, meinte Jamie, der allmählich seine gute Laune wiederfand. »Aber ist der Teufel normalerweise nicht ein schwarzer Hengst?«

»Aye«, sagte Alec, »ein großer schwarzer Hengst, der so schnell ist wie die Gedanken zwischen einem Mann und einem Mädchen.«

Er grinste Jamie wohlwollend an und stand auf, um zu gehen.

»Und da wir schon davon sprechen«, sagte er mit einem Blick zu mir, »ich erwarte dich morgen nicht im Stall. Bleib im Bett, Junge, und, äh... ruh dich aus.«

»Warum glaubt eigentlich jeder«, fragte ich und sah dem alten Oberstallmeister nach, »daß wir nichts anderes im Sinn haben, als miteinander ins Bett zu gehen?«

Jamie versuchte erneut, sich auf den verletzten Fuß zu stellen, und stützte sich am Tisch ab.

»Zum einen sind wir noch nicht einmal seit einem Monat verheiratet. Zum anderen« – er schaute hoch, schüttelte den Kopf und grinste –, »habe ich es dir ja schon mal gesagt, Sassenach. Man kann dir deine Gedanken vom Gesicht ablesen.«

Den ganzen nächsten Vormittag verbrachte ich, abgesehen von einem kurzen Besuch im Sprechzimmer, damit, mich um die recht anspruchsvollen Bedürfnisse meines Patienten zu kümmern.

»Du sollst dich ruhig halten«, ermahnte ich Jamie tadelnd.

»Aber das tu' ich doch. Jedenfalls mein Fußgelenk. Siehst du?«

Ein langes nacktes Bein streckte sich in die Luft, und ein schlanker, knochiger Fuß wedelte hin und her. Mit einem gedämpften

»Autsch« stellte Jamie den Fuß schnell wieder hin und massierte das geschwollene Gelenk.

»Das hast du davon«, sagte ich und schwang die Beine über die Bettkante. »Komm jetzt. Du hast lange genug im Bett herumgelungert. Du brauchst frische Luft.«

»Hast du nicht gesagt, ich bräuchte Ruhe?«

»Die kannst du an der frischen Luft haben. Steh auf. Ich mach' das Bett.«

Er beklagte sich lauthals über die Rohheit, mit der ich einen schwerverletzten Mann behandelte, zog sich dann aber an und blieb brav sitzen, bis ich ihm den Fuß neu verbunden hatte. Allmählich stellte sich seine natürliche Fröhlichkeit wieder ein.

»Es ist ein bißchen naß«, sagte er mit einem Blick nach draußen, wo sich ein milder Nieselregen gerade in einen heftigen Regenguß verwandelt hatte. »Laß uns aufs Dach gehen.«

»Aufs Dach? Was für eine gute Idee! Für ein verstauchtes Fußgelenk könnte ich mir nichts Besseres denken, als sechs Stockwerke hinaufzusteigen.«

»Fünf. Außerdem habe ich einen Stock.« Mit einer triumphierenden Geste zog er hinter der Tür einen alten Weißdornknüppel hervor.

»Wo hast du denn den her?« Es war ein handgeschnitzter Stock, vom Alter hart wie ein Diamant.

»Alec hat ihn mir geliehen. Er benutzt ihn für die Maultiere. Klopft ihnen damit zwischen die Augen, damit sie aufpassen.«

»Klingt sehr wirksam«, sagte ich mit einem Blick auf das abgegriffene Holz. »Muß ich auch mal versuchen – bei dir.«

Schließlich gelangten wir an ein geschütztes Plätzchen unter dem überhängenden Schieferdach. Eine niedrige Brüstung säumte den Rand des kleinen Ausgucks.

»Oh, wie schön!« Trotz des heftigen Regens war die Aussicht von hier oben großartig. Vor uns lag die silberne Oberfläche des Lochs und dahinter Felsen, die wie harte schwarze Fäuste in den stahlgrauen Himmel ragten.

Jamie lehnte sich an die Brüstung, um seinen Fuß zu entlasten.

»Als ich früher auf der Burg gelebt habe, bin ich manchmal hier heraufgekommen.«

Er deutete über den Loch. »Siehst du den Einschnitt dort drüben zwischen den beiden Felsen?«

»In den Bergen? Ja.«

»Das ist der Weg nach Lallybroch. Wenn ich Heimweh hatte, bin ich hier heraufgestiegen und habe in diese Richtung geschaut und mir vorgestellt, wie ein Rabe über den Paß zu fliegen, auf der anderen Seite auf die Hügel und Felder hinunterzuschauen und unser Haus am Ende des Tals liegen zu sehen.«

Ich legte ihm die Hand auf den Arm.

»Möchtest du zurück, Jamie?«

Er schaute mich an und lächelte.

»Ich denke öfter darüber nach. Ich weiß nicht, ob ich wirklich will, aber ich glaube, wir müssen. Ich kann nicht sagen, was wir dort vorfinden werden, Sassenach. Aber... nun, ich bin jetzt verheiratet. Du bist die Herrin von Broch Tuarach. Geächtet oder nicht, ich muß zurückkehren, und sei es nur für kurze Zeit, um alles wieder in Ordnung zu bringen.«

Bei dem Gedanken, Leoch mit all seinen Intrigen zu verlassen, empfand ich Erleichterung und Besorgnis.

»Wann werden wir aufbrechen?«

Er runzelte die Stirn und trommelte mit den Fingern auf die Brüstung. Der Stein war dunkel und glatt vom Regen.

»Ich glaube, wir müssen noch warten, bis der Herzog kommt. Möglicherweise ringt er sich dazu durch, Colum einen Gefallen zu erweisen und sich um meinen Fall zu kümmern. Wenn er für mich keinen Freispruch erreichen kann, dann vielleicht wenigstens eine Begnadigung. Es wäre dann längst nicht so gefährlich, nach Lallybroch zurückzukehren, verstehst du?«

»Ja, schon, aber...« Er schaute mich scharf an, als ich zögerte.

»Was ist, Sassenach?«

Ich atmete tief ein. »Jamie... wenn ich dir etwas sage, versprichst du mir, mich nicht zu fragen, woher ich es weiß?«

Er faßte mich an beiden Armen und schaute mir ins Gesicht. Der Regen hing ihm in den Haaren, und kleine Tropfen liefen ihm das Gesicht herab.

»Ich habe dir gesagt, daß ich keine Fragen stellen werde. Ja, ich verspreche es dir.«

Wir gingen unter das Dach zurück, wo es ein kleines trockenes Plätzchen gab, und lehnten uns gemütlich gegen die Mauer.

»Nun, was gibt es, Sassenach?«

»Der Herzog von Sandringham«, begann ich und biß mir auf die

Lippen. »Jamie, traue ihm nicht. Ich weiß selbst nicht alles über ihn. Aber eins weiß ich sicher – mit ihm stimmt etwas nicht.«

»Du weißt davon?« Er sah überrascht aus.

Jetzt war es an mir, ihn anzustarren.

»Du weißt also schon, was mit ihm los ist? Kennst du ihn?« Ich war erleichtert. Vielleicht waren die geheimnisvollen Verbindungen zwischen Sandringham und den Jakobiten weit besser bekannt, als Frank und der Vikar angenommen hatten.

»Aye. Er machte hier einen Besuch, als ich sechzehn war. Als ich ... fortging.«

»Warum bist du weggegangen?« Ich war neugierig. Plötzlich erinnerte ich mich daran, was mir Geillis Duncan erzählt hatte, als ich ihr zum ersten Mal im Wald gegegnet war, an das hartnäckige Gerücht, Jamie sei der Vater von Colums Sohn Hamish. Ich wußte, daß das nicht stimmen konnte – aber es war durchaus möglich, daß ich die einzige Person auf der Burg war, die das wirklich wußte. Ein diesbezüglicher Verdacht konnte leicht der Grund gewesen ein, warum Dougal Jamie nach dem Leben getrachtet hatte – wenn er tatsächlich hinter dem Überfall in Carryarick gesteckte hatte.

»Es war nicht wegen ... der Dame Letitia, oder?« fragte ich stockend.

»Letitia?« Seine Verblüffung war offensichtlich, und etwas in mir entspannte sich. Ich hatte nicht wirklich geglaubt, daß an dem Gerücht etwas dran war, aber dennoch ...

»Wie kommst du denn um Himmels willen auf Letitia? Ich habe ein Jahr lang auf der Burg gelebt, und ich kann mich nur erinnern, daß ich ein einziges Mal mit ihr zu tun hatte, als sie mich in ihr Gemach rief, um mich dafür zu schelten, daß ich bei einem Ballspiel ihren Rosengarten verwüstet hatte.«

Ich erzählte ihm, was Geillis gesagt hatte. Er lachte, und sein Atem dampfte in der kühlen Regenluft.

»Gott, als wenn ich mich das getraut hätte!«

»Du glaubst nicht, daß Colum irgend so was vermutet hat?« fragte ich ihn.

Er schüttelte entschieden den Kopf.

»Nein, wirklich nicht, Sassenach. Wenn er den geringsten Verdacht in dieser Richtung gehabt hätte, dann hätte ich meinen siebzehnten Geburtstag nicht erlebt, geschweige, daß ich das reife Alter von dreiundzwanzig erreicht hätte.«

Das bestätigte mehr oder weniger meinen eigenen Eindruck von Colum, aber ich war trotzdem erleichtert. Jamie war nachdenklich geworden, und seine blauen Augen starrten in die Ferne.

»Wenn ich's mir recht überlege, dann bin ich nicht sicher, ob Colum tatsächlich weiß, warum ich die Burg so plötzlich verlassen habe. Und wenn Geillis Duncan herumläuft und solche Gerüchte in die Welt setzt – die Frau macht Schwierigkeiten, ein zänkisches Weib, wenn nicht gar eine Hexe, wie die Leute behaupten. Na, ich sorge am besten dafür, daß er es erfährt.«

Er betrachtete den Wasserschwall, der sich aus der Dachtraufe ergoß.

»Vielleicht sollten wir besser hinuntergehen. Es wird ein bißchen feucht hier draußen.«

Wir nahmen einen anderen Weg nach unten, eine Außentreppe, die in den Küchengarten führte, wo ich etwas Borretsch pflücken wollte. Wir duckten uns unter ein Fenstersims, um uns vor dem Regen zu schützen.

»Was machst du denn mit Borretsch, Sassenach?« fragte Jamie interessiert und schaute auf die vom Regen niedergedrückten Ranken und Blätter.

»Solange die Blätter grün sind, gar nichts. Sie werden getrocknet, und dann –«

Ein Höllenspektakel unterbrach mich, der von jenseits der Gartenmauer kam – Hundegebell und Geschrei. Ich rannte durch den Regen zur Mauer, Jamie hinkend hinterdrein.

Vater Bain, der Dorfpfarrer, rannte keuchend den Weg hoch, ein Pack kläffender Hunde auf den Fersen. Plötzlich stolperte er über seine Soutane und landete im Matsch, der nach allen Seiten spritzte. Sofort waren die Hunde zähnefletschend über ihm.

Mit einem Satz sprang Jamie über die Mauer und stürzte sich, stockschwingend und gälische Flüche ausstoßend, ins Getümmel. Die Flüche hatten wenig Wirkung, um so mehr aber der Stock, der auf die Hunde herabsauste, daß sie aufjaulten. Das Pack zog sich allmählich zurück und stob schließlich in Richtung Dorf davon.

Jamie strich sich keuchend die Haare aus dem Gesicht.

»Die reinsten Wölfe«, sagte er. »Ich habe Colum von dem Pack erzählt. Sie sind es, die Cobhar vor zwei Tagen in den Loch gejagt haben. Er sollte sie erschießen lassen, bevor sie noch jemanden umbringen.«

Ich kniete mich neben den gestürzten Pfarrer und untersuchte ihn.

»Noch haben sie es nicht getan«, sagte ich. »Nichts Ernstes, abgesehen von ein paar Bißwunden.«

Vater Bains Soutane war auf einer Seite aufgerissen und entblößte ein Stück haarlosen, weißen Schenkel mit einer häßlichen Wunde, aus der Blut sickerte. Kreidebleich vor Schreck kämpfte sich der Pfarrer auf die Beine; er konnte von Glück sagen, daß nichts Schlimmeres passiert war.

»Wenn Sie mit mir zum Krankenzimmer kommen, Vater, dann versorge ich Ihre Wunden«, bot ich an. Bei dem Anblick, den der dicke kleine Pfarrer bot, mit seiner zerrissenen Soutane und den herunterhängenden Socken, mußte ich ein Lächeln unterdrücken.

Vater Bains Gesicht ähnelte ohnehin schon einer geballten Faust. Diese Ähnlichkeit wurde im Augenblick noch durch die roten Flekken betont, die sich auf Kinn und Wangen ausbreiteten. Er schaute mich empört an, als hätte ich ihm einen unsittlichen Antrag gemacht.

Offenbar hatte ich das getan, denn er rief aus: »Was?! Ein Mann Gottes soll sich vor einer Frau entblößen? Ich will Ihnen was sagen, Madam, ich weiß ja nicht, welche Art Unzucht in Ihren Kreisen üblich ist, aber Sie sollten wissen, daß so etwas hier nicht geduldet wird – jedenfalls nicht, solange ich für die Seelen in dieser Gemeinde verantwortlich bin!« Nach diesen Worten drehte er sich um und stampfte hinkend davon; dabei bemühte er sich erfolglos, seine zerrissene Robe zusammenzuhalten.

»Ganz wie Sie wünschen«, rief ich ihm nach. »Wenn Sie mich die Wunden nicht reinigen lassen, werden sie eitern!«

Der Pfarrer antwortete nicht, zog nur den Kopf ein und quälte sich die Treppe zum Garten Stufe für Stufe hinauf. Er sah aus wie ein Pinguin, der auf eine Eisscholle hinaufhüpft.

»Der Mann hat nicht viel für Frauen übrig«, bemerkte ich zu Jamie.

»Wenn man seinen Beruf in Betracht zieht, kann man ihm daraus keinen Vorwurf machen«, antwortete er. »Laß uns zum Essen gehen.«

Nach dem Mittagessen schickte ich meinen Patienten wieder ins Bett – diesmal allein, trotz seiner Einwände – und ging in meine

Praxis. Bei dem schweren Regen war wenig los. Die Leute blieben lieber daheim, als sich mit einer Pflugschar über die Füße zu fahren oder von einem Dach zu fallen.

Ich vertrieb mir die Zeit, indem ich Davie Beatons Kartei auf den neuesten Stand brachte. Gerade als ich fertig war, bekam ich Besuch. Im Halbdunkel erkannte ich die Gestalt von Alec MacMahon, der in ein Gewirr von Schals und Pferdedecken gehüllt war.

»Rheuma, nicht wahr?« fragte ich mitfühlend, als er langsam näherhumpelte und sich mit einem unterdrückten Stöhnen auf dem einzigen Stuhl niederließ.

»Aye. Die Feuchtigkeit geht mir in die Knochen. Gibt's irgendwas dagegen?« Er legte seine riesigen, knorrigen Hände auf den Tisch und entspannte die Finger. Die Hände öffneten sich mühsam und ließen hornige Schwielen sehen. Ich bewegte seine Finger hin und her, streckte sie sanft und massierte die Handfläche. Das faltige Gesicht verzog sich, entspannte sich aber, nachdem der erste stechende Schmerz vorbei war.

»Wie Holz«, sagte ich. »Ein guter Schluck Whisky und eine Massage ist das Beste, was ich empfehlen kann. Gänseblümchentee hilft nicht viel.«

Er lachte, und einige Hüllen rutschten von seiner Schulter.

»Whisky, meinen Sie? Ich hatte meine Zweifel, Mädel, aber ich sehe, daß Sie Ihr Handwerk verstehen.«

Ich holte die unbeschriftete braune Flasche heraus, in der sich mein Vorrat aus der Leoch-Brennerei befand. Mit einem Hornbecher stellte ich sie vor ihn auf den Tisch.

»Trinken Sie erst einmal, ziehen Sie dann soviel aus, wie Sie es für anständig halten, und legen Sie sich auf den Tisch. Ich schüre das Feuer, damit es warm genug ist.«

Das eine blaue Auge betrachtete anerkennend die Flasche, und eine knotige Hand griff langsam nach dem Hals.

»Sollten selbst einen Schluck trinken, Mädel«, riet er. »Es wird harte Arbeit sein.«

Er stöhnte, sowohl vor Schmerz als auch vor Zufriedenheit, als ich mich schwer auf seine linke Schulter stützte, um sie zu lockern, sie dann von unten anhob und im Kreis bewegte.

»Meine Frau hat mir immer den Rücken gebügelt gegen den Hexenschuß. Aber das ist noch besser. Sie haben da ein Paar starke gute Hände, Mädel. Würden einen guten Stallburschen abgeben.«

»Ich nehme an, das soll ein Kompliment sein«, sagte ich trocken, goß noch etwas von der Mischung aus heißem Öl und Talg in meine Hand und massierte es in den breiten weißen Rücken ein. Man konnte genau erkennen, wie weit er die Hemdsärmel aufrollte: Die Arme waren braungebrannt und wettergegerbt, Schultern und Rücken milchig-weiß.

»Sie waren mal ein hübscher Junge«, bemerkte ich. »Die Haut an Ihrem Rücken ist so hell wie meine.«

Ein tiefes Kichern erschütterte das Fleisch unter meinen Händen.

»Würde man jetzt nicht mehr glauben, nicht wahr? Ellen Mac-Kenzie hat mich mal ohne Hemd gesehen und gesagt, ich sehe aus, als hätte der Herr mir den falschen Kopf aufgesetzt – hätte ein Milchpudding auf meinen Schultern sein sollen anstatt ein Gesicht vom Altarbild.«

Vermutlich meinte er den Lettner in der Kapelle, der einige wüste Dämonen aufwies, die damit beschäftigt waren, Sünder zu quälen.

»Ellen MacKenzie scheint mit ihrer Meinung nicht hinter dem Berg gehalten zu haben«, bemerkte ich. Ich war neugierig, etwas über Jamies Mutter zu erfahren. Aus dem wenigen, was Jamie bisher erzählt hatte, konnte ich mir ein Bild von seinem Vater Brian machen, aber seine Mutter hatte er nie erwähnt. Ich wußte nur, daß sie jung im Kindbett gestorben war.

»Oh, sie hatte eine scharfe Zunge, die Ellen, und einen Dickkopf obendrein.« Ich öffnete die Bänder an den engen, karierten Hosenbeinen und schob sie hinauf, um ihm die Waden massieren zu können. »Aber liebenswürdig war sie auch, so daß es außer ihren Brüdern niemanden groß störte. Und um Colum oder Dougal hat sie sich nicht weiter gekümmert.«

»Mm. Das habe ich gehört. Ist mit ihrem Liebhaber durchgebrannt, nicht wahr?« Ich bohrte ihm die Daumen in die Sehnen unter dem Knie, und er gab einen Ton von sich, der an das Quieken eines Schweines erinnerte.

»O ja. Ellen war die Älteste der sechs MacKenzie-Geschwister – ein oder zwei Jahre älter als Colum, und der Augapfel des alten Jacob. Deswegen blieb sie so lange unverheiratet. Wollte weder John Cameron noch Malcolm Grant noch irgendeinen von den anderen, die in Frage kamen, und ihr Vater wollte sie nicht zwingen.«

Dann starb der alte Jacob, und Colum hatte nicht so viel Geduld mit den Flausen seiner Schwester. Er hatte alle Hände voll zu tun, seine wackelige Herrschaft über den Clan zu festigen, und wollte sich mit Munro im Norden und Grant im Süden verbünden. Beide Clans hatten junge Oberhäupter, und jeder wäre als Schwager nützlich gewesen. Die junge Jocasta, damals erst fünfzehn, hatte John Camerons Antrag brav angenommen und war in den Norden gegangen. Aber Ellen, mit ihren zweiundzwanzig schon bald eine alte Jungfer, war weitaus weniger kooperativ.

»Ich nehme an, daß Malcolm Grants Antrag ziemlich rüde zurückgewiesen wurde, wenn ich bedenke, wie er sich vor zwei Wochen aufgeführt hat«, bemerkte ich.

Der alte Alec lachte, und sein Lachen verwandelte sich in ein befriedigtes Stöhnen, als ich noch fester zugriff.

»Da könnten Sie recht haben. Ich weiß zwar nicht, was sie zu ihm gesagt hat, aber ich glaube, es hat gesessen. Sie sind sich bei der großen Versammlung begegnet. Sie gingen abends in den Rosengarten, und alle warteten gespannt, ob sie ihn nehmen würde oder nicht. Es wurde dunkel, und sie warteten immer noch. Dann wurden die Laternen angezündet, und das Singen begann, aber kein Zeichen von Ellen oder Malcolm Grant.«

»Du meine Güte, das muß ja eine Unterhaltung gewesen sein.« Ich goß wieder etwas warmes Öl zwischen seine Schulterblätter, und er grunzte vor Wohlbehagen.

»So schien es. Aber die Zeit schritt voran, und sie ließen sich nicht blicken. Da begann Colum zu fürchten, daß Grant sie gewaltsam entführt haben könnte. Und tatsächlich schien es so zu sein, denn sie fanden niemand mehr im Rosengarten. Und als er mich zu sich rief, mußte ich ihm sagen, daß Grants Männer die Pferde geholt hätten und der ganze Haufen ohne ein Wort des Abschieds abgezogen wäre.«

Voller Wut war der achtzehnjährige Dougal aufs Pferd gesprungen und hinter Malcolm Grant hergesprengt, ohne jemand mitzunehmen und ohne sich mit Colum zu beraten.

»Als Colum hörte, daß Dougal Grant auf den Fersen war, schickte er mich und einige andere Hals über Kopf hinterher, da er Dougals Temperament kannte und seinen neuen Schwager nicht gerne tot im Straßengraben finden wollte, bevor das Aufgebot bestellt war. Er konnte sich ausrechnen, daß Malcolm Grant Ellen – nachdem er sie nicht zur Heirat hatte überreden können – einfach entführt hatte, um sie zu nehmen und sie auf diese Weise zur Heirat zu zwingen.«

Alec hielt inne und sann vor sich hin. »Dougal sah nur die Schmach. Aber ich glaube gar nicht, daß Colum so unglücklich darüber war, um die Wahrheit zu sagen, Schmach hin oder her. Er hätte sein Ziel erreicht – und Grant hätte höchstwahrscheinlich keine Mitgift bekommen und obendrein noch eine Entschädigung an Colum zahlen müssen.«

Alec schnaubte durch die Nase. »Colum ist nicht der Mann, der eine Gelegenheit verpaßt. Er ist schnell, und er ist skrupellos.« Sein eisblaues Auge schaute mich über die Schulter hinweg an. »Vergessen Sie das nicht, Mädchen.«

»Bestimmt nicht«, versicherte ich grimmig. Ich erinnerte mich an Jamies Geschichte, wie er auf Colums Befehl bestraft worden war, und fragte mich, wieviel davon wohl Rache für das rebellische Verhalten seiner Mutter gewesen war.

Aber Colum bot sich keine Gelegenheit, seine Schwester an das Oberhaupt des Grant-Clans zu verheiraten. Gegen Morgen hatte Dougal Malcolm Grant schließlich eingeholt. Er lagerte mit seinen Männern an der Hauptstraße und schlief, in eine Decke gehüllt, unter einem Ginsterstrauch.

Als Alec und die anderen etwas später die Straße entlangstürmten, stießen sie auf Dougal MacKenzie und Malcolm Grant, die sich, entblößt bis zur Taille und mit Wunden übersät, auf der Straße hin und her jagten und sich Hiebe verpaßten, sobald sie einander habhaft wurden. Grants Gefolgsleute saßen aufgepflanzt wie eine Reihe Eulen am Wegesrand und drehten die Köpfe hin und her, um den allmählich abebbenden Kampf im regennassen Morgengrauen zu verfolgen.

»Sie schnaubten beide wie zwei Schlachtrösser und dampften in der Kälte. Grants Nase war doppelt so dick wie sonst, und Dougal konnte kaum mehr aus den Augen schauen; beiden tropfte das Blut herunter und trocknete auf der Brust.«

Als Colums Männer auftauchten, waren Grants Leute aufgesprungen und hatten nach ihren Schwertern gegriffen. Die Begegnung hätte vermutlich zu ernstem Blutvergießen geführt, wenn nicht ein scharfsichtiger Kerl unter den MacKenzies die doch recht wichtige Entdeckung gemacht hätte, daß Ellen MacKenzie nirgendwo zu sehen war.

»Nachdem sie Wasser über Malcolm Grant gegossen hatten und er wieder zu Sinnen gekommen war, konnte er endlich erzählen, wozu ihm Dougal keine Zeit gelassen hatte – daß Ellen nicht mehr als eine Viertelstunde mit ihm im Rosengarten gewesen war. Er wollte nicht sagen, was sich zwischen ihnen zugetragen hatte, jedenfalls war er so gekränkt, daß er sofort abreiste, ohne sich im Saal noch einmal sehen zu lassen. Er hatte sie an Ort und Stelle stehen lassen, sie nie mehr gesehen und verbat sich, daß man ihren Namen jemals wieder in seiner Gegenwart erwähnte. Mit dieser Erklärung stieg er – noch immer leicht schwankend – aufs Pferd und ritt fort. Seitdem ist er nicht gut Freund gewesen mit dem MacKenzie-Clan.«

Ich hörte gespannt zu. »Und wo war Ellen die ganze Zeit?«

Der alte Alec lachte, und es klang wie das Quietschen einer Stalltür.

»Über alle Berge. Aber es dauerte eine Weile, bis sie das entdeckten. Wir wendeten die Pferde und galoppierten nach Hause. Colum stand bleich in der Tür, auf Angus Mhor gestützt. Von Ellen keine Spur.«

In der Burg herrschte ein großes Durcheinander; alles war voller Gäste, und sämtliche Räume bis hinauf unter den Speicher waren belegt. Da war es hoffnungslos herauszufinden, wer von den Leuten vielleicht sonst noch fehlen könnte, aber Colum rief das ganze Gesinde zusammen, verlas stur jeden einzelnen Namen auf der Gästeliste und fragte, wer wen am Abend zuvor gesehen habe und wo. Schließlich meldete sich eine Küchenmagd und sagte, sie habe direkt vor dem Abendessen einen Mann im Durchgang gesehen.

Er war ihr nur aufgefallen, weil er so gut aussah; groß und kräftig, sagte sie, mit Haaren wie ein Seidenbär und Augen wie eine Katze. Sie hatte ihm bewundernd nachgesehen, wie er den Gang hinunterging. An der Tür nach draußen hatte eine Frau auf ihn gewartet, die von Kopf bis Fuß in Schwarz gekleidet und in einen Kapuzenumhang gehüllt war.

»Was ist ein Seidenbär?« fragte ich.

Alec schaute mich belustigt an.

»Ihr Engländer nennt ihn Seehund. Eine ganze Zeit noch, selbst als man die Wahrheit kannte, erzählten sich die Leute im Dorf, Ellen MacKenzie wäre von einem Seehund entführt worden. Wußten Sie, daß die Seehunde ihr Fell ablegen, wenn sie ans Ufer kommen, und aufrecht wie Menschen gehen? Und wenn man ein Seehundfell findet und es versteckt, dann kann er – oder sie – nicht wieder zurück ins Meer und muß bei einem auf dem Land bleiben. Es heißt, es wäre gut, eine Seehundfrau zu heiraten, weil sie gute Köchinnen und Mütter sind.

Colum allerdings wollte nicht glauben, daß seine Schwester mit einem Seehund davongelaufen war, und machte daraus keinen Hehl. Er rief also jeden der Gäste einzeln zu sich und fragte jeden, ob er einen Mann dieser Beschreibung kannte. Schließlich kam man darauf, daß sein Name Brian sein mußte, aber niemand kannte seinen Nachnamen oder wußte, welchem Clan er angehörte. Er hatte an den Spielen teilgenommen, aber da hatte man ihn einfach nur Brian Dhu genannt.«

Dabei hatte man es belassen müssen, denn keiner hatte eine Ahnung, wo man suchen sollte. Aber selbst der beste Jäger muß einmal an einer Hütte anhalten und um eine Handvoll Salz oder einen Becher Milch bitten. Und schließlich hörte man auf Burg Leoch doch noch von dem Paar, denn Ellen MacKenzie war keine gewöhnliche Erscheinung.

Alec schaute träumerisch in die Ferne und fuhr fort: »Haare wie Feuer, und Augen wie die von Colum – grau, mit schwarzen Wimpern – sehr hübsch, aber ihr Blick konnte einen wie ein Pfeil durchbohren. Eine große Frau, noch größer als Sie, und so schön, daß es weh tat.

Später habe ich gehört, sie wären sich bei der Versammlung begegnet und hätten auf den ersten Blick erkannt, daß sie füreinander bestimmt waren. Sie heckten also ihren Plan aus und stahlen sich unter der Nase von Colum MacKenzie und dreihundert Gästen davon.«

Plötzlich lachte er auf und erinnerte sich: »Dougal fand sie schließlich in einer Kate am Rand der Fraser-Ländereien. Den einzigen Weg hatten sie darin gesehen, sich so lange zu verstecken, bis Ellen sichtlich schwanger war. Dann mußte Colum ihrer Ehe seinen Segen geben, ob er wollte oder nicht – und, wie Sie sich denken können, er wollte nicht.«

Alec schaute auf und fragte mich: »Als Sie mit Dougal unterwegs waren, haben Sie da die Narbe auf seiner Brust gesehen?«

Das hatte ich; eine dünne weiße Linie, die von den Schultern bis zu den Rippen verlief.

»Hat Brian das getan?« fragte ich.

»Nein, Ellen«, antwortete er und grinste über meinen Gesichtsausdruck. »Dougal war über Brian hergefallen, und sie wollte nicht zulassen, daß er ihm die Kehle durchschnitt. An Ihrer Stelle würde ich darüber lieber nichts zu Dougal sagen.«

»Nein, das hatte ich auch nicht vor.«

Glücklicherweise hatte der Plan funktioniert, und Ellen war schon im fünften Monat, als Dougal sie fand.

»Es gab eine Menge Aufregung und einen Haufen böser Briefe, aber am Schluß konnte man sich doch einig werden, und Ellen und Brian zogen in Lallybroch ein, eine Woche vor der Geburt des Kindes. Sie heirateten noch schnell, damit er sie als seine Frau über die Schwelle tragen konnte, wobei er sich fast das Kreuz verrenkt hätte.«

»Sie reden, als hätten Sie sie gut gekannt«, sagte ich. Ich war mit meiner Behandlung fertig und wischte mir mit einem Tuch das Öl von den Händen.

»Oh, ein bißchen«, sagte Alec schläfrig. Das Augenlid senkte sich über sein Auge, und aus seinem faltigen Gesicht war der Ausdruck des Unbehagens verschwunden, der ihm sonst ein so grimmiges Aussehen gab.

»Ich kannte Ellen natürlich gut. Brian habe ich erst Jahre später kennengelernt, als er uns den Jungen brachte – wir konnten uns gut leiden – konnte mit einem Pferd umgehen...« Seine Stimme versiegte, und das Lid schloß sich ganz.

Ich legte dem alten Mann eine Decke über, entfernte mich auf Zehenspitzen aus dem Zimmer und überließ ihn seinen Träumen.

Als ich in unser Zimmer hinaufkam, fand ich Jamie so vor, wie ich Alec verlassen hatte – schlafend. Es gab nur eine begrenzte Anzahl von Dingen, die man an einem dunklen Regentag tun konnte, und da ich Jamie weder wecken noch mich unbemerkt neben ihn legen wollte, blieb mir nur noch Lesen oder Sticken. Da meine Fähigkeiten auf letzterem Gebiet mehr als dürftig waren, entschloß ich mich, aus Colums Bibliothek ein Buch zu entleihen.

In Übereinstimmung mit dem merkwürdigen Architekturprinzip, nach dem ganz Leoch gebaut zu sein schien – nämlich einem allgemeinen Abscheu vor geraden Linien – machte auch die Treppe, die zu Colums Gemächern führte, auf zwei Absätzen eine Biegung.

Auf dem oberen Absatz stand normalerweise ein Diener, um dem Burgherrn zu Diensten zu sein, aber heute war er nicht an seinem Platz. Von oben hörte ich Stimmen, vielleicht war er bei Colum. Ich blieb vor der Tür stehen, unsicher, ob ich stören sollte.

»Ich habe immer gewußt, daß du ein Narr bist, Dougal, aber ich habe dich nicht für einen solchen Idioten gehalten.« Colum, der seine Jugend unter der Aufsicht von Erziehern verbracht hatte und sich im Gegensatz zu seinem Bruder kaum unter kämpfenden Männern und gemeinem Volk aufhielt, hatte normalerweise keinen so breiten schottischen Akzent wie Dougal. Dennoch war ihm sein kultivierter Tonfall jetzt etwas abhanden gekommen, und die beiden wütenden Stimmen waren kaum zu unterscheiden. »Als du noch jung warst, hätte ich so etwas erwartet, aber um Gottes willen, Mann, du bist fünfundvierzig!«

»Nun, von diesen Dingen, verstehst du ja nicht allzuviel, oder?« Dougals Stimme hatte einen häßlichen Unterton.

»Nein.« Colums Antwort kam scharf und schneidend. »Auch wenn ich selten Grund gefunden habe, dem Herrn zu danken, hat er es vielleicht besser mit mir gemeint, als angenommen. Ich habe oft sagen hören, daß bei einem Mann das Gehirn aussetzt, wenn sein Schwanz steht, und jetzt muß ich es fast glauben.« Ein lautes Scharren war zu hören, als ein Stuhl energisch über den Steinboden geschoben wurde. »Wenn die Brüder MacKenzie sich einen Schwanz und ein Gehirn teilen müssen, dann bin ich froh über meinen Anteil an diesem Geschäft!«

Ich kam zu dem Schluß, daß bei dieser besonderen Unterhaltung ein Dritter entschieden unerwünscht wäre, drehte mich um und wollte leise die Treppe hinuntergehen.

Das Geräusch von raschelnden Röcken ließ mich abrupt anhalten. Ich wollte nicht, daß mich jemand an der Tür des Burgherrn erwischte, und drehte mich schnell wieder um. Der Treppenabsatz war breit, und ein Bildteppich bedeckte fast die ganze Wand. Meine Füße würden hervorschauen, aber das war nicht zu ändern.

Ich lauerte wie eine Ratte hinter dem Wandbehang und hörte, wie sich die Schritte der Tür näherten und dann anhielten, weil die unbekannte Besucherin offenbar auch erkannt hatte, daß die Unterhaltung der Brüder privater Natur war.

»Nein«, sagte Colum jetzt ruhiger. »Nein, natürlich nicht. Die Frau ist eine Hexe.«

»Ja, aber –« Colum schnitt seinem Bruder ungeduldig das Wort ab.

»Ich habe gesagt, ich kümmere mich darum, Mann. Mach dir keine Gedanken, kleiner Bruder. Ich werde dafür sorgen, daß die Sache in Ordnung kommt.« Ein Anflug von knurriger Zuneigung hatte sich in Colums Stimme eingeschlichen.

»Ich will dir was sagen, Mann. Ich habe dem Herzog geschrieben und ihm die Erlaubnis gegeben, in den Ländereien oberhalb von Erlick zu jagen – er möchte die Hirsche dort aufs Korn nehmen. Ich habe vor, ihm Jamie mitzugeben; vielleicht empfindet er noch etwas für den Jungen –«

Dougal unterbrach ihn mit einigen gälischen Worten, offenbar eine grobe Bemerkung, denn Colum lachte und sagte: »Nein, ich glaube, Jamie ist groß genug, um auf sich selber aufpassen zu können. Aber vielleicht fällt es dem Herzog ja ein, sich bei Seiner königlichen Majestät für ihn zu verwenden, es wäre eine Chance für den Jungen, begnadigt zu werden. Wenn du willst, dann sage ich Seiner Hoheit, daß du auch mitkommst. Du könntest Jamie unterstützen, und hier bist du aus dem Weg, bis sich die Dinge geregelt haben.«

An der gegenüberliegenden Seite war ein gedämpfter Knall zu hören, und ich lugte aus meinem Versteck. Es war das Mädchen Laoghaire, bleich wie die Wand hinter ihr. Sie hielt ein Tablett mit einem Krug in der Hand, und ein Zinnbecher war auf den Teppich gefallen.

»Was war das?« Colums Stimme klang plötzlich wieder scharf. Laoghaire stellte hastig das Tablett hin und floh Hals über Kopf.

Ich hörte, wie sich Dougals Schritte der Tür näherten, und wußte, daß ich nicht mehr entwischen konnte. Ich hatte gerade noch Zeit, aus meinem Versteck hervorzukommen und das Tablett aufzunehmen, bevor die Tür aufging.

»Oh, du bist es.« Dougal klang leicht erstaunt. »Ist dies das Zeug, das Mrs. FitzGibbons für Colums Halsschmerzen schickt?«

»Ja«, sagte ich beflissen. »Sie läßt ausrichten, daß sie ihm schnelle Genesung wünscht.«

Colum, der sich langsamer bewegte, stand jetzt in der offenen Tür. Er lächelte mich an. »Vielen Dank an dich und Mrs. FitzGibbons. Willst du dich einen Augenblick zu uns setzen, während ich es trinke?«

Mir fiel wieder ein, daß ich mir ein Buch hatte ausleihen wollen. Dougal entschuldigte sich, und ich folgte Colum langsam in die Bibliothek, wo er mir mit einer ausladenden Armbewegung freie Hand gab.

Colum war zwar noch etwas rot im Gesicht, aber er beantwortete meine Fragen zu den Büchern fast mit derselben Gelassenheit, die er sonst an den Tag legte. Nur das Glitzern in seinen Augen und eine gewisse Spannung in seiner Haltung verrieten etwas von seinen Gedanken.

Ich legte ein paar Bücher über Kräuter auf die Seite und blätterte in einem Roman.

Colum ging zum Vogelkäfig hinüber; sicherlich wollte er sich, wie es seine Gewohnheit war, beim Anblick der kleinen Geschöpfe beruhigen, die selbstvergessen in den Zweigen umherhüpften.

Lautes Rufen und Schreien drang von draußen herauf. Von hier oben waren die Felder hinter der Burg bis hin zum Loch zu sehen. Von dort sprengte eine kleine Reiterschar mit lauten Schreien der Begeisterung heran. Als sie näher kamen, erkannte ich, daß es gar keine Männer waren, sondern halbwüchsige Jungen. Ich fragte mich, ob Hamish wohl dabei war, als ich ihn auch schon mittendrin auf Cobhars Rücken entdeckte.

Die Bande stürmte in Richtung Burg und war kurz vor einer der unzähligen Steinmauern, die die Felder voneinander abgrenzten. Einer, zwei, drei, vier der älteren Jungen sprangen mit sorgloser Leichtigkeit hinüber.

Cobhar folgte den anderen Pferden scheinbar voller Eifer. Er galoppierte auf das Hindernis zu, spannte die Schenkel und sprang.

Er schien es genauso gemacht zu haben wie die anderen, aber irgend etwas war geschehen, denn die Vorderhufe schlugen gegen die Mauer, und Pferd und Reiter vollführten einen höchst spektakulären Purzelbaum.

»Oh!«

Von meinem Ausruf alarmiert, wandte Colum den Kopf zum Fenster und sah gerade noch, wie Cobhar krachend auf der Seite landete und Hamishs kleinen Körper unter sich begrub. Trotz seiner Verkrüppelung war Colum schon neben mir am Fenster, bevor das Pferd nur begonnen hatte, sich hochzukämpfen.

Der Wind schlug uns den Regen ins Gesicht und durchweichte Colums Samtrock. Ängstlich spähte ich über seine Schulter und sah, wie alle herbeiliefen, um zu helfen. Es schien sehr lang zu dauern, bis sich der Haufen auflöste und eine kleine kräftige Gestalt zum Vorschein kam, Hamish lehnte die vielen Hilfsangebote kopfschüttelnd ab, stolperte zur Mauer, lehnte sich darüber und erbrach sich. Dann sank er an der Mauer herab, setzte sich ins nasse Gras und drehte das Gesicht in den Regen. Als ich sah, wie er die Zunge herausstreckte, um die Tropfen aufzufangen, legte ich eine Hand auf Colums Schulter.

»Es ist nichts passiert.«

Colum schloß die Augen und atmete tief aus; sein Körper sackte plötzlich zusammen, als die Spannung von ihm abfiel.

»Er liegt dir so sehr am Herzen, als wäre er dein eigener Sohn, nicht wahr?« fragte ich mitfühlend.

Die grauen Augen loderten auf; er war höchst beunruhigt. Ein paar Augenblicke war in dem Zimmer nichts anderes zu hören als das Ticken der Glasuhr auf dem Regal. Dann rann ein Wassertropfen an Colums Nase herab und blieb glänzend an der Nasenspitze hängen. Unwillkürlich zog ich ein Taschentuch heraus und wischte ihn ab; die Spannung wich aus seinem Gesicht.

»Ja«, sagte er schlicht.

Von alldem erzählte ich Jamie nur, daß Colum vorhabe, ihn mit dem Herzog auf die Jagd zu schicken. Ich war inzwischen überzeugt, daß hinter seiner galanten Freundlichkeit gegenüber Laoghaire nichts weiter steckte, aber ich wußte nicht, was er tun würde, wenn er erfahren würde, daß sein Onkel das Mädchen verführt und geschwängert hatte. Offenbar hatte Colum nicht vor, in diesem Notfall auf Geillis Duncans Dienste zurückzugreifen. Ich fragte mich, ob das Mädchen mit Dougal verheiratet werden würde oder ob Colum für sie einen anderen Bräutigam finden würde, bevor ihr Zustand nicht mehr zu verbergen war. Jedenfalls schien es mir besser, daß Laoghaires Schatten bei Jamies und Dougals Jagdausflug nicht mit von der Partie war.

»Hm«, sagte er nachdenklich. »Lohnt den Versuch. Man wird gut Freund, wenn man den ganzen Tag jagt und abends am Feuer Whisky trinkt.« Er machte mein Kleid am Rücken ganz zu und küßte mich auf die Schulter.

»Täte mir leid, dich zu verlassen, Sassenach, aber vielleicht ist es das beste.«

»Mach dir keine Sorgen um mich«, sagte ich. Ich hatte nicht daran gedacht, daß ich ja dann allein auf der Burg zurückbliebe, und die Vorstellung irritierte mich erheblich. Dennoch war ich dazu entschlossen, wenn es ihm nützen würde.

»Bist du fertig fürs Abendessen?« fragte ich. Er strich mir über die Taille, und ich drehte mich zu ihm.

»Mmm«, sagte er einen Augenblick später. »Ich würde auch darauf verzichten.«

»Aber ich nicht«, sagte ich. »Du mußt eben warten.«

Ich schaute die Tafel hinunter und durch den Saal. Mittlerweile kannte ich fast alle, manche sogar sehr gut. Was für ein buntgescheckter Haufen! Frank wäre fasziniert gewesen von dieser Gesellschaft.

An Frank zu denken, war, als würde man eine offene Wunde berühren; ich scheute davor zurück. Aber irgendwann würde ich nicht länger ausweichen können, und so zwang ich mich, mich zu erinnern. In Gedanken fuhr ich seine langen, glatten Augenbrauen nach, so wie ich es einst mit den Fingern getan hatte. Aber meine Fingerspitzen begannen zu prickeln, als sich die Erinnerung an rauhere, dickere Brauen dazwischenschob.

Hastig wandte ich mich dem nächstbesten Gesicht zu, um solch irritierenden Empfindungen zu entgehen. Zufällig war es Murtagh. Immerhin ähnelte er keinem der beiden Männer, die meine Gedanken beherrschten.

Er war klein und mager, aber sehnig wie ein Gibbon; die Ähnlichkeit mit einem Affen wurde durch seine langen Arme betont. Er hatte eine niedrige Stirn und einen schmalen Kiefer, was mich an einen Höhlenbewohner denken ließ. Kein Neandertaler. Ein Pikte, das war es, jener vorkeltische Stamm, der in Schottland seine Spuren hinterlassen hatte. Der kleine Mann hatte etwas Unverwüstliches an sich, ähnlich den verwitterten, uralten Steinen, die an Wegkreuzungen oder alten Grabstätten unbeirrbar Wache hielten.

Amüsiert suchte ich nach weiteren ethnischen Typen. Jener Mann dort am Feuer zum Beispiel, John Cameron mit Namen, war durch und durch ein Normanne: hohe Backenknochen, eine schmale hohe Stirn, eine lange Oberlippe und die dunkle Haut eines Galliers.

Hier und da ein blonder Sachse – ah, Laoghaire, das vollkommene Beispiel. Helle Haut, blaue Augen, ein bißchen plump . . . Ich unterdrückte die unfreundliche Beobachtung. Sie vermied es sorgsam, mich oder Jamie anzuschauen, und plauderte angeregt mit ihren Freunden an einem der unteren Tische.

Ich schaute in die andere Richtung, zu Dougal MacKenzies Tisch. Eindeutig ein Wikinger mit seiner eindrucksvollen Größe und den breiten flachen Backenknochen. Ich konnte ihn mir mühelos als Kapitän eines Wikingerschiffes mit Drachenkopf vorstellen, wie er gierig durch den Nebel spähte, um sich mit seinen Mannen auf irgendein Küstennest zu stürzen.

Eine große, kupferrot behaarte Hand griff an mir vorbei nach einem Laib Haferbrot. Jamie, ein weiterer Nordländer. Er erinnerte mich an Mrs. Bairds Legenden von der Rasse der Riesen, die Schottland einst bevölkert hatte.

Die Unterhaltungen hielten sich, wie üblich, sehr im allgemeinen. Plötzlich schnappte ich von einem Tisch in der Nähe einen Namen auf, den ich kannte: Sandringham. Es schien die Stimme von Murtagh zu sein, und ich blickte zu ihm hinüber. Fleißig kauend saß er neben Ned Gowan.

»Sandringham? Ah, der alte Willie, ein Erzbandit«, sagte Ned nachdenklich.

»Was?!« mischte sich einer der jüngeren Krieger ein und verschluckte sich an seinem Bier.

»Unser verehrter Herzog soll, wie man hört, Geschmack an Knaben finden«, erklärte Ned.

»Mmm«, stimmte Rupert mit vollen Backen zu. Als er hinuntergeschluckt hatte, fügte er hinzu: »Hatte ein Auge auf den jungen Jamie geworfen, als er zum letzten Mal in unserer Gegend war, wenn ich mich recht erinnere. Wann war das, Dougal?«

»Siebenunddreißig«, antwortete Dougal. Er schaute seinen Neffen an. »Du warst ein hübscher Junge, Jamie.«

Jamie nickte kauend. »Aye. Und schnell.«

Als sich das Gelächter gelegt hatte, begann Dougal Jamie aufzuziehen.

»Wußte gar nicht, Jamie, daß du einer seiner Lieblinge warst. Gibt einige, die einen wunden Arsch gegen Ländereien und Ämter eingetauscht haben.«

»Es wird dir aufgefallen sein, daß ich weder noch habe«, antwortete Jamie grinsend, begleitet von weiteren Lachsalven.

»Was? Ihr seid euch nicht einmal nahegekommen?« rief Rupert schmatzend.

»Ein gutes Stück näher, als mir lieb war, um die Wahrheit zu sagen.«

»Und wie nah hättest du's gerne gehabt, Junge?« Die Frage kam von einem großen Mann mit braunem Bart, den ich nicht kannte. Jamie lächelte gelassen und holte sich noch ein Stück Brot; die Fopperei schien ihm nichts auszumachen.

»Bist du deswegen so plötzlich zu deinem Vater zurückgegangen?« fragte Rupert.

»Ja.«

»Warum denn? Hättest mir sagen sollen, daß du Schwierigkeiten hast, Jamie, alter Junge«, sagte Dougal mit gespielter Betroffenheit. Jamie gab einen tiefen schottischen Laut von sich.

»Und wenn ich es dir gesagt hätte, du alter Schuft, dann hättest du an irgendeinem Abend ein bißchen Mohnsaft in mein Glas tropfen lassen und mich als kleine Aufmerksamkeit ins Bett Seiner Hoheit gelegt.«

Alles johlte, und Jamie duckte sich, als Dougal eine Zwiebel nach ihm warf.

Rupert zwinkerte Jamie über den Tisch hinweg zu. »Habe ich dich nicht kurz vor deiner Abreise in die Gemächer des Herzogs gehen sehen, Junge? Bist du sicher, daß du uns nichts verheimlichst?« Jamie warf nun seinerseits eine Zwiebel. Sie verfehlte ihr Ziel und rollte unter den Tisch.

»Nein«, sagte Jamie lachend. »Ich bin noch immer eine Jungfrau, in dieser Hinsicht jedenfalls. Aber wenn du alles wissen mußt, damit du einschlafen kannst, Rupert, will ich es dir gerne erzählen.«

Unter Rufen von »Erzähl! Erzähl« goß er sich langsam einen Krug Bier ein und lehnte sich in der klassischen Pose des Geschichtenerzählers zurück. Ich bemerkte, wie Colum am obersten Tisch die Ohren spitzte, nicht weniger aufmerksam als die Krieger und Pferdeknechte an unserem Tisch.

»Nun«, begann er, »es stimmt schon, was Ned sagt; Seine Hoheit hatte durchaus ein Auge auf mich geworfen, aber unschuldig, wie ich damals war, mit sechzehn –« Spöttische Bemerkungen unterbrachen ihn, und er mußte die Stimme heben: »Da ich also nichts von solchen Dingen wußte, verstand ich nicht, was er wollte, obwohl es mir schon ein wenig komisch vorkam, daß Seine Hoheit mich wie einen kleinen Hund tätschelte und immer wissen wollte, was ich wohl in meiner Felltasche hätte.« (»Oder darunter!« rief eine betrunkene Stimme.)

»Noch merkwürdiger kam mir vor, daß er mir unbedingt den Rücken schrubben wollte, als er mal dazukam, wie ich mich am Fluß wusch. Als er mit meinem Rücken fertig war und weiter unten weitermachen wollte, wurde ich ein bißchen nervös, und als er mir dann unter den Kilt griff, da wurde mir die Sache klar. Ich war zwar unschuldig, aber doch kein Idiot.

Ich entkam mit einem Sprung ins Wasser, samt Kilt und allem übrigen, und schwamm auf die andere Seite; der Herzog hatte nicht die Absicht, seine kostbaren Kleider zu ruinieren. Jedenfalls war ich danach auf der Hut. Er erwischte mich ein- oder zweimal im Garten oder im Burghof, aber da war Platz genug, um ihm durch die Finger zu schlüpfen, bevor er mehr tun konnte, als mir einen Kuß aufs Ohr zu drücken. Nur noch einmal war es schlimm, als er mich allein im Stall antraf.«

»In *meinem* Stall?« Der alte Alec machte ein entgeistertes Gesicht. Er richtete sich auf und rief quer durch den Saal zum obersten Tisch: »Colum, dieser Mann kommt mir nicht in die Ställe! Ich dulde es nicht, daß er die Pferde verschreckt, Herzog hin oder her! Und den Buben soll er auch nicht nachstellen!« fiel ihm im nachhinein noch ein.

Jamie fuhr fort, ohne sich von dieser Unterbrechung stören zu lassen. Die beiden halbwüchsigen Töchter von Dougal hörten mit offenem Mund zu.

»Ich war in einer Pferdebox, müßt ihr wissen, und da war nicht viel Platz für Ausweichmanöver. Ich bückte mich über die Krippe, um Spelzen vom Boden abzukratzen, als ich hinter mir ein Geräusch hörte, und bevor ich mich aufrichten konnte, wurde mir mein Kilt über den Rücken geworfen, und etwas Hartes drückte sich an meinen Hintern.«

Jamie mußte den Tumult mit erhobener Hand dämpfen, bevor er weitersprechen konnte. »Nun, ich hatte keine große Lust, in einer Pferdebox flachgelegt zu werden, aber ich sah in dem Moment auch keinen Ausweg. Ich biß einfach die Zähne zusammen und hoffte, daß es nicht weh tun würde, als das Pferd – es war der große schwarze Wallach, du weißt schon, Ned, den du aus Brocklebury hast und den Colum an Breadalbin verkauft hat –, jedenfalls gefiel dem Pferd das Geräusch nicht, das der Herzog machte. Die meisten Pferde mögen es ja, wenn man mit ihnen spricht, aber der Wallach hatte eine ausgesprochene Abneigung gegen sehr hohe Stimmen; ich konnte nicht mit ihm auf den Hof, wenn Kinder da waren, weil ihn ihr Gequietsche nervös machte und er anfing zu scharren und zu stampfen.

Seine Hoheit hat, wie ihr euch erinnern werdet, eine ziemlich hohe Stimme, und sie war in jenem Moment noch höher als sonst, da er ein wenig erregt war. Also, wie ich schon sagte, dem Pferd gefiel das nicht – und mir übrigens auch nicht –, und es fing an zu stampfen und zu schnauben, und plötzlich drehte es sich um und drückte Seine Hoheit flach gegen die Bretterwand. Sobald mich der Herzog losgelassen hatte, sprang ich in die Krippe und suchte das Weite – mochte der Herzog doch sehen, wie er da wieder herauskam.«

Jamie machte eine Pause, um Atem zu holen und einen Schluck Bier zu trinken. Mittlerweile hörte ihm der ganze Saal zu. Sämtliche Gesichter waren ihm zugewandt und leuchteten im Schein der Fackeln. Hier und da runzelte einer die Stirn über diese Offenbarungen, betrafen sie doch einen äußerst mächtigen Adeligen der englischen Krone, aber die meisten zeigten uneingeschränktes Vergnügen an dem Skandal. Der Herzog schien auf Burg Leoch nicht gerade sehr beliebt zu sein.

»Nachdem er das Ziel so knapp verfehlt hatte, versteifte sich Seine Hoheit darauf, meiner habhaft zu werden, koste es, was es wolle. Am nächsten Tag erklärte er also dem MacKenzie, sein Kammerdiener sei krank geworden, und ob ich nicht aushelfen könne.« Zur Belustigung aller bedeckte Colum in gespieltem Entsetzen sein Gesicht mit den Händen. Jamie nickte Rupert zu. »Deswegen hast du mich am Abend ins Zimmer des Herzogs gehen sehen. Auf Befehl.«

»Hättest du doch was gesagt, Jamie. Ich hätte nicht von dir verlangt, daß du hingehst«, rief Colum mit vorwurfsvollem Blick.

Jamie zuckte mit den Achseln und grinste. »Davon hielt mich mein angeborenes Schamgefühl ab, Onkel. Im übrigen wußte ich, daß du mit ihm ein Geschäft machen wolltest. Ich dachte, es würde deine Verhandlungen etwas beeinträchtigen, wenn du Seiner Hoheit hättest sagen müssen, daß er die Finger vom Hintern deines Neffen wegnehmen soll.«

»Sehr rücksichtsvoll von dir, Jamie«, gab Colum trocken zurück. »Du hast dich also für mich geopfert, nicht wahr?«

Jamie hob seinen Becher und brachte einen Toast aus: »Deine Interessen stehen für mich immer an erster Stelle, Onkel.« Trotz des spöttischen Tonfalls war herauszuhören, daß er es im Grunde ernst meinte, was Colum ebenso auffiel wie mir.

Er leerte den Becher und setzte ihn ab. »Aber nein, in diesem Fall«, sagte er und wischte sich über den Mund, »hatte ich nicht das Gefühl, der Familie ganz so viel schuldig zu sein. Ich ging in die Gemächer des Herzogs, weil du mich dazu aufgefordert hast, aber das war auch alles.«

»Und du kamst wieder raus, ohne daß dir der Arsch weh tat?«

Jamie grinste. »Ja, du wirst es nicht glauben. Sobald ich den Auftrag hatte, ging ich zu Mrs. FitzGibbons und sagte ihr, daß ich unbedingt eine Dosis Feigensirup bräuchte. Ich sah, wo sie die Flasche aufbewahrte, und später kam ich zurück und trank sie aus.«

Der Saal bebte vor Lachen, inklusive Mrs. FitzGibbons, die so rot im Gesicht geworden war, daß ich fürchtete, sie könnte einen Anfall bekommen. Sie erhob sich betont langsam, watschelte um den Tisch und zog Jamie zum Spaß an den Ohren.

»Das ist also aus meiner guten Medizin geworden!« Die Hände in die Hüften gestemmt, schüttelte sie mißbilligend den Kopf. »Noch dazu der beste Sirup, den ich je gemacht habe!«

»Oh, er hat sehr gut gewirkt«, versicherte Jamie und lachte der kolossalen Haushälterin ins Gesicht.

»Das will ich wohl meinen! Wenn ich mir vorstelle, was das ganze Zeug in deinen Eingeweiden angerichtet haben muß, Junge, dann dürftest du dich die nächsten Tage nicht sehr wohl gefühlt haben in deiner Haut.«

»Das habe ich auch nicht. Aber für den Herzog war ich auch nicht mehr zu gebrauchen. Er schien überhaupt nichts dagegen zu haben, als ich darum bat, mich zurückziehen zu dürfen. Aber ich wußte, daß ich es nicht noch einmal tun konnte; sobald also die Krämpfe nachließen, holte ich mir ein Pferd aus den Ställen und empfahl mich. Es dauerte lange, bis ich zu Hause war, denn ich mußte ungefähr alle zehn Minuten absitzen.«

Dougal ließ einen neuen Krug Bier kommen, der von Hand zu Hand an Jamie weitergereicht wurde.

»Ja, dein Vater ließ uns wissen, daß er der Meinung war, du hättest auf der Burg genug gelernt«, meinte er bedauernd. »In seinem Brief lag ein Unterton, den ich damals nicht ganz verstand.«

»Also, ich hoffe, Sie haben neuen Feigensirup angesetzt, Mrs. FitzGibbons«, unterbrach Rupert und stieß ihr vertraulich in die Rippen. »Der Herzog dürfte in ein oder zwei Tagen hier sein. Oder vertraust du diesmal darauf, daß dich deine neue Frau beschützen wird, Jamie?« Er warf mir einen lüsternen Blick zu. »Nach allem, was man hört, wirst du *sie* beschützen müssen. Der Diener des Herzogs soll zwar dessen Vorlieben nicht teilen, aber ebenso unternehmungslustig sein.«

Jamie stieß die Bank zurück und erhob sich. Er reichte mir die Hand, legte mir den Arm um die Schultern und lächelte Rupert an.

»Nun, dann werden wir beide es eben ausfechten müssen, Rükken an Rücken.«

Ruperts Augen weiteten sich in gespieltem Entsetzen.

»Rücken an Rücken!?« rief er aus. »Ich wußte doch, daß wir vor der Hochzeit vergessen haben, dir etwas zu sagen, Junge! Kein Wunder, daß du sie noch nicht geschwängert hast!«

Jamies Griff an meiner Schulter wurde fester, er lenkte mich zum Bogengang, und wir entwischten, unter prasselndem Gelächter und zweideutigen Ratschlägen.

Draußen in der dunklen Halle lehnte sich Jamie gegen die Steinwand und hielt sich den Bauch. Vor Lachen konnte ich mich nicht mehr auf den Füßen halten und sank auf den Boden.

»Du hast ihnen doch nichts gesagt, oder?« brachte Jamie schließlich prustend hervor.

Ich schüttelte den Kopf. »Nein, natürlich nicht.« Immer noch keuchend griff ich nach seiner Hand, und er zog mich hoch. Ich lehnte mich gegen seine Brust.

»Dann wollen wir mal sehen, ob ich es jetzt begriffen habe.« Er nahm mein Gesicht zwischen die Hände und drückte seine Stirn auf die meine; sein Gesicht war so nah, daß seine Augen zu einem großen blauen Fleck verschwammen und sein Atem warm über mein Kinn strich.

»Von Angesicht zu Angesicht. Ist es so richtig?« Der Lachreiz ebbte ab und wurde von etwas ebenso Machtvollem ersetzt. Ich berührte mit der Zunge seine Lippen, während meine Hände weiter unten beschäftigt waren.

»Das Gesicht ist nebensächlich. Aber du lernst ja schnell.«

Tags darauf war ich in meinem Sprechzimmer und lauschte geduldig dem Redeschwall einer älteren Frau aus dem Dorf, einer Verwandten des Suppenkochs, die mir lang und breit vom Hustenanfall ihrer Schwiegertochter erzählte. Ein Schatten fiel über die Schwelle und unterbrach die alte Frau bei ihrer endlosen Aufzählung von Symptomen.

Jamie stürzte herein, gefolgt vom alten Alec. Beide Männer waren aufgeregt und sahen besorgt aus. Jamie nahm mir kurzerhand den Spatel aus der Hand und zog mich auf die Füße.

»Was –«, begann ich, wurde aber von Alec unterbrochen, der über Jamies Schulter auf meine Hände schaute, die Jamie ihm entgegenhielt.

»Ja, in Ordnung, aber die Arme, Mann? Sind die denn lang genug?«

»Schau.« Jamie maß meinen Arm an seinem.

»Könnte hinkommen«, meinte Alec.

»Würdet ihr die Güte haben, mir zu sagen, worum es geht?« Bevor ich eine Antwort bekam, schoben mich die beiden Männer ohne Rücksicht auf meine Patientin, die uns verwirrt hinterherstarrte, die Treppe hinunter.

Augenblicke später stand ich vor dem glänzenden, braunen Hinterteil eines Pferdes. Das Problem war mir auf dem Weg zu den Ställen dargelegt worden. Jamie hatte erklärt, worum es ging, und der alte Alec hatte die Sache mit Flüchen und Ratschlägen ergänzt.

Losgann, eine wertvolle Stute, die immer leicht geworfen hatte, hatte diesmal Probleme. Das war auch für mich offensichtlich. Die Stute lag auf der Seite, und periodisch hoben sich die glänzenden Flanken, und ein Zittern ging über den riesigen Leib. Auf Hände und Knie gestützt, sah ich, wie sich die Schamlippen bei jeder Wehe leicht öffneten, aber sonst geschah nichts; kein kleiner Huf und keine feuchte Nase kamen zum Vorschein. Das Fohlen hatte offenbar eine Seiten- oder Steißlage. Jamie und Alec waren darüber uneins und begannen zu streiten, bis ich sie zur Ordnung rief und fragte, was sie von mir erwarteten.

Jamie schaute mich an, als wäre ich ein bißchen minderbemittelt. »Das Fohlen umdrehen, natürlich«, sagte er geduldig. »Hol die Vorderfüße nach vorne, damit es herauskann.«

»Ach, ist das *alles*?« Ich betrachtete das Pferd. Losgann, deren eleganter Name »Frosch« bedeutete, hatte zwar feine Knochen, war dafür aber verdammt stark.

»Ah, ich soll – hineingreifen?« Ich warf einen verstohlenen Blick auf meine Hand. Sie würde wahrscheinlich hineinpassen – die Öffnung war groß genug – aber was dann?

Die Hände der beiden Männer waren deutlich zu groß dafür, und Roderick, der Stalljunge, der in solch delikaten Situationen normalerweise herangezogen wurde, hatte sich vor zwei Tagen den rechten Arm gebrochen. Willie, der zweite Stalljunge, war ihn dennoch holen gegangen, wenigstens zur moralischen Unterstützung. In diesem Augenblick kam er an, nur mit einer Reithose bekleidet, und seine schmale Brust leuchtete weiß im düsteren Stall.

»Es ist harte Arbeit«, sagte er mit einem zweifelnden Blick auf mich. »Verdammt knifflig, verstehen Sie. Es gibt einen Trick, aber der braucht auch Kraft.«

»Mach dir keine Sorgen«, sagte Jamie zuversichtlich. »Claire ist um einiges stärker als du arme Bohnenstange. Wenn du ihr nur sagst, was sie tun soll, dann wird sie es gleich geschafft haben.«

Ich schätzte das Vertrauen, das in mich gesetzt wurde, war aber selbst keineswegs so zuversichtlich. Ich sagte mir, daß dies auch nicht schlimmer sei, als bei einer Bauchoperation zu assistieren, ging in eine Pferdebox, um mein Kleid gegen eine Reithose und ein rauhes Hemd zu vertauschen, und schäumte mir die Hand und den Arm mit fettiger Talgseife ein.

»Dann also los«, murmelte ich und glitt mit meiner Hand nach innen.

Es gab kaum Bewegungsspielraum, und zuerst wußte ich nicht, was es war, das ich spürte. Ich schloß die Augen, um mich besser konzentrieren zu können, und tastete vorsichtig herum. Da waren glatte Flächen und Ausbuchtungen, erstere wohl der Körper, letztere die Beine und der Kopf. Die Beine wollte ich – die Vorderbeine, um genau zu sein. Allmählich gewöhnte ich mich an die Sache und wußte, daß ich stillhalten mußte, wenn eine Wehe kam; die unglaublich starken Muskeln des Uterus drückten meinen Arm zusammen wie ein Schraubstock, was sehr schmerzhaft war, bis sich der Druck wieder löste und ich weitertasten konnte.

Schließlich stieß ich mit meinen Fingern auf etwas, das ich mit Sicherheit erkannte.

»Ich habe die Finger auf der Nase!« rief ich triumphierend. »Ich habe den Kopf gefunden!«

»Gut, Mädel, gut! Nicht loslassen!« Alec hockte besorgt neben mir und klopfte der Stute beruhigend auf die Schenkel, als wieder eine Wehe kam. Ich biß die Zähne zusammen und lehnte meine Stirn gegen den glänzenden Bauch; es war, als würde mir das Handgelenk gebrochen. Aber der Druck ließ nach, und ich konnte den Griff halten. Sachte tastete ich nach oben und fand die Augenhöhle und ein kleines, zusammengefaltetes Ohr. Ich wartete eine weitere Wehe ab und verfolgte die Linie des Halses bis zur Schulter.

»Es hat den Kopf nach hinten gedreht«, berichtete ich den anderen. »Wenigstens schaut der Kopf in die richtige Richtung.«

»Gut.« Jamie, der vorne stand, tätschelte den schwitzenden Hals der kastanienbraunen Stute. »Vermutlich sind die Beine unter der Brust gefaltet. Schau, ob du ein Knie erwischen kannst.«

Bis zur Schulter steckte ich in der warmen dunklen Höhle. Ich spürte die Gewalt der Geburtswehen und die Wohltat, wenn sie nachließen, und tastete blind weiter, um mein Ziel zu erreichen. Es war wirklich eine verdammt harte Arbeit.

Endlich bekam ich einen Huf zu fassen; ich konnte die runde Oberfläche tasten. Den widersprüchlichen Anweisungen meiner Ratgeber leistete ich so gut Folge, wie ich konnte, zog und drückte abwechselnd, drehte das Fohlen Stück für Stück um, zog einen Fuß nach vorne, drückte einen anderen nach hinten, und schwitzte und stöhnte nicht weniger als die Stute.

Plötzlich ging alles ganz leicht. Am Ende der nächsten Wehe glitt alles wie von selbst in die richtige Lage. Ich wartete bewegungslos auf die nächste Wehe. Sie kam, und plötzlich schaute eine kleine nasse Nase hervor, und meine Hand wurde herausgepreßt. Die kleinen Nüstern zitterten kurz, dann verschwand die Nase wieder.

»Mit der nächsten Wehe kommt es!« Alec tanzte fast vor Begeisterung, ohne Rücksicht auf seine arthritischen Glieder. »Komm, Losgann. Komm, mein süßer kleiner Frosch!«

Wie zur Antwort stöhnte die Stute auf. Ihr Hinterteil krümmte sich, das Fohlen rutschte heraus und lag mit seinen knotigen Beinen und langen Ohren auf einem sauberen Heuhaufen.

Ich setzte mich auf das Heu zurück und grinste wie von Sinnen. Ich war mit Seife und Schleim und Blut bedeckt, ich stank, und alle Knochen taten mir weh, aber ich war euphorisch.

Ich beobachtete, wie Willie und Roderick sich um den Neuankömmling kümmerten und ihn mit Strohbüscheln abwischten. Und ich stimmte in die Hochrufe ein, als Losgann sich umdrehte, das Fohlen ableckte und es mit der Nase sanft anstieß, bis es sich auf seine langen, wackeligen Beine stellte.

»Das haben Sie verdammt gut gemacht, Mädel! *Verdammt* gut!« Begeistert schüttelte mir Alec die Hand. Plötzlich merkte er, daß ich mich kaum aufrecht halten konnte und von oben bis unten besudelt war, und rief einem der Jungen zu, Wasser zu bringen. Dann trat er hinter mich und legte mir die knorrigen alten Hände auf die Schultern. Erstaunlich sanft und geschickt drückte und streichelte er meine Schultern, bis sich die Verspannungen in meinem Nacken lösten.

Zum Abschluß tätschelte er mir den Hals und lächelte auf mich herab. »Harte Arbeit, nicht wahr?« Dann strahlte er verzückt das neue Fohlen an.

»Gutes Kerlchen«, raunte er. »So ein braver Junge!«

Jamie half mir beim Waschen und Umkleiden. Meine Finger waren zu steif, um mit den Knöpfen meines Mieders zurechtzukommen, und ich wußte, daß mein ganzer Arm morgen voller blauer Flecken sein würde, aber ich war tief befriedigt.

Als nach all dem endlosen Regen schließlich ein schöner Tag anbrach, blinzelte ich im Sonnenlicht wie ein Maulwurf.

»Deine Haut ist so dünn, daß ich das Blut in den Adern fließen sehen kann«, sagte Jamie und verfolgte mit dem Finger einen Sonnenstrahl auf meinem nackten Bauch. »Ich könnte die Venen von deiner Hand bis zum Herzen nachzeichnen.« Sanft fuhr er mit dem Finger vom Handgelenk bis zur Armbeuge und dann hinauf bis unter das Schlüsselbein.

»Das sind die Venae subclaviae«, bemerkte ich.

»Wie bitte? Sub...«

»Die Schlüsselbeinvenen.«

Sein Finger bewegte sich langsam nach unten. »Ich höre die lateinischen Namen gern; hätte nicht gedacht, daß es so schön sein kann, mit einer Heilerin im Bett zu liegen.«

»Das«, belehrte ich ihn weiter, »ist eine Areola mamma, und das weißt du, weil ich es dir schon letzte Woche gesagt habe.«

»Stimmt«, murmelte er. »Und davon gibt es zwei, stell dir vor.«

Sein Kopf neigte sich über mich, damit die Zunge den Finger ablösen konnte, langsam bewegte sie sich abwärts.

»Umbilicus«, sagte ich mit einem kurzen Aufstöhnen.

»Hm«, kam es interessiert aus den halbgeöffneten Lippen, mit denen er über meine durchscheinende Haut strich. »Und was ist das?«

»Sag du es mir«, forderte ich ihn auf und packte seinen Kopf mit beiden Händen. Aber er war unfähig zu sprechen.

Später saß ich auf meinem Stuhl im Sprechzimmer noch eingehüllt in träumerische Erinnerungen. Meine Hand lag auf meiner Brust, und ich spielte mit der Brustwarze, die unter dem Stoff meines Kleides hart wurde.

»Na, macht's Spaß?«

Die sarkastische Stimme an der Tür ließ mich so schnell auffahren, daß ich mir den Kopf am Regal anstieß.

»Oh«, sagte ich ziemlich ungehalten. »Geillis, natürlich, wer sollte es sonst sein! Was tust du hier?«

Sie glitt ins Zimmer, als würde sie sich auf Rädern bewegen. Ich wußte, daß sie Füße hatte, schließlich hatte ich sie gesehen. Aber was machte sie bloß mit ihnen, während sie lief?

»Ich wollte Mrs. FitzGibbons etwas spanischen Safran bringen; sie hat wegen des Besuchs des Herzogs darum gebeten.«

»Noch mehr Gewürze?« fragte ich und fand allmählich meine gute Laune wieder. »Wenn der Mann alles ißt, was sie für ihn vorbereitet, dann wird man ihn nach Hause rollen müssen.«

»Das könnten sie jetzt schon tun. Er ist ein kleiner runder Ball, habe ich gehört.« Ohne sich weiter um den Herzog und sein Äußeres zu kümmern, fragte sie mich, ob ich sie auf einem Ausritt in die Berge begleiten wolle.

»Ich brauche ein wenig Moos«, erklärte sie. Sie wedelte mit ihren langen, scheinbar knochenlosen Händen anmutig hin und her. »Gibt einen wunderbaren Balsam für die Hände, wenn man es mit etwas Schafwolle in Milch kocht.«

Ich warf einen Blick zu dem offenen Fenster hinauf. Der Wind trug den feinen Duft von reifen Früchten und frisch gemähtem Gras herein.

»Warum nicht?«

Während ich meine Körbe und Flaschen aufräumte, wanderte Geillis im Zimmer umher, nahm dies und jenes in die Hand und legte es wieder hin. Sie hielt an einem kleinen Tisch inne und nahm den Gegenstand, der dort lag, stirnrunzelnd hoch.

»Was ist das?«

Ich ging zu ihr hinüber. Sie hielt ein kleines Büschel getrockneter Pflanzen in der Hand, das mit einem schwarzen Band zusammengehalten wurde.

»Jamie sagt, es ist eine Verwünschung.«

»Da hat er recht. Woher hast du es?«

Ich erzählte ihr, wie ich das Büschel in meinem Bett gefunden hatte.

»Am nächsten Tag fand ich es unter dem Fenster, wo Jamie es hingeworfen hatte. Ich wollte schon zu dir kommen und dich fragen, was es ist, hab' es dann aber vergessen.«

Sie klopfte mit einem Fingernagel nachdenklich gegen einen Schneidezahn und schüttelte den Kopf.

»Nein, kann nicht behaupten, daß ich es weiß. Aber vielleicht gibt es eine Möglichkeit herauszufinden, wer dahinatersteckt.«

»Wirklich?«

»Ja. Komm morgen früh zu mir, dann werde ich es dir sagen.«

Sie weigerte sich, mehr zu verraten, drehte sich schnell um, so daß ihr grüner Umhang im Wind flatterte, und ließ mir keine andere Wahl, als ihr zu folgen.

Sie führte mich hoch hinauf. Etwa eine Reitstunde vom Dorf entfernt hielt sie bei einem Flüßchen an, über das Weidenzweige hingen.

Wir durchquerten das Wasser und wanderten langsam die Hügel hinauf. Dabei sammelten wir späte Sommerpflanzen, die ersten reifen Beeren und gelbe Pilze, die in schattigen Schluchten an Baumstämmen wucherten.

Geillis' Gestalt verschwand im Farn, während ich anhielt, um etwas Espenrinde abzukratzen. Das Harz auf der papierartigen Rinde sah aus wie gefrorene Blutstropfen.

Ein wimmerndes Geräusch schreckte mich aus meiner Versunkenheit, und ich schaute den Hügel hinauf, von wo es herzukommen schien.

Da hörte ich es wieder: ein hohes, klägliches Schreien. Ich setzte meinen Korb ab und begann hinaufzusteigen.

»Geillis!« rief ich. »Komm herauf. Jemand hat ein Baby ausgesetzt!«

Atemlos hervorgestoßene Schimpfworte gingen ihr voraus, als sie sich durch das wirre Buschwerk nach oben kämpfte. Ihr Gesicht war erhitzt und ärgerlich, und in ihrem Haar steckten Blätter.

»Was um Himmels willen —«, begann sie und schoß nach vorne. »Beim heiligen Jesus, leg es hin!« Sie riß mir das Baby aus den Armen und legte es dorthin zurück, wo ich es gefunden hatte, in eine glatte Vertiefung im Felsen. Auf einer Seite stand eine flache Holzschale mit Milch, und an den Füßen des Babys war ein kleiner Strauß Wildblumen.

»Aber es ist krank!« protestierte ich und bückte mich wieder zu dem Kind. »Wer läßt ein krankes Kind allein hier oben?«

Das Baby war offensichtlich ernsthaft krank; das verzogene Gesichtchen war grünlich, die Augen lagen tief in den Höhlen, und die kleinen Fäuste bewegten sich nur noch schwächlich. Das Kind hatte schlaff in meinen Armen gelegen; ich war erstaunt, daß es überhaupt noch die Kraft hatte zu schreien.

»Seine Eltern«, sagte Geillis kurz und hielt mich zurück. »Laß es. Machen wir, daß wir fortkommen.«

»Seine Eltern?« fragte ich entrüstet. »Aber —«

»Es ist ein Wechselbalg«, zischte sie ungeduldig. »Laß es, und komm jetzt!«

Sie zog mich mit sich fort und verschwand so schnell wie möglich im Unterholz. Protestierend folgte ich ihr den Hügel hinunter, bis wir atemlos und mit hochrotem Gesicht unten ankamen. Ich zwang sie anzuhalten.

»Was soll das?« sagte ich vorwurfsvoll. »Wir können ein krankes Kind doch nicht einfach liegenlassen. Und was soll das heißen, es ist ein Wechselbalg?«

»Weißt du nicht, was ein Wechselbalg ist? Wenn die Feen ein Menschenkind rauben, dann legen sie eins der ihren an seine Stelle. Du erkennst es daran, daß es die ganze Zeit schreit und nicht gedeihen will.«

»Natürlich weiß ich, was es ist«, sagte ich. »Aber du glaubst diesen Unsinn doch wohl nicht, oder?«

Sie warf mir einen sonderbaren Blick zu, voller Mißtrauen. Dann entspannten sich ihre Gesichtszüge und nahmen wieder den normalen Ausdruck von amüsiertem Sarkasmus an.

»Nein, ich nicht«, gab sie zu. »Aber die Leute hier tun es.« Sie schaute beunruhigt nach oben, aber es war nichts mehr zu hören. »Die Familie ist bestimmt in der Nähe. Laß uns gehen.«

Widerstrebend ließ ich mich fortziehen.

»Warum haben sie es dort oben hingelegt?« fragte ich, als ich mich auf einen Felsen setzte und mir die Strümpfe auszog, um durch einen Bach zu waten. »Hoffen sie, daß die Feen kommen und es heilen?« Ich machte mir noch immer Sorgen um das Kind; es war in einem schlimmen Zustand. Ich wußte nicht, was ihm fehlte, aber vielleicht konnte ich ihm helfen.

Geillis könnte ja im Dorf bleiben, und ich würde dann zurückkommen und nach dem Kind sehen. Es müßte allerdings bald sein. Im Osten sammelten sich graue Regenwolken und verfärbten sich in der Abenddämmerung dunkellila. Bis zum Einbruch der Dunkelheit war kaum mehr als eine halbe Stunde Zeit.

Geillis hängte sich den geflochtenen Weidenhenkel ihres Korbes über die Schultern, raffte die Röcke und tappte in den Bach. Sie schüttelte sich, als sie das kalte Wasser spürte.

»Nein«, sagte sie, »oder vielmehr ja. Das ist einer der Feenhügel, und es ist gefährlich, dort zu schlafen. Wenn man an so einem Ort einen Wechselbalg die Nacht über draußen läßt, dann kommen die Feen und holen ihn und legen das menschliche Kind, das sie gestohlen haben, an seine Stelle.«

»Aber das werden sie nicht tun, weil es kein Wechselbalg ist«, sagte ich und sog die Luft ein, als ich den Fuß ins kalte Wasser setzte. »Es ist einfach ein krankes Kind. Es kann gut sein, daß es die Nacht nicht überlebt!«

»Das wird es auch nicht«, sagte sie kurz angebunden. »Morgen früh wird es tot sein. Und ich kann nur hoffen, daß uns keiner in seiner Nähe gesehen hat.«

Ich ließ den Schuh fallen, den ich gerade anziehen wollte.

»Tot! Geillis, ich gehe zurück. Ich kann es nicht dort lassen.« Ich stand schon im Wasser, um zurückzugehen, als Geillis mich von hinten packte und mit dem Gesicht ins flache Wasser stieß. Prustend und spritzend gelang es mir, auf die Knie zu kommen. Geillis stand bis zu den Waden im Wasser und fauchte mich an.

»Du verdammtes, stures englisches Mistvieh! Du kannst nichts daran ändern! Hörst du mich? Absolut nichts! Das Kind ist so gut wie tot! Ich werde nicht zuschauen, wie du dein Leben riskierst und meines dazu für eine saudumme Idee, die du dir in den Kopf gesetzt hast!« Fluchend und keuchend packte sie mich unter den Armen und zog mich hoch.

»Claire«, rief sie eindringlich und schüttelte mich. »Hör mir zu. Wenn du zu dem Kind gehst und es stirbt – und das wird es, ich habe schon Kinder in diesem Zustand gesehen –, dann wird die Familie dir die Schuld geben. Siehst du nicht, wie gefährlich das ist? Weißt du denn nicht, was sie im Dorf über dich reden?«

Ich stand zitternd im kalten Abendwind und war hin und her gerissen zwischen ihren Befürchtungen und dem Gedanken an das hilflose Kind, das allein in der Dunkelheit mit einem Strauß Wildblumen zu seinen Füßen starb.

»Nein«, sagte ich und schüttelte mir die nassen Haare aus dem Gesicht. »Geillis, ich kann nicht. Ich werde vorsichtig sein, ich verspreche es dir, aber ich muß gehen.« Ich riß mich los und stolperte ans andere Ufer.

Hinter mir hörte ich einen gedämpften Ausruf höchster Mißbilligung und eilige Schritte in die andere Richtung. Wenigstens konnte sie mich jetzt nicht mehr aufhalten.

Es wurde schnell dunkel, und ich kämpfte mich so schnell ich konnte durch die Büsche. Ich fürchtete, ich würde mich im Dunkeln nicht mehr zurechtfinden. Die Vorstellung, dort in der Finsternis herumzusuchen, war mir nicht besonders angenehm, ob da nun Feen waren oder nicht. Die Frage, wie ich mit einem kranken Baby zur Burg zurückgelangen sollte, wollte ich mir erst stellen, wenn es soweit war.

Endlich fand ich den Hügel. Es war jetzt fast dunkel, eine mondlose Nacht, und ich stolperte und fiel immer wieder hin. Die Bäume schienen sich in der Abendbrise leise knisternd zu unterhalten.

Der verdammte Platz war eben doch verwünscht, dachte ich, während ich auf das Baumgewisper über mir lauschte. Es würde mich nicht überraschen, wenn hinter dem nächsten Baum gleich ein Geist hervorkäme.

Aber ich war doch überrascht. Um die Wahrheit zu sagen, ich war vor Angst halb wahnsinnig, als sich die dunkle Gestalt aus dem Schatten löste und mich packte. Ich stieß einen gellenden Schrei aus und schlug nach ihr.

»Himmel, was machst du denn hier?« Ich sank gegen Jamies Brust, erleichtert, ihn hier zu sehen, trotz des Schreckens, den er mir eingejagt hatte.

Er nahm mich am Arm und führte mich aus den Bäumen heraus.

»Hab' nach dir gesucht«, sagte er leise. »Ich bin dir entgegengeritten, weil es Nacht wurde. Ich traf Geillis Duncan unterwegs, und sie sagte mir, wo du bist.«

»Aber das Baby –«, begann ich und wollte mich umwenden.

»Das Kind ist tot«, sagte er kurz und zog mich weiter. »Ich bin gleich hingegangen, um nachzuschauen.«

Ich folgte ihm ohne Widerstand, zwar traurig über den Tod des Kindes, aber doch erleichtert, daß ich nicht auf den Feenhügel hinaufklettern und den langen Rückweg allein machen mußte.

»Hast du überhaupt eine Ahnung, wie gefährlich es ist, hier in der Nacht allein herumzulaufen, Sassenach?« Er schien nicht ärgerlich zu sein, nur neugierig.

»Nein ... Ja, doch. Es tut mir leid, wenn du dir Sorgen gemacht hast. Aber ich konnte das Kind einfach nicht da draußen lassen, verstehst du?«

»Aye, ich weiß.« Er umarmte mich kurz. »Du hast ein gutes Herz, Sassenach. Aber du hast keine Ahnung, worauf du dich hier draußen einläßt.«

»Feen, hm?« Ich war müde und verstört, überdeckte es aber, indem ich mich lässig gab. »So ein Aberglaube macht mir keine Angst.«

Plötzlich kam mir ein Gedanke. »Glaubst *du* an Feen und Wechselbälger und das ganze Zeug?«

Er zögerte einen Moment, bevor er antwortete.

»Nein. Nein, ich glaube nicht daran, aber auf dem Feenhügel würde ich trotzdem nicht übernachten wollen. Ich habe eine gute Erziehung genossen, Sassenach. Ich hatte in Dougals Haus einen deutschen Tutor, und zwar einen guten, der hat mich in Latein und Griechisch unterrichtet, und als ich mit achtzehn nach Frankreich ging, da habe ich Geschichte und Philosophie studiert, und ich merkte, daß es auf dieser Welt erheblich mehr gibt als Schluchten und Moore und Wasserpferde in den Lochs. Aber die Leute hier ... Sie haben sich nie weiter als einen Tagesmarsch von ihrem Geburtsort entfernt. Sie leben in ihren Tälern, zwischen Lochs und Bergen, und wissen nicht mehr von der Welt, als was ihnen Vater Bain am Sonntag in der Kirche erzählt – das und die alten Geschichten.«

Er bog einen Erlenzweig zurück, und ich blieb darunter stehen. Jetzt, wo wir den Feenhügel hinter uns gelassen hatten, sprach er wieder mit seiner normalen Stimme und hielt nur manchmal an, um Gestrüpp aus dem Weg zu räumen.

»Diese Geschichten sind, wenn Gwyllyn sie erzählt, nichts als Unterhaltung, der man bei Rheinwein lauscht. Aber hier und sogar im Dorf – da haben sie eine andere Bedeutung. Die Leute leben danach. Und wer weiß, vielleicht ist ja auch an manchem etwas Wahres dran.«

Ich dachte an die bernsteinfarbenen Augen des Wasserpferdes und fragte mich, welche Geschichten sonst noch wahr waren.

Seine Stimme wurde leiser, und ich mußte mich anstrengen, ihn zu verstehen. »Und was die Eltern von dem Kind angeht – vielleicht wird es ihnen ein wenig leichter, wenn sie glauben können, daß es ein Wechselbalg war, der starb, und ihr eigenes Kind gesund und glücklich bei den Feen lebt.«

Wir gelangten zu den Pferden, und schon nach einer halben Stunde leuchteten die Lichter von Burg Leoch durch die Dunkelheit und hießen uns willkommen. Ich hätte nie geglaubt, daß ich dieses kahle Gemäuer für ein Monument der Zivilisation halten würde, aber jetzt kamen mir die Lichter wie ein Leuchtfeuer der Aufklärung vor.

Erst als wir uns der Burg näherten, erkannte ich, daß die Helligkeit auf eine Reihe von Lampions zurückzuführen war, mit der die Brüstung der Brücke geschmückt war.

»Irgend etwas ist hier los«, sagte ich und drehte mich zu Jamie um. Da sah ich ihn zum ersten Mal im Licht und bemerkte, daß er nicht, wie üblich, sein abgetragenes Hemd und seinen alten Kilt trug. Sein schneeweißes Leinenhemd leuchtete im Licht der Laternen, und sein bester – sein einziger – Samtmantel lag über dem Sattel.

»Ja«, nickte er. »Deswegen habe ich dich geholt. Der Herzog ist endlich angekommen.«

Der Herzog war eine echte Überraschung. Ich weiß nicht, was ich erwartet hatte, jedenfalls nicht den rotbackigen Sportsmann von rauher Herzlichkeit, den ich im Saal von Leoch vorfand. Er hatte ein angenehm derbes, wettergegerbtes Gesicht mit hellblauen Augen, die immer ein bißchen blinzelten, als würde er in die Sonne blicken, um den Flug eines Fasans zu verfolgen.

Ich fragte mich einen Augenblick, ob die Theaternummer über

den Herzog vielleicht übertrieben gewesen war. Als ich mich jedoch im Saal umsah, bemerkte ich, daß jeder Junge unter achtzehn einen etwas angespannten Gesichtsausdruck hatte und den Herzog nicht aus den Augen ließ, der sich angeregt mit Colum und Dougal unterhielt. Also doch nicht nur Theater; man hatte sie gewarnt.

Als ich dem Herzog vorgestellt wurde, fiel es mir schwer, ernst zu bleiben. Er war ein stattlicher Mann, massiv und gesund, der Typ, der in Wirtshäusern das Wort an sich reißt und Widerspruch mit Lautstärke und Wiederholung erstickt. Ich war durch Jamies Geschichte natürlich vorgewarnt. Als er sich aber über meine Hand beugte und sagte: »Wie entzückend, Mistress, in diesem entlegenen Winkel einer Landsmännin zu begegnen«, mit einer Stimme, die von einer überreizten Maus hätte stammen können, da mußte ich mir auf die Lippen beißen, um mich nicht in aller Öffentlichkeit zu blamieren.

Müde von der Reise, zogen sich der Herzog und sein Gefolge bald zurück. Am nächsten Abend gab es jedoch Musik und Gesellichkeit, und Jamie und ich saßen am Tisch von Colum, Dougal und dem Herzog. Sandringham erging sich in den höchsten Tönen über das Bouquet von Dougals Rheinwein und plauderte weitschweifig über die Schrecken einer Reise in den Highlands und die Schönheit der Landschaft. Wir hörten höflich zu, und ich vermied Jamies Blick, während der Herzog die Unbequemlichkeiten seiner Reise vor uns ausbreitete.

»Hatten nach Stirling einen Achsenbruch und wurden drei ganze Tage aufgehalten – im strömenden Regen, wohlgemerkt –, bis meine Leute einen Schmied auftreiben konnten, der das verdammte Ding wieder in Schwung brachte. Und es verging kein halber Tag, bis wir in das größte Schlagloch hineinratterten, das ich je gesehen habe, und das elende Vehikel brach wieder entzwei! Dann verlor ein Pferd ein Hufeisen, und wir mußten die Kutsche entladen und daneben herlaufen – im Matsch – und den lahmen Gaul am Zügel führen. Und dann...« Je weiter die Erzählung fortschritt, von einem Mißgeschick zum nächsten, um so schwerer fiel es mir, ein Kichern zu unterdrücken; ich versuchte es in Wein zu ertränken, was möglicherweise unvernünftig war.

»Aber das Wild, MacKenzie, das Wild!« rief der Herzog irgendwann aus und rollte ekstatisch die Augen. »Ich konnte es kaum glauben. Kein Wunder, daß sich die Tische hier biegen.« Er tätschelte sich den großen, feisten Bauch. »Ich schwöre, ich würde meinen Eckzahn dafür hergeben, wenn mir so ein Rothirsch vor die Flinte käme wie jener, den wir vor zwei Tagen gesehen haben – großartiges Tier, einfach großartig. Sprang direkt vor uns aus dem Gebüsch, meine Liebe«, sagte er zu mir. »Die Pferde scheuten natürlich, so daß wir fast wieder von der Straße abgekommen sind.«

Colum hob die glockenförmige Karaffe und füllte die Gläser, die ihm entgegengestreckt wurden. Er sagte: »Vielleicht können wir eine Jagd für Euch arrangieren, Hoheit. Mein Neffe ist ein ausgezeichneter Jäger.« Er warf Jamie einen scharfen Blick zu, der kaum merklich nickte.

Colum setzte sich zurück, stellte die Karaffe ab und sagte beiläufig: »Vielleicht Anfang nächster Woche. Für Fasane ist es noch zu früh, aber für die Hirschjagd ist es gerade richtig.« Er wandte sich an Dougal, der es sich in einem gepolsterten Sessel bequem gemacht hatte. »Vielleicht kommt mein Bruder auch mit; falls es Euch beliebt, gen Norden zu reisen, dann kann er Euch die Ländereien zeigen, über die wir vorhin gesprochen haben.«

»Ausgezeichnet, ausgezeichnet!« Der Herzog war entzückt. Er klopfte Jamie aufs Bein. Ich sah, wie sich Jamies Muskeln spannten, aber er bewegte sich nicht. Er lächelte gleichmütig, während der Herzog die Hand einen Augenblick zu lang auf seinem Bein liegen ließ. Dann bemerkte der Herzog, daß ich die Szene beobachtete, und er lächelte mich vergnügt an, als wollte er sagen: »Man versucht es eben, nicht wahr?« Wider Willen lächelte ich zurück. Zu meiner Überraschung mochte ich den Mann.

In der Aufregung über die Ankunft des Herzogs hatte ich Geillis' Angebot vergessen, mich auf die Spur der Person zu setzten, die uns die Verwünschung ins Bett gelegt hatte. Nach dem unangenehmen Vorfall mit dem Wechselbalg war ich mir unsicher, ob ich noch irgend etwas ausprobieren wollte, was sie mir vorschlug.

Aber die Neugierde überwog mein Mißtrauen, und als Colum Jamie zwei Tage später bat, ins Dorf zu reiten, um die Duncans zum Bankett zu Ehren des Herzogs zu geleiten, ging ich mit ihm.

So saßen Jamie und ich also am Donnerstag im Salon der Duncans und wurden vom Herrn Prokurator mit ungelenker Freundlichkeit unterhalten, während seine Frau sich oben fertig ankleidete. Zwar hatte sich Arthur von seinem letzten Gastritisanfall einigermaßen erholt, aber sehr gesund sah er trotzdem nicht aus. Wie bei vielen dicken Männern, die zu schnell abnehmen, war das Fett im Gesicht verschwunden, nicht aber am Bauch. Seine grüne Seidenweste war immer noch kugelförmig ausgebeult, während seine Backen faltig herabhingen.

»Vielleicht könnte ich kurz hinaufgehen und Geillis beim Frisieren helfen«, schlug ich vor. »Ich habe ihr eine Schleife mitgebracht.« In weiser Voraussicht hatte ich ein kleines Päckchen mitgebracht, um einen Vorwand zu haben, allein mit ihr zu sprechen. Ich zog es aus der Tasche und war schon auf dem Weg nach oben, bevor Arthur Widerspruch einlegen konnte.

Sie hatte auf mich gewartet.

»Komm«, sagte sie, »wir gehen dafür hinauf in mein Privatzimmer. Wir müssen uns beeilen, aber es wird nicht sehr lange dauern.«

Geillis' privates Heiligtum war ganz oben, in einem abgelegenen Dachzimmer über den Kammern der Dienerschaft. Sie öffnete die verschlossene Tür mit einem gewaltigen Schlüssel, den sie aus ihrer Schürzentasche zog. Schloß und Scharniere waren gut geölt, und die Tür schwang lautlos nach innen auf.

Das Dachzimmerchen lag geduckt unter der Dachschräge. An jedem freien Fleck waren Regale angebracht, in denen Flaschen, Krüge, Schalen und Phiolen standen. Getrocknete Kräuter hingen in Sträußen von den Dachbalken, jeder fein säuberlich mit einem andersfarbigen Band gebunden. Dieser Raum war ganz anders als das sauber, bis in den letzten Winkel angeordnete Kräuterzimmer unten. Die Mansarde quoll über und war trotz der Gaubenfenster düster.

Ein Regal war voller Bücher, alten Bänden, in denen zum Teil schon die Seiten zerfielen. Ich fuhr neugierig mit dem Finger über die unbeschrifteten Buchrücken. Die meisten waren in Kalbsleder gebunden, aber zwei oder drei in ein anderes weiches Material, das sich unangenehm ölig anfühlte. Und eines war offenbar in Fischhaut gebunden. Ich zog einen Band heraus und öffnete ihn argwöhnisch. Es war eine Mischung aus Altfranzösisch und Latein, aber ich konnte den Titel entziffern: *L'Grimoire d'le Comte St. Germain.*

Ich klappte das Buch zu und stellte es an seinen Platz zurück. Ich war schockiert. Ein *Grimoire* – ein Handbuch der Magie. Ich spürte, wie mich Geillis' Augen von hinten durchbohrten, und begegnete, als ich mich umdrehte, einem Blick, in dem sich Schalk und Berechnung mischten. Und wie sollte ich mich jetzt verhalten, nachdem ich wußte, was los war?

»Es ist also doch kein Gerücht«, sagte ich lächelnd. »Du bist wirklich eine Hexe.« Ich fragte mich, wie weit das wohl ginge, ob sie wirklich selbst daran glaubte, oder ob sie nur so tat als ob, um der Langeweile ihrer Ehe mit Arthur zu entkommen. Ich fragte mich auch, welche Art von Magie sie wohl praktiziere – oder zu praktizieren glaubte.

»Natürlich weiße«, sagte sie grinsend. »Eindeutig weiße Magie.«

Ich dachte reumütig, daß Jamie wohl recht haben mußte, wenn er sagte, *jeder* könne aus meinem Gesicht ablesen, was ich gerade dachte.

»Das ist gut«, sagte ich. »Ich bin wirklich nicht der Typ, der nachts ums Feuer tanzt und auf Besenstielen reitet, geschweige dem Teufel den Hintern küßt.«

Geillis warf ihr Haar zurück und lachte auf.

»Soweit ich sehen kann, tust du das bei keinem. Ich übrigens auch nicht. Aber wenn ich so einen süßen feurigen Teufel im Bett hätte wie du, dann möchte ich nicht behaupten, daß ich nicht irgendwann damit anfangen würde.«

»Das erinnert mich daran«, begann ich, aber sie hatte sich bereits abgewendet und traf murmelnd irgendwelche Vorbeitungen.

Geillis prüfte zunächst, ob die Tür fest verschlossen war, und ging dann zu einer Kommode, die unter dem Fenster in die Wand eingebaut war. Sie kramte in einer Schublade herum und zog eine große flache Schale heraus und eine lange weiße Kerze in einem Keramikhalter. Aus einer anderen Schublade wühlte sie eine abgenutzte Decke heraus, die sie zum Schutz vor Staub und Holzsplittern auf den Boden legte.

»Was genau hast du vor, Geillis?« fragte ich sie, während ich ihr mißtrauisch bei den Vorbereitungen zusah. Allerdings konnte ich keine allzu böse Absicht hinter einer Schale, einer Kerze und einer Decke entdecken, mußte mir aber sagen, daß ich auf dem Gebiet der Magie ein unbedarfter Neuling war.

»Eine Beschwörung«, sagte sie und zog die Decke zurecht, so daß die Kante parallel zu den Dielenbrettern verlief.

»Wen denn?« fragte ich.

Aufrecht stand sie da und strich sich die Haare aus der Stirn.

Einige Strähnen lösten sich, also zog sie die Nadeln heraus, und ihr Haar glitt wie ein seidig glänzender Vorhang herab.

»Oh, Geister und Visionen. Was immer du brauchst«, sagte sie. »Der Anfang ist immer gleich, aber die Kräuter und die Formeln sind verschieden, je nachdem, was man herbeiruft. Was wir jetzt wollen, ist eine Vision – um herauszufinden, von wem die Verwünschung stammt. Dann können wir den Spieß umdrehen.«

»Hm, nun...« Ich hatte wirklich nicht das Bedürfnis, mich zu rächen, aber ich *war* neugierig – sowohl, was die Beschwörung betraf, als auch die Person, die uns den üblen Streich gespielt hatte.

Sie stellte die Schale mitten auf die Decke und goß Wasser aus einem Krug hinein. »Man kann jedes Gefäß benutzen, das groß genug ist, um eine gute Spiegelung zu erzeugen, obwohl das *Grimoire* sagt, es müßte eine Silberschale sein. Selbst eine Pfütze im Freien kann bei manchen Beschwörungen funktionieren, aber es muß an einem abgelegenen Platz sein. Mann braucht Ruhe dafür.«

Sie zog die schweren schwarzen Vorhänge zu, so daß es stockfinster im Zimmer wurde. Ich konnte Geillis' schlanke Gestalt kaum mehr erkennen, die durchs Zimmer huschte, die Kerze anzündete und zur Decke trug. Die flackernde Flamme erhellte ihr Gesicht, und unter die stolze Nase und den gemeißelten Kiefer fielen keilförmige Schatten.

Sie stellte die Kerze neben die Schale mit Wasser. Sehr vorsichtig füllte sie die Schale noch weiter auf, bis das Wasser sich ganz leicht über den Rand wölbte. Ich beugte mich darüber und sah, daß das Wasser eine ausgezeichnete Reflexionsfähigkeit besaß; es war weitaus besser als irgendein Spiegel auf der Burg. Als würde sie wieder meine Gedanken lesen, erklärte Geillis, daß die Wasserschale nicht nur geeignet sei, Geister anzurufen, sondern ausgesprochen gute Dienste beim Frisieren leiste.

»Stoß nicht daran, wenn du nicht naß werden willst«, riet sie mir und konzentrierte sich mit gerunzelter Stirn auf die Kerze. Irgend etwas am Tonfall dieser Bemerkung, die im Gegensatz zu all den übernatürlichen Vorbereitungen so prosaisch klang, erinnerte mich an jemanden. Ich betrachtete die bleiche schlanke Gestalt, bis es mir schließlich einfiel – natürlich! Zwar hätte niemand der uneleganten Haushälterin in Reverend Wakefields Arbeitszimmer unähnlicher sein können, aber der Tonfall der Stimme war eindeutig der von Mrs. Graham.

Vielleicht war es eine innere Haltung, die sie gemeinsam hatten, ein Pragmatismus, der auch im Okkulten nichts anderes als eine Sammlung von natürlichen Phänomenen sah, denen man zwar Vorsicht und Respekt entgegenbrachte – nicht anders als einem scharfen Küchenmesser –, denen man aber gewiß nicht aus dem Weg ging oder sich etwa gar davor fürchtete.

Oder es war der Geruch von Lavendelwasser. Geillis' fließende Gewänder rochen immer nach den Essenzen, die sie gerade destillierte: Ringelblume, Kamille, Lorbeer, Speik, Minze, Majoran. Heute war es Lavendel, der den Falten ihres weißen Kleides entströmte. Der gleiche Duft, der aus Mrs. Grahams praktischem blauen Baumwollkleid aufstieg und von ihrer knochigen Brust wehte.

Wenn Geillis Duncan Rippen unter der Brust hatte, so sah man sie nicht. Normalerweise trug sie weite, hochgeknöpfte Gewänder aus schweren Stoffen, wie es sich für die Gattin des Prokurators ziemte. Heute sah ich sie zum ersten Mal *en déshabillé*. Die schwellende Fülle war eine Überraschung. Ihre Haut hatte fast den gleichen cremefarbenen Ton wie das Kleid, das sie trug, und ich konnte verstehen, warum ein Mann wie Arthur Duncan dieses einst mittellose Mädchen ohne Familie geheiratet hatte. Unwillkürlich blickte ich auf die säuberlich beschrifteten Gläser, die in einem Regal an der Wand aufgereiht waren; sicherlich war auch Salpeter darunter.

Geillis nahm drei Glasbehälter herunter und schüttete aus jedem ein wenig in eine winzige Kohlenpfanne aus Metall. Sie zündete die Holzkohle mit der Kerzenflamme an und blies sachte ins Feuer. Duftender Rauch stieg auf.

Es rührte sich kein Lüftchen in der Mansarde, so daß der graue Rauch senkrecht hochstieg und dabei eine Säule bildete, die der Form der hohen weißen Kerze entsprach. Geillis saß zwischen diesen beiden Säulen wie eine Priesterin in ihrem Tempel.

»Gut, ich denke, so stimmt alles.« Während sie sich Rosmarinkrümel von den Fingern wischte, schweifte ihr Blick befriedigt über das ganze Arrangement. Die schwarzen Vorhänge mit ihren mystischen Symbolen hielten die unerwünschten Sonnenstrahlen draußen, so daß die Kerze die einzige Lichtquelle war. Die Flamme spiegelte sich in der Wasserschale, so daß es schien, als wäre auch das Wasser eine Quelle des Lichtes.

»Und jetzt?« fragte ich.

Geillis' große grüne Augen glühten erwartungsvoll. Sie bewegte die Hände kreisend über der Wasseroberfläche und faltete sie dann zwischen ihren Beinen.

»Sitz einfach einen Augenblick still«, sagte sie. »Horch auf deinen Herzschlag. Hörst du ihn? Atme entspannt, langsam und tief.« Im Gegensatz zu ihrem lebendigen Gesichtsausdruck war die Stimme ruhig und langsam – ganz anders als ihre übliche spritzige Art.

Ich tat gehorsam, was sie verlangte, und spürte, wie sich mein Herzschlag allmählich verlangsamte. Ich erkannte den Rosmarinduft im Rauch, konnte mir aber über die beiden anderen Gerüche nicht klar werden; vielleicht Fingerhut, oder war es Fingerkraut? Ob die lila Blüten etwa von der Tollkirsche stammten? Aber das würde sie doch sicher nicht tun. Was immer es sein mochte, irgend etwas war im Rauch, das mich so langsam atmen ließ, es konnte nicht nur an Geillis' Stimme liegen. Ich hatte das Gefühl, als würde sich ein Gewicht auf mein Brustbein legen und ohne mein Zutun meinen Atem verlangsamen.

Geillis saß vollkommen still da und beobachtete mich unverwandt. Einmal nickte sie, und ich senkte den Blick gehorsam auf die Wasseroberfläche.

Sie begann in einem ruhigen, gleichmäßigen Plauderton zu sprechen, der mich wiederum an Mrs. Graham erinnerte, an die Art, wie sie die Sonne in den Steinkreis gerufen hatte.

Die Worte waren nicht englisch, aber auch nicht ganz unenglisch. Es war eine seltsame Sprache, die mir aber eigentlich hätte vertraut sein müssen.

Ich spürte, wie meine Hände taub wurden, und wollte sie bewegen, aber ich konnte nicht. Das gleichmäßige weiche Geplätscher von Geillis' Stimme wirkte einlullend. Jetzt *wußte* ich, daß ich verstand, was gesagt wurde, aber ich konnte mir die Worte nicht bewußtmachen.

Ich bekam gerade noch mit, daß ich entweder hypnotisiert wurde oder unter der Wirkung einer Droge stand, und mein Verstand versuchte sich noch ein letztes Mal gegen den Sog des süß duftenden Rauches zu stemmen. Ich sah mein Spiegelbild im Wasser, die Pupillen waren klein wie Stecknadelköpfe, die Augen riesig – wie bei einer geblendeten Eule. Das Wort »Opium« trieb durch meine Gedanken.

»Wer bist du?« Ich konnte nicht sagen, wer von uns beiden die Frage gestellt hatte, aber ich spürte, wie sich meine Kehle bewegte, um zu antworten:

»Claire.«

»Wer hat dich hierher geschickt?«

»Ich bin gekommen.«

»Warum bist du gekommen?«

»Das kann ich nicht sagen.«

»Warum kannst du es nicht sagen?«

»Weil mir keiner glauben wird.«

Die Stimme in meinem Kopf wurde noch freundlicher, noch verführerischer.

»Ich werde dir glauben. Glaube mir. Wer bist du?«

»Claire.«

Ein lautes Klopfen brach den Bann. Geillis schrak zusammen, und ihr Knie stieß an die Schale, so daß Wasser herausschwappte.

»Geillis? Meine Liebe?« drang es auffordernd durch die Tür. »Wir müssen los. Die Pferde stehen bereit, und du bist noch nicht einmal angekleidet.«

Unter leisem Gefluche stand Geillis auf, schob die Vorhänge zurück und riß das Fenster auf; frische Luft strömte mir ins Gesicht, und ich blinzelte ins Sonnenlicht, das den Nebel in meinem Kopf verscheuchte.

Einige Augenblicke schaute sie nachdenklich auf mich herunter und half mir dann auf.

»Also dann«, sagte sie. »Dir ist wohl ein bißchen komisch geworden, nicht wahr? Das kommt vor. Am besten legst du dich auf mein Bett, während ich mich anziehe.«

Unten in ihrem Schlafzimmer lag ich ausgestreckt auf ihrem Bett, hörte mit geschlossenen Augen die raschelnden Geräusche, die Geillis in ihrem Ankleidezimmer machte, und fragte mich, was zum Teufel eigentlich vor sich gegangen war. Offensichtlich hatte es nicht das geringste mit der Verwünschung oder ihrem Urheber zu tun. Es ging um meine Identität. Als ich allmählich wieder scharf denken konnte, kam mir die Idee, ob Geillis vielleicht für Colum herumschnüffelte. Einer Frau in ihrer Position kamen sämtliche Machenschaften und Geheimnisse der ganzen Gegend zu Ohren. Und wer, wenn nicht Colum, sollte ein solches Interesse an meiner Herkunft haben?

Was wohl geschehen wäre, wenn Arthur die Beschwörung nicht unterbrochen hätte? Ob ich irgendwann durch die duftenden Rauchschwaden hindurch die Standardaufforderung des Hypnotiseurs gehört hätte: »Wenn du aufwachst, wirst du dich an nichts erinnern!«? Aber ich erinerte mich und machte mir meine Gedanken.

Es ergab sich jedoch keine Gelegenheit, Geillis zu befragen. Die Schlafzimmertür flog auf, und Arthur Duncan kam herein. Er ging zur Tür des Ankleidezimmers, klopfte kurz und trat hastig ein.

Ein kleiner erschrockener Schrei ertönte, und dann herrschte Totenstille.

Arthur Duncan erschien wieder in der Tür, mit aufgerissenen Augen und so bleich, daß ich befürchtete, er könnte irgendeinen Anfall haben. Schwer atmend lehnte er am Türrahmen. Ich sprang auf und rannte zu ihm. Aber bevor ich ihn erreicht hatte, war er bereits aus dem Zimmer gewankt, als hätte er mich nicht gesehen.

Ich klopfte selbst an die Tür.

»Geillis! Ist alles in Ordnung?«

Einen Augenblick war es still, dann sagte eine völlig gefaßte Stimme: »Ja, natürlich. Ich bin gleich da.«

Als wir schließlich die Treppe hinunterkamen, trank Arthur, der sich offenbar etwas erholt hatte, mit Jamie Brandy. Er schien ein bißchen abwesend, als er seine Frau begrüßte, ihr ein mildes Kompliment für ihr Aussehen machte und Anweisung gab, die Pferde zu satteln.

Das Bankett begann gerade, als wir ankamen. Der Prokurator und seine Gattin wurden zu Ehrenplätzen am Haupttisch geführt. Jamie und ich, deren Status etwas geringer war, saßen mit Rupert und Ned Gowan am Tisch.

Mrs. FitzGibbons hatte sich selbst übertroffen und sonnte sich in der überschwenglichen Anerkennung für all die Köstlichkeiten.

Das Essen war wirklich hervorragend. Ich hatte noch nie gerösteten Fasan mit Honigkastanienfüllung gegessen und nahm mir gerade die dritte Scheibe, als Ned Gowan, der meinen Appetit amüsiert beobachtet hatte, mich fragte, ob ich das Spanferkel probiert hätte.

Meine Antwort wurde von einer Bewegung am Haupttisch unterbrochen. Colum hatte sich erhoben und kam in Begleitung von Alec MacMahon auf mich zu.

»Wie ich sehe, sind deine Fähigkeiten grenzenlos, Mistress Fraser«, bemerkte Colum mit einer leichten Verbeugung. Ein breites Lächeln lag auf seinen markanten Gesichtszügen.

»Wunden versorgen, Kranke heilen und jetzt sogar Fohlen auf die Welt bringen. Bald werden wir dich rufen, um die Toten zu erwecken, vermute ich.« Ein allgemeines Kichern ging durch den Saal, allerdings fiel mir auf, daß ein oder zwei Männer nervös zu Vater Bain hinüberschauten, der sich in einer Ecke mit geröstetem Lamm vollstopfte.

»Wie dem auch sei«, fuhr Colum fort und griff in seine Rocktasche, »erlaube mir bitte, dir zum Ausdruck meiner Dankbarkeit ein kleines Geschenk zu überreichen.« Er gab mir ein Holzkästchen, in dessen Deckel das MacKenzie-Wappen eingeschnitzt war. Mir war nicht bewußt gewesen, wie überaus wertvoll die Stute Losgann war, und schickte ein Dankgebet an die gütigen Geister, die mir beigestanden hatten, so daß nichts schiefgegangen war.

»Aber nein«, sagte ich und versuchte, ihm das Kästchen zurückzugeben. »Ich habe doch nichts Besonderes getan. Es war einfach Glück, daß ich kleine Hände habe.«

»Nichtsdestotrotz.« Colum blieb fest. »Du kannst es auch als kleines Hochzeitsgeschenk betrachten, aber ich wünsche, daß du es annimmst.«

Jamie nickte, und ich nahm das Kästchen und öffnete es. Es enthielt einen wunderschönen Rosenkranz aus Gagat. Jede Perle war fein geschnitzt und das Kreuz mit Silber eingelegt.

»Es ist wunderschön«, sagte ich aufrichtig. Und das war es wirklich, aber ich hatte keine Ahnung, was ich damit anfangen sollte. Obwohl ich katholisch getauft war, hatte ich nur eine höchst verschwommene Vorstellung von der Bedeutung eines Rosenkranzes, denn ich war von Onkel Lamb großgezogen worden, einem erklärten Agnostiker. Dennoch dankte ich Colum warm und reichte das Geschenk an Jamie weiter, damit er es in seiner Felltasche verwahrte.

Ich machte einen tiefen Knicks vor Colum, erfreut, diese Kunst endlich zu beherrschen, ohne aufs Gesicht zu fallen. Er öffnete den Mund, um sich huldvoll zu verabschieden, als es einen lauten Schlag tat. Ich drehte mich um, konnte aber nichts anderes sehen als die Leute, die von den Bänken gesprungen waren, um der Ursache dieses Kraches auf den Grund zu gehen. Ungeduldig bahnte Colum sich einen Weg durch die Menge. Als die Leute respektvoll zur Seite traten, sah ich Arthur Duncan auf dem Boden liegen. Seine Glieder zuckten krampfartig und stießen die hilfsbereit ausgestreckten Hände beiseite. Seine Frau kämpfte sich durch die Menge, fiel neben ihm auf die Knie und versuchte vergeblich, seinen Kopf in ihren Schoß zu legen. Er bohrte die Fersen in den Boden, bog den Rücken durch und machte gurgelnde, erstickte Geräusche.

Geillis' grüne Augen schweiften sorgenvoll über die Menge, als würde sie jemanden suchen, vermutlich mich, ich glitt unter den Tisch und kroch auf allen vieren zu den beiden hinüber.

Ich nahm Arthurs Kopf zwischen die Hände und versuchte, seinen Kiefer auseinanderzuzwingen. Nach den Geräuschen zu schließen, die er von sich gab, vermutete ich, daß er sich vielleicht an einem Stück Fleisch verschluckt haben könnte, das ihm noch in der Luftröhre steckte.

Die Kieferknochen waren jedoch völlig verkrampft, die Lippen blau und mit schaumigem Speichel bedeckt, was nicht zu meiner Vermutung paßte. Er war kurz vor dem Ersticken.

»Schnell, legt ihn auf die Seite«, sagte ich. Mehrere Hände griffen sofort zu und drehten den schweren Körper um. Ich schlug ihm fest zwischen die Schulterblätter. Der massive Rücken erzitterte leicht, aber es tat keinen Ruck, der angezeigt hätte, daß sich ein Brocken gelöst haben könnte.

Ich packte eine fleischige Schulter und drehte ihn wieder auf den Rücken. Geillis beugte sich dicht über sein starres Gesicht, rief seinen Namen und massierte ihm den fleckigen Hals. Die Augen blickten jetzt nach oben, und die Fersen trommelten langsamer auf den Boden. Die Hände, die sich qualvoll verkrampft hatten, führen plötzlich auseinander.

Plötzlich hörte er auf, nach Luft zu ringen. Der massige Körper wurde schlaff und lag wie ein Sack Gerste auf dem Steinboden. Hektisch ergriff ich ein Handgelenk und tastete nach dem Puls. Offenbar tat Geillis dasselbe; sie bohrte ihre Fingerspitzen in das Fleisch unter dem Kiefer auf der Suche nach der Halsschlagader.

Unsere Bemühungen waren zwecklos. Arthur Duncans Herz, das sich schon seit vielen Jahren damit überanstrengt hatte, das Blut durch diesen massigen Körper zu pumpen, hatte den Kampf aufgegeben.

Ich versuchte es mit allen Wiederbelebungsmaßnahmen, die mir zur Verfügung standen, obwohl ich wußte, daß sie jetzt nichts mehr nützen konnten, Brustmassage, sogar Mund-zu-Mund-Beatmung, so unangenehm mir das war, aber Arthur Duncan war tot.

Erschöpft richtete ich mich auf und machte Vater Bain Platz, der mir einen bösen Blick zuwarf, sich neben den Prokurator kniete und in aller Hast die Sterberiten vollzog. Mir tat alles weh, und mein Gesicht fühlte sich sonderbar taub an. Die ganze Aufregung um mich herum schien weit entfernt, so als trennte mich ein durchsichtiger Vorhang von der Menge im Saal. Ich schloß die Augen und fuhr mir mit der Hand über die brennenden Lippen, als wollte ich den Geschmack des Todes abwischen.

Trotz des Todes des Prokurators und der darauf folgenden Totenfeierlichkeiten wurde die Hirschjagd des Herzogs nur um eine Woche verschoben.

Die Tatsache, daß Jamies Abreise nun unmittelbar bevorstand, war sehr bedrückend; ich erkannte plötzlich, wie sehr ich mich darauf freute, ihn nach dem Tagwerk beim Abendessen zu sehen, und wie sehr ich Stärke und Zuversicht brauchte, um mit dem Burgleben zurechtzukommen. Und, um die Wahrheit zu sagen, wie sehr ich seine geschmeidige, warme Kraft jeden Abend im Bett genoß und die lächelnden Küsse, mit denen er mich weckte. Die Aussicht, allein hierzubleiben, war scheußlich.

Er hielt mich eng an sich gedrückt, und ich schmiegte meinen Kopf unter sein Kinn.

»Du wirst mir fehlen, Jamie«, sagte ich leise.

Er zog mich noch enger an sich und gab einen wehmütigen Ton von sich.

»Du mir auch, Sassenach. Ich war nicht darauf gefaßt, um ehrlich zu sein, aber es fällt mir schwer, dich zu verlassen.« Er streichelte mir den Rücken und glitt mit den Fingern zärtlich über jeden Wirbel.

»Jamie ... wirst du dich in acht nehmen?«

»Vor dem Herzog oder vor dem Pferd?« Er hatte die Absicht, mit Donas auf die Hirschjagd zu gehen, was mir große Sorgen machte. Ich stelle mir vor, wie der riesige Hengst aus schierer Querköpfigkeit über ein Kliff sprang oder Jamie mit seinen tödlichen Hufen zertrampelte.

»Vor beiden«, sagte ich trocken. »Wenn dich das Pferd abwirft und du dir ein Bein brichst, dann hat dich der Herzog in der Hand.«

»Das ist wahr. Aber Dougal ist ja auch noch da.«

Ich schnaubte. »Er wird dir das andere Bein brechen.«

Er lachte und beugte sich über meine Lippen.

»Ich paß schon auf, *mo duinne*. Versprichst du mir dasselbe?«

»Ja«, sagte ich und meinte es ernst. »Denkst du an die Verwünschung?«

Sein Lachen verschwand.

»Vielleicht. Ich glaube zwar nicht, daß du in Gefahr bist, sonst würde ich dich nicht allein lassen. Aber dennoch ... übrigens, halte dich fern von Geillis Duncan.«

»Warum denn?« Ich löste mich ein wenig und schaute zu ihm auf. Die Nacht war dunkel, und ich konnte sein Gesicht nicht erkennen, aber der Ton seiner Stimme war sehr ernst.

»Es heißt, die Frau sei eine Hexe, und die Geschichten, die über sie erzählt werden, sind sehr viel schlimmer geworden, seit ihr Mann gestorben ist. Ich will wirklich nicht, daß du ihr zu nahe kommst, Sassenach.«

»Glaubst du wirklich, daß sie eine Hexe ist?« Er legte seine starken Hände auf mein Hinterteil und zog mich fest zu sich heran. Ich schlang die Arme um ihn und genoß es, seinen glatten, festen Körper zu spüren.

»Nein«, sagte er nach einigem Nachdenken. »Aber sie könnte trotzdem gefährlich für dich sein. Versprichst du mir, daß du dich von ihr fernhältst?«

»Ja, in Ordnung.« Es fiel mir nicht schwer, ihm das Versprechen zu geben. Seit dem Vorfall mit dem Wechselbalg und der Seance in ihrer Mansarde hatte ich keine große Lust mehr, Geillis zu besuchen. Ich legte den Mund auf Jamies Brustwarze und spielte mit der Zunge daran herum. Ein kleines, genußvolles Stöhnen drang aus seiner Kehle, und er zog mich näher.

»Öffne die Beine«, flüsterte er. »Ich möchte, daß du dich an mich erinnerst, wenn ich weg bin.«

Einige Zeit später wachte ich auf, weil ich fror. Im Halbschlaf tastete ich nach der Decke, konnte sie aber nicht finden. Plötzlich wurde sie über mich gebreitet. Überrascht schaute ich auf.

»Es tut mir leid«, sagte Jamie. »Ich wollte dich nicht aufwecken.«

»Was tust du da? Warum bist du wach?« Es war noch dunkel, aber meine Augen waren so an die Düsternis gewöhnt, daß ich den leicht verlegenen Ausdruck in seinem Gesicht trotzdem erkennen konnte. Er war hellwach und saß, mit einer Decke über den Schultern, neben dem Bett auf einem Hocker.

»Ach, es ist nichts ... Ich habe nur geträumt, du wärst weg und ich könnte dich nicht finden ... Davon wachte ich auf, und ... Ich wollte dich anschauen, das ist alles, wollte mir dein Bild ganz fest einprägen. Deswegen habe ich die Decke zurückgeschlagen; tut mir leid, daß du jetzt frierst.«

»Ist schon gut.« Die Nacht war kalt und so still, als wären wir die einzigen Seelen auf der ganzen Welt. »Komm ins Bett. Dir ist sicher auch kalt.«

Er schlüpfte neben mich und schmiegte sich an meinen Rücken. Mit den Fingerspitzen fuhr er zärtlich über meinen Körper, vom Hals über die Brüste, die Hüften und die Schenkel.

»*Mo duinne*«, flüsterte er. »Aber jetzt sollte ich *mo airgeadach* sagen. Meine Silberne. Dein Haar ist in Silber getaucht, und deine Haut ist wie weißer Samt. *Calman geal*. Weiße Taube.«

Ich preßte die Hüften einladend gegen ihn und überließ mich ihm mit einem Seufzer, als er mich mit seiner Härte erfüllte. Er drückte mich an seine Brust und bewegte sich mit mir – langsam und immer tiefer eindringend. Ich stöhnte leise auf, und er ließ ein wenig locker.

»Oh«, murmelte er, »ich wollte dir nicht weh tun. Aber ich will in dir sein, ganz tief, und in dir bleiben. Du sollst mich noch in dir spüren, nachdem ich fort bin. Ich möchte dich halten und mit dir bis zum Morgengrauen zusammenbleiben und dann leise weggehen, mit deiner Wärme in meinen Händen.«

Ich drängte mich fest an ihn.

»Du tust mir nicht weh.«

Nach Jamies Abreise war ich ziemlich griesgrämig. Ich behandelte Patienten im Sprechzimmer, machte mich so viel wie möglich im Garten zu schaffen und versuchte, mich in Colums Bibliothek abzulenken, aber dennoch verging die Zeit im Schneckentempo.

Zwei Wochen nach Jamies Abreise traf ich das Mädchen Laoghaire im Flur vor der Küche. Ich hatte sie seit jenem Tag, als ich sie vor Colums Arbeitszimmer gesehen hatte, insgeheim beobachtet. Sie sah blühend aus, aber sie wirkte etwas angespannt, abwesend und launisch. Armes Mädchen, dachte ich, ist ja auch kein Wunder.

Heute jedoch schien sie aufgeregt zu sein. Sie teilte mir mir, daß die Witwe Duncan krank sei und nach mir geschickt habe.

Ich zögerte und erinnerte mich an Jamies Warnung, aber Mitgefühl und Langeweile brachten mich bald dazu, mich auf den Weg ins Dorf zu machen.

Das Haus der Duncans machte schon von außen einen vernachlässigten Eindruck. Auf mein Klopfen gab es keine Reaktion, und als ich die Tür öffnete und eintrat, bot sich mir ein Bild der Verwahrlosung. In der Diele und im Salon lagen Bücher verstreut auf dem Boden, schmutzige Gläser standen herum, die Teppiche waren verrutscht, und der Staub lag dick auf den Möbeln. Meine Rufe brachten keine Dienstmagd zum Vorschein, und die Küche erwies sich als ebenso leer und unordentlich wie der Rest des Hauses.

Mit wachsender Besorgnis ging ich nach oben. Das vordere Schlafzimmer war ebenfalls leer, aber ich hörte ein raschelndes Geräusch aus der Vorratskammer.

Ich stieß die Tür auf, und da saß Geillis auf einem gemütlichen Stuhl und hatte die Füße auf den Tisch gelegt. Sie hatte offensichtlich getrunken; vor ihr standen ein Glas und eine Flasche, und es roch nach Brandy.

Sie war völlig überrascht, mich zu sehen, kämpfte sich auf die Beine und lächelte mich an. Ihr Blick schien etwas verschwommen, aber einen kranken Eindruck machte sie nicht.

»Was ist los?« fragte ich. »Bist du gar nicht krank?«

Sie schaute mich erstaunt an. »Krank? Ich? Nein. Die Dienstboten sind alle weg, es gibt nichts zu essen im Haus, aber dafür viel Brandy. Willst du einen Schluck?« Sie wollte mir die Flasche reichen, aber ich packte sie am Ärmel.

»Hast du nicht nach mir geschickt?«

»Nein.« Sie starrte mich mit großen Augen an.

»Aber warum –« Meine Frage wurde durch Gejohle und Gekreische unterbrochen, das sich dem Haus näherte. Ich hatte das schon einmal gehört, und zwar von diesem Zimmer aus, und meine Hände wurden feucht bei der Vorstellung, ich müßte dem Mob entgegentreten.

Ich wischte mir die Hände am Rock ab. Das bedrohliche Lärmen kam näher, und ich hatte weder Zeit noch Lust, Fragen zu stellen.

25

Die Zauberinnen sollst du nicht am Leben lassen

Die in groben Wollstoff gehüllten Schultern verschwanden vor mir in der Dunkelheit. Ich erhielt einen Stoß, schlug mir schmerzhaft den Ellbogen an und fiel kopfüber in ein stinkendes Verlies. Ich schrie aus Leibeskräften, schlug um mich und bekam von einem winselnden Ungetüm einen heftigen Schlag auf den Schenkel.

Es gelang mir, mich ein paar Fuß wegzurollen, bis ich an eine Erdwand stieß. Der Aufprall löste eine Drecklawine aus. Ich drückte mich so nah wie möglich an die Wand und hielt den Atem an, um zu hören, was sonst noch mit mir in diesem gottverlassenen Loch gefangen war. Da war irgend etwas Großes, das schwer schnaufte, aber wenigstens nicht knurrte. Ein Schwein vielleicht?

»Wer ist da?« kam eine Stimme aus der abgrundtiefen Finsternis, zwar angstvoll, aber herausfordernd laut. »Claire, bist du es?«

»Geillis!« Ich tastete mich zu ihr und bekam ihre Hände zu fassen. Wir klammerten uns aneinander und wiegten uns eine Weile hin und her.

»Ist hier sonst noch jemand?« fragte ich und versuchte die Dunkelheit zu durchdringen. Von oben fielen ein paar fahle Lichtstrahlen herein, aber dennoch konnte ich Geillis' Gesicht, das direkt vor mir war, kaum erkennen.

Sie lachte zitternd. »Mäuse und sonstiges Getier. Und ein Gestank, der einem den Magen umdreht.«

»Ja, der Gestank ist grausam. Wo um Gottes willen sind wir?«

»Im Loch, in das man die Diebe wirft. Zurück!«

Oben war ein knirschendes Geräusch zu hören, und plötzlich fiel ein Lichtstrahl herein. Ich drückte mich gerade noch rechtzeitig an die Wand, um der Kaskade von Dreck und Unrat auszuweichen, die durch eine kleine Öffnung in der Decke unseres Gefängnisses auf uns herunterfiel. Danach klatschte irgend etwas weich auf den

Boden. Geillis bückte sich und hob es auf. Die Luke an der Decke blieb offen, und so konnte ich sehen, daß sie einen kleinen Brotlaib in der Hand hielt, altbacken und dreckverschmiert. Sie wischte ihn vorsichtig mit einem Rockzipfel ab.

»Abendessen«, sagte sie. »Hast doch bestimmt Hunger?«

Abgesehen von den Wurfgeschossen, die die Passanten gelegentlich auf uns herabschleuderten, und dem feuchten Nieselregen kam durch die offene Luke nichts mehr herunter. Es war kalt und feucht und jammervoll. Äußerst passend für die Übeltäter, für die es gebaut war, Diebe, Landstreicher, Gotteslästerer, Ehebrecher ... und Frauen, die man der Hexerei verdächtigte.

Geillis und ich hatten uns dicht aneinandergekuschelt, um uns zu wärmen, und sprachen nicht viel. Es gab nicht viel zu sagen, und auch nichts zu tun, außer uns in Geduld zu üben.

Das Loch über uns wurde allmählich dunkler, und die Nacht zog herauf, bis alles in tiefes Schwarz gehüllt war.

»Wie lange, glaubst du, werden sie uns hier festhalten?«

Geillis streckte die Beine aus, und das Morgenlicht fiel durch die kleine längliche Öffnung auf ihren gestreiften Leinenrock. Er war einmal rosa-weiß gewesen, aber das konnte man jetzt nur noch ahnen.

»Nicht allzu lang«, sagte sie. »Sie warten auf die kirchlichen Untersuchungsbeamten. Letzten Monat haben sie sich bei Arthur schriftlich für die zweite Oktoberwoche angekündigt. Sie müßten in Kürze da sein.«

»Was sind das für Untersuchungsbeamte? Was tun sie hier?«

»Ich kann es nicht genau sagen. Ich habe nie einen Hexenprozeß gesehen, obwohl ich natürlich davon gehört habe.« Sie dachte einen Moment nach. »Sie sind nicht auf einen Hexenprozeß vorbereitet, weil sie wegen Streitereien um Landrechte herkommen. Sie werden also wenigstens keinen Hexenstecher dabeihaben.«

»Keinen was?«

»Hexen spüren keinen Schmerz«, erklärte Geillis, »und sie bluten auch nicht, wenn sie gestochen werden. Ein Hexenstecher ist ein Gerät, das mit allerlei spitzen Dingen ausgerüstet ist. Es soll die Unempfindlichkeit überprüfen.« Ich erinnere mich dunkel, so etwas in Franks Büchern gelesen zu haben, aber ich dachte, so etwas wäre im siebzehnten Jahrhundert praktiziert worden, nicht mehr in diesem. Andererseits mußte ich leider zugeben, daß Cranesmuir nicht gerade eine Hochburg der Zivilisation war.

»Dann ist es bedauerlich, daß sie keinen dabeihaben werden«, sagte ich, obwohl mir der Gedanke, wiederholt ins Fleisch gestochen zu werden, Bauchschmerzen verursachte. »Wir würden den Test ohne Schwierigkeiten bestehen. Ich jedenfalls«, fügte ich beißend hinzu. »Ich fürchte, bei dir würde nichts als Eiswasser herauskommen.«

»Da wäre ich mir nicht so sicher«, antwortete sie nachdenklich, ohne der Beleidigung Beachtung zu schenken. »Ich habe von Hexenstechern mit präparierten Nadeln gehört, die abbrechen, wenn sie gegen die Haut gedrückt werden, so daß es so aussieht, als könnte man sie nicht hineinstechen.«

»Aber warum? Warum sollte man jemand fälschlich als Hexe verurteilen wollen?«

Die Sonne sank bereits, aber das Nachmittagslicht reichte noch aus, um den Ausdruck mitleidigen Bedauerns zu erkennen, der sich auf Geillis' feinem, ovalen Gesicht zeigte.

»Du hast es immer noch nicht begriffen, oder? Sie wollen uns umbringen. Und da ist es ziemlich gleichgültig, weswegen wir angeklagt werden, oder ob man etwas beweisen kann. Man wird uns so oder so verbrennen.«

In der vorigen Nacht stand ich noch so unter Schock, daß ich nicht mehr tun konnte, als mich an Geillis zu drücken und auf den Morgen zu warten. Inzwischen begann sich das, was mir an Mut geblieben war, wieder zu regen.

»Warum denn, Geillis? Weißt du es?« Der faulige Gestank, der Schmutz und die Feuchtigkeit waren kaum mehr zu ertragen, und ich fürchtete, die undurchdringlichen Erdwände könnten über uns zusammenfallen wie ein schlecht geschaufeltes Grab.

Ihr Schulterzucken spürte ich mehr, als daß ich es sah. Der Lichtstrahl war mit der sinkenden Sonne gewandert und ließ uns in der kalten Dunkelheit sitzen.

»Wenn es dir ein Trost ist«, sagte sie trocken, »dann laß dir sagen, daß du wahrscheinlich gar nicht gemeint bist. Es ist eine Sache zwischen mir und Colum – du hattest das Pech, bei mir zu sein, als die Leute kamen. Bei Colum auf der Burg wärst du wahrscheinlich in Sicherheit gewesen, Sassenach oder nicht.«

Das Wort »Sassenach«, das sie wie üblich abwertend gebrauchte, weckte in mir plötzlich eine heiße Sehnsucht nach dem Mann, in dessen Mund es ein Kosewort war. Ich schlang mir die Arme um den Körper, um die Panik abzuwehren, die mich in dieser jammervollen Einsamkeit zu befallen drohte.

»Warum bist du zu mir gekommen?« fragte Geillis neugierig.

»Ich dachte, du hättest nach mir geschickt. Eins der Mädchen auf der Burg brachte mir die Botschaft – von dir, sagte sie.«

»Ah – das muß wohl Laoghaire gewesen sein, oder nicht?«

Ich lehnte mich gegen die Erdwand, obwohl ich mich vor der stinkenden, feuchten Oberfläche ekelte. Geillis rückte nach. Ob Freund oder Feind, wir waren füreinander die einzige Wärmequelle in diesem Loch und mußten uns aneinanderschmiegen.

»Woher wußtest du, daß es Laoghaire ist?« fragte ich zitternd.

»Sie war es, die dir die Verwünschung ins Bett gelegt hat«, antwortete Geillis. »Ich habe dir gleich gesagt, daß es einige geben würde, die dir den Rotschopf neiden. Ich vermute, daß sie sich ausgerechnet hat, sie könnte wieder eine Chance haben, wenn du weg bist.«

Ich war wie vom Donner gerührt und brauchte eine Weile, bis ich die Stimme wiederfand.

»Niemals!«

Geillis' Lachen war heiser vor Kälte und Durst, klang aber immer noch silbern.

»Jeder, der sieht, wie dich der Junge anschaut, wüßte das. Aber ich vermute, sie hat noch nicht genug von der Welt mitbekommen, um sich da auszukennen. Laß sie ein- oder zweimal bei einem Mann liegen, dann weiß sie Bescheid.«

»Das habe ich nicht gemeint!« platzte ich heraus. »Sie will gar nicht Jamie; das Mädchen bekommt von Dougal MacKenzie ein Kind.«

»Was?!« Einen Augenblick schien sie wirklich schockiert zu sein, und ihre Finger gruben sich in meinen Arm. »Wie kommst du denn darauf?«

Ich erzählte ihr, wie ich Laoghaire vor Colums Arbeitszimmer gesehen und welche Schlüsse ich daraus gezogen hatte.

Geillis schnaubte verächtlich.

»Pah! Sie hörte Colum und Dougal über mich sprechen; deswegen hat sie's mit der Angst bekommen – sie dachte, Colum hätte erfahren, daß sie wegen der Verwünschung bei mir war. Er hätte sie dafür auspeitschen lassen; er läßt nicht zu, daß man mit solchen Dingen herumspielt.«

»*Du* hast ihr die Kräuter gegeben?« Ich war sprachlos. Geillis rückte heftig von mir ab.

»Ich habe sie ihr nicht gegeben, nein, ich habe sie ihr verkauft.« Ich starrte sie an. »Macht das einen Unterschied?«

»Natürlich.« Sie wurde ungeduldig. »Es war ein Geschäft, weiter nichts. Und ich verrate die Geheimnisse meiner Kunden nicht. Im übrigen hat sie mir gar nicht gesagt, für wen sie es wollte. Und du wirst dich erinnern, daß ich versucht habe, dich zu warnen.«

»Danke«, sagte ich sarkastisch. »Aber...« Beim Versuch, die Dinge unter diesem neuen Gesichtspunkt zu ordnen, geriet mein Verstand ins Rotieren. »Aber wenn sie mir die Verwünschung ins Bett gelegt hat, dann wollte sie doch Jamie. Das erklärt, warum sie mich zu dir geschickt hat. Aber was hat Dougal damit zu tun?«

Geillis zögerte einen Moment lang und schien dann einen Entschluß zu fassen.

»Das Mädchen bekommt genausowenig ein Kind von Dougal MacKenzie wie du.«

»Woher weißt du das so genau?«

Sie tastete in der Dunkelheit nach meiner Hand und legte sie auf die schwellende Rundung unter ihrem Kleid.

»Weil ich es bekomme«, sagte sie schlicht.

»Also nicht Laoghaire, sondern du!«

»Ja, ich.« Sie sprach schlicht, ohne ihre übliche Affektiertheit. »Was hat Colum gesagt? ›Ich sorge dafür, daß die Sache in Ordnung kommt.‹ Nun, das ist wohl seine Art und Weise, sich ein Problem vom Hals zu schaffen.«

Ich war eine Weile still und dachte nach.

»Geillis«, sagte ich schließlich, »dieses Magenleiden deines Mannes...«

Sie seufzte. »Arsen. Ich dachte, es würde ihm den Rest geben, bevor man mir die Schwangerschaft zu deutlich ansah, aber er hielt länger durch als erwartet.«

Ich erinnerte mich an Arthur Duncans fassungslosen Gesichtsausdruck, als er am letzten Tag seines Lebens aus dem Ankleidezimmer seiner Frau stürzte.

»Ach, so ist das«, sagte ich. »Er wußte nichts von dem Kind, bis er dich am Tag des Banketts halb ausgezogen sah. Wahrscheinlich hatte er gute Gründe anzunehmen, daß es nicht sein Kind war?«

Ein schwaches Lachen war aus der Ecke zu hören.

»Der Salpeter kam teuer, aber er war jeden Groschen wert.«

Mir lief ein Schauer über den Rücken, der mit der Feuchtigkeit der Wand nichts zu tun hatte.

»Deswegen mußtest du das Risiko eingehen, ihn in aller Öffentlichkeit umzubringen. Er hätte dich sonst als Ehebrecherin oder Giftmischerin gebrandmarkt – oder glaubst du, er wußte nichts von dem Arsen?«

»Oh, Arthur wußte es, auch wenn er es nicht wahrhaben wollte. Aber er wußte Bescheid. Wir saßen einander beim Abendessen gegenüber, und ich fragte ihn: ›Möchtest du noch etwas vom Rehragout, mein Lieber?‹ oder ›Noch einen Schluck Bier, mein Bester?‹, und er ließ mich nicht aus den Augen – diese Augen! Wie gekochte Eier! – und sagte, nein, er habe heute keinen Appetit. Und schob seinen Teller zurück und stand auf. Später hörte ich ihn dann in der Küche, wie er heimlich Essen in sich hineinschaufelte, er glaubte, er sei sicher, weil es nicht von mir kam.«

Ihre Stimme klang leicht und belustigt, als würde sie irgendeinen saftigen Klatsch zum besten geben. Wieder überlief es mich kalt, und ich rückte instinktiv von diesem Ding ab, das das dunkle Loch mit mir teilte.

»Er kam nicht darauf, daß es in dem Stärkungsmittel war, das er einnahm. Von mir wollte er ja keine Medizin mehr anehmen; deswegen ließ er sich ein Tonikum aus London kommen – war noch dazu verdammt teuer.« In ihrer Stimme schwang Groll über diese extravagante Ausgabe. »In dem Zeug war sowieso schon Arsen, es fiel ihm gar nicht auf, daß ich noch ein wenig mehr dazugetan hatte.«

Ich hatte einmal gehört, Eitelkeit sei des Mörders größte Schwäche; anscheinend stimmte das; denn sie konnte gar nicht aufhören, sich mit ihren Taten zu brüsten.

»Es war ein bißchen riskant, ihn vor der ganzen Gesellschaft um die Ecke zu bringen, aber ich mußte schnell handeln.« Arsen war es nicht gewesen. Ich dachte an die harten blauen Lippen des Prokurators und die Taubheit in meinem Mund, wo er den seinen berührt hatte. Ein schnelles, tödliches Gift.

Und ich hatte gedacht, Dougal hätte eine Affäre mit Laoghaire gestanden. Aber dann hätte Dougal das Mädchen ja heiraten können, auch wenn Colum das nicht gerne gesehen hätte. Schließlich war er Witwer und frei.

Aber eine ehebrecherische Beziehung mit der Frau des Prokurators? Das war eine andere Geschichte – für alle Beteiligten. Ehebruch wurde hart bestraft. Colum konnte eine Affäre dieser Größenordnung nicht einfach unter den Teppich kehren, aber ich konnte mir auch nicht vorstellen, daß er seinen Bruder öffentlich auspeitschen lassen oder ihn verbannen würde. Und für Geillis mochte ein Mord durchaus eine brauchbare Alternative sein, wenn man bedachte, was ihr drohte: mit einem heißen Eisen ins Gesicht gebrannt und jahrelang eingekerkert zu werden und dabei täglich zwölf Stunden Hanf klopfen müssen.

Sie hatte also vorbeugende Maßnahmen ergriffen, und Colum hatte das gleiche getan. Und mich hatte es eiskalt erwischt.

»Aber das Kind?« fragte ich. »Sicherlich...«

Ein grimmiges Auflachen war aus der Dunkelheit zu hören. »Mißgeschicke passieren eben, meine Liebe. Selbst den klügsten. Und nachdem es einmal geschehen war...« – ich fühlte förmlich, wie sie mit den Achseln zuckte –, »zuerst wollte ich es loswerden, aber dann dachte ich, er würde mich nach Arthurs Tod vielleicht heiraten.«

Ein schrecklicher Verdacht überfiel mich.

»Aber damals hat Duncans Frau doch noch gelebt. Geillis, hast du etwa –?«

Ihr Kleid raschelte, als sie den Kopf schüttelte, was ich an einem matten Aufleuchten ihrer Haare sehen konnte.

»Ich hatte es vor«, sagte sie. »Aber Gott ersparte mir die Mühe. Ich hielt das für ein Zeichen, verstehst du. Und es hätte auch alles klappen können, wenn Colum MacKenzie nicht gewesen wäre.«

»Wolltest du Dougal oder nur seine Position und sein Geld?«

»Oh, Geld hatte ich genug«, sagte sie. In ihrer Stimme lag Befriedigung. »Ich wußte, wo Arthur den Schlüssel für all seine Papiere und Unterlagen verwahrte. Und der Mann hatte ja eine gute Handschrift, das muß ich ihm lassen. Es war kein Problem, seine Unterschrift zu fälschen. In den letzten zwei Jahren konnte ich über zehntausend Pfund abzweigen.«

»Aber wofür denn?« fragte ich fassungslos.

»Für Schottland.«

»Was?« Ich glaubte einen Augenblick, ich hätte mich verhört. Dann kam ich zu dem Schluß, daß eine von uns vielleicht nicht ganz richtig im Kopf war. Den Fakten nach zu urteilen, handelte es sich dabei nicht um mich.

»Was meinst du mit Schottland?« fragte ich vorsichtig und zog mich noch ein Stückchen weiter zurück. Ich war mir nicht mehr sicher, in welcher Verfassung sie eigentlich war. Vielleicht hatte die Schwangerschaft ihren Verstand in Mitleidenschaft gezogen.

»Brauchst keine Angst zu haben. Ich bin nicht verrückt.« Die zynische Belustigung in ihrer Stimme ließ mich erröten, und ich war dankbar für die Dunkelheit.

»Wirklich nicht?« gab ich bissig zurück. »Du selbst bekennst dich zu Betrug, Diebstahl und Mord. Es wäre vielleicht zu deinen Gunsten, wenn man dich für verrückt erklärt, denn wenn du es nicht bist...«

»Ich bin weder verrückt noch verworfen«, sagte sie mit Entschiedenheit. »Ich bin eine Patriotin.«

Endlich dämmerte es mir. In der Erwartung, von einer Geistesgestörten attackiert zu werden, hatte ich die Luft angehalten. Nun atmete ich tief durch.

»Eine Jakobitin! Heiliger Jesus, das also steckt dahinter!«

Damit wurde klar, warum Dougal, der im allgemeinen die Ansichten seines Bruders teilte, sich so ins Zeug gelegt hatte, um Geld für das Haus Stuart aufzutreiben. Und warum Geillis, die jeden Mann ihrer Wahl zum Altar hätte führen können, sich auf so ungleiche Typen wie Arthur Duncan und Dougal MacKenzie verlegt hatte. Auf den einen wegen seines Geldes und seiner Position, auf den anderen wegen seiner Macht über die öffentliche Meinung.

»Colum wäre besser gewesen«, fuhr sie fort. »Schade. Sein Unglück ist auch meines. Er wäre der Richtige für mich gewesen, der einzige, der wirklich zu mir gepaßt hätte. Zusammen hätten wir... aber da ist nichts zu machen. Der einzige Mann, den ich wirklich wollte, und gerade bei dem nutzten mir meine Waffen nichts.«

»Und so hast du statt dessen Dougal genommen.«

»Ja, ja«, sagte sie gedankenverloren. »Ein starker Mann mit einiger Macht und etwas Besitz. Das Volk hört auf ihn. Aber in

Wirklichkeit ist er nicht mehr als die Beine und der Schwanz« – sie lachte auf –, »von Colum MacKenzie. Colum ist der Stärkere von beiden, fast so stark wie ich.«

Der angeberische Ton ärgerte mich.

»Colum hat ein paar Dinge, die dir abgehen, zum Beispiel Mitgefühl.«

»Ach ja, nichts als herzliche Liebe und Barmherzigkeit, nicht wahr?« Die Ironie war nicht zu überhören. »Hoffentlich nützt es ihm was. Der Tod sitzt ihm auf der Schulter; das sieht ein Blinder mit dem Krückstock. Der Mann hat vielleicht noch zwei Jahre zu leben, jedenfalls nicht viel länger.«

»Und wie lange wirst *du* noch leben?« fragte ich.

Die Ironie verschwand, aber die Silberstimme blieb gefaßt.

»Nicht so lange, vermute ich. Aber was macht das schon. Ich habe einiges in die Wege geleitet in der Zeit, die ich hatte. Zehntausend Pfund nach Frankreich geschickt und den ganzen Distrikt auf die Seite von Prinz Charles gebracht. Wenn der Aufstand losgeht, dann weiß ich, daß ich dazu beigetragen habe – sofern ich noch lebe.«

Sie stand beinahe unter der Deckenöffnung. Meine Augen waren hinreichend an die Dunkelheit gewöhnt, um ihre bleiche Gestalt sehen zu können. Sie wirkte wie ein Geist.

»Was immer dieser Prozeß bringen wird, ich bedauere nichts, Claire.«

»Ich bedauere nur, daß ich nur ein Leben habe, das ich für mein Land hingeben kann«, führte ich ihre Bedenken ironisch fort.

»Schön gesagt«, antwortete sie.

»Ja, nicht wahr?«

Wir verfielen in Schweigen, während die Nacht hereinbrach. Die Schwärze in diesem Loch war wie eine greifbare Kraft, die mir kalt und schwer auf der Brust lastete und meine Lungen mit dem Geruch des Todes füllte. Schließlich rollte ich mich so eng zusammen, wie ich konnte, legte den Kopf auf die Knie und hörte auf zu kämpfen; frierend und am Rande der Panik verfiel ich in Halbschlaf.

»Liebst du den Mann denn eigentlich?« fragte Geillis in die Stille hinein.

Ich hob überrascht den Kopf. Ich hatte keine Ahnung, wie spät es sein mochte; ein blasser Stern leuchtete über uns, warf aber kein Licht in das Loch.

»Wen? Jamie?«

»Wen sonst?« antwortete sie trocken. »Es ist sein Name, den du im Schlaf rufst.«

»Ach, tue ich das?«

»Nun, liebst du ihn?« Die Kälte hatte eine tödliche Schläfrigkeit über mich gebracht, aber Geillis' bohrende Frage belebte mich wieder etwas.

Ich umklammerte die Knie und schaukelte leicht hin und her. Die Untersuchungsbeamten würden in Kürze eintreffen, vielleicht schon morgen. Es war ein bißchen spät für Ausflüchte. Obwohl ich immer noch nicht wahrhaben wollte, daß mein Leben ernsthaft in Gefahr war, begann ich doch zu verstehen, warum zum Tode Verurteilte am Vorabend der Exekution beichten wollten.

»Ob du ihn wirklich liebst«, forderte Geillis weiter. »Ich meine nicht, ob du mit ihm ins Bett gehen willst; ich weiß ja, daß du das willst, und er auch. Aber liebst du ihn?«

Liebte ich ihn? Über das Begehren hinaus? Das Loch hatte die dunkle Anonymität eines Beichtvaters, und eine Seele am Rande des Todes hat für Lügen keine Zeit.

»Ja«, sagte ich und legte den Kopf zurück auf die Knie.

Es wurde wieder still, und ich trieb erneut am Rand des Schlafes dahin, als ich sie noch einmal, wie zu sich selbst, sagen hörte:

»Dann ist es also möglich.«

Die kirchliche Untersuchungskommission traf am nächsten Tag ein. Wir hörten das Geschrei der Dorfbewohner und das Klappern der Pferdehufe auf dem Kopfsteinpflaster. Der Lärm nahm ab, als sich die Prozession die Straße hinunter zum Dorfplatz bewegte.

»Sie sind da«, sagte Geillis, während sie auf die aufgeregten Geräusche lauschte.

Wir griffen uns instinktiv an den Händen; die Angst ließ uns alle Feindseligkeiten vergessen.

Man ließ uns allerdings weiter frieren. Erst am Mittag des darauffolgenden Tages wurde die Tür zu unserem Kerker plötzlich aufgerissen; wir wurden herausgezerrt und vor unsere Richter geführt.

Damit die vielen Zuschauer Platz fanden, wurde auf dem Dorfplatz Gericht gehalten, direkt vor dem Haus der Duncans. Ich sah, wie Geillis einen Blick zu den Bleiglasfenstern des Salons hinaufwarf und sich mit ausdruckslosem Gesicht wieder abwendete.

Zwei kirchliche Untersuchungsbeamte saßen auf gepolsterten Hockern hinter einem Tisch, der auf einer Tribüne aufgebaut worden war. Der eine Richter war ungewöhnlich groß und dünn, der andere klein und dick. Ich mußte an amerikanische Comic-Figuren denken, die ich einmal gesehen hatte, und taufte den großen Mutt und den anderen Jeff.

Fast das ganze Dorf hatte sich versammelt. Ich schaute herum und entdeckte eine ganze Anzahl meiner früheren Patienten. Die Bewohner der Burg hielten sich allerdings fern.

Es war John MacRae, der Dorfbüttel, der die Anklageschrift gegen eine gewisse Geillis Duncan und eine gewisse Claire Fraser verlas, die sich beide vor dem kirchlichen Gericht wegen Hexerei zu verantworten hatten.

»... wird der Beschuldigten zur Last gelegt, mittels Hexerei den Tod von Arthur Duncan verursacht zu haben, den Tod des ungeborenen Kindes von Janet Robinson herbeigeführt zu haben, das Schiff von Thomas MacKenzie zum Kentern gebracht zu haben...«

Die Litanei nahm kein Ende. Colum hatte gründlich Vorarbeit geleistet. Anschließend wurden die Zeugen vernommen.

Manche Aussagen waren schlicht absurd, und manche Zeugen waren offensichtlich bestochen worden, aber einiges klang wahr. Janet Robinson zum Beispiel, die bleich und zitternd von ihrem Vater vorgeführt wurde, gestand, daß sie von einem verheirateten Mann ein Kind empfangen hatte und sich in die Hände von Geillis Duncan begeben hatte, um es abzutreiben.

»Sie hat mir einen Trunk gegeben und einen Zauberspruch, den ich bei Mondaufgang dreimal sagen sollte«, murmelte das Mädchen und blickte angstvoll von Geillis zu ihrem Vater, unsicher, wer die größere Bedrohung darstellte. »Sie hat gesagt, dann würde der Monatsfluß einsetzen.«

»Und? Hat er das?« fragte Jeff interessiert.

»Zuerst nicht, Euer Ehren, aber dann hab' ich den Trunk noch einmal bei abnehmendem Mond eingenommen, und dann hat's angefangen.«

»Was!?« schrie eine ältere Frau dazwischen, offensichtlich die Mutter des Mädchens. »Sie hat sich fast zu Tode geblutet. Nur weil sei beinah im Sterben war, hat sie mir die Wahrheit gesagt.« Mrs. Robinson hätte nur allzugern sämtliche schaurigen Einzelheiten ausgebreitet, aber ihr wurde, was nicht leicht war, das Wort abgeschnitten, damit weitere Zeugen aussagen konnten.

Es schien niemand dazusein, der etwas Bestimmtes gegen mich vorbringen konnte, abgesehen von den vagen Beschuldigungen, ich hätte etwas mit Arthur Duncans Tod zu tun, weil ich dabei war und ihn berührt hatte, bevor er starb. Geillis schien recht zu haben: Colum hatte mich nicht im Visier. Vielleicht würde ich doch entrinnen können. Diesen Gedanken gab ich auf, als die Frau vom Berg vortrat.

Als ich die dünne, gebückte Frau mit dem gelblichen Schal erblickte, spürte ich sofort, daß wir in ernster Gefahr waren. Sie stammte nicht aus dem Dorf; ich hatte sie nie zuvor gesehen. Sie ging barfuß, und ihre Füße waren staubig von dem langen Weg.

»Haben Sie etwas gegen eine dieser Frauen vorzubringen?« fragte der dünne, große Richter.

Die Frau hatte Angst; sie vermied es, den Richtern in die Augen zu schauen, nickte aber kurz. Sie sprach so leise, daß man sie auffordern mußte, ihre Aussage zu wiederholen.

Sie und ihr Mann hatten ein kränkelndes Kind, das zwar gesund zur Welt gekommen war, dann aber schwächlich wurde und nicht mehr gedieh. Schließlich waren sie zu der Überzeugung gekommen, daß es ein Wechselbalg sein mußte, und hatten es auf den Feensitz auf dem Berg Croich Gorm gelegt. Um ihr eigenes Kind wiederzuholen, sollten die Feen es zurückbringen, hatten sie in einem Versteck Wache gehalten und gesehen, wie die beiden Damen – sie wies mit dem Finger auf uns – zu dem Feensitz gegangen waren, das Kind hochgehoben und seltsame Verwünschungen ausgesprochen hatten.

Die Frau rang die dünnen Hände.

»Wir haben die ganze Nacht Wache gehalten. Und als es dunkel wurde, ist ein Dämon aufgetaucht, eine riesige, schwarze Gestalt; lautlos ist sie aus dem Schatten gekommen und hat sich über unser Baby gebeugt.«

Aus der Menge kam ehrfürchtiges Gemurmel, und ich spürte, wie sich mir die Nackenhaare aufstellten, obwohl ich doch wußte, daß der »riesige Dämon« Jamie gewesen war, der nachgesehen hatte, ob das Kind noch am Leben war. Ich holte tief Luft, weil ich wußte, was jetzt kommen würde.

»Und als die Sonne aufgegangen ist, sind mein Mann und ich hin, um nachzuschauen. Und da war bloß der Wechselbalg, tot auf dem Felsen, und keine Spur von unserem eigenen kleinen Kind.« Hier brach ihr die Stimme, und sie schlug die Schürze vors Gesicht, um ihre Tränen zu verbergen.

Als wäre dies das Signal gewesen, teilte sich die Menge, und Peter, der Fuhrmann, trat hervor. Ich stöhnte innerlich auf, als ich ihn sah. Ich hatte gespürt, wie sich die Stimmung gegen mich gerichtet hatte, während die Frau sprach; alles, was jetzt noch fehlte, war, daß dieser Mann dem Gericht vom Wasserpferd erzählte.

Mit sichtlichem Genuß warf sich der Fuhrmann in die Brust und deutete mit einer dramatischen Geste auf mich.

»Mit Fug und Recht nennt ihr sie eine Hexe, Euer Ehren! Mit meinen eigenen Augen habe ich gesehen, wie diese Frau ein Wasserpferd aus den Fluten des Evil Loch heraufbeschworen hat! Ein furchterregendes Ungetüm, hoch wie eine Tanne, mit einem Hals wie eine riesige blaue Schlange, Augen groß wie Äpfel, mit einem Blick, daß einem schier die Seele aus dem Leib fahren könnte.«

Die Richter schienen von dieser Aussage beeindruckt und flüsterten einige Minuten miteinander, während Peter mich mit einem schadenfrohen Blick musterte.

Nach einer Weile gab der dicke Richter John MacRae einen gebieterischen Wink.

»Büttel!« rief er und deutete auf den Fuhrmann. »Nehmen Sie diesen Mann und stellen Sie ihn wegen öffentlicher Trunkenheit an den Pranger. Das hier ist ein ehrwürdiges Gericht; wir wollen unsere Zeit nicht mit den nichtigen Anschuldigungen eines Trunkenbolds verschwenden, der Wasserpferde sieht, wenn er zuviel Whisky getrunken hat!«

Peter war so überrascht, daß er nicht einmal Widerstand leistete, als John MacRae mit festem Schritt auf ihn zuging und ihn am Arm packte. Als er abgeführt wurde, warf er mir noch einen lodernden Blick zu. Ich konnte der Versuchung nicht widerstehen, ihm einen kleinen Abschiedsgruß nachzuwinken.

Die Spannung hatte kurzzeitig nachgelassen, aber nun wendeten sich die Dinge rapide zum Schlechten. Eine ganze Prozession von Mädchen und Frauen kam nach vorne. Sie schwörten, sie hätten alle möglichen Zaubermittel von Geillis Duncan gekauft – um jemandem eine Krankheit anzuhängen, ein unerwünschtes Kind abzutreiben oder einen Mann in den Liebesbann zu schlagen. Sie beteuerten ausnahmslos, daß die Mittel gewirkt hätten – ein Allgemeinarzt würde vor Neid erblassen. Zwar schrieb mir niemand solche Fähigkeiten zu, aber einige gaben wahrheitsgemäß an, daß sie mich verschiedentlich in Mrs. Duncans Kräuterzimmer gesehen hatten, wo ich Arzneien gemischt und Kräuter zerstoßen hätte.

Das wäre mir vielleicht noch nicht zum Verhängnis geworden; ebenso viele bezeugten, daß ich sie mit ganz normalen Arzneien geheilt hätte, ohne irgendwelche Zaubersprüche oder sonstigen Hokuspokus. Unter dem Druck der öffentlichen Meinung vorzutreten und zu meinen Gunsten auszusagen, erforderte einiges an Mut, und ich war diesen Leuten äußerst dankbar.

Meine Füße schmerzten vom langen Stehen; während die Richter relativ bequem saßen, gab es für die Gefangenen keine Stühle. Als jedoch der nächste Zeuge auftrat, vergaß ich meine Füße vollständig.

Mit einem Gespür für Dramatik, das dem von Colum in nichts nachstand, stieß Vater Bain die Kirchentür auf und trat auf den Platz. Auf eine Eichenkrücke gestützt, hinkte er mühsam nach vorne. Er verbeugte sich vor den Richtern, drehte sich dann um und ließ die Augen über die Menge schweifen, bis der Lärm abflaute und nur noch ein bedrücktes Gemurmel zu hören war. Als er den Mund auftat, war seine Stimme wie das Zischen einer Geißel.

»Über euch, Volk von Cranesmuir, wird Gericht gehalten! Ihr seid vom Pfad der Gerechten abgekommen! Ihr habt Wind gesät und Wirbelsturm geerntet!«

Ich staunte über diese unverhoffte rhetorische Begabung. Vielleicht war er nur in Krisensituationen zu solchen oratorischen Höhenflügen fähig. Die peitschende Stimme donnerte weiter.

»Die Pest wird über euch kommen, und ihr werdet an euren Sünden sterben, es sei denn, ihr läutert euch! Ihr habt die Hure Babylon in eurer Mitte willkommen geheißen.« Nach dem lodernden Blick zu schließen, den er zu mir hinüberschoß, mußte wohl ich damit gemeint sein. »Ihr habt eure Seele an eure Feinde verkauft, ihr habt die englische Schlange am Busen genährt, und jetzt kommt die Rache des Allmächtigen über euch. ›Denn die Lippen der fremden Frau sind süß wie Honigseim, und ihre Kehle ist glatter als Öl, hernach aber ist sie bitter wie Wermut und scharf wie ein zweischneidiges Schwert.‹ Bereut, bevor es zu spät ist! Fallt auf die Knie, sage ich, und fleht um Vergebung! Jagt die englische Hure fort! Kündigt euren Pakt mit dem Satansgezücht!« Er ergriff den Rosenkranz, der an seinem Gürtel hing, und schüttelte das hölzerne Kreuz in meine Richtung.

Unterhaltsam war diese Darbietung ja, dennoch merkte ich, daß Mutt unruhig auf seinem Stuhl hin und her rutschte, vielleicht war er neidisch.

»Hochwürden«, unterbrach ihn der Richter und machte eine kleine Verbeugung, »haben Sie gegen diese Frauen etwas vorzubringen?«

»In der Tat!« Der Rhetorikausbruch hatte den kleinen Priester erschöpft. Er wurde ruhiger. Drohend deutete er auf mich, so daß ich mich zusammennehmen mußte, um nicht zurückzuweichen.

»Dienstag vor zwei Wochen, um die Mittagszeit, traf ich dieses Weib in den Gärten von Burg Leoch. Mit ihren übernatürlichen Kräften hetzte sie ein Pack Hunde auf mich; ich stürzte und war in Lebensgefahr. Mit einer schweren Bißverletzung am Bein wollte ich ihrem Einfluß entkommen. Aber die Frau versuchte mich mit ihrer Sündigkeit und wollte mich zu sich locken, aber ich widerstand ihrer Tücke, und da verfluchte sie mich.«

»Was für ein verdammter Unsinn«, rief ich empört. »Das ist die lächerlichste Unterstellung, die ich je gehört habe!«

Vater Bains Augen glänzten fiebrig, als er den Blick von den Untersuchungsrichtern abwandte und mich fixierte.

»Willst du leugnen, Frau, daß du diese Worte zu mir gesagt hast: ›Komm jetzt mit mir, Priester, sonst wird deine Wunde eitern und du bekommst den Wundbrand‹?«

»Nun, nicht gerade in diesem Ton, aber in etwa stimmt es.«

Mit zusammengebissenen Zähnen und triumphierendem Blick hob der Priester seine Soutane hoch. Zum Vorschein kam ein dicker Verband, der sich um seinen Oberschenkel wand, fleckig von getrocknetem Blut und gelb von Eiter. Oben und unten quoll das blasse Fleisch hervor, durch das sich bedrohliche rote Streifen zogen, die von der unsichtbaren Wunde ausgingen.

»Mein Gott!« rief ich schockiert aus. »Sie haben eine Blutvergiftung. Das muß sofort versorgt werden, sonst sterben Sie!«

Ein erschrockenes Gemurmel ging durch die Menge, und sogar Mutt und Jeff schienen etwas benommen.

Vater Bain schüttelte langsam den Kopf.

»Hört ihr das? Die Schamlosigkeit dieser Frau kennt keine Grenzen. Sie verflucht mich, mich, einen Mann Gottes, hier vor dem Richterstuhl der heiligen Kirche!«

Das aufgeregte Murmeln der Menge wurde lauter. Vater Bain ergriff wieder das Wort und übertönte den Lärm.

»Männer von Cranesmuir, traut auf euer Urteil und gehorcht dem Befehl des Herrn: ›Die Zauberinnen sollst du nicht am Leben lassen!‹«

Vater Bains dramatische Beweisführung führte zu einer Unterbrechung der Zeugenaussagen. Vermutlich hatte es nach diesem Auftritt allen die Sprache verschlagen. Die Richter legten eine kurze Pause ein und stärkten sich mit Erfrischungen, die ihnen aus dem Wirtshaus gebracht wurden. Für uns gab es keine derartigen Annehmlichkeiten.

Ich atmete tief durch und zog probeweise an meinen Fesseln. Die Lederriemen quietschten ein bißchen, gaben aber keinen Zoll nach. Das, dachte ich sarkastisch und versuchte gegen meine Panik anzukämpfen, wäre nun der Moment, wo der strahlende junge Held durch die Menge reitet, das kriecherische Volk zurückschlägt und die in Ohnmacht fallende Heldin in den Sattel hebt.

Aber mein strahlender junger Held trieb sich leider irgendwo im Wald herum, schlürfte Bier mit einem alternden Lüstling von adeliger Geburt und schlachtete unschuldiges Wild ab. Es war ziemlich unwahrscheinlich, daß Jamie rechtzeitig zurückkäme, um wenigstens noch meine Asche in Empfang zu nehmen, bevor sie in alle Winde zerstreut würde.

Von meiner wachsenden Angst vollauf in Anspruch genommen, hörte ich den Reiter zunächst gar nicht kommen. Erst als sich Hälse reckten und aufgeregte Rufe laut wurden, nahm ich das Klappern der Hufe auf dem Pflaster der Highstreet wahr.

Trotz meiner Verzweiflung begann ein Funken irrationaler Hoffnung in mir aufzuflackern. Was, wenn Jamie tatsächlich früher zurückgekommen wäre? Vielleicht hatte ihn der Herzog zu sehr bedrängt. Ich stellte mich auf die Zehenspitzen, um das Gesicht des Ankömmlings zu erspähen.

Der kräftige Fuchs drängte das letzte Schulterpaar auseinander, und zum Erstaunen aller – mich eingeschlossen – sprang Ned Gowan behende vom Pferd.

Jeff schaute verwundert an der hageren, adretten Gestalt herunter.

»Und Sie sind, Sir?« Zweifellos war diese zurückhaltende, höfliche Anrede auf die silbernen Schuhschnallen und den Samtrock zurückzuführen – es hatte seine Vorzüge, im Dienst des Oberhaupts des MacKenzie-Clans zu stehen.

»Mein Name ist Edward Gowan, Euer Ehren«, sagte er präzise, »Advokat.«

Mutt zog die Schultern hoch und zappelte auf seinem Sitz herum. Sein Hocker hatte keine Lehne, bestimmt schmerzte ihn sein langer Rücken. Ich starrte ihn an und wünschte, ein Hexenschuß würde ihm in die Wirbelsäule fahren. Wenn man mich schon verbrennen wollte, weil ich den bösen Blick hatte, dann sollte das nicht ganz grundlos geschehen.

»Advokat?« knurrte er. »Was führt Sie her?«

»Ich bin gekommen, Euer Ehren, um Mrs. Fraser meine bescheidenen Dienste anzubieten, einer äußerst liebenswürdigen Dame, von deren wohltätiger und kenntnisreicher Ausübung der Heilkunst ich selbst Zeuge bin.«

Guter Auftritt, dachte ich anerkenenend. Das war das erste Tor auf unsere Seite. Ich schaute zu Geillis hinüber und sah, wie sich ihr Mund zu einem halb bewundernden, halb höhnischen Lächeln verzog. Zwar war Ned Gowan nicht der Typ, den jede zum Prinzen ihrer Träume gewählt hätte, aber in Zeiten wie diesen neigte ich nicht dazu, allzu wählerisch zu sein. Ich nahm, was kam.

Nach einer erneuten Verbeugung vor den Richtern und einer nicht weniger formvollendeten vor mir richtete sich Mr. Gowan noch eine Spur weiter auf, steckte die Daumen in den Bund seiner Reithose und warf sich mit der ganzen Romantik seines gealterten, ritterlichen Herzens in den Kampf, und zwar mit der vornehmsten Waffe der Juristerei: entnervender Langeweile.

Mit der tödlichen Präzision eines Fleischwolfs unterwarf er jeden Punkt der Anklageschrift einer erbarmungslosen Analyse und zerhackte ihn rücksichtslos mit dem Beil der Präzedenzfälle und dem Messer der Gesetzesparagraphen.

Es war eine noble Darbietung. Er redete und redete und redete. Manchmal machte er eine Pause und nickte respektvoll zur Richterbank, als erwartete er von dort Anweisungen, tatsächlich aber schöpfte er nur Luft für den nächsten Wortschwall.

Obwohl mein Leben auf dem Spiel stand und meine Zukunft vollständig von der Eloquenz dieses dürren Männchens abhing und ich ihm an den Lippen hätte hängen müssen, wurde ich von einem unwiderstehlichen Drang zu gähnen gepackt. Ich war unfähig, meinen aufgesperrten Mund zu bedecken, und trat von einem schmerzenden Fuß auf den anderen. Am liebsten wäre es mir gewesen, sie hätten mich sofort verbrannt, um dieser Tortur ein Ende zu machen.

Den Zuschauern schien es ähnlich zu gehen, die Aufregung legte sich, und Langeweile machte sich breit. Mr. Gowan redete weiter. Die Masse begann sich zu zerstreuen; plötzlich fiel den Leuten ein, daß Tiere gemolken und Böden gewischt werden mußten. Niemand glaubte, daß noch irgend etwas von Interesse geschehen könnte.

Als Ned Gowan schließlich mit seiner Verteidigunsrede fertig war, dunkelte es bereits; der gedrungene Richter, den ich Jeff getauft hatte, verkündete, daß das Gericht am nächsten Morgen wieder zusammentreten würde.

Nachdem sich Ned Gowan, Jeff und John MacRae kurz beraten hatten, wurde ich zwischen zwei stämmigen Dorfbewohnern zum Wirtshaus geführt. Ich sah, wie Geillis in die andere Richtung abgeführt wurde; sie hielt sich kerzengerade und weigerte sich, ihren Schritt zu beschleunigen oder ihre Umgebung in irgendeiner Weise zur Kenntnis zu nehmen.

Im düsteren Hinterzimmer des Wirtshauses wurden mir endlich die Fesseln abgenommen. Ned Gowan kam mit einer Flasche Bier und einem Teller Fleisch und Brot herein.

»Ich habe nur ein paar Minuten Zeit, meine Liebe, also hören Sie gut zu.« Der kleine Mann rückte seinen Stuhl neben mich. Seine Augen blitzten, und abgesehen davon, daß ihm die Perücke schief auf dem Kopf saß, deutete nichts darauf hin, daß er müde oder erschöpft sein könnte.

»Mr. Gowan, ich bin so froh, daß Sie da sind.«

»Ja, ja, meine Liebe, aber dafür haben wir jetzt keine Zeit.« Er tätschelte mir freundlich, aber flüchtig die Hand.

»Es ist mir gelungen, das Gericht dazu zu bewegen, Ihren Fall vom Verfahren gegen Mrs. Duncan abzutrennen. Das ist ein erster Schritt. Es hat den Anschein, daß im Grunde gar nicht die Absicht bestand, Sie festzunehmen, und daß es nur geschehen ist, weil Sie Umgang mit der He ... mit Mrs. Duncan haben.

Dennoch besteht noch Gefahr für Sie, und das will ich Ihnen nicht verhehlen. Die Stimmung im Dorf ist derzeit nicht besonders günstig für Sie. Was, um Gottes willen, hat Sie veranlaßt«, fragte er ungewöhnlich erzürnt, »das Kind zu berühren?«

Ich öffnete den Mund, um zu antworten, aber er wischte meinen Erklärungsversuch ungeduldig vom Tisch.

»Es tut nichts zur Sache. Worauf wir uns jetzt stützen müssen, ist die Tatsache, daß Sie Engländerin sind und folglich unwissend, was die hiesigen Gepflogenheiten angeht. Wir müssen das Verfahren so sehr in die Länge ziehen wie möglich. Die Zeit ist auf unserer Seite, verstehen Sie, denn am schlimmsten ist es, wenn solche Prozesse in einer Atmosphäre allgemeiner Erregung geführt werden, wo nicht mehr die Beweise, sondern die Befriedigung des Blutdurstes im Vordergrund stehen.«

Besser konnte man nicht beschreiben, was ich in den Gesichtern des Mobs gesehen hatte. Hier und da hatte ich Spuren von Zweifel und Sympathie entdeckt, aber es bedarf einer seltenen Charakterfestigkeit, sich gegen die Masse zu stellen, und in Cranesmuir schienen Menschen dieses Schlages zu fehlen. Aber ich mußte mich korrigieren – einen gab es, nämlich diesen kleinen trockenen Advokaten aus Edinburgh, zäh wie der alte Stiefel, dem er so sehr ähnelte.

»Je länger wir die Sache hinausziehen«, fuhr Mr. Gowan ganz sachlich fort, »um so geringer ist die Neigung zu überstürzten Handlungen. Nun«, sagte er mit den Händen auf den Knien, »Sie haben morgen nur eine Aufgabe: still zu sein. Das Reden erledige ich, und gebe Gott, daß wir etwas erreichen.«

»Das klingt vernünftig«, sagte ich und machte einen eher kläglichen Versuch zu lächeln. Ich schaute zur Tür in Richtung Gaststube, wo Stimmen laut wurden. Mr. Gowan sah meinen Blick und nickte.

»Ich muß Sie verlassen. Aber ich habe dafür gesorgt, daß Sie die Nacht über hierbleiben dürfen.« Er musterte den kleinen Anbau, der als Lager für diverse Gerätschaften und Vorräte diente. Dort war es kalt und dunkel, aber er war dem Räuberloch bei weitem vorzuziehen.

Mr. Gowan stand auf, aber ich hielt ihn am Ärmel fest. Es gab noch etwas, was ich wissen mußte.

»Mr. Gowan – hat Colum Sie geschickt?« Er zögerte, aber innerhalb der Grenzen, die sein Beruf ihm vorgab, war er ein Mann von untadeliger Ehrlichkeit.

»Nein«, sagte er schlicht. Er schien beinahe verlegen. »Ich kam... äh... aus eigenem Entschluß.« Er setzte sich den Hut auf, wandte sich mit einem knappen »Guten Abend« zur Tür und verschwand im Gedränge der hellen Schankstube.

Für mich war wenig Vorsorge getroffen worden, aber immerhin fand ich auf einem der Fässer einen kleinen Krug Wein und einen Laib Brot – diesmal sauber – und auf dem Boden eine zusammengefaltete Decke.

Ich wickelte mich in die Decke und setzte mich hin, um mein karges Mahl einzunehmen. Gedankenverloren kaute ich vor mich hin.

Also war Gowan nicht von Colum geschickt worden. Wußte er überhaupt von Gowans Absicht? Vermutlich hatte Colum strikt verboten, daß irgend jemand ins Dorf hinunterging, damit niemand in die Hexenjagd verwickelt würde. Die Wellen von Angst und Hysterie, die das Dorf gepackt hatten, waren mit Händen zu greifen.

Ein plötzliches Ansteigen des Lärmpegels im Schankraum lenkte mich von meinen Gedanken ab. Vielleicht war das hier ja meine Henkersmahlzeit. Aber am Rande der Vernichtung war jede Stunde, die noch blieb, ein Grund, dankbar zu sein. Ich rollte mich noch fester in die Decke, zog sie über den Kopf, um den Lärm zu dämpfen, und bemühte mich nach Kräften, nichts außer Dankbarkeit zu empfinden.

Nach einer äußerst ruhelosen Nacht wurde ich in der Morgendämmerung geweckt und auf den Platz geführt, obwohl die Richter erst eine Stunde später kamen.

Fröhlich, fett und vollgefressen, begannen sie sogleich mit der Arbeit. Jeff wandte sich an John MacRae.

»Das Gericht fühlt sich nicht in der Lage, die Angeklagten einzig auf der Grundlage der vorgebrachten Beweise schuldig zu sprechen.« Die Menge, die sich bereits wieder eingefunden hatte, brauste auf, aber Mutt brachte sie mit einem stechenden Blick zum Schweigen. Als die Ordnung wiederhergestellt war, drehte er sein kantiges Gesicht erneut zum Büttel.

»Führen Sie die Gefangenen zum Ufer des Loch.«

Die erwartungsvollen Rufe der Menge weckten meine schlimmsten Befürchtungen. John MacRae packte mich mit der einen und

Geillis mit der anderen Hand, aber er bekam reichlich Hilfe. Boshafte Hände rissen an meinen Kleidern, zwickten mich und stießen mich vorwärts. Irgendein Idiot hatte eine Trommel und schlug darauf einen Rhythmus, der die Menge noch mehr anheizte. Einige verfielen in einen Sprechchor, den ich aber im allgemeinen Gejohle nicht verstehen konnte und auch nicht wollte.

Die Prozession ging über die Wiese hinunter zu dem kleinen hölzernen Kai am Loch. Wir wurden ans Ende geführt, wo sich die beiden Richter aufgebaut hatten. Jeff wandte sich zu der Menge, die am Ufer stand.

»Bringt die Seile!« Die Leute murmelten und schauten einander vorwurfsvoll an, bis einer hastig mit einer Rolle dünnem Seil angelaufen kam. MacRae nahm sie und ging zögernd auf mich zu. Ein Blick auf die Richter schien ihm die nötige Entschlossenheit zu verleihen.

»Bitte würden Sie Ihre Schuhe entfernen, Madam!« befahl er.

»Was zum Teu – wofür?« fragte ich mit verschränkten Armen.

Er war auf Widerspruch offensichtlich nicht vorbereitet, aber einer der Richter kam seiner Antwort zuvor.

»Das ist das übliche Verfahren – die Wasserprobe. Die Angeklagte wird gebunden, der rechte Daumen an den großen Zeh des linken Fußes, und der linke Daumen an den großen Zeh des rechten Fußes. Und dann...« Er warf einen vielsagenden Blick auf den Loch. Zwei Fischer standen mit hochgerollten Hosenbeinen am Wasser und grinsten mich erwartungsfroh an.

»Sobald sie im Wasser ist«, fiel der kleine Richter ein, »wird sich zeigen, ob sie eine Hexe ist. Eine Hexe schwimmt, weil die Reinheit des Wassers eine sündenbefleckte Person abstößt. Eine unschuldige Frau sinkt.«

»Mir bleibt also die Wahl, als Hexe verurteilt oder freigesprochen, aber ertränkt zu werden?« zischte ich. »Nein, vielen Dank!« Ich umklammerte meine Ellbogen noch fester, um das Zittern einzudämmen, das mir in Fleisch und Blut übergegangen zu sein schien.

Der kleine Dicke blies sich auf wie eine Kröte in Gefahr.

»Ohne Erlaubnis hast du vor dem hohen Gericht nicht zu sprechen, Frau. Wagst du es, dich einer gesetzmäßigen Untersuchung zu widersetzen?«

»Ob ich es wage, mich dem Tod durch Ertränken zu widersetzen? Ja, allerdings!« rief ich aus. Zu spät fiel mein Blick auf Geillis, die wie verrückt den Kopf schüttelte, so daß die blonden Haare um ihr Gesicht tanzten.

Der Richter befahl MacRae: »Ziehen Sie sie aus und peitschen Sie sie.«

Ich hörte ein kollektives Seufzen, das ich zunächst für eine Äußerung des Entsetzens hielt, das in Wahrheit aber Vorfreude signalisierte. Und ich erkannte, was Haß bedeutete – nicht ihr Haß, meiner. Ich hatte das Gefühl, kaum noch etwas zu verlieren zu haben, und machte es ihnen nicht leicht.

Grobe Hände stießen mich vorwärts und rissen an meiner Bluse und meinem Mieder.

»Laß mich los, du verdammtes Scheusal!« schrie ich und trat einen von den Kerlen dahin, wo es am schmerzhaftesten war. Er krümmte sich und verschwand in der Masse der johlenden, spukkenden Zuschauer. Mehrere Hände packten mich an den Armen und zerrten mich vorwärts. Jemand schlug mir so fest in den Magen, daß ich keine Luft mehr bekam. Mein Mieder war inzwischen völlig zerrissen, so daß mir die letzten Fetzen ohne Schwierigkeiten vom Leib gerissen werden konnten. Ich hatte nie an übermäßiger Schamhaftigkeit gelitten, aber hier halbnackt vor dieser feindseligen Masse zu stehen, mit den Abdrücken verschwitzter Hände auf den Brüsten, war eine Demütigung, die mich mit einem Haß erfüllte, wie ich ihn mir nie hätte vorstellen können.

John MacRae legte mir eine Schlinge um die Handgelenke und zog sie fest. Er hatte die Güte, beschämt auszusehen, aber er wich meinem Blick aus. Es war klar, daß ich von dieser Seite weder Hilfe noch Milde erwarten konnte; er war der Masse nicht weniger ausgeliefert als ich.

Kein Zweifel, Geillis erging es nicht besser. Ich erhaschte einen Blick auf ihr flatterndes, platinblondes Haar. Man hatte mich unter eine große Eiche geführt. Das Seilende wurde über einen Ast geworfen und straff gezogen, so daß es mir die Arme nach oben riß. Ich biß die Zähne zusammen und klammerte mich an meine Wut, das einzige, was ich meiner Angst entgegensetzen konnte. Jetzt herrschte atemlose Stille, nur unterbrochen von einzelnen anfeuernden Schreien.

»Gib es ihr, John! Los, mach schon!«

John MacRae, der wußte, was auf dieser Bühne von ihm verlangt wurde, zögerte kunstvoll, die Peitsche horizontal geneigt, und ließ die Augen über die Menge wandern. Er trat vor und brachte mich in die richtige Position. Nun war mein Gesicht so nah am Baum, daß es fast die rauhe Rinde berührte. Dann ging er zwei Schritte zurück, holte aus und ließ die Peitsche zischend niedersausen.

Der Schock war schlimmer als der Schmerz. Erst nach einigen Schlägen merkte ich, daß der Dorfbüttel sein Bestes tat, um mich im Rahmen seiner Möglichkeiten zu schonen. Dennoch waren ein oder zwei Hiebe genug, die Haut zu zerfetzen.

Ich hatte die Augen fest geschlossen, preßte die Wange gegen das Holz und versuchte mit allen Kräften, irgendwo anders zu sein. Plötzlich hörte ich etwas, das mich augenblicklich ins Hier und Jetzt zurückbrachte.

»Claire!«

Das Seil, mit dem meine Hände gefesselt waren, gab nach, gerade genug, daß ich mich umwenden konnte. Der nächste Peitschenhieb ging ins Leere, der Büttel stolperte, verlor das Gleichgewicht und schlug sich unter den Hohnrufen der Menge den Kopf an.

Die Haare klebten mir am Gesicht, das voller Schweiß, Tränen und Schmutz war. Ich schüttelte es aus den Augen und riskierte einen Blick, der bestätigte, was ich gehört hatte.

Jamie kämpfte sich rücksichtslos durch die Masse. Sein Gesicht glühte vor Zorn. Trotz der entsetzlichen Gefahr für Geillis und mich und nun auch für Jamie war ich noch nie so glücklich gewesen über die Ankunft eines Menschen.

»Der Hexenmann!« – »Ihr Mann, ja er ist's!« – »Nehmt ihn auch fest!« – »Zum Teufel mit dem Hexenpack!« – »Verbrennt sie, verbrennt sie alle!« Die Hysterie der Menge, momentan abgelenkt durch das Mißgeschick des Büttels, stieg wieder zum Siedepunkt.

Jamie, der von den Gehilfen des Dorfbüttels festgehalten wurde, kam nicht weiter. An jedem Arm hing ihm ein Mann, und es gelang ihm nicht, mit der Hand an den Gürtel zu kommen. Jemand glaubte, Jamie wollte ein Messer ziehen, und schlug ihm die Faust in den Bauch.

Jamie krümmte sich, richtete sich aber gleich wieder auf und stieß dem Kerl den Ellbogen auf die Nase. Dadurch bekam er einen Arm vorübergehend frei – den zeternden Kerl auf der anderen Seite ignorierte er – und konnte in eine Felltasche greifen. Er hob den

Arm und warf. Im selben Augenblick, als sich das Objekt aus seiner Hand löste, hörte ich ihn schreien:

»Claire! Steh *still!*«

Wo sollte ich auch hin, dachte ich benommen. Etwas Dunkles kam auf mich zugeflogen, und ich wollte schon zurückweichen, konnte aber gerade noch stehenbleiben. Mit einem klirrenden Geräusch landete der schwarze Rosenkranz wie ein Lasso auf meinen Schultern. Er blieb an meinem rechten Ohr hängen. Ich schüttelte den Kopf, die Kette legte sich ganz um meinen Hals, und das Kruzifix baumelte zwischen meinen nackten Brüsten.

Die Gesichter in den vorderen Reihen starrten mit ungläubigem Entsetzen auf. Die erschrockene Stille breitete sich allmählich nach hinten aus. Jamies Stimme, die normalerweise weich war, selbst wenn er sich ärgerte, übertönte jetzt alles. Sie hatte absolut nichts Weiches an sich.

»Bindet sie los!«

Die Kerle hatten von ihm abgelassen, und die Menge teilte sich, um ihm den Weg nach vorne freizugeben. Der Büttel, dem der Unterkiefer nach unten gefallen war, starrte ihn wie gebannt an.

»Ich habe gesagt, bindet sie los!« Der Dorfbüttel hatte plötzlich eine Vision, in der er den Tod in Gestalt eines rothaarigen Teufels auf sich zukommen sah. Hastig griff er nach seinem Dolch. Mit einem Schlag durchtrennte er das gestraffte Seil, und meine Arme fielen wie Holzklötze nach unten. Ich stolperte und wäre gefallen, wenn mich nicht eine starke vertraute Hand am Ellbogen ergriffen und hochgezogen hätte. Dann sank mein Kopf an Jamies Brust, und nichts berührte mich mehr.

Jamies Arm hielt mich fest. Er hatte sein Plaid über mich geworfen, so daß ich meine Nacktheit endlich vor den lüsternen Blicken der Zuschauer verbergen konnte. Alle möglichen Stimmen riefen wirr durcheinander, aber die Menge war nicht mehr so blutrünstig.

Die Stimme von Mutt – oder war es Jeff? – schnitt durch die Verwirrung.

»Wer sind Sie? Was erlauben Sie sich, die Untersuchungen des Gerichts zu stören?«

Ich spürte mehr, als daß ich es sah, wie sich die Menge nach vorne drängte. Jamie war groß, und er war bewaffnet, aber er war allein. Ich drückte mich unter den Falten des Plaids an ihn. Sein rechter Arm spannte sich noch fester um mich, aber seine linke Hand ging

zur Scheide an seiner Hüfte. Die silberblaue Klinge zischte gefährlich, als er sie halb herauszog, und die Leute in den Reihen blieben
abrupt stehen.

Die Richter waren aus festerem Holz. Ich spähte unter der Decke
hervor und sah den kampfbereiten Blick, den Jeff Jamie zuwarf.
Mutt schien diese überraschende Wendung eher zu verwirren.

»Sie wagen es, das Schwert gegen die Gerechtigkeit Gottes zu
ziehen?« keifte der faßartige kleine Richter.

Jamie zog das Schwert ganz heraus, ließ die Klinge in der Sonne
blitzen und rammte es dann in die Erde, so daß der Griff zitterte.

»Ich ziehe es, um diese Frau und die Wahrheit zu verteidigen«,
rief er. »Wenn jemand gegen diese beiden ist, dann soll er sich vor
mir und dann vor Gott verantworten, in dieser Reihenfolge.«

Der Richter blinzelte, als könnte er seinen Augen nicht trauen,
und ging noch einmal zum Angriff über.

»Sie haben bei der Arbeit dieses Gerichts nichts verloren, Sir! Ich
fordere Sie auf, die Gefangene unverzüglich dem Gericht zu übergeben. Ihr eigenes Verhalten wird das Gericht sogleich beschäftigen!«

Jamie sah die Richter ungerührt an. Ich spürte, wie sein Herz
hämmerte, aber seine Hände waren ruhig. Die eine lag am Griff
seines Schwerts, die andere am Dolch im Gürtel.

»Was Sie angeht, Sir, so habe ich vor Gottes Altar den Schwur
abgelegt, diese Frau zu schützen. Falls Sie mir sagen wollen, daß Sie
Ihre eigene Autorität für größer halten als die des Allmächtigen,
dann muß ich Sie davon in Kenntnis setzen, daß ich diese Meinung
nicht teile.«

Die Stille, die diesen Worten folgte, wurde von einem verlegenen
Gekicher unterbrochen. Zwar hatte sich die Menge noch nicht auf
unsere Seite geschlagen, aber immerhin war der Bann gebrochen,
der das Verhängnis unausweichlich hatte erscheinen lassen.

Jamie faßte mich an der Schulter und drehte mich um. Ich konnte
es nicht ertragen, der Menge ins Gesicht zu schauen. Ich hielt mein
Kinn so hoch wie möglich und starrte weit in die Ferne, bis mir die
Augen tränten.

Jamie schlug das Plaid zurück, so daß mein Hals und meine
Schultern sichtbar wurden. Er berührte den schwarzen Rosenkranz, so daß das Kreuz leicht hin und her schwang.

»Schwarzer Gagat verbrennt die Haut einer Hexe, nicht wahr?«
fragte er die Richter herausfordernd. »Und ganz gewiß, möchte ich

annehmen, das Kreuz unseres Herrn. Aber seht!« Er hob das Kreuz von meiner Brust. Die Haut darunter war rein und weiß, abgesehen von ein paar Schmutzflecken.

Staunendes Murmeln ging durch die Menge.

Unglaublicher Mut, eiskalte Geistesgegenwart und ein Instinkt für den großen Auftritt. Colum MacKenzie wußte schon, warum er sich vor Jamie in acht nahm. Bedenkt man noch, daß er befürchten mußte, ich könnte die Wahrheit über Hamishs Abstammung verraten, oder das, was Colum meinte, daß ich darüber wußte, so war verständlich, was Colum getan hatte. Verständlich, aber doch unverzeihlich.

Die Stimmung der Masse schwankte hin und her; die Gefahr war noch nicht gebannt. Immer noch war es möglich, daß die Emotionen aufgepeitscht würden und wir wie unter einer Woge darunter begraben würden. Mutt und Jeff schauten einander unentschlossen an: Im Moment hatten sie die Kontrolle über die Situation verloren.

Das war der Augenblick für Geillis Duncan, das Heft in die Hand zu nehmen. Ich weiß nicht, ob es an diesem Punkt noch Hoffnung für sie gab. Jedenfalls warf sie die blonden Locken trotzig zurück und ihr Leben in die Waagschale.

»Diese Frau ist keine Hexe«, sagte sie schlicht. »Aber ich bin eine.«

Jamies Darbietung, so gut sie gewesen war, konnte sich damit nicht messen. Im Aufschrei der Menge gingen die Stimmen der Richter völlig unter.

Es war nicht zu erkennen, was sie dachte oder fühlte; die hohe Stirn war klar, die großen grünen Augen schienen fast so etwas wie Belustigung auszustrahlen. Sie stand aufrecht da in ihren zerfetzten schmutzigen Kleidern und blickte kalt auf ihre Ankläger herunter. Als sich der Tumult ein wenig gelegt hatte, begann sie zu sprechen, ohne sich dazu herabzulassen, die Stimme zu heben, vielmehr zwang sie die Masse, leise zu werden, um sie verstehen zu können.

»Ich, Geillis Duncan, gestehe, daß ich eine Hexe und Satans Braut bin.« Erneut ging ein Aufschrei durch die Menge, und sie wartete gelassen, bis Ruhe eingekehrt war.

»Meinem Meister gehorchend, gestehe ich, daß ich meinen Ehemann, Arthur Duncan, durch Hexerei getötet habe.« Bei diesen

Worten warf sie mir einen Blick zu, und es schien fast, als würde ein Lächeln über ihre Lippen huschen. Ihre Augen ruhten auf der Frau mit dem gelben Schal, wurden aber nicht weich. »Aus schierer Boshaftigkeit verhängte ich einen Fluch über den Wechselbalg, daß er sterben möge und das Menschenkind bei den Feen bleiben würde.« Sie machte eine Geste in meine Richtung.

»Ich machte mir die Unwissenheit von Claire Fraser zunutze und spannte sie für meine Zwecke ein. Aber sie hatte weder Anteil noch Kenntnis von meinen Machenschaften, noch dient sie meinem Meister.«

Wieder lief ein Raunen durch die Menge, und die Leute drängten sich nach vorne, um besser sehen zu können. Sie streckte abwehrend die Arme aus.

»Bleibt zurück!« Die Stimme schnitt wie eine Peitsche durch die Luft. Sie warf den Kopf zurück, schaute zum Himmel und verharrte bewegungslos.

»Hört!« rief sie. »Hört, der Wind eilt ihm voraus! Habt acht, ihr Menschen von Cranesmuir! Denn mein Meister kommt auf den Flügeln des Windes!« Sie neigte den Kopf und stieß einen gedehnten, schrillen Triumphschrei aus. Die großen grünen Augen starrten reglos wie in Trance. Und tatsächlich erhob sich der Wind. Ich sah, wie am fernen Ufer des Loch dunkle Sturmwolken aufzogen. Die Leute begannen sich ängstlich umzusehen, und die ersten machten sich davon.

Geillis fing an, sich im Kreis zu drehen, die Haare flatterten im Wind. Ich traute meinen Augen nicht.

Während sie tanzte, bedeckten die Haare ihr Gesicht. Bei der letzten Drehung schleuderte sie sich jedoch die blonde Mähne aus dem Gesicht, und ich fing einen glasklaren Blick auf. Von Trance keine Spur. Ihre Lippen formten ein einziges Wort. Dann wandte sie sich zur Menge und verfiel wieder in dieses gruselige Schreien.

Das Wort war: »Rennt!«

Plötzlich hielt sie inne, und mit einem Ausdruck des Wahnsinns riß sie ihr Mieder auf – weit genug, um der Masse das Geheimnis preiszugeben, das meine Hand in dem dreckigen Räuberloch ertastet hatte und das Arthur Duncan in der Stunde vor seinem Tod gelüftet hatte. Die Fetzen ihres Kleides fielen herab und gaben den Blick auf eine Schwangere im sechsten Monat frei.

Immer noch stand ich wie angewurzelt da. Jamie jedoch erfaßte die Situation. Er packte mich mit einer Hand, sein Schwert mit der anderen, und stürzte sich in die Menge. Mit Ellbogen, Knien und Schwertgriff kämpfte er sich den Weg zum Ufer frei.

Gebannt von dem Spektakel unter der Eiche, begriffen zunächst nur wenige, was geschah. Als uns ein paar Leute schreiend aufhalten wollten, hörte man das Trommeln von galoppierenden Hufen.

Donas hatte immer noch nicht viel für Menschen übrig und ließ es jeden merken, der sich ihm näherte. Er biß in die erste Hand, die nach dem Zügel griff, und ein Mann hielt sich schreiend die blutige Hand. Das Pferd bäumte sich auf, wieherte und schleuderte die Hufe in die Luft, und die tapferen Mannen, die den Hengst hatten aufhalten wollen, verloren plötzlich das Interesse.

Jamie warf mich über den Sattel wie einen Mehlsack, sprang selbst mit einer einzigen fließenden Bewegung hinauf und drängte Donas durch die Menge, während er links und rechts Schwerthiebe austeilte. Schließlich hatten wir freie Bahn, und wir ließen den Loch, das Dorf und Leoch hinter uns. Ich war wie erstarrt und rang nach Atem, um Jamie etwas zuzurufen.

Es war nicht die Offenbarung von Geillis' Schwangerschaft gewesen, die mich bis ins Mark erschreckt hatte. Als sie sich gedreht hatte, die weißen Arme hoch über dem Kopf erhoben, hatte ich etwas gesehen, was sie auch an mir bemerkt haben mußte, als man mir die Kleider heruntergerissen hatte. Ein Mal auf dem Arm. Hier, in dieser Zeit, war es ein Hexenmal, das Signum eines Zauberers: die unauffällige, vertraute Narbe der Pockenimpfung.

Der Regen prasselte herab und kühlte mein geschwollenes Gesicht und die brennenden Einschnitte an meinen Handgelenken. Ich schöpfte mit den Händen Wasser aus dem Bach, schlürfte es langsam und spürte dankbar, wie mir die kalte Flüssigkeit die Kehle hinunterlief.

Jamie verschwand für ein paar Minuten. Er kam mit einer Handvoll flacher grüner Blätter zurück und kaute etwas. Er spuckte den grünen Brei in die Hand und rieb meinen Rücken vorsichtig damit ein. Das Brennen ließ sofort nach.

»Was ist das?« fragte ich ihn und versuchte mich zu fassen. Ich war noch etwas zittrig, aber der Tränenstrom versiegte langsam.

»Brunnenkresse«, antwortete er. »Du bist nicht die einzige, die etwas von Kräutern versteht, Sassenach.«

»Wie – wie schmeckt es?« fragte ich und schluckte einen Schluchzer hinunter.

»Ziemlich scheußlich«, antwortete er lakonisch. Er beendete seine Behandlung und legte mir das Plaid wieder sorgsam über die Schultern.

»Es wird keine . . . Ich meine, die Einschnitte sind nicht tief. Ich – ich glaube, du wirst nicht gezeichnet sein.« Seine Stimme war rauh, aber seine Berührung sehr sanft, und ich brach in Tränen aus.

»Es tut mir leid«, brachte ich weinend hervor und wischte mir die Nase mit einer Ecke des Plaids ab. »Ich – ich weiß nicht, was mit mir los ist, warum ich nicht aufhören kann zu weinen.«

Er zuckte die Schultern. »Vermutlich hat dir noch nie jemand absichtlich weh getan, Sassenach. Der Schock darüber ist ebenso schlimm wie die Schmerzen.« Er hielt inne und nahm eine Ecke des Plaids in die Hand.

»Mir ist es genauso gegangen«, sagte er ganz sachlich. »Hab' mich hinterher übergeben und nur noch geweint, als sie die Wunden gesäubert haben. Dann habe ich gezittert.« Sorgfältig wischte er mir mit der Decke das Gesicht ab.

»Und als ich aufgehört habe zu zittern, Sassenach«, sagte er ruhig, »da habe ich Gott gedankt, daß ich noch am Leben war.« Er nickte mir zu. »Wenn du an diesem Punkt bist, mein Mädchen, dann sag es mir, denn es gibt ein oder zwei Dinge, die ich dir sagen möchte.«

Er stand auf und ging zum Bach, um das blutbefleckte Taschentuch im kalten Wasser auszuwaschen.

»Wieso bist du früher zurückgekommen?« fragte ich, als er wieder neben mir saß. Ich hatte aufgehört zu weinen, zitterte aber immer noch, und ich kroch tiefer in die Decke hinein.

»Alec MacMohan«, sagte er lächelnd. »Er sollte auf dich aufpassen, während ich weg war. Als die Leute dich und Mrs. Duncan festgenommen haben, ist er die ganze Nacht und den nächsten Tag geritten, um mich zu finden. Ich bin dann wie der Teufel zurückgaloppiert. Mein Gott, das ist ein Pferd!« Er schaute anerkennend zu Donas hinauf, der oben an der Böschung angebunden war und dessen Fell wie Kupfer glänzte.

»Ich darf ihn da nicht stehen lassen«, sagte er nachdenklich. »Ich bezweifle zwar, daß uns jemand verfolgt, aber so weit ist es auch wieder nicht von Cranesmuir. Kannst du jetzt gehen?«

Ich folgte ihm mit einiger Mühe den Hügel hinauf; Steine rollten unter meinen Füßen weg, und Farne und Brombeerranken verhakten sich in meinem Rock. In der Nähe der Kuppe kamen wir zu einem kleinen Erlengehölz, das so dicht war, daß die Äste über dem Farn ein Dach bildeten. Jamie hob die Äste weit genug hoch, daß ich in die grüne Höhle hineinkriechen konnte, und richtete dann die umgeknickten Farne vor dem Eingang wieder auf. Er trat zurück, um das Versteck zu begutachten, und nickte zufrieden.

»Hier wird dich keiner finden.« Er wollte gehen, kam aber noch einmal zurück. »Versuche zu schlafen und mach dir keine Sorgen, wenn ich nicht gleich wieder da bin. Ich gehe ein bißchen jagen; wir haben kein Essen dabei, und an einer Kate wollte ich nicht anhalten, das hätte zuviel Aufmerksamkeit erregt. Zieh dir die Decke über den Kopf und paß auf, daß dein Hemd bedeckt ist; das Weiß leuchtet durch die Zweige.«

Essen war mir gleichgültig; ich hatte das Gefühl, als würde ich nie wieder essen wollen. Mit dem Schlaf war es anders. Mein Rücken und meine Arme schmerzten immer noch, meine Handgelenke waren wund, und mir tat einfach alles weh; erschöpft schlief ich fast augenblicklich ein.

Ich schreckte hoch, weil mich etwas am Fuß packte, und stieß mir den Kopf an den Zweigen. Blätter fielen herunter, und mein Haar verfing sich in den Ästen. Ich schlug mit den Armen wild um mich und kroch schließlich zerkratzt aus meinem Versteck heraus. Jamie hockte amüsiert davor und wartete auf mich. Die Sonne ging bereits unter, und tiefe Schatten hüllten das Tal ein. Von einem kleinen Feuer in der Nähe des Baches wehte der Geruch von gerösteten Kaninchen herauf.

Jamie reichte mir die Hand, um mir den Hügel hinunterzuhelfen. Ich lehnte dankend ab und rannte hinunter. Meine Übelkeit war verschwunden, und ich fiel gierig über das Fleisch her.

»Nach dem Essen ziehen wir hinauf in den Wald, Sassenach«, sagte Jamie und riß ein Bein von dem Kaninchenbraten ab. »Ich möchte nicht hier unten am Bach schlafen; hier kann ich nicht hören, wenn jemand kommt.«

Wir sprachen nicht viel beim Essen. Der Schrecken vom Morgen saß uns noch in den Knochen, und der Gedanke an das, was wir zurückgelassen hatten, bedrückte uns beide. Ich jedenfalls trauerte um den Verlust. Mit Geillis hatte ich nicht nur eine Gelegenheit, mehr über die Gründe meiner Existenz hier herauszufinden, verloren, sondern auch eine Freundin – meine einzige Freundin. Ich war oft im Zweifel über Geillis' Motive, aber ich hatte überhaupt keinen Zweifel, daß sie mir an diesem Morgen das Leben gerettet hatte. In dem Bewußtsein, daß sie selbst verloren war, hatte sie alles getan, um mir die Flucht zu ermöglichen.

Das Feuer, das bei Tageslicht kaum zu sehen war, begann jetzt, als die Schatten länger wurden, zu leuchten. Ich schaute in die Flammen und betrachtete die Kaninchen, die darüber an Spießen brieten. Von einem Knochen fiel ein Tropfen Blut ins Feuer und verdampfte zischend. Plötzlich blieb mir der Fleischbrocken im Halse stecken. Ich drehte mich um und mußte würgen.

Wir packten unsere Habseligkeiten und fanden einen guten Platz am Rande einer Lichtung im Wald. In der hügeligen Landschaft hatte Jamie einen hohen Punkt ausgesucht, von dem aus er die Straße überblicken konnte, die vom Dorf herführte. In der Abenddämmerung leuchteten die Farben der Landschaft noch einmal auf: in den Senken glühendes Smaragdgrün, Purpurviolett über den Heidebüschen und brennendes Rubinrot in den Vogelbeeren auf dem Gipfel des Hügels. Vogelbeeren – ein Mittel gegen Hexenzauber. In weiter Ferne, am Fuß des Ben Aden, war immer noch die Silhouette von Burg Leoch zu sehen.

Jamie machte an einem geschützten Fleck Feuer und setzte sich daneben. Lange starrte er in die Flammen. Schließlich schaute er zu mir auf und sagte ernst:

»Ich habe dir versprochen, daß ich dich nicht drängen werde, wenn du mir etwas nicht erzählen willst. Und ich würde dich auch jetzt nicht fragen; aber ich muß es wissen. Bist du eine Hexe?«

Fassungslos starrte ich ihn an. »Eine Hexe? Ist das dein Ernst?«

Er packte mich fest an den Schultern und schaute mir gerade in die Augen, als wollte er mich zwingen, ihm zu antworten.

»Ich *muß* dich das fragen, Claire! Und du mußt es mir sagen!«

»Und wenn ich eine wäre?« fragte ich mit trockenem Mund. »Wenn du geglaubt hättest, daß ich eine Hexe bin, hättest du dann trotzdem für mich gekämpft?«

»Ich wäre auf den Scheiterhaufen mit dir gegangen!« sagte er leidenschaftlich. »Und in die Hölle, wenn es sein muß. Aber möge der Herr Jesus Christus unserer Seele gnädig sein, sag mir die Wahrheit!«

Plötzlich konnte ich der wahnsinnigen Anspannung nicht mehr standhalten. Ich riß mich los und rannte über die Lichtung. Nicht weit, nur bis zu den ersten Bäumen. Ich konnte den offenen Raum um mich herum nicht mehr ertragen. Ich preßte mich an einen Baum, grub die Fingernägel in die Rinde, drückte mein Gesicht daran und wurde von hysterischem Gelächter geschüttelt.

Jamies Gesicht, bleich und schockiert, tauchte auf der anderen Seite des Baumes auf. In der vagen Erkenntnis, daß Jamie glauben mußte, ich wäre übergeschnappt, zwang ich mich unter Aufbietung all meiner Kräfte zum Sprechen. Keuchend starrte ich ihn an.

»Ja«, sagte ich zurückweichend und immer noch von einzelnen Lachanfällen geschüttelt, »ja, ich bin eine Hexe! In deinen Augen muß ich eine sein. Ich habe nie die Pocken gehabt, aber ich kann durch ein Zimmer voller sterbender Männer gehen, ohne mich anzustecken. Ich kann die Kranken versorgen und ihre Körper berühren, und doch kann mir die Krankheit nichts anhaben. Und du mußt es für Hexerei halten, weil du von Impfung noch nie etwas gehört hast und es dir anders nicht erklären kannst.

Die Dinge, die ich weiß...« – ich blieb stehen und rang schwer atmend um Selbstbeherrschung –, »die weiß ich, weil mir davon erzählt wurde. Ich weiß, wann Jonathan Randall geboren wurde und wann er sterben wird, ich weiß, was er getan hat und was er tun wird, ich weiß von Sandringham, weil... weil Frank es mir erzählt hat. Er kannte die Geschichte von Randall, weil er... er... o Gott!« Ich war nah daran, mich zu übergeben, und schloß die Augen, um die Sterne nicht zu sehen, die um meinen Kopf tanzten.

»Und Colum... er glaubt, daß ich eine Hexe bin, weil ich weiß, daß Hamish nicht sein eigener Sohn ist. Ich weiß, daß er...´keine Kinder zeugen kann. Aber er glaubt, ich wüßte, wer Hamishs Vater ist... erst dachte ich, daß du es vielleicht wärst, aber dann wußte ich, daß es nicht sein konnte, und...« Ich redete schneller und schneller, um mit dem Klang meiner eigenen Stimme den Schwindel in Zaum zu halten.

»Alles, was ich dir je über mich gesagt habe, ist wahr«, sagte ich und nickte wie verrückt, als wollte ich jeden Zweifel ausräumen. »Alles. Ich habe keine Verwandten, ich habe keine Geschichte, weil es mich überhaupt noch nicht gibt. Soll ich dir sagen, wann ich geboren wurde?«

Ich schaute ihm direkt in die Augen. Ich wußte, daß meine Haare wild zerzaust waren und meine Augen weit aufgerissen, aber es war mir egal. »Am zwanzigsten Oktober im Jahr des Herrn neunzehnhundertundachtzehn. Hörst du mich?« Er starrte mich unverwandt an, als würde er kein Wort von dem erfassen, was ich sagte. »Neunzehnhundertachtzehn habe ich gesagt! In fast zweihundert Jahren! Hast du mich gehört?«

Mittlerweile schrie ich, und er nickte langsam.

»Habe ich«, sagte er leise.

»Ja, hast du!« brach es aus mir heraus. »Und du glaubst, daß ich wahnsinnig bin. Nicht wahr? Gib es zu! Das ist es, was du glaubst. Du mußt das denken, denn wie könntest du dir sonst erklären, was mit mir los ist? Du *kannst* mir nicht glauben, du kannst es nicht wagen. O Jamie...« Ich fühlte, wie sich mein Gesicht verzog. Die ganze Zeit hatte ich die Wahrheit verheimlichen müssen, und jetzt, wo ich erkannte, daß ich Jamie, meinem geliebten Ehemann, so sehr vertrauen konnte, um ihm alles zu erzählen, jetzt wurde mir klar, daß er mir einfach nicht glauben *konnte*.

»Es waren die Steine auf dem Feenhügel, der Steinkreis. Da bin ich durchgegangen.« Ich rang nach Luft, schluchzte auf, verhedderte mich zunehmend. »Es war einmal, genaugenommen vor zweihundert Jahren. Es war immer vor zweihundert Jahren in den Märchen... Aber in den Geschichten kommen die Leute zurück. Ich konnte nicht zurück.« Ich sank auf einen Stein und stützte den Kopf in die Hände. Es war lange still im Wald. Lang genug, daß die kleinen Nachtvögel wieder Mut faßten, einander mit dünnem Zirpen zuriefen und die Jagd nach den letzten Insekten des Sommers fortsetzten.

Ich schaute auf. Ist er vielleicht einfach fortgegangen, weil er meine Offenbarungen nicht ertragen konnte? Aber da saß er immer noch, die Hände auf den Knien, den Kopf gebeugt, als würde er nachdenken.

Die Härchen auf seinen Armen glänzten kupfern, und ich merkte, daß sie sich sträubten wie das Nackenfell eines Hundes. Er hatte Angst vor mir.

»Jamie«, sagte ich, überwältigt von einem Gefühl absoluter Einsamkeit. »O Jamie.«

Ich rollte mich zu einem Ball zusammen, in dessen Mittelpunkt mein Schmerz war. Alles wurde mir gleichgültig, und ich schluchzte mir die Seele aus dem Leib.

Er legte mir seine warmen Hände auf die Schultern, und ich blickte in sein Gesicht. Durch die Tränen hindurch sah ich, daß es denselben Ausdruck trug wie im Kampf, wenn äußerste Anspannung ruhiger Gewißheit Platz gemacht hatte.

»Ich glaube dir«, sagte er fest. »Ich verstehe kein Wort – noch nicht –, aber ich glaube dir, Claire, ich glaube dir! Die Wahrheit ist zwischen uns, zwischen dir und mir, und was du auch sagst, ich glaube es dir.« Er schüttelte mich sanft.

»Es kann sein, was es will. Du hast es mir gesagt. Das reicht erst einmal. Sei ruhig, *mo duinne*. Leg den Kopf in meinen Schoß und ruh dich aus. Später erzählst du mir dann den Rest. Und ich werde dir glauben.«

Ich schluchzte immer noch, unfähig zu begreifen, was er mir sagte. Ich wollte mich losmachen, aber er drückte mich fest an sich und sagte wieder und wieder: »Ich glaube dir.«

Schließlich beruhigte ich mich aus schierer Erschöpfung und schaute zu ihm auf. »Aber du *kannst* mir nicht glauben.«

Er lächelte mich an. Sein Mund zitterte leicht, aber er lächelte.

»Sag *du* mir nicht, was ich nicht tun kann, Sassenach.« Nach einer Pause fragte er plötzlich: »Wie alt bist du eigentlich? Ich habe dich nie danach gefragt.«

Die Frage schien so absurd, daß ich eine Weile nachdenken mußte.

»Ich bin siebenundzwanzig ... oder vielleicht achtundzwanzig.« Das verschlug ihm im ersten Augenblick die Sprache. Mit achtundzwanzig war eine Frau in dieser Zeit schon beinahe alt.

»Oh«, sagte er und atmete tief durch. »Ich dachte, du wärst ungefähr so alt wie ich – oder jünger.«

Er rührte sich nicht, aber dann schaute er auf mich herab und lächelte mich matt an. »Herzlichen Glückwunsch zum Geburtstag, Sassenach.«

Ich war völlig überrascht und schaute ihn verständnislos an. »Was?«

»Ich sagte: ›Herzlichen Glückwunsch zum Geburtstag.‹ Heute haben wir den zwanzigsten Oktober.«

»Tatsächlich?« fragte ich benommen. »Ich habe den Anschluß verpaßt.« Ich schlotterte wieder am ganzen Leib – vor Kälte, dem Schock und der Heftigkeit meines Ausbruchs. Er zog mich eng an sich heran und strich mir mit seiner großen Hand zart über die

Haare. Ich begann wieder zu weinen, diesmal aus Erleichterung. Daß er mich jetzt, wo er mein richtiges Alter wußte, immer noch wollte, gab mir seltsamerweise die Gewißheit, daß alles gut werden würde.

Jamie trug mich behutsam ans Feuer, wo der Pferdesattel lag. Er setzte sich hin, lehnte sich gegen den Sattel und hielt mich leicht in den Armen.

Nach einer langen Weile sagte er: »Gut. Dann erzähl mir jetzt alles.«

Ich tat es. Ich erzählte ihm alles. Vor Erschöpfung war mein Körper ganz taub, aber ich fühlte mich erleichtert wie ein Kaninchen, das dem Fuchs entkommen ist und unter einer Wurzel ein vorübergehendes Versteck gefunden hat. Keine endgültige Zuflucht, aber immerhin ein Unterschlupf. Und ich erzählte ihm von Frank.

»Frank«, sagte er leise. »Er ist also nicht tot.«

»Er ist noch gar nicht *geboren*.« Ich spürte, wie mich wieder eine Welle der Hysterie ergreifen wollte, aber es gelang mir, sie niederzukämpfen. »Und ich bin es auch nicht.«

Er streichelte mir über den Rücken und murmelte beruhigende gälische Worte.

»Damals, als ich dich in Fort William befreit habe«, sagte er plötzlich, »wolltest du zurück. Zurück zu den Steinen. Und ... zu Frank. Deswegen bist du weggelaufen.«

»Ja.«

»Und ich habe dich dafür geschlagen.« In seiner Stimme schwang aufrichtiges Bedauern.

»Du konntest es nicht wissen. Und ich konnte es dir nicht sagen.« Allmählich wurde ich wirklich sehr müde.

»Nein, das konntest du wohl nicht.« Er deckte mich sorgsam zu. »Schlaf jetzt, *mo duinne*. Niemand soll dir etwas tun. Ich bin bei dir.«

Ich kuschelte mich an seine warme Schulter und begann ins Dunkel des Vergessens hinabzusinken. Aber ich zwang mich noch einmal an die Oberfläche und fragte schlaftrunken: »Glaubst du mir wirklich, Jamie?«

Er seufzte und lächelte reuig auf mich herab.

»Aye, ich glaube dir, Sassenach. Aber es wäre einfacher gewesen, wenn du nur eine Hexe wärst.«

Ich schlief wie eine Tote und wachte eine Weile nach Sonnenaufgang mit fürchterlichen Kopfschmerzen und steifen Gliedern auf. Jamie hatte eine kleine Tüte Haferflocken in seiner Felltasche und zwang mich, sie mit kaltem Wasser angerührt zu essen. Mühsam würgte ich sie hinunter.

Er war behutsam mit mir und sprach kaum. Nach dem Frühstück packte er schnell unsere Sachen zusammen und sattelte Donas.

Noch vom Schock der Ereignisse betäubt, fragte ich nicht einmal, wohin wir ritten. Es genügte mir, hinter ihm auf dem Sattel zu sitzen, mein Gesicht an seinen breiten Rücken zu legen und mich vom Rhythmus des Pferdes in einen tranceartigen Zustand wiegen zu lassen.

In der Nähe von Loch Madoch kamen wir von den Hügeln herunter und trabten durch den grauen, kühlen Frühnebel. Wildenten stiegen aus dem Schilf auf und kreisten quakend über die Moorwiesen, um die letzten Langschläfer aufzuwecken. Hoch über uns flogen Wildgänse in Keilformation über den Himmel, und ihr Rufen klang nach Sehnsucht und Einsamkeit.

Der graue Nebel hob sich am nächsten Tag um die Mittagszeit, und die Sonne leuchtete schwach auf die mit Ginster gesäumten Wiesen. Ein paar Meilen nach dem Loch kamen wir auf eine schmale Straße, die nach Nordwesten führte. Sie stieg aufwärts in eine saftige Hügellandschaft, die zunehmend von Granitfelsen durchsetzt war. Nur wenige Reisende waren unterwegs, und sobald wir Pferdehufe hörten, versteckten wir uns vorsichtshalber im Gebüsch.

Nach und nach änderte sich die Vegetation, und wir kamen in Kiefernwälder. Ich sog die Luft durch die Nase ein und freute mich an dem frischen, harzigen Geruch. Wir schlugen unser Nachtlager abseits des Weges auf einer kleinen Lichtung auf. Wie Vögel, die sich ein Nest bauen, scharrten wir die Tannennadeln zusammen und legten uns, eng aneinandergekuschelt, unter Jamies Plaid.

Irgendwann in der Dunkelheit weckte er mich auf und begann mich zärtlich und langsam zu lieben, ohne dabei etwas zu sagen. Ich beobachtete die Sterne durch das Geflecht der dunklen Zweige über mir und schlief wieder ein, noch bedeckt von seinem tröstlich warmen Körper.

Am Morgen erschien Jamie fröhlicher, oder zumindest ruhiger, so als hätte er eine schwere Entscheidung getroffen. Er versprach mir zum Abendessen heißen Tee, was in der morgendlichen Kälte ein schwacher Trost war. Schläfrig klopfte ich die Kiefernnadeln und kleinen Spinnen von meinem Rock und folgte ihm zur Straße. Der schmale Weg, der sich um die hervorstehenden Felsen wand, verlor sich bald in der Ferne.

Während ich träumerisch die milde Wärme der aufsteigenden Sonne genoß, hatte ich kaum auf die Umgebung geachtet. Plötzlich jedoch fiel mein Blick auf eine wohlbekannte Felsformation. Das riß mich schlagartig aus meinem Dämmerzustand. Ich wußte, wo wir waren und warum.

»Jamie!« schrie ich auf.

Er drehte sich um. »Du wußtest es nicht?« fragte er überrascht.

»Daß wir hierher reiten? Woher denn?« Mir wurde flau im Magen. Der Craigh na Dun war nicht mehr als eine Meile entfernt; ich sah die Silhouette des Bergrückens durch die letzten morgendlichen Nebelstreifen.

Ich schluckte schwer. Sechs Monate lang hatte ich versucht, hierher zu gelangen. Jetzt, wo ich endlich da war, wäre mir jeder andere Ort lieber gewesen. Der Steinkreis war von unten nicht zu sehen, aber es schien, als ginge ein Schrecken von ihm aus, der mich in seinen Bann zog.

Weit unter dem Gipfel wurde der Weg für Donas zu unsicher, und so saßen wir ab, banden ihn an eine Kiefer und gingen zu Fuß weiter.

Ich keuchte und schwitzte, als wir oben ankamen. Jamie dagegen wirkte nicht im mindesten erschöpft. Es war ruhig hier oben, nur der Wind pfiff leise über die Felsen. Schwalben schossen an uns vorbei, ließen sich auf der Jagd nach Insekten vom Luftstrom nach oben tragen und sausten im Sturzflug wieder herab.

Jamie half mir die letzte Stufe hoch, die zu der breiten flachen Granitplatte führte, auf der der gespaltene Stein stand. Er zog mich dicht an sich heran und schaute mich aufmerksam an, als wollte er sich meine Gesichtszüge einprägen. »Warum?« begann ich, nach Atem ringend.

»Du hast diesen Ort gemeint, oder?«

»Ja.« Ich starrte wie hypnotisiert auf den Steinkreis. »Er sieht genauso aus.«

Jamie betrat mit mir den Kreis. Er faßte mich am Arm und ging mit festem Schritt auf den gespaltenen Stein zu.

»Ist es dieser hier?« fragte er.

»Ja.« Ich versuchte mich loszumachen. »Vorsicht! Komm ihm nicht zu nahe!« Er warf mir einen skeptischen Blick zu. Vielleicht war sein Mißtrauen berechtigt. Ich zweifelte plötzlich an der Wahrheit meiner eigenen Geschichte.

»Ich – ich weiß nicht, wie es passiert ist. Vielleicht hat sich das ... was immer es ist ... hinter mir geschlossen. Vielleicht geschieht das nur an bestimmten Tagen im Jahr. Damals war es kurz vor dem Maifest.«

Jamie schaute zur Sonne hinauf, einer flachen Scheibe, die hinter einem dünnen Wolkenschleier hoch am Himmel stand.

»Es ist jetzt fast Allerheiligen. Das wäre doch ein passender Zeitpunkt, findest du nicht?« Unwillkürlich überfiel ihn ein Schauer. »Als du ... durchgingst, was hast du getan?«

Ich versuchte mich zu erinnern. Mir war eiskalt, und ich steckte die Hände unter die Achseln.

»Ich bin im Kreis herumgegangen und habe mich ein bißchen umgeschaut. Und dann kam ich in die Nähe des gespaltenen Steines und hörte ein Summen wie von Bienen –«

Es klang immer noch wie ein Bienenschwarm. Ich wich zurück wie vor einer Klapperschlange.

»Es ist immer noch da«, schrie ich in Panik und warf meine Arme um Jamie, aber er löste sich von mir und schob mich entschlossen vor den Stein. Sein Gesicht war weiß.

»Und dann?« Der Wind pfiff scharf um meine Ohren, aber seine Stimme war noch schärfer.

»Ich legte meine Hand auf den Stein.«

»Dann tu es.« Als ich nicht reagierte, drängte er mich noch näher an den Stein, nahm meine Hand und legte sie fest auf die rauhe Oberfläche.

Chaos erfaßte mich – ein unwiderstehlicher Sog.

Endlich hörte das Licht auf, hinter meinen Augenlidern zu tanzen, und mein eigener schriller Schrei verklang in meinen Ohren. Aber ein anderes sich ständig wiederholendes Geräusch war zu vernehmen: Jamie, der meinen Namen rief.

Zu elend, um mich aufzusetzen oder die Augen zu öffnen, winkte ich nur mit der Hand, um ihn wissen zu lassen, daß ich noch am Leben war.

»Ich bin noch da«, sagte ich.

»O mein Gott, Claire!« Er preßte mich an sich und hielt mich fest. »Ich dachte, du wärst tot. Irgendwie... irgendwie schienst du zu verschwinden. Du hast entsetzlich ausgesehen, als würdest du dich zu Tode fürchten. Ich – ich habe dich vom Stein weggezogen. Ich habe dich festgehalten. Ich hätte es nicht tun sollen – es tut mir leid, aber...«

Ich öffnete die Augen und sah über mir sein entsetztes, angsterfülltes Gesicht.

»Es ist gut«, brachte ich mühsam hervor. Ich konnte kaum sprechen und fühlte mich schwer und orientierungslos, aber allmählich erkannte ich meine Umgebung wieder. Ich versuchte zu lächeln, fühlte aber nur ein Zucken meiner Mundwinkel.

»Jedenfalls... wissen wir... daß es immer noch funktioniert.«

»Aye, wahrhaftig!« rief er mit einem angst- und haßerfüllten Blick auf den Stein.

Er ließ mich kurz los, um sein Taschentuch in einer Pfütze naß zu machen, und strich mir damit über das Gesicht. Unablässig murmelte er Entschuldigungen. Schließlich kam ich soweit zu mir, daß ich mich aufsetzen konnte.

»Du hast mir also doch nicht geglaubt!« Trotz aller Benommenheit fühlte ich mich gerechtfertigt. »Und es ist weiß Gott wahr.«

»Ja, das ist es.« Er saß neben mir und starrte minutenlang auf den Stein. Ich fuhr mir mit dem nassen Taschentuch übers Gesicht. Immer noch fühlte ich mich matt und schwindelig. Plötzlich sprang er auf, ging zum Stein und legte die Hand darauf.

Nicht das geringste geschah, und nach einer Minute ließ er die Schultern sinken und kam zu mir zurück.

»Vielleicht geht es nur bei Frauen. Es sind immer Frauen in den Legenden. Oder vielleicht nur bei mir.«

»Jedenfalls nicht bei mir«, antwortete er. »Aber ich möchte ganz sichergehen.«

»Jamie! Sei vorsichtig!« schrie ich, konnte ihn aber nicht zurückhalten. Er ging entschlossen auf den Stein zu, schlug mit der Hand darauf, lehnte sich dagegen, schritt durch die Öffnung und wieder zurück, aber der Stein war und blieb nichts als ein stummer Monolith. Ich erschauerte allein schon bei der Vorstellung, mich dem Tor des Irrsinns ein weiteres Mal zu nähern.

Und doch hatte ich an Frank denken müssen, als ich in den Sog des Chaos geriet. Ich hatte ihn gespürt, da war ich mir ganz sicher.

Irgendwo im Nichts war ein winziger Lichtfunken gewesen, und er war darin. Ich wußte es. Ich wußte auch, daß es einen zweiten Lichtpunkt gegeben hatte, und der saß immer noch neben mir und starrte auf den Stein. Seine Stirn war schweißnaß, obwohl es kühl war.

Endlich wandte er sich zu mir und ergriff meine Hände. Er führte sie an die Lippen und küßte sie innig.

»Meine Frau«, sagte er leise. »Meine Claire. Es hat keinen Sinn, länger zu warten. Wir müssen voneinander Abschied nehmen.«

Ich brachte kein Wort hervor, aber meine Gefühle standen mir sicher – wie üblich – deutlich im Gesicht geschrieben.

»Claire« sagte er eindringlich, »du gehörst in die Zeit auf der anderen Seite von ... von diesem Stein. Du hast dort ein Zuhause, die Dinge, die dir vertraut sind. Und ... und Frank.«

»Ja«, sagte ich, »Frank ist dort.«

Jamie nahm mich bei den Armen und zog mich auf die Füße. Flehentlich schüttelte er mich.

»Auf dieser Seite gibt es nichts für dich, mein Mädchen! Nichts außer Gewalt und Gefahr. Geh!« Er drehte mich zum Steinkreis und gab mir einen leichten Stoß. Aber ich wandte mich wieder zu ihm um und griff nach seinen Händen.

»Gibt es hier wirklich nichts für mich, Jamie?« Ich schaute ihm in die Augen und hielt seinen Blick fest.

Ohne zu antworten, entzog er sich sanft und wich zurück. Plötzlich war er eine Gestalt aus einer anderen Zeit, eine Silhouette vor einer verschwommenen Hügellandschaft, das Leben in seinem Gesicht nichts als eine Täuschung, hervorgerufen von Licht und Schatten.

Ich schaute ihm in die Augen, sah darin den Schmerz und die Sehnsucht, und er wurde wieder wirklich und greifbar, mein Geliebter, Gatte, Mann.

Die Qual, die ich empfand, mußte sich in meinem Gesicht gespiegelt haben, denn er zögerte, drehte sich dann nach Osten und deutete nach unten. »Siehst du die Eichen dort unten und die Hütte dahinter?«

Ich sah eine verfallene Kate, die verlassen am Fuß des Geisterbergs stand.

»Ich gehe hinunter zu der Hütte und bleibe dort bis zum Abend, um ... um sicherzugehen, daß dir nichts passiert.« Er sah mich an, berührte mich jedoch nicht. Er schloß die Augen, als könnte er meinen Anblick nicht mehr ertragen.

»Lebe wohl«, sagte er und wandte sich zum Gehen.

Wie gelähmt blickte ich ihm nach, und dann fiel es mir ein. Ich mußte ihm etwas sagen. Ich rief ihn zurück.

»Jamie!«

Er hielt an und stand einen Augenblick reglos da, um Selbstbeherrschung ringend. Sein Gesicht war fahl und zerfurcht und seine Lippen blutleer, als er sich umdrehte.

»Aye?«

»Es gibt noch etwas ... ich muß dir noch etwas sagen, bevor ... bevor ich gehe.«

Er schloß die Augen, und es schien mir, als schwankte er, aber vielleicht war es nur der Wind, der an seinem Kilt zerrte.

»Laß es gut sein, mein Mädchen. Geh lieber. Du solltest nicht zögern. Geh!« Er wollte sich umdrehen, aber ich faßte ihn am Ärmel.

»Jamie, hör zu! Du mußt mir zuhören!« Er schüttelte hilflos den Kopf und hob die Hand, als wollte er mich wegstoßen.

»Claire ... nein. Ich kann nicht.« Der Wind trieb ihm die Tränen in die Augen.

»Es geht um den Aufstand«, sagte ich und schüttelte ihn am Arm. »Jamie, hör zu. Prinz Charlie – seine Armee. Colum hat recht! Hörst du mich, Jamie? Colum hat recht, nicht Dougal.«

»Wie? Was soll das heißen?« Endlich hörte er mir zu. Er fuhr sich mit dem Ärmel übers Gesicht, und sein Blick war scharf und klar.

»Prinz Charlie. Es wird eine Erhebung geben. Soweit hat Dougal recht, aber sie wird keinen Erfolg haben. Charlies Armee wird am Anfang Siege erringen, aber am Schluß werden alle abgeschlachtet. In Culloden, dort wird alles enden. Die – die Clans ...« Im Geiste sah ich die großen grauen Grabsteine auf dem Schlachtfeld vor mir, und auf jedem Stein stand nur der Name des Clans, dem die Männer angehört hatten, die hier zu Tode gekommen waren. Ich atmete tief durch und mußte mich an seiner Hand festhalten. Sie war eiskalt. Mich schauerte, und ich schloß die Augen, um mich auf das zu konzentrieren, was ich sagen wollte.

»Die Highlanders – alle Clans, die sich Charlie anschließen, werden vernichtet. Hunderte und Aberhunderte der Clanmitglieder werden in Culloden umkommen; die, die überleben, werden gejagt und getötet. Die Clans werden zerstört... und sie werden sich niemals wieder erheben. Nicht in deiner Zeit – und auch nicht in meiner.«

Ich öffnete die Augen und sah, daß er mich ausdruckslos anstarrte.

»Jamie, halte dich heraus!« flehte ich ihn an. »Halte deine Leute heraus, wenn du kannst. Aber du, Jamie, um Gottes willen, wenn du...« Ich unterbrach mich. Ich hatte sagen wollen, »wenn du mich liebst, Jamie«, aber ich konnte es nicht. Ich würde ihn für immer verlieren, und wenn ich bisher nicht von Liebe gesprochen hatte, so konnte ich das jetzt auch nicht tun.

»Geh nicht nach Frankreich«, sagte ich bittend. »Geh nach Amerika, oder nach Spanien. Aber um derer willen, die du liebst, Jamie, setz keinen Fuß auf das Feld von Culloden.«

Er starrte mich noch immer an. Ich fragte mich, ob er mich überhaupt verstanden hatte.

Nach einigen Augenblicken nickte er, den Blick weit in die Ferne gerichtet.

»Aye«, sagte er leise, so leise, daß ich ihn fast nicht verstand, »ja, ich habe dich verstanden.« Er ließ meine Hand fallen.

»Geh mit Gott... *mo duinne.*«

Er trat aus dem Steinkreis heraus und ging den steilen Hang hinunter, ohne zurückzublicken. Ich schaute ihm nach, bis er hinter den Eichen verschwunden war. Er ging langsam wie ein Verwundeter, der weiß, daß er sich bewegen muß, aber doch spürt, daß sein Leben langsam verebbt.

Mir zitterten die Knie. Langsam ließ ich mich auf dem Granitboden nieder und schaute den Schwalben nach. Unten sah ich das Dach der Kate, die jetzt meine Vergangenheit aufgenommen hatte. In meinem Rücken lauerte der gespaltene Stein – und meine Zukunft.

Ohne mich zu rühren, blieb ich den ganzen Nachmittag so sitzen. Ich versuchte, alle Gefühle zum Schweigen zu bringen und meinen Verstand zu benutzen. Jamie hatte die Vernunft zweifellos auf seiner Seite, wenn er mich dazu bringen wollte zurückzugehen: mein Zuhause. Sicherheit. Frank; sogar die kleinen Annehmlichkeiten des Lebens, die ich von Zeit zu Zeit doch schmerzhaft vermißte – ein heißes Bad, fließendes Wasser, von ärztlicher Versorgung und bequemen Verkehrsmitteln ganz zu schweigen.

So waren zwar die Unbilden und Gefahren dieses Lebens nicht von der Hand zu weisen, aber ich mußte auch zugeben, daß mir vieles sehr gut gefiel. Ja, das Reisen war beschwerlich, aber dafür war die Landschaft nicht zubetoniert, es gab keine lärmenden, stinkenden Automobile, die ja auch nicht ungefährlich waren. Das Leben war viel einfacher, und auch die Menschen. Nicht dümmer, aber viel direkter – abgesehen von ein paar Ausnahmen wie Colum ban Campbell MacKenzie, dachte ich grimmig.

Wegen Onkel Lambs Arbeit hatte ich an vielen verschiedenen Orten gelebt, manche sogar noch primitiver als dieser hier. Ich hatte keine Schwierigkeiten, mich an eine rauhe Umgebung anzupassen, und »die Zivilisation« fehlte mir nicht im mindesten, obwohl es mir gleichermaßen leichtfiel, mich an Annehmlichkeiten wie Elektroherde und Durchlauferhitzer zu gewöhnen. Ich zitterte im kalten Wind und schlang mir die Arme um den Leib, während ich auf den grauen Stein starrte.

Die Vernunft schien mich nicht recht weiterzubringen. Ich wandte mich seufzend meinen Gefühlen zu und ließ meine beiden Ehen Revue passieren – zuerst mit Frank, dann mit Jamie. Das hatte nur zur Folge, daß ich schluchzend zusammensackte.

Wenn mir also weder Vernunft noch Gefühl helfen konnten, wie stand es dann mit der Pflicht? Ich hatte Frank Treue geschworen, und das mit ganzem Herzen. Jamie hatte ich dasselbe Versprechen gegeben, mit der Absicht, es so bald wie möglich zu brechen. Wen von beiden wollte ich nun verraten? Ich saß immer noch da, als sich die Sonne bereits dem Horizont zuneigte und die Schwalben in ihren Nestern verschwunden waren.

Als der Abendstern zwischen den schwarzen Kiefernzweigen aufging, kam ich zu dem Schluß, daß ich in dieser Situation mit dem Verstand nicht weiterkam. Ich mußte mich auf etwas anderes verlassen – aber worauf? Ich wandte mich dem gespaltenen Felsen zu und tat einen Schritt, und noch einen, und noch einen. Ich stand still, drehte mich um und versuchte es in die andere Richtung. Ein Schritt, noch ein Schritt und noch einer, und bevor ich merkte, daß ich mich entschieden hatte, war ich schon halb den Berg hinunter, stolperte, fiel, stand wieder auf und rannte weiter.

Als ich bei der Kate ankam, außer mir vor Angst, daß er schon fort sein könnte, sah ich Donas in der Nähe grasen. Das Pferd hob den Kopf und betrachtete mich mißtrauisch.

Mit leisen Schritten ging ich weiter und stieß die Tür auf.

Er war im vorderen Zimmer und schlief auf einer schmalen Eichenpritsche. Er schlief auf dem Rücken, wie er das gewöhnlich tat, die Hände über dem Magen gefaltet, den Mund leicht geöffnet. Die letzten Lichtstrahlen fielen auf sein Gesicht, so daß es wie eine metallene Maske aussah; silbrige Tränenspuren glänzten auf der goldenen Haut, und die kupferroten Bartstoppeln leuchteten.

Ich stand da, schaute auf ihn herunter und fühlte eine unbeschreibliche Zärtlichkeit. Ganz leise legte ich mich neben ihn auf das schmale Lager und schmiegte mich an ihn. Er drehte sich im Schlaf zu mir, wie er das so oft getan hatte, hielt mich an seine Brust gedrückt und legte seine Wange an mein Haar. Als er sich im Halbschlaf eine Strähne aus dem Gesicht streichen wollte, wurde er plötzlich wach und merkte, daß ich da war. Ein Ruck ging durch seinen Körper, wir verloren das Gleichgewicht und fielen beide auf den Boden.

Ich hatte nicht den geringsten Zwiefel, daß er aus Fleisch und Blut war. Er küßte mich wild, bis ich kaum mehr Luft bekam. Aber ich ignorierte den Sauerstoffmangel und konzentrierte mich auf wichtigere Dinge.

Wir hielten einander lange in den Armen, ohne zu sprechen. Irgendwann flüsterte er: »Warum?«

Ich küßte seine feuchte, salzige Wange. Ich fühlte sein Herz gegen meine Rippen schlagen und wollte nur noch eines – für immer hierbleiben, ohne mich zu bewegen, ohne mit ihm zu schlafen, einfach nur dieselbe Luft atmen.

»Ich konnte nicht anders«, sagte ich, noch immer etwas wackelig. »Du weißt nicht, wie nahe ich daran war. Das heiße Bad hätte fast gewonnen.« Ich weinte und zitterte, weil die Entscheidung noch so frisch war, und weil die Freude über den Mann, den ich in meinen Armen hielt, mit Trauer um den Mann gemischt war, den ich niemals wiedersehen würde.

Jamie hielt mich eng umschlungen. Schließlich versiegten meine Tränen, und ich entspannte mich erschöpft. Es war mittlerweile ganz dunkel geworden, aber er hielt mich immer noch in den Armen und murmelte leise wie zu einem Kind, das Angst vor der Nacht hat. Wir wollten nicht voneinander lassen, auch nicht, um Feuer zu machen oder um eine Kerze anzuzünden.

Schließlich stand Jamie auf und trug mich zur Pritsche, setzte sich darauf und mich auf seinen Schoß. Die Tür nach draußen stand noch offen, und wir sahen die Sterne über dem Tal blinken.

»Hast du gewußt, daß es viele tausend Jahre dauert, bis das Licht der Sterne uns erreicht? Manche sind sogar schon tot, aber ihr Licht können wir immer noch sehen.«

»Wirklich?« antwortete er und strich mir über den Rücken. »Nein, das wußte ich nicht.«

Ich schlief ein, den Kopf an seine Schulter gelehnt, wachte aber kurz auf, als er mich auf ein improvisiertes Bett aus Pferdedecken hob. Er legte sich neben mich und zog mich eng an sich.

»Schlaf weiter, mein Mädchen«, flüsterte er. »Morgen bringe ich dich nach Hause.«

Wir standen noch vor dem Morgengrauen auf und waren schon auf dem Weg nach unten, als die Sonne aufging. Nur zu gern verließen wir den Craigh na Dun.

»Wohin gehen wir, Jamie?« Voller Freude sah ich einer Zukunft mit Jamie entgegen, obwohl ich dafür die letzte Gelegenheit ungenutzt verstreichen ließ, zu dem Mann zurückzukehren, der mich einst geliebt hatte – oder einst lieben würde?

Jamie zügelte sein Pferd und schaute über die Schulter zurück. Der bedrohliche Steinkreis war von hier unten nicht mehr zu sehen, und es schien, als wäre der mit Steinbrocken und Ginsterbüschen übersäte Berg hinter uns gar nicht zu ersteigen. Das zerfallene Dach der Kate glich von hier aus einem Felsen.

»Ich wünschte, ich hätte mit ihm um dich kämpfen können«, sagte er unvermittelt. Seine blauen Augen waren dunkel und ernst.

Ich lächelte ihn an.

»Es war nicht dein Kampf, es war meiner. Aber du hast trotzdem gewonnen.« Ich streckte eine Hand aus, und er drückte sie.

»Ja, aber das habe ich nicht gemeint. Wenn ich Mann gegen Mann gegen ihn gekämpft und gewonnen hätte, dann gäbe es nichts, das du bedauern müßtest.« Er zögerte. »Wenn jemals –«

»Es gibt keine Wenns mehr«, sagte ich fest. »Ich habe gestern an jedes einzelne Wenn gedacht und bin immer noch hier.«

»Gott sei Dank«, sagte er lächelnd. »Ich werde wohl nie verstehen, warum.«

Ich legte die Arme um ihn und hielt mich fest, als das Pferd den letzten steilen Abhang hinunterschlitterte.

»Weil ich verdammt noch mal ohne dich nicht leben kann, Jamie Fraser. Mehr gibt es dazu nicht zu sagen. Und wohin bringst du mich nun?«

Jamie drehte sich noch einmal im Sattel um und schaute den Berg hinauf.

»Gestern habe ich die ganze Zeit gebetet, während wir den Berg hinaufgestiegen sind; nicht darum, daß du bleibst; ich hatte das Gefühl, das wäre nicht richtig gewesen. Ich habe darum gebetet, stark genug zu sein, um dich wegschicken zu können.« Er schüttelte den Kopf.

»›Herr‹, habe ich gesagt, ›schenke mir Mut. Gib mir die Stärke, nicht auf die Knie zu fallen und sie anzuflehen zu bleiben.‹« Er riß den Blick von der Hütte los und lächelte mich kurz an.

»Es war das Schwerste, was ich je getan habe, Sassenach.« Er drehte sich nach vorne und lenkte das Pferd in Richtung Osten. Es war ein selten klarer Tag, und die Morgensonne tauchte alles in strahlendes Licht, vergoldete die Zügel, die gebogene Halslinie des Pferdes und die breiten Flächen von Jamies Gesicht und Schultern.

Er atmete tief durch und nickte über das Moor zu einem entfernten Paß zwischen zwei Felszacken hinüber.

»Und jetzt kommt das Zweitschwerste, und ich bin bereit dafür.« Er schnalzte leicht mit der Zunge, um das Pferd anzutreiben. »Wir gehen nach Haue, Sassenach. Nach Lallybroch.«

FÜNFTER TEIL

Lallybroch

26

Die Rückkehr des Hausherrn

Wir waren so glücklich, daß wir nicht viel sprachen. Donas trug uns mühelos über die flache Moorlandschaft, und ich lehnte an Jamies Rücken, die Arme um seine Hüften gelegt, und genoß das Spiel seiner Muskeln in der warmen Sonne. Welche Probleme uns auch bevorstehen mochten – und ich wußte, daß einiges auf uns zukam –, wir waren zusammen. Für immer. Und das war genug.

Als das überschäumende Glücksgefühl einer ruhigen, tiefen Freude Platz gemacht hatte, begannen wir wieder zu plaudern – über die Landschaft, durch die wir ritten, und immer mehr über mich und meine Herkunft. Er war fasziniert von meinen Erzählungen über das moderne Leben, obwohl es offensichtlich war, daß ihm vieles wie ein Märchen vorkommen mußte. Besonders über Automobile, Panzer und Flugzeuge konnte er gar nicht genug hören, und ich mußte sie ihm immer wieder in allen Einzelheiten beschreiben. Wir waren schweigend übereingekommen, Frank nicht zu erwähnen.

Schließlich wandte sich unsere Unterhaltung wieder der Gegenwart zu, Colum, der Burg, der Hirschjagd und dem Herzog.

»Er ist eigentlich ein netter Kerl«, bemerkte Jamie. Wir waren vom Pferd gestiegen und gingen nebeneinander her.

»Das kam mir auch so vor. Aber –«

»Man kann heutzutage nicht nach dem äußeren Anschein gehen«, stimmte er zu. »Wir haben uns recht gut verstanden. Abends saßen wir im Jagdhaus am Kamin und haben bis tief in die Nacht geredet. Er ist jedenfalls sehr viel gescheiter, als es scheint; er weiß, welchen Eindruck seine Stimme erweckt, und ich glaube, es ist ihm ganz recht, daß die Leute ihn für einen Hanswurst halten und nicht merken, was für ein kluger Kopf er ist.«

»Mmmm. Genau das läßt mich auf der Hut sein. Hast du ... hast du ihm etwas gesagt?«

Er zuckte mit den Schultern. »Ein wenig. Er erinnerte sich natürlich an mich.«

Ich lachte. »Habt ihr euch über die guten alten Zeiten unterhalten?«

Er grinste. Der Herbstwind blies ihm die Haare ins Gesicht.

»Nur beiläufig. Er hat mich gefragt, ob ich immer noch an Verdauungsstörungen leide. Ich habe ein harmloses Gesicht gemacht und gesagt, nein, in der Regel nicht, aber im Moment spüre ich ein leichtes Zwicken. Er hat gelacht und gemeint, er hoffe, daß ich meine schöne Gattin nicht inkommodiere.«

Darüber mußte auch ich lachen. Was der Herzog tat oder nicht tat, schien derzeit nicht von großer Bedeutung. Gleichwohl könnte seine Gunst eines Tages nützlich sein.

»Ich habe ihm ein bißchen von mir erzählt«, fuhr Jamie fort. »Daß ich zu Unrecht geächtet bin, aber kaum eine Möglichkeit hätte, das zu beweisen. Er schien wohlwollend zuzuhören, aber ich hütete mich, ihm die näheren Umstände mitzuteilen, geschweige daß ein Kopfgeld auf mich ausgesetzt ist. Ich war noch nicht sicher, ob ich ihm ganz vertrauen könnte, als ... als der alte Alec hereingerast kam, als wäre ihm der Teufel auf den Fersen, und Murtagh und ich sofort in den Sattel sprangen.«

»Wo ist Murtagh eigentlich?« fragte ich. »Er ist doch mit dir nach Leoch zurückgekommen?« Ich hoffte, daß er nicht bei Colum oder den Bewohnern von Cranesmuir in Ungnade gefallen war.

»Er ist mit mir losgeritten, aber sein Gaul konnte mit Donas nicht mithalten. Was für ein guter Kerl du bist, Donas, *mo buidheag*.« Er tätschelte den glänzenden Hals des Fuchses, und Donas schnaubte und schüttelte seine Mähne. Jamie lächelte mich an.

»Mach dir keine Gedanken um Murtagh. Der lustige Vogel kommt allein gut zurecht.«

»Lustig? Murtagh? Ich glaube, ich habe ihn noch nie lächeln sehen. Und du?«

»Aye. Mindestens zwei Mal.«

»Seit wann kennst du ihn?«

»Seit dreiundzwanzig Jahren. Er ist mein Patenonkel.«

»Ach, das erklärt einiges. Ich habe nicht angenommen, daß er sich meinetwegen so verausgabt hat.«

Jamie tätschelte mir den Schenkel. »Doch, natürlich. Er mag dich.«

»Nun, wenn du es sagst ...«

Ich holte tief Luft, um etwas zu fragen, was mir die ganze Zeit nicht aus dem Sinn ging. »Jamie?«

»Ja?«

»Geillis Duncan. Wird man sie ... werden sie sie wirklich verbrennen?«

Er zog die Stirn in Falten und nickte.

»Ich fürchte, ja. Aber nicht, bevor das Kind geboren ist. Liegt dir das auf dem Herzen?«

»Unter anderem. Jamie, schau hier.« Ich zog das Hemd über die Schulter, um ihm meine Impfnarbe zu zeigen.

»Gott im Himmel«, sagte er langsam, nachdem ich ihm meine Entdeckung erklärt hatte. Er sah mich scharf an. »Deswegen ... sie kommt also auch aus deiner Zeit?«

Ich zuckte hilflos mit den Achseln. »Ich weiß es nicht. Ich kann nur sagen, daß sie vermutlich nach 1920 geboren wurde, denn erst seitdem gibt es allgemeine Impfungen.« Ich blickte zurück, aber niedrige Wolken verhüllten die Felsen, die uns jetzt von Leoch trennten. »Vermutlich werde ich es nun nie erfahren.«

Jamie führte Donas vom Weg ab zu einem kleinen Kiefernwäldchen am Ufer eines Baches. Er faßte mich um die Taille und hob mich herunter.

»Würde nicht um sie trauern«, sagte er und hielt mich fest. »Sie ist eine böse Frau, eine Mörderin, wenn sie schon keine Hexe ist. Sie hat ihren Mann doch umgebracht, oder nicht?«

»Ja«, antwortete ich, und der Gedanke an Arthur Duncans glasige Augen ließ mir einen Schauer über den Rücken laufen.

»Ich verstehe nicht, warum sie ihn umgebracht hat«, sagte er kopfschüttelnd. »Er hatte Geld, eine gute Position, und ich glaube nicht, daß er sie geschlagen hat.«

Staunend schaute ich ihn an.

»Und das ist deine Definition eines guten Ehemanns?«

»Nun ja«, sagte er stirnrunzelnd. »Was könnte sie denn sonst noch wollen?«

»Was *sonst*?« Ich war so perplex, daß ich ihn einfach nur anstarrte, mich ins Gras setzte und anfing zu lachen.

»Was ist daran so komisch? Ich denke, wir reden über einen Mord?« Aber er lächelte und legte den Arm um mich.

»Ich habe nur gedacht, wenn das deine Definition von einem

guten Ehemann ist: Geld, Position und die Frau nicht schlagen...
was bist denn dann *du*?«

»Oh«, sagte er und grinste. »Nun, Sassenach, ich habe nie behauptet, daß ich ein guter Ehemann bin. Und du auch nicht. Sadist hast du mich, glaube ich, genannt und noch ein paar andere Dinge, die ich lieber nicht wiederholen will. Aber nie einen guten Ehemann.«

»Um so besser. Dann werde ich dich auch nicht mit Zyankali vergiften müssen.«

»Zyankali?« Er schaute mich neugierig an. »Was ist das?«

»Das Zeug, das Arthur Duncan getötet hat. Es ist ein verdammt schnelles und sehr wirksames Gift. In meiner Zeit ziemlich verbreitet, aber nicht hier.« Ich fuhr mir nachdenklich mit der Zunge über die Lippen.

»Ich habe es auf seinen Lippen geschmeckt, und dieses winzige bißchen hat ausgereicht, um mein ganzes Gesicht zu betäuben. Es wirkt augenblicklich, wie du gesehen hast. Ich hätte es wissen müssen – was mit Geillis los ist, meine ich. Vermutlich hat sie das Gift aus Kirschkernen herausgeholt, auch wenn das verdammt mühselig ist.«

»Hat sie dir gesagt, warum sie es getan hat?«

Ich seufzte und rieb mir die Füße. Meine Schuhe waren beim Kampf am Loch verlorengegangen, und die Sohlen taten mir weh.

»Ja. Das und vieles mehr. Wenn es in deiner Satteltasche etwas zu essen gibt, dann hol es doch, und ich erzähle dir alles.«

Am nächsten Tag erreichten wir das Tal Broch Tuarach. Als wir die Hügel hinunterkamen, entdeckte ich in der Ferne einen einzelnen Reiter, den ersten Menschen, den ich zu Gesicht bekam, seit wir Cranesmuir verlassen hatten.

Der Mann war kräftig und offensichtlich wohlbetucht. Eine schneeweiße Halsbinde ragte über den Kragen seines gediegenen grauen Rocks. Bei unserem Anblick zögerte er kurz und lenkte dann sein Pferd in unsere Richtung.

Wir waren nun schon bald eine Woche unterwegs, und unser Aussehen ließ zu wünschen übrig. Mit Jamie war wahrlich kein Staat zu machen. Die Hose war bis zu den Knien mit rötlichem Staub bedeckt, das Hemd schmutzig und zerrissen, und da er sich seit einer Woche nicht mehr rasiert hatte, standen ihm borstige Bartstoppeln im Gesicht. Seine Haare waren in den letzten Monaten so gewachsen, daß sie ihm bis zu den Schultern herabhingen. Normalerweise trug er sie zusammengebunden oder in einer Spange, aber jetzt hingen die kupferfarbenen Locken zerzaust herab, gespickt mit Blättern und Ranken. Das Gesicht war braungebrannt, die Stiefel aufgeplatzt, und Dolch und Schwert staken im Gürtel. Alles in allem war er der Inbegriff eines wilden Hochlandschotten.

Ich sah nicht viel besser aus. Über den Resten meines zerfetzten Unterkleids trug ich Jamies bestes Hemd. Sein Plaid hing über meinen Schultern, und unten schauten nackte Füße heraus. Mein Haar war seit Tagen nicht mehr mit einem Kamm in Berührung gekommen, und so stand es mir wüst um den Kopf.

Ich strich mir die widerspenstigen Locken aus den Augen und beobachtete, wie sich der Herr in Grau bedachtsam näherte. Jamie brachte unser Pferd zum Stehen und wartete, bis er nah genug war, um sprechen zu können.

»Es ist Jock Graham«, sagte er zu mir, »aus Murch Nardagh.« Der Mann hielt ein paar Meter vor uns an und musterte uns skeptisch. Plötzlich riß er die Augen, die zwischen Fettwülsten hervorschauten, weit auf.

»Lallybroch?« fragte er ungläubig.

Jamie nickte huldvoll. Mit einer Geste völlig unbegründeten Besitzerstolzes legte er eine Hand auf meinen Schenkel und sagte: »Und meine Lady Lallybroch.«

Jock Grahams Mund stand einen Augenblick offen, schloß sich aber schnell wieder. Mit einem Ausdruck verwirrter Ehrerbietung sagte er: »Ah ... my ... Lady«, und mit einiger Verspätung führte er die Hand an den Hut und verbeugte sich vor mir. »Sie sind also, äh, Sie gehen also nach Hause?« fragte er und versuchte den Blick von meinem Bein abzuwenden, das durch einen Riß in meinem Unterkleid hervorlugte.

»Aye. Sind Sie in letzter Zeit mal dagewesen, Jock?«

»Wie? O aye, ich bin dortgewesen. Es geht ihnen allen gut. Sie werden sich freuen, Sie zu sehen, denke ich. Alles Gute dann, Fraser.« Und er drückte seinem Pferd die Fersen in die Weichen und machte, daß er fortkam.

Wir sahen ihm nach. Plötzlich hielt er noch einmal an, drehte sich um, stellte sich in den Steigbügel auf und legte die Hände an den Mund. Der Ruf wurde uns vom Wind zugetragen:

»Willkommen zu Hause!«

Und er verschwand über eine Hügelkuppe.

Broch Tuarach bedeutet »der nach Norden schauende Turm«. Vom Berg aus gesehen war der Broch, der dem kleinen Anwesen seinen Namen gab, nicht mehr als eine Anhäufung von Steinen.

Wir kamen von oben durch einen schmalen Durchgang zwischen zwei Felsen. Schließlich wurde der Weg leichter, fiel zwischen Feldern und vereinzelten Hütten sanft nach unten ab, wo wir auf eine gewundene Straße stießen, die zum Haus führte.

Es war größer, als ich erwartet hatte: ein ansehnliches, dreistökkiges Herrenhaus mit weißem Rauhputz. Die Fenster waren mit grauem Naturstein eingefaßt, darüber erhob sich ein hohes Schieferdach mit zahlreichen Kaminen. Darum scharten sich noch einige kleinere weißgekalkte Gebäude wie Küken um eine Henne. Der alte Steinturm hinter dem Haus ragte etwa zwanzig Meter in die Höhe; er hatte ein kegelförmiges Dach, das einem Hexenhut ähnelte, und drei Reihen schmaler Schießscharten.

Als wir uns näherten, drang von den Nebengebäuden plötzlich ein fürchterlicher Lärm zu uns. Donas scheute und bäumte sich auf. Als unerfahrene Reiterin fiel ich prompt herab und landete schmählich im Straßenstaub. Jamie, der Prioritäten setzen konnte, hechtete nach dem Zügel des durchgehenden Pferdes und überließ mich meinem Schicksal.

Das kläffende, knurrende Hundpack hatte mich fast erreicht, bevor ich wieder auf den Füßen war. Voller Panik starrte ich die Bestien an, die zähnefletschend auf mich zukamen. Da ertönte ein Ruf von Jamie.

»Bran! Luke! *Sheas!*«

Kurz vor mir hielten die Hunde abrupt an. Unsicher knurrend, liefen sie durcheinander, bis Jamie wieder seine Stimme erhob.

»*Sheas, mo maise!* Bleibt stehen!« Das taten sie, und der größte Hund begann zögernd mit dem Schwanz zu wedeln.

»Claire. Komm, nimm das Pferd. Er wird sie nicht in die Nähe lassen, und die Hunde wollen mich. Geh langsam, sie werden dir nichts tun.« Er sprach beiläufig, um weder das Pferd noch die Hunde zu beunruhigen. Ich war nicht ganz so gelassen und schob mich langsam nach vorne. Donas warf den Kopf zurück und rollte die Augen, als ich nach dem Zügel griff. Ich war für derartige Zicken nicht in der richtigen Stimmung, zog den Zügel ruckartig nach unten und faßte ihn am Halfter. Er bleckte die Zähne, aber ich ließ mich nicht beeindrucken.

»Versuch es nicht!« warnte ich ihn. »Oder du wirst zu Hundefutter verarbeitet und ich werde keinen Finger krumm machen, um dich zu retten!«

Jamie ging langsam auf die Hunde zu, eine Hand nach vorne gestreckt. Jetzt erst sah ich, daß das »große Rudel« nur aus vier Hunden bestand, einem kleinen braunen Drahthaarterrier, zwei struppigen, gescheckten Hirtenhunden und einem riesigen schwarz-braunen Monster, das ohne weiteres als Höllenhund hätte durchgehen können.

Dieses geifernde Geschöpf reckte den Hals, der dicker war als meine Taille, und schnüffelte vorsichtig an den vorgestreckten Fingerknöcheln. Der Schwanz, dick wie ein Schiffstau, wedelte mit Inbrunst. Dann warf er den riesigen Kopf zurück und sprang mit Freudengebell seinen Herrn an, der flach auf den Rücken fiel.

»Also kehrt Odysseus aus dem trojanischen Krieg heim und wird von seinem treuen Hund erkannt«, bemerkte ich zu Donas, der mit einem kurzen Schnauben seine Meinung zu Homer oder der würdelosen Szene kundtat, die sich vor unseren Augen abspielte.

Jamie kraulte den Hunden, die alle vier gleichzeitig sein Gesicht lecken wollten, lachend den Pelz und zog sie an den Ohren. Schließlich gelang es ihm, aufzustehen und ihrer ekstatischen Begrüßung Einhalt zu gebieten.

»Einen gibt es jedenfalls, der sich freut, daß ich zurückkomme«, sagte er grinsend und tätschelte dem Terrier den Kopf. »Das ist Luke und das Elphin und Mars, zwei Brüder, gute Hirtenhunde. Und das«, er legte dem schwarzen Monster, dem vor Freude der Speichel aus dem Maul tropfte, liebevoll die Hand auf den Kopf, »das ist Bran.«

Mutig streckte auch ich ihm die Faust entgegen, und er schnüffelte vorsichtig daran.

Jamie gab ihm abschließend einen liebevollen Klaps und richtete sich auf. Er schaute zum Haus, nahm den tänzelnden Donas am Zügel und ging mit ihm den Hügel hinunter.

»Also kehrt Odysseus als Bettler verkleidet nach Hause zurück«, spann er meine Bemerkung von vorhin weiter. »Und jetzt«, sagte er und hob entschlossen das Kinn, »ist es an der Zeit, Penelope samt ihren Freiern entgegenzutreten.«

Als wir vor der Doppeltür standen, die hechelnden Hunde auf den Fersen, zögerte Jamie.

»Sollen wir klopfen?« fragte ich etwas nervös. Er sah mich erstaunt an und stieß die Tür auf.

»Es ist mein Haus!«

Jamie führte mich durch die Eingangshalle, vorbei an einigen überraschten Bediensteten, in den Salon. Das Schmuckstück dieses Raumes war ein großer offener Kamin mit einem polierten Sims. Hier und dort standen Gegenstände aus Silber und Porzellan herum und fingen die späte Nachmittagssonne ein. Zuerst schien es, als wäre niemand im Zimmer, aber dann regte sich jemand in der Ecke neben dem Kamin.

Sie war kleiner, als ich erwartet hatte. Da Jamie ihr Bruder war, hatte ich vermutet, daß sie mindestens meine Größe haben würde, aber die Frau neben dem Feuer war kaum größer als einen Meter fünfzig. Sie hatte uns den Rücken zugekehrt und rückte Porzellan in einer Vitrine zurecht.

Jamie erstarrte, als er sie sah.

»Jenny«, sagte er.

Die Frau fuhr herum, und ich sah ihr bleiches Gesicht und die weit aufgerissenen blauen Augen, bevor sie sich ihrem Bruder an die Brust warf.

»Jamie!« Klein wie sie war, umarmte sie ihn mit solcher Wucht, daß er leicht schwankte. Er legte ihr die Arme um die Schultern, und sie drückte ihren Kopf an seine Brust. Der Ausdruck von Ungewißheit, Sehnsucht und Freude in seinem Gesicht gab mir beinahe das Gefühl, ein Eindringling zu sein.

Als sie sich noch näher an ihn drängte und etwas auf gälisch murmelte, machte sich Entsetzen auf seinem Gesicht breit. Er griff sie an den Armen, hielt sie von sich weg und schaute auf sie herab.

Sie sahen sich sehr ähnlich; die gleichen schräggestellten dunkelblauen Augen und die gleichen hohen Backenknochen, die gleiche dünne, scharfkantige Nase, die eine Spur zu lang war. Aber im Gegensatz zu Jamie war Jenny dunkel; ihre dicken schwarzen Locken wurden hinten von einem grünen Band zusammengehalten.

Sie war schön, mit feinen, klaren Gesichtszügen und einer Haut wie Alabaster. Und sie war offensichtlich schwanger.

Jamie war weiß um die Lippen geworden. »Jenny«, flüsterte er und schüttelte den Kopf. »O Jenny. *Mo cridh*.«

Ein kleines Kind erschien in der Tür und beanspruchte ihre Aufmerksamkeit. Sie wandte sich von ihrem Bruder ab, ohne dessen inneren Aufruhr zu bemerken. Sie nahm den Jungen an der Hand und führte ihn ins Zimmer. Der Kleine war etwas verschüchtert, steckte sich zum Trost den Daumen in den Mund und versteckte sich hinter den Röcken seiner Mutter.

Denn daß sie seine Mutter war, war nicht zu leugnen. Er hatte ihren lockigen Krauskopf und die gleichen eckigen Schultern, aber das Gesicht ähnelte dem ihren nicht.

»Das ist Klein Jamie«, sagte sie und schaute voller Stolz auf ihn herunter. »Und das ist dein Onkel Jamie, *mo cridh*, der, von dem du deinen Namen hast.«

»Von mir? Du hast ihn nach mir genannt?« Jamie sah aus, als hätte er gerade einen Schlag in den Magen bekommen. Er rückte von Mutter und Kind ab und sank in einen Sessel, als wäre alle Kraft aus seinen Beinen gewichen. Er verbarg das Gesicht in den Händen.

Nun fiel auch seiner Schwester auf, daß etwas nicht stimmte. Sie berührte ihn vorsichtig an der Schulter.

»Jamie? Was ist mir dir, mein Lieber? Bist du krank?«

Er schaute zu ihr auf, und ich bemerkte, daß ihm Tränen in den Augen standen.

»Mußte das sein, Jenny? Glaubst du, ich hätte noch nicht genug gelitten für das, was geschehen ist? Mußtest du Randalls Bastard auch noch nach mir nennen, damit ich es nicht vergesse und ich mir für den Rest meines Lebens Vorwürfe mache?«

Aus Jennys blassem Gesicht war der letzte Rest Farbe gewichen.

»Randalls Bastard?« fragte sie verständnislos. »John Randall meinst du, den Hauptmann der Rotröcke?«

»Aye, genau den. Wen, in Gottes Namen, sollte ich denn sonst meinen! Du wirst dich ja wohl an ihn erinnern?« Jamie hatte sich soweit gefaßt, daß er seinen Sarkasmus wiedergefunden hatte.

Jenny musterte ihren Bruder mit hochgezogenen Augenbrauen.

»Hast du den Verstand verloren, Mann? Oder hast du auf dem Weg zu tief in die Flasche geschaut?«

»Ich hätte nie zurückkommen sollen«, murmelte er vor sich hin, erhob sich und wollte an ihr vorbeigehen, ohne sie zu berühren. Aber sie wich nicht aus und packte ihn am Arm.

»Korrigiere mich, wenn ich mich irre«, sagte Jenny langsam,

»aber ich habe den Eindruck, du willst mir unterstellen, ich hätte für Hauptmann Randall die Hure gespielt. Und da frage ich mich, welche Würmer dir ins Gehirn gekrochen sind!«

»Würmer, sagst du?« Jamie drehte sich zu ihr um, die Mundwinkel bitter nach unten gezogen. »Ich wünschte, es wäre so; ich wäre lieber tot und begraben, als meine Schwester in einer solchen Lage zu sehen.« Er packte sie bei den Schultern und schüttelte sie leicht. »Warum, Jenny, warum?« rief er aus. »Daß du deine Ehre für mich geopfert hast, hat mich vor Scham fast umgebracht. Aber das...« In einer Geste der Verzweiflung ließ er die Arme fallen, die Augen auf den schwellenden Bauch geheftet.

Er wandte sich abrupt zur Tür, und eine ältere Frau, die neugierig zugehört hatte, zog sich hastig zurück.

»Ich hätte nicht kommen sollen. Ich gehe.«

»Das tust du nicht, Jamie Fraser«, sagte seine Schwester scharf. »Nicht, solange du mir nicht zugehört hast. Setz dich, und dann erzähle ich dir alles über Hauptmann Randall.«

»Ich will es nicht wissen! Nichts, gar nichts will ich wissen!« Sie ging auf ihn zu, aber Jamie drehte sich zum Fenster und schaute auf den Hof. Als sie sich neben ihn stellte und eindringlich seinen Namen rief, stieß er sie zurück.

»Nein! Sag nichts! Ich kann es nicht ertragen!«

»Ach, tatsächlich?« Sie betrachtete ihren Bruder, wie er da breitbeinig am Fenster stand und ihr trotzig den Rücken zuwandte. Plötzlich trat ein berechnender Ausdruck in ihr Gesicht. Schnell wie der Blitz beugte sie sich vor, und ihre Hand fuhr wie eine Schlange unter seinen Kilt.

Jamie ließ einen wütenden Schrei los, fuhr hoch und wollte sich umdrehen, aber er konnte nicht, weil sie offensichtlich fester zudrückte.

»Also, Bruder, jetzt hörst du mir zu, oder ich greife noch ein bißchen fester zu«, sagte sie mit einem boshaften Grinsen.

Er stand still, rot im Gesicht, und atmete schwer. »Ich höre zu, und dann dreh' ich dir den Hals um, Janet! Laß mich los!«

Kaum hatte sie losgelassen, donnerte er sie an:

»Was, zum Teufel, fällt dir ein! Willst du mich vor meiner eigenen Frau beschämen?« Jenny ließ sich nicht weiter beeindrucken und meinte spöttisch: »Nun, wenn sie deine Frau ist, dann ist ihr dein Sack ja wohl vertrauter als mir. Ich habe ihn nicht mehr gesehen, seit du alt genug bist, um dich selbst zu waschen. Kommt mir so vor, als wäre er ein bißchen größer geworden.«

In Jamies Gesicht spiegelte sich der Zwiespalt zwischen den Geboten von Anstand und Sitte und dem Impuls des jüngeren Bruders, seiner Schwester eins auf die Rübe zu geben. Schließlich gewann der gute Ton, und er stieß zwischen den Zähnen hervor: »Laß meinen Sack aus dem Spiel! Und da du keine Ruhe geben wirst, bis ich dir zugehört habe, sprich also! Was gibt es über Randall zu sagen? Warum hast du meine Befehle mißachtet und dich und deine Familie entehrt?«

Jenny stemmte die Hände in die Hüften und richtete sich zu ihrer vollen Größe auf, bereit für den Kampf. Zwar brach sie nicht so schnell in Zorn aus wie er, aber an Temperament fehlte es ihr nicht.

»Wie bitte? Deine Befehle mißachtet, hast du gesagt? Das ist es, was dir so zusetzt, Jamie, nicht wahr? Du weißt alles am besten, und wenn wir nicht das tun, was du sagst, dann stürzen wir alle ins Verderben.« Sie machte eine ärgerliche Handbewegung. »Wenn ich an jenem Tag getan hätte, was du wolltest, dann hättest du tot auf dem Hof gelegen, Vater wäre am Galgen geendet oder eingekerkert worden für den Mord an Randall, und unsere Ländereien wären an die Krone gefallen, ganz abgesehen davon, daß ich ohne Haus und Familie in den Gassen hätte betteln gehen können.«

Jamie war jetzt nicht mehr bleich, sondern rot vor Zorn.

»Dir war es also lieber, dich zu verkaufen, als betteln zu gehen! Ich wäre eher verreckt und mitsamt Vater und den Ländereien in die Hölle gefahren, und das weißt du ganz genau!«

»Und ob ich das weiß, Jamie. Du bist und bleibst eben ein Trottel.«

»Das mußt gerade du sagen! Es reicht dir nicht, unseren guten Namen in den Dreck gezogen zu haben, du machst jetzt so weiter und trägst deine Schande in der ganzen Nachbarschaft zur Schau!«

»Das laß ich mir von dir nicht bieten, James Fraser. Was soll das heißen, ›meine Schande‹, du ahnungsloser Narr, du –«

»Was das heißen soll? Wenn du in der Gegend rumläufst mit einem Bauch wie eine Kröte?« Verächtlich zeichnete er die Rundung mit der Hand in der Luft nach.

Sie holte aus und schlug ihm mit aller Kraft ins Gesicht. Sein Kopf zuckte unter dem Aufprall zurück, und auf seiner Backe war der Abdruck ihrer Finger zu sehen. Langsam hob er die Hand an die

Wange und starrte seine Schwester an. Ihre Augen funkelten gefährlich, und ihr Busen wogte. Wie ein Sturzbach kamen die Worte zwischen ihren Zähnen hervor.

»Kröte, hast du gesagt? Du elender Feigling, du! Läßt mich hier von einem Tag auf den anderen allein, ohne ein einziges Wort zu sagen, so daß ich glauben muß, du wärst tot oder im Gefängnis, und dann schneist du hier eines Tages herein – eine Frau an der Hand –, hockst dich in mein Wohnzimmer und nennst mich Kröte und Hure –«

»Eine Hure habe ich dich nicht genannt, aber ich hätte es tun sollen! Wie kannst du –«

Trotz ihrer unterschiedlichen Größe standen Bruder und Schwester beinahe Nase an Nase und zischten sich mit gedämpfter Lautstärke an, damit ihre wüsten Beschimpfungen nicht durch das ganze Haus hallten. Angesichts der neugierigen Blicke diverser äußerst gespannter Zuhörer im Flur, in der Küche und vor den Fenstern hätten sie sich die Mühe sparen können. Die Heimkehr des Herrn von Broch Tuarach gestaltete sich wirklich sehr interessant.

Ich hielt es für das beste, wenn die beiden die Sache ohne mich auskämpften, und entfernte mich leise. In der Diele nickte ich der älteren Frau zu, die sich dort emsig zu schaffen machte, und ging auf den Hof hinaus. Dort setzte ich mich in einer Laube auf eine Bank und schaute mich um.

In einem kleinen Garten blühten die letzten Sommerrosen. Dahinter befand sich das Taubenhaus.

Der Stall und der Schuppen für das Grünfutter mußten auf der anderen Seite des Hauses liegen, genau wie die Getreidetenne, der Hühnerstall, der Gemüsegarten und die unbenutzte Kapelle. Aber ich sah auf dieser Seite noch ein kleines Steingebäude, dessen Zweck mir unbekannt war. Der leichte Herbstwind trug mir den intensiven Duft von Hopfen und Hefe zu; es handelte sich also um das Brauhaus.

Hinter dem Tor führte die Straße auf einen kleinen Hügel hinauf. Ich folgte ihr mit den Blicken und sah oben auf der Kuppe eine kleine Gruppe von Männern auftauchen, deren Silhouette sich im Abendlicht deutlich abhob. Sie blieben einige Augenblicke stehen, als würden sie sich voneinander verabschieden; dann ging einer den Hügel zum Haus hinunter, während die anderen einen

Weg einschlugen, der sie durch die Felder zu einer kleinen Ansammlung von Katen bringen würde.

Als der Mann näher kam, bemerkte ich, daß er stark hinkte. Das rechte Bein war bis zum Knie amputiert, und er trug einen hölzernen Stumpf als Prothese.

Dennoch bewegte er sich mit jugendlicher Behendigkeit. Als er auf die Laube zukam, in der ich saß, bemerkte ich, daß er kaum älter als Mitte Zwanzig sein konnte. Er war groß, fast so groß wie Jamie, aber sehr viel schmaler gebaut und geradezu mager.

Er blieb am Eingang stehen, lehnte sich auf das hölzerne Gitterwerk und betrachtete mich interessiert. Seine dicken braunen Haare fielen glatt über die hohe Stirn, und die tiefliegenden dunklen Augen strahlten Geduld und gute Laune aus.

Die Stimmen von Jamie und seiner Schwester waren so laut geworden, daß sie durch die geöffneten Fenster drangen.

»Du verdammtes Luder!« dröhnte Jamies Stimme.

»Wenn du auch nur ein bißchen Anstand im Leib hast ...« Die Antwort der Schwester wurde von einem plötzlichen Windstoß davongetragen.

Der Neuankömmling deutete mit dem Kopf zum Haus.

»Ah, Jamie ist also wieder da.«

Ich nickte, statt zu antworten, unsicher, ob ich mich vorstellen sollte.

Der junge Mann lächelte und stellte sich seinerseits vor.

»Ich bin Ian Murray, Jennys Mann. Und Sie sind vermutlich ... äh ...«

»Das Sassenach-Mädchen, das Jamie geheiratet hat«, beendete ich seinen Satz. »Ich heiße Claire. Hat sich das denn bis hierher herumgesprochen?« Ich war völlig verwirrt. Jennys *Ehemann*?

»Doch, ja. Wir haben es von John Orr gehört, der es von einem Kesselflicker in Ardraigh hat. Hier oben in den Highlands kann man nichts lange geheimhalten. Das sollten Sie – aber nein, wir sind ja verwandt, also, das solltest du wissen, selbst wenn du erst seit einem Monat verheiratet bist. Jenny fragt sich schon seit Wochen, wie du wohl bist.«

»Hure!« hörten wir Jamie im Haus brüllen. Jennys Mann machte sich nicht das geringste daraus, sondern betrachtete mich weiter mir freundlicher Neugier.

»Bist ein hübsches Mädel«, sagte er. »Magst du Jamie gern?«

»Ja . . . ja, durchaus«, antwortete ich, verblüfft von so viel Direktheit. Allmählich gewöhnte ich mich an diesen Zug der Hochlandschotten, aber von Zeit zu Zeit fühlte ich mich doch etwas überrumpelt.

Er nickte, als würde ihn die Antwort befriedigen, und setzte sich neben mich auf die Bank.

»Besser, wir geben ihnen noch ein paar Minuten«, sagte er mit einem Wink zum Haus, wo das Geschrei jetzt auf gälisch fortgesetzt wurde. Es schien ihm vollständig gleichgültig zu sein, was die Ursache des Streits war. »Die Frasers hören auf nichts mehr, wenn sie erst einmal in Harnisch sind. Wenn sie genug geschrien haben, kann man sie manchmal zur Vernunft bringen, aber vorher nicht.«

»Ja, ist mir schon aufgefallen«, sagte ich trocken, und er lachte.

»Du bist also schon lange genug verheiratet, um das herausgefunden zu haben? Wir haben gehört, daß Dougal Jamie dazu gezwungen hat, dich zu heiraten.« Er ignorierte den Kampf im Haus und schenkte mir seine ganze Aufmerksamkeit. »Aber Jenny sagte, es bräuchte mehr als einen Dougal MacKenzie, um Jamie zu etwas zu zwingen, was er nicht will. Jetzt, wo ich dich sehe, ist mir klar, daß Jamie nicht groß gezwungen werden mußte.« Er zog die Augenbrauen hoch, um mich zu weiteren Erklärungen einzuladen, drängte mich aber nicht.

»Ich denke, er hatte seine Gründe«, sagte ich mit geteilter Aufmerksamkeit. Im Haus flogen immer noch die Fetzen.

»Ja, sie streiten wohl auch wegen dir. Aber sie würde es auf alle Fälle an Jamie auslassen, ob du nun da bist oder nicht. Sie liebt Jamie vielleicht etwas zu heftig, verstehst du, und sie hat sich große Sorgen gemacht, als er weg war, besonders seit ihr Vater so plötzlich gestorben ist. Weißt du davon?« Die braunen Augen musterten mich genau, als wollte er die Tiefe des Vertrauens zwischen mir und Jamie ausloten.

»Ja, Jamie hat mir davon erzählt.«

»Und außerdem trägt sie ein Kind.«

»Ja, das habe ich bemerkt«, sagte ich.

»Ist auch nur schwer zu übersehen«, gab Ian grinsend zurück, und wir lachten beide. »Macht sie ein bißchen launisch. Aber ich kann ihr keinen Vorwurf machen. Mit einer Frau im neunten Monat will ich mich nicht streiten.« Er lehnte sich zurück und streckte sein Holzbein aus.

»Hab es bei Daumier verloren, mit Fergus nic Leodhas«, erklärte er. »Eine Kartätsche. Tut gegen Abend immer etwas weh.« Er rieb sich das Bein über der Ledermanschette, mit der der Holzstumpf befestigt war.

»Hast du es schon mit Mekkabalsam versucht?«

»Nein. Ich werde Jenny fragen, wie man das macht.«

»Ich kann es gern für dich tun«, bot ich ihm an. »Das heißt«, fügte ich mit einem Blick zum Haus hinzu, »sofern wir lang genug bleiben.« Wir plauderten noch über dies und das, lauschten aber beide mit halbem Ohr auf die zwei Streithähne. Schließlich rückte Ian seine Prothese zurecht und stand auf.

»Ich denke, wir sollten jetzt hineingehen. Wenn einer von beiden lang genug aufhört zu schreien, um den anderen zu verstehen, dann verletzen sie die Gefühle des anderen vielleicht zu sehr.«

»Hoffentlich nur die Gefühle.«

Ian kicherte. »Ach, ich glaube, Jamie würde sie nicht schlagen. Er hat gelernt, sich zurückzuhalten, wenn er herausgefordert wird. Jenny könnte ihm vielleicht eine Ohrfeige verpassen, aber mehr nicht.«

»Das hat sie schon getan.«

»Die Gewehre sind eingeschlossen, und die Messer sind alle in der Küche, abgesehen von dem, das Jamie bei sich trägt. Und ich glaube nicht, daß er sie so nah heranläßt, daß sie seinen Dolch zu fassen kriegt. Nein, denen wird nichts passieren.« Er hielt vor der Tür an. »Was dich und mich angeht, so ist das etwas anderes.«

Als Ian das Haus betrat, huschten die Dienstmädchen an ihre Arbeit. Die Haushälterin stand jedoch immer noch wie gebannt vor dem Salon; Jamies Namensträger hielt sie auf dem Arm und drückte ihn an ihren voluminösen Busen. Sie lauschte dermaßen andächtig, daß sie, als Ian sie ansprach, wie von der Tarantel gestochen hochfuhr und die Hand aufs Herz legte, um sich zu beruhigen.

Ian nickte ihr höflich zu, nahm den kleinen Jungen auf den Arm und öffnete die Tür zum Salon. Wir blieben dort stehen, um uns einen Überblick zu verschaffen. Bruder und Schwester hatten gerade eine Atempause eingelegt, standen sich aber immer noch wie zwei wütende Katzen gegenüber.

Sobald Klein Jamie seine Mutter sah, strampelte er sich aus Ians

Armen frei und lief zu ihr: »Mama! Hoch! Jamie hoch!« Sie nahm ihn auf den Arm und hielt ihn sich wie eine Waffe vor die Brust.

»Kannst du deinem Onkel sagen, wie alt du bist, mein Süßer?« Sie versuchte ihre Stimme in ein Gurren zu verwandeln, konnte aber den stählernen Ton nicht daraus verbannen. Der Junge hörte es und vergrub das Gesicht in der Halsbeuge seiner Mutter. Sie klopfte ihm mechanisch auf den Rücken, während sie ihren Bruder mit lodernden Augen musterte.

»Da er es dir nicht sagen will, werde ich es tun. Er ist am letzten Augusttag zwei geworden. Und falls du intelligent genug bist, um rechnen zu können – was ich mir erlaube zu bezweifeln –, dann wirst du feststellen, daß er sechs Monate nach dem Zeitpunkt empfangen wurde, an dem ich diesen Randall zum letzten Mal gesehen habe, und das war, als er vor unserer eigenen Haustüre mit dem Säbel auf meinen Bruder eingedroschen hat.«

»Ach, so soll das gewesen sein?« zischte Jamie seine Schwester an. »Da habe ich aber etwas anderes gehört. Es ist allgemein bekannt, daß du dir den Mann ins Bett geholt hast, nicht nur jenes eine Mal, sondern als deinen Liebhaber. Dieses Kind ist seins.« Er schaute verächtlich auf den Kleinen, der einen verstohlenen Blick auf diesen lärmenden, fremden Riesen warf. »Ich will dir glauben, wenn du behauptest, daß der neue Bastard in deinem Bauch nicht von ihm ist; Randall war bis zum März dieses Jahres in Frankreich. Du bist also nicht nur eine Hure, sondern noch dazu eine, die nicht besonders wählerisch ist. Und von wem ist die neueste Brut, wenn ich fragen darf?«

Der junge Mann neben mir räusperte sich und trat nach vorne.

»Von mir«, sagte er gelassen. »Und dieser hier auch.« Er nahm den kleinen Jungen vom Arm seiner wutschnaubenden Frau. »Manche behaupten, er sähe mir ähnlich.«

Tatsächlich war der Kleine dem Großen wie aus dem Gesicht geschnitten, wenn man einmal von den runden Backen des einen und der schiefen Nase des anderen absah. Die gleiche hohe Stirn, die gleichen schmalen Lippen, die gleichen samtbraunen Augen. Jamie starrte die beiden an und sah aus, als hätte er einen Schlag auf den Hinterkopf bekommen. Er schloß den Mund und schluckte, offenbar ratlos, was er als nächstes tun sollte.

»Ian«, brachte er schließlich kleinlaut hervor. »Ihr seid also verheiratet?«

»O ja«, rief sein Schwager gutgelaunt aus. »Wäre ja sonst nicht das richtige, oder?«

»So, so«, murmelte Jamie vor sich hin. Er räusperte sich und nickte seinem neuentdeckten Schwager zu. »Es ist sehr freundlich von dir, Ian. Ich meine, daß du sie genommen hast. Wirklich äußerst großzügig.«

Da mir schien, daß Jamie jetzt etwas moralische Unterstützung brauchen könnte, ging ich zu ihm und berührte seinen Arm. Seine Schwester musterte mich kritisch, sagte aber nichts. Jamie schien überrascht, mich hier zu sehen, als hätte er meine Existenz völlig vergessen. Und das wäre ja auch nicht erstaunlich, dachte ich. Aber er schien doch erleichtert und zog mich an der Hand nach vorne.

»Meine Frau«, sagte er etwas unvermittelt. Er nickte zu Jenny und Ian. »Meine Schwester und ihr...«

Ian und ich tauschten gerade ein höfliches Lächeln aus, als Jenny, die in dieser Situation keinen Sinn für Etikette hatte, ihm ins Wort fiel.

»Was soll das heißen – großzügig?« Sie gab ihrem Bruder mit einer verächtlichen Geste zu verstehen, was sie von ihm dachte, und wandte sich an Ian. »Er meint, es war großzügig von dir, mich trotz meiner Entehrung zu heiraten!« Sie schnaubte, »so ein schwülstiger Unsinn!«

»Entehrung?« fragte Ian erstaunt, und Jamie lehnte sich plötzlich vor und packte seine Schwester fest am Oberarm.

»Hast du ihm von Randall etwa nichts gesagt?« Er schien aufrichtig schockiert zu sein. »Jenny, wie konntest du das nur tun?«

Nur Ians Hand auf Jennys anderem Arm hielt sie davon ab, ihrem Bruder an die Kehle zu springen. Ian setzte ihr Klein Jamie auf den Arm, den sie halten mußte, wenn er nicht herunterfallen sollte. Dann legte Ian einen Arm um Jamies Schultern und führte ihn behutsam vom Kampfplatz fort.

»Es ist nicht gerade ein Gesprächsthema für den Salon«, sagte er abwehrend, »aber es interessiert dich vielleicht, daß deine Schwester in der Hochzeitsnacht noch Jungfrau war. Ich muß es schließlich wissen.«

Jennys Zorn war jetzt ziemlich gleichmäßig auf ihren Bruder und ihren Mann verteilt.

»Wie kannst du es wagen, so etwas zu sagen, Ian Murray? Meine Hochzeitsnacht geht niemanden etwas an außer dich und mich –

und ganz gewiß nicht *ihn*! Fehlt nur noch, daß du ihm die Leintücher des Hochzeitsbettes zeigst!«

»Wäre nicht schlecht, meinst du nicht? Jedenfalls wäre er dann still«, sagte Ian, dem daran gelegen war, die Wogen zu glätten. »Komm jetzt, *mi dhu*, du solltest dich nicht so aufregen, es ist schlecht für das Baby. Und für Klein Jamie ist das Geschrei auch nichts.« Er streckte die Arme nach seinem Sohn aus, der den Tränen nah war. Ian schaute mich an und machte mit dem Kopf ein aufforderndes Zeichen in Richtung Jamie.

Ich begriff und führte Jamie zu einem Lehnstuhl in einer neutralen Ecke. Ian sorgte dafür, daß Jenny neben ihm auf dem Sofa Platz nahm, und legte ihr den Arm fest um die Schultern.

Trotz seiner bescheidenen Art hatte Ian Murray keine Schwierigkeiten, sich durchzusetzen. Ich hatte die Hand auf Jamies Schulter gelegt und fühlte, wie die Spannung in ihm ein wenig nachließ. Das Zimmer ähnelte einem Boxring – die Gegner saßen mit ihrem Trainer in gegenüberliegenden Ecken und warteten ungeduldig auf den Gong zur nächsten Runde.

Ian nickte seinem Schwager zu und lächelte. »Jamie. Gut, dich zu sehen, Mann. Wir freuen uns, daß du wieder zu Hause bist, und mit dir deine Frau. Nicht wahr, *mi dhu*?« wandte er sich mit deutlicher Absicht an Jenny und faßte sie fester an der Schulter.

Aber sie war nicht der Typ, der sich zu irgend etwas zwingen ließ. Ihre Lippen waren zu einer schmalen Linie zusammengepreßt und öffneten sich nur einen winzigen Spalt. »Kommt darauf an.«

Jamie fuhr sich mit der Hand übers Gesicht und schaute auf, als wäre er zur nächsten Runde bereit.

»Ich sah dich mit Randall ins Haus gehen«, sagte er stur. »Hinterher hat er mir erzählt, daß du ein Muttermal auf der Brust hast. Kannst du mir vielleicht erklären, woher er das wissen soll, he?«

Sie schnaubte heftig. »Kannst du dich an alles erinnern, was an jenem Tag geschah, oder hat dir der Hauptmann mit dem Säbel die Erinnerung aus dem Gehirn geschlagen?«

»Natürlich erinnere ich mich! Ich werde es wohl kaum vergessen!«

»Dann wirst du dich vielleicht auch erinnern, daß ich dem Hauptmann einen Stoß mit dem Knie gegeben habe, der gesessen hat.«

Jamie zuckte die Schultern und ließ ein knappes »Ja« hören.

»Nun, Jamie«, fuhr Jenny überlegen fort, »wenn deine Frau – ihren Namen könntest du mir ja schon sagen, du hast überhaupt keine Manieren –, wenn deine Frau dich in dieser Art behandeln würde – und du hättest es wirklich verdient –, wärst du dann wohl in der Lage, kurz darauf deinen ehelichen Pflichten nachzukommen?«

Jamie, der etwas hatte einwenden wollen, schloß plötzlich den Mund. Er schaute seine Schwester durchdringend an, und dann begann ein Mundwinkel zu zucken.

»Kommt darauf an.« Er lehnte sich im Stuhl zurück und betrachtete seine Schwester mit dem skeptischen Ausdruck des jüngeren Bruders, der zwar weiß, daß er für Märchen eigentlich zu alt ist, sie aber dennoch halb glaubt.

»Wirklich?« fragte er.

Jenny wandte sich an Ian. »Geh und hol die Leintücher!« befahl sie.

Jamie hob beide Hände zum Zeichen seiner Unterwerfung. »Nein, nein, ich glaube dir. Es war nur sein Verhalten hinterher ...«

Jenny war gnädig. Entspannt lehnte sie sich an Ian und zog ihren Sohn an sich.

»Nach alldem, was er vorher von sich gegeben hatte, konnte er vor seinen Männern wohl schlecht zugeben, daß er nicht dazu in der Lage war, oder? Er mußte doch den Anschein erwecken, daß er seine Drohung wahrgemacht hatte. Und ich muß schon sagen, der Kerl war ziemlich ekelhaft. Er zerriß mir das Kleid und schlug mich halb ohnmächtig. Als ich wieder zu mir gekommen war und mich einigermaßen angezogen hatte, waren die Engländer weg, und du mit ihnen.«

Jamie seufzte tief und schloß kurz die Augen. Seine breiten Hände lagen auf den Knien, und ich hatte meine obendrauf gelegt. Er nahm sie und lächelte mir leise zu, bevor er sich wieder an seine Schwester wandte.

»Gut«, sagte er. »Aber eines möchte ich noch wissen, Jenny: Hast du gewußt, daß er dir nichts würde antun können, als du mit ihm gegangen bist?«

Sie war einen Augenblick still und schaute ihrem Bruder fest in die Augen. Schließlich schüttelte sie mit einem feinen Lächeln den Kopf.

Sie streckte die Hand vor, um Jamie Einhalt zu gebieten, und zog fragend die Augenbrauen hoch. »Wenn dein Leben ein geeignetes Tauschpfand für meine Ehre ist, dann erkläre mir doch bitte, warum meine Ehre kein geeignetes Tauschpfand für dein Leben ist? Oder willst du mir vielleicht erzählen, daß ich dich nicht ebenso lieben darf wie du mich? Dann, Jamie Fraser, dann laß dir gleich gesagt sein, daß das nicht stimmt.«

Jamie wollte etwas erwidern, aber diese Erklärung machte ihn plötzlich sprachlos. Er schloß den Mund, und seine Schwester konnte fortfahren.

»Ich liebe dich nämlich, auch wenn du ein verdammter Dickschädel bist, und ich will nicht, daß du tot vor meinen Füßen liegst, nur weil du zu stur bist, um wenigstens einmal in deinem Leben den Mund zu halten!«

Blaue Augen funkelten in blaue Augen. Jamie schluckte die Beleidigungen und suchte nach einer vernünftigen Antwort. Er schien sich zu etwas durchzuringen. Schließlich richtete er sich in seinem Stuhl gerade auf und sagte:

»Nun gut. Es tut mir leid. Ich habe dir unrecht getan, und ich bitte dich um Verzeihung.«

Er und seine Schwester starrten sich an, aber Jamie wartete vergeblich auf ein Zeichen der Vergebung. Sie biß sich auf die Lippen, sagte aber nichts. Schließlich wurde er ungeduldig.

»Ich habe gesagt, es tut mir leid! Was soll ich sonst noch tun? Wenn du willst, daß ich vor die auf die Knie falle, dann tu ich auch das, aber sag es mir!«

Sie schüttelte langsam den Kopf.

»Nein«, sagte sie schließlich. »Ich will nicht, daß du in deinem eigenen Haus auf die Knie fällst. Steh auf.«

Jamie tat es, sie setzte das Kind aufs Sofa und stellte sich vor ihn.

»Zieh dein Hemd aus«, befahl sie.

»Nein!«

Sie riß ihm das Hemd aus dem Kilt und griff nach den Knöpfen. Wenn er nicht gewaltsam Widerstand leisten wollte, mußte er nachgeben. Er trat einen Schritt zurück und zog das besagte Kleidungsstück mit zusammengepreßten Lippen aus.

Sie betrachtete seinen Rücken mit der gleichen ausdruckslosen Miene, die ich an Jamie beobachtet hatte, wenn er ein starkes Gefühl verbergen wollte. Sie nickte, als hätte sie Bestätigung für etwas gefunden, was sie seit langem vermutet hatte.

»Nun, Jamie, du bist vielleicht ein Narr gewesen, aber du hast weiß Gott dafür bezahlt. Es muß sehr schlimm gewesen sein.«

»Das war es auch.«

»Hast du geweint?«

Unwillkürlich ballte er die Hände. »Ja!«

Jenny trat vor ihn, hob das Kinn und schaute ihn an. »Ich auch«, sagte sie leise. »Jeden Tag, seit sie dich mitgenommen haben.«

Ich erhob mich leise und ging hinaus, um sie allein zu lassen. Als ich die Tür hinter mir schloß, sah ich gerade noch, wie Jamie die Hände seiner Schwester ergriff und mit belegter Stimme etwas auf gälisch sagte. Sie trat in seine offenen Arme, und sein Kopf neigte sich zu ihrem.

27

Der letzte Grund

Wir fielen wie die Wölfe über unser Abendessen her, gingen dann in unser geräumiges Zimmer und schliefen tief und fest. Als wir aufstanden, stand die Sonne hoch am Himmel. Die Geräusche von Menschen, die fröhlich ihrer Arbeit nachgingen, und der Essensduft, der die Treppe hinaufwehte, ließen darauf schließen, daß es schon spät war.

Nach dem Frühstück machten sich die Männer fertig, um nach draußen zu gehen, Pächter zu besuchen, Zäune zu überprüfen, Wagen zu reparieren und was der vergnüglichen Aktivitäten mehr sind. Als sie in der Eingangshalle ihre Mäntel anzogen, sah Ian Jennys großen Korb auf einem Tisch unter dem Garderobenspiegel stehen.

»Wolltest du Äpfel pflücken, Jenny? Ich kann es noch tun, dann brauchst du nicht so weit zu laufen.«

»Gute Idee«, sagte Jamie mit einem Blick auf ihre ausladende Vorderseite. »Wir wollen schließlich nicht, daß sie es auf der Straße fallen läßt.«

»*Dich* werde ich gleich fallen lassen, Jamie Fraser«, gab sie zurück, während sie Ian in den Mantel half. »Vielleicht könntest du dich einmal im Leben nützlich machen und den Kleinen mit hinausnehmen. Mrs. Crook ist im Waschhaus, da kannst du ihn lassen.« Klein Jamie hatte sich an die Röcke seiner Mutter geklammert und rief seit einer Weile monoton »Hoch! hoch!«. Sein Onkel packte den Quälgeist mit einer Hand, hielt ihn mit dem Kopf nach unten in die Luft und trug ihn zur Tür hinaus, was der Kleine mit begeistertem Gequietsche quittierte.

Jenny tat einen Seufzer der Erleichterung und inspizierte ihre Erscheinung in dem goldgerahmten Spiegel. Ihre Wangen waren leicht gerötet, und der Glanz ihrer dunklen Haare wurde von der blauen Seide ihres Kleides noch betont. Ian lächelte sie mit seinen warmen braunen Augen an – offensichtlich genoß er den Anblick, den seine blühende Frau bot.

»Vielleicht hast du Zeit, dich mit Claire zu unterhalten«, schlug er vor und zwinkerte mir zu. »Ich denke, sie ist höflich genug, dir zuzuhören, aber deklamiere um Himmels willen keine Gedichte von dir, sonst sitzt sie in der Kutsche nach London, bevor Jamie und ich zurück sind.«

Jenny schnippte mit den Fingern unter seiner Nase, ohne sich viel aus den Hänseleien zu machen.

»Ich würde mir keine zu großen Sorgen machen, Mann. Die nächste Kutsche fährt im April, und bis dahin wird sie sich an uns gewöhnt haben. Raus mit dir, Jamie wartet auf dich.«

Während die Männer ihrer Arbeit nachgingen, saßen Jenny und ich im Salon, sie flickte und stopfte, und ich wickelte Garnrollen auf und sortierte die bunten Seidenröllchen.

Nach außen hin waren wir beide, Jamies Schwester und Jamies Ehefrau, freundlich, aber wir waren auf der Hut. Ohne daß wir es aussprachen, war Jamie der Mittelpunkt, um den unsere Gedanken kreisten.

Die gemeinsame Kindheit der beiden verband sie für immer wie Schuß und Kette ein und desselben Tuches, aber das Gewebe hatte sich durch Abwesenheit, Mißtrauen und Heirat gelockert. Ians Faden war von Anfang an mit dabeigewesen, meiner war neu. Wie würde sich das Muster verändern?

Unsere Unterhaltung bewegte sich in konventionellen Bahnen, aber die ungesprochenen Gedanken dahinter waren deutlich zu hören.

»Du bist allein für dieses Haus verantwortlich, seit deine Mutter gestorben ist?«

»Aye, seit ich zehn bin.«

Als er noch ein Junge war, habe ich ihn geliebt und mich um ihn gekümmert. Was wirst du mit dem Mann machen, den ich aufgezogen habe?

»Jamie sagt, du wärst eine ausgezeichnete Heilerin.«

»Ich habe seine Schulter in Ordnung gebracht, als wir uns zum ersten Mal begegnet sind.«

Ja, ich bin durchaus fähig, für ihn zu sorgen.

»Ich habe gehört, ihr habt sehr schnell geheiratet.«

Hast du meinen Bruder wegen seines Landbesitzes und seines Vermögens geheiratet?

»Ja, es war schnell. Bis kurz vor der Trauung kannte ich nicht einmal seinen richtigen Nachnamen.«

Ich wußte nicht, daß er der Herr von diesem Anwesen ist. Also kann ich ihn nur um seiner selbst willen geheiratet haben.

Und so ging es weiter, bis in die Nachmittagsstunden hinein – wir plauderten über Unverfängliches, tauschten Neuigkeiten, Meinungen und kleine Witze aus, während wir einander einzuschätzen versuchten. Eine Frau, die von Kindesbeinen an einen großen Haushalt geführt hat, die nach dem Tod ihres Vaters das Familienvermögen verwaltet hat und mit dem Verschwinden ihres Bruders fertig werden mußte, war nicht zu unterschätzen. Ich fragte mich, was sie von mir hielt, aber sie konnte das, was sie wirklich dachte, ebenso gut wie ihr Bruder verbergen.

Als die Uhr auf dem Kaminsims fünf schlug, gähnte Jenny und reckte sich, und das Kleidungsstück, an dem sie arbeitete, rutschte über die Rundung ihres Leibes auf den Boden.

Mühsam angelte sie danach, aber ich kam ihr schnell zu Hilfe und bückte mich, um es aufzuheben.

»Danke . . . Claire.« Zum ersten Mal sprach sie mich mit meinem Namen an, begleitet von einem zurückhaltenden Lächeln, das ich erwiderte.

Bevor wir unsere Unterhaltung wiederaufnehmen konnten, wurden wir von Mrs. Crook, der Haushälterin, unterbrochen, die ihre lange Nase in die Tür streckte und besorgt fragte, ob wir den kleinen Herrn Jamie gesehen hätten.

Jenny legte ihre Näharbeit mit einem Seufzer beiseite.

»Ist er wieder entwischt? Kein Grund zur Sorge, Lizzie. Vermutlich ist er mit seinem Onkel oder seinem Vater unterwegs. Sollen wir ihn suchen, Claire? Ich könnte ein bißchen frische Luft vor dem Abendessen gebrauchen.«

Sie erhob sich mühsam und drückte sich die Hände ins Kreuz. »Noch drei Wochen. Ich kann es kaum mehr erwarten.«

Wir gingen langsam über das Anwesen. Jenny zeigte mir das Brauhaus und die Kapelle. Als wir zum Taubenschlag kamen, hörten wir Stimmen.

»Da ist der kleine Schlingel!« rief Jenny. »Warte, bis ich ihn erwische!«

Ich legte ihr die Hand auf den Arm und machte sie darauf aufmerksam, daß Jamie bei ihm war.

»Mach dir nichts draus, junger Mann, du lernst es schon noch. Ist ein bißchen schwierig, wenn dein Piepel noch nicht über deinen Bauch raussteht.«

Ich schaute um die Ecke und sah Jamie auf einem Holzstumpf sitzen, in eine Unterhaltung mit seinem Namensvetter vertieft, der sich mannhaft mit den Falten seines Kittels herumschlug.

»Was tutst du mit dem Kind?« fragte ich vorsichtig.

»Ich lehre Klein James die Kunst, nicht auf die Füße zu pinkeln. Denke, das ist das mindeste, was sein Onkel für ihn tun kann.«

Ich zog eine Augenbraue hoch. »Worte kosten nichts. Wie wär's mit einer Vorführung?«

Er grinste. »Wir haben schon ein paar praktische Demonstrationen hinter uns. Das letzte Mal hatten wir aber doch einen kleinen Unfall.« Onkel und Neffe warfen sich vorwurfsvolle Blicke zu.

»Brauchst mich gar nicht so anzuschauen«, wehrte sich Jamie. »Es war deine Schuld. Ich habe dir gesagt, du sollst stillhalten.«

»Aha«, meinte Jenny trocken und betrachtete ihren Bruder und ihren Sohn kritisch. Klein Jamie streifte verlegen den Kittel über den Kopf, aber Groß Jamie stand fröhlich grinsend auf, klopfte sich den Schmutz von den Kleidern, legte eine Hand auf den verhüllten Kopf seines Neffen und drehte ihn in Richtung Haus.

»Alles zu seiner Zeit, kleiner James. Erst arbeiten wir, dann waschen wir uns, und dann ist es, Gott sei Dank, Zeit fürs Abendessen.«

Nachdem Jamie die dringendsten Angelegenheiten erledigt hatte, nahm er sich am nächsten Nachmittag Zeit, mir das Haus zu zeigen. Es war im Jahre 1702 erbaut und wirklich modern für seine Zeit, mit Kachelöfen und in der Küche einem großen Backofen, so daß man das Brot nicht mehr in der Asche der Feuerstelle backen mußte. Die Wände der Eingangshalle, des Treppenhauses und des Salons waren mit Bildern geschmückt, überwiegend Ahnenporträts, aber auch ein paar Landschaftsszenen und Tierbilder.

Ich stand vor einem Bild, das Jenny als junges Mädchen zeigte. Sie saß lachend vor der Gartenmauer, eingerahmt von rotblättrigem Wein. Oben auf der Mauer kämpften Vögel um die beste Position, Spatzen, eine Drossel, eine Lerche und sogar ein Fasan.

Das Bild hob sich deutlich von den anderen ab, auf denen dieser oder jener Vorfahre in formvollendeter Haltung aus dem Rahmen herausschaute, als würde ihn sein gestärkter Kragen quälen.

»Meine Mutter hat das gemalt«, sagte Jamie, der mein Interesse bemerkt hatte. »Im Treppenhaus hängt noch mehr von ihr. Dieses hat sie am liebsten gemocht.« Ein großer Finger berührte die Leinwand und fuhr zärtlich über die roten Weinblätter. »Das waren Jennys zahme Vögel. Jeder, der einen Vogel mit einem lahmen Bein oder einem gebrochenen Flügel fand, brachte ihn zu Jenny, und in wenigen Tagen war er wieder gesund und fraß ihr aus der Hand. Dieser hier hat mich immer an Ian erinnert.« Er deutete auf den Fasan, der die Flügel ausgebreitet hatte, um sein Gleichgewicht zu halten, und anbetend auf seine Herrin schaute.

»Du bist schrecklich, Jamie«, sagte ich lachend. »Gibt es auch ein Bild von dir?«

»Aye.« Er führte mich an die gegenüberliegende Wand.

Zwei rothaarige Knaben im Schottenkaro saßen neben einem riesigen Jagdhund und starrten ernst aus dem Rahmen. Bei dem Hund mußte es sich wohl um Nairn handeln, Brans Großvater. Jamie war auf dem Bild kaum älter als zwei. Er stand zwischen den Knien seines älteren Bruders Willie, der mit elf an den Pocken gestorben war, und seine kleine Hand ruhte auf dem Kopf des Hundes.

Auf der Reise von Leoch hierher hatte mir Jamie von Willie erzählt. Er hatte eine kleine Schlange aus seiner Felltasche hervorgezogen, die aus Kirschbaumholz geschnitzt war.

»Willie hat sie mir zu meinem fünften Geburtstag geschenkt«, sagte er und strich liebevoll über die Biegungen des Holzes. Es war eine komische kleine Schlange, mit vielen Windungen: den Kopf hatte sie nach hinten gewendet, als würde sie über die Schulter schauen, wenn Schlangen Schultern hätten.

Jamie reichte mir den kleinen Gegenstand, und ich drehte ihn behutsam hin und her.

»Was ist hier in die Unterseite geritzt? S-a-w-n-y. Sawny?«

»Das bin ich«, sagte Jamie und schien ein bißchen verlegen. »Es ist ein Spitzname, kommt von Alexander, meinem zweiten Vornamen. So hat mich Willie immer genannt.«

Die Gesichter auf dem Bild ähnelten sich sehr; alle Fraser-Kinder hatten diesen geraden, offenen Blick. Auf diesem Bild hatte Jamie allerdings noch eine Stupsnase, und seine Backen waren rund, anders als bei seinem Bruder, dessen kräftige Knochen bereits verhießen, daß ein starker Mann aus ihm werden würde, ein Versprechen, das nie eingelöst wurde.

»Mochtest du ihn sehr gern?« fragte ich mitfühlend und legte ihm eine Hand auf den Arm. Er nickte und schaute in die Flammen.

»O ja«, sagte er mit einem wehmütigen Lächeln. »Er war fünf Jahre älter als ich, und ich dachte, er sei Gott oder zumindest Christus. Bin ihm überallhin gefolgt, sofern er mich gelassen hat.«

Er drehte sich um und ging zum Bücherregal. Ich wollte ihn einen Augenblick allein lassen und blieb am Fenster stehen.

Von dort sah ich durch den Regen in der Ferne den Umriß eines felsigen Hügels mit einer flachen Graskuppe. Es erinnerte mich an meinen Zauberberg, wo ich durch einen gespaltenen Stein getreten war und auf der anderen Seite aus einer Kaninchenhöhle hervorgekrochen war. Das war erst sechs Monate her. Es schien wie eine Ewigkeit.

Jamie hatte sich neben mich ans Fenster gestellt. Geistesabwesend schaute er in den Regen hinaus, bis er unvermittelt sagte: »Es gibt noch einen anderen Grund. Den Hauptgrund.«

»Einen Grund?« wiederholte ich verständnislos.

»Warum ich dich geheiratet habe.«

»Und der war?« Ich weiß nicht, was ich erwartet hatte, vielleicht weitere Eröffnungen über verwirrte Familienverhältnisse. Was er dann aber sagte, war beinahe ein noch größerer Schock.

»Weil ich dich wollte.« Er schaute mir direkt ins Gesicht. »Mehr, als ich jemals irgend etwas in meinem Leben gewollt habe«, fügte er leise hinzu.

Ich starrte ihn an. Alles mögliche hatte ich erwartet, aber nicht das. Als er meine Verblüffung sah, fuhr er leichthin fort: »Ich habe meinen Vater einmal gefragt, wie man weiß, wann es die richtige Frau ist, und er hat geantwortet: ›Du merkst es daran, daß du keinen Zweifel hast.‹ Als ich im Dunkeln unter dem Baum an der Straße nach Leoch aufwachte und du mir auf der Brust saßest und mich beschimpft hast, daß ich zu Tode bluten würde, da hab' ich mir gesagt: Jamie Fraser, du weißt zwar nicht, wie sie aussieht, und sie wiegt so viel wie ein gutes Zugpferd, aber das ist sie.«

Ich ging auf ihn zu, aber er wich aus, und es sprudelte weiter aus ihm heraus. »Ich sagte mir: Sie hat dich schon zweimal zusammengeflickt, mein Junge; so, wie das Leben unter den MacKenzies ist, kann es nichts schaden, eine Frau zu heiraten, die Wunden versorgen und Knochen einrenken kann. Und wenn ihre Berührung am Schlüsselbein schon so angenehm ist, wie wird das dann erst weiter unten sein...«

Er sprang hinter einen Stuhl. »Natürlich habe ich mir auch gesagt, daß es einfach das Ergebnis von vier Monaten Mönchsleben sein konnte, aber dieser gemeinsame Ritt durch die Nacht...« – er seufzte theatralisch und verhinderte mit einer eleganten Bewegung, daß ich ihn am Ärmel zu fassen bekam –, »dieser Ritt, weißt du, mit diesem wunderbar breiten Hintern zwischen meinen Schenkeln...« – er duckte sich und wich erfolgreich meiner Hand aus, die auf sein linkes Ohr gezielt hatte –, »und dieser steinharte Schädel, der mir gegen die Brust schlug, da mußte ich mir einfach sagen...«

Er lachte inzwischen so sehr, daß er kaum mehr Luft bekam. »Jamie..., sagte ich mir, sie ist zwar ein Sassenach-Weib... mit einer Zunge wie eine Natter..., aber bei einem solchen Hintern, was macht es dann schon, wenn sie ein Gesicht hat wie ein Schaf?«

Ich stellte ihm ein Bein und landete mit beiden Knien auf seinem Magen, als er krachend zu Boden ging.

»Du willst behaupten, du hättest mich aus Liebe geheiratet?« bohrte ich. Er zog die Augenbrauen hoch und rang nach Atem.

»Habe ich... das... nicht gerade gesagt?«

Er packte mich mit einer Hand, und mit der anderen bahnte er sich einen Weg unter meinen Rock, um mich gnadenlos in den Teil meiner Anatomie zu kneifen, den er gerade so gepriesen hatte.

In diesem Augenblick segelte Jenny herein, die ihren Handarbeitskorb holen wollte, und betrachtete die Szene belustigt. »Und was hast du vor, Jamie, mein Junge?«

»Ich will gerade meine Frau lieben«, stieß er kichernd hervor.

»Dafür gäbe es bestimmt einen besseren Platz. Auf diesem Boden könntet ihr euch einen Splitter in den Hintern reißen.«

Lallybroch war zwar ein friedlicher Ort, aber auch ein sehr geschäftiger. Jedermann schien gleich nach dem ersten Hahnenschrei auf den Beinen zu sein, und der ganze Betrieb summte und tickte bis nach Sonnenuntergang wie ein kompliziertes Uhrwerk. Dann kam ein Zahnrad nach dem anderen zum Stillstand und rollte in die Dunkelheit davon, nur um an nächsten Morgen, wie von Zauberhand gelenkt, wieder an Ort und Stelle zu sein.

Jeder Mann, jede Frau und jedes Kind schienen für das Funktionieren des Ganzen so wesentlich zu sein, daß ich mir gar nicht vorstellen konnte, wie Lallybroch die Zeit ohne seinen Herrn und Meister hatte überstehen können. Jetzt wurde nicht nur Jamie, sondern auch ich voll eingespannt. Zum ersten Mal verstand ich, warum die Schotten Faulheit dermaßen verabscheuten; früher – oder vielleicht sollte ich sagen, später – hatte ich das eher schnurrig gefunden, aber jetzt sah ich, daß Faulheit nicht nur als Zeichen moralischer Verworfenheit betrachtet wurde, sondern auch als ein Vergehen gegen die natürliche Ordnung.

Dennoch gab es auch jene besonderen Momente, die nur allzuschnell wieder zerrannen, wo alles stillzustehen und die Existenz in vollkommenem Gleichgewicht zu sein schien – wie der Augenblick, in dem Hell und Dunkel ineinander übergehen und man von beiden oder von keinem umgeben ist.

So ein Augenblick war es, als ich am Abend des zweiten oder dritten Tages nach unserer Ankunft auf einem Zaun hinter dem Haus saß. Mein Blick schweifte über die braunen Felder hinter dem Steinturm und über die Baumgruppe oben am Paß, die sich schwarz vom perlfarbenen Abendhimmel abhob. Die Schatten verschmolzen mit der Dämmerung, und die Entfernung der Dinge voneinander war kaum mehr auszumachen.

Die Luft roch nach Frost, und ich wußte, daß ich bald hineingehen mußte, aber ich wollte den Zauber der stillen Schönheit des Augenblicks nicht brechen. Plötzlich legte mir Jamie, den ich nicht hatte kommen hören, ein schweres Wollcape über die Schultern. Erst als mich der dicke Stoff einhüllte, merkte ich, wie sehr ich gefroren hatte.

Zusammen mit dem Umhang umfingen mich auch Jamies Arme, und ich lehnte mich leicht zitternd an ihn.

»Ich habe vom Haus aus gesehen, wie du frierst«, sagte er und rieb meine Hände. »Wenn du nicht aufpaßt, erkältest du dich.«

»Und du?« Ich drehte mich zu ihm um. Er hatte nichts an außer Hemd und Kilt und schien sich darin durchaus wohl zu fühlen, obwohl es zunehmend kälter wurde. Nur die leichte Rötung seiner Nase zeigte an, daß es kein lauer Sommerabend war.

»Ich bin daran gewöhnt. Schotten sind nicht so dünnblütig wie die Blaunasen aus dem Süden.« Er küßte mich lächelnd auf die Nase. Ich faßte ihn bei den Ohren und lenkte seine Liebkosungen ein kleines Stück nach unten.

Es dauerte lang genug, um unsere Körpertemperatur aneinander anzugleichen, und als er mich schließlich losließ, sang mir das Blut warm in den Ohren. Ich lehnte mich zurück und versuchte, auf dem Zaun mein Gleichgewicht zu halten. Der Wind blies mir einzelne Haarsträhnen ins Gesicht. Jamie breitete sie wie einen Fächer aus, so daß die untergehende Sonne von hinten hindurchschien.

»Du siehst aus, als hättest du einen Heiligenschein«, sagte er leise. »Ein Engel mit einer goldenen Krone.«

»Und du auch«, antwortete ich und fuhr ihm mit den Fingern zärtlich übers Kinn. »Warum hast du es mir nicht früher gesagt?«

Er wußte, was ich meinte. Er zog eine Augenbraue hoch und lächelte.

»Ich wußte, daß du mich nicht heiraten wolltest. Ich hatte nicht die Absicht, dich mit einem solchen Geständnis zu belasten oder mich lächerlich zu machen. Es war mir klar, daß du nur neben mir lagst, weil du einem Versprechen treu warst, das du lieber gar nicht erst gegeben hättest.« Er grinste und kam meinem Protest zuvor. »Jedenfalls beim ersten Mal. Ich habe meinen Stolz, Frau.«

Ich streckte die Arme aus und zog ihn an mich, so nah, daß er zwischen meinen Beinen stand. Ich fühlte, daß seine Haut doch kühl war, und schlang ihm die Beine um die Hüften und das Cape um uns beide. Unter dem wärmenden Stoff legte er seine Arme eng um mich und drückte meine Wange gegen seine Brust.

»Geliebte«, flüsterte er. »O meine Geliebte, wie sehr ich dich begehre.«

»Nicht dasselbe, oder? Lieben und begehren, meine ich.«

Er lachte leise in mein Ohr. »Aber verdammt nah beieinander, Sassenach, jedenfalls für mich.« Ich spürte die Intensität seines Verlangens hart und drängend. Plötzlich machte er einen Schritt zurück, beugte sich herunter und hob mich vom Zaun.

»Wohin gehen wir?« Er führte mich vom Haus weg zu den Schuppen, die im Schatten der Ulmen standen.

»In einen Heustadel.«

28

Küsse und Unterhosen

Nach und nach fand ich in Lallybroch meinen Platz. Da Jenny die langen Wege zu den Katen der Pächter nicht mehr bewältigen konnte, übernahm ich diese Aufgabe, manchmal begleitet von einem Stallburschen, manchmal von Jamie oder Ian. Ich brachte ihnen Lebensmittel und Medizin mit, behandelte die Kranken und gab ihnen Ratschläge zur Gesundheit und Hygiene, die mit mäßiger Begeisterung aufgenommen wurden.

In Lallybroch machte ich mich nützlich, wo ich konnte, überwiegend in den Gärten. Neben dem kleinen Ziergarten gab es einen Kräutergarten und einen riesigen Gemüsegarten, der das Anwesen mit Rüben, Kohl und Kürbis versorgte.

Jamie war überall, im Arbeitszimmer bei der Buchhaltung, auf den Feldern mit den Pächtern, im Pferdestall mit Ian. Es war mehr als Pflicht und Interesse, die ihn antrieben, dachte ich. Wir würden bald wieder abreisen müssen, und er wollte die Dinge in wohlgeordnete Bahnen leiten, so daß alles klappte, bis er – bis *wir* – wieder da wären, und dann für immer.

Ich wußte, daß wir noch einmal fortmußten, obwohl ich in der friedvollen Umgebung von Lallybroch und der fröhlichen Gesellschaft von Jenny, Ian und Jamie das Gefühl hatte, endlich nach Hause gekommen zu sein.

An einem Morgen stand Jamie nach dem Frühstück vom Tisch auf und teilte mit, daß er bis ans Ende des Tales gehen würde, um ein Pferd zu begutachten, das Martin Mack verkaufen wollte.

Jenny zog die Brauen zusammen.

»Ist das nicht gefährlich, Jamie? Im ganzen Distrikt hat es während des letzten Monats englische Patrouillen gegeben.«

Er zuckte die Achseln und nahm seinen Mantel vom Stuhl.

»Ich paß schon auf.«

»Ah, Jamie«, sagte Ian, der mit einem Armvoll Feuerholz hereinkam. »Ich wollte dich fragen – kannst du uns heute vormittag bei der
Mühle helfen? Jock war gestern hier und sagt, mit dem Rad stimmt
etwas nicht. Ich habe es mir kurz angesehen, aber wir haben es nicht
wieder in Bewegung setzen können. Ich glaube, daß etwas ins
Mühlwerk gekommen ist, aber das ist tief unten im Wasser.«

Er stampfte leicht mit dem Holzbein auf und lächelte mich an.

»Ich kann, Gott sei Dank, immer noch laufen und auch reiten, aber
schwimmen kann ich nicht. Ich platsche herum wie ein Wasserfloh.«

Jamie legte seinen Mantel wieder über die Stuhllehne und lächelte
über die Beschreibung seines Schwagers.

»Wenigstens mußt du dann den Morgen nicht in einem eiskalten
Mühlbach verbringen. Ich schau mal nach.« Er wandte sich zu mir.

»Hast du Lust, mit mir hinaufzugehen, Sassenach? Es ist ein
schöner Morgen, und du kannst dein Körbchen mitnehmen.« Er
warf einen ironischen Blick auf den gewaltigen Strohkorb, den ich
fürs Kräutersammeln benutzte. »Ich zieh mich noch um. Bin gleich
wieder da.« Und schon sprang er die Treppe hinauf, wobei er drei
Stufen auf einmal nahm.

Ian und ich lächelten einander an. Falls er darüber trauerte, daß er
zu solchen Kunststücken nicht mehr in der Lage war, so wurde das
von seinem Vergnügen an Jamies Überschwang überdeckt.

»Gut, daß er wieder zurück ist«, sagte er.

»Ich wäre so froh, wenn wir bleiben könnten«, sagte ich wehmütig.

Seine weichen braunen Augen weiteten sich erschrocken. »Ihr
werdet doch nicht gleich wieder aufbrechen?«

Ich schüttelte den Kopf. »Nein, nicht gleich, aber rechtzeitig,
bevor der Schnee kommt.« Jamie hatte entschieden, daß wir am
besten nach Beauly, dem Stammsitz der Frasers, reisen sollten.
Vielleicht konnte sein Großvater, Lord Lovat, uns helfen; falls nicht,
so würde er vielleicht wenigstens dafür sorgen können, daß wir nach
Frankreich geschleust würden.

Ian nickte. »Dann habt ihr ja noch ein paar Wochen.«

Es war ein strahlender Herbsttag, die Luft wie Sekt und der Himmel
so blau, daß man darin hätte ertrinken können. Plaudernd schlenderten wir den Weg entlang, und ich hielt Ausschau nach spät
blühendem Geißblatt und Kardendisteln.

»Nächste Woche ist Quartalstag«, bemerkte Jamie. »Wird dein neues Kleid bis dahin fertig sein?«

»Ich denke schon. Warum, ist es eine festliche Angelegenheit?«

Er lächelte mich an und nahm mir den Korb ab, während ich mich nach einem Stengel Gänsefingerkraut bückte.

»Ja, für uns hier schon. Es ist natürlich nicht vergleichbar mit Colums großem Fest, aber in Lallybroch kommen die Pächter, um ihre Pacht zu bezahlen – und der neuen Herrin von Lallybroch ihre Aufwartung zu machen.«

»Sie werden sich wahrscheinlich wundern, daß du eine Engländerin geheiratet hast.«

»Vermutlich werden einige Väter enttäuscht sein; ich habe ein paar Mädchen hier in der Gegend den Hof gemacht, bevor ich gefangengenommen und nach Fort William gebracht wurde.«

»Tut es dir leid, daß du kein Mädchen von hier geheiratet hast?«

»Wenn du glaubst, ich würde ja sagen, während du dort mit einem Gartenmesser stehst, dann mußt du eine schlechte Meinung von meinem gesunden Menschenverstand haben.«

Ich ließ das Messer fallen, breitete die Arme aus und mußte nicht lange warten, bis Jamie die Einladung annahm. Als er mich schließlich losließ, hob ich das Messer wieder auf und sagte neckend: »Ich habe mich immer gefragt, wie du hast Jungfrau bleiben können. Sind denn die Mädchen in Lallybroch alle so häßlich?«

»Nein«, sagte er und blinzelte in die Morgensonne. »Es war vor allem mein Vater, der dafür verantwortlich war. Wir sind manchmal abends über die Felder gegangen, er und ich, und haben über dies und das geredet. Als ich alt genug war, sagte er mir, ein Mann müsse für den Samen, den er sät, die Verantwortung übernehmen, denn es sei seine Pflicht, sich um die Frau zu kümmern und sie zu beschützen. Und wenn ich nicht bereit sei, das zu tun, dann hätte ich kein Recht, die Folgen meines Handelns einer Frau aufzubürden.«

Er schaute zum Haus zurück und zu dem kleinen Familienfriedhof am Fuß des Turmes, wo seine Eltern begraben lagen.

»Er sagte, das Schönste im Leben eines Mannes wäre es, bei einer Frau zu liegen, die er liebt.« Und mit einem Lächeln fügte er hinzu: »Er hatte recht.«

Ich fuhr ihm mit den Fingerspitzen zart über die Wange.

»Ziemlich hart für dich, wenn er von dir erwartet hat, daß du dich geduldest, bis du verheiratet bist.«

Jamie grinste. Sein Kilt flatterte im frischen Herbstwind.

»Die Kirche sagt zwar, Selbstbefleckung sei eine Stünde, aber mein Vater meinte, wenn ein Mann die Wahl hätte, sich selbst oder ein armes Weib zu beflecken, dann müßte er eben das Opfer bringen.«

Als ich aufhörte zu lachen, meinte ich nur: »Und du bist eine Jungfrau geblieben.«

»Das habe ich aber nur der Gnade Gottes und meinem Vater zu verdanken. Seit ich vierzehn geworden bin, habe ich an nichts anderes als an Mädels gedacht. Aber da kam ich ja dann als Pflegekind zu Dougal nach Beannachd.«

»Gab es dort keine Mädchen? Ich dachte, Dougal hätte Töchter.«

»Aye, hat er auch, vier an der Zahl. An den beiden Jüngeren ist nichts Besonderes, aber die Älteste war wirklich hübsch. Molly war ein oder zwei Jahre älter als ich und machte sich nicht viel aus meinen Aufmerksamkeiten. Ich starrte sie beim Abendessen quer über den Tisch an, und sie schaute streng zurück und fragte, ob ich Schnupfen hätte. Wenn ja, dann sollte ich ins Bett gehen, wenn nein, dann wäre sie mir dankbar, wenn ich den Mund schließen würde, weil sie beim Essen nicht unbedingt auf meine Mandeln schauen wollte.«

»Aha, so bist du also Jungfrau geblieben«, sagte ich und raffte die Röcke, um einen Zaunübertritt zu benutzen. »Aber sie waren doch wohl nicht alle so?«

»Nein«, sagte er nachdenklich und reichte mir die Hand, um mir hinüberzuhelfen. »Das waren sie auch nicht. Mollys jüngere Schwester, Tabitha, war ein bißchen freundlicher.« Er lächelte bei der Erinnerung an sie.

»Tibby war das erste Mädchen, das ich geküßt habe. Oder vielleicht sollte ich sagen, das erste Mädchen, das mich geküßt hat. Ich trug zwei Eimer Milch vom Stall zur Milchkammer und überlegte mir die ganze Zeit, wie ich es anstellen könnte, sie hinter die Tür zu locken, wo sie nicht ausweichen konnte, und sie dort zu küssen. Aber ich hatte die Hände voll, und sie mußte mir die Tür öffnen. Schließlich stand ich hinter der Tür, und Tib ging auf mich zu, faßte mich an den Ohren und küßte mich. Habe natürlich die Milch verschüttet.«

»Eine denkwürdige erste Erfahrung«, sagte ich lachend.

»Ich glaube nicht, daß es *ihre* erste war«, sagte er grinsend. »Sie schien deutlich mehr davon zu verstehen als ich. Aber wir sind nicht sehr weit gekommen. Ein oder zwei Tage später hat uns ihre Mutter in der Speisekammer erwischt. Sie hat nicht mehr getan, als mir einen scharfen Blick zuzuwerfen und Tibby aufzufordern, den Tisch fürs Abendessen zu decken, aber sie muß es Dougal gesagt haben.«

Da Dougal MacKenzie so schnell bei der Hand war, die Ehre seiner Tochter zu verteidigen, konnte ich nur das Schlimmste befürchten.

»Was hat er getan?« fragte ich.

Jamie warf mir einen etwas schüchternen Blick von der Seite zu.

»Du weißt doch, daß junge Männer am Morgen, wenn sie aufwachen,... also oft mit...« Er errötete.

»Ja, ich weiß. Kommt auch bei Männern im fortgeschrittenen Alter von dreiundzwanzig Jahren vor. Du meinst, das wäre mir noch nicht aufgefallen? Du hast mich oft genug darauf aufmerksam gemacht.«

»Mmmpf. Nun, am Morgen, nachdem uns Tibs Mutter erwischt hatte, wachte ich im Morgengrauen auf. Ich hatte von ihr geträumt – von Tib, meine ich, nicht von ihrer Mutter – und war nicht überrascht, eine Hand an meinem Schwanz zu spüren. Überraschend war nur, daß es nicht meine war.«

»Doch nicht Tibbys?«

»Nein, sondern die von ihrem Vater.«

»Wie bitte? Dougal –«

»Ich starrte ihn an, und er lächelte auf mich herab, sehr freundlich. Er saß auf der Bettkante, und wir hatten einen netten kleinen Plausch, von Onkel zu Neffe. Er sagte, wie sehr er sich darüber freue, daß ich hier sei, da er ja keinen eigenen Sohn habe. Und wie sehr seine ganze Familie mich ins Herz geschlossen habe. Und daß er es entsetzlich finden würde, wenn man die unschuldigen Gefühle seiner Töchter ausnutzen würde, aber froh sei, daß er sich auf mich wie auf einen eigenen Sohn verlassen könne.

Und die ganze Zeit hatte er die eine Hand am Dolch und die andere an meinem hübschen jungen Sack. Und so sagte ich ›Ja, Onkel‹ und ›Nein, Onkel‹, und als er weg war, rollte ich mich in meine Decke und träumte von Schweinen. Und ich habe nie wieder ein Mädchen geküßt, bis ich sechzehn war und nach Leoch ging.«

Er schaute lächelnd zu mir herüber. Sein Haar war mit einem Lederband zurückgebunden und glänzte rotgold in der frischen klaren Luft. Seine Haut war während der Reise goldbraun geworden, und er sah aus wie ein Blatt, das vom Herbstwind herumgewirbelt wird.

»Und du, meine hübsche Sassenach? Waren dir die kleinen Jungen auf den Fersen, oder warst du schüchtern und jungfräulich?«

»Nicht ganz so wie du«, antwortete ich vorsichtig. »Ich war acht.«

»Du verruchtes Weib! Wer war der Glückliche?«

»Der Sohn des Dragoman. Es war in Ägypten. Er war neun.«

»Na ja, dann kann man dir keinen Vorwurf machen. Wurdest von einem älteren Mann verführt, noch dazu von einem verdammten Heiden.«

Unter uns tauchte die Mühle auf. Tiefroter Wein bedeckte eine Seite der gelb verputzten Mauern, die Fensterläden standen offen, um die Sonne einzulassen, und obwohl die grüne Farbe nicht gerade frisch war, sah alles schmuck und ordentlich aus. Das Wasser rauschte fröhlich unter dem stehenden Mühlrad hindurch, und auf dem Mühlteich machten Enten auf ihrem Flug nach Süden gerade Pause.

»Schau«, sagte ich und legte eine Hand auf Jamies Arm. »Ist das nicht schön?«

»Wäre noch schöner, wenn sich das Rad drehen würde«, gab er trocken zurück. Aber dann lächelte er mich an.

»Ja, Sassenach, es ist wirklich schön hier. Als Junge bin ich zum Schwimmen hergekommen – weiter unten ist ein Teich.«

Als wir den Hügel herunterkamen, sahen wir den Teich durch ein Geflecht von Weidenzweigen. Vier Knaben plantschten johlend darin herum, alle splitterfasernackt.

»Brrr«, sagte ich und schüttelte mich. Es war ein sonniger Herbsttag, aber doch so kühl, daß ich froh war, ein Wolltuch über den Schultern zu haben. »Allein vom Zuschauen gefriert mir das Blut in den Adern.«

»So? Dann laß es mich mal wärmen.«

Mit einem Blick auf die Knaben zog er mich in den Schatten einer großen Kastanie. Er legte die Arme um mich und zog mich eng an sich.

»Du warst nicht die erste, die ich geküßt habe«, sagte er zärtlich, »aber ich schwöre, daß du die letzte bist.«

Nachdem der Müller aus dem Haus hervorgekommen war und wir einander vorgestellt worden waren, setzte ich mich ans Ufer des Mühlteichs, während Jamie sich das Problem erklären ließ. Die Männer einigten sich darauf, daß der Müller versuchen sollte, den Stein von innen zu drehen, während Jamie den Schaden unter Wasser beheben wollte. Einen Augenblick starrte er ins dunkle Wasser, zuckte resigniert die Achseln und begann sich auszuziehen.

»Es geht nicht anders«, meinte er zu mir. »Ian hat recht: Es steckt etwas im Mühlwerk. Dann muß ich wohl oder übel –« Von meinem Gekicher unterbrochen, drehte er sich zu mir um.

»Was gibt's da zu lachen? Hast du noch nie einen Mann in Unterhosen gesehen?«

»Nicht... nicht in solchen«, stieß ich mühsam hervor. Unter seinem Kilt trug er ein unglaublich betagtes Kleidungsstück; ursprünglich muß es wohl einmal aus rotem Flanell gewesen sein, jetzt bestand es hauptsächlich aus bunten Flicken. Offenbar hatte es vorher jemandem gehört, der einen stattlichen Bauch gehabt hatte, denn es hing in tiefen Falten von Jamies Hüften herab.

»Von deinem Großvater?« fragte ich und unternahm einen höchst erfolglosen Versuch, mein Kichern zu unterdrücken. »Oder vielleicht von deiner Großmutter?«

»Von meinem Vater«, antwortete er kühl. »Du hast doch nicht erwartet, daß ich vor meiner Frau und meinen Pächtern nackt ins Wasser springe?«

Würdevoll schritt er ans Wasser, holte tief Atem und sprang hinein. Das letzte, was ich sah, war das aufgeblähte Hinterteil seines Erbstückes. Der Müller beugte sich aus dem Fenster und rief Jamie Anweisungen zu, sobald er auftauchte, um nach Luft zu schnappen.

Am Ufer des Teiches wucherten Wasserpflanzen, und ich grub Malvenwurzeln und kleinen, feinblättrigen Johanniswedel aus. Mein Korb war halbvoll, als ich ein höfliches Räuspern hörte.

Hinter mir stand eine sehr alte Frau, jedenfalls sah sie so aus. Sie war auf einen Stock gestützt und trug Kleider, die ihr vor zwanzig Jahren gepaßt haben mochten, jetzt waren sie viel zu weit für die geschrumpfte Gestalt, die sie umhüllten.

»Einen guten Morgen wünsch' ich«, sagte sie und nickte heftig. Unter der weißen, gestärkten Haube schauten ein paar stahlgraue

Löckchen hervor und umrahmten die Wangen, die wie ein schrumpeliger Apfel aussahen.

»Guten Morgen«, erwiderte ich und wollte mich erheben, aber sie kam noch näher und ließ sich mit überraschender Gelenkigkeit neben mir nieder. Ich hoffte nur, daß sie auch wieder würde aufstehen können.

»Ich bin –«, begann ich, aber ich hatte noch kaum meinen Mund geöffnet, als sie mich unterbrach.

»Sie sind die neue Herrin, ich weiß. Ich bin Mrs. MacNab – Grannie MacNab nennen sie mich, weil meine Schwiegertöchter auch lauter Mrs. MacNabs sind.« Sie streckte ihre dünne Hand aus, zog meinen Korb zu sich heran und schaute neugierig hinein.

»Malvenwurzel – ah, das ist gut für Husten. Aber von dem lassen Sie besser die Finger, Mädel.« Sie zog eine kleine Knolle heraus. »Schaut aus wie Lilienwurzel, ist es aber nicht.«

»Was ist es dann?«

»Natternzunge. Wenn Sie das essen, werden Sie sich auf dem Boden rollen und nicht mehr wissen, wo oben und unten ist«, und die Knolle flog in hohem Bogen in den Teich. Sie stellte den Korb auf ihren Schoß und musterte jede Pflanze mit Kennerblick. Schließlich gab sie mir den Korb zurück.

»Für eine Sassenach wissen Sie ganz gut Bescheid! Sie können immerhin Zehrkraut von Gänsefuß unterscheiden.« Sie warf einen Blick auf den Teich, wo Jamies Kopf kurz auftauchte, glatt wie ein Seehund, bevor er wieder unter der Mühle verschwand. »Ich sehe, daß Sie der Herr nicht nur wegem Ihrem Gesicht geheiratet hat.«

»Danke«, sagte ich und entschied mich, die Bemerkung als Kompliment aufzufassen. Die Augen der Alten, scharf wie Nadeln, waren auf meinen Leib gerichtet.

»Noch kein Kind unterwegs? Himbeerblätter, das ist es. Brühen Sie eine Handvoll zusammmen mit Hagebutten auf und trinken Sie es, wenn der Mond zunimmt. Wenn er wieder abnimmt, dann nehmen Sie ein bißchen Berberitze, um den Leib zu spülen.«

»Oh, äh –«

»Ich möchte den Herrn um was bitten«, fuhr sie fort, »aber weil er im Moment beschäftigt ist, sag’ ich es Ihnen.«

»Ist gut«, stimmte ich zu, denn eine andere Wahl blieb mir nicht.

»Es geht um meinen Enkel«, sagte sie und fixierte mich mit ihren kleinen grauen Augen, die die Größe und den Glanz von Murmeln hatten. »Meinen Enkel Rabbie; insgesamt hab' ich sechzehn, und drei davon heißen Robert, aber der eine ist Bob, der andere Rob und der kleinste Rabbie.«

»Herzlichen Glückwunsch«, sagte ich höflich.

»Ich möchte, daß der Herr ihn als Stallburschen anstellt.«

»Ich weiß nicht«, wollte ich einfügen, aber sie lehnte sich zu mir und sagte vertraulich: »Es ist wegen seinem Vater. Ich will ja nicht sagen, daß man nicht streng sein soll, schone den Stock und du verziehst das Kind, das habe ich oft genug gesagt, und der Herr weiß nur zu gut, daß man Buben den Hintern versohlen muß, sonst hätte er keine solchen Teufelsbraten aus ihnen gemacht. Aber wenn es dahin kommt, daß er das Kind in den Kamin stößt und es einen Bluterguß im Gesicht hat so groß wie meine Hand, nur weil es noch einen Haferkuchen genommen hat, dann –«

»Rabbies Vater schlägt ihn, wollen Sie sagen?«

Die alte Frau nickte.

»Ja, hab' ich das nicht gerade gesagt?« Sie hielt eine Hand hoch. »Ich würd' mich ja nicht einmischen wollen, normalerweise. Ein Mann kann mit seinem Sohn machen, was er für richtig hält, aber . . . Rabbie ist ein Liebling von mir, und er kann ja nichts dafür, daß sein Vater säuft, auch wenn es eine Schande ist, daß seine eigene Mutter so was sagen muß.«

Sie hob mahnend den Zeigefinger. »Nicht daß Ronalds Vater nicht auch mal einen über den Durst getrunken hätte. Aber Hand an mich legen oder an die Kinder, das hat er nie getan – das heißt, nur ein einziges Mal, und dann nie wieder«, fügte sie nachdenklich hinzu. Sie zwinkerte mir zu, ihre kleinen runden Backen röteten sich, und ich dachte, daß sie einmal ein sehr lebendiges und hübsches Mädchen gewesen sein mußte.

»Einmal hat er mich geschlagen, aber ich habe die Pfanne genommen und sie ihm um die Ohren gehauen. Dachte schon, ich hätt' ihn umgebracht. Und ich war schon am Jammern, weil ich nicht wußte, wie ich als Witwe zwei Kinder durchbringen sollte. Aber er hat's überlebt«, fügte sie ungerührt hinzu, »und hat weder mir noch den Kindern jemals wieder etwas getan. Dreizehn hab' ich geboren«, sagte sie stolz, »und zehn großgezogen.«

»Respekt, Respekt!« sagte ich und meinte es auch.

»Himbeerblätter, Mädel.« Sie legte mir die Hand vertraulich auf das Knie. »Auf Himbeerblätter kann man sich immer verlassen.

Und wenn nicht, dann kommen Sie zu mir, und ich mach' Ihnen einen Trunk aus Rudbeckie und Kürbissamen und einem rohen Ei. Das bringt den Samen von Ihrem Mann direkt ans Ziel, und Sie werden bis Ostern wie ein Kürbis aufgehen.«

Ich hüstelte und wurde ein wenig rot im Gesicht. »Mmmpf. Und Sie wollen, daß Jamie, der Herr, meine ich, Ihren Enkel als Stallburschen ins Haus nimmt, damit er von seinem Vater wegkommt?«

»Aye, genau das. Und er ist ein guter Arbeiter, der kleine Rabbie, und der Herr wird –«

Das Gesicht der alten Frau erstarrte mitten im Satz. Ich drehte mich um und erstarrte ebenfalls. Rotröcke. Dragoner, sechs an der Zahl, die den Weg zur Mühle heruntergeritten kamen.

Mit bewundernswerter Geistesgegenwart erhob sich Mrs. MacNab und setzte sich auf Jamies Kleider, so daß alles unter ihren Röcken verschwand.

Hinter mir platschte es im Teich, als Jamie auftauchte und nach Luft schnappte. Ich fürchtete, ein Ruf oder eine Bewegung könnte die Aufmerksamkeit der Dragoner auf den Teich lenken, aber plötzlich war es totenstill hinter mir, und da wußte ich, daß Jamie sie gesehen hatte. Nur ein einziges Wort drang vom Wasser an mein Ohr, leise, aber aus vollem Herzen:

»Scheiße!«

Die Alte saß mit steinernem Gesicht da, ohne sich zu rühren, und beobachtete, wie die Soldaten den Hügel herunterkamen. Im letzten Augenblick zischte sie mir zu, daß ich den Mund nicht aufmachen dürfe – sie sollten auf keinen Fall hören, daß ich Engländerin war. Ich hatte kaum mehr Zeit zu nicken, als die mit Schmutz bespritzten Pferde vor uns anhielten.

»Guten Morgen, meine Damen«, sagte der Anführer. Er war ein Korporal, aber Gott sei Dank nicht Korporal Hawkins. Ein schneller Blick zeigte mir, daß ich keinen der Männer von Fort Williams her kannte, und ich entspannte mich etwas.

»Ich sah die Mühle von oben«, sagte der Dragoner, »und wollte einen Sack Mehl kaufen.« Er machte vor uns beiden eine leichte Verbeugung, offenbar unsicher, an wen er sich wenden sollte.

Mrs. MacNab war frostig, aber höflich.

»Guten Morgen«, sagte sie und neigte leicht den Kopf. »Wenn Sie wegen Mehl gekommen sind, muß ich Sie leider enttäuschen. Das Mühlrad funktioniert nicht. Vielleicht das nächste Mal.«

»Oh, was fehlt denn?« Der Korporal, ein gedrungener junger Mann mit frischer Gesichtsfarbe, schien interessiert. Er ging an den Rand des Teiches, um einen Blick auf das Rad zu werfen. Der Müller, der gerade den Kopf aus dem Fenster steckte, um Jamie den neuesten Stand mitzuteilen, zog ihn sofort wieder ein.

Der Korporal rief einen seiner Männer. Sie stiegen zur Mühle hinauf, der Soldat bückte sich folgsam und ließ den Korporal auf seinen Rücken klettern. Mit einem Klimmzug hievte er sich auf das Strohdach und bekam von dort den oberen Rand des Mühlrades zu fassen. Er rüttelte es hin und her und schrie dem Müller im Haus zu, er solle versuchen, den Mühlstein mit der Hand zu drehen.

Ich zwang mich, nicht auf den Grund des Gerinnes zu schauen. Ich kannte mich zwar mit Wasserrädern nicht aus, aber ich fürchtete, daß alles, was in der Nähe der Unterwassermechanik war, zermalmt werden könnte, wenn es plötzlich in Gang käme. Das war offensichtlich nicht aus der Luft gegriffen, denn Mrs. MacNab sprach in scharfem Ton zu einem Soldaten in der Nähe:

»Sie sollten Ihren Herrn da runterholen, Junge. Er tut weder der Mühle noch sich selbst etwas Gutes. Sollte die Finger von Sachen lassen, die er nicht versteht.«

»Machen Sie sich keine Sorgen, Missus«, gab der Soldat zurück. »Der Vater von Korporal Silvers hat in Hampshire eine Mühle. Gibt kaum etwas, was er über Wasserräder nicht weiß.«

Mrs. MacNab und ich tauschten einen entsetzten Blick. Nachdem der Korporal nichts hatte ausrichten können, kletterte er vom Dach herunter und kam zu uns. Der Schweiß lief ihm übers Gesicht, und er wischte ihn mit einem großen schmutzigen Taschentuch ab.

»Ich kann es von oben nicht bewegen, und dieser Idiot von einem Müller scheint kein Wort Englisch zu verstehen.« Er betrachtete Mrs. MacNabs Stock und die knotige Hand, die darauf lag, und dann mich. »Vielleicht könnte die junge Dame mit ihm sprechen?«

Mrs. MacNab streckte die Hand schützend vor mich und hielt mich am Ärmel fest.

»Sie müssen meine Schwiegertochter entschuldigen, Sir. Sie ist nicht mehr ganz richtig im Kopf, seit ihr letztes Baby tot geboren wurde. Hat schon ein ganzes Jahr kein Wort mehr gesagt, das arme Mädel. Und ich kann sie keinen Augenblick aus den Augen lassen, aus Angst, sie könnte sich vor Kummer ins Wasser stürzen.«

Ich tat mein Bestes, um einen belämmerten Eindruck zu machen, was mir bei meiner gegenwärtigen Verfassung nicht schwerfiel.

Der Korporal sah betroffen aus. »Oh, na dann...« Er ging an den Rand des Teiches und blieb ebenso nachdenklich wie Jamie vor einer Stunde dort stehen, offenbar aus denselben Gründen.

»Da bleibt mir nichts anderes übrig, Collins,« sagte er zu dem alten Haudegen, »als ins Wasser zu springen und nachzuschauen, was da unten klemmt.« Er zog sich den scharlachroten Rock aus und begann, die Manschetten aufzuknöpfen. Mrs. MacNab und ich schauten uns verstört an. Es gab zwar genügend Luft unter der Mühle, um zu überleben, aber gewiß keinen Ort, um sich zu verstecken.

Ich war drauf und ran, einen – sicher nicht sehr überzeugenden – epileptischen Anfall hinzulegen, als das große Rad plötzlich in Bewegung kam. Mit lautem Quietschen und Knirschen machte es eine halbe Umdrehung, blieb einen Augenblick stehen und begann dann, sich stetig zu drehen. Aus den Wasserschaufeln fiel das Wasser in hellem Strahl ins Gerinne.

Der Korporal schaute bewundernd auf das große Rad.

»Sehen Sie sich das an, Collins! Was mag sich da wohl verklemmt haben?«

Als Antwort zog eine der Wasserschaufeln ein rotes Ding aus dem Wasser, das triefend herabhing. Als die Schaufel wieder ins Wasser eintauchte, wurde die ererbte Unterhose von der Strömung mitgerissen. Majestätisch schwamm sie nun auf dem Teich. Ein Soldat fischte das gute Stück mit einem Stock heraus und hielt es dem Korporal unter die Nase, der es naserümpfend in die Luft hielt.

»Hmmm. Wo *das* wohl herkommt? Muß sich um die Achse gewickelt haben. Aber merkwürdig, daß es so viel Schaden anrichten konnte, was, Collins?«

Der Haudegen hatte offenbar kein gesteigertes Interesse an einem schottischen Mühlrad, antwortete aber höflich:

»Ja, Sir.«

Nachdem der Korporal den roten Fetzen noch eine Weile hin und her gewendet hatte, zuckte er mit den Schultern und wischte sich damit die Hände ab.

»Ein gutes Stück Stoff«, sagte er und wrang es aus. »Fast ein Souvenir, was meinen Sie, Collins?« Mit einer höflichen Verbeugung zu Mrs. MacNab und mir ging er zu seinem Pferd.

Die Dragoner waren kaum über die Kuppe verschwunden, als der ortsansässige Wassergeist mit lautem Platschen aus der Tiefe auftauchte.

Er war ganz blau vor Kälte und klapperte so laut mit den Zähnen, daß ich seine ersten Worte kaum verstehen konnte. Außerdem sprach er gälisch.

Mrs. MacNab hatte damit keine Schwierigkeiten, und der Kiefer klappte ihr herunter. Sie schloß ihn schnell wieder und machte eine tiefe Verbeugung. Als Jamie sie sah, blieb er im hüfthohen Wasser stehen, atmete tief durch, biß die Zähne zusammen, damit sie nicht mehr klapperten, und zog sich eine Schlingpflanze von der Schulter.

»Mrs. MacNab«, grüßte er die Alte mit einer Verbeugung.

»Sir«, erwiderte sie und verbeugte sich ebenfalls, »ein schöner Tag, nicht wahr?«

»Ja, nur ein bißchen kühl.«

»Wir freuen uns sehr, daß Sie zurück sind, Sir, und wir hoffen, daß Sie bald ganz hierbleiben werden.«

»Das hoffe ich auch, Mrs. MacNab«, antwortete Jamie mit vollendeter Höflichkeit. Er warf mir einen flammenden Blick zu, und ich lächelte mild zurück.

Mrs. MacNab ignorierte dieses Nebenspiel, legte ihre Hände im Schoß zusammen und setzte sich würdevoll zurecht.

»Ich möchte den gnädigen Herrn um einen kleinen Gefallen bitten«, begann sie, »es geht um —«

»Grannie MacNab«, unterbrach sie Jamie, der mit einem weiteren Schritt bedrohlich weit aus dem Wasser herauskam, »was immer es sein mag, ich tue es, vorausgesetzt, Sie geben mir jetzt mein Hemd, damit mir meine Glieder vor Kälte nicht abfallen.«

29

Noch mehr Ehrlichkeit

Nach dem Abendessen saßen wir gewöhnlich im Wohnzimmer und plauderten mit Jenny und Ian oder lauschten Jamies Geschichten.

Heute abend hatte ich etwas zu erzählen, und Jenny und Ian hörten mir gespannt zu, als ich die Geschichte von Mrs. MacNab und den Rotröcken zum besten gab.

»Der Herr weiß nur zu gut, daß man Buben den Hintern versohlen muß, sonst hätte er keine solchen Teufelsbraten aus ihnen gemacht.« Meine Imitation von Grannie Mac Nab wurde mit stürmischem Gelächter aufgenommen.

Jenny wischte sich die Tränen aus den Augen.

»Gott, und recht hat sie! Wie viele Söhne hat sie, Ian, sind es acht?«

Ian nickte. »Mindestens. Ich kann mich gar nicht mehr an alle Namen erinnern; ein oder zwei MacNabs waren jedenfalls immer dabei, wenn Jamie und ich zum Jagen oder Fischen oder Schwimmen gingen.«

»Seid ihr zusammen aufgewachsen?« fragte ich. Jamie und Ian grinsten sich an wie zwei Komplizen.

»Ich würde sagen, wir kennen uns gut«, sagte Jamie lachend. »Ians Vater war hier der Verwalter, so wie Ian heute. In meiner unbekümmerten Jugend stand ich mehr als einmal an der Seite des jungen Mr. Murray und erkärte einem unserer Väter, warum der Anschein trügen kann, oder, wenn das nicht zog, wie besondere Umstände einen Fall verändern können.«

»Und ich erinnere mich«, fiel Ian ein, »wie ich ebensooft an des jungen Mr. Frasers Seite an einem Weidezaun lehnte und zuhörte, wie er sich die Lunge aus dem Hals schrie, während ich darauf wartete, daß ich drankam.«

»Das stimmt nicht!« rief Jamie entrüstet. »Geschrien habe ich nie.«

»Nenn es, wie du willst, Jamie, aber du warst entsetzlich laut.«

»Man konnte euch alle meilenweit hören«, warf Jenny ein. »Und nicht nur euer Geschrei, sondern auch Jamies lautstarke Verteidigungsreden.«

»Hättest Advokat werden sollen, Jamie. Ich weiß wirklich nicht, warum ich dich immer habe reden lassen«, sagte Ian und schüttelte den Kopf. »Meist hast du uns dadurch in noch größere Schwierigkeiten gebracht.«

Jamie begann wieder zu lachen. »Du meinst den Turm?«

»Ja, genau den.« Ian schaute mich an und machte eine Kopfbewegung in Richtung Westen, wo das alte Gemäuer hinter dem Haus aufragte.

»Das war eine von Jamies Glanzleistungen«, sagte er und rollte die Augen. »Er sagte Brian, es sei unzivilisiert, den eigenen Standpunkt mit Gewalt durchzudrücken. Die Körperstrafe sei barbarisch und obendrein altmodisch. Jemanden zu schlagen, nur weil der eine Handlung begangen hatte, mit deren Nachwirkungen man nicht einverstanden war, das sei keine konstruktive Strafe...«

Alle drei konnten wir uns vor Lachen kaum mehr halten.

»Und hat es Brian überzeugt?« fragte ich.

»Wenn man so will«, bejahte Ian. »Ich stand neben Jamie und nickte, wenn er mal Atem holen mußte. Als ihm schließlich nichts mehr einfiel, räusperte sich sein Vater und sagte nur ›aha‹. Er schaute eine Weile aus dem Fenster, schwang den Riemen hin und her und legte die Stirn in Falten. Wir standen Seite an Seite, wie Jamie gesagt hat, und schwitzten. Endlich drehte sich Brian zu uns um und sagte, wir sollten ihm in den Stall folgen.«

»Er gab jedem von uns einen Besen, einen Schrubber und einen Eimer und deutete in Richtung Turm«, fuhr Jamie mit der Geschichte fort. »Er sagte, ich hätte ihn überzeugt und er habe sich für eine konstruktivere Strafe entschieden.«

Ians Augen bewegten sich langsam nach oben, als würde er an der Steinmauer des Turmes emporschauen. Zu mir gewandt, sagte er:

»Der Turm ist zwanzig Meter hoch, mußt du wissen, mißt zehn Meter im Durchmesser und hat drei Stockwerke.« Er seufzte tief. »Wir mußten ihn von oben bis unten kehren und von unten bis oben schrubben. Es hat fünf Tage gedauert, und ich schmecke heute noch verrottetes Haferstroh, wenn ich huste.«

»Und am dritten Tag hast du versucht, mich umzubringen«, sagte Jamie, »weil ich uns diesen Schlamassel eingebrockt hatte.« Er fuhr sich über den Kopf. »Hatte eine klaffende Wunde über dem Ohr, wo mich der Besenstiel getroffen hat.«

»Dafür hast du mir dann die Nase zum zweitenmal gebrochen, so daß wir wieder quitt waren.«

»Sieht einem Murray ähnlich, Punkte zu zählen«, meinte Jamie kopfschüttelnd.

»Also, wie war das?« fragte ich und zählte an den Fingern ab: »Die Frasers sind stur, die Campbells hinterhältig, die MacKenzies charmant, aber gerissen, die Grahams dumm. Und wodurch zeichnen sich die Murrays aus?«

»Du kannst im Kampf auf sie zählen«, sagten Jamie und Ian wie aus einem Mund und brachen in Lachen aus.

»Und hast Glück, wenn sie auf deiner Seite sind«, fügte Jamie prustend hinzu.

Jenny schüttelte mißbilligend den Kopf über ihren Gatten und ihren Bruder.

»Und dabei haben wir noch nicht einmal Wein getrunken.« Sie legte ihr Nähzeug weg und erhob sich mühsam. »Komm, Claire, laß uns mal nachsehen, ob Mrs. Crook etwas gebacken hat, das wir zum Portwein essen können.«

Als wir nach einer Viertelstunde mit einem Tablett voller Erfrischungen wieder zum Wohnzimmer kamen, hörte ich Ian sagen: »Du hast also nichts dagegen, Jamie?«

»Wogegen?«

»Daß wir ohne deine Zustimmung geheiratet haben – ich und Jenny.«

Jenny, die mir vorausging, blieb abrupt vor der halboffenen Tür stehen.

Jamie schnaubte kurz durch die Nase. Er hatte sich auf dem Sofa ausgebreitet und die Füße auf ein Sitzkissen gelegt. »Da ich dich nicht habe wissen lassen, wo ich war, und du keine Ahnung hattest, ob ich jemals wieder zurückkommen würde, kann ich dir schwerlich einen Vorwurf daraus machen, daß du nicht gewartet hast.«

Ich konnte Ians freundliches Gesicht im Profil sehen, wie er sich über den Korb mit Brennholz beugte. Seine Stirn war gerunzelt.

»Ich hatte kein gutes Gefühl dabei, insbesondere, weil ich doch ein Krüppel bin...«

Jamie schnaubte diesmal lauter.

»Jenny könnte keinen besseren Mann haben als dich, selbst wenn du beide Beine und beide Arme verloren hättest«, sagte er barsch. Ian errötete. Jamie schwang die Beine vom Kissen und setzte sich auf.

»Wie ist es denn dann zur Heirat gekommen, wenn du solche Bedenken hattest?«

»Guter Mann, glaubst du wirklich, ich hätte in dieser Sache etwas zu sagen gehabt? Bei einer Fraser?« Ian schaute seinen Freund kopfschüttelnd an.

»Eines Tages kam sie zu mir aufs Feld hinaus, als ich gerade dabei war, einen Pferdewagen zu reparieren. Ich kroch hervor, völlig verdreckt, und da stand sie und sah aus wie ein Busch voller Schmetterlinge. Sie schaute mich von oben bis unten an und sagte –« Ian kratzte sich am Kopf. »Also, was sie genau gesagt hat, weiß ich nicht mehr, jedenfalls hörte es damit auf, daß sie mich küßte, dreckig wie ich war, und mich dann wissen ließ: ›Also gut, wir heiraten am Martinstag.‹« In komischer Verzweiflung ließ er die Hände sinken. »Ich war immer noch dabei, ihr zu erklären, warum wir das nicht tun könnten, als ich mich vor einem Priester sagen hörte: ›Ich nehme dich, Janet, zur Frau...‹ und meinen Schwur auf einen Haufen ziemlich unwahrscheinliche Dinge abgab.«

Jamie lehnte sich lachend zurück.

»Ich kenne das Gefühl. Irgendwie fühlt man sich ein bißchen hohl, was?«

Ian lächelte. »Ja. Das geht mir heute noch so, wenn ich Jenny unerwartet auf einem Hügel gegen die Sonne stehen sehe, oder wenn sie den kleinen Jamie im Arm hat und mich nicht sieht, und ich denke: ›Ist sie wirklich deine Frau? Ich kann es nicht glauben.‹« Er schüttelte den Kopf, und seine braunen Haare fielen ihm in die Stirn. »Und dann dreht sie sich um und lächelt mich an...«

Er schaute zu seinem Schwager auf. »Du weißt es selbst. Ich sehe ja, daß es mit dir und deiner Claire nicht anders ist. Sie ist... etwas Besonderes, oder?«

Jamie nickte. Das Lächeln wich nicht von seinem Gesicht, veränderte sich aber irgendwie.

»Ja«, sagte er leise, »das ist sie.«

Bei Portwein und Keksen schwelgten Jamie und Ian weiter in Erinnerungen. Ians Vater war erst im letzten Frühjahr gestorben, so daß Ian seitdem das Gut allein verwalten mußte.

»Weißt du noch, wie dein Vater unten an der Quelle zu uns kam und wollte, daß wir mit zur Schmiede gehen, damit wir lernten, wie eine Wagendeichsel repariert wird?«

»Und wie er sich keinen Reim drauf machen konnte, warum wir die ganze Zeit herumzappelten —«

»Und wie er dich gefragt hat, ob du auf den Lokus mußt —«

Vor Lachen konnten die beiden Männer nicht weiterreden, also klärte Jenny mich auf.

»Kröten«, sagte sie trocken. »Jeder hatte fünf oder sechs Kröten unter dem Hemd.«

»Und wie die eine deinen Hals hinaufgekrochen und in die Esse gesprungen ist! Ich wäre fast gestorben.«

»Ich weiß nicht, warum mir mein Vater nicht den Hals umgedreht hat; Anlaß hätte er genug gehabt. Ein Wunder, daß ich überhaupt groß geworden bin.«

Ian betrachtete nachdenklich seinen eigenen Sprößling, der darin vertieft war, neben dem Kamin Holzklötze aufeinanderzustapeln. »Ich weiß wirklich nicht, wie ich es fertigbringen soll, wenn es soweit ist, meinen eigenen Sohn zu schlagen. Ich meine ... er ist doch so klein.« Liebevoll schaute er dem Jungen zu, der ganz in seine Aufgabe versunken war.

Jamie betrachtete seinen Namensvetter zynisch. »Er wird genauso ein Teufel wie du und ich, wart's nur ab. Schließlich muß sogar ich einmal klein und unschuldig ausgesehen haben.«

»Das hast du auch«, warf Jenny unerwartet ein. Sie drückte ihrem Mann einen Zinnbecher mit Apfelwein in die Hand und tätschelte ihrem Bruder den Kopf.

»Du warst ein süßes Baby, Jamie. Ich erinnere mich, wie ich einmal an deinem Bettchen stand. Du kannst nicht älter als zwei gewesen sein. Du hast im Schlaf am Daumen genuckelt, und wir waren alle der Meinung, noch nie einen so hübschen Kerl wie dich gesehen zu haben. Du hattest dicke runde Backen und die süßesten roten Locken.«

Der hübsche Kerl nahm einen interessanten Rotton an und schüttete seinen Apfelwein in einem Zug hinunter.

»Hat allerdings nicht lange angehalten«, sagte Jenny. »Wie alt warst du, als du deine erste Tracht Prügel bekommen hast, Jamie? Sieben?«

»Nein, acht«, sagte Jamie und warf ein Holzscheit auf die Glut. »Mein Gott, hat das weh getan. Zwölf Schläge auf den Hintern, und einer so fest wie der andere.« Er setzte sich auf die Fersen zurück und rieb sich mit dem Handrücken die Nase.

»Als es vorbei war, ging Vater ein Stück von mir weg, setzte sich auf einen Stein und wartete, bis ich mich ausgeheult hatte. Dann rief er mich zu sich. Jetzt, wo ich daran denke, fällt mir auch wieder ein, was er gesagt hat. Vielleicht kannst du es brauchen, Ian, wenn Klein Jamie soweit ist.« Jamie schloß die Augen, um sich besser erinnern zu können.

»Er hat mich zwischen seine Knie gestellt und verlangte, daß ich ihn anschaute. Er sagte: ›Das war das erste Mal, Jamie. Ich werde es wieder tun müssen, vielleicht hundertmal, bis du zu einem Mann geworden bist.‹ Dann hat er gelacht und gesagt: ›Mein Vater hat mich mindestens so oft verprügelt, und du bist genauso stur und dickköpfig, wie ich es war. Manchmal werde ich dich gerne schlagen, es kommt darauf an, was du angestellt hast. Aber meistens werde ich es nicht gerne tun. Denk also daran, Junge, wenn dein Kopf wieder etwas Dummes anstellen will, dann muß dein Hintern dafür zahlen.‹ Dann drückte er mich und sagte: ›Bist ein prima Junge, Jamie. Geh jetzt zum Haus und laß dich von deiner Mutter trösten.‹ Ich machte den Mund auf und wollte etwas einwenden, aber er kam mir zuvor: ›Ich weiß schon, daß du es nicht brauchst, aber *sie* braucht es. Also fort mit dir.‹ So bin ich dann eben zu ihr gegangen, und sie hat mich mit Marmeladenbrot gefüttert.«

Jenny mußte plötzlich lachen. »Mir fällt gerade ein, wie Vater die Geschichte erzählt hat. Du bist auf halbem Wege stehengeblieben und hast auf ihn gewartet. Und als er kam, hast du zu ihm aufgeschaut und gesagt: ›Ich wollte nur fragen, Vater – hat es dir diesmal Spaß gemacht?‹ Und als er ›Nein‹ sagte, hast du genickt und geantwortet: ›Gut. Mir auch nicht.‹«

Wir lachten zusammen, dann sah Jenny ihren Bruder kopfschüttelnd an. »Er hat diese Geschichte zu gern erzählt. Und jedesmal hat er am Schluß gesagt, du würdest ihn noch ins Grab bringen, Jamie.«

Plötzlich verschwand die Fröhlichkeit aus Jamies Gesicht, und er schaute lange auf seine großen Hände.

»Aye«, sagte er ruhig, »und das habe ich auch.«

Jenny und Ian tauschten erschreckte Blicke aus, und ich schaute in meinen Schoß und wußte nicht, was ich sagen sollte. Nur das Knistern des Feuers war zu hören. Jenny setzte ihr Glas ab und berührte ihren Bruder am Knie.

»Jamie, es war nicht deine Schuld.«

Er hob die Augen und sah sie traurig an.

»Nein? Wessen Schuld war es dann?«

Sie atmete tief durch und sagte: »Meine.«

»Was sagst du da?« Staunend starrte er sie an.

Sie war noch blasser als gewöhnlich, blieb aber gefaßt.

»Ich sagte, ich hatte genausoviel Schuld an dem, was passiert ist, Jamie, dir und Vater.«

Er legte seine Hand auf ihre und streichelte sie.

»Red keinen Unsinn, Mädchen. Das, was du getan hast, hast du getan, um mich zu retten: Wenn du mit Randall nicht mitgegangen wärst, dann hätte er mich wahrscheinlich auf der Stelle getötet.«

Sie schaute ihrem Bruder stirnrunzelnd ins Gesicht.

»Nein, ich bereue nicht, daß ich Randall mit ins Haus genommen habe, selbst wenn er ... Aber das meine ich nicht.« Sie atmete noch einmal tief durch, als wollte sie sich Mut machen.

»Als ich ihn ins Haus gebracht hatte, ging ich mit ihm in mein Zimmer. Ich wußte nicht recht, was ich zu erwarten hatte ... ich hatte ... ich war noch nie mit einem Mann zusammengewesen. Er machte einen sehr nervösen Eindruck, hatte rote Flecken im Gesicht und schien unsicher zu sein, was mir komisch vorkam. Er stieß mich aufs Bett, und dann stand er da und rieb sich den Hosenlatz. Zuerst dachte ich, ich hätte ihn mit dem Knie wirklich verletzt, obwohl ich wußte, daß es nicht so schlimm gewesen war.« Röte stieg ihr in die Wangen, und sie warf einen Seitenblick auf Ian, bevor sie die Augen wieder senkte und weitersprach.

»Ich weiß jetzt, daß er versuchte – sich bereitzumachen. Er sollte nicht merken, daß ich Angst hatte, also setzte ich mich aufrecht ins Bett und starrte ihn an. Das schien ihn zu ärgern, und er befahl mir, mich umzudrehen. Aber ich tat es nicht und starrte ihn einfach weiter an.«

Inzwischen war ihr Gesicht knallrot angelaufen. »Er knöpfte sich die Hose auf, und ich, ich habe angefangen zu lachen.«

»Zu lachen?« fragte Jamie ungläubig.

»Ja, ich lachte. Ich meine –« Sie begegnete dem Blick ihres

Bruders mit einem Anflug von Trotz. »Schließlich wußte ich, wie ein Mann gebaut ist. Ich habe dich oft genug nackt gesehen, und auch Willy und Ian –« Ein feines Lächeln spielte um ihren Mund, das sie zu unterdrücken versuchte. »Er sah so komisch aus, puterrot im Gesicht, und er rieb und rieb immer hektischer, und der Erfolg war doch nur spärlich –«

Von Ian war ein ersticktes Keuchen zu hören, und sie biß sich auf die Lippen, fuhr aber mutig fort:

»Es paßte ihm nicht, daß ich lachte, und das sah ich und lachte noch mehr. Das war der Punkt, wo er sich auf mich stürzte und mir das Kleid halb vom Leib riß. Ich schlug ihm ins Gesicht, und er drosch mir auf den Kiefer, daß ich ganz benommen war. Das schien ihm einen gewissen Genuß zu bereiten, und er stieg zu mir aufs Bett. Ich brachte es gerade noch fertig, wieder zu lachen, kämpfte mich auf die Knie und verhöhnte ihn. Ich sagte ihm, er wäre ein Schlappschwanz, der mit einer Frau nichts anfangen könne. Ich –«

Sie beugte den Kopf noch tiefer herab, und die dunklen Locken fielen über ihre hochroten Wangen. Sie sprach leise, fast flüsternd: »Ich ... ich zeigte ihm meine Brüste und verhöhnte ihn weiter; daß er Angst vor mir hätte, weil er gar nicht fähig wäre, eine Frau zu berühren, nur mit Tieren und kleinen Jungen brächte er es fertig ...«

»Jenny«, rief Jamie und schüttelte hilflos den Kopf.

Sie schaute zu ihm auf. »Etwas anderes ist mir nicht eingefallen, ich sah ja, daß er halb von Sinnen war und daß er wirklich ... nicht konnte. Und ich starrte mitten auf seine Hose und lachte wieder. Da packte er mich am Hals und fing an, mich zu würgen, und ich schlug mit dem Kopf gegen den Bettpfosten ... und als ich wieder aufwachte, war er weg, und du mit ihm.«

Sie nahm Jamies Hand, und Tränen standen ihr in den Augen.

»Jamie, kannst du mir vergeben? Ich weiß, daß er dich nicht so behandelt hätte, wenn ich ihn nicht so rasend gemacht hätte, und dann Vater –«

»O Jenny, *mo cridh*, sag das nicht.« Er kniete neben ihr und zog ihr Gesicht an seine Schulter. »Still, still, kleine Taube. Du hast es richtig gemacht, Jenny. Es war nicht deine Schuld, und meine vielleicht auch nicht.« Er streichelte ihr den Rücken.

»Hör zu, *mo cridh*. Er war hergekommen, um Schaden anzurichten. Das war sein Auftrag. Es war gleichgültig, wen er hier antraf oder was du oder ich getan haben. Er hatte den Befehl, hier Ärger zu machen und die Leute gegen die Engländer aufzubringen. Dazu wurde er hergeschickt.«

Jenny hörte auf zu weinen und schaute ihm erstaunt ins Gesicht.

»Das Volk gegen die Engländer aufbringen? Aber warum?«

»Um herauszubringen, wer Prinz Charles unterstützt, sollte es zum Aufstand kommen. Aber ich weiß noch nicht, auf welcher Seite Randalls Auftraggeber steht – ob er ausspionieren will, wer dem Prinzen folgen würde, so daß vielleicht deren Güter eingezogen werden können, oder ob er selbst gemeinsame Sache mit dem Prinzen macht und die Hochlandbewohner zum Krieg aufstacheln will, wenn es soweit ist. Ich weiß es nicht, und es ist jetzt auch nicht wichtig.« Er strich seiner Schwester die Haare aus der Stirn.

»Wichtig ist nur, daß dir nichts geschehen ist und ich wieder zu Hause bin. Bald werde ich ganz dableiben, *mo cridh*. Ich verspreche es dir.«

Sie führte seine Hand an die Lippen und küßte sie, zog ein Taschentuch heraus und schneuzte sich. Dann schaute sie zu Ian, der wie erstarrt neben ihr saß und verletzt und zornig wirkte.

Sie berührte ihn zart an der Schulter.

»Du denkst, ich hätte es dir erzählen müssen.«

Er rührte sich nicht, schaute ihr in die Augen und sagte ruhig: »Aye, das tue ich.«

Sie legte ihr Taschentuch in den Schoß und nahm seine Hände.

»Ian, ich habe es dir nicht gesagt, weil ich dich nicht auch noch verlieren wollte. Mein Bruder war weg, mein Vater gestorben. Ich wollte nicht auch noch den Menschen verlieren, der mir am liebsten ist, lieber als Heim und Familie. Und das will viel heißen«, sagte sie mit einem Lächeln zu Jamie.

Sie schaute Ian flehend in die Augen, und ich sah, wie Liebe und verletzter Stolz in ihm kämpften. Jamie stand auf und berührte mich an der Schulter. Wir gingen leise hinaus und ließen sie vor dem glimmenden Feuer allein.

Es war eine klare Nacht, und das Mondlicht flutete durch die hohen Fenster. Ich konnte selbst nicht einschlafen und dachte, es wäre vielleicht das Licht, was Jamie wach hielt; er lag still da, aber ich merkte, daß er nicht schlief. Er drehte sich auf den Rücken, und ich hörte ihn leise vor sich hin lachen.

»Worüber lachst du?« fragte ich ihn.

Er drehte seinen Kopf zu mir. »Oh, habe ich dich aufgeweckt, Sassenach? Das tut mir leid. Ich hab' mich nur an etwas erinnert.«

»Ich habe nicht geschlafen.« Ich rutschte näher zu ihm heran. Das Bett stammte offensichtlich aus der Zeit, als die gesamte Familie noch auf einer Matratze schlief, und Hunderte von Gänsen mußten ihre Federn gelassen haben, um das gigantische Plumeau zu füllen; sich hindurchzuwühlen war, als würde man die Alpen ohne Kompaß überqueren. »Und woran hast du dich erinnert?« fragte ich, als ich an seiner Seite lag.

»Vor allem an meinen Vater, an die Dinge, die er gesagt hat.« Er faltete die Arme hinter dem Kopf und starrte die schweren Deckenbalken an. »Es ist merkwürdig. Solange er lebte, habe ich mir nicht viel aus dem gemacht, was er gesagt hat, aber jetzt, wo er tot ist, hat sich das geändert.« Wieder kicherte er ein wenig. »Ich denke gerade daran, wie er mich das letzte Mal versohlt hat.«

»Muß sehr komisch gewesen sein. Hat dir schon mal jemand gesagt, daß du einen sehr merkwürdigen Sinn für Humor hast, Jamie?« Ich tastete unter den Decken nach seiner Hand. Er streichelte mir über den Rücken, was mir kleine Laute des Wohlbehagens entlockte.

»Hat dich denn dein Onkel nicht geschlagen, wenn es nötig war?«

»Um Gottes willen, nein! Allein der Gedanke wäre ihm zuwider gewesen. Er hat nichts davon gehalten, Kinder zu schlagen – er fand, daß man mit ihnen vernünftig reden sollte wie mit Erwachsenen.« Jamie machte einen schottischen Laut, der deutlich ausdrückte, wie absurd er eine solche Idee fand.

»Daher kommen also deine Charakterfehler«, sagte er und tätschelte mir den Po. »Zu wenig Disziplin in der Jugend.«

»Von welchen Fehlern redest du?« Das Mondlicht war hell genug, um sein Grinsen erkennen zu können.

»Soll ich sie wirklich alle aufzählen?«

»Nein.« Ich knuffte ihn mit dem Ellbogen in die Rippen. »Erzähl mir von deinem Vater. Wie alt warst du damals?«

»Vielleicht dreizehn oder vierzehn. Groß und dünn und mit Pickeln im Gesicht. Ich weiß nicht mehr, warum ich Prügel bezogen hatte; es war wohl eher wegen etwas, was ich gesagt habe, als wegen etwas, was ich getan habe. Ich kann mich nur erinnern, daß wir beide fuchsteufelswild aufeinander waren. Das war einer der Fälle, wo er es genoß, mich zu schlagen.« Er zog mich enger an sich. Ich streichelte über seinen flachen Bauch und spielte an seinem Nabel herum.

»Hör auf damit, es kitzelt. Möchtest du die Geschichte hören oder nicht?«

»O doch, ich möchte sie hören. Was werden wir tun, wenn wir je Kinder haben sollten? Mit ihnen sprechen oder sie schlagen?« Mein Herz klopfte schneller bei dem Gedanken, aber es gab keinerlei Anzeichen, daß dies je etwas anderes als eine rein theoretische Frage sein würde. Er ergriff meine Hände und hielt sie still an seinen Bauch gedrückt.

»Das ist ganz einfach. Du redest mit ihnen, und dann gehe ich mit ihnen hinaus und verprügle sie.«

»Ich dachte, du *magst* Kinder?«

»Das tu’ ich auch. Mein Vater mochte mich auch, wenn ich mich nicht gerade wie ein Idiot aufführte. Er liebte mich so sehr, daß er mich windelweich prügelte, wenn ich etwas Blödes anstellte.«

Ich drehte mich auf den Bauch. »Also dann erzähl mir die Geschichte.«

Jamie setzte sich auf und schüttelte die Kissen auf, bevor er sich wieder zurücklegte und die Arme hinter dem Kopf verschränkte.

»Er schickte mich wie gewöhnlich zum Zaun hinaus – ich mußte immer vorausgehen, damit ich in der Zeit, in der ich auf ihn wartete, gehörig Angst und Reue empfinden würde, wie er sagte –, aber diesmal war er so wütend, daß er mir auf den Fersen folgte. Er legte mich über den Zaun und schlug zu. Ich biß die Zähne zusammen und war entschlossen, keinen Ton von mir zu geben. Er sollte verdammt noch mal nicht merken, wie weh es tat. Normalerweise wußte ich, wann er aufhören würde, aber diesmal fand er kein Ende. Ich stöhnte bei jedem Schlag und spürte, wie mir die Tränen kamen, aber es gelang mir, nicht zu schreien.« Die Decke war ihm bis zur Taille heruntergerutscht, und die Haare auf Jamies Brust glänzten silbern im Mondlicht. Sein Herz klopfte so sehr, daß ich den Pulsschlag unter seinem Brustbein sehen konnte.

»Ich weiß nicht, wie lange er weitermachte, vielleicht war es gar nicht so lang, aber mir schien es wie eine Ewigkeit. Schließlich hielt er inne und schrie mich an. Er war außer sich vor Zorn, und ich war selber so wütend, daß ich kaum hörte, was er sagte.

›Verdammter Kerl, Jamie‹, brüllte er, ›schrei endlich! Du bist jetzt so groß, und ich wollte dich niemals wieder schlagen, aber ich möchte dich noch ein Mal richtig aufjaulen hören, Junge, bevor ich aufhöre, nur damit ich mir einbilden kann, ich hätte zu guter Letzt doch noch Eindruck auf dich gemacht!‹

Ich war so außer mir, daß ich mich aufrichtete, herumfuhr und ihn anbrüllte: ›Warum hast du das denn nicht gleich gesagt, du alter Idiot! AUA!‹

Als nächstes fand ich mich auf dem Boden wieder, und der Kiefer schmerzte mir, wo er seinen Treffer gelandet hatte. Er stand keuchend über mir, Haare und Bart völlig zerzaust, und streckte die Hand aus und zog mich hoch.

Dann klopfte er mir auf den Kiefer und sagte, noch halb außer Atem: ›Das war dafür, daß du deinen Vater einen Idioten genannt hast. Es ist vielleicht wahr, aber es ist trotzdem respektlos. Komm, wir waschen uns fürs Abendessen.‹ Danach hat er mich niemals mehr angerührt. Er hat mich immer noch angeschrien, aber ich habe zurückgeschrien, und seitdem ging es meist von Mann zu Mann.«

Jamie lachte zufrieden, und ich schmiegte mich in seine warme Schulterbeuge.

»Ich hätte deinen Vater gerne kennengelernt«, sagte ich. »Aber wer weiß, vielleicht wäre er nicht damit einverstanden gewesen, daß du eine Engländerin heiratest.«

Jamie drückte mich fest an sich und zog die Decke über meine nackten Schultern. »Er hätte gedacht, ich wäre endlich zur Vernunft gekommen.« Er streichelte mir über die Haare. »Er hätte meine Wahl in jedem Fall respektiert, aber dich« – er küßte mich zart auf die Stirn –, »dich hätte er sicher gern gehabt, meine Sassenach.« Und das war nun wirklich keine geringe Auszeichnung.

30

Kamingespräche

Der Riß, den Jennys Offenbarungen zwischen ihr und Ian erzeugt hatten, schien geheilt zu sein. Am nächsten Tag saßen wir kurz nach dem Abendessen wieder im Wohnzimmer beisammen. Ian und Jamie besprachen bei Holunderwein Fragen der Gutsverwaltung, und Jenny, die endlich Zeit hatte, sich auszuruhen, hatte ihre geschwollenen Füße hochgelegt. Ich war damit beschäftigt, die Rezepte aufzuschreiben, die sie im Lauf des Tages beiläufig erwähnt hatte.

ZUR BEHANDLUNG VON KARBUNKELN, überschrieb ich das nächste Blatt.

Drei Eisennägel eine Woche lang in saures Bier legen. Dann eine Handvoll Zedernholzspäne dazugeben. Wenn die Späne auf den Boden sinken, ist die Mixtur fertig.

BIENENWACHSKERZEN

Den Honig aus den Waben schleudern. Die toten Bienen so weit wie möglich entfernen. Die Waben mit wenig Wasser in einem Tiegel schmelzen. Bienen, Flügel und andere Verunreinigungen von der Oberfläche abschöpfen. Das Wasser abgießen und frisches Wasser daraufschütten. Eine halbe Stunde lang häufig umrühren, dann stehenlassen. Das Wasser abgießen und zum Süßen aufbewahren. Noch zweimal mit Wasser reinigen.

Meine Hand wurde vom Schreiben müde, und ich war noch nicht einmal zum Herstellen der Kerzenformen, dem Drehen der Dochte und dem Trocknen der Kerzen angelangt.

»Jenny, sag mal, wie lange dauert es eigentlich alles in allem, Kerzen zu machen?«

Sie legte das kleine Hemdchen, das sie gerade bestickte, in den Schoß und dachte nach.

»Einen halben Tag, um die Waben einzusammeln, zwei, um den Honig zu schleudern – bei heißem Wetter nur einen Tag –, ein bis zwei Tage, um das Wachs zu reinigen, je nachdem, wieviel man hat und wie schmutzig es ist. Einen halben Tag zum Herstellen der Dochte, ein oder zwei Tage für die Formen, einen halben Tag zum Wachsschmelzen, Gießen und Trocken. Insgesamt also ungefähr eine Woche.«

Das gedämpfte Licht und die klecksende Feder machten das Schreiben zu mühsam, und so setzte ich mich neben Jenny und bewunderte das Hemdchen.

Ihr gerundeter Leib hob sich plötzlich, was darauf schließen ließ, daß sein Bewohner sich umdrehte. Ich schaute fasziniert zu. Ich war nie länger mit einer Schwangeren zusammengewesen und staunte darüber, daß sich im Inneren so viel tat.

»Möchtest du mal fühlen?« fragte Jenny, die sah, wie ich auf ihren Bauch starrte.

Ohne meine Antwort abzuwarten, nahm sie meine Hand und legte sie sich fest auf den Bauch.

»Genau da, warte einen Augenblick, er wird gleich wieder strampeln. Sie mögen es nicht, wenn man sich zurücklehnt, sie werden dann unruhig.«

Ein kräftiger Stoß hob meine Hand ein paar Zentimeter in die Höhe.

»Du meine Güte! Wie stark er ist!« rief ich aus.

Jenny streichelte sich mit einem Anflug von Stolz den Bauch. »Es wird ein kräftiges Kerlchen, wie sein Bruder und sein Vater.« Sie lächelte zu Ian hinüber, dessen Aufmerksamkeit von den Stammbäumen der Zuchtstuten abgeschweift war und sich auf seine Frau und ein zukünftiges Kind gerichtet hatte.

»Oder wie sein nichtsnutziger rothaariger Onkel«, fügte sie mit leicht erhobener Stimme hinzu, so daß Jamie es hören mußte.

»Was? Hast du etwas zu mir gesagt?« fragte Jamie, der von seinen Büchern aufschaute.

»Ob es wohl das ›nutzlos‹ war oder das ›rothaarig‹, was ihn hat aufhorchen lassen?« sagte Jenny halblaut zu mir und knuffte mich leicht in die Seite.

Zu Jamie sagte sie süß: »Ach nichts, *mo cridh*. Wir machen uns nur gerade Gedanken, ob der Neuankömmling das Pech haben könnte, seinem Onkel zu ähneln.«

Der fragliche Onkel stand auf und kam grinsend herüber, um sich auf das Polster zu setzen, auf dem Jennys Füße lagen. Sie machte freundlich Platz und legte sie ihm auf den Schoß.

»Massiere sie mir ein bißchen, Jamie. Du kannst das besser als Ian.«

Er tat ihr den Gefallen, und Jenny lehnte sich genußvoll zurück. Sie ließ das Hemdchen auf ihren Bauch fallen, der sich wiederum hob, als würde jemand darin protestieren. Jamie starrte genauso fasziniert auf die Bewegungen, wie ich es getan hatte.

»Ist es nicht unangenehm«, erkundigte er sich, »wenn jemand in deinem Bauch Purzelbäume schlägt?«

Jenny öffnete die Augen und verzog das Gesicht, als sich ihr ganzer Bauch plötzlich aufwölbte.

»Mmm. Manchmal kommt es mir so vor, als wäre meine Leber schon grün und blau von den Stößen. Aber meistens fühlt es sich gut an. Es ist wie...« Sie zögerte und grinste ihren Bruder an. »Schwer, das einem Mann zu beschreiben, der ja nicht die entsprechenden Körperteile hat. Ich glaube, ich kann dir genausowenig sagen, wie es sich anfühlt, schwanger zu sein, wie du mir sagen kannst, wie es sich anfühlt, in den Sack getreten zu werden.«

»Oh, das könnte ich dir durchaus sagen.« Er krümmte sich zusammen, rollte die Augen und stieß gurgelnde Schmerzenslaute aus.

»Ist es nicht so, Ian?« wandte er sich an seinen lachenden Schwager.

Seine Schwester stieß ihn mit der Fußspitze zart an die Brust. »Ist gut, du Hanswurst. Wenn es so ist, dann bin ich froh, nichts dergleichen zu besitzen.«

Jamie richtete sich auf und strich sich die Haare aus der Stirn. »Nein«, sagte er interessiert, »liegt es wirklich nur daran, daß unsere Körper anders gebaut sind? Könntest du es denn Claire beschreiben, die noch nie ein Kind geboren hat?«

Jenny warf einen prüfenden Blick auf meine Taille, und es versetzte mir wieder einen kleinen Stich.

»Mmm, vielleicht.« Sie sprach langsam, nach Worten suchend. »Man fühlt sich so, als wäre die Haut überall ganz dünn. Man spürt alles, was einen berührt, ganz intensiv, sogar die Reibung der Kleider. Und die Brüste fühlen sich schwer und voll an... und sie sind sehr empfindlich an der Spitze.« Mit ihren kleinen, stumpfen

Daumen beschrieb sie einen Halbkreis über den Brustwarzen, die sich unter ihrem Kleid abzeichneten.

»Und natürlich ist man dick und ungeschickt«, fügte Jenny wehmütig hinzu und rieb sich die Hüfte, die sie sich zuvor am Tisch gestoßen hatte. »Man braucht einfach mehr Platz als sonst.

Zu Beginn fühlt es sich ein bißchen so an wie Blähungen«, sagte sie lachend und stupste Jamie mit dem großen Zeh, »als würden Blasen durch den Bauch blubbern. Aber später spürt man, wie sich das Kind bewegt: Es ist, als hätte man einen Fisch an der Angel, der sofort wieder verschwunden ist – ein kurzes Ziehen, aber so schnell vorbei, daß man gar nicht sicher ist, ob überhaupt etwas war.« Als hätte ihn diese Beschreibung empört, meldete sich Jennys unsichtbarer Gefährte sofort zur Stelle, und der Bauch seiner Mutter beulte sich mal zur einen, mal zur anderen Seite aus.

»Inzwischen dürftest du keine Zweifel mehr haben«, bemerkte Jamie, der die Bewegung fasziniert beobachtete.

»Manchmal schlafen sie stundenlang, und man fürchtet schon, das Kind könnte gestorben sein. Dann versuche ich es aufzuwecken...« – sie stieß sich mit dem Daumen heftig in eine Seite, und sofort zeigte sich auf der anderen Seite eine Erhebung – »und freue mich, wenn es wieder strampelt. Aber es ist nicht nur das Baby. Gegen Ende fühlt man sich überall geschwollen. Nicht schmerzhaft... einfach so reif, daß man platzen könnte. Man hat das Bedürfnis, überall ganz zart berührt zu werden.« Jenny sah mich nicht mehr an. Sie und Ian blickten sich tief in die Augen und hatten Jamie und mich völlig vergessen. Sie schienen sich so nahe, als wäre das eine Geschichte, die sie oft erzählte, die ihnen aber nie langweilig wurde.

Ihre Stimme war jetzt gedämpfter, und wieder griff sie sich an die üppigen Brüste, die von einem leichten Mieder gehalten wurden.

»Im letzten Monat kommt dann langsam die Milch. Man spürt, wie sich die Brüste allmählich füllen. Und dann wird alles plötzlich hart und rund.« Sie legte sich die Hände wieder auf den Bauch. »Es ist nicht schmerzhaft, einfach ein atemloses Gefühl, und die Brüste kribbeln so, als würden sie platzen, wenn niemand daran saugt.« Sie schloß die Augen, lehnte sich zurück und streichelte ihren wuchtigen Leib wieder und wieder in einem Rhythmus, der wie ein Zauberspruch wirkte. Ich schaute ihr zu, und plötzlich dachte ich, wenn es Hexen denn gäbe, dann mußte Janet Murray eine sein.

Der Raum schien von einem Zauber erfüllt, dem Gefühl, das aller Lust zugrunde liegt, diesem sehnsüchtigen Trieb, sich zu vereinigen und etwas zu erzeugen. Ich hätte ohne hinzuschauen jedes Haar auf Jamies Körper zählen können; ich wußte, daß sie ihm einzeln zu Berge standen.

Jenny öffnete die Augen und lächelte ihren Mann an, ein langsames, volles Lächeln, in dem unendliche Verheißungen lagen.

»Und gegen Ende, wenn das Kind sich sehr viel bewegt, dann fühlt es sich manchmal so an, als hätte man seinen Mann in sich, wenn er zu einem hineinkommt und sich in einen ergießt. Dann, wenn tief drinnen das Pulsieren beginnt und in Wellen durch den Körper geht – so ähnlich ist das, nur viel überwältigender, es geht über den Schoß hinaus und erfüllt einen ganz. Das Kind ist dann ruhig, und es ist, als hätte man statt dessen ihn in sich aufgenommen.«

Plötzlich drehte sie sich zu mir, und der Bann war gebrochen. »Das ist es, was sie manchmal wollen, weißt du. Sie möchten wieder zurückkehren.«

Bald darauf erhob sich Jenny und ging zur Tür. Sie warf Ian einen Blick zu, der ihn anzog wie der Norden die Magnetnadel. An der Tür blieb sie stehen und schaute zu ihrem Bruder, der still am Kamin saß.

»Kümmerst du dich um das Feuer, Jamie?« Sie streckte sich. Ian fuhr ihr mit den Fingerknöcheln über die Wirbelsäule, so daß sie genußvoll aufstöhnte. Dann waren sie verschwunden.

Auch ich streckte die Arme aus und dehnte die müden Glieder. Jamies Hände glitten an meinen Seiten herunter und blieben auf der Rundung der Hüften liegen. Ich lehnte mich an ihn, zog seine Hände nach vorne, und stellte mir vor, sie würden sich über die zarte Schwellung eines ungeborenen Kindes breiten.

Als ich den Kopf drehte, um ihn zu küssen, bemerkte ich die kleine Gestalt, die zusammengerollt im Sessel lag.

»Schau, sie haben Klein Jamie vergessen.« Der Kleine schlief normalerweise im Zimmer seiner Eltern. Heute war er neben dem Kamin eingeschlafen, während wir uns bei Wein unterhalten hatten. Keiner hatte daran gedacht, ihn in sein Bettchen zu tragen.

»Jenny vergißt nie etwas«, sagte Jamie. »Ich vermute, daß sie und Ian jetzt keinen großen Wert auf seine Gesellschaft legen.« Er machte sich an dem Verschluß meines Rockes zu schaffen. »Er kann ruhig bleiben, wo er ist.«

»Aber wenn er aufwacht?«

Er öffnete mein Mieder und warf seinem schlafenden Neffen einen wohlwollenden Blick zu.

»Irgendwann muß er es sowieso lernen, meinst du nicht? Du willst doch nicht, daß er so ahnungslos bleibt, wie es sein Onkel war?« Er warf ein paar Kissen vor den Kamin und ließ sich mit mir darauf nieder.

Im Licht des Feuers glänzten die Narben auf seinem Rücken silbrig. Ich fuhr die Striemen mit dem Finger nach, und bei der Berührung liefen ihm Schauer über den Rücken.

»Glaubst du, daß Jenny recht hat?« fragte ich später. »Wollen Männer wirklich wieder nach innen zurück? Wollt ihr deswegen bei uns liegen?« Jamie lachte mir leise ins Ohr.

»Es ist nicht gerade das erste, woran ich denke, wenn ich mit dir ins Bett gehe, Sassenach. Wirklich nicht. Aber dann...« Seine Hände streichelten sanft über meine Brüste, und seine Zunge umkreiste meine Brustwarze. »Ich würde auch nicht sagen, daß sie ganz falsch liegt. Manchmal... ja, manchmal wäre es gut, wieder da drinnen zu sein, sicher und ... eins. Vielleicht wollen wir deswegen Nachkommen zeugen – weil wir wissen, daß wir selber nicht zurück können. Da geben wir dieses kostbare Geschenk an unsere Kinder weiter, wenigstens für ein Weilchen...« Er schüttelte sich plötzlich wie ein nasser Hund.

»Nimm's nicht ernst, Sassenach«, murmelte er. »Der Holunderwein ist mir in den Kopf gestiegen.«

31

Quartalstag

Nach einem leisen Klopfen öffnete Jenny die Tür und trat ein. Sie trug ein zusammengefaltetes blaues Kleidungsstück über dem Arm und in der anderen Hand einen Hut. Nach einem kritischen Blick auf ihren Bruder nickte sie.

»Das Hemd ist in Ordnung. Und ich habe an deinem besten Mantel den Saum herausgelassen; deine Schultern sind wohl ein bißchen breiter geworden, seit ich dich zum letzten Mal gesehen habe.« Sie legte den Kopf schief und musterte ihren Bruder. »Siehst heute endlich mal anständig aus, jedenfalls bis zum Hals. Komm, setz dich, und ich kämme dir die Haare.« Sie deutete auf den Hocker am Fenster.

»Meine Haare? Ist was mit meinen Haaren?« fragte Jamie und fuhr mit der Hand prüfend darüber. Sie waren inzwischen fast schulterlang, und er hatte sie wie gewöhnlich mit einem Lederband zurückgebunden, damit sie ihm nicht ins Gesicht fielen.

Ohne sich mit einer Antwort aufzuhalten, drückte ihn seine Schwester auf den Hocker, zog das Band auf und begann, seine Haare mit einer Bürste zu bearbeiten.

»Was mit deinen Haaren ist? Zum einen hängen Kletten darin.« Vorsichtig zog sie die kleinen Stachelbällchen heraus und ließ sie auf die Kommode fallen. »Und Eichenblätter und ... sag mal, wo warst du denn gestern – hast du wie ein Schwein unter den Bäumen Trüffel gesucht? Da sind ja mehr Knoten drin als in einem frischgewaschenen Wollstrang!«

»Au!«

»Sitz still, Roy.« Sie kämmte Strähne für Strähne aus, bis sein Kopf von einer kastanienbraunen, kupfer-, zimt- und goldfarbenen Haarflut umgeben war, die im Licht der Morgensonne leuchtete. Jenny breitete die Locken mit den Händen aus und schüttelte den Kopf.

»Ich verstehe nicht, warum der Herr eine solche Haarpracht auf einen Mann verschwendet hat«, bemerkte sie.

»Ist es nicht wunderbar?« stimmte ich zu. »Schau dir nur diese blonden Strähnen an, die die Sonne ausgebleicht hat.« Das Objekt unserer Bewunderung begann sich zu wehren.

»Wenn ihr nicht aufhört, rasiere ich mir den Kopf.« Drohend griff er nach dem Messer. Seine Schwester schlug ihm mit der Rückseite der Bürste aufs Handgelenk. Er schrie auf und schrie noch einmal, als sie seine Haare nach hinten zerrte.

»Halt still«, befahl sie. Sie teilte die Haare in drei dicke Strähnen. »Ich mach' dir einen anständigen Zopf. Ich kann dich schließlich nicht wie einen Wilden zu deinen Pächtern gehen lassen.«

Jamie brummelte aufrührerisch in seinen Bart, beugte sich dann aber den Maßnahmen seiner Schwester, die das widerspenstige Haar zu einem dicken Zopf flocht. Dann griff sie in die Tasche und zog triumphierend ein blaues Seidenband hervor, das sie zu einer Schleife band.

»Fertig!« rief sie. »Ist er nicht hübsch?« vergewisserte sie sich bei mir, und ich mußte ihr recht geben. Das straff zurückgebundene Haar ließ seine markanten Gesichtszüge erst richtig zur Geltung kommen. In dem schneeweißen Leinenhemd und der grauen Reithose machte er eine fabelhafte Figur.

»Besonders die Schleife«, antwortete ich und unterdrückte ein Lachen. »Sie hat dieselbe Farbe wie seine Augen.«

Jamie funkelte seine Schwester an.

»Nein«, meinte er kurz angebunden, »keine Schleife. Wir sind doch nicht in Frankreich oder am Hof von König Geordie! Selbst wenn sie die Farbe des Mantels der heiligen Jungfrau hätte – keine Schleife, Janet!«

»Dann eben nicht, du alter Meckerfritze!« Sie zog die Schleife ab und trat zurück.

»So kannst du dich sehen lassen«, sagte sie befriedigt. Dann musterte sie mich nachdenklich.

Da ich mehr oder weniger in Lumpen angekommen war, mußten mir schnell zwei Kleider angefertigt werden; eins aus selbstgewebter Wolle für alle Tage, und eins aus Seide für besondere Anlässe. Da ich Wunden besser zusammennähen konnte als Stoff, hatte ich mich auf Hilfsarbeiten wie Stecken und Heften beschränkt und den Entwurf und das Nähen Jenny und Mrs. Crook überlassen.

Das Ergebnis war wunderbar. Die schlüsselblumengelbe Seide schmiegte sich wie ein Handschuh an meinen Oberkörper und fiel in luxuriösen Falten nach unten. Da ich mich weigerte, ein Korsett zu tragen, hatten sie das Oberteil mit Fischbein verstärkt.

Jennys Augen wanderten langsam von meinen Füßen bis zum Kopf. Mit einem Seufzer griff sie nach der Bürste.

»Du auch« sagte sie.

Das Blut schoß mir in die Wangen und ich vermied es, Jamie anzuschauen, während sie sorgsam kleine Zweige und Blätter aus meinen Haaren löste und neben die Sammlung ihres Bruders legte. Als mein Haar schließlich hochgesteckt war, zog sie ein kleine Spitzenkappe aus ihrer Tasche und befestigte sie auf meinen Locken. »Jetzt siehst du wirklich sehr respektabel aus, Claire.«

Vermutlich sollte das ein Kompliment sein, und ich murmelte ein Dankeschön.

»Hast du denn irgendwelchen Schmuck?«

Ich schüttelte den Kopf. »Nein, leider nicht. Alles, was ich hatte, waren die Perlen, die mir Jamie zur Hochzeit geschenkt hat, und die –« Unter den besonderen Umständen unserer Abreise von Leoch waren die Perlen das letzte, was mir in den Sinn gekommen wäre.

»Oh!« rief Jamie aus, dem plötzlich was einfiel. Er kramte in seiner Felltasche, die auf dem Tisch lag, und zog die Perlenkette triumphierend hervor.

»Wo hast du denn die her?« fragte ich erstaunt.

»Murtagh hat sie heute früh gebracht«, antwortete er. »Während des Prozesses ist er nach Leoch zurück und hat alles mitgenommen, was er tragen konnte; er meinte, wir würden es wohl haben wollen, wenn wir mit heiler Haut davonkämen. Auf dem Weg hierher hat er nach uns gesucht, aber wir haben ja noch einen Umweg zu dem ... dem Hügel gemacht.«

»Ist er noch da?« fragte ich.

Jamie stand hinter mir und legte mir die Perlenkette an.

»Aye. Er ist unten in der Küche, ißt alles auf, was er kriegen kann, und treibt seine Scherze mit Mrs. Crook.«

Bisher hatte ich den drahtigen kleinen Mann kaum drei Dutzend Worte sprechen hören, und die Vorstellung, daß er mit jemandem »Späße trieb«, schien recht abwegig. Er mußte sich in Lallybroch wirklich zu Hause fühlen.

Plötzlich fiel Jenny etwas ein. Sie klatschte in die Hände:

»Ohrringe!« rief sie aus. »Ich glaube, ich habe welche aus Perlen, die genau zur Kette passen! Ich geh' und hol' sie.« Und schon war sie aus dem Zimmer.

»Warum nennt dich deine Schwester Roy?« fragte ich neugierig. Er arrangierte gerade sein Halstuch und wie alle Männer, die solcherart beschäftigt sind, sah er dabei aus, als würde er sich gerade mit einem Todfeind herumschlagen. Aber er entspannte seine zusammengepreßten Lippen und grinste mich an.

»Nicht der englische Name Roy. Es ist ein gälischer Spitzname; hat mit meiner Haarfarbe zutun. Das Wort *ruadh* bedeutet ›rot‹.« Er mußte das Wort buchstabieren und mehrmals aussprechen, bevor ich den Unterschied hören konnte.

Jamie nahm seine Felltasche und steckte alles wieder hinein, was mit den Perlen zum Vorschein gekommen war. Als er eine verheddderte Angelleine fand, schüttete er den gesamten Inhalt aufs Bett. Er sortierte alles gewissenhaft, rollte Angelleinen und Schnurstücke auf, steckte die Angelhaken in das Stück Kork, wohin sie gehörten. Ich schaute mir die Sammlung an.

»Nicht zu glauben, was für einen Mist du da mit dir herumträgst. Du bist ja eine regelrechte Elster.«

»Es ist kein Mist«, protestierte er heftig. »Ich kann alles brauchen.«

»Also die Angelleinen und die Haken, ja. Und die Schnur für Fallen. Und auch die Patronen laß ich mir noch eingehen – du trägst ja ab und zu eine Pistole bei dir. Und die kleine Schlange, die Willie dir geschenkt hat, das verstehe ich auch. Aber die Steine? Und das Schneckengehäuse? Und das Stück Glas? Und...« Ich beugte mich herunter, um das dunkle, pelzige Ding zu begutachten.

»Was ist – das kann doch nicht wahr sein, Jamie! Warum, um Himmels willen, trägst du einen getrockneten Maulwurfsfuß mit dir herum?«

»Na, gegen Rheuma natürlich.« Er schnappte sich das gute Stück und ließ es in seine Felltasche verschwinden.

»Natürlich, natürlich.« Ich betrachtete ihn mit Interesse. Sein Gesicht war vor Verlegenheit leicht gerötet. »Es funktioniert offensichtlich. Schließlich knarrst du nirgends.« Ich griff nach der kleinen Bibel und blätterte darin, während er den Rest seiner Kostbarkeiten verstaute.

»Alexander William Roderick MacGregor.« Ich las den Namen laut vor, der auf dem Vorsatzpapier stand. »Hast du nicht gesagt, du schuldest ihm etwas? Was hast du damit gemeint?«

»Oh, das.« Er setzte sich neben mich aufs Bett und nahm mir das Buch aus der Hand.

»Habe ich dir nicht erzählt, daß die kleine Bibel einem Gefangenen gehört hat, der in Fort William gestorben ist?«

»Ja, das hast du.«

»Ich selbst habe den Jungen nicht gekannt; er starb einen Monat bevor ich dorthin kam. Aber der Doktor, der sich um meinen Rücken gekümmert hat und von dem ich das Buch habe, hat mir von ihm erzählt. Ich glaube, er mußte es loswerden, und sonst gab es niemanden in der Garnison, mit dem er darüber sprechen konnte.« Er klappte es zu und schaute aus dem Fenster.

Alex MacGregor, ein etwa achtzehnjähriger Junge, war festgenommen worden, weil er getan hatte, was alle tun, nämlich Rinder stehlen. Er war ein blonder, ruhiger Junge, und es war anzunehmen, daß er seine Strafe brav und ohne weitere Zwischenfälle absitzen würde. Eine Woche vor seiner Entlassung fand man ihn jedoch erhängt im Pferdeschuppen.

»Es gab keinen Zweifel, daß er es selbst getan hatte, sagte der Doktor.« Jamie strich mit dem Daumen liebevoll über den Ledereinband des kleinen Buches. »Und er hat auch nicht wirklich ausgesprochen, was er vermutet hat. Aber eins hat er gesagt – daß Hauptmann Randall eine Woche zuvor eine private Unterhaltung mit dem Jungen gehabt hatte.«

Ich mußte plötzlich schlucken, und trotz des Sonnenscheins wurde mir kalt.

»Und du meinst –«

»Nein.« Seine Stimme war leise und fest. »Ich meine nicht, ich *weiß* es, und der Doktor auch. Und ich vermute, der Unteroffizier wußte es ganz sicher. Deswegen mußte er wohl sterben.« Er streckte die Hände aus und betrachtete sie. Sie waren groß und stark, die Hände eines Farmers, die Hände eines Kriegers. Sorgsam steckte er die kleine Bibel in seine Felltasche.

»Ich will dir etwas sagen, *mo duinne*. Eines Tages werde ich Jack Randall eigenhändig töten. Und wenn er tot ist, dann werde ich das Buch Alex MacGregors Mutter schicken und ihr mitteilen, daß ihr Sohn gerächt ist.«

Plötzlich kam Jenny zurück, und die Spannung löste sich. Jamies Schwester erstrahlte nun selbst in ihrer Festgarderobe, einem blauen Seidenkleid mit passendem Spitzenhäubchen. In der Hand hielt sie eine große Schachtel, die mit rotem Maroquin bezogen war.

»Jamie, die Currans sind da und Willie Murray und die Jeffries. Du solltest hinuntergehen und ein zweites Frühstück mit ihnen einnehmen – ich habe Haferbrötchen und Salzhering hingestellt, und Mrs. Crook macht gerade Marmeladenkuchen.«

»Ist gut. Komm runter, wenn du fertig bist, Claire.« Er stand hastig auf, nahm sich aber doch die Zeit, mich noch kurz und heftig zu küssen, bevor er verschwand. Polternd sprang er den ersten Treppenabsatz hinunter, mäßigte dann aber seine Schritte, wie es sich für den Auftritt des Hausherrn ziemte.

Jenny lächelte ihm nach und wandte sich dann zu mir. Sie stellte den Kasten auf das Bett und öffnete ihn. Darin lagen in wildem Durcheinander Schmuck und modischer Krimskrams, was mich bei der ordentlichen Jenny Murray überraschte, die ihren Haushalt mit eiserner Hand perfekt organisiert hatte.

Sie stocherte mit einem Finger in den Schätzen herum. Plötzlich schaute sie mich an, lächelte und sagte, als hätte sie meine Gedanken gelesen:

»Ich nehme mir immer mal wieder vor, das alles zu ordnen. Aber als ich klein war, hatte meine Mutter diesen Kasten, und ich durfte manchmal darin herumkramen. Es war wie ein Zauberschatz – ich wußte nie, was ich finden würde. Ich fürchte, wenn es alles ordentlich wäre, dann wäre der Zauber dahin. Blöd, oder?«

»Nein«, lächelte ich sie an, »überhaupt nicht.«

Wir stöberten in der Schatztruhe herum, in der die Kostbarkeiten von vier Generationen von Frauen aufbewahrt waren.

»Die gehörte meiner Großmutter Fraser«, sagte Jenny und hielt eine silberne Brosche hoch. Sie war wie ein Halbmond geformt, aus durchbrochenem Gold gearbeitet, und an der Spitze funkelte ein einzelner Diamant wie ein Stern.

»Und das« – sie zog einen schmalen Goldreifen heraus, der mit einem in Brillanten gefaßten Rubin geziert war –, »das ist mein Ehering. Ian hat ein halbes Jahreseinkommen dafür hingegeben, obwohl ich ihm gesagt habe, er wäre verrückt.« Das innige Lächeln ließ vermuten, daß Ian alles andere als verrückt gewesen war. Sie rieb den Stein an ihrem Kleid und bewunderte ihn noch einmal, bevor sie ihn zurücklegte.

»Ich bin froh, wenn das Baby geboren ist«, sagte sie und verzog das Gesicht. »Meine Finger sind morgens so geschwollen, daß ich mir kaum die Schuhe binden kann, geschweige den Ring tragen.«

Mein Blick fiel auf etwas Nichtmetallisches, das am Boden des Kastens glänzte, und ich fragte Jenny, was es sei.

»Oh, die Armreifen. Ich habe sie nie getragen, sie stehen mir nicht. Aber du könntest sie tragen – du bist groß und hast was von einer Königin an dir, wie meine Mutter. Sie haben ihr gehört, weißt du.«

Sie zog die beiden Armreifen heraus. Sie waren aus dem fast kreisförmigen Stoßzahn eines wilden Ebers gefertigt, in den filigrane Blumenranken geschnitzt waren. Die Enden waren in Silber gefaßt. Die Reifen waren poliert und glänzten elfenbeinfarben.

»Mein Gott, sind die schön! Ich habe noch nie etwas so ... so herrlich Barbarisches gesehen.«

Jenny amüsierte sich. »Meine Mutter hat sie von jemandem als Hochzeitsgeschenk bekommen, aber sie hat nie gesagt, von wem. Mein Vater hat sie hin und wieder wegen diesem unbekannten Verehrer aufgezogen, aber sie hat ihn nicht preisgegeben, hat nur wie eine Katze gelächelt, die gerade den Sahnetopf ausgeschleckt hat. Hier, probier sie an.«

Die Reifen fühlten sich kühl und schwer an. Ich konnte nicht widerstehen, über die seidige Oberfläche zu streichen.

»Sie stehen dir gut«, erklärte Jenny. »Und sie passen gut zu dem gelben Kleid. Hier sind die Ohrstecker – leg sie an, und dann gehen wir hinunter.«

Murtagh saß am Küchentisch und biß von einem Stück Schinken ab, das er auf seinen Dolch gespießt hatte. Als Mrs. Crook mit einer Platte an ihm vorbeiging, ließ sie flugs drei ofenfrische Haferbrötchen auf seinen Teller gleiten.

Jenny eilte hin und her, um die letzten Vorbereitungen zu treffen. Einen Moment lang blieb sie hinter Murtagh stehen und schaute auf dessen Teller, der sich rapide leerte.

»Tu dir keinen Zwang an, Mann. Wir haben schließlich noch ein zweites Schwein im Stall.«

»Du gönnst deinem Verwandten wohl nichts, he?« gab er mit vollen Backen zurück.

»Ich soll dir nichts gönnen?« Sie stemmte die Hände in die Hüften. »Um Himmels willen. Schließlich hast du erst vier Teller voll gegessen. Mrs. Crook«, rief sie der entschwindenden Haushälterin nach, »wenn Sie mit den Brötchen fertig sind, dann geben Sie diesem armen Mann doch eine Schüssel Haferbrei. Wir wollen schließlich nicht, daß er uns ohnmächtig zusammenbricht.«

Als Murtagh mich in der Tür stehen sah, verschluckte er sich prompt an einem Stück Schinken.

»Mmmpf«, sagte er zur Begrüßung, nachdem Jenny ihm kräftig auf den Rücken geklopft hatte.

»Freut mich auch, dich zu sehen«, antwortete ich und setzte mich ihm gegenüber. »Danke übrigens.«

»Mmpf?« Die Frage wurde von einem halben Haferbrötchen, dick mit Honig bestrichen, erstickt.

»Daß du meine Sachen aus der Burg geholt hast.«

»Mmpf.« Er winkte ab und streckte dabei die Hand gleich nach der Butterdose aus.

»Ich habe dir deine Pflanzen und das ganze Zeug gebracht.« Er deutete mit dem Kopf in Richtung Hof. »Draußen in der Satteltasche.«

»Etwa meinen Medizinkasten? Das ist ja wunderbar!« Ich freute mich. Einige der Heilkräuter waren selten, und es hatte sehr viel Mühe gekostet, sie zu finden und richtig zuzubereiten.

»Wie hast du das eigentlich gemacht?« Nachdem ich mich von den Schrecken des Hexenprozesses erholt hatte, hatte ich mich oft gefragt, wie die Bewohner der Burg wohl auf meine plötzliche Verhaftung und Flucht reagiert hatten. »Hoffentlich bist du nicht in Schwierigkeiten geraten!«

»Ach nein.« Er biß noch einmal kräftig in sein Brötchen, wartete aber, bis der Brocken im Magen verschwunden war, bevor er antwortete.

»Mrs. FitzGibbons hatte die Sachen schon beiseite geräumt. Ich bin gleich zu ihr gegangen; ich wußte ja nicht, wie man mich auf der Burg empfangen würde.«

»Sehr vernünftig«, stimmte ich zu. »Ich kann mir auch kaum vorstellen, daß Mrs. FitzGibbons bei deinem Anblick in Schreikrämpfe ausbrechen würde.« Die Haferbrötchen dampften in der kühlen Luft und rochen himmlisch. Ich streckte die Hand aus, um mir eins zu nehmen. Dabei klapperten die schweren Armreifen an meinem Handgelenk. Ich bemerkte, wie Murtaghs Blick darauf fiel, und drehte sie, damit er die gravierten Silberfassungen sehen konnte. »Sind sie nicht schön? Jenny sagt, sie stammen von ihrer Mutter.«

Murtagh roch an der Schüssel Haferbrei, die Mrs. Crook ihm unter die Nase geschoben hatte.

»Stehen dir gut«, brummte er. Dann kam er schnell auf das vorige Thema zurück. »Nein, sie würde nicht um Hilfe rufen, wenn sie mich sieht. Ich habe Glenna FitzGibbons mal recht gut gekannt.«

»Oh, eine alte Liebe von dir?« neckte ich ihn und mußte ein Kichern unterdrücken, als ich mir vorstellte, wie er in Mrs. Fitzens voluminöser Umarmung verschwand.

Murtagh schaute mich kühl an.

»Das war sie nicht, und ich möchte dich bitten, deine Zunge zu hüten, wenn du über die Dame sprichst. Ihr Mann war der Bruder meiner Mutter, und außerdem war sie wegen dir sehr bekümmert.«

Ich senkte beschämt den Blick und strich angelegentlich Honig auf mein Brötchen, um meine Verlegenheit zu überspielen.

»Es tut mir leid«, sagte ich. »Ich habe mich manchmal gefragt, wie sie es wohl aufgenommen hat, daß ich ... als ich ...«

»Sie haben zuerst gar nicht mitbekommen, daß du weg warst«, erzählte der kleine Mann ganz sachlich, ohne von meiner Entschuldigung Notiz zu nehmen. »Als du nicht zum Abendessen erschienen bist, haben sie gedacht, du wärst vielleicht länger draußen geblieben oder ins Bett gegangen; deine Tür war zu. Und am nächsten Tag, als sich alle fürchterlich über die Festnahme von Mistress Duncan aufgeregt haben, hat niemand daran gedacht, nach dir zu schauen. Von dir war gar nicht die Rede, nur von ihr, als die Nachricht zur Burg kam.«

Ich nickte nachdenklich. Niemand außer denen, die eine ärztliche Behandlung brauchten, hätte mich vermißt. Während Jamies Abwesenheit hatte ich mich meistens in Colums Bibliothek aufgehalten.

»Und Colum?« fragte ich. Ich war äußerst neugierig. Hatte er die Geschichte wirklich eingefädelt, wie Geillis glaubte?

Murtagh zuckte die Achseln. Er schaute auf dem Tisch herum, ob es noch irgend etwas gab, was ihm schmecken könnte, aber offenbar sagte ihm nichts zu. Also lehnte er sich zurück und faltete die Hände über seinem mageren Bauch.

»Als er hörte, was im Dorf vor sich ging, ließ er sofort die Tore schließen und verbot allen Burgbewohnern, hinunterzugehen, damit niemand in die Sache hineingezogen würde.« Er lehnte sich weiter zurück und musterte mich aufmerksam.

»Mrs. FitzGibbons suchte dich am zweiten Tag. Sie sagte, sie hätte alle Mägde gefragt, ob dich irgend jemand gesehen hätte. Aber niemand wußte etwas von dir, nur eins der Mädchen meinte, daß du vielleicht ins Dorf gegangen wärst und irgendwo Unterschlupf gefunden hättest.«Eins der Mädchen, dachte ich bitter, wußte verdammt gut, wo ich war.

Er rülpste leise.

»Mrs. FitzGibbons soll die ganze Burg auf den Kopf gestellt haben, und als sie sicher war, daß du nirgends zu finden warst, verlangte sie von Colum, einen Mann ins Dorf zu senden, um dich zu suchen. Als sie erfuhren, was geschehen war ...« Auf seinem dunklen Gesicht zeigte sich ein Anflug von Belustigung.

»Sie hat mir nicht alles gesagt, aber sie hat ihm wohl keine Ruhe mehr gelassen und verlangt, daß er Leute hinunterschicken soll, um dich mit Waffengewalt zu befreien. Er behauptete, es wäre ganz unmöglich, jetzt noch in das Verfahren einzugreifen, es läge jetzt in den Händen der Richter. Muß ein rechtes Spektakel gegeben haben, als diese zwei Sturköpfe aufeinander losgegangen sind.«

Am Schluß hatte sich keiner durchsetzen können, aber auch keiner nachgegeben. Ned Gowan, immer in der Lage, einen Kompromiß zu finden, hatte angeboten, selbst hinunterzugehen, nicht als Vertreter des Burgherrn, sondern als unabhängiger Advokat.

»Hat sie geglaubt, ich könnte eine Hexe sein?«

Murtagh schnaubte.

»Ich muß die Frau erst noch finden, die an Hexen glaubt. Es sind die Männer, die glauben, daß in Frauen Hexenwerk und Zaubersprüche stecken, und dabei ist es nichts anderes als ihre Natur.«

»Ach, jetzt dämmert mir, warum du nicht geheiratet hast«, meinte ich.

»So, so, es dämmert dir also?« Er stieß abrupt den Stuhl zurück, stand auf und zog sich das Plaid über die Schultern.

»Ich gehe. Grüße an den Hausherrn«, sagte er zu Jenny, die von der Eingangshalle hereinkam, wo sie Pächter begrüßt hatte. »Er ist bestimmt recht beschäftigt.«

Jenny reichte ihm einen stattlichen Beutel mit Lebensmitteln, dessen Inhalt für eine Woche gereicht hätte, und knotete ihn oben zu.

»Ein bißchen Proviant für die Heimreise«, sagte sie grinsend. »Es könnte reichen, bis das Haus außer Sichtweite ist.«

Sie steckte ihm den Knoten des Beutels in den Gürtel, nickte kurz und wandte sich zur Tür.

»Und wenn nicht, dann werden sich die Raben versammeln, um mir das Fleisch von den Knochen zu picken.«

»Was für ein Festmahl!« antwortete sie mit einem Blick auf die dürre Gestalt ironisch. »Da gibt ja ein Besenstiel mehr her als du.«

Murtaghs mürrisches Gesicht veränderte sich kaum, nur in seinen Augen zeigte sich ein kleiner Funken.

»Ich will dir eins sagen, Mädel . . .« Die Stimmen, die liebenswürdige Beleidigungen austauschten, verloren sich auf dem Weg zur Eingangshalle.

Ich blieb noch einige Augenblicke am Tisch sitzen und strich geistesabwesend über das warme Elfenbein der beiden Armreife von Ellen MacKenzie. Als ich die Eingangstür ins Schloß fallen hörte, schüttelte ich mich kurz und stand auf, um meinen Platz als Herrin von Lallybroch einzunehmen.

Im Herrenhaus herrschte immer viel Betrieb, aber am Quartalstag war die Hölle los. Den ganzen Tag gingen die Pächter ein und aus. Manche kamen nur, um ihre Pacht zu bezahlen, andere blieben bis zum Abend, spazierten auf dem Anwesen herum, plauderten mit Freunden und stärkten sich an den Erfrischungen, die im Salon gereicht wurden. Jenny, die in ihrem blauen Seidenkleid blühend aussah, und Mrs. Crook – in gestärktem weißen Leinen – waren ständig auf den Beinen, um nach dem Rechten zu sehen und die zwei Dienstmädchen zu beaufsichtigen, die riesige Platten mit Obst- und Streuselkuchen und sonstigen Köstlichkeiten auftrugen.

Jamie hatte mich den Pächtern in aller Form vorgestellt und hatte sich dann mit Ian ins Arbeitszimmer zurückgezogen, wo er die Pächter einzeln empfing, um mit ihnen über die notwendigen Vorbereitungen für die Frühjahrssaat zu sprechen, über den Verkauf von Wolle und Korn und was es für das nächste Vierteljahr sonst noch zu regeln gab.

Ich mischte mich unter die Leute, plauderte mit den Pächtern, half bei der Verköstigung und zog mich manchmal in den Hintergrund zurück, um dem Treiben zuzusehen.

Ich dachte an das Versprechen, das Jamie der alten Frau an der Mühle gegeben hatte, und wartete gespannt auf die Ankunft von Ronald MacNab.

Er kam bald nach Mittag auf einem hochbeinigen Maulesel angeritten, hinter sich einen kleinen Jungen, der sich an seinem Gürtel festhielt. Ich betrachtete sie verstohlen von der Salontür aus und prüfte, ob die Beschreibung, die die alte Frau von ihrem Sohn gegeben hatte, zutraf.

Ich kam zu dem Schluß, daß Grannie MacNabs Beschreibung nicht weit von der Wahrheit entfernt war. Ronald MacNabs Haare waren lang und fettig und schlampig mit einem Stück Schnur zurückgebunden, sein Kragen und seine Manschetten starrten vor Schmutz. Obwohl er sicherlich ein oder zwei Jahre jünger war als Jamie, sah er mindestens fünfzehn Jahre älter aus; sein Gesicht war aufgedunsen, und die kleinen grauen Augen waren stumpf und blutunterlaufen.

Auch das Kind war abgerissen und schmutzig. Aber noch schlimmer war, daß es hinter seinem Vater her schlich, die Augen auf den Boden gerichtet, und jedesmal zusammenzuckte, wenn Ronald ihn anfuhr. Jamie, der zur Tür seines Arbeitszimmers gekommen war, sah es auch und tauschte einen scharfen Blick mit Jenny aus, die gerade frischen Most brachte. Sie nickte unmerklich und reichte ihm den Krug. Dann nahm sie das Kind fest an der Hand und zog es mit sich in die Küche. »Komm mit, Junge. Ich glaube, da sind noch ein oder zwei Stück Streuselkuchen da. Oder magst du lieber Obstkuchen?«

Jamie begrüßte Ronald MacNab mit einem Nicken und ließ ihn vor sich ins Arbeitszimmer gehen. Als er die Tür hinter sich schließen wollte, begegneten sich unsere Blicke, und er machte eine Kopfbewegung in Richtung Küche. Ich nickte und folgte Jenny und dem jungen Rabbie.

In der Küche bemühten sich nun Jenny und Mrs. Crook um den Jungen. Mrs. Crook schöpfte gerade Punsch aus einem großen Kessel in eine Kristallschale. Sie füllte einen Holzbecher und hielt ihm den mißtrauischen Jungen hin. Es dauerte eine Weile, bis er den Arm ausstreckte und danach griff. Jenny plauderte zwanglos, während sie die Platten mit Kuchen belud, erntete aber nicht viel mehr als ein paar knurrende Geräusche. Dennoch schien sich das halbwilde kleine Geschöpf ein wenig zu entspannen.

»Dein Hemd ist ein bißchen schmuddelig«, bemerkte sie und lehnte sich nach vorne, um den Kragen umzuschlagen. »Zieh es aus, ich wasche es für dich.« »Schmuddelig« war eine grobe Untertreibung, aber der Junge wollte nichts davon wissen und machte Anstalten davonzulaufen. Ich stand hinter ihm, und auf ein Signal von Jenny packte ich ihn an den Armen und hielt ihn fest.

Er wehrte sich mit Händen und Füßen, aber zu dritt gelang es uns, ihm das Hemd auszuziehen.

»Ah!« Jenny zog den Atem scharf ein. Sie hielt den Kopf des Jungen fest unter dem Arm, so daß sein Rücken, an dem man die Rippen einzeln zählen konnte, gut zu sehen war. Die Haut war übersät mit Striemen und Narben. Manche waren frisch, andere so alt, daß sie schon verblaßt waren. Jenny ließ seinen Kopf los, packte ihn aber fest am Nacken, während sie beruhigend auf ihn einsprach. Mich schickte sie mit einer Kopfbewegung zu Jamie.

Ich klopfte zögernd an die Tür des Arbeitszimmers. Als Vorwand hatte ich einen Teller Haferkuchen in der Hand.

Mein Gesichtsausdruck muß wohl für sich gesprochen haben, als ich MacNab den Teller hinhielt, denn ich mußte Jamie nicht mehr um ein Gespräch unter vier Augen bitten. Er sah mich einen Augenblick lang an und wandte sich dann wieder zu seinem Pächter.

»Nun denn, Ronnie, dann wären wir soweit klar, was das Getreide betrifft. Aber ich wollte mir dir über etwas anderes sprechen. Du hast doch einen Jungen namens Rabbie, und ich brauche einen in diesem Alter für den Stall. Wärst du einverstanden, daß er bei mir arbeitet?« Ian, der an einem kleineren Tisch an der Seite saß, starrte MacNab mit unverhohlenem Interesse an.

MacNab stierte Jamie streitlustig an. Er schien die übellaunige Reizbarkeit eines Mannes zu haben, der nicht betrunken war, es aber gerne sein möchte.

»Nein, ich brauche ihn selber«, antwortete er barsch.

»Mm.« Jamie lehnte sich in seinem Stuhl zurück und faltete die Hände. »Ich würde dich natürlich für seine Dienste bezahlen.«

Der Mann grunzte und rutschte auf dem Stuhl hin und her.

»Da steckt doch meine Mutter dahinter, oder? Ich habe nein gesagt, und dabei bleibt's. Er ist mein Sohn, und ich kann mit ihm machen, was ich will. Und ich will, daß er zu Hause bleibt.«

Jamie betrachtete MacNab nachdenklich und vertiefte sich dann ohne weitere Diskussion in seine Bücher.

Am späten Nachmittag, als sich das Haus allmählich zu leeren begann, sah ich durchs Fenster, wie Jamie mit dem zerlumpten MacNab in Richtung Schweinestall schlenderte. Er hatte ihm den Arm kameradschaftlich um die Schultern gelegt. Das Paar verschwand hinter dem Stall, vermutlich um etwas von landwirtschaftlichem Interesse zu inspizieren. Nach ein oder zwei Minuten tauchten sie wieder auf und gingen zum Haus.

Jamie hatte den Arm immer noch um die Schultern des Kleineren gelegt, aber nun schien es, als müßte er ihn stützen. MacNabs Gesicht hatte eine ungesunde graue Farbe und war schweißüberströmt. Er schien sich kaum aufrecht halten zu können.

»Dann ist ja alles in Ordnung«, war Jamies fröhliche Stimme zu vernehmen, als sie in Hörweite kamen. »Deine Frau wird nichts dagegen haben, wenn ein bißchen Geld reinkommt, was, Ronald? Hier ist dein Maulesel – ein schönes Tier!« Das räudige Vieh hatte ebenfalls die Gastfreundschaft des Gutes genossen und kaute noch an einem Stohhalm, der ihm aus dem Maul hing.

Jamie half MacNab, der diesen Beistand allem Anschein nach dringend benötigte, in den Sattel. MacNab reagierte weder mit einem Winken noch mit einem Gruß auf Jamies leutselige Abschiedsworte, sondern nickte nur benommen und ritt langsam aus dem Gutshof hinaus.

Jamie lehnte sich an den Zaun und tauschte mit diesem und jenem Pächter, der sich auf den Heimweg machte, noch ein paar Freundlichkeiten aus, bis die verlotterte Gestalt von MacNab hinter dem Hügel verschwunden war. Er richtete sich auf und pfiff durch die Finger. Ein Junge mit sauberem Hemd und verdrecktem Kilt kroch unter dem Heuwagen hervor.

»Nun, Rabbie«, sagte Jamie, »sieht so aus, als hätte dein Vater doch noch erlaubt, daß du hier Stallbursche wirst. Du wirst bestimmt hart arbeiten und ihm alle Ehre machen, was?« Runde, blutunterlaufene Augen starrten ihn aus dem schmutzigen Gesicht an. Der Junge brachte kein Wort hervor, bis Jamie ihn sanft an der Schulter nahm und zum Pferdetrog führte.

»In der Küche ist noch was zu essen für dich, Junge. Aber wasch dich erst ein bißchen. Mrs. Crook ist da eigen, weißt du.« Er beugte sich herunter und flüsterte: »Und laß die Ohren nicht aus, oder sie wird sich drum kümmern. Heute früh hat sie schon meine gebürstet.« Der Junge entwischte mit einem scheuen Lächeln zum Trog.

»Ich bin froh, daß du es geschafft hast«, sagte ich und hängte mich bei Jamie ein, »ich meine, mit dem kleinen Rabbie MacNab. Wie hast du das gemacht?«

Er zuckte mit den Schultern. »Bin mit Ronald zum Brauhaus gegangen und habe ihm mit der Faust in die Weichteile geschlagen. Habe ihn gefragt, ob er sich lieber von seinem Sohn oder seiner Leber trennen möchte.« Stirnrunzelnd schaute er mich an.

»Es war nicht richtig, aber was hätte ich sonst tun können? Ich wollte nicht, daß der Junge mit seinem Vater zurückgeht. Nicht nur, weil ich es seiner Großmutter versprochen habe. Jenny hat mir erzählt, wie sein Rücken aussieht.« Er zögerte. »Ich will dir was sagen, Sassenach. Mein Vater hat mich so oft verprügelt, wie er es für nötig hielt, aber ich habe mich nicht geduckt, wenn er etwas zu mir sagte. Und ich glaube nicht, daß Rabbie eines Tages mit seiner Frau im Bett liegen und darüber lachen wird.«

Er zog die Schultern auf eine merkwürdig schräge Weise hoch.

»Er hat recht; der Junge ist sein Sohn, und er kann mit ihm tun, was er will. Und ich bin nicht Gott, nur der Gutsherr, und das ist ein ganzes Stück weiter unten. Dennoch...« Er schaute mit einem schiefen Lächeln zu mir herunter.

»Die Grenze zwischen Gerechtigkeit und Brutalität ist verdammt schmal, Sassenach. Ich hoffe nur, daß ich auf der richtigen Seite geblieben bin.«

Ich legte ihm den Arm um die Taille.

»Es war richtig, Jamie.«

»Meinst du?«

»Ja.«

Eng umschlungen schlenderten wir zurück zum Haus. Die weißgekalkten Gebäude leuchteten im Abendlicht. Anstatt hineinzugehen, führte Jamie mich auf die kleine Erhöhung hinter dem Gutshaus. Von hier oben überblickten wir das ganze Anwesen.

Ich lehnte den Kopf an Jamies Schulter und seufzte. Er drückte mich zur Antwort leicht an sich.

»Dafür bist du geboren, nicht wahr, Jamie?«

»Vielleicht, Sassenach.« Er schaute über das Gut, die Felder, die Katen und die Wege.

»Und du, Sassenach? Wofür bist du geboren? Um Gutsherrin zu sein oder um wie eine Zigeunerin am Straßenrand zu schlafen? Um die Frau eines Dozenten oder die Frau eines Geächteten zu sein?«

»Ich wurde für dich geboren«, sagte ich schlicht und streckte ihm die Arme entgegen.

»Weißt du«, sagte er, als er mich schließlich losließ, »das hast du noch nie gesagt.«

»Du auch nicht.«

»Doch. Am Tag nach unserer Ankunft. Ich habe dir gesagt, daß ich dich mehr begehre als alles andere in meinem Leben.«

»Und ich habe geantwortet, daß lieben und begehren nicht unbedingt dasselbe ist.«

Er lachte. »Vielleicht hast du recht, Sassenach.« Er strich mir das Haar aus dem Gesicht und küßte mich auf die Stirn. »Ich habe dich gewollt, seit ich dich zum erstenmal gesehen habe – aber geliebt habe ich dich, als du weinend in meinen Armen gelegen hast und dich von mir hast trösten lassen, damals in Leoch.«

Die Sonne versank hinter den Kiefern auf dem Hügel, und bald leuchteten die ersten Sterne auf. Es war Mitte November, und die Abendluft war kalt, obwohl es tagsüber noch warm war. Jamie legte seine Stirn an meine.

»Fang du an.«

»Nein, du.«

»Warum?«

»Weil ich Angst habe.«

»Und wovor, Sassenach?« Die Dunkelheit breitete sich über den Feldern aus, füllte das Land und stieg der Nacht entgegen. Im Mondlicht zeichneten sich die Linien seiner Nase und seiner Stirn scharf ab.

»Ich habe Angst, daß ich, wenn ich anfange, nie wieder aufhöre.«

»Es ist fast Winter, und die Nächte sind lang, *mo duinne*.« Ich schmiegte mich in seine Arme und spürte die Hitze seines Körpers und das Pochen seines Herzens.

»Ich liebe dich.«

32

Eine schwere Geburt

Einige Tage später war ich abends wieder auf der Anhöhe hinter dem Haus und grub Lerchenspornknollen aus. Ich hörte Schritte im Gras und dachte, es wäre Jenny oder Mrs. Crook, die mich zum Abendessen rufen wollten. Statt dessen kam Jamie herauf; seine Haare waren naß, weil er sich schon gewaschen hatte, aber er trug immer noch sein Arbeitshemd. Er stellte sich hinter mich, legte die Arme um mich und ließ das Kinn auf meine Schulter sinken. Gemeinsam schauten wir zu, wie die Sonne hinter den Kiefern unterging. Die Landschaft um uns herum verlor langsam ihren Glanz, aber wir rührten uns nicht. Tiefe Zufriedenheit erfüllte uns. Als es schließlich dunkel wurde, hörte ich Jenny vom Haus aus rufen.

»Wir sollten hineingehen«, sagte ich und regte mich widerwillig.

»Mmm.« Jamie blieb stehen und zog mich noch enger an sich. Sein Blick ruhte immer noch auf der Landschaft, als wollte er sich jeden Stein und jeden Grashalm einprägen.

Ich drehte mich zu ihm und umarmte ihn.

»Was ist?« fragte ich ruhig. »Müssen wir bald abreisen?« Bei der Aussicht, Lallybroch verlassen zu müssen, wurde mir das Herz schwer, aber ich wußte, daß es gefährlich war, länger hierzubleiben; jederzeit konnten die Rotröcke auftauchen, und wir durften nicht damit rechnen, daß es ein zweites Mal so glimpflich abgehen würde.

»Aye. Morgen, oder spätestens übermorgen. In Knockchoilum, zwanzig Meilen von hier, sind Engländer.«

Er drückte mich an seine Brust. Ich spürte immer noch die Sonne auf seiner Haut und atmete den Geruch von Schweiß und Haferstroh ein. Er hatte bei den letzten Erntearbeiten geholfen. Der Geruch erinnerte mich an das Abendessen vor einer Woche, wo sich herausstellte, daß Jenny mich endgültig als Familienmitglied akzeptiert hatte.

Ernten war Schwerstarbeit, und Ian und Jamie hatten oft Mühe, beim Abendessen die Augen aufzuhalten. An jenem Abend war ich hinausgegangen, die Nachspeise zu holen, und als ich zurückkam, waren beide am Tisch fest eingeschlafen. Ian saß zurückgelehnt auf seinem Stuhl, das Kinn war ihm auf die Brust gesunken, und er atmete schwer. Jamie hatte die Wange auf die verschränkten Arme gelegt und schnarchte friedlich zwischen Tellern und Pfeffermühle.

Jenny nahm mir den Pudding aus der Hand und tat uns auf. Sie schüttelte den Kopf angesichts der schlafenden Männer.

»Sie haben so heftig gegähnt, daß ich nur noch aufhören mußte zu reden, und zwei Minuten später waren beide weg.« Sie strich Ian zärtlich eine Strähne aus der Stirn.

»Deswegen werden hier im Juli so wenig Babys geboren«, erläuterte sie mit einem schelmischen Grinsen. »Im November schaffen es die Männer nicht, lang genug wach zu bleiben, um eins auf den Weg zu bringen.« Das war durchaus wahr, und ich lachte. Jamie bewegte sich, und ich legte ihm beruhigend die Hand auf den Nacken. Sofort breitete sich ein sanftes Lächeln auf seinem Gesicht aus. Dann schlief er lautlos weiter.

Jenny, die ihn beobachtet hatte, sagte: »Das ist komisch. Das hat er als kleines Kind gemacht.«

»Hat was gemacht?«

Sie nickte. »Im Schlaf lächeln. Das hat er immer getan, wenn jemand an seiner Wiege oder später an seinem Bettchen stand und ihn streichelte. Manchmal haben Mutter und ich ihm abwechselnd den Kopf gestreichelt, um zu sehen, ob wir ihn zum Lächeln bringen konnten.«

Ich probierte es gleich noch einmal und streichelte ihn sanft. Tatsächlich wurde ich sofort mit einem süßen Lächeln belohnt, das ein Weilchen um seine Lippen spielte, bis sein Gesicht wieder den strengen Ausdruck annahm, den es normalerweise im Schlaf hatte.

»Warum er das wohl tut?« fragte ich und betrachtete ihn fasziniert. Jenny zuckte mit den Achseln und grinste mich an.

»Sieht so aus, als wäre er glücklich.«

Anders als geplant, reisten wir am nächsten Tag doch nicht ab. Mitten in der Nacht weckten mich Stimmen. Als ich mich umdrehte, sah ich Ian mit einer Kerze in der Hand am Bett stehen.

»Das Baby kommt«, sagte Jamie, als er merkte, daß ich wach war. Er setzte sich gähnend auf. »Ist es nicht ein bißchen früh, Ian?«

»Kann man nie wissen, Klein Jamie kam zu spät. Besser zu früh als zu spät.« Ian lächelte nervös.

»Sassenach, kannst du ein Kind entbinden? Oder soll ich die Hebamme holen?« Ich antwortete ohne zu zögern.

»Hol die Hebamme.« Ich hatte während der Ausbildung nur drei Geburten gesehen, und die hatten alle in einem sterilen Operationssaal stattgefunden; die Patientinnen waren betäubt und mit Tüchern bedeckt, so daß man nur den geschwollenen Damm sehen konnte und plötzlich den Kopf.

Nachdem Jamie aufgebrochen war, um Mrs. Martins, die Hebamme, zu holen, ging ich mit Ian hinauf.

Jenny saß in einem Sessel am Fenster und lehnte sich bequem zurück. Sie hatte ein altes Nachthemd angezogen, hatte das Bettzeug weggeräumt und eine alte Decke über die Matratze gebreitet. Nun saß sie da und wartete. Sie lächelte, als würde sie auf etwas lauschen, was nur sie hören konnte. Ian ging nervös im Zimmer herum und macht sich hier und dort zu schaffen. Schließlich schickte sie ihn zu Mrs. Crook.

»Sage ihr doch bitte, sie solle alles für Mrs. Martins vorbereiten. Sie weiß schon, was zu tun ist.« Sie keuchte und legte sich beide Hände auf den hochgewölbten Bauch. Ich sah fasziniert, wie sich ihr Bauch plötzlich rund und fest nach oben bewegte. Sie biß sich auf die Lippen und entspannte sich dann wieder.

Ian legte zögernd eine Hand auf ihre Schulter, sie bedeckte sie mit ihrer eigenen und schaute lächelnd zu ihm auf.

»Und sag ihr, sie soll dir was zu essen geben. Du und Jamie, ihr werdet es brauchen. Es heißt, das zweite Kind käme schneller als das erste; vielleicht kann ich schon einen Bissen essen, wenn du mit dem Frühstück fertig bist.«

Er drückte ihre Schulter, küßte sie und murmelte ihr etwas ins Ohr, bevor er ging. In der Tür zögerte er noch einmal, aber sie schickte ihn entschieden weg.

Es schien eine Ewigkeit zu dauern, bis Jamie endlich mit der Hebamme zurückkam. Die Wehen wurden immer stärker, und ich immer nervöser. Ja, es stimmte, das zweite Kind kam in der Regel schneller. Was, wenn dieses hier nicht auf Mrs. Martins warten wollte?

Anfangs plauderte Jenny noch mit mir. Wenn eine Wehe kam, beugte sie sich nach vorn und hielt sich stöhnend den Bauch. Aber bald hatte sie kein Bedürfnis mehr zu reden und legte sich zwischen den Wehen still zurück. Als die Wehen immer schlimmer wurden, stand sie mühsam auf und bat mich, mit ihr herumzugehen.

Ich faßte sie fest unter dem Arm und stützte sie. Wir machten mehrere Runden durchs Zimmer, hielten an, wenn eine Wehe kam, und gingen weiter, wenn sie nachließ. Kurz bevor die Hebamme kam, hatte sich Jenny aufs Bett gelegt.

Mrs. Martins sah vertrauenerweckend aus; sie war groß und dünn, hatte breite Schultern und muskulöse Unterarme und machte einen freundlichen und kompetenten Eindruck. Zwischen ihren eisengrauen Augenbrauen standen zwei senkrechte Falten, die sich noch vertieften, wenn sie sich konzentrierte.

Mrs. Crook hatte einen Stapel frischgebügelter Laken gebracht, und Mrs. Martins nahm eins davon und legte es zusammengefaltet unter Jenny. Ich war überrascht, einen dunklen Blutfleck zwischen ihren Schenkeln zu sehen, als sie den Unterkörper leicht anhob.

Mrs. Martins bemerkte meinen sorgenvollen Blick, nickte mir aber beruhigend zu.

»Ist alles in Ordnung. Nur wenn das Blut hellrot ist und sehr viel auf einmal kommt, stimmt etwas nicht.«

Wir setzten uns alle hin und warteten. Mrs. Martins redete Jenny ruhig zu, massierte ihr das Kreuz und drückte fest, wenn Wehen kamen.

Jennys Haare waren inzwischen schweißnaß und ihr Gesicht rot vor Anstrengung. Ein Kind zur Welt zu bringen, war verdammt harte Arbeit.

Während der nächsten zwei Stunden ging es kaum vorwärts, außer daß die Schmerzen immer schlimmer wurden. Jenny konnte kaum mehr auf Fragen antworten; nach jeder Wehe lag sie keuchend da, und ihre Gesichtsfarbe wechselte innerhalb von Sekunden von Rot zu Weiß.

Wieder preßte sie die Lippen zusammen, und als die Wehe nachließ, winkte sie mich zu sich heran.

»Wenn das Kind lebt«, sagte sie nach Luft ringend, »und es ein Mädchen ist ... dann soll sie Margaret heißen. Sag es Ian ... Margaret Ellen.«

»Ja, natürlich«, sagte ich beruhigend. »Aber du wirst es ihm selber sagen können. Es wird nicht mehr lange dauern.«

Sie schüttelte nur heftig den Kopf und biß die Zähne zusammen. Mrs. Martins nahm mich beiseite.

»Keine Angst, Mädchen«, sagte sie ganz sachlich. »An diesem Punkt glauben sie immer, daß sie sterben würden.«

»Oh«, antwortete ich etwas erleichtert.

»Allerdings«, fügte sie leise hinzu, »geschieht das auch manchmal.«

Selbst Mrs. Martins schien sich jetzt allmählich Sorgen zu machen. Jenny war restlos erschöpft; sobald eine Wehe vorbei war, sank sie in sich zusammen und döste sogar manchmal ein. Wenn die erbarmungslose Faust wieder zupackte, wachte sie auf und krümmte sich stöhnend zusammen, als wollte sie das ungeborene Kind schützen.

»Könnte das Baby ... falsch liegen?« fragte ich leise, weil es mir etwas unangenehm war, einer erfahrenen Hebamme eine solche Frage zu stellen. Aber Mrs. Martins schien nicht beleidigt; nur die Falten zwischen ihren Augenbrauen vertieften sich, als sie die erschöpfte Frau betrachtete.

Nach der nächsten Wehe schlug Mrs. Martins das Leintuch und das Nachthemd zurück und machte sich an die Arbeit. Mit ihren schnellen, geschickten Fingern drückte sie hier und da in die enorme Bauchwölbung. Das schien die Wehen erst recht zu beschleunigen, so daß sie ihre Untersuchung immer wieder unterbrechen mußte.

Schließlich trat sie einen Schritt zurück und dachte nach. Jenny bohrte die Fersen in die Matratze, und plötzlich riß eines der strapazierten Leintücher.

Dies schien für Mrs. Martins das Signal zu sein. Sie gab mir einen Wink.

»Nehmen Sie sie unter den Schultern und ziehen Sie sie ein bißchen zurück, Mädel«, wies sie mich an, von Jennys Schreien offenbar wenig beeindruckt. Bei der nächsten Entspannung griff sie entschlossen ein. Sie packte das Kind von außen durch den kurzfristig erschlafften Leib und versuchte es zu drehen. Jenny schrie und riß an meinen Armen, als die nächste Wehe einsetzte.

Mrs. Martins versuchte es wieder und wieder. Jenny war weit über den Punkt der Erschöpfung hinaus, und ihr Körper kämpfte mit Kräften, die ihm sonst nicht zur Verfügung standen, um das Kind auf die Welt zu zwingen.

Und dann endlich klappte es. In einer merkwürdig fließenden

Bewegung drehte sich das Kind unter den Händen von Mrs. Martins; Jennys Bauch nahm plötzlich eine andere Form an, und nun schien es endlich vorwärts zu gehen.

»Und jetzt pressen!« Jenny tat es, und Mrs. Martins kniete sich neben das Bett. Offenbar gab es Zeichen des Fortschritts, denn sie stand hastig auf und holte ein Fläschchen Öl. Sie goß etwas auf ihre Fingerspitzen und rieb Jenny zwischen den Beinen sanft damit ein.

Bei der nächsten Wehe legte Mrs. Martins ihre Hände auf Jennys Bauch und drückte mit aller Kraft nach unten. Jenny schrie auf, aber die Hebamme drückte weiter, bis die Wehe abflaute.

»Pressen Sie beim nächsten Mal mit«, sagte sie zu mir. »Es ist fast da.«

Ich legte meine Hände auf die Hände von Mrs. Martins, und auf ihr Signal hin preßten wir alle drei gleichzeitig. Jenny stieß ein tiefes Ächzen des Triumphes aus, und das schleimige, blutige Köpfchen wurde zwischen ihren Schenkeln sichtbar. Sie preßte noch einmal, und Margaret Ellen Murray schoß wie ein geölter Blitz in die Welt.

Nachdem ich Jennys lächelndes Gesicht mit einem feuchten Lappen gereinigt hatte, richtete ich mich auf und schaute aus dem Fenster. Es war kurz vor Sonnenuntergang.

Das breite, entzückte Grinsen, mit dem Jenny die Ankunft ihrer Tochter quittiert hatte, war einem seligen Lächeln tiefer Befriedigung gewichen. Mit zitternder Hand berührte sie mich am Ärmel.

»Geh und sag es Ian. Er wird sich Sorgen machen.«

Danach sah es mir allerdings nicht aus. Der Anblick, der sich mir im Arbeitszimmer bot, deutete eher darauf hin, daß die beiden ein etwas verfrühtes Saufgelage veranstaltet hatten. Auf der Anrichte standen eine Karaffe und zahlreiche Flaschen, und eine Wolke Alkoholdunst hing über dem Zimmer.

Der stolze Vater schien völlig hinüber – sein Kopf lag reglos auf dem Schreibtisch. Jamie war zwar bei Bewußtsein, hatte aber glasige Augen und blinzelte wie eine Eule.

Empört stampfte ich zum Tisch, ohne Jamie zu beachten, und schüttelte Ian grob an der Schulter. Jamie richtete sich auf und rief: »Warte, Sassenach, warte ...«

Ian war doch nicht ganz weg getreten. Er hob mühsam den Kopf und warf mir einen trostlosen, bittenden Blick zu.

Plötzlich wurde mir klar, daß er damit rechnete, ich würde ihm jetzt mitteilen, daß Jenny tot sei.

Ich lockerte meinen Griff und tätschelte ihn statt dessen beruhigend.

»Es geht ihr gut«, sagte ich leise. »Du hast eine Tochter.«

Er legte den Kopf auf die Arme zurück, und seine Schultern zuckten, während Jamie ihm über den Rücken strich. Ich überließ es den beiden, sich wieder in Ordnung zu bringen.

Wenig später versammelten wir uns alle bei Jenny zu einem festlichen Abendessen. Klein Margaret, gewaschen und in eine Decke gehüllt, wurde ihrem Vater in den Arm gelegt, der seinen Sprößling mit einem Ausdruck seliger Verzückung betrachtete.

»Hallo, kleine Maggie«, flüsterte er ihr zu und berührte das winzige Näschen mit einer Fingerspitze.

Seine neue Tochter machte sich nicht allzuviel aus der Vorstellung, schloß konzentriert die Augen, versteifte sich und pinkelte ihrem Vater aufs Hemd.

Während des allgemeinen Gelächters gelang es Klein Jamie, sich Mrs. Crook zu entwinden und sich auf Jennys Bett zu werfen. Sie stöhnte etwas, streckte aber den Arm aus und zog ihn an sich.

»*Meine* Mama!« erklärte er und kuschelte sich an Jennys Seite.

»Wer sonst?« gab sie vernünftig zurück. Sie drückte ihn an sich und küßte ihn auf den Kopf. »Komm, mein Junge, leg den Kopf hin, ist ja schon lange Schlafenszeit.« Von ihrer Nähe getröstet, steckte er sich den Daumen in den Mund und schlief ein.

Nun durfte Jamie das Baby halten. Er stellte sich dabei erstaunlich geschickt an. Das flaumige Köpfchen ruhte in seiner Hand wie ein Tennisball. Er schien Jenny das Kind nur ungern zurückzugeben, die es an die Brust drückte und ihm Koseworte zuraunte.

Irgendwann waren wir wieder allein in unserem Zimmer. Nach der warmen Familienszene, die wir gerade erlebt hatten, erschien es uns jetzt kalt und leer. Erst jetzt fiel mir auf, daß ich todmüde war. Es waren beinahe vierundzwanzig Stunden vergangen, seit Ian mich geweckt hatte.

Jamie schloß die Türe leise hinter sich. Ohne etwas zu sagen, trat er hinter mich und knöpfte mein Kleid auf. Seine Arme umfaßten mich, und ich lehnte mich dankbar an seine Brust. Dann beugte er den Kopf, um mich zu küssen, und ich drehte mich um und legte ihm die Arme um den Hals. Ich war nicht nur sehr müde, sondern auch in einer sehr zärtlichen Stimmung und, wie ich mir eingestehen mußte, ziemlich traurig.

»Vielleicht ist es ganz gut«, sagte Jamie langsam, als spräche er zu sich selbst.

»Was ist ganz gut?«

»Daß du unfruchtbar bist.« Er konnte mein Gesicht nicht sehen, das ich an seiner Brust vergraben hatte, aber er muß wohl gefühlt haben, wie ich mich versteifte.

»Ich weiß es schon lange. Geillis Duncan hat es mir erzählt, kurz nachdem wir geheiratet haben.« Er strich mir liebevoll über den Rücken. »Am Anfang habe ich es ein wenig bedauert, aber dann habe ich gedacht, daß es bei dem Leben, das wir führen müssen, ganz gut ist; es wäre alles sehr schwierig, wenn du ein Kind bekommen würdest. Und jetzt« – ein Schauer lief ihm durch den Körper –, »jetzt bin ich sogar froh darüber; ich möchte nicht, daß du so leiden mußt.«

»Mir würde es nichts ausmachen«, sagte ich nach einer Weile und dachte an den flaumigen Kopf und die winzigen Fingerchen.

»Aber mir.« Er küßte mich auf den Kopf. »Ich habe Ians Gesicht gesehen; jedesmal, wenn Jenny schrie, war ihm, als würde es sein eigenes Fleisch zerreißen.« Ich strich über die Narben an seinem Rücken. »Ich kann Schmerzen aushalten«, sagte er leise, »aber ich könnte es nicht ertragen, dich leiden zu sehen. Dafür müßte ich stärker sein, als ich bin.«

33

Die Patrouille

Jenny erholte sich schnell. Schon am nächsten Tag stand sie wieder auf und war nur durch Ians und Jamies Bemühungen davon abzuhalten, auch schon zu arbeiten. Sie richtete sich auf dem Wohnzimmersofa ein und dirigierte von dort aus den Haushalt, während Baby Margaret neben ihr in einer Wiege schlief.

Sie ertrug die Untätigkeit jedoch nicht lange, und nach ein paar Tagen war sie schon wieder in der Küche und bald darauf auch im Garten anzutreffen. Sie trug das Baby in einem Tragetuch bei sich, setzte sich auf die Gartenmauer und leistete mir Gesellschaft, während ich Unkraut jätete und gleichzeitig den gewaltigen Kessel im Auge behielt, in dem die Wäsche des Haushalts gekocht worden war. Ich wartete darauf, daß das Wasser abkühlte, damit ich es ausgießen konnte.

Klein Jamie »half« mir, riß in wilder Begeisterung Pflanzen heraus und warf Stöcke und Steine in alle Richtungen. Ich rief ihn zurück, als er zu nah an den Kessel kam, aber da er mich ignorierte, rannte ich hinter ihm her. Gott sei Dank war das Wasser nur noch warm. Ich kippte den Kessel in seiner Eisenhalterung zur Seite, und das schmutzige Wasser ergoß sich dampfend auf den Boden. Klein Jamie hockte sich neben mir auf den Boden und rührte fröhlich im warmen Schlamm herum, so daß ich von oben bis unten voller Dreckspritzer war.

Seine Mutter glitt von der Mauer herunter, zog ihn am Kragen hoch und gab ihm einen gehörigen Klaps auf den Hintern.

»Bist du denn noch bei Trost, *gille*? Schau dich mal an! Dein Hemd muß schon wieder gewaschen werden, und sieh nur das Kleid von deiner Tante, du kleiner Heide!«

»Das macht doch nichts«, protestierte ich, als ich die Unterlippe des Tunichtguts beben sah.

»Aber mir macht es etwas«, entgegnete Jenny und warf ihrem Sprößling einen mißbilligenden Blick zu. »Entschuldige dich bei deiner Tante, Jamie, und geh dann ins Haus und laß dich von Mrs. Crook saubermachen.« Sie gab ihm noch einen Klaps hinten drauf, diesmal einen sanften, und einen Stups in Richtung Haus.

Wir wollten uns gerade dem Wäschehaufen zuwenden, als wir Pferdegetrappel von der Straße hörten.

»Wahrscheinlich ist Jamie schon zurück«, meinte ich und spitzte die Ohren. »Allerdings ist er früh dran.«

Jenny schüttelte den Kopf. Sie schaute zur Straße und kniff die Augen zusammen: »Ist nicht sein Pferd.«

Der Reiter war allerdings kein Unbekannter. Irgend etwas stimmte nicht. Sie drückte das Baby mit beiden Armen an sich und rannte zum Tor.

»Es ist Ian!« rief sie mir zu.

Ian war übel zugerichtet, seine Kleider zerfetzt und staubig, sein Gesicht ramponiert. Auf der Stirn hatte er einen dicken Bluterguß, und über der Augenbraue klaffte eine Wunde.

Jenny stützte ihn, als er vom Pferd rutschte, und erst da bemerkte ich, daß sein Holzbein weg war.

»Jamie«, keuchte er. »In der Nähe der Mühle sind wir in die Patrouille hineingelaufen. Sie haben uns aufgelauert; sie wußten, daß wir kommen würden.«

Mein Magen krampfte sich zusammen. »Lebt er noch?«

Er nickte und rang nach Atem. »Aye. Ist nicht verwundet. Sie haben ihn mitgenommen, Richtung Westen, nach Killin.«

Jenny tastete sein Gesicht ab.

»Bist du sehr verletzt, Ian?«

Er schüttelte den Kopf. »Nein. Sie haben mir das Pferd weggenommen und mein Bein. War nicht nötig, mich umzubringen; verfolgen konnte ich sie ja nicht mehr.«

Jenny schaute zum Horizont, wo die Sonne gerade noch über den Bäumen stand. Es war etwa vier Uhr. Ian folgte ihrem Blick und antwortete, ehe sie die Frage gestellt hatte.

»Wir sind in der Mittagszeit auf sie getroffen. Es hat mich über zwei Stunden gekostet, das Pferd aufzutreiben.«

Sie stand einen Augenblick still und überlegte, dann wandte sie sich entschlossen an mich.

»Claire, hilf Ian zum Haus, bitte, und wenn er irgendwie verbunden werden muß, dann tu es, so schnell du kannst. Ich gebe das Baby Mrs. Crook und hole die Pferde.«

Sie war weg, bevor einer von uns hätte Einspruch erheben können.

»Soll das heißen . . . aber das kann sie doch nicht tun!« rief ich aus. »Sie kann doch nicht das Baby verlassen!«

Ian lehnte schwer auf meiner Schulter, während wir uns langsam zum Haus begaben.

»Vielleicht nicht. Aber sie wird auch nicht zulassen wollen, daß die Engländer ihren Bruder aufhängen.«

Es wurde schon dunkel, als wir an die Stelle kamen, wo Jamie und Ian überfallen worden waren. Jenny schwang sich vom Pferd und schnüffelte wie ein kleiner Terrier in den Büschen herum, bog die Äste aus dem Weg und murmelte etwas vor sich hin, was den besseren Flüchen ihres Bruders verdächtig nahekam.

»Osten«, sagte sie schließlich, als sie verschrammt und schmutzig aus dem Gebüsch hervorkam. Sie klopfte sich trockene Blätter vom Rock und nahm mir die Zügel ihres Pferdes aus den Händen. »Wir können im Dunkeln nicht hinterher, aber immerhin weiß ich, welchen Weg wir einschlagen müssen, sobald es hell wird.«

Wir richteten uns ein einfaches Lager her. Den Pferden wurden die Füße zusammengebunden, und wir machten ein kleines Feuer. Ich bewunderte die Gewandtheit, mit der Jenny das alles erledigte, und sie lächelte.

»Als wir klein waren, habe ich mir von Jamie und Ian zeigen lassen, wie man Feuer macht, auf Bäume klettert – ja, sogar wie man Tiere häutet und Spuren liest.« Sie schaute wieder in die Richtung, die die Soldaten eingeschlagen hatten.

»Mach dir keine Sorgen, Claire!« Sie lächelte mich an und setzte sich neben das Feuer. »Zwanzig Pferde kommen im Unterholz nicht weit, aber zwei schon. Sieht so aus, als würden sie die Straße nach Eskadale nehmen. Wir können eine Abkürzung über die Hügel nehmen und werden dann vermutlich in der Nähe von Midmains auf sie stroßen.«

Mit flinken Fingern öffnete sie das Oberteil ihres Kleides. Staunend sah ich zu, wie sie die Bluse hochschob und ihre Brüste freilegte. Sie waren sehr groß und prall. In meiner Ahnungslosigkeit war es mir gar nicht in den Sinn gekommen, mich zu fragen, was eine stillende Mutter tut, wenn sie niemanden zu stillen hat.

»Ich kann das Baby nicht lange allein lassen«, sagte sie, als hätte sie meine Gedanken erraten. Sie nahm eine Brust in die Hand und verzog das Gesicht. »Sonst platze ich.« Als Reaktion auf die Berührung begann dünne, bläuliche Milch herauszutropfen. Sie zog ein großes Taschentuch hervor und legte es unter die Brust. Neben ihr lag ein kleiner Zinnbecher auf dem Boden, den sie aus der Satteltasche genommen hatte. Sie drückte den Rand des Bechers unter die Brustwarze und massierte sich sanft die Brust. Die Milch tropfte schneller, und dann spritzte sie wie von selbst heraus.

»Ich wußte gar nicht, daß das geht!« rief ich und starrte fasziniert auf den Milchstrom.

»O ja«, nickte Jenny. »Zuerst muß das Baby saugen, aber wenn die Milch eingeschossen ist, dann muß es nur noch schlucken.« Sie strich mit einer Hand über die weiche Brust. »Jetzt geht es wieder«, sagte sie erleichtert.

Sie schüttete den Becher aus. »Schade um die Milch, aber hier ist nicht viel damit anzufangen.« Sie hielt den Becher unter die andere Brust und wiederholte die Prozedur.

»Es ist lästig«, sagte sie, als sie merkte, daß ich ihr immer noch zusah. »Alles, was mit Kindern zu tun hat, ist lästig, fast alles. Und doch möchte man sie nicht missen.«

»Nein«, antwortete ich leise, »das will man nicht.«

Sie schaute mich freundlich und mitfühlend an.

»Deine Zeit ist noch nicht gekommen«, sagte sie. »Aber du wirst eines Tages auch Kinder haben.«

Ich lachte zittrig. »Erst müssen wir den Vater finden.«

Sie leerte den zweiten Becher aus und machte ihr Kleid wieder zu.

»Morgen holen wir sie ein. Das müssen wir, denn ich kann nicht viel länger von Maggie weg bleiben.«

»Und dann?« fragte ich. »Was dann?«

Sie zuckte mit den Schultern und angelte sich eine Decke.

»Das hängt von Jamie ab. Und davon, wie sehr er sie dazu aufgestachelt hat, ihm weh zu tun.«

Jenny hatte recht; wir fanden den Trupp am nächsten Tag. Wir brachen im Morgengrauen auf und hielten nur an, damit Jenny die Milch abfließen lassen konnte. Sie schien Pfade zu finden, wo es keine gab, und ich folgte ihr ohne Zögern in den dichten Wald. Es war unmöglich, in dem Gestrüpp schnell vorwärts zu kommen, aber sie versicherte mir, daß wir eine sehr viel direktere Route verfolgten als die Patrouille, die sich wegen ihrer Größe an die Straße halten mußte.

Gegen Mittag erreichten wir sie. Ich hörte das Klirren des Zaumzeuges und das Stimmengewirr der Männer und streckte die Hand aus, um Jenny, die ausnahmsweise hinter mir ritt, zum Stehen zu bringen.

»Da unten ist eine Furt«, flüsterte sie. »Es klingt so, als hätten sie angehalten, um die Pferde zu tränken.« Sie stieg ab und band die Pferde fest, dann winkte sie mir, ihr zu folgen, und verschwand im Dickicht wie eine Schlange.

Von dem Felsvorsprung, zu dem sie mich geführt hatte, konnten wir die Furt und auch die Patrouille überblicken. Die meisten Männer waren abgestiegen. Sie standen in Gruppen herum, saßen auf dem Boden oder führten ihre Pferde zur Tränke. Jamie allerdings sahen wir nicht.

»Glaubst du, sie haben ihn umgebracht?« flüsterte ich panisch. Ich hatte zweimal gezählt, um sicherzugehen, daß ich keinen übersehen hatte. Es waren zwanzig Mann und sechsundzwanzig Pferde. Keine Spur von einem Gefangenen.

»Ich glaube nicht«, antwortete Jenny. »Aber es gibt nur eine Möglichkeit, das herauszufinden.« Sie entfernte sich rückwärts von der Felskante.

»Und zwar?«

»Fragen.«

Der Weg verengte sich nach der Furt zu einem schmalen Pfad durch dichten Kiefern- und Erlenwald, auf dem nicht einmal zwei Pferde nebeneinander herreiten konnten. Als der letzte Reiter die Kurve erreichte, wo wir im Dickicht versteckt waren, sprang Jenny Murray plötzlich vor ihm auf den Weg. Das Pferd scheute, und der Mann fluchte. Als er aufgebracht fragen wollte, was das denn solle, kam ich von hinten aus dem Gebüsch und schlug ihm mit einem Knüppel kräftig auf den Schädel.

Völlig überrascht verlor er das Gleichgewicht und fiel vom Pferd, das sich jetzt aufbäumte. Er war jedoch nicht bewußtlos, sondern nur etwas benommen. Jenny behob diesen Mangel mit Hilfe eines handlichen Steines.

Sie packte die Zügel des Pferdes und trieb mich an. »Los, los, schaff ihn vom Weg weg, bevor sie merken, daß er nicht mehr dabei ist.«

So kam es, daß Robert MacDonald von der Glen-Elrive-Patrouille, als er das Bewußtsein wiedererlangte, an einen Baum gefesselt war und in den Lauf einer Pistole schaute, die ihm die stahläugige Schwester seines vormaligen Gefangenen unter die Nase hielt.

»Was habt ihr mit Jamie Fraser gemacht?« fragte sie scharf.

MacDonald schüttelte benommen den Kopf. Er schien sie für eine Ausgeburt seiner Phantasie zu halten. Der Versuch, sich zu bewegen, machte dieser Vorstellung jedoch ein Ende, und nachdem er gemerkt hatte, daß auch Fluchen und Drohen nichts half, fand er sich schließlich damit ab, daß er aus dieser Klemme nur herauskommen würde, wenn er uns sagte, was wir wissen wollten.

»Er ist tot«, bemerkte MacDonald mißmutig. Als er sah, daß sich Jennys Finger um den Abzug spannten, fügte er in plötzlicher Panik hinzu: »Aber ich war es nicht! Es war seine eigene Schuld!«

Jamie seien mit einem Lederriemen die Arme gefesselt worden, und er habe hinter einem der Soldaten aufsitzen müssen, der zwischen zwei anderen ritt. Er habe keine Schwierigkeiten gemacht, so daß man keine weiteren Vorsichtsmaßnahmen ergriffen hätte, als man sechs Meilen von der Mühle entfernt den Fluß überquerte.

»Aber der verdammte Idiot warf sich vom Pferd herunter ins Wasser«, sagte MacDonald und zuckte, gefesselt wie er war, die Achseln. »Wir schossen auf ihn. Muß ihn erwischt haben, denn er ist nicht wieder aufgetaucht. Unterhalb der Furt ist das Wasser schnell und tief. Haben herumgesucht, aber nichts gefunden; die Strömung muß ihn wohl flußabwärts getragen haben. Und jetzt, meine Damen, lassen Sie mich um Gottes willen frei!«

Nachdem ihm wiederholte Drohungen keine weiteren Einzelheiten oder andere Versionen hatten entlocken können, beschlossen wir, die Geschichte zu glauben. Ganz freilassen wollten wir den Kerl nicht, aber wir lockerten die Fesseln, so daß er sich irgendwann selbst würde befreien können. Dann rannten wir weg.

»Glaubst du, daß er tot ist?« stieß ich hervor, als wir bei unseren Pferden angelangt waren.

»Nein, das glaube ich nicht. Jamie schwimmt wie ein Fisch, und ich habe gesehen, daß er den Atem bis zu drei Minuten anhalten kann. Komm, wir suchen das Ufer ab.«

Wir streiften am Flußufer entlang, stolperten über Felsen und zerkratzten uns Hände und Gesicht an den Weiden, deren Zweige ins Wasser hingen.

Plötzlich stieß Jenny einen Triumphschrei aus, und ich sprang über die glitschigen Felsen zu ihr.

Sie hielt einen Lederriemen hoch, der immer noch zusammengebunden war. An einer Stelle war er mit Blut verschmiert.

»Da hat er sich rausgewunden«, sagte sie und schaute in die Richtung, aus der wir gekommen waren, auf die zackigen Felsen, über die das Wasser schäumend stürzte, und die tiefen Becken, in denen es sich sammelte. Sie schüttelte den Kopf.

»Wie ist dir das bloß gelungen, Jamie?« murmelte sie vor sich hin.

Nicht weit entfernt fanden wir eine Stelle, wo das Gras niedergedrückt war. Offenbar hatte er sich hier ausgeruht. An der Rinde einer Espe, die in der Nähe stand, fand ich einen Blutfleck.

»Er ist verletzt«, sagte ich.

»Ja, aber er ist auf den Beinen«, antwortete Jenny, die den Boden nach weiteren Spuren absuchte.

»Bist du eine gute Fährtensucherin?« fragte ich hoffnungsvoll.

»Wenn ich etwas von der Größe eines Jamie Fraser im trockenen Farn nicht finden sollte, dann wäre ich nicht nur blind, sondern auch blöd.« Und damit setzte sie sich in Bewegung.

Wir brauchten nicht lange zu suchen, um auf die breite Spur umgeknickter brauner Farnwedel zu stoßen, die den Hügel hinaufführte und sich im Heidekraut verlor. Wir umkreisten die Stelle, konnten aber keine weiteren Hinweise finden, und auch unsere Rufe blieben ohne Antwort.

»Sicher ist er über alle Berge«, sagte Jenny und ließ sich auf einem Baumstamm nieder. Sie sah blaß aus, und mir wurde klar, daß das Entführen und Verhören von bewaffneten Männern nicht ganz die richtige Beschäftigung für eine Frau war, die vor einer Woche ein Kind geboren hatte.

»Jenny«, sagte ich, »du mußt nach Hause. Vielleicht ist er nach Lallybroch zurückgekehrt.«

Sie schüttelte den Kopf. »Nein, das sicher nicht. Auch wenn es stimmt, was uns MacDonald erzählt hat, werden sie nicht so schnell aufgeben, schließlich winkt ihnen eine Belohnung. Wenn sie ihn noch nicht wieder eingefangen haben, dann nur deswegen, weil sie es nicht geschafft haben. Aber sie werden bestimmt jemanden zurückschicken, der ein Auge auf das Gut hat – für alle Fälle. Nein, dort wird er sich bestimmt nicht blicken lassen.« Sie zupfte am

Ausschnitt ihres Kleides. Die Luft war kalt, aber sie schwitzte etwas, und die Milch hatte wieder zu fließen begonnen und hinterließ dunkle Flecken.

Sie sah meinen Blick und nickte. »Ich muß bald zurück. Mrs. Crook gibt der Kleinen Ziegenmilch und Zuckerwasser, aber sie kann nicht viel länger ohne mich zurechtkommen, und ich nicht ohne sie. Aber dich lasse ich auch nicht gern allein.«

Die Aussicht, allein im schottischen Hochland herumzustreifen und nach einem Mann zu suchen, der überall und nirgends sein konnte, entzückte mich nicht sonderlich, aber ich machte ein heldenhaftes Gesicht.

»Das schaffe ich schon«, sagte ich. »Es hätte schlimmer kommen können. Wenigstens ist er noch am Leben.«

Nachts kauerten wir uns ans Feuer, ohne viel zu reden, Jennys Gedanken waren bei ihrem verlassenen Säugling, und ich überlegte mir, wie ich, ohne mich hier auszukennen und ohne Gälisch zu beherrschen, allein zurechtkommen sollte.

Plötzlich fuhr Jennys Kopf hoch, und sie lauschte in die Dunkelheit. Ich setzte mich ebenfalls auf, konnte aber nichts hören. Ich starrte in den dunklen Wald, konnte aber keine glühenden Augen entdecken. Gott sei Dank.

Als ich mich zum Feuer umwandte, saß Murtagh auf der anderen Seite und wärmte sich in aller Ruhe die Hände. Jenny fuhr erschrocken herum, als sie meinen Schrei hörte, und lachte dann überrascht.

»Ich hätte euch beiden die Kehle durchschneiden können, bevor ihr überhaupt in die richtige Richtung geschaut hättet«, bemerkte der kleine Mann.

»Ach, wirklich?« Jenny hatte die Knie angezogen und die Hände an den Fußgelenken. Schnell wie der Blitz griff sie unter den Rock, und die Klinge eines *sgian dhu* funkelte im Feuerschein.

»Nicht schlecht«, meinte Murtagh weise nickend. »Ist die kleine Sassenach auch so gut?«

»Nein«, sagte Jenny und ließ den Dolch wieder unter ihrem Rock verschwinden. »Deswegen ist es gut, daß du bei ihr bist. Ian hat dich wohl geschickt?«

Der kleine Mann nickte. »Aye. Habt ihr die Patrouille schon gefunden?«

Wir erzählten ihm, wie die Dinge standen. Ich hätte schwören können, daß sich bei der Nachricht, Jamie sei die Flucht gelungen, ein Mundwinkel bewegte, aber es wäre wohl maßlos übertrieben, es ein Lächeln zu nennen.

Schließlich erhob Jenny sich und faltete ihre Decke zusammen.

»Wohin gehst du?« fragte ich überrascht.

»Nach Hause.« Sie deutete mit dem Kopf auf Murtagh. »Er ist jetzt bei dir, und da brauchst du mich nicht; aber es gibt andere, die mich brauchen.«

Murtagh schaute zum Himmel hinauf. Der Mond schimmerte blaß hinter den Wolken, und ein leichter Regen fiel flüsternd auf die Kiefernzweige über uns.

»Es reicht, wenn du am Morgen gehst. Der Wind frischt auf, und heute nacht wird niemand unterwegs sein.«

Jenny schüttelte den Kopf und stopfte sich die Haare unter das Kopftuch. »Ich kenne den Weg. Und wenn niemand unterwegs ist, dann wird mich auch niemand auf der Straße behindern, oder?«

Murtagh seufzte ungeduldig. »Du bist genauso stur wie dein Bruder, dieser Esel. Warum so eilig? Dein Mann wird sich in der kurzen Zeit, die du weg warst, kaum ein Flittchen ins Bett geholt haben.«

»Weiter als bis zu deiner Nasenspitze kannst du nicht schauen, *duine*, und das ist nicht weit«, entgegnete Jenny scharf. »Und wenn du in all der Zeit, die du nun schon auf der Welt bist, noch nicht gelernt hast, daß man sich besser nicht zwischen eine stillende Mutter und ihr hungriges Kind stellen sollte, dann dürfte dein Verstand nicht einmal dazu taugen, Wildschweine zu jagen, geschweige einen Mann in der Heide aufzutreiben.«

Murtagh hob besiegt die Hände. »Mach, was du willst. Wußte nicht, daß ich hier eine Wildsau zur Vernunft bringen wollte. Am Ende rammt sie mir noch ihre Hauer ins Bein.«

Jenny mußte lachen. »Kann durchaus sein, du alter Gauner.« Sie bückte sich und hob den schweren Sattel auf ihr Knie. »Paß gut auf meine Schwägerin auf und laß uns so schnell wie möglich wissen, wenn ihr Jamie gefunden habt.«

Als sie sich umdrehte, um das Pferd zu satteln, rief ihr Murtagh nach: »Könnte sein, daß du ein neues Küchenmädchen triffst, wenn du heimkommst.«

Jenny blieb stehen, ließ den Sattel langsam auf den Boden sinken und frage: »Und wer wäre das, bitte schön?«

»Die Witwe MacNab«, antwortete er bedächtig.

Sie war still, nichts bewegte sich außer dem Kopftuch und dem Umhang, an denen der Wind zupfte.

»Und wie das?« fragte sie schließlich.

Murtagh war aufgestanden und hatte den Sattel hochgehoben. Er legte ihn aufs Pferd und zog den Gurt fest.

»Feuer«, sagte er und zog den Steigbügel herunter. »Paß auf, wenn du über ihr Feld kommst – die Asche wird noch warm sein.«

Er faltete die Hände, um ihr beim Aufsteigen zu helfen, aber sie schüttelte den Kopf, nahm die Zügel in die Hand und machte mir ein Zeichen.

»Begleite mich bis hinauf zum Hügel, Claire, ja?«

Fernab vom Feuer war die Luft kalt und schwer, und meine klammen Röcke klebten mir beim Gehen an den Beinen. Jenny hatte den Kopf gegen den Wind gedreht, aber ich konnte ihr Profil sehen, die Lippen schmal vor Kälte.

»Es war also MacNab, der Jamie verraten hat?« fragte ich schließlich. Sie nickte langsam.

»Aye. Ian wird dahintergekommen sein, oder einer der anderen Männer.«

Ich hatte plötzlich die Vision eines gewaltigen Feuers, das Holzwände emporloderte und sich im Dachstuhl wie die Zungen des Heiligen Geistes vertausendfachte, während es Gebete für die Verdammten herausschrie. Und drinnen war der Kerl längst verbrannt. Sobald der nächste Windstoß durch das Gerippe seines Hauses fuhr, würde er zu schwarzem Staub zerfallen. Die Grenze zwischen *Gerechtigkeit und Brutalität* ist verdammt schmal.

Ich merkte, daß Jenny mir fragend ins Gesicht sah, und ich erwiderte ihren Blick mit einem Nicken. Wir standen – jedenfalls in diesem Fall – auf derselben Seite dieser grausamen und willkürlichen Grenze.

Oben auf dem Hügel blieben wir stehen. Jenny holte einen waschledernen Beutel aus ihrer Rocktasche und legte ihn mir in die Hand.

»Das Pachtgeld vom Quartalstag«, sagte sie. »Vielleicht brauchst du es.«

Ich versuchte, ihr das Geld zurückzugeben, denn Jamie würde das Geld, das für den Gutsbetrieb nötig war, sicher nicht annehmen wollen, aber sie war auf diesem Ohr taub. Auch wenn Janet Fraser nur halb so groß war wie ihr Bruder, stand sie seiner Dickköpfigkeit in keiner Weise nach.

Schließlich gab ich nach und verstaute das Geld sicher in den Falten meines Gewandes. Ich nahm auch den kleinen *sgian dhu*, den Jenny mir aufnötigte.

»Er gehört Ian, aber er hat noch einen anderen«, sagte sie. »Steck ihn oben in den Strumpf und befestige ihn mit dem Strumpfband. Leg ihn nie ab, nicht einmal im Schlaf.«

Sie hielt inne, doch nach einer Weile begann sie zögernd:

»Jamie hat gesagt, es könnte sein, daß du mir vielleicht ... Dinge sagst ... Und er meinte, ich sollte dann genau das tun, was du sagst. Gibt es ... irgend etwas, das du mir mitteilen möchtest?«

Jamie und ich hatten über die Notwendigkeit gesprochen, Lallybroch und seine Bewohner auf die Katastrophe des kommenden Aufstandes vorzubereiten. Aber wir hatten damals geglaubt, wir hätten noch Zeit. Jetzt hatte ich keine Zeit mehr, oder gerade noch ein paar Minuten, um meiner neuen Schwester, die ich ins Herz geschlossen hatte, zu erklären, wie sie Lallybroch vor dem aufziehenden Sturm schützen konnte.

Und nicht zum ersten Mal merkte ich, daß es sehr unangenehm ist, eine Prophetin zu sein. Ich fühlte mich Jeremia und seinen Klageliedern sehr verbunden, und mir war klar, warum Kassandra so unbeliebt gewesen war. Dennoch gab es kein Ausweichen. Auf der Kuppe eines schottischen Hügels stand ich mit flatternden Haaren und wehenden Röcken wie eine Todesfee im Herbststurm, richtete mein Gesicht zum Nachthimmel und machte mich daran, meines Amtes zu walten.

»Bau Kartoffeln an«, sagte ich.

Jennys Unterkiefer fiel herunter, aber sie schloß den Mund schnell wieder und nickte energisch. »Kartoffeln. Gut. Es gibt sie nur in Edinburgh, aber ich werde welche holen lassen. Wie viele?«

»So viele wie möglich. Bisher wurden sie im Hochland ja nicht angebaut, aber das wird sich ändern. Es ist eine Knollenpflanze, die sich lange lagern läßt, und der Ertrag ist besser als bei Weizen. Bau die Feldfrüchte an, die man gut lagern kann. In zwei Jahren kommt eine große Hungersnot. Wenn Land brachliegt, dann verkaufe es gegen Gold. Es wird Krieg geben, und Raub und Mord. Überall im Hochland werden die Männer gejagt werden.« Ich dachte kurz nach. »Gibt es im Haus ein Versteck?«

Jenny schüttelte den Kopf.

»Dann sorge dafür, daß eines angelegt wird. Ich hoffe, daß Jamie es nicht brauchen wird« – ich schluckte bei dem Gedanken –, »aber vielleicht jemand anders.«

»Gut. Ist das alles?« Ihr Gesicht war ernst und aufmerksam. Wie gut, daß Jamie daran gedacht hatte, sie zu warnen, und wie gut, daß sie solches Vertrauen zu ihrem Bruder hatte. Sie fragte nicht nach dem Wie und Warum, sondern war nur darauf bedacht, sich alles genau zu merken. Ich wußte, daß sie meinen Anweisungen folgen würde.

»Das ist alles. Jedenfalls fällt mir jetzt nichts mehr ein.« Ich versuchte zu lächeln, aber es überzeugte nicht einmal mich selbst.

Sie berührte kurz meine Wange zum Abschied.

»Gott sei mit dir, Claire. Wir sehen uns wieder – wenn du meinen Bruder nach Hause bringst.«

SECHSTER TEIL

Auf der Suche

34

Dougals Geschichte

Die Zivilisation mochte ja ihre Schattenseiten haben, dachte ich grimmig, aber ihre Vorteile waren nicht zu leugnen. Man denke nur an das Telefon. Oder auch an Zeitungen, die es zwar in Großstädten wie Edinburgh oder auch Perth schon gab, die aber in der Wildnis des schottischen Hochlandes völlig unbekannt waren.

Ohne die Hilfe derartiger Kommunikationsmittel verbreiteten sich Nachrichten von einer Person zur nächsten mit Schrittgeschwindigkeit. Die Leute erfuhren zwar in der Regel, was sie wissen mußten, aber mit wochenlanger Verzögerung. Wollte ich herausfinden, wo Jamie steckte, konnte ich nur hoffen, daß irgend jemand, der ihm begegnet war, Lallybroch verständigen würde. Das konnte Wochen dauern. Und bald würde der Winter hereinbrechen, so daß es unmöglich wäre, nach Beauly zu reisen. So saß ich da, warf Stöcke ins Feuer und erwog die spärlichen Möglichkeiten.

Welchen Weg mochte Jamie nach seiner Flucht wohl eingeschlagen haben? Gewiß nicht zurück nach Lallybroch, und wahrscheinlich auch nicht nach Norden ins MacKenzie-Gebiet. Nach Süden ins Grenzland, wo er vielleicht wieder auf Hugh Munro und einige seiner ehemaligen Gefährten stoßen würde? Nein, höchstwahrscheinlich nach Nordosten, Richtung Beauly. Aber wenn ich darauf gekommen war, dann konnten das auch die Männer, die ihn gefangen hatten.

Murtagh kam mit einem Armvoll Holz zurück und warf es auf den Boden. Er setzte sich im Schneidersitz auf eine Ecke seines Plaids und wickelte sich den Rest um die Schultern. Er warf einen Blick zum Himmel, wo der Mond hinter Wolkenfetzen hervorleuchtete.

»Es wird nicht gleich schneien«, sagte er mit gerunzelter Stirn. »Erst in einer Woche, vielleicht in zwei. Vielleicht erreichen wir

Beauly noch vorher.« Nett, daß er meine Schlußfolgerung bestätigte.

»Glaubst du, daß er dort sein wird?«

Er zuckte die Schultern und zog sich das Plaid enger um die Schultern.

»Kann man nicht wissen. Wird nicht leicht für ihn sein, vorwärts zu kommen; am Tag muß er sich verstecken und die Straßen meiden. Außerdem hat er kein Pferd.« Er kratzte sich nachdenklich die Bartstoppeln. »Wir können ihn nicht finden; am besten lassen wir uns von ihm finden.«

»Und wie? Sollen wir Leuchtkugeln hinaufschießen?« schlug ich sarkastisch vor. Auf eines konnte ich mich bei Murtagh verlassen; was für seltsame Dinge ich auch sagte, er würde so tun, als hätte er nichts gehört.

»Ich habe dir ein kleines Paket Arznei mitgebracht«, sagte er und deutete auf die Satteltasche am Boden. »Du hast in der Gegend von Lallybroch einen guten Ruf. In der näheren Umgebung wirst du als Heilerin bekannt sein.« Er nickte und murmelte noch: »Das wird uns weiterhelfen«, bevor er sich ohne weitere Erklärungen hinlegte und einschlief.

Bald erfuhr ich, was er gemeint hatte. Wir bewegten uns langsam und in aller Öffentlichkeit die Hauptstraßen entlang und hielten bei jeder Kate, jedem Weiler und jedem Dorf.

Wo immer wir Station machten, verschaffte Murtagh sich schnell einen Überblick über die Bewohner, griff die heraus, die an irgendeiner Krankheit oder Verletzung litten, und brachte sie zu mir. Da Ärzte in dieser unwirtlichen Gegend äußerst dünn gesät waren, gab es immer jemanden, der Hilfe brauchte.

Während ich mit meinen Wässerchen und Salben beschäftigt war, plauderte er mit den Freunden und Verwandten meiner Patienten und ließ jeden genau wissen, welchen Weg wir einzuschlagen gedachten. Wenn es einmal ausnahmsweise niemand zu behandeln gab, dann stiegen wir trotzdem über Nacht in einer Kate oder einem Wirtshaus ab. Dort unterhielt Murtagh unsere Gastgeber mit Gesang, um auf diese Weise unser Abendessen zu verdienen; er wollte keinen Pfennig von dem Geld ausgeben, das ich bei mir trug; vielleicht würden wir es brauchen, wenn wir Jamie fanden.

Da Murtagh sich aus Gesprächen nicht viel machte, brachte er mir, um uns die Zeit zu vertreiben, einige seiner Lieder bei, während wir von Ort zu Ort zogen.

»Du hast eine gute Stimme«, bemerkte er eines Tages nach einem einigermaßen erfolgreichen Versuch, mir das Lied »Die traurigen Täler von Yarrow« beizubringen. »Ungeübt, aber kräftig und echt. Du kannst es heute abend mit mir singen. In Limraigh gibt es eine kleine Schenke.«

»Glaubst du wirklich, daß uns das weiterhilft«, fragte ich, »was wir hier tun?«

Er rutschte im Sattel hin und her. Er war gewiß kein Reitersmann, sondern sah eher aus wie ein Affe, dem man das Reiten beigebracht hatte, aber dennoch hüpfte er am Ende des Tages frisch und behende aus dem Sattel, während ich kaum noch fähig war, meinem Pferd die Füße zusammenzubinden, bevor ich auf mein Lager fiel.

»Ich denke doch«, antwortete er schließlich. »Früher oder später. Jeden Tag hilfst du kranken Leuten, und das wird sich herumsprechen. Genau das wollen wir. Aber vielleicht könnten wir noch mehr erreichen. Deswegen singst du heute abend. Und vielleicht...« Er zögerte, als wäre er unsicher, wie ich seinen Vorschlag aufnehmen würde.

»Vielleicht was?«

»Verstehst du was vom Wahrsagen?« fragte er vorsichtig. Ich verstand seine Zurückhaltung; schließlich hatte er die wüste Raserei bei der Hexenjagd in Cranesmuir miterlebt.

Ich lächelte. »Ein wenig. Soll ich es probieren?«

»Aye. Je mehr wir zu bieten haben, um so mehr Volk wird kommen, um uns zu sehen. Und die werden es dann weitersagen. Und irgendwann wird der Junge von uns hören, und dann werden wir ihn finden. Bist du dabei?«

Ich zuckte mit den Achseln. »Wenn es uns hilft, warum nicht?«

An diesem Abend gab ich in Limraigh mein Debüt als Sängerin und Wahrsagerin – mit nicht geringem Erfolg. Ich stellte fest, daß Mrs. Graham recht gehabt hatte – es waren die Gesichter, nicht die Hände, die einem die notwendigen Hinweise gaben.

Unser Ruhm begann sich zu verbreiten, und innerhalb von einer Woche kamen die Leute aus den Häusern gerannt, um uns zu begrüßen, und ließen Groschen und kleine Gaben auf uns herabregnen, wenn wir wieder wegritten.

»Wir könnten direkt etwas daraus machen«, sagte ich eines Abends, als ich die Einnahmen des Tages verstaute. »Schade, daß es kein Theater in der Nähe gibt – wir könnten eine Show daraus machen; Murtagh der Magier und Glamour-Gladys, seine Assistentin.«

Er quittierte diese Bemerkung mit der üblichen schweigsamen Gleichgültigkeit, aber es stimmte – wir hatten wirklich Erfolg. Vielleicht deswegen, weil wir dasselbe Ziel vor Augen hatten, auch wenn wir vom Wesen her grundverschieden waren.

Das Wetter wurde zunehmend schlechter, und wir kamen noch langsamer vorwärts. Und von Jamie keine Spur. Außerhalb von Belladrum trafen wir eines Abends, es regnete in Strömen, auf eine Gruppe waschechter Zigeuner.

Ich blinzelte ungläubig, als ich die kleine Ansammlung bunter Wohnwagen sah, die auf einer Lichtung bei der Straße stand. Es sah genauso aus wie das Lager, das Zigeuner alljährlich in Hampstead Down aufschlugen.

Auch die Leute waren genauso: dunkelhäutig, fröhlich, laut und offen. Eine Frau hörte uns kommen und steckte den Kopf aus dem Fenster eines Wagens. Sie musterte uns einen Augenblick und rief dann etwas. Plötzlich war der Boden unter den Bäumen voller grinsender brauner Gesichter.

»Gib mir deinen Geldbeutel, damit ich ihn aufbewahre«, sagte Murtagh finster, während er den jungen Mann betrachtete, der auf uns zustolzierte und sich nicht im mindesten daran störte, daß der Regen sein buntes Hemd durchweichte. »Und wende niemandem den Rücken zu.«

Ich war vorsichtig, aber wir wurden warm empfangen und sogleich zum Abendessen eingeladen. Der Eintopf roch köstlich, und ich nahm die Einladung ohne Zögern an. Murtaghs düstere Überlegungen, von welchem Tier die Fleischeinlage wohl stammen mochte, ignorierte ich.

Sie sprachen wenig Englisch und noch weniger Gälisch; wir unterhielten uns weitgehend mittels Gesten und in einem Kauderwelsch, der von ferne an Französisch erinnerte. Es war warm und gemütlich in dem Wohnwagen, in dem wir aßen, Männer, Frauen und Kinder löffelten gemeinsam aus den Schüsseln und tauchten Brotstücke in die Soße. Es war das Beste, was ich seit Wochen gegessen hatte, und ich aß, bis ich schier platzte. Ich konnte kaum mehr Atem holen, um zu singen, aber ich tat, was ich konnte, und bei den schwierigen Stellen summte ich und überließ Murtagh den Rest.

Unsere Vorstellung wurde mit begeistertem Applaus bedacht, und die Zigeuner revanchierten sich: Ein junger Mann sang zu den Klängen einer uralten Fiedel ein herzzerreißendes Klagelied, und ein Mädchen von etwa acht Jahren schlug mit großer Ernsthaftigkeit das Tamburin.

Während Murtagh sich in all den Weilern und Dörfern, die wir bisher besucht hatten, bei seinen Nachforschungen immer bedeckt gehalten hatte, war er bei den Zigeunern vollständig offen. Zu meiner Überraschung sagte er ihnen ohne Umschweife, daß wir einen großen Mann mit Haaren wie Feuer und Augen wie der Sommerhimmel suchten. Die Zigeuner tauschten Blicke aus, aber einer nach dem anderen schüttelte bedauernd den Kopf. Nein, sie hatten ihn nicht gesehen. Aber ... und hier versicherte uns der Anführer – der buntgewandete Mann, der uns begrüßt hatte – mit pantomimischer Begabung, daß sie uns einen Boten senden würden, falls ihnen der Mann, den wir suchten, über den Weg laufen sollte.

Ich bedankte mich lächelnd, und nun war Murtagh an der Reihe, mit Hilfe seiner schauspielerischen Talente deutlich zu machen, daß eine solche Information mit Geld belohnt werden würde. Dies wurde mit einem Lächeln quittiert, aber auch, wie mir schien, mit berechnenden Blicken. Ich war froh, als Murtagh erklärte, daß wir nicht über Nacht bleiben könnten und leider aufbrechen müßten. Er schüttelte ein paar Münzen aus einer Felltasche, wohlweislich darauf bedacht, jeden sehen zu lassen, daß nur ein paar Kupferstücke darin waren. Wir verteilten die Münzen zum Dank für die Gastfreundschaft und wurden mit vielen guten Wünschen für die Weiterreise verabschiedet – jedenfalls hielt ich ihre fröhlichen Zurufe dafür.

Tatsächlich hätten sie auch verabreden können, uns zu folgen und uns die Kehle durchzuschneiden, und Murtagh verhielt sich lieber so, als hätten sie genau das getan: Wir galoppierten die zwei Meilen bis zur nächsten Kreuzung und verschwanden dort im Dickicht und machten einen weiten Umweg, bevor wir wieder auf der Straße auftauchten.

Murtagh schaute die Straße hinauf und hinunter. Keine Menschenseele war zu sehen.

»Glaubst du wirklich, daß sie uns gefolgt sind?«

»Weiß nicht, aber da sie zu zwölft sind und wir nur zu zweit, dachte ich, wir tun mal so als ob.« Das fand ich vernünftig, und ich folgte ihm ohne Zögern bei seinen weiteren Ausweichmanövern. Schließlich erreichten wir Rossmoor und fanden in einem Schuppen Unterschlupf.

Am nächsten Tag fiel Schnee, zwar nicht viel, aber doch genug, um den Boden mit einer dünnen Schicht zu überpudern, und das machte mir Sorgen – der Gedanke, daß Jamie allein irgendwo in der Heide Schnee und Sturm ausgesetzt war und nichts am Leib trug außer seinem Hemd und dem Plaid, gefiel mir nicht.

Zwei Tage später kam der Bote.

Die Sonne stand noch über dem Horizont, aber in den Felstälern war es schon schattig. Unter den kahlen Bäumen war es so duster, daß man den Pfad – sofern überhaupt einer da war – fast nicht sah. Aus Angst, ich könnte den Boten in der zunehmenden Dunkelheit verlieren, folgte ich ihm so dicht auf den Fersen, daß ich ein- oder zweimal auf den am Boden schleifenden Saum seines Umhangs trat. Schließlich drehte er sich mit einem ärgerlichen Schnauben um und gab mir mit einem unsanften Stoß zu verstehen, daß ich vor ihm gehen sollte; er legte mir seine schwere Hand auf die Schulter und steuerte mich durch die Dunkelheit.

Mir schien, daß wir sehr lange unterwegs waren; in der rauhen Felsenlandschaft hatte ich jede Orientierung verloren. Ich konnte nur hoffen, daß Murtagh irgendwo hinter uns war. Der Mann, der in die Schenke gekommen war, um mich zu holen, ein Zigeuner mittleren Alters, der kein Englisch konnte, hatte rundheraus abgelehnt, daß mich irgend jemand begleitete. Nachdrücklich hatte er zuerst auf Murtagh gezeigt und dann auf den Boden, um deutlich zu machen, daß er hierbleiben mußte.

Zu dieser Jahreszeit waren die Nächte frostig, und mein schwerer Umhang schützte mich nur unzureichend gegen den eiskalten Wind. Ich war hin und her gerissen zwischen Bestürzung bei dem Gedanken, daß Jamie schutzlos den kalten feuchten Herbstnächten preisgegeben sein könnte, und Aufregung bei der Vorstellung, ihn wiederzusehen. Ein Schauer lief mir über den Rücken, der nichts mir der Kälte zu tun hatte.

Endlich signalisierte mir die Hand auf meiner Schulter mit festem Druck, daß ich stehenbleiben sollte, und im selben Augenblick war mein Führer spurlos verschwunden. Ich wartete so geduldig wie möglich; ich war sicher, daß mein Führer – oder sonst jemand – zurückkäme, schließlich hatte ich ihn noch nicht bezahlt. Der Wind fuhr raschelnd durchs Geäst; es klang, als würde der Geist eines Hirsches vorbeihuschen, noch immer auf panischer Flucht vor dem Jäger. Die Feuchtigkeit drang durch die Nähte meiner Stiefel; das Otterfett, mit dem ich sie imprägniert hatte, hatte sich abgenutzt, und ich hatte keine Möglichkeit gehabt, wieder etwas aufzutragen.

Mein Führer war ebenso plötzlich wieder da, wie er verschwunden war. Vor Schreck biß ich mir auf die Zunge. Mit einer Kopfbewegung forderte er mich auf, ihm zu folgen. Hinter den Erlenzweigen verbarg sich der Eingang einer engen Höhle.

Auf einem Felsvorsprung brannte eine Laterne. In ihrem Schein zeichnete sich die Silhouette einer großen Gestalt ab, die sich umdrehte, um mir entgegenzukommen.

Ich stürzte nach vorne, aber noch bevor ich den Mann berührte, wußte ich, daß es nicht Jamie war. Die Enttäuschung war wie ein Schlag in die Magengrube, und ich mußte zurücktreten und mehrmals schlucken.

Ich preßte die Fäuste an meine Schenkel, bis ich mich genügend beruhigt hatte, um sprechen zu können.

Mit einer Stimme, die so kühl war, daß es mich selbst überraschte, sagte ich: »Was treibst du dich denn hier herum?«

Dougal MacKenzie hatte nicht ohne Mitgefühl beobachtet, wie ich um Selbstbeherrschung rang. Jetzt nahm er mich am Ellbogen und führte mich tiefer in die Höhle. An der Rückwand waren zahlreiche Bündel gestapelt, sehr viel mehr, als ein einzelnes Pferd tragen konnte. Er war also nicht allein. Was immer seine Leute da transportieren mochten – er wollte verhindern, daß neugierige Gastwirte oder Stallburschen es zu Gesicht bekamen.

»Schmuggelware, vermute ich?« Ich deutete mit dem Kopf auf die Bündel. Dann ging mir ein Licht auf. »Ach nein, Güter für Prinz Charles, nicht wahr?«

Er machte sich nicht die Mühe, mir zu antworten, sondern setzte sich mir gegenüber auf einen Stein und legte die Hände auf die Knie.

»Ich habe Neuigkeiten«, sagte er unvermittelt.

Ich atmete tief ein, um mich zu wappnen gegen das, was da kommen mochte. Neuigkeiten, aber keine guten, das war an seinem Gesicht abzulesen. Ich atmete noch einmal tief durch, schluckte mühsam und nickte.

»Sag es mir.«

»Er lebt«, sagte er, und der größte Eisklumpen in meinem Magen begann zu schmelzen. Dougal legte den Kopf schief und schaute mich forschend an. Fragte er sich, ob ich ohnmächtig werden würde? Nein, das würde ich nicht.

»Vor zwei Wochen wurde er in der Nähe von Kiltorlity aufgegriffen«, sagte Dougal, ohne mich aus den Augen zu lassen. »War nicht seine Schuld, einfach Pech. Er stand plötzlich sechs Dragonern gegenüber, und einer davon erkannte ihn.«

»Wurde er verletzt?« Meine Stimme war immer noch ruhig, aber meine Hände begannen zu zittern.

Dougal schüttelte den Kopf. »Nein, soviel ich weiß.« Nach einer Pause fügte er widerstrebend hinzu: »Er ist im Wentworth-Gefängnis.«

»Wentworth«, wiederholte ich mechanisch. Das Wentworth-Gefängnis. Es war ursprünglich ein mächtiges Grenzbollwerk, das im späten sechzehnten Jahrhundert errichtet und in den darauffolgenden hundertfünfzig Jahren immer weiter ausgebaut worden war. Die riesige Festung erstreckte sich mittlerweile über fast zwei Morgen und wurde von meterdicken Granitmauern umschlossen. Aber selbst Granitmauern hatten Tore, dachte ich. Ich schaute auf, um eine Frage zu stellen, und sah, daß sich auf Dougals Gesicht immer noch Widerwillen malte.

»Was noch?« fragte ich. Seine haselnußbraunen Augen blickten unbeirrbar in meine.

»Vor drei Tagen hat man ihm den Prozeß gemacht. Er wurde zum Tod durch den Strang verurteilt.«

Mein Magen war jetzt ein einziger Eisklumpen, und ich schloß die Augen.

»Wie lange?« fragte ich. Meine Stimme klang selbst für meine Ohren weit entfernt. Ich öffnete die Augen und versuchte, im flackernden Laternenlicht etwas zu erkennen. Dougal schüttelte den Kopf.

»Ich weiß nicht. Jedenfalls nicht lange.«

Das Atmen fiel mir wieder etwas leichter, und es gelang mir, meine geballten Fäuste zu öffnen.

»Wir sollten uns also beeilen«, sagte ich ruhig. »Wie viele Männer hast du bei dir?«

Anstatt zu antworten, stand Dougal auf und kam zu mir herüber.

Er legte seine Hand auf meine. In seinen Augen lagen Anteilnahme und ein tiefer Kummer, und das machte mir mehr angst als alles, was er bisher gesagt hatte. Er schüttelte langsam den Kopf.

»Nein, Mädel«, sagte er sanft. »Da ist nichts zu machen.«

In Panik zog ich meine Hände weg.

»Doch! Es muß eine Möglichkeit geben. Du hast gesagt, er lebt noch!«

»Und ich habe gesagt, nicht lange«, entgegnete er scharf. »Der Junge ist im Wentworth-Gefängnis, nicht im Räuberloch von Cranesmuir! Vielleicht hängen sie ihn schon heute auf, vielleicht morgen, vielleicht auch erst nächste Woche. Jedenfalls ist es ganz und gar unmöglich, dort mit zehn Männern gewaltsam einzudringen!«

»Ach nein?« Ich zitterte wieder, aber diesmal aus Wut. »Woher willst du das wissen? Du willst nur nicht deine Haut riskieren, oder deinen jämmerlichen... Profit!« Anklagend deutete ich auf die aufgestapelten Bündel. Rasend vor Schmerz und Wut, trommelte ich ihm mit den Fäusten auf die Brust. Dougal ignorierte die Schläge, legte die Arme um mich und zog mich eng an sich heran, bis ich aufhörte zu toben.

»Claire.« Nie zuvor hatte er mich mit meinem Vornamen angesprochen, und daß er es jetzt tat, machte mir noch mehr angst.

»Claire«, sagte er wieder und lockerte seinen Griff, so daß ich zu ihm aufschauen konnte. »Glaubst du nicht, daß ich alles tun würde, um den Jungen zu befreien, wenn die geringste Aussicht auf Erfolg bestünde? Schließlich habe ich ihn mit großgezogen! Aber es gibt keine Möglichkeit – nicht die geringste!« Er schüttelte mich leicht, um seinen Worten Nachdruck zu verleihen.

»Jamie würde nicht wollen, daß ich das Leben guter Männer bei einer aussichtslosen Unternehmung aufs Spiel setze. Das weißt du so gut wie ich.«

Ich konnte die Tränen nicht länger zurückhalten. Sie brannten auf meinen eiskalten Wangen, und ich stieß Dougal von mir. Aber er hielt mich nur noch fester.

»Claire, meine Liebe«, sagte er sanfter. »Mein Herz ist voller Kummer wegen dem Jungen – und wegen dir. Komm mit mir. Ich bringe dich in Sicherheit. In mein eigenes Haus«, fügte er schnell hinzu, als er spürte, wie ich mich versteifte. »Nicht nach Leoch.

»In dein Haus?« wiederholte ich langsam. Ein schrecklicher Verdacht begann in mir aufzusteigen.

»Ja«, sagte er. »Du hast doch sicher nicht geglaubt, daß ich dich nach Cranesmuir zurückbringen würde?« Er lächelte kurz, dann wurde sein Gesicht wieder ernst. »Nein. Ich bringe dich nach Beannachd. Dort bist du sicher.«

»Sicher«, sagte ich, »oder hilflos?« Der Ton meiner Stimme veranlaßte ihn, die Arme fallen zu lassen.

»Was soll das heißen?« Auch seine Stimme war plötzlich kalt.

Mich fröstelte, und ich zog den Mantel eng um mich und trat einen Schritt zurück.

»Du hast Jamie davon abgehalten, nach Hause zurückzukehren, weil du ihm erzählt hast, seine Schwester hätte ein Kind von Randall. Auf diese Weise ist es dir und deinem hochgeschätzten Bruder gelungen, ihn in euer Lager zu locken. Aber jetzt haben ihn die Engländer, und Jamie nützt euch nichts mehr.

Warst du nicht dabei, als der Ehevertrag deiner Schwester aufgesetzt wurde? Du und Colum habt darauf bestanden, daß Broch Tuarach in den Besitz einer Frau übergehen kann. Du glaubst, wenn Jamie tot ist, wird Broch Tuarach mir gehören – oder dir, wenn du mich dazu bringen kannst, deine Frau zu werden.«

»Was?! Du glaubst... du glaubst wirklich, das alles wäre ein raffinierter Plan? Bei der heiligen Agnes! Glaubst du, daß ich dich anlüge?«

Ich schüttelte den Kopf und achtete darauf, den Abstand zwischen uns zu wahren.

»Nein, ich glaube dir. Wenn Jamie nicht wirklich im Gefängnis wäre, würdest du nie wagen, mir das zu sagen. Man könnte es viel zu leicht nachprüfen. Auch glaube ich nicht, daß du ihn an die Engländer verraten hast – nicht einmal du könntest einem Blutsverwandten so etwas antun. Im übrigen weißt du auch, daß sich deine Männer augenblicklich gegen dich wenden würden, wenn das herauskäme. Sie nehmen eine ganze Menge hin, aber nicht Verrat am eigenen Blut.« Während ich sprach, fiel mir etwas ein.

»Warst du es, der Jamie letztes Jahr an der Grenze überfallen hat?«

Die schweren Augenbrauen hoben sich erstaunt.

»Ich? Nein! Ich habe den Jungen halbtot gefunden und ihn gerettet! Hätte ich das getan, wenn ich ihm übelgewollt hätte?«

Unter meinem Umhang tastete ich mit der Hand nach unten und empfand es als tröstlich, den Griff meines Dolches zu spüren.

»Wenn du es nicht warst, wer war es dann?«

»Das weiß ich nicht.« Sein Blick war wachsam, schien aber nichts zu verbergen. »Es war einer von den drei Männern ohne Clanbindung, die damals mit Jamie auf der Jagd waren. Einer hat den anderen beschuldigt, es war unmöglich, die Wahrheit herauszufinden.« Er zuckte mit den Achseln, und sein Reisemantel rutschte über eine Schulter.

»Es spielt keine Rolle mehr; zwei der Männer sind tot, und der dritte sitzt im Gefängnis – aus einem anderen Grund, aber was macht das schon.«

Es war eine gewisse Erleichterung, daß er immerhin kein Mörder war. Er hatte keinen Grund, mich jetzt anzulügen, soweit er wußte, war ich vollständig hilflos. Er könnte mich zwingen, zu tun, was immer er wollte. Jedenfalls bildete er sich das wahrscheinlich ein. Ich legte die Hand um den Griff meines Dolches.

Es war nur wenig Licht in der Höhle, aber ich beobachtete ihn genau und sah, daß ein unsicherer Ausdruck über sein Gesicht huschte, während er den nächsten Zug plante. Er machte einen Schritt auf mich zu und streckte mir die Hand entgegen, blieb aber stehen, als er mich zurückweichen sah.

»Claire. Meine süße Claire.« Seine Stimme war sanft, und schmeichelnd strich er mir mit der Hand über den Arm. Er wollte mich also lieber verführen als zwingen.

»Ich weiß, warum du so kalt mit mir sprichst und warum du schlecht von mir denkst. Du weißt, daß ich für dich brenne, Claire. Und es ist wahr – ich will dich seit der Nacht der Versammlung, seit ich deine süßen Lippen geküßt habe.« Zwei Finger ruhten leicht auf meiner Schulter und glitten jetzt zu meinem Hals. »Wäre ich ein freier Mann gewesen, als Randall dich bedrohte, dann hätte ich dich auf der Stelle geheiratet und den Kerl zum Teufel geschickt.« Stückchen für Stückchen kam er näher und drängte mich an die Felswand der Höhle. Seine Fingerspitzen fuhren am Verschluß meines Mantels entlang und berührten meine Kehle.

Mein Gesichtsausdruck hinderte ihn daran, seine Annäherung fortzusetzen. Er ließ jedoch die Hand an meinem Hals, so daß er den wilden Pulsschlag spürte.

»Und dennoch, obwohl ich so fühle – und ich will es nicht länger vor dir verbergen –, wirst du doch wohl nicht glauben, daß ich Jamie im Stich lassen würde, wenn die geringsten Aussichten bestünden? Schließlich ist Jamie Fraser für mich derjenige, der einem Sohn am nächsten kommt!«

»Wenn man von deinem eigenen Sohn absieht«, entgegnete ich. »Oder sind es inzwischen zwei?« Die Finger an meiner Kehle verstärkten ihren Druck und fielen dann nach unten.

»Was soll das heißen?« Inzwischen war jede Heuchelei, jede Verstellung überflüssig. Sein Blick war scharf, und der Mund eine grimmige Linie im roten Bart. Er war sehr groß und sehr nah, aber ich hatte mich schon zu weit vorgewagt.

»Das heißt, daß ich weiß, wer Hamishs Vater ist«, sagte ich. Er hatte es wohl halbwegs erwartet und hatte sein Gesicht gut unter Kontrolle, aber meine vierwöchige Erfahrung als Hellseherin kam mir jetzt zugute. Ich sah ein winziges erschrockenes Flackern in seinen Augen, und seine Mundwinkel zuckten in kurzer Panik.

Trotz der Gefahr fühlte ich einen momentanen Triumph. Ich hatte also recht gehabt, und dieses Wissen könnte vielleicht genau die Waffe sein, die ich brauchte.

»Du weißt es also«, sagte er leise.

»Ja. Und ich vermute, daß es auch Colum weiß.«

Seine Augen verengten sich zu Schlitzen, und ich fragte mich, ob er bewaffnet war.

»Eine Weile hat er wohl geglaubt, es wäre Jamie gewesen«, fuhr ich fort und starrte ihm direkt in die Augen. »Wegen der Gerüchte. Du hast sie wahrscheinlich in die Welt gesetzt, mit Hilfe von Geillis Duncan. Warum? Weil Colum Verdacht gegen Jamie geschöpft und Letitia zur Rede gestellt hat? Sie konnte ihm sicher nicht sehr lange standhalten. Oder dachte Geillis, du wärst Letitias Liebhaber, so daß du ihr erzählt hast, es wäre Jamie, um sie zu beruhigen? Sie ist eine eifersüchtige Frau, aber jetzt hat sie wohl kaum mehr einen Grund, dich zu schützen.«

Dougal lächelte grausam. Eiseskälte lag in seinen Augen.

»Nein«, sagte er leise, »das hat sie auch nicht. Die Hexe ist tot.«

»Tot?« schrie ich auf. Der Schock muß mir deutlich im Gesicht gestanden haben.

»Aye. Verbrannt. Die Füße in einem Eimer voll Pech, und rundherum aufgeschichteter Torf. An einen Pfahl gebunden und angezündet wie eine Fackel. Als Flammensäule ist sie in die Hölle gefahren.«

Ich dachte zuerst, er wollte mich mit dieser gnadenlosen Aufzählung von Einzelheiten beeindrucken, aber das stimmte nicht. Ich schaute ihn von der Seite an und entdeckte Gram um seine Augen. Er geißelte sich selbst. Ich hatte kein Mitleid mit ihm.

»Du mochtest sie also«, sagte ich kalt. »Hat ihr viel genützt, und dem Kind auch. Was hast du mit ihm gemacht?«

Er zuckte mit den Achseln. »Ich habe dafür gesorgt, daß es in ein gutes Heim kommt. Ein Sohn, ein gesundes Baby, obwohl seine Mutter eine Hexe und eine Ehebrecherin war.«

»Und sein Vater ein Ehebrecher und ein Verräter«, gab ich giftig zurück. »Deine Frau, deine Gebliebte, deinen Neffen, deinen Bruder – gibt es irgend jemanden, den du nicht verraten und betrogen hast? Du ... du ...« Ich würgte an den Worten, vor Haß war mir ganz übel. »Ich weiß nicht, warum mich das überrascht«, sagte ich und versuchte das Beben in meiner Stimme zu unterdrücken. »Wenn du deinem König schon nicht treu bist, warum solltest du es dann deinem Neffen oder deinem Bruder sein?«

Zornig starrte er mich an. Er zog die buschigen dunklen Brauen hoch, Brauen, wie sie auch Colum hatte, und Jamie und Hamish. Tiefliegende Augen, hohe Wangenknochen, edle Schädelform – der alte Jacob MacKenzie hatte wahrhaftig einen starken Eindruck hinterlassen.

Eine große Hand packte mich hart an der Schulter.

»Mein Bruder? Du glaubst, ich würde meinen Bruder verraten?« Das hatte ihn offensichtlich getroffen. Sein Gesicht war dunkel vor Wut.

»Du hast selbst zugegeben, daß du das getan hast!« Aber dann wurde mir plötzlich alles klar.

»Ach, natürlich, ihr beide«, sagte ich leise. »Du und Colum, ihr habt das alles gemeinsam gemacht.« Ich packte seine Hand und schleuderte sie von meiner Schulter.

»Colum hätte nicht Clanoberhaupt sein können, wenn du nicht für ihn in den Krieg ziehen würdest. Er könnte den Clan gar nicht zusammenhalten, wenn du nicht für ihn reisen, die Pacht einsammeln und Streitigkeiten schlichten würdest. Er kann nicht reiten, er kann nicht reisen. Und er konnte keinen Sohn zeugen, der sein Erbe hätte antreten können. Und auch du hattest von Maura keinen Sohn. Du hast geschworen, ihm Arm und Bein zu sein ...« – ich wurde langsam hysterisch –, »warum solltest du nicht auch sein Schwanz sein?«

Dougals Wut schien verflogen; mit verschränkten Armen schaute er mir zu und wartete, bis ich fertig wäre.

»Du hast es also mit Colums Einverständnis getan. Und Letitia?« Da ich inzwischen wußte, wie skrupellos die MacKenzie-Brüder sein konnten, hätte ich mich nicht gewundert, wenn sie sie dazu gezwungen hätten.

Dougal nickte. »Sie war nicht gerade versessen auf mich, aber sie wollte unbedingt ein Kind. Also hat sie mich drei Monate lang in ihr Bett genommen – so lange hat es gedauert, Hamish auf den Weg zu bringen. Es war eine verdammt langweilige Angelegenheit«, fügte er hinzu und kratzte sich ein wenig Dreck vom Stiefelabsatz. »Langweilig wie warmer Milchpudding.«

»Und hast du das Colum gesagt?« Er hörte die Schärfe in meiner Stimme und schaute auf. Nach einer Weile erhellte ein feines Lächeln sein Gesicht.

»Nein«, sagte er ruhig. »Nein, das habe ich ihm nicht gesagt.« Er schaute auf seine Hände und drehte sie um, als suchte er in seinen Handflächen ein Geheimnis.

»Ich habe ihm gesagt, daß sie zart und süß sei wie ein reifer Pfirsich, daß ein Mann sich mehr von einer Frau nicht wünschen könne.«

Abrupt ballte er die Hände zusammen und schaute mich an. »Zart und süß würde ich *dich* nicht unbedingt nennen. Aber alles, was ein Mann sich wünschen kann.« Langsam glitt sein Blick über meinen Körper, verweilte genüßlich auf den Rundungen der Brüste und Hüften, die unter dem offenen Mantel zu sehen waren. Unbewußt strich er sich über die Muskeln seines Schenkels, während er mich beobachtete.

»Wer weiß?« sagte er wie zu sich selbst. »Vielleicht werde ich noch einen Sohn bekommen – diesmal einen legitimen. Es ist wahr« – er taxierte meine Hüften –, »mit Jamie ist es noch nichts geworden. Vielleicht bist du unfruchtbar. Aber ich riskiere es. Schon allein das Anwesen ist es wert.«

Plötzlich machte er einen Schritt auf mich zu.

»Wer weiß?« sagte er wieder, ganz sanft. »Wenn ich Tag für Tag durch diese hübsche, braunhaarige Furche pflügen und meinen Samen tief hineinstreuen würde…« Er machte noch einen Schritt auf mich zu. Da tauchte ein Schatten an der Höhlenwand auf.

»Du hast dir aber viel Zeit gelassen«, sagte ich ärgerlich.

Dougal war fassungslos vor Schreck, als ihm aufging, daß mein Blick auf jemanden gerichtet war, der im Höhleneingang stand.

»Ich wollte nicht stören«, sagte Murtagh und näherte sich mit zwei geladenen Pistolen in der Hand. Mit der einen zielte er auf Dougal, mit der anderen gestikulierte er.

»Sofern du dieses letzte Angebot nicht hier und jetzt annehmen willst, würde ich vorschlagen, du verschwindest. Und wenn du es annimmst, dann verschwinde ich.«

»Niemand verschwindet«, gab ich kurz zurück. »Setz dich«, sagte ich zu Dougal. Er starrte Murtagh immer noch an, als wäre er eine Erscheinung.

»Wo ist Rupert?« fragte er, als er seine Stimme wiedergefunden hatte.

»Oh, Rupert.« Murtagh kratzte sich nachdenklich mit dem Pistolenlauf am Kinn. »Dürfte inzwischen in Belladrum sein. Sollte vor Tagesanbruch wieder hier sein, mit dem Faß Rum, das er angeblich in deinem Auftrag besorgen soll. Der Rest deiner Männer schläft noch in Quinbrough.«

Dougal war so nett, ein wenig zu lachen, wenn auch eher widerwillig. Er setzte sich und schaute zwischen mir und Murtagh hin und her. Eine Weile war es still.

»Und nun?« fragte Dougal. »Was jetzt?«

Das war in der Tat eine gute Frage. Dougal hatte mich im Lauf des Abends überrascht, schockiert und in Wut gebracht, so daß ich noch keine Zeit gefunden hatte zu überlegen, was wir tun sollten.

Murtagh war glücklicherweise besser vorbereitet. Schließlich hatte er ja auch keine lüsternen Annäherungsversuche abwehren müssen.

»Wir brauchen Geld«, antwortete er prompt, »und Männer.« Er ließ den Blick über die Bündel schweifen, die an der Wand aufgestapelt waren. »Nein«, meinte er nachdenklich. »Das ist für König James. Aber wir nehmen, was du am Leib trägst.« Die kleinen schwarzen Augen richteten sich schnell wieder auf Dougal, und der Lauf einer Pistole zeigte auf seine Felltasche.

Eines mußte man einem Leben in den Highlands zugute halten: Es förderte eine fatalistische Gelassenheit. Mit einem Seufzer griff Dougal in die Tasche und warf mir einen Beutel vor die Füße.

»Zwanzig Goldstücke und ungefähr dreißig Schilling«, sagte er und schaute mich an. »Nimm es. Das ist mein Beitrag.«

Er sah meine Skepsis und nickte bekräftigend.

»Doch, doch. Ich meine es ernst. Du kannst glauben, was du willst, aber Jamie ist der Sohn meiner Schwester, und wenn du ihn befreien kannst, dann sei Gott mit dir. Aber es ist unmöglich.«

Er schaute Murtagh an, der immer noch die Pistole in der Hand hielt.

»Was die Männer angeht, nein. Ich bin bereit, euch zu Jamies Seite zu beerdigen, aber meine Männer sollte ihr nicht mit ins Grab nehmen, Pistolen hin oder her.« Er verschränkte die Arme, lehnte sich an die Höhlenwand und beobachtete uns ruhig.

Murtaghs Hände bewegten sich nicht, aber seine Augen richteten sich fragend auf mich. Wollte ich, daß er schoß?

»Ich mache dir ein Angebot«, sagte ich.

Dougal zog eine Augenbraue hoch.

»Deine Position ist im Augenblick etwas besser als meine. Was hast du anzubieten?«

»Erlaube mir, mit deinen Männern zu sprechen, und wenn sie freiwillig mit mir gehen, dann laß sie. Wenn nicht, dann gehen wir, wie wir gekommen sind – und du bekommst auch deinen Geldbeutel zurück.«

Er grinste schief. Er musterte mich, als wollte er sich darüber klarwerden, welche Überzeugungskraft ich besäße. Dann lehnte er sich zurück und nickte.

»Abgemacht«, sagte er.

Am Ende verließen wir die Höhle mit Dougals Geldbeutel und fünf seiner Männer: Rupert, John Whithlow, Willie MacMurtry und die Zwillingsbrüder Rufus und Geordie Coulter. Ruperts Entscheidung hatte den Ausschlag gegeben. Mit einem Gefühl grimmiger Befriedigung hatte ich immer noch Dougals Gesichtsausdruck vor Augen, als sein gedrungener, schwarzbärtiger Leutnant mich gedankenvoll musterte und dann sagte: »Gut, Mädchen, warum nicht?«

Das Wentworth-Gefängnis war fünfunddreißig Meilen entfernt – zwei Tage mühsame Plackerei über morastige Wege in eisiger Kälte. *Nicht lange.* Dougals Worte waren mir ständig im Ohr und hielten mich im Sattel, auch wenn ich vor Erschöpfung schon fast herunterfiel.

Um mir nicht ständig Sorgen um Jamie zu machen, ging ich in Gedanken noch einmal das Gespräch mit Dougal in der Höhle durch. Ich dachte daran, was er zu mir gesagt hatte, als er vor der Höhle stand, während Rupert und seine Leute die Pferde aus dem Versteck holten.

»Ich habe eine Botschaft für dich«, hatte er gesagt. »Von der Hexe.«

»Von Geillis?« Ich war erstaunt, um das mindeste zu sagen.

»Aye. Ich habe sie noch einmal gesehen, als ich das Kind abholte.« Unter anderen Umständen hätte ich vielleicht Mitgefühl empfunden. Wie die Dinge lagen, war meine Stimme jedoch eisig.

»Und was hat sie gesagt?«

Er antwortete nicht gleich, und ich war mir nicht sicher, ob er einfach die Information nicht preisgeben wollte oder ob er sich seine Worte ganz genau überlegte. Scheinbar war es letzteres, denn er sprach sehr langsam und genau.

»Sollte ich dich je wiedersehen, so sollte ich dir zwei Dinge sagen, und zwar ganz genau so, wie ich sie von ihr hörte. Das erste war: ›Ich glaube, es ist möglich, aber ich weiß es nicht.‹ Und das zweite – das waren nur Zahlen. Ich mußte sie mehrmals wiederholen, bis sie ganz sicher war, daß ich sie mir richtig eingeprägt hatte. Die Zahlen waren eins, neun, sechs und acht.«

Er schaute mich fragend an.

»Kannst du was damit anfangen?«

»Nein«, log ich und ging zu meinem Pferd.

»Ich glaube, es ist möglich.« Damit konnte sie nur eins meinen: Sie glaubte, daß es möglich wäre, durch den Steinkreis an meinen richtigen Platz zurückzukehren, auch wenn sie es nicht sicher wußte. Offensichtlich hatte sie es nicht selbst ausprobiert, sondern sich dafür entschieden zu bleiben und teuer dafür bezahlt. Sie wird ihre Gründe gehabt haben. Ob es Dougal war?

Was die Zahlen anging, so war mir sofort klar, was sie bedeuteten. Sie hatte sie einzeln genannt, um ihre Bedeutung zu verschleiern, ein Verhalten, daß ihr wahrscheinlich schon in Fleisch und Blut übergegangen war, aber in Wirklichkeit war es eine einzige Zahl: 1968. Das Jahr, in dem *sie* in die Vergangenheit verschwand.

Ich empfand Neugierde und tiefes Bedauern. Wie schade, daß ich die Impfnarbe an ihrem Arm erst gesehen hatte, als es zu spät war! Hätte ich sie jedoch früher entdeckt, dann wäre ich vielleicht mit ihrer Hilfe zum Steinkreis zurückgekehrt und hätte Jamie verlassen.

Jamie. Der Gedanke an ihn lastete wie ein Bleigewicht auf mir.

Nicht lange. Der Weg zog sich endlos hin, verlor sich manchmal vollständig im gefrorenen Morast. In eisigem Nieselregen, der sich bald in Schnee verwandeln würde, erreichten wir am Abend des zweiten Tages unser Ziel.

Das Gebäude zeichnete sich schwarz vor dem bewölkten Himmel ab. Es war ein gigantischer Klotz, über hundert Meter lang, mit einem Turm an jeder Ecke. Dreihundert Gefangene konnten darin untergebracht werden, und dazu die vierzig Soldaten der Garnison mit ihrem Kommandanten, der zivile Gouverneur mit seinen Leuten, die vier Dutzend Köche, Wärter, Stallknechte und andere Dienstboten, die nötig waren, um die Festung in Schwung zu halten.

Ich schaute an den einschüchternden Mauern aus grünem Granit empor, die da und dort von winzigen Fenstern durchbrochen waren. In einigen flackerte Licht auf, die meisten blieben jedoch dunkel. Vermutlich waren das die Gefängniszellen. Ich schluckte. Angesichts der erdrückenden Wucht dieses Gebäudes, der undurchdringlichen Mauern, des gewaltigen, fest verschlossenen Tores und der Wachen kamen mir Zweifel.

»Was, wenn« – mein Mund war trocken, und ich hatte Mühe, die Worte auszusprechen –, »was, wenn wir es nicht schaffen?«

Murtagh war nicht anders als sonst auch, mürrisch und verschlossen.

»Dann wird Dougal uns an seiner Seite begraben«, antwortete er. »Los, wir haben Arbeit zu tun.«

SIEBTER TEIL

Die Zuflucht

35

Das Wentworth-Gefängnis

Sir Fletcher Gordon war ein kleiner, untersetzter Mann, dessen gestreifte Weste wie angegossen saß. Mit den herabhängenden Schultern und dem vorstehenden Bauch glich er eher einem großen Schinken, den man auf den Gouverneursstuhl gesetzt hatte.

Er war kahlköpfig und hatte eine rosarote Gesichtsfarbe, was wenig angetan war, diesen Eindruck zu zerstreuen, auch wenn es nicht viele Schinken gab, die mit strahlendblauen Augen aufwarten konnten. Langsam und bedächtig blätterte er durch den Stapel Papiere auf seinem Schreibtisch.

»Ah, ja«, sagte er, nachdem er endlos lange gebraucht hatte, sich mit dem Inhalt der vorliegenden Akte vertraut zu machen. »Fraser, James. Zum Strang verurteilt wegen Mordes. Und wo ist der Vollstreckungsbefehl?« Kurzsichtig wühlte er im Stapel herum. Krampfhaft umklammerte ich mein seidenes Handtäschchen und bemühte mich, keine Miene zu verziehen.

»Da haben wir's ja. Vollstreckung am 23. Dezember. Ja, er ist noch hier.«

Ich schluckte und lockerte meinen Griff. Ich durfte nicht zeigen, daß ich zwischen Panik und Freude hin und her gerissen war. Er lebte also noch. Aber nur noch zwei Tage. Er war in meiner Nähe, irgendwo in diesem Gebäude. Dieser Gedanke löste einen Adrenalinstoß aus, und meine Hände zitterten.

Ich rutschte auf dem Besucherstuhl nach vorne und bemühte mich, möglichst einnehmend auszusehen.

»Dürfte ich ihn sehen, Sir Fletcher? Nur ganz kurz; es könnte ja sein, daß er seiner Familie noch eine letzte Botschaft übermitteln möchte.« Ich hatte mich als englische Freundin der Frasers ausgegeben, und so war es einigermaßen leicht gewesen, in Wentworth eingelassen zu werden und bei Sir Fletcher, dem zivilen Gouverneur des Gefängnisses, vorsprechen zu dürfen. Jamie zu besuchen, war jedoch ein gefährliches Unterfangen. Da er von meiner Geschichte nichts wußte, konnte es leicht sein, daß er mich verriet, wenn er mir plötzlich und ohne Vorwarnung gegenüberstehen würde. Und ich war mir nicht einmal sicher, ob ich die Selbstbeherrschung würde bewahren können. Aber wir mußten unbedingt herausfinden, wo er war; in diesem riesigen Labyrinth war die Aussicht, ihn durch Zufall zu entdecken, gleich Null.

Sir Fletcher runzelte die Stirn und dachte nach. Es war offensichtlich, daß er diese Bitte, noch dazu von einer bloßen Bekannten geäußert, höchst lästig fand, aber er war kein gefühlloser Mann. Schließlich schüttelte er den Kopf.

»Nein, meine Liebe. Zu meinem Bedauern kann ich das nicht zulassen. Wir sind derzeit recht überfüllt und haben keinen Platz für derartige private Zusammenkünfte. Und der Mann befindet sich gegenwärtig« – er suchte mit dem Zeigefinger in der Akte herum –, »in einer der großen Zellen im Westflügel zusammen mit anderen Schwerverbrechern. Ich kann sie dort nicht hineinlassen, es wäre unverantwortlich. Außerdem ist der Mann gefährlich. In den Akten ist vermerkt, daß wir ihn seit seiner Ankunft in Ketten gelegt haben.«

Wieder umklammerte ich meine Handtasche, diesmal um sie ihm nicht um die Ohren zu schlagen.

Er schüttelte nachdrücklich den Kopf. »Nein. Wenn Sie eine direkte Verwandte wären, vielleicht...« Er schaute mich blinzelnd an. Ich biß die Zähne zusammen, fest entschlossen, mich nicht zu verraten.

»Aber vielleicht, meine Liebe...« Plötzlich schien ihm ein Geistesblitz gekommen zu sein. Schwerfällig erhob er sich, begab sich zu einer Seitentür und murmelte dem uniformierten Soldaten, der dort Wache hielt, etwas zu. Der Soldat nickte und verschwand.

Sir Fletcher kam mit einer Weinkaraffe und zwei Gläsern zurück. Ich nahm sein Angebot an; einen Schluck Wein konnte ich jetzt wirklich brauchen.

Wir waren beide beim zweiten Glas, als die Wache zurückkam. Der Soldat marschierte ohne Aufforderung herein, stellte ein Holzkästchen auf den Tisch und drehte sich um, um wieder hinauszumarschieren. Sein Blick blieb übermäßig lange an mir haften, und ich senkte artig die Lider. Ich trug ein Kleid, das ich von einer Dame aus Ruperts Bekanntschaft in der benachbarten Stadt geliehen hatte, und aus dem Duft, mit dem es durchtränkt war, konnte ich unschwer erraten, welchem Beruf diese Dame nachging. Ich hoffte nur, daß der Wachsoldat das Kleid nicht erkannt hatte.

Sir Fletcher leerte sein Glas, stellte es ab und wandte sich dem Kästchen zu. Es war aus einfachem, unlackiertem Holz und hatte einen Schiebedeckel. Mit Kreide waren Buchstaben darauf geschrieben: F–R–A–S–E–R.

Sir Fletcher zog den Deckel zurück, schaute kurz hinein, schloß ihn wieder und schob das Kästchen zu mir.

»Die persönlichen Habseligkeiten des Gefangenen«, erklärte er. »Üblicherweise schicken wir sie nach der Hinrichtung an den nächsten Verwandten. Aber dieser Mann« – er schüttelte den Kopf –, »weigert sich, auch nur irgend etwas über seine Familie zu sagen. Sicher eine Entfremdung, was natürlich nicht ungewöhnlich ist, aber unter den gegebenen Umständen bedauerlich. Ich zögere, Sie darum zu bitten, Mrs. Beauchamp, aber da Sie mit der Familie bekannt sind, möchte ich Sie fragen, ob Sie es eventuell auf sich nehmen wollten, seine Hinterlassenschaft der entsprechenden Person zu übergeben?«

Ich traute meiner Stimme nicht, daher nickte ich und steckte die Nase in mein Glas Bordeaux.

Sir Fletcher schien erleichtert, vielleicht, weil er sich dieser Kiste entledigen konnte, vielleicht auch, weil das Ende meines Besuches abzusehen war. Er lehnte sich zurück, schnaufte hörbar und lächelte mich breit an.

»Das ist wirklich sehr freundlich von Ihnen, Mrs. Beauchamp. Ich weiß, daß so etwas für eine junge, gefühlvolle Frau sicherlich schmerzlich ist, und ich weiß es zu würdigen, daß Sie die Güte haben, es auf sich zu nehmen, das versichere ich Ihnen.«

»K–keine Ursache«, stammelte ich. Es gelang mir aufzustehen und das Kästchen an mich zu nehmen. Es war ungefähr zwanzig mal fünfzehn Zentimeter groß und zehn Zentimeter tief – und sollte die Hinterlassenschaft eines ganzen Lebens aufnehmen.

Ich wußte, was darin war. Drei Angelschnüre, sauber aufgerollt; ein Korken, in dem Angelhaken steckten; ein kleines Glasstück mit runden Kanten; diverse Steine, die interessant aussahen oder sich gut anfühlten; ein getrockneter Maulwurfsfuß, der vor Rheumatismus schützen sollte. Eine Bibel – oder hatte er die behalten dürfen?

Ich hoffte es. Ein Rubinring, sofern man ihn nicht gestohlen hatte. Und eine kleine hölzerne Schlange, in deren Bauch der Name SWANY eingeritzt war.

Ich blieb an der Tür stehen und mußte mich kurz festhalten, um auf den Beinen zu bleiben. Sir Fletcher, der mich höflich begleitet hatte, kam mir sofort zur Hilfe.

»Mrs. Beauchamp! Fühlen Sie sich nicht wohl, meine Liebe? Wache, einen Stuhl!«

Ich fühlte, wie mir der kalte Schweiß ausbrach, aber es gelang mir zu lächeln und abzuwinken, als der Stuhl gebracht wurde. Vor allem wollte ich raus hier – ich brauchte frische Luft, und zwar jede Menge. Und ich wollte allein sein, um zu weinen.

»Nein, es geht schon«, sagte ich und versuchte überzeugend zu klingen. »Es ist nur ein bißchen... stickig hier, vielleicht. Nein, bemühen Sie sich nicht. Mein Stallbursche wartet draußen auf mich.«

Ich rang mir ein Lächeln ab und wollte schon gehen, da kam mir ein Gedanke. Vielleicht half es nicht, aber schaden konnte es auch nicht.

»Oh, Sir Fletcher...«

Noch immer besorgt über mein Aussehen, war er die Höflichkeit selbst. »Ja, meine Liebe?«

»Ich dachte nur... wie traurig es für einen jungen Mann in dieser Situation sein muß, seiner Familie so ganz entfremdet zu sein. Es könnte ja sein, daß er... vielleicht einen Versöhnungsbrief schreiben möchte. Ich würde es gerne auf mich nehmen, ihn... seiner Mutter zu übergeben.«

»Wie mitfühlend von Ihnen, meine Liebe.« Sir Fletcher war in aufgeräumter Stimmung, nun, da er nicht mehr zu befürchten brauchte, ich könnte auf seinem Teppich zusammenbrechen. »Selbstverständlich. Ich werde mich erkundigen. Wo sind Sie abgestiegen, meine Liebe? Falls er einen Brief schreibt, soll er Ihnen zugestellt werden.«

»Nun«, mein Lächeln fühlte sich an, als wäre es mir aufs Gesicht geklebt –, »das ist im Augenblick noch nicht geklärt. Ich habe mehrere Verwandte und gute Bekannte in der Stadt, bei denen ich abwechselnd wohnen muß, denn ich möchte vermeiden, daß sich irgend jemand zurückgesetzt fühlt.« Ich brachte ein kurzes Lachen hervor.

»Wenn es Ihnen keine zu großen Umstände macht, dann könnte vielleicht mein Stallbursche nachfragen, ob ein Brief vorliegt?«

»Natürlich, natürlich, meine Liebe, das läßt sich selbstverständlich machen!«

Und mit einem schnellen Blick zurück auf seine Karaffe ergriff er meinen Arm und führte mich zum Tor.

»Geht's besser, Mädel?« Rupert strich meine Haare zurück, die mir wie ein Vorhang vor dem Gesicht hingen. »Siehst aus wie ein schlechtgeräucherter Schweinebauch. Hier, nimm noch einen Schluck.«

Ich schüttelte den Kopf, schob die Whiskyflasche beiseite, die er mir unter die Nase hielt, und wischte mir das Gesicht mit dem feuchten Tuch ab, das er mir gebracht hatte.

»Es geht schon wieder.« Begleitet von Murtagh, der sich als mein Stallbursche ausgegeben hatte, war es mir gerade noch gelungen, außer Sichtweite des Gefängnisses zu gelangen, bevor ich vom Pferd rutschte und mich in den Schnee übergab. Da stand ich nun, Jamies Holzkiste an die Brust gedrückt, und schluchzte, bis Murtagh mich aufs Pferd hob und mich zu dem kleinen Gasthof im Städtchen Wentworth führte, wo Rupert eine Unterkunft für uns gefunden hatte. Wir waren in einem Zimmer im oberen Stockwerk. Die Umrisse des Gefängnisses waren in der Abenddämmerung kaum noch zu erkennen.

»Ist der Junge tot?« Ruperts breites Gesicht war ernst und freundlich; zur Abwechslung spielte er einmal nicht den Hanswurst.

Ich schüttelte den Kopf und atmete tief durch. »Noch nicht.«

Nachdem ich ihm alles erzählt hatte, ging Rupert langsam im Zimmer auf und ab und dachte nach. Murtagh saß still da, wie es seine Art war, ohne eine Miene zu verziehen. Er hätte einen hervorragenden Pokerspieler abgegeben, dachte ich.

Schließlich ließ sich Rupert mit einem Seufzer neben mir aufs Bett fallen.

»Immerhin ist er noch am Leben, das ist das wichtigste. Aber ich weiß verdammt noch mal nicht, was wir tun können. Wir kommen ja nicht hinein.«

»Doch«, sagte Murtagh plötzlich. »Das Mädel hat doch das mit dem Brief eingefädelt.«

»Mmmmpf. Aber nur ein Mann, und nur bis zum Empfangszimmer des Gouverneurs. Immerhin ein Anfang.« Rupert zog seinen Dolch und kratzte sich mit der Spitze den Bart. »Es ist ein elend großer Kasten, den wir da durchsuchen müssen.«

»Ich weiß, wo er ist«, sagte ich. Da wir nun Pläne schmiedeten, ging es mir wieder besser, und ich war froh, daß meine Gefährten nicht aufgaben, wie hoffnungslos unser Unterfangen auch scheinen mochte. »Wenigstens weiß ich, in welchem Flügel er ist.«

»Wirklich? Hmmm.« Rupert steckte den Dolch zurück. »Wieviel Geld hast du bei dir, Mädel?«

Ich holte alles heraus, was ich in der Tasche hatte: Dougals Beutel, das Geld, das Jenny mir aufgenötigt hatte, und meine Perlenkette. Rupert schob die Perlen beiseite, nahm den Beutel und leerte den Inhalt in seine Hand.

»Das reicht«, sagte er und klimperte mit den Münzen. Er schaute zu den Coulter-Zwillingen. »Ihr zwei und Willie – ihr kommt mit mir, John und Murtagh können hier bei dem Mädel bleiben.«

»Wohin gehst du?« fragte ich.

Er ließ die Münzen in seine Felltasche gleiten.

»Ach«, meinte er unbestimmt, »am anderen Ende der Stadt gibt es noch ein Wirtshaus. Die Wachen vom Gefängnis gehen dahin, wenn sie frei haben, weil's näher ist und das Bier einen Pfennig billiger.«

Allmählich dämmerte mir, was er vorhatte.

»So, so«, sagte ich. »Würde mich nicht wundern, wenn sie dort auch Karten spielten, was meinst du?«

»Keine Ahnung, Mädel, keine Ahnung.«

Er grinste, und hinter dem schwarzen Bart leuchteten seine Zähne weiß auf.

»Aber wir können ja mal hingehen und nachschauen, oder?«

Am nächsten Mittag stand ich wieder unter dem mit Eisenspitzen bewehrten Fallgitter, das den Eingang von Wentworth seit seiner Erbauung im sechzehnten Jahrhundert verschloß. Es hatte in den darauffolgenden zweihundert Jahren nichts von seiner Bedrohlichkeit eingebüßt, und ich legte die Hand an den Griff meines Dolches, um mir Mut zu machen.

Sir Fletcher dürfte jetzt vollauf mit seinem Mittagsmahl beschäftigt sein, wenn die Informationen stimmten, die Rupert und seine Hilfsspione den Gefängniswärtern gestern abend im Wirtshaus entlockt hatten. Kurz vor Morgengrauen waren sie mit einer deftigen Bierfahne und roten Augen hereingestolpert. Alles, was Rupert auf meine Fragen zu sagen wußte, war: »Weißt du, Mädchen, zum Gewinnen braucht es nur Glück. Zum Verlieren aber braucht man *Geschick*.« Er rollte sich in einer Ecke zusammen und war im nächsten Augenblick hörbar eingeschlafen. Ich konnte weiter im Zimmer auf und ab gehen, wie ich das schon die ganze Nacht über getan hatte.

Er war jedoch schon nach einer Stunde mit klaren Augen und klarem Kopf aufgewacht und hatte mir den Plan erläutert, an dessen Ausführung ich mich jetzt machte.

»Sir Fletcher erlaubt nichts und niemandem, ihn beim Essen zu stören. Wenn einer was von ihm will, dann muß er warten, bis er fertig ist. Und nach dem Mittagessen zieht er sich gewöhnlich zu einem Nickerchen in seine Gemächer zurück.«

Murtagh war schon eine Viertelstunde vor mir angekommen und war, da er sich als mein Stallbursche ausgab, ohne Schwierigkeiten eingelassen worden. Vermutlich würde man ihn ins Arbeitszimmer von Sir Fletcher führen und ihn bitten, dort zu warten. Währenddessen sollte er nach dem Grundriß für den Westflügel suchen und dann, auch wenn die Chancen gering waren, nach den Schlüsseln für die Zellen.

Ich ließ mir Zeit und schaute nach dem Stand der Sonne. Falls ich auftauchte, bevor Sir Fletcher sich zum Essen gesetzt hatte, könnte er auf die Idee kommen, mich einzuladen, was höchst ungelegen käme. Aber Ruperts kartenspielende Bekannten hatten versichert, daß die Gewohnheiten des Gouverneurs unumstößlich seien; die Glocke wurde Schlag eins geläutet, und fünf Minuten später wurde die Suppe serviert.

Der wachhabende Soldat am Eingang war derselbe wie am Vortag. Er schien überrascht, begrüßte mich aber höflich.

»Zu dumm!« sagte ich. »Mein Stallbursche sollte Sir Fletcher ein kleines Geschenk zum Dank für seine Freundlichkeit gestern bringen. Aber er hat es leider liegenlassen, und so war ich gezwungen, selbst herzukommen in der Hoffnung, ihn einzuholen. Ist er schon da?« Ich präsentierte das kleine Paket und lächelte. Bedauerlicherweise hatte ich keine Grübchen, also mußte ich mich damit begnügen, alle meine Zähne zur Schau zu stellen.

Es genügte. Ich wurde eingelassen und durch die endlosen Flure zum Zimmer des Gouverneurs geführt. Dieser Teil der Zitadelle war mit Möbeln ausgestattet, aber das konnte nicht darüber hinwegtäuschen, daß es sich um ein Gefängnis handelte. Es lag ein Geruch in der Luft, der, wie mir scheinen wollte, von Elend und Angst zeugte, aber vermutlich war der Gestank auf den Schmutz zweier Jahrhunderte und den Umstand, daß es keinerlei Abflußrohre gab, zurückzuführen.

Der Wachposten ließ mich vorausgehen und folgte mir in angemessenem Abstand, um mir nur ja nicht auf den Mantelsaum zu treten. Das war unser Glück, denn ich bog einige Meter vor ihm um die Ecke zu Sir Fletchers Arbeitszimmer und sah durch die offene Tür gerade noch, wie Murtagh den bewußtlosen Wachtposten hinter den wuchtigen Schreibtisch schleifte.

Ich tat einen Schritt zurück und ließ mein Päckchen auf den Steinboden fallen. Glas splitterte, und es roch nach Pfirsichlikör.

»Ach, du meine Güte«, rief ich aus, »daß mir das passieren mußte!«

Während der Wachposten einen Gefangenen rief, der die Schweinerei beseitigen sollte, murmelte ich, ich wolle in Sir Fletchers Arbeitszimmer warten, schlüpfte hinein und zog hastig die Tür hinter mir zu.

»Was zum Teufel hast du getan?« fuhr ich Murtagh an.

Ohne sich etwas aus meinem Ton zu machen, schaute er auf und erklärte: »Sir Fletcher hat in seinem Arbeitszimmer keine Schlüssel, aber der Kerl hier hat einen Satz.« Er zog ihm den großen Schlüsselring vom Gürtel. Wobei er sorgsam darauf achtete, daß sie nicht aneinanderklirrten.

»Gute Arbeit!« sagte ich anerkennend. Ich warf einen Blick auf den bewußtlosen Soldaten, wenigstens atmete er noch. »Und was ist mit dem Grundriß?«

Er schüttelte den Kopf. »Auch nicht da, aber mein Freund hier hat mir ein bißchen was erzählt. Die Zellen der Todeskandidaten sind auf demselben Stockwerk wie diesem, in der Mitte des Westflurs. Er gibt drei Zellen – mehr habe ich nicht aus ihm herausbekommen, hat wohl doch Verdacht geschöpft.«

»Das reicht – hoffe ich. Dann gib mir die Schlüssel und verschwinde.«

»Ich? Du solltest hier raus, Mädel, und zwar ein bißchen plötzlich.« Er schaute zur Tür, aber draußen rührte sich nichts.

»Nein, ich muß es tun«, sagte ich und streckte die Hand nach den Schlüsseln aus. »Hör zu«, sagte ich ungeduldig. »Wenn sie dich schnappen, wie du mit einem Schlüsselbund im Gefängnis herumläufst, und die Wache hier auf dem Boden finden, flach wie eine Flunder, dann sind wir beide dran. Ich hätte schließlich um Hilfe rufen müssen.« Ich griff nach den Schlüsseln und stopfte sie mir in die Tasche.

Murtagh war noch immer skeptisch. »Und wenn sie *dich* erwischen?«

»Dann falle ich in Ohnmacht. Und wenn ich wieder zu mir komme – und das wird eine Weile dauern –, dann sage ich, daß ich dazugekommen wäre, wie du gerade die Wache ermorden wolltest, und ich wäre vor Entsetzen geflohen; auf der Suche nach Hilfe hätte ich mich im Gefängnis verirrt.«

Er nickte langsam. »In Ordnung.« Er ging zur Tür, aber es fiel ihm noch etwas ein.

»Aber warum habe ich – oh.« Schnell ging er noch einmal zum Schreibtisch und zog hastig sämtliche Schubladen auf, wühlte darin herum und warf einzelne Gegenstände auf den Boden.

»Diebstahl«, erklärte er, öffnete die Tür einen Spaltbreit und spähte hinaus.

»Dann solltest du auch etwas einstecken«, schlug ich vor und suchte nach etwas Handlichem. »Wie wäre es mit dieser Schnupftabakdose?«

Er winkte ungeduldig ab. »Nein, Mädel. Wenn sie mich mit etwas erwischen, was Sir Fletcher gehört, dann hängen sie mich. Auf versuchten Diebstahl steht nur Auspeitschung oder Verstümmelung.«

»Oh!« Ich legte die Dose weg und schaute über seine Schulter in den Flur. Es war niemand da.

»Ich gehe zuerst. Wenn ich jemanden treffe, dann lenke ich ihn ab. Zähle bis dreißig und geh dann los. Wir warten auf dich in dem Wäldchen im Norden.« Er öffnete die Tür, drehte sich aber noch einmal um.« Wenn sie dich kriegen, dann wirf die Schlüssel weg.« Bevor ich etwas erwidern konnte, war er fort und huschte lautlos durch den Flur.

Es dauerte eine halbe Ewigkeit, den Westflügel zu finden; ich schlich durch die Gänge, spähte um Ecken und versteckte mich hinter Säulen. Ich begegnete unterwegs nur einer Wache, vor der ich mich mit hämmerndem Herzen, flach an die Wand gedrückt, verbergen konnte.

Als ich schließlich im Westflügel ankam, hatte ich keinerlei Zweifel, ob das der richtige Ort war. Es gab drei große Türen auf dem Gang, eine jede mit einem kleinen vergitterten Fenster versehen, durch das ich nicht mehr als die Wände der Zelle dahinter erspähen konnte.

»Ene, mene, mu«, murmelte ich vor mich hin und entschied mich für die mittlere Tür. Die Schlüssel am Ring waren nicht gekennzeichnet, aber von unterschiedlicher Größe. Nur die drei großen kamen für das Schloß in Frage, und natürlich war es der dritte, der paßte. Ich atmete tief durch, als sich der Schlüssel drehte, wischte mir die schweißnassen Hände am Rock ab und drückte die Tür auf.

In rasender Eile suchte ich in der stinkenden Masse von Männern herum, stieg über apathische Leiber, schob schwere Körper zur Seite, die mir träge aus dem Weg gingen. Allmählich breitete sich Erstaunen über mein plötzliches Auftauchen aus, und einige, die zwischen dem Unrat auf dem Boden geschlafen hatten, setzten sich auf. Manche waren an die Wand gekettet, und ihre Ketten rasselten, als sie sich im Halbdunkel bewegten. Ich packte einen der Männer an der Schulter, ein Clanmitglied in einem zerlumpten gelb-grünen Kilt. Er war nur noch Haut und Knochen; offenbar teilen die Engländer nicht gerade verschwenderisch Nahrung an ihre Gefangenen aus.

»James Fraser! Ein großer, rothaariger Mann! Ist er in dieser Zelle? Wo ist er?«

Der Befragte war mit den anderen, die nicht angekettet waren, schon auf dem Weg zur Tür, blieb einen Augenblick stehen und schaute auf mich herunter. Die Gefangenen hatten inzwischen ihre Chance erkannt und begannen mit ungläubigem Gemurmel aus der Tür zu drängen.

»Wer? Fraser? Den haben sie heute morgen geholt.« Der Mann zuckte mit den Achseln und versuchte mich abzuschütteln.

Mit einem Griff an den Gürtel hielt ich ihn noch einmal auf.

»Wohin haben sie ihn gebracht? Wer hat ihn geholt?«

»Weiß ich nicht; war ein Hauptmann Randall, der ihn mitgenommen hat – ein seltsamer Kerl.« Er stieß meine Hand weg und hatte nur noch eins im Sinn: die offene Tür.

Randall. Ich stand wie vom Blitz getroffen, während mich die flüchtenden Männer herumstießen. Ich schüttelte mich, um wieder zu mir zu kommen, und versuchte zu denken. Geordie hatte die Festung seit dem Morgengrauen beobachtet. Niemand außer ein paar Küchenmägden war herausgekommen. Sie mußten also irgendwo in diesem Gebäude sein.

Randall war Hauptmann; vermutlich hatte in dieser Gefängnisgarnison niemand einen höheren Rang, abgesehen von Sir Fletcher. Es dürfte ihm also keine Schwierigkeiten bereiten, einen Ort zu finden, wo er einen Gefangenen nach Belieben foltern konnte.

Und daß er das tun würde, daran zweifelte ich nicht, selbst wenn sein Opfer nur noch den Galgen zu erwarten hatte. Der Mann, den ich in Fort William kennengelernt hatte, war wie eine Katze. Er konnte dem Trieb, mit dieser speziellen Maus zu spielen, ebensowenig widerstehen, wie er seine Größe oder die Farbe seiner Augen hätte verändern können.

Ich atmete tief durch, schob alle Überlegungen, was seit dem Morgen wohl geschehen sein mochte, beiseite und stürzte aus der Tür, wo ich mit einem englischen Rotrock zusammenstieß. Der Mann torkelte nach hinten, und ich krachte mit dem Kopf an den Türrahmen. Mir brummte der Schädel, und gleichzeitig klangen mir Ruperts Worte im Ohr: »*Nutze das Überraschungsmoment, Mädel, nutze es!*«

Man könnte darüber streiten, dachte ich benommen, wer von uns beiden überraschter war. Ich tastete wie verrückt nach der Tasche, in der mein Dolch war, und verfluchte mich für meine Dummheit, weil ich ihn nicht schon gezogen hatte, als ich die Zelle betrat.

Der englische Soldat hatte das Gleichgewicht wiedergefunden und starrte mich mit offenem Mund an. Gleich würde dieser kostbare Augenblick der Überraschung vorüber sein. Ich gab die Suche nach der Tasche auf, griff unter den Rock und zog blitzschnell den Dolch, den ich im Strumpf trug.

Die Spitze der Klinge fuhr dem Soldaten ins Kinn, gerade als er nach seiner eigenen Waffe greifen wollte. Er hob die Hände halb zur Kehle, taumelte langsam an der Wand nach unten, während er sein Leben aushauchte. Auch er war in die Zelle gekommen, ohne zuerst seine Waffe zu ziehen, und dieses kleine Versehen hatte ihn das Leben gekostet. Um ein Haar wäre es mir nicht anders ergangen.

Noch einen solchen Fehler durfte ich mir nicht leisten. Mich überlief es eiskalt. Ich stieg über den zuckenden Körper und vermied es hinzuschauen.

Ich rannte den Weg zurück, den ich gekommen war, bis zum Treppenabsatz. Dort gab es eine Stelle, wo mich niemand sehen konnte. Ich lehnte mich gegen die Wand und überließ mich einen Moment lang meiner Übelkeit.

Ich wischte mir den Schweiß von der Stirn und zog den Dolch aus der Geheimtasche hervor. Er war jetzt meine einzige Waffe; ich hatte weder die Zeit noch den Mut, den anderen Dolch aus dem Mann herauszuziehen. Vielleicht war das gut so, dachte ich, als ich mir vorstellte, wie das Blut herausschießen würde.

Mit dem Dolch in der Hand spähte ich auf den Gang hinaus. Die Gefangenen, die ich unbeabsichtigt befreit hatte, waren nach links gerannt. Ich hatte keine Ahnung, was sie vorhatten, aber zweifellos würden sie die Engländer in Atem halten. Ich wußte zwar nicht, welche Richtung ich einschlagen sollte, aber es schien vernünftig, mich von dem Aufruhr, den sie verursachten, fernzuhalten.

Das Licht fiel schräg durch die hohen Schießscharten; ich befand mich also auf der Westseite der Festung. Ich durfte auf keinen Fall die Orientierung verlieren, denn Rupert wartete am Südtor auf mich.

Treppen. Ich zwang meinen benommenen Verstand zum Nachdenken, um vielleicht so den Ort zu finden, den ich suchte. Wenn man vorhatte, jemanden zu foltern, dann brauchte man einen Raum, der abgeschieden und schalldicht war. Ein unterirdisches Verlies wäre dafür am besten geeignet. Niemand hörte die erstickten Schreie dort, und die Dunkelheit verbarg die Grausamkeiten vor den Augen der Verantwortlichen.

Die Wand am Ende des Ganges hatte eine runde Ausbuchtung. Ich war an einem der Ecktürme angekommen, und diese Türme hatten Treppen.

Die Wendeltreppe wand sich in einer engen Spirale nach unten.

In der plötzlichen Dunkelheit des Treppenschachtes stolperte ich mehrmals und riß mir die Hände auf, als ich mich an der Steinwand abstützen wollte.

Einen Vorteil hatte diese Treppe. Durch eine Scharte, die den Schacht vor völliger Dunkelheit bewahrte, konnte ich auf den Gefängnishof schauen. Immerhin wußte ich jetzt, wo ich war. Ein kleiner Trupp Soldaten wurde zum Appell gerufen, offenbar, um zu exerzieren, nicht, um der Hinrichtung eines schottischen Rebellen beizuwohnen. Ein Galgen stand im Hof, schwarz und drohend, aber verlassen. Der Anblick war wie ein Schlag in den Magen. Morgen früh. Ich eilte weiter hinunter, ohne mich von zerschrammten Ellbogen oder angestoßenen Zehen aufhalten zu lassen.

Unten angekommen, blieb ich stehen, um zu lauschen. Totenstille, aber immerhin wurde dieser Teil der Festung benutzt, wie die Fackeln zeigten, die den Granitstein immer wieder in flackerndes Rot tauchten. Im Gewölbe des unterirdischen Ganges hatten sich graue Rauchschwaden gesammelt.

Es gab nur eine Richtung, in die ich weitergehen konnte. Es war unheimlich, diesen Gang hinunterzuschleichen. Ich hatte derartige Verliese schon früher gesehen, als ich mit Frank historische Schlösser und Burgen besucht hatte. Aber damals waren die massiven Mauern von Neonröhren erhellt worden, wodurch sie weitaus weniger bedrohlich wirkten. Ich erinnerte mich, wie ich mich sogar damals gescheut hatte, die kleinen, dumpfen Kammern zu betreten, obwohl sie seit über einem Jahrhundert nicht mehr in Gebrauch waren. Angesichts der Überreste aus alten, schrecklichen Zeiten, der dicken Türen, der rostigen Ketten an der Wand, hatte ich geglaubt, mir vorstellen zu können, welche Qualen die Gefangenen in diesen Kerkern erleiden mußten. Jetzt konnte ich über meine frühere Naivität nur lachen. Es gab Dinge, die man sich, wie Dougal gesagt hatte, einfach nicht vorstellen konnte.

Auf Zehenspitzen ging ich an verriegelten Türen vorbei, die dick genug waren, jeden Laut von innen zu ersticken. Bei jeder Tür bückte ich mich, um zu prüfen, ob darunter ein Streifen Licht hervorquoll. Gefangene konnte man in der Dunkelheit verkommen lassen, aber Randall brauchte Licht, um zu sehen, was er tat. Der Boden war mit jahrhundertealtem Schmutz bedeckt, und auf allem lag eine dicke Schicht Staub. Offenbar wurde dieser Teil des Gefängnisses nur selten benutzt. Die Fackeln bewiesen jedenfalls, daß *irgend jemand* hier unten war.

Unter der vierten Tür fand ich den Lichtstreifen, nach dem ich suchte. Auf dem Boden kniend, preßte ich das Ohr an die Tür, hörte aber nichts außer dem Knistern eines Feuers.

Die Tür war nicht verschlossen. Ich öffnete sie einen Spaltbreit und linste vorsichtig hinein. Ich traute meinen Augen nicht: Jamie saß zusammengekauert auf dem Boden, den Kopf zwischen den Knien. Er war allein.

Der Raum war klein, aber gut beleuchtet, mit einem fast heimelig wirkenden Eisenofen, in dem ein fröhliches Feuer brannte. Für einen Kerker war es hier bemerkenswert gemütlich, der Steinboden war halbwegs sauber, und an der Wand stand ein Feldbett. Es gab sogar einen Tisch mit zwei Stühlen, und darauf befanden sich diverse Gegenstände, unter anderem ein Zinnkrug mit zwei Hornbechern. Was für ein überraschender Anblick – hatte ich doch feuchte Steinwände und huschende Ratten erwartet. Ob sich hier die Garnisonsoffiziere mit jenen Damen trafen, die sie dazu bewegen konnten, sie im Gefängnis zu besuchen? Immerhin war man hier ungestörter als in den Baracken.

»Jamie!« rief ich leise. Weder hob er den Kopf, noch antwortete er, und ich bekam Angst. Ich schloß die Tür, ging zu ihm und berührte in an der Schulter.

»Jamie!«

Er schaute auf; er war leichenblaß, unrasiert und von kaltem Schweiß bedeckt. Im Raum roch es nach Furcht und Erbrochenem.

»Claire!« sagte er heiser. Seine Lippen waren vor Trockenheit aufgesprungen. »Wie bist du – ? Du mußt sofort verschwinden. Er wird bald wieder hier sein.«

»Sei doch nicht lächerlich.« Ich versuchte, mich mit aller Macht auf das zu konzentrieren, was ich zu tun hatte, und das Würgen in meiner Kehle nicht zu beachten.

Er war am Fußgelenk an die Wand gekettet, aber ansonsten nicht gefesselt. Allerdings zeigten die Einschnitte an Handgelenken und Ellbogen, wozu der Strick auf dem Tisch gebraucht worden war.

Sein Zustand verwirrte mich. Er war deutlich benommen, und jede Faser seines Körpers schien zu schmerzen, aber ich konnte keine Verletzungen sehen, kein Blut und keine Wunden. Ich fiel auf die Knie und probierte systematisch einen Schlüssel nach dem anderen an dem Eisenring um sein Fußgelenk.

»Was hat er mit dir gemacht?« fragte ich flüsternd.

Jamie schwankte im Sitzen hin und her: Die Augen waren geschlossen, und der Schweiß sickerte ihm in tausend kleinen Perlen aus den Poren. Kein Zweifel, er war nahe daran, ohnmächtig zu werden, öffnete aber kurz die Augen, als meine Stimme zu ihm durchdrang. Mit äußerster Vorsicht hob er mit der linken Hand den

Gegenstand hoch, der in seinem Schoß lag. Es war seine rechte Hand, die fast nicht mehr als solche zu erkennen war. Sie war grotesk geschwollen und sah aus wie eine aufgeblasene Tüte, rot und blau gefleckt, und die Finger standen in verrückten Winkeln ab. Ein weißer Knochensplitter stach durch die zerrissene Haut des Mittelfingers, und ein Blutrinnsal floß über die Fingerknöchel, die unter dem formlosen Fleisch nur noch zu erahnen waren.

Die menschliche Hand ist ein Wunderwerk der Mechanik, ein höchst kompliziertes System aus Gelenken und Sehnen, mit Millionen von Nervenzellen, die äußerst empfindlich sind. Schon ein gebrochener Finger kann einen starken Mann vor Schmerzen in die Knie zwingen.

»Heimzahlung«, sagte Jamie. »Für seine Nase – mit Zinsen.« Ich starrte bewegungslos auf das, was ich sah, dann sagte ich mit einer Stimme, die ich nicht als die meine erkannte: »Dafür werde ich ihn töten.«

Jamies Mundwinkel zuckten in einem Anflug von Galgenhumor, der durch Schmerz und Ohnmacht drang. »Ich halte dir den Mantel, Sassenach«, flüsterte er. Die Augen fielen wieder zu, und er sackte in sich zusammen, nicht mehr fähig, Einwände gegen meine Anwesenheit zu erheben.

Ich machte mich wieder über das Schloß her und war froh, daß meine Hände nicht mehr zitterten. Ein maßloser Zorn hatte die Angst vertrieben.

Ich hatte sämtliche Schlüssel an dem Ring zweimal durchprobiert, aber ohne Erfolg. Meine Hände waren naß vor Schweiß, und die Schlüssel rutschten mir wie Aale durch die Finger. Mein Gefluche weckte Jamie aus seiner Benommenheit, und er beugte sich langsam vor, um zu sehen, was ich tat.

»Du brauchst keinen Schlüssel, um es aufzumachen«, sagte er und preßte eine Schulter an die Wand, um sich aufrecht zu halten. »Du mußt nur einen finden, der in den Zylinder paßt, dann kannst du das Schloß mit einem kräftigen Schlag aufsprengen.«

»Hast du schon einmal so ein Schloß gesehen?« Ich wollte ihn zum Reden bringen, damit er wach bliebe. Wenn wir hier rauskommen wollten, dann mußte er laufen können.

»Sie haben mich schon mal mit so einem festgekettet, in der ersten Zelle, in die sie mich mit einem Haufen anderer gesteckt haben. Ein Kerl namens Reilly lag neben mir, ein Ire; sagte, er kenne fast alle Gefängnisse von Irland und hätte sich entschlossen, zur Abwechslung mal die in Schottland auszuprobieren.« Jamie gab sich alle Mühe zu sprechen. Er wußte so gut wie ich, daß er bei Bewußtsein bleiben mußte. Mit einem schwachen Lächeln fuhr er fort: »Er hat mir allerhand über Schlösser erzählt und mir gezeigt, wie man die aufbrechen kann, mit denen man uns angekettet hat, sofern man ein Stück gerades Metall hat, und das hatten wir nicht.«

»Dann sag mir, wie es geht.« Das Sprechen brachte ihn noch mehr zum Schwitzen, aber er schien jetzt wacher zu sein.

Seinen Instruktionen folgend, fand ich einen passenden Schlüssel und steckte ihn so weit wie möglich hinein. Laut Reilly würde ein kräftiger Schlag auf das Ende des Schlüssels die Zuhaltung wegsprengen. Ich suchte nach einem entsprechenden Werkzeug.

»Nimm den Holzhammer auf dem Tisch, Sassenach«, sagte Jamie. Der grimmige Unterton in seiner Stimme machte mich hellhörig. Ich schaute von seinem Gesicht zu dem Tisch, auf dem ein Holzhammer mittlerer Größe lag.

»Hat er damit –«, fragte ich entsetzt, ohne den Satz zu Ende zu bringen.

»Aye. Du mußt das Fußeisen an der Wand abstützen, bevor du draufschlägst.«

Es war schwierig, das Eisen in die richtige Position zu bekommen, denn dazu mußte Jamie das gefesselte Bein unter dem anderen durchstrecken und sein Knie an die Wand pressen.

Meine ersten beiden Schläge waren zu ängstlich. Nach ein paar tiefen Atemzügen nahm ich all meinen Mut zusammen und ließ den Hammer so fest wie ich konnte auf das runde Schlüsselende niedersausen. Der Holzhammer rutschte ab und traf Jamie am Fußgelenk. Er zuckte mit dem Fuß zurück, verlor das Gleichgewicht und streckte instinktiv die rechte Hand aus, um sich abzufangen. Er schrie auf, sein Arm knickte weg, und er landete mit der Schulter auf dem Boden.

»O verdammt«, sagte ich erschöpft. Jamie war ohnmächtig geworden, was nicht weiter verwunderlich war. Ich nutzte seine Bewegungslosigkeit und drehte das Fußgelenk so, daß das Eisen gut abgestützt war, und schlug verbissen auf den Schlüssel, aber ohne Erfolg. Ratlos saß ich da, mit dem Holzhammer in der Hand, als plötzlich die Tür aufging.

Randalls Gesicht ließ, ebenso wie Franks, selten erkennen, was er dachte; statt dessen präsentierte es eine ausdruckslose, undurchdringliche Fassade. In diesem Augenblick jedoch war dem Hauptmann seine gewohnte Gelassenheit abhanden gekommen, und er stand mit offenem Mund in der Tür, nicht viel anders als der Mann, der ihn begleitete. Sein Gehilfe, ein riesiger Kerl in einer schmutzigen, zerschlissenen Uniform, mit einer niedrigen Stirn, einer flachen Nase und wulstigen Lippen, machte einen imbezilen Eindruck. Sein Ausdruck veränderte sich keinen Deut, als er über Randalls Schulter schaute; er schien weder an mir noch an dem bewußtlosen Mann auf dem Boden irgendein Interesse zu haben.

Als sich Randall wieder gefaßt hatte, untersuchte er das Eisen an Jamies Fußgelenk. »Wie ich sehe, meine Liebe, haben Sie Eigentum der Krone beschädigt. Das ist strafbar. Davon, daß Sie einem gefährlichen Gefangenen zur Flucht verhelfen wollen, wollen wir erst gar nicht reden.« In seinen blaßgrauen Augen war ein Funken von Vergnügen zu sehen. »Wir müssen etwas Passendes für Sie arrangieren. In der Zwischenzeit...« Er riß mich hoch, drehte mir die Arme nach hinten und fesselte mir mit seiner Halsbinde die Hände.

Auch wenn es ganz offensichtlich sinnlos war zu kämpfen, trat ich ihm so fest wie möglich auf die Zehen, um mir wenigstens etwas Luft zu machen.

»Au!« Er drehte mich um und gab mir einen Stoß, so daß ich mit den Beinen ans Bett stieß und auf die rauhen Decken fiel. Randall betrachtete mich mit grimmiger Genugtuung und polierte dabei seine Stiefelspitze mit einem Taschentuch.

»Feige sind Sie nicht, das muß ich Ihnen lassen. Tatsächlich passen Sie beide« – er deutete mit dem Kinn zu Jamie, der reglos auf dem Boden lag –, »wunderbar zusammen, und ein besseres Kompliment kann man wirklich nicht verlangen.« Er betastete vorsichtig seinen Hals, wo ein blauer Fleck zu sehen war. »Sogar mit der Hand hat er versucht, mich zu töten, als ich ihn losgebunden habe, und es ist ihm fast gelungen. Schade, daß ich nicht vorher gewußt habe, daß er Linkshänder ist.«

»Wie unvernünftig von ihm«, sagte ich.

»In der Tat. Ich vermute doch nicht, daß Sie ebenso taktlos wären, oder? Aber für den unwahrscheinlichen Fall...« Er wandte sich zu dem Kerl in der Tür, der dort reglos stand und auf Befehle wartete.

»Marley«, sagte Randall, »komm her und durchsuche die Frau nach Waffen.« Er schaute amüsiert zu, wie der Mann plump an mir herumfingerte, bis er schließlich den Dolch gefunden hatte.

»Sie machen sich wohl nichts aus Marley?« fragte der Hauptmann, der meinen Ekel vor den fleischigen Fingern bemerkt hatte. »Wirklich schade, denn ich bin sicher, daß er von Ihnen recht angetan ist. Der arme Marley hat nicht viel Glück mit Frauen«, fuhr der Hauptmann mit einem boshaften Flackern in den Augen fort. »Nicht wahr, Marley? Selbst die Huren wollen dich nicht.« Er fixierte mich mit einem widerwärtigen Wolfslächeln. »Zu groß, sagen sie.« Er zog eine Augenbraue hoch. »Das will etwas heißen bei einer Hure, finden Sie nicht?« Er zog die andere Braue hoch und ließ keinen Zweifel daran, was er meinte.

Marley war bei der Durchsuchung ins Keuchen gekommen und wischte sich mit dem Handrücken den Speichel aus dem Mundwinkel, als er den Dolch gefunden hatte. Angeekelt rutschte ich so weit von ihm weg, wie ich konnte.

Randall beobachtete mich und sagte: »Ich könnte mir vorstellen, daß Marley gerne ein Schäferstündchen mit Ihnen verbringen würde, nachdem wir unsere Unterhaltung beendet haben. Vielleicht möchte er sein Glück späterhin noch mit seinen Freunden teilen, aber das ist seine Sache.«

»Ach, Sie wollen nicht zuschauen?« fragte ich sarkastisch.

Randall lachte erheitert auf.

»Ich habe vielleicht das, was man unnatürliche Neigung nennt, wie Sie bemerkt haben dürften. Aber gestehen Sie mir doch bitte gewisse ästhetische Prinzipien zu.« Er schaute an dem Koloß herunter: Sein Bauch hing über den Gürtel, die fetten Lippen mümmelten dauernd, als würden sie nach etwas Eßbarem suchen, und die kurzen, fleischigen Finger zupften am Schritt seiner verdreckten Hose herum. Randall schüttelte sich elegant.

»Nein«, sagte er. »Sie sind eine schöne Frau, auch wenn Sie eine spitze Zunge haben. Sie mit Marley – nein, ich glaube, da möchte ich lieber nicht zusehen. Aber selbst wenn ich von den Äußerlichkeiten absehen würde – Marleys Angewohnheiten lassen ebenfalls einiges zu wünschen übrig.«

»Und Ihre auch«, sagte ich.

»Mag sein. Jedenfalls werden Sie nicht mehr lange damit zu tun haben.« Er kniff die Augen zusammen und schaute mich an. »Ich würde nach wie vor gerne wissen, wer Sie sind. Natürlich eine Jakobitin, aber zu wem gehören Sie? Zu Marischal? Seaforth? Wahrscheinlich zu Lovat, da Sie bei den Frasers sind.« Randall stieß Jamie mit der polierten Stiefelspitze leicht in die Seite, aber er rührte sich nicht. Ich sah, daß sich seine Brust gleichmäßig hob und senkte. Vielleicht war die Bewußtlosigkeit einem tiefen Schlaf gewichen. Die Ringe unter den Augen zeigten, daß er Schlaf bitter nötig hatte.

»Ich habe sogar gehört, Sie seien eine Hexe«, fuhr der Hauptmann fort. Sein Ton war beiläufig, aber er beobachtete mich genau, als könnte ich mich plötzlich in eine Eule verwandeln und davonflattern. »Da gab es doch irgendwelche Vorfälle in Cranesmuir, oder? Irgend jemand ist zu Tode gekommen. Aber das alles ist zweifellos abergläubischer Unsinn.«

Randall schaute mich nachdenklich an. »Vielleicht könnte ich mich auf einen Handel mit Ihnen einlassen.«

Ich lachte bitter. »Ich kann nicht behaupten, daß ich im Augenblick in der Lage wäre oder Lust dazu hätte, einen Handel zu machen. Was haben Sie anzubieten?«

»Zumindest eine Alternative. Sagen Sie mir – und überzeugen Sie mich davon –, wer Sie sind und wer Sie nach Schottland geschickt hat. Was Sie hier tun und welche Informationen Sie an wen weitergegeben haben. Wenn Sie mir das sagen, dann bringe ich Sie zu Sir Fletcher, anstatt Sie Marley zu überlassen.«

Ich vermied es, noch einen Blick auf Marley zu werfen. Ich hatte die faulen Zahnstümpfe gesehen, und der Gedanke, von ihm geküßt zu werden, geschweige... Ich würgte den Gedanken ab. Randall hatte recht; feige war ich nicht, aber dumm auch nicht.

»Sie können mich nicht zu Sir Fletcher bringen«, sagte ich, »und das weiß ich so gut wie Sie. Wollen Sie riskieren, daß ich ihm das sage?« Ich ließ meinen Blick über das Zimmer schweifen, über den gemütlichen Ofen, das Bett, auf dem ich saß, und rüber zu Jamie zu meinen Füßen. »Ich denke nicht, daß er das Foltern von Gefangenen offiziell dulden würde. Selbst die englische Armee hat gewisse Grundsätze.«

Randall zog beide Augenbrauen hoch. »Folter? Ach, das meinen Sie.« Er machte eine wegwerfende Handbewegung. »Ein Unfall. Er stürzte in der Zelle, und andere Gefangene trampelten auf seiner Hand herum. Es ist ja ziemlich voll in diesen Zellen, wie man weiß.« Er lächelte höhnisch.

Ich schwieg. Egal, ob Sir Fletcher den Zustand von Jamies Hand einem Unfall zuschreiben würde oder nicht, sicher war, daß er mir nichts glauben würde, sobald ich einmal als englische Spionin galt.

Randall beobachtete mich lauernd. »Nun? Sie haben die Wahl.«

Ich seufzte und schloß die Augen. Ich hatte keine Wahl, aber das konnte ich ihm nicht begreiflich machen. Erschöpft sagte ich:

»Es gibt nichts zu sagen.«

»Vielleicht denken Sie noch einmal darüber nach.« Er stieg vorsichtig über Jamies bewußtlosen Körper und zog einen Schlüssel aus der Tasche. »Vielleicht brauche ich Marleys Hilfe noch eine Weile, aber dann schicke ich ihn in sein Quartier – und Sie mit ihm, wenn Sie nicht bereit sind zu kooperieren.« Er bückte sich, schloß das Fußeisen auf und hob den leblosen Körper vom Boden auf, eine bemerkenswerte Leistung für jemanden, der so schmal gebaut war. Er trug ihn zu einem Hocker in der Ecke und deutete auf einen Wassereimer, der daneben stand.

»Weck ihn auf«, herrschte er den schweigenden Koloß an. Ein Schwall kaltes Wasser ergoß sich über Jamie. Es tropfte herunter und bildete auf dem Steinboden schmutzige Pfützen. »Noch mal!« Jamies Kopf begann sich zu bewegen, er stöhnte leise, und als der zweite Schwall in seinem Gesicht landete, zuckte er zusammen und hustete.

Randall packte ihn an den Haaren und riß ihm den Kopf zurück. Er schüttelte ihn wie ein ertrunkenes Tier, so daß die stinkenden Wassertropfen an die Wand spritzten. Jamies Augen waren trübe Schlitze. Randall warf Jamies Kopf verächtlich zurück, wischte sich die Hände an den Hosen ab und drehte sich um. Aus dem Augenwinkel mußte er wohl gerade noch eine Bewegung mitbekommen haben, denn er drehte sich zurück, aber nicht schnell genug, um dem unerwarteten Sprung des großen Schotten zuvorzukommen.

Jamies Arme umklammerten Randalls Hals. Da er seine rechte Hand nicht gebrauchen konnte, packte er sein rechtes Handgelenk mit der gesunden linken Hand und drückte dem Engländer die Kehle zu. Als Randall blau anlief und sein Widerstand nachließ, löste Jamie die linke Hand und rammte sie ihm in die Niere. Obwohl Jamie nicht gerade in Hochform war, genügte der Schlag, um Randall in die Knie gehen zu lassen.

Er ließ den schlaffen Hauptmann auf den Boden sinken und fuhr herum, um es mit dem Koloß aufzunehmen, der den Ereignissen ohne einen Funken Interesse zugeschaut hatte. Obwohl sich in seinem Gesicht noch immer keine Regung zeigt, griff er doch nach dem Holzhammer, als Jamie mit dem Hocker in der linken Hand auf ihn zukam. Auf dem Gesicht des Wärters zeigte sich ein dumpfes Lauern, während die beiden Männer sich langsam umkreisten.

Marley war besser bewaffnet und versuchte es zuerst, aber Jamie gelang es, ihn mit dem Hocker zu täuschen und ihn an die Tür zurückzudrängen. Der zweite Angriff, ein mörderischer Schlag von oben, hätte Jamies Schädel gespalten, wenn er sein Ziel erreicht hätte. Statt dessen sprang der Hocker entzwei.

Jamie schmetterte den Rest blitzschnell gegen die Wand, so daß er nur noch ein Bein mit einem zersplitterten Ende in der Hand hielt, eine Keule von einem halben Meter Länge.

Die Luft in der Zelle war stickig vom Rauch der Fackeln, und außer dem Keuchen der Männer und einem gelegentlichen Aufklatschen war nichts zu hören. Ich gab keinen Laut von mir, um Jamie nicht abzulenken, zog die Füße aufs Bett und achtete darauf, den beiden nicht in die Quere zu kommen.

Es war für mich offensichtlich – und wohl auch für den Wärter, wie die erwartungsfrohe Andeutung eines Grinsens zeigte –, daß Jamie nicht mehr lange durchhalten würde. Erstaunlich, daß er sich überhaupt auf den Füßen halten konnte und dazu noch fähig war zu kämpfen. Es war uns allen dreien klar, daß es nicht mehr lange dauern konnte; für Jamie hieß das, jetzt oder nie. Mit kurzen harten Schlägen trieb er den Mann in die Ecke, wo er nicht so gut ausholen konnte. Der hatte die Situation instinktiv erfaßt und schlug horizontal.

Anstatt zurückzuweichen, machte Jamie einen Schritt nach vorne, so daß er an der linken Seite voll getroffen wurde, aber dafür erwischte er Marley mit aller Wucht an der Schläfe. Ich hatte wie gebannt zugesehen und nicht auf Randall geachtet, der bäuchlings in der Nähe der Tür auf dem Boden lag. Aber als der Wärter mit glasigen Augen zurücktaumelte, höre ich das Scharren von Stiefeln auf dem Steinboden, und ein Keuchen drang an mein Ohr.

»Gut getroffen, Fraser.« Randalls Stimme war noch heiser von dem Würgegriff, aber so gelassen wie immer. »Hat dich ein paar Rippen gekostet, nicht wahr?«

Jamie lehnte sich an die Wand und rang stockend nach Atem,

den Ellbogen in die Seite gepreßt. Die Keule hielt er immer noch in der Hand. Seine Augen maßen den Abstand zu seinem neuen Gegner.

»Lieber nicht, Fraser«, sagte Randall leichthin. »Sie ist tot, bevor du zwei Schritte gemacht hast.« Die dünne kalte Klinge schob sich eiskalt an meinem Ohr vorbei und berührte mit der Spitze den Kiefer.

Jamie überprüfte die Situation mit leidenschaftslosem Blick. Dann richtete er sich plötzlich auf und ließ die Keule fallen, die mit einem hohlen Krachen auf dem Boden landete. Die Messerspitze drückte sich eine Spur tiefer in meine Haut, aber Randall machte keine Bewegung, als Jamie langsam zum Tisch ging und sich mühsam bückte, um den Holzhammer aufzuheben. Er ließ ihn zwischen zwei Fingern baumeln, so daß klar war, daß er nicht angreifen wollte.

Der Hammer fiel polternd auf den Tisch vor mir und drehte sich noch ein paarmal um seine eigene Achse. Dunkel und schwer lag das schlichte Werkzeug auf dem Eichentisch. Am unteren Ende des Tisches stand der dazugehörige Korb mit Zimmermannsnägeln, den die Tischler, die die Einrichtung gemacht hatten, wohl vergessen hatten. Mit seiner gesunden Hand umklammerte Jamie die Tischkante und ließ sich langsam, offenbar gegen große Schmerzen ankämpfend, auf einen Stuhl sinken. Er legte beide Hände flach auf die Tischplatte; der Holzhammer war in Reichweite.

Bei diesem schmerzhaften Manöver hatten sich die beiden Männer keinen Augenblick aus den Augen gelassen. Ohne mich dabei anzuschauen, machte Jamie mit dem Kopf eine knappe Bewegung in meine Richtung und sagte: »Laß sie los.«

Die Hand am Messer schien sich eine Spur zu entspannen. Randall klang belustigt und neugierig. »Warum sollte ich?«

Jamie schien sich wieder völlig im Griff zu haben, obwohl er leichenblaß war und ihm der Schweiß wie Tränen übers Gesicht rann, ohne daß er davon Notiz nahm.

»Du kannst mit einem Messer nicht gleichzeitig zwei Menschen in Schach halten. Töte die Frau oder mach einen Schritt von ihr weg, und ich bringe dich um.« Er sprach leise, aber unter der Gelassenheit war stählerne Entschlossenheit zu spüren.

»Und warum sollte ich euch nicht beide töten, einen nach dem anderen?«

Ich hätte den Ausdruck auf Jamies Gesicht nur deswegen ein Lächeln genannt, weil man seine Zähne sah. »Was, und der Henker soll leer ausgehen? Wäre nicht so leicht zu erklären morgen früh, oder?« Er warf einen Blick auf den bewußtlosen Fleischkloß auf dem Boden. »Du wirst dich erinnern, daß du diesen kleinen Helfer gebraucht hast und ein Stück Seil, bevor du mir die Hand gebrochen hast.«

»Und?« Das Messer an meinem Ohr rührte sich nicht.

»Dein Helfer wird dir für eine Weile nicht viel nützen.« Diese Tatsache war nicht zu leugnen; der massige Wärter lag auf dem Gesicht in der Ecke und röchelte. Schwere Gehirnerschütterung, dachte ich mechanisch. Vielleicht ein Schlaganfall. Es wäre mir egal gewesen, wenn er vor meinen Augen krepiert wäre.

»Du schaffst mich nicht alleine, ob ich nun ein oder zwei Hände habe.« Jamie schüttelte langsam den Kopf. »Nein, ich bin größer und ein besserer Kämpfer. Hättest du deine Finger nicht an dieser Frau, dann hätte ich dir dieses Messer schon längst in die Gurgel gerammt. Und nur weil du das weißt, hast du ihr noch nichts getan.«

»Aber ich habe sie. Du könntest natürlich verschwinden. Es gibt einen Ausgang, ganz in der Nähe. Aber natürlich würde deine Frau – du hast doch gesagt, sie ist deine Frau? – sterben.«

Jamie zuckte mit den Achseln. »Und ich auch. Ich würde nicht weit kommen mit der ganzen Garnison auf den Fersen. Vielleicht wäre es vorzuziehen, im Freien erschossen als hier drinnen erhängt zu werden, aber so groß ist der Unterschied auch wieder nicht.«

Sein Gesicht verzog sich einen Augenblick vor Schmerz, und er hielt den Atem an. Dann holte er mit flachen, keuchenden Atemzügen Luft. Der Schockzustand, der ihn vor den schlimmsten Schmerzen bewahrt hatte, schien nachzulassen.

»Wir haben also einen toten Punkt erreicht«, sagte Randall in seinem gepflegten englischen Konversationston. »Es sei denn, du hast einen Vorschlag.«

»Ja, das habe ich. Du willst mich.« Jamies Stimme war kühl und sachlich. »Laß die Frau los, und du kannst mich haben.« Die Messerspitze bewegte sich leicht und ritzte mein Ohr. Ich spürte, wie warmes Blut heraussickerte.

»Mach mit mir, was du willst. Ich wehre mich nicht. Du kannst mich sogar fesseln, wenn du meinst, das wäre nötig. Und ich werde morgen nichts davon sagen. Aber zuerst bringst du die Frau sicher aus dem Gefängnis heraus.« Meine Augen ruhten auf Jamies zerschlagener Hand. Unter seinem Mittelfinger bildete sich eine kleine Blutlache, und mit Schrecken wurde mir klar, daß er den Finger absichtlich an den Tisch preßte, damit ihn der Schmerz bei Bewußtsein hielt. Er feilschte um mein Leben und bot das einzige an, was er noch hatte – sich selbst. Wenn er jetzt ohnmächig wurde, dann war diese letzte Chance vertan.

Randall hatte sich völlig entspannt. Die Klinge lag achtlos auf meiner linken Schulter, während er nachdachte. Jamie sollte am nächsten Morgen aufgehängt werden. Früher oder später würde man ihn vermissen und die Festung nach ihm absuchen. Auch wenn man ein gewisses Maß an Brutalität wahrscheinlich dulden würde – und dazu gehörte sicher eine gebrochene Hand und ein zerschundener Rücken –, würde man Randalls andere Neigungen wohl nicht tolerieren. Wenn Jamie morgen früh unter dem Galgen den Mund aufmachen und Randall der Folterung und des Mißbrauches bezichtigen würde, dann würde man diese Anschuldigungen untersuchen. Und falls die Spuren an Jamies Körper sie bestätigten, dann wäre es vorbei mit Randalls Karriere, und vielleicht sogar mit seinem Leben. Aber wenn Jamie Schweigen gelobte....

»Du gibst mir dein Wort?«

Jamies Augen waren wie blaue Flammen in seinem eingefallenen Gesicht. Nach kurzer Überlegung nickte er langsam. »Wenn du mir deins gibst.«

Die Anziehungskraft eines Opfers, das gleichzeitig widerwillig und gefügig war, war unwiderstehlich.

»Abgemacht!« Das Messer entfernte sich von meiner Schulter, und ich hörte, wie das Metall in die Lederscheide glitt. Randall ging langsam an mir vorbei zum Tisch, hob den Holzhammer hoch und fragte ironisch: »Du erlaubst doch, daß ich deine Aufrichtigkeit kurz überprüfe?«

»Aye.« Jamies Stimme war fest und ruhig wie seine Hände, die flach auf dem Tisch lagen. Ich versuchte zu sprechen, wollte protestieren, aber meine Kehle war trocken und wie zugeklebt.

Ohne Hast lehnte Randall sich über Jamie und holte einen Nagel aus dem Korb. Er setzte die Spitze sorgfältig auf die Mitte von Jamies rechter Hand und schlug den Nagel mit vier festen Schlägen in die Tischplatte. Die gebrochenen Finger zuckten und wurden plötzlich gerade wie die Beine einer Spinne, die an ein Brett geheftet ist.

Jamie stöhnte auf, seine Augen waren weit aufgerissen und vollkommen leer vor Schock. Randall legte den Holzhammer vorsichtig zurück. Er nahm Jamies Kinn in die Hand. »Und jetzt küß mich«, sagte er leise und legte seine Lippen auf Jamies widerstandslosen Mund.

Als Randall sich aufrichtete, war sein Gesicht träumerisch, der Blick weich und in die Ferne gerichtet, und um den Mund spielte ein Lächeln. Früher einmal hatte ich genau dieses Lächeln geliebt, und der träumerische Ausdruck hatte mich erwartungsfroh gestimmt. Jetzt wurde mir übel. Tränen rannen mir in die Mundwinkel, obwohl ich nicht bemerkt hatte, daß ich angefangen hatte zu weinen. Randall stand einen Augenblick wie in Trance und schaute auf Jamie herab. Dann schien er sich an die Abmachung zu erinnern und zog das Messer noch einmal aus der Scheide.

Die Klinge fuhr achtlos durch die Fesseln an meinen Handgelenken und schürfte dabei die Haut auf. Ich hatte kaum Zeit, meine Hände zu reiben, um die Durchblutung wieder in Gang zu bringen. Randall packte mich am Ellbogen und stieß mich zur Tür.

»Warte!« rief Jamie hinter uns, und Randall drehte sich ungeduldig um.

»Du erlaubt mir doch, mich zu verabschieden?« Es war mehr eine Aussage als eine Frage. Randall zögerte nur kurz, nickte und gab mir einen Stoß in Richtung Jamie, der bewegungslos am Tisch saß.

Jamies gesunder Arm legte sich fest um meine Schultern, und ich vergrub mein nasses Gesicht an seinem Hals.

»Du darfst nicht«, flüsterte ich. »Du darfst nicht. Ich laß dich nicht.«

Sein Mund war warm an meinem Ohr. »Claire, morgen früh werde ich aufgehängt. Was bis dahin mit mir geschieht, ist völlig gleichgültig.«

Ich hob den Kopf und starrte ihn an.

»Aber mir ist es nicht gleichgültig!« Seine Lippen zitterten, fast brachte er ein Lächeln zustande, und er legte seine Hand an meine nasse Wange.

»Ich weiß, *mo duinne*. Und deswegen gehst du jetzt. Dann weiß ich, daß es noch jemanden gibt, der an mich denkt.« Er zog mich zu sich, küßte mich zart und flüsterte auf gälisch: »Er wird dich gehen lassen, weil er glaubt, daß du hilflos bist. Ich weiß, daß es nicht so ist.« Er ließ mich los und sagte auf englisch: »Ich liebe dich. Geh jetzt.«

Randall schob mich zur Tür hinaus und sagte noch über die Schulter: »Ich bin bald wieder da.« Es war die Stimme eines Mannes, der sich ungern von seinem Geliebten trennt. Ich war nahe daran, mich zu erbrechen.

Jamie blickte auf die Hand. »Ich vermute, du wirst mich hier antreffen.«

Black Jack. Die Schurken und Spitzbuben im achtzehnten Jahrhundert hatten oft derartige Namen. Ein Name wie aus einem Abenteuerroman, der an charmante Straßenräuber denken ließ, an schneidige Burschen mit Federhut. Die Wirklichkeit ging an meiner Seite.

Man macht sich nie klar, daß dieser Romantik Schrecken und Tragödien zugrunde liegen, die man im Lauf der Zeit verklärt hatte. Man fügte noch ein wenig Erzählkunst hinzu, und voilà! Da ist die bewegende Romanze, die das Blut in Wallung bringt und Jungfrauen seufzen läßt. Mein Blut war in der Tat in Wallung, und nie hat eine Jungfrau so geseufzt wie Jamie über seiner übel zugerichteten Hand.

»Hier lang!« Es waren Randalls erste Worte, seit wir das Zimmer verlassen hatten. Er deutete auf eine Nische in der Mauer, die nicht von Fackeln erleuchtet war. Das war also der Geheimausgang, den er erwähnt hatte.

Mittlerweile hatte ich mich wieder genügend in der Hand, um sprechen zu können. Ich ging ein paar Schritte zurück, so daß Licht auf mich fiel, denn er sollte sich an mein Gesicht erinnern.

»Sie haben mich gefragt, Hauptmann, ob ich eine Hexe bin«, begann ich mit fester Stimme. »Und ich will Ihnen jetzt antworten. Ja, ich bin eine Hexe. Ich bin eine Hexe und verfluche dich. Du wirst heiraten, Capitain, und deine Frau wird ein Kind gebären, aber du wirst es nicht erleben. Ich verfluche dich, Jack Randall, ich nenne dir die Stunde deines Todes.«

Sein Gesicht war im Schatten, aber das Flackern in seinen Augen zeigte mir, daß er mir glaubte. Und warum auch nicht? Denn ich sprach die Wahrheit. Ich sah Franks Stammbaum so deutlich vor mir, als wäre er in die alten Steinquader gemeißelt, mit Namen,

Geburts- und Todestagen. »Jonathan Wolverton Randall«, las ich mit leiser Stimme. »Geboren am 3. September 1705, gestorben am 16. April 1746.«

Randall hatte schon eine schmale, quietschende Tür aufgerissen. Geblendet stand ich vor einer weißen Schneefläche. Ein harter Stoß ließ mich der Länge nach in den Schnee stürzen, und die Tür schlug hinter mir zu.

Ich lag hinter dem Gefängnis in einer Art Graben, der mit irgend etwas angefüllt war, das die Schneewehen verhüllten – vermutlich der Abfall des Gefängnisses. Unter mir war etwas Hartes, vielleicht Holz. Ich schaute an der Steinmauer hoch und entdeckte etwa fünfzehn Meter über mir Rinnen, die von einer Schiebetür nach unten führten. Dort oben war wohl die Küche.

Ich rollte herum und wollte aufstehen, als ich plötzlich in ein Paar weit aufgerissene, starre blaue Augen schaute. Das Gesicht war fast so blau wie die Augen. Was ich für Holz gehalten hatte, war eine Leiche. Ich kam auf die Beine und taumelte rückwärts an die Gefängnismauer.

Tief durchatmen, befahl ich mir. Du darfst nicht ohnmächtig werden, du hast schon vorher Tote gesehen, viele, nur nicht ohnmächtig werden! – mein Gott, hat er blaue Augen, wie – du darfst nicht ohnmächtig werden!

Endlich beruhigten sich meine Atmung und mein rasender Puls etwas. Die Panik ließ nach, und ich zwang mich, noch einmal zu der jammervollen Gestalt hinzugehen, ob aus Mitleid oder aus Neugierde, weiß ich nicht. Im Grunde gibt es nichts Beängstigendes an einem Toten. Wie häßlich die Umstände auch sein mögen, unter denen ein Mensch stirbt, entsetzlich ist nur die Gegenwart einer leidenden Seele; ist sie fort, dann bleibt nur noch ein lebloses Objekt.

Der blauäugige Fremde war gehängt worden. Er war nicht der einzige Bewohner dieses Grabens. Ich gab mir keine Mühe, unter dem Schnee zu graben, aber jetzt, wo ich wußte, was darunter verborgen war, erkannte ich die Umrisse von gefrorenen Gliedern und runden Schädeln. Mindestens ein Dutzend Leichen mußten hier liegen, die entweder auf Tauwetter warteten, um leichter begraben werden zu können, oder darauf, von den wilden Tieren aus dem nahe gelegenen Wald beseitigt zu werden.

Dieser Gedanke schreckte mich auf. Ich durfte meine Zeit nicht mit Meditationen über namenlose Tote verschwenden, wenn ich verhindern wollte, daß hier in Kürze noch ein weiteres Paar blauer Augen ausdruckslos in den Himmel starrte.

Ich mußte Murtagh und Rupert finden. Dieser versteckte Hinterausgang könnte vielleicht von Nutzen sein. Er war nicht bewehrt und bewacht wie die anderen Eingänge. Aber ich brauchte Hilfe, und zwar schnell.

Ich schaute nach oben. Die Sonne stand tief und strahlte durch die Wolken über den Baumspitzen. Bei Nachteinbruch würde es wahrscheinlich wieder schneien, und bis dahin war nur noch eine Stunde Zeit.

Ich ging den Graben entlang in der Hoffnung, nicht an den steilen Felswänden hinaufklettern zu müssen. Er machte bald eine Kurve, die vom Gefängnis weg führte, und es sah so aus, als würde er zum Fluß abfallen; vermutlich trug das Schmelzwasser den Müll mit sich fort. Plötzlich hörte ich ein Geräusch hinter mir. Ich fuhr zusammen. Ein Stein, den die Pfote eines großen grauen Wolfes losgetreten hatte, war von oben heruntergefallen.

Aus dem Blickwinkel eines Wolfes betrachtet, hatte ich im Vergleich zu den Brocken unter dem Schnee gewisse Vorzüge. Einerseits bewegte ich mich und mußte gejagt werden, würde vielleicht auch Widerstand leisten, andererseits war ich langsam und ungelenk und vor allem nicht steifgefroren, so daß keine Gefahr bestand, sich an mir die Zähne auszubeißen. Auch roch ich in diesem gefrorenen Abfallhaufen verführerisch nach frischem Blut. Wäre ich ein Wolf, ich würde nicht zögern. Das Tier schien diesbezüglich zum gleichen Schluß gekommen zu sein.

Da erinnerte ich mich an einen Yankee im Pembroke Hospital namens Charlie Marshall. Er war ein angenehmer Zeitgenosse, freundlich wie alle Yankees, und sehr unterhaltsam, wenn es um sein Lieblingsthema ging, und das waren Hunde. Charlie hatte dem K-9-Regiment angehört. Eine Mine hatte ihn und seine zwei Hunde außerhalb von Arles erwischt. Er trauerte um die Hunde und erzählte mir oft Geschichten von ihnen, wenn ich während meiner Schicht ein paar Augenblicke nichts zu tun hatte.

Und so hatte ich erfahren, was man zu tun und zu lassen hatte, sollte man je von einem Hund angegriffen werden. Zwar mußte man beide Augen zudrücken, wollte man die Kreatur, die sich eben vorsichtig einen Weg nach unten suchte, als Hund durchgehen lassen, aber ich hoffte, daß sie doch ein paar Grundeigenschaften mit ihren gezähmten Nachfahren teilte.

»Du böser Hund«, fuhr ich ihn an und starrte in einen der gelben Augäpfel. »Du bist ein ganz besonders scheußliches Vieh, das will ich dir mal sagen.« *(Sprich laut und fest*, hörte ich Charlie sagen.) »Das scheußlichste, das ich je gesehen habe.«

Ich wich langsam nach hinten zurück und tastete mit der Hand nach der Steinmauer. Als ich sie erreicht hatte, schob ich mich in Richtung Ecke, die etwa zehn Meter entfernt war.

Ich zog die Bänder meines Umhangs auf und nestelte an der Brosche herum, die ihn an der Kehle zusammenhielt, während ich dem Wolf erzählte, was ich von ihm, seinen Verwandten und seinen Vorfahren hielt. Das Vieh schien an der Schmährede interessiert — es ließ die Zunge heraushängen und grinste. Er hatte es nicht eilig. Langsam kam er näher, und ich bemerkte, daß er etwas hinkte. Er war dünn und räudig. Vielleicht machte ihm das Jagen Schwierigkeiten, so daß er es vorzog, sich in der Müllgrube des Gefängnisses zu bedienen. Ich fand meine Lederhandschuhe in der Tasche des Umhangs und zog sie an. Dann wickelte ich mir den schweren Umhang mehrmals um den rechten Unterarm. »Sie gehen an die Kehle«, hatte mir Charlie beigebracht. »Sofern ihr Trainer ihnen nichts anderes befiehlt. Schau ihm immer in die Augen; du siehst genau, wann er sich entschließt zu springen. Das ist dein Augenblick.«

In den häßlichen gelben Augen konnte ich alles mögliche sehen, unter anderem Hunger, Neugierde und Berechnung, aber noch keinen Entschluß zum Angriff.

»Du widerliche Kreatur, wage es bloß nicht, mir an die Kehle zu springen!« Ich hatte etwas anderes vor. Mein Unterarm war mit mehreren Stofflagen lose umwickelt, so daß ich hoffen konnte, daß die Zähne nicht durchschlagen würden, und der Rest des Umhangs hing nach unten.

Der Wolf war dünn, aber nicht ausgezehrt. Er wog ungefähr achtzig bis neunzig Pfund; weniger als ich, aber nicht so viel weniger, daß es mir einen deutlichen Vorteil verschafft hätte. Der lag eindeutig auf seiner Seite. Mit vier Beinen war es viel leichter, auf der glatten Schneedecke das Gleichgewicht zu halten. Ich hoffte, daß mir die Mauer im Rücken helfen würde.

Ein Gefühl der Leere hinter mir zeigte an, daß ich die Ecke

erreicht hatte. Der Wolf war etwa sieben Meter entfernt. Ich scharrte etwas Schnee unter meinen Füßen weg, um fest zu stehen, und wartete.

Ich sah nicht einmal, wie der Wolf vom Boden abhob. Ich hätte schwören können, daß ich ihm die ganze Zeit in die Augen gesehen hatte, aber wenn sich die Entscheidung zum Angriff dort gezeigt hatte, dann war sie so schnell in die Tat umgesetzt worden, daß ich es nicht hatte wahrnehmen können. Es war der Instinkt, der mich meinen Arm heben ließ, als ein weißgrauer Schatten auf mich zugeschossen kam.

Die Zähne gruben sich mit einer Gewalt in den Stoff, daß ich Blutergüsse davontrug. Das Tier war schwerer, als ich vermutet hatte; ich war nicht auf das Gewicht vorbereitet, und mein Arm sank herunter. Ich hatte das Vieh an die Wand schleudern wollen, in der Hoffnung, es zu beträuben. Statt dessen quetschte ich den Wolf jetzt mit der Hüfte an die Steinquader. Ich versuchte, ihm den losen Umhang überzuwerfen. Seine Krallen zerrissen meinen Rock und zerkratzten mir den Schenkel. Mit dem Knie stieß ich ihm, so fest ich konnte, in die Brust, und er heulte auf. Erst in diesem Moment ging mir auf, daß das eigenartige Gewinsel von mir stammte und nicht vom Wolf.

Merkwürdigerweise hatte ich jetzt überhaupt keine Angst mehr, ganz im Gegensatz zu vorhin, als sich der Wolf angeschlichen hatte. Ich kannte nur einen Gedanken: Entweder ich töte ihn, oder er tötet mich. Also würde ich ihn töten.

Bei allen immensen körperlichen Anstrengungen kommt der Punkt, wo man alles auf eine Karte setzt und Energien in sich mobilisiert, von denen man vorher nichts geahnt hat, koste es, was es wolle, und die Sache ausficht. Frauen kommen beim Gebären an diesen Punkt, Männer im Kampf.

Ist dieser Punkt überschritten, fällt alle Angst von einem ab. Das Leben wird dann ganz einfach; man erreicht sein Ziel, oder man stirbt dabei, und es spielt keine große Rolle, ob es so oder so ausgeht.

Ich war jetzt zweifellos über diesen Punkt hinaus. Meine ganze Aufmerksamkeit war auf den Kiefer gerichtet, der meinen Unterarm eisern umklammerte, und auf den sich windenden Dämon, der an meinem Körper riß.

Es gelang mir, seinen Kopf an die Wand zu schlagen, aber es hatte keine große Wirkung. Ich merkte, wie meine Kräfte allmählich nachließen. Wäre der Wolf gut in Form gewesen, hätte ich keine Chance gehabt. Auch so war sie nicht groß, aber noch lebte ich. Ich stützte mich auf ihn und preßte ihn mit meinem ganzen Gewicht auf den Boden. Mit seinem Atem schlug mir ein Schwall von Aasgeruch entgegen. Er erholte sich fast sofort wieder und versuchte sich freizukämpfen, aber ich hatte die Schrecksekunde nutzen können, um meinen Arm loszumachen und ihn mit einer Hand unter der nassen Schnauze zu packen.

Ich rammte ihm die Finger in die Mundwinkel, um sie so vor den messerscharfen Reißzähnen zu schützen. Speichel tropfte mir den Arm herunter. Ich lag flach auf dem Wolf. Die Ecke der Gefängnismauer war etwa einen halben Meter von mir entfernt. Irgendwie mußte ich dorthin gelangen, ohne der Bestie, die sich unter mir wand und krümmte, Gelegenheit zu geben, seine Wut auszulassen.

Zentimeter für Zentimeter robbte ich mich vorwärts, während ich das Tier mit aller Macht nach unten preßte, um zu verhindern, daß es mir an die Kehle ging. Es dürfte nur ein paar Minuten gedauert haben, diese kurze Strecke zurückzulegen, aber es schien mir, als kämpfte ich schon seit einer Ewigkeit mit dem Tier.

Endlich konnte ich um die Ecke schauen. Die Steinkante war direkt vor meinem Gesicht. Jetzt wurde es knifflig. Ich mußte den Wolf in eine Lage bringen, wo ich ihn mit beiden Händen unter der Schnauze packen konnte; mit einer Hand würde ich es nie schaffen.

Ich rollte mich plötzlich herunter, so daß der Wolf zwischen mir und der Wand lag. Bevor er auf die Beine kam, rammte ich ihm mein Knie mit aller Kraft, die ich noch hatte, in die Seite. Er heulte auf und war einen Augenblick bewegungsunfähig.

Jetzt hatte ich beide Hände unter seinem Kiefer. Die Finger der einen Hand steckten in seinem Maul. Es war mir, als würden mir die Finger brechen, aber ich ignorierte den Schmerz und stieß den Kopf wieder und wieder zurück, bis es mir endlich gelang, sein Genick an die Mauerkante zu schlagen.

Ich hörte kein Knacken, aber ich fühlte das Zucken, das durch den ganzen Körper lief, als das Genick brach. Seine Beine – und die Blase – wurden sofort schlaff. Die fürchterliche Kraftanstrengung war zu Ende, und ich sackte zusammen wie der sterbende Wolf. Ich spürte, wie sein Herz zu flattern begann, das einzige Organ, das noch gegen den Tod ankämpfte. Das Fell stank nach Ammoniak und nassem Pelz. Ich wollte weg, aber ich konnte nicht.

Ich muß wohl einen Augenblick lang eingeschlafen sein, so merkwürdig das auch klingt, mit dem Kopf auf der Leiche. Als ich die Augen aufschlug, starrte ich auf den grünlichen Stein der Gefängnismauer. Nur die Vorstellung, was auf der anderen Seite der Mauer vor sich ging, brachte mich auf die Beine.

Ich stolperte den Graben hinunter, stieß mir die Schienbeine an Steinen und Ästen, die unter dem Schnee verborgen waren. Unbewußt muß mir wohl klar gewesen sein, daß Wölfe normalerweise in Rudeln jagen, denn ich war nicht überrascht, als ich im Wald hinter und über mir Wolfsgeheul hörte. Wenn ich überhaupt etwas gefühlt habe, dann war es rasende Wut, weil sich alles gegen mich verschworen zu haben schien, um mich von meinem Ziel abzuhalten.

Ich war jetzt auf freiem Feld. Keine Gefängniswand, die mir hätte Rückendeckung geben können, und weit und breit keine Waffe. Es war mehr Glück als Verstand gewesen, daß ich den ersten Wolf erledigt hatte; aber die Chance, noch ein zweites Tier mit bloßen Händen zu besiegen, stand eins zu tausend – und wie viele mochten es wohl sein? Das Rudel, das ich im Sommer im Mondlicht beobachtet hatte, zählte mindestens zehn Wölfe. Ich hatte noch gut in Erinnerung, wie das Wetzen ihrer Zähne und das Krachen brechender Knochen geklungen hatten. Die einzige Frage, die sich jetzt noch stellte, war, ob ich mir überhaupt noch die Mühe machen sollte zu kämpfen, oder ob ich mich einfach in den Schnee legen und aufgeben sollte. Diese Alternative schien unter den gegebenen Umständen durchaus attraktiv.

Aber Jamie hatte sein Leben für mich gegeben, und weit mehr als das, um mich aus dem Gefängnis freizubekommen.

Ich war es ihm schuldig, wenigstens einen Versuch zu unternehmen.

Ich hangelte mich weiter den Graben hinunter. Das Licht schwand rasch. Bald würde alles im Dunkeln liegen. Ich bezweifelte, daß mir das helfen würde. Die Wölfe konnten in der Nacht sicherlich besser sehen als ich.

Der erste Jäger erschien oben am Rand des Grabens, eine zerzauste Gestalt, die bewegungslos lauerte. Mit Entsetzen stellte ich fest, daß bereits zwei weitere unten im Graben waren und sich langsam, beinahe im Gleichschritt, anschlichen. Sie hatten im Zwielicht fast die gleiche Farbe wie der Schnee, schmutziggrau, und waren dadurch beinahe unsichtbar, obwohl sie sich keine Mühe gaben, sich zu verbergen.

Ich blieb stehen. Flucht war sinnlos. Ich bückte mich und zog einen Kiefernzweig aus dem Schnee. Die Rinde war naß und rauh, das spürte ich sogar durch den Handschuh. Ich wirbelte den Zweig über meinen Kopf und schrie. Die Tiere blieben stehen, zogen sich aber nicht zurück. Der, der mir am nächsten war, legte die Ohren an, als wäre ihm der Lärm zuwider. »Gefällt dir wohl nicht?« brüllte ich ihn an. »Dann hau ab, du elende Bestie!« Ich griff mit einen Felsbrocken und schleuderte ihn auf den Wolf. Ich traf ihn zwar nicht, aber er sprang zur Seite. Das machte mir Mut, und ich warf mit allem, was ich zu fassen bekam; mit Steinen, Zweigen und Schnee. Ich brüllte, bis ich so heiser war, daß sich meine Laute kaum mehr vom Wolfsgeheul unterschieden.

Im ersten Augenblick glaubte ich, eines meiner Geschosse hätte tatsächlich getroffen. Der mir am nächsten stehende Wolf heulte auf und krümmte sich. Der zweite Pfeil zischte knapp an mir vorbei, bevor er sich in die Brust des nächsten Wolfes bohrte. Das Tier fiel auf der Stelle tot um. Das erste, das nur angeschossen war, raste jaulend im Kreis herum.

Ich starrte eine Weile fassungslos hin und schaute dann hinauf zum Rand des Grabens. Der dritte Wolf hatte sich vorsichtshalber zurückgezogen und war im Wald verschwunden, wo er ein markerschütterndes Geheul ertönen ließ.

Ich sah immer noch hinauf zu den dunklen Bäumen, als mich eine Hand am Ellbogen faßte. Ich wirbelte herum und blickte ins Gesicht eines Fremden. Sein schmaler Kiefer und sein fliehendes Kinn waren von dem schütteren Bart nur unvollständig bedeckt, in der Tat ein Fremder, aber sein Plaid und sein Dolch wiesen ihn als Schotten aus.

»Hilfe!« rief ich und fiel nach vorne in seine Arme.

36

MacRannoch

Es war dunkel in der Hütte, und in der Ecke hockte ein Bär. In Panik drückte ich mich an meinen Begleiter: Ich wollte wirklich nichts mehr mit wilden Tieren zu tun haben. Aber er schob mich energisch nach vorne. Ich stolperte zum offenen Feuer, und das Monster drehte sich zu mir um. Da erkannte ich erst, daß es gar kein Bär war, sondern ein wuchtiger Mann in einem Bärenfell.

Genau gesagt trug er einen Umhang aus Bärenfell, der am Hals mit einer Silberbrosche von der Größe meines Handtellers zusammengehalten wurde. Sie hatte die Form von zwei springenden Hirschen, die gemeinsam einen Kreis bildeten. Ich sah die Brosche so genau, weil sie direkt vor meiner Nase war. Als ich aufblickte, fürchtete ich einen Augenblick, daß ich mich doch geirrt hatte und mir wirklich ein Bär gegenüberstand.

Allerdings trugen Bären in der Regel keine Broschen, und sie hatten auch keine Augen wie Heidelbeeren, klein, rund, dunkel und blauglänzend. Sie lagen tief in schweren Wangen, die von einem dichten, schwarzen Bart, durch den sich Silberfäden zogen, bedeckt waren. Schwarzsilbernes Haar fiel in Wellen über die breiten Schultern und vermischte sich mit dem Pelz, der noch den scharfen Geruch seines früheren Besitzers an sich hatte.

Die scharfen kleinen Augen musterten mich von oben bis unten und schienen sowohl den abgerissenen Zustand meiner Kleidung wie deren ursprünglich gute Qualität abzuschätzen, und auch die zwei Eheringe, gold und silber, entgingen ihm nicht.

Entsprechend fiel die Anrede des Bären aus.

»Sie scheinen in Schwierigkeiten gekommen zu sein, Mistress«, sagte er und neigte den gewaltigen Kopf, auf dem der Schnee von draußen noch nicht geschmolzen war. »Können wir Ihnen vielleicht behilflich sein?«

Ich zögerte mit der Antwort. Ich brauchte die Hilfe dieses Mannes wahrhaftig, aber mein Akzent würde mich sofort als Engländerin verraten. Der Bogenschütze, der mich hierhergebracht hatte, kam mir zuvor.

»Habe sie in der Nähe vom Wentworth-Gefängnis gefunden«, sagte er lakonisch. »Wurde von Wölfen angegriffen. Eine Engländerin«, fügte er mit Nachdruck hinzu, was zur Folge hatte, daß mich die Heidelbeeraugen meines Gastgebers unangenehm scharf musterten. Ich richtete mich zu meiner vollen Größe auf und versuchte so gut wie möglich, die Haltung einer würdigen Dame einzunehmen.

»Engländerin von Geburt, Schottin durch Heirat«, sagte ich fest. »Ich heiße Claire Fraser. Mein Mann ist in Wentworth gefangen.«

»Aha«, sagte der Bär gedehnt. »Nun, ich heiße MacRannoch, und Sie befinden sich auf meinem Boden. Ich sehe an Ihrer Kleidung, daß Sie eine Frau aus gutem Hause sind. Wie kommt es, daß Sie in einer Winternacht allein im Wald von Eldridge herumirren?«

Ich witterte einen Ausweg; hier war die Chance, meine Glaubwürdigkeit zu beweisen und Murtagh und Rupert wiederzufinden.

»Ich bin mit Clanangehörigen meines Mannes nach Wentworth gekommen. Da ich Engländerin bin, haben wir gehofft, daß ich mir Einlaß ins Gefängnis verschaffen könnte und, äh, einen Weg finden würde, ihn herauszuholen. Jedoch habe ich das Gefängnis auf einem anderen Weg verlassen müssen. Ich habe nach meinen Freunden gesucht, als ich von Wölfen angegriffen wurde – aus deren Fängen mich dieser Herr freundlicherweise gerettet hat.« Ich versuchte dem hageren Schützen ein dankbares Lächeln zuzuwerfen, aber es prallte an seinem steinernen Gesicht ab.

»Jedenfalls haben Sie es mit etwas zu tun gehabt, das Zähne hat«, sagte MacRannoch mit einem Blick auf die klaffenden Risse in meinem Rock. Sein Mißtrauen schien vorübergehend von Gastfreundschaft verdrängt zu werden.

»Sind Sie verletzt? Nur zerkratzt? Sicherlich ist Ihnen kalt. Kommen Sie, setzen Sie sich ans Feuer. Hector wird Ihnen einen Schluck zu trinken bringen, und dann erzählen Sie mir ein bißchen mehr über diese Freunde von Ihnen.« Er zog einen Schemel zum Feuer und drückte mich mit seiner schweren Hand nach unten.

Torffeuer geben wenig Licht, aber sie verbreiten eine angenehme Wärme. Ich schauderte unwillkürlich, als das Blut in meine steifgefrorenen Hände zurückfloß. Einige große Schlucke aus der Lederflasche, die Hector mir widerwillig hinhielt, weckte meine Lebensgeister.

Ich erklärte meine Situation so gut ich konnte, und das war nicht sehr überzeugend. Die kurze Beschreibung, wie ich aus dem Gefängnis herausgekommen und in den Zweikampf mit dem Wolf geraten war, wurde mit besonderer Skepsis aufgenommen.

»Angenommen, es wäre Ihnen wirklich gelungen, ins Gefängnis hineinzukommen, dann ist es ziemlich unwahrscheinlich, daß Sir Fletcher Ihnen erlaubt hat, darin herumzuspazieren; und falls dieser Hauptmann Randall tatsächlich im Kerker auf Sie gestoßen ist, dann wird er Sie wohl kaum zur Hintertür begleitet haben.«

»Er – er hatte Gründe, mich gehen zu lassen.«

»Und die wären?« Die Heidelbeeraugen waren durchdringend.

Ich gab auf und sagte, wie es war; ich war viel zu müde, um noch lange um den heißen Brei herumzureden.

MacRannoch schien nun von meiner Geschichte einigermaßen überzeugt zu sein, zögerte aber immer noch, sich einzumischen.

»Ich sehe, daß Sie sich Sorgen machen, aber so schlimm ist es vielleicht gar nicht.«

»Nicht so schlimm!« rief ich wütend und sprang auf die Füße. Er schüttelte den Kopf, als würden ihn Fliegen belästigen. »Was ich meine, ist dies: Wenn er hinter dem Hintern des Jungen her ist, dann wird er ihn wahrscheinlich nicht allzusehr verletzen. Und im übrigen, wenn Sie erlauben, Madam« – er zog eine seiner buschigen Augenbrauen hoch –, »daran ist noch selten jemand gestorben.«

Er streckte seine beiden Hände, die so groß wie Suppenteller waren, beruhigend aus.

»Ich will damit nicht behaupten, daß es ein Vergnügen für ihn ist, aber ich bin der Meinung, daß es sich nicht lohnt, sich mit Sir Fletcher Gordon anzulegen, nur um dem Jungen einen wehen Hintern zu ersparen. Meine Position hier ist heikel, sehr heikel, müssen Sie wissen.« Er blies die Backen auf und rollte die Augen.

Ich bedauerte nicht zum ersten Mal, daß ich keine Hexe war. Andernfalls hätte ich ihn augenblicklich in eine Kröte verwandelt, eine dicke, fette Warzenkröte.

Ich schluckte meine Wut hinunter und machte noch einmal einen Anlauf, ihn zu überzeugen.

»Ich vermute, daß sein Hintern inzwischen nicht mehr zu retten ist; es geht mir mehr um seinen Hals. Die Engländer wollen ihn morgen früh aufhängen.«

MacRannoch murmelte unverständliches Zeug in seinen Bart und lief hin und her wie ein Bär in einem zu kleinen Käfig. Plötzlich blieb er vor mit stehen und beugte sich so weit herab, daß sich unsere Nasen fast berührten.

»Und wenn ich Ihnen helfen würde, was würde das nützen?« schrie er. Wieder begann er auf und ab zu laufen, zwei Schritte zur einen Wand, eine Drehung, bei der der Pelz herumflog, zwei Schritte zur anderen Wand. Er sprach im Rhythmus seiner Schritte und blieb ab und zu stehen, um Luft zu schöpfen.

»Wenn ich zu Sir Fletcher gehen würde, was sollte ich ihm sagen? Sie haben einen Hauptmann unter Ihren Leuten, dem es Spaß macht, in seiner Freizeit Gefangene zu foltern? Und wenn er fragt, woher ich das weiß, dann erzähle ich ihm, daß meine Männer im Finsteren eine Engländerin aufgegriffen haben, und von der wüßte ich, daß dieser Hauptmann ihrem Mann unsittliche Anträge gemacht hätte, ihrem Mann, auf den ein Kopfpreis ausgesetzt ist und der obendrein als Mörder zum Tode verurteilt ist – oder wie haben Sie sich das vorgestellt?«

MacRannoch blieb stehen und schlug mit einer Pranke auf den wackeligen Tisch. »Und wenn, ich sage, *wenn* wir da hineinkämen –«

»Sie kommen hinein«, unterbrach ich ihn. »Ich kann Ihnen den Weg zeigen.«

»Mmmpf. Vielleicht können Sie das. Aber was geschieht, wenn Sir Fletcher meine Leute in seiner Festung herumstreunen sieht? Am nächsten Morgen habe ich Hauptmann Randall mit ein paar Kanonen auf dem Hals, und er wird Eldridge Hall dem Erdboden gleichmachen!« Er schüttelte den Kopf, daß ihm die schwarzen Locken um die Ohren flogen.

»Nein, Mädel, ich kann nicht –«

Die Tür flog auf, und Murtagh wurde hereingestoßen, hinter ihm ein zweiter Bogenschütze mit einem Messer in der Hand, MacRannoch starrte die beiden erstaunt an.

»Was ist denn hier los?« polterte er. »Man könnte meinen, es wäre der erste Mai, wenn alle im Wald Blumen suchen, und nicht eine kalte Winternacht mit Schnee in der Luft!«

»Das ist ein Verwandter meines Mannes. Wie ich Ihnen gesagt habe –«

Murtagh machte sich nichts aus der unfreundlichen Begrüßung und schaute sich die Gestalt im Bärenfell genau an, als würde er im Geist den Pelz und die Jahre von ihr abstreifen.

»MacRannoch, wenn ich mich nicht irre?« sagte er fast vorwurfsvoll. »Waren Sie nicht vor einiger Zeit bei einer Versammlung auf Burg Leoch?«

MacRannoch war mehr als überrascht. »Vor einiger Zeit, das kann man wohl sagen! Muß ungefähr dreißig Jahre her sein. Woher wissen Sie das, Mann?«

Murtagh nickte befriedigt. »Ach, ist mir nur so eingefallen. Ich war damals auch dort, und ich erinnere mich daran, vermutlich aus demselben Grund wie Sie.«

MacRannoch betrachtete das faltige Gesicht des kleinen Mannes forschend und versuchte, dreißig Jahre davon abzuziehen.

»Ach ja«, sagte er schließlich, »ich kenne Sie, auch wenn ich nicht weiß, wie Sie heißen. Sie haben einen verwundeten Eber eigenhändig mit dem Dolch getötet, und der MacKenzie hat Ihnen die Stoßzähne gegeben. Und was es für ein schönes Paar war, fast kreisrund! Sie hatten es auch verdient.« Ein Ausdruck huschte über Murtaghs Gesicht, der einem befriedigten Lächeln gefährlich nahekam.

Da fielen mir plötzlich die barbarischen Armreifen ein, die ich in Lallybroch getragen hatte. *Meine Mutter hat sie von jemandem als Hochzeitsgeschenk bekommen*, hatte Jenny gesagt. Ich starrte Murtagh ungläubig an. Selbst wenn ich dreißig Jahre abzog, konnte ich ihn mir nicht als Anwärter auf zarte Herzensregungen vorstellen.

Ich tastete nach Ellen MacKenzies Perlen, die ich in meine Rocktasche eingenäht hatte. Ich zog sie heraus und schwenkte sie im Schein des Feuers hin und her.

»Ich kann Sie bezahlen«, sagte ich. »Ich habe nicht erwartet, daß Sie das umsonst machen.«

Mit einer Geschwindigkeit, die ich ihm nicht zugetraut hätte, schnappte er sich die Perlen. Er starrte sie fassungslos an.

»Woher haben Sie die, Frau? Haben Sie gesagt, Ihr Name ist Fraser?«

»Ja.« Trotz aller Müdigkeit richtete ich mich kerzengerade auf.

»Und die Perlen gehören mir. Mein Mann hat sie mir zur Hochzeit geschenkt.«

»So, so, geschenkt hat er sie Ihnen.« Die Stimme war plötzlich belegt. Mit den Perlen in der Hand wandte er sich an Murtagh.

»Ellens Sohn? Ist sie«, und er deutete mit dem Daumen auf mich, »die Frau von Ellens Sohn?«

»Aye«, antwortete Murtagh einsilbig wie immer. »Sie würden ihn sofort erkennen. Er ist ihr wie aus dem Gesicht geschnitten.«

MacRannoch betrachtete die Perlen und strich zärtlich darüber. »Ich habe sie Ellen MacKenzie geschenkt«, sagte er. »Es war ein Hochzeitsgeschenk. Ich hätte sie ihr gegeben, wenn sie mich geheiratet hätte, aber sie hat sich anders entschieden. Nun, ich habe mir immer vorgestellt, daß sie an ihrem hübschen Hals hängen. Also habe ich sie gebeten, sie zu behalten und an mich zu denken, wenn sie die Perlen trägt. Hm!« Mit einem Seufzer reichte er mir die Kette zurück.

»Jetzt gehört sie also Ihnen. Tragen Sie sie und lassen Sie es sich gutgehen, Mädel.«

»Die Chancen dafür wären sehr viel besser«, sagte ich und versuchte meine Ungeduld über diese sentimentalen Ergüsse zu zügeln, »wenn Sie mir helfen würden, meinen Mann wiederzubekommen.«

Der kleine rosige Mund, der gerade noch gelächelt hatte, wurde schlagartig schmal.

»Ja«, sagte Sir Marcus und zog an seinem Bart. »Ich verstehe. Aber ich habe Ihnen gesagt, Mädel, ich sehe keine Möglichkeit. Ich habe eine Frau und drei Kinder. Ich würde Ellens Sohn schon helfen wollen, aber Sie verlangen ein bißchen viel.«

Plötzlich gaben meine Beine nach, und ich sackte auf den Schemel. Die Verzweiflung zog mich wie ein Anker nach unten. Ich schloß die Augen und zog mich an einen dumpfen Ort in meinem Inneren zurück, wo nichts war außer grauer Leere. Murtagh redete nun seinerseits auf MacRannoch ein, aber es klang in meinen Ohren nur noch wie sinnloses Geplapper.

Es war das Gebrüll von Rindern, das mich aus meiner Starre weckte. Ich schaute auf und sah gerade noch, wie MacRannoch aus der Hütte stürzte. Als er die Tür öffnete, fegte kalte Winterluft herein. Die Tür schlug hinter ihm zu, und ich fragte Murtagh, was wir nun tun sollten.

Sein Gesichtsausdruck machte mich stutzig. Das hatte ich noch nie bei ihm gesehen: Er leuchtete geradezu vor unterdrückter Erregung.

Ich packte ihn am Arm. »Was ist los? Schnell, sag es mir!«

Er konnte nur noch antworten: »Die Rinder! Sie gehören Mac-Rannoch!«, als die Tür wieder aufflog und MacRannoch einen schlaksigen jungen Mann hereinschubste.

Beim letzten Stoß knallte der junge Mann mit dem Rücken an die Wand. Er zuckte angstvoll zurück.

MacRannoch begann in einem liebreizenden, vernünftigen Ton. »Absalom, Mann, vor vier Stunden habe ich dich rausgeschickt, um vierzig Stück Vieh zurückzubringen. Ich habe dir gesagt, es ist wichtig, daß du sie findest, weil sich ein Schneesturm zusammenbraut.« Er wurde allmählich lauter. »Und als ich draußen das Brüllen gehört habe, da dachte ich: Ah, Absalom ist wieder da mit den Rindern, was für ein guter Junge, jetzt können wir alle nach Hause gehen und uns am Feuer wärmen, weil alle Tiere sicher im Stall sind.«

Eine Faust hatte sich in Absaloms Jacke gekrallt.

»Und ich gehe hinaus, um dir auf die Schulter zu klopfen, und fange an zu zählen. Und auf wie viele komme ich, Absalom, mein hübscher Junge?« Die Lautstärke hatte sich zu einem mächtigen Röhren gesteigert. Zwar besaß Marcus MacRannoch keine besonders tiefe Stimme, aber soviel Lungenkapazität wie drei.

»Fünfzehn!« brüllte er und zog den bedauernswerten Absalom so hoch, daß er auf den Zehenspitzen stehen mußte. »Von vierzig Rindern findet er gerade mal fünfzehn! Und wo sind die anderen, he? Wo? Laufen draußen frei im Schnee herum und frieren sich zu Tode!«

Murtagh hatte sich während dieser Szene schnell in eine dunkle Ecke verdrückt. Ich beobachtete ihn und sah, wie Belustigung in seinen Augen aufflackerte. Plötzlich ging mir ein Licht auf, und ich wußte, wo Rupert jetzt war, oder doch zumindest, was er tat. Und ich begann ein wenig Hoffnung zu schöpfen.

Es war stockdunkel. Die Lichter des Gefängnisses unter uns leuchteten schwach durch den Schnee wie die Lampen eines gesunkenen Schiffes. Während ich mit meinen zwei Begleitern unter den Bäumen wartete, ging mir zum tausendsten Mal durch den Kopf, was alles schiefgehen könnte.

Würde MacRannoch seinen Teil der Abmachung erfüllen? Es blieb ihm nichts anderes übrig, wenn er seine geschätzten Zuchtrinder zurückhaben wollte. Würde Sir Fletcher MacRannoch glauben und sofort eine Durchsuchung des Kerkers anordnen? Vermutlich ja, denn der Baronet war kein Mann, den man übergehen konnte.

Ich hatte zugesehen, wie ein Rind nach dem anderen – fachkundig angetrieben von Rupert und seinen Männern – im Graben verschwunden war, der zu der verborgenen Hintertür führte. Würden sie die Tiere wirklich durch die Tür zwängen können? Und wenn ja, würden sie die halbwilden Rinder, die plötzlich in einem hell erleuchteten Steinkorridor gefangen waren, lang genug bändigen können? Vielleicht würde es klappen. Wenn sie bis dahin kämen, könnte der Plan gelingen. Randall würde trotz dieser Invasion kaum um Hilfe rufen – aus Angst, seine schmutzigen Spiele könnten ans Licht kommen.

Sobald die Tiere dort eingeschleust waren, wo sie Chaos verbreiten sollten, würden sich ihre Begleiter aus dem Staub machen und wie der Teufel ins MacKenzie-Gebiet reiten. Randall spielte keine Rolle; was konnte er unter diesen Umständen allein schon ausrichten? Aber was, wenn der Lärm den Rest der Gefängnisgarnison zu früh auf den Plan rufen würde? Wenn Dougal schon nicht bereit gewesen war, seinen Neffen aus dem Wentworth-Gefängnis herauszuholen, dann konnte ich mir gut vorstellen, daß er rasend werden würde, wenn mehrere MacKenzies festgenommen würden, weil sie in das Gefängnis eingebrochen waren. Das wollte ich natürlich auch nicht verantworten müssen, obwohl Rupert das Risiko ohne Zögern auf sich genommen hatte. Ich biß mir auf den Daumen und versuchte, mich mit dem Gedanken zu beruhigen, daß zwischen dem unterirdischen Verlies und den oberen Gefängnisräumen Tonnen von Granit lagen, die keinen Laut durchließen.

Am schlimmsten war die Angst, daß alles nach Plan gehen würde, wir aber dennoch zu spät kämen. Auch wenn der Henker auf sein Opfer wartete, könnte Randall zu weit gehen.

Ich hatte jeden Gedanken daran, was man mit den diversen Gegenständen anfangen konnte, die in dem Kellerraum auf dem Tisch lagen, entschlossen verdrängt. Aber immer wieder sah ich vor mir, wie Jamie den herausstehenden Knochen des zertrümmerten Fingers auf die Tischplatte gepreßt hatte. Ich rieb meine eigenen Knöchel fest gegen den Sattel, um das Bild zu verscheuchen. Ich spürte ein leichtes Brennen und zog den Handschuh aus, aber es war nicht schlimm, nur ein paar Kratzer, die die Zähne des Wolfes hinterlassen hatten. Ich leckte geistesabwesend über die Wunde. Es nützte wenig, mir zu sagen, daß ich mein Bestes getan hatte. Dadurch wurde das Warten auch nicht leichter.

Endlich hörten wir Stimmengewirr, das vom Gefängnis zu uns drang. Einer von MacRannochs Männern nahm die Zügel meines Pferdes und führte es in den Schutz eines Wäldchens. Hier spitzten Blätter und Steine durch die Schneedecke, und die Zweige der Bäume schützten uns vor dem Schneegestöber. Dennoch war die Sicht so schlecht, daß die Baumstämme nur schattenhaft zu erkennen waren.

Da der frisch gefallene Schnee den Hufschlag dämpfte, hörten wir die Reiter erst, als sie ganz in unserer Nähe waren. Die zwei Männer zogen ihre Pistolen und suchten mit den Pferden Schutz hinter Bäumen, aber ich hatte das Muhen von Rindern gehört und lenkte mein Pferd aus dem Wald hinaus.

Sir Marcus MacRannoch, deutlich an seinem scheckigen Gaul und dem Bärenfell zu erkennen, ritt an der Spitze eines kleinen Trupps den Hang hinauf, hinter ihnen eine Schneewolke. Die Männer schienen bester Laune zu sein. Weiter unten trieben MacRannochs Leute eine Rinderherde um den Hügel herum, in Richtung ihrer wohlverdienten Unterkunft.

MacRannoch blieb neben mir stehen und lachte herzlich. »Ich muß Ihnen danken, Mistress Fraser«, rief er mir laut durch den Schnee zu, »für einen höchst unterhaltsamen Abend.« Sein Mißtrauen war verschwunden, und er grüßte mich äußerst zuvorkommend. Augenbrauen und Bart waren mit Schnee bedeckt, er sah aus wie der Weihnachtsmann persönlich. Er führte mein Pferd zurück in den Wald, wo es geschützter war. Zwei seiner Männer schickte er nach unten, um beim Eintreiben der Herde zu helfen; dann stieg er vom Pferd und hob mich lachend herunter.

»Sie hätten ihn sehen sollen!« gluckste er und rieb sich mit beiden Händen die Brust. »Sir Fletcher lief rot an wie ein gekochter Krebs, als ich ihn bei seinem geheiligten Abendessen störte und ihn beschuldigte, daß er hinter seinen Mauern gestohlenes Eigentum verstecken würde. Und als wir dann in den Keller kamen und ihm das

Brüllen der Rinder entgegenhallte, hätte er sich fast in die Hose gemacht. Er –« Ich schüttelte ihn ungeduldig am Arm.

»Was ist mit meinem Mann?«

MacRannoch faßte sich ein wenig und wischte sich mit dem Ärmel über die Augen. »O ja. Wir haben ihn gefunden.«

»Wie geht es ihm?« Ich sprach ruhig, auch wenn ich am liebsten geschrien hätte.

MacRannoch deutete mit dem Kopf zu den Bäumen hinter mir, und ich fuhr herum. Ein Reiter bahnte sich vorsichtig den Weg durch die Zweige; vor ihm über dem Sattel hing eine leblose Gestalt, über die eine Decke gebreitet war. Ich schoß nach vorne, gefolgt von MacRannoch.

»Nein«, sagte er, »er ist nicht tot. Jedenfalls hat er noch gelebt, als wir ihn gefunden haben. Ist aber sehr mißhandelt worden, der arme Junge.« Ich hatte Jamie die Decke vom Kopf gezogen und untersuchte ihn, so gut ich konnte, während das Pferd unruhig herumtänzelte. Er hatte Blutergüsse im Gesicht, und in den struppigen Haaren hingen Blutklumpen. Mehr war im Dämmerlicht nicht festzustellen. Ich dachte, ich hätte den Puls an seinem eiskalten Hals gefühlt, aber ich war mir nicht sicher.

MacRannoch faßte mich am Ellbogen und zog mich fort. »Er muß so schnell wie möglich ins Haus. Kommen Sie, Mädchen, Hector bringt ihn hin.«

Im Salon von Eldridge Hall, dem großen Anwesen der MacRannochs, legte Hector die schwere Last auf den Teppich vor dem offenen Kamin. Er zog an einer Ecke der Decke, und zum Vorschein kam ein nackter Körper, der schlaff auf die rosagelben Blüten des Aubusson-Teppichs plumpste, Lady Annabelle MacRannochs ganzen Stolz.

Lady Annabelle nahm bemerkenswerterweise keine Notiz davon, daß Blut in ihren teuren Teppich sickerte. Sie war ein vogelähnliches Wesen Anfang vierzig, angetan mit einem gelbseidenen Hausmantel, der dem Federkleid eines Goldfinken Konkurrenz machte. Sie gab ihrem Personal ein paar knappe Anweisungen, klatschte in die Hände, und noch bevor ich meinen Mantel ganz ausgezogen hatte, fand ich Decken, Leintücher, heißes Wasser und Whisky an meiner Seite.

»Am besten legen wir ihn auf den Bauch«, riet Sir Marcus und goß reichlich Whisky in zwei Gläser. »Er ist ausgepeitscht worden –

da ist es sicher nicht angenehm für ihn, auf dem Rücken zu liegen. Sieht allerdings nicht so aus, als würde er etwas fühlen«, fügte er hinzu und schaute Jamies aschfahles Gesicht mit den fest verschlossenen bläulichen Augenlidern genau an. »Sind Sie sicher, daß er noch lebt?«

»Ja«, antwortete ich kurz und hoffte, daß ich recht hatte. Mühsam drehte ich ihn um. Die Bewußtlosigkeit schien sein Gewicht verdreifacht zu haben. MacRannoch half mir, ihn auf eine Decke vor dem Feuer zu legen.

Nachdem ich mich überzeugt hatte, daß sein Herz noch schlug, daß ihm keine Körperteile fehlten und auch keine unmittelbare Gefahr bestand, daß er verbluten würde, konnte ich jetzt ohne allzu große Hast eine Bestandsaufnahme seiner Verletzungen machen.

»Ich kann nach einem Arzt schicken«, bot Lady Annabelle an und warf einen zweifelnden Blick auf die leichenhafte Gestalt auf ihrem Teppich, »aber er wird wohl frühestens in einer Stunde hier sein; es schneit ziemlich stark.« Das Zögern in ihrer Stimme war, wie mir schien, nur zum Teil auf den Schnee zurückzuführen. Ein Arzt wäre noch ein weiterer Zeuge dafür, daß sie einem geflohenen Verbrecher in ihrem Heim Unterschlupf gewährte.

»Nicht nötig«, sagte ich abwesend. »Ich kümmere mich selbst darum.« Ohne die erstaunten Blicke der beiden MacRannochs zu beachten, kniete ich mich neben das, was von meinem Mann übrig war, deckte ihn warm zu und legte feuchtwarme Tücher auf seine Glieder. Vor allem mußte er jetzt wieder warm werden: mit den Wunden an seinem Rücken, aus denen immer noch Blut tropfte, konnte ich mich danach befassen.

Lady Annabelle schwirrte davon, und man hörte sie in der Ferne mit ihrer hohen Goldfinkenstimme Anweisungen geben. Ihr Gatte ließ sich neben mir auf den Boden herab und machte sich daran, Jamies halb erfrorene Füße aufzutauen; behutsam rieb er sie zwischen seinen großen Händen und stärkte sich ab und zu mit einem Schluck Whisky.

Ich schlug die Decken Stück für Stück zurück und untersuchte Jamies Verletzungen. Vom Nacken bis zu den Knien war er mit feinen, kreuzweisen Streifen überzogen, die vermutlich von einer Kutscherpeitsche stammten. Die Regelmäßigkeit der Striemen zeugte von einem wohlüberlegten, methodischen Vorgehen, das mich vor Wut krank machte.

Etwas Schwereres, vielleicht ein Rohrstock, hatte an den Schultern so tiefe Einschnitte hinterlassen, daß an einem Schulterblatt ein Stück Knochen sichtbar war. Die schlimmsten Wunden deckte ich mit Scharpie ab und untersuchte ihn weiter. Die Stelle an der linken Seite, wo ihn der Holzhammer getroffen hatte, war eine häßliche, schwarzlila Quetschwunde, größer als die Hand von Sir Marcus. Keine Frage, daß einige Rippen gebrochen waren, aber die konnten auch noch warten. Mein Blick fiel auf ein paar feuerrote Male an Brust und Hals, wo die Haut runzelig und voller Blasen war. Die Ränder waren teilweise verkohlt und wiesen Aschespuren auf.

»Wie, zum Teufel, ist das geschehen?« Sir Marcus hatte seine Fußbehandlung beendet und schaute mir voller Interesse über die Schulter.

»Ein glühender Schürhaken.« Die Stimme war schwach und undeutlich; es dauerte einen Augenblick, bis ich begriff, daß es Jamie war, der geantwortet hatte. Er hob mühsam den Kopf, und man sah, warum er Schwierigkeiten hatte zu sprechen: Die Unterlippe war zerbissen und so geschwollen, als hätte ihn eine Biene gestochen.

Mit beachtlicher Geistesgegenwart legte Sir Marcus den Arm unter Jamies Nacken und setzte ihm den Whiskybecher an die Lippen. Jamie stöhnte auf, als der Alkohol an die Wunde kam, aber er leerte den Becher, bevor er den Kopf wieder zurücklegte. Er schielte zu mir herüber; seine Augen waren vom Schmerz und von Whisky etwas verschleiert, aber dennoch war ein Funken Humor darin zu sehen. »Kühe?« fragte er. »Waren es wirklich Kühe, oder habe ich geträumt?«

»Was anderes habe ich nicht zuwege gebracht in der kurzen Zeit«, sagte ich, zutiefst erleichtert, daß Jamie noch lebte und wieder bei Bewußtsein war. Ich legte ihm die Hand auf den Kopf und drehte ihn zur Seite, um einen Bluterguß auf dem Backenknochen zu untersuchen. »Sie haben dich übel zugerichtet. Wie fühlst du dich?« fragte ich aus schierer Gewohnheit.

»Am Leben.« Er kämpfte sich auf einen Ellbogen hoch und nickte Sir Marcus zu, der ihm einen zweiten Becher Whisky anbot.

»Meinst du wirklich, daß du so viel auf einmal trinken solltest?« fragte ich ihn und untersuchte seine Pupillen nach Anzeichen einer Gehirnerschütterung, aber er schloß die Augen und ließ den Kopf zurücksinken.

»Ja«, sagte er und reichte Sir Marcus den leeren Becher.

»Das reicht jetzt erst einmal, Marcus.« Lady Annabelle, die wie die Sonne im Osten wieder aufgetaucht war, gebot ihrem Gatten mit einem befehlenden Zirpen Einhalt. »Der Junge braucht jetzt starken heißen Tee und keinen Whisky.« Der Tee folgte ihr auf dem Fuß; eine Zofe, deren überlegene Miene nicht im mindesten dadurch beeinträchtigt wurde, daß sie noch im Nachthemd war, trug ein Tablett mit einer silbernen Kanne herein.

»Heißen starken Tee mit viel Zucker«, sagte ich zustimmend.

»Und einem kleinen Schuß Whisky«, fügte Sir Marcus hinzu. Als die Teekanne an ihm vorbeigetragen wurde, hob er blitzschnell den Deckel hoch und goß einen kräftigen Schwups hinein. Dankbar nahm Jamie den dampfenden Becher und prostete Sir Marcus stumm zu, bevor er die heiße Flüssigkeit vorsichtig an die Lippen führte. Seine Hand zitterte so sehr, daß ich meine darüber legte, um den Becher zu führen.

Weitere Bedienstete brachten ein Feldbett, eine Matratze, Kissen und Decken, zusätzliches Verbandsmaterial, heißes Wasser und eine große Holzkiste, die sich als Hausapotheke erwies.

»Ich dachte, wir behandeln ihn am besten hier vor dem Feuer«, zwitscherte Lady Annabelle. »Hier haben wir mehr Licht, und es ist bei weitem der wärmste Platz im Haus.«

Ihrer Anweisung folgend, faßten zwei Diener die Enden der Decke, auf der Jamie lag, und hoben ihn auf das Feldbett, das vor dem Kamin aufgestellt war. Dort blies ein anderer Diener in die Glut, bis das Feuer hell aufloderte. Die Zofe, die den Tee serviert hatte, zündete die Kerzen in den Kandelabern an. Trotz ihrer vogelgleichen Erscheinung hatte Lady Annabelle offensichtlich die Seele eines Offiziers.

»Je eher, desto besser, jetzt, wo er wach ist«, sagte ich.

»Haben Sie ein schmales Brett von ungefähr einem halben Meter Länge, einen festen Gurt und vielleicht einige kurze, gerade Stöcke?« Einer der Diener verschwand augenblicklich, um meine Wünsche auszuführen.

Über dem ganzen Haus schien ein Zauber zu liegen; vielleicht lag es nur an dem Gegensatz zwischen dem heulenden Wintersturm draußen und der verschwenderischen Wärme hier drinnen, oder einfach an der Erleichterung, daß Jamie in Sicherheit war.

Schwere dunkle Möbel glänzten im Kerzenlicht, Silber leuchtete auf der Anrichte, und eine Sammlung von edlem Glas und Porzellan zierte den Kaminsims – ein bizarrer Kontrast zu der zerschundenen Gestalt darunter.

Niemand stellte Fragen. Wir waren Sir Marcus' Gäste, und Lady Annabelle verhielt sich so, als wäre es etwas ganz Alltägliches, daß um Mitternacht Besuch kam und auf ihren Teppich blutete. Plötzlich kam mir zum ersten Mal der Gedanke, daß so etwas schon einmal geschehen sein könnte.

»Sehr scheußlich«, sagte Sir Marcus. Er schaute sich die zerschmetterte Hand mit einer Sachkenntnis an, die er wohl auf dem Schlachtfeld erworben hatte. »Tut sicher höllisch weh. Aber es wird Sie nicht umbringen, nicht wahr?« Er richtete sich auf und wandte sich in vertraulichem Ton an mich.

»Ich hatte es mir noch schlimmer vorgestellt, nach dem, was Sie erzählt haben. Außer den Rippen und der Hand sind keine Knochen gebrochen, und der Rest wird wieder heilen. Man könnte fast sagen, Sie haben Glück gehabt, Junge.«

Die niedergestreckte Gestalt schnaubte kurz.

»Ja, vielleicht muß man es Glück nennen. Morgen früh wollten sie mich aufhängen. Wußten Sie das, ... Sir?« Jamies Blick fiel auf Sir Marcus' Weste, auf die zwischen Rosen und Tauben sein Wappen gestickt war.

MacRannoch winkte ab, als wäre es eine unwichtige Nebensächlichkeit.

»Wenn er Sie dem Henker noch vorzeigen wollte, dann ist er ein bißchen zu weit gegangen auf Ihrem Rücken«, meinte Sir Marcus und erneuerte die Tupfer.

»Ja. Er hat den Kopf verloren ... als er ...«, Jamie versuchte die Worte herauszubekommen, aber er sank zurück und schloß die Augen. »Mein Gott, bin ich müde.«

Wir ließen ihn ruhen, bis ein Diener mit den gewünschten Schienen neben mir auftauchte. Vorsichtig hob ich Jamies rechte Hand, um sie im Kerzenlicht zu untersuchen.

Sie mußte eingerichtet werden, und zwar so schnell wie möglich. Die verletzten Muskeln zogen die Finger bereits nach innen. Mir sank der Mut, als ich das ganze Ausmaß des Schadens sah. Aber wenn er die Hand jemals wieder benutzen wollte, dann mußte ich den Versuch wagen.

Lady Annabelle hatte interessiert bei der Untersuchung zugesehen. Als ich Jamies Hand sinken ließ, öffnete sie die Kiste mit den Arzneimitteln.

»Sie brauchen vermutlich Wasserdost und Kirschrinde. Ich weiß nicht...« Sie betrachtete Jamie nachdenklich. »Was halten Sie von Blutegeln?« Sie legte ihre gepflegte Hand auf den Deckel eines kleinen Glasgefäßes, das mit einer trüben Flüssigkeit gefüllt war.

Mir lief ein Schauer über den Rücken, und ich schüttelte den Kopf. »Nein, ich glaube nicht, jedenfalls jetzt nicht. Aber was ich wirklich brauchen könnte... haben Sie zufällig irgendein Opiat im Haus?« Ich kniete mich neben sie und studierte den Inhalt der Kiste.

»O ja!« Sie griff zielsicher nach einer kleinen grünen Flasche und las das Etikett vor: »Laudanum. Ist das das richtige?«

»Genau das richtige.« Ich nahm die Flasche dankbar entgegen.

»Also gut«, sagte ich zu Jamie und tropfte ein wenig von der stark riechenden Flüssigkeit in ein Glas, »du mußt dich kurz hinsetzen, um das zu schlucken. Dann wirst du schlafen, und zwar eine ganze Weile lang.« Ich war mir nicht sicher, ob es ratsam war, Laudanum nach so viel Whisky zu geben, aber die Alternative – die Hand ohne Betäubung einzurichten – war undenkbar. Ich gab noch ein paar Tropfen dazu.

Jamie legte seine gesunde Hand auf meinen Arm, um mir Einhalt zu gebieten.

»Ich will kein Betäubungsmittel«, sagte er fest. »Höchstens noch ein wenig Whisky.« Er zögerte und fuhr sich mit der Zunge über die geschwollene Lippe. »Und vielleicht etwas zum Draufbeißen.«

Sir Marcus ging sofort zu seinem wunderschönen Sheraton-Schreibtisch in der Ecke und kramte in den Schubladen herum. Es dauerte nicht lange, und er kam mit einem kleinen Stück Leder zurück, das er mir in die Hand drückte. Ich schaute es genauer an und entdeckte Dutzende von kleinen Eindrücken – Bißspuren, erkannte ich mit einem Schock.

»Ich habe es selbst benutzt«, erläuterte Sir Marcus, »in St. Simone, als sie mir eine Musketenkugel aus dem Bein geholt haben.«

Ich starrte Jamie mit offenem Mund an, als er das Leder mit einem dankbaren Nicken nahm. »Du erwartest tatsächlich von mir, daß ich neun gebrochene Knochen einrichte, während du bei Bewußtsein bist?«

»Ja«, sagte er kurz und biß auf das Leder. Er zog es zwischen den Zähnen hin und her, bis er es in der besten Position hatte.

Da verließ mich mit einem Mal meine mühsam aufrechterhaltene Selbstbeherrschung.

»Hör endlich auf, hier den Helden zu spielen!« schrie ich Jamie an. »Wir wissen alle, was du durchgemacht hast. Du mußt uns nicht beweisen, daß du noch mehr aushalten kannst! Oder glaubst du, keiner von uns wüßte, was zu tun ist, wenn du es uns nicht sagen würdest? Was glaubst du eigentlich, wer du bist, John Wayne vielleicht?«

Betretene Stille machte sich breit. Jamie schaute mich erstaunt an. Schließlich sagte er leise:

»Claire, wir sind vielleicht zwei Meilen vom Wentworth-Gefängnis entfernt. Morgen soll ich gehängt werden. Egal, was mit Randall geschehen ist, die Engländer werden bald merken, daß ich nicht mehr da bin.«

Ich biß mir auf die Lippen. Er hatte recht. Die unbeabsichtigte Befreiung der anderen Gefangenen würde eine Weile Verwirrung stiften, aber irgendwann würde man daraufkommen. Die ausgefallene Fluchtmethode, die ich gewählt hatte, würde den Suchtrupp unweigerlich zum Herrenhaus von Eldridge bringen.

»Wenn wir Glück haben«, fuhr er mit ruhiger Stimme fort, »dann behindert der Schnee die Suche vielleicht so lange, bis wir weg sind; wenn nicht...« Er zuckte mit den Achseln und starrte in die Flammen. »Claire, ich lasse mich nicht wieder fangen. Und betäubt und hilflos daliegen, wenn sie kommen, und dann angekettet in einer Zelle aufwachen... Claire, das wäre zuviel.«

Tränen waren mir in die Augen getreten. Ich wollte nicht, daß sie mir die Wangen hinabliefen, und starrte ihn an, ohne zu blinzeln.

Er schloß die Augen. Das Feuer verlieh seinen bleichen Wangen Farbe. Die Halsmuskeln bewegten sich, als er schluckte.

»Weine nicht, Sassenach«, sagte er so leise, daß ich ihn kaum verstehen konnte. Er streckte die gesunde Hand aus und tätschelte mir das Bein, um mich zu beruhigen. »Wenn ich glauben würde, daß sie uns fangen, dann würde ich meine letzten Stunden nicht damit verschwenden, eine Hand von dir einrichten zu lassen, die ich dann nicht mehr brauchen würde. Geh und hol Murtagh. Dann gib mir noch einen kräftigen Schluck und tu, was du zu tun hast.«

Da ich am Tisch mit den medizinischen Vorbereitungen beschäftigt war, konnte ich nicht hören, was er zu Murtagh sagte, aber ich sah, wie die beiden Männer die Köpfe zusammensteckten und wie

Murtaghs Hand vorsichtig das Ohr des Jüngeren berührte, eine der wenigen Stellen an seinem Körper, die nicht verletzt waren.

Mit einem kurzen Nicken verabschiedete sich Murtagh und war schon zur Tür hinaus, bevor ich ihn aufhalten konnte. Wie eine Ratte, dachte ich. Ich erwischte ihn gerade noch in der Eingangshalle und hielt ihn an seinem Plaid fest.

»Was hat er zu dir gesagt?« fragte ich scharf. »Wohin gehst du?«

Der sehnige kleine Mann zögerte einen Augenblick, gab mir dann aber Auskunft. »Ich soll mit dem jungen Absalom in Richtung Wentworth gehen und Wache halten. Wenn Rotröcke auftauchen, die zu uns wollen, dann soll ich sie in die Flucht schlagen. Wenn dann noch Zeit ist, soll ich euch beide verstecken und mit drei Pferden verschwinden, um die Verfolger vom Herrenhaus abzulenken. Es gibt einen Keller; es ist kein schlechtes Versteck, wenn sie nicht zu gründlich suchen.«

»Und wenn wir keine Zeit dazu haben?«

»Dann soll ich ihn töten und dich mitnehmen«, antwortete er ohne Umschweife. »Ob du willst oder nicht«, fügte er mit einem bösen Grinsen hinzu und wollte zur Tür hinaus.

»Warte!« rief ich ihm nach, und er blieb stehen. »Hast du einen Dolch übrig?«

Seine Augenbrauen schossen nach oben, aber seine Hand griff, ohne zu zögern, an den Gürtel.

»Brauchst du einen? Hier!«

Ich nahm die angebotene Waffe und steckte sie mir hinten in den Gürtel, wie ich das bei den Zigeunerinnen gesehen hatte.

»Man weiß ja nie«, sagte ich ruhig.

Als die Vorbereitungen abgeschlossen waren, untersuchte ich die Hand so vorsichtig wie möglich, um zu entscheiden, was zu tun war. Ich nahm seine gesunde Hand und tastete sie zum Vergleich mit der verletzten Hand ab. Da ich mich weder an Röntgenaufnahmen noch an meiner Erfahrung orientieren konnte, mußte ich mich auf meine Sensibilität verlassen, um die gebrochenen Knochen wieder einzurichten.

Das erste Gelenk war in Ordnung, aber das zweite schien gebrochen zu sein. Ich drückte stärker, um die Länge und die Richtung der Fraktur zu bestimmen. Die verletzte Hand blieb bewegungslos, aber die andere ballte sich unwillkürlich zusammen.

»Es tut mir so leid«, murmelte ich. Da zog Jamie plötzlich seine Hand weg und stützte sich auf den Ellbogen. Er spuckte das Lederstück aus und betrachtete mich mit einer Mischung aus Belustigung und Ratlosigkeit.

»Sassenach«, sagte er, »wenn du dich jedesmal entschuldigst, wenn du mir weh tust, dann wird das eine sehr lange Nacht – und es hat schon bis jetzt ziemlich lang gedauert.«

Ich muß etwas verstört ausgesehen haben, denn er versuchte die Hand nach mir auszustrecken, hielt dann aber mit einem Stöhnen inne. Er unterdrückte den Schmerz und sagte bestimmt: »Ich weiß, daß du mir nicht weh tun willst. Aber du kannst daran genausowenig ändern wie ich, und es reicht, wenn einer von uns beiden leidet. Tu, was nötig ist, und ich schreie, wenn ich muß.«

Er nahm den Lederstreifen wieder in den Mund, biß grimmig die Zähne zusammen und begann langsam und bedächtig zu schielen. Er sah aus wie ein vertrottelter Tiger, und ich brach in ein fast hysterisches Lachen aus.

Als ich die erstaunten Mienen von Lady Annabelle und den Dienstboten erblickte, die Jamies Gesicht nicht sehen konnten, schoß mir das Blut in die Wangen, und ich hielt mir schnell die Hand über den Mund. Sir Marcus, der von seinem Platz neben dem Bett einen Blick auf Jamie geworfen hatte, grinste in seinen Bart.

»Im übrigen«, sagte Jamie, der das Leder noch einmal ausspuckte, »wenn die Engländer nach dieser Behandlung auftauchen, dann werde ich sie wahrscheinlich anflehen, mich wieder mitzunehmen.«

Ich hob das Leder auf, schob es ihm zwischen die Zähne und drückte seinen Kopf aufs Kissen.

»Du Clown«, sagte ich. »Held in allen Lebenslagen.« Aber ich konnte jetzt doch ruhiger arbeiten. Zwar bemerkte ich immer noch jedes Zucken und jede Anspannung in seinem Gesicht, aber es tat mir nicht mehr so weh.

Ich konzentrierte mich ganz auf die vor mir liegende Aufgabe. Glücklicherweise hatte der Daumen am wenigsten abbekommen. Nur ein einfacher Bruch am ersten Gelenk. Der würde sauber verheilen. Das zweite Gelenk am Ringfinger war völlig kaputt. Ich spürte nur eine Masse von Knochensplittern, als ich es sachte zwischen Daumen und Zeigefinger bewegte. Da war nichts mehr zu machen; ich konnte das Gelenk nur noch schienen und das Beste hoffen.

Der Splitterbruch des Mittelfingers war am schwierigsten zu behandeln. Ich mußte den Finger geradeziehen, um den heraussteshenden Knochen ins zerrissene Fleisch zurückzubewegen. Ich hatte bei einer solchen Operation – allerdings unter Vollnarkose und mit Hilfe von Röntgenstrahlen – schon einmal zugesehen.

Bis zu diesem Punkt war es mehr ein mechanisches als ein wirkliches Problem gewesen, mir darüber klarzuwerden, wie ich diese zerschlagene Hand wieder einigermaßen in Ordnung bringen könnte. Aber jetzt hatte ich einen Punkt erreicht, wo ich plötzlich ganz genau verstand, warum Ärzte die Mitglieder ihrer eigenen Familie nur selten behandeln. Manchmal ist in der Medizin eine gewisse Rücksichtslosigkeit notwendig, um erfolgreich zu arbeiten, man muß Schmerz zufügen, um die Heilung zu ermöglichen – und dafür ist Distanz zwischen Arzt und Patient notwendig.

Sir Marcus hatte seinen Stuhl leise neben mich gezogen und nahm Jamies gesunde Hand in seine eigene.

»Drücken Sie so fest Sie wollen, Junge«, sagte er.

Ohne das Bärenfell und mit zurückgebundenem Haar war MacRannoch nicht mehr der furchterregende Wilde aus dem Wald, sondern ein gutgekleideter Herr mittleren Alters mit gepflegtem Bart und militärischem Auftreten. Seine Gegenwart wirkte beruhigend auf mich.

Ich atmete tief durch und betete um etwas Distanz.

Es war eine lange, scheußliche, nervenaufreibende Arbeit, die jedoch nicht ganz ohne Reiz war. Manches wie das Schienen der zwei Finger mit einfachen Brüchen ging leicht. Anderes nicht. Jamie schrie – und er schrie laut –, als ich seinen Mittelfinger einrichtete und mit erheblichem Kraftaufwand den herausstehenden Knochen wieder in die Haut schob. Einen Moment lang zögerte ich verstört, Sir Marcus' ruhiges, dringliches »Weiter so, Mädel!« brachte mich darüber hinweg.

Plötzlich erinnerte ich mich daran, was Jamie zu mir in der Nacht gesagt hatte, als Jennys Baby geboren wurde: *Ich kann Schmerzen aushalten, aber ich könnte es nicht ertragen, dich leiden zu sehen. Dafür müßte ich stärker sein, als ich bin.* Er hatte recht. Es erforderte Stärke; ich hoffte nur, daß wir beide genug davon hatten.

Jamie hatte das Gesicht abgewandt, aber ich sah, wie sich die Kiefermuskeln anspannten, wenn er fester auf das Leder biß. Ich biß selbst die Zähne zusammen und machte weiter. Der spitze Knochen verschwand langsam unter der Haut, und der Finger streckte sich qualvoll langsam. Wir zitterten beide am ganzen Körper.

Ich arbeitete weiter und nahm nichts mehr wahr außer dem, was ich gerade tat. Jamie stöhnte ab und zu laut auf, und wir mußten zweimal innehalten, damit er sich übergeben konnte. Meistens murmelte er auf gälisch leise vor sich hin, während er die Stirn fest gegen die Knie von Sir Marcus drückte.

Schließlich waren alle fünf Finger kerzengerade ausgestreckt geschient. Ich fürchtete eine Infektion, besonders an der offenen Wunde des Mittelfingers, aber ansonsten war ich ziemlich sicher, daß alles gut heilen würde. Wenn wir Glück hatten, dann war nur das eine Gelenk wirklich schwer verletzt. Wahrscheinlich würde sein Ringfinger steif bleiben, aber die anderen hatten eine gute Chance, mit der Zeit wieder normal zu funktionieren. Ich konnte nichts anderes tun, als die offene Wunde am Mittelfinger mit einem antispetischen Mittel zu spülen, Umschläge zu machen und ansonsten darum zu beten, daß es keine Tetanusinfektion gab. Ich trat einen Schritt zurück; meine Glieder zitterten von der Anstrengung, und mein Kleid war durchgeschwitzt.

Lady Annabelle war sofort an meiner Seite, führte mich zu einem Stuhl und drückte mir eine Tasse Tee mit einem Schuß Whisky in die Hand. Sir Marcus, der einen denkbar guten Assistenten abgegeben hatte, band Jamies Arm los und rieb die Stellen, wo sich der Gurt, mit dem wir den Arm stillgelegt hatten, tief ins Fleisch eingedrückt hatte. Seine Hand, die er Jamie überlassen hatte, war rot angelaufen.

Ich merkte erst, daß ich eingeschlafen war, als ich mit einem Ruck erwachte. Lady Annabelle drängte mich hinaufzugehen. »Kommen Sie, meine Liebe. Sie sind ja völlig erschöpft; Sie brauchen jetzt jemanden, der sich um Ihre Wunden kümmert, und ein wenig Schlaf.«

Ich schüttelte sie so höflich wie möglich ab. »Nein. Ich kann nicht. Ich muß noch ...« Meine Worte verschwammen ebenso wie meine Gedanken, während mir Sir Marcus die Essigflasche und das Tuch aus der Hand nahm.

»Ich mache den Rest«, sagte er. »Auf dem Schlachtfeld habe ich einige Erfahrung gesammelt.« Er schlug die Decken zurück und tupfte das Blut von den Peitscheneinschnitten; es beeindruckte mich, wie sanft und doch zügig er dabei vorging. Er sah meinen Blick und grinste. »Ich habe schon öfter solche Striemen gereinigt«, sagte er, »und manchmal auch welche ausgeteilt. Diese hier sind nicht weiter schlimm, Mädel; in ein paar Tagen werden sie verheilt sein.« Da ich wußte, daß er recht hatte, ging ich ans Kopfende des Feldbettes. Jamie war wach und verzog das Gesicht, wenn die antiseptische Lösung auf den Einschnitten brannte, aber seine Augenlider waren schwer, und die blauen Augen dunkel vor Schmerz und Erschöpfung.

»Geh und schlafe, Sassenach. Ich komme schon zurecht.«

Ob das wirklich der Fall sein würde, wußte ich nicht. Aber es war klar, daß ich mich nicht mehr lange auf den Beinen halten konnte. Ich schwankte vor Erschöpfung hin und her, und die blutigen Kratzer auf meinen Beinen begannen zu brennen und zu schmerzen. Absalom hatte sie in der Hütte zwar gereinigt, aber sie mußten verbunden werden.

Ich nickte benommen und folgte Lady Annabelle nach oben.

Als ich die Treppe hinaufstieg, fiel mir ein, daß ich vergessen hatte, Sir Marcus zu sagen, wie die Einschnitte zu behandeln waren. Die tiefen Wunden über den Schultern mußten verbunden werden, damit er ein Hemd tragen konnte, wenn wir von hier flohen. Aber die leichteren Peitschenspuren sollten an der Luft abheilen. Ich warf einen Blick in das Gästezimmer, zu dem mich Lady Annabelle geführt hatte, murmelte eine Entschuldigung und ging noch einmal schwankend die Treppe hinunter zum Salon.

Ich verharrte an der Tür, die im Dunkeln lag; Lady Annabelle stand hinter mir. Jamie hatte die Augen geschlossen; die Erschöpfung und der Whisky hatten ihn einschlafen lassen. Die Decken hatte er abgeworfen. Sir Marcus legte achtlos eine Hand auf Jamies entblößtes Hinterteil, als er sich über ihn beugte und nach einem Tuch griff. Jamie reagierte, als hätte man ihm einen elektrischen Schlag versetzt. Er krümmte sich zusammen, seine Gesäßmuskeln verkrampften sich, und er stieß unwillkürlich einen Protestschrei aus. Trotz seiner gebrochenen Rippen warf er sich herum und starrte Sir Marcus mit aufgerissenen, erschreckten Augen ins Gesicht. Sir Marcus, selbst völlig überrascht von dieser Reaktion, stand eine Sekunde lang stockstill, lehnte sich dann nach vorne, faßte Jamie beruhigend am Arm und legte ihn wieder mit dem Gesicht nach unten zurück auf die Matratze. Nachdenklich fuhr er behutsam mit einem Finger über Jamies Fleisch und rieb dann seine im Schein des Feuers ölig glänzenden Finger aneinander.

»Oh«, bemerkte er ganz sachlich. Der alte Soldat bedeckte Jamie bis zur Taille mit einer Decke, und ich sah, wie sich die verkrampften Schultern unter dem Verband ein wenig entspannten.

Sir Marcus setzte sich kameradschaftlich ans Kopfende von Jamies Lager und schenkte zwei Whiskys ein. »Wenigstens war er so rücksichtsvoll, Sie vorher ein bißchen einzuölen«, bemerkte er und reichte Jamie den Becher, der sich mühsam aufstützte, um ihn in Empfang zu nehmen.

»Na ja«, sagte er trocken, »ich glaube nicht, daß es ihm dabei um *mein* Wohlbehagen ging.«

Sir Marcus nahm einen Schluck und schmatzte gedankenvoll. Einige Augenblicke war es still, nur das Knistern des Feuers war zu hören, und weder Lady Annabelle noch ich machten eine Bewegung.

»Wenn es Sie tröstet«, sagte Sir Marcus unvermittelt, die Augen auf der Karaffe, »er ist tot.«

»Sind Sie sicher?« Jamies Stimme war ausdruckslos.

»Ich kann mir nicht vorstellen, wie es jemand überleben soll, von dreißig Rindern niedergetrampelt zu werden. Er hat in den Gang hinausgeschaut, um festzustellen, woher der Lärm kam; bevor er die Türe wieder schließen konnte, hat ihn ein Horn am Ärmel erwischt, und er ist draußen auf dem Gang auf den Boden gefallen. Sir Fletcher und ich haben auf der Treppe gestanden und uns abseits gehalten. Natürlich war Sir Fletcher sehr erregt; er hat ein paar Männer hingeschickt, aber die konnten gar nicht in seine Nähe kommen vor lauter brüllenden, trampelnden Rindern. Beim heiligen Jesus, Mann, das hätten Sie sehen sollen!« Sir Marcus lachte herzhaft und packte die Karaffe am Hals. »So ein Mädel wie Ihre Frau gibt's nur einmal!« Er schüttete sich den Becher voll und goß ihn hinunter, wobei er sich, weil er immer noch lachte, ein wenig verschluckte.

»Jedenfalls«, fuhr er hustend fort und klopfte sich auf die Brust, »war von ihm nicht mehr viel übrig, wie das Vieh draußen war, als eine Puppe in blutigen Fetzen. Sir Fletchers Männer trugen ihn weg, und falls noch ein Funken Leben in ihm war, dann nicht mehr lange. Wollen Sie noch was, Junge?«

»Ja, danke.«

Ein Weilchen war es still, dann sagte Jamie: »Nein, ich kann nicht sagen, daß es mich tröstet, aber danke, daß Sie es mir gesagt haben.« Sir Marcus sah ihn scharf an.

»Mmmpf. Sie werden es nicht vergessen. Bemühen Sie sich erst gar nicht. Wenn Sie können, dann lassen Sie es einfach heilen wie den Rest Ihrer Wunden. Kratzen Sie nicht daran, und es wird sauber verwachsen.« Der alte Krieger hielt seinen sehnigen Unterarm hoch, um eine Narbe zu zeigen, die im Zickzack vom Ellbogen bis zum Handgelenk verlief. »Mit Narben kann man leben.«

»Kann sein. Mit manchen Narben vielleicht.« Anscheinend war Jamie etwas eingefallen, und er drehte sich mühselig auf eine Seite. Sir Marcus setzte sein Glas mit einem Ausruf ab.

»Vorsicht, Junge! Sie stoßen sich noch eine Rippe in die Lungen.« Er half Jamie, sich auf seinen rechten Ellbogen zu stützen, und stopfte ihm eine Decke in den Rücken.

»Ich brauche ein kleines Messer«, sagte Jamie schweratmend. »Ein scharfes, wenn Sie eins griffbereit haben.« Ohne eine Frage zu stellen, ging Sir Marcus mit schwerem Schritt zu der französischen Anrichte aus poliertem Walnußholz und suchte laut klappernd in den Schubladen herum, bis er schließlich ein Obstmesser mit Perlmuttgriff zum Vorschein brachte. Er warf es in Jamies gesunde Hand und setzte sich mit einem Knurren wieder hin.

»Glauben Sie nicht, daß Sie schon genug Narben haben?« fragte er. »Wollen Sie noch ein paar hinzufügen?«

»Nur eine.« Jamie balancierte wackelig auf einem Ellbogen und zielte mit dem rasierklingenscharfen Messer auf eine Stelle unterhalb der linken Brust. Sir Marcus' Hand schoß hervor und hielt Jamie am Handgelenk.

»Besser, Sie lassen sich helfen, Mann. Sie könnten jeden Augenblick drauffallen.«

Nach einer kurzen Pause gab Jamie das Messer widerstrebend zurück und lehnte sich zurück. Er berührte die Brust ein paar Zentimeter unter der Brustwarze.

»Hier.« Sir Marcus griff sich eine Lampe von der Anrichte und stellte sie auf den Stuhl. Aus der Entfernung konnte ich nicht erkennen, was er da so intensiv betrachtete; es sah wie eine kleine rote Brandwunde aus, die beinahe kreisrund war. Er nahm noch einen kräftigen Schluck aus seinem Whiskyglas, stellte es dann neben der Lampe ab und drückte die Messerspitze gegen Jamies Brust. Ich muß wohl eine unwillkürliche Bewegung gemacht haben, denn Lady Annabelle packte mich am Arm und mahnte mich, leise zu sein. Sir Marcus drückte die Messerspitze noch weiter ins Fleisch und machte plötzlich eine schnelle Drehbewegung, so wie man aus einem reifen Pfirsich eine faule Stelle schneidet. Jamie stöhne einmal auf, und ein dünnes rotes Rinnsal lief an seiner Brust hinunter und sickerte in die Decke. Er rollte sich auf den Bauch und drückte die Wunde gegen die Matratze.

Sir Marcus legte das Obstmesser weg. »Nehmen Sie Ihre Frau ins Bett, Mann, sobald Sie dazu fähig sind, und lassen Sie sich von ihr trösten. Frauen tun das gerne«, sagte er und grinste in unsere Richtung, »Gott weiß, warum.«

Lady Annabelle sagte sanft: »Kommen Sie, meine Liebe. Es ist besser, wenn er noch ein bißchen allein bleibt.« Ich überließ Sir Marcus das Verbinden und ging hinter ihr die schmale Treppe hinauf zu meinem Zimmer.

Ich schreckte aus einem Traum von sich endlos nach oben windenden Treppen hoch, an deren Fuß das Entsetzen lauerte. Erschöpfung zog mich zurück in die Kissen, und meine Beine schmerzten, aber ich richtete mich doch wieder auf und tastete nach der Kerze und den Zündhölzern. So weit von Jamie entfernt, fühlte ich mich unwohl. Was, wenn er mich brauchte? Und was, wenn die Engländer kämen, während er dort unten allein und unbewaffnet lag? Ich preßte mein Gesicht gegen das kalte Fenster und beruhigte mich etwas, als ich sah, daß der Schnee noch immer vom Wind gegen die Scheiben getrieben wurde. Solange der Sturm andauerte, waren wir einigermaßen sicher. Ich zog mir einen Morgenmantel über, nahm die Kerze und meinen Dolch in die Hand und ging zur Treppe.

Im Haus war es still, abgesehen vom Knistern des Feuers. Jamie schlief oder hatte zumindest die Augen geschlossen. Ich setzte mich leise auf den Teppich vor dem Kamin, um ihn nicht zu wecken. Seit jener verzweifelten Begegnung im Verlies des Wentworth-Gefängnisses waren wir jetzt zum ersten Mal allein. Ich hatte das Gefühl, als wären seitdem Jahre vergangen. Ich musterte Jamie wie einen Fremden.

Es schien ihm körperlich nicht allzuschlecht zu gehen, wenn man die Umstände in Betracht zog, aber dennoch machte ich mir Sorgen. Mit all dem Whisky, den er während der Operation getrunken hatte, hätte man ein Pferd umlegen können, und er hatte noch eine ganze Menge davon in sich, obwohl er sich übergeben hatte. Jamie war nicht der erste Held, der mir unterkam. Die Männer hielten sich zwar in der Regel zu kurz im Feldhospital auf, als daß die Krankenschwestern mit ihnen hätten bekannt werden können, aber hie und da sah man einen Mann, der zu wenig sprach oder zu viele Witze riß.

Im großen und ganzen wußte ich, wie man ihnen helfen konnte. Hatte ich Zeit und war es einer von denen, die gerne reden, um die Dunkelheit in Schach zu halten, dann setzte ich mich zu ihm und hörte zu. War einer sehr still, dann berührte ich ihn hin und wieder im Vorbeigehen und wartete auf den Moment, wo ich ihn aus sich herausholen und ihm beim Austreiben der Dämonen beistehen konnte.

Früher oder später würde Jamie mit jemandem sprechen. Wir hatten Zeit. Aber ich hoffte, daß nicht ich es sein würde.

Er war nur bis zur Taille zugedeckt, und ich beugte mich nach vorne, um seinen Rücken zu untersuchen. Es war unglaublich, was ich da sah. Die Einschnitte wiesen eine Regelmäßigkeit auf, die mich sprachlos machte. Er muß wie eine Schildwache dagestanden haben, als ihm diese Wunden zugefügt wurden. Ich warf einen kurzen Blick auf seine Handgelenke – keine Einschnitte. Er hatte also Wort gehalten und sich nicht gewehrt. Er hatte alles bewegungslos über sich ergehen lassen und so das Lösegeld für mein Leben bezahlt.

Ich wischte mir die Augen am Ärmel ab. Er würde es wohl kaum schätzen, dachte ich, wenn meine Tränen auf seinen niedergestreckten Körper fielen. Ich setzte mich zurück, und meine Röcke raschelten leise. Bei diesem Geräusch öffnete er die Augen, ohne besonders erschreckt auszusehen. Er lächelte mich an, schwach und erschöpft, aber es war ein echtes Lächeln. Ich öffnete den Mund und merkte plötzlich, daß ich nicht wußte, was ich sagen sollte. Es war unmöglich, ihm zu danken. »Wie geht es dir?« war lächerlich. Keine Frage, daß er höllische Schmerzen litt. Während ich darüber nachdachte, sprach er zuerst.

»Claire? Bist du in Ordnung, Liebes?«

»Ob *ich* in Ordnung bin? Mein Gott, Jamie!« Tränen stiegen mir in die Augen, und ich schniefte. Langsam, als wäre sie von Ketten beschwert, hob er die linke Hand und streichelte mir über das Haar. Er zog mich an sich heran, aber ich wich zurück, weil mir plötzlich klar wurde, wie ich aussah: das Gesicht zerkratzt, die Haare struppig und voller Harz.

»Komm her«, sagte er. »Ich möchte dich einen Augenblick halten.«

»Aber ich bin mit Blut und Erbrochenem beschmiert«, protestierte ich und machte einen erfolglosen Versuch, meine Haare in Ordnung zu bringen.

Er schnaubte leise durch die Nase. Das war alles, was seine gebrochenen Rippen an Lachen zuließen. »Gott im Himmel, Sassenach, es ist mein Blut und mein Erbrochenes. Komm her.«

Es war tröstlich, seinen Arm um meine Schultern zu spüren. Ich legte meinen Kopf neben ihn auf das Kissen, und so kauerten wir eine Weile schweigend vor dem Feuer und stärkten und beruhigten einander. Er berührte sanft die kleine Wunde unter meinem Kiefer.

»Ich habe geglaubt, ich würde dich nie wiedersehen, Sassenach.« Seine Stimme war tief und ein bißchen heiser. »Ich bin froh, daß du da bist.«

»Mich nicht wiedersehen! Warum? Hast du geglaubt, ich würde dich nicht herausholen?«

Er lächelte schief. »Ja, das habe ich tatsächlich geglaubt. Ich hatte befürchtet, wenn ich das sage, dann stellst du dich stur und weigerst dich zu gehen.«

»*Ich* mich stur stellen? Schau den an, der das sagt!«

Es entstand eine Pause, die langsam peinlich wurde. Es gab Dinge, die ich fragen sollte, weil sie medizinisch gesehen wichtig waren, die in persönlicher Hinsicht aber heikel waren. Schließlich entschied ich mich für: »Und wie fühlst du dich?«

Seine Augen waren geschlossen und lagen in tiefen schattigen Höhlen, aber die Muskeln seines breiten Rückens waren angespannt. Sein geschwollener Mund zuckte, halb Lächeln, halb Grimasse.

»Ich weiß es nicht, Sassenach. Ich habe mich noch nie so gefühlt. Ich möchte verschiedene Dinge tun, alle gleichzeitig, aber mein Verstand bekriegt mich, und mein Körper ist zum Verräter geworden. Ich möchte hier so schnell wie möglich raus und so schnell und so weit rennen, wie ich kann. Ich möchte jemanden schlagen. Mein

Gott, wie gern ich zuschlagen würde! Ich möchte das Wentworth-Gefängnis niederbrennen. Und ich möchte schlafen.«

»Stein brennt nicht«, bemerkte ich trocken, »vielleicht solltest du statt dessen lieber schlafen.«

Seine gesunde Hand tastete nach meiner, und sein Mund entspannte sich etwas, obwohl seine Augen geschlossen blieben.

»Ich möchte dich an mich drücken und dich küssen und dich nie mehr loslassen. Ich möchte dich im Bett haben und dich wie eine Hure benutzen, bis ich vergessen habe, wer ich bin. Und ich möchte meinen Kopf in deinen Schoß legen und wie ein Kind weinen.«

Ein Mundwinkel bewegte sich nach oben, und ein blaues Auge öffnete sich einen kleinen Spalt.

»Leider kann ich außer dem letzten nichts davon tun, ohne ohnmächtig zu werden oder mich zu übergeben.«

»Dann wäre es vielleicht das beste, du entscheidest dich dafür und vertagst den Rest«, antwortete ich und lachte ein wenig.

Es dauerte ein bißchen, bis wir uns arrangiert hatten, aber schließlich saß ich auf seiner Pritsche, und sein Kopf lag auf meinem Schoß.

»Was hat dir Sir Marcus aus der Brust geschnitten?« fragte ich. »Ein Brandzeichen?« fügte ich leise hinzu, als er nicht antwortete.

Er nickte kaum merklich. »Ein Siegel mit seinen Initialen.« Jamie lachte verächtlich auf. »Es genügt, daß ich seine Spuren für den Rest meines Lebens am Körper trage. Aber ich möchte mich nicht von ihm signieren lassen wie ein verdammtes Gemälde.«

Sein Kopf lag schwer auf meinen Schenkeln, und an seinem tiefen Atem merkte ich, daß er allmählich einschlief. Der weiße Verband an seiner Hand leuchtete gespenstisch auf der dunklen Decke. Ich berührte sacht eine Verbrennung an seiner Schulter, die eingeölt war und matt glänzte.

»Jamie?«

»Mmmm?«

»Bist du sehr schlimm verletzt?« Er schlug die Augen auf und schaute von seiner verbundenen Hand zu meinem Gesicht. Dann fielen seine Lider wieder zu, und sein Körper begann sich zu schütteln. Erschrocken dachte ich, ich hätte eine unerträgliche Erinnerung in ihm geweckt, bis ich erkannte, daß er lachte, und zwar so sehr, daß ihm Tränen aus den Augenwinkeln rannen.

»Sassenach«, brachte er schließlich keuchend hervor. »Ich habe vielleicht noch zwölf Quadratzentimeter Haut übrig, die nicht gequetscht, verbrannt oder zerschnitten sind. Ob ich *verletzt* bin?« Und wieder schüttelte er sich, daß das Bettgestell quietschte.

Etwas ärgerlich sagte ich: »Ich *meinte* –«, aber er unterbrach mich, indem er meine Hand nahm und sie an seine Lippen führte.

»Ich weiß, was du gemeint hast, Sassenach«, sagte er und schaute mich an. »Mach dir keine Sorgen. Die zwölf Zentimeter, die übrig sind, sind alle zwischen meinen Beinen.«

Ich fand es bemerkenswert, daß er überhaupt einen Witz machte, auch wenn er dünn war. Ich gab ihm einen leichten Klaps auf den Mund. »Du bist betrunken, Jamie Fraser«, sagte ich und schaute ihn von der Seite an. »Zwölf Zentimeter, hast du gesagt?«

»Na ja, vielleicht sind es auch fünfzehn, wenn du meinst. O Gott, Sassenach, bring mich nicht wieder zum Lachen, meine Rippen verkraften das nicht.« Mit einem Rockzipfel wischte ich ihm die Tränen ab und gab ihm einen Schluck Wasser, dabei stützte ich seinen Kopf mit dem Knie.

»Das habe ich auch nicht gemeint«, sagte ich.

Er wurde ernst, griff nach meiner Hand und drückte sie. »Ich weiß«, sagte er. »Du brauchst nicht drum herum zu reden.« Er atmete vorsichtig ein und stöhnte leicht. »Ich hatte recht, es hat weniger weh getan, als ausgepeitscht zu werden.« Er schloß die Augen. »Aber es hat noch sehr viel weniger Spaß gemacht.« Ein bitteres Lächeln spielte um seine Mundwinkel. »Jedenfalls werde ich eine Zeitlang keine Verstopfung haben.« Ich fuhr zurück, und er biß die Zähne zusammen. »Es tut mir leid, Sassenach. Ich ... dachte nicht, daß es mir so viel ausmachen würde. Aber das, was du meinst ... ist in Ordnung. Ich bin nicht verletzt.«

Ich achtete darauf, daß meine Stimme ruhig und sachlich klang. »Du mußt es mir nicht erzählen, wenn du nicht willst. Aber vielleicht verschafft es dir ein wenig Erleichterung ...« Meine Stimme wurde matt, und es entstand eine peinliche Stille.

»Ich *will* nicht.« Seine Stimme klang bitter und entschieden. »Ich möchte niemals mehr daran denken, aber das könnte ich wohl nur erreichen, wenn ich mir die Kehle durchschneide. Ich will es dir nicht erzählen, genausowenig, wie du es hören möchtest ..., aber ich glaube, ich muß es loswerden, bevor ich daran ersticke.« Die Worte sprudelten jetzt in einem bitteren Ausbruch hervor.

»Er wollte, daß ich auf dem Boden krieche und ihn anflehe. Und, bei Gott, ich habe es getan. Ich habe dir einmal gesagt, Sassenach, daß du jeden brechen kannst, wenn du bereit bist, ihm genügend Schmerz zuzufügen. Er war dazu bereit. Er zwang mich, auf dem Boden zu kriechen und ihn anzuflehen. Er zwang mich zu noch schlimmeren Dingen, und irgendwann wollte ich nur noch sterben.«

Er war still und starrte ins Feuer. Dann fuhr er mit einem tiefen Seufzer und schmerzverzerrtem Gesicht fort:

»Ich wünschte, du könntest mir Erleichterung verschaffen, denn es ist eine schwere Last. Aber es ist nicht wie ein giftiger Dorn, den man, wenn man ihn zu fassen bekommt, sauber herausziehen kann.« Er spannte die Finger an und streckte sie flach aus. »Es ist nicht einmal so, als wäre etwas gebrochen. Wenn du es einrichten könntest, Stück für Stück, so wie du es mit meiner Hand gemacht hast, dann würde ich die Schmerzen gerne ertragen.« Er ballte die Finger zur Faust zusammen und zog die Stirn in Falten.

»Es ist ... schwer zu erklären. Es ist ... es ist wie ... Ich glaube, jeder hat einen winzigen Platz in sich, etwas ganz und gar Privates, das er für sich behält. Es ist wie eine kleine Festung, in der der allerprivateste Teil von einem lebt – vielleicht ist es die Seele, vielleicht etwas, was einen zu der Person macht, die man ist und die einen von den anderen unterscheidet.« Er fuhr sich mit der Zunge unbewußt über die geschwollenen Lippen, während er nachdachte.

»Dieses Stückchen zeigt man niemals, höchstens jemandem, den man sehr liebt.« Die Hand entspannte sich und schmiegte sich um mein Knie. Jamies Augen waren geschlossen. »Es fühlt sich jetzt so an, als ... als wäre meine kleine Festung mit Schießpulver gesprengt worden. Es ist nichts davon übrig außer Asche und einem rauchenden Firstbalken, und dieses kleine nackte Ding, das dort einmal gelebt hat, ist draußen im Freien und wimmert vor Angst; es versucht sich unter einem Grashalm oder einem Blatt zu verstecken, aber ... aber ... es gelingt ihm nicht.« Seine Stimme brach, und er drückte das Gesicht in meinen Rock. Ich war hilflos und konnte nichts anderes tun, als ihm über die Haare zu streicheln. Plötzlich hob er den Kopf, das Gesicht war zerfurcht und aschfahl. »Ich war dem Tod schon einige Male nahe, Claire, aber ich wollte niemals wirklich sterben. Diesmal wollte ich es. Ich ...« Die Stimme versagte ihm, er hörte auf zu sprechen und umklammerte mein Knie. Als er weitersprach, war seine Stimme hoch und merkwürdig atemlos, als wäre er weit gelaufen.

»Claire, bitte . . . es ist nur, Claire, halte mich fest. Wenn ich jetzt wieder anfange zu zittern, Claire, dann halte mich, ich kann nicht anders.« Tatsächlich begann er am ganzen Körper zu zittern, und er wimmerte und ächzte, als auch die gebrochenen Rippen davon ergriffen wurden. Ich fürchtete, ihm weh zu tun, aber noch mehr fürchtete ich das Zittern. Ich beugte mich über ihn, schlang ihm die Arme um die Schultern und hielt ihn so fest, wie ich konnte, wiegte ihn hin und her in der Hoffnung, ihn beruhigen zu können. Ich hatte eine Hand an seinem Nacken und preßte meine Finger tief in die Muskelstränge, um den Krampf zu lösen. Schließlich fiel sein Kopf erschöpft nach vorne auf meinen Schoß.

»Es tut mir leid«, sagte er eine Minute später mit seiner normalen Stimme. »Ich wollte das nicht. Die Wahrheit ist, daß ich sehr große Schmerzen habe und entsetzlich betrunken bin. Ich habe kaum noch Kontrolle über mich.« Wenn ein Schotte zugibt, daß er betrunken ist, dann heißt das etwas, dachte ich. Das zeigte nur, wie groß seine Schmerzen wirklich waren.

»Du brauchst Schlaf«, sagte ich weich. »Es friert mich«, murmelte er. Das Feuer brannte noch hell, und er war mit mehreren Decken zugedeckt, aber seine Finger fühlten sich kalt an.

»Du hast einen Schock«, sagte ich sachlich. »Du hast verdammt viel Blut verloren.« Ich schaute herum, aber die MacRannochs und ihre Dienstboten waren alle zu Bett gegangen. Murtagh war, wie ich annahm, noch immer draußen im Schnee und hielt Wache. Was immer die Herrschaften hier denken mochten, ich stand auf, zog mein Nachthemd aus und kroch zu Jamie unter die Decke. So behutsam wie möglich drückte ich mich an ihn und gab ihm etwas von meiner Wärme ab. Er drehte sein Gesicht zu mir, und ich strich ihm über die Haare und rieb zart über die noch immer verkrampften Muskeln. »Leg den Kopf hin«, sagte ich und erinnerte mich an Jenny und ihren Jungen.

Jamie lachte leise auf. »Das hat meine Mutter immer gesagt, wenn sie mich trösten wollte.«

»Sassenach«, sagte er einen Augenblick später.

»Mm?«

»Wer in Gottes Namen ist John Wayne?«

»Du bist es. Schlaf ein.«

37

Die Flucht

Am Morgen sah er etwas besser aus, obwohl die Blutergüsse über Nacht dunkler geworden waren. Er seufzte tief, zuckte zusammen und atmete dann sehr viel vorsichtiger aus.

»Wie fühlst du dich?« Ich legte ihm eine Hand auf die Stirn, die kühl und feucht war. Gott sei Dank kein Fieber. Er verzog das Gesicht.

»Sassenach, ich kann dir sagen, es tut weh.«

Er streckte mir die linke Hand entgegen. »Hilf mir auf; ich bin steif wie ein Brett.«

Am Vormittag hörte es auf zu schneien. Der Himmel war noch immer wolkenverhangen, und es sah nach noch mehr Schnee aus, aber die Wahrscheinlichkeit, daß man uns suchen würde, war jetzt größer, so daß wir kurz vor Mittag aufbrachen. Unter ihren schweren Umhängen starrten Murtagh und Jamie vor Waffen. Ich hatte nichts bei mir außer einem Dolch, und der war gut versteckt. Es paßte mir gar nicht, aber ich sollte mich als englische Geisel ausgeben, falls es zum Schlimmsten käme.

»Aber sie haben mich im Gefängnis doch gesehen«, argumentierte ich. »Sir Fletcher kennt mich doch schon.«

Murtagh, der auf Lady Annabelles poliertem Tisch ein ganzes Waffenarsenal ausgebreitet hatte, nagelte mich mit einem düsteren Blick fest. »Genau das ist der Punkt, Mädel. Wir müssen unter allen Umständen verhindern, daß man dich einsperrt. Es nützt keinem was, wenn wir alle in Wentworth landen.«

Er lud eine Pistole mit verziertem Kolben. »Sir Fletcher wird uns an einem solchen Tag kaum selbst verfolgen. Wenn wir irgendwelche Rotröcke treffen, dann werden sie dich wohl kaum kennen. Und wenn sie uns aufgreifen, dann sagst du, wir hätten dich entführt, und du überzeugst die Kerle davon, daß du nichts mit diesen beiden schottischen Wegelagerern zu tun hast.« Er nickte Jamie zu und wandte sich seiner Schüssel mit warmer Milch und Brot zu.

Sir Marcus und ich hatten Jamies Hüften und Schenkel so dick wie möglich verbunden und ihm eine abgetragene dunkle Reithose angezogen, auf der man keine verräterischen Blutflecken sehen würde. Lady Annabelle hatte ein Hemd ihres Mannes am Rücken aufgeschnitten, damit Jamies bandagierte Schultern Platz fänden. Aber auch so konnte das Hemd vorne nicht geschlossen werden, und der Verband um seine Brust spitzte heraus. Er hatte sich nicht kämmen lassen, weil ihm sogar die Kopfhaut weh tat, und sah wüst und abgerissen aus; rote Haarzotteln standen um das zerschundene, mit blauen Flecken übersäte Gesicht, und ein Auge war zugeschwollen.

»Wenn Sie festgenommen werden«, warf Sir Marcus ein, »dann sagen Sie, daß Sie ein Gast von uns sind und bei einem Ausritt entführt wurden. Sie sollen Sie nach Eldridge zurückbringen, damit ich Sie identifizieren kann. Das wird sie überzeugen. Wir sagen ihnen dann, daß Sie eine Freundin von Annabelle aus London sind.«

»Und wir werden Sie in Sicherheit bringen, bevor Sir Fletcher auftaucht, um seine Aufwartung zu machen«, fügte Lady Annabelle hinzu.

Sir Marcus hatte uns Hector und Absalom zur Begleitung angeboten, aber Murtagh meinte, dann würde unsere Verbindung zu Eldridge herauskommen, falls wir auf englische Soldaten stießen. Wir waren also nur zu dritt, als wir, warm eingemummt gegen die Kälte, die Straße nach Dingwall entlangritten. Ich trug eine dicke Geldbörse und ein Schreiben des Herrn von Eldridge bei mir, die uns die Überfahrt über den Kanal sichern sollten. Es war schwer, im Schnee vorwärtszukommen; zwar war er nicht tief, aber er verdeckte Felsen, Löcher und andere Hindernisse, so daß die Pferde nur mühsam Halt fanden. Bei jedem Schritt flogen Schnee und Morast hoch und bespritzten die Tiere, deren Atem in der eisigen Luft dampfte.

Murtagh bahnte uns den Weg. Ich ritt neben Jamie, um ihm zu helfen, falls er das Bewußtsein verlieren würde; er hatte darauf bestanden, ans Pferd gebunden zu werden. Nur seine linke Hand war frei, und die lag auf der Pistole, die, unter seinem Umhang verborgen, am Sattel in einer Schlinge steckte.

Wir kamen ein ein paar verstreuten Hütten vorbei. Rauch stieg über den strohgedeckten Dächern auf, aber die Bewohner und ihre Tiere befanden sich alle im Inneren, wo sie vor der Kälte geschützt waren. Hier und da sah man einen Mann, der mit Eimern oder einem Armvoll Heu von der Hütte zum Schuppen unterwegs war, aber die Straße war so gut wie menschenleer.

Zwei Meilen von Eldridge entfernt passierten wir die Wentworth-Festung, die düster in der hügeligen Landschaft aufragte. Hier war der Schnee auf der Straße festgetreten; selbst beim schlimmsten Wetter herrschte hier ein ständiges Kommen und Gehen.

Wir hatten es so eingerichtet, daß wir in der Mittagszeit vorbeikamen, und rechneten damit, daß die Wachen mit ihrer Brotzeit beschäftigt wären. Wir überquerten die Straße, die zum Tor führte – nichts weiter als eine Gruppe von Reisenden, die das Pech hatte, bei so miserablem Wetter unterwegs zu sein.

Als wir das Gefängnis hinter uns hatten, machten wir in einem kleinen Kieferngehölz eine kurze Pause. Murtagh beugte sich nach vorne, um unter den Schlapphut zu schauen, der Jamies verräterisches Haar bedeckte.

»Alles in Ordnung, Junge? Du bist so still!«

Jamie hob den Kopf. Sein Gesicht war bleich, und trotz des eiskalten Windes rann ihm der Schweiß den Hals hinunter. Es gelang ihm, ein halbherziges Grinsen hervorzubringen.

»Geht schon.«

»Wie fühlst du dich?« fragte ich besorgt. Er saß zusammengesunken im Sattel. Ich bekam die andere Hälfte des Grinsens ab.

»Ich habe mich gefragt, was mir am meisten weh tut – die Rippen, die Hand oder der Hintern. Die Entscheidung fällt mir schwer, und das hält mich davon ab, mir über meinen Rücken Gedanken zu machen.« Er nahm einen tiefen Schluck aus der Flasche, die Sir Marcus uns freundlicherweise mitgegeben hatte, schüttelte sich und reichte sie an mich weiter. Das Zeug war weit besser als der Fusel, den ich auf der Straße nach Leoch getrunken hatte, aber genauso stark. Wir ritten weiter, und ein kleines lustiges Feuer brannte in meinem Magen.

Die Pferde kämpften sich gerade einen kleinen Abhang hinauf, als ich sah, wie Murtaghs Kopf ruckartig hochfuhr. Ich folgte seinem Blick und entdeckte die Rotröcke, vier an der Zahl, die oben auf dem Hügel auf ihren Pferden saßen und zu uns herunterschauten.

Es gab kein Entrinnen; sie hatten uns gesehen und riefen uns an. Flucht war unmöglich. Wir mußten also bluffen. Ohne einen Blick zurück ritt Murtagh ihnen entgegen. Der Korporal war ein Berufssoldat mittleren Alters, der in seinem schweren Wintermantel aufrecht im Sattel saß. Er verbeugte sich höflich vor mir und wandte sich dann an Jamie.

»Entschuldigung, Sir, Madam. Wir haben den Befehl, alle Reisenden auf dieser Straße anzuhalten und sie zu fragen, ob sie etwas über die Gefangenen wissen, die vor kurzem aus dem Wentworth-Gefängnis ausgebrochen sind.«

Gefangene. Es war mir gestern also tatsächlich gelungen, nicht nur Jamie zu befreien. Darüber war ich aus verschiedenen Gründen froh; zum einen mußten sich die Verfolger mehr zerstreuen. Vier gegen drei – das war besser, als wir erwartet hatten.

Jamie antwortete nicht, sondern sackte mit hängendem Kopf nach vorn. Unter der Hutkrempe sah ich seine Augen funkeln. Er war also nicht bewußtlos. Scheinbar waren ihm die Männer nicht fremd; sie würden seine Stimme erkennen. Murtagh zwängte sein Pferd zwischen mich und die Soldaten.

»Mein Herr ist ziemlich krank, Sir, wie Sie sehen«, sagte er und verbeugte sich unterwürfig. »Vielleicht könnten Sie mir sagen, wo die Straße nach Ballagh verläuft. Ich bin nicht mehr sicher, ob wir auf dem richtigen Weg sind.«

Ich fragte mich, was um Himmels willen er im Sinn haben mochte, bis ich seinen Blick auffing. Blitzschnell sah er zu Jamie, in den Schnee unter ihm und dann zurück zu dem Soldaten, der nichts bemerkt hatte. Würde Jamie gleich aus dem Sattel fallen? Ich tat so, als müßte ich meine Kappe zurechtrücken, und schaute beiläufig über die Schulter zu Jamie. Ich erstarrte vor Schreck.

Jamie saß aufrecht und hatte den Kopf gesenkt, um sein Gesicht zu verbergen. Aber vom Steigbügel tropfte Blut und hinterließ rote Farbtupfer im Schnee. Murtagh, der sich dumm stellte, war es gelungen, die Soldaten dazu zu bewegen, ganz auf den Hügel hinaufzureiten. Von dort konnten sie ihm zeigen, daß die Straße nach Dingwall, die auf der anderen Seite des Hügels nach unten führte, der einzige Weg weit und breit war. Er führte durch Ballagh und dann direkt zur Küste, die noch drei Meilen entfernt war.

Ich glitt hastig aus dem Sattel und riß an den Sattelgurten meines Pferdes. Dann kämpfte ich mich durch die Schneewehen und stieß mit dem Fuß Schnee unter den Bauch von Jamies Pferd, um die Blutstropfen zu überdecken. Ein kurzer Blick bestätigte mir, daß die Soldaten immer noch damit beschäftigt waren, Murtagh den Weg zu erklären, obwohl einer von ihnen auf uns herunterschaute, als wollte er sichergehen, daß wir nicht das Weite suchten. Ich winkte ihm leutselig zu, und sobald er den Kopf gewandt hatte, bückte ich mich und riß einen der Unterröcke herunter, die ich trug. Ich fegte Jamies Umhang beiseite und stopfte ihm den Unterrock unter den Schenkel, ohne auf sein Stöhnen Rücksicht zu nehmen. Es gelang mir gerade noch, zu meinem Pferd zurückzueilen und mich am Gurt zu schaffen zu machen, bevor Murtagh und die Engländer herunterkamen.

»Der Gurt hat sich irgendwie gelockert«, erklärte ich so arglos wie möglich und blinzelte dem nächstbesten Rotrock charmant zu.

»Oh? Und warum helfen Sie der Dame nicht?« fragte er Jamie.

»Meinem Mann geht es nicht gut«, sagte ich. »Ich komme schon zurecht. Vielen Dank.«

Der Korporal begann Interesse zu zeigen. »Krank, was? Was ist los mit ihm?« Er ritt an Jamie heran und schaute ihm unter dem Schlapphut direkt ins bleiche Gesicht. »Sie sehen wirklich nicht gut aus, das kann man wohl sagen. Nehmen Sie den Hut ab, Mann. Was ist mit Ihrem Gesicht?«

Jamie feuerte durch den Mantel. Der Rotrock war nicht mehr als zwei Meter entfernt und rutschte seitlich aus dem Sattel; der Fleck auf seiner Brust wurde schnell größer.

Noch bevor der Korporal auf dem Boden landete, hielt Murtagh in jeder Hand eine Pistole. Eine Kugel ging ins Leere, da sein Pferd scheute. Die zweite fand ihr Ziel. Sie riß den Oberarm eines Soldaten auf. Das Tuch seiner Uniformjacke hing in Fetzen herunter, und der Ärmel färbte sich rot. Der Mann hielt sich jedoch im Sattel und zerrte mit der unverletzten Hand an seinem Säbel, während Murtagh unter seinem Mantel nach einer neuen Waffe griff. Einer der beiden anderen Soldaten riß sein Pferd herum und galoppierte in Richtung Gefängnis, vermutlich um Hilfe zu holen.

»Claire!« Der Schrei kam von oben. Ich schaute hinauf und sah Jamie, wie er auf den flüchtenden Reiter deutete. »Halte ihn auf!« Er warf mir eine Pistole zu, drehte sich dann um und zog sein Schwert, um dem Angriff des vierten Soldaten zu begegnen.

Mein Pferd hatte Kampferfahrung. Es legte die Ohren an und stampfte unruhig mit den Hufen, aber es war beim Krachen der Schüsse nicht losgerannt. Es war froh, den Kampf hinter sich zu lassen, und sobald ich im Sattel saß, setzte es dem flüchtenden Soldaten nach.

Der Schnee behinderte uns genauso wie ihn, aber ich hatte das bessere Pferd.

Bald betrug die Entfernung zwischen uns nicht mehr als zehn Meter. Auf einer längeren Strecke hätte ich ihn einholen können, aber die Gefängnismauern erhoben sich drohend in weniger als einer Meile Entfernung. In Kürze würden uns die Wachen auf den Mauern entdecken. Ich brachte mein Pferd zum Stehen und sprang herunter. Kampferfahren oder nicht – ich wußte nicht, wie das Pferd reagieren würde, wenn ich aus dem Sattel schießen würde. Ich kniete mich in den Schnee, stützte einen Ellbogen auf das Knie und legte die Pistole über den Unterarm, wie Jamie es mir gezeigt hatte. *Hier stützen, dort zielen, hier feuern*, hatte er gesagt, und das tat ich. Zu meinem Erstaunen traf ich das flüchtende Pferd. Es rutschte aus, stürzte auf ein Knie und überschlug sich in einer Wolke aus Schnee und Hufen. Ich stand auf und rieb mir den Arm, der vom Rückstoß der Pistole wie betäubt war, und beobachtete den gestürzten Soldaten. Er war verletzt, wollte aufstehen und fiel dann zurück in den Schnee. Sein Pferd, das an der Schulter blutete, trottete mit hängenden Zügeln davon.

Als ich mich ihm näherte, wußte ich, daß ich ihn nicht am Leben lassen konnte. So nahe beim Gefängnis würde er zweifellos bald gefunden werden; außerdem waren wegen der ausgebrochenen Gefangenen Suchtrupps unterwegs. Wenn er lebend gefunden würde, konnte er uns nicht nur beschreiben – und in diesem Fall wäre es um unsere Geiselgeschichte geschehen –, sondern auch verraten, welchen Weg wir eingeschlagen hatten. Es waren noch immer drei Meilen bis zur Küste; das bedeutete bei diesem Schnee zwei Reisestunden. Und dort mußten wir erst noch ein Boot finden. Ich konnte es einfach nicht riskieren, ihn dort liegenzulassen.

Er kämpfte sich auf die Ellbogen hoch, als ich näher kam. Seine Augen weiteten sich vor Erstaunen, als er mich sah; dann entspannte er sich. Ich war eine Frau. Vor mir hatte er keine Angst.

Ein Mann mit mehr Erfahrung hätte trotz meines Geschlechts das Schlimmste befürchtet, aber er war noch jung, höchstens sechzehn, dachte ich, und mir wurde beinahe schlecht vor Entsetzen. Seine Wangen waren noch kindlich rund, obwohl sich auf seiner Oberlippe der erste Flaum zeigte. Er öffnete den Mund, stöhnte aber nur vor Schmerz und preßte sich die Hand in die Seite. Ich sah, daß Blut durch seinen Rock sickerte. Innere Verletzungen also; das Pferd muß über ihn gerollt sein. Möglicherweise würde er sowieso sterben. Aber darauf durfte ich mich nicht verlassen.

Der Dolch in meiner Rechten war unter meinem Umhang versteckt. Ich legte ihm die linke Hand auf den Kopf. Genauso hatte ich den Kopf von Hunderten von Männern berührt, um sie zu trösten, sie zu untersuchen oder sie zu beruhigen. Und sie hatten zu mir aufgeblickt, ganz so, wie es jetzt dieser Junge tat – voll Hoffnung und Vertrauen.

Ich brachte es nicht fertig, ihm die Kehle zu durchschneiden. Ich sank neben ihm auf die Knie und drehte seinen Kopf sanft von mir weg. Ruperts Methoden des schnellen Tötens hatten alle Widerstand vorausgesetzt. Da war kein Widerstand, als ich seinen Kopf so weit nach vorne bog, wie ich konnte, und ihm den Dolch in den Nacken stieß.

Ich ließ ihn mit dem Gesicht im Schnee liegen und setzte den anderen nach.

Unsere sperrige Last hatten wir unten auf einer Bank abgelegt und mit Decken zugedeckt. Murtagh und ich standen auf dem Deck der *Cristabel* und betrachteten die Sturmwolken am Himmel.

»Sieht aus, als hätten wir guten, stetigen Wind«, sagte ich hoffnungsvoll und hielt einen nassen Finger in die Luft.

Murtagh machte ein düsteres Gesicht. Die schwarzbäuchigen Wolken hingen über dem Hafen und ließen ihre Schneelast verschwenderisch in die eisigen Wellen fallen. »Hoffentlich haben wir eine ruhige Überfahrt. Ansonsten kommen wir drüben wahrscheinlich mit einer Leiche an.«

Als sich das Boot eine halbe Stunde später durch das aufgewühlte Meer des englischen Kanals kämpfte, wußte ich, was er mit seiner Bemerkung gemeint hatte.

»Seekrank?« fragte ich ungläubig. »Aber Schotten sind doch nie seekrank.« Murtagh antwortete gereizt: »Dann ist er wohl ein rothaariger Hottentotte. Ich weiß jedenfalls, daß er grün ist wie ein verfaulter Fisch und versucht, sich die Gedärme aus dem Hals zu würgen. Vielleicht kommst du nun mit mir runter und hilfst mir aufpassen, daß er sich nicht die Rippen durch die Brust bohrt?«

»Verdammt noch mal«, sagte ich zu Murtagh, als wir über der Reling hingen, um uns von der aufreibenden Arbeit unter Deck zu erholen. »Wenn er weiß, daß er seekrank wird, warum hat er dann in Gottes Namen darauf bestanden, daß wir ein Boot nehmen?«

Murtagh starrte ausdruckslos in die Wellen. »Weil er ganz genau weiß, daß wir es mit ihm in diesem Zustand über Land nie geschafft hätten, und in Eldridge wollte er nicht bleiben, um den MacRannochs nicht die Engländer auf den Hals zu hetzen.«

»Statt dessen wird er sich also still und leise auf dem Meer umbringen«, entgegnete ich bitter.

»Aye. Er meint, daß er sich auf diese Weise nur selbst umbringt und niemanden mitnimmt. Er ist eben selbstlos. Von still und leise kann allerdings keine Rede sein«, fügte Murtagh hinzu und betrat die Kajütentreppe, als von unten unmißverständliche Geräusche heraufdrangen.

»Herzlichen Glückwunsch«, sagte ich ein oder zwei Stunden später zu Jamie und wischte mir die schweißnassen Haare aus der Stirn. »Könnte sein, daß du in die Geschichte der Medizin eingehst als der erste Mensch, der an Seekrankheit stirbt.«

»Dann ist es ja gut«, murmelte er in den durchwühlten Haufen von Kissen und Decken hinein. »Dann ist wenigstens nicht alles umsonst gewesen.« Er fuhr hoch und beugte sich zur Seite. »O Gott, schon wieder!« Murtagh und ich sprangen ihm zur Seite. Die Aufgabe, einen großen Mann daran zu hindern, daß er sich bewegt, während er von gnadenlosen Krämpfen geschüttelt wird, ist nichts für Schwache.

Zum x-ten mal fühlte ich ihm den Puls und legte ihm die Hand kurz auf die feuchte Stirn. Murtagh las meine Gedanken und folgte mir wortlos hinauf an Deck. »Steht nicht sehr gut mit ihm, was?« sagte er ruhig.

»Ich weiß nicht«, sagte ich hilflos und schüttelte meine schweißnassen Haare im scharfen Wind. »Ich habe wirklich noch nie gehört, daß einer an Seekrankheit gestorben ist, aber er spuckt jetzt Blut.« Der kleine Mann umklammerte die Reling fester, so daß sich die Knöchel weiß unter der sommersprossigen Haut abzeichneten. »Ich weiß nicht, ob er sich mit den gebrochenen Rippen innerlich verletzt hat oder ob sein Magen vom Erbrechen wund geworden ist.

Jedenfalls ist es kein gutes Zeichen. Und sein Puls ist viel schwächer und unregelmäßig. Ich frage mich, ob sein Herz das mitmacht, verstehst du?«

»Er hat das Herz eines Löwen.« Er sagte es so leise, daß ich Mühe hatte, ihn zu verstehen. Vielleicht war es nur der salzige Wind, der ihm die Tränen in die Augen trieb. Ruckartig drehte er sich zu mir. »Und einen Kopf wie ein Ochse. Hast du etwas von dem Laudanum übrig, das dir Lady Annabelle gegeben hat?«

»Ja, noch alles. Er wollte nichts nehmen; er will nicht schlafen, hat er gesagt.«

»Ja, ja. Meistens bekommt man nicht das, was man will; warum sollte er da eine Ausnahme machen? Komm mit.«

Ich folgte ihm besorgt unter Deck. »Ich glaube nicht, daß er es bei sich behalten wird.«

»Überlaß das mir. Hol die Flasche und hilf mir, ihn aufzurichten.«

Jamie war nur noch halb bei Bewußtsein; er war schwer wie ein Mehlsack und sträubte sich dagegen, in der niedrigen Kajüte aufgerichtet zu werden. »Ich werde sterben«, sagte er schwach, aber deutlich, »und je eher, desto besser. Geht und laßt es mich in Frieden hinter mich bringen.«

Murtagh packte ihn fest bei den Haaren und setzte ihm die Flasche an die Lippen. »Schluck das, mein Mäuschen, oder ich breche dir das Genick. Und wehe, du spuckst es wieder aus. Ich halte dir die Nase und den Mund zu, und wenn es dir wieder hochkommt, dann muß es zu den Ohren raus.«

Mit vereinten Kräften schütteten wir den gesamten Inhalt der Flasche langsam, aber erbarmungslos in den Hals des jungen Herrn von Lallybroch. Hustend und würgend trank Jamie soviel er konnte und sank mit grünem Gesicht keuchend in die Kissen. Murtagh kam jedem drohendem Erbrechen zuvor, indem er ihm boshaft die Nase zuhielt, eine Methode, die zwar nicht immer erfolgreich war, aber immerhin dafür sorgte, daß das Opiat allmählich ins Blut des Patienten überging. Schließlich konnten wir ihn schlaff aufs Bett legen; sein flammendes Haar, die Augenbrauen und die Augenwimpern waren die einzige Farbe auf dem Kissen.

Etwas später stellte sich Murtagh auf Deck neben mich. »Schau«, sagte ich und deutete auf die vereinzelten Sonnenstrahlen, die im Zwielicht der Abenddämmerung durch die dicken Wolken fielen und die Felsen der französischen Küste vergoldeten. »Der Kapitän sagt, daß wir in drei oder vier Stunden ankommen werden.«

»Und nicht zu früh«, sagte mein Begleiter und wischte sich die dünnen braunen Haare aus den Augen. Er sah mich mit einem Ausdruck an, der einem Lächeln näherkam als alles, was ich sonst je in seinem mürrischen Gesicht gesehen hatte.

Und schließlich traten wir hinter zwei kräftigen Mönchen, die die Bahre trugen, auf der unser Schützling lag, durch das Tor der Abtei Ste. Anne de Beaupré.

38

Die Abtei

Die Abtei war ein riesiges Bauwerk aus dem zwölften Jahrhundert. Die Mauern, die sie umgaben, schützten sie vor den Attacken des Meeres und vor Eindringlingen aus dem Hinterland. Nun, da die Zeiten friedlicher waren, standen die Tore offen, um den Austausch mit dem nahe gelegenen Dorf zu erleichtern. Den Zellen des Gästeflügels war durch Wandbehänge und bequemes Mobilar etwas von ihrer Strenge genommen worden.

Ich erhob mich von dem Polsterstuhl in meinem Zimmer, ohne recht zu wissen, wie man einen Abt begrüßt; kniete man sich hin und küßte seinen Ring, oder war das nur beim Papst angebracht? Ich entschied mich für einen respektvollen Knicks.

Jamies schräge Katzenaugen kamen in der Tat von der Fraserseite. Ebenso das feste Kinn, auch wenn es bei meinem Gegenüber weitgehend von einem schwarzen Bart verdeckt war.

Abt Alexander hatte auch den breiten Mund seines Neffen, obwohl es so schien, als würde er damit seltener lächeln. Die schrägen blauen Augen blieben kühl und abschätzend, als er mich mit einem netten Lächeln begrüßte. Er war um einiges kleiner als Jamie, ungefähr so groß wie ich, und untersetzt. Zwar trug er die Soutane eines Priesters, hatte aber den Gang eines Kriegers. Ich hielt es für wahrscheinlich, daß er in seinem Leben schon beides gewesen war.

»Seien Sie willkommen, *ma nièce*«, sagte er mit einer leichten Verbeugung. Ich war überrascht von der Begrüßung und erwiderte die Verbeugung.

»Ich danke Ihnen für Ihre Gastfreundschaft. Haben Sie – haben Sie Jamie schon gesehen?« Die Mönche hatten Jamie mitgenommen, um ihn zu baden, ein Vorgang, dem ich hier besser nicht beiwohnte.

Der Abt nickte. »O ja«, sagte er. Sein kultiviertes Englisch hatte einen leichten schottischen Akzent. »Ich habe ihn gesehen. Ich habe Bruder Ambrosius beauftragt, sich um seine Wunden zu kümmern.« Ein gewisser Zweifel mußte sich auf meinem Gesicht gezeigt haben, denn er sagte trocken: »Machen Sie sich keine Sorgen, Madame; Bruder Ambrosius ist höchst kompetent.« Er betrachtete mich unverhohlen prüfend, mit einem Blick, der dem seines Neffen irritierend ähnlich war.

»Murtagh sagte, Sie wären selbst eine ausgezeichnete Heilerin.«

»Das bin ich«, gab ich schlicht zurück.

Das entlockte ihm ein echtes Lächeln. »Wie ich sehe, gehört falsche Bescheidenheit nicht zu Ihren Untugenden.«

»Ich habe andere.«

»Wie wir alle. Bruder Ambrosius wird sich sicherlich gerne mit Ihnen austauschen.«

»Hat Murtagh Ihnen gesagt ... was geschehen ist?« fragte ich zögernd.

Der breite Mund wurde schmal. »Das hat er. Jedenfalls, soweit er es *weiß*.« Er erwartete offenbar weitere Mitteilungen von mir, aber ich schwieg.

Es war deutlich, daß er gerne Fragen gestellt hätte, aber er besaß die Höflichkeit, mich nicht zu drängen. Statt dessen hob er die Hand, um das Gespräch mit einer Geste zu Ende zu bringen.

»Seien Sie willkommen«, sagte er noch einmal. »Ich werde einen Bruder beauftragen, Ihnen etwas zu essen zu bringen und« – er musterte mich –, »eine Waschschüssel.« Er segnete mich, entweder zum Abschied oder um den Schmutz zu exorzieren, und verschwand mit einer Drehung, die seine schwarzen Röcke aufwirbeln ließ.

Plötzlich merkte ich, wie müde ich war, und sank aufs Bett. Ich fragte mich, ob ich mich lang genug wach halten könnte, um zu essen und mich zu waschen, und war eingeschlafen, bevor ich eine Antwort darauf gefunden hatte.

Ein schrecklicher Alptraum quälte mich. Jamie befand sich auf der anderen Seite einer Steinmauer, die keine Tür hatte. Ich hörte ihn schreien, wieder und wieder, aber ich konnte nicht zu ihm gelangen. Ich hämmerte mit den Fäusten an die Wand, aber meine Hände sanken in den Stein, als wäre es Wasser.

»Au!« Ich setzte mich auf dem schmalen Bett auf und griff nach meiner Hand, mit der ich an die unnachgiebige Wand neben meinem

Bett geschlagen hatte. Ich steckte die pochende Hand zwischen meine Schenkel und schaukelte hin und her, als ich plötzlich merkte, daß da immer noch jemand schrie.

Mit einem Satz war ich aus dem Bett und rannte auf den Flur. Die Tür zu Jamies Zimmer stand offen, und flackerndes Licht fiel auf den Gang.

Ein Mönch, den ich nicht kannte, war bei Jamie und hielt ihn fest. Durch den Verband am Rücken war wieder frisches Blut gesickert, und seine Schultern zitterten.

»Ein Alptraum«, erklärte der Mönch, als er mich in der Tür stehen sah. Er überließ mir Jamie und ging zum Tisch, um ein Tuch und einen Wasserkrug zu holen.

Jamie zitterte immer noch, und sein Gesicht glänzte vor Schweiß. Seine Augen waren geschlossen, und er atmete schwer und keuchend. Der Mönch setzte sich neben mich und wischte ihm sanft das Gesicht ab und strich ihm die nassen Haarsträhnen aus der Stirn.

»Sie sind sicherlich seine Frau«, sagte er zu mir. »Ich glaube, daß es ihm gleich bessergehen wird.«

Das Zittern ließ nach, und Jamie öffnete mit einem Seufzer die Augen.

»Es geht schon, Claire«, sagte er. »Aber um Himmels willen, sorgt dafür, daß dieser Gestank aufhört!«

Erst da bemerkte ich den Duft im Zimmer – ein frischer, blumiger Geruch, den ich so gut kannte, daß er mir gar nicht aufgefallen war: Lavendel. Mit seinem Duft parfümierte man Seifen und Eau de Toilette. Zuletzt hatte ich ihn im Kerker von Wentworth gerochen, und zwar an Hauptmann Jonathan Randall.

Jetzt quoll er aus einem kleinen Metallgefäß mit Duftöl, das von einem eisernen, mit Rosen verzierten Gestell über einer Kerze hing.

Es hatte den Patienten beruhigen sollen, aber diese Wirkung war offenbar ausgeblieben. Jamie atmete jetzt leichter; er setzte sich aus eigener Kraft auf und nahm den Wasserbecher, den der Mönch ihm gereicht hatte. Aber sein Gesicht war noch immer weiß, und ein Mundwinkel zuckte.

Ich nickte dem Franziskaner zu, Jamies Aufforderung nachzukommen, und er legte sogleich ein zusammengefaltetes Handtuch über die Metallschale und trug sie hinaus.

Jamie seufzte erleichtert auf, dann stöhnte er vor Schmerzen und legte die Hand an die Rippen.

»Die Wunden an deinem Rücken sind wieder aufgegangen«, sagte ich und drehte ihn so zu mir, daß ich an den Verband kam. »Ist aber nicht schlimm.«

»Ich weiß. Wahrscheinlich habe ich mich im Schlaf auf den Rücken gedreht.«

Die dicke Deckenrolle, die ihn in der Seitenlage halten sollte, war auf den Boden gefallen. Ich hob sie auf und legte sie neben ihn aufs Bett.

»Ich glaube, deswegen habe ich geträumt, daß ich ausgepeitscht werde.« Er schauderte, nahm einen Schluck Wasser und reichte mir den Becher. »Ich brauche was Stärkeres, falls etwas da ist.«

Wie gerufen trat der hilfreiche Mönch durch die Tür, in einer Hand einen Krug Wein, in der anderen ein Fläschchen Mohnsirup.

»Alkohol oder Opium?« fragte er Jamie lächelnd und hielt ihm beides hin. »Wählen Sie, welche Art der Bewußtlosigkeit Ihnen lieber ist.«

»Ich nehme den Wein, bitte. Für diese Nacht habe ich genug geträumt.« Er trank den Wein schluckweise, während mir der Franziskaner dabei half, den Verband zu wechseln und die Wunden mit Ringelblumensalbe zu bestreichen. Als wir Jamie den Rücken gestützt und die Decke über die Schultern gezogen hatten, segnete ihn der Mönch und wünschte ihm »Ruhe wohl«.

»Danke, Vater«, murmelte Jamie, der schon fast eingeschlafen war. Da er mich offensichtlich bis zum Morgen nicht mehr brauchen würde, berührte ich ihn zum Abschied leicht an der Schulter und ging hinter dem Mönch hinaus auf den Flur.

»Danke«, sagte auch ich. »Ich bin Ihnen für Ihre Hilfe sehr dankbar.«

Der Mönch winkte ab.

»Es freut mich, daß ich Ihnen einen Dienst erweisen konnte«, sagte er, und ich bemerkte, daß er ausgezeichnet englisch sprach, wenn auch mit einem leichten französischen Akzent. »Ich war gerade auf dem Weg zur Kapelle des heiligen Giles, als ich ihn hörte.«

Mein Herz verkrampfte sich bei der Erinnerung an die fürchterlichen Schreie, und ich hoffe, daß ich sie nie wieder hören würde. Ich schaute zum Fenster am Ende des Ganges, konnte aber kein Zeichen von Morgendämmerung erkennen.

»Zur Kapelle?« fragte ich überrascht. »Aber ich dachte, die

Mette würde in der Hauptkirche abgehalten. Und dafür ist es doch sicherlich zu früh.«

Der Franziskaner lächelte. Er war recht jung, vielleicht Anfang dreißig, aber sein seidiges braunes Haar war mit Silberfäden durchzogen. Es war kurz und tonsuriert, und er trug einen gepflegten braunen Bart, der gerade bis zum Kragen seiner Kutte reichte.

»In der Tat zu früh für die Mette. Ich war auf dem Weg zur Kapelle, weil dies meine Stunde der Ewigen Anbetung des Allerheiligsten ist.« Er blickte in Jamies Zimmer zurück, wo eine Kerze unter der Standuhr erkennen ließ, daß es halb drei war.

»Ich komme zu spät«, sagte er. »Bruder Bartholomäus möchte sicher zu Bett gehen.« Er segnete mich und war schon durch die Schwingtür am Ende des Korridors verschwunden, bevor mir eingefallen war, ihn nach seinem Namen zu fragen.

Ich schaute noch einmal zu Jamie hinein und beugte mich über ihn. Er war wieder eingeschlafen und atmete leicht; die Stirn war gerunzelt. Versuchsweise strich ich zart über sein Haar. Die Stirn entspannte sich kurz, zog sich aber sofort wieder in Falten. Seufzend steckte ich die Decke hinter seinen Schultern fest.

Am nächsten Morgen fühlte ich mich viel besser, aber Jamie war nach dieser Nacht hohläugig und überempfindlich. Von Fleischbrühe oder Biersuppe zum Frühstück wollte er nichts wissen, und als ich den Verband an seiner Hand erneuern wollte, fuhr er mich gereizt an: »Um Himmels willen, Claire! Kannst du mich nicht mal in Ruhe lassen? Ich will nicht, daß du noch weiter an mir herumstocherst!«

Grollend zog er die Hand zurück. Ohne etwas zu sagen, drehte ich mich um und machte mich daran, die Salben und Medizinfläschchen auf dem Seitentisch zu sortieren. Ich ordnete sie nach ihrer Funktion: Ringelblumen- und Pappelsalbe zur Linderung, Weidenrinde, Kirschrinde und Kamille für Tee, Knoblauch und Schafgarbe zum Desinfizieren.

»Claire.« Ich drehte mich um und sah, daß er mit einem beschämten Ausdruck im Bett saß.

»Es tut mir leid, Sassenach. In meinem Bauch rumort es, und ich habe verdammt schlechte Laune heute morgen. Aber ich habe kein Recht, dich anzuknurren. Vergibst du mir?«

Ich ging rasch zu ihm hinüber und umarmte ihn leicht.

»Du weißt, daß es nichts zu entschuldigen gibt. Aber was ist mit deinem Bauch los?« Nicht zum ersten Mal bemerkte ich, daß Intimität und Romantik nicht dasselbe waren.

Er zog eine Grimasse, beugte sich nach vorne und preßte die Arme auf den Bauch. »Es wäre mir recht, wenn du mich ein Weilchen allein lassen würdest.« Ich entsprach seiner Bitte augenblicklich und sah mich nach meinem eigenen Frühstück um.

Als ich etwas später aus dem Refektorium zurückkam, sah ich einen adretten Franziskaner über den Hof in Richtung Kreuzgang gehen.

»Vater!« rief ich, und er drehte sich um und lächelte.

»Guten Morgen, Madame Fraser – das ist doch Ihr Name? Und wie geht es Ihrem Gatten heute morgen?«

»Besser«, sagte ich und hoffte, daß es zutraf. »Ich wollte Ihnen noch einmal für letzte Nacht danken. Sie waren weg, bevor ich Sie auch nur nach Ihrem Namen fragen konnte.«

Seine klaren haselnußbraunen Augen blitzen, als er sich mit der Hand auf dem Herzen leicht verbeugte. »François Anselm Mericœur d'Armagnac, Madame. So jedenfalls bin ich geboren. Jetzt heiße ich nur Vater Anselm.«

»Anselm vom Fröhlichen Herzen?« fragte ich lächelnd. Er zuckte mit den Schultern.

»Man bemüht sich«, antwortete er mit einem leicht ironischen Lächeln.

»Ich möchte Sie nicht aufhalten«, sagte ich mit Blick auf den Kreuzgang. »Ich wollte Ihnen nur für Ihre Hilfe danken.«

»Sie halten mich keineswegs auf, Madame. Ich habe meine Arbeit vor mir hergeschoben und mich sündiger Muße hingegeben.«

»Was ist Ihre Arbeit?« fragte ich neugierig. Offensichtlich war dieser Mann ein Besucher der Abtei. Seine braune Franziskanerkutte wirkte wie ein Farbklecks unter den schwarzen Benediktinern. Es gab einige Besucher im Kloster, wie mir Bruder Polydor, einer der dienenden Brüder, erzählt hatte. Die meisten von ihnen waren Gelehrte, die sich hier aufhielten, um in der berühmten Bibliothek der Abtei zu arbeiten. Anselm schien einer von ihnen zu sein. Er war seit einigen Monaten mit der Übersetzung verschiedener Werke von Herodot beschäftigt.

»Haben Sie die Bibliothek schon gesehen? Kommen Sie«, sagte er auf mein Kopfschütteln, »sie ist wirklich sehr eindrucksvoll, und ich bin sicher, daß der Abt, Ihr Onkel, nichts dagegen haben wird.«

Die Bibliothek interessierte mich, außerdem war ich froh, die Rückkehr in den einsamen Gästeflügel etwas hinauszögern zu können, also folgte ich ohne Zögern.

Die Bibliothek war in der Tat sehr schön. Das hohe Dach wurde von gotischen Säulen getragen, die in Spitzbögen zusammenliefen. Dazwischen waren hohe Fenster, die das Licht in die Bibliothek fluten ließen. Die meisten waren aus klarem Glas, aber es gab auch einige Buntglasfenster. Auf Zehenspitzen ging ich an den tief über die Bücher gebeugten Mönchen vorbei und stand bewundernd vor einem solchen Fenster, auf dem die Flucht aus Ägypten dargestellt war.

Einige Bücherregale sahen so aus wie die, die ich kannte: Die Bücher standen darin Rücken an Rücken. In anderen lagen die Bücher flach, um ihre alten Einbände zu schützen. Es gab sogar eine Glasvitrine, in der Pergamentrollen aufbewahrt wurden. In der Luft lag ein stilles Frohlocken, als ob die kostbaren Werke zwischen den Buchdeckeln ein lautloses Lied singen würden. Ich verließ die Bibliothek mit einem Gefühl heiterer Gelassenheit und schlenderte neben Vater Anselm gemächlich über den Haupthof.

Noch einmal wollte ich ihm für seine Hilfe danken, aber er unterbrach mich.

»Sie brauchen sich nicht zu bedanken, mein Kind. Ich hoffe, daß es Ihrem Gatten heute bessergeht.«

»Das hoffe ich auch«, sagte ich. Ich wollte das Thema nicht ausweiten und fragte: »Was ist Ewige Anbetung? Sie haben gesagt, daß Sie das gestern nacht tun wollten.«

»Sind Sie keine Katholikin?« fragte er überrascht. »Ah, ich vergaß, daß Sie Engländerin sind.« Natürlich, Sie sind also sicherlich Protestantin.«

»Ich fürchte, daß ich keines von beidem bin, was den Glauben angeht. Aber rein theoretisch bin ich katholisch.«

»Theoretisch?« Die glatten Augenbrauen schossen erstaunt nach oben. Ich zögerte, weil mich meine Erfahrungen mit Vater Bain zur Vorsicht mahnten. Aber dieser Mann sah nicht so aus, als würde er mir jeden Moment ein Kruzifix unter die Nase halten.

»Nun«, begann ich und bückte mich, um zwischen den Pflastersteinen ein Unkraut herauszuziehen. »Ich wurde katholisch getauft.

Aber meine Eltern starben, als ich fünf war, und dann lebte ich bei meinem Onkel Lambert...« Ich hielt inne und erinnerte mich an Onkel Lamberts Wissensdurst und den fröhlichen Zynismus, mit dem er die Religion als ein Merkmal unter vielen definierte, mittels derer man eine Kultur einordnen konnte. »Er war alles und nichts, was den Glauben angeht. Er kannte alle Religionen, glaubte aber an keine. Niemand hat sich je um meine religiöse Bildung gekümmert. Und mein... erster Mann war katholisch, aber leider auch mehr auf dem Papier. Also dürfte ich wohl eher eine Heidin sein.«

Ich war skeptisch, wie er reagieren würde, aber anstatt schockiert zu sein, lachte er herzlich.

»Alles und nichts – das gefällt mir. Aber bei Ihnen geht das nicht, fürchte ich. Wenn Sie einmal ein Mitglied der Mutter Kirche geworden sind, dann bleiben Sie auf ewig ihr Kind. Wie wenig Sie auch vom Glauben wissen mögen, Sie sind nicht mehr und nicht weniger katholisch als der Heilige Vater.« Er schaute zum bewölkten Himmel.

»Der Wind hat nachgelassen. Ich wollte einen kurzen Spaziergang machen, um einen klaren Kopf zu bekommen. Warum begleiten Sie mich nicht? Sie brauchen Luft und Bewegung, und vielleicht kann ich Ihnen bei dieser Gelegenheit ein wenig Aufschluß über das Ritual der Ewigen Anbetung geben.«

»Drei Fliegen mit einer Klappe?« antwortete ich ein bißchen schnippisch. Aber die Aussicht auf frische Luft war verlockend, und so holte ich ohne Widerrede meinen Mantel.

Auf dem Weg nach draußen warfen wir einen Blick ins Innere der Kapelle, wo einige Mönche mit gesenktem Haupt ins Gebet vertieft waren; dann führte mich Anselm durch den Kreuzgang in den Garten.

Als wir weit genug entfernt waren, um die Mönche in der Kapelle nicht zu stören, sagte er: »Es ist eine ganz einfache Idee. Sie erinnern sich an die Geschichte von Gethsemane, wo unser Herr die Nacht vor seiner Gefangennahme und Kreuzigung im Gebet verbrachte und seine Freunde, die mit ihm hätten wachen sollen, fest schliefen?«

»Ja«, sagte ich, und ein Licht ging mir auf. »Hat er nicht gesagt: ›Könnt ihr nicht eine Stunde mit mir wachen?‹ Und das ist es, was Sie tun – mit ihm eine Stunde wachen –, um das wiedergutzumachen.« Mir gefiel die Idee, und die Dunkelheit in der Kapelle erschien mir plötzlich lebendig und tröstlich.

»Oui, Madame«, sagte er zustimmend. »Ganz einfach. Wir wechseln uns ab, und das Allerheiligste auf dem Altar wird nie allein gelassen.«

»Ist es nicht schwer, wach zu bleiben?« fragte ich. »Oder wachen Sie immer in der Nacht?« Er nickte. Eine leichte Brise fuhr ihm ins seidige braune Haar. Die Tonsur konnte eine Rasur vertragen, sie war mit kurzen Stoppeln bedeckt.

»Jeder sucht sich die Zeit aus, die ihm am liebsten ist. Für mich ist es zwei Uhr früh.« Er schaute mich zögernd an, als fragte er sich, wie ich das, was er jetzt sagen wollte, aufnehmen würde.

»Für mich ist es..., als würde die Zeit stillstehen. Die Säfte des Körpers, das Blut, die Galle und all das, sind in diesem Augenblick in vollkommener Harmonie.« Er lächelte. Seine Zähne waren etwas schief, der einzige Schönheitsfehler an seiner ansonsten vollendeten Erscheinung.

»Ich frage mich oft, ob dieser Augenblick genauso ist wie der Augenblick der Geburt oder des Todes. Ich weiß, daß dieser Zeitpunkt für jeden Mann... und«, fügte er mit einem höflichen Nicken zu mir hinzu, »für jede Frau verschieden ist.

Aber dann, in diesem winzigen Augenblick, scheint alles möglich zu sein. Man betrachtet die Begrenzungen seines eigenen Lebens und stellt fest, daß sie nichts bedeuten. In diesem Augenblick, wenn die Zeit stillsteht, dann ist es, als könnte man jedes Wagnis eingehen, es erfolgreich bestehen und dann wieder zu sich zurückkehren und feststellen, daß die Welt unverändert ist, genau so, wie man sie einen Augenblick vorher verlassen hat. Und es ist, als ob...« Er zögerte einen Augenblick und suchte nach den richtigen Worten.

»Als ob dann, wenn alles möglich ist, nichts mehr notwendig ist.«

»Aber... tun Sie denn irgend etwas?« fragte ich. »Ich meine, beten oder so?«

»Ich?« sagte er langsam. »Ich sitze da und schaue ihn an.« Ein breites Lächeln zog die fein geschwungenen Lippen auseinander. »Und er sieht mich an.«

Jamie saß im Bett, als ich zu seinem Zimmer zurückkehrte. Er entschloß sich, auf meine Schulter gestützt, zu ein paar vorsichtigen Gehversuchen im Flur. Aber er wurde vor Anstrengung bleich, begann zu schwitzen und legte sich ohne Widerstand wieder hin, als ich die Decke zurückschlug.

Ich bot ihm Fleischbrühe und Milch an, aber er schüttelte den Kopf. »Ich habe keinen Appetit, Sassenach. Wenn ich etwas zu mir nehme, wird mir, fürchte ich, wieder schlecht.«

Ich drängte ihn nicht, sondern stellte die Brühe wortlos zur Seite.

Beim Abendessen gelang es mir, ihn zu ein paar Löffeln Suppe zu überreden. Er aß sogar eine ganze Menge, konnte aber nichts bei sich behalten.

»Es tut mir leid, Sassenach«, sagte er hinterher. »Ich bin ekelhaft.«

»Macht nichts, Jamie, und außerdem bist du nicht ekelhaft.« Ich stellte die Schüssel vor die Tür, setzte mich neben ihn und strich ihm die wirren Haare aus der Stirn.

»Mach dir keine Sorgen. Dein Magen ist einfach noch zu gereizt. Vielleicht habe ich dich zu schnell zum Essen gedrängt. Gib ihm eine Pause, damit er heilen kann.«

Er schloß die Augen und seufzte.

»Es wird schon werden«, sagte er teilnahmslos. »Was hast du heute gemacht, Sassenach?«

Er war unruhig und fühlte sich sichtlich unwohl, aber er entspannte sich ein wenig, als ich ihm von meinen Erkundungen erzählte: der Bibliothek, der Kapelle, der Weinpresse und des Kräutergartens, wo mir endlich der berühmte Bruder Ambrosius begegnete.

»Er ist erstaunlich«, sagte ich begeistert. »Aber da fällt mir ein, du hast ihn ja schon gesehen.« Bruder Ambrosius war groß, sogar größer als Jamie, mit einem langen, faltig herabhängenden Gesicht, das ihn wie einen Basset aussehen ließ, und zehn langen knochigen Fingern. Und jeder dieser Finger war leuchtend grün.

»Unter seinen Händen scheint einfach alles zu gedeihen«, sagte ich. »Er hat alle gewöhnlichen Kräuter, dazu ein Gewächshaus, das so klein ist, daß er nicht einmal darin stehen kann, und da wachsen Dinge, die es in dieser Jahreszeit oder in diesem Teil der Welt gar nicht geben dürfte, ganz zu schweigen von den importierten Gewürzen und Betäubungsmitteln.«

Das erinnerte mich an letzte Nacht, und ich blickte aus dem Fenster. Es wurde jetzt im Winter schon früh dunkel, und die Laternen der Mönche, die draußen noch zu tun hatten, schaukelten hin und her.

»Es wird dunkel. Glaubst du, daß du einschlafen kannst? Bruder Ambrosius hat ein paar Mittel, die dir helfen könnten.«

Seine Augen waren stumpf vor Müdigkeit, aber er schüttelte den Kopf.

»Nein, Sassenach. Ich will nichts. Wenn ich einschlafe... nein, ich lese noch ein wenig.« Anselm hatte ihm eine Auswahl philosophischer und historischer Werke aus der Bibliothek gebracht, und er streckte die Hand nach einem Band Tacitus aus, der auf dem Tisch lag.

»Du brauchst Schlaf, Jamie«, sagte ich sanft und beobachtete ihn. Er öffnete das Buch, starrte aber weiter an die Wand.

»Ich habe dir nicht erzählt, was ich geträumt habe«, sagte er plötzlich.

»Du hast gesagt, du wärst im Traum ausgepeitscht worden.« Mir gefiel sein Aussehen nicht; wo keine Blutergüsse waren, war sein Gesicht bleich und glänzte feucht.

»Ja. Ich habe die Fesseln gesehen, die mir in die Handgelenke schnitten. Meine Hände waren fast schwarz, und die Stricke rieben über die blanken Knochen. Ich hatte mein Gesicht an den Pfahl gepreßt. Am Ende der Peitschenriemen waren Bleigewichte, die mir bei jedem Schlag ins Fleisch schnitten.

Die Peitsche zischte immer wieder herunter, und mir wurde klar, daß er nicht aufhören würde. Die Bleigewichte schlugen jedesmal kleine Fleischklumpen aus meinem Körper. Das Blut... mein Blut rann mir an den Seiten herunter und sickerte in meinen Kilt. Ich fror fürchterlich.

Dann schaute ich wieder nach oben und sah, daß das Fleisch von meinen Händen abfiel und sich die nackten Fingerknochen ins Holz krallten. Auch meine Arme waren nur noch Knochen. Da habe ich dann wohl angefangen zu brüllen.

Es hat jedesmal eigenartig geklappert, wenn er mich traf, und nach einer Weile erkannte ich, was es war. Er hatte kein Fleisch mehr auf meinen Knochen gelassen, und die Bleigewichte schlugen auf meine blanken Rippen. Und ich wußte, daß ich tot war, aber das war egal. Er machte immer weiter, bis ich in Stücke zerfallen unter dem Pfahl lag, aber er hörte nicht auf, und...«

Ich machte eine Bewegung, um ihn zu halten und ihm die Hand auf den Mund zu legen, aber er hatte selbst schon aufgehört zu sprechen und biß sich fest auf die eingerissene Unterlippe.

»Jamie, ich bleibe heute nacht bei dir«, sagte ich. »Ich mache mir ein Lager auf dem Fußboden.«

»Nein.« Trotz seiner Schwäche war er immer noch dickköpfig. »Am besten läßt du mich allein. Ich bin nicht müde. Geh und sieh, daß du etwas zum Abendessen bekommst, Sassenach. Ich ... ich lese noch ein wenig.« Er beugte den Kopf über die Seite. Nachdem ich ihm eine Minute lang hilflos zugesehen hatte, tat ich, was er verlangte, und ging.

Jamies Zustand beunruhigte mich zunehmend. Die Übelkeit blieb; er aß so gut wie nichts, und das, was er aß, konnte er selten bei sich behalten. Er wurde immer fahler und teilnahmsloser. Tagsüber schlief er viel, weil er in der Nacht so wenig Ruhe fand. Trotz seiner Angst vor den Träumen wollte er nicht, daß ich nachts bei ihm blieb, um mir nicht auch noch den Schlaf zu rauben.

Da ich nicht ständig um ihn herumflattern wollte, selbst wenn er es erlaubt hätte, verbrachte ich einen Großteil meiner Zeit mit Bruder Ambrosius im Herbarium oder im Trockenraum, oder ich schlenderte mit Vater Anselm über die Ländereien der Abtei. Er nutzte die Gelegenheit, um mir die Grundlagen des katholischen Glaubens nahezubringen, obwohl ich ihm wiederholt versichert hatte, daß an meinem grundsätzlichen Agnostizismus nichts zu ändern sei.

»*Ma chère*«, sagte er schließlich, »erinnern Sie sich daran, wie ich Ihnen gestern erklärt habe, was die Grundvoraussetzungen einer sündigen Tat sind?«

Wie auch immer es um meine Moral bestellt sein mochte – mit meinem Gedächtnis war alles in Ordnung.

»Erstens muß man wissen, daß es falsch ist, und zweitens aus vollem Herzen zustimmen«, wiederholte ich.

»Ja, diese Zustimmung ist entscheidend. Und das, *ma chère*, ist auch die Grundvoraussetzung für die Erlangung göttlicher Gnade.« Wir lehnten am Zaun des Schweinepferchs der Abtei und beobachteten mehrere große braune Eber, die sich in der Wintersonne wärmten. Er legte den Kopf auf die verschränkten Arme, die er auf den Zaun gestützt hatte.

»Ich weiß nicht, wie ich zustimmen sollte«, protestierte ich. »Gnade ist doch sicherlich etwas, das man hat oder nicht hat. Ich meine« – ich zögerte, weil ich nicht unhöflich sein wollte –, »für Sie ist das Ding auf dem Altar in der Kapelle Gott. Für mich ist es ein Stück Brot, wie schön das Gefäß auch sein mag, in dem es aufbewahrt wird.«

Er seufzte ungeduldig und richtete sich auf.

»Mir ist aufgefallen, daß Ihr Gatte nicht gut schläft, und folglich auch Sie nicht. Da Sie sowieso nicht schlafen, lade ich Sie ein, mich heute nacht zu begleiten und mit mir eine Stunde in der Kapelle zu wachen.«

Ich schaute ihn scharf an. »Warum?«

Und er antwortete mit einem Schulterzucken: »Warum nicht?«

Es fiel mir nicht schwer, für mein Treffen mit Anselm rechtzeitig aufzustehen, vor allem deswegen, weil ich noch nicht geschlafen hatte. Jamie auch nicht. Wann immer ich in den Flur hinausschaute, sah ich flackerndes Kerzenlicht durch die halboffene Tür seines Zimmers fallen, hörte das Rascheln von Buchseiten und sein Aufstöhnen, wenn er sich bewegte.

Da ich nicht schlafen konnte, hatte ich mich erst gar nicht ausgezogen und war bereit, als Anselm an meine Tür klopfte.

Im Kloster war es still. Die Kapelle war dunkel, abgesehen vom roten Schein des Ewigen Lichtes und ein paar weißen Opferkerzen, deren Flammen in der reglosen Luft still vor den Heiligenbildern brannten.

Ich folgte Anselm durch das kurze Mittelschiff und beugte wie er die Knie. Die schlanke Gestalt von Bruder Bartholomäus kniete vorne mit gesenktem Kopf. Er schaute sich nicht nach uns um, als wir leise eintraten, sondern verharrte still in frommer Anbetung.

Das Allerheiligste wurde von der Pracht des Gefäßes beinahe erdrückt. Die riesige Monstranz aus purem Gold war fast einen Fuß breit; sie stand mitten auf dem Altar und bewahrte in ihrer Mitte ein schlichtes Stück Brot.

Ich fühlte mich etwas unbehaglich und nahm auf dem Sitz Platz, den Anselm mir ziemlich weit vorne zuwies. Das Gestühl war mit geschnitzten Engeln, Blumen und Dämonen reich verziert. Ich hörte hinter mir ein leichtes Knarren, als Anselm sich setzte.

»Aber was soll ich tun?« hatte ich ihn, um die nächtliche Stille nicht zu stören, flüsternd gefragt, als wir uns der Kapelle näherten.

»Nichts, *ma chère*«, hatte er schlicht geantwortet. »Einfach sein.«

So saß ich also da und lauschte auf meinen eigenen Atem und die winzigen Geräusche der Stille, das Knarren von Holz, das leise Zischen der Kerzenflammen.

Es war ein friedvoller Ort, das konnte ich nicht leugnen. Bei aller Erschöpfung und den Sorgen um Jamie entspannte ich mich allmählich, und meine Gedanken kamen nach und nach zur Ruhe. Merkwürdigerweise war ich überhaupt nicht müde, trotz der späten Stunde und der Strapazen der letzten Tage und Wochen.

Was waren schon Tage und Wochen angesichts der Ewigkeit? Und der standen wir hier gegenüber, zumindest empfanden das Anselm, Bartholomäus, Ambrosius und all die anderen Mönche bis hinauf zu Abt Alexander.

Es war im Grunde eine tröstliche Idee: Wenn es unbegrenzt Zeit gab, dann waren die Ereignisse eines gegebenen Augenblicks weniger wichtig. Ich bekam eine Ahnung davon, daß man die Welt vielleicht anders betrachtet, wenn man sich ein wenig zurückzieht und sich in die Kontemplation eines ewigen Wesens vertieft.

Das Rot des Ewigen Lichts brannte stetig und spiegelte sich im glatten Gold. Die langen weißen Kerzen vor den Statuen des heiligen Giles und der Muttergottes flackerten und knisterten gelegentlich, aber die rote Lampe brannte heiter und ruhig.

Und falls es die Ewigkeit gab, oder auch nur die Idee der Ewigkeit, dann hatte Anselm recht. Dann war alles möglich. Auch alle Liebe? Ich hatte Frank geliebt und liebte ihn noch immer. Und ich liebte Jamie, mehr als mein eigenes Leben. Aber innerhalb der Grenzen, die die Zeit und das Fleisch setzten, konnte ich nicht beide behalten. Im Jenseits vielleicht? Ob es wohl einen Ort gab, an dem die Zeit nicht mehr existierte? Anselm glaubte das. Einen Ort, wo alles möglich war und nichts mehr notwendig.

Und gab es dort Liebe? War jenseits der Grenzen, die Fleisch und Zeit setzten, alle Liebe möglich? War sie notwendig?

Die Stimme meiner Gedanken schien Onkel Lamb zu gehören. Er war meine Familie. Alles, was ich als Kind von Liebe wußte, kam von ihm, einem Mann, der nie von Liebe gesprochen hatte, bei dem das nie nötig war, denn ich wußte, daß er mich liebte, so sicher wie ich wußte, daß ich lebendig war. Denn wo Liebe ist, sind Worte überflüssig. Liebe ist alles. Sie ist unvergänglich. Und sie ist genug.

Die Zeit verging, ohne daß ich es merkte, und ich war überrascht, als Anselm plötzlich vor mir stand; offenbar war er aus der kleinen

Tür neben dem Altar getreten. Er hatte doch hinter mir gesessen? Ich schaute mich um und sah einen jungen Mönch am Eingang die Knie beugen. Anselm verbeugte sich tief vor dem Altar und machte mir dann mit dem Kopf ein Zeichen in Richtung Tür.

»Sie sind weggegangen?« fragte ich ihn vor der Kapelle. »Aber ich dachte, Sie dürften das Allerheiligste nicht allein lassen?«

Er lächelte gelassen. »Das habe ich nicht getan, *ma chère*. Sie waren ja da.«

Ich unterdrückte den Impuls, ihm zu sagen, daß ich ja nicht zählte. Schließlich gab es wohl kaum eine offizielle Qualifikation zum Anbeter. Man brauchte nur ein Mensch zu sein, und ich ging davon aus, daß ich das war, auch wenn ich mich zeitweise nicht so fühlte.

Jamies Kerze brannte noch, als ich an seiner Tür vorbeiging und hörte, wie er eine Seite umblätterte. Ich hätte hineingeschaut, aber Anselm brachte mich an die Tür meines eigenen Zimmers. Ich blieb stehen, um ihm eine gute Nacht zu wünschen und ihm dafür zu danken, daß er mich zur Kapelle mitgenommen hatte.

»Es war ... erholsam«, sagte ich, nachdem ich eine Weile nach dem richtigen Wort gesucht hatte.

Er nickte und blickte mich an. »Oui, Madame, das ist es.« Als ich gehen wollte, sagte er: »Ich habe Ihnen gesagt, daß das Allerheiligste nicht allein war, weil Sie da waren. Aber was ist mit Ihnen, *ma chère*? Waren Sie allein?«

Ich sah ihn einen Augenblick an, bevor ich antwortete.

»Nein, das war ich nicht.«

39

Eine Seele wird erlöst

Am Morgen schaute ich wie gewöhnlich nach Jamie und hoffte, daß er etwas hatte zu sich nehmen können. Kurz vor seinem Zimmer trat Murtagh aus einer Nische hervor und verstellte mir den Weg.

»Was ist los?« fragte ich barsch. »Ist etwas nicht in Ordnung?« Mein Herz begann schneller zu schlagen, und meine Handflächen wurden feucht.

Meine Panik muß offensichtlich gewesen sein, denn Murtagh schüttelte den Kopf. »Nein, es geht ihm gut, oder jedenfalls nicht schlechter als vorher.« Er faßte mich leicht am Ellbogen und führte mich den Gang hinunter. Mir fiel auf, daß Murtagh mich zum ersten Mal absichtlich berührt hatte.

»Was ist los mit ihm?« fragte ich mit Nachdruck. Das durchfurchte Gesicht des kleinen Mannes war so ausdruckslos wie immer, aber die Augenlider zuckten leicht.

»Er möchte dich jetzt nicht sehen.«

Ich blieb ruckartig stehen und zog meinen Arm zurück.

»Und warum nicht?«

Murtagh zögerte, als würde er jedes Wort auf die Waagschale legen. »Also . . . er hat entschieden, daß es am besten wäre, wenn du ihn hierläßt und nach Schottland zurückkehrst. Er −«

Der Rest von dem, was er sagen wollte, ging verloren, denn ich schob ihn beiseite und hastete in Jamies Zimmer.

Die schwere Tür fiel hinter mir dumpf ins Schloß. Jamie döste mit dem Gesicht nach unten auf dem Bett. Er war nicht zugedeckt und trug nur das kurze Hemd eines Novizen; das Kohlebecken in der Ecke machte das Zimmer angenehm warm, wenn auch ein wenig rauchig.

Er zuckte heftig zusammen, als ich ihn berührte. Seine Augen waren noch vom Schlaf verhangen und lagen tief in den Höhlen;

sein Gesicht zeigte, daß er wieder von Träumen heimgesucht worden war. Ich nahm seine Hand, aber er zog sie weg. Verzweiflung stand ihm ins Gesicht geschrieben. Er schloß die Augen und vergrub sein Gesicht in den Kissen.

Ich versuchte mir nichts anmerken zu lassen und zog leise einen Stuhl neben ihn. »Ich werde dich nicht berühren«, sagte ich, »aber du mußt mit mir sprechen.« Ich wartete einige Minuten, während er bewegungslos dalag. Endlich seufzte er und setzte ich auf. Er bewegte sich langsam und unter Schmerzen und schwang die Beine über die Bettkante.

»Aye«, sagte er, ohne mich anzuschauen, »das muß ich wohl. Ich hätte es früher tun sollen... aber ich war so feige, daß ich gehofft habe, es würde mir erspart bleiben.« Seine Stimme war bitter, und er hielt den Kopf gesenkt. »Ich habe mich nie für feige gehalten, aber ich bin es. Ich hätte Randall dazu bringen sollen, mich zu töten. Ich hatte keinen Grund mehr zu leben, aber zum Sterben war ich nicht mutig genug.« Seine Stimme wurde so leise, daß ich ihn kaum mehr verstehen konnte. »Und ich wußte, daß ich dich noch einmal sehen mußte... um es dir zu sagen... aber... Claire, meine Liebe... o Claire.«

Er nahm das Kissen und drückte es wie zum Schutz an sich, ein Ersatz für den Trost, den er bei mir nicht finden konnte.

»Als du mich in Wentworth zurückgelassen hast, Claire, da habe ich auf deine Schritte gelauscht, wie sie sich draußen auf dem Steinboden entfernten, und ich sagte mir, ich denke jetzt an sie, an ihre Haut und an den Duft ihres Haares und an die Berührung ihrer Lippen. Ich denke an sie, bis sich diese Tür wieder öffnet. Und ich denke morgen an sie, wenn ich unter dem Galgen stehe, um mutig den letzten Schritt zu tun. In der Zwischenzeit, von dem Augenblick, wo die Tür aufgeht, bis zu dem Augenblick, wo ich hier herausgehe, um zu sterben, werde ich überhaupt nicht denken.«

In seinem Kerker hatte er die Augen geschlossen und gewartet. Die Schmerzen waren nicht zu schlimm, solange er stillsaß, aber er wußte, daß es bald schlimmer werden würde. Zwar fürchtete er den Schmerz, aber er war schon oft damit fertig geworden. Er wußte das und hatte sich darauf eingestellt zu ertragen, was immer da kommen mochte, er hoffte nur, daß es nicht zu bald über seine Kräfte ginge. Die Aussicht auf Vergewaltigung erregte nur noch milden Ekel in ihm. Verzweiflung war auch eine Art Betäubungsmittel.

Es gab kein Fenster in dem Verlies, das ihm erlaubt hätte, die Zeit zu schätzen. Es war Mittag gewesen, als man ihn dorthin gebracht hatte, aber sein Zeitgefühl war nicht mehr zuverlässig. Wie viele Stunden mochten es noch bis zum Morgengrauen sein, bis alles vorbei wäre? Mit bitterem Humor dachte er, daß Randall ihn immerhin soweit gebracht hatte, daß er nun den Tod willkommen hieß.

Als sich die Tür öffnete, hatte er aufgeblickt. Was er wohl erwartet hatte? Da war nichts weiter als ein schlanker, gutaussehender Mann, mit zerrissenem Leinenhemd und zerzausten Haaren, der sich gegen die Holztür lehnte und ihn beobachtete.

Nach ein paar Augenblicken ging Randall wortlos durchs Zimmer und stellte sich neben ihn. Er legte die Hand auf Jamies Hals, beugte sich dann vor und zog mit einem heftigen Ruck den Nagel aus Jamies Hand. Jamie wurde fast ohnmächtig vor Schmerz, aber es wurde ein Glas Brandy vor ihn hingestellt, und eine feste Hand hielt ihm den Kopf und half ihm trinken.

»Er nahm mein Gesicht zwischen beide Hände und leckte die Brandytropfen von meinen Lippen. Ich wollte ihn zurückstoßen, aber ich hatte mein Wort gegeben, und so ließ ich es geschehen.«

Randall hatte Jamies Kopf gehalten und ihm fragend in die Augen geblickt, hatte ihn dann losgelassen und sich neben ihn auf den Tisch gesetzt.

»Dort saß er eine ganze Weile, ohne etwas zu sagen, und baumelte mit einem Bein. Ich hatte keine Ahnung, was er vorhatte, und auch keine Lust, mir darüber Gedanken zu machen. Ich war müde, und mir war übel vor Schmerzen. Nach einer Weile legte ich einfach den Kopf auf die Arme und drehte mein Gesicht weg.« Er seufzte schwer.

»Im nächsten Augenblick fühlte ich eine Hand auf meinem Kopf, aber ich bewegte mich nicht. Er streichelte mir über die Haare, ganz zart, immer wieder. Es war kein Geräusch zu hören außer dem heiseren Atmen seines Handlangers in der Ecke und dem Knistern des Feuers im Kamin, und ich glaube... ich glaube, ich bin kurz eingenickt.«

Als er aufwachte, stand Randall vor ihm.

»Geht es dir etwas besser?« hatte Randall sich höflich erkundigt.

Jamie hatte wortlos genickt und war aufgestanden. Randall zog ihn aus, wobei er sorgfältig auf die verletzte Hand achtgab, und führte ihn zum Bett.

»Ich hatte mein Wort gegeben, daß ich nicht kämpfen würde, aber helfen wollte ich ihm auch nicht, also stand ich einfach da, als wäre ich aus Holz. Ich dachte, ich würde ihn tun lassen, was er wollte, ohne irgendwie daran beteiligt zu sein – ich würde Abstand von ihm halten, zumindest im Kopf.« Randall hatte gelächelt und nach Jamies rechter Hand gegriffen, so fest, daß Jamie vor Schmerz schwindlig wurde und er sich fast erbrochen hätte, bevor er aufs Bett sank. Randall hatte sich dann vor ihn auf den Boden gekniet und ihn in ein paar fürchterlichen Minuten gelehrt, daß Distanz eine leere Hoffnung war.

»Als er aufstand, nahm er das Messer und zog es mir quer über die Brust, von einer Seite zur anderen. Es war kein tiefer Schnitt, aber es blutete ein bißchen. Er beobachtete mich, streckte dann einen Finger aus und fuhr über den Schnitt.« Jamie sprach stockend und machte immer wieder Pausen. »Er leckte sich mein Blut vom Finger, lächelte ein wenig und beugte den Kopf zu meiner Brust. Ich war nicht gefesselt, aber ich hätte mich nicht bewegen können. Ich ... ich saß einfach da, während er mit der Zunge ... Es tat nicht direkt weh, aber es fühlte sich sehr eigenartig an. Nach einer Weile stand er auf und reinigte sich sorgfältig mit einem Handtuch.«

Ich beobachtete Jamies Hand. Da sein Gesicht noch immer abgewandt war, waren Jamies Gefühle hier am besten abzulesen. Sie klammerte sich krampfhaft an den Bettrand, als er weitererzählte.

»Er – er erzählte mir, daß ... ich köstlich schmecke. Der Schnitt hatte aufgehört zu bluten, aber er nahm das Handtuch und rieb mir fest über die Brust, damit die Wunde wieder aufging.« Jamies Knöchel zeichnete sich weiß ab. »Er knöpfte sich die Reithosen auf und beschmierte sich mit dem frischen Blut. Dann sagte er, jetzt sei ich an der Reihe.«

Danach hielt Randall ihm den Kopf und half ihm beim Erbrechen, wischte ihm das Gesicht zart mit einem feuchten Tuch ab und gab ihm Brandy, um seinen Mund von dem üblen Geschmack zu befreien. Er war abwechselnd brutal und zart, benutzte den Schmerz als Waffe und brach auf diese Weise Leib und Seele.

Ich wünschte, Jamie würde aufhören, wollte ihm sagen, daß er nicht weitererzählen brauchte, aber ich biß mir hart auf die Lippen, um nichts zu sagen, und verkrampfte die Hände ineinander, damit ich ihn nicht berührte.

Er erzählte mir den Rest; die langsamen, gezielten Peitschenhiebe, dazwischen Küsse. Der entsetzliche Schmerz der Brandwunden, die Randall ihm zufügte, damit er nicht – wonach Jamie sich verzweifelt sehnte – bewußtlos wurde. Er erzählte mir alles, stokkend und stotternd, manchmal weinend, und viel mehr, als ich ertragen konnte, aber ich hörte ihm zu, still wie ein Beichtvater. Er schaute schnell zu mir auf und wandte sich wieder ab.

»Ich hätte es aushalten können, verletzt zu werden, wie schwer auch immer. Ich erwartete... mißbraucht zu werden, und ich dachte, ich könnte auch das durchstehen. Aber ich konnte es nicht... ich... er...« Ich bohrte mir die Nägel in die Handballen, um ja still zu bleiben. Er zitterte am ganzen Körper.

»Er hat mich nicht nur gequält oder mich mißbraucht. Er hat mich geliebt, Claire. Für mich war es entsetzlich, aber für ihn war es ein Akt der Liebe. Und er hat mich soweit gebracht, zu reagieren – verdammt sei seine Seele! Er hat meine Lust geweckt!« Die Hand ballte sich zur Faust und schlug mit ohnmächtiger Wut auf das Bett.

»Beim ersten Mal war er sehr vorsichtig mit mir. Er benutzte Öl und ließ sich lange Zeit, um mich einzureiben... berührte mich überall sanft. Ich konnte es ebensowenig verhindern, von seiner Berührung erregt zu werden, wie ich das Bluten nach dem Schnitt hätte verhindern können.« Jamies Stimme war elend und völlig verzweifelt. Er hielt inne und schaute mich zum ersten Mal, seit ich hereingekommen war, direkt an.

»Claire, ich wollte nicht an dich denken. Es war unerträglich, dort nackt zu liegen... und... daran zu denken, wie ich dich geliebt habe. Es war Blasphemie. Ich wollte dich aus meinen Gedanken verbannen und einfach nur existieren, so lange ich mußte. Aber er ließ es nicht zu.« Sein Gesicht war feucht, aber diesmal nicht von Tränen.

»Er redete, die ganze Zeit redete er dabei. Zum Teil waren es Drohungen, zum Teil war es Liebesgeflüster, aber oft hat er von dir gesprochen.«

»Von mir?« Meine Stimme, die ich so lange nicht gebraucht hatte, kam krächzend aus meiner zugeschnürten Kehle. Er nickte und schaute wieder auf das Kissen.

»Ja. Er war entsetzlich eifersüchtig auf dich, weißt du?«

»Nein. Nein, das wußte ich nicht.«

Wieder nickte er. »O doch. Er fragte mich – während er mich berührte, fragte er mich: ›Tut sie das auch? Kann sie dich so erregen?‹« Seine Stimme zitterte. »Ich gab ihm keine Antwort – ich konnte es nicht. Und dann fragte er, wie du dich wohl fühlen würdest, wenn du zuschauen würdest, wenn du mich sehen würdest...« Er biß sich fest auf die Lippen, einen Augenblick lang unfähig weiterzusprechen.

»Er quälte mich ein bißchen, hörte dann auf und weckte meine Lust... dann fügte er mir Schmerz zu und nahm mich mittendrin, und die ganze Zeit sprach er von dir, so daß ich dich immer vor Augen hatte. Ich kämpfte dagegen an... ich versuchte mich irgendwie von ihm fernzuhalten, meinen Geist von meinem Körper zu trennen, aber der Schmerz brach durch, immer wieder, durch jede Mauer, die ich in mir aufbaute. Ich hab es versucht, Claire – mein Gott, wie sehr ich es versucht habe, aber...«

Er stützte den Kopf in die Hände und preßte die Fingerspitzen an die Schläfen. Er sagte abrupt: »Ich weiß jetzt, warum der junge Alex MacGregor sich aufgehängt hat. Ich würde es auch tun, wenn ich nicht wüßte, daß es eine Todsünde ist. Er hat mir das Leben zur Hölle gemacht, aber ich wollte nicht über den Tod hinaus verdammt sein.« Er rang nach Selbstbeherrschung. Das Kissen auf seinen Knien hatte feuchte Flecken, und ich wollte aufstehen, um ihm ein anderes zu geben. Er schüttelte langsam den Kopf und starrte immer noch auf seine Füße.

»Es... es ist jetzt alles für mich verkettet. Ich kann nicht an dich denken, Claire, oder daran, daß ich dich küsse oder auch nur deine Hand berühre, ohne daß die Angst und der Schmerz und die Übelkeit wiederkommen. Ich liege hier mit dem Gefühl, daß ich ohne deine Nähe sterbe, aber wenn du mich berührst, dann fürchte ich, daß ich mich vor Scham und Haß auf mich selbst übergeben muß. Ich kann dich jetzt nicht einmal anschauen, ohne daß...« Seine Stirn lag auf den Fäusten, und er hatte die Fingerknöchel in die Augenhöhlen gepreßt. Die Sehnen am Nacken traten scharf hervor, und seine Stimme klang halb erstickt.

»Claire, ich möchte, daß du mich verläßt. Geh nach Schottland zurück. Zum Craigh na Dun. Geh zurück in deine Zeit, zu deinem... Ehemann. Murtagh wird dich sicher hinbringen, ich habe ihn darum gebeten.« Er war still, und ich bewegte mich nicht.

Mit dem Mut der Verzweiflung schaute er zu mir auf und sprach ganz schlicht: »Ich werde dich lieben, solange ich lebe, aber ich kann nicht mehr dein Mann sein. Und etwas anderes will ich nicht sein. Claire, ich will dich so sehr, daß mir die Knochen im Leib zittern, aber, Gott helfe mir, ich habe Angst, dich zu berühren!«

Ich näherte mich ihm, aber er hielt mich mit einer entschiedenen Handbewegung auf. Der innere Kampf spiegelte sich in seinem Gesicht, und seine Stimme war atemlos.

»Claire... bitte. Bitte geh. Ich muß mich übergeben, und ich möchte nicht, daß du es siehst. Bitte.«

Ich hörte das Flehen in seiner Stimme und wußte, daß ich ihm wenigstens diese Erniedrigung ersparen mußte. Ich stand auf und überließ zum ersten Mal in meinem Leben einen kranken Mann sich selbst, hilflos und allein.

Benommen von allem, was ich gehört hatte, verließ ich das Zimmer und lehnte mich gegen die weiße Steinwand. Ich kühlte meine heiße Wange an den harten Quadern; die Blicke, die Murtagh und Bruder William mir zuwarfen, waren mir gleichgültig. *Gott helfe mir*, hatte er gesagt. *Gott helfe mir, ich habe Angst, dich zu berühren.*

Ich richtete mich auf und stand allein. Warum nicht? Es gab niemand anderen, der uns jetzt noch helfen konnte.

In der Stunde, wo die Zeit allmählich langsamer wird, beugte ich die Knie in der Kapelle vom heiligen Giles. Anselm war da, elegant und aufrecht in seiner Kutte, und außer ihm niemand. Er machte keine Bewegung und schaute sich auch nicht um, aber die lebendige Stille der Kapelle umfing mich.

Ich blieb einige Augenblicke auf den Knien, um die Stille der Dunkelheit in mir aufzunehmen und meine flatternden Gedanken zur Ruhe kommen zu lassen. Erst als ich spürte, daß sich mein Herz an den langsamen Rhythmus der Nacht angeglichen hatte, schlüpfte ich in eine Bank hinten in der Kapelle.

Ich saß steif auf dem harten Gestühl; mir fehlten die Übung und das liturgische Ritual, mit deren Hilfe die Brüder in die Tiefen ihrer heiligen Einkehr gelangten. Ich wußte nicht, wie ich anfangen sollte. Schließlich sagte ich still und schlicht: Ich brauche Hilfe. Bitte.

Die Stille begann in Wellen über mich zu fließen, ich ließ mich von ihr wie von einem schützenden Mantel umfangen. Ich saß einfach da, wie Anselm es mir gesagt hatte, und die Minuten verrannen ungezählt.

Hinten in der Kapelle befand sich ein kleiner Tisch. Er war mit einem Leinentuch bedeckt, auf dem das Becken mit Weihwasser stand und daneben die Bibel und zwei oder drei andere geistliche Werke – vermutlich für Anbeter, denen die Stille zuviel wurde.

Mir wurde sie zuviel, und ich stand auf und holte mir die Bibel. Ich war gewiß nicht der erste Mensch, der hier in Zeiten der Not und Verwirrung Beistand suchte. Die Kerzen spendeten genug Licht, so daß ich am Betpult lesen konnte; vorsichtig blätterte ich die hauchdünnen Seiten um und überflog die feine schwarze Schrift.

»Ich aber bin ein Wurm und kein Mensch... Ich bin ausgeschüttet wie Wasser, und alle meine Knochen haben sich voneinander gelöst; mein Herz ist in meinem Leibe wie zerschmolzenes Wachs.« Ja, dachte ich mit einiger Ungeduld, eine kompetente Diagnose. Aber gab es dafür eine Behandlung?

»Aber du, Herr, sei nicht ferne; meine Stärke, eile, mir zu helfen. Errette meine Seele vom Schwert; mein Leben von den Hunden.« Hmm.

Ich blätterte zum Buch Hiob, in dem Jamie so gerne las. Wenn irgend jemand in der Lage war, einen guten Rat zu geben...

»Nur sein eigenes Fleisch macht ihm Schmerzen, und nur um ihn selbst trauert seine Seele.« Richtig, dachte ich und blätterte um.

»Auch warnt er ihn durch Schmerzen auf seinem Bett und durch heftigen Kampf in seinen Gliedern... Sein Fleisch schwindet dahin, daß man's nicht ansehen kann, und seine Knochen stehen heraus, daß man lieber wegsieht.« Trifft ins Schwarze. Und was nun?

»So nähert er sich der Grube und sein Leben den Toten.« Nicht so gut. Aber die nächsten Zeilen waren etwas ermutigender. »Kommt dann zu ihm ein Engel, ein Mittler, einer aus tausend, kundzutun dem Menschen, was für ihn recht ist, so wird er ihm gnädig sein und sagen: ›Erlöse ihn, daß er nicht hinunterfahre zu den Toten; ich habe ein Lösegeld gefunden. Sein Fleisch blühe wieder wie in der Jugend; und er soll wieder jung werden.‹« Und was war dieses Lösegeld, das die Seele eines Mannes erlösen und sein Leben von den Hunden erretten konnte?

Ich schloß das Buch und meine Augen. Die Worte verschwammen und vermischten sich mit meiner Not. Tiefer Jammer ergriff mich, als ich Jamies Namen aussprach. Und doch kam eine Spur von Frieden in mir auf, und die Anspannung ließ nach, als ich wieder und wieder sagte: »O Herr, in deine Hände befehle ich die Seele deines Dieners James.«

Mir kam der Gedanke, daß es für Jamie vielleicht besser wäre zu sterben; er hatte gesagt, daß er sterben wollte. Ich war mir sicher, daß er bald tot wäre, wenn ich ihn sich selbst überließe. Und ich hatte keinen Zweifel, daß er das auch wußte. Sollte ich tun, was er von mir verlangte? Verflucht, nein! *Verflucht, wenn ich das tue*, sagte ich finster entschlossen zu dem Allerheiligsten auf dem Altar und öffnete wieder das Buch.

Es dauerte eine Weile, bis mir bewußt wurde, daß mein Bittgesuch kein Monolog mehr war; ich merkte es erst, als mir klar wurde, daß ich gerade eine Frage beantwortet hatte, die ich selbst nicht gestellt hatte. In meinem jammervollen Dämmerzustand war etwas von mir verlangt worden, ich wußte nicht sicher, was, aber ich hatte ohne Nachdenken geantwortet: »Ja, ich will.«

Ich hörte auf zu denken und lauschte auf die Stille. Und dann wiederholte ich tonlos die Worte: »Ja. Ja, ich will«, und mir ging durch den Kopf: *Die Grundvoraussetzung für die Erlangung göttlicher Gnade ist folgende: Du mußt aus vollem Herzen zustimmen.*

Ich hatte ein Gefühl, als wäre mir ein kleiner Gegenstand übergeben worden, den ich unsichtbar in Händen hielt. Kostbar wie Opal, glatt wie Jade, schwer wie ein Flußkiesel und zerbrechlicher als ein Vogelei. Unendlich still, lebendig wie die Wurzel der Schöpfung. Kein Geschenk, sondern eine Verantwortung, etwas, das grimmig zu hegen und sanft zu schützen war. Die Worte sprachen sich wie von selbst und verschwanden im Schatten des Deckengewölbes.

Ich verbeugte mich vor der spürbaren Präsenz und verließ die Kapelle. Ich hatte keinen Zweifel, daß ich in der Ewigkeit des Augenblicks, in dem die Zeit aufhört, eine Antwort bekommen hatte, aber ich hatte keine Ahnung, was diese Antwort war. Ich wußte nur, daß das, was ich in Händen hielt, eine menschliche Seele war, ob meine oder die eines anderen, vermochte ich nicht zu sagen.

Es schien nicht gerade, als wäre mein Gebet erhört worden, denn am nächsten Morgen weckte mich ein Laienbruder und teilte mir mit, daß Jamie von hohem Fieber geschüttelt werde.

»Seit wann ist er in diesem Zustand?« fragte ich und fühlte mit geübter Hand Stirn, Achselhöhlen und Leiste. Keine Spur von erlösendem Schweiß; nur die trockene gespannte Haut, die vor

Hitze glühte. Er war wach, aber benommen; er konnte die schweren Lider kaum offenhalten. Die Ursache des Fiebers war deutlich sichtbar. Die zerschmetterte rechte Hand war aufgedunsen, und übelriechender Eiter sickerte durch den Verband. Bedrohliche rote Streifen zogen sich das Handgelenk hinauf. Blutvergiftung, eine widerliche, eiternde, lebensbedrohliche Blutvergiftung.

»Ich fand ihn so, als ich nach der Mette nach ihm schaute«, antwortete der Bruder, der mich geholt hatte. »Ich gab ihm Wasser, aber er erbrach sich kurz nach dem Morgengrauen.«

»Sie hätten mich gleich holen sollen«, sagte ich. »Bringen Sie mir heißes Wasser und Himbeerblätter; Bruder Polydor soll so schnell wie möglich kommen.« Er ging mit der Beteuerung, daß er auch mir Frühstück bringen lassen würde, aber ich winkte ab und griff nach dem Zinnkrug mit Wasser.

Bis Bruder Polydor erschien, hatte ich versucht, Jamie Wasser einzuflößen, aber ohne Erfolg, und so versuchte ich es mit äußerlichen Anwendungen, feuchtete die Leintücher an und breitete sie über den heißen Körper.

Gleichzeitig badete ich die Hand in frisch abgekochtem Wasser, so heiß wie irgend möglich, ohne die Haut zu verbrennen. Ohne Sulfonamide oder Antibiotika war Hitze das beste Mittel gegen eine bakterielle Infektion. Der Körper des Patienten tat, was er konnte, um durch hohes Fieber Hitze zu erzeugen, aber das Fieber war selbst eine ernste Gefahr, denn es führte zur völligen Erschöpfung und einer Schädigung der Gehirnzellen. Der Trick bestand darin, am Entzündungsherd genügend Hitze zuzuführen, um die Infektion zu zerstören, während der Rest des Körpers gekühlt wurde – ein verdammt schwieriger Balanceakt.

Jamies Gefühlszustand war jetzt belanglos. Es ging nur um eins: ihn am Leben zu erhalten, bis die Infektion und das Fieber abgeklungen waren; alles andere war unwichtig.

Am Nachmittag des zweiten Tages begann er zu halluzinieren. Wir banden ihn mit weichen Tüchern am Bett fest, damit er sich nicht auf den Boden warf. Als äußerstes Mittel, das Fieber zu brechen, schickte ich schließlich einen der Laienbrüder hinaus, um einen Korb voll Schnee zu holen, den wir um ihn herumpackten. Das führte zu heftigem Schüttelfrost, der ihm die letzte Energie zu rauben schien, aber vorübergehend sank das Fieber.

Diese Behandlung mußten wir jede Stunde wiederholen. Bei Son-

nenuntergang sah das Zimmer aus wie eine Sumpflandschaft, überall standen Pfützen auf dem Boden, dazwischen lagen Haufen von
nassen Leintüchern, und das Feuer in der Ecke verwandelte die
Feuchtigkeit in Dampf, der wie Sumpfgas im Zimmer waberte.
Bruder Polydor und ich waren ebenfalls durchnäßt von Schweiß und
kaltem Schnee und trotz der Hilfe von Anselm und den Laienbrüdern
nahe am Zusammenbruch. Fiebertees wie Rudbeckie, Gelbwurzel,
Katzenminze und Ysop waren wirklungslos geblieben.

In einem der immer seltereren Augenblicke, in denen er bei
Verstand war, hatte Jamie mich gebeten, ihn sterben zu lassen. Ich
antwortete barsch: »Verflucht, wenn ich das tue«, und machte
weiter.

Als die Sonne unterging, waren draußen im Gang Schritte zu
hören. Die Tür öffnete sich, und der Abt, Jamies Onkel Alex, trat ein,
begleitet von Bruder Anselm und drei Mönchen, von denen einer ein
Kästchen aus Zedernholz trug. Der Abt kam zu mir und segnete mich
kurz, dann nahm er meine Hand.

»Wir geben dem Jungen jetzt die Letze Ölung«, sagte er mit tiefer,
freundlicher Stimme. »Haben Sie keine Angst.«

Er wandte sich zum Bett, und ich schaute Anselm wild an. Wollten
sie ihn sterben lassen?

Er kam an meine Seite, um die Mönche, die um das Bett herumstanden, nicht zu stören, und wiederholte flüsternd: »Die Letzte
Ölung.«

»Letzte Ölung! Aber das ist für Sterbende!«

»Psst.« Er zog mich weiter vom Bett weg. »Vielleicht sollte man
besser sagen, eine Salbung der Kranken, obwohl es gewöhnlich nur
bei Menschen gemacht wird, die an der Schwelle zum Tod stehen.«
Die Mönche hatten Jamie behutsam auf den Rücken gedreht und
versuchten ihn so zu betten, daß er möglichst wenig Schmerzen litt.

»Das Sakrament hat zwei Bedeutungen«, flüsterte mir Anselm ins
Ohr, während die Vorbereitungen getroffen wurden. »Zum einen ist
es ein Sakrament der Heilung; wir beten darum, daß die Gesundheit
des Leidenden wiederhergestellt werden möge, sofern es Gottes
Wille ist. Das Chrisam, das geweihte Salböl, wird als Symbol des
Lebens und des Heilens angewandt.«

»Und zum anderen?« fragte ich, obwohl ich die Antwort schon
wußte.

Anselm nickte. »Wenn es nicht Gottes Wille ist, daß er wieder gesund wird, dann erhält er die Absolution, und wir befehlen seinen Geist in Gottes Hände und beten, daß er Frieden finden möge.« Er sah, daß ich protestieren wollte, und legte mir warnend die Hand auf den Arm.

»Das sind die letzten Riten der Kirche. Er hat ein Anrecht darauf und auf den Frieden, den sie ihm schenken mögen.«

Die Vorbereitungen waren abgeschlossen. Jamie lag auf dem Rücken, ein Tuch war ihm um die Lenden geschlungen, und am Kopf- und Fußende des Bettes wurden Kerzen angezündet, die mich höchst unangenehm an Grablichter erinnerten. Abt Alexander saß am Bett, neben ihm ein Mönch, der ein Tablett hielt, auf dem ein Ziborium und zwei kleine Silberflaschen, die Weihwasser und Chrisam enthielten, standen, und über seinem Unterarm hing ein weißes Tuch. Wie ein Weinkellner, dachte ich ärgerlich. Die ganze Prozedur war entnervend.

Der Ritus wurde auf lateinisch vollzogen. Das leise Gemurmel wirkte beruhigend, obwohl ich es nicht verstand. Anselm flüsterte mir manchmal Erklärungen zu. An einem Punkt gab der Abt Polydor ein Zeichen, und er trat nach vorne und hielt Jamie ein Flakon unter die Nase. Es muß Ammoniak oder etwas Ähnliches gewesen sein, denn er zuckte zusammen und warf den Kopf zur Seite, ohne die Augen zu öffnen.

»Warum versuchen Sie ihn aufzuwecken?« flüsterte ich.

»Wenn möglich, soll er bei Bewußtsein sein, um seine Zustimmung zu der Aussage geben zu können, daß er die Sünden bereut, die er in seinem Leben begangen hat. Außerdem soll er die Kommunion empfangen.«

Der Abt streichelte Jamie zart über die Wange, drehte seinen Kopf zu dem Flakon zurück und sprach ruhig mit ihm. Er war vom Latein in das breite Schottisch der Familie gefallen, und seine Stimme war weich.

»Jamie! Jamie, mein Junge! Es ist Alex. Ich bin bei dir. Du mußt jetzt kurz aufwachen, nur kurz. Ich gebe dir jetzt die Absolution und dann das Heilige Sakrament unseres Herrn. Nimm einen kleinen Schluck, damit du antworten kannst, wenn du mußt.« Polydor hielt Jamie einen Becher an die Lippen und träufelte ihm Wasser in den Mund. Jamies Augen waren jetzt offen, noch immer schwer vom Fieber, aber immerhin war er wach.

Der Abt machte nun weiter, er stellte die Fragen auf englisch, aber so leise, daß ich sie kaum verstehen konnte. »Schwörst du dem Teufel ab und all seinen Taten?« »Glaubst du an die Auferstehung unseres Herrn Jesus Christus?« und so weiter. Auf jede Frage antwortete Jamie mit einem gehauchten »Aye«.

Nachdem er das Sakrament empfangen hatte, sank er mit einem Seufzer zurück und schloß die Augen. Ich sah, wie sich die Rippen mit jedem Atemzug bewegten. Er war entsetzlich abgemagert. Der Abt salbte ihm Stirn, Lippen, Nase, Ohren und Augenlider. Dann machte er mit dem geweihten Öl das Kreuzeichen über dem Herzen, auf der Innenseite der Hände und auf den Füßen. Er hob die verletzte Hand mit äußerster Vorsicht hoch, strich das Öl leicht über die Wunde und legte die Hand zurück auf Jamies Brust, unter die rote Narbe des Messerschnitts.

Die Ölung wurde schnell und unglaublich zart vollzogen. »Abergläubische Magie«, sagte die rationale Seite meines Gehirns, aber ich war tief gerührt von der Liebe auf den Gesichtern der betenden Mönche. Jamies Augen öffneten sich noch einmal. Sie waren von tiefer Ruhe erfüllt, und auf seinem Gesicht lag zum ersten Mal, seit wir Lallybroch verlassen hatten, Frieden.

Die Zeremonie endete mit einem kurzen lateinischen Gebet. Der Abt legte die Hand auf Jamies Kopf und sagte auf englisch: »Herr, in Deine Hände befehlen wir die Seele Deines Dieners James. Wir bitten Dich, heile ihn, wenn dies Dein Wille ist, und stärke seine Seele, daß sie Gnade finde und in ewigem Frieden ruhe.«

»Amen«, antworteten die Mönche. Und ich auch.

Bei Einbruch der Dunkelheit war der Patient wieder nahe an der Bewußtlosigkeit. Jamies Kräfte ließen immer mehr nach, und wir konnten nichts anderes mehr tun, als ihm so oft wie möglich ein paar Schluck Wasser einzuflößen, um ihn am Leben zu halten. Seine Lippen waren aufgesprungen, und er konnte nicht mehr sprechen; zwar öffnete er noch die Augen, wenn man ihn fest schüttelte, aber er erkannte uns nicht mehr; er starrte ins Leere, ließ die schweren Lider wieder sinken und drehte den Kopf stöhnend zur Seite.

Ich stand neben dem Bett und schaute auf ihn herab. Von den Strapazen des Tages war ich so erschöpft, daß ich nur noch dumpfe Verzweiflung fühlte. Bruder Polydor berührte mich sacht.

»Sie können jetzt nichts mehr für ihn tun«, sagte er und führte mich mit fester Hand vom Bett fort. »Sie brauchen jetzt Ruhe.«

»Aber –«, setzte ich an, sprach jedoch nicht weiter. Er hatte recht. Wir hatten wirklich alles getan. Entweder würde das Fieber bald von selbst fallen, oder er würde sterben. Selbst der stärkste Mann konnte die verzehrende Glut des Fiebers höchstens ein oder zwei Tage aushalten, und Jamie hatte ja kaum mehr Reserven, um eine solche Attacke durchzustehen.

»Ich bleibe bei ihm«, sagte Polydor. »Gehen Sie zu Bett. Ich werde Sie rufen, falls...« Er beendete den Satz nicht, sondern schickte mich mit einer freundlichen Geste in mein Zimmer.

Ich lag wach auf meinem Bett und starrte an die Balkendecke. Meine Augen waren trocken und heiß, und meine Kehle schmerzte, als wäre auch bei mir ein Fieber im Anzug. War das die Antwort auf mein Gebet – daß wir hier beide zusammen sterben durften?

Schließlich stand ich auf und nahm den Krug und die Waschschüssel vom Tisch neben der Tür. Ich stellte die schwere Steingutschüssel mitten im Zimmer auf den Boden und füllte sie vorsichtig mit Wasser, bis es sich zitternd über den Rand wölbte.

Auf dem Weg zu meinem Zimmer hatte ich einen kurzen Umweg über Bruder Ambrosius' Vorratskammer gemacht. Ich öffnete die kleinen Kräuterpäckchen und streute den Inhalt ins offene Feuer. Die Myrrhe verbreitete duftenden Rauch, und der Kampfer brannte mit winzigen blauen Zungen in der Holzkohlenglut.

Ich stellte die Kerze hinter die reflektierende Wasseroberfläche und setzte mich davor, um einen Geist zu rufen.

Der Steinkorridor war kalt und von den Öllampen, die in regelmäßigen Abständen von der Decke hingen, nur spärlich erleuchtet. Mein Schatten wuchs unter meinen Füßen nach vorne, wenn ich unter einer Lampe durchging, bis er mit der Dunkelheit vor mir verschmolz.

Trotz der Kälte war ich barfuß und trug nur ein weißes Nachthemd aus grobem Leinen. Darunter war noch etwas Wärme gesammelt, aber die Kälte kroch mir vom Steinboden die Beine hinauf.

Ich klopfte einmal leise und öffnete die schwere Tür, ohne auf eine Antwort zu warten.

Bruder Roger saß bei ihm und betete den Rosenkranz. Er blickte auf, beendete aber erst noch leise das Ave Maria, bevor er mich begrüßte.

Er kam mir entgegen und sprach flüsternd, obwohl deutlich war, daß es die bewegungslose Gestalt auf dem Bett auch nicht gestört hätte, wenn er geschrien hätte.

»Keine Veränderung. Ich habe gerade das Wasser für die Hand erneuert.«

Ich nickte und legte ihm dankend die Hand auf den Arm. Er fühlte sich nach meiner Seance erstaunlich fest und warm und irgendwie tröstlich an.

»Ich würde gerne mit ihm allein sein, wenn es Ihnen recht ist.«

»Natürlich. Ich gehe zur Kapelle. Oder sollte ich in der Nähe bleiben, falls . . .«

»Nein.« Ich versuchte beruhigend zu lächeln. »Gehen Sie nur zur Kapelle, oder vielleicht besser noch ins Bett. Ich kann nicht schlafen; ich bleibe bis morgen früh hier. Falls ich Hilfe brauche, schicke ich nach Ihnen.«

Zweifelnd schaute er aufs Bett. Aber es war sehr spät, und er war müde; unter den freundlichen braunen Augen lagen Schatten.

Die schwere Tür quietschte in den Angeln, und ich war allein mit Jamie, allein, voller Angst und voller Zweifel, ob das, was ich vorhatte, richtig war.

Ich stand am Fußende und betrachtete ihn eine Weile. Das Zimmer wurde von der Glut und zwei fast meterhohen Kerzen nur schwach erleuchtet. Er war nackt, und das düstere Licht betonte die Höhlungen seines vom Fieber ausgezehrten Körpers. Der Bluterguß über den Rippen schillerte in allen Farben

Die Haut eines Sterbenden verfärbt sich grünlich. Es beginnt am Kiefer und breitet sich dann allmählich über das ganze Gesicht aus, über die Brust und weiter nach unten, je mehr die Lebenskraft erlischt. Ich hatte es oft gesehen. Seltener hatte ich erlebt, wie dieser tödliche Prozeß aufgehalten und umgekehrt wurde, hatte gesehen, wie die Haut plötzlich wieder rosig wurde und der Mann ins Leben zurückkehrte. Aber meistens . . . Ich schüttelte mich heftig und wandte mich ab.

Ich legte die Gegenstände auf den Tisch, die ich heimlich aus Bruder Ambrosius' Arbeitszimmer geholt hatte. Ein Fläschchen Ammoniakgeist. Getrockneten Lavendel und Baldrian. Ein kleines Metallgefäß in Form einer offenen Blüte zum Verbrennen von Räucherwerk. Zwei süß duftende, klebrige Opiumkugeln. Und ein Messer.

Im Zimmer war es stickig. Das einzige Fenster war mit einem

schweren Teppich verhängt, der das Martyrium des heiligen Sebastian darstellte. Ich betrachtete das zum Himmel erhobene Gesicht und den von Pfeilen durchbohrten Körper und wunderte mich über den Geisteszustand der Person, die gerade diese Dekoration für ein Krankenzimmer gewählt hatte.

Der Wandteppich war aus schwerer Seide und Wolle und ließ kaum Luft herein. Ich hob eine Ecke hoch und wedelte den Rauch nach draußen. Die kaltfeuchte Luft, die hereinströmte, war erfrischend und milderte das Pochen in meinen Schläfen, das eingesetzt hatte, als ich auf den Wasserspiegel gestarrt und mich erinnert hatte.

Hinter mir hörte ich ein schwaches Stöhnen; Jamie regte sich in der Zugluft. Er war also nicht tief bewußtlos.

Ich ließ den Teppich zurückgleiten, nahm das Metallgefäß, steckte eine Opiumkugel auf den Dorn und zündete sie an. Das Gefäß stellte ich auf den Nachttisch neben Jamies Kopf und achtete darauf, nicht selbst die üblen Dämpfe einzuatmen.

Viel Zeit hatte ich nicht. Meine Vorbereitungen mußten abgeschlossen sein, bevor ihm der Opiumrauch so zusetzte, daß er gar nicht mehr reagieren würde.

Ich öffnete mein Nachthemd und rieb mich eilig mit Lavendel und Baldrian ein. Es war ein angenehmer, würziger Geruch, der Gefühle und Erinnerungen wachrief. Ein Duft, der den Schatten des Mannes heraufbeschwor, der dieses Parfüm trug, und den Schatten des Mannes hinter ihm; Schatten, die verwirrende Bilder eines gegenwärtigen Schreckens und verlorener Liebe aufsteigen ließen. Ein Geruch, der Jamie an die Stunden der Erniedrigung und der Wut erinnern würde. Ich zerrieb den Rest heftig zwischen meinen Händen und ließ die duftenden Krümel auf den Boden fallen.

Ich holte tief Luft, um mir Mut zu machen, und nahm das Ammoniakfläschchen in die Hand. Ich blickte auf das ausgemergelte Gesicht herunter. Länger als einen Tag würde er nicht mehr leben, vielleicht nur noch einige Stunden.

»Also gut, du verdammter schottischer Dickschädel«, sagte ich leise. »Dann wollen wir mal sehen, wie störrisch du wirklich bist.« Ich hob die tropfnasse Hand aus dem Wasser und stellte die Schüssel weg.

Ich öffnete die Flasche und hielt sie ihm dicht unter die Nase. Er schnaubte und versuchte den Kopf wegzudrehen, öffnete aber nicht die Augen. Ich packte ihn bei den Haaren und hielt ihm das Fläschchen wieder unter die Nase. Er schüttelte den Kopf hin und her wie ein Ochse, den man geweckt hat, und öffnete die Augen einen Spalt.

»Wir sind noch nicht fertig, Fraser«, flüsterte ich ihm ins Ohr und bemühte mich, Randalls Sprechweise so gut wie möglich nachzuahmen.

Jamie stöhnte auf und zog die Schultern hoch. Ich packte ihn und schüttelte ihn grob. Seine Haut war so heiß, daß ich ihn fast losließ.

»Wach auf, du schottischer Bastard! Ich bin noch nicht fertig mit dir!« In einem jammervollen Akt des Gehorsams, der mir fast das Herz brach, kämpfte er sich auf die Ellbogen. Er schüttelte den Kopf immer noch hin und her, und die rissigen Lippen murmelten immer wieder etwas, was so klang wie »Bitte noch nicht«.

Seine Kräfte versagten, und er rollte zur Seite und blieb mit dem Gesicht auf dem Kissen liegen. Allmählich füllte sich das Zimmer mit Opiumrauch, und ich fühlte milde Benommenheit.

Ich biß die Zähne zusammen und stieß ihm eine Hand zwischen die Gesäßbacken. Er schrie auf, ein hoher, heiserer Ton, und rollte sich seitwärts zu einem Ball zusammen, die Hände zwischen die Beine gepreßt.

Eine Stunde hatte ich über dem reflektierenden Wasserspiegel verbracht und Erinnerungen heraufbeschworen, Erinnerungen an Black Jack Randall und an Frank, seinen sechsfachen Urenkel. Zwei grundverschiedene Männer, die sich äußerlich so erstaunlich ähnlich waren.

Es zerriß mich, an Frank zu denken, sein Gesicht vor mir zu sehen, seine Stimme zu hören, daran zu denken, wie er sich bewegte, wie er liebte. Ich hatte versucht, ihn zu vergessen, nachdem ich im Steinkreis die Entscheidung getroffen hatte, aber er war immer da, eine Schattengestalt, die in den Winkeln meiner Seele lebte. Ich fühlte mich elend, daß ich ihn betrogen hatte, aber in meiner Not hatte ich mich gezwungen – so, wie Geillis es mir gezeigt hatte –, mich auf die Kerzenflamme zu konzentrieren und den Kräuterduft einzuatmen, bis ich ihn aus den Schatten hervortreten lassen konnte, bis ich sein Gesicht sehen und die Berührung seiner Hand spüren konnte, ohne zu weinen.

Im Schatten hatte ein zweiter Mann gestanden, mit den gleichen Händen, dem gleichen Gesicht. Ich hatte auch ihn vortreten lassen, hörte, beobachtete, sah die Ähnlichkeit und die Unterschiede und schuf – was? Ein Schattenbild, eine Person, eine Maske. Ein umschattetes Gesicht, eine flüsternde Stimme und eine liebevolle Berührung, mit denen ich einen Mann im Delirium täuschen konnte. Und ich verließ mein Zimmer mit einem Gebet für die Hexe Geillis Duncan. Jamie lag jetzt auf dem Rücken und wand sich leise stöhnend. Sein Blick war starr, ohne ein Zeichen des Erkennens.

Ich streichelte ihn, zeichnete mit dem Finger die Linie seiner Rippen vom Brustbein zum Rücken nach, so wie Frank das getan hätte, und drückte fest auf den schmerzenden Bluterguß, wie es der andere Randall sicherlich getan hätte. Mit der Zunge fuhr ich langsam um sein Ohr, spielte mit dem Ohrläppchen und flüsterte: »Wehr dich, wehr dich, du dreckiger Wicht!«

Seine Muskeln spannten sich, und er biß die Zähne zusammen, aber er starrte weiter ins Leere. Es ging also nicht anders, ich mußte das Messer benutzen. Ich wußte, welches Risiko ich damit einging, aber besser, ich brachte ihn selbst um, als daß ich ruhig dabeisaß, wie er starb.

Ich nahm das Messer vom Tisch und zog es ihm fest über die Brust, entlang der frischen Narbe. Er rang nach Luft und drückte den Rücken durch. Mit einem Handtuch rieb ich heftig über die Wunde. Dann zwang ich mich, sein Blut mit dem Finger aufzuwischen und es ihm über die Lippen zu reiben. Dann sprach ich einen Satz, den ich nicht erfinden mußte, denn ich hatte ihn selbst gehört. Ich beugte mich über ihn und flüsterte: »Und jetzt küß mich.«

Auf das, was nun kam, war ich nicht im geringsten vorbereitet. Mit einem Sprung war er aus dem Bett und schleuderte mich durchs Zimmer. Ich stolperte und fiel gegen den Tisch, auf dem die riesigen Kerzen ins Schwanken kamen. Die Schatten schossen hin und her, als die Dochte flackerten und erloschen.

Ich hatte mich an der Tischkante gestoßen, aber ich kam schnell genug auf die Beine, um noch zur Seite springen zu können, als er sich auf mich stürzen wollte. Mit dumpfem Knurren und weit ausgestreckten Händen war er hinter mir her.

Er war schneller und stärker, als ich erwartet hatte, obwohl er stolperte und sich an den Möbeln stieß. Er hatte mich zwischen dem offenen Feuer und dem Tisch in die Enge getrieben, und ich spürte seinen heißen, keuchenden Atem, als er nach mir griff. Er schlug mit der Linken nach meinem Gesicht; wären seine Reflexe und seine Kraft annähernd normal gewesen, dann hätte mich der Hieb erledigt. Aber ich wich aus, so daß seine Faust nur noch meine Stirn streifte; aber auch das genügte, um mich auf den Boden zu werfen.

Ich kroch unter den Tisch. Als er mich packen wollte, verlor er das Gleichgewicht und fiel gegen das Kohlebecken. Glühende Kohlen prasselten auf den Steinboden. Er heulte auf, als er sich in die Glut kniete. Ich bekam ein Kissen zu fassen und schlug damit ein schwelendes Funkennnest in der herabhängenden Bettdecke aus. Damit beschäftigt, merkte ich nicht, daß er mir schon wieder hinterher war, bis mich ein harter Schlag über den Kopf niederstreckte.

Das Bettgestell kippte um, als ich mich mit einer Hand daran hochziehen wollte. Einen Augenblick fand ich dahinter Schutz und versuchte, wieder zur Besinnung zu kommen. Jamie verfolgte mich im Halbdunkel; er keuchte und stieß unzusammenhängend gälische Flüche aus. Plötzlich entdeckte er mich und warf sich über die Bettkante. Sein irrer Blick loderte in der Düsternis.

Jamies brennendheiße Hände schlossen sich um meinen Hals, und es schien eine Ewigkeit zu dauern, bis ich ihn abschütteln konnte. Das wiederholte sich ein paar Dutzend Male. Jedesmal gelang es mir, mich aus dem Würgegriff zu befreien und hinter einem Möbelstück Schutz zu suchen. Aber jedesmal kam er fluchend, schluchzend, stolpernd und wild um sich schlagend hinter mir her – ein Mann, den rasende Wut dem Tod entrissen hatte.

Die im Zimmer verstreute Glut erlosch schnell und hinterließ tiefste Dunkelheit, die von Dämonen bevölkert schien. Im letzten Flackern sah ich ihn an der Wand stehen, die feurige Mähne stand ihm zu Berge, der Körper war blutbeschmiert, der Penis steif aufgerichtet vor seinem behaarten Bauch, und die Augen in dem bleichen Gesicht glühten voller Mordlust. Ein Berserker, wie die teuflischen Wikinger, die von ihren Schiffen an die neblige Küste des alten Schottlands sprangen, um zu töten und zu plündern. Männer, die noch mit dem letzten Quentchen Kraft vergewaltigten und ihren Samen in den Leib der Besiegten säten. Der üble Geruch des Opiums verstopfte mir die Lungen. Obwohl die Glut verlöscht war, sah ich farbige Lichter in der Dunkelheit tanzen.

Es fiel mir zunehmend schwerer, mich zu bewegen; es fühlte sich an, als würde ich durch tiefes Wasser waten und dabei von einem fürchterlichen Fisch verfolgt. Ich zog die Knie hoch, rannte im Zeitlupentempo und spürte, wie mir das Wasser ins Gesicht spritzte.

Ich schüttelte den Traum ab und merkte, daß mein Gesicht und meine Hände tatsächlich naß waren. Nicht Tränen, sondern Blut – und der Schweiß des Ungeheuers, mit dem ich im Dunkeln kämpfte.

Schweiß. Da gab es etwas, an das ich mich erinnern sollte, doch es wollte mir nicht einfallen. Eine Hand packte mich am Oberarm, aber ich riß mich los. Auf meiner Haut blieb ein schmieriger Film zurück. Rund herum um den Maulbeerbaum, der Affe jagt das Wiesel. Aber da stimmte etwas nicht, das Wiesel jagte mich, ein Wiesel mit scharfen weißen Zähnen, die sich in meinen Unterarm bohrten. Ich schlug nach ihm, und die Zähne ließen los, aber die Klauen... rund herum um den Maulbeerstrauch...

Der Dämon drückte mich gegen die Wand; ich fühlte Stein unter meinem Kopf und Stein unter meinen Fingern und einen steinharten Körper, der sich an mich preßte, ein knochiges Knie zwischen meinen Knien... Beine, noch etwas Steinhartes... ah. Etwas Weiches inmitten der Härte des Lebens, angenehme Kühle in der Hitze, Trost mitten im Jammer...

Wir stürzten aneinandergeklammert zu Boden, wälzten uns dort herum, verwickelten uns in den Falten des herabgefallenen Wandteppichs und wurden von der kühlen Luft, die durchs Fenster strömte, erfrischt. Die Nebel des Irrsinns begannen sich zu lichten.

Wir stießen in ein Möbelstück und blieben still liegen. Jamies Hände umklammerten meine Brüste, seine Finger bohrten sich in mein Fleisch. Ich fühlte Tropfen auf meinem Gesicht, ob Schweiß oder Blut, konnte ich nicht sagen, aber ich öffnete die Augen und sah, daß Jamie auf mich herabblickte. Sein Gesicht wirkte im Mondlicht leer, und die aufgerissenen Augen starrten durch mich hindurch. Seine Hände entspannten sich. Ein Finger fuhr zart über meine Brust, von der Rundung zur Spitze, wieder und wieder. Mit ausgebreiteten Fingern umfing er beide Brüste weich wie ein trinkender Säugling.

»M-mutter?« fragte er. Mir sträubten sich die Nackenhaare. Es war die hohe, reine Stimme eines kleinen Jungen. »Mutter?«

Die kühle Luft umspülte uns und vertrieb den ungesunden Rauch. Ich legte meine Hand auf seinen kühlen Hals.

»Jamie, Geliebter«, sagte ich flüsternd, »komm, leg den Kopf hin, Mann.« Da zitterte die Maske und zerbrach, und ich hielt den großen Körper fest an mich gedrückt, und beide wurden wir von Schluchzen geschüttelt.

Wir konnten von Glück sagen, daß es der unerschütterliche Bruder William war, der uns am Morgen fand. Ich wachte beim Knarren der Tür benommen auf und war plötzlich voll da, als ich hörte, wie er sich nachdrücklich räusperte, bevor er uns einen guten Morgen wünschte.

Das schwere Gewicht auf meiner Brust war Jamie. Sein Haar war an meiner Brust getrocknet und sah aus wie die Blütenblätter einer Chrysantheme. Die Wange, die sich an mein Brustbein drückte, war warm und schweißverklebt, aber Rücken und Arme waren in der kalten Winterluft, die von draußen hereinblies, so kühl wie meine Schenkel.

Im Tageslicht zeigte sich das ganze Ausmaß der Verwüstung: der Boden war von zerschlagenen Möbelstücken und Steingutscherben übersät, und die beiden hohen Kerzen lagen wie gefallene Baumstämme in einem Haufen zerfetzter Leintücher und Wandbehänge. Ich selbst lag auf dem achtlos herabgerissenen heiligen Sebastian, dem menschlichen Nadelkissen; sollte er Schaden gelitten haben, wäre das kein großer Verlust für das Kloster.

Bruder William stand bewegungslos in der Tür. Er heftete seinen Blick mit großer Genauigkeit auf Jamies linke Augenbraue und fragte: »Und wie fühlen Sie sich heute morgen?«

Es gab eine lange Pause, in der Jamie rücksichtsvoll dort liegenblieb, wo er war, und mich verbarg. Schließlich antwortete er im Ton eines Menschen, dem gerade eine Offenbarung zuteil geworden war: »Hungrig!«

»Wunderbar«, sagte Bruder William und starrte immer noch auf Jamies Augenbraue. »Ich gehe und sage es Bruder Josef.« Die Tür schloß sich leise hinter ihm.

»Gut, daß du dich nicht bewegt hast. Ich möchte nicht dafür verantwortlich sein, daß Bruder William unreine Gedanken hat.«

»Ein Blick auf *meinen* Hintern wird kaum jemand vom rechten Pfad abbringen, jedenfalls nicht in diesem Zustand. Deiner hingegen...« Er räusperte sich.

»Was ist mit *meinem*?«

Sein Kopf senkte sich langsam, um mir einen Kuß auf die Schulter zu drücken. »Deiner würde einen Bischof in Versuchung führen.«

»Mmmpf.« Ich stellte mit Zufriedenheit fest, daß mir schottische Laute schon recht gut gelangen. »Wie dem auch sei, vielleicht solltest du dich jetzt doch bewegen. Vermutlich ist auch Bruder Williams Taktgefühl nicht unerschöpflich.«

Jamie legte den Kopf auf eine Falte des Wandteppichs und sah mich von der Seite an. »Ich weiß nicht, was letzte Nacht Traum, was Wirklichkeit gewesen ist.« Seine Hand ging unbewußt zu dem Schnitt über seiner Brust. »Aber wenn nur die Hälfte davon wirklich geschehen ist, dann müßte ich jetzt tot sein.«

»Du bist es aber nicht.« Zögernd fragte ich: »Möchtest du es sein?«

Er lächelte langsam. »Nein, Sassenach, nein.« Auf seinem eingefallenen Gesicht lagen tiefe Schatten, aber auch Frieden: die Falten um den Mund hatten sich geglättet, und die blauen Augen waren klar. »Aber ich bin verdammt nah dran, ob ich will oder nicht. Daß ich jetzt nicht sterbe, liegt nur daran, daß ich Hunger habe. Ich hätte keinen Hunger, wenn ich sterben würde, meinst du nicht? Wäre Verschwendung.« Er sah mich mit einem Funken seines alten Humors an.

»Kannst du nicht aufstehen?«

Er überlegte. »Wenn mein Leben davon abhinge, könnte ich vielleicht den Kopf heben. Aber aufstehen? Nein.«

Mit einem Seufzer wand ich mich unter ihm hervor und richtete das Bett, bevor ich versuchte, ihn in die Senkrechte zu bekommen. Er stand nur ein paar Sekunden, dann verdrehte er die Augen und fiel quer über das Bett. Voller Angst tastete ich nach seinem Puls. Aber er schlug ruhig und kräftig. Schlichte Erschöpfung.

»Das Herz eines Löwen«, sagte ich kopfschüttelnd, »und der Kopf eines Ochsen. Zu schade, daß du nicht auch das dicke Fell eines Nashorns hast.« Ich berührte die blutigen Striemen an seiner Schulter.

Er öffnete die Augen. »Was ist ein Nashorn?«

»Ich dachte, du wärst bewußtlos!«

»Das war ich auch. Ich bin es. In meinem Kopf dreht sich alles wie ein Kreisel.«

Ich zog ihm eine Decke über die Schultern. »Was du jetzt brauchst, ist Essen und Ruhe.«

»Was *du* jetzt brauchst, sind Kleider.« Das eine Augenlid sank herab, und er schlief augenblicklich ein.

40

Absolution

Ich konnte mich nicht erinnern, wie ich in mein Bett gefunden hatte, aber irgendwie mußte ich hingekommen sein, denn dort wachte ich auf. Anselm saß lesend am Fenster.

Ich schnellte in die Höhe.

»Jamie?« krächzte ich.

»Er schläft«, antwortete Anselm und legte das Buch zur Seite. Er blickte auf die Stundenkerze auf dem Tisch. »So wie Sie. Sie waren die letzten sechsunddreißig Stunden bei den Engeln, *ma belle*.« Er füllte einen Becher aus dem Steingutkrug und hielt ihn mir an die Lippen. Vor dem Zähneputzen Wein im Bett zu trinken, hätte ich früher als den Gipfel der Dekadenz betrachtet. Dies in einem Kloster in Gesellschaft eines Franziskanermönchs zu tun, schien weniger verwerflich. Und tatsächlich vertrieb der Wein den moosigen Geschmack in meinem Mund.

Ich schwang die Beine über die Bettkante und wäre fast auf den Boden gefallen, wenn Anselm mich nicht am Arm gehalten und sanft zurück in die Kissen gedrückt hätte. Er schien plötzlich vier Augen zu haben und mehr Nasen und Münder, als unbedingt notwendig war.

»Mir ist ein bißchen schwindlig«, sagte ich und schloß die Augen. Dann probierte ich es mit einem Auge. Immerhin gab es ihn jetzt nur noch einmal, wenn ich ihn auch etwas verschwommen wahrnahm.

Anselm beugte sich besorgt über mich.

»Soll ich Bruder Ambrosius oder Bruder Polydor holen, Madame? Ich kenne mich in der Medizin bedauerlicherweise kaum aus.«

»Nein. Ich brauche nichts. Ich habe mich nur zu schnell aufgesetzt.« Ich versuchte es noch einmal langsamer. Diesmal blieb das

Zimmer mit allem, was sich darin befand, einigermaßen still. Allmählich spürte ich, daß ich voller Blutergüsse und schmerzender Stellen war. Als ich mich zu räuspern versuchte, merkte ich, das auch das schmerzte. Ich verzog das Gesicht.

»Wirklich, *ma chère*, ich glaube, daß ich vielleicht...« Anselm stand an der Tür und wollte gehen, um Hilfe zu holen. Er sah ziemlich erschreckt aus. Ich griff nach dem Spiegel, besann mich dann aber eines Besseren – dafür war ich wirklich noch nicht bereit. Statt dessen griff ich nach dem Weinkrug.

Anselm kam langsam zurück und musterte mich. Nachdem er sich überzeugt hatte, daß ich nicht zusammenbrechen würde, setzte er sich wieder hin. Ich trank den Wein in kleinen Schlucken und merkte, wie die Nachwirkungen des Opiumqualms allmählich nachließen. Wir waren also am Leben geblieben, alle beide.

Meine Träume waren chaotisch gewesen, voll Blut und Gewalt. Immer wieder hatte ich geträumt, daß Jamie tot war oder starb. Und irgendwo im Nebel war das Bild des Jungen im Schnee: Sein überraschtes rundes Gesicht überlagerte Jamies zerschundenes Gesicht. Manchmal schien der rührende, flaumige Schnurrbart auf Franks Gesicht aufzutauchen. Ich erinnerte mich deutlich, daß ich alle drei getötet hatte. Ich fühlte mich, als hätte ich die ganze Nacht damit verbracht, Menschen zu erstechen und zu erschlagen; jeder Muskel schmerzte, und ich war zutiefst deprimiert.

Anselm war immer noch da und beobachtete mich ungeduldig.

»Sie könnten etwas für mich tun, Vater.«

Er stand sofort auf und griff nach dem Krug.

»Natürlich. Noch etwas Wein?«

Ich lächelte schwach.

»Ja, später. Jetzt möchte ich, daß Sie mir die Beichte abnehmen.«

Er war verblüfft, fand aber schnell zu seiner professionellen Gelassenheit zurück.

»Aber natürlich, *chère madame*, wenn Sie das wünschen. Aber wäre es nicht besser, Vater Gerard zu holen? Er hat einen guten Ruf als Beichtvater, während ich« – er zog die Schultern auf typisch französische Weise hoch –, »zwar Beichten abnehmen darf, aber es selten tue, denn ich bin ja nur ein armer Gelehrter.«

»Ich will Sie«, sagte ich fest. »Und ich will es jetzt tun.«

Mit einem Seufzer schickte er sich in das Unabwendbare und

ging hinaus, um seine Stola zu holen. Er breitete die glänzende lila Seide über seine braune Kutte, setzte sich auf den Hocker, segnete mich kurz und wartete.

Ich erzählte ihm alles, wirklich alles. Wer ich war und wie ich hierhergekommen war. Von Frank und von Jamie. Und von dem jungen englischen Dragoner, der im Schnee gestorben war.

Sein Gesicht war ausdruckslos, während ich sprach, abgesehen davon, daß seine runden braunen Augen noch runder wurden. Als ich fertig war, blinzelte er, öffnete den Mund, als wollte er etwas sagen, schloß ihn wieder und schüttelte den Kopf.

»Nein«, sagte ich mitfühlend und räusperte mich wieder, um das heisere Krächzen loszuwerden. »Sie haben keine Stimmen gehört, und Sie phantasieren auch nicht. Jetzt wissen Sie, warum ich wollte, daß Sie unter dem Siegel der Beichte zuhören.«

Er nickte geistesabwesend.

»Ja. Ja, durchaus. Wenn... aber ja. Natürlich, Sie wollen, daß ich niemandem etwas sage. Und da Sie mir das alles unter dem Siegel des Beichtsakraments anvertraut haben, erwarten Sie auch, daß ich es glaube. Aber...« Er kratzte sich am Kopf und schaute dann zu mir auf. Ein strahlendes Lächeln breitete sich auf seinem Gesicht aus.

»Das ist ja wunderbar!« rief er leise aus. »Es ist außergewöhnlich, einfach wundervoll!«

»›Wundervoll‹ ist nicht gerade das Wort, das ich gewählt hätte«, meinte ich trocken, »aber ›außergewöhnlich‹ kann man es wohl nennen.« Ich hustete und griff nach dem Weinbecher.

»Aber es ist... ein Wunder«, sagte er wie zu sich selbst.

»Wenn Sie darauf bestehen. Aber was ich wissen möchte – was soll ich jetzt tun? Bin ich des Mordes schuldig? Oder des Ehebruchs? Nicht, daß man daran jetzt noch etwas ändern könnte, aber ich wüßte es gern. Kann ich – ich meine, *sollte* ich das, was ich weiß, benutzen, um... einzugreifen? Ich weiß nicht einmal, ob das möglich ist, aber wenn ja, habe ich das Recht dazu?«

Er rutschte auf seinem Hocker zurück und dachte nach. Langsam hob er beide Zeigefinger, legte sie aneinander und starrte sie lange an. Schließlich schüttelte er den Kopf und lächelte.

»Ich weiß es nicht, *ma bonne amie*. Wie Sie sicher verstehen werden, rechnet man als Beichtvater nicht mit einer derartigen Situation. Ich muß nachdenken und beten. Ja, vor allem beten.

Heute nacht, wenn ich vor dem Allerheiligsten wache, werde ich Ihre Situation bedenken. Und vielleicht kann ich Ihnen morgen einen Rat geben.«

Er bedeutete mir, mich hinzuknien.

»Aber jetzt, mein Kind, will ich dir die Absolution erteilen. Welche Sünden du auch begangen haben magst, sie seien dir vergeben.«

Er hob eine Hand zum Segen und legte die andere auf meinen Kopf. »*Te absolvo, in nomine Patri, et Filii...*«

Er erhob sich und reichte mir die Hand, um mir aufzuhelfen.

»Danke, Vater.« Ungläubig, wie ich war, hatte ich mit der Beichte nur erreichen wollen, daß er mich ernst nahm. Ich war erstaunt, daß ich mich plötzlich viel weniger niedergedrückt fühlte. Vielleicht war es nur die Erleichterung, daß ich jemandem die Wahrheit gesagt hatte.

Er hob die Hand zum Gruß. »Ich komme morgen wieder, *chère madame*. Jetzt sollten Sie noch etwas ruhen, wenn Sie können.«

Er ging zur Tür und faltete dabei seine Stola sorgfältig zusammen. An der Tür drehte er sich um und lächelte mich an. Kindliche Erregung strahlte aus seinen Augen.

»Und vielleicht können Sie mir morgen sagen... wie es ist?«

Ich lächelte zurück. »Ja, Vater. Das tue ich.«

Nachdem er weg war, wankte ich den Gang hinunter zu Jamie. Ich hatte schon jede Menge Leichen in weit besserem Zustand gesehen, aber seine Brust hob und senkte sich regelmäßig, und die grünliche Verfärbung seiner Haut war verschwunden.

»Ich habe ihn alle paar Stunden geweckt, um ihm ein paar Löffel Brühe einzuflößen.« Bruder Roger löste den Blick von seinem Patienten, sah zu mir auf und prallte förmlich zurück. Vielleicht hätte ich mich doch kämmen sollen. »Äh, vielleicht... möchten Sie auch etwas?«

»Nein, danke. Ich glaube..., ich schlafe doch lieber noch ein bißchen.« Ich fühlte keine Schuld und Depression mehr auf mir lasten, vielmehr breitete sich eine angenehme Schwere und Schläfrigkeit in meinen Gliedern aus. Ob es nun auf die Beichte oder den Wein zurückzuführen war, wußte ich nicht, jedenfalls freute ich mich auf mein Bett.

Ich beugte mich vor und berührte Jamie. Er war warm, ohne eine Spur von Fieber. Ich streichelte ihm zart über den Kopf und glättete die zerzausten roten Haare. Ein Mundwinkel hob sich kurzzeitig. Ich war ganz sicher, daß ich das gesehen hatte.

Der Himmel war kalt und feucht. Graue Eintönigkeit erstreckte sich bis zum Horizont und vermischte sich mit dem grauen Nebel über den Hügeln und dem fleckigen alten Schnee, so daß es schien, als sei die Abtei in einen schmutzigen Wattebausch eingehüllt. Selbst im Inneren des Klosters lastete die Stille des Winters auf den Bewohnern. Die Lobgesänge in der Kapelle klangen gedämpft, und die dicken Steinwände schienen alle Geräusche zu schlucken.

Jamie schlief fast zwei Tage lang und wachte nur auf, um etwas Fleischbrühe oder Wein zu sich zu nehmen. Danach verlief der Genesungsprozeß so, wie das bei einem sonst gesunden jungen Mann üblich ist, der plötzlich seiner Kraft und seiner Unabhängigkeit beraubt wird. Mit anderen Worten – er ließ sich die Fürsorge etwa vierundzwanzig Stunden lang mit Genuß gefallen und wurde dann unruhig, zappelig, reizbar, mürrisch, unzufrieden und äußerst mißlaunig.

Die Striemen an seinen Schultern schmerzten. Die Narben an den Beinen juckten. Er hielt es nicht mehr aus, auf dem Bauch zu liegen. Das Zimmer war zu heiß. Der Rauch biß ihm in die Augen, so daß er nicht lesen konnte. Fleischbrühe, Biersuppe und Milch hingen ihm zum Hals heraus. Er wollte Fleisch.

Ich erkannte die Anzeichen der Genesung und war froh darüber, war aber nicht bereit, alles zu schlucken. Ich lüftete, wechselte die Bettwäsche, rieb ihm den Rücken mit Ringelblumensalbe und die Beine mit Aloesaft ein. Dann rief ich einen der Brüder, die den Küchendienst versahen, und bestellte Fleischbrühe.

»Ich kann dieses Schlabberzeug nicht mehr ertragen! Ich brauche etwas zwischen die Zähne!« Er stieß das Tablett gereizt zur Seite, so daß die Brühe auf die Serviette spritzte.

Ich verschränkte die Arme und blickte auf ihn herunter. Herrische blauen Augen starrten zurück. Er war dünn wie ein Strich; Kiefer und Backenknochen zeichneten sich scharf unter der Haut ab. Obwohl er gute Fortschritte machte, brauchten die Magennerven noch etwas Schonung. Er konnte selbst Milch und Brühe nicht immer bei sich behalten.

»Du bekommst etwas zu essen, wenn ich es erlaube, und kein bißchen früher.«

»Ich esse jetzt! Glaubst du etwa, du könntest mir vorschreiben, was ich essen darf?«

»Ja, genau das glaube ich! Ich bin hier der Doktor, falls du das vergessen hast.«

Er schwang die Beine über die Bettkante, offensichtlich in der Absicht, gewisse Schritte zu unternehmen. Ich drückte ihn zurück.

»Deine Aufgabe ist es, im Bett zu bleiben und zu tun, was man dir sagt, wenigstens ein Mal in deinem Leben«, herrschte ich ihn an. »Du kannst noch nicht aufstehen, und du kannst noch keine feste Nahrung zu dir nehmen. Bruder Roger hat gesagt, daß du dich heute früh wieder übergeben hast.«

»Bruder Roger soll sich um seine eigenen Angelegenheiten kümmern, und du auch«, zischte er durch die Zähne und wollte wieder aufstehen. Er hielt sich am Tischrand fest, schaffte es, sich hochzuziehen, und stand schwankend da.

»Geh wieder ins Bett! Du fällst ja gleich hin!« Er war erschreckend bleich, und selbst diese kleine Anstrengung hatte ihn in kalten Schweiß ausbrechen lassen.

»Das tue ich nicht, und wenn, dann ist es meine Sache.«

Ich wurde wütend.

»Ach, so ist das! Und wer hat dein elendes Leben gerettet, he? Du ganz allein, was?« Ich packte ihn am Arm, um ihn ins Bett zurückzuzerren, aber er riß sich los.

»Ich habe dich nicht darum gebeten, oder? Habe ich nicht gesagt, du sollst mich in Ruhe lassen? Außerdem kann ich nicht verstehen, warum du mir das Leben gerettet hast, wenn du mich jetzt verhungern läßt – außer, es macht dir Spaß zuzuschauen!«

Das war nun wirklich zuviel.

»Du undankbares Schwein!«

»Du Drachen!«

Ich richtete mich zu meiner vollen Größe auf und deutete mit ausgestrecktem Arm drohend auf das Bett. Mit der ganzen Autorität, die ich mir in meiner Zeit als Krankenschwester angeeignet hatte, sagte ich: »Geh sofort ins Bett, du sturer, idiotischer –«

»Schotte«, beendete er kurz und bündig meinen Ausfall. Er machte einen Schritt zur Tür und wäre hingefallen, wenn er sich nicht gerade noch an einem Hocker hätte festhalten können. Sein Blick war verschwommen, und er schwankte gefährlich. Ich ballte die Fäuste und blitzte ihn an.

»In Ordnung! Ganz wie du willst. Ich bestelle Brot und Fleisch für dich, und wenn du auf den Boden gekotzt hast, dann kannst du es selber wieder aufwischen! Ich werde es nicht tun, und ich werde Bruder Roger sagen, daß er es mit mir zu tun bekommt, wenn er es macht!«

Ich stürmte hinaus und hatte kaum die Tür hinter mir zugeschlagen, als von der anderen Seite die Waschschüssel dagegenkrachte. Als ich mich umdrehte, sah ich mich einem interessierten Publikum gegenüber, das vom Lärm angezogen worden war. Bruder Roger und Murtagh standen nebeneinander im Gang und starrten mir ins gerötete Gesicht und auf den wogenden Busen. Roger sah beunruhigt aus, aber auf Murtaghs zerfurchtem Gesicht machte sich ein Lächeln breit, als er die gälischen Flüche hinter der Tür hörte.

»Es geht ihm also besser«, meinte er zufrieden. Ich lehnte mich an die Steinquader und merkte, wie auch ich zu lächeln begann.

»Ja«, sagte ich. »Ja, es geht ihm besser.«

Ich hatte den Vormittag im Herbarium verbracht, und auf dem Weg zurück ins Hauptgebäude traf ich Bruder Anselm. Sein Gesicht hellte sich auf, als er mich sah, und er lud mich zu einem Spaziergang durch die Gärten der Abtei ein.

»Ihr Problem ist wirklich interessant«, sagte er und brach einen Zweig von einem Busch. Er untersuchte die Knospen, warf den Zweig weg und blickte zum Himmel, wo die Sonne schwächlich durch die leichte Wolkendecke blinzelte.

»Es wird schon wärmer, aber bis zum Frühling dauert es noch eine ganze Weile. Die Karpfen dürften heute munter sein – lassen Sie uns zum Fischteich hinuntergehen.«

Es handelte sich dabei keineswegs, wie ich erwartet hatte, um ornamental angelegte Zierteiche, sondern um zweckdienliche, mit Steinen eingefaßte Bassins, die in der Nähe der Küche lagen. Sie wimmelten von Karpfen und sorgten dafür, daß freitags und an Fastentagen etwas auf den Tisch kam, wenn das Wetter so rauh war, daß man nicht aufs Meer fahren und Schellfisch, Hering und Flundern fangen konnte.

Wie Anselm gesagt hatte, waren die Fische äußerst munter. Ihre wohlgenährten Leiber glitten aneinander vorbei, und manchmal schlugen sie so heftig mit den Flossen, daß es spritzte. Als unser Schatten aufs Wasser fiel, wandten sich die Fische uns zu.

»Sobald sie Menschen sehen, glauben sie, sie werden gefüttert«, erklärte Anselm. »Wir sollten sie nicht enttäuschen. Einen Moment bitte, *chère madame*.«

Er verschwand in der Küche und kehrte mit etwas altem Brot zurück. Wir standen am Rand des Teichs, rissen Brotbrocken ab und warfen sie in die unersättlichen Mäuler im Wasser.

»Die eigenartige Situation, in der Sie sich befinden, hat zwei Aspekte«, begann Anselm das Gespräch. Er schaute mich von der Seite an, und plötzlich lächelte er. »Ich kann es noch immer kaum glauben, wissen Sie. Welch ein Wunder! Gott ist wahrhaftig gut, daß er mir solches offenbart.«

»Schön für Sie«, sagte ich ein wenig trocken. »Ich weiß nicht, ob er mir gegenüber ebenso zuvorkommend war.«

»Wirklich? *Ich* glaube, ja.« Anselm hockte sich hin und zerkrümelte Brot zwischen den Fingern. »Es ist wahr, die Situation hat Ihnen nicht geringe Unannehmlichkeiten bereitet –«

»So kann man es auch sagen.«

»Aber«, fuhr er fort, ohne meinen Einwurf zu beachten, »man kann es auch als ein Zeichen der Gnade Gottes sehen.« Die strahlenden braunen Augen betrachteten mich nachdenklich.

»Ich habe vor dem Allerheiligsten um Erleuchtung gebeten, und als ich in der Stille der Kapelle wachte, sah ich Sie als Schiffbrüchige vor mir. Das scheint mir ein zutreffendes Bild für Ihre derzeitige Lage zu sein, oder nicht? Stellen Sie sich nur eine solche Seele vor, Madame, die plötzlich in einem fremden Land gestrandet ist, fern von Freunden, fern von allem Bekannten, ganz und gar angewiesen auf das, was das Land bietet. Ein solches Ereignis ist wahrhaftig ein Unglück, aber es kann auch ein Neubeginn sein, der großartige Möglichkeiten und großen Segen mit sich bringt. Was, wenn das neue Land reich ist? Neue Freundschaften können entstehen, und ein neues Leben kann beginnen.«

»Ja, aber –«, wollte ich einwenden, aber er brachte mich mit erhobenem Zeigefinger zum Schweigen.

»Wenn Ihnen also Ihr früheres Leben weggenommen wurde, so vielleicht nur deswegen, weil Gott Sie mit einem anderen Leben segnen möchte, das möglicherweise reicher und erfüllter ist.«

»Über mangelnde Fülle kann ich mich nicht beklagen, aber –«

»Nun, von seiten des kanonischen Rechtes gibt es keine Schwierigkeiten, was Ihre beiden Ehen angeht. Beides waren gültige, von der Kirche gesegnete Ehen. Und genaugenommen geht Ihre Ehe mit dem jungen Herrn dort drinnen Ihrer Ehe mit Monsieur Randall voraus.«

»Ja, ›genaugenommen‹«, stimmte ich zu und konnte meinen Satz ausnahmsweise beenden, »aber nicht in *meiner* Zeit. Ich vermute, daß solche Fälle im kanonischen Recht nicht vorgesehen sind.«

Anselm lachte, und die Spitze seines Bartes zitterte in der leichten Brise.

»Wie wahr, *ma chère*, wie wahr. Alles, was ich sagen wollte, war, daß Sie rein rechtlich weder eine Sünde noch ein Verbrechen begangen haben, was diese beiden Männer betrifft. Das sind die zwei Aspekte Ihrer Situation, die ich vorhin gemeint habe: Was Sie getan haben, und was Sie tun *werden*.« Er griff nach meiner Hand und zog mich zu sich herunter, so daß unsere Augen auf derselben Höhe waren.

»Haben Sie mich das nicht gefragt, als ich Ihnen die Beichte abgenommen habe? Was habe ich getan? Und was soll ich tun?«

»Ja, genau. Und Sie sagen mir, daß ich nichts Falsches getan habe? Aber ich habe —«

Mir fiel auf, daß er einem genauso ins Wort fiel wie Dougal MacKenzie.

»Nein, das haben Sie nicht«, sagte er bestimmt. »Man kann in Übereinstimmung mit den göttlichen Gesetzen und mit dem eigenen Gewissen handeln, verstehen Sie, und dennoch in Schwierigkeiten und tragische Verstrickungen geraten. Es ist die schmerzhafte Wahrheit, daß wir immer noch nicht wissen, warum *le bon Dieu* zuläßt, daß das Böse existiert. Aber wir haben sein Wort dafür.

›Ich habe das Gute geschaffen‹, sagt er in der Bibel, ›und ich habe das Böse geschaffen.‹ Folglich können auch gute Menschen, und vielleicht *gerade* sie, im Leben in große Verwirrungen und Schwierigkeiten geraten. Nehmen Sie zum Beispiel den jungen Mann, den Sie zu töten gezwungen waren. Nein«, sagte er und hob abwehrend die Hand, als ich etwas einwenden wollte, »genauso ist es. Sie waren in Ihrer äußersten Bedrängnis gezwungen, ihn zu töten. Selbst die Mutter Kirche, die die Unantastbarkeit des Lebens lehrt, erkennt die Notwendigkeit an, sich selbst und seine Familie zu verteidigen. Und wenn ich an den damaligen Zustand Ihres Gatten denke« – er schaute über die Schulter zum Gästeflügel zurück –, »dann habe ich keinen Zweifel, daß Sie den Weg der Gewalt einschlagen mußten. Also haben Sie auch keinen Grund, sich Vorwürfe zu machen. Natürlich tut es Ihnen leid, denn, Madame, Sie sind eine äußerst mitfühlende Frau.« Er tätschelte mir freundlich die Hand.

»Manchmal führen unsere besten Taten zu Ergebnissen, die höchst bedauerlich sind. Und doch hätten Sie nicht anders handeln können. Wir wissen nicht, was Gott mit diesem jungen Mann vorhatte – vielleicht wollte er den Jungen zu genau diesem Zeitpunkt zu sich nehmen.«

Ich fröstelte, als mir ein kleiner Windstoß in die Haare fuhr, und wickelte mich enger in meinen Schal. Anselm sah es.

»Vielleicht möchten Sie die Füße ins Wasser stellen, Madame? Es ist warm.«

»Warm?« fragte ich ungläubig. Mir war bisher gar nicht aufgefallen, daß selbst an den Rändern der Bassins kein Eis zu sehen war, während doch die Weihwasserbecken außen an der Kirche zugefroren waren.

Anselm zog seine Ledersandalen aus. Seine Gesichtszüge waren vornehm, seine Stimme war kultiviert, aber seine Füße waren wuchtig wie die eines Bauern aus der Normandie. Er hob den Rock bis zum Knie und steckte die Füße ins Bassin. Die Karpfen schossen davon, drehten sich aber sogleich wieder um, um den Eindringling neugierig zu beäugen.

»Sie beißen doch nicht, oder?« fragte ich mit einem mißtrauischen Blick auf die zahllosen gefräßigen Mäuler.

»Nein, kein Fleisch. Ihre Zähne sind nicht weiter erwähnenswert.«

Ich schlüpfte aus den Sandalen und steckte die Füße zögernd ins Wasser. Zu meiner Überraschung war es angenehm warm. Ich spielte mit den Zehen im Wasser, was die Karpfen argwöhnisch beobachteten.

»In der Nähe der Abtei gibt es mehrere Heilquellen, die heiß aus der Erde sprudeln«, erklärte Anselm. »Ein kleiner Teil des Mineralwassers wird von der nächstgelegenen Quelle hierher gepumpt. So kann der Koch zu allen Jahreszeiten frischen Fisch auf den Tisch bringen.«

Eine Weile ließen wir unsere Füße in einvernehmlichem Schweigen im Wasser baumeln. Die Fische huschten vorbei, gelegentlich stieß sogar einer mit überraschender Wucht an unsere Beine. Die

Sonne kam durch und sandte ihre schwachen, aber doch wärmenden Strahlen auf uns herab. Anselm schloß die Augen.

»Ihr erster Ehemann – Frank war doch sein Name? – muß, denke ich, Gott anempfohlen werden als jemand, dem Sie bedauerlicherweise Leid zugefügt haben, ohne etwas daran ändern zu können.«

»Aber ich hätte etwas tun können. Ich hätte – vielleicht – zurückkehren können.«

Er öffnete die Augen und betrachtete mich skeptisch.

»Ja, vielleicht«, stimmte er zu. »Aber vielleicht auch nicht. Sie brauchen sich keine Vorwürfe zu machen, daß Sie davor zurückgescheut sind, Ihr Leben zu riskieren.«

»Es ging mir nicht um das Risiko«, sagte ich. »Oder jedenfalls nicht nur. Es war – zum Teil war es auch Angst, aber vor allem... vor allem konnte ich Jamie nicht verlassen.« Ich zuckte hilflos mit den Achseln. »Ich – ich konnte es einfach nicht.«

»Eine gute Ehe ist eines der kostbarsten Geschenke Gottes. Wenn Sie so klug waren, dieses Geschenk zu erkennen und anzunehmen, dann ist daran kein Fehl. Und bedenken Sie...« Er legte den Kopf schief zur Seite wie ein Spatz.

»Sie sind vor fast einem Jahr aus Ihrer früheren Welt verschwunden. Ihr erster Mann wird allmählich beginnen, sich mit dem Verlust abzufinden. Er mag sie sehr geliebt haben, aber ein Verlust kann jeden Menschen treffen, und es ist uns gegeben, darüber hinwegzukommen. Vielleicht hat er begonnen, sich ein neues Leben aufzubauen. Wäre es ratsam, den Mann zu verlassen, der Sie so sehr braucht, den Sie lieben und an den Sie durch das Sakrament der Ehe gebunden sind, um zurückzukehren und das neue Leben ihres früheren Mannes wieder aus der Bahn zu werfen? Und falls Sie aus Pflichtgefühl zurückkehren möchten, obwohl Ihr Herz einem anderen gehört – nein.« Er schüttelte entschlossen den Kopf.

»Kein Mann kann zwei Meistern dienen, und ebensowenig eine Frau. Falls das Ihre einzige gültige Ehe wäre und dies« – er deutete zum Gästeflügel –, »nur eine Liebschaft, dann läge Ihre Pflicht wohl anderswo. Aber Sie sind in Gott vereint, und ich denke, Ihre Pflicht liegt bei dem jungen Herrn.

Was nun den anderen Aspekt angeht, nämlich die Frage, was Sie tun sollen – das muß genau erwogen werden.« Er zog die Füße aus dem Wasser und trocknete sie am Saum seiner Kutte ab.

»Lassen Sie uns dieses Gespräch in die Küche verlegen, wo wir vielleicht Bruder Eulogius dazu überreden können, uns ein warmes Getränk zu servieren.«

Ich warf den Karpfen ein letztes Stückchen Brot zu und bückte mich, um mir die Sandalen anzuziehen.

»Ich kann Ihnen gar nicht sagen, welche Erleichterung es für mich ist, mit jemandem darüber zu reden. Ich kann es immer noch nicht fassen, daß Sie mir tatsächlich glauben.«

Er zuckte mit den Achseln und bot mir höflich seinen Arm, während ich die groben Riemen der Sandalen über den Fuß zog.

»*Ma chère*, ich diene einem Mann, der auf wunderbare Weise die Brote und Fische vermehrt hat, der die Kranken geheilt und die Toten hat auferstehen lassen. Soll ich mich da wundern, wenn der Herr der Ewigkeit eine junge Frau durch die Steine der Erde geführt hat, um seinen Willen zu tun?«

Das war jedenfalls besser, dachte ich, denn als Hure Babylon an den Pranger gestellt zu werden.

Die warme Küche der Abtei hatte Ähnlichkeit mit einer Höhle. Die Decke war schwarz vom fettigen Rauch der Jahrhunderte. Bruder Eulogius steckte bis zu den Ellbogen in einem Schaff mit Teig, grüßte Anselm mit einem Nicken und rief einem Laienbruder auf französisch zu, er möge uns bedienen. Wir fanden eine ruhige Ecke, wo wir einen Krug Bier bekamen und einen Teller mit heißem Gebäck. Ich schob Anselm den Teller zu, da ich viel zu beschäftigt war, um mich für Essen zu interessieren.

»Lassen Sie es mich so sagen«, begann ich und wägte meine Worte sorgfältig ab. »Wenn ich wüßte, daß einer Gruppe von Menschen Schaden droht, müßte ich dann versuchen, den Schaden abzuwenden?«

Anselm wischte sich die Nase, die in der Wärme zu laufen begann, nachdenklich ab.

»Im Prinzip ja. Aber es würde noch von einer Reihe anderer Dinge abhängen – was für ein Risiko gehen Sie dabei selbst ein, und welche anderen Verpflichtungen haben Sie? Auch fragt sich, welche Erfolgsaussichten bestehen.«

»Ich habe nicht die geringste Ahnung. Bis auf die Verpflichtungen – ich meine, ich muß an Jamie denken. Aber er gehört zu dieser Gruppe, der Schaden droht.«

Er brach ein Stück Gebäck ab und schob es mir zu. Ich achtete nicht darauf, sondern befaßte mich mit meinem Bier. »Die zwei

Männer, die ich getötet habe, hätten beide Kinder haben können, wenn ich sie nicht umgebracht hätte. Vielleicht hätten sie« – ich machte eine hilflose Bewegung mit meinem Becher –, »wer weiß, was sie getan hätten. Vielleicht habe ich die Zukunft verändert ... nein, ich *habe* sie bestimmt verändert. Und ich weiß nicht, wie, und das macht mir angst.«

»Hm.« Anselm brummte nachdenklich und winkte einem Laienbruder, der uns sogleich mit frischem Bier und Gebäck versorgte. Anselm füllte beide Becher, bevor er antwortete.

»Sie haben Leben genommen, aber Sie haben auch Leben bewahrt. Wie viele Verwundete, die Sie behandelt haben, wären ohne Ihr Zutun gestorben? Auch das beeinflußt die Zukunft. Was, wenn eine Person, die Sie gerettet haben, Böses tut? Ist das Ihre Schuld? Hätten Sie diese Person deswegen sterben lassen sollen? Natürlich nicht.« Zur Bekräftigung knallte er seinen Zinnbecher auf den Tisch.

»Sie sagen, daß Sie Angst haben, etwas zu unternehmen, weil das die Zukunft beeinflussen könnte. Das ist unlogisch, Madame. *Jede* Handlung beeinflußt die Zukunft. Wären Sie in Ihrer Zeit geblieben, dann hätten Ihre Taten dort das zukünftige Geschehen genauso mitbestimmt wie hier. Sie tragen hier dieselbe Verantwortung wie dort. Der einzige Unterschied besteht darin, daß Sie vielleicht in der Lage sind, die Wirkungen Ihrer Handlungen klarer zu sehen – aber vielleicht auch nicht.« Er schüttelte den Kopf und blickte ruhig über den Tisch.

»Die Wege des Herrn sind unerforschlich, und gewiß aus gutem Grund. Sie haben recht, *ma chère*, die Gesetze der Kirche wurden nicht für eine Situation wie die Ihre gemacht, und deswegen haben Sie kaum eine andere Möglichkeit, als sich nach Ihrem eigenen Gewissen zu richten und sich von Gottes Hand führen zu lassen. Ich kann Ihnen nicht sagen, was Sie tun oder lassen sollen.

Sie können sich frei entscheiden, wie alle Menschen auf dieser Welt. Und Geschichte ist, wie ich glaube, die Summe aller Handlungen. Manche sind von Gott auserwählt, das Schicksal von vielen zu bestimmen. Vielleicht sind Sie eine davon. Vielleicht nicht. Ich weiß nicht, warum Sie hier sind. Sie wissen es nicht. Wahrscheinlich werden wir es beide niemals wissen.« Er rollte zum Spaß mit den Augen. »Manchmal weiß ich nicht einmal, warum *ich* hier bin!« Ich lachte, und er lächelte zurück. Er lehnte sich über die rauhen Bretter des Tisches zu mir und sagte mit Nachdruck:

»Ihr Wissen um die Zukunft ist ein Werkzeug, das Ihnen in die Hände gefallen ist wie einem Schiffbrüchigen eine Angel. Es ist nicht unmoralisch, davon Gebrauch zu machen, solange Sie in Übereinstimmung mit den göttlichen Gesetzen und nach bestem Wissen und Gewissen handeln.«

Er hielt inne und atmete mit einem heftigen Seufzer aus, der seinen seidigen Schnurrbart kräuselte. Er lächelte.

»Und das, *ma chère madame*, ist alles, was ich Ihnen raten kann – mehr kann ich einer bekümmerten Seele, die bei mir Rat sucht, nicht sagen: Vertraue Gott und bete darum, daß er dich führt.«

Er schob mir das frische Gebäck zu.

»Aber was immer Sie tun werden, Sie brauchen dafür Kraft. Nehmen Sie also einen letzten kleinen Rat von mir an: Wenn Sie Zweifel haben, dann essen Sie.«

Als ich abends in Jamies Zimmer kam, schlief er mit dem Kopf auf den Unterarmen. Die leere Suppenschale stand ordentlich auf dem Tablett, neben einem Teller mit Brot und Fleisch. Ich blickte von der unschuldig träumenden Gestalt zum Teller und wieder zurück.

Ich ließ ihn schlafen und machte mich auf die Suche nach Bruder Roger, den ich in der Vorratskammer fand.

»Hat er von dem Brot und dem Fleisch gegessen?« fragte ich ohne Umschweife.

Bruder Roger lächelte in seinen flaumigen Bart. »Ja.«

»Hat er es bei sich behalten?«

»Nein.«

Ich beobachtete ihn genau. »Sie haben es doch hoffentlich nicht für ihn aufgewischt?«

Er war amüsiert, und die runden Backen über dem Bart liefen zartrosa an.

»Das hätte ich nicht gewagt. Nein, er hat vorsichtshalber schon eine Schüssel neben sich gestellt.«

»Schottischer Dickschädel!« rief ich aus und mußte wider Willen lachen. Ich ging in sein Zimmer zurück und küßte ihn leicht auf die Stirn. Er bewegte sich, wachte aber nicht auf. Gemäß Vater Anselms Rat nahm ich den Teller mit Brot und Fleisch zum Abendessen mit in mein Zimmer.

Am nächsten Tag wollte ich Jamie Zeit lassen, sich zu erholen – sowohl von seinem Groll als auch von seiner Magenverstimmung –, und blieb vormittags in meinem Zimmer und las in einem Kräuterhandbuch, das mir Bruder Ambrosius geliehen hatte. Nach dem Mittagessen sah ich nach meinem widerspenstigen Patienten. Statt Jamie fand ich jedoch Murtagh im Zimmer, der auf einem Hocker saß und ziemlich verwirrt aus der Wäsche schaute.

»Wo ist er?« fragte ich und sah mich verblüfft im Zimmer um.

Murtagh deutete mit dem Daumen zum Fenster. Es war ein kalter dunkler Tag, und die Lampen waren angezündet. Das Fenster stand offen, so daß die kleinen Flammen in der eisigen Zugluft flackerten.

»Er ist draußen?« fragte ich ungläubig. »Wohin? Warum? Und was, um Gottes willen, hat er an?« Jamie hatte in den letzten Tagen meistens gar nichts getragen, da das Zimmer warm war und jeder Druck auf den heilenden Wunden schmerzhaft war. Für die kurzen, unvermeidlichen Gänge, die er mit der Unterstützung von Bruder Roger machte, hatte er ein Mönchshabit übergezogen, aber die lag ordentlich zusammengefaltet am Fußende des Bettes.

Murtagh kippelte mit dem Hocker nach vorne und sah mich wie eine Eule an.

»Wie viele Fragen waren das? Vier?«

»Erstens: Ja, er ist raus.« Dann den Mittelfinger. »Zweitens: Wohin? Woher soll ich das wissen?« Der Ringfinger gesellte sich zu den beiden anderen. »Drittens: Warum? Er sagte, er hätte es satt, hier drinnen herumzusitzen.« Der kleine Finger wedelte hin und her. »Viertens: Weiß ich auch nicht. Als ich ihn das letzte Mal sah, hatte er überhaupt nichts an.«

Murtagh zog die Finger wieder ein und streckte den Daumen heraus.

»Das hast du mich zwar nicht gefragt, aber er ist ungefähr seit einer Stunde weg.«

Ich kochte vor Wut und wußte nicht, was ich tun sollte. Da der Täter nicht greifbar war, ließ ich meinen Ärger an Murtagh aus.

»Weißt du denn nicht, daß es draußen eiskalt ist und Schnee in der Luft liegt? Warum hast du ihn nicht aufgehalten? Und was soll das heißen, er hat nichts an?«

Der kleine Schotte blieb gelassen. »Klar weiß ich das, er vermutlich auch, ist ja nicht blind. Hab auch versucht, ihn aufzuhalten.« Er deutete auf die Kutte auf dem Bett.

»Als er sagte, daß er nach draußen wollte, habe ich ihm gesagt, daß es dazu noch zu früh wäre und du mir an den Kragen gehen würdest, wenn ich es zuließe. Ich nahm ihm die Kutte weg, stellte mich mit dem Rücken an die Tür und sagte ihm, daß er hier nicht herauskäme, nur über meine Leiche.«

Murtagh schaute in die Ferne und sagte dann, etwas vom Thema abweichend: »Ellen MacKenzie hatte das süßeste Lächeln, das ich je gesehen habe; es ging einem durch und durch.«

»Und du hast ihren blöden Sohn rausgelassen, damit er sich in der Kälte den Tod holt. Und was, bitte schön, hat das Lächeln seiner Mutter damit zu tun?«

Murtagh rieb sich nachdenklich die Nase. »Als ich ihm klargemacht habe, daß ich ihn nicht durchlasse, hat mich der Junge einen Augenblick angeschaut und mich dann genauso süß wie seine Mama angelächelt, und ist zum Fenster raus, mit nichts am Leib außer seiner Haut. Als ich rausschaute, war er schon weg.«

Ich verdrehte die Augen.

»Hätte dir gern gesagt, wo er hin ist«, fügte Murtagh hinzu, »damit du dir keine Sorgen um ihn machst.«

»Damit ich mir keine Sorgen um ihn mache!« murmelte ich vor mich hin, als ich auf dem Weg zu den Ställen war. »*Er* sollte sich besser Sorgen machen, wenn ich ihn erwische!«

Es gab nur eine Hauptstraße ins Inland. Ich ritt ziemlich flott und ließ den Blick über die Felder schweifen. In diesem Teil von Frankreich gab es fruchtbares Ackerland, und die Wälder waren glücklicherweise weitgehend gerodet; die Chance, auf einen Wolf oder Bären zu treffen, war weitaus geringer als im Inland.

Tatsächlich fand ich ihn nicht weit hinter den Toren des Klosters auf einem alten römischen Meilenstein sitzen.

Er war barfuß, trug aber ein kurzes Wams und eine dünne Reithose, die, wie aus den Flecken zu schließen war, einem der Stallburschen gehörten.

Ich brachte mein Pferd neben ihm zum Stehen und starrte ihn einen Augenblick lang wortlos an. »Deine Nase ist blau«, bemerkte ich im Plauderton, »und deine Füße auch.«

Er grinste und wischte sich mit dem Handrücken die Nase ab.

»Und mein Sack auch. Möchtest du ihn wärmen?« Kälte hin oder her, er war offensichtlich guter Laune. Ich saß ab und stellte mich kopfschüttelnd vor ihn.

»Es ist völlig zwecklos, nicht wahr?«

»Was ist zwecklos?«

»Mit dir zu schimpfen. Es ist dir anscheinend völlig egal, ob du dir eine Lungenentzündung holst oder von Bären gefressen wirst oder ob ich mich zu Tode sorge!«

»Um die Bären mach ich mir wirklich keine Gedanken. Sie schlafen im Winter, weißt du.«

Ich wurde so wütend, daß ich ausholte, um ihm eine Ohrfeige zu geben, aber er bekam mein Handgelenk zu fassen, hielt mich mühelos fest und lachte mich an. Nach kurzem, sinnlosem Kampf gab ich auf und lachte auch.

»Kommst du jetzt mit, oder mußt du sonst noch etwas beweisen?«

Er deutete mit dem Kinn die Straße zurück. »Nimm das Pferd mit bis zu dieser großen Eiche und warte dort auf mich. So weit will ich zu Fuß gehen, und zwar allein.«

Ich biß mir auf die Lippen, um diverse Bemerkungen zu unterdrücken, die mir auf der Zunge lagen, und saß auf. An der Eiche blickte ich zurück. Ich merkte jedoch bald, daß ich es nicht mit ansehen konnte, wie er sich mühselig dahinschleppte. Als er das erste Mal hinfiel, drehte ich mich entschlossen um und wartete.

Mit Ach und Krach gelangten wir zum Gästetrakt zurück. Jamie mußte sich an mir festhalten, und so stolperten wir den Korridor entlang. Ich entdeckte Bruder Roger, der besorgt um eine Ecke linste, und schickte ihn los, eine Wärmepfanne zu besorgen, während ich meine schwere Last ins Zimmer bugsierte und aufs Bett fallen ließ. Er knurrte mürrisch, blieb aber mit geschlossenen Augen liegen, als ich mich daran machte, ihm die schmutzigen Fetzen auszuziehen.

»Und jetzt nichts wie ins Bett mit dir.«

Er rollte sich gehorsam unter die Decke. Mit der Wärmepfanne fuhr ich zwischen den Laken am Fußende hin und her. Nachdem ich die Pfanne herausgenommen hatte, streckte er die langen Beine aus und entspannte sich wohlig.

Leise ging ich im Zimmer herum, hob die Kleider auf, legte Holzkohle nach und streute ein wenig Echten Alant ins Feuer, um den Rauch zu versüßen. Ich dachte, er schliefe, und war überrascht, als er hinter mir zu sprechen anfing.

»Claire.«

»Ja?«

»Ich liebe dich.«

»Oh.« Ich war erstaunt, konnte aber nicht leugnen, daß ich mich freute. »Ich liebe dich auch.«

Er seufzte und öffnete die Augen ein wenig.

»Randall. Das war es, was er am Ende wollte.« Darüber war ich nun wirklich erstaunt und erwiderte vorsichtig: »Oh?«

»Aye.« Er blickte angestrengt zum Fenster, durch das die tief-grauen Schneewolken zu sehen waren.

»Ich lag auf dem Boden, und er lag neben mir. Mittlerweile war auch er nackt, und beide waren wir mit Blut und sonstigem be-schmiert. Ich erinnere mich, daß ich den Kopf heben wollte und nicht konnte, weil meine Backe mit trockenem Blut am Boden festgeklebt war.« Er runzelte die Stirn und starrte ins Leere, wäh-rend die Erinnerungen hochkamen.

»Ich war so hinüber, daß ich kaum mehr Schmerzen fühlte – ich war einfach nur entsetzlich müde, und alles schien weit entfernt und nicht sehr real.«

»Um so besser«, warf ich ein, und er lächelte kurz.

»Aye, kann man sagen. Ich dämmerte vor mich hin, keine Ah-nung, wie lange wir dort lagen, aber ich wurde wach und merkte, daß er mich hielt und an sich preßte.« Jamie zögerte; es fiel ihm offenbar schwer, das auszusprechen, was jetzt kam.

»Ich hatte mich bis dahin nicht gewehrt. Aber ich war so er-schöpft, und der Gedanke, es noch einmal über mich ergehen zu lassen – der war einfach unerträglich ... und so schob ich mich von ihm weg, gewehrt habe ich mich nicht direkt, ich wollte einfach Abstand. Aber er hatte mir die Arme um den Hals gelegt und sein Gesicht an meiner Schulter vergraben, und ich spürte, daß er weinte. Eine Weile verstand ich nicht, was er sagte, aber dann verstand ich es doch. ›Ich liebe dich, ich liebe dich‹, hat er gesagt, immer wieder, und seine Tränen und seine Spucke liefen an meiner Brust hinunter.« Jamie schauderte kurz. Er atmete tief aus, so daß der duftende Rauch in Bewegung kam, der unter der Decke hing.

»Ich weiß nicht, warum ich es getan habe. Aber ich habe meine Arme um ihn gelegt, und wir lagen einfach still nebeneinander. Schließlich hörte er auf zu weinen und küßte und streichelte mich. Dann flüsterte er mir ins Ohr: ›Sag, daß du mich liebst.‹

Zu diesem Zeitpunkt hätte ich ihm die Stiefel abgeleckt und ihn

König von Schottland genannt, wenn er es verlangt hätte. Aber das
– nein, niemals. Ich habe es nicht einmal in Erwägung gezogen. Ich
habe es einfach nicht gesagt.« Er seufzte.

»Er mißbrauchte mich wieder – hart. Und immer wieder sagte er:
›Sag, daß du mich liebst, Alex. Sag, daß du mich liebst.‹«

»Er hat dich Alex genannt?« unterbrach ich ihn.

»Aye. Ich habe mich auch gewundert, woher er meinen zweiten
Namen kannte. Warum er mich damit angeredet hat, weiß ich erst
recht nicht.

Jedenfalls rührte ich mich nicht, und sagte kein Wort, und als er
fertig war, sprang er auf und schlug wie wahnsinnig auf mich ein
und fluchte und schrie: ›Du weißt, daß du mich liebst! Sag es mir!
Ich weiß, daß es wahr ist!‹ Ich hielt die Arme über den Kopf, um
mich zu schützen, und dann muß ich wohl wieder ohnmächtig
geworden sein, denn der Schmerz in den Schultern ist das letzte,
woran ich mich erinnern kann, abgesehen von einer Art Traum von
brüllenden Rindern. Dann wachte ich kurz auf und merkte, daß ich
bäuchlings über einem Pferd hing, und dann wieder nichts mehr, bis
ich in Eldridge zu mir kam und du auf mich heruntergeschaut hast.«
Seine Augenlider senkten sich. Er hörte sich träumerisch an, fast
unbeteiligt.

»Ich glaube ... wenn ich ihm das gesagt hätte, dann hätte er mich
umgebracht.«

Manche Leute haben Alpträume voller Monster. Ich träumte von
Stammbäumen mit dünnen schwarzen Ästen, die voller Namen und
Daten hingen. Die Linien waren wie Schlangen, die den Tod im
Maul hielten. Und da hörte ich wieder Franks Stimme: *Er diente als
Hauptmann bei den Dragonern. Eine gute Wahl für den zweitälte-
sten Sohn. Sein jüngerer Bruder wurde Geistlicher, aber ich habe
noch nicht viel über ihn herausgefunden* ... Ich wußte auch nicht
viel über ihn, kannte nur seinen Namen. Drei Söhne gab es auf
dieser Tafel; die Söhne von Joseph und Mary Randall. Der älteste
William, der zweite Jonathan, und der dritte Alexander.

Jamie fing wieder an zu reden und riß mich aus meinen Gedanken.

»Sassenach?«

»Ja?«

»Erinnerst du dich an die Festung, von der ich gesprochen habe,
die ganz da drinnen?«

»Ja.«

Er lächelte und griff nach meiner Hand.

»Ich habe jetzt immerhin eine Hütte. Und ein Dach, um den Regen abzuhalten.«

Müde, aber beruhigt ging ich zu Bett. Ich dachte nach. Jamie würde sich wieder erholen. Bisher hatte ich nur bis zur nächsten Stunde, zur nächsten Mahlzeit, zur nächsten Dosis Medizin gedacht. Jetzt mußte ich weiter voraus schauen.

Die Abtei war eine Zuflucht, jedoch nur vorübergehend. Wir konnten hier nicht für immer bleiben, bei aller Gastfreundschaft der Mönche. Nach Schottland oder England zurückzukehren, war viel zu gefährlich – sofern Lord Lovat nicht helfen würde, aber das war unter den gegebenen Umständen mehr als unwahrscheinlich. Unsere Zukunft lag auf dieser Seite des Kanals. Nachdem ich Jamies Seekrankheit miterlebt hatte, verstand ich sein Widerstreben, nach Amerika auszuwandern. Was blieb also übrig?

Am ehesten noch Frankreich. Wir sprachen beide fließend Französisch. Während Jamie ebenso im Spanischen, Deutschen und Italienischen zu Hause war, fehlte mir solch linguistische Vielfalt. Hinzu kam, daß die Frasers hier zahlreiche Verbindungen hatten; vielleicht konnten wir auf dem Besitz eines Verwandten unterkommen und in Frieden auf dem Land leben. Die Vorstellung war durchaus anziehend.

Aber wie immer blieb die Frage der Zeit. Es war Anfang 1744 – das neue Jahr war erst zwei Wochen alt. Und 1745 würde Bonnie Prince Charlie von Frankreich nach Schottland segeln; der junge Prätendent, der anstelle seines Vaters den Thron forderte. Und mit ihm würde die Katastrophe kommen; Krieg und Gemetzel, die Vernichtung der Clans und damit von allem, was Jamie – und mir – lieb und teuer war.

Und bis dahin war es nur noch ein Jahr. Ein Jahr, in dem Schritte unternommen werden konnten, um die Katastrophe abzuwenden. Aber wie und mit welchen Mitteln? Ich hatte keine Ahnung, aber mir war völlig klar, welche Konsequenzen es haben würde, nichts zu tun.

Konnte der Gang der Ereignisse verändert werden? Vielleicht. Ich tastete nach meiner linken Hand und strich müßig über den goldenen Reif an meinem Ringfinger. Mir fiel ein, was ich, rasend vor Zorn und Entsetzen, im Kerker des Wentworth-Gefängnisses zu Jonathan Randall gesagt hatte.

»Ich verfluche dich mit der Stunde deines Todes.« Und ich hatte ihm gesagt, wann er sterben würde, das Datum, das Frank in den Stammbaum eingetragen hatte: den 16. April 1746. Jonathan Randall würde in der Schlacht von Culloden sterben, dem großen Gemetzel, das die Engländer anrichten würden. Aber es war anders gekommen. Er war unter den Hufen meiner Rache zertrampelt worden.

Und er war als kinderloser Junggeselle gestorben. Jedenfalls dachte ich das. Der Stammbaum, dieser verdammte Stammbaum, hatte den Tag seiner Heirat angegeben, irgendwann im Jahre 1744. Und bald darauf die Geburt seines Sohnes, Franks fünffachem Urgroßvater. Wenn Jack Randall tot war und keine Nachkommen hatte, wie konnte Frank dann geboren werden? Und doch war sein Ring immer noch an meiner Hand. Frank hatte existiert, würde existieren. Ich tröstete mich mit diesem Gedanken und rieb den Ring, als könnte er einen Geist herbeirufen, der mir Rat geben würde.

Etwas später fuhr ich mit einem Schrei aus dem Schlaf hoch.

»Psst. Ich bin es.« Die große Hand hob sich von meinem Mund. Ohne Kerze war es stockdunkel im Zimmer. Ich tastete blind herum, bis meine Hand etwas Festes spürte. Meine Finger glitten über glattes, kaltes Fleisch. »Du frierst ja!«

»Natürlich friere ich. Ich habe nichts an, und auf dem Gang ist es eiskalt. Läßt du mich zu dir ins Bett?«

Ich rückte auf der schmalen Liege so weit wie möglich zur Seite, und er schlüpfte neben mich unter die Decke und preßte sich an mich, um sich zu wärmen. Sein Atem ging ungleichmäßig, und er zitterte wohl ebenso vor Schwäche wie vor Kälte.

»Wie warm du bist! Gut, dich endlich wieder zu spüren, Sassenach.«

Ich fragte ihn nicht, was er wollte, denn das war offensichtlich. Ich fragte ihn auch nicht, ob er sicher sei. Ich hatte meine Zweifel, sprach sie aber nicht aus, weil ich nichts herbeireden wollte. Ich drehte mich vorsichtig zu ihm um.

Dann kam der plötzliche, überraschende Moment der Vereinigung. Zuerst fremd; doch sofort wieder vertraut. Jamie seufzte tief auf vor Wonne und Erleichterung. Wir lagen einen Augenblick still beieinander, als fürchteten wir, unsere zerbrechliche Verbindung könnte gestört werden, wenn wir uns bewegten. Jamie liebkoste mich mit der gesunden Hand, tastete im Dunkeln langsam über meinen Körper, die Finger ausgebreitet wie die Schnurrhaare einer Katze, um jede Schwingung aufzufangen. Er bewegte sich einmal, als wollte er eine Frage stellen, und ich antwortete ihm in derselben Sprache.

Wir begannen ein zartes, langsames Spiel, einen Gleichgewichtsakt zwischen seinem Begehren und seiner Schwäche, zwischen Schmerz und wachsender Lust. Irgendwo in der Dunkelheit kam mir der Gedanke, daß ich Anselm sagen sollte, es gebe noch einen anderen Weg, die Zeit anzuhalten, aber vielleicht doch lieber nicht, denn dieser Weg stand einem Priester nicht offen.

Ich hielt Jamie in den Armen, meine Hand ruhte leicht auf seinem vernarbten Rücken. Er bestimmte den Rhythmus, überließ aber mir die Kraft der Bewegung. Als ich spürte, daß er müde wurde, zog ich ihn tief in mich hinein, kam ihm mit meinem Becken entgegen und brachte ihn so zum Höhepunkt. »Jetzt«, flüsterte ich, »komm zu mir. Jetzt!« Er legte die Stirn auf meine und überließ sich mir mit einem zitternden Seufzen.

Die Viktorianer sprachen vom »kleinen Tod«, und das mit gutem Grund. Er lag so schlaff und schwer auf mir, daß ich geglaubt hätte, er wäre tot, wenn ich nicht sein Herz gegen meine Rippen hätte schlagen fühlen. Es dauerte lange, bis er sich rührte und etwas an meine Schulter murmelte.

»Was hast du gesagt?«

Er drehte den Kopf, und ich spürte seinen warmen Atem am Hals. »Ich habe gesagt, daß meine Hand im Moment überhaupt nicht weh tut.«

Mit der gesunden Hand strich er zärtlich über mein Gesicht und wischte mir die Feuchtigkeit von den Wangen.

»Hattest du Angst um mich?« fragte er.

»Ja. Ich glaube, es war zu früh.«

Er lachte leise. »Das war es auch; es hat mich fast umgebracht. Ich hatte auch Angst. Aber ich bin aufgewacht, weil meine Hand so schmerzte, daß ich nicht mehr einschlafen konnte. Ich habe mich im Bett herumgeworfen und mich einsam gefühlt. Je mehr ich an dich dachte, um so mehr wollte ich dich, und ich war schon halb den Gang hinunter, als mir Zweifel kamen, ob ich es eigentlich schon verkraften könnte.« Er hielt inne und streichelte mir die Wange. »Nun, ich bin kein sehr guter Mensch, Sassenach, aber vielleicht bin ich doch kein Feigling.«

Ich drehte ihm das Gesicht zu, um seinen Kuß zu empfangen. Sein Magen knurrte vernehmlich.

»Lach nicht! Es ist deine Schuld, daß ich hier verhungere. Es ist ein Wunder, daß ich mit nichts außer Fleischbrühe und Bier überhaupt dazu fähig war.«

»In Ordnung«, sagte ich noch immer lachend. »Du hast gewonnen. Du darfst morgen zum Frühstück ein Ei essen.«

»Ha«, sagte er tief befriedigt. »Ich wußte, daß du mir etwas zu essen geben würdest, wenn ich dir einen passenden Anreiz bieten würde.«

Wange an Wange schliefen wir ein.

41

Im Schoß der Erde

Während der nächsten zwei Wochen ging es Jamie zunehmend besser, und ich machte mir zunehmend über unsere Zukunft Gedanken. An manchen Tagen hatte ich das Gefühl, wir sollten nach Rom gehen, wo der junge Prätendent hofhielt, und dort ... ja, was eigentlich? An anderen Tagen wünschte ich mir nichts sehnlicher, als irgendwo ein sicheres Plätzchen zu finden und in Frieden zu leben.

Es war ein warmer, strahlender Tag, und die Eiszapfen, die von den Dachrinnen herabhingen, tropften und hinterließen tiefe Löcher im Schnee darunter. Tür und Fenster von Jamies Zimmer standen offen, um die Reste von Rauch und Krankheit zu vertreiben.

Ich streckte den Kopf vorsichtig um den Türpfosten, um ihn nicht zu wecken, falls er schlief, aber das schmale Lager war verlassen. Er saß, mit dem Rücken halb zur Tür, am offenen Fenster, so daß ich sein Gesicht kaum sehen konnte.

Noch immer war er schrecklich dünn, aber die Schultern zeichneten sich breit und gerade unter dem rauhen Stoff der Novizenkutte ab. Allmählich kehrte die Anmut seiner Kraft zurück; er saß fest und aufrecht, ohne zu zittern, und die Linien seines Körpers strahlten wieder etwas von der alten Harmonie aus. Er hatte das rechte Handgelenk mit der Linken umfaßt und drehte die verletzte Hand im Sonnenlicht langsam hin und her.

Auf dem Tisch lag ein kleiner Haufen Leinenstreifen. Er hatte den Verband entfernt und untersuchte sorgfältig seine Hand. Ich stand bewegungslos in der Tür und konnte ihm von dort aus zusehen.

Die Nagelwunde in der Mitte der Handfläche war erfreulicherweise gut verheilt; es war nur noch ein kleiner rosa Fleck zu sehen, der mit der Zeit verschwinden würde. Die Rückseite der Hand sah weniger gut aus. Die Wunde, groß wie ein Sixpencestück, war von der Entzündung zerfressen und immer noch voll Schorf.

Auch am Mittelfinger zeigte sich vom ersten Fingerglied bis hinunter zum Knöchel noch ausgefranstes Narbengewebe. Daumen und Zeigefinger waren gerade, aber der kleine Finger stand schräg nach außen. Allein dieser eine Finger war dreimal gebrochen gewesen, und offenbar hatte ich ihn nicht wieder vollständig einrichten können. Der Ringfinger stand etwas hoch, wenn die Hand wie jetzt flach auf dem Tisch lag.

Er drehte die Handfläche nach oben und versuchte behutsam die Finger zu krümmen. Keiner ließ sich weiter als fünf Zentimeter bewegen, und der Ringfinger überhaupt nicht. Das zweite Glied hatte sich, wie ich befürchtet hatte, versteift.

Er hielt sich die Hand vor das Gesicht und betrachtete in dem gnadenlos hellen Sonnenlicht die steifen, verdrehten Finger und die häßlichen Narben. Dann ließ er plötzlich den Kopf sinken, legte die verletzte Hand an die Brust und bedeckte sie schützend mit der gesunden. Er gab keinen Ton von sich, aber die breiten Schultern zuckten.

»Jamie.« Ich ging schnell durchs Zimmer, kniete mich neben ihn und legte ihm zart die Hand auf das Bein.

»Jamie, es tut mir leid. Ich habe es so gut gemacht, wie ich konnte.«

Er schaute erstaunt auf mich herunter. In seinen dichten braunen Wimpern hingen Tränen, die er hastig mit dem Handrücken wegwischte.

»Was?« fragte er schluckend. »Was tut dir leid, Sassenach?«

»Deine Hand.« Ich nahm sie in meine und fuhr sacht über die Narben.

»Es wird besser werden«, versicherte ich ihm, »ganz bestimmt. Ich weiß, daß jetzt alles steif und nicht zu gebrauchen ist, aber es sind ja gerade erst die Schienen heruntergekommen, und die Knochen sind noch nicht ganz zusammengewachsen. Ich kann dir Übungen zeigen und die Hand massieren. Du wirst sehen, daß du sie wieder ganz gut wirst benutzen können, wirklich...«

Er unterbrach mich, indem er mir seine gesunde Hand auf die Wange legte.

»Hast du geglaubt...« Er hielt inne und schüttelte den Kopf. »Du hast gedacht...?« Wieder sprach er nicht weiter.

»Sassenach, du hast doch nicht geglaubt, daß ich wegen einem steifen Finger und ein paar Narben trauere? Ich mag ja eitel sein, aber so sehr nun auch wieder nicht.«

»Aber du –«, setzte ich an. Er nahm meine Hände in seine und zog mich hoch. Eine Träne rollte ihm über die Wange, und ich wischte sie weg.

»Ich habe aus Freude geweint, meine Sassenach«, sagte er leise. »Und ich habe Gott gedankt, daß ich noch zwei Hände habe. Zwei Hände, mit denen ich dich halten kann, mit denen ich dir dienen, mit denen ich dich lieben kann. Aus Dankbarkeit, daß ich noch ein ganzer Mann bin – durch dich.«

»Aber warum denn nicht?« fragte ich. Und dann erinnerte ich mich an das grausige Sammelsurium von Sägen und Messern, das ich auf Burg Leoch unter Beatons Sachen entdeckt hatte, und mir ging ein Licht auf. Ich dachte an die Möglichkeit, die ich ganz vergessen hatte, als ich mit dem Notfall konfrontiert war – bevor man das Penicillin entdeckte, bestand die übliche, ja einzige Methode, ein entzündetes Glied zu behandeln, darin, es zu amputieren.

»O Jamie!« Bei dem Gedanken wurden meine Knie weich, und ich ließ mich auf dem Hocker neben ihm nieder.

»Daran habe ich überhaupt nicht gedacht, keinen Augenblick.« Ich schaute zu ihm auf. »Jamie, wenn es mir eingefallen wäre, dann hätte ich es wahrscheinlich getan, um dein Leben zu retten.«

»In deiner Zeit ... machen sie es da nicht so?«

Ich schüttelte den Kopf. »Nein. Es gibt Medikamente gegen Entzündungen. Deswegen kam es mir gar nicht in den Sinn. Und dir?«

Er nickte. »Ich habe es erwartet. Deswegen habe ich dich dieses eine Mal gebeten, mich lieber sterben zu lassen. Immer, wenn ich zu mir kam, dachte ich daran, und in diesem Augenblick schien es mir unerträglich, so zu leben. Das ist Ian passiert, weißt du?«

»Nein, wirklich?« Ich war schockiert. »Er hat mir erzählt, er hätte es durch eine Kartätsche verloren, aber ich habe ihn nie nach den Einzelheiten gefragt.«

»Ja, die Wunde fing an zu eitern, und da wurde ihm wegen der drohenden Blutvergiftung das Bein abgenommen.« Er hielt inne.

»Ian wird damit fertig. Aber ...« – er zögerte und zog an seinem steifen Ringfinger – »ich habe ihn vorher gekannt. Er schafft es nur wegen Jenny. Sie ... sie hält ihn zusammen.« Er lächelte verlegen auf mich herab. »So wie du mich. Warum ihr Frauen das wohl tut?«

»Weißt du«, sagte ich leise, »Frauen tun so etwas gern.«

Er lachte und zog mich an sich. »Gott weiß, warum.«

So standen wir ein Weilchen eng umschlungen, ohne uns zu rühren. Meine Stirn lag an seiner Brust, meine Arme um seinen Hals, und ich spürte, wie sein Herz klopfte, langsam und stark. Schließlich löste er die Umarmung.

»Ich muß dir etwas zeigen.« Er ging zum Tisch, öffnete die kleine Schublade und reichte mir einen Brief.

Es war ein Schreiben von Abt Alexander, der seinen Neffen, James Fraser, der Aufmerksamkeit des Chevalier de St. George – auch bekannt als Seine Hoheit, König James von Schottland – als kompetenten Sprachkundigen und Übersetzer empfahl.

»Das wäre eine Möglichkeit«, sagte Jamie, während ich den Brief zusammenfaltete. »Und wir brauchen bald einen Ort, wo wir hinkönnen. Aber das, was du mir auf dem Craigh na Dun gesagt hast – das ist doch wahr, oder nicht?«

Ich atmete tief durch und sagte: »Ja, es ist wahr.«

Er nahm mir den Brief aus der Hand und klopfte damit nachdenklich auf sein Knie.

»Dann wäre das« – er wedelte mit dem Brief –, »nicht ungefährlich.«

»Könnte sein.«

Er warf das Pergament in die Schublade und starrte eine Weile hinterher. Dann sah er auf und blickte mich unverwandt an.

»Mir war es ernst mit dem, was ich gesagt habe, Claire. Mein Leben gehört dir. Entscheide du, was wir tun sollen und wohin wir als nächstes gehen. In Frankreich bleiben, nach Italien oder sogar zurück nach Schottland. Mein Herz gehört dir, seit ich dich zum ersten Mal gesehen habe. Du hast meine Seele und meinen Körper in deinen Händen gehalten und hast sie gerettet. Wir gehen, wohin du willst.«

Es klopfte, und wir fuhren auseinander wie zwei ertappte Liebende. Ich strich mir hastig über die Haare in dem Gefühl, daß ein Kloster zwar ein guter Ort ist, um zu genesen, aber als romantisches Liebesnest weniger geeignet ist.

Ein Laienbruder trat ein und legte eine ziemlich große Satteltasche auf den Tisch. »Von MacRannoch aus Eldridge Hall«, sagte er grinsend. »Für die Lady Broch Tuarach.« Er verbeugte sich und ging. Zurück blieb ein schwacher Geruch nach Salzwasser.

Ich öffnete die Lederriemen, neugierig, was MacRannoch uns wohl geschickt haben mochte. Drei Dinge kamen zum Vorschein: eine schriftliche Mitteilung ohne Adresse und ohne Unterschrift, ein kleines Paket für Jamie und ein Wolfspelz, der noch stark nach den Künsten des Gerbers roch.

Auf dem Papier stand: »Wem eine tüchtige Frau beschert ist, die ist viel edler als die köstlichsten Perlen.«

Jamie hatte das andere Paket geöffnet. Er hielt etwas Glitzerndes in der Hand und betrachtete den Wolfspelz zweifelnd.

»Ein bißchen komisch. Sir Marcus schickt dir einen Wolfspelz, Sassenach, und mir ein Perlenarmband. Vielleicht hat er da was verwechselt?«

Das Armband war wunderschön, eine einzelne Reihe von Barockperlen, die von gedrehten Goldketten eingefaßt waren.

»Nein«, sagte ich und bewunderte den Schmuck. »Es stimmt schon. Das Armband gehört zu der Perlenkette, die du mir zur Hochzeit geschenkt hast. Die hat er deiner Mutter gegeben, wußtest du das?«

»Nein, das wußte ich nicht.« Er fuhr mit den Fingern über die Perlen. »Mein Vater hat sie mir für meine Frau gegeben, wer immer das sein würde, aber er hat mir nicht gesagt, woher sie war.«

Ich dachte an Sir Marcus' Hilfe in jener Nacht. Auch Jamie dachte offensichtlich an den Baronet, der sein Vater hätte sein können. Er griff nach meiner Hand und legte mir das Armband an.

»Aber es ist nicht für mich!« protestierte ich.

»Doch, doch. Es gehört sich nicht, daß ein Mann einer verheirateten Frau Schmuck schenkt, deswegen hat er ihn mir geschickt. Aber er ist natürlich für dich.« Er sah mich an und grinste. »Es würde sowieso nicht um mein Handgelenk passen, selbst jetzt nicht, wo ich so dürr bin.«

Er nahm den Pelz und schüttelte ihn aus.

»Warum hat er dir den bloß geschickt?« Er warf sich die struppige Wolfshaut über die Schultern, und ich fuhr mit einem Schrei zurück. Auch der Kopf war sorgfältig präpariert worden, und ein paar gelbe Glasaugen starrten häßlich von Jamies linker Schulter.

»Ugh!« rief ich. »Er sieht aus wie damals, als er noch lebte!«

Jamie folgte meinem Blick, drehte den Kopf und sah sich plötzlich Aug in Aug mit dem Wolf. Vor Schreck riß er sich den Pelz vom Leib und warf ihn quer durchs Zimmer.

»Lieber Gott«, sagte er und bekreuzigte sich. »›Als er noch lebte‹? Was meinst du damit, Sassenach? War wohl ein persönlicher Freund von dir?«

Da erzählte ich ihm alles, wofür es bisher noch keine Gelegenheit gegeben hatte; vom Wolf, von Hector und dem Schnee und von der Hütte mit dem Bären und dem Wortwechsel mit Sir Marcus und dem Auftauchen von Murtagh, von den Rindern, von dem bangen Warten auf dem Hügel im Schnee, wo ich nicht wußte, ob er lebendig war oder tot.

Er war vielleicht dürr, aber seine Brust war breit, und seine Arme waren stark. Er drückte mein Gesicht an seine Schulter und wiegte mich hin und her, während ich schluchzte. Ich versuchte erst, mich zu beherrschen, aber er hielt mich nur fester und flüsterte mir zärtliche Worte ins Haar, bis ich mich schließlich wie ein Kind meinen Tränen überließ.

»Übrigens habe ich auch ein kleines Geschenk für dich«, sagte Jamie. Ich schniefte und putzte mir die Nase am Rock ab.

»Leider habe ich nichts für dich ...«

»Außer so unbedeutenden Geschenken wie meinem Leben, meiner Männlichkeit und meiner rechten Hand«, antwortete er trocken, während er etwas zwischen den Bettüchern hervorkramte. »Das reicht gut und gern, *mo duinne*.« Er gab mir eine Novizenkutte. »Zieh dich aus.«

Mir blieb der Mund offen stehen. »Was?«

»Zieh dir das an, Sassenach.« Er reichte mir grinsend das Habit. »Oder soll ich mich zuerst umdrehen?«

Ich drückte die rauhe, handgewebte Kutte fest an mich und folgte Jamie die dunkle Treppe hinab. Sie wurde bei jedem Treppenabsatz enger. Die Laterne, die er vor sich hertrug, beleuchtete die Steinquader, die nur noch etwa schulterbreit voneinander entfernt waren. Tiefer und tiefer stiegen wir den engen Schacht hinunter, und es fühlte sich an, als würde uns die Erde verschlucken.

»Bist du sicher, daß du dich hier auskennst?« Meine Stimme kam als Echo zurück, aber merkwürdig gedämpft, als würde ich unter Wasser sprechen.

»Es gibt nicht allzu viele Möglichkeiten, sich zu verlaufen«, gab Jamie trocken zurück.

Wir waren wieder zu einem Treppenabsatz gelangt, und in der Tat ging es nur in einer Richtung weiter, nämlich abwärts.

Am Ende der Treppe kamen wir zu einer breiten, niedrigen Tür aus schweren Eichenplanken mit Messingbeschlägen. Der Platz davor war sauber gefegt. Offenbar wurde dieser Teil des Klosters noch benutzt. War es vielleicht der Weinkeller?

Neben der Tür befand sich ein Leuchter mit einer Fackel, die halb abgebrannt war. Jamie zündete sie an, öffnete die unverschlossene Tür und bückte sich darunter durch. Mir blieb nichts anderes übrig, als ihm zu folgen.

Zuerst konnte ich überhaupt nichts sehen außer dem Schein von Jamies Laterne. Alles war schwarz. Die Laterne bewegte sich von mir weg. Ich blieb stehen und folgte ihr mit den Augen. Alle paar Schritt entzündete Jamie ein kleines Licht, das rot aufflammte. Nachdem sich meine Augen allmählich an die Dunkelheit gewöhnt hatten, erkannte ich eine Reihe Laternen, die auf Steinsäulen standen und wie Leuchtfeuer ins Dunkel strahlten.

Es war eine Höhle. Zuerst dachte ich, es wäre eine Kristallhöhle, weil es hinter den Laternen so merkwürdig schwarz schimmerte. Aber als ich zur ersten Säule ging, sah ich es:

Einen kleinen schwarzen See. Das Wasser war durchsichtig und schimmerte wie Glas über dem feinen schwarzen Vulkansand, und auf der Oberfläche tanzte der rötliche Widerschein der Laternen. Die feuchte, warme Luft schlug sich an den Felswänden nieder und lief in Rinnsalen herunter. Eine heiße Quelle. Schwacher Schwefelgeruch stieg mir in die Nase. Also eine Heilquelle. Mir fiel ein, daß Anselm von Quellen in der Nähe der Abtei gesprochen hatte, die für ihre Heilkraft berühmt waren.

Jamie stand hinter mir und betrachtete die leicht dampfende Fläche aus schwarzem Gagat und Rubinen.

»Ein heißes Bad«, sagte er stolz. »Gefällt es dir?«

»Jesus H. Roosevelt Christ«, antwortete ich.

»Es gefällt dir also«, sagte er, erfreut über die gelungene Überraschung. »Dann komm.«

Er ließ die Kutte fallen; sein Körper glänzte bleich in der Dünsternis. Zögernd tat ich es ihm gleich.

»Wie heiß ist es?«

»Heiß genug«, antwortete er. »Keine Sorge, du verbrennst nicht. Aber wenn du länger als eine Stunde drin bleibst, dann könnte dir das Fleisch wie bei einem Suppenhuhn von den Knochen fallen.«

»Was für eine reizende Idee.«

Ich stieg aus der Kutte und folgte seiner aufrechten, schlanken Gestalt. Vorsichtig setzte ich einen Fuß ins Wasser und entdeckte, daß unter Wasser Stufen in den Stein gehauen waren und an der Wand ein geknotetes Seil zum Festhalten angebracht war.

Das Wasser stieg mir über die Hüften, und ich schauderte wohlig, als mir die Hitze unter die Haut ging. Am Ende der Stufen stand ich auf reinem schwarzen Sand, das Wasser reichte mir gerade bis unter die Schultern, und meine Brüste schwammen wie Köderfische auf der Oberfläche. Meine Haut rötete sich vor Hitze, und am Hals traten kleine Schweißperlen hervor. Es war einfach himmlisch.

Die Oberfläche der Quelle war glatt und ohne Wellen, aber das Wasser war nicht still. Ich spürte kleine Strömungen, die wie Nervenimpulse durch den Wasserkörper rannen. Vielleicht war es das, was in mir – zusätzlich zu der wunderbar wohltuenden Hitze – momentan den Eindruck erweckte, die Quelle wäre lebendig, ein warmes Wesen, das mich willkommen hieß, mich liebkoste und umarmte. Anselm hatte ja behauptet, die Quellen wären heilkräftig, und ich sah keinen Grund, daran zu zweifeln.

Jamie bewegte sich, kleine Wellen nach sich ziehend, hinter mich, umfaßte meine Brüste und benetzte die oberen Wölbungen mit heißem Wasser.

»Und gefällt es dir jetzt, *mo duinne*?« Er beugte sich vor und drückte mir einen Kuß auf die Schulter.

Ich lehnte mich an ihn und ließ die Beine treiben.

»Es ist herrlich! Ich glaube, seit August ist es das erste Mal, daß mir richtig warm ist.« Er zog mich langsam durchs Wasser, und die Wärme glitt wie liebkosende Hände über meine Glieder.

Er blieb stehen, schwang mich herum und setzte mich sanft auf hartem Holz ab. Unter der schattigen Wasseroberfläche erkannte ich Planken, die in eine Felsennische eingelassen waren. Er setzte sich neben mich auf die Unterwasserbank. »Bruder Ambrosius hat mich neulich hier heruntergebracht, damit die Narben ein bißchen aufweichen. Fühlt sich gut an, nicht wahr?«

»Mehr als gut.« Das Wasser hatte so viel Auftrieb, daß ich das Gefühl hatte, ich würde weggeschwemmt, wenn ich mich nicht an der Bank festhielt. Ich schaute hinauf in die schwarze Wölbung der Decke.

»Lebt irgend etwas in dieser Höhle? Fledermäuse, meine ich, oder Fische?«

Er schüttelte den Kopf. »Gar nichts außer dem Geist der Quelle, Sassenach. Das Wasser quillt durch einen schmalen Spalt dort hinten aus der Erde hervor« – er deutete mit dem Kopf in die stygische Dunkelheit der Höhle –, »und läuft durch Dutzende von kleinen Felsrissen wieder ab. Aber außer der Tür zum Kloster gibt es keine richtige Öffnung nach draußen.«

»Der Geist der Quelle?« wiederholte ich amüsiert. »So etwas Heidnisches versteckt sich unter einem Kloster?«

Er streckte sich wohlig aus; seine langen Beine bewegten sich unter der glasigen Oberfläche hin und her wie Wasserpflanzen.

»Nenn es, wie du willst, jedenfalls ist es erheblich älter als das Kloster.«

»Ja, das scheint mir auch so.«

Die Felswände waren aus weichem, dunklen, vulkanischen Gestein, fast wie schwarzes Glas, und glänzten vor Nässe. Die ganze Höhle sah aus wie eine riesige Blase, halb gefüllt mit diesem sonderbar lebendigen, aber sterilen Wasser. Ich hatte das Gefühl, als würden wir im Schoß der Erde schwimmen, und wenn ich mein Ohr an den Fels legte, würde ich das unendlich langsame Klopfen eines großen Herzens hören.

Wir waren lange still, ließen uns treiben und träumten vor uns hin, umspielt von unsichtbaren Strömungen, die uns ab und zu aneinandergleiten ließen. Als ich schließlich zu sprechen anfing, klang meine Stimme ganz benommen.

»Ich habe mich entschieden.«

»Ah. Gehen wir also nach Rom?« Jamies Stimme schien aus weiter Ferne zu kommen.

»Ja. Ich weiß nicht, was wir dann –«

»Das macht nichts. Wir werden tun, was wir können.« Er streckte die Hand nach mir aus, so langsam, daß ich glaubte, sie würde nie bei mir ankommen.

Er zog mich an sich, bis sich die zarten Knospen meiner Brüste an seinem Oberkörper rieben. Das Wasser war nicht nur warm, sondern auch schwer, fast ölig, und seine Hände rutschten bis unter meinen Po und hoben mich hoch.

Sein Eindringen verschlug mir den Atem. Heiß und glitschig, wie unsere Haut war, glitten wir übereinander, fast ohne die Berührung zu spüren, aber in mir fühlte ich seine vertraute Härte – ein verläßlicher Bezugspunkt in dieser wäßrigen Welt, wie eine Nabelschnur im Fließen des Schoßes. Ich stieß einen leisen Schrei der Überraschung aus, als mit ihm heißes Wasser in mich hineinströmte, und ließ mich dann mit einem Seufzer des Wohlbehagens auf meinem Bezugspunkt nieder.

»Oh, der gefällt mir«, sagte er anerkennend.

»Wer?«

»Dieser Ton, den du gemacht hast. Der kleine Schrei.«

Es war unmöglich zu erröten, denn röter konnte ich nicht mehr werden. Ich ließ die Haare nach vorne fallen, so daß sie mein Gesicht bedeckten und meine Locken im Wasser hingen.

»Entschuldige; ich wollte keinen Lärm machen.«

Er lachte, und die tiefen Töne hallten in der Deckenwölbung wider.

»Ich habe gesagt, es gefällt mir. Es ist eins von den Dingen, die ich am allerliebsten mag, wenn ich mit dir im Bett bin, Sassenach – daß du diese kleinen Geräusche von dir gibst.«

Er zog mich fester an sich, so daß meine Stirn an seinem Hals lag. es wurde sofort feucht zwischen uns, schlüpfrig wie das schwefelschwere Wasser. Er machte eine leichte Bewegung mit den Hüften, und ich atmete seufzend ein.

»Ja, so«, sagte er leise. »Oder ... so?«

Er lachte wieder, machte aber weiter.

»Daran habe ich am meisten gedacht«, erzählte er, während er seine Hände an meinem Rücken langsam auf und ab gleiten ließ und jede Wölbung liebevoll auskostete. »Nachts im Gefängnis, angekettet mit einem Dutzend anderer Männer, die geschnarcht und gefurzt und gestöhnt haben – da habe ich an diese kleinen, zarten Töne gedacht, die du machst, wenn ich dich liebe, und ich konnte dich in der Dunkelheit fast neben mir fühlen, wie du erst leise atmest und dann schneller, und dein kleines Stöhnen, wenn ich in dich hineinkomme, so als würdest du dich ganz auf deine Sache konzentrieren.«

Mein Atmen wurde eindeutig schneller. In diesem dicken, von Mineralien gesättigten Wasser schwamm ich wie eine geölte Feder und wurde nur deswegen nicht weggeschwemmt, weil ich mich an seinen Schultern festhielt und mich weiter unten eng und fest über ihn schmiegte.

»Das ist sogar noch besser«, seine Stimme war ein heißes Murmeln in meinem Ohr, »wenn ich mit meinem ganzen Begehren in dich hineinstoße und du wimmerst und kämpfst, als wolltest du von mir fort, und ich weiß, daß du mich nur noch tiefer in dir haben willst, daß wir denselben Kampf kämpfen.«

Mit den Händen erforschte er jede Wölbung, jede Höhlung meines Körpers, so sachte, als wollte er eine Forelle anlocken, seine Finger glitten zwischen meine Pobacken und tiefer, liebkosten den gedehnten, sehnsuchtsvollen Punkt unserer Vereinigung. Ich schauderte, und mein Atmen wurde zu einem unwillkürlichen Keuchen.

»Oder wenn ich zu dir komme, weil ich dich brauche, und du mich mit einem Seufzer in dich hineinnimmst und leise summst wie ein Bienenschwarm in der Sonne, wenn du mich mit dir trägst, bis wir beide mit einem kleinen Stöhnen Frieden finden.«

»Jamie«, sagte ich heiser, und meine Stimme wurde vom Wasser zurückgeworfen. »Jamie, bitte.«

»Noch nicht, *mo duinne*.« Seine Hände faßten mich fest um die Taille, hielten mich, drückten mich nach unten, bis ich mich stöhnend in die langsamere Bewegung fügte.

»Noch nicht. Wir haben Zeit. Und ich möchte dich noch einmal so stöhnen hören. Und ächzen und schluchzen, obwohl du es nicht willst, einfach, weil du nicht anders kannst. Du sollst seufzen, als würde dir das Herz brechen, und vor Begehren flehen, und schließlich in meinen Armen aufschreien. Dann weiß ich, daß ich dir gut gedient habe.«

Das Aufwallen begann zwischen meinen Schenkeln und schoß mir wie ein Pfeil in den Bauch; meine Gelenke wurden führungslos, und meine Hände glitten schlaff und hilflos von seinen Schultern. Mein Rücken bog sich durch, und meine glatten, festen Brüste preßten sich gegen ihn. Ich erschauerte in der heißen, nassen Dunkelheit, und nur Jamies kraftvolle Hände bewahrten mich vor dem Ertrinken.

Ich lehnte mich an ihn und fühlte mich knochenlos wie eine Qualle. Ich wußte nicht, welche Töne ich von mir gegeben hatte, und es war mir auch egal. Ich fühlte mich unfähig, einen zusammenhängenden Satz hervorzubringen. Bis er sich, stark wie ein Hai, wieder unter Wasser zu bewegen begann.

»Nein, Jamie, nein. Noch mal kann ich das nicht aushalten.« Das Blut pochte mir immer noch in den Fingerspitzen, und seine Stöße waren eine genußvolle Folter.

»Du kannst es, denn ich liebe dich.« Seine Stimme kam gedämpft durch meine nassen Haarsträhnen. »Und du wirst es auch, denn ich will dich. Aber diesmal komme ich mit dir.«

Er drückte meine Hüften gegen sich und riß mich mit der Kraft einer unwiderstehlichen Strömung mit sich fort. Ich brach haltlos über ihm zusammen wie Wellen über einem Felsen, und er begegnete mir mit der brutalen Härte von Granit. Er war mein Anker im stampfenden Chaos.

Aufgelöst und flüssig wie das Wasser um uns herum und nur noch von seinen Händen gehalten, schrie ich auf, den gurgelnden, halb erstickten Schrei eines Matrosen, der vom Meer verschlungen wird. Und ich hörte seinen Schrei, und ich wußte, daß ich ihm gut gedient hatte.

Wir kämpften uns nach oben, hinaus aus dem Schoß der Welt, feucht und dampfend, mit gummiweichen Gliedern. Auf dem ersten Treppenabsatz fiel ich auf die Knie, und Jamie, der mir aufhelfen wollte, landete neben mir. Hilflos kicherten wir vor uns hin, rafften uns auf und krochen mehr, als daß wir gingen, die schmale Stiege hinauf, bis wir auf dem zweiten Treppenabsatz wieder zusammenbrachen. Hier befand sich ein uraltes, glasloses Erkerfenster, und das Mondlicht tauchte uns in Silber. Dampfend und eng umschlungen lagen wir in der kühlen Winterluft und warteten darauf, daß unsere rasenden Herzen und unser Atem sich wieder an die Oberwelt gewöhnten.

Der Mond über uns war voll und rund und füllte fast das ganze Fenster aus. Es war kein Wunder, daß das Meer und die Frauen dem Wirken dieses erhabenen Gestirns unterworfen waren, das so nah und so beherrschend war.

Aber mein Blut folgte nun einem anderen Gesetz, und das Wissen um meine Freiheit durchzuckte mich wie eine Gefahr.

»Ich habe auch ein Geschenk für dich«, sagte ich plötzlich zu Jamie. Er drehte sich zu mir, und seine Hand glitt groß und sicher über meinen noch flachen Bauch.

»Ach ja?«

Und die Welt um uns herum war voller neuer Möglichkeiten.

Danksagung

Die Autorin möchte folgenden Personen danken:

Jackie Cantor, Lektorin par excellence, deren stetige Begeisterung so viel damit zu tun hatte, daß diese Geschichte zwischen Buchdeckeln gelandet ist; Perry Knowlton, einem Agenten von unfehlbarem Urteil, der gesagt hat: »Fang an und erzähle die Geschichte so, wie sie erzählt werden muß; um das Kürzen kümmern wir uns später«; meinem Mann, Doug Watkins, der viel Zeit damit zubrachte, mir die Kinder vom Leib zu halten, obwohl er gelegentlich hinter meinem Stuhl stand und sagte: »Wenn die Geschichte in Schottland spielt, warum sagt dann niemand ›Hoot mon?‹«; meiner Tochter Laura, die ihrer Freundin herablassend erklärte: »*Meine* Mutter schreibt *Bücher*!«; meinem Sohn Samuel, der auf die Frage, was seine Mutter arbeite, vorsichtig antwortete: »Sie beobachtet stundenlang ihren Computer«; meiner Tochter Jennifer, die sagte: »Rutsch rüber, Mommy, ich bin jetzt mit dem Tippen dran!«; Jerry O'Neill, meinem ersten Leser und obersten Applaudeur, und dem Rest meiner Viererbande – Janet McConnaughey, Margaret J. Campbell und John L. Myers –, die alles lesen, was ich schreibe, und mich dadurch bei der Stange halten; Dr. Gary Hoff für die Überprüfung der medizinischen Details und die freundliche Erläuterung, wie eine ausgekugelte Schulter korrekt eingerenkt wird; T. Lawrence Tuohy für Einzelheiten der Militärgeschichte und Kleidung, Robert Tiffle dafür, daß er mir den Unterschied zwischen Zehrkraut und Zaunrübe erklärt hat, sämtliche Vergißmeinnicht unter Gottes Sonne aufgezählt hat und bestätigt hat, daß in Schottland tatsächlich Espen wachsen; Virginia Kidd für die Lektüre früher Entwürfe und die Ermutigung weiterzumachen; Alex Krislov dafür, daß er mit anderen Systemoperatoren Gastgeber einer höchst erstaunlichen elektronisch-literarischen Cocktailparty ist, dem CompuServe Literary Forum; und den vielen Mitgliedern des LitForum – John Stith, John Simpson, John L. Myers, Judson Jerome, Angelia Dorman, Zilgia Quafay und allen anderen – für schottische Volkslieder, lateinische Liebesgedichte und dafür, daß sie an den richtigen Stellen gelacht (und geweint) haben.

Unterhaltung von der schönsten Seite bei Blanvalet